«Astrid Fritz hat in ihrem Roman ‹Die Hexe von Freiburg› – gestützt auf die historischen Fakten – ein typisches Hexenschicksal jener Zeit entstehen lassen und mit feinem Pinselstrich das Leben im ausgehenden Mittelalter gezeichnet, in dem magisches Denken und der Glaube an Zauberkräfte in allen Ständen verbreitet war.» *Badische Zeitung*

«Ein absolut gelungenes Roman-Debüt von Astrid Fritz. Einfühlsam, spannend, traurig bis zur letzten Seite.» *Bayern 3*

«‹Die Tochter der Hexe› bietet wie der Vorgänger nicht nur eine spannende Geschichte, sondern auch detaillierte Einblicke in den Alltag und die Denkweise hier im Land vor 400 Jahren.» *Stuttgarter Zeitung*

«Spannend, tragisch – und gleichzeitig voller Liebe und Hoffnung.» *Laura*

Astrid Fritz ist im nordbadischen Pforzheim aufgewachsen und studierte in München, Avignon und Freiburg Germanistik und Romanistik. 1994 ging sie mit ihrer Familie für drei Jahre nach Santiago de Chile, wo ihr erstes Romanmanuskript entstand. Mit «Die Hexe von Freiburg» schrieb sie sich auf Anhieb in die erste Reihe des deutschsprachigen historischen Romans. Astrid Fritz lebt mit ihrer Familie in der Nähe von Stuttgart.

www.astrid-fritz.de

Astrid Fritz

Die Hexe von Freiburg
Die Tochter der Hexe

Zwei Romane

Rowohlt Taschenbuch Verlag

Einmalige Sonderausgabe
Veröffentlicht im Rowohlt Taschenbuch Verlag,
Reinbek bei Hamburg, Mai 2007
«Die Hexe von Freiburg»
Veröffentlicht im Rowohlt Taschenbuch Verlag,
Reinbek bei Hamburg, November 2003
Copyright © 2003 by Rowohlt Verlag GmbH,
Reinbek bei Hamburg
«Die Tochter der Hexe»
Veröffentlicht im Rowohlt Taschenbuch Verlag,
Reinbek bei Hamburg, Januar 2005
Copyright © 2005 by Rowohlt Verlag GmbH,
Reinbek bei Hamburg
Umschlaggestaltung any.way,
Barbara Hanke / Cordula Schmidt
(Foto: Hanke / Schmidt)
Druck und Bindung Clausen & Bosse, Leck
Printed in Germany
ISBN 978 3 499 24497 1

Astrid Fritz · Die Hexe von Freiburg

Prolog

Die Frau schob sich eine weiße Strähne aus der Stirn und rückte den Stuhl näher ans Herdfeuer. Marthe-Marie blickte auf.

Lene betrachtete ihre Älteste liebevoll und wehmütig zugleich. Wie sehr sie Catharina doch glich. Mit ihrem schwarzen, glänzenden Haar und diesem dunklen Blick.

Es war an der Zeit. Sie musste die Wahrheit erfahren.

«Zünde das Licht an, Kind, und hol mir die Wolldecke. Im Alter kriecht einem die Kälte in alle Knochen.»

«Du bist nicht alt, Mutter.»

«Ach, Marthe-Marie, was weißt du schon. Du hast noch alles vor dir.» Sie wickelte sich in die Decke. «Ich will dir heute etwas zeigen. Dort im Schrank, unter der Wäsche, liegt ein Buch. Bring es mir bitte.»

Marthe-Marie erhob sich und ging zum Schrank. Als sie unter dem schweren Wäschestapel tatsächlich auf ein Buch stieß, hielt sie überrascht die Luft an.

«Was ist das?»

Lene nahm ihr den schweren Band ab.

«Hier, zwischen diesen Buchdeckeln, auf vielen hundert Seiten niedergeschrieben, steht die Lebensgeschichte meiner Base Catharina.»

«Hat sie selbst das alles aufgeschrieben?»

«O nein.» Lene lachte bitter auf. «Catharina konnte zwar schreiben wie ein gelehrter Mann, aber zu jener Zeit hätte sie nicht einmal mehr eine Feder zwischen den Fingern halten können. Ein gewisser Dr. Textor hat diese Zeilen verfasst. Ich selbst kenne ihn nicht, doch in Catharinas besseren Zeiten hat er zum Freundeskreis ihres Mannes gehört, und sie sagte einmal über ihn, dass er mehr Ver-

stand besäße als der gesamte Magistrat zusammen. In den langen Wochen, als sie gefangen im Turm saß, kam dieser Mann oft zu ihr, gepeinigt von schlechtem Gewissen. Er war zu Anfang mit ihrer Verteidigung beauftragt gewesen, doch später hat man diese Aufgabe einem anderen Ratsherren übertragen. Als er Catharina fragte, ob er ihr irgendwie helfen könne, bat sie ihn, die Wahrheit aufzuschreiben, damit sie nicht verloren gehe. Und wenn alles vorbei sei, möge er den Bericht Lene Schillerin, ihrer Base in Konstanz, übergeben. So kam ich zu diesen Seiten.»

Lene zögerte und starrte in die Flammen. Das Mädchen hatte ein Recht darauf, alles zu erfahren. Müde richtete sie sich auf.

«Die Toten soll man ruhen lassen, dachte ich immer. Was hätte ich euch erzählen sollen? Aber jetzt fühle ich, dass ich dir die Wahrheit über Catharina schulde. Du musst wissen: Sie war keine Hexe. Ihr einziger Fehler mag gewesen sein, dass sie nicht in der Weise gelebt hat, wie es die Welt von einer Frau erwartet.»

I

So also sah eine leibhaftige Hexe aus! Festgekettet kauerte Anna Schweizerin mit gebrochenen Beinen auf dem Henkerskarren, kahl geschoren, den flackernden Blick zum Himmel gerichtet, mit einem losen Kittel über dem nackten Leib. Deutlich konnte die Menge die Brandmale auf ihren Armen und Schultern erkennen, zu denen jetzt neue Wunden hinzukamen: Alle zwanzig Schritte stieß der Henkersknecht ihr eine glühende Zange ins Fleisch.

Für die Zuschauer des Spektakels war die öffentliche Bestrafung von Mördern, Dieben und Betrügern so selbstverständlich wie der Wechsel von guten und schlechten Ernten, von fetten und mageren Jahren. Ob Auspeitschen oder Brandmarken, Abschneiden der Zunge oder der Gliedmaßen, Aufhängen, Rädern, Ertränken oder der mildtätige Hieb mit dem Richtschwert – niemandem wäre in den Sinn gekommen, dass an der Wiederherstellung des Rechts mittels körperlicher Züchtigung etwas unrecht sein mochte. Davon abgesehen, war jeder Schauprozess eine willkommene Unterbrechung des Alltagstrotts und der täglichen Mühsal.

Doch als am 20. März des Jahres 1546 das Hohe Gericht verkündet hatte, die Besenmacherin Anna Schweizerin sei wegen Hexerei bei lebendigem Leib zu verbrennen, ging ein ungläubiges Raunen durch die Bevölkerung von Freiburg. Dabei war es nicht die schreckliche Todesart, die die Gemüter erregte, sondern die Tatsache, dass mitten unter ihnen eine Hexe gelebt haben sollte, unbemerkt und unerkannt. Zwar hatte man von Ketzer- und Hexenverbrennungen gehört, aber das waren Nachrichten von weit her gewesen, aus anderen Teilen des Reiches, aus Frankreich, Oberitalien oder aus der welschen Schweiz. Auch der inquisitorische Eifer der beiden Dominikanermönche Jacob Sprenger und Heinrich Cramer war niemals bis Freiburg gelangt. Zauberei und Wahrsagerei, schwarze und weiße Magie – das waren Dinge, mit denen fast jeder einmal in Berührung gekommen war, doch Hexerei und Teufelspakt? Auf einmal wussten sich die Freiburger unglaubliche Dinge zu erzählen über diese Besenbinderin aus der Wolfshöhle, jenem düsteren Viertel unterhalb des Burgbergs, das man nach Einbruch der Dämmerung nur ungern durchquerte. Nun strömten die Menschen gaffend, mit offenen Mäulern zusammen, um die Verurteilte auf ihrem letzten Weg vom Kerker zum Richtplatz auf dem Schutzrain zu begleiten.

Gespannt warteten die Leute das Aufstöhnen der Gemarterten ab, um dann in lautes Grölen auszubrechen. Kaum einer der Zuschauer verspürte Mitleid, schließlich war diese Frau in einem ordentlichen Prozess überführt und verurteilt worden. Auf Geheiß ihres teuflischen Buhlen hatte sie auf der Gemarkung Kirchzarten in einem riesigen Kessel Hagel gesiedet und damit die frische Saat vernichtet, etliche Stück Vieh gelähmt und sich nächtens auf dem Kandel zum Sabbat eingefunden. Hinzu kam, dass sie eine Fremde war, eine ‹Reingeschmeckte› aus Basel. Hatte man sie dort nicht letztes Jahr wegen Zauberei aus der Stadt gejagt?

Die Hebamme schloss das Fenster, und das Geschrei des Pöbels wurde leiser. Im Hause des Marienmalers Hieronymus Stadellmen interessierte sich ohnehin niemand für dieses unerhörte Ereignis. Stadellmens junge Frau Anna lag in den Wehen, seit zwanzig Stunden schon, und verlor zusehends an Kraft. Das offene pechschwarze Haar klebte um ihr kalkweißes Gesicht, und die feinen wie von Künstlerhand modellierten Züge waren von Schmerz verzerrt. Es war ihre erste Geburt.

Verzweifelt ging Hieronymus neben dem Bett auf und ab, bis ihn seine Schwester Marthe hinausschickte.

«Du machst uns alle verrückt mit deiner Lauferei! Geh runter in deine Werkstatt und versuche zu arbeiten oder zu schlafen. Wir holen dich schon rechtzeitig.»

Die Hebamme warf ihr einen dankbaren Blick zu, als Stadellmen widerstrebend die kleine Kammer verließ, und massierte weiter mit der rechten Hand Annas riesigen gewölbten Bauch, während die linke vorsichtig zwischen den Schenkeln tastete.

«Der Kopf kommt. Ihr habt es gleich geschafft, Stadellmenin. Nehmt alle Kraft zusammen und presst!»

Im selben Moment, als draußen vor der Stadt über Anna Schweizerin die tödlichen Flammen zusammenschlugen, kam Catharina Stadellmenin endlich auf die Welt. Marthe kümmerte sich um ihre Schwägerin, die vor Schmerzen und Erschöpfung fast ohnmächtig war, während die Hebamme versuchte, dem veilchenfarbenen reglosen Säugling ein Lebenszeichen zu entlocken. Es war das längste Mädchen, das sie je auf die Welt gebracht hatte, dabei jedoch spindeldürr.

«Nun hol schon Luft», murmelte sie und klopfte mit der flachen Hand den verklebten Körper ab, mal stärker, mal schwächer. Schließlich hob sie das Kind an den Beinen in die Luft. Ein Krächzen entrang sich dem Neugeborenen, dann folgte ein markerschütternder Schrei, und die winzigen Fäuste ballten sich.

«Es atmet! Es lebt!» Marthe küsste ihre Schwägerin. Hieronymus stürzte herein und starrte erst den zappelnden Säugling, dann seine Frau an. Tränen der Erleichterung liefen über sein schmales, bartloses Gesicht.

«Es ist ein Mädchen, eine Catharina», flüsterte Anna und richtete sich vorsichtig ein wenig auf. Sie lächelte. «Hoffentlich bist du nicht enttäuscht.»

«Was für ein Unsinn», stammelte Hieronymus. «Mädchen oder Junge – das ist mir gleich. Außerdem werden wir noch viele Kinder haben. Sieh nur, es hat schon richtige Haare auf dem Kopf, so schwarz wie deine!»

Unterdessen hatte die Hebamme das Mädchen in ein wollenes Tuch gewickelt und seiner Mutter an die Brust gelegt. Sie bat Stadellmen, einen Bottich mit warmem Wasser aus der Küche zu holen. Aus Erfahrung wusste sie, dass Männer zwar die blutigsten Geburten durchhielten, beim Anblick der Nachgeburt jedoch die Fassung verloren. Ihrer Ansicht nach war die Geburt eines Kindes ohnehin Frauensache, Männer störten dabei nur. Während sie auf die Nachwehen wartete, sah sie wieder aus dem Fenster. Die Gassen der Schneckenvorstadt waren jetzt wie leer gefegt.

«Die Leute sind alle bei der Hinrichtung», sagte sie leise zu Marthe, die neben sie getreten war. «Ein solcher Geburtstag steht unter keinem guten Stern.»

«Seid still», fuhr Marthe sie an. «Wie könnt Ihr so etwas sagen!»

In den ersten Jahren ihres Lebens fehlte es Catharina an nichts, weder an Fürsorge noch an ausreichender Kost. Daran änderte zunächst auch die schreckliche Tatsache nichts, dass ihre Mutter zwei Jahre nach ihrer Geburt im Kindbett starb. Für ihren Vater bedeutete es einen Verlust, den er niemals überwand, doch Catharina war zu klein, um Trauer zu empfinden. Hinzu kam, dass sich Marthe ihrer annahm. Kaum, dass Catharina fünf Jahre alt war, machte sie sich allein auf den Weg zum Gasthof ihrer Tante, wann immer es ihr in den Kopf kam. Für Hieronymus Stadellmen, der tagsüber kaum Zeit für seine Tochter hatte, war es eine Beruhigung, sie in der Obhut seiner Schwester zu wissen.

Catharina liebte den weiten Weg hinaus zu ihrer Tante, besonders im Frühsommer. Durch die winkligen Gässchen und Gemüsegärten der Predigervorstadt, an der alten Peterskirche vorbei, in der ein Marienbild ihres Vaters hing, erreichte sie die Landstraße, die sich gemächlich durch Felder und Brachland nach Lehen schlängelte, einem kleinen Dorf von Viehzüchtern, Wein- und Obstbauern, auf das die Stadt Freiburg schon seit vielen Jahren ein Auge geworfen hatte. Oder sie nahm, wenn die Dreisam mit ihrem tosenden braunen Strom nicht gerade die Uferwiesen überschwemmt hatte, den schmalen Pfad am Fluss entlang, genoss den Blick auf die Berge, die im Morgenlicht ihre Düsternis verloren, und blickte den Flößern nach, die Tannen- und Fichtenholz vom Schwarzwald herunterbrachten. Sie kannte bald jeden Strauch und jede Wegbiegung und beobachtete gern das Spiel von Sonne und Wolken über der weiten Ebene. Die Stadt kam ihr dann jedes Mal noch schmutziger und düsterer vor. Sie fürchtete sich vor nichts und niemandem, weder vor Unwettern noch vor den Bauern und Händlern, denen sie unterwegs begegnete und die das Mädchen bald beim Namen kannten. Nur eine Stelle gab es, wo sich ihr Schritt verlangsamte und ihr Herz in einer Mischung aus Angst und gespannter Erwartung heftiger zu klopfen begann: das steinerne Kreuz unter der alten Linde.

Die Leute sagten, dass unter dem Kreuz ein Bischof begraben sei, der vor Jahrhunderten grausam hingemetzelt worden war. Zigmal sei das Kreuz auf den Kirchhof des Nachbardorfes Betzenhausen überführt worden, aber schon in der nächsten Nacht sei es wie auf Geisterbeinen wieder an seinen alten Platz zur Landstraße zurückgewandert. Catharina blieb jedes Mal eine Weile vor dem Bischofskreuz stehen und beobachtete mit leichtem Schaudern, ob es sich nicht bewegte. Einige Male war sie sich fast sicher. Oder waren es die Blätter der Linde, die im Wind rauschten und ihre Schatten auf den verwitterten Stein warfen?

Marthe Stadellmenin, genannt die Schillerin, hatte vier Kinder, zwei davon in Catharinas Alter. Nachdem ihr Mann vor einigen Jahren an Typhus gestorben war, führte sie den Gasthof in Lehen allein weiter, in der Hoffnung, ihr Ältester würde ihn eines Tages übernehmen. Catharina fühlte sich bei ihrer Tante jederzeit willkommen, sie wurde nicht anders behandelt als Marthes leibliche Kinder, was bedeutete, dass Catharina mit Hand anlegte, wo sie konnte, und sich ansonsten mit ihren Vettern, ihrer Base und den Nachbarskindern herumtrieb.

Als Kind erschien Catharina das Anwesen ihrer Tante riesig, herrschaftlich wie ein Schloss. Der mit Rheinkiesel gepflasterte Innenhof wurde an zwei Seiten vom Gasthaus begrenzt, an der dritten Seite von Stall und Scheune. Zur Straße hin stand eine mannshohe blendend weiß gekalkte Mauer, die einen im Sommer, wenn die Sonne hoch stand, blinzeln machte. Das Gasthaus selbst, das größte und stattlichste in der Gegend, war ganz aus Stein mit einem Dach aus verschiedenfarbig gebrannten Ziegeln. Alle Räume, selbst die winzigsten Kammern, hatten verglaste Fenster, die bei Sturm und Gewitter mit Holzläden verschlossen werden konnten. Im Frühjahr roch es nach frischem Gras und Blüten, im Spätsommer nach den Früchten des Obstgartens.

Wie düster und eng hingegen war das Haus ihres Vaters in der Stadt! Eingeklemmt zwischen zwei verwahrlosten Häusern stand es direkt am Gewerbekanal auf der Insel, einem kleinen Handwerkerviertel, wo sich auf engstem Raum Knochen- und Ölmühlen, Gerberhütten und die Schleifereien der Bohrer und Balierer drängten. Die baulichen Errungenschaften der letzten Jahrzehnte schienen an diesem Viertel spurlos vorübergegangen zu sein. Die Fachwerkhäuschen mit ihren lehmgefüllten Flechtwänden, Schindel- oder Strohdächern stellten eine ständige Brandgefahr dar, und die offenen Herdstellen in den Wohnstuben, die oft der ganzen Familie samt Federvieh als Schlafstätte dienten, taten ihr Übriges. Gefliste Böden, Kachelöfen oder gar Badestuben waren hier unbekannt, statt der teuren Kerzen und Öllampen spendeten rußende Kienspäne im Winter ihr spärliches Licht.

So oft schon hatten die Winterstürme die Schindeln vom Dachstuhl gerissen, und gerade im obersten Stockwerk, wo Catharina ihre Kammer hatte, pfiff dann der Wind durch die Ritzen. Aber sie besaßen einen Aborterker! Wie ein dicker Käfer klebte er ganz oben an der Außenwand, mit einem Türchen zum Hausinneren. Die meisten Nachbarn hatten nur eine Grube im Hof. Im Sommer vermischte sich dann der Gestank der Fäkalien und der Küchenabfälle auf der Gasse mit dem der geschabten trocknenden Häute der Gerber. Als Catharina ihrer Tante einmal neidvoll gestand, wie viel schöner sie es bei ihr fand, lächelte Marthe: «Wir sind nur Pächter, während das Haus deines Vaters euer eigen Grund und Gut ist. Du wirst eines Tages froh darum sein.»

Sonntags, nach dem Kirchgang, nahm ihr Vater sie bei der Hand, und sie machten sich gemeinsam auf den Weg nach Lehen. An den Wochentagen führte Catharina ihrem Vater den Haushalt und setzte sich anschließend zu ihm in die Werkstatt, um ihn beim Malen zu beobachten. Die schönsten Momente kamen, wenn ihr Vater Pinsel und Spachtel beiseite legte und ihr Geschichten erzählte. Darüber vergaßen sie manchmal sogar das Nachtessen, und nicht selten musste Hieronymus seine Tochter ins Bett tragen, wenn sie an seiner Schulter eingeschlafen war.

Ihr Vater wusste über sämtliche Länder der Welt zu berichten. Lange Zeit hatte sie geglaubt, dass er all diese Länder bereist hatte, dabei war Hieronymus Stadellmen nie aus dem Breisgau herausgekommen. Am liebsten hörte Catharina von der Neuen Welt, wie die Spanier und Portugiesen auf diesen fremden Kontinent vorgedrungen waren, der durch einen unendlichen Ozean von ihrer Heimat getrennt war.

«Die Menschen dort», berichtete er, «leben ganz anders als wir. Sie sind von dunkler Hautfarbe, und es scheint immer die Sonne, sodass sie keine Kleidung tragen müssen. Du darfst sie dir nicht als wilde Tiere vorstellen, vielmehr sind sie sanft und friedlich und sehr religiös, denn sie haben gleich mehrere Götter, die sie anbeten.» Dass es dort auch Völker gab, die ihren Göttern Menschenopfer brachten, bestürzte Catharina, und sie war froh, in ihrem ruhigen Städtchen geboren zu sein.

Von ihrem Vater erfuhr sie auch, dass die Erde keine vom Ozean umspülte Scheibe sei, sondern rund. Schon vor vielen, vielen Jahren habe ein Nürnberger namens Behaim die Welt als eine Kugel nachgebildet, auf der er neben den Erdteilen Europa, Asien und Afrika auch die Neue Welt eingezeichnet hatte. Catharina hätte alles darum gegeben, solch eine Weltkugel einmal zu sehen.

«Wie kommt es, dass die Menschen auf der unteren Seite der Kugel nicht herunterfallen? Und außerdem leben sie ja dann mit dem Kopf nach unten?»

Hieronymus Stadellmen zögerte. «Es muss wohl daran liegen, dass der Erdball so riesig groß ist und die Menschen es gar nicht merken, dass sie auf der unteren Seite leben.» Aber so richtig befriedigt hatte diese Antwort Catharina nicht.

Nach ihrem Dafürhalten hätte das Leben an der Seite ihres Vaters immer so weitergehen können. Doch von einem Tag auf den anderen änderte sich alles. Ihr Vater heiratete Hiltrud Gellert, und am Hochzeitstag zog diese Frau bei ihnen ein. Hiltrud war die Tochter eines Steinmetzmeisters und somit wohl eine gute Partie. Sie war früh Witwe geworden. Der alte Steinmetz hatte sie und ihre beiden Söhne noch eine gute Weile unterstützen können, aber dann wurde er zu alt, und die Zunftversammlung drängte ihn, seine Tochter noch einmal zu verheiraten.

Ihr Vater hatte Catharina später erzählt, dass er lange Zeit geglaubt hatte, es sei Schicksal oder Vorbestimmung gewesen, weil er in jenen Wochen der jungen Witwe so häufig begegnet war. Doch habe der alte Steinmetz dahinter gesteckt, den Hieronymus von einem gemeinsamen Auftrag her kannte. Geschickt hatte er bis zum Hochzeitstag die Fäden in der Hand gehalten.

Catharina war überzeugt davon, dass ihr Vater mit dieser Frau betrogen worden war. Vielleicht war Hiltrud keine schlechte Ehefrau, ihr gegenüber jedoch zeigte sie sich kalt und gleichgültig. Hiltrud kümmerte sich keinen Deut um sie, übersah mitunter einfach, dass sie eine Stieftochter hatte, sodass es vorkommen konnte, dass beim Morgenmahl für Catharina kein Gedeck vorgesehen war.

Manchmal stritten Hiltrud und Hieronymus wegen Catharina.

«Du tust so, als sei das Mädchen etwas Besonderes», hörte Catharina sie keifen. «Sie soll lernen, den Haushalt zu führen und zu nähen und flicken, was weiß ich. Du aber bringst ihr Firlefanz wie Schreiben und Rechnen bei und stopfst ihr den Kopf voll mit Dingen, die ein kleines Mädchen nichts angehen!»

In solchen Momenten warf der Vater ihr ein verlegenes Lächeln zu, ohne diesen Vorwürfen etwas entgegenzusetzen.

«Hiltrud hat Recht», sagte er ihr eines Abends, als er sie zu Bett brachte. «Du bist etwas Besonderes.» Er seufzte. «Weißt du, dass du deiner Mutter immer mehr gleichst? Nicht nur äußerlich, auch im Wesen.»

Dass er die Nörgeleien seiner neuen Frau mit gesenktem Kopf über sich ergehen ließ, fand Catharina schlimm genug, doch weit heftiger traf es sie, dass er ihr immer weniger Zeit widmete. Er sprach nicht mehr mit ihr über ihre Mutter, und die abendliche Zeremonie der Gutenachtgeschichten fand ein Ende.

Dabei blieb es nicht. Das Bild der Mutter, das über dem Esstisch gehangen hatte, wanderte auf den Dachboden. In Catharinas kleines Zimmer, das sie wegen seiner Aussicht auf den sanft plätschernden Gewerbekanal so liebte, zogen die beiden Stiefbrüder Claudius und Johann, und sie musste auf eine alte Strohmatte im Wohnraum ausweichen.

Als Nächstes wurde Catharina der Unterricht bei Othilia Molerin gestrichen. Die Molerin war eine Schulmeisterswitwe, die Bürgerskindern in einer so genannten Winkelschule Rechnen, Schreiben und Lesen beibrachte. Ihr Vater hatte beobachtet, wie neugierig Catharina war und wie leicht ihr das Lernen fiel. Offiziell waren die Winkelschulen vom Rat der Stadt verboten, da sich die Schulmeister der städtischen Lateinschule immer wieder über diese lästige Konkurrenz beschwerten. Aber im Grunde drückte der Magistrat beide Augen zu, war es doch allgemein bekannt, dass die meisten Kaufleute und Handwerker das Studium von Latein und Rhetorik für ihre Kinder als Zeitverschwendung betrachteten und inzwischen mit Nachdruck eine Deutsche Schule forderten. Selbstredend waren die städtischen Schulen nur für Knaben vorgesehen, den Mädchen blieb also ohnehin nur der Unterricht bei den heimlichen Schulmeistern oder den Klosterfrauen der Beginen.

Catharina war völlig vor den Kopf geschlagen, als Hiltrud nur wenige Wochen nach ihrem Einzug eröffnete, für diesen Unfug, Mädchen zu unterrichten, sei ihr jeder Pfennig zu schade. Als sich Catharina von der dicken, gemütlichen Schulmeisterin verabschieden ging, konnte sie die Tränen nicht zurückhalten, und die Molerin schalt fürchterlich über die Borniertheit und Hartherzigkeit der Stiefmutter.

Hiltrud kümmerte sich ansonsten nicht weiter um Catharina. Dabei konnte man nicht behaupten, dass sie boshaft zu ihr war, auch wenn ihr Catharina gegenüber weitaus öfter die Hand ausrutschte als bei ihren eigenen Söhnen. Vielmehr sorgte sie dafür, dass Catharina angemessen gekleidet war, und wenn sie die Werkstatt aufräumte oder Besorgungen erledigte, steckte sie ihr auch mal einen Kuchenrest als Belohnung zu. Nur manchmal, wenn Hiltrud mit den Söhnen zu ihrer Verwandtschaft nach Emmendingen fuhr, war es fast wie früher.

Dann saß Catharina beim Vater in der Werkstatt, oder sie übten zusammen in der Küche Rechnen und Schreiben. Catharina schickte dann jedes Mal ein Stoßgebet zur Jungfrau Maria, damit das Wetter schlecht würde, denn dann kämen ihre Stiefmutter und die Stiefbrüder erst am nächsten Tag zurück.

Überhaupt die Stiefbrüder! Sie machten sich im ganzen Haus breit, benutzten ihre Sachen, lungerten in Vaters Werkstatt herum. Wobei Claudius, der Dreizehnjährige, noch erträglich war: Er neckte sie ständig, wusste aber, wann der Zeitpunkt gekommen war, sie in Ruhe zu lassen.

Johann hingegen, den Sechzehnjährigen mit seinem teigigen Gesicht und den großen Pratzen, fürchtete sie. Er war hochmütig. Er ließ sie bei jeder Gelegenheit spüren, dass er sie für ein dummes kleines Mädchen hielt. Und er beobachtete sie immerfort, schweigend und mit halb geschlossenen Augen. Wenn er in ihrer Nähe war, schauderte sie, doch hätte sie damals nicht genau sagen können, warum sie sich von ihm bedroht fühlte. Einmal hatte er ihr, grinsend und mit flackerndem Blick, auf ihre noch flache Brust gefasst, und sie bekam eine vage Ahnung, was hinter seinen ständigen Andeutungen stecken mochte.

Sie ging ihm aus dem Weg, und so wurde es ihr zur Gewohnheit, morgens das Haus zu verlassen, um erst zur Abenddämmerung heimzukehren.

Der Marsch von ihrem Elternhaus dauerte nach Lehen hinaus eine gute Stunde, vorausgesetzt, das Wetter spielte mit. An jenem Tag, Mitte März, eine Woche vor ihrem zwölften Geburtstag, hatte es jedoch in der Nacht noch einmal heftig zu schneien begonnen. Als ihr Vater sie bei Sonnenaufgang weckte und sagte, sie solle ein Bündel mit Wäsche zusammenpacken, sie müssten zu Tante Marthe, da erschrak sie. Was hatte das zu bedeuten? Was sollten sie bei diesem Hundewetter in Lehen? War ihre Tante krank? Hieronymus wich ihrem Blick und ihren Fragen aus und drängte sie zum Aufbruch.

Draußen wehte ihnen ein scharfer Wind die nassen Flocken in den Kragen. Catharina fror, und den ganzen Weg sprach der Vater kein Wort, was sonst nicht seine Art war. Verunsichert klammerte sie sich an seine Hand. Als sie nach fast zwei Stunden endlich ankamen, brannte im Nebenraum der Gaststube ein Feuer, und die Hausmagd stellte einen Topf heiße Suppe auf den Tisch. Bei der Ankunft hatte Marthe Stadellmenin sie herzlich in den Arm genommen. Jetzt, beim Essen, lächelte sie ihr zwar aufmunternd zu, blieb aber ansonsten ebenso schweigsam wie ihr Bruder. Die Stille wurde nur hin und wieder vom Kichern der beiden Jüngsten, der Zwillinge Wilhelm und Carl, unterbrochen. Lene, die in Catharinas Alter war, rutschte aufgeregt auf ihrem Stuhl hin und her, und Christoph, Tante Marthes ältester Sohn aus ihrer ersten Ehe, schaute sie mit seinen tiefblauen Augen neugierig an. Ihr fiel auf, dass er den gleichen sanften Blick wie ihre Tante hatte. Da räusperte sich der Vater und legte bedächtig den Löffel neben den Holzteller.

«Catharina, wie du weißt, hat Tante Marthe viel Arbeit, seitdem der Schillerwirt tot ist. Christoph muss den Hof versorgen, Lene den Haushalt und die Kleinen. Da braucht deine Tante noch eine Hilfe in der Gaststube, und du bist alt genug, um eine Stellung anzutreten.» Er nahm noch einen Löffel Suppe. Draußen rüttelte der Wind an den Fensterläden. «Nun ja, bei uns ist es inzwischen recht eng geworden, und da dachte ich mir, du wohnst sicher gern bei deiner Tante.»

Catharina starrte ihn an. Sie sollte abgeschoben werden. Jetzt verstand sie, was dieser unerwartete Ausflug zu bedeuten hatte. In diesem Moment hasste sie ihren Vater, hasste die neue Frau mit ihren ekelhaften Söhnen, die ohne Vorankündigung in ihr Leben eingedrungen waren und sie aus ihrem Elternhaus vertrieben. Sie stieß polternd den Stuhl zurück und stürzte hinaus. Ihr Vater lief ihr nach.

«Ich bin doch nicht aus der Welt. Du kannst mich jederzeit

besuchen, und sonntags komme ich wie früher nach Lehen. Marthe braucht deine Hilfe, verstehst du das denn nicht?» Dann schwieg er. Sie drehte sich um und sah, dass er Tränen in den Augen hatte. Wie konnte er weinen und sie gleichzeitig wegschicken von zu Hause? Sie wollte ihn nie wieder sehen. Sie rannte los, hinein in den heulenden Sturm, doch jemand packte sie am Arm. Es war ihr Vetter Christoph.

«Komm jetzt ins Haus. Wir freuen uns alle auf dich.»

So ganz die Wahrheit war das nicht. Mochten Christoph und Mutter sich freuen – ich fand es zunächst schrecklich, mit welcher Selbstverständlichkeit sich Catharina in unserer Familie breit machte. Ich hatte Mutter versprechen müssen, meine Kammer mit ihr zu teilen und sie freundlich aufzunehmen. Weißt du, Marthe-Marie, was ich stattdessen getan habe? Jeden Abend, wenn sie zu mir ins Bett kam, nahm ich wortlos meine Decken und zog trotz der eisigen Kälte auf den Dachboden um. Ich strafte sie mit Missachtung, wo ich konnte, denn ich wollte nicht, dass sie bei uns blieb. Sie war anders, immer so nachdenklich und verschlossen. Ich war mir sicher, dass sie sich als etwas Besseres fühlte. Das glaubten wir damals von allen Kindern aus der Stadt. Und bei Catharina kam hinzu, dass sie das einzige Mädchen war, das ich kannte, das lesen und schreiben konnte.

Heute weiß ich, dass meine anfängliche Abneigung nichts als Eifersucht war, denn ich hatte Angst, Catharina könne meine Stellung als einzige Haustochter bedrohen. Zudem war mir nicht entgangen, mit welchen Blicken mein Bruder Catharina von Anfang an bedachte. So habe ich mich in den ersten Wochen wohl recht ekelhaft benommen. Mich wundert heute noch, wie schnell sich Catharina trotz allem bei uns einlebte. Sie teilte sich mit mir die Hausarbeit, und an den Tagen, an denen die Fuhrleute aus Breisach kamen oder die Gemeindeobrigkeit tagte, half sie in der Gaststube mit. Diese Arbeit schien ihr zu gefallen, denn sie stellte sich so geschickt an, dass sie oft gelobt wurde von den Gästen. Es machte mich wütend zu sehen, wie Christoph gleich zur Stelle war, wenn sie mit einer Arbeit Schwierigkeiten hatte, oder dass Mutter sie anfangs umsorgte wie eine Glucke. *Wir müssen ihr die Familie ersetzen*, waren ihre ständigen Worte. Ich hingegen sagte meiner Base, wie dankbar sie uns sein sollte:

«Du hast Glück, dass du nicht zu fremden Leuten geschickt worden bist. Oder dass dein Vater dich nicht im Wald ausgesetzt hat.»

Mein Gott, was schäme ich mich heute noch für diese Worte. Sie wehrte sich nie gegen meine Gemeinheiten, schaute mich immer nur erschrocken und traurig aus ihren dunklen Augen an, was mich nur noch mehr reizte. Bis ich eines Tages auf den Gedanken kam, meine Freunde gegen sie aufzustacheln.

Gelegentlich ließ ich es zu, dass Catharina mit mir und meinen Freunden nach der Arbeit durchs Dorf zog. Sie schien mich zu bewundern, vielleicht, weil ich unter den Kindern das Sagen hatte, vielleicht auch, weil ich schon ein wenig fraulich aussah, während sie so knochig und staksig wie ein Fohlen daherkam. Wären nicht das dichte schwarze Haar und das schmale Gesicht gewesen, hätte man sie damals für einen Jungen halten können.

Mit Unmut hatte ich bemerkt, wie die anderen begannen, Catharina nett zu finden. So versprach ich den beiden einzigen Jungen, die mit uns herumzogen, dass derjenige mich küssen dürfe, der es schaffe, Catharina der Länge nach in eine Pfütze zu werfen.

Wie sehr hatte ich meine Base unterschätzt. Im Handumdrehen hatte sie erst dem einen Burschen eine blutige Nase geschlagen, dann den anderen in den Schwitzkasten genommen, bis der nur noch jammerte und wimmerte.

An diesem Abend wanderte ich zum Schlafen nicht auf den Dachboden, denn ich wollte erfahren, wo Catharina das Raufen gelernt hatte. Bis spät in die Nacht hinein erzählte sie mir von früher, von ihren Kämpfen mit den Freiburger Gassenbuben, von ih-

rem Vater und seiner wunderbaren Werkstatt, und von dieser gräss-
lichen Frau mit ihren beiden Söhnen, die Catharina alles, was ihr
wichtig war, weggenommen hatte.

2

Schon bald galten die beiden Mädchen im Dorf als unzertrenn-
lich. Catharina empfand längst keinen Neid mehr auf die be-
wundernden Blicke der Männerwelt, die Lene auf sich zog. Mit
ihrem hübschen Gesicht, den braunen Augen und dunklen
Brauen, die in reizvollem Kontrast zu den langen blonden Haaren standen, war ihre Base zweifellos das schönste Mädchen der
Gegend. Lene selbst hatte für diese Gunst nur Spott übrig, und
wenn die Burschen im Dorf ihnen gegenüber zu aufdringlich
oder zu frech wurden, halfen sie sich nun gegenseitig. Wo Lene
ein frecheres Mundwerk hatte, war Catharina die Stärkere von
beiden.

Einmal, zweimal die Woche machte sich Catharina auf den
Weg in ihr Elternhaus, aber es geschah immer widerwilliger. Sie
wusste, wie wichtig ihrem Vater diese Besuche waren, doch sie
spürte bei jedem Wiedersehen deutlicher, wie viel Argwohn, ja
Feindseligkeit ihr seitens Hiltrud und ihrem ältesten Sohn ent-
gegenschlug und, was noch viel schmerzhafter war, dass es zwischen ihrem Vater und ihr nie wieder so sein würde wie früher.
Hinzu kam, dass sie jedes Mal, wenn sie die Schwelle des Hauses überschritt, ein Gefühl von Beklemmung ergriff, von unbe-
stimmter Angst. Bis schließlich, an einem schwülen Morgen Anfang Juli, diese Vorahnung Wirklichkeit wurde.

Ausnahmsweise hatte Catharina bei ihrem Vater übernachtet.
Die Nacht hatte die stickige Hitze und den Gestank, der seit Tagen über der Stadt lag, nicht vertreiben können, und die Men-

schen waren gereizt und fanden keinen Schlaf. Als Catharina im Morgengrauen schweißnass die Küche betrat, um sich einen Becher Wasser zu holen, prallte sie im Halbdunkel mit ihrem Stiefbruder zusammen. Sie unterdrückte einen Schrei.

«Nicht so schreckhaft, meine Hübsche.» Johann hielt sie am Arm fest. «Du kannst also auch nicht schlafen.»

Sie schüttelte ihn ab und trat ein paar Schritte zurück. «Lass mich in Ruhe.»

Seine aschblonden Haare standen wirr vom Kopf, auf seiner kurzen, stumpfen Nase glänzten Schweißtropfen. Plötzlich wurde ihr bewusst, dass sie nur ein kurzes Leibchen trug, und sie kam sich unter seinem stieren Blick ganz nackt vor.

In diesem Moment riss er sie an sich. «Führ dich bloß nicht so stolz auf, du – du Zigeunerbalg. Jeder hier weiß doch, dass deine Mutter eine Zigeunerin war. Du wirst schon sehen, wo du endest.»

Sein Atem ging schneller, wurde zu einem grunzenden Stöhnen. Wie ein Schraubstock hielt er sie umklammert und versuchte, sie auf den Mund zu küssen.

Catharina wusste nicht, woher sie auf einmal ihre Kraft nahm. Sie drehte und wand sich, bis sie seinen kräftigen Armen entkommen war, und schlug ihm dann mit voller Wucht ins Gesicht. Aus seiner Nase lief ein dünner Streifen Blut.

«Das wirst du mir büßen», brüllte er.

Catharina lief zur Kommode, riss hastig ihre Kleider heraus und zog sich an. Sie würde keinen Moment länger hier bleiben.

Der Vater stand hinter ihr, als sie fertig zum Gehen war. «Was war los?»

«Johann – dieser Hundsfott …» Unter Schluchzen berichtete sie, wie sich ihr Stiefbruder ihr genähert hatte.

«Ich will nie wieder hierher kommen – nie wieder.»

Das Gesicht ihres Vaters wirkte hilfloser denn je.

«Das darfst du nicht sagen, Cathi. Ich verspreche dir, ich rede mit Johann. Der Junge muss aus dem Haus, ich werde ihm einen Lehrherrn suchen.»

Hiltrud warf ihrer Stieftochter einen höhnischen Blick zu, als Catharina sich wortlos an ihr vorbeidrückte und die Haustür aufstieß.

«Stell dich nicht an wie ein adliges Fräulein», rief sie ihr nach. «Was hat er schon getan? Junger Most muss sausen und verbrausen.»

Catharina beruhigte sich erst, als sie die Landstraße erreichte. Wieso ließ ihr Vater das zu? Und wieso sagten die Leute, dass ihre Mutter eine Zigeunerin sei? Sie wusste, dass es hier am Oberrhein viele Leute gab, die so dunkel waren wie sie. Ihr Vater hatte das einmal damit erklärt, dass der Rhein ein uralter Handelsweg sei, auf dem bis heute Menschen aus den südlichen Ländern kamen, um Handel zu treiben oder im Norden ihr Glück zu versuchen, und manche hätten sich dann hier in der Gegend niedergelassen. Sie war sich nie fremd vorgekommen mit ihren glänzenden schwarzen Haaren und dunklen Augen, im Gegenteil, sie war stolz darauf, dass sie in dieser Hinsicht ihrer Mutter glich.

Jedes Mal, wenn ein Fuhrwerk den Weg entlangkam, wirbelte es Staub von der trockenen Straße, der sich auf ihre verschwitzte Haut legte. Es hatte seit Wochen nicht mehr geregnet, und heute schien es, als würde sich die Hitze aller vergangenen Tage zusammenballen. Der Himmel war wie Blei, Blätter und Grasspitzen regten sich nicht. Selbst die Vögel und Grillen blieben stumm.

Plötzlich raschelte es am Wegrand. Catharina glaubte, ihr Herz müsse aufhören zu schlagen: Unter der Linde, an das Bischofskreuz gelehnt, kauerte ein feuerroter Zwerg. Er streckte ihr eine zitternde knochige Hand entgegen. Sie wollte losrennen, aber wie unter einem Bann blieb sie vor dem winzigen Greis stehen. Er trug einen leuchtend roten Umhang mit Kapuze, seine

25

schmutzigen Beine steckten in zerschlissenen Bundschuhen. Das Entsetzlichste aber war sein Gesicht: Über den blatternarbigen Wangen lagen leere Augenhöhlen, von faltigen Lidern verschlossen.

«Hab keine Angst, junges Ding, und gib mir ein Almosen.» Der Zwerg hatte eine Kinderstimme wie ihre kleinen Vettern.

Wieder wollte Catharina nichts lieber als weglaufen, fragte aber stattdessen fassungslos: «Woher wisst Ihr, dass ich jung bin?»

Der Zwerg wandte sein Gesicht von ihr ab. «Nur weil ich keine Augen mehr habe, heißt das nicht, dass ich nichts sehe.»

Sie schwiegen für einen Moment. Von Westen her hörte man dumpfes Grollen.

«Gib mir einen Pfennig oder eine Kleinigkeit zu essen, und du wirst mehr über dich erfahren, als deine Mutter und dein Vater über dich wissen können.»

Außer ihrem Wäschebündel hatte sie aber nichts dabei, und zudem wollte sie an diesem Tag nicht noch mehr schlimme Dinge zu hören bekommen. Trotzdem – vielleicht konnte ihr diese unheimliche Begegnung nützlich sein.

«Ist es wahr, dass meine Mutter eine Zigeunerin war?»

Der Alte lachte wie eine kranke Ziege. «Ich seh schon, du hast nichts, was du mir geben könntest. Das macht nichts, reich mir deine Hand, damit ich dich fühle. Ja, so ist es gut. Deine Mutter war eine Frau mit einem großen Herzen, die viel zu früh gestorben ist. Du wirst bald so schön sein wie sie. Dann aber wirst du langsam verwelken und vertrocknen an der Seite eines stattlichen Mannes. »

Der Alte ließ ihre Hand los und schwieg. Catharina bat ihn, weiterzusprechen, obwohl sie den Sinn seiner Worte nicht recht verstand. Der Zwerg zögerte.

«Es ist nicht immer gut, alles bis zum Ende zu wissen. Außerdem kann ich mich irren.»

Jetzt war sie erst recht neugierig geworden. Sie bedrängte ihn, bis er zu einer letzten Auskunft bereit war. Sie werde eines Tages neu erwachen und glücklich sein wie in ihren Kindertagen, aber dieses Glück sei bedroht wie trockenes Holz von einer Feuersbrunst.

«Hüte dich vor den Nachbarn», schloss er. Dann sprang er mit einer unerwarteten Behändigkeit auf und tippelte querfeldein davon. Bald sah sie nur noch einen roten Fleck, der hin und wieder einen Sprung nach links oder rechts machte.

An der Abzweigung nach Betzenhausen brach der Himmel mit einem Knall auseinander und vergoss Ströme von warmem Regen über dem ausgedörrten Land. Als Catharina am Gasthaus ankam, war sie nass bis auf die Haut.

Lene hielt ihr die Tür auf: «Komm schnell rein und zieh dich um, du kannst Hemd und Schürze von mir haben.»

Catharina zitterte am ganzen Körper, als sie sich mit dem Tuch, das ihr Lene reichte, trocken rieb.

«Hoffentlich hast du dich nicht erkältet.»

Sie erzählte ihr, was am Morgen geschehen war, das mit Johann und die Begegnung mit dem roten Zwerg.

«Deinen Stiefbruder soll doch der Teufel holen – wenn wir ihn nur mal zu zweit erwischen könnten.»

Doch Catharina war von den geheimnisvollen Worten des alten Mannes inzwischen fast beunruhigter. «Glaubst du an Weissagungen?»

Lene hängte die nassen Kleider über einen Stuhl und überlegte. «Kommt drauf an. Bei der letzten Kirchweih hat mir so eine alte Vettel aus der Hand gelesen. Sie hat viel geredet, auch grausige Dinge. Da hab ich mir einfach nur die schönen Sachen gemerkt.»

«Und was war das?»

Lene kicherte. «Dass sich einmal drei Männer um mich schlagen werden. Und dass ich in einem vornehmen Haus leben werde.»

An diesem Tag gab es viel zu tun. Da es bis zum späten Nachmittag wie aus Kübeln goss, kamen mehr Gäste als sonst, auch ärmere Leute, die sonst ihr Brot am Straßenrand zu sich nahmen und jetzt einen trockenen Ort suchten. Als der letzte Fuhrmann gegangen war, mussten die beiden Gaststuben von Grund auf geputzt werden, da die Dielen voller Schlamm standen. Catharina scheuchte die Hühner hinaus in den Hof und machte sich an die Arbeit.

Beim Abendessen war sie völlig erschöpft.

Marthe reichte ihr die Schüssel. «Nimm dir noch was von dem Hirsebrei, du hast heute viel gearbeitet.»

Aber sie hatte keinen Hunger.

Marthe schaute sie an. «Lene hat mir alles erzählt. Dein Vater wird Johann schon zurechtstutzen, zerbrich dir also nicht den Kopf. Und was den alten Bartholo betrifft, diesen blinden Narren: Der hat zwar keine Augen im Kopf, aber er beobachtet besser als unsereins. Der weiß doch längst, wohin du gehörst und wer du bist. Ein Wahrsager ist er deshalb noch lange nicht.»

Eine Jahreszeit löste die nächste ab. Catharina arbeitete immer häufiger in der Gaststube. Sie bediente nicht nur die Gäste und bekam dabei immer mal ein paar Münzen zugesteckt, sondern kassierte auch meist ab, da sie flink im Kopfrechnen war. Im Sommer half sie beim Garbenbinden und beim Sichelschnitt, bis ihr der Rücken steif wurde. Die Tante selbst besaß außer dem Obstgarten nur wenig Land, gerade so viel, wie sie für das Pferd und die paar Schweine brauchten. Aber hier auf dem Dorf war es üblich, dass man den Nachbarn aushalf.

Catharina wusste bald, wie man butterte und Schnaps brannte, wie man reife Früchte dörrte und Heringe pökelte. Zweimal in der Woche buk sie zusammen mit der Hausmagd Brot. Der alte Lehmofen stand am Rand des Hofes, wo es zu den Obstwiesen hinaus ging. Sie mochte diese Arbeit, denn ihr Vetter war für das Feuer und die richtige Temperatur verantwortlich. Ganz anders als die übrigen Burschen seines Alters sah er in Catharina nicht das Mädchen, mit dem man seine Scherze treiben konnte, sondern suchte in ihr eine Gesprächspartnerin in seiner fast schon besessen zu nennenden Neigung, die Welt zu hinterfragen und den Geheimnissen der Dinge auf den Grund zu gehen. Oft saßen sie mit dem Rücken an die warme Ofenwand gelehnt und sinnierten über die Unendlichkeit des Himmels über ihnen, über die Beschaffenheit der Sterne oder über die Lebenskraft, die in einem winzigen Samenkorn steckte, bis Marthe sie aufscheuchte.

«Ihr seid nicht die hohen Herrschaften vom Gutshof, also los. Der restliche Brotteig muss angesetzt werden, und das Pferd läuft auch nicht von allein zum Schmied.»

Als die Tage kürzer wurden und das Laub der Auwälder in Rot und Gold aufflammte, nahm Christoph sie zum Sammeln von Eicheln für die Schweinemast mit. Er führte sie in den Mooswald. Catharina wusste, dass dies als Auszeichnung anzusehen war, denn das Herumschleichen im Wald der Lehener Herrschaft galt unter den Buben als Mutprobe. Mehr als einmal mussten sie sich in letzter Minute vor den Steinwürfen des aufgebrachten Waldhüters in Sicherheit bringen, außer Atem, Hand in Hand, mit prall gefülltem Beutel.

Lene sah sie tagsüber selten, da ihre Base für die Hausarbeit zuständig war: Sie musste sich um die Zwillinge kümmern und erledigte die Putz- und Flickarbeit, die Catharina verabscheute. Gott sei Dank hatte sie damit nichts zu tun. Abends lagen sie dann im Bett und tratschten wie die Marktweiber. Beinahe über jeden Gast konnte Lene eine Geschichte erzählen, wobei sich Catharina manchmal fragte, ob ihre Base es mit der Wahrheit so genau nahm.

«Stimmt das mit dem Freiherrn von Lehen?», fragte Catharina und zog sich die Bettdecke über die Schultern, als ob sie fröstelte. Sie war dem Gutsherrn einige Male in seinem eleganten Zweispänner begegnet. Die Leute im Dorf fürchteten ihn: Er sei jähzornig und habe oft üble Einfälle, um zu seinem Recht zu kommen.

«Was meinst du?»

«Dass er Mädchen entführt.»

Lene lachte laut auf.

«Mir macht er keine Angst. Ich musste einmal hinübergehen, um ihm einen eingelegten Hasen zu bringen. Da hat er mir übers Haar gestrichen und gesagt, ich sei ein schönes Mädchen. Aber seine Hände haben so gezittert, dass er nicht einmal eine Maus hätte festhalten können. Er ist alt und faltig wie eine getrocknete Zwetschge. Weißt du, was ich glaube? Manche Mädchen gehen freiwillig zu ihm, weil sie denken, wenn er ihnen erst ein Kind gemacht hat, können sie es sich gut gehen lassen.»

Wenn Lene so daherredete, bewunderte Catharina sie und kam sich so viel jünger und einfältiger vor als ihre Base. Vielleicht lag es daran, dass sie keine Geschwister hatte und nur mit ihrem Vater aufgewachsen war, denn sie verstand so wenig von diesen Dingen. Bei ihren ersten Gesprächen tat sie so, als seien ihr Lenes Erklärungen vollkommen einsichtig. Mit wachsender Vertrautheit aber fragte sie nach: Wieso gehen manche Mädchen zum Gutsherrn? Was passiert dann? Wieso ist die Hausmagd neulich so erschrocken, als sie ihr abends im Stall begegnete? Was passiert da drüben beim Schmied, wenn nachts trunkenes Gelächter herüberschallt?

Und Catharina erfuhr nach und nach, dass sich die Vorgänge, die sie von klein auf bei Tieren beobachtet hatte, recht einfach auf die Menschen übertragen ließen. Ein wenig war sie darüber enttäuscht.

Einmal – Catharina war schon fast eingeschlafen – fragte Lene: «Sag mal, kennst du die Spinnstube?»

30

Catharina schüttelte den Kopf.

«Das ist die Stube beim dicken Müller. Immer von Erntedank an treffen sich dort die ledigen Frauen abends zum Arbeiten. Sie spinnen und stricken und nähen dort den Winter über, um bei sich zu Hause Holz und Licht zu sparen. Dem alten Müller geht es ganz gut dabei, denn Essen und Trinken lässt er sich bezahlen. Und hübsche Mädchen hat er auch um sich.»

«Woher haben die Mädchen das Geld, Essen und Trinken zu bezahlen?»

Lene lachte.

«Das bezahlen doch nicht die Mädchen. Am späten Abend kommen die Burschen aus dem Dorf und singen und trinken mit ihnen. Und nicht nur das. Komm, ich zeig's dir.»

Catharina verspürte wenig Lust, aus dem warmen Bett aufzustehen, aber wie immer siegte ihre Neugier. Sie zogen sich schnell an. Da in der Küche Marthe und Christoph über den Haushaltsbüchern saßen, mussten sie aus dem Fenster steigen. Leise schlichen sie durch den Obstgarten, überquerten die Landstraße und gingen am Dorfbach entlang bis zum Müller'schen Hof. Im Erdgeschoss waren die Läden verschlossen.

«Wir müssen in den Hinterhof, da ist ein Fenster offen.»

Sie kletterten eine Mauer hoch. Unter ihnen funkelten die Augen eines zottigen Hundes, der sie anknurrte.

«Das ist Michel, der kennt mich», flüsterte Lene, sprang in den Hof und tätschelte dem Hund den Kopf.

Aus dem Fenster drang lautes Singen und Lachen. Sie blickten in einen großen Saal, von ein paar Öllampen eher spärlich erleuchtet. Auf den ersten Blick war kaum zu erkennen, wer die Burschen, wer die Mädchen waren, denn alle saßen oder standen dicht beieinander. Da begannen Fidel und Sackpfeife aufzuspielen, mehr laut als melodisch, und sofort hatten sich zahlreiche Paare gefunden und wirbelten in schnellem Rhythmus im Kreis, dass die Röcke nur so flogen.

Lene stieß sie an. «Schau mal, da in der Ecke, die dicke Ursel, die Tochter vom Sattler.»

Auf Ursels Schoß saß ein Mann, den Catharina nur vom Sehen kannte. Er hatte eine Hand in ihr offenes Leibchen geschoben, mit der anderen hielt er einen Krug Bier an ihre Lippen. Dann küsste er sie. Daneben hockte der Metzgerlehrling mit dem Kopf auf der Tischplatte, offensichtlich völlig betrunken, und ein Mädchen goss ihm Wasser oder Wein über den Kragen.

Catharina stand wie gebannt. Da schien das halbe Dorf zusammengekommen zu sein. Fast gleichzeitig entdeckten sie ihre Hausmagd. Laut singend saß sie auf einem Tisch, vor ihr kniete ein Mann, den sie nicht erkennen konnten, da er seinen Kopf unter ihren weiten Rock geschoben hatte, und neben ihr stand der älteste Sohn ihres Nachbarn und versuchte, ihr Ohr zu küssen. Nur wenige Mädchen hatten noch ihr Näh- und Flickzeug vor sich liegen. Hin und wieder kam der alte Müller, brachte frisches Bier und klatschte einem Mädchen auf den Hintern.

«Los, ich zeig dir noch was. Hinter der Mühle liegen die Paare nur so aufeinander herum.»

Aber Catharina hatte genug, sie fror und war müde. Auf dem Heimweg fragte sie, ob Christoph auch schon in der Spinnstube gewesen sei. Lene konnte das zwar nicht mit Sicherheit verneinen, aber sie glaubte es nicht. Ihr Bruder habe mit solchen Sachen wohl nicht viel im Sinn. Catharina freute sich über diese Antwort. Zu albern war ihr das Treiben im Müllerhaus vorgekommen.

Seit jenem Zusammenstoß mit ihrem Stiefbruder Johann hatte Catharina keine einzige Nacht mehr in ihrem Elternhaus verbracht. Ihre Besuche wurden noch seltener und kürzer. Zwar hatte ihr Vater, wie versprochen, am selben Abend mit Johann geredet, und Hiltrud und er waren übereingekommen, ihn auf die städtische Lateinschule zu schicken – Catharina wusste, dass

Hiltrud ihren Ältesten für sehr begabt hielt und sich daher weigerte, ihn in die Lehre zu geben –, aber das war wohl gerade das Falsche gewesen. Johann kam nun nächtelang nicht heim, trieb sich, was für Schüler streng verboten war, in Schenken herum, und wenn er zu Hause war, sprach er mit niemandem ein Wort oder war betrunken. Catharina wurde zufällig Zeuge, als eines Tages der Schulmeister ins Haus ihres Vaters platzte und klagte, dass der Junge für seine Schule nicht mehr tragbar sei, er habe einen sehr schlechten Einfluss auf die anderen Schüler.

«Er hat keine Disziplin und keine Moral. Davon abgesehen ist er, verzeiht, wenn ich das so offen sage, auch nicht gerade der Hellste. Der gute alte Donatus, der einfachste aller Grammatiker, scheint ihm Chinesisch rückwärts zu sein. Ich verwette meinen Talar, dass Euer Sohn nicht einmal die Quarta schafft!»

Hiltrud verteidigte ihren Sohn und warf dem Schulmeister vor, dass er sich für das hohe Schulgeld, das sie bezahle, ganz offensichtlich nicht genug Mühe gebe. Sie einigten sich schließlich, nachdem ihm Hiltrud ein paar Gulden monatlich «ganz zu seiner eigenen Verfügung» versprochen hatte. An Johanns Verhalten änderte das selbstredend keinen Deut. Catharina war es vollkommen einerlei, was aus Johann wurde, ihr einziges Bestreben war, ihm aus dem Weg zu gehen. Fast hatte sie vergessen, dass er im Hause ihres Vaters wohnte, als er ihr an einem nebligen Herbstnachmittag auflauerte.

Sie war mit Lene in der Stadt gewesen, um Salz und Gewürze zu kaufen, und hatte anschließend noch bei ihrem Vater vorbeigesehen. Es war spät geworden, die Tore würden bald schließen, und Lene wartete sicher schon ungeduldig am Fischbrunnen auf sie. Eilig überquerte Catharina den Gewerbekanal vor ihrem Elternhaus, als sich aus dem düsteren Gemäuer des Augustinerklosters eine Gestalt löste und ihr den Weg versperrte.

«Aha, mein Schwesterchen hat uns wieder besucht. Wie schade, dass ich nicht zu Hause war.»

Ein Grinsen breitete sich auf Johanns Gesicht aus, als Catharina ängstlich zurückwich. Breitbeinig folgte er ihr, die Arme auf ihren Hüften, sein Atem stank nach Schnaps. Als eine Gruppe Mönche aus dem Tor trat, ließ er von ihr ab.

«Eines Tages packe ich dich, dass dir Hören und Sehen vergeht», zischte er und spuckte vor ihr aus. Dann ging er mit schwankenden Schritten nach Hause. Catharinas Knie zitterten. In diesem Moment hätte sie alles darum gegeben, Johann für immer aus ihrem Leben zu verbannen.

Natürlich stammte dieser dumme Einfall mit dem Verwünschen von mir, eine alberne Kinderei, von der ich nie gedacht hätte, dass Catharina sie ernst nehmen würde. Ich möchte schwören, dass sie sich vorher und nachher nie wieder mit schwarzer Magie beschäftigt hat, genauso wenig wie ich, doch ich suchte irgendetwas, um sie von ihren Ängsten abzulenken. Denn seit dieser Begegnung mit Johann schlief sie nachts schlecht, hatte Albträume, ihre ganze Fröhlichkeit und Neugier waren auf einmal verschwunden.

«Du musst deinen Stiefbruder verwünschen.»

Dieser Satz rutschte mir also eines Abends, nachdem wir das Licht gelöscht hatten, einfach so über die Lippen. Erst an ihrem stockenden Atem, daran, dass ihre Hand auf meinem Arm plötzlich eiskalt wurde, bemerkte ich, wie ernsthaft sie dieser Vorschlag traf.

«Was muss ich dafür tun?», flüsterte sie.

Ich hatte zwar von zahlreichen magischen Zaubern gehört, kannte zur Genüge die Prahlereien der Dorfjungen, wenn sie sich damit brüsteten, um Mitternacht unter dem Galgen nach den kostbaren Alraunwurzeln zu graben, diesen Wurzeln, die sich angeblich aus Schweiß, Urin und Samen der Gehenkten bildeten und ihrem Besitzer unermessliche Kräfte verhießen. Beim Ausreißen musste man mit List vorgehen, denn die Alraune schrie dabei wie ein Mensch vor Schmerz und konnte den Gräber damit in Wahnsinn und Tod treiben. Dieser Gefahr entging man am besten mit einem

*schwarzen Hund, dem man die freigelegte Wurzel an den Schwanz
band und ihn dazu trieb, sie herauszuziehen. Anschließend musste
dieser Hund zwar eines elenden Todes sterben, dafür blieb man
selbst unversehrt.*

*Dies alles war mir zwar wohl vertraut, doch selber hatte ich sol-
che Rituale noch nie angewandt – davon abgesehen, dass ich diese
Dinge eher lächerlich fand. Doch ich wollte mir in diesem Moment
keine Blöße geben, außerdem freute ich mich, dass Catharina meinen Rat brauchte, denn es kränkte mich, wie innig das Verhältnis
zwischen ihr und Christoph geworden war – gerade so, als sei ich
nicht mehr wichtig. Du musst wissen, Marthe-Marie, dass ich
Christoph fast abgöttisch liebte, auch wenn er nur mein Halbbruder war, und ich konnte kaum mit ansehen, mit wie viel Aufmerksamkeit er Catharina bedachte.*

*Nun gut – ich holte tief Luft und sagte: «Es ist ganz einfach. Du
denkst drei Abende hintereinander beim Einschlafen an nichts anderes, als dass Johann ersticken, ersaufen oder vom Blitz getroffen
werden soll oder was weiß ich. Du musst es aber mit aller Inbrunst
tun. Dann stehst du jedes Mal vor Sonnenaufgang auf und begräbst
ein totes Tier. Ich verspreche dir, du siehst den Kerl danach nie wieder.»*

Catharina wollte mit solcher Zauberei nichts zu tun haben.
Doch sie kam nicht dagegen an, dass der Gedanke, es wenigstens zu versuchen, mehr und mehr von ihr Besitz ergriff. Ein un-
überwindliches Hindernis schien ihr allerdings das Ritual mit
den toten Tieren, denn sie konnte keiner Maus etwas zuleide
tun. Am nächsten Tag klaubte sie eine der vielen Spinnen, die
vor dem nasskalten Herbst in die Häuser flüchteten, aus ihrem
Bett, setzte das Tier auf den Boden und zermalmte es mit großem Widerwillen mit ihrem Holzschuh. Anschließend machte
sie sich auf die Suche nach zwei weiteren Opfern.

Als sie gerade die dritte Spinne in der Küche zertrat, wurde sie von Marthe überrascht.

«Was machst du da?»

Catharina bekam einen roten Kopf. Vor kurzem erst hatte ihre Tante erklärt, dass Spinnen nützliche Tiere seien und dass das Gerede, sie würden Unglück bringen, dummes Geschwätz sei.

Kopfschüttelnd kehrte Marthe das zerquetschte Tier in den Hof. Stunden später, als sich Catharina unbeobachtet fühlte, las sie es auf und legte es zu den beiden anderen in ein Kästchen. Für das weitere Vorgehen bot ihr Lene bereitwillig Hilfe an. Nachdem die anderen zu Bett gegangen waren, setzten sie sich auf den nackten Boden und entzündeten ein Talglicht. Sie kamen überein, dass Johann von Räubern entführt werden sollte. Lene flüsterte ein paar unverständliche, düster klingende Worte, die Catharina nachsprechen musste, dann schwenkte sie das Licht in die vier Himmelsrichtungen.

Vor Aufregung blieb Catharina wach, bis sich der Himmel im Osten grau verfärbte. Dann stand sie auf, nahm das Kästchen mit den toten Spinnen und schlich in den Obstgarten. Es war kalt, und ein stürmischer Wind riss das Laub von den Bäumen. Zitternd ging sie hinüber zum Kräuterbeet, wo die Erde am lockersten war. Nachdem sie die erste Spinne begraben hatte, bekreuzigte sie sich, obwohl sie nicht so recht wusste, ob das helfen oder schaden würde. In der folgenden Nacht tauchte eine Schwierigkeit auf, mit der sie nicht gerechnet hatte: Sie wachte erst am späten Morgen auf, als die Hausmagd an die Tür klopfte. Wenn sie auf irgendeinen Erfolg hoffen wollte, würde sie die nächsten beiden Nächte wach bleiben müssen.

Bis auf Lene wunderten sich alle, wie müde und unaufmerksam Catharina in den nächsten Tagen ihre Arbeit verrichtete. Catharina war heilfroh, als das Unternehmen vollbracht war. Außerdem glaubte sie gar nicht so recht an das Gelingen ihrer

Verwünschung, da sie ja eine Nacht verschlafen hatte. Und es geschah auch erst einmal gar nichts. Wahrscheinlich hatte ihr Vater Recht, wenn er sämtliche Gerüchte über Magie mit der Bemerkung «Wunder verrichtet nur der liebe Gott» ins Reich der Lügen verwies.

Mittlerweile war es November geworden. Johann war nun endgültig aus der Lateinschule ausgeschlossen worden, da hatten Hiltruds sämtliche Überredungskünste nichts genutzt. Nun lungerte er von morgens bis abends in den Gassen herum, beleidigte ehrbare Bürger oder zettelte Raufereien mit anderen Burschen an. Catharina wagte sich ohne Lene nicht mehr in die Stadt.

Es war die Zeit des Schweineschlachtens. Die Freiburger Metzger machten ihre Runde durch die Dörfer und boten ihre blutigen Dienste an. An jenem Morgen erwachte Catharina von gellenden Schreien, die nicht enden wollten. Sie presste sich die Hände gegen die Ohren, zog die Decke über den Kopf, doch es war vergeblich. Widerstrebend stand sie auf und kleidete sich an. Es war sicher schon spät. Marthe hatte sie schlafen lassen, weil es gestern in der Gaststube spät geworden war. Und sicher auch, weil Catharina beim Schlachten nicht gern dabei war.

Die beiden Schweine hingen an den Hinterläufen vom Vordach des Stalls, mit heraushängender Zunge, den Bauch weit geöffnet. Christoph und der Lehrbub des Metzgers schütteten den Zuber mit dem heißen Wasser aus, während Marthe mit dem Meister die ausgenommenen Tiere begutachtete. Catharina betrat die Küche. Vor einem riesigen Kessel dampfender Blutsuppe stand Lene und rührte, damit das Blut nicht zu gerinnen begann.

«Na endlich. Mach mal weiter, mir fällt gleich der Arm ab.»

Catharina nahm den schweren Holzlöffel. Angewidert von dem süßlichen Geruch drehte sie den Kopf zur Seite. Lene richtete unterdessen kräftiges Graubrot, Speck und Käse als Morgenmahl her. Für die Männer füllte sie Bier in Krüge. Dabei trank sie selbst genüsslich ein paar Schlucke.

Marthes kräftige Gestalt erschien in der Küchentür.

«Ist alles gerichtet? Die Männer haben Hunger.» Ihr Blick fiel auf Catharina. «Ach, Cathi, weißt du übrigens, was mir der Metzger eben erzählt hat? Johann ist seit drei Tagen spurlos verschwunden.»

«Ist das wahr?» Catharina wurde bleich. Lene versetzte ihr einen Tritt gegen das Schienbein.

«Siehst du, was hab ich dir gesagt!», rief sie, als sie wieder allein waren. «Du hast es geschafft! Jetzt hockt dieses Scheusal hungernd und frierend in einer Höhle und wartet darauf, dass ihm die Räuber den Kopf abschlagen.»

«Hör auf, so zu reden.» Catharina umklammerte den Holzlöffel, als müsse sie sich daran festhalten. Ihr war alles andere als wohl bei dem Gedanken, dass Johann etwas zugestoßen sein könnte.

Sie versuchte, nicht mehr an ihren Stiefbruder zu denken. Doch als er nach zehn Tagen immer noch nicht aufgetaucht war, war sie sich seines Todes so gut wie sicher. Irgendwann würde seine Leiche gefunden werden – und was sollte sie dann dem Vater sagen? Dass sie schuld war an Johanns Tod? War das, was sie getan hatte, Mord?

Die Geschichte der Besenmacherin Anna Schweizerin aus der Wolfshöhle kam ihr in den Sinn. Sie sei dem Teufel verfallen gewesen, sagten die Leute, und habe mit ihrer Hexenkunst, Hagel zu sieden, etliche Bürger und Bauern geschädigt. So sei es nur rechtens gewesen, dass man sie bei lebendigem Leib verbrannt hatte.

Wieso bloß hatte sie auf Lene gehört?

Catharina hatte sich tatsächlich eingebildet, sie habe Johann mit ihren magischen Kräften umgebracht. Zwei Tage lag sie nerven-

krank und mit hohem Fieber im Bett, von Albträumen geplagt, bis schließlich die Nachricht kam, Johann stecke in Straßburg.

Herr im Himmel, verzeih mir – aber wäre dieser Kerl nur schon damals verreckt. Das hätte Catharina und mir so vieles erspart.

3

Ganz plötzlich wurde es Winter. Eine Woche vor Weihnachten wachte Catharina auf und wusste sofort, dass es geschneit hatte. Es war, als ob sie den Schnee riechen konnte. Die Geräusche von draußen klangen gedämpft.

Sie sprang aus dem Bett und lief zum Fenster. Im Licht der Morgendämmerung schimmerte der Schnee violett.

«Lene, es hat geschneit!» Sie rüttelte Lene an der Schulter.

«Na und? Das kommt vor im Winter.» Unwillig verkroch sich Lene noch tiefer unter der Decke.

In der Küche saßen Marthe und Christoph beim Morgenmahl. Christoph füllte ihr einen Teller mit heißer Milchsuppe.

«Hilfst du mir beim Schneeschippen?»

«Gern.»

Die Wollmütze tief ins Gesicht gezogen, trat sie aus dem Haus. Es war eiskalt, und der Schnee knirschte trocken unter ihren Schritten. Wie konnte in einer Nacht nur so viel Schnee fallen!

Als die Sonne über den Schwarzwald stieg, wurde das fahle Blau des Himmels kräftiger, und die weiße Landschaft begann zu glitzern. Nachdem sie den Hof freigeschaufelt hatten, lachte Christoph sie an.

«Die roten Wangen stehen dir gut. Du siehst richtig hübsch aus.»

Sie wandte ihr Gesicht ab. Seit einiger Zeit machten seine Bemerkungen sie sofort verlegen.

39

Da trat eine vermummte Gestalt durch das Hoftor. Zu ihrem Erstaunen erkannte sie ihren Vater.

«Guten Morgen, ihr beiden.» Er klopfte sich den Schnee von den Stiefeln. «Kommt ihr mit hinein? Ich habe etwas zu besprechen.»

Gemeinsam gingen sie zu Marthe in die Küche. Hieronymus holte tief Luft.

«Hiltrud und ich sind übereingekommen, dass wir euch für Heiligabend einladen möchten.» Er warf einen Seitenblick auf Catharina. «Johann will in Straßburg bleiben, und so könnten wir gemütlich feiern und wären alle mal wieder beisammen.»

Catharina fragte sich, wie viel Überredungskunst ihn Hiltruds Einwilligung wohl gekostet haben mochte.

«Das ist schön, Hieronymus.» Marthe strich sich die Schürze glatt. «Aber ich muss die Wirtschaft führen, wir können es uns an so einem Tag nicht leisten, zu schließen.»

«Geh du nur, Mutter», sagte Christoph. «Ich übernehme das schon.»

Als Catharina ihren Vater zur Tür brachte, griff Hieronymus nach ihrer Hand und hielt sie so fest, dass es schmerzte.

«Cathi, glaub mir bitte, ich habe das so nicht gewollt. Du darfst nicht meinen, dass ich dich aus deinem Elternhaus verstoßen habe. Oft denke ich, dass deine Mutter traurig wäre, wenn sie das alles wüsste.»

Catharina nickte nur und gab ihm einen flüchtigen Kuss auf die Wange. Das hätte er sich früher überlegen können.

Sie hatten sich festlich herausgeputzt. Die Tante trug ein hochgeschlossenes Kleid aus grauem Tuch mit einer kleinen weißen Krause um den Hals, die Haare unter einer bestickten Haube verborgen, und die beiden Mädchen dunkelgrüne Kattunkleider und Kopftücher. Die Zwillinge Wilhelm und Carl hatten sich zu diesem Anlass sogar das struppige Haar schneiden lassen.

40

Zur Begrüßung schenkte ihnen der Vater heißen Rotwein ein. Nachdem Hiltrud endlich erschienen war – «Samt aus Flandern», erklärte sie, als sie ihr neues Kleid vorführte –, zogen sie bei einbrechender Dunkelheit zum Münsterplatz, um die Messe zu besuchen. Vor dem Hauptportal drängte sich im Schein der Pechfackeln eine dichte Menschenmenge.

Catharina entdeckte ihre alte Lehrerin, die sie herzlich begrüßte.

«Cathi, mit dir habe ich eine meiner begabtesten Schülerinnen verloren.» Sie sah sich schnell um und fügte leiser hinzu: «Hier in der Stadt geht das Gerücht, dass deine Stiefmutter deinem Vater das Geld aus der Tasche zieht und ihn in den Ruin treibt. Schau sie dir nur an, wie sie angezogen ist, und für deinen Unterricht hatte sie keinen Pfennig übrig.» Die Molerin schüttelte empört den Kopf. «Aber was soll man machen, es gibt einfach Weibsbilder, die verdrehen den besten Männern den Kopf. Ich fürchte, die Zeiten sind vorbei, in denen gestandene Frauen selbst für ihr Leben aufkommen. Versprich mir, dass du eines Tages deinen Töchtern Lesen und Schreiben beibringst.»

Bevor Catharina etwas erwidern konnte, setzten sich die Umstehenden in Bewegung, und sie verabschiedeten sich eilig.

Catharina war jedes Mal gefesselt von der erhabenen Größe und Schönheit des Münsters. Sie verstand nicht viel von dem, was vor sich ging, sondern ließ sich einhüllen vom Geruch nach Weihrauch und altem Gestein, den lateinischen Worten des Bischofs und dem monotonen Gesang der Gemeinde.

Jetzt, im flackernden Licht der unzähligen Kerzen, wirkten die hohen, düsteren Mauern des Münsters fast bedrohlich, doch bei Tageslicht, wenn die Sonne durch die bunten Fenster schien und der Sandstein rosa schimmerte, konnte sie sich nicht satt sehen an den unzähligen Figuren und Bildern.

Stunden um Stunden hatte sie als Kind damit verbracht, diesen Bildnissen ihre Geheimnisse zu entlocken und die Geschichten, die sie erzählten, weiterzuspinnen. Da gab es am Pfeiler des Querhauses eine Skulptur, die ein Rudel zähnefletschender Wölfe beim Schulbesuch zeigte. Einer der Wölfe hielt Feder und Buch in den Pfoten, ein anderer bekam vom Schulmeister einen kräftigen Rutenstreich übergezogen. Catharina wusste, dass sich hinter diesem mächtigen Stein der Zugang zu einem unterirdischen Gang verbarg, der zum Burgberg hinaufführte. Das erzählten sich jedenfalls die Kinder und Dienstmägde.

Dann die kunstvollen Glasmalereien, die von den Zünften gestiftet waren und Szenen aus ihrer Arbeit oder Darstellungen der Heilsgeschichte zeigten. Das Fenster der Schmiedezunft über dem Nordportal hatte sie besonders ins Herz geschlossen: Im Stall zu Bethlehem zappelte das Jesuskind lachend in der Luft, von Ochs und Esel an seiner Windel hochgezogen. Maria reckte die Hände nach ihrem Sohn, Joseph haute den Tieren mit einem Stab auf die Mäuler. Um wie viel lieber war Catharina dieses Bild als die vielen grausamen Darstellungen der Leiden Christi. Sie blickte hinüber zu ihrem Vater und dachte daran, dass es immer sein größter Wunsch gewesen war, ein Bildnis für dieses Gotteshaus anzufertigen.

Als sie nach der Messe heimkehrten, hatte die Köchin, die eigens für diesen Abend eingestellt worden war, schon den Tisch gedeckt. Sie waren alle durchgefroren, obwohl der Weg zum Münster nicht weit war, und wärmten sich am Kachelofen. Auch eine Neuerung, die Hiltrud durchgesetzt hatte, dachte Catharina nicht ohne Bitterkeit. Marthe und ihr Vater indessen strahlten, froh darüber, endlich wieder zusammen zu sein.

Sie ließen es sich schmecken, so ein Festessen kam nicht alle Tage auf den Tisch: Saukopf und Lendenbraten in saurer Soße gab es, danach Hecht in Sülze, und ein verführerischer Duft kündigte Käsekuchen als Nachtisch an.

Es hätte ein wunderbarer Abend werden können, wäre nicht

die Sprache auf Johann gekommen. Marthe hatte ihren Bruder gefragt, wieso der Junge zu Weihnachten nicht nach Hause gekommen sei. An Hieronymus' Stelle antwortete Hiltrud.

«Mein Sohn ist sehr beschäftigt. Er hat große Pläne als Händler, nur leider werden ihm in Straßburg von allen Seiten Knüppel zwischen die Beine geworfen.»

«Und leider trinkt er zu viel», entfuhr es Hieronymus.

Hiltrud warf ihm einen bösen Blick zu.

Marthe hakte nach: «Stimmt es, dass er aus diesem Grund aus der Lateinschule geworfen wurde?»

«Der Junge ist begabter als andere, das haben ihm seine Mitschüler geneidet», antwortete Hiltrud bissig. «Die hatten doch nichts anderes im Sinn, als ihn vom Lernen abzuhalten, und haben ihn deshalb von einer Schenke zur nächsten geschleift.»

«Er wird sich nicht allzu sehr dagegen gewehrt haben», sagte Lene und wischte sich die fettigen Finger an ihrer Schürze ab.

Das war eine Bemerkung zu viel. Wütend fauchte Hiltrud ihre Schwägerin an: «Du solltest deine Kinder besser im Zaum halten. Deine Tochter hat ein reichlich freches Mundwerk. Aber ich habe längst gemerkt, dass ihr glaubt, was Besseres zu sein mit eurem protzigen Gasthaus da draußen. Uns Handwerkerfamilien geht es immer schlechter, während ihr euren Nutzen daraus schlagen könnt, dass die Leute bis zum Sankt-Nimmerleins-Tag fressen und saufen werden. Da könnt ihr euch leicht das Maul zerreißen, wenn ein strebsamer Bürger für seine Söhne etwas Besseres will.»

Beim letzten Satz sprang sie auf, wobei ihr Trinkgefäß aus edlem Noppenglas zu Boden fiel und zersprang.

«Und Kultur habt ihr auch keine, ihr sitzt ja mit euren Hühnern und Schweinen am Tisch und esst aus Kürbisschalen», rief sie mit Blick auf die Glasscherben und rannte in ihre Schlafkammer.

Der Vater stand seufzend auf und ging ihr nach.

Die festliche Stimmung war zerstört. Als die Köchin den letzten Gang auftrug, hatte bis auf die Jungen niemand mehr Appetit.

Lene murrte. «Am liebsten würde ich jetzt nach Hause gehen. Aber die Stadttore sind wahrscheinlich längst geschlossen.»

Catharina kehrte das zerbrochene Glas zusammen und wischte den Rotwein vom Boden. Sie war überrascht, dass Marthe ihrer Tochter keine Vorwürfe machte. Aber schließlich war ja auch ihre Stiefmutter beleidigend geworden und nicht Lene.

Der Vater blieb in der Schlafkammer verschwunden. Seine leise Stimme war selten zu hören, seine Frau schien ihm ständig ins Wort zu fallen. Catharina starrte an die Decke, die im Schein des Kerzenleuchters flackerte. Wieso setzte sich ihr Vater gegen diese raffgierige, herrschsüchtige Frau nicht zur Wehr?

«Es tut mir Leid», flüsterte Lene, als sie sich später neben Catharina auf die Strohmatte legte. «Ich weiß, wie sehr du dich auf diesen Abend gefreut hast, und jetzt haben wir alles verdorben.»

Hiltrud bekamen sie auch am nächsten Morgen nicht zu sehen. Hieronymus war grau im Gesicht und sah müde aus.

«Marthe, Cathi», er zögerte einen Moment, «es fällt mir schwer, es euch zu sagen – Hiltrud möchte euch hier im Haus nicht mehr sehen.»

Er drehte ihnen den Rücken zu.

Marthe legte den Arm um ihn. «Vielleicht renkt sich alles wieder ein. Wir lassen euch jetzt erst einmal allein.»

Sobald sie in Lehen angekommen waren, setzte sich Catharina auf ihr Bett und faltete das Schaffell auseinander, das ihr Vater ihr zum Abschied geschenkt hatte. Darin eingewickelt fand sie ein Blatt Papier mit der ungelenken Handschrift des Vaters und das vertraute Bildnis ihrer Mutter. Ihre Hände bebten, als sie den weichen lächelnden Mund und den liebevollen Blick dieser Frau betrachtete. Dann nahm sie den Brief zur Hand.

«Ich hoffe, ich habe dir in den Jahren bei mir so viel geben können, wie ein Vater seiner Tochter geben kann. Ich werde dich weiterhin lieben, wie ich außer dir nur deine Mutter geliebt habe. Aber ich bin alt geworden und fühle mich am Ende meiner Kraft. Bitte verzeih mir», waren die Worte ihres Vaters.

Sie weinte stundenlang, weinte die seit vielen Monaten unterdrückten Tränen.

Marthe hatte Unrecht gehabt: Nichts renkte sich mehr ein. Seit jenem unseligen Streit an Weihnachten hatte keiner von ihnen mehr den Fuß in Hieronymus' Haus gesetzt. Sooft es der Vater ermöglichen konnte, kam er sonntags nach Lehen heraus, auch bei Eis und Schnee. Allen fiel auf, wie schnell er plötzlich alterte. Sein Rücken war krumm geworden, seine Stimme leise, und gesundheitlich ging es ihm zunehmend schlechter.

Catharina fand sich damit ab, dass sie eine neue Familie gefunden hatte, und schaffte es manchmal sogar, ihren Vater aufzuheitern.

Einmal belauschte sie Marthe und ihren Vater in der Küche.

«Ich weiß, Hieronymus, dass du dich am Anfang von Hiltruds Äußerem hast blenden lassen. Aber warum trennst du dich jetzt nicht von ihr?»

«Wie soll das gehen, ich arbeite doch im Dienst der Kirche! Weder bestiehlt sie mich, noch verweigert sie die ehelichen Pflichten. Die ich übrigens schon lange nicht mehr in Anspruch nehme», setzte er bitter hinzu.

Die langen Winterabende gaben ihnen viel Zeit, in der Küche am Herdfeuer zu sitzen. Wenn die Mädchen mit ihrem Flick- und Strickzeug, die Jungen mit irgendwelchem Werkzeug, das auszubessern war, Platz genommen hatten, begann die Stunde des Geschichtenerzählens. Marthe besaß die gleiche Begabung dafür wie Catharinas Vater. Mit dem Unterschied, dass ihre Geschichten nicht von fernen Ländern und berühmten Menschen handelten, sondern aus der Gegend stammten.

«Als ich gerade mal laufen konnte und Cathis Vater ein richtig unausstehlicher Bub war», begann sie eines Abends und nahm ihr Flickzeug auf, «da brachen hier in der Gegend die ersten Aufstände der Bauern aus. Hieronymus und ich können uns natürlich nicht an diese Zeit erinnern, aber unsere Großmutter Agnes, eure Urgroßmutter, die haben wir noch ganz gut in Erinnerung. Heute erzähle ich euch, wie sie beinah einmal zum Tode verurteilt worden wäre», sagte Marthe und steckte eine neue Kerze an.

Die aufständischen Bauern hatten im Frühjahr jenes Jahres die Stadt Freiburg von allen Seiten umstellt und belagerten sie. Ihre Führer waren zäh und verlangten nichts weniger als die Kapitulation der Stadt. Im Mai wurden die Verhandlungen vonseiten der Obrigkeit abgebrochen, und die Aufständischen erstürmten die Burg und beschossen die Stadt von oben. Die Bürger waren in Angst und Schrecken versetzt, sodass eiligst ein Waffenstillstand vereinbart und zum Schein ein Abkommen mit den Bauern getroffen wurde. Dies war natürlich ein Hinterhalt. Die Aufständischen wurden besiegt, ihre Führer noch auf Jahre hinaus verfolgt und erbarmungslos verurteilt. Irgendwann wurde auch Agnes vor Gericht geladen.

«Unsere Großmutter hatte nämlich während der Belagerung der Stadt nichts Besseres zu tun gehabt, als den Rebellen als Bote zu dienen. Und das in ihrem Alter! Sie muss damals schon weit über fünfzig gewesen sein. Doch sie kannte einige der Rebellen und war fest entschlossen herauszufinden, was es mit der Bedrohung durch die Bauern auf sich hatte.»

«Vielleicht war sie auch nur in einen von ihnen verliebt», kicherte Lene.

«Als sie sich auf den Weg zu den Belagerern machen wollte», fuhr ihre Mutter fort, «wurde sie von ihren Verwandten flehent-

46

lich gewarnt, der Teufel werde sie totschießen, sie aber lief schnurstracks zum Predigertor. Dort ließen sie die Wachen natürlich nicht durch, aber sie kannte eine geheime Pforte. Als sie auf den Trattmatten, wo die Bauern ihr Lager aufgeschlagen hatten, ankam, tat sie so, als wolle sie Gras fürs Vieh sammeln. Bald sah sie einige bekannte Gesichter und kam mit den Aufständischen ins Gespräch. An deren Gedanken fand sie nichts Schlechtes: dass sie alle vor Gott gleich seien, ob Geistlicher oder Adliger, Bürger oder Bauer, und dass sie am Jüngsten Tag allesamt nach ihren Taten und nicht nach ihrem Stand gerichtet würden. Und wo in der Heiligen Schrift stünde geschrieben, dass nicht auch ein Schneider oder ein Bauer als Amtswalter gewählt werden könne? Sie nahm bereitwillig einen Brief mit, den sie der Obrigkeit übergeben sollte, ohne sich zu erkennen zu geben. Anschließend zog sie durch die Gassen und verkündete lauthals, dass Hunderte von Menschen vor den Toren lagerten, die gut ausgerüstet seien und den gemeinen Mann nicht schädigen wollten. Man möge sich ihnen doch anschließen, sie forderten nichts Unrechtes, sondern gemilderte Abgaben, freien Zugang zum Wald, zu Fischgründen und Gewässern, die Wahl ihres Pfarrers sowie die Besetzung von Ämtern und Dorfgerichten.»

«Mich wundert, dass sie bei diesen Predigten nicht gleich von der Stadtwache festgenommen wurde», warf Christoph ein.

«Die Stadtwache war wohl zu sehr mit dem Sichern der Tore und Stadtmauern beschäftigt, als dass sie sich um eine verrückte alte Frau kümmern konnten. Jedenfalls hat sie ein Jahr später irgendwer angeschwärzt. Sie musste vor Gericht und berichtete dort freimütig, wie sich alles zugetragen hatte. Wegen Landesverrats wurde sie anschließend zum Tode verurteilt, nur hatte von den Gerichtsherren niemand damit gerechnet, was für eine beliebte und angesehene Frau eure Urgroßmutter in Lehen war. Selbst der damalige Grundherr schickte eine Bittschrift, man möge doch die gute Frau laufen lassen. So kam sie mit einer

Geldstrafe von hundert Gulden davon – was sie allerdings an den Rand der Armut gebracht hat.»

Catharina war beeindruckt vom Mut dieser Frau. Abgesehen von Tante Marthe, der Schulmeisterswitwe und, leider Gottes, ihrer schrecklichen Stiefmutter kannte sie nur Frauen, die sich von ihrem Mann oder ihrem Vormund gängeln ließen. Hatten sich die Zeiten geändert, oder war auch Agnes eine Ausnahme gewesen?

4

Bis Anfang März lag Schnee. Die Bauern warteten ungeduldig auf den Moment, wo sie mit Pflügen beginnen konnten. Auch Christoph konnte das Frühjahr kaum erwarten. Er brannte darauf, Catharina zur Lehener Kirchweih an Ostern zum Tanz auszuführen. Etwas hatte sich verändert zwischen ihm und seiner Base. Das Unbekümmerte, Arglose in ihrem Verhältnis war seit einiger Zeit einer unerklärlichen Spannung gewichen. Sie wich seinem Blick aus und vermied es, mit ihm allein zu sein. Womöglich war er ihr an ihrem Geburtstag zu nahe getreten – da hatte er allen Mut zusammengenommen und ihr die zierliche Flöte überreicht, die er an den Winterabenden geschnitzt hatte. Vor allem: Er hatte sie geküsst, wenn auch nur unbeholfen und flüchtig auf die Wange.

Endlich schmolz der Schnee, und binnen weniger Tage hatte die Frühlingssonne die aufgeweichte, schwere Erde getrocknet. Überall wurden Pferde und Ochsen eingespannt und das Saatgut in die Leinenbeutel gefüllt. Marthe gab ihr Pferd wie jedes Jahr dem Heißler Jakob, der seine winzigen Felder hinter dem Mooswald hatte und kein eigenes Zugtier besaß. Catharina und Christoph sollten das Tier bei der Feldarbeit führen.

48

Es war ein herrlicher Morgen, als sie das Pferd auf den Acker brachten. Zarte Federwolken zogen über den hellblauen Himmel, die Luft war frisch und kühl. Catharina schloss die Augen und reckte ihr Gesicht den Strahlen entgegen.

«Weißt du, was ich glaube?»

«Nein.» Christoph betrachtete gebannt ihre langen seidigen Wimpern, die auf ihrer alabasterfarbenen Haut nicht schwärzer hätten schimmern können.

«Dass ich es in der Stadt nicht mehr aushalten würde, mit dem Gestank und den engen Gassen voller Bettler und Krüppel. Hier muss niemand Hunger leiden, und man hilft sich gegenseitig, so wie ihr dem Heißler Bauern.»

«Du vergisst nur, dass die meisten Bettler in der Stadt aus den Dörfern stammen. Wer hier kein Auskommen findet, sucht sein Glück eben in der Stadt, und viele scheitern dann.»

«Trotzdem – das Leben hier scheint mir gerechter. In den Genossenschaften wird alles abgesprochen, und die Pfarrei und die Gemeinde kümmern sich um die Kranken oder Schwachen.»

Die Frau des Heißler Jakob wartete bereits auf sie. An ihren Rockzipfel klammerten sich zwei magere, kränklich aussehende Mädchen. Die Heißlerin war in letzter Zeit unglaublich dick geworden, und jetzt erst kam Christoph der Gedanke, dass sie hochschwanger sein musste.

«Wo ist denn dein Mann?», fragte er, während er das Pferd vor den Pflug spannte.

«Ach herrje, ausgerechnet jetzt hat ihn der Herr zum Grabenziehen auf die überschwemmten Uferwiesen abkommandiert», klagte die Frau.

Catharina zog die Augenbrauen hoch. «Aber in Eurem Zustand könnt Ihr doch nicht diese schwere Arbeit machen?»

«Es wird gehen müssen. Außerdem ist es erst in zwei Wochen so weit.»

Die Frau stemmte sich mit ihrem ganzen Gewicht in den

Sterz und schob den Pflug vorwärts, während Catharina das Pferd lenkte und Christoph sich mit dem älteren Mädchen seitlich von ihr in die Seile hängte. Schon nach kurzer Zeit stand der Frau der Schweiß auf der Stirn, und sie atmete schwer. Sie tat Christoph Leid.

«Lass mich mal versuchen, wir wechseln uns einfach ab. Heißlerin, nimm du das Pferd am Zügel, und du, Cathi, gehst ans Seil.»

Die Schar zog eine tiefe Furche in den schweren Ackerboden, doch soviel Mühe sich Christoph auch gab: Sie wurde krumm und schief. Die Bäuerin bat ihn anzuhalten.

«Lass gut sein, Christoph, du bist eben kein Bauer. Ich werde es schon schaffen, wenn auch ein bisschen langsamer.»

Bis Mittag hatten sie noch nicht einmal ein Drittel des Ackers gepflügt. Ganz blass war die Bäuerin im Gesicht, und sie beschlossen, eine Pause einzulegen. Während sich die schwangere Frau mit ihren Töchtern in den Schatten setzte, spannten Christoph und Catharina das Pferd aus und führten es an den Wegrand zum Grasen.

Catharina war empört: «Wie kann der Herr den Bauern wegholen, wenn er doch ganz genau weiß, dass die Frau ein Kind erwartet.»

«Ob krank oder schwanger – das spielt keine Rolle, wenn man unfrei ist. Du hast doch gehört, dass selbst die Aufstände damals nichts ändern konnten. Diese Bauern haben eben kein eigenes Land, alles, was sie säen, gedeiht auf dem Land des Grundherrn. Und dafür müssen sie Abgaben und Dienste leisten. Da hast du deine Gerechtigkeit.»

Wie um seine Worte zu unterstreichen, kam in diesem Moment der alte Freiherr auf seinem Rappen angetrabt.

«Aha, hier wird palavert statt gearbeitet.» Der Alte zügelte sein Pferd knapp vor Christophs Füßen und verzog sein feistes Gesicht zu einem verächtlichen Grinsen. «Abends rottet ihr

50

euch dann zusammen, um darüber zu lamentieren, dass euch die Arbeit das Kreuz bricht. Faules Pack.»

Christoph wich keinen Zoll vor dem tänzelnden Pferd zurück. «Die Heißlerin steht kurz vor der Niederkunft. An ihrer Stelle sollte ihr Mann den Acker bestellen.»

«Du wagst es, ungefragt deine nichtsnutzige Meinung kundzutun? Hast du mir noch mehr zu sagen?»

Die Augen des Freiherrn funkelten vor Zorn. Christoph biss sich auf die Lippen und warf einen Blick zur Bäuerin hinüber, die gerade unter großen Mühen wieder auf die Beine kam. Ihre Töchter stützten sie.

«Es ist nicht recht», sagte er leise, aber mit fester Stimme. Da holte der Freiherr aus und zog ihm seine Reitgerte über die Schulter. Christoph hörte Catharinas Aufschrei und spürte einen kurzen brennenden Schmerz, doch er presste die Zähne zusammen.

«Das soll dich lehren, künftig weniger vorlaut zu sein, Schillersohn. Und grüß deine Mutter von mir.»

Er schlug seinem Pferd die Sporen in die Flanke und galoppierte davon.

«Tut es sehr weh?» Catharina sah ihn besorgt an. Der Schreck stand ihr noch ins Gesicht geschrieben.

«Es geht schon.»

«Aber du blutest. Du musst das Hemd ausziehen.»

Er schloss die Augen, als sie ihm das Hemd vom Oberkörper zog. Die behutsame Berührung ihrer Hände, der Geruch ihrer Haare, die warme Märzsonne, die jetzt auf seinen bloßen Rücken schien – wenn er doch die Zeit anhalten könnte.

«So viel Mut hätte ich niemals aufgebracht. Er hätte dich erschlagen können.»

«Es war wohl eher dumm von mir», gab er zurück und betrachtete ihre schmalen Handgelenke.

In diesem Moment sackten der Heißlerin die Knie ein, und

sie fiel der Länge nach auf die Seite. Ohne sich weiter um Christophs Wunde zu kümmern, rannten sie zu ihr hinüber. Der Rock der Bäuerin war nass.

«Ich hätte es wissen müssen», flüsterte sie mit schmerzverzerrtem Gesicht. «Ich hatte schon den ganzen Morgen immer wieder Wehen. Schnell, helft mir zurück ins Haus.»

Nach wenigen Metern jedoch stieß die Frau einen Schrei aus und krümmte sich. Vor Schmerzen konnte sie kaum noch sprechen.

«Es hat keinen Zweck. Das Fruchtwasser ist schon abgegangen, das Kind kommt gleich. Holt den Schäfer von der Hasenweide.»

Catharina rannte los.

Vorsichtig legte Christoph die Frau ins Gras. Er hatte nicht weniger Angst als die beiden Mädchen, die leise zu schluchzen begannen. Was, wenn die Bäuerin vor ihren Augen starb? Er legte seinen Rock unter den Kopf der Frau und strich ihr mit dem Ärmel den Schweiß von der Stirn. Ächzend zog die Frau ihre Beine an und packte Christophs Arm.

Die Wehen wurden heftiger und kamen in immer kürzeren Abständen. Christophs Arm begann zu brennen, so fest griff die Frau jedesmal zu. O Gott, wo blieb nur der Schäfer so lange? Nach einem besonders heftigen Krampf ließ die Bäuerin seinen Arm plötzlich los und sank in sich zusammen. Ganz still war sie auf einmal. Atmete sie überhaupt noch? Christoph klopfte das Herz bis zum Halse.

In diesem Moment tauchte ein Maultier mit zwei Reitern auf. Der Schäfer sprang ab, kniete sich neben sie und fühlte ihren Puls. Die Frau stöhnte und öffnete die Augen.

«Es wird schon, Heißlerin», sagte der Schäfer und bat Christoph, sich hinter die Frau auf den Boden zu knien, damit sie sich anlehnen konnte. Dann breitete er seinen Umhang unter das Becken der Frau, kniete sich vor ihre gespreizten Beine und schob ihren Rock hoch. Mit einem Ruck zerriss er ihr Leibchen. Dann ging alles ganz schnell. Mit einem tiefen kehligen Schrei presste sich die Frau gegen Christoph. Er wagte es nicht, der Gebärenden über die Schultern zu sehen, doch an Catharinas Gesichtsausdruck erkannte er, dass sich das Kind zeigte. Eine letzte heftige Wehe, ein glitschendes Geräusch. Verschmiert und blau angelaufen lag ein kleiner Junge zwischen den Rockschößen der Frau. Catharina standen Tränen in den Augen.

«In meinem Beutel dort drüben findest du ein sauberes Tuch und eine Wasserflasche», wandte sich der Schäfer an sie. «Mach einen Zipfel des Tuches nass.»

Der Schäfer reinigte das winzige Gesicht von Blut und Schleim. In diesem Moment fing der Säugling mit dünner Stimme an zu schreien.

«Ist er verletzt? Er hat ja überall Blut.» Christoph war zu Tode erschrocken.

Der Schäfer lachte. «Der Kleine ist kerngesund.»

Dann legte er das Kind der erschöpften Heißlerin in die Arme. Ein leises Schmatzen war zu hören, nachdem der Säugling die Brust gefunden hatte. Christoph holte tief Atem und streckte die schmerzenden Beine aus. Noch ganz benommen von den Ereignissen betrachtete er das kleine Wesen, das während des Trinkens seine winzigen Fäuste öffnete und wieder schloss.

«So, Heißlerin.» Der Schäfer durchtrennte mit einem schnellen Schnitt seines Messers die bläulich schimmernde Nabelschnur. »Jetzt noch die Nachgeburt, und du hast es wieder mal geschafft.»

Während sie auf die Wehen warteten, schimpfte der Schäfer auf alle Grundherren, die ihre hochschwangeren Mägde und Abhängigen aufs Feld schickten.

«Was meint ihr, wie oft ich im Jahresverlauf zu einer Geburt gerufen werde. Und nicht immer läuft es so gut ab wie heute.»

Aber die Bäuerin lächelte. «Komm doch heute Abend bei uns vorbei, Schäfer, damit du mit meinem Mann deinen Lohn aushandeln kannst.»

Als er eine abwehrende Handbewegung machte, fügte sie hinzu: «Dann bring wenigstens deinen Umhang zum Waschen vorbei.»

«Ach, lass gut sein.» Er riss das Tuch, mit dem er das Neugeborene abgewischt hatte, entzwei und reichte ihr die trockene Hälfte. «Wickel den Kleinen nachher gut ein.»

Dann packte er seine Sachen zusammen und ritt mit einem kurzen Gruß davon.

«Sollen wir dich nach Hause bringen?», fragte Christoph die Heißlerin.

«Ich möchte noch etwas ausruhen, und danach tun mir ein paar Schritte ganz gut. Meine Älteste wird den Säugling tragen. Ihr habt schon genug für mich getan. Behüt euch Gott!»

So machten sie sich auf den Heimweg. Catharina schien in Gedanken versunken.

Kurz bevor sie den Gasthof erreichten, fasste Christoph Catharina bei der Schulter. Er wollte etwas sagen, wusste jedoch nicht, wie er es über die Lippen bringen sollte. Was für wunderschöne Augen sie hat, dachte er und strich ihr unbeholfen eine Haarsträhne aus der Stirn. Endlich brachte er einen Satz heraus, der ihm dafür, was er fühlte, viel zu nichts sagend erschien:

«Ich freu mich auf die Kirchweih, Cathi. Nur mit dir möchte ich tanzen.»

Catharina wusste nicht, was sie in den nächsten Tagen mehr beschäftigte: das Erlebnis der Geburt des kleinen Jungen oder Christophs glühender Blick, der flehende Klang in seiner Stimme. Wie gern hätte sie ihn an jenem Abend umarmt, stattdessen war sie mit abgewandtem Gesicht und ohne ein weiteres Wort ins Haus gegangen.

Zwei Abende vor Ostern wurde Christoph krank. Es begann mit Gliederschmerzen, in der Nacht bekam er Fieber. Lene und Catharina hörten durch die dünne Bretterwand, die seine Kammer von der ihren trennte, wie er sich im Bett herumwarf und stöhnte. Fast gleichzeitig sprangen sie auf und liefen hinüber. Schweißnass lag er neben der zerwühlten Decke.

Catharina betrachtete ihren Vetter. Über dem fein geschnittenen Mund zeigte sich seit kurzem ein zarter heller Flaum. Seine dunkelblauen Augen passten gut zu den hellen Haaren, und wenn er durchs Dorf ging, schauten ihm nicht nur die jüngeren Mädchen nach. Jetzt war das schmale Gesicht gerötet, Schweißperlen standen auf seiner Stirn.

Lene holte die Mutter.

«Er hat hohes Fieber.» Marthes Stimme klang besorgt. «Cathi, in der Küche steht noch lauwarmes Wasser auf dem Herd. Und du, Lene, bring mir zwei Tücher und einen Lappen.»

Als die beiden zurückkamen, hatte Marthe ihrem Sohn das Hemd ausgezogen. Trotz seines elenden Zustandes fand Catharina ihn wunderschön. Er war sehr groß für seine sechzehn Jahre, dabei viel weniger ungelenk als seine Altersgenossen. Die muskulösen Beine und Arme glänzten im Schein der Lampe.

Marthe tauchte den Lappen in das warme Wasser und wusch dem Jungen den Schweiß vom Körper, mehrere Male. Danach wartete sie einen Moment lang und zog ihm dann mit Hilfe der Mädchen ein frisches Hemd über. Christoph war zwar wach, schien aber kaum wahrzunehmen, was um ihn herum vorging.

«Ihr könnt jetzt ins Bett gehen. Ich mache ihm noch Wadenwickel, das zieht die Hitze aus dem Körper.»

Catharina konnte nicht einschlafen. Sie dachte daran, dass es nun keinen Ostertanz mit Christoph geben würde. Im gleichen Moment schämte sie sich für diesen Gedanken. Wenn er nur wieder gesund würde! Was, wenn er an derselben Krankheit litt, an der sein Vater damals gestorben war?

Von nebenan hörte man keinen Laut mehr, und jetzt war es Catharina, die keine Ruhe fand und sich hin und her warf. Sie begann zu beten. Nur wenige Male hatte sie bisher in ihrem Leben gebetet, aber jetzt tat sie es umso inbrünstiger: zur Jungfrau Maria, von der sie wusste, dass sie die Hüterin der Kinder, Schwachen und Kranken war, deren sanftes Lächeln ihr Vater so oft gemalt hatte.

Am nächsten Morgen war das Fieber weiter gestiegen. Halb besinnungslos starrte Christoph mit flatternden, entzündeten Lidern ins Leere, sein Atem ging rasselnd, und er erbrach alles, was er zu sich nahm.

«Wenn es ihm morgen nicht besser geht, muss ich den Bader holen», sagte Marthe.

Gegen Mittag hielt es Catharina nicht länger aus. Sie bat ihre Tante um eine freie Stunde und machte sich auf den beschwerlichen Weg zur Vierzehn-Nothelfer-Kapelle, die an der Landstraße nach Basel lag. Beschwerlich deshalb, weil sie dazu die Dreisam durchqueren musste, wollte sie nicht den großen Umweg über die Stadt machen und damit kostbare Zeit verlieren.

Sie kannte eine Furt. Gott sei Dank führte der Fluss kein Hochwasser mehr, und so gelangte sie sicher, wenn auch mit nassen Rockschößen ans andere Ufer. Mit klopfendem Herzen durchquerte sie riesige Viehweiden. Es wäre nicht das erste Mal gewesen, dass diese halb wilden Rinder jemanden auf die Hörner genommen hätten. Dort, wo sich seit einiger Zeit das Hochgericht befand, erreichte sie die Basler Landstraße. Erleichtert stellte sie fest, dass niemand am Galgen hing oder auf das Rad geflochten war – davor hatte sie die meiste Angst gehabt.

In der kleinen Kapelle herrschte eisige Kälte. Links und rechts des schmucklosen Altars hingen überall Gliedmaßen aus Wachs: Beine, Arme, Hände, ja sogar ein winziger Kopf. Was für ein Anblick! Hierher kamen alle, die um Heilung von Krankheiten und Gebrechen flehten. Vor allem bei Knochenbrüchen erhoffte man sich von den vierzehn Nothelfern Beistand. Catharina stiftete eine Kerze und ließ sich neben einer alten Frau auf den Boden sinken. Ein Credo, ein Paternoster, ein Agnus Dei, drei Ave-Maria betete sie, dann erst hatte sie das Gefühl, genug für Christoph getan zu haben.

Als sie nach Hause kam, fand sie ihre Base in Christophs Kammer. Lene versuchte auf ihre Art, Christoph zu helfen. Irgendwo hatte sie einen kleinen Bergkristall aufgetrieben und ihn unter das Kopfkissen gelegt. Dazu murmelte sie unablässig vor sich hin.

«Vielleicht hilft es», flüsterte Lene ihr schließlich zu. «Die Krankheit muss auf den Stein übertragen und damit für immer gebannt werden.»

Die Bemühungen der beiden Mädchen waren erfolgreich.

«Steh endlich auf», weckte Lene sie am nächsten Morgen. «Es ist viel zu tun an Ostern, und übermorgen beginnt die Kirchweih.»

Catharina rieb sich die Augen. Sie hatte schlecht geschlafen und dabei abwechselnd von Christoph und von Johann geträumt.

«Wie geht es Christoph?»

«Besser. Das Fieber ist zurückgegangen, und heute Morgen hat er sogar schon Dünnbier und trocken Brot zu sich genommen. Aber zum Aufstehen ist er noch zu schwach. Und verwirrt scheint er auch zu sein, denn er hat irgendwas vom Tanzboden gefaselt und deinen zarten Lippen, die er küssen möchte.» Sie grinste.

«Hör auf. Du brauchst dich nicht über mich lustig zu machen.»

«Ist ja gut. Aber vom Tanzen hat er wirklich gesprochen, und letzte Woche habe ich ihn beobachtet, wie er deinen Namen auf eine Staubschicht im Stall geschrieben hatte. So viel kann ich nämlich auch noch lesen.»

Lene setzte sich neben sie auf den Bettrand und seufzte.

«Er beachtet mich gar nicht mehr. Ich glaube, er ist in dich verliebt.»

Beim Frühstück besprach Marthe mit ihnen, wie sie sich die Arbeit an den kommenden Feiertagen einteilen wollten. Da Feste immer auch Mehrarbeit im Schankbetrieb bedeuteten, wog der Ausfall von Christoph schwer. Zudem war es hier in der Gegend üblich, dass die Mägde an den hohen Festtagen jeweils einen freien Tag bekamen.

Catharina bot sich an durchzuarbeiten. Lene verdrehte die Augen. «So ein Unsinn! Du musst endlich mal zum Tanzen raus. Sonst denken die andern noch, du fühlst dich als was Besseres.»

Marthe hingegen war froh über Catharinas Angebot. «Wir müssen auf jeden Fall zu viert sein: zwei in der Küche und zwei im Ausschank.»

Catharina unterbrach sie: «Und wer schaut nach Christoph?»

«Du willst wohl Medicus spielen.» Lene zog sie an den Haaren. «Er kommt schon von selbst wieder auf die Beine.»

Der sonst so kahle Kirchplatz von Lehen hatte sich verwandelt. Dichte Menschentrauben umringten die zahlreichen Bretterbuden, es duftete nach frischem Brot und geröstetem Fleisch, hier wurden feine Stoffe, Lederbeutel und Irdenware, dort Süßigkeiten, frischer Fisch und Wein von den Bauern der umliegenden Dörfer angeboten. Neben dem Pfarrhaus bauten ein paar Burschen gerade den Tanzboden auf und schmückten das Geländer mit bunten Blumengirlanden.

Etwas wehmütig dachte Catharina an die verpasste Gelegenheit, mit Christoph zu tanzen, aber bevor sie aus dem Haus gegangen war, hatte er sie getröstet: Im Herbst, zu Erntedank, sei noch ein viel größerer Jahrmarkt in Freiburg, mit Automatenmenschen und Furcht erregenden Missgestalten, da würden sie zusammen hingehen. Und dass es ihm wieder besser ging, war die Hauptsache. Ob es stimmte, dass er ihren Namen in den Staub geschrieben hatte? Dass er in sie verliebt war?

Jemand rempelte sie von hinten an. Es war Schorsch, der Sohn vom Stellmacher. Catharina mochte ihn nicht besonders, sie fand ihn langweilig und selbstgefällig.

«Du bist allein, ich bin allein, da können wir auch zusammen sein», reimte er grinsend und strich sich die langen Haare aus der Stirn.

Das sollte wohl witzig sein, dachte Catharina und schüttelte den Kopf. «Ich hab Besorgungen zu machen und wenig Zeit.»

«Dann sehen wir uns eben heute Abend zum Tanz.»

«Da muss ich arbeiten. Und morgen und übermorgen auch.»

«Du kannst einem ja Leid tun. Eine strenge Frau, deine Tante. Na ja, jetzt, wo ihr Prinz krank darnieder liegt, musst du dich sicher noch mehr um ihn kümmern als sonst.»

«Was soll das heißen?»

«Das ganze Dorf weiß doch, dass du ihm hinterherscharwenzelst wie die Henne dem Hahn.»

Catharina war nahe daran, ihm eine Ohrfeige zu verpassen, drehte ihm dann aber den Rücken zu und ging davon.

«Falls du dich doch einsam fühlst: Ich warte auf dich am Bierausschank», rief er ihr nach.

Da kannst du lange warten, dachte sie und blieb an einem Kräuterstand stehen. Wie gut das hier duftete! In offenen Leinensäcken lagen Gewürze, Kräuter und Farbstoffe. Catharina kannte nur die heimischen Heilkräuter, solch eine Vielfalt hatte sie noch nie gesehen. Davon würde sie Marthe etwas mitbringen.

«Kräuter und Gewürze aus aller Welt», erklärte der Händler. «Gelber Safran aus Spanien, Farbpulver aus Sizilien, Kreuzkümmel, Koriander und Ingwer vom Schwarzen Meer, Thymian, Rosmarin und Lavendel aus dem Frankenreich – greif zu, junges Fräulein, die ganze Welt liegt vor dir.»

Catharina konnte sich nicht entscheiden. Sie hielt ihre Nase über die offenen Säcke und sog fasziniert die fremden Gerüche ein, ließ die getrockneten Kräuter durch die Finger gleiten und kaufte schließlich ein Säckchen mit einer Gewürzmischung, die jedes Fischgericht in einen Festschmaus verwandeln würde, wie ihr der Händler versicherte. Der Preis war allerdings auch festlich: Fünf Pfennige wollte er dafür. Für drei überließ er ihr das Säckchen schließlich.

Direkt nebenan tschilpten Hunderte von Küken in einem viel zu engen Verschlag, blutig gerupfte Hühner mit zusammengebundenen Füßen lagen zuckend im Dreck. Catharina ging rasch weiter. Mittlerweile war es voll geworden, die Händler und Aussteller überschrien sich gegenseitig. An manchen Lauben gab es kaum ein Durchkommen mehr, so wie dort an der Ecke, wo ein bärtiger Mann einen Gegner für die stärkste Frau der Welt suchte. «Zwanzig Pfennige und einen Festtagsbraten dazu für den, der die schöne Helena besiegt.»

Als Catharina an dem Ochsen am Spieß vorbeikam, konnte sie nicht wiederstehen und ließ sich eine kleine Portion geben. Damit setzte sie sich auf die Stufen des Kirchenportals und beobachtete die Artisten und Jongleure. Das mussten Wesen aus einer anderen Welt sein. Wie Elfen sprangen sie in die Höhe, überschlugen sich, liefen auf den Händen weiter, wirbelten Bälle und Stöcke durch die Luft. Als einer von ihnen nach der Darbietung herumging, warf sie ihren letzten Pfennig in seinen Hut. Dann machte sie sich auf den Heimweg.

Am äußersten Ende des Kirchplatzes war ein Trödelstand aufgebaut. Catharina blieb stehen. Wie gern hätte sie sich ein buntes Haarband gekauft, aber sie hatte kein Geld mehr.

Sie wollte sich schon abwenden, da sagte eine raue Stimme: «Du bist doch die Tochter vom Marienmaler.»

Hinter der Auslage stand der Trödler, ein dunkler, kräftiger Mann, den sie vom städtischen Markt her kannte und der für seine Schwatzhaftigkeit bekannt war.

«Und die Stiefschwester vom Johann», fügte er hinzu.

Sie zuckte zusammen. «Was ist mit ihm?»

«Na ja, vor zwei Tagen, auf dem Weg hierher, hab ich ihn ein gutes Stück nördlich von Basel aufgelesen. Übel zugerichtet war er. Besonders sympathisch fand ich ihn ja nie, aber so schlimm hat er es nun auch nicht verdient.»

Catharinas Stimme zitterte: «Was ist denn geschehen?»

«Also, ich komm da von Basel her, und dort, wo die hohen Sandsteinfelsen sich Richtung Rheinufer schieben und der Weg eng wird, seh ich einen Kerl am Straßenrand liegen. Ich war auf der Hut, dachte an einen neuen Trick dieser Wegelagerer, aber da richtet sich die Gestalt langsam schwankend auf, und ich erkenne Hiltruds Sohn. Der Hiltrud bringe ich nämlich immer Bänder und Spitzen ins Haus. Jedenfalls halte ich gleich an und sehe, dass der Junge verletzt ist: ein Auge zugeschwollen, eine Platzwunde am Kopf, der linke Arm von der Schulter bis zum Ellbogen aufgeschlitzt. Ich habe die Wunden erst mal gereinigt und verbunden und ihm einen kräftigen Schnaps eingeflößt. Da ging es ihm dann schon besser. Er war von einer ganzen Horde Räuber überfallen worden, als er zu Fuß auf dem Weg nach Neuenburg war. Die Halunken haben ihn in eine Höhle geschleppt und dort bis aufs Hemd ausgeraubt. Wahrscheinlich hätten sie ihm den Hals durchgeschnitten, wären sie nicht von einer Jagdgesellschaft gestört worden. So machten sie sich aus dem Staub und ließen den Jungen liegen. Er konnte sich gerade noch bis zur Landstraße schleppen, dann wurde er bewusstlos.»

Catharina konnte ihren Schrecken kaum verbergen. Sie stotterte einen Gruß und wankte benommen in Richtung Gasthaus. War der Überfall Zufall gewesen oder Folge ihrer Verwünschung? Hatte sie zauberische Kräfte? Es gab solche Menschen, das wusste sie, und sie wurden entweder hoch geschätzt oder der Hexerei beschuldigt und unbarmherzig verfolgt. Gehörte sie zu ihnen?

Vor dem Hoftor blieb sie stehen. Nein, sie würde kein Wort darüber verlieren, auch zu Lene nicht. Sie wollte nichts mehr mit dieser Geschichte und diesem Burschen zu tun haben. Von jetzt an schwieg sie, wenn die Sprache auf Johann kam, und auch mit Lene ließ sie sich zu diesem Thema auf kein Gespräch mehr ein.

5

Jockl, der Ziegenbock der Tante, war entlaufen. Jockl hatte die einzige Aufgabe, hin und wieder Deckgeld einzubringen. Denn er war ein wunderschönes Tier, ansonsten aber eigensinnig und störrisch. Jemand hatte das hintere Hoftor offen gelassen, und anstatt die Gelegenheit zu nutzen und den Obstgarten abzuweiden, hatte Jockl die Flucht ergriffen. Die Zwillinge Carl und Wilhelm suchten am nahen Flussufer, Marthe und Lene auf der Hasenweide, und Christoph und Catharina wurden zum Lehener Bergle geschickt.

Es war ein sonniger Frühsommertag Ende Mai. Sie setzten sich auf einen Stein oben auf dem Hügel und schauten hinüber zur Stadt. Aus dem Dunst erhob sich der Turm des Münsters in den wolkenlosen Himmel, dahinter zogen sich, noch ganz schwach erkennbar, die Burggemäuer den Berg hinauf. Christoph nahm einen Grashalm zwischen beide Hände und pfiff durch die kleine Öffnung zwischen den Fingern. Dann warf er den Halm weg.

«Komm, ich erkläre dir das Tric-Trac-Spiel», sagte er und sprang auf.

Catharina wehrte ab. Christoph hatte sich verändert seit seiner Krankheit, niemals schien er zur Ruhe zu kommen. Catharina jedenfalls mochte jetzt lieber neben ihm in der warmen

Sonne sitzen und nichts tun. Allenfalls nach Jockl Ausschau halten. Da unten, am Waldrand, schimmerte da nicht das braunweiß geschäckte Fell von Jockl durch die Sträucher? Sie erhob sich und kniff die Augen zusammen.

«Catharina –»

Fast erschrocken drehte sie sich um. Lautlos war ihr Vetter dicht an sie herangetreten und sah sie mit geröteten Wangen an. Nach einem Moment angespannten Schweigens streckte er die Arme nach ihr aus und zog sie, gleichermaßen ungestüm wie unbeholfen, an sich. Sie spürte seine zitternden Finger über ihren Rücken, dann ihren Nacken streichen, und fast gleichzeitig durchlief sie ein wohliger Schauer, der sie die Augen schließen ließ. Sachte, wie ein Windhauch, glitten seine Lippen über ihr Gesicht, und sie legte ihm ihre Arme um die Schultern.

«Du bist so schön, Cathi», flüsterte er und presste sie an sich. Sein Atem ging schneller. Plötzlich sah sie Johanns feistes Gesicht vor sich. Sie riss die Augen auf und stieß ihren Vetter zurück.

«Was ist los?» Flehentlich sah er sie an.

Sie schüttelte den Kopf. Christoph traf keine Schuld – doch der Zauber des Augenblicks war zerstört. Sie trat einen Schritt zurück.

«Geh nicht weg.» Christoph nahm ihre Hand.

«Lass mich los.» Sie schüttelte ihn ab, heftiger, als sie beabsichtigte. Enttäuschung und Unverständnis zeichneten sich auf seinem Gesicht ab.

«Glaubst du, ich würde dir wehtun? Ist es das? Ich bin nicht so – so unerfahren, wie du vielleicht denkst.»

«Ach nein?» Sie konnte den spöttischen Klang in ihrer Stimme nicht unterdrücken. «Dann hast du eine Geliebte, die dir alles beibringt?»

«Nein, Unsinn», stotterte er. «Ich bin noch nie bei einer Frau gelegen, von der Müllersmagd –» Er stockte, doch es war zu spät. Catharina stieß ihn so heftig von sich, dass er rücklings ins Gras fiel, und rannte davon.

Er hatte alles verpatzt.

In jenen Wochen gingen sich die beiden aus dem Weg, Christoph mit einer Leidensmiene, die einen Stein hätte erweichen können, Catharina hingegen verbissen und wütend. Zunächst wollte sie mit mir nicht über ihren Kummer reden, doch als ich ihr auf den Kopf zusagte, dass sie in Christoph verliebt sei, fuhr sie mich an:

«Bist du verrückt? In diesen Gockel? Soll er sich doch mit seinen Dienstmägden vergnügen.»

«Was bist du nur für eine Mimose. Er hat dir doch nichts getan.»

«Was weißt du schon – warst du etwa dabei?»

«Nein, aber ich kenne ihn. Er ist schließlich mein Bruder. Und außerdem noch ein halber Junge.»

«Diesmal war es anders.» Catharinas Stimme wurde leiser. «Es hat mir Angst gemacht.»

Manchmal frage ich mich, ob Catharinas Schicksal damals nicht seinen Anfang genommen hat. Und ob nicht alles anders gekommen wäre, wenn ich meinen Mund gehalten hätte.

«Haben Christoph und Cathi sich gestritten?», fragte mich meine Mutter ein paar Tage später.

«Nein, im Gegenteil, sie sind bis über beide Ohren verliebt.»

Mutter sah mich weniger überrascht als vielmehr betroffen an. Im selben Moment wusste ich, dass ich aus purer Missgunst ein Geheimnis verraten hatte. Schon den vorangegangenen Winter, wenn wir abends in der Küche zusammengesessen hatten, fand ich es unerträglich, mit welch schmachtenden Blicken Christoph unsere Base beobachtete. Ich selbst hatte für ihn völlig an Bedeutung verloren.

Durch meinen Verrat erst setzte ich etwas in Gang, was womöglich sonst irgendwann als kindliche erste Liebe im Sande verlaufen wäre.

Ach, Marthe-Marie, könnte man das Rad der Zeit nur ein einziges Mal zurückdrehen.

*

Eines Tages kam ein Freund von Catharinas Vater mit schlechten Nachrichten.

«Hieronymus hat seit ein paar Tagen Fieber, dazu Pusteln am ganzen Körper. Aber er will weder Bader noch Chirurg ins Haus lassen. Vielleicht solltet ihr nach ihm sehen.»

Catharina warf ihrer Tante einen flehenden Blick zu.

«Du kannst gleich morgen zu ihm», sagte Marthe. «Aber wegen Hiltrud möchte ich nicht, dass du allein gehst.»

«Ich begleite sie», rief Christoph. Catharina sah ihn verstohlen an. Nichts schien ihm im Moment wichtiger, als wieder einzurenken, was zwischen ihnen aus den Fugen geraten war.

«Nein.» Marthes Antwort kam unerwartet scharf. «Du weißt doch, was Hiltrud gesagt hat, dass sie keinen von uns sehen will. Dir oder Lene würde sie die Tür vor der Nase zuschlagen. Besser, ich gehe mit, es ist schließlich mein Bruder. Wenn er tatsächlich ernsthaft krank ist, muss ich ihn sehen. Und wenn ich mir mit der Stadtwache Eintritt verschaffen muss.»

Am nächsten Morgen brachen sie zeitig auf. Marthe wirkte ungewohnt besorgt. In der Stadt waren in letzter Zeit wieder vermehrt Fälle von Blattern aufgetreten.

Grußlos öffnete Hiltrud ihnen die Tür und zog sich in die Küche zurück. Im abgedunkelten Schlafzimmer war es stickig und stank nach Kräuterbranntwein, Schweiß und Urin. Neben dem Bett saß der Bader. Demnach war es also doch so ernst, wie Catharina befürchtet hatte. Sie bekam vor Aufregung kaum noch Luft. Beklommen setzte sie sich auf den Bettrand und nahm Vaters Hand. Sie war eiskalt. An der Innenseite seines Handgelenks klebte Blut.

«Vater, bist du wach? Kannst du mich hören?»

Es dauerte eine Weile, bis er reagierte. Langsam wandte er ihr den Kopf zu und drückte ihre Hand. Catharina war entsetzt darüber, wie verändert ihr Vater aussah. Mager und eingefallen, die Augen zu einem schmalen Spalt geschlossen, die Haut wie schmutziges Wachs und am Hals und an der Schläfe diese roten Flecken, von denen einige entzündet waren und eiterten – das war nicht mehr der Mensch, auf dessen Knien sie einst als Ritter gegen feindliche Mächte ins Feld gezogen war und der mit sicherer Hand Bildstöcke und Altarbilder entwarf.

Auch Marthe war offensichtlich entsetzt, wenn auch aus einem anderen Grund.

«Ich hab weiß Gott schon viele Krankenzimmer gesehen», schimpfte sie, «aber hier sieht es schlimmer aus als im Armenspital.»

Angewidert starrte sie auf das schmutzige Bett und das zerrissene Nachthemd ihres Bruders, auf dem sich Speisereste und Kotflecken abzeichneten. Sie riss die Tür zum Flur auf und brüllte hinaus:

«Hiltrud, du bringst sofort ein frisches Nachthemd und Bettlaken.»

Dann öffnete sie das Fenster und kippte wütend den Inhalt des übervollen Nachttopfs hinaus. Frische Morgenluft strömte herein. Sie wandte sich an den Bader.

«Wie steht es um ihn?»

«Jetzt ist er natürlich ziemlich schwach, ich hab ihn vor einer halben Stunde zur Ader gelassen. Aber die Blattern sind es sicher nicht, er hätte sonst Bläschen auf den Rachenmandeln. Und die Urinschau ergibt auch keinen Befund in dieser Richtung.»

«Wieso hat mein Vater dann überall diese Flecken und Pusteln?», fragte Catharina mit zitternder Stimme.

«Die Säfte, immer wieder die Säfte! Ihr seht ja, die Gifte, die in den Organismus eingedrungen sind, wollen wieder hinaus, daher die Pusteln. Die natürliche Ordnung der Kardinalsäfte ist zerrüttet – damit meinen wir Blut, Schleim, schwarze und gelbe Galle. Die müssen wieder ins Gleichgewicht gebracht werden. Da hilft Schröpfen oder Aderlass. Ist die Krankheit weiter fortgeschritten wie hier beim Stadellmen, dann ermüdet der Aderlass den Kranken zunächst. Aber nur so hat der Körper die Möglichkeit, mit sich wieder ins Reine zu kommen. Gleichzeitig hilft Schwitzen – dabei sollte der Körper allerdings sehr sauber gehalten werden.» Ein wenig hilflos blickte er bei diesem Satz zu Marthe. «Und wenn gar nichts hilft, müsste ich eine Fontanelle setzen. Aber das wollen wir nicht hoffen.»

Der Bader schien erschöpft, denn für seine Verhältnisse hatte er eine lange Rede gehalten. Aber er kannte Catharina von klein auf und hatte wohl Mitleid mit ihr, wie sie da zusammengesunken auf dem Bettrand kauerte.

«Was ist das, eine Fontanelle setzen?», fragte Catharina leise, als der Bader gegangen war.

«Neben einer besonders stark entzündeten Stelle wird ein tiefer Schnitt gemacht, damit die schädlichen Säfte abfließen können. Wenn du mich fragst: Es nützt nicht viel.»

Mühsam hob Hieronymus den Kopf. «Einer meiner Zunftbrüder ist daran gestorben.»

Catharina schrak zusammen, weniger über diesen Satz als über die gebrochene Stimme ihres Vaters.

«Kennst du noch den Spruch unserer Großmutter Agnes?», fuhr er fort. «Wer sind die freiesten Leute? Henker und Arzt, weil sie fürs Töten nicht bestraft, sondern entlohnt werden.»

Dann verlor er das Bewusstsein.

Eine Woche später schien der Vater über den Berg. Er war wieder bei sich und freute sich über die Besuche seiner Tochter und seiner Schwester. Hemd und Bettzeug waren sauber, und das Krankenzimmer wurde offensichtlich regelmäßig gereinigt.

Marthe hatte in der Woche zuvor unter vier Augen mit Hiltrud gesprochen und ihr mit scharfen Worten nahe gelegt, ihren Mann besser zu versorgen, ansonsten werde sie sich an die Zunft und an das Gericht wenden.

Catharina ahnte, dass es ihrem Vater ein Grauen sein musste, den ganzen Tag im Bett zu liegen, abhängig von den Launen seiner Frau. Sooft es möglich war, besuchte sie ihn und brachte frisches Obst und Säfte zur Stärkung mit. Catharina genoss das Alleinsein mit ihrem Vater, wenn es sie auch sehr schmerzte, mit ansehen zu müssen, wie er immer hinfälliger wurde. Er redete kaum, bat stattdessen seine Tochter, von ihrem Alltag zu erzählen, von ihrer Arbeit, den Gästen, von Lene und Christoph. Meist schlief er dabei irgendwann ein.

Es wurde Hochsommer, bis er endlich wieder arbeiten konnte, wenn auch zunächst nur stundenweise. Das Geld war längst knapp geworden, und er hatte sich an die Zunft mit der Bitte um Unterstützung gewandt. Die Zunftversammlung jedoch lehnte jegliche Geldzuwendungen ab, da sich herausgestellt hatte, dass Hiltrud noch über ein beträchtliches Erbe von ihrem ersten Mann verfügte. Hieronymus hatte davon nichts gewusst, und es kam zu einem hässlichen Streit zwischen ihnen. Hiltrud musste sich dem Beschluss der Zunft beugen und ihr Erbe für den täglichen Unterhalt einbringen.

Catharina und Christoph hatten sich mittlerweile versöhnt, die alte Ungezwungenheit stellte sich aber nicht wieder ein. Wo die Arbeit es erforderte, waren sie zusammen, ansonsten kümmerte sich Catharina um ihren Vater oder hielt sich an Lene und die Zwillinge. Manchmal wollte sie einfach allein sein. Über den Vorfall auf dem Lehener Bergle hatten sie und Christoph nie wieder ein Wort verloren. Einzig und allein ihrer Base hatte sie irgendwann Einzelheiten über jenen Nachmittag erzählt und ihrer Enttäuschung über Christophs Verhältnis mit der Magd Luft gemacht.

68

«Das hat doch überhaupt nichts zu bedeuten», hatte Lene sie zu trösten versucht. «Weißt du denn nicht, dass die Müllersmagd für sämtliche Burschen im Dorf die Beine breit macht?»

Catharina kam sich in diesem Sommer zum ersten Mal alt und erwachsen vor. Ihr Bild von der Welt hatte sich verändert. Sooft sie Zeit hatte, zog sie sich an ihren Lieblingsplatz zurück, einen kleinen Buchenhain am Dreisamufer, gleich hinter Marthes Obstgarten. Dorthin kam keine Menschenseele, dort saß sie ungestört und konnte die Flöße und Kähne beobachten und nachdenken.

Christoph wusste um diesen Ort, denn er hatte Catharina in der ersten Zeit nach jener unglückseligen Umarmung auf Schritt und Tritt beobachtet. Er nahm es hin, dass sie dort allein sein wollte, wenn er auch zu gern gewusst hätte, worum sich ihre Gedanken drehten.

Ein einziges Mal nur wagte er es, Catharina an ihrem geheimen Ort aufzusuchen. Die heißen Tage waren dem Altweibersommer gewichen, und Spinnen zogen ihre im Abendlicht glitzernden Fäden. Christoph rannte den ganzen Weg vom Gasthof bis an den Fluss, quer durch das Wäldchen mit seinem sumpfigen Boden. Dann ließ er sich keuchend neben Catharina auf die Uferböschung sinken.

«Verzeih, dass ich dich störe, aber ich wollte dir nur sagen, dass meine Mutter gerade eine zweite Dienstmagd eingestellt hat.» Er schnappte nach Luft.

«Wie schön für dich. Aber für mich sind Dienstmägde nicht besonders aufregend», gab Catharina schnippisch zurück.

«Bitte, hör auf damit. Darum geht es auch gar nicht. In zwei Wochen ist doch der große Michaelismarkt in Freiburg, und wenn sich die neue Magd bis dahin gut einarbeitet, können wir alle drei, Lene, du und ich, zusammen nach Freiburg. Wir dürfen schon mittags los und können bleiben, bis die Stadttore zumachen. Ist das nicht wunderbar?»

Er bemerkte, wie ein Leuchten über ihr Gesicht glitt.

«Ist das wahr?»

«Ja. Stell dir vor, zum ersten Mal haben wir alle drei gemeinsam Ausgang. Es soll eine Wanderbühne auftreten, und am Nachmittag findet ein großes Tanzfest mit vielen Musikanten statt.»

Glücklich sah Christoph, wie sich Catharina von seiner Begeisterung anstecken ließ. Er konnte nicht ahnen, dass die Anstellung einer zweiten Dienstmagd einen ganz bestimmten Grund hatte.

6

Den ganzen Morgen hatte es genieselt. Endlich teilten sich die Wolken und ließen ein paar zaghafte Sonnenstrahlen durch. Catharina trat aus dem Schatten des Martinstors, um sich aufzuwärmen. Eine Stunde nach Mittag wollte sie sich hier mit Christoph und Lene treffen, und sie spürte, wie ihr Herz schneller schlug. Konzentriert schaute sie auf die Turmuhr, eine Errungenschaft, auf die die Stadtväter sehr stolz waren, besaß sie doch zwei Zeiger und gab damit die Uhrzeit auf die Minute genau an. Catharina stellte fest, dass die beiden schon eine halbe Stunde zu spät waren. Sie hatten noch ein paar Botengänge für ihre Mutter erledigen wollen, währenddessen war Catharina bei ihrem Vater gewesen.

Letzte Nacht hatte sie kaum geschlafen vor Vorfreude. Lene war das nicht entgangen, und beim Aufstehen hatte sie gestichelt:

«Freu dich nicht zu früh – Christoph ist nämlich mit sämtlichen schönen Mädchen Freiburgs verabredet.»

Die Gassen waren voller Menschen. Schon in aller Frühe waren Kleinkrämer, Händler und Schaulustige in die Stadt geströmt, und wer immer sich Zeit nehmen konnte, eilte jetzt zum Münsterplatz, wo der große Jahrmarkt mittlerweile voll in Gang war. Als sich eine Gruppe Betrunkener dicht an Catharina vorbeidrückte, fasste sie ängstlich unter ihrem Umhang nach der Geldkatze. Erleichtert sah sie Christoph und Lene um die Ecke kommen.

«Jetzt kann's losgehen», rief Lene und nahm ihre Base am Arm. Sie zogen mit dem Menschenstrom die Große Gasse hinauf, an den Marktständen der hiesigen Bauern vorbei, und bogen in das schmale Gässchen ein, das zum Münster führte. Hier herrschte ein solches Geschiebe und Gedränge, dass sie kaum vorwärts kamen. Das war etwas ganz anderes als die kleine Kirmes in Lehen.

Schon von weitem sahen sie den Akrobaten, der hoch oben in der Luft zwischen Kornhaus und Heiliggeist-Spital auf einem kaum erkennbaren Seil balancierte. Der zartgliedrige, fast knabenhafte Mann war im farbenfrohen Gewand der Landsknechte gekleidet: ein Hosenbein feuerrot, das andere grasgrün, am gelben Wams hingen bunte Bänder. Ein langer, dünner Stab half ihm, das Gleichgewicht zu halten.

Von unten ertönte ein dumpfer Trommelwirbel. Der Seiltänzer richtete sich auf, jeder Muskel gespannt, und hielt mit festem Griff seine Stange vor der Brust. Dann rannte er plötzlich los, als seien Wegelagerer hinter ihm her. Die Menge schrie auf, und Catharina krallte sich in Christophs Arm fest, als sich der Mann mit enormem Schwung in die Höhe stieß und in einem perfekten Salto einmal um seine Stange wirbelte. Leicht wie eine Feder kam er wieder auf die Füße, wobei das Seil gefährlich schwankte. Die Leute johlten.

«Das ist doch ein tolles Weib», meinte ein Zuschauer neben ihnen anerkennend.

«Hast du gehört? Das ist eine Frau. Ich kann's kaum glauben», sagte Catharina.

71

«Du kannst meinen Arm jetzt wieder loslassen», lachte Christoph. Verlegen zog Catharina ihre Hand zurück. An Christophs Unterarm war der Abdruck ihrer Finger zu erkennen. In diesem Moment entdeckte Lene eine Gruppe junger Leute aus Lehen.

«Wir sehen uns später beim Tanz», verabschiedete sie sich und war im Gewühl verschwunden.

Ein gellender Schrei ertönte nur wenige Schritte neben ihnen, und Catharina zuckte zusammen. Er kam von einem dicken Kerl, dem der Bader gerade einen Backenzahn gezogen hatte. Zusammengekrümmt saß er auf dem Schemel und spuckte dicke Blutschlieren auf den Boden. Dann nahm er einen herzhaften Schluck von dem Branntwein, den der Bader bei jeder Zahnbehandlung großzügig zur Verfügung stellte.

«Du kannst mich ruhig wieder festhalten, wenn du heute so schreckhaft bist», neckte sie Christoph. Catharina musste lachen. Es war fast wieder wie früher mit ihrem Vetter. Vielleicht nicht ganz, denn sie spürte einen wohligen Schauer im Bauch.

In den Lauben entlang des Heiliggeist-Spitals roch es verführerisch nach Honigkuchen, allerlei Braten und Suppen. Sie kauften sich jeder ein Stück knusprige Hammelkeule, dazu einen Krug Dünnbier, und setzten sich auf eine Bank. Da sie nur wenig Geld dabeihatten und es üblich war, für jede Vorführung einen kleinen Obolus zu entrichten, mussten sie sich auf zwei, drei Darbietungen beschränken. Dabei gab es so viel zu sehen: Jongleure und Gymnastiker, Taschenspieler und Zauberer, einen Tanzbären und dressierte Ziegen, einen Mann, der Eisenketten wie Papierbänder zerriss, und jede Menge Musikanten.

Sie hatten sich gerade darauf geeinigt, erst in das Raritätenkabinett und dann zu den Wanderschauspielern zu gehen, als Christoph unvermittelt aufsprang und zu der Menschenmenge am Bierstand eilte. Catharina sah noch, wie ein Mann mit einem großen albernen Hut davonrannte – Johann!, schoss es ihr durch den Kopf –, als Christoph auch schon zurückkam. Er sah ärgerlich aus.

«Was war denn los», fragte sie.

«Ach, nichts. Ich dachte, ich hätte einen Bekannten gesehen, aber ich habe mich wohl getäuscht.» Unwirsch verjagte er zwei abgemagerte Hunde, die unter der Bank in den Essensresten wühlten.

Vor dem Zelt mit den «seltsamsten Kreaturen der Schöpfung», wie der Ausrufer mit schriller Stimme ankündigte, mussten sie lange warten, so groß war der Andrang. Endlich durften sie, zusammen mit etwa zwanzig anderen Neugierigen, eintreten. Im Zelt roch es nach Schweiß und Unrat, und es war so dunkel, dass sie die Gestalten auf dem lang gestreckten Podest nur schemenhaft wahrnehmen konnten. Jetzt griff Catharina ohne Scheu nach Christophs Arm. Ein bärtiger Mann mit langen Haaren, die ihm fettig über die Schultern hingen, ging mit zwei Talglichtern voraus.

«Hochverehrtes Publikum, bitte halten Sie Abstand. Unsere Kreaturen sind nicht an menschliche Zivilisation gewöhnt, und wir können keine Verantwortung für eventuelle Zwischenfälle übernehmen.» Dann beleuchtete er die erste Sensation.

Ein Aufschrei entfuhr den Zuschauern: Im flackernden Licht der Kerzen erkannte man einen riesigen schwarzen Hund mit zwei Köpfen, aus den beiden leicht geöffneten Mäulern hing dunkelrot die Zunge heraus. Regungslos starrte er sie an.

«Ist der tot?» Catharinas Stimme bebte.

«Hier sehen Sie Zerberus, unseren doppelköpfigen Hund aus England. Eine perfekte Nachbildung aus Wachs und Fell, das Original finden Sie in der Londoner Anatomie. Zerberus diente als treuer und, wie Sie sich denken können, äußerst wirkungsvoller Wachhund einem königlichen Bannwart und erreichte immerhin das erstaunliche Alter von zehn Jahren.»

Sie gingen ein paar Schritte weiter.

«Und jetzt kommen wir zu einer ganz besonderen Spezialität, unserem Automatenmenschen. Dieser künstliche Mensch ist eine hochkomplizierte Konstruktion des berühmten Professors Suliman aus Konstantinopel. Einzigartig im Habsburgerreich. Wir würden den Automat gern für Sie öffnen und Ihnen den Mechanismus veranschaulichen, aber leider ist der Apparat so empfindlich, dass wir das nicht riskieren können. Indem ich diesen Hebel hier am Rücken umlege, erwecke ich den Automatenmenschen zum Leben.»

Der Automat, ganz nach der spanischen höfischen Mode gekleidet, hatte bisher regungslos auf dem Podest gestanden. Jetzt hob er zitternd das Kinn und ging mit ruckhaften Bewegungen und starrem Blick auf die Menge zu, die verschreckt zurückwich. Catharina meinte, ein leichtes Knirschen in den Bewegungen zu hören. Ein Kind, das den Automaten berühren wollte, wurde von dem Bärtigen heftig zurückgerissen.

«Bittschön, nicht anfassen, meine Herrschaften. Diese Konstruktion ist Hunderte von Goldstücken wert.» Eilig drängte er die Menge zum Ende des Zelts.

«Und hier sehen Sie die Hauptattraktion unseres Unternehmens: Rochus Agricola, der Mann ohne Hände und Beine, der manche Arbeiten geschickter verrichten kann als jeder von Ihnen.»

Der grauhaarige Mann, der auf einem winzigen Stuhl an einem ebenso winzigen Tisch saß, verneigte sich.

«Meister Agricola ist schon verkrüppelt auf die Welt gekommen. Nichtsdestoweniger kann er ohne Hilfe essen, zeichnen, sich selbst barbieren, ja sogar auf Anhieb einen Faden einfädeln.»

Der Bärtige legte ihm Nadel und Faden auf das Tischchen. Meister Agricola klemmte mit seinem rechten Armstumpf die Nadel aufrecht gegen die Tischkante, nahm dann mit dem Mund den Faden auf und führte ihn zielsicher in die Nadel ein.

Die Zuschauer applaudierten. Anschließend malte er mit Tusche einen verblüffend echten Rosenstrauch, indem er die Feder mit dem Mund führte. Dann rasierte er sich geschickt die wenigen Barthaare, das lange Messer fest zwischen die beiden Armstümpfe geklemmt. Zu den Klängen eines lustigen Trinklieds, das Agricola auf seinem Hackbrett zauberte, verließen sie das Zelt.

Christoph schien ein wenig enttäuscht über die Darbietungen, er hatte sich wohl mehr erhofft. Auch Catharina war es schade um ihr Geld, wenn auch aus einem anderen Grund.

«Die armen Menschen, hast du gesehen, wie traurig sie alle ausgesehen haben? Da hat es die Maschine noch am besten, die spürt wenigstens nichts.»

«Glaubst du im Ernst, dass das ein Automat war? Der Mann war doch genauso aus Fleisch und Blut wie wir beide», gab Christoph zurück, aber Catharina ließ sich nicht überzeugen.

Draußen war der Himmel inzwischen wolkenlos blau, und auf der Wanderbühne an der Nordseite des Münsters hatte die Vorstellung bereits begonnen. Eine kräftige Frau mit langen blonden Haaren saß auf einem Bett und strich gerade einem jungen Mann, der vor ihr auf dem Boden kniete, über die Haare: «O Geliebter, niemals werden wir uns trennen.» Catharina lachte. Sie merkte sofort, dass diese Frau ein Mann war, mit Perücke, rot geschminktem Mund und einem viel zu großen Busen unter seinem Kleid. Als die verkleidete Frau ihren Liebhaber zu sich auf das Bett zog, sah man auf der anderen Bühnenseite einen dicken, glatzköpfigen Mann auf einem Stock mit Pferdekopf an der Spitze heranhüpfen. Wieder gurrte die Frau in höchsten Tönen: «Du bist so anders als Hans, dieser tumbe Tor, der nichts von Frauen versteht.»

Neben Catharina begannen einige Zuschauer zu kichern und knufften einen älteren, schon etwas betrunken wirkenden Mann in die Seite. «Hast du gehört, Hans?» – «Weißt du, was deine

Susanne in diesem Moment gerade treibt?» – «Geh doch mal nachschauen.»

«Lasst mich in Ruhe», knurrte der Gefoppte ärgerlich.

Auf der Bühne spitzte sich die Situation jetzt zu. Die beiden Ehebrecher wälzten sich laut stöhnend auf dem Bett, als der heimgekehrte Ehemann unbeholfen vom Pferd stieg und rief: «Susanne, mach sofort die Tür auf!»

Das war zu viel für die Gruppe neben Catharina und Christoph. Sie johlten und lachten über die Namensgleichheit, während der echte Hans feuerrot anlief.

«Das ist eine Unverschämtheit, mich und meine Frau so in den Dreck zu ziehen», schrie er und stürzte zur Bühne. Die Schauspieler, sichtlich irritiert über den wütenden Zuschauer, unterbrachen ihr Spiel. «Weitermachen!», brüllte die Menge. Da kletterte der echte Hans auf das Podest, nahm das Steckenpferd und schlug es dem falschen Hans an den Kopf. Die beiden Liebhaber stürzten herbei, und alle vier fielen bei dem Handgemenge von der Bühne. Bald wusste keiner mehr, wer hier gegen wen haute und schlug. Zwei Stadtwächter bahnten sich ihren Weg durch die lärmende Menge, wurden aber wieder zurückgedrängt.

Christoph und Catharina versuchten, sich in Sicherheit zu bringen.

«Los, komm, dort hinüber.» Christoph zog seine Base zur Nordpforte des Münsters, die zum Glück offen stand. Im Chor setzten sie sich auf eine Steinstufe und holten Luft. Obwohl Catharina einen heftigen Schlag gegen die Schulter abbekommen hatte, musste sie über die Situation lachen.

«Die Leute sind froh, wenn sie raufen können. Genauso wie bei uns auf dem Dorf.»

Christoph betrachtete das Farbenspiel, das die Sonne durch die bunten Fenster auf den Steinboden zauberte. Er wirkte verlegen, als er den Blick hob.

«Gehen wir tanzen.»

Der Rest des Tages verging viel zu schnell. Auf der Tanzdiele trafen sie Lene wieder, die mit Schorsch, dem aufgeblasenen Sohn des Stellmachers, über die Bohlen wirbelte. Catharina, die noch nie in ihrem Leben getanzt hatte, ließ kein Musikstück aus, und im Gegensatz zu Lenes Ankündigung hatte Christoph nur Augen für sie.

Als es dämmerte, erinnerte das Läuten der Münsterglocken die ausgelassenen Tänzer daran, dass die Stadttore bald schließen würden. Nach und nach machten sich einzelne Gruppen auf den Weg. Catharina und Christoph hatten es nicht eilig. Bald waren sie die Letzten, die auf der Landstraße durch die sternenklare Nacht wanderten.

«Cathi, es tut mir wirklich Leid, dass ich im Sommer so aufdringlich war.» Er blieb stehen. «Und die alte Magd interessiert mich wirklich keinen Pfifferling. Ich möchte mit dir zusammen sein.»

Er wollte schon weitergehen, da hielt Catharina ihn fest. Zögernd legte sie eine Hand an seine Wange und ließ zu, dass er sie in die Arme nahm. Sie ließen den Abstand zu den anderen noch größer werden und gingen Hand in Hand nach Hause.

«Deshalb also hast du die zweite Dienstmagd eingestellt. Du hattest das schon seit längerem geplant.»

Catharina war im ersten Moment eher wütend als traurig. Sie saß mit Marthe allein in der Küche, Christoph und Lene waren irgendwo im Dorf unterwegs, und die Zwillinge spielten im Hof.

«Denk doch mal nach, Cathi. Christoph muss, wenn er unseren Gasthof übernehmen will, noch eine Menge lernen. Und es ist nun einmal üblich und auch vernünftig, wenn er das an einer anderen Arbeitsstätte tut.»

«Aber warum schickst du ihn nach Villingen, warum so unendlich weit weg? Du hast doch auch einen Schwager in Freiburg, Christophs Vormund, dem das Schneckenwirtshaus gehört? Dort kann er doch genauso viel lernen.»

«Eben nicht. Das Schneckenwirtshaus ist eher eine Schenke, dazu hat es nicht einmal den besten Ruf. Der Hof von Onkel Carl in Villingen ist viel größer, mit eigenem Gästehaus, ähnlich wie hier. Und außerdem –» Sie zögerte einen Moment.

«Was außerdem?» Catharina spürte jetzt, dass es noch einen anderen Grund gab.

«Cathi, ich will ehrlich zu dir sein. Es ist mir nicht verborgen geblieben, wie nah ihr beiden euch gekommen seid. Aber ihr seid doch praktisch Geschwister, lebt unter einem Dach. Und ihr seid noch viel zu jung. Stell dir vor, du würdest ein Kind bekommen.»

Jetzt wurde Catharina trotzig. «Vor dem Gesetz dürften wir aber heiraten, und du könntest es nicht verbieten.»

«Nein. Aber ich kann vielleicht verhindern, dass in eurem Alter mehr passiert als irgendeine Küsserei auf dem Lehener Bergle.»

Catharina sprang auf. «Wer hat das erzählt? Hat dir das Lene zugesteckt?»

Marthe lächelte. «Beruhige dich, Lene kann im rechten Moment schweigen, auch wenn sie sonst ein loses Mundwerk hat. Der Müller hat euch im Sommer beobachtet.»

Catharina starrte vor sich hin. Sie waren auf dem Lehener Bergle also nicht allein gewesen. Im Nachhinein war ihr dieser Gedanke furchtbar unangenehm.

«Und – wann wird Christoph gehen?»

«Noch bevor im Höllental der erste Schnee fällt. Genauer gesagt, in zwei Tagen.»

Wortlos rannte Catharina hinauf in ihre Kammer und warf sich aufs Bett. Warum nur waren in ihrem Leben die schönen Zeiten immer von so kurzer Dauer?

Sie dachte an den Buchenhain am Fluss, der zu ihrem heimlichen Treffpunkt geworden war. Viel zu selten allerdings hatte sich ihnen die Gelegenheit geboten, unbemerkt davonzuschleichen. Dann aber saßen sie im weichen Gras am Ufer, schmiedeten Pläne für die Zukunft und küssten sich lange. Längst genoss Catharina die Zärtlichkeiten genauso wie Christoph.

So glücklich hatte sie sich noch nie gefühlt. Die Arbeit ging ihr noch schneller von der Hand als sonst, sie hätte die ganze Welt umarmen mögen. Abends lag sie neben Lene im Bett und dachte daran, dass sie nur eine hauchdünne Bretterwand von Christoph trennte.

Catharina richtete sich auf und betrachtete das Bild ihrer Mutter. Wie hätte sie sich wohl verhalten? Hätte sie ihnen auch Steine in den Weg gelegt? Lene trat in die Kammer und setzte sich zu ihr auf das Bett.

«Meine Mutter hat dir also gesagt, dass Christoph weggeht. Ich weiß es auch erst seit heute Morgen.»

Sie legte den Arm um Catharina, die mit den Tränen kämpfte.

«Ach, Cathi, das ist doch keine Trennung auf Ewigkeit. In zwei, drei Jahren kommt er wieder zurück, und wenn ihr dann immer noch zusammenbleiben wollt, verlobt ihr euch einfach, und dann kann nichts mehr passieren. Und bis dahin lassen wir beide es uns gut gehen. Tanzen kannst du auch mit anderen Jungen.»

So war Lene. Für sie schien alles einfach, jede Schwierigkeit lösbar. Catharina wischte sich die Tränen aus dem Gesicht.

«Aber warum muss jetzt alles so schnell gehen? Tante Marthe hätte uns doch auch schon früher sagen können, was sie vorhat.»

Lene zuckte die Achseln. «Vielleicht hat sie jetzt erst begriffen, was zwischen euch ist, und übermorgen fährt zufälligerweise ein Händler, den sie kennt, nach Villingen und kann Christoph mitnehmen. Pass auf», Lene flüsterte jetzt, «er und ich haben beschlossen, dass wir in der letzten Nacht die Betten tauschen: Ich leg mich in seins, und er kommt herüber. Falls Mutter auf die Idee kommt nachzuschauen, ob alles in Ordnung ist, zieht ihr beide euch einfach die Bettdecke über die Ohren. Ist das nicht ein famoser Einfall?»

Als am Abend die letzten Gäste gegangen waren, trat Catharina mit dem Kübel voll Essensreste in den Hof hinaus. Ihre Tante folgte ihr.

«Es fällt mir schwer, euch zu trennen. Ich seh doch, wie sehr ihr euch mögt. Aber versuch auch, mich ein bisschen zu verstehen.»

Catharina nickte nur. Dann ging sie zum Stall hinüber. Es dämmerte bereits, und Christoph war mit Füttern beschäftigt. Gemeinsam schütteten sie die Essensreste in den Schweinetrog.

Christoph nahm ihre Hand.

«Heute habe ich mich schrecklich mit meiner Mutter gestritten. Jetzt tut es mir Leid, was ich ihr alles an den Kopf geworfen habe.»

«Ist es wahr, dass wir morgen Nacht in einem Bett schlafen werden?», fragte Catharina leise.

«Ja, aber es wird nicht die letzte Nacht sein, das verspreche ich dir.» Er küsste sie lange und zärtlich im Dunkel des Stalles.

Den nächsten Tag war Christoph mit den Vorbereitungen für seinen Umzug beschäftigt. Vormittags ging er mit seiner Mutter in die Stadt, um noch ein paar Kleinigkeiten einzukaufen, dann machte er sich daran, seine Sachen zu packen. Catharina sah blass aus. Sie vermochte nicht zu sagen, was sie mehr beunruhigte: der Gedanke an Christophs Abschied oder die bevorstehende gemeinsame Nacht. Es war sicherlich nicht richtig, was sie vorhatten, und sie hatte Angst, dass Marthe sie erwischen könnte.

Catharina spürte, wie ihr das Blut in den Schläfen pochte, als am Abend Christoph in die Kammer trat. Die Stelle neben ihr im Bett war noch warm von Lenes Körper. Hilflos stand er vor ihr, trotz seines leinenen Nachthemds zitterte er.

«Frierst du?»

«Nein. Es ist nur – ich weiß nicht recht, was jetzt geschieht. Darf ich zu dir kommen?»

Sie schlug die Bettdecke zurück und rutschte gegen die Wand. Da klopfte es dreimal leise gegen die Bretter. Das vereinbarte Zeichen von Lene, dass alles in Ordnung war. Sie hatte sich noch einmal versichert, dass ihre Mutter schlafen gegangen war.

Catharina nahm Christoph in den Arm, bis er aufhörte zu zittern.

«Freust du dich auf Villingen?»

«Ach, weißt du, freuen ist zu viel gesagt. Es ist schön, einmal aus diesem engen Dorf herauszukommen. Und Onkel Carl finde ich recht nett. Aber ich habe Angst, dass du dir, wenn ich weg bin, irgendeinen hergelaufenen Dorfburschen angelst.»

Catharina streichelte seine Hand. «Lass uns einander versprechen, dass wir aufeinander warten.»

«Versprochen. Und jedes Mal, wenn ich freibekomme, werde ich dich besuchen.»

Dann lagen sie schweigend nebeneinander. Irgendwann fragte sich Catharina, ob Christoph wohl eingeschlafen sein mochte, so tief und regelmäßig gingen seine Atemzüge. Im Obstgarten miaute eine Katze. Sie fand keine Ruhe. Immerzu dachte sie daran, wie leer das Haus ohne Christoph sein würde.

Da spürte sie, wie er sich bewegte.

«Cathi, ich habe einen großen Wunsch. Willst du ihn hören?»

Sie nickte, obwohl er das in der Dunkelheit nicht sehen konnte. Es dauerte eine Weile, bis er wieder sprach.

«Du weißt, dass ich nichts mache, was du nicht auch möchtest. Aber ich hätte gern, dass du – dass du dich ausziehst.» Dann fügte er so leise hinzu, dass sie es kaum verstehen konnte: «Vielleicht ist es ja das letzte Mal.»

«So etwas darfst du nicht sagen.» Sie zog sich das Hemd über den Kopf. Christoph küsste sie sanft auf ihre Augen, ihre Nase, ihre Wangen, während seine Hand die Linien ihres Halses bis zum Schlüsselbein nachzeichnete und von dort zu ihren kleinen festen Brüsten wanderte. Er streichelte Catharina lange und zärtlich. Sie schloss die Augen und genoss die Wärme, die ihr in die Glieder fuhr.

Cathis Furcht, dass meine Mutter sie ertappen könnte, war völlig unbegründet. Ohne nachsehen zu müssen, wusste sie, dass die beiden zusammen in einem Bett lagen. Aber das beunruhigte sie nicht, denn sie vertraute darauf, dass die Kinder – und Kinder waren die beiden in ihren Augen – vernünftig blieben. Was sie nicht schlafen ließ, war ihr schlechtes Gewissen: Den eigentlichen Grund, warum sie Christoph ausgerechnet nach Villingen schickte, hatte sie verschwiegen. Carl, der Vetter ihres zweiten Mannes, hatte nämlich eine Tochter in Christophs Alter, knapp siebzehn Jahre alt, hübsch anzusehen, fleißig und bescheiden. Mutter hoffte auf eine Verbindung zwischen den beiden. Ich weiß, dass sie Catharina wie ihre eigene Tochter liebte, aber gerade deshalb kam für sie eine Ehe mit Christoph nicht infrage. «Wenn Verwandte Kinder bekommen», sagte sie immer, «führt das zu Krankheit und schlechtem Blut.» Und dass das Ganze nur eine kurze Kinderliebe war, darauf wollte sie sich nicht verlassen.

«Wie schäbig waren meine Pläne, die beiden auseinander zu bringen», sagte sie mir später einmal. Doch was war das gegen meinen Verrat – ohne mich wäre ihr die heimliche Liebe zwischen den beiden vielleicht nie aufgefallen.

7

Der Abschied von Christoph war schrecklich. Am Morgen, als sie aufwachte, lag er mit geröteten Augen neben ihr. Als er merkte, dass sie wach war, küsste er sie ungestüm und schlich dann in seine Kammer, um sich fertig zu machen. Dann ging alles ganz schnell. Der Händler saß schon in der Gaststube und wartete ungeduldig, denn es hieß, oben im Schwarzwald habe es zum ersten Mal geschneit. Lene, die längst auf war, packte noch schnell ein großes Vesper zusammen, dann versammelten sich alle um den Pferdekarren. Auch vom Dorf waren etliche Leute gekommen, um den Wirtssohn zu verabschieden.

Hastig warf Christoph sein Bündel auf den Wagen, reichte allen die Hand und umarmte seine Mutter und Lene. Dann wandte er sich Catharina zu. Sie sahen sich an und schwiegen. Catharina hätte ihm so viel sagen mögen, brachte aber kein Wort heraus. Vor aller Augen küsste er sie schließlich auf den Mund und stieg auf.

Catharina lief in ihre Kammer und warf sich aufs Bett. Bildete sie es sich ein, oder war die Decke noch warm von Christophs Körper, verströmte noch seinen Geruch? Als von der Straße her die Abschiedsrufe lauter wurden, presste sie sich die Hände gegen die Ohren. Sie stellte sich vor, nie wieder aufzustehen. Nie wieder würde sie essen, arbeiten oder lachen können.

Aber seltsamerweise holte der Alltag sie wieder ein. Marthe und Lene waren sehr liebevoll mit ihr. Doch manchmal schienen die Tage nicht enden zu wollen, denn jetzt im Winter gab es weniger Arbeit und weniger Abwechslung. Wenn Marthe nach Einbruch der Dunkelheit zu erzählen begann, hörte Catharina kaum zu, denn ihre Gedanken waren bei Christoph. Einmal kaufte sie sich für teures Geld ein paar Bogen Papier und schrieb einen langen Brief an ihn. Da aber um diese Jahreszeit ohnehin niemand in den Schwarzwald hinauffuhr, zerriss sie die Blätter am nächsten Tag wieder.

Was sich in diesen öden Wochen jedoch ereignete, war, dass Lene sich verliebte. Ausgerechnet in diesen ungeschlachten Nachbarsburschen Schorsch.

«Was findest du bloß an diesem Kerl?», fragte Catharina ihre Base.

«Wieso? Er sieht doch nicht schlecht aus. Außerdem ist er der einzige Junge im Dorf, der nicht den Mund hält, wenn er anderer Meinung ist als ich. Das gefällt mir.»

Marthe durfte davon selbstredend nichts erfahren, und so war Catharina damit beschäftigt, Lene bei ihren Verabredungen Rückendeckung zu geben. Abends im Bett bekam sie dann ausführlich zu hören, was sich Neues ergeben hatte. Catharina war zwar nicht sonderlich interessiert daran, aber es lenkte sie von ihren eigenen Grübeleien ab.

Anfang des neuen Jahres teilte Marthe den beiden Mädchen mit, dass Christoph an Ostern zum ersten Mal ein paar Tage freihabe und nach Hause kommen würde. Lene tanzte vor Freude in der Küche herum, und Catharina fragte ungeduldig:

«Dann hast du also Nachricht bekommen. Wie geht es ihm?»

«Ich denke, er hat sich ganz gut eingelebt. Carl würde ihn am liebsten ganz bei sich behalten, aber das geht natürlich nicht. Wir brauchen ihn ja über die Festtage hier bei uns.»

Ich brauche ihn bei mir, dachte Catharina. Plötzlich überdeckte ein wagemutiger Gedanke ihre Freude auf das Wiedersehen: Wenn Christoph nicht bei ihr leben durfte, dann konnte sie doch ebenso gut bei ihm leben.

An diesem Abend konnte sie vor Aufregung nicht einschlafen. Sie war jetzt vierzehn, und viele Mädchen in diesem Alter mussten sich irgendwo als Dienstmädchen verdingen. Sie würde Ostern mit Christoph nach Villingen gehen und sich dort eine

Arbeitsstelle suchen. Wer konnte sie daran hindern? Sie beschloss, nicht einmal Lene von ihren Plänen zu erzählen, und gab sich in den nächsten Wochen alle Mühe, bei den Gästen möglichst viel Geld einzustreichen.

Doch Ostern ging vorbei, und Christoph kam nicht. Er hatte ausrichten lassen, dass er nur zwei Tage freibekommen würde, und zwei Tage dauerte allein die Reise. Weder Lene noch Catharina konnten das verstehen.

«Wenn Onkel Carl so zufrieden mit ihm ist, muss er ihm doch erlauben, nach so langer Zeit seine Familie zu besuchen. Ich an Christophs Stelle hätte mich da jedenfalls besser durchgesetzt.» Lene ärgerte sich über ihren Bruder.

Marthes Enttäuschung schien sich in Grenzen zu halten. «Es wird schon seine Richtigkeit haben. Dafür kommt er ja im Sommer auf jeden Fall.»

Misstrauisch sah Catharina ihre Tante an. War sie vielleicht froh darüber, dass es zu keinem Wiedersehen zwischen ihr und Christoph kam? In ihr stieg langsam Wut auf. Den Winter hatte sie nur durch die Vorfreude auf seinen Besuch durchgestanden. Wer hatte das Recht, sie jetzt so vor den Kopf zu stoßen? Immer war ihr Leben von anderen gelenkt worden – jetzt würde sie es selbst in die Hand nehmen. Niemand sollte ihr mehr Vorschriften machen.

Sie holte ihre Geldkatze aus dem Versteck im Heuboden. Der Beutel war prall gefüllt mit Pfennigstücken und sogar zwei Silbermünzen. Ihr war nicht klar, wie weit sie mit diesem Geld kommen würde, aber immerhin, es war ein Anfang. Ihr Vorhaben nahm konkrete Züge an. Für eine Frau war es gefährlich, allein unterwegs zu sein. Aber für die kurze Zeit der Reise nach Villingen würde es ihr wohl gelingen, sich als Mann auszugeben.

Ihr Plan war einfach: In Kürze sollte in Villingen der große Markt stattfinden, wo sich auch Händler aus Freiburg und dem

Rheintal einfanden. Als wandernder Handwerksbursche verkleidet, konnte sie sicherlich auf einem der Pferde- oder Ochsenkarren mitfahren. Sie musste nur weit genug von Lehen entfernt sein, bevor sie sich sehen ließ. Am besten würde sie noch vor Sonnenaufgang aufbrechen und bis zum Fuß des Gebirges versteckte Seitenwege nehmen. Das Risiko, dass ein Bekannter aus Lehen oder Betzenhausen sie in den Morgenstunden auflesen könnte, wäre sonst zu groß.

Es musste alles perfekt vorbereitet werden, denn in der Nacht ihres Aufbruchs durfte sie keine Zeit mehr verlieren. Kopfzerbrechen bereitete ihr allerdings, dass sie ihrer Tante zwar mitteilen wollte, sie solle sich keine Sorgen machen, andererseits aber einen ausreichenden Vorsprung brauchte. Einen Moment lang dachte sie daran, Lene einzuweihen, verwarf den Gedanken aber wieder.

In den nächsten Tagen verschwand sie immer wieder heimlich auf den Dachboden. Dort lagen in einer Truhe alte Kleider von Christoph und Marthes verstorbenen Männern. Vor einem verstaubten zerbrochenen Spiegel probierte sie alle Kleidungsstücke durch, bis sie mit dem Ergebnis zufrieden war. Die Hose aus dunkelrotem Tuch, Hemd und Wams stammten von Christoph, dazu ein schwarzer Umhang und ein etwas altmodischer Reisehut von ihrem Onkel. So musste es gehen.

Am Vorabend ihrer Abreise versteckte sie Kleider, Geldkatze und ihr Bündel mit etwas Proviant im Stall. Als sie zu Bett ging, hoffte sie inbrünstig, dass sie nicht verschlafen würde wie damals bei dieser kindischen Verwünschung. Lene erzählte ihr in aller Ausführlichkeit von einem schrecklichen Streit mit ihrem Schorsch, aber Catharina hörte kaum hin.

Sie wusste nicht, wie lange sie vor sich hin gedöst hatte, als das Bellen eines Hundes sie auffahren ließ. Durch das Fenster sah sie den Mond hell und fast rund am Himmel stehen. Umso besser: Das würde ihr helfen, die Schleichwege bis hinter Freiburg zu finden. Vorsichtig stand sie auf und zog ihre Filzstiefel unter dem Bett hervor. Sie lauschte: Im Haus war alles still. Auf Zehenspitzen schlich sie in die Küche, suchte sich einen Kienspan, hielt ihn in die Herdglut und machte Licht. Dann schnitt sie schweren Herzens ein langes Stück von ihren dichten, schwarzen Haaren ab. Sie reichten jetzt nur noch drei Finger breit über die Ohren, was zwar immer noch recht lang, aber für einen jungen Burschen nicht ungewöhnlich war. Beim Anblick der Schere in ihrer Hand fiel ihr plötzlich ein, dass sie eine Waffe brauchte. Kurz entschlossen nahm sie sich ein langes, scharfes Messer vom Bord und wickelte es in ein Küchentuch. Sie würde es ihrer Tante ja eines Tages zurückgeben.

Im Schatten der Hofmauer huschte sie in den Stall, zog sich hastig um und nahm aus ihrem Bündel die Nachricht an Marthe, die sie am Vortag verfasst hatte: «Liebe Tante, liebe Lene, ich muss mich auf meinen eigenen Weg machen. Seid unbesorgt, ich lasse so bald wie möglich von mir hören.» Sie legte das Blatt in den Lehmofen im Hof. Dort würde die Tante den Brief erst zur Backzeit am Nachmittag finden, und dann würde sie erst jemanden bitten müssen, ihn ihr vorzulesen. Vorsichtig schloss Catharina die quietschende Ofentür, als sie jemand heftig in die Seite stieß. Ihr Herz setzte aus vor Schreck. Sie drehte sich um, und vor ihr stand Jockl, der Ziegenbock. Catharina holte tief Luft.

«Du Mistvieh, mich so zu erschrecken.»

Sie tätschelte dem Tier das borstige Fell. Dann lief sie, ohne sich noch einmal umzudrehen, durch den Obstgarten zum Fluss hinunter.

Die Dreisam glitzerte silbern im Mondlicht. Bald hatten sich ihre Augen an das Licht gewöhnt. Mit schnellen Schritten, um die Kälte und die Furcht zu vertreiben, lief sie auf einem schmalen Treidelpfad am Ufer entlang. Sie war noch nie nachts allein unterwegs gewesen, und die vielen Geräusche machten ihr

Angst. Mal knackte es im Gebüsch, mal hörte sie den Ruf eines Käuzchens, mal scheuchte sie ein Kaninchen auf. Aber sie kannte den Weg, und von Räuberbanden hier in der Gegend hatte sie noch nie gehört.

Bald lag der Kirchturm von Betzenhausen weit hinter ihr, und sie näherte sich den Stadtmauern Freiburgs. Düster ragte der Burgberg in den Himmel. Um das Dörfchen Wiehre, das sich vor den Toren der Stadt den Fluss entlangzog, musste sie einen großen Bogen machen, denn es war verdächtig, um diese Uhrzeit in der Gegend herumzustreunen. Das sumpfige Gelände neben dem Fußweg musste der Nägelesee sein. Die Leute erzählten sich grässliche Geschichten von nächtlichen Hexensabbaten, die auf diesen morastigen Wiesen abgehalten würden. Catharina schauderte. Erhoben sich dort hinten nicht zwei Gestalten aus dem Schilf? Sie rannte mit klopfendem Herzen los, bis sie die Hütten der Sägemühle am Floßplatz vor sich sah. Von der Kartause oben am Wald hörte sie das tröstliche Gebimmel der Glocke, die die Einsiedler zur Frühmesse rief. Inzwischen fragte sie sich, ob sie noch ganz bei Sinnen gewesen war, als sie beschloss, mitten in der Nacht durch die Gegend zu wandern.

Erleichtert sah sie, dass sich der Himmel im Osten schon verfärbte. Catharina zog sich den Hut tiefer in die Stirn, als ihr die erste Gestalt dieses Tages in der Dämmerung entgegenkam: ein untersetzter Bauer mit einer Gans unter dem Arm, der ihr im Vorbeigehen zunickte. Kurz darauf erreichte sie einen heruntergekommenen Herrenhof, die Mauern ganz von Brombeerbüschen überwuchert. Dem Anwesen gegenüber erhob sich ein Hügel mit etwa zwei Dutzend Häusern und einer wehrhaft aussehenden Kirche. Das musste Ebnet sein.

Catharina bog in den ersten Weg ein, der den Hügel hinaufführte. Da raschelte etwas über ihrer Schulter. Erschrocken sah sie auf. Knarrend drehte sich das Seil des Galgens, an dem ein lebloser, zerlumpter Mann hing und mit seinen Füßen bei jeder

Drehung durchs Gebüsch strich. Über seinem Kopf kreisten die Raben, die ihm längst die Augen aus den Höhlen gehackt hatten. Anstelle der Nase klaffte ein blauschwarz schimmerndes Loch.

«Ja, ja, schau ihn dir nur an, mein Junge.» Ein zahnloses altes Weib hatte sich ihr in den Weg gestellt. «Das ist Gottes Strafe, wenn man seine Hände nicht von anderer Leute Hab und Gut lassen kann.»

Catharina bekreuzigte sich und ging rasch weiter. Auf dem Kirchplatz setzte sie sich auf eine Steinbank und stärkte sich mit einem Stück Brot. Langsam füllte sich das Dorf mit Leben. Bis jetzt war ja alles gut gegangen, und die Alte hatte sie sogar für einen Burschen gehalten. Aber sie machte sich besser gleich wieder auf die Reise, bevor sie hier als Fremder auffiel. Dort unten, das musste die Landstraße Richtung Höllental sein. Als sie aufstand, merkte sie, dass ihr jetzt schon, nach gut zwei Stunden Fußmarsch, die Beine wehtaten. Hoffentlich würde sie bald jemand mitnehmen.

Aber sie musste noch fast bis Kirchzarten gehen, bevor endlich ein Pferdekarren neben ihr anhielt.

«Wo willst du hin?», fragte der Mann. Er sah wenig vertrauenerweckend aus mit seinem roten, aufgedunsenen Gesicht und den fetten Tränensäcken unter den Augen.

«Ich muss nach Villingen», erwiderte Catharina und stellte erschrocken fest, dass ihre Stimme viel zu hell und zu hoch klang.

«Da hast du Glück, ich fahre dorthin zum Markt. Du kannst hinten aufsteigen, unter einer Bedingung: Du musst ein Auge auf die Wolle haben. Beste Schafswolle aus dem Rheintal.»

Der Mann roch nach Branntwein, und Catharina setzte sich möglichst weit weg von ihm zwischen die Wollsäcke. Besser hätte sie es gar nicht erwischen können, so weich lag es sich zwischen den Säcken.

Das Tal verengte sich langsam. Die düsteren Berge rückten näher und wirkten noch gewaltiger. Irgendwo dort oben, tief im Schwarzwald, lag Villingen, und dort würde sie Christoph wiedersehen. Ob er sich wohl freuen würde? Erschöpft schlief sie ein.

Der Karren ruckte zwei-, dreimal heftig, und Catharina fuhr aus dem Schlaf. Sie standen vor einem einsamen Gasthof. Der Wollhändler sprang vom Bock.

«Wir sind jetzt gleich im Höllental. Dort und später in der Ravenna-Schlucht wimmelt es von Wegelagerern, wir müssten verrückt sein, allein weiterzufahren. Ich geh mich jetzt stärken und schau, dass wir eine größere Gruppe zusammenbekommen. Du passt auf die Ware auf. Und führ das Pferd zur Tränke. Ausspannen brauchst du es nicht.»

Catharina ärgerte sich, dass er sie wie seinen Knecht behandelte, zog es aber vor, den Mund zu halten. Nachdem sie das Pferd getränkt und sich selbst ein wenig erfrischt hatte, setzte sie sich wieder auf den Wagen, packte ihren Proviant aus und beobachtete die Ochsen- und Pferdegespanne, die sich nach und nach vor dem Wirtshaus sammelten.

Nach etwa einer Stunde kam eine Gruppe Männer heraus und machte sich zum Aufbruch bereit. Der Wollhändler hielt ihr einen Lederbeutel mit Branntwein hin. Catharina schüttelte den Kopf.

«Los, stell dich nicht an wie ein zickiges Weib.»

Da nahm sie wohl oder übel einen Schluck. Im ersten Moment hatte sie das Gefühl, es würde ihr die Kehle zerreißen, doch dann breitete sich eine wohlige Wärme in ihrem Bauch aus. Beherzt nahm sie noch einen Schluck und kletterte dann nach hinten zwischen die Säcke.

Der Händler klatschte die Zügel auf das breite Kreuz seines Schimmels. «Ho, ho, los geht's. Wenn wir Glück haben und sich kein verdammtes Räuberpack blicken lässt, sind wir morgen Abend in Villingen.»

In einer Kolonne von sechs Gespannen zogen sie los. Catharina war heilfroh, dass sie in einer größeren Gruppe unterwegs waren. Einerseits, weil sie den rotgesichtigen Mann, der ständig einen trank, immer abstoßender fand, andererseits, weil sie noch nie etwas so Unheimliches gesehen hatte wie dieses Höllental. Sie brauchte nicht viel Phantasie, um sich vorzustellen, wie Dämonen, Unholde und des Teufels Spießgesellen an diesem düsteren Ort ihr Unwesen trieben. In die tief eingeschnittene Schlucht verirrte sich sicher nie ein Sonnenstrahl. Die gewaltigen nackten Felsen rechts und links des Weges ragten fast senkrecht in den Himmel. Hier und da stürzten Wasserläufe in die Tiefe, es roch modrig, und an die wenigen Stellen, wo sich ein Krümchen Erde festgesetzt hatte, klammerten sich Moose, Flechten und verkrüppelte Sträucher. Das Aufschlagen der Hufe auf den Schotterweg hallte von den Steinwänden wider. Manchmal wurde es so eng, dass keine zwei Fuhrwerke nebeneinander gepasst hätten.

Als das Tal endlich wieder ausladender und übersichtlicher wurde, atmeten alle auf. Doch die Gefahr eines Überfalls war längst nicht vorüber, das wussten die Reisenden. Catharinas Weggefährte war sehr schweigsam, nur hin und wieder nahm er einen Schluck aus seinem Lederbeutel und rülpste. Ein scharfer Dolch lag griffbereit neben ihm. Catharina war froh, dass er keine Fragen stellte.

Der steile Aufstieg in der Ravenna-Schlucht war schon in Sichtweite, da kam eine Hand voll Reiter auf sie zugeprescht. War es jetzt so weit? Catharina war nicht die Einzige, die es mit der Angst zu tun bekam. Als der Trupp näher kam, erkannte sie, dass es sich um schwer bewaffnete Söldner handelte.

«Vorderösterreichische», knurrte der Wollhändler und spuckte aus.

Es stellte sich heraus, dass erst gestern ganz in der Nähe zwei Händler erschlagen und ausgeraubt worden waren. Die Uniformierten versuchten, den Schlupfwinkel der Räuber herauszufinden, und befragten dazu alle Reisenden und die Bewohner des Gebiets. Während der Befragung trabte ein jüngerer Bursche, groß und hager, neben Catharina. Er musterte sie misstrauisch und sagte dann spöttisch: «Was bist du für einer? Du scheinst mir reichlich jung für so eine gefährliche Reise!» Catharina blieb fast das Herz stehen. Jetzt war alles aus und vorbei.

«Das ist mein Sohn. Wird Zeit, dass er mir zur Hand geht beim Wollgeschäft.»

Der Söldner nickte und wendete sein Pferd. Catharina empfand fast so etwas wie Dankbarkeit für den Händler.

«Wieso habt Ihr das gesagt?»

«Weiß ich, wer du in Wirklichkeit bist? Und bevor ich mir mit denen Ärger einhandle, geb' ich dich lieber als meinen Sohn aus. Soldatenpack ist auch nicht viel besser als Räuberpack.» Er nahm einen Schluck Branntwein. «Aber heute kommen uns die Kerle sogar gelegen. Wenn die hier nämlich die Gegend durchkämmen, werden sich die Räuber nicht aus ihren Löchern wagen.»

Der Meinung waren die anderen Reisenden wohl auch, denn die Anspannung wich aus ihren Gesichtern, und die Stimmung wurde hörbar ausgelassener. Weitere Branntweinflaschen machten die Runde, deftige Trinklieder wurden angestimmt. Als schließlich Zoten und schmutzige Witze hin und her gingen, fühlte sich Catharina ziemlich unwohl in dieser Gesellschaft.

«Da hast du dir aber ein schüchternes Bürschchen als Wächter ausgesucht», neckten einige den Wollhändler.

«Lasst ihn in Ruhe. Besser einer, der das Maul hält, als einer, der am falschen Ort das Falsche sagt!»

Kurz vor der Ravenna-Schlucht hielt die Kolonne vor einem lang gestreckten Stallgebäude. Der Anstieg sollte bald so steil werden, dass Hilfspferde vor die Wagen gespannt werden mussten.

«Rausgeschmissenes Geld», knurrte der Wollhändler. «Wolle ist leicht, und wenn's nicht weitergeht, musst du mit Hand anlegen.»

Mit der Peitsche trieb er das vor Schweiß triefende Pferd die Steigung hinauf. Etliche Male knickte der Schimmel in der Hinterhand ein oder rutschte auf dem Geröll aus. Geizkragen, Pferdeschinder, dachte Catharina wütend und stemmte sich mit ihrem ganzen Gewicht hinten gegen den Wagen, wenn es wieder einmal nicht weiterging. Die anderen Gespanne hatten sie längst überholt.

Am späten Nachmittag befanden sie sich auf einer Art Hochebene. Der düstere Tannenwald wich Feldern und großen Weideflächen. Sie fuhren ein Stück oberhalb der Gutach entlang und hielten dann vor einem von alten Linden umstandenen Wirtshaus. Bis auf einen buckligen Trödler, der sich ihnen unterwegs angeschlossen hatte, waren alle anderen weitergefahren.

«Hast du Hunger?»

Catharina schüttelte den Kopf.

«Gut. Ich werde im Wirtshaus übernachten. Hier hast du eine warme Decke, du passt auf die Sachen auf. Wenn sich dem Wagen einer auch nur auf drei Schritte nähert, schreist du, so laut du kannst, und kommst ins Haus gelaufen.» Er schirrte das Pferd aus und brachte es in den Unterstand.

Catharina war jetzt alles recht. Ihr schmerzten Schulter und Arme, sie wollte nur noch schlafen. Nachdem sie sich zwischen den Wollsäcken eine behagliche Schlafstatt zurechtgemacht hatte, wickelte sie sich fest in ihren Umhang und schloss erschöpft die Augen.

Sie hatte einige Stunden tief und traumlos geschlafen, als sie Schritte hörte. Aber es war nur der Wollhändler, der aus dem Wirtshaus wankte. Er wollte wohl nochmal nach dem Rechten sehen. Als er seinen Karren erreicht hatte, merkte sie, dass er sternhagelvoll war.

«Du sollst auch nicht leben wie ein Hund», lallte er und reichte ihr den prall gefüllten Branntweinbeutel. «Trink mit mir, du bist ein netter Bursche.»

Umständlich kletterte er neben sie. Instinktiv spürte Catharina, dass an dieser Situation etwas nicht stimmte. Wie ein Tier, das Gefahr wittert, spannte sie alle Muskeln an und wartete. Der Mann murmelte etwas von ihrer zarten Haut und legte seine fleischige Hand auf ihren Hosenlatz. Sie rückte zur Seite.

«Nun sei doch ein bisschen lieb. Kleine Jungen wie du gefallen mir sehr.»

Bei diesen Worten legte er sich mit seinem schweren, nach Alkohol stinkenden Körper auf sie. Voller Entsetzen biss sie ihm in den Hals. Er fluchte laut und ließ von ihr ab. Sie rappelte sich hoch, sprang vom Wagen und lief zur Landstraße. Rannte, so schnell sie konnte, bis das Wirtshaus außer Sichtweise war. Hinter einem steinernen Wegekreuz ließ sie sich ins hohe Gras fallen. Zitternd vor Kälte, Müdigkeit und Angst hielt sie ihr Messer fest umklammert und kauerte sich zusammen. Sie dachte an Lene und das warme Bett daheim und fragte sich, ob sie wohl jemals heil in Villingen ankommen würde.

Ein warmer Sonnenstrahl im Gesicht weckte sie. Zusammengekrümmt lag sie im feuchten Gras, das Messer immer noch in ihrer Faust, und wusste im ersten Augenblick nicht, wo sie sich befand. Dann erinnerte sie sich langsam, wie an einen fernen Traum, an die Ereignisse der letzten vierundzwanzig Stunden. Mit schmerzenden Gliedern stand sie auf. Sie musste schleunigst weg hier, bevor der Wollhändler wieder auftauchte. Doch in welche Richtung? Sie stellte fest, dass sie sich an einer breiten Kreuzung befand, und es war niemand zu sehen, den sie hätte nach dem Weg fragen können. Fröstelnd ging sie auf und ab. Sie hatte Hunger und Durst, aber ihr Beutel lag irgendwo zwischen den Wollsäcken.

Die Sonne stand hoch am Himmel, als sich ein Pferdekarren näherte. Erleichtert stellte Catharina fest, dass kein Schimmel, sondern ein Brauner eingespannt war. Auf dem Kutschbock saß eine schmale Gestalt, dahinter ein riesiger gelber Hund. Catharina fasste allen Mut zusammen und stellte sich mitten auf die Straße.

«Geh mir aus dem Weg, Bursche, sonst fahr ich dich über den Haufen!»

Das war ja eine Frau auf dem Wagen! Catharina traute kaum ihren Augen. Sie sprang zur Seite und lief neben dem Wagen her.

«Bitte, könnt Ihr mich ein Stück mitnehmen?»

Die Frau erkannte wohl, dass von diesem Jungen in seinen abgerissenen Kleidern keine Gefahr ausging, und hielt an. Catharina setzte sich neben sie. Verunsichert spürte sie den heißen Atem des Hundes in ihrem Nacken.

«Der tut nichts», sagte die Frau, als könne sie Gedanken lesen, «solange ich ihm nicht den Befehl dazu gebe. Ich fahre nach Villingen. Wo musst du hin?»

«Auch nach Villingen.» Catharina fühlte sich zum ersten Mal auf ihrer Reise in Sicherheit.

«Und woher kommst du?»

«Aus einem Dorf bei Freiburg.»

Die Frau sah sie erstaunt an: «Dann musst du ja einen wichtigen Grund für deine Reise haben, wenn du dich so ganz allein auf diesen weiten Weg gemacht hast.»

Da fing Catharina an zu weinen. Die Anspannung der letzten Zeit löste sich in einen Strom von Tränen. Mütterlich legte ihr die Frau den Arm um die Schultern. Sie hatte Ähnlichkeit mit Tante Marthe.

«Du brauchst nicht weiter den harten Kerl zu spielen, ich habe gleich gemerkt, dass du ein Mädchen bist.»

Nachdem sich Catharina mit Brot und Käse gestärkt hatte, erzählte sie der Frau, die sich als Marie vorgestellt hatte, ihre ganze Geschichte. Marie schüttelte immer wieder den Kopf, sie konnte es offenbar kaum fassen, was sie da hörte.

«Und was denkst du, wie es weitergeht in Villingen? Dieser Christoph weiß doch gar nicht, dass du kommst, und hat vielleicht ganz anderes zu tun, als sich um dich zu kümmern?»

«Wir haben uns beim Abschied geschworen, aufeinander zu warten.»

«Aufeinander zu warten und tatsächlich zusammenzufinden, das sind zwei verschiedene Paar Stiefel. Aber ich will dir nicht den Mut nehmen. Jetzt hast du erst einmal eine gemütliche Reise ohne aufdringliche Mannsbilder vor dir, und ich bin froh, eine Weggefährtin zu haben.»

Auf Catharinas Fragen hin erzählte sie ein wenig von sich. Ihr Mann war ein bekannter Fellhändler aus Lenzkirch, und seit seinem plötzlichen Tod im letzten Jahr führte sie seine Geschäfte weiter.

«Habt Ihr als Frau keine Angst, allein unterwegs zu sein?», fragte Catharina erstaunt.

«Wenn ich mehrere Tage auf Reisen bin, nehme ich den Gesellen mit, einen Mann, auf den ich mich auf Biegen und Brechen verlassen kann. Und sonst habe ich ja Moses.» Sie tätschelte den riesigen Kopf des Hundes.

«Habt Ihr Kinder?»

«Leider nicht. Die ersten Jahre unserer Ehe dachte ich, es liege an mir. Mein Mann hat mir zwar nie Vorwürfe gemacht, aber auch er war überzeugt, dass ich keine Kinder bekommen konnte. Inzwischen bin ich mir da nicht mehr so sicher, zu oft habe ich schon erlebt, dass eine Frau nicht von ihrem Mann, sondern von ihrem Untermieter oder Nachbarn schwanger wurde. Möchtest du Kinder?»

«Ja. Zwei Mädchen und zwei Jungen.» Aber nur zusammen mit Christoph, dachte sie.

Die Fahrt verlief ohne Zwischenfälle. Catharina döste vor sich hin, unterhielt sich mit Marie oder betrachtete die Landschaft. Hier oben kam der Frühling viel später als zu Hause. Die Laubbäume waren noch kahl, und die Obstbäume setzten gerade ihre ersten Blüten an. Sie fuhren durch ärmliche Dörfer, wo barfüßige Kinder mit zerrissenen Kleidern hinter ihnen herrannten. Nach und nach füllte sich die Landstraße mit weiteren Karren und Fuhrwerken, dazu gesellten sich Bauern und Krämer, die ihre gesamte Ware auf dem krummen Rücken schleppten.

«Wir sind bald da», sagte Marie. «Weißt du, wo du deinen Christoph findest?»

«Er arbeitet im Gasthaus ‹Zum Ochsen›. Kennt Ihr es?»

«Es liegt ganz in der Nähe der Kirche Unserer Lieben Frau. Wenn du willst, bringe ich dich hin.»

Catharina überlegte. Wenn sie an das bevorstehende Wiedersehen dachte, fing ihr Herz sofort schneller an zu schlagen.

«Nein danke, ich gehe das letzte Stück lieber allein.»

Vor dem Stadttor mussten sie eine Weile warten, so groß war der Andrang der heranströmenden Händler und Bauern. Marie lenkte ihren Karren geschickt durch die engen Gassen. Überrascht stellte Catharina fest, wie viel Ähnlichkeit diese Stadt mit Freiburg hatte.

«Ich fahre gleich zum Markt, um mir einen guten Standort zu sichern. Von dort sind es nicht mal fünf Minuten zum ‹Ochsen›. Es ist leicht zu finden.»

Kurz vor dem Marktplatz blieben sie im Gedränge stecken. Catharina beschloss, den Rest des Weges zu Fuß zu gehen. Sie verabschiedeten sich herzlich.

«Wenn irgendetwas passiert, komm bei mir vorbei. Ich wohne bei meinem Bruder, gleich neben der Münze. Frag einfach nach dem Schladerer Hans.»

Als sich Catharina dem Gasthaus näherte, krampfte sich ihr Magen schmerzhaft zusammen. Sie hatte Christoph seit gut einem halben Jahr nicht mehr gesehen. So vieles konnte seitdem geschehen sein. Unruhe beschlich sie, als sie sich auf der gegenüberliegenden Straßenseite an eine Hauswand lehnte und den Eingang beobachtete. Gerade hielt ein vornehmer Reiter in pelzverbrämter Schaube vor dem Tor, ein Packpferd und einen Diener im Schlepptau. Er rief etwas, und dann trat Christoph aus dem Haus.

Wie oft hatte sie an ihn gedacht, und jetzt stand er nur wenige Schritte vor ihr, noch größer und breiter in den Schultern, das Gesicht viel ernster, als sie es in Erinnerung hatte. Er war nicht allein: Dicht neben ihm, viel zu dicht, stand eine junge Frau, zierlich, mit hellblonden Haaren und einem zarten, blassen Gesicht.

Catharina verlor allen Mut. Als er in ihre Richtung blickte, zog sie sich den Hut tiefer ins Gesicht. Am liebsten hätte sie auf der Stelle kehrtgemacht. Doch zu ihrem Schrecken kam Christoph auf sie zu.

«He, Bursche, du kannst dir ein paar Pfennige verdienen und uns beim Abladen helfen.»

Dann blieb er wie erstarrt stehen.

«Das gibt's doch nicht. Bist du es, Cathi, oder träume ich?»

Sie wollte weglaufen, aber er hielt sie am Arm fest.

«Wie kommst du hierher? Was machst du hier? Und wie siehst du aus? Warte, ich muss erst unserem Gast helfen.» Vor Überraschung stotterte er. Dann zog er sie hinter sich her in den Eingang und wandte sich wieder dem Gast zu, der die Szene mit finsterer Miene beobachtet hatte.

Wie angewurzelt blieb Catharina in der düsteren Diele stehen, während Christoph beim Abladen half und die junge Frau den Gast hineinführte. Was wollte sie hier eigentlich? Hatte sie wirklich geglaubt, dass ihr Vetter sie bei der Hand nehmen und allen als seine zukünftige Frau vorstellen würde? In ihrer Verkleidung kam sie sich vollends lächerlich vor.

Christoph kehrte zu ihr zurück.

«Cathi, was für eine Überraschung.»

Catharina spürte seine Verwirrung.

«Ich dachte, du freust dich, mich zu sehen.»

«Ich freue mich auch, aber –» Er begann abermals zu stottern und warf einen Blick auf den Hauseingang. «Glaub mir – ich hätte niemals mit dir gerechnet. So eine weite Reise. Und warum hast du deine schönen Haare abgeschnitten?»

Sie gingen ein paar Schritte die Gasse hinunter.

«Weil ich dich wiedersehen musste.» Catharina war nur noch unglücklich. Ihr Vetter verstand nichts. «Wer ist dieses Mädchen?»

«Das ist Sofie, die Tochter von Onkel Carl.» Er blieb plötzlich stehen und sah sie so entgeistert an, als begriffe er erst jetzt.

«Du bist heimlich gekommen. Deshalb die Verkleidung als Junge. Und was hast du jetzt vor?»

Sie schwieg und unterdrückte ein Schluchzen. Als er sie fest in die Arme schloss, fühlte sie sich nur noch verlorener.

«Catharina, du weißt, wie sehr ich dich mag. Und du bist das erste Mädchen, das ich wirklich …» Er stockte. «Verstehst du, ich lebe jetzt hier in Villingen und du in Lehen bei Mutter und Lene. Und du bist noch so jung. Ach, Herr im Himmel!» Er biss sich auf die Lippen. «Komm, gehen wir ins Haus. Ich stelle dich den anderen vor.»

Sie riss sich los. «Und mit dieser Sofie bist du zusammen?»

«Wir – wir sind verlobt. Ich habe Onkel Carl versprochen, sie zu heiraten.»

Catharina war, als würde sie mit glühendem Pech übergossen. Es gab keinen Grund mehr, auch nur eine Sekunde länger zu bleiben.

«Ich reise morgen früh wieder zurück», sagte sie leise. «Du brauchst deiner Sofie nicht zu erklären, wer ich bin. Das geht keinen was an. Es hat sowieso keine Bedeutung mehr.»

Sie drehte ihm den Rücken zu und ging los. Als Christoph

ihr nachlief, schrie sie ihn an, er solle verschwinden, sie in Ruhe lassen, sich zum Teufel scheren, und tatsächlich blieb er stehen. Die Tränen liefen ihm über das Gesicht, als sie sich das letzte Mal nach ihm umdrehte. Dann tauchte sie in die Menschenmenge ein, die zum Marktplatz drängte.

Bis Einbruch der Dunkelheit irrte Catharina in den verwinkelten Gassen umher. Sie konnte keinen klaren Gedanken mehr fassen. Das Blut pochte ihr schmerzhaft in den Schläfen. So schnell wie möglich wollte sie weg von hier, aber was hatte sie in Lehen noch zu schaffen, wo sie alles an Christoph erinnerte? Und in ihrem Elternhaus war genauso wenig Platz für sie. Ebenso gut könnte sie sich auf der Stelle hier in dieser dunklen Gasse die Kehle durchschneiden. Wenn sie nur nicht so müde wäre. Sie setzte sich auf eine Treppenstufe. Da erst merkte sie, dass es zu regnen begonnen hatte. Neben ihr raschelte es. Zwei Ratten wühlten sich durch einen Haufen Küchenabfälle. Angewidert stand sie auf. Wie war der Name von Maries Bruder gewesen? Schladerer?

Mühsam fragte sie sich bis zur Münze durch. Nass bis auf die Haut, klopfte sie schließlich an die Tür und war froh, dass Marie selbst ihr öffnete.

«Du brauchst mir nichts zu erzählen, du Armes. Komm schnell herein und zieh dich um. Und dann setzt du dich zu uns an den Tisch, wir sind gerade beim Essen.»

Marie ließ sie in ihrer Kammer schlafen und machte am nächsten Tag einen Bekannten ausfindig, mit dem Catharina nach Freiburg zurückfahren konnte.

Erst nachdem Catharina längst im Gedränge verschwunden war, gingen ihm die Augen auf. Er begriff, warum sie gekommen war. Welche Gefahren sie auf sich genommen hatte, nur um ihn wiederzusehen. Hatte sich als Junge verkleidet und sich mutterseelenallein auf den Weg gemacht. Dabei wusste er, wie ängstlich sie, bei all ihrer Entschlossenheit, in ungewohnten Situationen sein konnte. Und was tat er? Ihm fiel nichts Besseres ein, als sofort seine Verlobung mit Sofie zu verkünden. Er kam sich vor wie ein Betrüger. Dabei war die Verlobung noch nicht einmal vollzogen, lediglich beschlossen – er würde alles rückgängig machen, diesen ganzen elenden Handel, auf den er sich mit Onkel Carl eingelassen hatte. Wie hatte er sich einreden können, dass das Leben in Lehen, die Zeit mit Catharina in weiter Ferne und vorbei sei?

Nach einer schlaflosen Nacht durchstreifte er am nächsten Morgen die Gassen der Stadt, fragte jeden Passanten nach einem schwarzhaarigen Knaben, doch seine Suche war umsonst. Catharina war nicht aufzufinden.

8

Mit starken Halsschmerzen, Husten und triefender Nase lag Catharina im Bett. Sie hatte sich in Villingen eine schwere Erkältung geholt. An die Rückfahrt konnte sie sich kaum erinnern, so geschwächt war sie gewesen. In Lehen hatte Marthe sie gleich ins Bett gesteckt und ihr Wadenwickel angelegt. «Ich bin so froh, dass du wieder da bist», waren ihre einzigen Worte gewesen. Keine Schelte, keine Vorhaltungen.

Lene brachte heißen Holundersaft und setzte sich zu ihr ans Bett.

«Mutter war völlig niedergeschlagen. So habe ich sie noch nie erlebt. Weißt du, sie macht sich schreckliche Vorwürfe, weil sie dir nicht gleich gesagt hat, dass Christoph verlobt ist. Sie wollte dich schonen und hat damit nur erreicht, dass du weggelaufen bist. Wenn es dir besser geht, musst du mir unbedingt erzählen, was du erlebt hast.»

Aber vorerst war Catharina nicht nach Reden zumute. Drei Tage lang schlief sie fast ununterbrochen. Als sie zum ersten Mal wieder in die Küche hinunterging, lag neben dem Herd ein junger Hund und kaute auf einer alten Bürste herum. Er hatte ein struppiges blondes Fell und dicke Pfoten.

«Für dich», sagte Marthe und lächelte sie erwartungsvoll an. «Er wird wahrscheinlich sehr groß.»

Catharina nahm den Hund auf den Arm. Er leckte ihr mit seiner rosigen Zunge über das Gesicht. «Wie herzig der ist. Und er hat hellbraune Augen, habt ihr das gesehen?»

«Er ist vom Schäfer und wird wahrscheinlich genauso schlau werden wie seine anderen Hunde. Weißt du schon einen Namen?»

Da musste Catharina nicht lange überlegen.

«Ich nenne ihn Moses.»

Moses folgte ihr von nun an auf Schritt und Tritt. Mit Mühe konnte Lene verhindern, dass er nachts bei ihnen im Bett schlief.

«Wenn er größer ist, muss er sowieso im Hof schlafen, also verwöhne ihn besser nicht.»

Marthes Geschenk hatte Erfolg: Catharina war in ihrer freien Zeit so mit dem jungen Hund beschäftigt, dass sie es schaffte, kaum noch an ihren Vetter zu denken – sie verbot es sich einfach. Und die anderen vermieden in den nächsten Wochen, den Namen Christoph auch nur auszusprechen.

Der Sommer nahm seinen Lauf mit den üblichen Arbeiten im Haus, im Obstgarten und auf den Feldern der Nachbarn. Catharina war bald wieder mit der alten Tatkraft und Freude beim Bewirten der Gäste. Einmal kam Marthes Vetter Berthold aus Freiburg zum Abendessen, ein dicker, gemütlicher Mann mit unzähligen Lachfalten um die Augen. Nachdem die letzten Gäste gegangen waren, blieb er noch mit Marthe am Tisch sitzen. Catharina war gerade dabei, das Geschirr in die Küche zu tragen, als er sie zu sich rief.

«So ein Mädchen wie dich könnte ich bei mir im Schneckenwirtshaus gut gebrauchen. Willst du nicht die Arbeitsstelle wechseln? Ich würde dich gut bezahlen.»

Marthe protestierte, und Catharina freute sich über sein Lob.

«Ich habe doch bei Tante Marthe gar keine Arbeitsstelle», gab Catharina zurück. «Das ist meine Familie, und ich bin sehr glücklich hier.»

Bei dieser Bemerkung ging ein Strahlen über Marthes Gesicht, und Berthold drückte dem Mädchen eine Silbermünze in die Hand.

«Ich sehe schon, ich habe keine Aussicht, dich abzuwerben. Was bin ich für ein Pechvogel.»

Er holte von der Anrichte einen Becher, goss ihn mit Rotwein voll und reichte ihn Catharina. Kurz darauf sah Lene in die Stube und setzte sich dazu. Seit langer Zeit wieder einmal saßen sie zusammen und genossen schwatzend und lachend den Feierabend.

Mindestens einmal die Woche gingen Lene und Catharina in die Stadt auf den Markt, um Kleinigkeiten für Haushalt oder Küche zu kaufen. Bei dieser Gelegenheit besuchte Catharina ihren Vater. Manchmal kam Lene mit, manchmal schlenderte sie währenddessen durch die Gassen.

Man wusste nie, in welcher Verfassung der Vater gerade war. Es konnte sein, dass er lesend auf der Ofenbank saß und Catharina kaum bemerkte, so sehr war er in die Heilige Schrift vertieft. Er las nichts anderes mehr. An manchen Tagen setzte sein Verstand aus.

An das erste Mal konnte sich Catharina gut erinnern. Es war der Tag, als Kaiser Ferdinand seinen Untertanen in Freiburg einen Besuch abstattete. Vor dem Haus zum Walfisch, wo er residierte, drängten sich die Menschenmassen. In der gegenüberliegenden Martinskirche sollte gegen Mittag ihm zu Ehren eine

Messe gelesen werden, und die Leute standen sich die Beine in den Bauch, um ihren Herrscher aus dem fernen Wien einmal leibhaftig vor sich zu sehen. Lene hatte Catharina überredet mitzukommen, aber die ganze Warterei stellte sich als umsonst heraus: Die Stadt hatte eigens für diesen Kirchgang einen geschlossenen Holzsteg vom Walfisch hinüber zur Kirche bauen lassen, sodass kein Zipfel des kaiserlichen Rocks zu sehen war.

«Hast du den Kaiser gesehen, meine liebe Anna?», begrüßte ihr Vater sie. Catharina erschrak zu Tode: Anna war der Name ihrer Mutter. Von diesem Tag an verwechselte er sie mal mit seiner früheren, mal mit seiner jetzigen Frau, und einmal hatte er sie sogar wieder weggeschickt, weil er überzeugt war, sie sei der Bader, der ihm mit Aderpresse und Lanzette zu Leibe rücken wollte. Catharina hoffte vor jedem Besuch inbrünstig, dass er bei sich war, denn sie konnte sich an diese Zustände ihres Vaters nicht gewöhnen.

Eines Tages erfuhr sie, dass Johann in die Stadt zurückgekehrt war. Von da an bat sie Lene, sie zu ihrem Vater zu begleiten, denn sie hatte Angst, dort auf ihren Stiefbruder zu treffen. Doch diese Vorsichtsmaßnahme erwies sich als unnötig, denn Johann war nie zu Hause aufgetaucht, und niemand wusste, wo er sich aufhielt.

«In Straßburg haben sie ihn wegen Schulden aus der Stadt gejagt. Ich habe ihn ein paar Mal auf der Straße getroffen, aber er wollte mir nicht sagen, wo er jetzt wohnt», berichtete Claudius über seinen Bruder.

In Catharina stieg wieder die alte Angst auf.

«Mach dich nicht verrückt», beruhigte Lene sie. «Nach Lehen wird er sich nicht hinauswagen, und in die Stadt gehen wir ja immer zu zweit. Außerdem hast du noch deinen Moses.»

Dass der Hund ihr ein ernsthafter Bewacher sein könnte, bezweifelte Catharina. Moses war noch zu verspielt und zu neugierig, auch wenn er jetzt fast ausgewachsen war. Als sie einmal den

Schäfer draußen besuchte, fragte sie ihn, ob er Moses beibringen könne, auf Befehl zu beißen.

«Das wäre schon möglich», war seine Antwort, «gescheit genug ist er. Aber es würde seinen Charakter verändern, und es ist die Frage, ob du das willst. Mir ist es lieber, wenn ein Hund selber spürt, wann er seinen Herrn verteidigen muss.»

Im Grunde dachte sie genauso und verwarf den Gedanken wieder.

Wenige Wochen später hörte sie, dass Johann im Schuldturm saß, da er in verschiedenen Schenken die Zeche geprellt hatte. Falls er sich noch den geringsten Verstoß gegen das geltende Gesetz zuschulden kommen ließe, würde er lebenslänglich aus der Stadt verwiesen.

«Na also», war Lenes Kommentar. «Den sind wir bald auf immer los.»

Lene hatte sich inzwischen neu verliebt. Ihrem Freund Schorsch hatte sie sang- und klanglos den Laufpass gegeben, und der Arme litt unsagbar. An einem heißen Augustmorgen war Catharina mit ihrer Base wieder einmal auf dem Weg in die Stadt, als er ihnen in der Nähe der alten Lehmgrube entgegenkam.

«Auch das noch», stöhnte Lene.

Mit gesenktem Kopf ging der Junge an ihnen vorbei, blieb dann stehen und drehte sich zu Lene um.

«Bitte, Lene, ich muss mit dir reden.»

Unschlüssig trat Lene von einem Fuß auf den anderen. Zu Catharina sagte sie schließlich: «Geh schon mal voraus, ich komme gleich.»

Als Catharina ihren Weg fortsetzte, stellte sie fest, dass Moses verschwunden war. Bestimmt war er wieder in der Lehmgrube auf Kaninchenjagd. Nur war Moses zu ungeschickt, um bei diesem Zeitvertreib Erfolg zu haben. Sie kletterte die Böschung zur Grube hinunter. Seit die Befestigung der Vorstädte fertig gestellt war, wurde sie nicht mehr benutzt. Catharina war dieser Ort nicht geheuer. Im Sommer wimmelte es hier von Stechmücken, und hin und wieder suchten heimatlose Bettler und Vagabunden Unterschlupf.

Da hörte sie den Hund wütend bellen und entdeckte ihn vor einer der verfallenen Holzhütten. Wahrscheinlich hatte sich seine Beute darin versteckt. Erleichtert ging Catharina auf ihn zu und tätschelte sein Fell, während sie ihn liebevoll ausschimpfte.

In diesem Moment packte sie jemand heftig am Oberarm und zerrte sie in die Hütte. Noch bevor ihre Augen sich an das Halbdunkel gewöhnen konnten, wusste sie, wer vor ihr stand. Ihr Herzschlag stockte. Das war das Ende, sie hatte gewusst, dass es eines Tages so kommen würde.

«Du solltest dich freuen, mich noch einmal wieder zu sehen, bevor ich auf Reisen gehe», hörte sie den verhassten Stiefbruder sagen. Da machte Moses einen Satz und schnappte nach seinem Bein. Ohne seinen Griff zu lockern, versetzte ihm Johann einen so heftigen Tritt, dass der Hund winselnd gegen die Bretterwand rutschte. Mit der freien Hand zog Johann aus dem Hosenbund ein Messer hervor.

«Du bindest diesen Köter jetzt draußen an, oder ich schneide ihn in Stücke. Da vorne in meinem Beutel ist ein Strick.»

Mit der Messerspitze im Rücken legte sie ihrem Hund den Strick um den Hals und band ihn vor der Hütte an einen abgestorbenen Baum. Dann drängte Johann sie zurück und verschloss die Tür.

«Jetzt können wir uns endlich einmal gepflegt unterhalten. Oder wäre dir Küssen lieber.»

Johann stank, als habe er sich wochenlang nicht mehr gewaschen, und Catharina drehte sich fast der Magen um, als sich sein schweißtriefendes Gesicht ihrem Mund näherte. Quer über die linke Wange zog sich eine hässliche Narbe. Sie musste Zeit gewinnen, vielleicht war Lene schon auf der Suche nach ihr. Voller Ekel wandte sie ihr Gesicht ab.

«Ich denke, du sitzt im Schuldturm?»

«Schon lange nicht mehr.» Er grinste und drückte sie rückwärts gegen eine alte Werkbank. Unter seinem geöffneten Hemd entdeckte Catharina ein Alraunmännchen, das an einem Lederband vor seiner schmutzigen, vor Schweiß glänzenden Brust gebunden baumelte. Von Lene wusste sie, dass diese wie Püppchen bekleideten Wurzeln sehr wertvoll waren und einem männlichen Besitzer neben dem Schutz vor bösem Zauber auch eine enorme Manneskraft verleihen sollten.

«Ich verlasse diese verdammte Stadt», hauchte er ihr mit heißem Atem ins Ohr, «und gehe in die Schweiz. Dort braucht man Söldner für unseren Heiligen Vater. Aber vorher habe ich noch etwas Wichtiges zu erledigen.»

Wieder versuchte er sie zu küssen, und Catharina verlor die Beherrschung.

«Du elender Hurensohn, du Miststück, lass mich los», schrie sie und versuchte verzweifelt, sich loszumachen. Da schlug er ihr mit voller Wucht ins Gesicht. Erstaunt spürte sie den Geschmack von Blut im Mund. Vor Angst war sie jetzt wie gelähmt.

«Führ dich nicht auf wie eine Betschwester, ich habe doch auf dem Jahrmarkt letztes Jahr beobachtet, wie du mit deinem Vetter poussiert hast. Bestimmt hat dich dieser halb lahme Hengst längst angestochen. Wart nur, mein Schwengel ist um einiges stärker.»

Bei den letzten Worten fing er an zu keuchen. Heftig drückte er sie mit dem Rücken auf die Bank und riss ihr die Unterkleider entzwei. Er versuchte, in sie einzudringen, aber sie presste mit aller Kraft die Beine zusammen. Da schlug er sie erneut und bohrte mit Wucht seine Finger zwischen ihre Schenkel. Ein brennender Schmerz durchfuhr Catharina. Sie hörte noch von draußen den Hund jaulen, dann verlor sie das Bewusstsein.

Gott mag mich richten, wenn ich Unrecht begangen habe an jenem unseligen Augusttag. Doch selbst heute, Marthe-Marie, nach so vielen Jahren, würde ich wieder genauso handeln.

Nachdem ich Schorsch endlich abgeschüttelt hatte, war Cathi verschwunden. Ich dachte, sie sei schon vorausgegangen in die Stadt, als ich das Jaulen des Hundes hörte. Es kam aus der Lehmgrube. Dann sah ich von der Böschung aus Moses, der vor einem Schuppen angebunden war und wie ein Rasender an seinem Strick zerrte. Ich wusste sofort, dass Catharina in Gefahr war.

So schnell ich konnte, stolperte und rutschte ich durch die dornigen Büsche den Abhang hinunter zur Hütte. Als ich die Tür aufriss, bot sich mir ein Bild, das ich mein Lebtag nicht vergessen werde: Ich erblickte den breiten nackten Hintern eines Mannes, der sich heftig vor und zurück bewegte, und über breite Schultern hinweg das reglose, blutverschmierte Gesicht von Catharina.

In jenem Moment habe ich weder nachgedacht noch gezögert: Ich griff nach einer losen Holzlatte, holte weit aus und zerschlug sie über dem Schädel des Mannes. Lautlos und ganz langsam sackte der schwere Körper zur Seite. Jetzt erst erkannte ich, dass es Johann war.

Ich schleppte Catharina ins Freie, ihr Körper war schlaff, ihr geschundenes Gesicht wie eine leblose Maske. Wenn dieser Dreckskerl sie nun umgebracht hatte?

Es dauerte eine gute Weile, bis Catharina zu sich kam. Sie spürte etwas Feuchtes an ihrer Schläfe. Wo war sie? Als sie die Augen öffnete, sah sie über sich Lenes besorgtes Gesicht und den haarigen Kopf ihres Hundes

«Was ist geschehen?», flüsterte sie.

«Es ist vorbei, bleib ganz ruhig. Hast du Schmerzen?»

«Es geht.»

Mit Lenes Hilfe stand sie auf und ging vorsichtig ein paar Schritte. Da fiel ihr Blick auf den Schuppen. Sie begann zu zittern wie Espenlaub.

«Lene, wir müssen weg – Johann – er ist da drin.»

Ihre Knie gaben nach, und sie fiel auf die Erde.

«Nein, Cathi, der rührt sich nicht mehr. Ich glaube, ich habe ihn umgebracht.»

Sie hielten sich an den Händen, als sie die Hütte betraten, wo Johann immer noch in derselben Stellung halb über der Werkbank hing, mit offenem Mund und nach oben verdrehten Augen.

Catharina starrte den leblosen Körper an. Etwas in ihrem Inneren verhärtete sich. Ja, so sollte es sein, es war gerecht, dass Johann nicht mehr lebte. Jahrelang hatte er ihr Angst eingejagt. Damit war es nun vorbei.

Langsam ging sie auf ihn zu und berührte seine Hand. Diese dreckigen Hände würden nie mehr etwas anfassen. Dann betrachtete sie seinen entblößten Unterleib, minutenlang, bis sich ihr Magen hob und sie sich in heftigen Krämpfen neben der Leiche übergab.

Sie richtete sich mühsam auf. «Gehen wir zum Fluss und waschen uns.»

Das kühle Wasser tat ihnen gut. Bei dem Sturz durch die Böschung hatte sich Lene Arme und Gesicht zerkratzt, Catharinas Oberlippe war aufgesprungen und dick geschwollen, auf ihrer linken Wange breitete sich ein Bluterguss aus. Glücklicherweise war kein Zahn ausgeschlagen. Wieder und wieder wusch Catharina sich den Unterleib, auch als der kleine Blutfleck am Oberschenkel längst verschwunden war. Nur der Abdruck von Johanns Fingernägeln blieb, wie ein Mal, dass er ihr aufgedrückt hatte.

Seitdem sie die Hütte verlassen hatten, hatte Lene kein Wort mehr gesprochen. Jetzt fing sie an zu schluchzen.

«Du hast recht getan, Lene», versuchte Catharina sie zu trösten. Dann stieß sie ein schrilles Lachen aus, weil sie an Johanns Alraunmännchen dachte: Wer sich dieser Wurzel nicht rechtzeitig vor dem Tode entledigte, auf dem lastete der Fluch ewiger Verdammnis. Ihr Lachen wurde lauter, und Lene sah sie erschrocken an.

«Er war nicht nur ein Gesetzloser», flüsterte Catharina, «sondern auch teuflisch. Hörst du, Lene? Der Teufel war in ihm, und jetzt ist er dort, wo er hingehört.»

Erschöpft ließ sie sich ins Gras fallen und fing ebenfalls an zu weinen.

Lange Zeit lagen sie in der glühenden Mittagshitze, ohne sich zu rühren. Erst als Moses bellte, weil dicht am Ufer ein Floß vorbeitrieb, standen sie auf. Catharina packte Lene am Arm.

«Wir müssen noch einmal zur Hütte zurück. Niemand darf erfahren, was geschehen ist. Wenn wir ihm alles, was er hat, wegnehmen, sieht es aus wie ein Raubmord.»

Auf der Leiche und dem Erbrochenen hatten sich inzwischen Schwärme von fetten, blauschwarz schillernden Fliegen niedergelassen. Hastig leerten sie Johanns Taschen, zogen ihm die Schuhe aus und stopften alles in seinen Beutel. Dann banden sie einen schweren Stein daran und versenkten die Sachen im Fluss.

Lene wirkte inzwischen wieder gefasster. «Was ist, wenn du von ihm ein Kind bekommst?»

Catharina zuckte zusammen. Wie in einem bösen Traum sah sie wieder den massigen Körper vor sich, der sich auf sie legte. In ihrem Magen rumorte es erneut.

«Was soll ich denn machen?»

Lene zupfte sich am linken Ohr, wie immer, wenn sie nachdachte.

«Komm mit. Ich weiß, wer uns vielleicht helfen kann.»

Die alte Gysel lebte ein Stück außerhalb des Dorfes in einem winzigen, mit Efeu überwucherten Steinhaus. Sie war ihr Leben lang als Heilkundige tätig gewesen, die meiste Zeit davon in Freiburg. Aber nachdem vor ein paar Jahren die städtische Hebammenverordnung verschärft worden war und die heilkundigen Frauen nur noch im Dienste der Stadt, unter Aufsicht des Amtsarztes, arbeiten durften, hatte sie sich zu ihrer Tochter nach Lehen zurückgezogen. Von Rechts wegen durfte sie nur Küchen- und Heilkräuter verkaufen, aber in der Dorfgemeinde scherte sich niemand darum.

Freundlich begrüßte sie die beiden Mädchen.

«Du bist doch Lene, die Wirtstochter? Und du das Mädchen aus der Stadt, Catharina, nicht wahr? Kommt ans Fenster, damit ich euch besser sehe, mein Augenlicht lässt langsam nach.»

Befangen traten sie zu der zierlichen alten Frau, die am offenen Fenster saß. In dem niedrigen Raum roch es angenehm nach getrockneten Kräutern, und über dem Herdfeuer köchelten Suppen und Sude. Prüfend blickte Gysel die Mädchen an.

«Euch ist es nicht gut ergangen, das sehe ich.» Und mit einem Blick auf Catharinas zerrissenen Rock: «Da ihr ausgerechnet zu mir kommt, nehme ich an, dass ein gewalttätiger Mann dahinter steckt.»

Catharina nickte und spürte, wie ihr die Knie weich wurden. Ohne um Erlaubnis zu bitten, setzte sie sich auf eine Bank. Die Alte ging zum Herd und goss zwei Becher randvoll mit einer dampfenden Flüssigkeit.

«Heißer Kräuterwein. Das wird euch stärken und den Schreck erträglicher machen.» Dann wandte sie sich an Catharina. «Dich hat also ein Mann genommen.»

Catharina nickte wieder und trank einen Schluck von dem süßen Wein.

«Hast du schon deine Blutungen?»

«Erst einmal, und das ist schon längere Zeit her.»

«Dann müssen wir mit dem Schlimmsten rechnen.» Sie stellte einen Kessel mit Wasser auf das Feuer. «Hab keine Angst, ich werde dich jetzt untersuchen. Dann nimmst du dort drüben ein heißes Sitzbad, und ich bereite derweil einen Sud vor.»

«Was für einen Sud?», fragte Catharina ängstlich.

«Aus Mutterkorn, Gartenraute und Wacholder. Damit spülst du dir den Unterleib.»

Behutsam untersuchte Gysel das Mädchen. Die Scheide war auf einer Seite wund, und Gysel trug eine kühlende Salbe auf. Damit bedeckte sie auch Catharinas geschwollene Lippe.

«Kanntet ihr den Mann?»

«Nein», antworteten sie fast gleichzeitig.

Ohne weiter auf Einzelheiten zu drängen, fuhr die Alte mit ihren Verrichtungen fort. Nachdem sie einen Bottich mit heißem Wasser gefüllt hatte, zog sich Catharina aus und setzte sich hinein. Im ersten Moment glaubte sie, sich zu verbrühen, doch dann entspannte sie sich. Lene hielt ihre Hand. Als ihre Blicke sich trafen, stieg ein Gefühl tiefer Dankbarkeit in Catharina auf.

Zurück im Gasthaus, stieß Marthe einen Schreckensschrei aus, als sie ihre Mädchen sah.

«Um Himmels willen, was ist mit euch geschehen?»

«Wir sind überfallen worden», antwortete Lene, und bevor ihre Mutter noch etwas sagen konnte: «Wir sind vom Weg abgekommen, als wir mit Moses spielten. Wir wissen nicht, wer der Mann war, aber Moses hat ihn gebissen und verjagt. Bitte, Mutter, frag nicht weiter.»

Catharina bat ihre Tante, den Rest des Tages in ihrer Kammer verbringen zu dürfen. Dort spülte sie alle ein, zwei Stunden ihren Unterleib, betete zu Gott und allen Heiligen, dass sie nicht schwanger werde, und fragte sich immer wieder, ob sie das, was sie erlebt hatte, jemals würde vergessen können.

Wochen später wurde Johanns Leiche gefunden. Hitze, Gewürm und streunende Hunde hatten sie beinahe unkenntlich gemacht.

9

Am Tag nach dem Brand im Münsterturm starb Catharinas Vater. Wie sein Stiefsohn Claudius später erzählte, war er in der letzten Nacht sehr unruhig gewesen, hatte den Abend über halblaut vor sich hin murmelnd in der Heiligen Schrift gelesen und keine Anstalten gezeigt, zu Bett zu gehen. Stattdessen stieg er irgendwann auf den Dachboden. Bis tief in die Nacht hinein hörten sie seine schleppenden Schritte, hin und her schlurfte er über die ächzenden Dielen.

Kurz nach Mitternacht brachen die Flammen im Münsterturm aus. Der Turmwärter hatte, nicht zum ersten Mal, ein paar Freunde und Weiber von der Straße zum Zechen und Würfelspiel auf den Turm eingeladen. Um sich in dieser kalten Herbstnacht zu wärmen, entfachten sie ein Feuer auf dem steinernen Zwischenboden. Dummerweise stolperte einer der Männer in seiner Trunkenheit mitten in die Feuerstelle: Glitzernde Funken stoben zu Tausenden in die Luft und setzten sich in den trockenen Balken des darüber liegenden Glockenstuhls fest. Wenige Augenblicke später züngelten die ersten Flammen das Holz entlang, hätten vielleicht noch gelöscht werden können, doch von den Saufkumpanen war keiner mehr bei klarem Verstand. Mit einem Schlag brannte lichterloh der gesamte Stuhl.

Die halbe Stadt war inzwischen auf den Beinen. Eine Löschkolonne zog sich quer über den Münsterplatz. Hieronymus Stadellmen trat durch die Dachbodentür auf die Außenstiege und riss mit einem Aufschrei die Arme in die Höhe. Der neblige Nachthimmel warf den rotgelben Widerschein des Feuers zurück.

«Und der erste Engel posaunte», rief er mit heiserer Stimme. «Und es kam Hagel und Feuer, mit Blut vermischt, und wurde auf die Erde geworfen. Und der dritte Teil der Erde verbrannte,

113

und der dritte Teil der Bäume verbrannte, und alles grüne Gras verbrannte.»

Dann stolperte er, stürzte die Treppe hinunter und blieb besinnungslos liegen.

Catharina bereitete gerade das Frühstück, als Stadellmens Geselle in die Küche stürzte.

«Schnell», keuchte er. «Dein Vater liegt im Sterben.»

Bevor Catharina die Bedeutung dieser Worte richtig erfassen konnte, warf Marthe ihr einen Umhang zu.

«Du nimmst das Pferd. Lene und ich kommen zu Fuß nach.»

Der Geselle half ihr beim Aufzäumen, und sie schwang sich auf den blanken Pferderücken. In ihrem Leben war sie selten geritten, doch sie war kräftig und geschickt genug, um das schwerfällige Tier vorwärts zu treiben. Sie betete, nicht zu spät zu kommen.

Als sie ihr Elternhaus erreichte, war der Priester bereits da. Ernst sah er sie an.

«Gelobt sei Jesus Christus.»

«In Ewigkeit, amen», gab sie zurück, ohne ihm die Hand zu küssen. Dann kniete sie vor ihrem Vater nieder, der mit geschlossenen Augen und schwer atmend im Bett lag. Zitternd nahm Catharina seine Hand. Sie war eiskalt. Claudius erzählte ihr in knappen Worten von dem Sturz und dass der Wundarzt nichts mehr habe ausrichten können. Auch ohne seinen Bericht hätte Catharina sofort gewusst, dass es dem Ende zuging. Sie spürte die Nähe des Todes mit jeder Faser ihres Körpers.

Der Priester gebot ihnen zu schweigen. Mit heiligem Öl salbte er dem Sterbenden Augenbrauen, Mund, Hände und Füße und erteilte ihm die Absolution. Ob ihr Vater wusste, dass sie hier war? Nach langer Zeit sah sie, wie er seine Lippen bewegte, und fühlte einen leichten Druck seiner Hand. Sie beugte ihren Kopf über sein Gesicht und versuchte seine Worte zu verstehen.

«Hab ich – dich – verstoßen …?»

«Nein, Vater.» Tränen liefen ihr übers Gesicht. «Du hast mir bei Tante Marthe ein neues Zuhause gegeben. Mehr hättest du nicht tun können. Du darfst dir keine Sorgen mehr um mich machen.»

Er nickte unmerklich, und seine Züge entspannten sich. Dann öffnete er die Augen und sah sie mit einem Blick wie aus unendlicher Ferne an. Lange ruhten ihre Blicke ineinander, bis Catharina schließlich begriff, dass er gegangen war. Der Pfarrer schloss dem Toten die Augen.

Marthe stand hinter ihr, als sie sich mit schmerzendem Rücken wieder aufrichtete.

«Er lächelt», sagte sie zu ihrer Nichte und legte den Arm um sie. Tatsächlich: Ihr Vater wirkte so glücklich wie schon seit Jahren nicht mehr.

Jenes Jahr hatte nichts Gutes gebracht. Erst hatte Christoph sie verlassen, dann hatte sich der grauenhafte Vorfall in der Lehmgrube ereignet, und nun war ihr Vater tot. In Catharina zerbrach etwas. Ihre kindliche Zuversicht war verschwunden, und sie fühlte sich leer und allein.

Fast willenlos überließ sie sich dem Strom des Alltags. Sie arbeitete jetzt für zwei. Einmal nahm Marthe ihre Nichte zur Seite.

«Es freut mich, wie schnell dir die Arbeit von der Hand geht, aber du bist gerade fünfzehn Jahre alt und solltest ab und zu aus dem Haus, unter deinesgleichen. Ich begreife dich manchmal nicht. In deinem Alter war ich froh, wenn ich bei meinen Freunden sein konnte.»

«Ich habe keine Freunde», gab Catharina zurück. So ganz stimmte das nicht, denn mit Lene fühlte sie sich nach wie vor eng verbunden, und der Schäfer war ihr zum väterlichen Freund geworden. Die Gleichaltrigen aus dem Dorf hingegen bedeuteten ihr nichts. Ihre freien Abende und die Sonntage verbrachte sie mit ausgedehnten Spaziergängen, auf denen Moses sie begleitete. So verging ein ganzes Jahr, in dem ihr ein Tag wie der andere vorkam.

Seltsamerweise war es Schorsch, der sie aus ihrer Gleichgültigkeit riss. Der Arme litt nach wie vor unter der Trennung von Lene und ertrug es kaum, wie sie mit einem Burschen nach dem anderen in aller Offenheit anbändelte. Aus dem lauten und frechen Wagnerssohn war inzwischen ein nachdenklicher, etwas schwerfälliger junger Mann geworden, der sich nicht mehr wie früher auf der Straße herumtrieb, sondern ernsthaft bei seinem Vater in der Werkstatt mitarbeitete. Catharina konnte seine Enttäuschung gut verstehen und sah so etwas wie einen Leidensgefährten in ihm.

Zunächst nahm sie es gar nicht bewusst wahr, dass sich Schorsch ihr näherte. Sie traf ihn eines Abends auf der Hasenweide, als er mit gesenktem Kopf durch das hohe Gras schlich. Moses hatte ihn als Erster entdeckt und sprang freudig an ihm hoch. Erstaunt beobachtete sie, wie Schorsch ihm zärtlich den Kopf streichelte.

«Normalerweise mag Moses keine Fremden», sagte sie unwirsch anstelle eines Grußes.

«Er kennt mich. Wenn ihr das Hoftor offen lasst, kommt er manchmal zu uns herüber.»

Sie gingen zusammen ins Dorf zurück, und Schorsch erzählte ihr, dass er gern einen Hund hätte, sein Vater es aber nicht erlaubte.

«Er sagt immer: Tiere sind für die Feldarbeit oder für den Kochtopf bestimmt.»

Am nächsten Abend tauchte er wieder auf und fragte sie, ob er sie begleiten dürfe. Catharina hatte nichts dagegen, sie fand ihn gar nicht mehr so übel. Die gemeinsamen Spaziergänge wurden zur Gewohnheit. Ihr gefiel, dass er so ruhig war, und manchmal legten sie den ganzen Weg zurück, ohne ein Wort zu sprechen.

Einmal nahm er seinen ganzen Mut zusammen und fragte sie, ob ihre Tante nichts dagegen habe, dass Lene mit einem Liebhaber nach dem anderen zusammen sei. Catharina musste bei dem Wort Liebhaber lachen. Sie wusste, dass Marthe keinen Pfifferling auf das Geschwätz anderer Leute gab und dass Lene mit den Jungen aus dem Dorf ein Spiel trieb. Keiner von ihnen hatte Aussicht auf Erfolg, ihre Base lockte sie heran wie ein Angler die Fische, um ihnen dann im letzten Moment den Köder vor der Nase wegzuziehen. Catharina versuchte, Schorsch das zu erklären, aber er verstand sie nicht.

«Lene hat ein kaltes Herz», sagte er.

«Hat sie nicht», widersprach sie, ohne weiter darauf einzugehen.

Das Gerücht, Catharina und Schorsch seien ein neues Paar, ließ selbstredend nicht lange auf sich warten, aber es kümmerte die beiden nicht. Catharina hatte von Anfang an klargestellt, dass sie niemals seine Frau werden würde, und Schorsch wusste, dass Christoph der Grund dafür war.

Nur einmal machte er einen Vorstoß in dieser Richtung. Es war bei einem Hochzeitsfest in der Nachbarschaft. Schorsch hatte einige Krüge Bier getrunken und war ungewohnt redselig geworden. Auch Catharina stieg der Alkohol zu Kopf, und sie alberte und scherzte mit ihm, wie sie es sonst nur mit Lene konnte.

Marthe, die den beiden an der Hochzeitstafel gegenübersaß, freute sich ganz offensichtlich über Catharinas Ausgelassenheit. Sie knuffte ihre Nichte in die Seite.

«Der Stellmacher-Schorsch wäre doch nicht der Schlechteste, oder?», flüsterte sie. «Er ist fleißig und ehrlich und übernimmt bald die Wagnerei seines Vaters.»

Doch Catharina lachte nur und schüttelte den Kopf. Als

Schorsch sie nach Hause brachte, machten sie einen Umweg über den Fluss. Es war Neumond und stockfinster. Sie lästerten über die Brautleute, über die jeder in Lehen wusste, dass sie sich von morgens bis abends nur stritten. Plötzlich stolperte Schorsch über eine Wurzel und riss Catharina, die er im Arm hielt, mit zu Boden.

«Au», entfuhr es ihm.

«Hast du dir wehgetan?», fragte Catharina, doch statt einer Antwort küsste er sie auf den Mund. Er tat es unerwartet sanft, und Catharina erwiderte bereitwillig den Kuss. Sie hätte nie gedacht, dass ihr das gefallen könnte. Da schob er ihr die Hand unter das Mieder. Heftig stieß sie ihn weg und sprang auf.

«Tu das nie wieder, hörst du.»

Verdutzt sah Schorsch sie an.

«Was ist mit dir?»

Catharina schwieg. Was hätte sie ihm auch sagen sollen? Dass sie auf einmal Angst vor seinem kräftigen Körper bekommen hatte?

Schorsch erhob sich.

«Ist es wegen Christoph? Glaubst du immer noch, er kommt zu dir zurück? Wieso willst du mich nicht? Vielleicht mache ich keine so stattliche Figur wie dieser Kerl, aber dafür würde ich dich auch nie so schändlich sitzen lassen.»

Schweigend gingen sie durch die Nacht, bis sie vor dem Wirtshaus standen. Schorschs Wut schien inzwischen verraucht.

«Darf ich dich wenigstens noch einmal küssen?»

«Darum geht es doch gar nicht», sagte sie, drückte ihm einen Kuss auf die Wange und ging ins Haus. Sie fragte sich, ob sie wohl ihr ganzes Leben so verbringen würde, immer in Angst vor dem Augenblick, in dem sich ein Mann ihr nähern könnte. Dabei wünschte sie sich von ganzem Herzen Kinder. Mit Christoph hätte sie keine Angst gehabt, das wusste sie. Aber Schorsch hatte Recht, er würde nie zu ihr zurückkommen, jetzt, wo er mit Sofie verheiratet war und bald eigene Kinder haben würde.

Am nächsten Tag entschuldigte sie sich bei Schorsch, und sie versöhnten sich. Es blieb bei ein paar gelegentlichen Küssen.

10

Als Catharina neunzehn Jahre alt war, brach in der Stadt die Pest aus. Vorausgegangen war in jenem feuchtwarmen Frühjahr eine Rattenplage, wie sie die Einwohner noch nie erlebt hatten. In Rudeln huschten die Tiere selbst tagsüber durch die verschlammten Gassen. Der Magistrat untersagte bei strengsten Strafen, weiterhin Küchenabfälle und Kot auf die Straße zu kippen, konnte diese Gewohnheit aber kaum eindämmen.

Zunächst traf die Epidemie ein paar Alte und Hinfällige. Nach ein paar Tagen hohen Fiebers erschien deutlich sichtbar das Zeichen für diese Geißel Gottes: Die Kranken bekamen blaue Beulen unter den Achseln, die Zunge wurde schwarz und rissig. Wenn sie dann schwarzes Blut erbrachen, war es von jetzt auf nachher vorbei mit ihnen.

Die Kunde vom schwarzen Tod verbreitete sich wie ein Blitz durch die Gassen. Wer irgendwo auswärts Freunde oder Verwandte hatte, verließ mit ein paar wenigen Habseligkeiten die Stadt, die Übrigen verbarrikadierten ihre Türen und Fenster und beteten, dass Gott ihr Haus verschonen möge.

Doch die Seuche war nicht aufzuhalten. Wie ein Geschwür breitete sie sich in der Stadt aus, am heftigsten waren die engen Vorstädte betroffen. Die Schreiner kamen nicht nach mit der Fertigung von Bahren für die Erkrankten und die Toten, die in die eilig ausgehobenen Massengräber gekippt und anschließend mit Kalk überschüttet wurden. Der Handel mit Amuletten und

Wundermitteln wie Wieselblut, getrockneten Rabeneiern und Wolfsherzen blühte, in den Häusern der Kranken stank es nach Weihrauch, Moschusäpfeln und Gewürzsträußen, deren Geruch die Pest aus der Stube vertreiben sollte. Trotz Verbots seitens der Kirche tauchten die ersten Geißler auf, barfüßige, zerlumpte Männer und Frauen, die sich den nackten Rücken mit geflochtenen Riemen und Ruten blutig schlugen. «Tut Buße, tut Buße, erniedrigt euch vor dem Herrn», riefen sie in die menschenleeren Straßen.

Der Magistrat trug das Seine dazu bei, die Epidemie einzudämmen. Eilends wurde eine Pestordnung verfasst und vor dem Hauptportal des Münsters verlesen und aufgehängt: An erster Stelle stand ein Aufruf an die Bürger zu einem tugendhaften, bußfertigen und gottgefälligen Lebenswandel. Dann folgten ausführliche Verfügungen zu Ordnung und Sauberkeit im Haus und in den Gassen, zum Umgang mit den Infizierten, Genesenden und Leichnamen und zuletzt zahlreiche Verbote von Festen und Lustbarkeiten aller Art.

Das Leben in Freiburg schien vor Angst gelähmt. Bis auf ein paar Mönche, die Beginenschwestern und eine Hand voll beherzter Frauen und Männer kümmerte sich niemand mehr um die Kranken. Erfüllte sich jetzt die Offenbarung des Johannes? «Und der dritte Teil aller Kreaturen wird sterben.» Wer war als Nächster an der Reihe? Am siebten Tag nach Ausbruch der Pest führten die Franziskaner eine Prozession durch. Vorweg gingen die Träger mit der lebensgroßen von Pfeilen durchbohrten Holzfigur des heiligen Sebastian, des Helfers der Pestkranken. Mit dem «Miserere nobis» auf den Lippen zogen die Mönche von Kirche zu Kirche. Aber es half alles nichts, weder die Reichen noch die Jungen, noch die Kräftigen wurden verschont.

Von alledem war in Lehen wenig zu spüren. Es gab keine Opfer zu beklagen, und aus Sicherheitsgründen ließ die Dorfgemeinde ein paar Tage nach Ausbruch der Seuche keine Freiburger mehr ein. Marthe schloss den Gasthof. Ihr Vetter Berthold vom Schneckenwirtshaus hatte mit seiner Familie Unterschlupf bei ihr gefunden. Weder seine noch Marthes Familie jedoch konnte die freie Zeit so recht genießen. Sie setzten Hausrat instand, weißelten die Hofmauer neu, saßen bei Spielen und Gesprächen zusammen, aber die Zeit schien stillzustehen.

Catharina hatte erfahren, dass Christoph nach Lehen zurückkehren wollte, sobald die schreckliche Epidemie ein Ende finden würde. Seine Frau hatte inzwischen eine Tochter zur Welt gebracht.

Eines Abends, als sie für einen Augenblick mit Berthold allein war, fragte Catharina ihn, ob sie bei ihm arbeiten könne.

«Du hast aber lange Zeit gebraucht, um auf mein Angebot zurückzukommen», lachte er. Dann wurde er ernst. «Tut mir Leid, Cathi, aber ich habe eben eine neue Kraft im Ausschank eingestellt.»

«Aber ich würde auch in der Küche arbeiten, Schweine füttern, putzen – ganz gleichgültig, was.»

Berthold schüttelte den Kopf.

«Du hast doch hier deinen Platz, dein Zuhause. Und irgendwann wirst du ja ohnehin einen anständigen Burschen kennen lernen, der um deine Hand anhält.»

Catharina war enttäuscht. Dann musste sie eben einen anderen Weg finden, um aus Lehen herauszukommen.

So plötzlich, wie die Pest hereingebrochen war, kam sie auch zum Stillstand. Von einem Tag auf den anderen gab es keine Toten mehr, und der Alltag in Freiburg kam wieder in Gang. Über ein Viertel der Einwohner war von der Krankheit dahingerafft worden, zahlreiche Häuser und Geschäfte geplündert. Auch Hiltrud und ihr Sohn zählten zu den Opfern. Ungerührt hörte Catharina die Nachricht vom Tod ihrer Stiefmutter. Um Claudius hingegen tat es ihr Leid, er war ein netter Junge gewesen. Ihr Elternhaus wurde verkauft, und sie und Marthe erhielten eine hübsche Summe Geldes.

«Jetzt kannst du dir ein schönes Leben machen», sagte Lene, aber Catharina bedeutete der unerwartete Geldsegen nichts. Ihre Gedanken kreisten um Christophs Ankunft. Über vier Jahre war er fort gewesen, und in dieser Zeit hatte er nur zweimal seine Familie besucht, das letzte Mal gemeinsam mit seiner Frau Sofie. Diese Tage waren ihr eine Qual gewesen. Er hatte hartnäckig das Gespräch mit ihr gesucht, doch sie war ihm ausgewichen. Für sie gab es nichts mehr zu besprechen. Jetzt würde er also für immer nach Lehen zurückkommen und den Gasthof übernehmen. So bald wie möglich musste sie sich in der Stadt nach einer Arbeit und einem Zimmer umsehen.

Anfang September fand sie schließlich eine Anstellung in der Neuburg. Mit Handschlag besiegelte der Rappenwirt ihre Arbeitsvereinbarung: Bedienen in der Schankstube und nach der Sperrstunde Aufräumen der Küche für freie Kost und Logis. Was die Gäste ihr zusteckten, durfte sie behalten, einen Sonntag im Monat hatte sie frei.

Marthe war bestürzt über diese Neuigkeit. Ihr war zwar unwohl bei dem Gedanken gewesen, dass Catharina und Christoph bald unter einem Dach wohnen würden, doch hatte sie nie geglaubt, dass Catharina Ernst machen und sich eine Arbeit suchen würde. Und ausgerechnet in der Neuburg, der größten, engsten und verkommensten der Freiburger Vorstädte! Dort wohnten Wäscherinnen und Tagelöhner, Totengräber und Abdecker, Kloakenfeger, Spielleute und Huren – all jene, die heute nicht wussten, wie sie morgen satt werden sollten. Es war kein Zufall, dass sich die meisten Häuser der städtischen Fürsorge wie das Blatternhaus, das Armenspital oder das Haus der Findelkinder in diesem Viertel befanden. Wohlweislich hatte Catharina ihrer Tante verschwiegen, dass gegenüber vom «Rap-

122

pen» das «Haus zur kurzen Freud» stand, ein Dirnenhaus unter der Aufsicht des Scharfrichters, und so war sie froh, dass nicht Marthe, sondern Lene sie an ihrem ersten Arbeitstag in die Stadt brachte.

Beim Abschied hatte Marthe Tränen in den Augen.

«Du musst uns oft besuchen kommen», sagte sie und wischte sich mit dem Ärmel über das Gesicht, nachdem sie Catharina ein dickes Paket mit Käse, Brot und luftgetrockneten Schweinswürsten überreicht hatte.

Lene sah ihre Mutter an.

«Es ist alles wegen Christoph.» Aus ihren Augen blitzte Zorn. «Soll er sich doch irgendwo im Dorf ein Haus bauen. Dann kann Cathi bei uns bleiben.»

Sie warf sich Catharinas Reisesack über den Rücken und schob ihre Base zum Hoftor hinaus. Moses begleitete sie bis zur Kreuzung nach Betzenhausen, dann trottete er mit eingekniffener Rute wieder nach Hause, als ahnte er, dass seine Herrin nicht so bald zurückkehren würde.

«Gerlinde wird dir deinen Schlafplatz zeigen», waren die Grußworte des Rappenwirts. «Danach kommst du herüber und beginnst mit der Arbeit.»

Ein mürrisches Mädchen, kaum älter als Catharina, führte sie in eine stickige Kammer, in die durch ein winziges Fenster mit gesprungenen Scheiben kaum Tageslicht fiel. Drei Strohsäcke lagen auf dem Boden, dazwischen stand eine von Kleidung und allerlei Krimskrams überquellende Kommode.

«Dort an der Wand schlafe ich, daneben Ruth. Waschen musst du dich im Hof.»

«Wo soll ich meine Sachen verstauen?»

Gerlinde zuckte die Schultern.

«Eine Kleiderkammer können wir dir natürlich nicht anbieten.»

Kurzerhand warf Lene den Reisesack mitten ins Zimmer.

Daraufhin machte das Mädchen unwillig eine Schublade frei und ging wortlos hinaus.

«Keine einzige Nacht könnte ich hier verbringen», stöhnte Lene. «Schon gar nicht mit dieser Vogelscheuche neben mir.»

«Lass gut sein, ich werde mich daran gewöhnen. Geh jetzt besser, der Rappenwirt wartet sicher schon auf mich.»

Lene zögerte. «Das ist jetzt kein richtiger Abschied, oder? Ich meine, auch wenn du nicht nach Lehen kommst, kann ich dich doch ab und zu besuchen?»

Catharina nickte beklommen.

Nachdem Lene gegangen waren, stellte Catharina das Bild ihrer Mutter neben dem Strohsack auf und räumte ihre Sachen in die Schublade. Dabei fiel ihr die kleine Flöte in die Hände, die Christoph ihr einst zum Geburtstag geschnitzt hatte. Leise blies sie eine Melodie vor sich hin. Ihr Vetter war jetzt ein verheirateter Mann, obendrein Vater, und sie konnte ihn nicht aus ihrem Herzen vertreiben. Bedrückt ließ sie sich auf den Strohsack sinken und betrachtete die Kammer. Wie schäbig sie war. Aber es war immer noch besser, als Wand an Wand mit Christoph zu leben.

Wenn Marthe schon hin und wieder über das Schneckenwirtshaus ihres Vetters Berthold lästerte, so hätte sie an dieser Schenke kein gutes Haar gelassen. Der Boden starrte vor Schmutz und Essensresten, der Branntwein floss in Strömen, und bereits am Nachmittag war der düstere Raum mit der niedrigen, rußgeschwärzten Decke brechend voll. Gleich am ersten Abend gab ihr ein Mann, dem der linke Unterarm fehlte, großmäulig einen Rat, wie sie ihr Einkommen aufbessern könnte.

«Wenn du mir und meinen Freunden ab und zu deinen schönen Hintern hinhältst, lassen wir uns das was kosten!»

«Du kannst deinen Dampf drüben im Dirnenhaus ablassen, aber nicht bei mir», zischte Catharina und wandte sich wieder ihrer Arbeit zu. Ihr hatte das Auftragen und Bewirten bisher im-

mer Spaß gemacht, doch hier war es ein ständiges Spießruten-
laufen zwischen betrunkenen Männern.

Nachdem sie bis in die Nacht in der Küche Töpfe geschrubbt
und gebürstet hatte, fiel sie todmüde auf ihre neue Schlafstatt.
Doch mit der Ruhe war es vorbei, als einige Zeit später Gerlinde
und Ruth auftauchten, mit zwei Männern im Schlepptau.
Catharina hielt sich die Ohren zu und stellte sich schlafend, als
Kichern und Gestöhn einsetzten. Gütiger Himmel, lasst mich
bloß in Ruhe, dachte sie. Und dann, fast ein wenig schadenfroh:
Wenn Tante Marthe wüsste, wie es hier zugeht, dann würde sie
sich die Haare raufen darüber, dass sie Christoph und mich auseinander gebracht hat.

Die ersten zwei, drei Tage waren eine Qual. Gerlinde und
Ruth, die, wie Catharina schnell begriff, tatsächlich für Geld mit
Männern schliefen, waren ihr von Anfang an feindselig geson-
nen. Nachts fand sie kaum Schlaf, ihre Arme und Beine waren
von Ungeziefer zerstochen, und von den Gästen hatte sie noch
keinen einzigen Pfennig zugesteckt bekommen. Doch erstaunli-
cherweise gewöhnte sie sich trotz allem an ihre neue Umgebung,
sie störte sich immer weniger an dem Schmutz und Unrat, an
den ständigen Raufereien und daran, dass sie bei den Gästen als
Zicke verschrien war. Mochten die doch mit ihren dreckigen
Pfoten die anderen Frauen betatschen. Und der Rappenwirt, das
war ihr nicht entgangen, schätzte ihre Arbeitskraft. Ja, sie war
stolz, dass sie es hier aushielt. Sie brauchte niemanden, der sich
um sie kümmerte.

Nach etwa einer Woche bemerkte sie, dass ihr Vorrat an Tro-
ckenwurst verschwunden war. Erbost stellte sie ihre beiden
Kammergenossinnen zur Rede.

Ruth lachte laut auf. «Was bist du nur für ein Häschen! Hast
du nicht gewusst, dass wir hier alles teilen? Das Zimmer, die
Wurst, sogar die Männer.»

«Ich glaube, unsere Catharina treibt's lieber mit Frauen. Hab ich Recht?» Bei diesen Worten griff Gerlinde ihr zwischen die Beine. Catharina gab ihr einen harten Schlag auf die Hand.

«Wenn ihr mir nochmal was klaut, sage ich es dem Wirt.»

Die beiden schüttelten sich vor Lachen. «Du bist so dumm! Weißt du, was den Wirt das kümmert? Einen Scheißdreck!»

Am selben Abend nahm der Wirt sie beiseite.

«Du bist das flinkste und zuverlässigste Mädchen, das ich je hatte. Aber wenn du dich weiter so anstellst mit den Männern hier, wirst du nicht lange bleiben können.»

«Was soll das heißen?»

«Menschenskind, die Männer müssen bei Laune gehalten werden. Je mehr Spaß sie mit den Mädchen haben, desto mehr trinken sie. Will das nicht in deinen Kopf, verdammt nochmal?»

Sie sollte sich also als Dirne verdingen.

«Nein, das nicht», murmelte sie und ließ ihn stehen.

Fortan gab sie sich noch mehr Mühe bei der Arbeit, versuchte auch, freundlicher zu den Gästen zu sein – alles in der Hoffnung, nicht eines Tages ihre Stellung zu verlieren. Meist fühlte sie sich abends so erschöpft, dass sie nicht wusste, wie sie den morgigen Tag durchstehen sollte.

Da tauchte eines Abends Berthold auf. Sie bemerkte ihn zunächst gar nicht, denn er hatte sich unter die Gäste gemischt und sie unbemerkt beobachtet. Einer der Stammgäste griff gerade nach Catharinas Arm und wollte sie küssen. Als sie sich wehrte, stieg der Mann auf den Tisch, hob sein Glas und rief:

«Hiermit trinke ich auf Catharina, ein Mädchen, kalt wie ein Eiszapfen. Möge sie einmal so richtig durchgevögelt werden von uns allen!» Dabei fasste er sich an den Hosenlatz und machte eine unzüchtige Bewegung.

Die Umstehenden schrien und klatschten. Wütend wollte Catharina sich auf ihn stürzen, da flüsterte eine bekannte Stimme an ihrem Ohr: «Das lohnt nicht. Lass uns gehen.»

Stumm ließ sie sich von Berthold auf die Gasse führen. Scham hatte jetzt ihre Wut abgelöst, Scham darüber, dass ein Freund ihrer Familie sie in dieser unwürdigen Situation erlebt hatte.

«Was soll jetzt werden?», fragte sie leise.

«Wir holen deine Sachen und gehen zu uns.»

«Und dann?»

«Ab morgen arbeitest du bei uns im Schneckenwirtshaus – wenn du noch willst.»

Schweigend gingen sie nebeneinander her. Schließlich räusperte sich Berthold.

«Lene hat zu Hause erzählt, in was für eine Spelunke es dich verschlagen hat. Was waren wir nur für Dummköpfe, Marthe und ich. Hätte ich geahnt, was es dir bedeutete, aus Lehen wegzukommen – du hättest auf jeden Fall bei mir eine Arbeit gefunden. Zumal ich inzwischen nicht nur Christophs Vormund bin, sondern auch deiner.»

Berthold besaß bei der Mehlwaage, wo sich das Wirtshaus befand, noch ein winziges zweistöckiges Häuschen, dessen Bewohner an der Pest gestorben waren. Dort wohnte jetzt Bertholds neue Köchin, und Catharina zog noch am selben Abend ein.

«Meine Güte, hast du jetzt viel Platz für dich allein», stellte Lene fest, als sie Catharinas neues Zuhause im Obergeschoss des Häuschens besichtigte. «Da kann man ja neidisch werden. Was meinst du, wie eng es inzwischen bei uns geworden ist.»

Auch Catharina fühlte sich nach den Wochen im Rappen wie in einem Palast. Berthold hatte das kleine helle Zimmer großzügig eingerichtet, denn gebrauchte Möbel waren jetzt, nach der Seuche, überall billig zu haben. Neben dem Bett stand ein Waschtisch mit einer irdenen Schüssel und einem Krug, an der Wand gegenüber Tisch und Stuhl sowie eine Kommode mit vier wuchtigen Schubladen. Sogar eine kleine Abstellkammer gehörte dazu.

Zwar war auch das Schneckenwirtshaus eine einfache Schenke, denn es gab nur einen einzigen großen Gastraum, und die meisten Gäste waren Handwerker und Arbeiter aus der Nachbarschaft, doch Berthold kannte fast alle seine Kunden und hatte sie fest im Griff. Fingen die Raufbolde unter ihnen zu händeln an, packte er sie am Kragen und setzte sie freundlich, aber bestimmt vor die Tür. Wirklich böse wurde er nur, wenn «seine Frauen», wie er sie nannte, unflätig angesprochen oder gar angefasst wurden. Da konnte ihm die Hand ausrutschen. So brauchte sich Catharina denn auch nicht mehr mit Belästigungen herumzuschlagen, selbst wenn es an manchen Abenden, vor allem an Feiertagen, ziemlich derb und laut herging. Einmal saß eine Gruppe Weißgerber aus der nahen Fischerau beisammen. Ihr Wortführer, ein untersetzter Kerl mit roten, rissigen Händen, machte Catharina immer wieder zweideutige Komplimente. Ganz offensichtlich wollte er sich vor den anderen großtun, und da Catharina ihn nicht beachtete, fasste er ihr, als sie ihm frisches Bier brachte, mit seiner dicken Hand unter den Rock. In aller Ruhe goss Catharina ihm den halben Liter Bier in den Schoß.

«Du Hurenbalg», brüllte er, während seine Tischgenossen in Gelächter ausbrachen. «Ich werde mich beim Wirt über dich beschweren.»

Doch Berthold, der die Szene beobachtet hatte, stand längst hinter ihm. Ohne ein Wort zu sagen, drehte er dem Mann den Arm auf den Rücken und stieß ihn hinaus.

Ein einziges Mal nur ging sie in den nächsten Jahren nach Lehen. Es kostete sie große Überwindung, den Hof zu betreten. Moses war halb verrückt vor Freude über das Wiedersehen und ließ sie den ganzen Tag nicht aus den Augen. Von Sofie wurde sie freundlich begrüßt. Sie sah noch zarter und zerbrechlicher aus als bei ihrer letzten Begegnung. An der Hand hatte sie ein kleines Mädchen mit seidigen hellblonden Haaren, das gerade seine ersten Schritte übte. Catharina stellte fest, wie sehr sie die Tatsache, dass Christoph jetzt seine eigene Familie hatte, immer noch schmerzte. Da kam er aus dem Stall und umarmte sie.

«Gut siehst du aus», sagte er und betrachtete verstohlen ihre schlanke Gestalt. «Was für eine schöne Frau du geworden bist.»

Catharina ließ ihn wortlos stehen. Ihr war, als schnürte ihr ein eisernes Mieder die Luft ab. Ohne sich etwas anmerken zu lassen, half sie bei der Hausarbeit mit, tobte mit Moses und den Zwillingen im Hof herum und stattete Schorsch, der inzwischen verlobt war, einen kurzen Besuch ab. Bis zum Abend wurde ihr klar, dass dies ihr erster und letzter Besuch gewesen war.

Alles in allem hatte Catharina keinen Grund zu klagen. Auch mit Bertholds Frau Mechtild, einer kleinen, drahtigen Person voller Energie, und den anderen Angestellten verstand sie sich gut. Einzig mit der Köchin konnte sie nichts anfangen, und ausgerechnet mit ihr wohnte sie zusammen. Sie war sicher schon über vierzig. Für jede Gelegenheit hatte sie einen Bibelspruch parat, bekreuzigte sich dabei und jammerte über die Gottlosigkeit der Zeit. Catharina hatte sie noch nie lachen sehen und ging ihr möglichst aus dem Weg.

Hin und wieder kam Lene zu Besuch. Zu Catharinas Freude brachte sie meistens Moses mit. Alles, was Christoph betraf, wurde bei ihren Gesprächen sorgfältig ausgeklammert. Wenn Catharina allein war, blätterte sie in den Büchern, die sie vom Vater geerbt hatte, oder ging am Stadtgraben spazieren. Sie fand sich damit ab, dass sie wohl als ledige Schankfrau alt werden würde. Bis der Tag kam, an dem sie Michael Bantzer kennen lernte.

II

Der hoch gewachsene dunkle Mann fiel Catharina sofort auf.
Er passte nicht zu den einfachen Leuten, die hier sonst ihr Bier
oder ihren Wein tranken. Nach spanischer Mode war er ganz in
Schwarz gekleidet: Unter der offenen hüftlangen Schaube sah
man ein samtenes Wams mit vorgewölbtem Gänsbauch, auf
dem eine schwere silberne Kette funkelte. Zu den pludrigen
Hosen, die gerade die Oberschenkel bedeckten, trug er spitze
Schnallenschuhe. Selbst die kurz geschnittenen Haare und der
sorgfältig gestutzte Spitzbart schimmerten tiefschwarz. Einzig
die gestärkte Halskrause war von blendendem Weiß. Doch nicht
nur in der Kleidung unterschied er sich von den anderen Gästen, auch in der Art, wie er sich bewegte und sprach. Catharina
glaubte kaum, dass sich ein Edelmann in ihre Schenke verirren
würde, aber vielleicht war er ein Wissenschaftler von der Universität? Mit Handschlag begrüßte er den Wirt und setzte sich
dann zu einer größeren Gruppe an den Tisch, die sofort verstummte. Bei Annemarie, der anderen Magd, bestellte er einen
Krug Rotwein.

Catharina räumte das schmutzige Geschirr vom Nebentisch
und trug es in die Küche. Neugierig fragte sie Berthold, ob er
den neuen Gast kenne.

«Das ist Michael Bantzer, ein Schlossermeister. Er hat vor
kurzem von seinem Vater die größte Schlosserei in der Stadt
übernommen. Die Männer, bei denen er sitzt, arbeiten in seiner
Werkstatt, sie haben seit letzter Woche hier ihren Stammtisch.
Man sagt, er lege großen Wert auf einen freundlichen Umgang
mit seinen Leuten, wohl um ihre schlechte Bezahlung auszuglei-
chen. Genau wie bei uns», lachte er und legte freundschaftlich
den Arm um ihre Schultern.

Immer wieder ertappte sich Catharina dabei, wie sie den
Schlossermeister beobachtete. Ein wenig kühl wirkte er, nur sel-

ten verzog er die vollen Lippen zu einem Lächeln. Mit seiner ausgeprägten, etwas gebogenen Nase und dem schmalen Gesicht hatte er etwas Aristokratisches. Er trank einen Krug Wein nach dem anderen, ohne im Geringsten betrunken zu wirken. Die Stimmung an seinem Tisch wurde ausgelassener, und man merkte, wie die Männer langsam die Scheu vor ihrem Brotgeber verloren.

Als es ans Bezahlen ging, hörte sie, dass es irgendwelche Unstimmigkeiten gab, und sah Annemaries verlegenes Gesicht. Sie näherte sich dem Tisch.

«Junge Frau», rief Bantzer sie zu sich heran, «vielleicht könnt Ihr uns die richtige Summe nennen. Meiner Meinung nach sollen wir nämlich zu viel bezahlen.»

«Was hattet Ihr denn bestellt?», fragte Catharina.

«Neunzehn Krüge Bier, vier Krüge Wein. Dazu einen Laib Brot und einen Käse.»

«Das macht achtzehn Weißpfennige.» Catharinas Antwort kam ohne Zögern. Sie sah das Erstaunen auf Bantzers Gesicht.

«Wie der Blitz», murmelte er, und zu Catharina gewandt: «Genau das hatte ich auch ausgerechnet. Und ich dachte schon, hier will man uns übers Ohr hauen.»

Während Annemarie sich stotternd entschuldigte, legte er das Geld auf den Tisch. Catharina wusste genau, dass der Irrtum nicht auf die Kappe des Mädchens ging, denn sie bekam die Höhe der Zeche immer von den Wirtsleuten genannt. Die Männer standen auf, bedankten sich bei ihrem Meister für die Einladung und gingen hinaus. Währenddessen räumte Catharina die leeren Krüge in die Küche. Als sie zurückkam, saß Bantzer zu ihrer Überraschung immer noch da.

«Einen Krug Wein würde ich noch zu mir nehmen», sagte er und lächelte sie an. «Aber nur, wenn das gnädige Fräulein wohlgesinnt wäre, mir Gesellschaft zu leisten.»

Seine geschwollene Redeweise ärgerte sie, und schnippisch

gab sie zurück: «Wie gütig von Euch, mir Eure Gesellschaft anzubieten, aber Ihr habt Eure Arbeit und ich meine. Und die meine muss ich jetzt zu Ende führen.»

Damit drehte sie sich um und wandte sich zur Abrechnung den anderen Gästen zu. Bantzer zuckte mit den Schultern und erhob sich. Auf dem Weg hinaus ging er an ihr vorbei und berührte kurz ihren Arm.

«Ich weiß aber auch», sagte er leise, «dass du nicht Tag und Nacht arbeitest. Also ein andermal.»

Eine Woche später erschien er wieder zum Stammtisch. Es war ganz deutlich, dass die Männer davon nicht sehr erbaut waren. Catharina war froh, dass die Wirtin selbst an diesem Tisch bediente, denn sie spürte seine Blicke. Was bildete sich der Kerl eigentlich ein? Dabei musste sie, wenn sie ehrlich war, zugeben, das er irgendetwas in ihr berührte. War es dieser durchdringende, fast schon unverschämte Blick unter seinen buschigen Augenbrauen? Wie dem auch sei, sie beschloss, sich auf kein Gespräch mit ihm einzulassen.

Kurz vor Schankschluss nahm Berthold sie in der Küche beiseite.

«Ich habe unserem hohen Gast versprochen, dass ich dir jetzt freigebe, damit du mit ihm einen Krug Wein trinken kannst.»

«Wenn ich aber gar nicht will?»

«Dann hast du jetzt Gelegenheit, ihm zu sagen, dass du ihn aufdringlich, ungehobelt und dumm findest. Aber ich würde mir das überlegen, denn er ist noch ledig und wäre doch ein schöner Mann für dich.»

«Ich pfeife auf ledige Männer», sagte sie, zog dann aber doch die Schürze aus.

Als sie mit einem vollen Krug Wein und zwei Bechern zu seinem Tisch ging, waren fast alle Gäste gegangen, auch die Männer aus der Schlosserei. Sie setzte sich ihm gegenüber auf die Bank.

«Also gut, Ihr habt gewonnen. Ich heiße Catharina, arbeite gern hier, bin ledig, aber nicht zu haben.»

Sie kam sich vor wie Lene. Woher hatte sie plötzlich den Mut, so frech zu sein? Da lachte er aus vollem Hals, und in diesem Moment wusste sie, dass er ihr gefiel.

«Liebe Catharina», antwortete er immer noch lachend und goss die beiden Becher voll, «ich heiße Michael, mir gefällt meine Arbeit als Schlossermeister, bin ebenfalls ledig und für dich wäre ich gern ein bisschen zu haben. Zum Wohl!»

Er hob sein Glas und trank. Dann sah er sie wieder mit diesem durchdringenden Blick an.

«Du findest mich aufdringlich, nicht wahr?»

«Etwas. Dabei müsst Ihr nicht denken, dass mich das beeindruckt.»

«Ich kann auch sehr zurückhaltend sein, ganz wie du willst, Catharina.»

Er bat sie, von sich zu erzählen. Catharina verspürte keine Lust, die Dinge preiszugeben, die in ihrem Leben wirklich wichtig gewesen waren, und so beschrieb sie ihren Alltag und berichtete, dass sie lange Zeit in Lehen gelebt hatte. Sie fand das, was sie von sich gab, langweilig, aber er hörte aufmerksam zu.

«Ich habe den Eindruck, du bist ein sehr selbständiger Mensch. Fühlst du dich nicht manchmal allein?»

Sie empfand diese Frage als viel zu freiheraus.

«Ich möchte lieber etwas von Euch wissen.»

Bantzer schüttelte den Kopf. «Das nächste Mal. Trinken wir noch einen Krug?»

Catharina stand auf. «Nein, wir haben schon geschlossen.»

«Dann bringe ich dich jetzt nach Hause.»

Wieder merkte Catharina, dass sie ihn reichlich unverschämt fand, aber gleichzeitig beeindruckt war. Sie erklärte ihm, dass sie noch in der Küche helfen müsse, ließ sich aber schließlich auf eine Verabredung für den nächsten Sonntag ein. Er würde sie zu einem Spaziergang abholen.

Zum Abschied gab er ihr fast ein wenig förmlich die Hand.

Die wenigen Tage bis Sonntag vergingen ihr unendlich langsam. Nicht, dass ihr Michael Bantzer als Mann gefallen würde – sie war einfach neugierig geworden. Das redete sie sich jedenfalls ein, wenn sie bei der Arbeit oder abends beim Einschlafen sein Gesicht mit der geschwungenen Nase und den dunklen Augen vor sich sah. Bantzer war keiner dieser jungen Burschen aus dem Dorf, die man zurechtstutzen konnte, sondern ein gestandener Mann, mindestens zehn Jahre älter als sie. Und dass er früher oder später mehr als nur Spaziergänge und Unterhaltungen wollte, dessen war sie sich sicher. Wollte sie denn mehr? Sie hatte schon lange nicht mehr an das schreckliche Erlebnis in der Lehmgrube gedacht, und es wurde allmählich von den Erinnerungen an Christophs Zärtlichkeiten überlagert. Sie merkte, wie sehr sie sich nach der Berührung eines Mannes sehnte.

Am Vorabend zum Sonntag konnte sie vor Aufregung kaum einschlafen. In der Nacht träumte sie, sie stünde in jener Hütte in der Lehmgrube und versuchte vergeblich, Moses ein blutendes Kaninchen aus dem Maul zu reißen. Da kam Michael Bantzer herein, nahm dem Hund das verletzte Kaninchen weg und legte ihm einen Verband an. Wortlos hob er dann Catharina auf die Werkbank, und sie musste sich rücklings ausstrecken. Plötzlich war sie nackt und bekam es mit der Angst zu tun. Aber hinter Michael Bantzer sah sie Lene, Tante Marthe und die alte Gysel stehen, die ihr beruhigend zulächelten. Gysel reichte Michael ein Schälchen Johanniskrautöl. Mit kreisenden Bewegungen salbte er sie von oben bis unten ein. Ihr Körper wurde wärmer und wärmer, bis er zu glühen begann wie Eisen im Feuer. Als sie aufwachte, sah sie, dass ihre Decke zu Boden gerutscht war und die Morgensonne warm auf das Bett schien. Verwirrt stand sie auf und ging zum Waschtisch hinüber. Was für ein seltsamer Traum.

Nachdem sie sich gründlicher als sonst gewaschen hatte, kämmte sie ihre langen schwarzen Haare, bis sie seidig glänzten, und knotete sie im Nacken zusammen. Sie würde heute zum ersten Mal ihr neues Sommerkleid anziehen, denn der Tag versprach sehr warm zu werden.

Ob er schon da war? Sie hatten ausgemacht, sich nach dem Frühstück vor dem Wirtshaus zu treffen. Dabei hatte sie ganz vergessen zu fragen, um welche Zeit er morgens aufstand. Sie eilte hinüber in die Abstellkammer, die ein winziges Fenster zum Holzmarkt hin hatte, und sah hinaus. Unten ging er mit großen Schritten auf und ab. Wahrscheinlich rechnete auch er mit einem heißen Tag, denn er war barhäuptig und ohne Überrock. Als sie das Haus verließ, sah sie gerade noch, wie sich ihre Mitbewohnerin im Erdgeschoss die Nase am Fenster platt drückte.

Michael Bantzer legte ihr zur Begrüßung die Hand auf den Arm und lächelte.

«Wohin gehen wir?», fragte er.

«In den Stadtgraben.» Das war ein beliebter Ort für Kinder, Spaziergänger und Verliebte. Der innere Graben war bis auf ein schmales Rinnsal direkt an der Mauer trockengelegt worden, und auf dem saftigen Gras weideten Schafe und Schweine. Catharina konnte sich noch erinnern, dass sie als Kind oft mit ihrem Vater hier gewesen war. Damals gab es noch ein riesiges Gehege mit Rotwild.

Schweigend schlenderten sie durch die Vorstadt bis zum Martinstor. Links davon führte ein steiler Trampelpfad zum Graben hinab. Michael nahm ihre Hand und half ihr hinunter. Als sie weitergingen, ließ er ihre Hand nicht los. Catharina blieb stehen.

«Wenn uns jemand sieht?»

«Sag bloß, es ist dir unangenehm mit mir!», sagte er gespielt entrüstet. Aber er ließ ihre Hand los, und Catharina bereute ihre Bemerkung bereits.

Dort, wo das Rinnsal zu einem breiten Bach gestaut wurde und sich Enten und Haubentaucher drängten, setzten sie sich auf einen lang gestreckten Stein. Die Sonne stand schon hoch am Himmel und trocknete das morgenfeuchte Gras. Da tauchte eine Gruppe Halbwüchsiger auf. Lärmend und lachend zogen sie sich splitternackt aus und tobten im Wasser herum. Sicherlich Studenten. Ein paar Spaziergänger blieben mit missbilligenden Blicken stehen.

«Stört dich dieser Anblick?», fragte Michael und deutete auf die Jungen.

Catharina lachte verlegen. «Glaubst du, ich bin im Kloster aufgewachsen?» Sie war, ohne es zu merken, zum Du übergegangen.

Michael blieb ernst. «Nein, ich habe nur mitunter den Eindruck, dass dir menschliche Nähe, vor allem von Männern, unangenehm ist.»

«Wie kannst du so etwas sagen, du kennst mich doch kaum.»

«Ich habe dich oft beobachtet.»

Nicht nur seine Blicke, auch seine Fragen und Bemerkungen hatten etwas Bohrendes, und Catharina fühlte sich entblößt. Verärgert stand sie auf und beobachtete, wie sich drei Männer der Stadtwache im Laufschritt den Badenden näherten und lange Holzknüppel schwangen. Bis die Stadtwache heran war, hatten die Burschen längst ihre Kleider gepackt und machten im Davonlaufen ihren Verfolgern eine lange Nase. Catharina musste lachen. Da spürte sie Michaels Lippen auf ihrem Nacken. Als sie sich umdrehte, wich er zurück.

«Lass uns noch ein Stück spazieren gehen, und dann lade ich dich zum Essen ein.»

Sie gingen in den «Roten Bären», von dem Catharina wusste, dass er zu den teuersten Gasthäusern in der Stadt gehörte. Michael schien dort allseits bekannt zu sein und wurde vom Wirt persönlich begrüßt. Catharina hatte keinen Hunger, und obwohl sie selten Gelegenheit zu solch erlesenen Speisen hatte, aß Michael den Lendenbraten in saurer Soße und das gefüllte Brathuhn fast allein.

Als alle Platten und Teller leer waren, wischte er sich den Mund ab.

«Was machen wir jetzt?»

«Ich muss nach Hause und mich umziehen. Ich soll heute noch arbeiten.»

Vor ihrem Haus verabschiedeten sie sich. Er sah sie lange aus seinen dunklen Augen an, bis sie sich verlegen abwandte. Da nahm er ihre Hand.

«Ich kann es nicht glauben», sagte er leise, «immer habe ich von einer blonden Frau mit blauen Augen geträumt, und jetzt bin ich in ein Mädchen vernarrt, das genauso dunkel ist wie ich.»

Catharina glaubte, nicht recht gehört zu haben. Hatte er wirklich vernarrt gesagt? Sie drückte ihm kurz die Hand und eilte ins Haus.

An diesem Abend verrichtete sie ihre Arbeit fahrig und unaufmerksam. Unaufhörlich spukte das Wort ‹vernarrt› in ihrem Kopf herum. Berthold beobachtete sie belustigt, und Catharina fragte sich, ob die Köchin ihm erzählt hatte, mit wem sie den halben Tag zusammen gewesen war.

Am nächsten Sonntag musste Catharina nicht arbeiten. Sie hatte Michael beim letzten Mal gebeten, nicht mehr in der Gaststube aufzutauchen, im Gegenzug musste sie versprechen, sich den ganzen Sonntag für ihn freizuhalten.

Er holte sie zu Hause ab, und in der Tür stieß er mit der Köchin zusammen. Deutlich war ihr die Empörung darüber anzusehen, dass ein Mann so mir nichts, dir nichts in das Haus zweier lediger Frauen eindrang.

«Wohin wollt Ihr?», fragte sie eine Spur zu laut.

«Zu dem schönsten Mädchen Freiburgs, wenn Ihr erlaubt.» Er küsste ihr galant die Hand.

Mit einer heftigen Bewegung zog sie ihre Hand zurück und sagte barsch: «Als ein geringes Häuflein werdet Ihr übrig bleiben, weil Ihr der Stimme des Herrn nicht gehorcht habt.» Dann verschwand sie in der Küche. Mit einem Lachen versuchte Catharina, die die Szene von der Stiege aus beobachtet hatte, ihre Anspannung zu überspielen.

«Diese fette Kröte», sagte sie und wurde rot, als Michael sie auf die Wange küsste. «Schnell, lass uns gehen, sie steht bestimmt hinter der Tür und lauscht.»

Er küsste sie ein zweites Mal, diesmal auf den Mund.

«Lass sie doch, sie soll ruhig etwas zu tratschen haben. Außerdem gefällt es mir, wenn du rot wirst.»

Eilig drängte Catharina ihn zur Tür hinaus. Sie beschlossen, die Dreisam flussaufwärts zu wandern in der Hoffnung, dass es dort ein wenig kühler sein würde, denn seit zwei Tagen herrschte eine schwüle Hitze. Hinter dem Katzentor, das die südliche Vorstadt abschloss, bogen sie auf den Schutzrain ein, eine große vertrocknete Wiese, auf der kein Baum oder Strauch Schatten spendete.

«Wusstest du, dass hier vor über zwanzig Jahren eine Hexe verbrannt wurde?», fragte Michael.

«Nicht, dass es hier war, aber ich weiß davon. Anna Schweizerin hieß sie, und es war im Jahr meiner Geburt.» Schlagartig wurde ihr dieser Ort unheimlich. «Die arme Frau.»

«Na ja, irgendetwas wird sie schon auf dem Kerbholz gehabt haben. Schließlich ist sie von einem ordentlichen Gericht verurteilt worden.»

«Ach, was wissen wir heute schon davon», brauste Catharina auf.

Erstaunt sah er sie an. «Ich habe das nur so dahergesagt, Catharina. Was machst du am liebsten, wenn du nicht arbeitest?»

Aber dieses Mal bestand Catharina darauf, dass Michael endlich von sich erzählte, und sie erfuhr, dass seine Familie ursprünglich aus Solothurn stammte, inzwischen aber seit Generationen als Schlosser in Freiburg ansässig war. Seine jüngere Schwester war in Basel verheiratet, Brüder hatte er keine. Nachdem im letzten Jahr seine Mutter gestorben war, hatte sich sein Vater aus der Werkstatt zurückgezogen und war nur noch im Magistrat tätig. Sie besaßen ein schönes Haus am Fischmarkt, das jetzt allerdings fast zu groß sei für ihn und seinen Vater. Zumal er sich sowieso den ganzen Tag in der Schlosserei aufhalte. Im Moment sei er nämlich gerade dabei, sie zu erneuern.

«Und in spätestens fünf Jahren werde ich Zunftmeister sein», schloss er seinen Bericht.

Er ist sehr ehrgeizig, dachte Catharina. Laut sagte sie: «Das heißt, jetzt fehlt dir eigentlich nur noch eine standesgemäße Frau.»

«Was heißt standesgemäß?», lachte er. «Ich suche mir selbstverständlich keine dumme Magd. Ein bisschen gescheit muss sie schon sein, eine Handwerkerstochter vielleicht, und schön soll sie sein. Kurzum: so wie du.»

Catharina tat so, als habe sie sein Kompliment überhört. Sie waren am Sägewerk angekommen, und sie war nahe daran, ihm von ihrem nächtlichen Ausflug damals zu erzählen. Aber dann nahm sie sich vor, dass er von zwei Dingen nie erfahren sollte: ihren Gefühlen zu Christoph und Johanns Überfall.

Mittlerweile war es unerträglich heiß geworden. Von Westen her türmten sich schwarze Wolkenberge auf.

«Wir gehen besser zurück», sagte Catharina mit einem Blick zum Himmel. Sie hatte Schwierigkeiten, Gesprächsstoff zu finden, denn die Spannung zwischen ihnen war genauso gestiegen wie die Hitze der Luft. Immer wieder hatten sie sich während des Spaziergangs wie zufällig berührt, immer wieder war er stehen geblieben, um sie eindringlich anzusehen.

Zurück nahmen sie den Weg durch die Stadt. Hinter dem Schwabstor fielen die ersten dicken Tropfen auf den staubigen Weg. Sie gingen schneller. Dann krachte ein Donnerschlag, ein zweiter und dritter, und plötzlich goss es wie aus Bottichen. Er nahm ihre Hand, und sie rannten los. Die Kanäle in der Straßenmitte konnten die Wassermassen nicht mehr fassen, und binnen kurzer Zeit bildeten sich tiefe Pfützen auf der ausgedörrten Gasse. Keine Faser ihrer Kleider war mehr trocken, als sie den Holzmarkt erreichten.

Catharina stieß die Haustür auf, und sie eilten die Stiege hinauf. Vor der Tür zu ihrer Kammer zögerte sie. Wenn sie ihn jetzt einließ, gab es kein Zurück mehr. Michael sah sie bittend an. Schließlich schloss sie die Tür auf und zog ihn ins Zimmer. Aus der Kommode suchte sie zwei große Tücher heraus und wandte sich wieder Michael zu. Ganz selbstverständlich zog er sich vor ihren Augen bis auf die Hose aus. Sprachlos sah Catharina ihn an. Auch halb nackt war er ein schöner Mann, mit breiten Schultern und muskulösem Oberkörper. Sie reichte ihm eins der Tücher.

«Ich gehe nach nebenan und ziehe mich um», stotterte sie und ging mit dem anderen Tuch und einem trockenen Kleid in die Abstellkammer. Hastig warf sie die nassen Kleider auf den Boden und trocknete sich ab. Da hörte sie die Tür aufgehen. Ohne sich umzudrehen, wusste sie, dass er auf sie zukam. Sanft legte er ihr von hinten die Arme um die Schultern und küsste sie auf den Nacken.

«Zieh dich nicht an», flüsterte er und nahm ihr das Handtuch weg. Sie spürte, dass er die Hose ausgezogen hatte. Dann drehte er sie um, hob sie hoch und trug sie auf das Bett. Sein Glied ragte steil in die Höhe. Langsam legte er sich neben sie, schob einen Arm unter ihren Hals, mit dem anderen umschlang er ihre Hüfte und drückte sie an sich.

«Wie sehr habe ich auf diesen Moment gewartet», flüsterte er.

Trotz der stickigen Wärme, die im Haus herrschte, begann Catharina zu frösteln. Beruhigend strich er ihr über den Rücken und küsste sie zärtlich. Lange Zeit lagen sie so. Seine Wärme ging auf Catharinas Körper über, und sie entspannte sich. Vorsichtig streichelte er ihre Schenkel und ihren Schoß. Mit geschlossenen Augen überließ sie sich seinen Zärtlichkeiten und begann sie zu genießen. Doch als er in sie eindringen wollte, durchfuhr sie der gefürchtete Schmerz. Sie stieß einen Schrei aus.

Michael richtete sich auf.

«Es ist das erste Mal, nicht wahr?» Er strich ihr die Haare aus dem Gesicht. Sie antwortete nicht.

«Hast du Melkfett oder etwas Ähnliches im Haus?», fragte er.

«Ich glaube schon, in der Küche. Aber wozu brauchst du das?»

«Du wirst sehen.»

Sie stand auf und wickelte schnell das Badetuch um den Körper.

«Sag der Köchin einen Gruß», rief Michael ihr nach, als sie die Stiege hinunterging. Catharina war sich sicher, dass die alte Klatschbase schon bei der Arbeit im Wirtshaus sein musste, aber zu ihrem Schrecken saß sie in der Küche und schälte einen Apfel. Als sich Catharina in ihrem Tuch an ihr vorbeidrückte, um das Fett aus dem Regal zu holen, sah sie nicht auf, sondern murmelte: «Und sie trieben Unzucht, und Gott der Herr strafte sie dafür.»

Michael lag auf dem Bauch, die Arme unter dem Kopf verschränkt, und lächelte sie an, als sie zurückkam. Befangen setzte sie sich auf den Rand des Bettes und erzählte von der Köchin.

«Wenn sie das Unzucht nennt, dann kann sie mir Leid tun», lachte er und zog sie zu sich herunter. Sie küssten sich wieder und wieder, bis sie gewahr wurde, dass er ihren Schoß mit Fett einrieb. Er fühlte sich heiß an, und der Traum von letzter Woche

fiel ihr ein. Sachte, mit langsamen Stößen, drang er tiefer in sie
ein. Sie verspürte keinen Schmerz. Erleichtert schlang sie die
Arme um seinen Rücken. Da wurde sein Atem schneller, und
mit einem tiefen Seufzer blieb er regungslos auf ihr liegen. Nach
einer Weile hob er den Kopf.

«Es tut mir Leid, Catharina, das ging viel zu schnell.»

Sie küsste ihn. Wie froh war sie, dass sie vor diesem Moment
keine Angst mehr zu haben brauchte. Hand in Hand mit Michael fiel sie in einen leichten Dämmerschlaf.

Als sie wieder zu sich kam, lag er eng an sie gepresst und
schlief tief und fest. Sein Körper glänzte vor Schweiß. Vorsichtig, um ihn nicht zu wecken, strich sie ihm über den Rücken bis
zur Spalte seines Hinterns und wieder zurück. Er stöhnte leise.
Sie wiederholte dieses Spiel, bis sie sah, dass er die Augen geöffnet hatte.

«Weißt du eigentlich, wie schön du bist?», fragte er und betrachtete sie von oben bis unten.

Sie fanden ein zweites Mal zueinander. Catharina folgte seinem Rhythmus und genoss die Nähe und Schwere seines Körpers. Doch zu ihrem Erstaunen fand sie nicht dieselbe Erfüllung
wie er. Vielleicht braucht das ja einfach seine Zeit, sagte sie sich,
als sie erschöpft nebeneinander lagen.

Draußen hatte es inzwischen aufgehört zu regnen.

«Ich hole uns etwas Brot und Wein, und dann essen wir zusammen, hier bei dir, ja?»

Michael stand auf und zwängte sich in seine nassen Sachen.
Auch Catharina zog sich an. Kurze Zeit später kehrte er mit
Wein, Brot und einem großen Stück Hartkäse zurück. Sie rückten den Tisch an das Bett und begannen zu essen. Als würden
sie sich seit Monaten kennen, begannen sie Zukunftspläne zu
schmieden.

«Reisen – ich möchte reisen», schwärmte Catharina. «Warst
du schon einmal am Meer?»

Michael schüttelte den Kopf.

«Dann würde ich gern mit dir ans Meer fahren. Und nach Italien, nach Florenz und Venedig.»

«Ich bringe dich überall hin, wohin du willst.» Er strich sich die Krümel aus dem Bart. Dann sah er die Bücher mit den abgegriffenen Ledereinbänden auf ihrer Kommode stehen. Neben der Bibel ihres Vaters stand eine Ausgabe des Tyl Ulenspiegel, eine Sammlung Schwänke von Hans Sachs und Valentin Schumanns «Nachtbüchlein». Verblüfft schaute er sie an.

«Du kannst lesen?»

«Mein Vater hat es mir beigebracht, und später war ich für kurze Zeit bei einer Lehrerin. Die Bücher habe ich von meinem Vater geerbt.»

Er ging zur Kommode hinüber und blätterte im «Nachtbüchlein».

«Was ist das?»

«Eine Sammlung von Schwänken. Aber längst nicht so schön wie die von Hans Sachs.»

«Du überraschst mich immer wieder. Wahrscheinlich bist du sogar, ohne dass ich es weiß, eine reiche Frau.»

«Reich nicht, aber ich leide keine Not», gab sie schroff zurück. Er sollte bloß nicht denken, sie sei mit ihm des Geldes wegen zusammen. «Ich habe gespart und durch den Tod meines Vaters ein wenig geerbt.»

Er sah sie lange an. «Mein Gott, eine Frau wie du arbeitet in solch einer Spelunke.»

Bei diesen Worten streifte er sich die Hosen vom Leib, ging zu Catharina hinüber und schob ihr das Hemd über die Hüften. Dann setzte er sie mitten auf den Tisch. Die leeren Becher fielen zu Boden.

«Du bist viel zu gescheit für dieses Leben», flüsterte er und schob sich zwischen ihre Schenkel. Catharina wunderte sich über seine Manneskraft, ließ sie sich aber gern gefallen. Diesmal hatte sie den Eindruck, dass er die Herrschaft über sich verlor. Bei jeder seiner Bewegungen stöhnte er tief auf, bis er sie mit einem lauten Schrei so heftig an sich presste, dass ihr die Luft wegblieb.

Dann sank er vor ihr auf den Boden.

«Catharina, ich will eine angesehene Frau aus dir machen. Wir müssen so bald wie möglich heiraten.»

12

Lene erfuhr als Erste von Catharinas Glück. Sie kam am übernächsten Morgen zu Besuch und sagte ihr, kaum dass eine halbe Stunde vergangen war, auf den Kopf zu:

«Du hast einen Mann kennen gelernt.»

Catharina strahlte und erzählte von Michael. Überschwänglich nahm Lene sie in den Arm und rief:

«Wie ich mich für dich freue! Ich dachte schon, du bleibst eine alte Jungfer.»

Wenige Tage später wusste rund um den Holzmarkt jeder, dass sich das hübsche Schankmädchen vom Schneckenwirtshaus einen gut betuchten Bürgerssohn geangelt hatte. Dafür hatte die Köchin gesorgt und dabei in der Darstellung der Ereignisse maßlos übertrieben.

«Ich werde mir wohl ein neues Heim suchen müssen, wenn das so weitergeht», erzählte sie jedem, der es hören wollte. «Nacht für Nacht geht es über mir so laut her, dass man glauben könnte, eine ganze Zunftversammlung bricht ins Frauenhaus ein. Ich kann kein Auge mehr zutun. Und das alles ohne Gottes Segen.»

Dabei trafen sich die beiden höchstens ein-, zweimal die Woche. Eines Abends suchte Mechtild, die Wirtin, das Gespräch mit Catharina.

«Du musst auf die Hochzeit drängen, das geht sonst nicht gut.»

Ganz offensichtlich traute sie dem Schlossermeister nicht ganz. Doch Catharina war längst dabei, Druck auf ihren Bräutigam auszuüben, denn sie hatte Angst, schwanger zu werden. Was Michael jedoch vor sich herschob, war weniger der Zeitpunkt der Hochzeit als vielmehr der Moment, in dem er Catharina seinem Vater vorstellen musste. Mal war dieser angeblich krank, mal ließ ihm ein wichtiger Auftrag keine Zeit für eine Zusammenkunft.

«Wahrscheinlich hast du Angst, dass er mich für ein zu kleines Licht hält, unwürdig für seinen viel versprechenden Sohn», warf sie ihm eines Abends vor. Ihr war längst aufgefallen, welch große Stücke er auf seinen Vater hielt. Bei jeder Gelegenheit kam die Rede auf den alten Bantzer, während über seine Mutter nie ein Wort fiel.

«Was redest du für einen Unsinn. Ich hab keineswegs Angst vor meinem Vater.»

Zum ersten Mal stritten sie. Schließlich drohte sie, dass er sie nicht mehr besuchen dürfe.

Zwei Tage später holte er sie ab, um sie in sein Elternhaus zu führen. Catharina hatte sich den ganzen Tag freigenommen und war schon am frühen Morgen im Schwabsbad gewesen, um ein heißes Bad zu nehmen und sich die Haare waschen und schneiden zu lassen. Sie ging ungern in die öffentliche Badestube, und wenn, dann am frühen Morgen, wo sie hauptsächlich von Frauen und Kindern besucht wurde. Denn sie mochte die oft schlüpfrige Ausgelassenheit der Badegäste nicht, auch wenn in letzter Zeit die Obrigkeit verstärkt ein Auge darauf hielt, dass in den Bädern Anstand und Sitte gewahrt blieben.

«Du siehst schön aus», sagte Michael zur Begrüßung und küsste sie auf das duftende Haar. Als sie die Große Gasse hinuntergingen, vorbei an den hölzernen Lauben der Metzger und

Bäcker, grüßte er nach rechts und links. Jeder hier schien ihn zu kennen. Vor dem Haus zum Kehrhaken, einem dreistöckigen Fachwerkbau mit einem mächtigen Erdgeschoss aus Stein, blieb er stehen.

«Mein Vater ist manchmal etwas bärbeißig, lass dich davon nicht beirren. Halte dich am besten ein bisschen zurück und sei nicht so kratzbürstig wie mit mir», versuchte er zu scherzen, doch seine Unruhe war ihm deutlich anzumerken.

Ein älteres Dienstmädchen öffnete ihnen die schwere eisenbeschlagene Tür.

«Ihr Herr Vater wartet schon oben im Essraum», sagte sie zu Michael. Catharina nickte sie kühlen Blickes zu.

Als Catharina hinter Michael die knarrenden Stufen hinaufstieg, spürte sie, wie ihr Herz klopfte. Noch nie war sie in einem so vornehmen Haus gewesen. Zwar war das Anwesen in Lehen auch großzügig und in ihren Augen fast schon herrschaftlich, doch wurde dort jede Kleinigkeit von Zweckmäßigkeit bestimmt. Hier aber gab es Schmuck und Verzierung. Entlang der Tannenholztreppe führte ein kunstvoll geschnitztes Geländer, die Fensternischen in der Diele waren mit kostbaren Kacheln besetzt, und die Türen trugen Klinken aus blitzblankem Messing.

Catharina blinzelte, als sie das helle Esszimmer betrat. Dann sah sie die Umrisse eines großen, kräftigen Mannes am Fenster stehen.

«Vater, das ist Catharina Stadellmenin.»

Catharina deutete einen Knicks an, als der alte Bantzer auf sie zukam. Bis auf seine Größe und die gebogene Nase hatte er keinerlei Ähnlichkeit mit seinem Sohn. Seine Gesichtszüge waren viel grober, beinahe aufgeschwemmt, und die tief liegenden Augen waren von wässrigem Hellgrau. Die Haare, graubraun und schütter, reichten ihm bis in den Nacken, ein Spitzbart bedeckte sein breites Kinn und betonte unvorteilhaft seine hängende Unterlippe, die eine gelbe Zahnreihe den Blicken preisgab.

«Schön, dass ich dein Mädchen endlich kennen lerne.» Ein Vorwurf schien in dieser Bemerkung mitzuschwingen, doch Catharina kümmerte sich nicht darum, schließlich war es nicht ihre Schuld, dass sie sich jetzt erst begegneten. Der Alte betrachtete sie eine Weile von oben bis unten, dann deutete er zum Tisch.

«Nehmt Platz, das Essen wird gleich aufgetragen.»

Sie setzten sich an die riesige Tischplatte aus poliertem Nussbaum, die auf zierlichen gedrechselten Säulen ruhte: der Vater am Kopfende, Catharina und Michael mit etwas Abstand zu seiner Rechten und Linken. Eine dicke Frau erschien mit einem Kessel Fischsuppe und füllte die zinnernen Teller. Catharina staunte, denn auch die zierlichen Löffel waren aus kostbarem Zinn.

«Du bist also die Tochter des Marienmalers, der vor ein paar Jahren gestorben ist», begann der alte Bantzer das Gespräch. «Ich habe deinen Vater ein paar Mal getroffen, er hat im Auftrag unserer Zunft einen Bildstock gefertigt. Ein begabter Mann.» Er schenkte ihnen Rotwein ein. «Ich habe gehört, dass du einige Jahre in diesem großen Gasthaus in Lehen gewohnt hast. Dann kennst du dich ja mit Haushaltsführung aus.»

«Ich weiß nicht recht, was Ihr mit Haushaltsführung meint, ich habe vor allem in der Gaststube bedient und abgerechnet. Und dann habe ich mich mit meiner Tante um Bestellungen und Einkäufe gekümmert.»

«Auch gut, auch gut. Falls ihr heiratet, wirst du natürlich in dieser Vorstadtschenke kündigen. Was bringst du mit in die Ehe?»

«Aber Vater», mischte sich Michael Bantzer ein, «ich habe dir doch bereits erzählt, dass …»

«Nein, Michael, lass nur.» Catharina sah dem Alten offen ins Gesicht. «An Hausrat besitze ich so gut wie nichts, aber von dem Erbe meines Vaters und durch meine Arbeit habe ich über zweihundert Gulden gespart.»

Catharina war stolz auf ihren Reichtum, doch Michaels Vater schien diese Summe nicht zu beeindrucken. Mehr wollte er von ihr nicht wissen, stattdessen erzählte er, während eine silberne Platte mit Braten, Fisch und Geflügel nach der anderen aufgetragen wurde, in aller Breite von seiner Familie und der Schlosserei. Jedes Gedeck brachte neue Köstlichkeiten, und als Catharina schließlich keinen Bissen mehr herunterbrachte und sich den Mund am Ärmel abwischen wollte, fing sie einen warnenden Blick von Michael auf. Sie entdeckte die Stoffservietten, die in der Mitte der Tafel lagen, und säuberte sich das Gesicht. Hoffentlich habe ich mich bisher nicht allzu sehr danebenbenommen, dachte sie. In jeder anderen Situation wäre ihr das gleichgültig gewesen, doch jetzt hing ihre Zukunft von dem Eindruck ab, den sie bei diesem selbstzufriedenen alten Mann hinterließ.

Beim Nachtisch fragte Bantzer seinen Sohn: «Wann wollt ihr heiraten?»

«Wenn Ihr einverstanden seid, Vater, so bald wie möglich.»

«Du kannst es wohl kaum erwarten, deine schöne Braut zu Bett zu führen», entgegnete er und lächelte anzüglich.

Catharina mochte seine Art nicht. Sie hatte einmal gehört, dass im Alter die Söhne ihren Vätern ähnelten, und hoffte inständig, dass Michael eine Ausnahme bilden möge.

Der Alte erhob sich.

«Gut, dann gebe ich euch meinen Segen für eure künftige Ehe. Das müssen wir mit einem besonders guten Tropfen begießen.»

Aus einem abschließbaren Eichenschrank holte er drei zierliche Gläser und eine Flasche.

«Portwein, direkt aus Portugal. Schaut euch diese Farbe an, wie Bernstein. Das verrät sein Alter und seine Qualität.»

Catharina hatte noch nie Bernstein gesehen. Sie nahm das gefüllte Glas entgegen, das er ihr reichte, und gab es an Michael weiter.

«So ist es recht, immer erst an die anderen denken», sagte der Alte wohlwollend. «Catharina, du gefällst mir. Hier, nimm das andere Glas. Auf eure Verlobung.»

Schmatzend nahm er einen Schluck, verdrehte verzückt die Augen und küsste Catharina auf beide Wangen. Seinem Sohn schlug er auf die Schultern. Dann legte er die Hände der Brautleute zusammen, murmelte etwas auf Lateinisch und trank sein Glas aus. Damit schien die Angelegenheit für ihn erledigt.

Erleichtert wandte sich Catharina zur Tür, nachdem er sich von ihnen verabschiedet hatte. Michael brachte sie hinaus. Er war in bester Stimmung.

«Du hast dich großartig verhalten», lächelte er. «Sei mir nicht böse, wenn ich dich nicht heimbegleite. Vater und ich werden gleich alles Notwendige für die Hochzeit besprechen.»

Dämmerung legte sich über den lauen Septemberabend. Langsam ging das Hochzeitsfest dem Ende zu. An der langen Tafel saßen nur noch Michaels engste Freunde, sein Vater und Catharinas Lehener Verwandtschaft. Der Priester, für den man einen Lehnstuhl unter den einzigen mickrigen Baum im Hof gestellt hatte, schnarchte mit offenem Mund vor sich hin, Spuren von eingetrocknetem Bratensaft auf dem fleischigen Doppelkinn. Überall waren Essensreste und Knochen über den Boden verstreut, von den beiden Wildschweinen am Spieß hing nur noch ein kümmerlicher Rest über der erloschenen Glut. Das Dienstmädchen steckte die Fackeln an, die an den Hauswänden befestigt waren. Für Marthe und ihre Familie war dies das Zeichen zum Aufbruch, denn die Tore schlossen bei Dunkelheit. Der alte Bantzer überredete sie jedoch mit einem Seitenblick auf Lene, die mit einem der Gesellen kokettierte, noch zu bleiben. Er habe mit dem Stadtwächter gesprochen, der ließe sie auch später noch hinaus.

Catharina, der der Kopf schwirrte, schloss für einen Moment

die Augen. Was war das für ein aufregender Tag gewesen! In der Nacht zuvor hatte sie ein letztes Mal in ihrem Häuschen an der Mehlwaage geschlafen. Früh am Morgen hatten ihr dann die Wirtsleute geholfen, ihre Sachen ins Haus zum Kehrhaken zu schaffen. Dort waren die Vorbereitungen schon in vollem Gange, und der sonst so schmucklose weiträumige Hinterhof war bald nicht mehr wieder zu erkennen. Etliche Holztische und Bänke standen aneinander gereiht, und darüber errichteten die Schlosser eine girlandengeschmückte Laube aus Holz und Sacktuch. Die Wände und Mauern rund um den Hof wurden mit bunten Bändern und Papierblumen geschmückt.

Für Catharina stand in der kleinen Badstube im Erdgeschoss eine Wanne mit heißem Wasser bereit. Der Kirchgang war zum Mittagsläuten vorgesehen, sie musste sich also beeilen. Das Dienstmädchen rieb sie mit herrlich duftendem Rosenöl ein und half ihr, das hellblaue hochgeschlossene Samtkleid mit der kleinen Halskrause und den weit gebauschten Ärmeln anzulegen, das sie sich letzte Woche hatte schneidern lassen. Dann holte Michael sie ab. Wie immer war er ganz in Schwarz gekleidet, hatte aber zur Feier des Tages weiße Seidenstrümpfe und eine weit ausladende gestärkte Halskrause angelegt. Als sie vor das Haus traten, wartete schon eine fröhliche Menschenmenge, um sie zum Münster zu begleiten. Die Trauung im Seitenschiff, die ein fetter, kurzatmiger Priester vornahm, verging erstaunlich schnell, und Catharina konnte kaum den Worten folgen. Sie warf einen Blick auf Marthe, die zusammen mit dem Zunftmeister der Schmiede Trauzeuge war: Dicke Tränen der Rührung liefen ihr über die Wangen.

Unter dem verwitterten Relief vom Gottvater, der Adam und Eva die Hände ineinander legt, gelobten sich Catharina Stadellmenin und Michael Bantzer ewige Treue, und der Priester erklärte sie mit dem Segen der Kirche und den Worten «Quod Deus conjunxit homo non separet» zu Mann und Frau. Es folgte eine kurze lateinische Messe, dann traten sie Arm in Arm aus der Kirche auf den sonnenbeschienenen Vorplatz. Lene fiel ihr um den Hals, die ausgelassene Menge bewarf sie mit Getreidekörnern, dem Symbol der Fruchtbarkeit, und die Schlosser hatten einen dicken Holzstamm und eine Säge bereitgestellt. Jetzt musste Michael seine Muskelkraft beweisen und den Stamm, ohne abzusetzen, zersägen. Mühelos gelang ihm das, und die Leute klatschten.

«Pass auf, Catharina, vor dem Mann hast du keine Nacht Ruhe», rief einer von ihnen. Vater Bantzer lächelte stolz.

Da entdeckte Catharina etwas abseits in der Menge Christoph mit Frau und Kind. Ihr Herz klopfte schneller. Bis gestern hatte es so ausgesehen, als würden nur Lene, die Zwillinge und ihre Tante kommen, aber dann hatten sie es sich offensichtlich anders überlegt und das Gasthaus geschlossen. Catharina wusste nicht, ob sie sich darüber freuen sollte. Seit ihrem letzten Besuch in Lehen vor drei Jahren hatte sie Christoph nicht mehr gesehen. Die kleine Sofie musste demnach schon vier Jahre alt sein. Von Lene wusste sie, dass Christophs Frau vor ein oder zwei Jahren eine Fehlgeburt gehabt hatte, ein Junge wäre es geworden, und heute sah man deutlich die Rundung ihres Bauches unter dem glatten Stoff. Die Vorstellung, dass diese Frau immer wieder von Christoph schwanger wurde, versetzte Catharina einen Stich. Unsicher ging sie auf die beiden zu. Sofie umarmte sie auf ihre behutsame Art, und Christoph drückte ihr zwei flüchtige Küsse auf die Wangen. Das kleine Mädchen überreichte ihr Feldblumen, die sie auf dem Weg in die Stadt gepflückt hatte, und Catharina nahm es zum Dank herzlich in den Arm. Wie zerbrechlich war dieses Kind, es hatte so gar nichts von seinem Vater.

«Ich soll dich von Schorsch grüßen», sagte Christoph und vermied ihre Augen. «Er ist gerade Vater geworden.»

Catharina freute sich aufrichtig über diese Nachricht. Eine große Familie, das hatte sich Schorsch immer gewünscht.

Der alte Bantzer rief zum Aufbruch. An die hundert Menschen fanden sich im Hinterhof ein, darunter auch Mechtild und Berthold vom Schneckenwirtshaus, etliche Nachbarn, Zunftangehörige und die gesamte Mannschaft der Schlosserei. Der alte Bantzer scherte sich, wie übrigens die meisten Ratsmitglieder, einen Kehricht um die neue Polizei-Ordnung, die jegliche Feierlichkeiten streng reglementierte und Verstöße mit teilweise empfindlichen Geldstrafen ahndete. So hätten zu einer Meisterhochzeit wie im Hause Bantzer höchstens siebzig Gäste geladen werden und die Menüfolge sechs Gänge nicht übersteigen dürfen, doch die zu erwartenden Strafgulden hatte der Alte von vornherein einkalkuliert.

Unmengen von Wein, Starkbier und Branntwein flossen die durstigen Kehlen hinunter, und die Dienstmädchen und Lehrlinge hatten alle Hände voll zu tun, bei den Speisen für Nachschub zu sorgen. Michael führte seine frisch getraute Ehefrau herum und stellte sie jedem seiner Bekannten vor, bis Catharina sich schließlich keinen einzigen Namen mehr merken konnte. Dann spielte die Musik auf, und Catharina durfte keinen Tanz auslassen. Rundum wurde die Stimmung ausgelassener, und zur Gaudi der Kinder beteiligten sich immer mehr Erwachsene an ihren übermütigen Spielen wie Sackhüpfen und Bockspringen. Selbst der alte Bantzer gab sein vornehmes Gehabe auf, balancierte ein Glas Wein auf dem Kopf, hüpfte wie ein Tanzbär herum, rülpste und rotzte sich in den Ärmel wie seine Gesellen. Zu fortgeschrittener Stunde kamen die unvermeidlichen Pfänderspiele an die Reihe, und Michael musste zur Auslösung seines Pfands auf dem Tisch tanzen. Er packte Lene bei den Hüften, hob sie auf den Tisch und legte einen so stürmischen Tanz mit ihr hin, dass etliche Gläser zu Bruch gingen.

Catharina kam ein kleiner Seufzer über die Lippen. Erschöpft und fast ein wenig schwermütig betrachtete sie das Flackern der Fackeln in der zunehmenden Dunkelheit. Jetzt also war dieser

Tag, der vielleicht wichtigste ihres Lebens, beinahe vorüber. Vom Bestellen des Aufgebots bis zur kirchlichen Trauung, vom Verpflichten der Spielleute bis zur Festlegung der Speisenfolge – alles hatten Michael und sein Vater in die Wege geleitet. Wie sie selbst sich diesen Festtag gewünscht hätte, danach hatte niemand gefragt. Eine große Überraschung sollte es werden, hatte Michael vorher zu ihr gesagt, und sie musste zugeben, dass er und sein Vater sich nicht mehr Mühe hätten geben können. Aber das unbefriedigende Gefühl, von allem ausgeschlossen worden zu sein, bestand fort. Catharina beschlich eine leise Ahnung, wie ihr Leben an der Seite dieses Mannes verlaufen würde.

In der Gruppe um Michael ging es inzwischen laut her. Einer seiner Freunde hob das Glas.

«Lieber Michael, darf ich dir noch einen guten Rat für deine Ehe geben? Also hör zu:

Wer seine Frau lässt gehen zu jedem Fest,
sein Pferd aus jeder Pfütze trinken lässt,
hat bald eine Mähr' im Stall
und eine Hur' im Nest!»

Die Männer brachen in Gelächter aus, auch Michael. Catharina fand diesen Spruch so unpassend wie einen Schweinsfuß in Seidenpantoffeln. Da stand Michael auf.

«Ich weiß auch eine gute Geschichte: Am spanischen Hof sagte ein Edelmann zu seiner angebeteten Dame zur Begrüßung: ‹Ich küsse Ihre Hände und Füße, Madame.› Da erwiderte sie: ‹Mein Herr, in der Mitte finden Sie das Beste. Warum nicht dort?›»

Mit einer anzüglichen Gebärde deutete er bei dem letzten Satz auf seinen Hosenlatz.

Wieder großes Gelächter. Nun also ging die Zotenreißerei los. Catharina fing einen Blick von Christoph auf. Er nickte ihr unmerklich zu, erhob sich und ging Richtung Vorderhaus davon. Nach einem kurzen Moment folgte sie ihm. Als sie den Hof

153

durchquert hatte, stieß sie auf Wilhelm, Christophs jüngeren Bruder. Er grinste, ein allwissender Ausdruck lag auf seinem hübschen Gesicht.

«Christoph steht in der Hofeinfahrt.»

Catharina legte den Zeigefinger auf ihre Lippen, und Wilhelm nickte verständnisvoll. Wie ähnlich Wilhelm seinem älteren Bruder sah. War er nicht genauso alt wie Christoph damals, als sie sich in ihn verliebt hatte?

Sie huschte in die dunkle Hofeinfahrt, wo Christoph unruhig hin und her schritt.

«Ich wollte dich noch einmal allein sehen», sagte er leise. «Du bist mir so fremd in dem schönen Kleid, in dieser Umgebung, neben diesem stattlichen Mann. Bist du glücklich?»

Sie zögerte mit einer Antwort und dachte an die düsteren Gedanken, die ihr eben noch durch den Kopf gegangen waren.

«Ich weiß nicht, es ist alles so anders. Ich glaube, meine glücklichste Zeit war bei euch in Lehen, und die ist jetzt eben vorbei. Andererseits –», sie schob mit der Schuhspitze einen Stein weg, «bis in alle Ewigkeit als Schankfrau arbeiten?» Und dir ein Leben lang nachtrauern, dachte sie bei sich. «Nein», sagte sie laut, «so ist es schon besser, ich bin zufrieden.»

Sie kickte den Stein weg. «Und du? Du bist sicher glücklich mit deiner Familie. Wo ihr doch bald euer zweites Kind erwartet.»

«Ach, Cathi, was weißt du schon. Sofie ist ein herzensguter Mensch, aber so zart. Wie ein Windhauch oder eine Eisblume, so ganz anders als du. Mit dir konnte ich lachen und albern sein, wir hatten immer so viel Spaß miteinander.»

Da näherten sich Schritte. Christoph zog sie ins Treppenhaus. Regungslos warteten sie, bis die Schritte vorüber waren. Dann zog er sie heftig an sich und küsste sie. Als würde sie aus einem langen düsteren Traum erwachen, spürte sie die alte Leidenschaft für ihn wieder aufflammen. Nur war sie jetzt kein

154

kleines Mädchen mehr, und so erwiderte sie bereitwillig seine ungestümen Zärtlichkeiten. Christoph hatte schon die Hand unter ihr Mieder geschoben, als ihr plötzlich die Unmöglichkeit dieser Situation vor Augen trat. Jederzeit konnten sie hier im Treppenhaus überrascht werden – unvorstellbar, was dann geschehen würde! Sie trat einen Schritt zurück und glättete ihr Kleid.

«Wir sind verrückt geworden. Wir müssen sofort zu den anderen.»

«Du hast Recht.» Unglücklich sah er sie an. «Weißt du, was ich immer wieder denke? Dass mein Leben verpfuscht ist. Wäre ich damals, als ich nach Villingen ging, nur geduldiger gewesen und hätte auf die Rückkehr nach Lehen, auf die Rückkehr zu dir gewartet! Wären wir nur hartnäckig genug gewesen – meine Mutter hätte bestimmt in unsere Heirat eingewilligt. Aber es war einzig und allein meine Schuld: Ich wollte mir unbedingt beweisen, dass ich ein richtiger Mann bin und eine Frau erobern kann. Jetzt habe ich eine Familie, die mich liebt und die mich braucht und die ich nicht mehr verlassen kann. Wenn du wüsstest, wie oft ich davon geträumt habe, in deinen Armen zu liegen und –» Er stockte und wandte sich ab. Mit hängenden Schultern ging er in den Hof zurück.

Catharina sah ihm nach. Am liebsten hätte sie sich in einen stillen Winkel verkrochen und geheult wie ein kleines Kind. Aber was nützte das alles, jetzt war es zu spät, um zu jammern. Sie riss sich zusammen und ging ein paar Schritte in der Einfahrt auf und ab. Als sie in den Hof zurückkam, hatte sich inmitten der lärmenden Hochzeitsgesellschaft die Gruppe um Marthe zum Aufbruch fertig gemacht. Nachdem Catharina von allen Seiten herzlich umarmt worden war, küsste auch Christoph sie auf die Stirn, nahm seine schlafende Tochter auf den Arm und ging voraus, ohne sich noch einmal nach ihr umzudrehen.

Marthe nahm sie auf die Seite.

«Pass auf dich auf, meine Kleine. Und denk nicht immer zurück, was hätte sein können. Das hat uns Menschen noch nie weitergebracht.»

Der alte Trotz stieg in Catharina auf. Ihre Tante hatte gut reden, schließlich war sie es gewesen, die sich in ihr Schicksal eingemischt hatte. Oder hatte Christoph doch Recht, wenn er die Schuld bei sich suchte? Nachdenklich begleitete sie ihre Verwandten auf die menschenleere Gasse hinaus und sah ihnen nach. Da legte sich eine schwere Hand auf ihre Schulter.

«Was schaust du so traurig, meine liebe Tochter», sagte der alte Bantzer mit vom Alkohol schwerer Zunge. «Das ist doch kein Abschied, das ist ein Anfang. Komm, trink noch einen Krug Wein mit mir.»

Eingezwängt zwischen Michael und seinen Vater versuchte sie, keine Spielverderberin zu sein, und hielt, so gut es ging, mit bei der nächtlichen Zecherei. Schließlich hatte sie selbst diese Hochzeit gewollt. Als die ersten Vögel mit lautem Zwitschern den Morgen ankündigten, waren sämtliche Männer und die wenigen Frauen, die noch ausgeharrt hatten, betrunken. Michael stand schwankend auf.

«Jetzt schreiten wir zur Tat, meine wunderschöne Frau und ich.»

«Los, Bantzer, du musst sie über die Schwelle tragen, wenn du das noch schaffst.»

«Ich schaff noch ganz andere Sachen heute Nacht», lachte Michael dröhnend und hob seine Frau auf die Arme. Wie eine Kuhherde folgten ihm die Gäste ins Treppenhaus bis vor die Schlafzimmertür. Ein paar Männer huschten durch die Tür und nahmen Aufstellung neben dem Bett.

«Raus hier», brüllte Michael. «Die Zeiten sind Gott sei Dank vorbei, wo man Zeugen brauchte für die erste Liebesnacht.»

Nachdem er mit sanfter Gewalt die letzten Gäste hinausge-

156

schoben und die Tür hinter sich verriegelt hatte, ließ er sich mit einem wohligen Seufzer auf das prächtigste Federbett fallen, das Catharina je gesehen hatte.

«War das ein herrliches Fest!» Er wandte ihr den Kopf zu. «Na, wie gefällt dir unser nächtliches Reich?»

Die kunstvoll geschnitzten Eichenholzpfosten trugen einen mit rotem Leinen bezogenen Himmel, von dem schwere Brokatvorhänge herabfielen, die ebenfalls tiefrot schimmerten. Vor dem Bett bedeckten zwei weiche Schaffelle den groben Dielenboden. An weiteren Möbeln befanden sich nur noch eine eisenbeschlagene Truhe, die sehr wertvoll aussah, und ein zierlicher Waschtisch im Raum. Für ihre Kleider gab es eine eigene kleine Kammer, die durch einen nachtblauen Vorhang abgetrennt war. Die Einrichtung zeugte sicher von erlesenem Geschmack, doch Catharina wäre in diesem Moment lieber in ihrem bescheidenen Schlafzimmer an der Mehlwaage schlafen gegangen. Sosehr sie bisher die Stunden im Bett mit Michael genossen hatte, so wünschte sie sich jetzt nichts sehnlicher, als dass er sie heute Nacht nicht berührte. Wie selbstgefällig er sich den ganzen Abend über benommen hatte! Aber wahrscheinlich tat sie ihm unrecht, wieso sollte er anders sein als die meisten Männer, die sie bei solchen Festen beobachtet hatte? Je mehr sie getrunken hatten, desto törichter wurden sie und ergossen sich mit Vorliebe in anstößigen Reden über Frauen oder Geschichten über sich selbst.

Tiefes Schnarchen riss sie aus ihren Gedanken. Michael war tatsächlich eingeschlafen. Vorsichtig zog sie ihm die Schuhe aus und legte sich neben ihn. Als sie die gemeinsame Decke über sich zog, wälzte er sich auf die Seite und drehte ihr den Rücken zu. In ihre anfängliche Erleichterung über Michaels tiefen Schlaf mischte sich ein leiser Hauch von Enttäuschung.

13

Ihr Kopf schmerzte, als sie erwachte. Hätte sie nur nicht so viel getrunken, wo sie Alkohol nicht gewohnt war. Widerwillig öffnete sie die Augen. Die Bettseite neben ihr war leer. Wie spät mochte es sein? Die Schlafkammer musste nach Norden oder Westen hinausgehen, denn trotz des wolkenlosen Himmels, den sie durch das kleine Fenster sehen konnte, herrschte noch düsteres Licht im Raum. Sie ließ sich wieder in die Kissen fallen. Nur langsam kamen ihre Gedanken in Schwung, und wie aus milchigem Morgennebel tauchten Bilder des vergangenen Tages auf: der letzte Moment in ihrer leer geräumten Kammer am Holzmarkt, die ausgelassene Menschenmenge vor der Kirche, der betrunkene Priester, der schnarchend im Lehnstuhl lag, johlende Männer, die sie ins Schlafzimmer begleiteten, und dann plötzlich ein gestochen scharfes Bild: Christoph, der sie mit hastigen Zärtlichkeiten bestürmte. Sie schüttelte den Kopf und sprang auf. Nein, sie war nicht mehr das kleine Mädchen, das sich in Tagträumen verlor. Wo war Michael? Fast kam ein wenig Schadenfreude in ihr auf, dass dieser vermeintliche Stier von einem Mann seine Hochzeitsnacht verschlafen hatte.

Nachdem sie sich gewaschen und angezogen hatte, ging sie in den Esssaal, wo ein üppiges Frühstücksmahl mit frischem Weißbrot, Käse und Obst auf sie wartete. Vor ihrem Gedeck stand eine Vase aus Rauchglas mit einem Strauß roter Rosen. Gertrud, das Hausmädchen, brachte ihr warme Milch.

«Der gnädige Herr lässt Ihnen ausrichten, dass er in der Werkstatt ist. Wenn Ihr fertig seid, werde ich ihn holen.»

Catharina nickte und ließ es sich schmecken. Freundlich schien die Sonne durch die drei Fenster, die die ganze Längsseite des Raums einnahmen. Sie gingen zur Straße hinaus, leise konnte man Stimmen und das Rumpeln der Wagen auf der Großen Gasse hören. Dieser Raum war ganz offensichtlich zum Repräsentieren gedacht, so kunstvoll, wie er eingerichtet war. In der Ecke sorgte ein lindgrüner Kachelofen im Winter für Wärme. Die mächtigen Deckenbalken waren mit Blattwerk bemalt, die Wände von oben bis unten holzgetäfelt, der Fußboden mit rötlich schimmernden Tonfliesen bedeckt. Wie leicht musste so ein Boden zu pflegen sein. Wenn sie da an die Dielenbretter der Gasträume in Lehen dachte, in deren Ritzen sich immer Schmutz und Essensreste festsetzten! Ganz abgesehen von den Estrichböden in den anderen Zimmern, die kaum sauber zu halten waren. Sie wollte gerade das Geschirr zusammenräumen, als Gertrud sie aufhielt.

«Lasst nur, lasst, ich mache das schon.»

Dies war keineswegs freundlich gemeint, und Catharina betrachtete erstaunt Gertruds zusammengekniffene Mundwinkel. Da sah sie Michael im Türrahmen stehen. Etwas verlegen kam er auf sie zu und küsste sie.

«Ich dachte, ich lass dich noch etwas schlafen», sagte er, und etwas leiser, mit einem Seitenblick auf die Magd, die das Geschirr hinaustrug: «Du musst dich daran gewöhnen, dass du hier Herrin bist.»

Catharina zuckte die Schultern. «Soll ich denn jetzt den ganzen Tag herumsitzen?»

«Kannst du es nicht einfach genießen, dein neues Leben als meine Ehefrau?»

Sie konnte sich nicht verkneifen, wegen der vergangenen Nacht zu sticheln. «In unserer Hochzeitsnacht hast du mir jedenfalls nicht viel Gelegenheit zum Genießen gegeben.»

Sie spürte seinen Unwillen.

«Gütiger Gott», brummte er. «Bist du etwa bisher nicht auf deine Kosten gekommen?»

War sie das? Versöhnlich nahm sie seine Hand.

«Sei nicht böse, es war nicht so gemeint. Zeigst du mir jetzt das Haus?»

Bisher hatte sie nur einen Bruchteil des Bantzer'schen Anwesens kennen gelernt, und sie kam aus dem Staunen über den Platz und die Bequemlichkeit des Hauses nicht mehr heraus. Im Erdgeschoss befanden sich gleich neben dem Durchgang zum Hof ein Lager- und ein Verkaufsraum. Durch den Verkaufsraum gelangte man in eine Art Kontor, ein winziges Zimmer, das voll gestopft war mit Papieren und schweren Büchern. Am Stehpult stand ein hagerer, etwas krumm gewachsener Mann mittleren Alters, dem die strähnigen Haare fettig ins Gesicht hingen.

«Das ist Hartmann Siferlin», stellte Michael ihr den Mann vor, der zu ihrer Begrüßung stumm mit dem Kopf nickte und sich dann wieder in seine Schreibarbeit vertiefte. «Er war gestern nur kurze Zeit auf dem Fest, wahrscheinlich erinnerst du dich nicht. Er führt nicht nur die Rechnungs- und Haushaltsbücher, sondern hat auch den Umbau in der Werkstatt mitgeplant. Er ist sozusagen meine rechte Hand, ohne ihn geht nichts.» Obwohl der letzte Satz ein großes Lob bedeutete, zeigte Siferlin keine Regung.

Sie verließen das Kontor durch eine Hintertür und standen in einem schmalen Stiegenhaus, in das nur wenig Licht durch kleine unverglaste Luken fiel.

«Das ist die Stiege für das Personal. Als junger Bursche hab ich sie häufiger benutzt als die Haupttreppe.»

«Und was ist das für eine niedrige Tür dort?»

Michael öffnete die Tür. «Die Badstube. Die kennst du bereits.»

Catharina schaute noch einmal kurz in den ganz mit Holz verkleideten Raum, von dem sie am Vortag so begeistert gewesen war. Bis zu ihrer Hochzeit hatte sie nicht gewusst, dass es Häuser mit eigenem Baderaum gab. In dem in die Mauer eingelassenen Kamin wurde das Wasser erhitzt und dann in den kreisrunden Holzbottich gefüllt. Von ihrem gestrigen Bad strömte die Stube immer noch Feuchtigkeit und Wärme aus.

Sie gingen die enge Stiege hinauf und gelangten von dort in die Küche. An einem riesigen klobigen Tisch saß die Köchin und schnitt Gemüse. Sie hatte ein gutmütiges Gesicht mit Grübchen in den dicken Wangen und lächelte erfreut, als sie eintraten.

«Barbara ist die beste Köchin Freiburgs. Sie verdient es eigentlich, im Roten Bären zu kochen statt in unserem bescheidenen Haushalt.» Michael kniff sie in den fleischigen Unterarm.

«Na, na», sagte sie nur, und es war unklar, ob sie damit Michaels Kompliment oder seine Berührung meinte. Neben dem Herdfeuer stand eine Anrichte mit Kesseln, Töpfen und Pfannen, alles aus bestem Gusseisen, darüber hingen von einem Wandbord die verschiedensten Koch- und Backwerkzeuge. Catharina erkannte auf den ersten Blick, dass diese Küche besser ausgestattet war als die des Lehener Gasthauses.

«Komm, ich zeige dir den ganzen Stolz meines Vaters.» Er nahm Catharina beim Arm und führte sie durch den Esssaal zu einer prächtigen messingbeschlagenen Tür, die ihr bisher noch gar nicht aufgefallen war. Sie betraten einen gemütlichen holzgetäfelten Raum. In einem Lehnstuhl, demselben, den man gestern für den Priester in den Hof geschleppt hatte, saß der alte Bantzer und las. Er erhob sich langsam und legte den Arm um Catharina.

«Guten Morgen, meine Liebe, oder besser: guten Tag, denn es ist schon reichlich spät. Ich hoffe, du hattest eine wunderbare Hochzeitsnacht in deinem neuen Heim.»

Dabei zwinkerte er albern seinem Sohn zu.

«Danke, ich habe herrlich geschlafen», gab Catharina ernst zurück.

Michael sah aus dem Fenster und beobachtete die Aufräumarbeiten im Hof.

«Meine Güte, die Kerle da unten bewegen sich, als würden sie schlafwandeln. Ich muss gleich nochmal hinunter.»

«Schick doch Hartmann», lächelte Michaels Vater. «Kümmere du dich lieber noch ein bisschen um deine hübsche Frau.»

Das Verhalten des Alten ihr gegenüber missfiel Catharina zusehends. Sie wandte sich zur Seite. Vor ihr erhob sich ein breites Regal, das vom Boden bis zur Decke mit Büchern bestückt war. So viele Bücher auf einmal hatte sie noch nie gesehen.

«Darf ich mir die einmal in Ruhe ansehen?» Sie strich vorsichtig über die prächtigen Ledereinbände.

Der alte Bantzer stellte sich neben sie. «Natürlich – solange du keine Seiten herausreißt.»

«Vater, Catharina kann lesen.»

«Ach ja? Umso besser, schadet schließlich nichts, wenn Frauen ein bisschen Bildung haben. Solange die anderen Fähigkeiten nicht darunter leiden.»

Dann setzte er sich mit seinem Buch wieder in den Lehnstuhl.

Sie gingen weiter das Treppenhaus nach oben, wo sich die Schlafkammern befanden.

«Neben unserem Zimmer ist die ehemalige Kammer meiner Schwester. Sie steht jetzt leer. Dahinter schläft mein Vater, und hinter unserer Kammer ist noch ein Raum, wo manchmal Gäste übernachten.» Sie durchquerten die kleinen Kammern, wo die Hochzeitsgeschenke gestapelt waren, und standen schließlich wieder auf der dunklen Holzstiege für das Dienstpersonal.

«Bleib hier», sagte er und hielt sie am Arm fest, als sie die Stiege zum Dachboden hinaufklettern wollte. «Da oben gibt es nichts zu sehen, nur Gerümpel und die Kammern von Gertrud und Barbara.»

Sie zeigte auf die Aborttür neben dem Aufgang zum Dachboden. «Stimmt es, dass die beiden Frauen den Abort im Hof benutzen müssen?»

Statt einer Antwort küsste er sie in den Nacken.

«Was für ein unnütz weiter Weg. Ehrlich, Michael, mich würde es nicht stören, wenn …»

Er küsste sie auf den Mund und ließ seine Hand unter ihren Rock gleiten.

«Kümmere dich nicht so viel um das Dienstpersonal, es gibt Wichtigeres.»

Er hob sie hoch und trug sie auf das Bett ihres Schlafzimmers. Ein wohliger Schauer durchfuhr Catharina, als er ihr das Kleid hochschob und die Innenseite ihrer Schenkel küsste, erst sanft, dann immer nachdrücklicher. Das Spiel seiner Lippen und seiner Finger entfachten eine Lust, die ihren ganzen Körper zum Glühen brachte. Bitte lass ihn nicht aufhören damit, dachte sie und stöhnte auf, als sich ihr Unterleib plötzlich in heftigen Wellen wieder und wieder zusammenzog. Erst nachdem Michael längst in sie eingedrungen war und seine Stöße schneller wurden, ebbte dieses berauschende Gefühl ab. Dann kam auch er, und mit einem heftigen Aufschrei sank er auf sie nieder.

«Es war wunderschön», flüsterte sie und küsste seine Hand, die ihr eben noch so viel Vergnügen bereitet hatte.

«Du sollst doch zufrieden sein mit deinem Mann», gab er lächelnd zurück. Dann stand er auf und ging an den Waschtisch, wo er sorgfältig Hände und Geschlecht reinigte.

«Führst du mich gleich noch durch die Werkstatt?»

«Ein andermal. Dort herrscht noch solch ein Durcheinander, du würdest einen ganz falschen Eindruck bekommen. Schau dir erst einmal die Geschenke an. Du wirst staunen, es sind richtige Schätze dabei.»

«Ach, daran liegt mir nicht viel. Versprichst du mir, dass wir bald einmal nach Italien reisen?»

«Versprochen!»

Sie kuschelte sich wohlig in das warme Kissen. «Was für ein riesiges Haus wir bewohnen.»

Er grinste breit. «Ich gebe mir alle Mühe, es mit vielen Kindern zu bevölkern.»

Trotz gelegentlicher Anfälle von Dickköpfigkeit war Anpassungsfähigkeit eine von Catharinas hervorstechendsten Eigenschaften. Immer, wenn sich ihre Lebenssituation grundlegend geändert hatte, fand sie sich ohne große Mühe in die neuen Gegebenheiten ein. Zumindest war das bisher so gewesen, doch jetzt beschlichen sie Zweifel, ob sie sich jemals an dieses neue Leben gewöhnen würde. Der Alltag in dieser angesehenen und wohlhabenden Bürgersfamilie erschien ihr fremdartiger, als es das Leben einer Magd auf einem Einödhof im Schwarzwald gewesen wäre. Jedenfalls dachte sie das, als sie in den ersten Tagen Haus und Hof noch einmal auf eigene Faust erkundete. Der alte Bantzer war für eine Woche verreist, und Michael arbeitete ohne Unterlass, da die Umbauarbeiten in der Werkstatt bis Monatsende abgeschlossen sein sollten. So schlenderte sie durch die blank geputzten Zimmer und Kammern, zog Schubladen auf und öffnete Schranktüren. Sie bemerkte, wie sie bei ihren Erkundigungen von den misstrauischen Blicken des Hausmädchens verfolgt wurde.

«Hat eigentlich mal jemand gezählt, wie viele Zinnteller und Leuchter und Schüsseln es hier im Haus gibt?»

Nur widerwillig, das spürte Catharina, gab Gertrud Auskunft.

«Als die werte Herrin, Gott hab sie selig, gestorben war, wurde ein Inventar erstellt. Aber jetzt ist durch Eure Hochzeit ja wieder einiges hinzugekommen.»

«Dann werden wir uns nächste Woche einmal zusammensetzen und ein neues erstellen.»

Kaum hatte Catharina den Satz ausgesprochen, wunderte sie sich selbst über ihren Vorschlag. Ihre neuen Besitztümer interessierten sie eigentlich überhaupt nicht, nur verspürte sie plötzlich den Drang, irgendeine Aufgabe zu übernehmen und nicht alles dieser mürrischen Frau zu überlassen. Sie ließ Gertrud ohne ein weiteres Wort stehen und beschloss, sich Bantzers Bücher anzusehen. Enttäuscht stellte sie fest, dass die Tür zum Bücherkabinett verschlossen war. Vielleicht hatte Michael einen Schlüssel.

Als sie das Tor zur Werkstatt öffnete, schlug ihr beißende Hitze entgegen. Etwa zehn Männer standen an den Werkbänken oder an einer der beiden offenen Feuerstellen. Sie arbeiteten an einem zweiflügeligen Eisentor. Catharina wusste von Michael, dass es sich um einen großen Auftrag für das Archiv des Kaufhauses handelte. Das leise metallische Hämmern, das man im Haus den ganzen Tag über hörte, wurde hier zu ohrenbetäubendem Lärm, und die Männer konnten sich nur schreiend verständigen. Michael war nicht zu sehen. Sie ging nach nebenan in das Material- und Werkzeuglager, wo es etwas ruhiger zuging. Ein junger Mann, schlank und nur wenig älter als sie, packte eine Kiste mit Eisenplatten aus.

«Ihr sucht sicher Euren Mann. Er ist drüben im Kaufhaus.» Der Mann wischte sich die Hände an der Lederschürze ab und reichte ihr seine Rechte, an der der Zeigefinger fehlte. Er hatte ein offenes Gesicht mit strahlenden Augen, von denen eines braun, eines tiefblau war.

«Wir haben uns zwar beim Hochzeitsfest schon kurz gesehen, aber ich denke, ich sollte mich noch einmal vorstellen. Ich bin Benedikt Hofer, seit vielen Jahren Bantzers Geselle.»

Catharina war völlig gebannt von seinen Augen.

«Wisst Ihr, ob mein Mann länger ausbleibt?»

«Ich denke, er wird gegen Mittag zurück sein.»

Sie bedankte sich und ging hinaus in den Hof, wo sie sich für einen Moment an den Brunnenrand lehnte. Nach der Hitze in der Werkstatt musste sie erst einmal Luft schnappen. Plötzlich hatte sie das Gefühl, beobachtet zu werden. Verunsichert sah sie sich um, aber der Hof war leer. Dann sah sie einen Schatten am Fenster des Kontors, der gleich wieder verschwand. Sie ging ins Haus zurück.

«Ihr solltet als Frau nicht allein in die Werkstatt. Das ist zu gefährlich.»

Catharina fuhr herum. Sie hatte Hartmann Siferlin nicht kommen hören. Für einen Mann hatte er eine unangenehm hohe und dünne Stimme. Doch mehr noch überraschte sie die Kälte, die von ihm ausging, eine spürbare Kälte, die sie frösteln ließ, als hätte sie einen Keller betreten.

«Danke für den Hinweis, aber ich denke, es gibt gefährlichere Orte für eine Frau», sagte sie und ging die Treppe hinauf.

Beim Mittagessen fragte Catharina Michael nach dem Schlüssel für die Bibliothek, doch er hatte auch keinen.

«Ich finde es unerhört, dass dein Vater die Bibliothek abschließt, wenn er weg ist.»

«Du musst ihn verstehen. Es sind sehr wertvolle Bände darunter.»

«Und ich könnte sie stehlen?»

«Unsinn, du natürlich nicht. Wenn du willst, frage ich ihn, ob wir einen Schlüssel nachmachen können.»

Catharina ärgerte sich ein wenig, dass Michael nicht allein darüber entscheiden konnte. So ehrgeizig und erfolgreich er sonst war, benahm er sich seinem Vater gegenüber wie ein Kind.

Catharina stellte bald fest, dass ihrer Selbständigkeit Schranken gesetzt wurden. Sie deutete nach der Hochzeit an, dass sie wieder im Gasthaus helfen wollte, zumindest so lange, bis die Wirtsleute einen Ersatz für sie gefunden hätten. Als Michael das hörte, wurde er so wütend, wie sie ihn noch nie erlebt hatte.

«Meinst du, ich mache mich zum Gespött der Leute? Eine Bantzerin als Schankfrau – ich glaube, du bist vollkommen verrückt geworden!»

Sie erfuhr, dass er schon Tage vor der Hochzeit mit Berthold

166

und Mechtild alles Nötige abgesprochen und ihnen eine Abfindung für ihr Ausscheiden gezahlt hatte. Auch davon hatte sie wieder einmal nichts gewusst.

Als Nächstes geriet sie mit dem Hausmädchen aneinander. Catharina war es nicht gewohnt, bedient zu werden, und so war es für sie nur selbstverständlich, ihr Zimmer selbst in Ordnung zu halten oder das Geschirr in die Küche zu tragen. Einmal verschüttete sie beim Frühstück Milch auf den Boden und kroch unter den Tisch, um die Lache aufzuwischen.

«Ich sehe», hörte sie Gertruds Stimme über sich, «dass ich hier langsam überflüssig werde. Dann kann ich ja meine Stellung aufkündigen.»

Catharina entschuldigte sich und versuchte ihr zu erklären, dass sie sich keineswegs in ihren Zuständigkeitsbereich einmischen wolle, aber es half nichts: Von diesem Moment an wurde ihr Verhältnis noch frostiger.

Abends im Bett beklagte sie sich bei Michael.

«Ich wohne hier in einem goldenen Käfig. Diese Gertrud behandelt mich wie einen hergelaufenen Eindringling, du hast Arbeit bis zum Hals und ich soll den ganzen Tag Däumchen drehen.»

«Warte nur ab, bis wir Kinder bekommen. Dann hast du genug Aufgaben.» Er drehte sich zur Seite und gähnte. «Und mit Gertrud werde ich morgen reden.»

Doch Michael schob das Gespräch mit dem Hausmädchen immer wieder hinaus, und es änderte sich zunächst nichts. Catharina machte eine völlig neue Erfahrung: Sie langweilte sich und fühlte sich oft allein. Manchmal war sie nahe daran, Moses zu sich zu holen, verwarf den Gedanken aber wieder, denn der Hund wäre den ganzen Tag im Hof eingesperrt. Die einzigen Lichtblicke waren Lenes Besuche und der tägliche Gang über den Markt. Das Einkaufen der Lebensmittel ließ sie sich von

Gertrud nicht nehmen: Sie liebte es, zwischen den Buden und Ständen zu schlendern, die je nach Jahreszeit mit dem ganzen Reichtum aus den Flüssen, Feldern und Gärten der Umgebung bestückt waren, zwischen den Gerüchen nach Fisch, frischem Brot oder Gewürzen, hier ein Schwätzchen, dort ein Schwätzchen haltend und ganz nach eigenem Gutdünken zu entscheiden, welches Obst oder Gemüse oder Fleisch im Hause Bantzer auf dem Küchentisch landen würde. Was daraus letztlich zubereitet wurde, überließ sie nach wie vor der Köchin.

Gleich bei ihrem zweiten oder dritten Marktgang traf sie Mechtild vom Schneckenwirtshaus. Sie sah müde aus, strahlte aber, als sie Catharina erblickte.

«Schön, dich zu sehen, du fehlst uns sehr.»

Catharina seufzte. «Ich würde so gern bei euch weiter arbeiten, wenigstens ab und zu. Aber mein Mann ist dagegen, wie ihr wisst. Er hat mich euch ja regelrecht abgekauft.»

«Na ja, ein bisschen kann ich ihn verstehen. Eine Schankstube ist nicht mehr die rechte Umgebung für dich.»

Als Catharina nach Berthold fragte, stieg der Wirtsfrau eine leichte Röte ins Gesicht.

«Stell dir vor, er ist seit vorgestern im Turm, für fünf Tage ‹gefänglich eingesetzt›, wie es in der Amtssprache heißt. Das war eine schöne Aufregung!»

Sie erzählte, dass Berthold einen Stammgast, der in der Predigervorstadt wohnte, in der Schankstube hatte übernachten lassen, weil er nach einem Streit mit seiner Frau sturzbetrunken gewesen war. Irgendwer hatte diesen Gast dann zu früher Morgenstunde angeblich mit einem Mädchen herauskommen sehen und das sofort an die Stadtwächter weitergetragen. Ob das der Wahrheit entsprach, war nicht zu beweisen, in jedem Fall aber hatte Berthold Unrecht begangen, denn ein Erlass zum Schutz vor Kuppelei verbot es den Wirtsleuten, Bürger, die eine eigene Wohnung in der Stadt hatten, zu beherbergen.

«Und wie geht es ihm jetzt?»

Mechtild musste lachen. «Weißt du, er kennt den Turmwärter gut, und sie sind den ganzen Tag am Würfeln und Kartenspielen. Erzähl das aber nicht weiter.»

Beim Abschied versprach Catharina, sie bald einmal zu besuchen.

Lenes Besuche hingegen wurden im Laufe des Herbstes immer seltener. Erst nach Wochen erfuhr Catharina den Grund dafür: Ihre Base hatte einen Mann gefunden. Dieses Mal war es wohl keine Spielerei. Dass der Auserwählte kein Bursche aus dem Dorf war, sondern ein Hauptmann in habsburgischen Diensten, passte zu Lene.

«Raimund ist einfach ein Wunder von einem Mann», schwärmte sie. «Er sieht nicht nur gut aus – du müsstest ihn mal in seiner Festtagsuniform sehen –, sondern hat auch Hirn im Kopf. Und er weiß, was er will. Er ist gerade erst zum Truppenführer ernannt worden. Dummerweise ist er in Ensisheim stationiert.»

«Werdet ihr heiraten?»

«Ja natürlich. In zwei Wochen schon.»

«Und dann?» Eigentlich war diese Frage überflüssig, denn Catharina ahnte die Antwort.

«Dann werde ich zu ihm nach Ensisheim ziehen.»

Ensisheim war Sitz der vorderösterreichischen Regierung und für Catharina so weit weg wie die Neue Welt, von der ihr Vater immer erzählt hatte. Sie kämpfte mit den Tränen. Wenn sie auch längst nicht mehr so viel zusammen waren wie zu Lehener Zeiten, so war Lene doch ihre einzige Freundin und Vertraute.

«Bist du denn schwanger, dass ihr so schnell heiratet?»

«Bis jetzt hoffentlich noch nicht. Aber er ist ein richtiger Bock, und wann immer es geht –» Sie unterbrach sich und lachte. «Das kennst du ja sicher, dein Mann wirkt auch nicht gerade wie ein Siebenschläfer.»

Catharina zuckte zusammen. Lene lag mit ihrer Vermutung völlig falsch. Fast drei Monate war sie schon verheiratet, und es schien, dass Michael jetzt, wo sie seine Frau war, kein Interesse mehr an ihr hatte. Seit jenem Morgen nach der Hochzeit hatten sie erst zweimal miteinander geschlafen, und für Catharina war es keine Erfüllung gewesen, denn er hatte anscheinend vergessen, welche Berührungen ihr Lust bereiteten. Zunächst hatte sie es seiner Erschöpfung durch die viele Arbeit zugeschrieben, aber inzwischen war der Umbau in der Werkstatt abgeschlossen, und Michael fand wieder Zeit, sich mit Bekannten zu treffen oder Zunftversammlungen zu besuchen. Catharina fühlte sich vernachlässigt, obwohl sie ansonsten keinen Grund zum Klagen hatte: Er behandelte sie, von kleinen Streitereien hin und wieder abgesehen, liebevoll und zuvorkommend und machte ihr keine Vorschriften über die täglichen Ausgaben und Einkäufe. Manchmal, vor allem wenn Gäste da waren und er ein bisschen getrunken hatte, konnte er sogar richtig verliebt wirken. An solchen Abenden hoffte sie darauf, dass er sich ihr näherte, aber nach dem üblichen Gutenachtkuss legte er sich auf die Seite und schlief sofort ein. Danach blieb sie oft lange wach und überlegte, was sie womöglich falsch machte.

Catharina überwand ihre alte Schüchternheit in diesen Dingen und fragte Lene um Rat.

«Ach, Cathi.» Sie schien sichtlich enttäuscht über Catharinas Schilderung. «Und ich dachte, dieser Mann macht dich glücklich.»

Dann fragte sie in ihrer direkten Art, ob Michael vielleicht eine Geliebte habe.

Catharina schüttelte den Kopf.

«Ich glaube nicht. Das hätte ich gemerkt.»

«Vielleicht solltest du ihn im Bett ein bisschen mehr reizen.

Manche Männer mögen es, wenn die Frau die Zügel in die Hand nimmt.»

Catharina war der Meinung, dass sich der Reiz zwischen Mann und Frau in geschlechtlichen Dingen von ganz allein entwickeln sollte, und der Gedanke, einen Mann willentlich zu verführen, war ihr fast peinlich. Dennoch machte sie sich an diesem Abend besonders hübsch, zog ein frisches, mit Spitzen besetztes Nachthemd an und kuschelte sich von hinten an Michael, nachdem sich dieser wie gewohnt zum Einschlafen auf die Seite gedreht hatte. Vorsichtig strich sie ihm über Schenkel und Bauch und nahm dann sein Glied in die Hand, das unter ihren Berührungen rasch größer wurde.

«Dich hat ja heute der Hafer gestochen», lachte er – ein Lachen, das sie eher befremdete als freute. Aber sie hatte Erfolg: Er drehte sich zu ihr um, fasste ihre beiden Handgelenke und legte sich der Länge nach auf sie.

«So gefällt mir das», stöhnte er und drang in sie ein. Nach wenigen Stößen kam er. Mit einem befriedigten Grunzen rutschte er von ihr herunter und schlief ein.

Catharina schlüpfte unter die Decke. Zweifelnd fragte sie sich, ob es wirklich das war, was sie wollte. Aber vielleicht war sie in diesen Dingen einfach zu ungeduldig.

14

Der Winter schien endlos, und Catharina vermisste ihre Base sehr. Kurz vor Weihnachten heiratete Lene wie angekündigt ihren Hauptmann in Ensisheim, von ihrer Familie hatten nur Christoph und Marthe den weiten Weg ins Elsass auf sich genommen. Die Reise musste eine einzige Strapaze gewesen sein, mit Wolkenbrüchen und Erdrutschen, aber dafür hatten sie ein prachtvolles Hochzeitsfest und eine strahlende, ausgelassene Lene erlebt. Catharina wünschte ihr von ganzem Herzen, dass sie glücklich werden möge, glücklicher, als sie es mit Michael war.

Ihre Taktik der Annäherung abends im Bett hatte nicht lange Früchte getragen. Schon nach wenigen Wochen erlahmte Michaels Interesse an ihr wieder, und es kam sogar vor, dass er, wenn er spät zu Bett ging, in der ehemaligen Kammer seiner Schwester schlief. Er wolle sie nicht wecken, hatte er ihr beim ersten Mal erklärt.

Eines Abends im Januar hatten sie im Kreise der Gesellen ein kleines Festessen gegeben, da die Männer einen wichtigen Auftrag rechtzeitig zu Ende gebracht und dafür einen unvorhergesehen hohen Erlös erzielt hatten. Der alte Bantzer und Michael waren bester Laune, was sich im Laufe des Abends auf Catharina übertrug. Lustige Schwänke machten die Runde, Neckereien flogen hin und her, bis Catharina feststellte, dass es Benedikt Hofer war, mit dem sie die meiste Zeit scherzte. Benedikt erinnerte sie immer häufiger an Christoph, auch in seiner Art von Humor. Als sie zu Bett gingen, bekam Catharina große Lust, mit Michael zu schlafen, doch er reagierte nicht auf ihre Umarmung. Plötzlich schob er ihre tastende Hand fast gewaltsam zur Seite und herrschte sie an, sie solle ihn gefälligst schlafen lassen. Catharina war entsetzt. Obwohl er sich am nächsten Morgen entschuldigte – «Tut mir Leid, ich war wohl ein wenig betrunken» –, hatte sein Verhalten ihrer Seele einen Riss versetzt. Sie kam sich vor wie eine zurückgewiesene Dirne und war froh, als er die nächsten Tage in der Nachbarkammer schlief.

Trotz der Wärme, die die Kamine und der Kachelofen verbreiteten, erschien Catharina das Haus kalt und freudlos. Sie langweilte sich mehr denn je und dachte mit Wehmut an die Wintertage in Lehen zurück, an denen die Bäume ihre kahlen Arme in den blauen Himmel gereckt hatten und die Sonne die verschneiten Flächen wie Kristall glitzern ließ. Hier in der Stadt verwandelte sich der Schnee binnen kürzester Zeit in schmutzigen Matsch, der ihr jeden Gang durch die Gassen verleidete.

Die langen Abende verbrachte sie jetzt oft im Bücherkabinett. Der Alte hatte ihr anstandslos einen Schlüssel machen lassen mit der Bitte, den Raum immer abzuschließen und die Bücher wieder an ihren Standort zurückzustellen. Mit einer Öllampe neben sich machte sie es sich in dem schweren Lehnstuhl bequem und blätterte in den Büchern.

Gleich in Augenhöhe standen ein paar lateinische Schriften, und sie fragte sich, wer in dieser Familie so gut Latein konnte. Sie selbst verstand davon kein Wort, und auch die Namen der Schreiber sagten ihr nichts, bis auf Erasmus von Rotterdam, von dem sie wusste, dass er ein berühmter Gelehrter war und einige Jahre in Freiburg gewohnt hatte. Abgesehen von Meisterliedern der Singschulen in Mainz und Nürnberg, einer ziemlich neuen Fassung von Reineke Fuchs sowie zwei Bänden mit Fastnachtsspielen von Hans Sachs waren die übrigen Regale in der Hauptsache mit Ratgebern für Haus, Familie und Gesundheit besetzt.

Die Fastnachtsspiele las sie als Erstes, besser gesagt: verschlang sie, und sie musste sich dazu zwingen, nicht schon vormittags das Bücherkabinett aufzuschließen. Anschließend durchstöberte sie die braven Ratgeber für Hausväter. Neben ihrer Meinung nach ziemlich dummen Sprüchen wie «Weiberregiment nimmt kein gutes End» und ärgerlichen Charakterisierungen des weiblichen Wesens fand sie auch bemerkenswerte Ausführungen zur Aufgabenverteilung im Haushalt und zu Liebe und Partnerschaft. Natürlich waren alle diese Schriften von Männern verfasst, die allein das Recht für sich in Anspruch nahmen, die Aufgaben der einzelnen Familienmitglieder und des Gesindes festzulegen, und umso mehr wunderte sie sich, dass der Frau hin und wieder Eigenständigkeit und Verstand zugebilligt wurden.

Wie gern hätte sie sich mit jemandem über das Gelesene unterhalten, aber Lene war weit weg, Michael konnte nicht verstehen, dass eine Frau sich stundenlang mit Büchern beschäftigte, und dem alten Bantzer ging sie, soweit es möglich war, aus dem Weg. Und Christoph? Sie redete sich ein, dass er keine Bedeutung mehr für sie besaß.

An Ostern kam es zum endgültigen Bruch mit dem Hausmädchen, und damit sollte sich für Catharina einiges verändern. Für Sonntag waren wichtige Gäste aus der Zunft und dem Magistrat zum Essen geladen, und Catharina stand in der Küche, um mit der Köchin Barbara die Speisenfolge zu besprechen. Da fiel ihr Blick auf das aufgeschlagene Haushaltsbuch, in dem Gertrud die täglichen Ausgaben festhielt. Das Hausmädchen erhielt von Michael wöchentlich eine feste Summe für ihre und Barbaras Einkäufe und rechnete am Ende der Woche mit ihm ab. Catharina führte ihrerseits ein eigenes Ausgabenbuch, was sie unsinnig fand, da am Monatsende beide Bücher zusammen geführt werden mussten.

«Wo gibt's denn so was, dass ein Dienstmädchen selbst Buch darüber führt, was sie ausgibt?», schimpfte sie irgendwann. Achselzuckend hatte Michael ihr daraufhin erklärt, dass das früher Aufgabe seiner Mutter gewesen war, die aber dazu, nachdem sie krank wurde, nicht mehr in der Lage war. Weder er noch sein Vater hätten Zeit für solche Dinge, und so schien ihnen Gertrud am geeignetsten. «Sie ist schließlich keine gemeine Magd, sondern hat ein bisschen lesen und schreiben gelernt und steht schon ihr Leben lang in unseren Diensten.»

Neugierig schaute sie sich jetzt Gertruds letzte Eintragungen an und sah sofort, dass der letzte Posten nicht stimmen konnte. Unter dem gestrigen Tag stand mit ungelenken Buchstaben: «Fisch, 15 PF». Zufällig war Catharina aber an diesem Morgen beim Fischhändler vorbeigekommen und hatte einen begehrlichen Blick auf die riesigen Forellen geworfen. Der Händler hatte gelacht: «Da habt Ihr wohl dieselbe Idee wie Eure Köchin. Vor gerade einer Stunde habe ich ihr ein Prachtexemplar für nur zehn Pfennige verkauft.»

Catharina schaute der Köchin fest ins Gesicht und fragte: «Wie viel hast du heute Morgen für die Forelle bezahlt?»

«Na, zehn Pfennige, ein sehr günstiges Angebot.»

«Hast du sonst noch etwas beim Fischhändler gekauft?»

«Nein, das war alles.»

«Und warum hat Gertrud dann fünfzehn Pfennige eingetragen?»

Catharina glaubte nicht, dass die Köchin in die eigene Tasche wirtschaftete, obwohl Barbara jetzt rot anlief, denn sie begann zu ahnen, worum es ging. Gertrud wurde hereingerufen, und Catharina zeigte auf die Eintragung.

«Wieso stehen hier fünfzehn Pfennige, wenn die Forelle nur zehn gekostet hat?»

«Wenn Barbara Einkäufe macht, schreibe ich genau den Betrag auf, den sie mir nennt», erwiderte Gertrud patzig. Und nach einer kurzen Pause: «Ich will ihr ja nichts unterstellen – vielleicht hat sie sich versprochen.»

Die Köchin ballte die Fäuste vor Wut, versuchte aber, sich zu beherrschen.

«Ich weiß, dass mein Wort weniger gilt als deins, aber ich schwöre bei Gott, unserem Herrn, dass ich dir noch nie einen falschen Betrag genannt habe.»

«Ach», Gertrud lachte höhnisch auf und tippte der Köchin mit ihrem Zeigefinger auf die Brust. Ihre Hand war behaart wie die eines Mannes. «Wieso kannst du dir dann dieses vornehme rote Seidentuch leisten, mit dem du neuerdings ausgehst?»

Bevor Barbara etwas erwidern konnte, stellte sich Catharina dicht vor dem Hausmädchen auf. Sie hatte jetzt endgültig die Nase voll von Gertruds hochnäsigem und herrschsüchtigem Wesen.

«Es steht Aussage gegen Aussage, keinem von euch beiden ist etwas zu beweisen. Mag sein, dass es sich tatsächlich nur um einen Irrtum handelt, aber dass du Barbara beschuldigst – und du weißt genau, wie hart Betrug bestraft wird –, ist eine Unverschämtheit. Das Seidentuch hat sie im Übrigen von mir geschenkt bekommen.»

Das stimmte nicht, aber Catharina war sich sicher, dass die Köchin es von einem Verehrer geschenkt bekommen hatte. Gertrud war bei ihren Worten kreidebleich geworden.

«Ich lasse mich von Euch nicht beleidigen, von einer – einer ehemaligen Schankfrau!»

«Jetzt reicht's. Du bist entlassen.»

«Ich wollte sowieso gehen.» Sie band ihre Schürze ab und warf sie wütend auf den Boden.

Beim Mittagsessen tadelte der alte Bantzer Catharina.

«Kind, was hast du da angerichtet? Gertrud war immer eine zuverlässige Kraft. Du hättest es nicht zu einem Streit kommen lassen dürfen, das ist unter der Würde einer Hausherrin, wenn du verstehst, was ich meine.» Er hatte Gertrud mit viel Mühe und einer großzügigen Abfindung überreden können, wegen des bevorstehenden Festessens erst nach Ostern zu gehen.

Zum ersten Mal erlebte Catharina, dass Michael Stellung gegen seinen Vater bezog.

«Ich glaube, dass Catharina recht gehandelt hat. Es geht nicht, dass ein Dienstmädchen seinen Herrschaften auf der Nase herumtanzt. Und das tut Gertrud seit geraumer Zeit. Wir werden uns eben nach einem neuen Mädchen umsehen.»

Gleich am Morgen nach Ostern verschwand Gertrud, ohne sich zu verabschieden. Catharina hatte nun alle Hände voll zu tun, mit Hilfe der Köchin das große Haus in Schuss zu halten. Dabei blühte sie regelrecht auf und fand zu ihrer alten Tatkraft zurück. Auch Barbara arbeitete ohne Murren von frühmorgens bis spät in die Nacht.

Zwei Wochen nach Gertruds Kündigung – Michael war zu einer längeren Unterredung in der Ratskanzlei – ließ die Köchin Catharina ausrichten, der alte Herr erwarte sie zu einem Gespräch im Bücherkabinett. Catharina runzelte die Stirn. Was hatte das zu bedeuten?

Bantzer stand am Lehnstuhl, auf dem Tischchen neben sich eine offene Flasche Portwein mit zwei Gläsern.

«Liebe Catharina, setz dich doch und trink einen Schluck mit mir. Ich habe etwas mit dir zu besprechen.»

Dankend winkte Catharina ab, als er ihr ein gefülltes Glas reichte. Daraufhin leerte er es selbst in einem Zug.

«Wir sollten jetzt endlich ein Mädchen einstellen, spätestens diese Woche. Es geht nicht, dass du dich den ganzen Tag so abrackerst. Ich weiß zwar deinen Einsatz zu schätzen, aber auf dich warten andere Aufgaben.»

Catharina wurde misstrauisch. Der Alte wollte doch sicherlich nicht über Dienstmädchen mit ihr reden, das waren Dinge, die sie offen bei Tisch besprachen. Er füllte sich Wein nach.

«Wie lange seid ihr nun schon verheiratet?»

Catharina musste nachrechnen, denn es kam ihr unendlich lange vor.

«Sieben Monate sind es.»

«Sieben Monate, so, so.» Er nahm einen tiefen Schluck. «Ich will ja nicht wissen, wie euer Eheleben nachts verläuft, das geht mich nichts an, aber es wundert mich doch, dass du noch nicht guter Hoffnung bist. Oder bist du es gar?»

Jetzt war die Katze aus dem Sack.

«Nein, bin ich nicht. Hat sich Michael etwa bei Euch beschwert?»

«Natürlich nicht, meine Liebe.» Dann dozierte er in aller Ausführlichkeit über die Rolle einer Ehefrau im Allgemeinen und insbesondere in einer Familie wie der seinen. Catharina sah gelangweilt aus dem Fenster. Unten lief Benedikt über den Hof.

Als er sie am Fenster stehen sah, winkte er ihr fröhlich zu. Da erstarrte sie. Der Alte stand dicht hinter ihr und drückte ihr einen Kuss auf den Nacken. Sie fuhr herum.

«Er vernachlässigt dich, nicht wahr? Dabei bist du so eine schöne Frau. Diese Brüste –»

Mit bebenden Händen strich er über ihre Brüste. Auf seiner hängenden Unterlippe sammelte sich Speichel.

O Gott, was sollte sie bloß tun? Ihr Verstand sagte ihr, dass dieser tattrige alte Mann ihr nichts anhaben konnte, aber die alte Angst stieg in ihr hoch und lähmte sie. Er drückte sie an sich. Entsetzt beobachtete sie, wie er mit einer Hand seine Hose öffnete. Angeekelt schloss sie die Augen. Ihr schwindelte. Sie sah die Bretterwände der alten Hütte in der Lehmgrube vor sich, draußen bellte wütend Moses. Jemand hämmerte gegen die Hütte – Lene! Lene, bitte hilf mir! Es klopfte wieder, und sie kam erst wieder zu sich, als Bantzer «Einen Moment» rief und hastig seine Hose zunestelte. Dann öffnete er die Tür. Benedikt stand draußen. Sie ließ sich in den Lehnstuhl sinken.

«Ihr Sohn bittet Sie, in die Ratskanzlei zu kommen, es gibt Unstimmigkeiten bei den Verhandlungen über den neuen Auftrag.»

«Danke, Benedikt. Kümmere dich bitte um Catharina, es geht ihr nicht gut.» Dann tätschelte er ihre Wange. «Du solltest nicht so viel arbeiten, mein Kind.»

Mit festen Schritten ging er hinaus.

«Soll ich Euch einen Becher Wasser holen?», fragte der Geselle.

Catharina nickte, und als Benedikt zurückkam, hatte sie sich wieder gefasst.

«Ist alles in Ordnung?», fragte er besorgt, mit einem Blick auf die halb volle Weinflasche.

«Ja, Benedikt, vielen Dank. Ihr könnt jetzt gehen.»

In der Tür drehte er sich noch einmal um.

«Wenn ich Euch irgendwie helfen kann – ich habe den Eindruck, dass ich gerade rechtzeitig gekommen bin.»

Dann ging er hinaus. Catharina starrte auf das Bücherregal. Eine Mischung aus Hass und Scham überflutete sie, und sie fragte sich, ob es nicht das Beste sei, ihre Sachen zu packen und dieses Haus zu verlassen. Was hatte Benedikt mitbekommen? Wie lange hatte er schon vor der Tür gestanden?

Sie machte sich in ihrem Zimmer ein wenig frisch und ging hinunter in die Werkstatt. Benedikt war allein im Lager, er schien sie erwartet zu haben. Mit seinen verschiedenfarbenen Augen sah er sie ernst an.

«Er hat sich Euch genähert, nicht wahr?»

Sie nickte: «Ich weiß nicht, was ich machen soll.»

«Es ist nicht das erste Mal, dass der Alte sich nicht beherrschen konnte. Barbaras Vorgängerin ist gegangen, weil er sie sich wieder und wieder gepackt hat – diesen geilen Bock sollte man an den Eiern aufhängen», fluchte er so leise, dass es Catharina eben noch verstehen konnte. Dann sah er sie fast flehentlich an: «Ihr müsst ihm klar machen, dass er nie wieder in Eure Nähe kommen darf, sonst …»

«Was sonst? Ich kann doch meinem Mann nicht davon erzählen. Sein eigener Vater!»

Benedikt überlegte.

«Wenn er Euch noch einmal anfassen will, sagt ihm, dass ich an der Tür gelauscht habe. Ich würde das auch vor Gericht bezeugen.»

«Dann verliert Ihr Eure Stellung.»

Er lächelte. «Wahrscheinlich. Aber das würde ich auf mich nehmen.»

Sie sah ihn forschend an. «Warum? Warum würdet Ihr das tun?»

«Um der Wahrheit willen. Und nicht nur deshalb.» Er zögerte. «Ich bin ein lediger Mann, ohne Familie. Ich kann jederzeit eine neue Stellung finden, wenn es sein muss, in einer anderen Stadt. Ihr aber seid fest eingebunden in dieses Haus, Ihr könnt nicht einfach davonlaufen. Der Alte muss wissen, dass er zu weit gegangen ist, und er soll Euch gefälligst in Ruhe lassen. Dafür würde ich meinen Kopf hinhalten, das verspreche ich Euch.»

Als sie den Lagerraum verließ, stieß sie beinahe mit Siferlin zusammen. Ärgerlich schob sie ihn zur Seite. Schnüffelte er etwa hinter ihr her?

Rechtzeitig zum Abendessen kamen die beiden Männer zurück. Michaels Vater tat, als sei nichts geschehen. Geiler, alter Bock, dachte Catharina mit Benedikts Worten. Als Michael kurz in der Küche verschwand, starrte sie den alten Bantzer verächtlich an, bis seine wässrigen Augen ihrem Blick auswichen und seine Hände zu zittern begannen. Da nahm sie sein Weinglas und schmetterte es zu Boden. Wie Blut breitete sich der Rotwein zwischen den Scherben aus.

«Nie wieder», zischte sie. «Habt Ihr verstanden?» Und als Michael eintrat: «Ich glaube, deinem Vater geht es nicht gut. Er sollte nicht so viel arbeiten.»

Dann erklärte sie den beiden Männern, dass sie selbst das künftige Hausmädchen aussuchen werde, da sie, Catharina, schließlich am meisten mit ihr zu tun haben werde. Zu ihrer Überraschung hatten weder Vater noch Sohn Einwände gegen diese Entscheidung, und was den Alten betraf, war sie sich jetzt sicher, dass sie Benedikts Hilfe nicht würde in Anspruch nehmen müssen. Sie hatte gewonnen.

Catharina stellte ein Mädchen namens Elsbeth ein. Sie war schon etwas älter, aber Catharina hatte ein sehr gutes Gefühl mit dieser Frau.

Barbara nahm Elsbeth in ihrer mütterlichen Art gleich unter die Fittiche, und die beiden verstanden sich auf Anhieb gut. Sie hatten dieselbe gutmütige Art, wenn auch Barbara um einiges temperamentvoller war. Michael und sein Vater schienen nicht so begeistert von Catharinas Wahl, aber der Alte wagte nichts mehr gegen Catharina zu sagen, und Michael wusste inzwischen, dass gegen manche Entscheidungen seiner Frau nur schwer anzugehen war.

Jetzt erst begann Catharina, sich zu Hause zu fühlen. In Absprache mit den Hausmägden übernahm sie bestimmte Bereiche wie Einkaufen, Erstellen des wöchentlichen Speiseplans oder die Führung des Haushaltsbuches und füllte damit ihre Tage aus. Sie kaufte einen Hahn und zehn Legehennen und errichtete ein Gehege in der Hofecke beim Waschhaus. Dabei entdeckte sie an der Rückfront des Waschhauses einen kleinen, halb verfallenen Lehmofen, den sie mit Hilfe von Benedikt und ein paar Arbeitern wieder instand setzte.

«Demnächst wirst du uns noch ein paar Kühe in die Werkstatt stellen, so wie du hier herumwirbelst», zog Michael sie auf. Er war froh, dass der Hausfrieden wieder hergestellt war und Catharina zu ihrer guten Laune zurückgefunden hatte. Ab und an kam er sogar abends in ihr Bett.

Nachdem der alte Ofen wieder funktionierte, backte sie zweimal die Woche Brot, Kuchen und Gebäck, wobei sie immer neue Rezepte ausprobierte. Manchmal brachte sie einen Teil des frischen, duftenden Backwerks in die Werkstatt hinunter, plauderte mit den Männern und lernte auf diese Weise nach und nach die Angestellten ihres Mannes kennen. Am liebsten unterhielt sie sich mit Benedikt. Sie erfuhr, dass er aus einer alten Schlosserfamilie stammte, aber schon mit sieben Jahren Vollwaise geworden und bei einem Zunftbruder seines Vaters aufgewachsen war. Er träumte von einer großen Familie mit vielen Kindern, konnte aber, wie es für Gesellen üblich war, erst heiraten, wenn er eine Meisterstelle hatte.

«Habt Ihr denn schon eine Frau im Auge?», fragte Catharina ihn neugierig.

«Ich wüsste schon eine, sie ist die wunderbarste Frau Freiburgs, aber leider vergeben. Außerdem schaut sie mehr nach ihren Hühnern als nach den Männern.»

Was für ein bezauberndes Lächeln er hat, dachte sie und spürte, wie sie verlegen wurde.

Mit Lesen verbrachte sie nur noch wenig Zeit. Zum einen saß meist der alte Bantzer in der Bibliothek, und sie vermied nach wie vor, ihm allein zu begegnen, zum anderen liebte sie es, mit Barbara und Elsbeth in der Küche zu sitzen und zu tratschen. Zum ersten Mal seit langem verspürte sie Zufriedenheit.

15

Im Herbst des Jahres 1570, zwei Jahre nach Catharinas Hochzeit, begann die große Teuerung. Vorangegangen war ein außergewöhnlich nasser Sommer mit heftigen Wolkenbrüchen im Juli und August, die fast die gesamte Getreideernte in der Freiburger Gegend zerstört hatten. Die Ähren lagen platt gedrückt auf den überschwemmten Feldern, die tobende Dreisam hatte ihr Bett verlassen, die angrenzenden Weidegründe überflutet und dabei manche Fischer- und Schäferhütte mitgerissen. Das Getreide musste aus dem Sundgau und dem Elsass herangeschafft werden. Ein Sester Korn war nirgends mehr unter 10 Gulden zu bekommen, und die Preise für Brot stiegen kurzzeitig um das Drei- bis Vierfache. Der Freiburger Rat war gezwungen, an die Armen verbilligtes Korn aus den Beständen des Spitals auszugeben.

Michael stöhnte: «Wenn die Getreidepreise nicht bald wieder fallen, wird in der Folge alles teurer werden.»

Doch nach und nach stabilisierte sich der Markt ein wenig, auch wenn die Preise spürbar höher lagen als im Vorjahr, und die Obsternte fiel zwar mäßig, aber besser als erwartet aus. Dann kam es Anfang Dezember von einem Tag zum anderen erneut zu Überschwemmungen. Das Wasser der Gewerbekanäle in der Schneckenvorstadt und auf der Insel stieg bis vor die Haustüren, die Bewohner mussten ihre Eingänge mit Sandsäcken schützen. Wer seine Vorräte im Keller gelagert und nicht rechtzeitig nach oben geschafft hatte, konnte alles den Schweinen zum Fraß vorwerfen. Auf den Feldern verfaulte das Wintergemüse.

Es dauerte nicht lange, und Armut verbreitete sich in der Stadt wie ein Geschwür. Zuerst traf es die Feldarbeiter und Tagelöhner, die schon seit dem Sommer kaum noch Gelegenheit hatten, ihr Brot zu verdienen. Dann folgten Hausierer, Fuhrleute, Kleinkrämer, entlassene Dienstboten und allein stehende Frauen. Das Heer der Bitterarmen, die um Brot und Suppe bettelten und die Tore der städtischen Almosenstiftung im Kaufhaus, der Pfarrhäuser und Klöster stürmten, wurde jede Woche größer. Die Stadt verstärkte das Kontingent ihrer Wächter, um die Bürger vor Diebstahl und Einbrüchen besser zu schützen. Die Gefängnisse waren überfüllt, und es verging kaum ein Tag, an dem nicht jemand an den Pranger gestellt oder zu noch schlimmeren Strafen verurteilt wurde.

Catharina war entsetzt über das Bild, das sich ihr in den verschlammten Gassen bot. Überall saßen in Lumpen gehüllte Gestalten im Dreck, oft Frauen mit einer Horde Kinder, und streckten ihr die flehenden Hände entgegen. Sie ging nur noch in Begleitung einkaufen, da einem selbst am helllichten Tag Gefahr drohte, überfallen und ausgeraubt zu werden.

Zunächst war im Hause Bantzer von diesem wirtschaftlichen Niedergang wenig zu spüren. Das Geschäft lief weiterhin nicht schlecht, im Gegenteil: Die wichtigsten Auftraggeber waren die Stadt und reiche Kaufleute, die aus den steigenden Preisen Gewinn zogen, indem sie zu spekulieren begannen und ihre vollen Lager jetzt erst recht mit schweren Schlössern und Eisentüren schützen mussten. Doch mit der zweiten Teuerungswelle im

Winter merkte Catharina, wie ihr das Haushaltsgeld zwischen den Fingern zerrann. Also kaufte sie noch umsichtiger ein als früher und verbrachte Stunden damit, Preise zu vergleichen oder das günstigste Angebot für eine bestimmte Ware ausfindig zu machen. Im Februar kürzte Michael ihr das Haushaltsgeld. Die meisten der kleineren Kunden hätten Zahlungsschwierigkeiten, begründete er die Sparmaßnahmen und sah dabei so zerknirscht aus, dass Catharina das Gefühl hatte, ihn beruhigen zu müssen.

«Mach dir keine Sorgen, damit kommen wir aus.»

Nun kam eben nur noch an Samstagen und Sonntagen Fleisch auf den Tisch, stattdessen gab es häufiger Fisch und Eierspeisen. Ohnehin würde bald die Fastenzeit beginnen. Catharina war froh um ihre Hühner und ihren Lehmofen, denn frisches Brot war in manchen Wochen fast unerschwinglich geworden. Für sich selbst gab sie nichts mehr aus, ihre Wünsche sparte sie sich für bessere Zeiten auf.

So lebten sie jetzt zwar bescheidener, aber sie hatten nicht an Mangel zu leiden wie so manch andere Handwerkerfamilie. Michael arbeitete von früh bis spätabends. Oft war er außer Haus, um bei seinen Schuldnern das Geld einzufordern. Dabei nahm er meist Hartmann Siferlin mit, und Catharina konnte sich lebhaft vorstellen, wie dieser hagere Mann auf seine verschlagene und hinterhältige Art bei den Kunden die Forderungen eintrieb. Wenn Michael an solchen Tagen erst sehr spät nach Hause kam, aß sie mit Barbara und Elsbeth in der Küche zu Abend und genoss die Harmonie zwischen den beiden Frauen, denn Michael war jetzt oft gereizt und schlechter Laune. Catharina machte ihm daraus keinen Vorwurf, wusste sie doch, wie viel Arbeit und Ärger er täglich um die Ohren hatte. Trotzdem ging sie ihm dann am liebsten aus dem Weg und war froh, dass er inzwischen regelmäßig in der Nachbarkammer schlief.

Im Grunde lebten sie friedlich nebeneinanderher, ohne Zank und Streit, aber auch ohne Liebe. Es gab keine Zärtlichkeiten zwischen ihnen, und auch von der geplanten Reise war nie wieder die Rede. Doch Catharina gewöhnte sich an diese Art der Ehe, und in den seltenen Momenten, wo sie über ihre Lebensweise nachdachte, konnte sie sich eine andere Art von Zusammenleben kaum noch vorstellen. Hatte nicht auch Christoph an ihrer Hochzeit darüber geklagt, dass er mit Sofie nicht glücklich sei? Wahrscheinlich wäre es selbst zwischen ihnen irgendwann fad geworden. Barbara hatte einmal zu ihr gesagt, einen Mann brauche man sowieso nur, um versorgt zu sein.

Angesichts der Not, die überall in der Gegend herrschte, war Catharina dankbar für ihr vergleichsweise sorgenfreies Leben. Mechtild und Berthold hatten bis auf die Köchin und eine Putzhilfe alle Angestellten entlassen müssen. Wo stünde sie jetzt, wenn sie nicht Michael kennen gelernt hätte? Nein, sie war zufrieden, und sie hätte sich kein anderes Leben gewünscht, wäre es nicht im März zu einem hässlichen Vorfall gekommen.

Alle Welt wartete auf einen trockenen, sonnigen Frühling. Stattdessen brach eine Kältewelle herein, als wollte der Winter ein letztes Mal seine eisige Macht beweisen. An jenem Abend saßen sie alle dicht beim Kachelofen, der aus voller Kraft heizte, obwohl Brennholz inzwischen knapp geworden war. Michael war außer sich vor Wut. Er hatte eben erfahren, dass der Auftrag für neue Gitter im Kornhaus wider Erwarten an die Konkurrenz gegangen war.

«Die haben uns einfach unterboten, mit einem Angebot, bei dem sie nicht mal das Material bezahlen können, geschweige denn ihre Arbeiter.»

Catharina wollte ihn beruhigen, aber er fuhr ihr über den Mund.

«Du verstehst davon nichts. Du hast keine Ahnung, wie hart das Geschäft inzwischen geworden ist.»

Sein Vater saß in der Ecke und schaute nicht einmal von seinem Buch auf. Er wurde immer gleichgültiger, was die Schlosserei betraf. Manchmal fragte sich Catharina, ob nicht sein Verstand langsam litt, denn er vergaß oder verlor unablässig wichtige Dinge. Catharina verabschiedete sich, um ins Bett zu gehen, denn sie hatte einen anstrengenden Tag hinter sich.

Als sie in ihrer eisigen Kammer die Bettdecke zurückschlug, musste sie lächeln: Elsbeth hatte ihr einen heißen Ziegel unter die Decke gelegt. Behaglich kuschelte sie sich in das vorgewärmte Bett. Sie fand Michaels Aufregung übertrieben. Wenn das Geschäft schlechter ging, würden sie eben noch mehr sparen müssen, sie hatten noch längst nicht alle Möglichkeiten ausgeschöpft. Außerdem besaßen sie genügend Rücklagen. Sie hörte, wie Michael mit schweren, wütenden Schritten unter ihr hin und her ging. Sie versuchte einzuschlafen, doch ein zunehmender Druck auf die Blase zwang sie, aufzustehen und den eisigen Abort aufzusuchen. Als sie wieder herauskam, stand Michael vor der Tür.

«Bist du endlich so weit», herrschte er sie an.

«Sei doch nicht so schlecht gelaunt, das ändert auch nichts. Komm lieber in mein Bett, Elsbeth hat es vorgewärmt.»

«Lass mich bloß damit in Ruhe. Das ist doch alles verlorene Liebesmüh.»

«Wie meinst du das?»

«Du wirst ja nicht einmal schwanger!»

Catharina starrte ihn an. «Was sagst du da? Vielleicht solltest du dich selbst einmal nach den Ursachen fragen. Wie soll ich schwanger werden, wenn du nicht mehr bei mir liegst?»

Er schob sie zur Seite und trat in den Abort. Dann drehte er sich nochmal um.

«Da kann ich ja gleich mit einer Strohpuppe ins Bett. Lass dir mal von anderen Frauen sagen, wie man richtig vögelt.»

«Wie gemein du sein kannst!» Catharinas dunkle Augen funkelten schwarz vor Zorn. «Du weißt ja selber nicht, wie man eine Frau befriedigt.»

Da holte Michael aus und schlug ihr mit voller Wucht ins Gesicht, dass ihre Wange wie Feuer brannte. Sekundenlang blieb sie wie versteinert stehen, dann rannte sie in ihre Kammer und knallte die Tür hinter sich zu. Sie bebte vor Wut. Dieser eingebildete, selbstsüchtige Hundsfott! Dabei war er ein Versager als Mann, alles nur leere Luft, dieses männliche Geprotze vor anderen!

Am nächsten Morgen war ihre Wange unterhalb des rechten Auges geschwollen, und sie blieb den ganzen Vormittag im Bett. Dieses Mal entschuldigte Michael sich nicht für sein Verhalten, sondern blieb tagelang mürrisch. In ihr erlosch der letzte Funken Liebe zu diesem Mann. Sie spürte eine Mauer zwischen sich und ihm, die er nie wieder würde einreißen können.

Statt des lang ersehnten Frühjahrs hielt gleich der Sommer Einzug. Ende April verwandelte sich das schmuddelige Winterwetter übergangslos in trockene Hitze. Die Bauern, die eben erst ihre Felder bestellt hatten, freuten sich zunächst über die Wärme, die die Saat schneller als sonst sprießen ließ. Die Gassen Freiburgs verloren ihren modrigen Geruch, und mit der warmen Sommersonne besserte sich die Stimmung der Bürger spürbar. Selbst die Preise für Nahrungsmittel sanken etwas, und ein Großteil der Stadtbewohner hielt ein Ende der Not für schon in Sicht.

Die Bauern aus dem Umland beobachteten die anhaltende trockene Witterung allerdings bald mit Stirnrunzeln. Sie sahen, dass die Dreisam Niedrigwasser führte, was völlig ungewöhnlich für diese Jahreszeit war. Sie fürchteten eine neue Missernte, diesmal wegen Wassermangels. Auch die Flugblätter des Bauernkalenders sagten eine lange Trockenheit voraus. Und es sollte sich bewahrheiten.

Als eine Mühle nach der anderen wegen des geringen Wasserstandes die Arbeit einstellen musste, hatte der Magistrat den glänzenden Einfall, die Dreisam an geeigneter Stelle zu sperren und das kostbare Wasser in den städtischen Mühlbach zu leiten. Das Ergebnis war, dass die Dörfer am unteren Flusslauf nun buchstäblich auf dem Trockenen saßen. Aufgebracht stürmten die Bewohner, mit Äxten und Mistgabeln bewaffnet, das Rathaus und drohten, alles kurz und klein zu schlagen. Zähneknirschend machten die Ratsherren ihre Maßnahme rückgängig.

Ungeachtet der Ängste vor einer erneuten Hungersnot genoss Catharina den plötzlichen Sommer. Um das Beste aus ihrer Situation zu machen, konzentrierte sie sich auf ihre täglichen Aufgaben und freute sich über Komplimente der Männer oder ihre Wortgeplänkel, die fast an keinem Tag ausblieben und ihr das Gefühl gaben, trotz allem eine begehrenswerte Frau zu sein. Im Innersten blieb sie unberührt von diesen Schmeicheleien, außer bei Benedikt. Je länger sie ihn kannte, desto eingenommener war sie von seinem strahlenden Blick, seinem offenen Wesen, seinem verschmitzten Humor. Da sie keine Dummheit begehen wollte, hielt sie sich ihm gegenüber mit Bedacht zurück.

Eines Morgens Ende Mai wachte sie auf und beschloss, nach Lehen zu wandern. Sie verspürte ganz plötzlich Lust, ihre alte Heimat wiederzusehen, und dieses Mal wollte sie Christoph nicht aus dem Weg gehen. Im Gegenteil, sie wollte mit ihm sprechen und erfahren, wie es ihm wirklich ging. Und vielleicht gab es auch Neuigkeiten von Lene.

Fast sechs Jahre war sie nicht mehr im Gasthaus ihrer Tante gewesen, und als sie beim Morgenmahl Michael von ihrem Plan erzählte, wurde sie immer aufgeregter.

«Du weißt, dass es zurzeit nicht ungefährlich ist, allein unterwegs zu sein», meinte er dazu.

Sie wehrte ab. «Wie oft bin ich diesen Weg schon gegangen! Außerdem hat man seit Wochen von keinen Überfällen mehr gehört.»

Er redete ihr nicht weiter drein, gab ihr aber einen kleinen Beutel mit ein paar Münzen darin, für den Fall, dass sie auf einen Wegelagerer stieß.

«Gib ihm den Beutel, dann wird er dich in Ruhe lassen.»

Catharina war erstaunt über die Fürsorge ihres Mannes, und jetzt erst fiel ihr auf, dass er seit ein paar Tagen ihr gegenüber sehr aufmerksam war. Ein bisschen spät für Reue, dachte sie, freute sich aber trotzdem.

Sie packte einen frisch gebackenen Gewürzkuchen ein und machte sich auf den Weg. Keine Wolke war am Himmel zu sehen, die Sonne brannte zu dieser frühen Stunde wie sonst nur im Hochsommer. Auf den Feldern, deren trockener Boden schon Risse zeigte, standen überall gebückte Gestalten mit riesigen Strohhüten: Bauern und Landarbeiter, meist von Frau und Kindern unterstützt, hackten die harte Krume auf, um den Boden mühselig mit dem Wasser der Dreisam und kleinerer Bäche zu bewässern.

Um die staubige Landstraße zu meiden, schlug Catharina den schattigeren Pfad am Fluss entlang ein. Obwohl es ein Umweg war, ließ sie Betzenhausen rechts liegen und durchquerte den Buchenhain, in dem sie als Mädchen so oft Zuflucht gesucht hatte. Sie fand die Stelle wieder, wo sie mit Christoph ihre unbeholfenen Zärtlichkeiten ausgetauscht hatte. Die Erinnerung an jene Zeit versetzte ihr einen Stich.

Mit einem Mal wusste sie, was sie nach Lehen trieb. Sie wollte Ordnung schaffen in ihrem Herzen und in ihrem Leben, endgültig und ohne Wehmut. Ihr war der Platz als Meistersfrau an der Seite von Michael Bantzer beschieden, Christoph musste seine Aufgaben als Familienoberhaupt erfüllen. Nie wieder wollte sie daran rütteln.

«Was für eine Überraschung!» Marthe kam ihr mit Moses im Obstgarten entgegen, in ihrem Gesicht stand die blanke Freude. «Wie schön, dass du endlich einmal zu uns herauskommst!»

189

Der Hund warf sich Catharina zu Füßen, und sie kraulte seinen zottigen Bauch. «Es ist viel zu trocken für die Jahreszeit, nicht wahr?», fragte sie mit einem Blick auf den Wassereimer in Marthes Hand.

Ihre Tante seufzte. «Ich hab kein gutes Gefühl. Seit letztem Herbst sitzt den Leuten das Geld nicht mehr so locker in der Tasche, und wir haben weniger Gäste. Aber ich fürchte, es wird noch viel schlimmer. Es gab bereits zwei Flurprozessionen, und letzte Woche ist hier der erste Wettermacher aufgetaucht und hat auf Hübners Acker sein Hexenmesser in die Luft geschleudert, obwohl die Gemeinde diesen Hokuspokus verboten hat.» Sie goss das Wasser an die Johannisbeersträucher. «Dort drüben in den Kräutern steht übrigens Sofie. Sag ihr doch eben guten Tag, und danach kannst du mir beim Vorbereiten des Mittagstischs helfen. Da haben wir dann genug Zeit zum Reden.»

«Ist Christoph auch da?»

«Ja, irgendwo im Haus.»

Sofie war dabei, mit ihrer Tochter Schnittlauch und Petersilie zu schneiden. Auf dem Rücken hatte sie ihren Säugling festgebunden. Fast zaghaft begrüßten sich die beiden Frauen. Catharina erkundigte sich nach der Geburt, und Sofie erzählte, wie schmerzhaft und langwierig sie gewesen sei.

«Ich scheine fürs Kinderkriegen nicht geschaffen», lächelte sie, «aber dafür war Andreas von Anfang an ein ganz schöner Brocken.»

Catharina betrachtete das schlafende Kind. Für seine sechs Monate war es tatsächlich ungewöhnlich kräftig. Es hatte dunkles Haar und zwei lustige Grübchen in den dicken Wangen. Angestrengt überlegte Catharina, worüber sie sich mit dieser zurückhaltenden Frau unterhalten könnte, als ihre Tante kam und sie bei der Hand nahm.

«Gehen wir ins Haus. Höchste Zeit, um mit dem Mittagessen anzufangen. Die Köchin muss ich immer ein bisschen antreiben, aber dafür macht sie den besten Braten in der ganzen Gegend.»

In der großen Stube stand Christoph und unterhielt sich mit einem Gast. Als seine Mutter ihm zurief, dass Besuch da sei, drehte er sich um und sah seine Base im Türrahmen stehen.

«Cathi», sagte er freudig, «bist du's wirklich?»

Er zog sie an sich. Für Catharinas Empfinden hielt er sie viel zu lange in den Armen. Dann trat er einen Schritt zurück.

«Du bist schmaler geworden. Dabei habe ich gehört, dass das Bantzer'sche Geschäft immer noch ganz gut läuft.»

Sein Gesicht war von der Sonne gebräunt, doch es stand ihm gut. Was Catharina erst auf den zweiten Blick auffiel, waren die tiefen Falten, die sich um seine Mundwinkel eingegraben hatten. Er wirkte um einiges älter als an ihrem Hochzeitsfest.

«Tante Marthe hat erzählt, dass ihr jetzt weniger Gäste habt.»

«Das stimmt, aber sie sieht immer gleich alles so schwarz. Wir nehmen zwar weniger Geld ein, aber wir können uns immer noch satt essen. Hast du gesehen, wie dick unser kleiner Sohn ist?»

Catharina nickte. «Aber dafür wirkt Sofie ziemlich ausgezehrt.»

Christoph ging auf diese Bemerkung nicht ein. Mit einem Blick auf die eintretenden Gäste fragte er sie, ob sie über Mittag bleibe.

«Ja. Ich will am frühen Abend zurück sein.»

«Fein, dann bleibt uns ja nachher noch genug Zeit», sagte er und kehrte zurück in die Gaststube.

Nachdem die letzten Mittagsgäste gegangen waren, setzten sie sich alle zusammen zum Essen. Nur Lene fehlte, und Catharina vermisste sie wieder einmal schmerzlich. Wilhelm kam zu spät.

«Wie immer», sagte Christoph und gab seinem jüngeren Bruder eine Kopfnuss, als er sich setzte. «Er treibt sich überall herum, nur dort nicht, wo es Arbeit für ihn geben könnte. Dabei hat er Kraft für zwei.»

Wilhelm grinste und löffelte gierig seine Suppe, während Catharina von der schlechten Versorgungslage in der Stadt berichtete. Dieses Mal war ihr, als sei sie zu Hause angekommen. Wie herrlich könnte es sein, immer in einer so großen Familie zu leben. Dann erfuhr sie, dass Lene, wie jedermann erwartet hatte, schwanger war.

«Wie ich meine Schwester kenne, bekommt sie gleich Zwillinge», meinte Christoph.

«Und wann ist es bei dir so weit?», fragte Wilhelm.

Catharina zögerte. «Ich hab's nicht so eilig.»

Christoph warf ihr einen prüfenden Blick zu, dem sie auswich.

Nach dem Essen machte sie mit ihrer Tante einen Rundgang durch Haus und Hof, Moses immer dicht auf den Fersen. Sie musste versprechen, bald wieder vorbeizukommen. Als sie sich von Christoph verabschieden wollte, eröffnete er ihr, dass er sie ein Stück begleiten würde. Sie schüttelte den Kopf. Nein, das wollte sie nicht, aber er ließ nicht locker.

«Mutter hat es befohlen, da gibt's keinen Widerspruch.»

Ohne Eile schlenderten sie Seite an Seite über die heiße Landstraße. Christoph wollte mehr über ihre Ehe mit Michael erfahren, das spürte sie, aber sie lenkte ab. So redeten sie über dies und jenes, bis die Sprache auf Sofie kam.

«Du hast vorhin gesagt, sie würde ausgezehrt aussehen – ich mache mir auch langsam Sorgen um sie. Irgendwas stimmt nicht mit ihr, wir waren schon bei zwei Baderchirurgen und sogar bei einem Arzt. Aber keiner weiß so recht, was es ist. Mal heißt es, sie hätte zu dünnes Blut, dann wieder, sie leide an inwendigen Geschwüren. Aderlass hilft auch nicht, da verliert sie jedes Mal das Bewusstsein und erholt sich nur ganz schwer wieder. Jetzt soll sie, wenn die Hitze endlich nachlässt, eine Badekur machen.»

Er blieb stehen. «Hör mal, würdest du sie begleiten? Von uns kann niemand mit, wir haben zu viel Arbeit, und allein möchte ich sie nicht fahren lassen.»

Catharina schwieg. Das Angebot kam zu überraschend.

«Nun sag schon ja. Wo du doch so gern auf Reisen gehst!» Er boxte sie fast übermütig in die Seite.

«Ich werde es mir überlegen.»

Sie waren fast am Bischofskreuz angekommen. Catharina hielt an und kniff die Augen zusammen. Was, wenn hinter dem Stein der rote Zwerg auftauchen würde? Sie hatte plötzlich genau im Ohr, was er ihr damals prophezeit hatte. Ja, sie lebte neben einem stattlichen Mann und verwelkte dabei – wie Recht er gehabt hatte. Aber da war doch noch etwas anderes gewesen? Ein leichter Schauer lief ihr trotz der Hitze über den Rücken.

«Komm», sagte sie zu Christoph. «Lass uns hier zum Fluss abbiegen. Der Weg dort ist viel schöner.»

«Du hast wohl Angst vor dem toten Bischof!», stichelte er.

Sie schüttelte den Kopf und erzählte ihm, wie sie sich als Kind vor diesem Ort gefürchtet hatte, erst recht, nachdem der alte Bartholo hier aufgetaucht war.

Es tat gut, so offen mit Christoph zu reden, sie fühlte sich leicht und ausgeglichen wie schon lange nicht mehr. Sie würden Freunde bleiben. Das Zusammensein mit ihm, mit Tante Marthe und den anderen war so viel heiterer, so viel ungezwungener als der Alltag in ihrem großen, vornehmen, kalten Haus am Fischmarkt. Ja, sie würde von nun an öfters nach Lehen kommen.

An der äußeren Stadtmauer verabschiedeten sie sich. Catharina tauchte in den Schatten des Torbogens ein, als Christoph sie zurückrief.

«Warte.» Er berührte sachte ihren Arm. «Ich weiß, dass ich das nicht sagen sollte, aber – mein Herz gehört noch immer dir.»

Dann drehte er sich um und ging mit schnellen Schritten davon.

Sein letzter Satz hallte noch lange in ihr nach. In der kühlen Hofeinfahrt ihres Hauses blieb sie stehen und holte tief Luft. Hätte er nur geschwiegen – anstatt alte Sehnsüchte und Wünsche in ihr anzufachen. Sehnsüchte und Wünsche, die sich niemals erfüllen konnten.

Aus der Küche drang lautes Gelächter. Die Tür öffnete sich, und Michael, immer noch lachend, kam heraus.

«Da bist du ja, mein Schatz. War's schön bei deinen Verwandten?» Er küsste sie auf die Wange.

«Ja, es war sehr schön. Und hier? Mir scheint, ihr seid alle bester Stimmung.»

«Ach, diese Barbara – sie hat eben erzählt, wie der alte Fischhändler Streit mit einem Kunden hatte und wie sich die beiden schließlich vor lauter Wut die toten Fische um die Ohren geklatscht haben. Es war dermaßen komisch, wie sie das erzählt hat. Ich muss nochmal in die Werkstatt, wir sehen uns dann beim Abendessen.»

Nach dem Essen ging Catharina in die Küche, um die Ausgaben der beiden Frauen in ihr Buch einzutragen. Als Elsbeth ihr einen hohen Betrag für einen Kerzenleuchter nannte, sah Catharina erstaunt auf.

«Was soll das? Wozu brauchen wir einen Kerzenleuchter?»

Elsbeth deutete auf einen zierlichen dreiarmigen Leuchter aus Zinn, der auf dem Küchenbord stand.

«Euer Mann hatte mich beauftragt, den Leuchter aus der Zinngießerei abzuholen, er hatte ihn dort bestellt. Ich glaube, es ist ein Geschenk.»

Jetzt wurde Catharina misstrauisch. Ein Geschenk? Es kam zwar hin und wieder vor, dass bestimmte Kunden zu besonderen Anlässen ein Präsent erhielten, aber einen Zinnleuchter? Sie wurde ärgerlich. Da sparte und sparte sie, und ihr Mann warf das Geld zum Fenster hinaus, indem er kleine Kostbarkeiten an ohnehin reiche Leute verschenkte. Plötzlich kam ihr ein ganz anderer Gedanke: Steckte vielleicht eine Frau dahinter? War Michael deshalb in letzter Zeit so gut gelaunt? Ach was, am besten fragte sie ihn, für wen der Leuchter gedacht war.

«Schau doch nicht so misstrauisch, der Leuchter ist für einen Kaufmann aus Waldkirch», sagte Michael und lächelte sie an. «Gerade in schlechten Zeiten muss man zu besonderen Mitteln greifen. Es ist ein ganz großer Auftrag, den ich da im Auge habe. Aber sag Vater nichts davon, du weißt doch, wie geizig er sein kann», fügte er hinzu und blinzelte ihr verschwörerisch zu.

Catharina wusste nicht, ob sie ihm glauben sollte. Andererseits: Könnte Michael ihr so offen ins Gesicht lügen?

16

Marthes Ahnungen bestätigten sich: Die Zeiten wurden noch schlechter. Bis Juli war kaum ein Tropfen Regen gefallen, die spärliche Ernte drohte zu verdorren. Da stürmten, von einem Tag auf den anderen, ausgehungerte Stadtbewohner wie Heuschrecken auf die Felder und plünderten sie. Die Dorfgemeinden stellten in aller Eile bewaffnete Wachen auf. Es kam zu grausamen Gemetzeln mit Toten und Verletzten. Danach brachen die Unwetter los. Tagelang zuckten Blitze am nachtschwarzen Himmel, aus dem sich die Wassermassen wie aus Kübeln auf die steinharte Erde ergossen und alles, was nicht fest verwurzelt war, wegschwemmten. In den Flussauen ertranken Kühe und Schweine, drei Bauern aus der Wiehre wurden bei ihrem Versuch, das Vieh heimzutreiben, von den Fluten mitgerissen und nie mehr gefunden. Die Menschen strömten in die Gottesdienste, um zu beten, oder wandten sich der Magie zu, um mit Hilfe von Amuletten, Tieropfern und Zaubersprüchen die tobende Natur zu besänftigen.

Als sich das Wetter endlich beruhigte, standen die Vorstädte wieder unter Wasser, und die Gassen der Innenstadt waren voller Schlamm und Dreck. Myriaden von Stechmücken tauchten auf und plagten die Einwohner. Eine Fieberwelle ging um, nicht nur Kinder und Greise starben, sondern auch viele der von den monatelangen Entbehrungen geschwächten Erwachsenen.

Den schrecklichen Tagen zum Trotz gab es im Hause Bantzer einen Grund zum Feiern: Michael war Zunftmeister der Schmiede geworden. Gleich nach der Wahlversammlung eilte er nach Hause, außer sich vor Freude, nahm zwei Treppenstufen auf einmal, stürzte in die Küche, küsste Elsbeth und Barbara, nahm seine Frau um die Hüften und wirbelte sie herum, rannte wieder hinunter und durchquerte den Hof, indem er wie ein kleiner Junge mitten in die Pfützen sprang. Er rief seine Leute zusammen und sagte ihnen, dass sie ihre Werkzeuge aufräumen sollten.

«Elsbeth bringt euch ein Fass Bier, und dann habt ihr für heute frei.»

Atemlos und glücklich stand er gleich darauf wieder in der Wohnung. Sein größter Wunsch war endlich in Erfüllung gegangen. Er war jetzt Meister der Schmiedezunft zum Ross und damit nicht nur Zunftmeister der Schlosser, sondern aller anderen Zünfte dieses Gewerbes: der Huf- und Messerschmiede, der Kannen- und Glockengießer, der Blechner und Schleifer, der Goldschmiede, der Sägen-, Sichel- und Degenschmiede. Jetzt war es nur noch eine Frage der Zeit, bis er als Vertreter all dieser Handwerker in den Rat der Stadt gewählt werden würde.

Er nahm seinen Vater um die Schulter. «Komm, du musst dich umziehen. In einer halben Stunde beginnt die offizielle Feier in der Zunftstube. Und danach», wandte er sich an Catharina, «machen wir hier ein richtig schönes Fest. Sag den Gesellen und Hartmann Bescheid, dass sie kommen sollen, und wenn du willst, kannst du ja noch deine Tante einladen. Ja, das machen wir, ich schicke einen Boten von der Zunft nach Lehen, um ihr Bescheid zu geben. Noch besser: Er soll sie gleich mitbringen.»

Dann gab er ihr eine hübsche Summe Geldes. «Kauft was Schönes zum Essen, heute soll nicht gespart werden.» Und damit war er wieder draußen.

Seine Freude steckte an. Voller Eifer berieten sich die Frauen über die Speisenfolge. Elsbeth und Catharina gingen einkaufen, nicht ohne einen Abstecher ins Schneckenwirtshaus zu machen, um Mechtild und Berthold für den Nachmittag einzuladen.

Am frühen Nachmittag kamen die beiden Männer zurück, sichtlich angetrunken. Kurz darauf erschien zu Catharinas großer Freude tatsächlich Marthe.

«Jetzt hab ich mich mit meinem alten Hintern doch tatsächlich noch auf den Ackergaul dieses Boten gewagt», lachte sie.

Eine so große Runde hatte bei Bantzers lange nicht mehr beisammengesessen. Mit Mechtild und den Männern aus der Schlosserei waren sie zu neunt, und Elsbeth kam kaum nach mit dem Auftragen der Speisen und Getränke. Der alte Bantzer strahlte vor Stolz auf seinen erfolgreichen Sohn. Irgendwann stand er auf, klopfte an sein Glas und setzte zu salbungsvollen Worten an.

«So bin ich sicher», schloss er, «dass Michael Bantzer eines Tages als Obristzunftmeister an der Spitze aller Freiburger Zünfte stehen wird. Prosit!»

Mit einem kräftigen Rülpser setzte er sich wieder. Daraufhin erhob sich Michael, blickte selbstzufrieden in die Runde und sprach mit schwerer Zunge:

«Vielen Dank für deine guten Wünsche, Vater. Ich will keine große Rede halten, nur so viel: Ich bin glücklich über den heutigen Tag, aber es ist auch eine große Verantwortung, die ich als Zunftmeister übernehme. Umso mehr», dabei wandte er sich den drei Gesellen und Hartmann Siferlin zu, «muss ich mich auf euch verlassen können, denn ich werde jetzt oft außer Haus sein. Dir, lieber Hartmann, übertrage ich hiermit volle Entscheidungsgewalt in allen Geschäften.» Krachend ließ er sich auf seinen Stuhl fallen.

Siferlin, der als Einziger nur Wasser trank, verzog wie üblich keine Miene. Catharina biss sich auf die Lippen. Dieser Siferlin ist kalt wie ein Fisch, dachte sie und bezweifelte, dass Michaels Entscheidung richtig war. Nicht für einen halben Pfennig traute sie diesem Mann. Benedikt, der ihr gegenübersaß, schien genauso zu denken. Er verdrehte die Augen.

Nach dem Essen holte Michael die Köchin und die Hausmagd an den Tisch. Der gute Wein brachte Barbara in Stimmung, und sie trug ihre komischen Geschichten vor, die großes Gelächter ernteten. Alle wunderten sich, als Michael auf einmal aufstand und verkündete, dass er noch einmal wegmüsse.

«Ich habe etwas im Zunfthaus vergessen. Feiert nur weiter, ich bin bald wieder da.» Er schwankte hinaus.

Doch für die Gäste war dies das Zeichen zum Aufbruch. Marthe half noch beim Abräumen der Tafel, dann brachte Catharina sie zur Tür.

«Ich soll dich herzlich von Christoph grüßen», sagte Marthe. «Und dir ausrichten, dass Sofie Anfang September für zwei Wochen zur Kur geht. Willst du sie nicht doch begleiten? Dir täte es sicher auch gut, und ich glaube, Sofie mag dich. Besprich es doch mit deinem Mann und gib uns dann Bescheid, ja?»

Catharina versprach es.

Als sie sich zum Schlafengehen richtete, kehrte Michael zurück. Er war verschwitzt, und seine Augen funkelten. Wahrscheinlich ist er jetzt völlig betrunken, dachte sie, konnte es ihm heute aber nachsehen. Er machte sich ein wenig frisch, schlüpfte dann unter ihre Bettdecke und schlief mit ihr. Es sollte das letzte Mal sein.

Am nächsten Morgen erwachte Elsbeth mit Gliederschmerzen und glühender Stirn. Das Fieber, das in der Stadt umging, hatte sie befallen. Catharina bekam es mit der Angst zu tun und wollte nach dem Bader schicken.

«Nein, nur das nicht.» Elsbeth schüttelte matt den Kopf. «Es wird schon wieder, ich bin zäh.»

Abwechselnd machten Catharina und die Köchin ihr frische Wadenwickel und flößten ihr heißes Dünnbier ein. Gegen Mittag wollte Elsbeth aufstehen, um sich an die Hausarbeit zu machen.

«Du bleibst im Bett, bis du ganz gesund bist», sagte Catharina und drückte sie sanft, aber nachdrücklich in ihr Kissen zurück. «Barbara und ich werden die Zimmer aufräumen, und was wir nicht schaffen, bleibt eben liegen.»

Catharina wartete, bis die Kranke in einen unruhigen Schlaf gefallen war, und machte sich dann an die Schlafzimmer. Als sie in Michaels Kammer trat, schüttelte sie den Kopf. Seine Kleider lagen wie Kraut und Rüben herum. Sie sortierte die schmutzige Wäsche aus und legte die sauberen Sachen in seine Kommode. Die oberste Schublade klemmte, so voll gestopft war sie. Catharina nahm ein paar Kleidungsstücke heraus und entdeckte dabei ein kleines, in Seide gewickeltes Päckchen. Was war das?

Unruhe beschlich sie, als sie das Päckchen öffnete. In dem Papier lag eine fein ziselierte silberne Brosche. So selten sie bisher Schmuck in der Hand gehalten hatte, sah sie doch auf den ersten Blick, dass es sich um beste Goldschmiedearbeit handelte. Als sie die Brosche umdrehte, stockte ihr der Atem: «In Liebe für R. – Michael», war dort in winzigen Buchstaben eingraviert. Zitternd wickelte sie das Schmuckstück wieder ein. Wie Schuppen fiel ihr von den Augen, woher Michael gestern Abend so erhitzt zurückgekommen war. Und die Geschichte mit dem Kerzenleuchter war auch eine Lüge gewesen.

Müde setzte sie sich auf den Bettrand. Was hatte das alles

noch für einen Sinn? Diese Ehe, die wohl immer kinderlos bleiben würde, Christophs Liebe zu ihr, die sich nie erfüllen durfte, sie selbst eingesperrt in diesem öden Haus, während ihr Mann sich in den Armen einer Geliebten wälzte.

Als Michael zum Mittagessen kam, fing Catharina ihn in der Diele ab.

«Wer ist R.?» Sie warf ihm die Brosche vor die Füße.

Michael erbleichte, und seine Augen wurden zu schmalen Schlitzen.

«So, du schnüffelst mir nach? Meine eigene Frau wühlt in meinen Sachen wie eine billige Dienstmagd!»

«Du gibst es also zu?» Catharina versuchte ruhig zu bleiben, aber innerlich kochte sie vor Wut. «Von mir aus geh doch zu deinen Huren, aber schmeiß dabei nicht unser Geld zum Fenster hinaus.»

«Unser Geld!» Er prustete verächtlich. «Wer verdient denn das Geld? Wer geht denn von früh bis spät arbeiten? Du etwa?» Dann brüllte er sie plötzlich an: «Du hast überhaupt kein Recht, mir Vorschriften zu machen!»

«Was ist denn hier los?» Michaels Vater stand in der Tür und sah sie verwirrt an.

Wortlos nahm Michael die Brosche vom Boden auf und ging die Treppe hinunter. Der Alte machte einen Schritt auf Catharina zu und streckte unbeholfen die Arme nach ihr aus.

«Bleibt mir vom Leib, oder ich schreie», fauchte Catharina. Mit offenem Mund starrte der Alte sie an. Dann drehte er sich um und schlurfte in sein Bücherkabinett. Alles ist hier aus den Fugen geraten, dachte Catharina, als sie sich ihren Umhang über die Schultern warf. Mit schnellen Schritten lief sie aus dem Haus, eilte, ohne nach rechts und links zu sehen, durch die stickigen, nach Kot und Abfällen stinkenden Gassen und erreichte endlich das offene Land. Nur weg aus der Stadt, aus diesem Haus, wo sie sich wie ein Tier fühlte, das in eine Falle geraten war.

17

Der Wagen rumpelte über die steinige Straße. Vergnügt saßen Carl und Wilhelm auf dem Kutschbock und stießen bei jedem Schlagloch gegeneinander. Endlich konnten sie einmal dem Einerlei des Dorfes entfliehen. Es war ihr Einfall gewesen, Sofie und Catharina in den kleinen Badeort in die Berge zu fahren. Übermütig trieben sie das Pferd an.

«Au», stöhnte Catharina, als das linke Hinterrad in ein tiefes Loch sackte und der Stoß sie aus ihren düsteren Gedanken riss. «Passt doch auf, wo ihr hinfahrt!»

Sie teilte sich den Platz auf der Ladefläche mit Sofie und einer dicken Bäuerin, die sie unterwegs aufgelesen hatten. Auf deren Schoß saß ein riesiger Hahn mit zusammengebundenen Füßen und einer Kapuze über dem Kopf. «So bleibt er ruhig und hackt nicht», hatte die Bäuerin die seltsame Vermummung erklärt, woraufhin Sofie ängstlich von der Frau weggerückt war.

Catharina hielt ihr Gesicht in die Sonne. Freiburg schien unendlich weit hinter ihr zu liegen, und sie begann, sich auf die Wochen mit Sofie zu freuen. Seit ihrem Streit vor zehn Tagen hatten Michael und sie nur das Nötigste gesprochen. Anstandslos hatte er ihr erlaubt, Sofie zu begleiten, und ihr bei der Abfahrt einen prallen Beutel Geld überreicht. Wahrscheinlich ist er froh, mich eine Zeit lang los zu sein, dachte sie grimmig. Es war keine Eifersucht, die sie bewegte, vielmehr Wut und Enttäuschung darüber, dass es sich ihr Mann so einfach machte. Dem Himmel sei Dank, dass sich Elsbeth so schnell erholt hat, dachte sie. Sie hätte es nicht übers Herz gebracht, die Köchin mit dem großen Haushalt allein zu lassen.

Kurz vor Günterstal zog der Himmel zu. Sie ließen die Klosteranlage rechter Hand liegen und durchquerten das ärmlichste Dorf, das Catharina je gesehen hatte. Düstere, halb verfallene Hütten säumten den Weg, in dessen Mitte der Sturzregen des

Sommers eine tiefe Rinne ausgewaschen hatte. Niemand schien sich hier die Arbeit zu machen, die Straßen in Ordnung zu halten, und Wilhelm hatte Mühe, die Räder neben der Rinne zu halten. Ein Horde halb nackter Kinder mit aufgeblähten Bäuchen lief neben dem Wagen her und streckte ihnen bettelnd die Hände entgegen. Die Frauen pressten ihre Bündel fester an sich.

Am Ende der Dorfstraße sahen sie einen Menschenauflauf. Als sie näher kamen, erkannten sie mit Entsetzen, dass ein Mann an einen verkrüppelten Baum gebunden war und die aufgebrachte Menge mit Steinen nach ihm warf. Blut lief ihm über Stirn und Brust.

«Die bringen den Mann um», rief Wilhelm und hielt an.

«Seid Ihr verrückt geworden», schrie ihn die Bäuerin an. «Fahrt um Gottes willen weiter.»

Doch ein halbwüchsiger Bursche hatte bereits die Gelegenheit genutzt und war am Wagenrad hochgeklettert. Er zerrte an dem aufgeregt kreischenden Hahn. Da sprang Wilhelm auf, schlug dem Jungen die Peitsche ins Gesicht und trieb das Pferd in Galopp. Mit einem Aufschrei fiel der Angreifer hintenüber vom Wagen.

Der Schreck saß allen noch in den Knochen, als sie ein gutes Stück hinter dem Dorf das Pferd zum Stehen brachten.

«Ich kann das nicht glauben», sagte Catharina. «Wie kann direkt vor den Toren dieses reichen Klosters solch ein Elend herrschen?» Sie legte der zitternden Sofie ihren Umhang um die Schultern. Die Bäuerin untersuchte sorgfältig ihren Hahn, doch bis auf ein paar ausgerissene Federn hatte das Tier keinen Schaden genommen. Dann sah sie etwas betreten auf.

«Ich hätte es wissen müssen. Dieses Dorf ist berüchtigt für seine Wegelagerer. Auf dem Rückweg nehmt Ihr besser eine andere Straße.»

Sie erklärte den Zwillingen, wie sie auf einem Waldweg das Dorf umfahren konnten.

Eine gute halbe Stunde später zügelte Wilhelm das Pferd, und Carl wandte sich an die Bäuerin. «Nach unserer Wegbeschreibung müsste es hier abgehen – ist das richtig?»

«Ja. Ihr könnt mich absteigen lassen, ich habe es nicht mehr weit.»

Nachdem sich die Frau verabschiedet und überschwänglich bedankt hatte, bogen sie in das enge, dicht bewaldete Seitental ein. Die Berggipfel ringsum waren in graue Wolkenschleier gehüllt. Das Pferd wurde langsamer, denn es ging jetzt spürbar bergauf.

«Besonders freundlich sieht es hier ja nicht aus», murmelte Catharina. Doch bald mündete das Tal in einen weiten, größtenteils gerodeten Kessel. Rechts am Wegrand sahen sie zwei hübsche Gasthäuser aus Fachwerk stehen, links davon die Badeanlagen, an denen ein breiter Bach vorbeiführte. Die Uferwiesen waren voll von Ochsen- und Pferdekarren und einfach gekleideten Menschen, die sich im Freien ihr Mittagsmahl zubereiteten, während im Bach die Kinder tobten. Einige Männer und Frauen wuschen ungeniert ihre entblößten Körper.

Sie hielten vor dem kleineren der beiden Gasthäuser. Sofie kramte in ihrem Beutel nach ihren Papieren. Sie hatte zwei Schreiben dabei: eines von Christoph mit Grüßen von seiner Mutter an den Wirt, den Marthe flüchtig kannte, und eines von ihrem Baderchirurgen, in dem er bestimmte Behandlungsmethoden empfahl. Während Carl das Pferd tränkte und fütterte, ging Wilhelm mit den beiden Frauen hinein.

«So, so, die gute alte Marthe hat sich noch immer nicht zur Ruhe gesetzt», lächelte der Wirt, ein freundlicher kleiner Mann, nachdem er den Brief gelesen hatte. Dann wandte er sich an die Frauen. «Ihr habt Glück: Gerade heute Morgen ist ein Zimmer mit vier Betten frei geworden. Falls noch mehr Gäste kommen, müsst Ihr es allerdings mit anderen Frauen teilen.»

Catharina wunderte sich, dass in diesen Zeiten wirtschaftlicher Not so viele Leute noch das Geld für eine Badekur erübrigen konnten. Als sie den Wirt danach fragte, nickte er.

«Ja, beide Gasthäuser sind voll. Es liegt daran, dass viele, die sonst in die vornehmeren Badeorte ins Elsass oder nach Bad Boll reisen, jetzt hierher kommen. Bei uns ist zwar alles bescheidener, aber dafür auch billiger.»

Er führte sie in ihr Zimmer. Der Raum war einfach eingerichtet, aber sauber und geräumig. Außer den vier Betten befanden sich noch ein Waschtisch und zwei Kommoden darin. Sofie sah aus dem Fenster auf die Berge. Oben am Waldrand ballten sich die Wolken dunkelgrau zusammen.

«Hoffentlich kommt ihr noch trocken zurück», sagte sie zu Carl, der eben eintrat. Sie verabschiedeten sich eilig. Als die Zwillinge gegangen waren, setzte Catharina sich auf ihr Bett und bat Sofie um das Schreiben des Baderchirurgen. Sofie wusste zwar ungefähr, was darin stand, aber da sie nicht lesen konnte, musste Catharina ihr laut vorlesen.

«Täglich je ein heißes Wannenbad und ein Schwefelbad. Täglich einmal Schröpfköpfe oder Blutegel setzen, einmal Purgieren.» Catharina sah auf. «Was ist denn Purgieren?», fragte sie.

«Da wird dir irgendwas eingegeben, bis du dir die Seele aus dem Leib würgst. Oder sie machen einen Einlauf.»

«Brrr», Catharina schüttelte sich. Dann las sie weiter.

«Purgieren und Schröpfen empfehlen sich bei abnehmendem Mond. Kräftiges Essen, dabei Fleisch und Wein nur mäßig. Vor jeder Mahlzeit fünf Gläser Wasser trinken. Viel Bewegung an der frischen Luft.»

Catharina legte das Blatt weg. «Da bin ich ja heilfroh, dass ich hier machen kann, was ich will.»

Nach dem Mittagessen in dem riesigen überfüllten Speisesaal machten sie einen Rundgang über das Gelände. Das Hauptbad, das schon aus der Ferne nach Schwefel roch, war etwa dreißig Schritt lang und fünfzehn Schritt breit. An den Längsseiten befanden sich unter dem grünlichen Wasserspiegel Sitzplätze, die durch Schranken getrennt waren. Eine hölzerne Laube über der Sitzreihe schützte vor Regen und Sonne. An drei Seiten des Bads zogen sich breite Steinstufen zum Ausruhen den Hang hinauf. Jetzt zur Mittagszeit lagen nur ein knappes Dutzend Gäste im Wasser, die Männer mit kurzen Badehosen, die Frauen in losen Hemden. Catharina deutete auf ein Schild mit dem Hinweis, dass Nacktbaden im Hauptbad verboten sei.

«Das sollten sie in Freiburg im Schwabsbad auch endlich durchsetzen», sagte sie. «Dort wird ja mehr kopuliert als gebadet.»

Sofie lächelte schüchtern. «Ich war noch nie in einem öffentlichen Bad.»

Sie gingen über eine kleine, hübsch angelegte Promenade hinüber zu den Badehäusern. Die Holzbottiche befanden sich in voneinander abgetrennten Zellen, sodass man ungestört für sich allein baden konnte. Sofie hatte, zu einem geringen Aufpreis, eine eigene Zelle gemietet, die für die Zeit ihres Aufenthalts von niemand anderem benutzt wurde. Die Zellen gingen auf eine weitläufige Holzveranda hinaus, auf der Ruhebänke und kleine Tische aufgestellt waren. Ein Spaßvogel hatte mit großen Buchstaben auf eine Bank geschrieben: «Für unfruchtbare Frauen ist das Bad das Beste – was das Bad nicht tut, das tun die Gäste.»

«Mir gefällt's hier», sagte Catharina und legte den Arm um Sofie, die seit der Abreise von Wilhelm und Carl ein wenig verloren wirkte. «Ich glaube, wir werden zwei schöne Wochen haben. Auch wenn ich auf die Gäste hier wenig Wert lege.»

Gerade als sie noch ein Stück bachaufwärts wandern wollten, begannen dicke Tropfen zu fallen. Eilig rannten sie zurück ins Gasthaus. Als sie ankamen, waren sie nass bis auf die Haut.

«Das fängt ja gut an.» Sofie rieb sich mit einem Tuch trocken. Verstohlen musterte Catharina ihren mageren Körper: Unterhalb der winzigen Brüste waren die Rippen zu sehen, und die Hüftknochen ragten wie Schaufeln hervor. Nachdem sie umgezogen waren, überlegten sie, was sie bei diesem Regen anfangen könnten, und beschlossen, zum Würfelspielen in den Speisesaal zu gehen.

Die Tage vergingen rasch. Außer zum Purgieren begleitete Catharina Sofie zu allen Behandlungen und Bädern, sie gingen viel spazieren oder lagen faul in der Sonne. An den wenigen Regentagen saßen sie im Speisesaal und spielten oder beobachteten die anderen Gäste. Sie stellten bald fest, dass die wenigen Frauen, die ohne männliche Begleitung hier waren, nach kürzester Zeit einen Liebhaber hatten. Oder auch zwei, und nicht selten kam es dann zu hässlichen Streitereien. Oft lästerten sie noch abends im Bett über die Szenen, bei denen die Männer wie aufgeblasene Puter aneinander gerieten und die Frauen empört ihre vermeintliche Tugend herausstellten. Sie verspürten beide keine Lust, sich in diesen Reigen der Geschlechter einzureihen, und hatten daher bald den Spitznamen «eiserne Jungfrauen». Andere böse Zungen behaupteten, sie seien ein Liebespaar.

Längst hatte die zurückhaltende Sofie Vertrauen zu Catharina gefasst und ihr einiges aus ihrer Kindheit und ihrem Alltag erzählt.

«Schon als kleines Mädchen war ich schwächer als andere und musste oft das Bett hüten. Manchmal macht es mich fast verrückt, dass ich nicht weiß, was mit mir los ist, vor allem nachts, wenn wieder diese Schmerzen und Schwindelanfälle kommen und ich nicht schlafen kann. Dann halte ich mir immer vor Augen, was für ein Glück ich trotz allem habe: Ich habe eine große, liebevolle Familie. Und für dieses Glück nehme ich auch in Kauf, dass ich nicht mehr allzu lange leben werde.»

Catharina sah sie erschrocken an. «Wieso solltest du nicht mehr lange leben?»

Sofie zuckte die Schultern. «Ich weiß es eben. Mit Christoph habe ich darüber nie geredet, ich will ihm nicht noch mehr Sorgen bereiten. Versprich mir, Catharina, dass du ihm nichts davon erzählst.»

Catharina nickte.

«Ich will die Zeit, die mir mit ihm bleibt, bis zum letzten Augenblick genießen. Und wenn Gott will, sehe ich noch meine Kinder heranwachsen.» Sie sah Catharina an. «Christoph und du – ihr wart einmal sehr verliebt, nicht wahr?»

Catharina stellte die Schale mit den Nüssen auf den Boden. Sie hatte auf diese Frage schon lange gewartet, doch jetzt, wo sie im Raum stand, wusste sie nicht, was sie antworten sollte.

«Das ist lange her», sagte sie schließlich. «Wir waren beide noch Kinder. Er war wohl zu sehr ein Bruder für mich, als dass er hätte mein Mann werden können.» Dann wiederholte sie: «Es ist sehr lange her.»

Am nächsten Tag machten sie vor dem Abendessen einen ausgedehnten Spaziergang in die Berge. Als sie in der Dämmerung zurückkehrten, stellte Sofie fest, dass sie ihre Kräfte ein bisschen überschätzt hatte.

«Ich möchte noch einen Moment auf den Stufen dort ausruhen, bevor wir ins Haus gehen.»

Sie setzten sich auf die Steintreppe beim Hauptbad, und Sofie versuchte, tief und ruhig durchzuatmen. Da spürte Catharina, dass hinter ihrem Rücken sie jemand beobachtete. Sie drehte sich um. Oben auf dem Hügel stand unter einer Baumgruppe die halbwüchsige Tochter ihrer neuen Zimmergenossin und unterhielt sich mit einem hoch gewachsenen, hageren Mann, der im Halbdunkel des Schattens nur schemenhaft zu erkennen war. Dann verabschiedeten sich die beiden. Das Mädchen kam den Hügel herunter, während der Mann in die andere Richtung davonging. Als er eilig über die helle Wiese schritt, konnte man deutlich sehen, wie er hinkte. Catharina sprang auf und erstarr-

207

te: Hatte sie richtig gesehen? Das war doch Siferlin, ganz bestimmt war er es. Ihr Herz klopfte. Michael hatte ihn geschickt, um auszukundschaften, was sie trieb! Sie trat dem Mädchen in den Weg und hielt es am Arm fest.

«Mit wem hast du dich da unterhalten?»

«Lasst mich los.» Das Mädchen schüttelte ihre Hand ab. «Ich wüsste nicht, was Euch das angeht.»

Catharina riss sich zusammen. «Entschuldige bitte. Ich dachte eben nur, das sei ein Onkel von mir gewesen, der hier in der Nähe wohnt», log sie.

«Onkel», kicherte das Mädchen. «Dann hättet Ihr aber einen aufdringlichen Onkel. Nein, das war der Kammerdiener eines badischen Edelmanns, der heute Mittag abgereist ist. Jetzt hat er es ziemlich eilig, seinem Herrn hinterherzukommen. Dem Himmel sei Dank – so ein brünstiger Bock.» Sie schritt davon, wobei sie übertrieben mit der Hüfte schwang.

Nachdenklich setzte sich Catharina wieder neben Sofie. Da stimmte doch etwas nicht. Sie hatte hier nie einen hageren Mann mit verwachsenem Rücken gesehen.

«Was ist los?», fragte Sofie.

«Ich dachte, der Mann, den wir eben gesehen haben, sei der Kompagnon meines Mannes gewesen. Aber ich habe mich wohl geirrt.»

«Bestimmt. Was sollte der hier schon wollen. Und wenn er es gewesen wäre, hätte er dich doch begrüßt.»

«Nein, das hätte er bestimmt nicht. Ich denke oft, dass dieser Mann, Siferlin heißt er, hinter mir herschnüffelt.»

«Und jetzt glaubst du, dass dein Mann ihn hierher geschickt hat?»

Catharina nickte.

«Aber Catharina, warum sollte Michael so etwas Unsinniges tun?»

«Ach, Sofie, wenn du wüsstest.» Zögernd erzählte sie Sofie,

wie schlecht ihr Verhältnis zu Michael geworden war, dass sie längst nicht mehr zusammen schliefen und er eine Geliebte hatte. Zum ersten Mal offenbarte sie jemandem, wie es um ihre Ehe stand, und es war ihr eine unendliche Erleichterung, davon zu sprechen.

Tröstend nahm Sofie ihre Hand. «Das tut mir Leid für dich. Wir haben zu Hause oft über dich und Michael gesprochen und immer gehofft, dass ihr euch gut versteht und ein zufriedenes Leben führt.» Sie zögerte. «Ich weiß, dass viele Paare sich belügen und betrügen, das siehst du ja hier jeden Tag. Ich weiß auch, dass ich Christoph nicht immer das geben kann, was ein Mann von seiner Frau erwartet, aber trotzdem: Wenn Christoph eine andere Frau lieben würde – ich könnte das nicht ertragen.»

Bei Sofies letztem Satz zuckte Catharina zusammen.

In dieser Nacht hatte sie einen schrecklichen Traum. Sie lag allein in ihrer Kammer im Gasthaus, als es klopfte. Da niemand eintrat, öffnete sie die Tür und sah im dunklen Flur Siferlin stehen. Mit seiner Fistelstimme verkündete er, dass er jetzt im Besitz aller Vollmachten sei, auch was ihr Privatleben betreffe. Da erst sah Catharina, dass Siferlin splitternackt war. Sie wollte fliehen, doch er drängte sie in die Kammer zurück und verriegelte die Tür. Dann riss er ihre Kleider vom Leib und band sie mit einem Strick auf das Bett. Sie konnte kaum den Kopf heben, so brutal hatte er sie gefesselt. Zitternd vor Angst hörte sie seine Schritte und das leise Knacken von trockenem Laub und Zweigen. «Du hast mich getötet, jetzt wirst du dafür büßen.» Das war gar nicht Siferlins Stimme, das war Johann. Grinsend beugte er sich über ihr Gesicht, und sie konnte deutlich die klaffende Wunde oberhalb seiner Schläfe sehen, durch die hell die Schädeldecke schimmerte. Der Kopf verschwand. Sie hörte, wie das Knistern lauter wurde, und bemerkte entsetzt die Flammen, die an den Bettpfosten heraufzüngelten. Mit letzter Kraft schrie sie um Hilfe.

«Bindet mich los! Bindet mich los!»

«Beruhige dich, Catharina, es ist alles in Ordnung.»

Schweißnass erwachte sie und sah Sofie an ihrem Bett sitzen.

«Wir müssen weg hier», stammelte Catharina. «Es brennt. Das Gasthaus brennt.»

«Du hast nur geträumt. Versuch wieder zu schlafen.»

Der Morgen graute schon, als Catharina endlich in den Schlaf fand. Sofie blieb die ganze Zeit an ihrer Seite. «Was für eine feine Frau», war Catharinas letzter Gedanke.

Viel schlauer war er nicht geworden bei seinen Nachforschungen, dazu hätte er länger verweilen müssen, und die Gefahr, entdeckt zu werden, wäre zu groß geworden. Aber wenigstens wusste er nun, womit diese Frau seinen Brotherrn betört und geblendet hatte. Durch die Astlöcher der Badehäuser hatte er alles genau gesehen: diese runden weißen Brüste, die zarte Haut der Schenkel, dieser fleischige und doch straffe Hintern – Siferlin stöhnte auf und schloss schmerzvoll die Augen. Zur Hölle mit diesen Weibern. Aufgebracht gab er seinem Pferd die Sporen und preschte durch den Wald.

Warum war sein Herr so mit Blindheit geschlagen? Listige Tücke und Betrug, was sonst sollte diese Frau im Sinn gehabt haben, als sie darum bat, ihre Freundin begleiten zu dürfen. Und dann auch noch zu einer Badekur. Waren diese Badeorte doch für ihre Sittenlosigkeit und Unzucht bekannt. Er, Hartmann Siferlin, hätte dazu niemals seine Einwilligung gegeben. Doch Bantzer hatte nur mit den Schultern gezuckt und dankend abgewehrt, als er ihn fragte, ob er im Kurhaus für ihn nach dem Rechten sehen solle. Was war ihm anders übrig geblieben, als ihr auf eigene Faust hinterherzureisen? Er war sich sicher, dass die Gier nach einem Buhlen oder nach noch schlimmeren Ausschweifungen sie aus dem Haus getrieben hatte.

Wie arglos sein Herr war, er wusste so gar nichts von der Bosheit der Weiber. Warum nur war Bantzer nicht ledig geblieben?

Wie hieß es im Buch der Prediger: Mit einem Löwen oder Drachen zusammen zu sein wird nicht mehr frommen, als zu wohnen bei einem nichtsnutzigen Weibe. Gering ist jede Bosheit gegen die Bosheit des Weibes. Und in einer anderen Schrift hatte er gelesen: Es frommt nicht zu heiraten. Was ist das Weib anders als die Feindin der Freundschaft, eine unentrinnbare Strafe, eine häusliche Gefahr, ein ergötzlicher Schaden, ein Mangel der Natur, mit schöner Farbe gemalt …

Siferlin spürte die Enttäuschung in sich nagen. Nun musste er ohne Beweise für die Verderbtheit dieser Frau heimkehren. Hätte er nur die Möglichkeit gehabt, sie auch nachts zu beobachten – da hätte er gewiss entdeckt, was er suchte. Doch ihre Kammer lag weit oben unterm Dach, niemals hätte er unbemerkt dorthin gelangen können. Und was das gemeinsame Bad der beiden Frauen im Holzzuber betraf – von seinem heimlichen Posten aus hatte er nichts Abwegiges bemerken können. Wenn man von der Hingabe einmal absah, mit der sich die beiden Frauen einseiften. Oh, wie die nassen Leiber geglänzt hatten, wie hier ein paar Brüste, dort ein unbedecktes Geschlecht durch die dampfende Hitze zu sehen gewesen waren. Nein, nein, nein, ihn würde die Stadellmenin nicht hintergehen, er würde jegliche Unkeuschheit dieser Frau aufdecken und sie eines Tages ihrer gerechten Strafe zuführen. Und Michael Bantzer würde endlich erkennen, was für einen ergebenen Diener er in ihm besaß.

18

Michael sah sie ernst an. «Ich habe dich vermisst. Wirklich.»

Catharina antwortete nicht. Sie saßen allein beim Abendessen. Der alte Bantzer lag, wie zumeist in letzter Zeit, tagsüber im Bett und geisterte dafür nachts ruhelos durchs Haus.

«Nun komm schon, Catharina, so etwas kann doch vorkommen. Es war nur ein Geplänkel mit dieser Frau. Ich schwöre dir, das ist jetzt vorbei.»

Was erwartete Michael eigentlich von ihr? Dass sie aufsprang und ihm dankbar um den Hals fiel?

«Ich gehe zu Bett», sagte sie. «Ich bin müde von der Heimreise.»

In der Tür drehte sie sich noch einmal um. «Ich hoffe, du hast nichts dagegen, wenn ich meine Verwandten ab und zu hierher einlade.»

Er schüttelte beflissen den Kopf.

In der nächsten Zeit spürte sie deutlich, wie sich Michael um sie bemühte. Er war zwar nach wie vor oft den ganzen Tag außer Haus oder kam abends erst spät wieder, aber er wurde offener und ließ sie viel mehr als früher an seinem Leben und seinen Aufgaben teilhaben. Im Laufe der Monate entwickelte sich fast so etwas wie eine Freundschaft zwischen ihnen, eine Freundschaft allerdings, die ohne jede Zärtlichkeit oder Begehren war.

Ihre Lehener Verwandtschaft traf sie jetzt fast jede Woche. Entweder kam Sofie in Begleitung von Christoph oder Marthe in das Bantzer'sche Haus, oder Catharina machte sich auf nach Lehen.

Das Verhältnis zwischen ihr und Sofie war durch die gemeinsame Kur sehr herzlich geworden, erreichte aber nie die Innigkeit, die zwischen Lene und ihr bestanden hatte. Durch ihre offene, temperamentvolle Art hatte es Lene immer wieder geschafft, ihre ruhigere Freundin aus der Reserve zu locken. Wie albern, ausgelassen und voller verrückter Einfälle sie beide oft gewesen waren. Christoph hatte ebenfalls etwas von dieser lebenslustigen Art, die auf Catharina ansteckend wirkte.

Mit ihrer neuen Freundin verband sie etwas anderes: Sie konnten stundenlang ernsthafte Gespräche führen. Dabei kam ihr Sofie viel reifer und erwachsener vor als sie selbst. Sofie war ein sehr verstandesbezogener Mensch und vermied es, Dinge wie Gefühle auch nur anzusprechen. Seltsamerweise übertrug sich diese Scheu auf Catharina, und irgendwann fragte sie sich, was an ihrem Wesen eigentlich sie selbst war und was das Spiegelbild der Menschen, die sie umgaben: Bei Tante Marthe war sie das ewige Kind, in den Gesprächen mit Sofie die kluge, nachdenkliche Freundin, bei den wenigen Begegnungen mit Benedikt, dem Gesellen, regte sich die sinnliche Frau in ihr, im Hause Bantzer war sie die umsichtige, etwas kühle Gattin, und Siferlin rief zornige und patzige Züge in ihr hervor. Lediglich mit Christoph fühlte sie sich als Ganzes, und die schmerzliche Überzeugung nahm von ihr Besitz, dass sie an seiner Seite eine ganz andere Frau geworden wäre.

Sie beobachtete, wie hingebungsvoll er sich um seine schwache Frau und seine Familie kümmerte, und liebte ihn mehr denn je. Christoph machte es ihr nicht gerade leicht, denn obwohl er nie wieder auf sein Liebesbekenntnis damals am Peterstor zu sprechen kam, suchte er ihre Nähe und ihren Blick. In solchen Momenten hatte sie Sofies Bemerkung im Ohr, dass sie es nicht ertragen würde, wenn Christoph eine andere Frau liebte. Catharina beschloss, diesem Schwebezustand der Gefühle ein für alle Mal ein Ende zu setzen.

Als Christoph sie wieder einmal in seinem alten Pferdekarren in die Stadt zurückbrachte, sah Catharina die Gelegenheit gekommen. Sie saßen nebeneinander auf dem engen Kutschbock, ihre Leiber berührten sich bei jedem Rütteln. In Catharina flammte die fast schmerzhafte Begierde auf, diesen Mann zu umarmen und nie wieder loszulassen. Sie spürte, wie ihr Körper brannte. In Gedanken zählte sie bis zehn und sprang dann von dem rumpelnden Karren.

Christoph hielt das Pferd an.

«Was ist los, Cathi? Ist dir nicht gut?»

«Wir müssen miteinander reden.» Sie setze sich auf einen Stein am Wegrand. «Ich kann so nicht weitermachen.»

Stirnrunzelnd sah er sie an und stieg vom Wagen. Plötzlich sank er vor ihr auf die Knie.

«Ich weiß, was du sagen willst», murmelte er und bettete seinen Kopf in ihren Schoß.

Wie gern hätte Catharina ihren Gefühlen nachgegeben, aber sie musste jetzt stark sein. Sie musste die Kraft finden, Abstand zwischen sich und ihm zu schaffen.

«Wir werden nie zusammenkommen können, Christoph. Sofie liebt dich, und sie braucht dich sehr. Sie ist krank, und ich habe kein Recht, nur weil ich dich auch liebe, ihr alles zu nehmen, was sie hat.»

Christoph sah auf. «Ich komme nicht dagegen an, Catharina, ich kann nicht aufhören, von dir zu träumen. Die seltenen Male, wenn Sofie und ich im Bett beieinander liegen, denke ich immer an dich. Das ist die einzige Möglichkeit, die mir bleibt, mit dir vereint zu sein. Ist das ein Frevel?»

Catharina fand darauf keine Antwort. Vorsichtig schob sie Christoph von sich und stand auf.

«Und du, Catharina? Wenn du bei deinem Mann liegst – kannst du dann mit ihm schlafen, ohne an mich zu denken?»

«Wir schlafen nicht miteinander.»

«Was?» Ungläubig sah er sie an.

«Schon seit einem Jahr nicht mehr. Er will nicht.»

«Das kann nicht wahr sein. Ich – ich vergehe vor Sehnsucht nach dir, während dieser Mann dich links liegen lässt.» Er fasste sie hart bei den Schultern. «Lass uns zusammen weggehen, in eine andere Stadt, wo uns niemand kennt.»

«Du bist verrückt geworden. Willst du dich dein ganzes Leben lang verstecken? Wir wären ehrlos, alle beide, du weißt doch, was das heißt. Und deine Kinder? Und Sofie?» Sie stockte. Nein, sie hatte Sofie versprochen, ihm nichts von ihren Todesgedanken zu erzählen. Flehend sah sie ihn an. «Nein, Christoph, ich glaube, du hast nicht verstanden, worum es mir geht. Falls wir es nicht schaffen, unsere Liebe aufzugeben, dürfen wir uns nicht mehr sehen. Und damit würde ich nicht nur dich verlieren, sondern auch deine Familie, die mir fast so viel bedeutet wie du. Ich will weiterhin bei euch ein und aus gehen können.»

Christophs Gesicht verdüsterte sich. Er nickte. «Ich werde versuchen, vernünftig zu sein. Wir müssen wenigstens Freunde bleiben.»

Für den Rest des Weges schwieg er.

Müde und niedergeschlagen kam Catharina nach Hause. In einer ähnlich düsteren Stimmung saß Michael am Esstisch. Es war Anfang Juni, und wie jedes Jahr um diese Zeit hatten die Wahlen zum Magistrat stattgefunden.

Catharina setzte sich neben ihren Mann.

«Du bist nicht gewählt worden, nicht wahr?»

Er nickte. «Zwei Stimmen nur haben mir gefehlt.»

Er tat ihr Leid, wie er da so zusammengesunken auf seinem Stuhl saß. Tröstend legte sie den Arm um ihn.

«Nächstes Jahr wirst du es schaffen, ganz bestimmt.»

Wenige Wochen später bat Elsbeth Catharina um ein Gespräch unter vier Augen. Die Hausmagd sah sehr ernst aus.

«Du willst uns doch nicht etwa verlassen?», fragte Catharina besorgt.

«Nein, nein, das ist es nicht. Dem Himmel sei Dank, wenn Ihr mit mir zufrieden seid.» Verlegen sah sie Catharina an. «Es geht um Euch.»

«Um mich?»

«Ihr wisst, dass mich der Klatsch anderer Leute nicht kümmert. Aber auf dem Markt habe ich in letzter Zeit verschiedentlich gehört, wie über Eure Ehe geredet wird. Ich denke, dass Ihr das wissen solltet.»

«Und was reden die Leute über uns?»

«Dass Ihr – nun ja, dass es in Eurer Ehe nicht zum Besten steht, dass Ihr wohl unfruchtbar oder kalt wäret, sonst würde Euer Mann nicht sein Glück bei einer anderen suchen.»

Zornesröte stieg Catharina ins Gesicht. «Was sagst du da? Eine andere Frau?»

«Ich weiß nicht genau, was an dem Geschwätz dran ist, aber ich hab neulich mit eigenen Augen beobachtet, wie Euer Mann mit dieser Frau zusammentraf.»

«Mit welcher Frau?»

«Ich glaube, sie heißt Rebecca, die junge Frau vom Tuchhändler, dem alten Bosch. Man sagt, er sei schon fast blind und seine Angestellten und seine Frau würden ihm auf der Nase herumtanzen.»

Catharina ließ sich auf die Küchenbank sinken. In Liebe für R., dachte sie. Was war Michael doch für ein Lügner! Die ganze Zeit also hatte er sie angelogen und sich weiterhin mit dieser Frau getroffen. Sie musste jetzt genau überlegen, was zu tun war. Sie war nicht wagemutig genug, um davonzulaufen. Sie wusste genau, dass sie hier bleiben und bis zum Schluss an der Seite dieses Mannes verharren würde, denn sie hatte ihm vor Gott, vor der Kirche und vor Zeugen die Ehe versprochen, in guten wie in schlechten Zeiten, bis dass der Tod sie scheide.

Einen kurzen Augenblick lang ging ihr durch den Kopf, in ein Kloster einzutreten. «Keusch lebe ich ja schon», dachte sie bitter. Ihr fiel Hildegard von Bingen ein, von der sie eine kleine Schrift über Heilwissen gelesen hatte. Diese außergewöhnliche Frau hatte sich in der Ruhe des Klosterlebens ganz ihrer Bestimmung widmen können, sie forschte, schrieb Bücher, komponierte und stand im Briefwechsel mit den berühmtesten Männern ihrer Zeit. Sie war eine anerkannte Gelehrte, und das als Frau.

Catharina seufzte. Was für ein Unsinn. Sie war weder so klug

wie Hildegard von Bingen, noch hatte sie göttliche Visionen –
allenfalls Albträume. Und sie würde sich nie den strengen Regeln des Konvents unterwerfen können. Außerdem waren das
andere Zeiten gewesen. Sie wusste, dass in den großen Handelsstädten wie Köln oder Frankfurt vor Jahrhunderten reiche Kauffrauen gelebt hatten und Meisterinnen, die Lehrlinge ausbilden
durften. Auch in anderen Städten hatte es reine Frauenzünfte
gegeben. Was war dagegen heute eine Frau wert, wenn sie nicht
an der Seite eines Mannes stand?

Nein, sie hatte keine andere Wahl, als sich – wie es die Köchin ausdrücken würde – an dem für sie bestimmten Plätzchen,
so gut es ging, einzurichten. Aber sie würde Michael Bedingungen stellen.

«Weißt du eigentlich, was über mich geredet wird?»

Michael sah sie überrascht an. «Nein, was denn?»

«Dass ich unfruchtbar sei, zum Beispiel.»

Er zuckte die Schultern. «Tatsache ist, dass wir nun mal keine
Kinder haben.»

«Dann pass nur auf, dass nicht Rebecca, die Frau des Tuchhändlers, Kinder von dir bekommt.»

Michael wurde rot. «Was redest du da?»

«Ich rede gar nichts. Die Leute auf dem Markt posaunen herum, dass du eine Geliebte hast.»

«Geliebte, Geliebte – was soll das? Vielleicht unterhalte ich
mich mit ihr ein bisschen öfters und länger als mit den Frauen
anderer Kunden. Sie hat mir von Anfang an Leid getan, weil sie
mit diesem Tattergreis verheiratet ist.»

«Und aus lauter Mitleid gehst du ab und zu mit ihr ins Bett?»

Michael sagte nichts dazu. Das Gespräch schien ihm sichtlich
unangenehm.

«Jetzt hör mir mal gut zu.» Catharina ging mit großen Schritten auf und ab. «Ich weiß, dass es zwischen uns nicht so ist, wie

217

es zwischen Eheleuten sein sollte, und ich kann nicht sagen, ob es an dir oder mir liegt. Aber eins weiß ich: Ich will nicht zum Gegenstand irgendwelcher Tratschgeschichten werden. Ich habe die Nase voll von diesen Lügen. Mach, was du willst mit deinen Weibern, aber mache es heimlich und sorge dafür, dass die Gerüchte aufhören – egal wie. Du kannst ja Siferlin damit beauftragen, er scheint mir für solche Dinge bestens geeignet.» Sie blieb stehen und sah ihn an, doch er entgegnete immer noch nichts.

«Du schweigst? Weißt du was? Wenn mir solches Geschwätz nochmal zu Ohren kommt, werde ich ganz andere Gerüchte über dich in die Welt setzen.»

Michael lachte verächtlich. «Du drohst mir also. Du, Catharina Stadellmenin, Tochter eines kleinen Marienmalers, drohst mir!»

«Du weißt doch nichts Besseres, als mich immer wieder klein zu machen. Ich bin vielleicht von geringerem Stand als du, aber ich bin nicht dumm. Du weißt genau, dass du im Unrecht bist. Jeder geistliche und weltliche Richter würde bestätigen, dass du kein Recht hast, mich zu betrügen, da ich dir keinen Anlass dazu gebe. Also halt dich besser zurück – oder willst du, dass wir vor Gericht weiterreden? Und jetzt sage ich dir noch etwas: Geh deiner Wege, geh täglich zu deiner Rebecca, aber mache mir keine Vorschriften mehr über mein Leben.»

Bei ihren letzten Worten ging sie hinaus und warf die Tür hinter sich zu. Sie hatte sich die ganze Zeit beherrscht, aber jetzt, wo sie in ihrer Kammer auf dem Bett saß, sackte sie in sich zusammen und schluchzte wie ein kleines Mädchen. Diesen Zwist mochte sie gewonnen haben, aber sie wusste auch, dass es mit Michael auf Dauer nicht gut gehen würde.

Der Sommer verlief ohne weitere Zwischenfälle oder Streitereien. Michael schien großen Wert darauf zu legen, dass der

Hausfrieden gewahrt blieb. Er verhielt sich Catharina gegenüber zurückhaltend, aber höflich. An manchen Abenden erkundigte er sich sogar, wie sie ihren Tag verbracht hatte. Ansonsten jedoch konnte von Familienleben keine Rede sein.

«Ich weiß gar nicht, für wen ich den ganzen Tag in der Küche stehe», murrte Barbara. «Der alte Herr liegt nur im Bett herum und hat keinen Appetit, Euer Mann ist ständig außer Haus, und Ihr rührt von dem, was ich Euch hinstelle, kaum etwas an. Wenigstens verschmähen die Männer in der Werkstatt mein Essen nicht.»

Catharina gab ihr Recht und nahm von nun an, wenn sich nicht gerade Besuch ankündigte, die Mahlzeiten mit den beiden Frauen in der Küche ein. Die belanglosen, fröhlichen Gespräche mit ihnen taten ihr gut, und bald ließ Barbara durchblicken, dass sie in die Verhältnisse in Catharinas Ehe eingeweiht war.

«Ich bin zwar nur Eure Köchin», sagte sie. «Aber wollt Ihr trotzdem meine Meinung wissen?»

«Ja», erwiderte Catharina. «Sprich nur.»

«Also: Ich sehe, wie Euer schönes Gesicht grauer und faltiger wird, und jünger werdet Ihr auch nicht. Seht Euch nach einem netten Mann um. Gott fordert von der Ehe, dass sich Mann und Frau achten und sich vereinigen. Er kann aber nicht erwarten, dass die Frau einsam ist und verkümmert, während ihr Mann seinen Spaß mit anderen Frauen hat. In diesem Fall braucht die Frau, wenn sie noch jung ist, einen Geliebten, sonst wird sie irgendwann krank.»

«Dann würde die Frau in den Augen Gottes aber dasselbe Unrecht begehen», sagte Catharina.

«Nein, denn Gott ist gütig und würde erkennen, dass es so etwas wie Notwehr ist. Das ist jedenfalls meine Ansicht. Ihr braucht jemanden, der zärtlich mit Euch ist und Euch schätzt.»

Sie sah zu Elsbeth und räusperte sich.

«Nun ja», sagte Elsbeth daraufhin in ihrer bedächtigen Art.

«Es steht uns nicht zu, dass wir uns in Eure Angelegenheiten mischen. Wir möchten Euch nur wissen lassen, dass Ihr auf uns zählen könnt. Falls Ihr also jemanden kennen lernt – wir würden kein Sterbenswörtchen verraten.»

Als habe dieses Gespräch etwas in ihr ausgelöst, suchte Catharina nun öfters die Begegnung mit Benedikt. Sie war vorsichtig, denn sie wusste, dass Hartmann Siferlin jeden ihrer Schritte beobachtete.

Nach wie vor ging sie gern in den frühen Abendstunden spazieren. Da die häufigen Überfälle infolge der Teuerung und Missernten anhielten, war es für eine Frau allein nicht ratsam, sich unbewaffnet auf das Land zu wagen. Catharina zog daher den Stadtgraben vor, den sie zwar längst in- und auswendig kannte, der ihr aber immer noch angenehmer war als die engen Gassen. An jenem lauen Abend Ende September, der ihr Leben für die nächsten Jahre entscheidend verändern sollte, saß sie in der Abendsonne und beobachtete ein paar Kinder beim Ballspiel. Als die Sonne hinter der Stadtmauer verschwand, begann sie zu frösteln, und sie beschloss, heimzugehen. Da sah sie Benedikt auf sich zukommen. Mit einem unsicheren Lächeln begrüßte er sie.

«Wie schön, Euch zu treffen», sagte Catharina. «Was für ein Zufall.»

«Ja», entgegnete Benedikt. «Das heißt, nein. Um ehrlich zu sein: Es ist kein Zufall, dass ich hier bin. Ich weiß, dass Ihr oft im Stadtgraben spazieren geht. Und heute war ich mit der Arbeit früher fertig.»

Sie schwiegen beide. Benedikt setzte sich ihr gegenüber auf die Wiese und rupfte Grashalme aus.

Er hat schöne Hände, dachte Catharina. Schmal und fein, wie ein Künstler. Ihre innere Ruhe war verflogen. Sie spürte, wie ihr Herz schneller pochte. Dann ging ihr durch den Kopf, dass sie hier, genau an dieser Stelle, zum ersten Mal mit Michael zusammen gewesen war.

«Wohnt Ihr hier in der Nähe?», fragte sie.

«In der Predigervorstadt, direkt beim Lehener Tor. Ich hab ein kleines Zimmer dort.»

Catharina wusste selbst nicht, woher sie plötzlich die Kühnheit nahm, ihn zu fragen, ob er ihr sein Zimmer zeigen würde. Benedikt nickte nur, und sie gingen wortlos das kleine Stück bis zum Tor. Schräg gegenüber stand ein schmales heruntergekommenes Fachwerkhaus. Durch eine verwitterte Holztür, die schief in den Angeln hing, traten sie in einen dunklen Flur. Es roch nach Schimmel und Urin.

Wie ärmlich es hier aussieht, dachte Catharina, als sich ihre Augen an das Dämmerlicht gewöhnt hatten. Dann folgte sie Benedikt in sein Zimmer, das gleich im Erdgeschoss nach hinten hinaus lag. Sie war überrascht: Die Wände waren frisch geweißelt, auf den Dielenbrettern fand sich kein Krümchen, auf zwei Strohsäcken lagen ordentlich zusammengelegte Decken, und aus dem geöffneten Fenster drang der süße Duft verblühender Rosen, die in hohen Büschen im Hinterhof wuchsen.

«Mit wem teilt Ihr das Zimmer?», fragte sie.

«Mit einem Messerschmied. Ein sehr ruhiger und freundlicher Zimmergenosse.»

Benedikt beugte sich aus dem Fenster und brach eine rote Blüte ab. Immer noch verlegen, überreichte er sie Catharina.

«Ihr wisst, wie sehr ich Euch verehre, nicht wahr?»

Catharina legte die Rose auf die Kommode und nahm seine Hände in ihre. Beider Hände waren feucht vor Aufregung. «Und Ihr wisst, dass ich eine verheiratete Frau bin.»

Fast traurig betrachtete Benedikt sie und nickte. «Ja, ich weiß. Und beides geht nicht gut zusammen.»

Dann zog er sie neben sich auf die Schlafstatt. Catharina beugte sich vor und küsste ihn vorsichtig auf den Mund. Wie lange schon hatte sie keinen Mann mehr geküsst! Benedikt öffnete seine Lippen, wie um sie einzuladen, mehr zu fordern. Ihre

Zunge erforschte seine Lippen, seinen Mund, sein Gesicht, und eng umschlungen streckten sie sich auf dem schmalen Strohsack aus.

Es war so überraschend einfach mit Benedikt. Er gab ihr alles, was sie als Frau so lange Zeit vermisst hatte. Nicht nur körperlich begehrte er sie – und dabei war er ein leidenschaftlicher Liebhaber, der zugleich zärtlich und stürmisch auf ihre Bedürfnisse einging –, sondern auch geistig: Über Gott und die Welt suchte er das Gespräch mit ihr und schätzte ihre Meinung. Er bedauerte oft, dass er so wenig wusste und in seinem Leben so wenig Gelegenheit zum Lernen gehabt hatte, doch für Catharina war er einer der klügsten Männer, die ihr je begegnet waren. Sie genossen jeden Augenblick miteinander. Dennoch sprachen sie nie über eine gemeinsame Zukunft, denn sie wussten: Sie hatten keine.

In den ersten Tagen ihrer Liebschaft vermieden sie es, sich im Hof oder der Werkstatt zu begegnen. Doch ihnen wurde schnell bewusst, dass die geringste Verhaltensänderung den Argwohn der anderen Männer oder Hartmann Siferlins auf sich ziehen konnte. So versuchten sie, zu ihrem unbekümmerten Umgangston zurückzufinden.

Catharina musste sich zusammenreißen, nicht häufiger als bisher in die Werkstatt zu gehen, denn sie sehnte sich täglich mehr nach seiner Nähe. Sie liebte ihn nicht, doch sie genoss diese Freundschaft wie ein warmes Bad, und die heimlichen Zusammenkünfte in seinem kleinen Zimmer waren ihr viel zu selten.

Inzwischen besuchte sie einmal in der Woche, jeden Samstag, ihre Familie in Lehen. Es war zur Gewohnheit geworden, dass Christoph oder einer der Zwillinge am Morgen in der Stadt Erledigungen machte, anschließend Catharina abholte und sie mit nach Lehen nahm. Am frühen Abend kehrte sie zurück, sicherheitshalber brachte einer der Männer sie bis zum Stadttor. Von dort schlich sie sich dann, das Kopftuch tief ins Gesicht gezogen, zu Benedikt, der an den Samstagabenden in der Regel allein war, da sein Mitbewohner an diesem Tag gleich nach Feierabend seine zukünftige Frau zu besuchen pflegte. Sie liebten sich, ohne dass ihr Zusammensein an Reiz verlor.

Der einzige Schatten, der sich über diese Zeit legte, war Catharinas schlechtes Gewissen. Nicht Michael gegenüber, der noch nie das geringste Anzeichen von Eifersucht gezeigt hatte – nicht einmal dazu ist er fähig, dachte Catharina voller Grimm –, nein, sie hatte vielmehr das Gefühl, Christoph zu betrügen. Besonders schlimm waren die Augenblicke, wenn er sie bis zum Lehener Tor begleitete und sich mit einem brüderlichen Kuss von ihr verabschiedete.

«Ich freue mich auf nächsten Samstag», sagte er dann jedes Mal und winkte ihr nach, bis sie durch das Tor verschwunden war. Er ahnte nicht einmal, dass sie wenige Augenblicke später in den Armen ihres Liebhabers lag. Sie fragte sich später oft, ob sie nicht von Anfang an hätte offen zu ihm sein sollen. Aber für sie selbst war alles noch so neu, und sie wusste auch, wie sehr ihn ihre Beziehung zu Benedikt verletzt hätte.

Wen sie nicht täuschen konnte, waren Barbara und Elsbeth.

«Wie glücklich Ihr ausseht», sagte Elsbeth, als sie an einem stürmischen Oktoberabend in der Küche beim Essen saßen. Verlegen wie ein ertapptes Kind löffelte Catharina ihre Suppe.

«Ja, es geht mir gut.»

«Ihr habt eine gute Wahl getroffen», fügte Barbara hinzu.

«Woher wisst ihr, wer –» Catharina stockte.

«Wir haben doch Augen im Kopf», entgegnete Barbara. «Aber keine Angst: Euer Mann weiß mit Sicherheit nichts. Er ist viel zu beschäftigt.»

«Es freut mich, dass Catharina in letzter Zeit so fröhlich und ausgeglichen ist.» Bantzer schlug Siferlin freundschaftlich auf die Schulter. «Jede andere Frau würde jammern und klagen, wenn ihr Gemahl so wenig Zeit hätte wie ich. Aber dafür laufen die Geschäfte auch märchenhaft, nicht wahr, mein lieber Hartmann?»

Siferlin nickte, ohne von den Büchern aufzusehen. Vielleicht hat sie gute Gründe für ihre strahlende Laune, dachte er.

«Hin und wieder braucht es eben einen deftigen Streit, das reinigt die Luft. Weißt du, Hartmann, es ist manchmal eine Last mit den Frauen, und du tust gut daran, Junggeselle zu bleiben. Dennoch glaube ich, mit meiner Catharina kein schlechtes Los gezogen zu haben. Mit ihrer klugen Zurückhaltung lässt sich zurechtkommen.»

Bantzer streckte sich genüsslich, nur um im nächsten Moment mit einem Aufschrei zusammenzuzucken.

Siferlin kniff die Augen zusammen. «Was ist?»

«Der verdammte Rücken – seit meinem Sturz neulich vom Pferd wollen die Striemen nicht heilen. Schick bitte den Lehrbuben nach einem Tiegel Ringelblumensalbe. Aber meine Frau soll davon nichts erfahren.»

«Selbstverständlich. Aber vielleicht sollte doch besser der Bader kommen.»

Bantzer hob abwehrend die Hände. «Nein, um Himmels willen. Wegen solch einer Lappalie.»

Lappalie. Siferlin konnte das Zittern seiner Hände kaum verbergen, als er sich wieder über das Auftragsbuch beugte. Von wegen Sturz vom Pferd. Er hatte mit eigenen Augen gesehen, wie das Blut den Rücken hinuntergelaufen war, hatte Bantzers Schmerzensschreie gehört, als diese Furie wieder auf ihn eingeschlagen hatte. Ihm schwindelte.

Durch Zufall hatte er das Liebesnest von Bantzer und der Frau des Tuchhändlers entdeckt. Er hatte nach einer Bestellung seine beste Schreibfeder in der Lagerhalle des Händlers vergessen und war zurückgeeilt, als er an dem alten Lagerschuppen vorbeikam, der halb in die Stadtmauer eingelassen war. Von dem alten Tuchhändler wusste er, dass diesen Schuppen seit Jahren kein Mensch mehr betreten hatte, seitdem darin ein grässlicher Mord geschehen war. Doch jetzt war der Riegel zurückgeschoben, die Tür nur angelehnt.

Fühlte sich Siferlin in seiner äußeren Gestalt von Gott und der Natur nicht gerade begünstigt, so besaß er doch eine Eigenschaft, auf die er stolz war: Ihm entging nicht die kleinste Veränderung in seiner Umgebung. Jeder andere wäre an dieser verwitterten Holztür vorübergegangen, doch Siferlin sah sofort, dass hier vor kurzem jemand eingetreten war. Seine Drang, alles auszukundschaften, trieb ihn dazu, so lautlos wie möglich in den dunklen Schuppen zu schlüpfen. Ein schmaler Gang führte tief in das Mauerwerk der Stadtbefestigung. Schon nach wenigen Schritten hörte er das klatschende Geräusch und die unterdrückten Schreie. Angst packte ihn, doch seine unersättliche Neugier trieb ihn vorwärts. Was er dann erblickte, ließ ihm den Atem stocken.

Im Schein zweier Fackeln kauerte sein Brotherr auf allen vieren, nackt, schweißglänzend, mit geschwollenem Glied. Hinter ihm stand Rebecca, eine Reitpeitsche in der erhobenen Hand. Ihr schönes Gesicht war zu einer hasserfüllten Fratze verzogen.

«Du denkst an andere Frauen, wenn du mit mir vögelst. Gibst du es endlich zu, du Schweinehund?»

Wieder knallte die Peitsche auf Bantzers Rücken. Siferlin zuckte zusammen. Wie gelähmt stand er da, konnte den Blick nicht losreißen von dieser grausamen Frau und dem winselnden Mann, blieb bebend und mit offenem Maul stehen, bis Bantzer in schmerzhafter Wonne um Gnade flehte und Rebecca sich endlich, endlich rittlings auf seiner Rute niederließ.

Siferlin verstand die Welt nicht mehr. Was ließ sich Bantzer nur antun von dieser Bestie? Wie unglücklich musste er mit der Stadellmenin sein, wenn es ihn zu diesen Schmerzen trieb. Tränen des Mitleids liefen über Siferlins Wangen, nachdem seine Erregung endlich abgeklungen war und er wieder ins Tageslicht trat.

Immer wieder zog es ihn fortan als heimlichen Zuschauer zu Bantzers Stelldichein. Wie sein Herr wurde er zu einem Gefangenen der grausamen Lust, und er vergaß dabei vollkommen seinen Vorsatz, Catharina Stadellmenin im Auge zu behalten.

Die Tage wurden kürzer. Inzwischen herrschte Nacht, wenn Catharina von ihren Besuchen bei Benedikt zurückkehrte. Sie wusste, dass es sich für eine Frau nicht schickte, bei Dunkelheit allein durch die Straßen zu gehen, doch sie wagte nicht, sich einen Fackelträger zu mieten, denn diese Leute waren für alles andere als für ihre Verschwiegenheit bekannt. So huschte sie jedes Mal wie ein verfolgtes Tier durch eine unbewachte Nebenpforte in die Innenstadt und dann auf dem kürzesten Weg nach Hause. Es war vorauszusehen gewesen, dass sie eines Abends von der Stadtwache gestellt würde.

«Halt! Stehen bleiben!»

Catharina zuckte zusammen. Vom Klosterhof St. Peter kam mit schnellen Schritten ein Wächter auf sie zugelaufen und leuchtete mit seiner Laterne in ihr Gesicht.

«Wer seid Ihr? Nehmt sofort das Tuch aus dem Gesicht.»

Gehorsam schob sie sich das Kopftuch zurück.

«Oh – die Bantzerin», stotterte der Stadtwächter. «Verzeiht, ich habe Euch nicht erkannt. Aber Ihr wisst ja selbst, dass ich in diesen gefährlichen Zeiten meine Pflicht tun muss. Darf ich Euch nach Hause begleiten?»

Catharina nickte seufzend. Ganz offensichtlich war sie stadtbekannt. Ihr wurde klar, dass sie, zumindest jetzt in den Wintermonaten, ihre abendlichen Besuche bei Benedikt einstellen musste, wenn sie nicht wollte, dass ihr Verhältnis ans Licht kam.

19

«Stell dir vor, der Bodensee ist zugefroren!»

Catharina stand am offenen Herdfeuer in der Küche, um sich die Hände zu wärmen, während sich Benedikt das Wams zuschnürte. Nach wochenlangem Schneefall hatte ein Frost eingesetzt, wie ihn die Menschen aus der Gegend noch nicht erlebt hatten. Die Welt bestand nur noch aus Schnee und Eis. Das Mehl wurde wieder einmal knapp, da die wassergetriebenen Mühlen stillstanden, und selbst im Hause Bantzer mussten Eicheln und Hafer ins Brot gemischt werden.

«Ist ein gefrorener See etwas Besonderes bei dieser Hundekälte?», fragte Benedikt.

«Weißt du denn nicht, wie riesig der Bodensee ist? Er ist so groß wie ein richtiges Meer, du kannst das andere Ufer nicht sehen, so weit weg ist es. Und jetzt kann man zu Fuß oder sogar mit dem Wagen in die Schweiz hinüber.»

«Aha», lachte er. «Da sieht man wieder, wie dumm ich bin. Ich dachte, der Bodensee sei ein Weiher draußen bei euch in Lehen.»

Catharina sah ihn prüfend an. Sie konnte manchmal nicht einschätzen, ob er sie auf den Arm nahm oder etwas tatsächlich nicht wusste.

Benedikt küsste sie. «Wenn es nicht so kalt wäre und du meine Frau wärst, würden wir uns gleich auf den Weg machen und quer über den See laufen. Aber leider ist alles ganz anders, und ich muss wieder in die Werkstatt hinunter.»

Er legte seine Lederschürze an, die sie als Unterlage auf dem Fußboden ausgebreitet hatten, und klopfte leise dreimal gegen die Tür zum Esszimmer. Barbara öffnete die Tür von außen: «Ihr könnt heraus, es ist niemand da.»

Catharina fand diese Zeremonie nach wie vor entwürdigend, aber das Stelldichein in der Küche unter der wachsamen Obhut von Barbara und Elsbeth war im Moment für sie die einzige Möglichkeit, sich allein und ungestört zu treffen. Catharina dachte mit Sehnsucht an den Frühling, wenn die Tage wieder länger sein würden und sie sich in Benedikts Zimmer sehen konnten.

Doch die bittere Kälte hielt noch lange an. Die Armen, die kein Obdach in den Spitälern und Armenhäusern fanden, liefen Gefahr, auf offener Straße zu erfrieren. Harmlose Erkältungskrankheiten ließen die Geschwächten wie Fliegen dahinsterben. Da die Erde eisenhart gefroren war, konnten die Leichen nicht bestattet werden und mussten in eigens dafür errichteten Hütten draußen vor der Stadt gelagert werden. Seit zweieinhalb Jahren spielte das Wetter nun schon verrückt, und inzwischen erreichte der lange Arm des wirtschaftlichen Niedergangs auch die reicheren Bürgerhäuser.

Wegen der schlechten Auftragslage war Michael jetzt häufiger als sonst in der Werkstatt oder im Haus. Von den wenigen Kundenbesuchen abgesehen, verließ er das Haus nur noch für die wöchentlichen Zunftversammlungen. Catharina vermutete, dass ihm seine Geliebte davongelaufen war, denn er wirkte unzufriedener und unruhiger denn je. Hinzu kamen seine Sorgen um die Werkstatt. Um niemanden entlassen zu müssen, zahlte er jetzt weniger Lohn aus, was alle ohne Murren hinnahmen. Aber wie lange konnte das gut gehen?

Auch Catharina hatte jetzt erheblich weniger Geld zur Verfügung, und Barbara und Elsbeth verzichteten freiwillig auf ihr Taschengeld. Michael suchte zunächst nach Auftraggebern in den Nachbarorten, reiste nach Breisach, Emmendingen und Waldkirch. Vergeblich. Außer einer Menge Unkosten kam nichts dabei heraus. Viele seiner Zunftgenossen suchten Hilfe bei Gott. Sie ließen Messen für sich lesen, unternahmen Wallfahrten oder spendeten großzügig an die Kirche. Doch obwohl Michael von einer streng katholischen Mutter aufgezogen worden war, hielt er ebenso wenig wie Catharina von den Ritualen und Heilsversprechungen der Kirche.

Er begann zu trinken. Um nicht seinen Ruf als Zunftmeister zu gefährden, trieb er sich in den unterschiedlichsten Vorstadtschenken herum, wo ihn, wie er hoffte, niemand kannte.

Michaels unregelmäßige Anwesenheit im Haus barg ein großes Risiko für Catharinas Verabredungen mit Benedikt. Bisher war es einfach gewesen: Catharina wusste immer mit ziemlicher Sicherheit, wann ihr Mann nach dem Mittagessen außer Haus zu tun hatte und wann in der Werkstatt. So konnte sie, wenn eine der Frauen den Angestellten das Essen hinüberbrachte, eine Nachricht mitgeben. Da die Gesellen auch hin und wieder im Lager- oder Verkaufsraum des Vorderhauses zu tun hatten, dachte sich wohl niemand etwas dabei, wenn Benedikt ab und zu über den Hof ging.

An diesem wolkenverhangenen Februartag hatte er es besonders eilig und stürmte, zwei Stufen auf einmal nehmend, die Treppe hinauf, wo Catharina in der Diele auf ihn wartete. Sie fielen sich in die Arme. Seit zwei Wochen schon waren sie nicht mehr zusammen gewesen, da Michael wegen eines verstauchten Fußes das Haus hatte hüten müssen. Heute sollte er mit Siferlin unterwegs sein, um Geld von säumigen Kunden einzutreiben.

«Endlich», murmelte Benedikt und zog Catharina in die Küche. Ungestüm nahm er sie in die Arme, als draußen plötzlich ein Tonteller zu Boden krachte. Das war das Zeichen für höchste Alarmbereitschaft. Hastig legte er seinen Schurz um, der zu Boden geglitten war, als sich auch schon die Tür öffnete und Michael mit Siferlin eintrat.

«Was machst du hier mitten in der Arbeitszeit? Habt ihr jetzt alle nichts mehr zu tun?», herrschte er Benedikt an und blickte dann misstrauisch zu Catharina, die sich am Herdfeuer zu schaffen machte und hoffte, dass Michael ihre zitternden Hände nicht bemerkte.

«Ich habe Barbara gefragt», entgegnete Benedikt ruhig, «ob sie uns nicht etwas heißen Kräutertee zubereiten kann. Die Hälfte der Männer ist stark erkältet.»

«So ist es. Und wenn Ihr erlaubt, werde ich einen großen Krug hinunterbringen.» Barbara war hinter den Männern in die Küche getreten und machte sich wie selbstverständlich daran, einen Topf mit Wasser aufzusetzen.

Michael brummte etwas Unverständliches und ging an den Vorratsschrank, dem er eine Flasche Selbstgebrannten entnahm. «Es wird spät heute, ihr braucht mit dem Abendessen nicht auf mich zu warten.»

Die ganze Zeit über hatte Siferlin Catharina durchdringend angesehen, und sie musste sich zwingen, ihren Blick nicht abzuwenden. Als die beiden Männer die Küche verließen, sagte Siferlin so laut, dass es alle hören konnten: «An Eurer Stelle würde ich auf Euren Haushalt ein wachsameres Auge werfen.»

«Diese Giftschlange», schimpfte die Köchin, nachdem sie die Tür zugeworfen hatte.

Catharina saß der Schreck noch in den Gliedern. «Eins ist klar: Im Haus dürfen wir uns nicht mehr treffen. Wobei ich mehr Angst vor Siferlin habe als vor meinem Mann. Benedikt, wir müssen warten, bis die Abende heller werden und ich wieder zu dir kommen kann.»

Stöhnend legte er seinen Kopf auf ihre Schulter. «Das halte ich nicht aus!»

Dann strich er Barbara unbeholfen über die rosigen Wangen. «Danke! Ich gehe jetzt besser. Bringst du mir dann den Kräutertee?»

Barbara nickte.

In den nächsten Wochen trafen sich Catharina und Benedikt nur noch zufällig im Hof oder im Haus. Anfang April, es hatte endlich Tauwetter eingesetzt, stellte Catharina fest, dass ihre

Blutungen schon zum zweiten Mal ausgesetzt hatten. Beim ersten Mal war Catharina nicht sonderlich beunruhigt gewesen, denn sie war fest davon überzeugt, dass sie unfruchtbar sei, seitdem sie sich damals als junges Mädchen von der Hebamme Gysel hatte behandeln lassen. Dabei war sie trotz allem immer vorsichtig mit Benedikt gewesen, denn sie wusste, dass es zwischen den Blutungen eine gefährliche Zeit gab, und an diesen Tagen hatten sie sich auf andere Weise Vergnügen bereitet. Jetzt aber spannten auch ihre Brüste, und es gab für sie keinen Zweifel mehr: Sie war schwanger.

Es dauerte Tage, bis sie wirklich begriff, was mit ihr geschah. Sie, die sich immer eine große Familie gewünscht hatte, trug ein Kind im Leib und durfte es nicht zur Welt bringen. Wenn sie wenigstens hin und wieder mit Michael geschlafen hätte – sie hätte keine Skrupel verspürt, es zu seinem Kind zu erklären. Aber so? Es gab keinen anderen Weg, als sich von diesem Wesen, das in ihr heranwuchs, zu trennen. Und niemand durfte etwas davon erfahren. Verzweifelt weinte sie sich nachts in den Schlaf.

Nachdem die Frühjahrssonne die verschlammten Wege einigermaßen getrocknet hatte, machte sie sich auf nach Lehen. Dem Wächter am Tor musste sie angeben, wohin sie gehen wolle. Es sei in letzter Zeit wieder zu Überfällen gekommen, erklärte er, und er habe dafür zu sorgen, dass sich niemand allein auf die Landstraße wagte. Sie wartete, bis sich eine Gruppe von Bauern und Trödlern zusammengefunden hatte, und marschierte mit ihnen los. Ihr war flau im Magen, und sie wusste nicht, ob das von der Schwangerschaft herrührte oder von der Angst vor dem, was auf sie zukam.

Marthe und Christoph waren glücklich, sie nach so vielen Wochen endlich wiederzusehen. Sie ließen ihre Arbeit liegen und führten sie in die Küche. Catharina fragte nach Moses, der nicht zur Begrüßung erschienen war.

«Er ist vor zwei Wochen gestorben», sagte Marthe. «Er war ja schon alt, und plötzlich konnte er kaum noch laufen.» Sie erzählte, wie er eines Abends unbedingt in die Küche wollte, was sonst nicht seine Art war, und sich dicht neben das Herdfeuer legte. Die Köchin wollte ihn hinausjagen, aber Marthe ahnte, dass er zum Sterben gekommen war. Sie bettete ihn auf einen alten Sack und streichelte ihn so lange, bis er mit einem kleinen Seufzer die Augen schloss.

«Ich glaube nicht, dass er Schmerzen hatte.»

Da fing Catharina an zu weinen. Es war nicht Moses' Tod, der sie die Fassung verlieren ließ, sondern alles zusammen. Sie fühlte sich unsagbar allein, konnte niemandem von ihren Sorgen und Ängsten erzählen.

Erschrocken legte Christoph den Arm um sie. «Aber Cathi, sei doch nicht traurig. Er hatte ein so schönes Leben wie kaum ein anderer Hund im Dorf.»

Sie wischte sich verstohlen die Tränen weg und versuchte zu lächeln. «Ist schon gut. Ich bin im Moment einfach ein bisschen schwach. Wahrscheinlich war ich in letzter Zeit zu wenig an der frischen Luft. Wie geht es Lene und ihrem kleinen Buben?»

«Gut. Stell dir vor, sie kommen diesen Sommer zu Besuch. Wir haben den Kleinen ja auch erst einmal gesehen, letztes Jahr. Da konnte er noch nicht einmal krabbeln.»

«Wie schön, dass sie kommt. Ich habe sie schon so lange nicht mehr gesehen. Wo ist eigentlich Sofie?»

Marthe zögerte und warf einen kurzen Blick auf ihren Sohn. «Der harte Winter hat sie ziemlich mitgenommen. Sie hat jetzt öfter so ein Schwächegefühl in den Beinen und muss dann im Bett bleiben. Geh doch nachher hinauf zu ihr, sie freut sich bestimmt.»

Sofie lag mit geschlossenen Augen im Bett, als Catharina eintrat. Ihre Tochter hockte auf den Dielen und spielte mit einer Stoffpuppe.

«Ich freue mich, dass du wieder einmal hier bist», sagte sie und richtete sich vorsichtig auf. «Habt ihr den Winter gut überstanden?»

«Mehr oder weniger. Das Geschäft läuft nicht mehr so gut, aber sonst ist alles in Ordnung.» Catharina hätte ihr gern mehr Einzelheiten erzählt, von ihrer Ehe, von Benedikt, vielleicht sogar von ihrer Schwangerschaft, aber sie war so erschrocken über Sofies Gebrechlichkeit, dass sie diese Gedanken von sich schob.

Sofie blickte zu ihrer Tochter.

«Mein kleiner Schatz, gehst du bitte hinunter und schaust ein wenig nach deinem Bruder?»

Das Mädchen nickte gehorsam, klemmte ihre Puppe unter den Arm und ging hinaus. Sofie sah ihr nach.

«Sie ist schon so verständig.» Sie ließ sich wieder auf ihr Kissen sinken. «Cathi, ich spüre, dass es jetzt bald so weit ist. Christoph glaubt immer noch, dass ich wieder gesund werde, aber ich weiß jetzt, dass ich es nicht schaffe.»

Catharina nahm ihre Hand. «Wie willst du das wissen, Sofie? Du darfst dich nicht einfach aufgeben.»

«Das hat nichts mit Aufgeben zu tun. Es ist nur sinnlos, sich gegen etwas zu wehren, was unausweichlich ist. Cathi, ich habe keine Angst vor dem Tod. Ich fühle jetzt schon einen großen Frieden in mir, und ich gehe gern. Aber ich mache mir Sorgen um Christoph und Marthe. Ich hatte schon einige Male einen bösen Traum, in dem Marthe verunglückte.»

Catharina bat sie, von diesem Traum zu erzählen, doch Sofie winkte ab. «Lass uns über schönere Dinge reden. Erzähl mir von dir – wie geht's zu Hause, was machst du den ganzen Tag?»

Ach, Sofie, dachte Catharina, wenn du wüsstest, was ich zu berichten habe. Sie gab ein paar Schwänke von Barbara zum Besten und brachte Sofie damit sogar zum Lachen. Nach einer Stunde merkte sie, wie die kranke Frau, die blass und ausgemergelt im Bett lag, wieder müde wurde, und sie verabschiedeten sich.

Traurig und niedergeschlagen ging sie zu ihrer Tante in die

Küche. Traurig wegen Sofie und niedergeschlagen, weil sie sich jetzt auf den Weg zu Gysel machen musste.

«Ich mache eben nochmal einen Spaziergang, Tante Marthe, und schau bei unserem Schäfer vorbei.»

«Eine gute Idee. Frag ihn doch dann, ob er bald wieder junge Hunde hat. Warte, ich hole Christoph, er hat sicher Lust mitzukommen. Er braucht auch ein bisschen Abwechslung.»

Catharina schüttelte heftig den Kopf. «Nein, lass nur, ich möchte lieber allein sein.»

Marthe sah sie an. «Ist mit dir wirklich alles in Ordnung?»

«Ja natürlich. Ich bin rechtzeitig zum Essen zurück.»

Dabei hatte sie keine Ahnung, was sie bei der alten Gysel erwarten würde. Eilig durchquerte sie das Dorf, ohne nach rechts und links zu schauen. Von St. Cyriak läutete die Kirchturmuhr zu Mittag. Sie bog in den von Brombeerhecken gesäumten Pfad unterhalb des Lehener Bergles ein. Dort oben hatte sie mit Christoph gesessen, als sie nach dem entlaufenen Ziegenbock suchen sollten. Jede Einzelheit jenes Nachmittags kam ihr plötzlich in den Sinn. Wie kindlich waren sie beide noch gewesen!

Sie verlangsamte ihre Schritte, als sie sich dem Häuschen am Waldrand näherte. Sie hätte nie gedacht, dass sie diesen Weg noch einmal würde gehen müssen. Und dieses Mal hatte sie keine Lene dabei, die ihr Mut machte. Beklommen klopfte sie an die Haustür. Als sich nichts rührte, klopfte sie stärker. Da kam eine Frau, ein wenig jünger als Marthe, durch den Garten auf sie zu und sah sie misstrauisch an.

«Wen sucht Ihr?»

«Ich möchte zu Gysel.»

«Das bin ich.»

Catharina schaute sie verwirrt an. «Das kann nicht sein. Die Frau, die ich suche, müsste viel älter sein.»

«Dann sucht Ihr meine Mutter. Die ist vor ein paar Jahren gestorben. Was wolltet Ihr denn von ihr?»

Catharina wusste nicht, ob sie dieser Frau trauen konnte. «Ach, nichts Wichtiges. Entschuldigt bitte die Störung.»

Alle Hoffnungen, die sie auf die alte Gysel gesetzt hatte, fielen in sich zusammen wie ein Kartenhaus. Enttäuscht wandte sie sich um und wollte schon gehen, als die Frau sie festhielt.

«Einen Moment, wartet. Wolltet Ihr meine Mutter um Hilfe bitten?»

Catharina nickte. «Sie hat mir schon einmal geholfen, als ich ein junges Mädchen war.»

Die Frau zog sie ins Haus. In dem karg eingerichteten Raum hing immer noch alles voller Kräuter, frischer und getrockneter, doch in der Ecke, in der sich damals der große Bottich befunden hatte, lagen jetzt große Bündel von Weidenruten und halb fertigen Körben.

«Seid Ihr auch Hebamme?», fragte Catharina.

«Nein. Ich lebe vom Kräutersammeln und Korbflechten. Setzt Euch dort auf die Bank und sagt mir, warum Ihr Hilfe braucht. Ihr müsst keine Angst haben, ich kann schweigen.»

Erleichtert erzählte sie der Frau, dass sie verheiratet und von einem anderen Mann schwanger sei. Sie versuchte sich so kurz wie möglich zu fassen, doch Gysel hakte immer wieder nach.

«Eure Blutungen sind also zweimal ausgeblieben, und Eure Brüste spannen. Ist Euch morgens schlecht?»

Catharina verneinte.

«Müsst Ihr oft pinkeln, habt Ihr Blähungen?»

«Ja, seit ein paar Tagen. Und ich habe Sodbrennen.»

Gysel schob ihre Hand unter Catharinas Hemd und legte sie auf ihren Bauch.

«Es sind schon Frauen hergekommen, deren Bauch war bereits rund wie eine Kugel. Dann ist es zu spät. Aber bei Euch habe ich den Eindruck, soweit ich das beurteilen kann, dass Ihr erst im zweiten Monat seid. Das ist gut.»

«Könnt Ihr mir helfen?»

«Nein. Ich kenne mich zwar in diesen Dingen aus, aber ich habe noch nie einen Abortus vorgenommen. Ich rate Euch, zur Seboltin zu gehen. Sie hat bei meiner Mutter gelernt und ist sehr erfahren. Sie wohnt wie Ihr in der Stadt, hat aber keine Zulassung mehr.»

Nachdem Gysel ihr erklärt hatte, wo Ursula Seboltin wohnte, brachte sie sie zur Tür.

«Seid vorsichtig. Ihr wisst, dass auf das, was Ihr vorhabt, die Todesstrafe steht.»

Bei diesen Worten zuckte Catharina zusammen, doch sie wusste, dass ihr kein anderer Ausweg blieb, und bat Gott inbrünstig um Verzeihung für das, was sie vorhatte.

«Nennt also niemals Euren Namen», fuhr die Kräuterfrau fort. «Ihr könnt der Seboltin zwar vertrauen, aber falls sie je einmal in Schwierigkeiten gerät, ist es besser, wenn sie Euch nie gekannt hat. Die verschwiegensten Frauen sind schon zum Sprechen gebracht worden. Da würde die Seboltin keine Ausnahme machen.»

20

Catharina krümmte sich vor Schmerzen. Bei jedem Krampf klammerte sie sich an die Holzbretter des Aborts und versuchte, nicht aufzuschreien. Es kam ihr vor wie eine Ewigkeit, bis sie endlich ein warmes Rinnsal an ihren Schenkeln spürte. Sie wusste nicht, was da unter ihrem Körper im Abfluss verschwand, wollte es auch nicht wissen. Ihr war schlecht und schwindlig, und sie betete, dass alles bald vorbei sein würde. Nachdem die Krämpfe und Blutungen spürbar nachgelassen hatten, legte sie sich eine Binde aus Leinen zwischen die Beine, reinigte den Abtritt und ging zu Bett, wo sie erschöpft den Rest des Tages verbrachte.

Ob die Leibesfrucht tatsächlich abgegangen war, würde sich nach den Worten der Seboltin erst in den nächsten Wochen herausstellen, aber Catharina war sich gar nicht mehr sicher, ob es das war, was sie wollte. Hatte sie tagelang ihre gesamte Willenskraft darauf verwandt, sich von dem Ungeborenen zu trennen, es aus ihrem Körper zu verbannen, ergriff sie mit einem Mal Angst, ihr Kind tatsächlich zu verlieren.

Noch am Tag ihres Besuchs in Lehen war sie bei Ursula Seboltin vorbeigegangen. Die heimliche Hebamme, eine ältere Witwe, lebte in einem windschiefen Hinterhaus in der Neuburger Vorstadt. Freundlich und ohne nach Catharinas Namen zu fragen, hatte sie ihr zugehört und sie anschließend untersucht.

«Nach allem, was ich sehe und was Ihr erzählt habt, schätze ich, dass Ihr schwanger seid, und zwar im Anfang des dritten Monats. Ihr müsst aber wissen, dass sich mit völliger Sicherheit eine Schwangerschaft erst im vierten Monat feststellen lässt. Da Ihr so frühzeitig zu mir gekommen seid, tut es jedoch nichts zur Sache, ob Ihr schwanger seid oder nicht, denn die Behandlung, die ich vorhabe, mit Bädern und Kräutern, wird Eurem Leib auf keinen Fall schaden. Manchmal allerdings hilft sie auch nicht, und dann müssen wir warten, bis die Schwangerschaft weiter fortgeschritten ist. Der Himmel möge das verhüten, denn dann wird der Eingriff schmerzhafter und auch gefährlicher für Euch.» Sie sah Catharina fest in die Augen. «Seid Ihr ganz sicher, dass Ihr das Kind nicht haben wollt?»

Als Catharina heftig nickte, fuhr die Hebamme fort: «Das ist wichtig, denn nur dann kann ich Euch helfen.»

Anschließend erklärte sie die Einzelheiten der Behandlung und bestellte sie für den nächsten Morgen zu sich.

Vor Angst tat Catharina in der Nacht kein Auge zu. Bereits das zweite Mal in ihrem Leben stand ihr der Abbruch einer möglichen Schwangerschaft bevor. Warum blieb ihr das nicht erspart? Ob es anderen Frauen auch so erging? Als sie bei der Hebamme eintraf, wartete schon ein dampfendes Kräuterbad auf sie. Catharina zog sich aus und setzte sich in das heiße Wasser.

«Die Hitze und die Kräutermischung lösen Blutungen aus, die die Leibesfrucht abführen. Außerdem massiere ich Euch jetzt den Unterleib. Schaut genau zu, Ihr müsst das nachher zu Hause wiederholen, wenn Ihr nochmals badet. Versucht, Eure ganze Kraft einzusetzen.»

Dabei drückte ihr die Seboltin so heftig auf den Bauch, dass Catharina aufstöhnte. Nach dem Bad musste sie sich mit angezogenen Knien auf eine Bank legen, und die Hebamme machte ihr einen Einlauf mit Kräuterextrakten.

«Gebt mir bitte Bescheid, wenn die Blutungen eingesetzt haben. Bei dieser Gelegenheit könnt Ihr mich dann auch auszahlen.»

Müde und auf schwankenden Beinen war Catharina nach Hause zurückgekehrt. Unter dem Vorwand, an Bauchschmerzen zu leiden, hatte sie Elsbeth gebeten, ein heißes Bad zu richten. Sie hielt sich genau an die Anweisungen der Hebamme: Sie schüttete die Kräuter ins Badewasser, legte sich hinein und massierte sich kräftig Bauch und Unterleib. Als das Wasser abkühlte, frottierte sie sich trocken, bis ihre Haut brannte. Am liebsten hätte sie sich ins Bett gelegt und geschlafen, tief und traumlos, aber sie sollte sich so lange bewegen, bis die Krämpfe einsetzten. Also machte sie Besorgungen in der Stadt und auf dem Markt und bemerkte kaum, wenn jemand sie grüßte.

Erst am Nachmittag setzten die Krämpfe ein, und jetzt, wo endlich alles vorüber war, fühlte sie sich zwar unendlich schwach, fand aber keinen Schlaf. Abwechselnd kamen Barbara und Elsbeth, um nach ihr zu sehen, und am Abend erschien sogar Michael.

«Soll ich nach einem Arzt schicken?»

«Um Gottes willen, nein. Du wirst sehen, morgen bin ich wieder auf den Beinen.»

Sie roch, dass er getrunken hatte, wie so häufig in letzter Zeit, doch sie fand nicht mehr die Kraft, um sich um ihren Mann Gedanken zu machen. Sollte er doch sein Leben führen, wie er wollte. Mit ihr hatte das nichts mehr zu tun. Plötzlich war ihr klar, dass sie das Kind auf die Welt bringen würde, dass sie einen Weg finden wollte, ihm ein Leben in Achtung und Würde zu ermöglichen.

Zwei Wochen später verabredete sie sich mit Benedikt, jetzt wieder wie früher in seiner kleinen Wohnung.

«Was war mit dir?» Er küsste sie. «Ich dachte schon, du willst mich nicht mehr sehen.»

Sanft schob er sie zu seiner Schlafstelle. Catharina fühlte, wie sich jeder ihrer Muskeln verspannte. Benedikt sah sie misstrauisch an.

«Wenn du nicht mehr mit mir zusammen sein willst, dann sag es mir gleich. Hast du einen anderen Mann?»

Catharina starrte auf die feinen Risse in der Zimmerdecke, die sich wie ein Spinnennetz ausbreiteten. Sie hatte beschlossen, die Folgen ihrer Entscheidung allein zu tragen. Denn sie kannte Benedikt inzwischen gut genug, um zu wissen, dass er vor aller Welt um seine Vaterschaft kämpfen würde. Und er würde damit alles zerstören: Nach ein paar Wochen Kerker würde man ihn des Landes verweisen, sie selbst würde man an den Pranger schleppen und ihr Kind ins Findelhaus stecken. Sie musste ihm sagen, dass es zu Ende war.

Benedikt stand auf.

«Catharina, ich weiß, dass wir in einer schwierigen Situation sind, aber in den letzten Monaten habe ich dich kaum zu Gesicht bekommen. Ohne Erklärung hast du dich zurückgezogen, und heute kommst du hier hereingeschneit und benimmst dich wie eine Klosterfrau.» Seine Stimme war laut geworden. «Was bedeutet das?»

Catharina brachte kein Wort heraus. Ihr war kalt, und sie begann am ganzen Körper zu zittern.

Kopfschüttelnd legte er ihr die Bettdecke um die Schultern und wärmte ihre eisigen Hände.

«Es tut mir Leid, wenn ich laut geworden bin. Egal, was es ist, bitte sag mir, was geschehen ist. Vielleicht kann ich dir helfen, und vielleicht betrifft es ja auch mich.»

«Du kannst mir nicht helfen», sagte sie leise. «Es ist vorbei. Wir dürfen uns nicht mehr sehen.»

Benedikt sah sie fassungslos an. Dann schlug er sich gegen die Stirn: «Du bist schwanger.»

«Nein!» Sie log ihm mit letzter Anstrengung offen ins Gesicht. «Ich will wieder ohne Versteckspiel leben können. Das ist alles.»

«Ist das dein letztes Wort?»

Sie nickte, und ihre Augen füllten sich mit Tränen. Schmerzhaft wurde ihr bewusst, wie sehr sie ihn vermissen würde, seinen Humor, seine Wissbegier, seinen jungenhaften Gerechtigkeitssinn. Und den strahlenden Blick seiner verschiedenfarbenen Augen.

Es wurde ein Jahr des Todes. Im Mai starb Michaels Vater, ohne Vorankündigung und ganz allein in seinem Bett. Catharina brachte ihm an jenem Morgen seine heiße Milchsuppe ans Bett. Er schien zu schlafen, denn er rührte sich nicht, als sie eintrat. Als sie ihn bei der Schulter fasste, um ihn zu wecken, erschrak sie, denn sein Körper war bereits erkaltet. Hastig lief sie in die Werkstatt und holte Michael.

Catharina hätte nie gedacht, dass ihm der Tod seines Vaters so nahe gehen würde. Hemmungslos brach er am Totenbett in Tränen aus. Als sie tröstend seine Hand nehmen wollte, wehrte er ab. Er wollte mit seinem Schmerz allein sein. Erst nachdem der Pfarrer eingetroffen war, beruhigte er sich ein wenig.

Sie selbst fühlte außer Mitleid für Michael nichts. Zwar hatte sie Bantzer seinen plumpen Annäherungsversuch längst verziehen, andererseits hatte der alte Mann die kühle Zurückhaltung, die seither zwischen ihnen geherrscht hatte, nie zu durchbrechen versucht.

Zudem war sie viel zu sehr mit sich selbst beschäftigt. Sie wusste nun mit Sicherheit, dass die Prozedur der Kräuterbäder, Massagen und Einläufe dem Wesen, das in ihr heranwuchs, nichts hatte anhaben können. Dazu war die morgendliche Übelkeit zu heftig, die sie mit allen Mitteln und eisernem Willen bekämpfte, um ihren Zustand nicht zu verraten. Fast hätte sie den plötzlichen Tod ihres Schwiegervaters als ein Glück bezeichnen mögen, denn der Haushalt war dadurch völlig durcheinander geraten, und niemand achtete auf sie.

Die Beerdigung wurde zu einer großen Feier mit viel Pomp und herzergreifenden Reden. Zum ersten Mal sah Catharina Michaels Schwester, die mit ihrem Mann aus Basel angereist kam. Zur Hochzeit ihres Bruders hatte sie sich wegen Krankheit entschuldigen lassen, doch das konnte auch eine Ausrede gewesen sein, denn es ging das Gerücht, dass sie ihren Vater hasste und nur um ihn zu kränken, einen Reformierten geheiratet hatte. Catharina versuchte, mit ihr ins Gespräch zu kommen, um vielleicht etwas über Michaels Kindheit und seine Mutter zu erfahren, doch die Frau blieb abweisend und hochmütig. Dann eben nicht, dachte Catharina.

Nach den Feierlichkeiten kehrte der Alltag zurück. Dass der alte Bantzer nicht mehr lebte, fiel außer Michael wohl niemandem auf. Er stürzte sich in Arbeit, trank zu viel und kümmerte sich wenig um Catharina und deren Befinden. Benedikt ging ihr aus dem Weg, und wenn sie sich doch einmal begegneten, verriet sein Gesicht Unverständnis und Niedergeschlagenheit.

Sie beschloss, noch einmal die Hebamme aufzusuchen und um Rat zu fragen, wie sie in Zukunft ihren dicker werdenden Bauch geschickt verbergen könne. Noch war nichts zu sehen, doch sie wollte nicht Gefahr laufen, eines Tages durch Elsbeths oder Barbaras aufmerksame Blicke entlarvt zu werden.

«Wenn Ihr diese elastischen Binden zusammen mit luftiger Kleidung tragt, könnt Ihr eine Menge verbergen.» Ursula Seboltin zeigt ihr, wie sie die Bauchbinde anzulegen hatte. «Und Ihr solltet gehaltvoll essen. Denn bei hageren Frauen fällt eine Schwangerschaft viel eher auf als bei fülligen. Allerdings nützt spätestens in den letzten drei Wochen alles nichts mehr.» Sie blickte Catharina prüfend an. «Was wollt Ihr eigentlich unternehmen, wenn das Kind auf die Welt kommt? Es in ein Kloster geben?»

«Vielleicht.» Catharina zögerte. Daran hatte sie anfangs gedacht, inzwischen dachte sie noch an eine andere Möglichkeit, wenn auch vorerst vage und unausgereift.

Im Juni wurde Michael in den Stadtrat gewählt. Anders als bei seiner ersten Wahl zum Zunftmeister hielt sich seine Freude jetzt in Grenzen, denn er bedauerte zutiefst, dass sein Vater diesen Erfolg nicht mehr erleben durfte. Wenn er nicht gerade ins Wirtshaus ging, saß er abends mit Catharina im Esszimmer und schilderte die teilweise unsinnigen Verordnungen, über die im Magistrat dreimal die Woche heftig disputiert wurde. Es ging um Tierhaltung innerhalb der Stadtmauern: Wer durfte sich Esel, wer Geißen und Schweine halten? Oder um eine neue Badeordnung: Sollte das Baden von Mann und Weib in einem gemeinsamen Zuber verboten werden, nachdem in den Nachbarstädten Fälle von «morbus gallicus», auch Franzosenkrankheit genannt, aufgetreten waren? Zur stärkeren Kontrolle der Bürger sollten bei Kinds- und Tauffesten nur noch Kuchen, Obst, Käse, Brot und einfacher Wein gereicht werden. Bei einer anderen Sitzung musste ein neuer Strafkatalog für Rüpeleien und Beschimpfungen erstellt werden, und die Stadtwache bedurfte strengerer Vorschriften, denn sie ging zu nachlässig gegen abendliche Tänzer und Musikanten auf der Straße vor.

«Heute haben wir entschieden, dass in den Sommermonaten nach neun Uhr abends niemand mehr außerhalb seines eigenen Hauses tanzend, spielend oder trinkend angetroffen werden darf.»

Catharina musste wider Willen lachen. «Da hast du dir ja selbst den Zapfhahn zugedreht!»

Michael grinste breit. «Ich habe dir doch erklärt, wie das mit manchen Verordnungen ist: Sie sind nicht für jeden Bürger gleich auszulegen.»

Anfangs, als alles noch neu war, machte er sich oft lustig über seine Tätigkeit im Magistrat. So setzte er sich eines Abends mit einer langen Liste an den Tisch.

«Du glaubst nicht, Catharina, wie viel überflüssige Zeit und wie viel Stroh im Kopf manche Leute haben. Schau her: Unser Pfarrherr im Münster, ein gelehrter Mann und Doktor, schickt uns mindestens einmal die Woche eine Liste mit Beschwerden ins Rathaus. Beschwerden über Vorkommnisse, die wir gefälligst umgehend durch neue Verbote aus der Welt schaffen sollen. Zum Beispiel beschwert er sich, dass Bräute mit geschwängertem Leib zur Trauung gehen. Oder dass die Krämerläden an Sonn- und Feiertagen geöffnet sind. Dass die Leute ihre Hunde mit in den Gottesdienst nehmen. Dass die Mönche vom Antoniterorden überall ihre Schweine herumlaufen lassen. Oder hier: Die öffentlichen Tänze zu den Marktzeiten und das Gassenstehen der Dienstboten seien umgehend zu verbieten.»

Er ließ das Blatt sinken und lachte: «Du solltest Elsbeth und Barbara Anweisung geben, ihre Einkäufe im Laufschritt zu erledigen.»

Catharina gefielen seine Schilderungen der Ratssitzungen, und sie freute sich, dass sie über diese Gespräche wieder zueinander fanden. Endlich schien sich im Haus zum Kehrhaken so etwas wie ein Familienleben zu entwickeln. Doch schon wenige

Wochen später merkte sie, wie er diese kleingeistigen Auseinandersetzungen immer ernster nahm.

Zur Zeit der Obsternte wollte Catharina ihrer Tante in Lehen beim Einkochen helfen. Sie war früh auf den Beinen. Da Christoph und die anderen alle Hände voll zu tun hatten, konnte niemand sie abholen, und so marschierte sie zusammen mit zwei Frauen und einem alten Bauern die Landstraße hinunter. Catharina war das recht, denn ihre Schwangerschaft näherte sich dem Ende. In der zweiten Oktoberhälfte sollte ihr Kind zur Welt kommen, und wer sie gut kannte, dem fielen die Veränderungen an ihrem Äußeren sofort auf. Zwar war ihr Bauch nicht übermäßig rund und unter viel Stoff verborgen, doch ihr Gesicht war voller geworden, ihr Gang schwerer, und sie geriet schnell außer Atem. Dazu trug auch die Bauchbinde bei, die sie außerhalb ihres Zimmers stets anlegte. All das würde Christoph, der sie schon einige Wochen nicht mehr gesehen hatte, sofort bemerken. Ihm gegenüber schmerzte sie das Lügen am meisten, doch war er der Letzte, dem sie hätte offenbaren können, dass sie ein Kind von Benedikt in sich trug.

So würde sie wieder Lügen und Ausflüchte erfinden müssen, wie schon so häufig in den letzten Wochen. Er hatte sie große Überwindung gekostet, dieser Marsch nach Lehen. Doch erstens konnte sie ihrer Tante und den anderen nicht ewig aus dem Weg gehen, und zweitens: Lene wollte am nächsten Tag mit ihrem kleinen Matthias zu Besuch kommen. In Lene setzte Catharina ihre ganze Hoffnung.

Am Himmel hingen regungslos schwere Wolken, die Vögel schwiegen, und außer der kleinen Gruppe von Reisenden war kein Mensch unterwegs. Catharina war diese Stille unheimlich. Da glaubte sie, in der Ferne einen lang gezogenen Schrei zu hören. Erschrocken sah sie sich um, doch sie konnte nichts Ungewöhnliches entdecken. Ihre Begleiter hatten wohl nichts gehört, schweigsam und müde trotteten sie vor sich hin. Wahrscheinlich hatte sie sich geirrt. Dann sah sie eine Staubwolke, wie von einem davongaloppierenden Pferd. Auf der Höhe des Bischofskreuzes musste das sein. Sie kniff die Augen zusammen: Irgendwas lag da am Straßenrand. Ein Holzstoß? Ein umgestürzter Karren? Da bewegte sich doch jemand.

Sie lief schneller. Als deutlich wurde, dass es eine menschliche Gestalt war, die vergeblich versuchte sich aufzurichten und immer wieder gegen den Karren sackte, rannte sie los. Sie bekam kaum noch Luft. Es traf sie wie ein Blitzschlag, als sie Marthe erkannte, ein Blitzschlag, der ihr fast die Besinnung raubte. Das musste ein Traum sein, ein schrecklicher Albtraum. Ihre Tante Marthe kauerte dort auf dem Boden, mit aufgerissenen Augen, das Kleid in Brusthöhe zerfetzt und durchnässt. Jetzt erst sah sie die Blutlache im Staub.

«Tante Marthe! Ich bin's, Cathi. Erkennst du mich?»

Fast unmerklich nickte ihre Tante und schloss stöhnend die Augen.

«Es wird alles gut, liebste Tante, glaub mir. Hab keine Angst, hab keine Angst.»

Catharina konnte vor Entsetzen kaum sprechen. Da sah sie die anderen, die inzwischen herangekommen waren und im Abstand von einigen Schritten die Szene beobachteten.

«So helft mir doch, um Gottes willen, sie stirbt!», schrie Catharina, und ihre Stimme überschlug sich. Der alte Bauer hob ratlos die Achseln, die beiden Frauen drehten sich um und wollten weitergehen. Wie eine Furie sprang Catharina auf und packte beide mit eisernem Griff am Arm.

«Seid Ihr des Teufels?», brüllte sie. «Verflucht sollt Ihr sein, wenn Ihr mir nicht helft.» Unwillig näherten sich die beiden Frauen der Verletzten, und auch der Bauer wagte nicht mehr, sich davonzustehlen. Catharina riss ihr Schultertuch in Streifen und umwickelte damit den blutenden Brustkorb. Dann legte sie sich Marthes linken Arm um ihre Schultern, der Bauer nahm den rechten, und gemeinsam hievten sie die stöhnende Frau in die Höhe. Die beiden Frauen griffen jeweils ein Bein und stützten mit ihrer Schulter die Hüfte ab, sodass Marthe, die inzwischen bewusstlos war, rücklings und fast waagrecht in der Luft lag.

Behutsam und im Gleichschritt trugen sie die alte Frau nach Hause. Es war nicht mehr weit zum Gasthof, doch für Catharina schien die Zeit stillzustehen. Sie ging unter Marthes Gewicht gebückt, obwohl ihre Tante keine schwere Person war – es war die Last des Todes, die Catharina auf ihren Schultern trug. Ununterbrochen murmelte sie vor sich hin, erzählte der Schwerverletzten eine Geschichte nach der anderen aus ihrer Lehener Kinderzeit.

«Hörst du mich, Tante Marthe? Bei euch habe ich die glücklichste Zeit meines Lebens verbracht. Du warst immer wie eine Mutter zu mir. Wie kann ich dir dafür nur danken? Du darfst jetzt nicht einfach sterben.» Tränen liefen ihr über das blutverschmierte Gesicht.

Sofies Tochter, die im Hof mit ihrem Bruder spielte, riss entsetzt Mund und Augen auf, als die schaurige Prozession durchs Tor trat.

«Schnell, meine Kleine, hol Christoph. Lauf schnell.» Sie legten Marthe auf eine Strohschütte an der Stallwand.

«Gott segne Euch für Eure Hilfe», sagte Catharina zu ihren Helfern und rang nach Atem. Ihre eigene Stimme kam ihr plötzlich fremd vor. «Holt bitte noch den Dorfchirurgen. Er wohnt am Kirchplatz.»

Sie kniete sich neben den Strohhaufen, hielt in der Linken Marthes kraftlose Hand und streichelte ihr Gesicht, das sich jetzt entspannt hatte. Sie blickte auf: Christoph stand vor ihr, kreidebleich trotz aller Sonnenbräune. Er sagte kein Wort. Sie erhob sich schwerfällig und überließ ihm ihren Platz an

Marthes Seite. Als sie sah, wie er niederkniete und neben seiner Mutter auf das Stroh sank, ging sie in die Küche, um sich die Hände zu waschen, nahm den kleinen Andreas auf den Arm und dessen Schwester an der Hand und ging hinauf zu Christophs Frau.

Sofie stieß einen Schrei aus, als sie Catharina sah. «Was ist passiert? Bist du verletzt? Du bist ja voller Blut!»

Catharina sah an sich herunter. Ihr weites hellbraunes Leinenkleid hatte überall dunkle Flecken. Ihr wurde schwarz vor Augen, und sie begann zu schwanken. Sofie reichte ihr eine Wolldecke. Im warmen Schutz der Decke beruhigte sich Catharina allmählich und berichtete, wie sie ihre Tante neben dem umgestürzten Pferdekarren gefunden hatte.

«Es muss ein Überfall gewesen sein. Das Pferd ist weg.»

Sofie starrte vor sich hin. «Sie wollte dir entgegenfahren. Die Männer wollten sie nicht bei der Obsternte mithelfen lassen, weil sie in letzter Zeit nach schwerer Arbeit Herzschmerzen bekam. Durch das offene Fenster hab' ich gehört, wie sie sagte: ‹Wenn es für mich nichts zu tun gibt, geh ich meine Cathi abholen.› Christoph wollte das nicht zulassen, wegen der vielen Überfälle in den letzten Jahren, aber Marthe lachte nur und meinte, sie würde die große Peitsche mitnehmen und jedem, der ihr zu nahe käme, eins über die Nase ziehen.»

Jetzt fing auch Sofie an zu weinen.

Catharina ergriff heftiger Schwindel. Wäre sie nicht nach Lehen gekommen, würde Tante Marthe jetzt in der Küche stehen und für ihre Familie und die Erntehelfer ein kräftiges Mahl zubereiten. Mühsam richtete sie sich auf und ging wieder in den Hof.

Eine Menschentraube stand um die Strohschütte. Catharina verschwamm alles vor Augen: Wie in einem dichten Nebel sah sie mal die Gestalt des Pfarrers und des Wundarztes, mal die von Christoph oder den Zwillingen auftauchen. Stand da nicht auch der alte Krämer aus Betzenhausen? Wieso lief ihm Blut über Stirn und Wange? Catharina trat näher.

«Es waren zwei kräftige Männer», hörte sie seine aufgeregten Worte, «beide mit langen Dolchen bewaffnet. Ich stand zufällig hinter einem Busch, um zu pinkeln. Die Stadellmenin schrie, sie sollten sich nehmen, was sie wollten, und sich dann zum Teufel scheren. Ich wollte schon weglaufen – na ja, der Kräftigste bin ich ja auch nicht mehr. Aber dann sah ich, wie der eine sie gegen den Karren stieß und auf sie einstach, nochmals und nochmals, bis das Blut spritzte. Dabei wehrte sich die arme Frau doch gar nicht! Da bin ich auf sie zugestürzt, um ihr zu helfen, aber ich bekam einen Schlag auf den Kopf und bin erst wieder in einem Graben zu mir gekommen. Ich schwöre euch, ich habe diese Kerle hier noch nie gesehen.»

Catharina wandte sich ab. Der Dorfchirurg hatte inzwischen die Wunden mit verdünntem Branntwein gereinigt und einen Druckverband angelegt. Marthe war wieder zu sich gekommen. Vorsichtig trugen die Männer sie hinauf in ihr Zimmer und legten sie ins Bett. Bis auf den Pfarrer verließen alle den Raum und warteten in der Diele.

«Sie hat mindestens fünf Stichwunden», sagte der Wundarzt. «Eine davon knapp unterhalb des Herzens. Sie hat viel Blut verloren, aber ein junger Mensch würde das überleben.» Dann schwieg er. Christoph sagte immer noch kein Wort, und so nahm Catharina alle Kraft zusammen und fragte: «Und Tante Marthe? Wird sie es überleben?»

«Sie hat ein schwaches Herz, und der Schreck war zu groß. Ich fürchte, der Herr Pfarrer muss jetzt seine Arbeit machen. Es tut mir sehr Leid.»

Christoph lehnte sich gegen die Wand, dann gaben seine Knie nach und er rutschte langsam zu Boden. Der Chirurg klopfte ihm ein paarmal mit dem Handrücken fest gegen die Wangen und flößte ihm Kräuterwein ein. Catharina nahm seine Hand.

«Christoph. Deine Mutter braucht dich jetzt.»

Er nickte. In diesem Moment ging die Tür auf, und der Pfarrer erschien. «Ihr könnt jetzt eintreten. Sie ist bei sich.»

Christoph ließ Catharinas Hand nicht los, als er sich auf den Bettrand setzte. Seine Brüder knieten sich auf die andere Seite. Marthe hatte jetzt wieder etwas Farbe im Gesicht und sah aus wie jemand, der nach harter Arbeit sehr erschöpft ist. Ihre Augen waren geschlossen.

«Sprich mit ihr, sie hört dich bestimmt», sagte Catharina. Da legte Christoph seine Wange an die seiner Mutter und redete leise auf sie ein. Der Pfarrer räumte seine Utensilien für die Letzte Ölung zusammen. Aus dem geöffneten Fenster hörte man schwere Regentropfen auf die Blätter der Obstbäume klatschen, ein kleiner Zeisig kam neugierig auf die Fensterbank geflogen und legte den Kopf schief, als ob er auf den Tod dieser Frau wartete.

Marthe bewegte die Lippen. «Kommt – Lene?»

«Bestimmt», sagte Christoph. «Sie muss jeden Moment hier sein.»

Noch vor Sonnenuntergang starb Tante Marthe. Catharina blieb über Nacht, um mit Christoph und seinen Brüdern Totenwache zu halten. Auch Sofie ließ es sich nicht nehmen, dabei zu sein. Man hatte sie in warme Decken gepackt und in einen Lehnstuhl gesetzt.

Marthes letzte Worte waren gewesen: «Bleibt zusammen.» Niemand wusste, wen sie damit gemeint hatte.

21

Meine Mutter wurde auf dem kleinen Kirchhof von St. Cyriak bestattet. Wunderschön sah sie aus, wie sie da auf dem weißen spitzenbesetzten Leinen aufgebahrt lag, zufrieden und sanft, aber auch stolz, so wie sie zu Lebzeiten gewesen war. Fast das gesamte Dorf nahm von ihr Abschied.

Ich danke Gott heute noch dafür, dass ich sie noch einmal sehen durfte, denn gerade als ich eintraf, wollten sie den Sarg schließen und der geweihten Erde übergeben.

Der erste Augenblick war schrecklich. Als mir die Leute vom Dorf entgegengelaufen kamen, weigerte ich mich, an Mutters Tod zu glauben, war es doch erst vier, fünf Wochen her, dass wir beide in der Küche gestanden, zusammen gelacht und mit meinem kleinen Matthias gespielt hatten. Sie schlief sicher nur. Doch als ich ihre Wange berührte, sie war kalt und wie Porzellan, stieß ich wohl einen Schrei aus und verlor für Sekunden das Bewusstsein. Ich erwachte in Raimunds Armen, neben meinem Mann stand Christoph. Er sagte leise:

«Wenn Catharina an diesem Morgen nicht gekommen wäre, wäre Mutter noch am Leben.»

Erschrocken sah ich mich um, ob Cathi seine Worte gehört hatte, doch sie stand weit weg von uns, den Blick abgewandt.

«Das darfst du nicht sagen.» Ich versuchte, meine Gedanken zu ordnen. «Du darfst ihr keine Schuld geben. Versprich mir das.»

Doch er drehte sich um und ging davon.

Später, bei der Totenfeier, hielt er Abstand von Catharina und mir. Vielleicht hätte ich den Dingen besser ihren Lauf gelassen, aber das ist nun mal nicht meine Art. Ich stand also auf, ging zu meinem Bruder und führte ihn hinaus.

«Hör auf, Cathi etwas vorzuwerfen. Ebenso gut könnte ich dich fragen, warum du Mutter nicht daran gehindert hast, allein loszufahren. Nein, Christoph, keinen von euch trifft Schuld. Du weißt doch, was für ein Dickkopf Mutter war, wie leichtsinnig sie sein konnte.»

«Du hast Recht.» Um seine Augen lagen tiefe Schatten. «Und weil ich das wusste, hätte ich allein das Unglück verhindern können. Eben am Grab habe ich Cathi Unrecht getan, und das tut mir Leid.»

Tränen liefen über sein Gesicht.

«Aber warum gehst du ihr dann aus dem Weg?»

«Ich weiß nicht – es schmerzt so furchtbar, dass Mutter nicht mehr da ist, und ich habe Angst, dass ich bald ganz allein sein könnte. Sofie hat nicht mehr lange zu leben, ich weiß es, auch wenn sie nicht mit mir darüber spricht. Und du lebst im fernen Elsass. Cathi hat sich von mir zurückgezogen. Was bleibt mir denn noch?»

«Warte hier. Rühr dich nicht von der Stelle. Ich hole Catharina, und dann sprecht ihr miteinander. Sie glaubt nämlich, dass du sie jetzt hasst.»

Die arme Catharina – was hatte sie in diesen Tagen durchmachen müssen. Und nur wenige Wochen später kamst du auf die Welt.

Lene war die Einzige gewesen, die trotz des furchtbaren Unglücks sofort erkannt hatte, was mit ihrer Base los war. Nach der Trauerfeier brachte sie Catharina zur Kutsche.

«Du erwartest ein Kind, und niemand darf es erfahren. Ist es so?»

Catharina nickte. Sie erzählte, dass sie es nicht übers Herz gebracht hatte, das Ungeborene wie ein Furunkel oder Geschwür wegmachen zu lassen. Dass sie daran gedacht habe, die Zeit vor der Geburt bei Lenes Familie im Elsass zu verbringen, das Kind dort auf die Welt zu bringen und dann den Dominikanerinnen in Colmar zu übergeben. Sie habe gehört, dass dort Neugeborene an unfruchtbare Frauen aus guten Familien vermittelt würden. Sie bete dafür, dass ihr Kind das Glück haben werde, eine liebevolle Familie zu finden.

An dieser Stelle hielt Catharina inne. Zu dreist erschien ihr plötzlich ihre Bitte. Schweigend betrachtete sie den kleinen Matthias auf Lenes Arm, dem vor Müdigkeit die Augen zufielen.

«Das kommt alles sehr überraschend.» Lene schien zu überlegen. «Du kannst auf jeden Fall zu uns kommen. Ich werde mit Raimund reden, und wir werden eine Lösung finden.»

Die Wochen, die nun folgten, hätte Catharina am liebsten aus ihrem Leben getilgt. Es ging ihr viel schlechter, als sie erwartet hatte, nicht nur körperlich. Unter dem Vorwand, sich von Marthes Tod erholen zu müssen, verbrachte sie den ganzen Oktober in Ensisheim. Michael schöpfte keinen Verdacht, bei Barbara war sie sich nicht so sicher, aber die Köchin war taktvoll genug, keine Fragen zu stellen. Lene und ihr Mann taten alles Erdenkliche, um ihr Geborgenheit zu vermitteln, doch Catharina wurde zusehends niedergeschlagener. Kurz vor der Niederkunft führte Lene ein langes Gespräch mit ihr. Sie hatte längst entschieden, das Kind bei sich aufzunehmen, war sich aber im Klaren, was das für die Zukunft bedeutete.

«Vielleicht wäre es besser, du würdest niemals erfahren, wo dein Kind aufwächst. Denn wenn es bei uns bleibt, wird es unser eigenes Kind sein, es wird zu mir Mutter sagen und zu dir Tante. Wirst du damit jemals zurechtkommen?»

«Ich weiß, dass es schwer wird, aber ich verspreche es. Lene, glaub mir, das ist es, was ich mir von ganzem Herzen gewünscht habe. Ich denke, ich sollte es die ersten Jahre so selten wie möglich sehen, dann wird es mir leichter fallen. Du wirst sehen, ich schaffe das.»

Die Geburt des kleinen Mädchens verlief ohne Schwierigkeiten. Catharina wollte es nur ein einziges Mal sehen, um Abschied zu nehmen. Nachdem sie ein paar Tage später wieder zu Kräften gekommen war, kehrte sie nach Freiburg zurück. Sie hatte sich in Ensisheim viele Nächte in den Schlaf geweint, nun verbot sie es sich, weiter zu trauern.

Seit Marthes Bestattung war Catharina nicht mehr in Lehen gewesen. Zu schwer lastete der grausame Tod ihrer Tante auf ihr, zu heftig berührte sie die Erinnerung an ihr verzweifeltes Gespräch mit Christoph bei der Trauerfeier und an die letzten Wochen ihrer Schwangerschaft, die ihr jetzt wie ein Trugbild erschien. Sie blieb den ganzen Tag über im Haus, betrat nicht einmal die Werkstatt, und fast jede Nacht suchte die blutige Szene am Straßenrand sie in Albträumen heim. Nur von der Geburt ihrer Tochter träumte sie nie. Immer wieder dachte sie über Marthes letzte Worte nach: Bleibt zusammen. Waren Christoph und sie gemeint? Hatte sie in ihrer Todesstunde vielleicht vergessen, dass ihr Sohn mit Sofie verheiratet war und nicht mit ihr? Oder hatte sie ausdrücken wollen, dass Christoph und sie immer Freunde bleiben sollten? In einem Punkt war sich Catharina jedenfalls sicher: Ihre Tante hatte von ihrer Liebe zueinander gewusst.

Genau zwei Wochen nach der Geburt von Marthe-Marie starb Sofie. Es war ein Sonntag. Am Vorabend hatte sich Benedikt Catharina im Hof in den Weg gestellt, als sie Eier aus dem Hühnerstall holen wollte.

«Ich werde weggehen, in eine andere Stadt.» Er hielt sie am Arm fest. «Aber vorher muss ich mit dir reden.»

Hinter Benedikts Rücken sah sie Siferlin aus dem Werkstatttor treten. Aufmerksam betrachtete er die beiden.

«Nicht hier», flüsterte Catharina.

«Dann komm morgen zu mir. Tu mir diesen letzten Gefallen.»

Ein ungutes Gefühl beschlich sie, als sie am Sonntagmorgen durch den kalten Herbstnebel hinüber in die Predigervorstadt ging. Sie hatte Benedikt verraten und betrogen, doch es gab kein Zurück mehr.

Er lehnte am Fenster, als sie eintrat.

«Nächste Woche räume ich meine Sachen aus der Werkstatt», sagte er mit belegter Stimme. «Dann bist du mich für immer los.»

«Es tut mir Leid.»

«Du hast mich belogen. Du warst schwanger und hast das Kind weggegeben. Unser gemeinsames Kind.»

«Es gibt kein gemeinsames Kind.» Catharina stand wie erstarrt.

Plötzlich füllten sich seine Augen mit Tränen. «Warum hast du kein Vertrauen zu mir?»

Dann geschah etwas, womit Catharina am wenigsten gerechnet hatte. Benedikt umklammerte sie schluchzend und zog sie zu Boden. In diesem Moment wurde die Tür aufgerissen und Christoph stand vor ihnen.

«Sofie liegt im Sterben. Sie möchte dich noch einmal sehen – falls dich das im Moment überhaupt interessiert», setzte er, ohne eine Miene zu verziehen, hinzu. Dann drehte er sich auf dem Absatz um und ging zur Tür.

«Warte, Christoph. Bitte warte auf mich», rief Catharina und sprang auf.

«Lass mich, ich habe keine Zeit zu verlieren. Du kannst ja deinen Freund fragen, ob er dich begleitet.» Er warf einen verächtlichen Blick auf Benedikt und schlug die Tür hinter sich zu.

Jetzt war alles zerstört. Sie lief hinaus, aber Christoph war längst verschwunden.

So schnell sie konnte, rannte sie nach Hause. Barbara kam aus der Küche und sah sie betreten an.

«Seid mir nicht böse, aber ich konnte nicht anders handeln, als Euren Vetter zu Benedikt zu schicken. Er kam hier hereingestürmt, völlig außer sich, und sagte gleich, dass seine Frau im Sterben liege und Ihr mitkommen müsstet. Als ich antwortete, dass Ihr außer Haus wäret, packte er mich an den Schultern und schüttelte mich. Es ist nicht mehr viel Zeit, rief er immer wieder. Ich hab's richtig mit der Angst bekommen. Hoffentlich ist er jetzt nicht –»

«Schon gut», murmelte Catharina. Eilig holte sie ihren Umhang und lief los. Sie wäre gern allein geblieben auf ihrem Weg nach Lehen, doch der Torwächter, der sie mittlerweile gut kannte, hielt sie auf.

254

«Nach allem, was in letzter Zeit passiert ist, könnt Ihr nicht allein gehen. Euer Mann würde mir den Kopf abschlagen, wenn Euch etwas zustoßen würde. Wartet, einer von den Stadtwachen wird Euch begleiten.»

Catharina kam zu spät. Wenige Minuten zuvor war Sofie im Beisein ihrer Familie gestorben. Christoph saß weinend am Bett und hielt ihre Hand. Er sah Catharina nicht einmal an, als sie eintrat. Neben ihm stand Sofies Vater mit seinen Enkeln. Catharina hatte davon gehört, dass Carl vor einigen Tagen aus geschäftlichen Gründen nach Freiburg gekommen war, gerade rechtzeitig, um die letzten Stunden bei seiner Tochter verbringen zu können.

In stummer Verzweiflung verabschiedete sich Catharina von der Toten. Sie war zu spät gekommen, und sie war selbst schuld daran. Jetzt bekam sie die Rechnung für alles, was sie in den letzten Jahren falsch gemacht hatte.

Nachdem sie Sofie auf die eingefallenen Wangen geküsst hatte, verließ sie leise das Zimmer. Christoph machte keine Anstalten, sie aufzuhalten. Unten im Hof wartete der Wächter und brachte sie in die Stadt zurück.

Am nächsten Morgen blieb sie im Bett. Fieber und heftige Kopfschmerzen quälten sie. Als am Nachmittag ein Bote einen Brief brachte, erkannte Catharina sofort Christophs Handschrift.

«Liebe Catharina, nach allem, was in letzter Zeit Schreckliches geschehen ist, brauche ich jetzt Zeit zum Nachdenken. Ich weiß nicht, was schlimmer für mich ist: der Tod von Mutter und Sofie oder die Enttäuschung darüber, dass ich dich in Sofies Sterbestunde, als nicht nur Sofie, sondern auch ich dich dringend gebraucht hätten, in den Armen eines anderen Mannes gefunden habe. Sicher, ich war mit Sofie verheiratet und habe immer versucht, ihr ein guter Mann zu sein, aber ich hätte nie eine andere Frau als dich lieben können. Du scheinst diese Schwierigkeiten nicht zu kennen, du

*scheinst einen Mann einfach gegen einen anderen austauschen zu
können. Ich werde das wohl nie verstehen. Darum bitte ich dich,
nicht zu Sofies Beerdigung zu kommen. Du würdest mich nicht
trösten können – im Gegenteil: Mein Schmerz wäre nur noch größer. Vernichte diesen Brief, wenn du ihn gelesen hast, damit er nicht
in die Hände deines Mannes oder deines Geliebten fällt. Immer
noch in Liebe, dein Christoph.»*

Traurig und wütend zugleich ließ Catharina das Blatt sinken.
Christoph hatte nichts begriffen, überhaupt nichts. Sie wollte
den Brief schon zerreißen, als sie sah, dass auf der Rückseite
noch etwas stand.

*«Sobald hier alles geregelt ist, werde ich mit den Kindern nach
Villingen ziehen und Carls Gasthof übernehmen. Ich habe mit meinem Schwiegervater bereits alles besprochen. Ich werde die Pacht des
Lehener Gasthauses zurückgeben, denn es hält mich hier nichts
mehr. Versuch bitte nicht, mich umzustimmen – ich brauche den
Abstand zu dir. Es gibt noch etwas, das ich dir zum Abschied sagen
möchte: Ich weiß, dass wir eines fernen Tages für immer zusammen
sein werden. Es ist wie eine Vision. Vergiss mich nicht, Christoph.»*

Zu Catharinas großem Erstaunen ging das Leben einfach weiter. Sie hatte erwartet, dass sie nach all diesen furchtbaren Ereignissen für immer an Körper und Seele erkranken würde, aber
etwas in ihr war stärker und zwang sie wieder auf die Beine. Sie
leitete den Haushalt, führte die Ausgabenbücher weiter und er-
stellte auf Michaels Wunsch hin ein Inventar aller Wertgegen-
stände. Hinzu kam, dass seit seiner Wahl in den Stadtrat immer
häufiger Gäste zum Essen kamen, angesehene Freiburger Bürger
und Ratsherren, und sie hatte alle Hände voll zu tun, mit Barbaras und Elsbeths Hilfe eine angemessene Speisenfolge auf den
Tisch zu bringen. Inzwischen mangelte es im Hause Bantzer an
nichts mehr, denn dank seiner Tätigkeit im Magistrat hatte Michael seine Geschäftsverbindungen beträchtlich ausweiten kön-

nen und zog einen gewinnbringenden Auftrag nach dem anderen an Land.

Waren die Gäste erst einmal da, langweilte sich Catharina mit diesen Leuten und musste sich Mühe geben, es nicht offen zu zeigen. Manchmal wurden sie von ihren Gattinnen begleitet, mit denen Catharina noch weniger anfangen konnte: Aufgeplusterte Hennen waren das zumeist, die nichts anderes im Kopf hatten, als mit dem Geld und dem Ansehen ihrer Männer zu protzen.

Einmal, als es um die Besprechung eines neuen Auftrags ging, wurden Siferlin und die Gesellen dazugeladen. Es war zugleich die Abschiedsfeier von Benedikt. Catharina hatte ihn seit jenem Sonntag nicht mehr gesehen, und als er ihr jetzt gegenübersaß, konnte sie seinen Anblick kaum ertragen. Von Siferlin fühlte sie sich wie immer beobachtet. Erst gestern war sie wieder mit ihm aneinander geraten. Wie eine Ratte kam er immer aus irgendeinem Winkel des Hauses oder des Hofs hervorgehuscht und hatte offensichtlich seinen Spaß daran, wenn sie erschrak. Gestern hatte sie ihren Ärger nicht zurückgehalten und ihn angefaucht: «Hört endlich auf damit, mir hinterherzuschnüffeln!» «Hinterherschnüffeln – was für ein hässlicher Ausdruck», hatte er mit seiner Fistelstimme entgegnet. «Ihr habt doch nichts zu verbergen, oder? Übrigens schade, dass Ihr Euch nicht mehr in der Werkstatt blicken lasst, die Männer vermissen Euch schon.»

Jetzt, während des Essens, grinste er abwechselnd Benedikt und Catharina an. Plötzlich erkannte sie, was sie so abstoßend an Siferlin fand: Er hatte denselben unverschämten und unberechenbaren Blick wie ihr toter Stiefbruder Johann. Sie schob ihren Teller zurück und entschuldigte sich mit der Bemerkung, sie habe starke Kopfschmerzen.

Als die Gäste fort waren, kam Michael auf ihr Zimmer.

«Ich mache mir Gedanken um Benedikt», sagte er, ohne jeden Argwohn in der Stimme. «Er war immer einer meiner besten Männer, und auf einmal wirft er alles hin. Ich verstehe das nicht.»

«Wahrscheinlich hat er eine Frau gefunden», gab Catharina unwillig zurück.

«Vielleicht hast du Recht. Ach ja, und noch etwas: Es freut mich, wie gut du dich um das Wohl unserer Gäste kümmerst, aber du solltest ein wenig mehr auf dich achten.»

«Wie meinst du das?»

«Na ja, dich schöner zurechtmachen. Du kannst dir doch alles kaufen, was du brauchst.»

Catharina wollte ihm schon eine bissige Bemerkung entgegenschleudern, doch dann schwieg sie. Im Grunde hatte er Recht. Sie wusste selbst, wie wenig ihr in letzter Zeit daran lag, sich herauszuputzen. Für wen auch? Nun gut, dann würde sie die Rolle als ehrbare Bürgersfrau künftig eben noch besser spielen. Ein bisschen Putz, ein bisschen Schmuck, und schon wäre Michael stolz auf seine Frau. So einfach war das.

Michael selbst hingegen staffierte sich inzwischen aus wie ein Pfau. Seine Kleider waren aus feinstem Genter Tuch, die Strümpfe aus reiner Seide. Er behängte sich mit Silberketten und trug stets ein spitzenbesetztes Taschentüchlein bei sich.

Catharina vermutete, dass er wieder eine Geliebte hatte, denn an manchen Abenden roch er, wenn er nach Hause kam, nach Moschus oder Rosenwasser, und sie fand mehr als einmal blonde Haare auf seinem Wams. Es kümmerte sie wenig, denn sie sah in Michael längst nicht mehr den Mann, sondern eine Art geschlechtsloses Wesen. Sie selbst hatte jegliches Interesse an Männern verloren. In der wenigen freien Zeit, die ihr verblieb, traf sie sich hin und wieder mit Mechtild vom Schneckenwirtshaus oder widmete sich, um nicht in Grübeleien zu versinken, wie früher dem Lesen. Dazu hatte sie sich das Bücherkabinett gemütlich eingerichtet. Sie ließ sich ein Schreibpult fertigen, denn sie hatte eine neue Leidenschaft entdeckt: das Briefeschreiben.

Den Anstoß dazu hatte ihr Lene gegeben. Etliche Wochen nach ihrem Aufenthalt in Ensisheim war ein Brief eingetroffen, und zu Catharinas größter Überraschung war er von ihrer Base, die nie schreiben gelernt hatte.

«*Da staunst du, was?*», schrieb Lene in großen, ungelenken Buchstaben, die kaum zu entziffern waren. «*Um dir ein wenig näher zu sein, habe ich Schreibstunden genommen. Es strengt mich noch sehr an, aber es erscheint mir wie ein Wunder, dass ich jetzt über diese große Entfernung mit dir sprechen kann. Es geht uns allen gut, und die kleine Marthe-Marie entwickelt sich prächtig.*»

Catharina verspürte einen schmerzhaften Stich. Dann gab sie sich einen Ruck und las weiter.

«*Matthias liebt sein Schwesterchen über alles. Stell dir vor, bald werden die beiden noch ein Geschwister bekommen. Ich habe geträumt, es wird ein Junge. Schreib mir gleich zurück, deine Lene.*»

Nach und nach wurden ihre Briefe lesbarer und vor allem ausführlicher. Nachdem es Catharina geschafft hatte, so etwas wie Muttergefühle tief in ihrem Inneren zu verschließen, freute sie sich über jeden von Lenes Berichten, denn ihre Base beklagte sich nie, nicht einmal darüber, dass ihr Mann sie aus beruflichen Gründen so oft allein ließ – «*das hat auch sein Gutes, glaub mir*» –, sondern machte aus allem das Beste und nahm es mit dem ihr eigenen Humor. Christoph, mit dem Lene ebenfalls in Briefkontakt stand, erwähnte sie selten, und Catharina war erleichtert darüber.

Sie machte es sich zur Regel, ihrer Base einmal in der Woche einen Brief abzuschicken. Das war zwar eine teure Angelegenheit, denn die Boten verlangten inzwischen Unsummen für das Mitnehmen von Briefen, doch seitdem die Geschäfte so gut liefen, ließ Michael seiner Frau bei ihren Ausgaben wieder völlig freie Hand.

Im Frühjahr eröffnete ihr Michael, dass er aus geschäftlichen Gründen nach Villingen müsse.

«Sag mir doch eben, wie der Gasthof deines Vetters heißt.»

«Willst du etwa dort wohnen?»

«Ja natürlich, er macht mir sicher einen guten Preis oder lässt mich umsonst logieren. Schließlich sind wir ja verwandt.»

Catharina konnte den Gedanken kaum ertragen, dass ihr Mann Christoph wiedersehen würde. Am liebsten hätte sie sich sofort an ihr Pult gestellt und ein paar Zeilen an Christoph geschrieben. Aber sie war zu verunsichert, um die richtigen Worte zu finden. Wahrscheinlich würde er ihren Brief ungelesen zerreißen. So packte sie nur ein Holzpferdchen und eine kleine Stoffpuppe für die beiden Kinder ein.

Als ihr Mann ein paar Tage später zurückkehrte, fragte Catharina ihn: «Hat Christoph etwas gesagt? Lässt er mir etwas ausrichten?»

Michael schüttelte den Kopf. «Nein, nichts. Ich finde, er ist etwas sonderbar geworden. Mein Eindruck ist, dass er mit seiner alten Heimat nichts mehr zu tun haben will.»

Catharina war enttäuscht. Sie hatte so auf ein Lebenszeichen von Christoph gehofft. Es war wohl das Beste, ihn zu vergessen.

Im Juni lief Michaels Amtszeit im Magistrat ab. Der Freiburger Rat setzte sich aus sechs Adligen und vierundzwanzig zünftigen Bürgern zusammen, zwölf davon wurden, wie Michael, als Vertreter der Zünfte jedes Jahr neu gewählt. Ließ man sich nichts zuschulden kommen, wurde man üblicherweise alle zwei, drei Jahre wieder gewählt und hatte überdies gute Aussichten, eines Tages zu den so genannten «Zwölf Beständigen» zu gehören, die ihre Stellung als Ratsmitglied auf Lebenszeit innehatten. Dazu wurde von den Bürgern allerdings erwartet, dass sie sich auch in der Zeit, in der sie nicht zum Magistrat gehörten, für die Belange der Stadt einsetzten und kleinere Aufgaben übernahmen. So konnte sich Michael jetzt zwar verstärkt um den Ausbau seiner Werkstatt kümmern, hin und wieder jedoch wurde er als Beisitzer zu Gerichtsverhandlungen einberufen oder musste einen erkrankten Amtmann vertreten.

Eines Tages wurde er mit der Durchführung einer Versteigerung betraut. Das gesamte Eigentum einer Bürgerin sollte im Kaufhaus öffentlich ausgerufen und zugunsten der Stadt veräußert werden. Am Vorabend saß er Stunden über der endlos langen Inventarliste, die der Stadtschreiber angefertigt hatte. Michael musste entscheiden, welche Besitztümer vernichtet und welche versteigert werden sollten.

«Das meiste ist doch wertloser Plunder», stöhnte er. «Hier: 15 Säcklein getrockneter Kräuter und Wurzeln. Oder: Je 1 Exemplar, sehr abgegriffen, von Eucharius Rösslins ‹Der schwangeren Frauen und Hebammen Rosengarten› und Adami Loniceris Kräuterbuch. Außer ein paar Möbeln und Küchengegenständen wird da nicht viel zusammenkommen.»

Catharina hatte aufgehorcht. «Was ist das für eine Frau?»

«Eine Hebamme namens Ursula Seboltin. Ihr Fall wurde letzten Dienstag vor dem Schultheißengericht verhandelt.»

Der Schreck fuhr Catharina wie ein eisiger Windstoß in die Glieder. Es dauerte endlose Minuten, bis sie sich wieder gefasst hatte.

«Was wird ihr denn vorgeworfen?», fragte sie und versuchte, ihrer Stimme einen festen Klang zu geben.

«Sie hat sich angemaßt, ohne städtische Bewilligung als Hebamme zu arbeiten.»

«Und das reicht aus, um ihr den ganzen Besitz wegzunehmen?»

«Sie musste dafür sogar an den Pranger und wurde anschließend aus der Stadt verwiesen. Dabei hat sie noch Glück gehabt. Sie steht schon lange im Verdacht, schwangeren Frauen zum Abortus verholfen zu haben. Leider war ihr nichts nachzuweisen.

Ein Teil der Ratsmitglieder plädierte sogar auf Hexerei. Dann wäre sie auf dem Scheiterhaufen gelandet.»

Catharina schwindelte. Sie ging in die Küche, um sich ein Glas Wasser zu holen. Klar und deutlich sah sie das brave, gutmütige Gesicht der älteren Frau vor sich. Plötzlich durchzuckte sie ein Gedanke.

Sie ging zurück zu Michael, der wieder in das Studium seiner Liste vertieft war.

«Hat man sie gefoltert?»

«Unsinn. Sie stand ja nicht wegen Hexerei oder Kindstötung unter Anklage, sondern nur wegen Amtsmissbrauch. Wo kämen wir auch hin, wenn jede Hebamme, jeder Bader ohne Aufsicht vor sich hin doktern würde.»

«Glaubst du, dass es in unserer Stadt eines Tages wieder zu Hexenprozessen kommen könnte?»

Michael sah sie erstaunt an. «Was machst du dir bloß für seltsame Gedanken? Lass mich jetzt bitte die Liste durchgehen, und dann trinken wir noch gemütlich ein Glas Wein zusammen, ja?»

Doch Catharina war nicht nach einem behaglichen Abend mit ihrem Mann zumute, und sie zog sich mit der Ausrede, sie leide an heftigen Monatsbeschwerden, zurück.

22

Freiburg, im September anno 1579.

Liebste Lene! Du glaubst nicht, wie froh ich über die Nachricht bin, dass du die schwere Geburt gut überstanden hast und dass deine Jüngste und du wohlauf seid. Nun hast du vier Kinder – wie glücklich musst du sein.»

Sie legte den Stift zur Seite. Der längst überwunden geglaubte Schmerz stieg wieder in ihr auf. Sie sah Lene vor sich, wie sie

Marthe-Marie in den Armen hielt, ihre kleine Marthe-Marie, die sie seit der Geburt vor sechs Jahren nie mehr gesehen hatte. Inzwischen lebten sie im fernen Innsbruck, in schier unerreichbarer Entfernung, und wahrscheinlich war das am besten so. Schließlich hatte sie selbst es so gewollt, und sie musste sich nun ein für alle Mal frei machen von Zweifeln und Wehmut. Bei Lene wusste sie ihre Tochter in den allerbesten Händen, sie wuchs unter Geschwistern auf und in einem Haus, in dem viel mehr Freude und Fröhlichkeit herrschte als hier.

«Du fragst mich in deinem letzten Brief, ob ich trotz aller Widrigkeiten wenigstens zufrieden bin mit meinem Leben. Ja und nein – trotz der katastrophalen Ernte in diesem Sommer und den steigenden Preisen floriert unsere Schlosserei wieder einmal, und wir haben keine Geldsorgen. Auf der anderen Seite –»

Wieder zögerte Catharina und kaute auf dem Federkiel herum. Draußen stimmten die Vögel ihren Abendgesang an.

Nein, sie konnte von sich nicht behaupten, zufrieden zu sein. Im Gegenteil: Sie hatte längst wieder das Gefühl, ein Doppelleben zu führen, wenn auch aus anderen Gründen als damals mit Benedikt. Vor Gästen führte sich Michael als treu sorgender und liebevoller Ehemann auf. Waren sie hingegen allein, nörgelte er unentwegt an ihr herum.

Sie seufzte. Ob sie wohl jemals sie selbst sein durfte? An der Seite dieses Mannes bestimmt nicht. Sie setzte den Stift wieder an.

«Michael hat sich verändert. Ich kann nicht sagen, wann das angefangen hat, es kam schleichend. Früher saßen wir abends oft noch zusammen und führten richtige Gespräche. Jetzt erzählt er überhaupt nichts mehr, treibt sich stattdessen jeden Abend irgendwo herum. Was aber noch viel schlimmer ist: Er versucht mich bei jeder Gelegenheit klein zu machen. Er würde sich schämen, mit solch einem ‹Bücherwurm› verheiratet zu sein. Andere Frauen verbrächten ihre freie Zeit damit, das Haus wohnlich auszustatten, Zierdeck-

chen zu sticken oder zu musizieren. Ich hingegen hätte nur Bücher und meine Briefe an dich im Kopf. Vor allem wenn er getrunken hat, wirft er mir Beleidigungen an den Kopf: Ich sei eingebildet, unfruchtbar, keine richtige Frau und Ähnliches.

Gestern hat er mir verboten, weiterhin mit Barbara und Elsbeth in der Küche zu essen, was eine meiner wenigen Vergnügungen in diesem Haus ist. Dabei geht es ihn meiner Meinung nach gar nichts an, wo ich esse, solange keine Gäste da sind – aber was soll ich machen? Genug gejammert, andere Frauen sind noch viel elender dran.

Liebe Lene, hast du schon von den schrecklichen Verurteilungen gehört? Kürzlich sind nach vielen, vielen Jahren wieder Frauen als Hexen bei lebendigem Leib verbrannt worden. Es fing an mit der Tochter des alten Zöllners vom Schwabentor. Sie war wohl früher schon einmal wegen Zauberei angezeigt worden, der Prozess wurde aber eingestellt. Jetzt haben ihre Nachbarn bezeugt, dass sie mit dem Teufel im Bunde stand und ihren Gatten zu Tode verflucht habe. Tatsächlich war dieser von einem Tag auf den anderen gestorben, obwohl er noch jung war. Dass so etwas aber gleich als Beweis gewertet wird, zeigt mir, dass die Leute hier langsam ihren gesunden Menschenverstand verlieren. Überall in den Gassen spürt man die Angst der einfachen Menschen vor einer Hungersnot, ihre Angst davor, dass sich die schreckliche Zeit, wie wir sie vor ein paar Jahren erlebt haben, wiederholt. Und alle sind voller Misstrauen, Hass und Neid – ist das bei euch in Innsbruck genauso?

Doch jetzt bin ich abgeschweift. Die arme Zöllnerstochter wurde, nachdem sie vor Gericht geschwiegen hatte, erst in den Martinsturm, dann in den Christoffelsturm gebracht und der schrecklichsten Marter unterzogen. Dabei gestand sie und gab noch zwei weitere Frauen an, die dann ebenfalls der Hexerei beschuldigt und gemeinsam mit ihr zum Tod durch die Flammen verurteilt wurden. Mehr weiß ich auch nicht darüber, und als ich Michael nach Einzelheiten fragte – er war zwar bei dem Prozess nicht dabei, weiß *aber immer über alles Bescheid –, fuhr er mir dermaßen böse über den Mund. Das ginge mich nichts an, ich solle froh sein, dass ich das Glück habe, ein anständiges Leben zu führen. ‹Ich weiß doch, worauf deine Fragerei hinausläuft: In deinen Augen ist jeder Verurteilte ein Opfer und jeder Beschluss des Ehrsamen Rates lächerlich. Du bist nichts als ein rechthaberisches Weib.› So oder so ähnlich hat er mich angeschnauzt. Wir können einfach kein normales Wort mehr miteinander wechseln.*

Liebe Lene, kannst du dir vorstellen, wie sehr mich dieses grausame Urteil bewegt? Weißt du noch, wie wir als Kinder meinen Stiefbruder Johann verwünscht haben? Das waren nur Albernheiten, aber wenn irgendjemand davon Wind bekommen hätte, wären auch wir womöglich im Hexenturm gelandet.»

Erschrocken hielt Catharina inne. Durfte sie Johann überhaupt erwähnen? Lene und sie hatten über seinen gewaltsamen Tod nie wieder gesprochen, und sie wollte ihre Freundin damit nicht belasten. Sie selbst hatte jenen Augustmorgen in der Lehmgrube weitgehend aus ihrem Bewusstsein verbannt, doch sie wusste nicht, wie Lene mit diesem Erlebnis fertig geworden war.

Kurzerhand strich sie den letzten Absatz durch. Jetzt erst merkte sie, wie ihr die Hand schmerzte und wie müde sie war. Sie würde den Brief morgen fertig schreiben.

Doch sie fand keinen Schlaf. In ihren Ohren gellten die Schmerzensschreie der gequälten Frauen. Vor genau zwei Wochen, an ihrem Namenstag, war sie auf dem Weg zum Schuhmacher am Christoffelstor vorbeigekommen und hatte ein Aufbrüllen wie von einem Tier vernommen. Erst dachte sie, in der Nähe würde ein Schwein geschlachtet, doch dann folgten weitere Schreie, und ihr wurde klar, dass sie aus den winzigen Luken des Stadttors drangen. Ein paar Menschen in ihrer Nähe bekreuzigten sich und gingen rasch weiter, und Catharina hatte Mühe, einen von ihnen aufzuhalten. «Was ist los im Turm?», fragte sie einen in Lumpen gehüllten Mann. «Das sind die Hexen», antwortete der mit schwerer Zunge. «Sie liegen wahrscheinlich auf der Streckbank, damit sie endlich ihre Verbrechen gestehen.»

Am Tag der Urteilsvollstreckung war fast die ganze Stadt auf den Beinen gewesen. Die Verurteilten, geschoren und aneinander gekettet, wurden auf einem Holzkarren vom Christoffelsturm quer durch die Stadt hinaus zum Radacker geführt, wo die Scheiterhaufen bereitstanden.

Catharina hatte aus dem Fenster auf die riesige Menschenmenge gesehen, die den Delinquentinnen folgte – Männer und Frauen jeden Alters, Mütter mit Säuglingen an der Brust und ausgelassene junge Burschen. In den vorderen Reihen ging Michael, Seite an Seite mit anderen Zunftvertretern und Ratsmitgliedern. Viele der Schaulustigen pfiffen oder trommelten auf Kochtöpfen, und die Stadtwache hatte Mühe, sie von den drei Frauen fern zu halten. Nur wenige Augenblicke später würden sie mit offenem Maul die Todesqualen der Verurteilten begaffen.

Um nichts in der Welt wäre Catharina in diesem Haufen mitgezogen. Was war nur in die Menschen gefahren? Wieso konnten sie nicht jetzt, wo die allgemeine Not ein Ende hatte, in Frieden mit sich und ihren Nachbarn leben? Catharina tat etwas, was ihr nur selten in den Sinn kam: Sie ließ sich auf die Knie sinken und betete still zu ihrem Gott.

Die Hexenverbrennung blieb noch auf lange Zeit Stadtgespräch. Die unglaublichsten Geschichten machten die Runde. Eine der Frauen, hieß es, habe allein durch einen lauten Fluch eine Scheune in Brand gesteckt. Andere Bürger wollten in einer Vollmondnacht am Fuße des Brombergs gesehen haben, wie die Tochter des Zöllners mit einer bunt gekleideten Gestalt getanzt habe, von deren nacktem Hinterteil ein mächtiger buschiger Schwanz hing. Die Köchin, die sonst ihren Spaß an überdrehten Geschichten hatte, hielt sich auffallend zurück, und Catharina war ihr dankbar dafür. Selbst Michael äußerte sich zu Hause niemals zu diesem Thema. Nur einmal, als eine große Männerrunde zum Abendessen bei Tisch saß, legte er seine Meinung in aller Ausführlichkeit dar.

«Was da auf den Gassen alles zusammenphantasiert wird, zeugt doch nur von der Dummheit des Volkes. Von diesen Leuten hat keiner begriffen, worum es bei den Prozessen wirklich ging. Dass es nämlich Menschen gibt, und zwar in der großen Mehrzahl Frauen, wie ich gleich erläutern will, die ihre Glaubens- und Willenskräfte nicht zum Wohl, sondern zum Unheil ihrer Mitmenschen einsetzen. Das haben wir doch alle schon erlebt. Zum Beispiel wird ein krankes Kind, das die Mutter mit ihrer ganzen Liebe umsorgt, schneller gesund als eines, um das sich nur der Baderchirurg kümmert. Und genauso kann man seine Kraft für das Böse einsetzen.»

Die Männer murmelten zustimmend vor sich hin.

«Und von den Frauen ist ja bekannt», fuhr er mit einem kurzen Seitenblick auf Catharina fort, «dass bei ihnen weniger der Verstand als vielmehr die seelische und körperliche Seite ausgeprägt ist. Nur mangelt es ihnen, durch die fehlende Kontrolle des Verstandes, oft an Gottesglauben. Zugleich ist ihre seelische Kraft meist stärker als bei uns Männern. Da braucht es nicht viel, und das Böse zieht sie in ihren Bann. Im Alltag sehen wir es doch täglich: Jede halbwegs hübsche Frau kann den bravsten Mann allein durch ihre Anwesenheit und durch ihre Blicke in die heilloseste Verwirrung stürzen.»

Einige Männer lachten laut auf. Der Zunftmeister der Weißbäcker, ein gedrungener Kerl mit blatternarbigem Gesicht, hob sein Glas:

«Ins Schwarze getroffen, Bantzer. Deshalb muss man auf seine Frau aufpassen. Kennt Ihr meinen Lieblingsspruch?

‹Hab fleißig Achtung auf dein Weib,
Zu Gottes Wort mit Ernst sie treib.
Behalt sie heim in deinem Haus,

Lass junge Buhler alle drauß,
Schaff, dass sie möge Arbeit han,
Wird ihr der Kitzel wohl vergan.›»

Doch Michael war noch nicht fertig. «Kennt Ihr den Ursprung des lateinischen Wortes ‹femina›? Es stammte von ‹fe›, Glauben, und ‹minus›, minder. Also ein Wesen minderen Glaubens. Wobei meine liebe Frau natürlich eine Ausnahme von dieser Regel darstellt.»

Angewidert schloss Catharina die Augen. Doch sie sagte nichts. Was hätte sie auch vor all diesen selbstgefälligen Mannsbildern hier am Tisch entgegnen sollen. Immer widersinniger wurden Michaels Ansichten, und wo es nur ging, musste er vor anderen Leuten seine Kenntnisse zur Schau tragen. So nannte er das Martinstor «Porta Sancti Martini» oder sprach von den Turmuhren der Stadt als «Horalogien». Sie fragte sich manchmal, wo er seine Halbbildung immer wieder aufschnappte.

Im folgenden Jahr wurde Michael zum dritten Mal in den Magistrat gewählt. Er veranstaltete ein großes Festessen, zu dem er fast alle Ratsmitglieder einlud. Bei dieser Gelegenheit lernte Catharina ihre neue Nachbarin kennen. Margaretha Mößmerin war vor kurzem mit ihrem Mann, dem Obristmeister und Zunftmeister der Schneider, Jacob Baur, und ihren beiden erwachsenen Kindern in das «Haus zum Gold» gezogen, ein stattliches Fachwerkhaus auf der gegenüberliegenden Seite des Fischmarkts. Die beiden Frauen mochten sich auf Anhieb, so verschieden sie auch waren. Der offensichtlichste Unterschied lag sicher darin, dass Catharina normalerweise mit ihrer Meinung nicht hinter dem Berg hielt und erst resignierte, wenn ihr eine Situation völlig aussichtslos erschien, während sich die Mößmerin durch ihr stilles und zurückhaltendes Wesen auszeichnete.

Schon bei ihrer ersten Begegnung war Catharina aufgefallen,

dass diese Frau in einer größeren Runde niemals von sich aus das Wort ergriff, und es sollte noch viele Wochen dauern, bis sie Catharina gegenüber offener wurde. Dennoch spürte Catharina von Anfang an, dass sie eine innere Kraft und Beharrlichkeit besaß, die ihr selbst weitgehend fehlte.

Margaretha Mößmerin war mindestens zehn Jahre älter als Catharina, und das sah man ihr auch an. Doch es schien nicht nur das fortgeschrittene Alter zu sein, das ihr Gesicht mit Kummerfalten gezeichnet hatte. Erst später erfuhr Catharina, dass ihre neue Freundin bittere Enttäuschungen mit ihren Kindern durchlebt hatte. Ihr Sohn Phillip war ein schwerfälliger junger Mann, der beruflich nicht auf die Beine kam, und ihre verheiratete Tochter Susanna, eine quirlige, etwas oberflächliche Frau, zog ungeniert einen Liebhaber nach dem anderen an Land, während Susannas Ehemann Schulden über Schulden anhäufte und deswegen immer wieder im Turm landete. Dies alles wäre schon für eine gewöhnliche Familie anstößig genug, doch für einen Mann in der Stellung, wie sie Jacob Baur innehatte, war es schier unerträglich. Er hatte das erreicht, was Michaels Ziel aller Träume war: Er gehörte zu den Zwölf Beständigen und war Obristmeister – höher konnte ein Bürgerlicher nicht aufsteigen.

So hatte Margaretha die undankbare Aufgabe, die ärgsten Vorkommnisse vor der Öffentlichkeit zu verbergen und eine Familie zusammenzuhalten, deren Mitglieder besser alle ihrer eigenen Wege gegangen wären.

«Werft doch die Susanna samt ihrem Mann aus dem Haus. Da wärt Ihr einen ganzen Sack voll Sorgen los», schlug Catharina vor.

«Nein, das würde Jacob das Herz brechen. Die Familie ist sein Ein und Alles.»

Die beiden Frauen saßen bei heißer Milch und frischem Zimtstrudel in Bantzers Esszimmer. Draußen tobten die ersten Winterstürme, und der Kachelofen verbreitete behagliche Wärme. Catharina war nur zweimal bei Margaretha drüben gewesen und hatte kaum ihren Augen getraut, so prachtvoll und kostbar war deren Haus eingerichtet. Die Zimmer waren voll gestopft mit fein geschnitzten Möbeln und erlesenem Geschirr, und fünf Bedienstete kümmerten sich um den Haushalt. Da aber so gut wie immer Zank und Streit zwischen Phillip, Susanna und deren Mann herrschte, zogen sie es vor, sich bei Bantzers zu treffen.

Michael konnte es inzwischen kaum mehr ertragen, wenn Catharina selbständig ihrer Wege ging. Am liebsten hätte er ihr den Umgang mit ihren Bekannten verboten. Doch bei Margaretha lagen die Dinge anders: Sie war die Gattin eines der angesehensten Bürger Freiburgs, und es erfüllte ihn fast mit Stolz, dass seine Frau im Hause Baur aus und ein ging. Catharina war es einerlei, was Michael dachte, sie war nur froh, dass er sich nicht, wie so oft bei ihren Verabredungen, einmischte oder ihr irgendwelche Steine in den Weg legte. Die Begegnungen mit Margaretha Mößmerin gaben ihr in diesen trüben Zeiten Auftrieb, und sie wusste, dass sie der Beginn einer neuen Freundschaft waren.

«Bist du dir ganz sicher, dass er dich nicht hintergeht?»

Catharina sah ihren Mann herausfordernd an.

«Hör endlich auf, Catharina. Ich habe mehr von der Welt gesehen als du und besitze deshalb auch ein bisschen mehr Menschenkenntnis. Seit Jahrzehnten arbeitet Siferlin an meiner Seite, und er hat mein Vertrauen nie missbraucht. Und du siehst doch, das Geschäft floriert.»

«Vielleicht könnte es noch besser laufen. Michael, früher hast du die Bücher noch regelmäßig kontrolliert – wann hast du denn das letzte Mal hineingeschaut?»

«Himmel, was geht dich das an?» Michael wurde ärgerlich. «Willst du mir etwa darüber Vorschriften machen, wie ich meine Werkstatt zu leiten habe?»

«Darum geht es doch nicht. Ich frage mich nur, wie Siferlin so plötzlich zu diesem Wohlstand gekommen ist.»

«Vielleicht hat er geerbt», murmelte Michael, doch es klang nicht sehr überzeugt.

Catharina, die sich schon seit langem darüber wunderte, dass Siferlin so viel Geld für Kleidung ausgab und sich inzwischen wie ein Edelmann herausputzte, hatte tags zuvor in einem Gespräch mit der Köchin erfahren, dass Siferlin in einem Stall in der Vorstadt Pferd und Wagen untergestellt hatte, genauer gesagt: einen nagelneuen leichten Einspänner, der ein Vermögen gekostet haben musste.

«Michael, glaub mir, er macht sich auf deine Kosten, auf unsere Kosten ein schönes Leben.»

«Jetzt hör mir mal gut zu.» Auf Michaels Stirn erschien eine Zornesfalte, und seine Stimme wurde lauter. «Das Geschäftliche ist meine Sache, das geht dich nichts, aber auch gar nichts an. Sieh du lieber zu, dass du mein Geld nicht für so unnütze Dinge wie zum Beispiel diese dämliche Briefeschreiberei verschleuderst.»

«Aber –»

«Halt endlich das Maul», schrie er sie an und verließ das Zimmer.

An diesem Abend kam er früher als gewöhnlich nach Hause. Catharina hatte bereits gegessen und saß plaudernd mit Barbara und Elsbeth am Esszimmertisch. Sie sah sofort, dass Michael betrunken war, als er eintrat. Mit einem wütenden Blick auf die beiden Frauen brüllte er los.

«Raus mit euch, in die Küche, wo ihr hingehört!»

Erschrocken zogen sich Barbara und Elsbeth zurück. In diesem Ton hatte ihr Dienstherr noch nie mit ihnen gesprochen.

«Was ist bloß los mit dir?», fragte Catharina ihn.

«Was mit mir los ist? Das frage ich dich!» Er schwankte ein wenig und hielt sich mit beiden Händen an der Tischkante fest.

«Du bringst mir Unglück. Du treibst einen Keil zwischen mich und meinen Kompagnon, mischst dich in alles ein und verdirbst mir sämtlichen Spaß. Weißt du, was du aus mir gemacht hast? Einen Trottel, einen lächerlichen Trottel. Du hast mich nie als Mann angenommen, aber wahrscheinlich brauchst du ja einen Stier oder einen Hengst, damit du zu deinem Vergnügen kommst.»

«Michael, bitte, hör auf. Du bist betrunken.»

«Im Gegenteil, ich fange jetzt erst an. Weißt du, was ich glaube? Weil du mit Männern keine Befriedigung findest, rächst du dich jetzt an mir. Du hast mich verflucht. Durch irgendeine Zauberei hast du mir meine Männlichkeit genommen, hast mich zum Schlappschwanz gemacht. Du bist eine Hexe, eine gottverdammte Hexe!»

Er nahm Catharinas Weinglas und zerschmetterte es auf dem Boden. Das Kristall zersprang in winzige Splitter, die wie Schnee auf dem Dielenboden glitzerten. Da räusperte sich jemand: Siferlin stand in der offenen Tür.

«Was machst du um diese Zeit noch hier», herrschte Michael ihn an.

«Der Lieferant mit den Eisenplatten ist unten. Es gibt Unstimmigkeiten wegen des Rechnungsbetrags.»

«Kannst du das nicht allein aushandeln? Wofür hast du deine Vollmachten?»

Mit hochrotem Kopf stampfte Michael die Treppe hinunter, gefolgt von Siferlin, der wie ein geprügelter Hund den Rücken krümmte.

Catharina starrte auf die Glasscherben. Was hatte ihr Mann ihr da eben vorgeworfen? War er von allen guten Geistern verlassen? Eine leise Angst beschlich sie. Wie unberechenbar war er geworden.

Eine Woche später sprach Elsbeth sie mit besorgtem Gesicht an.

«Heute Morgen habe ich zwei von diesen Fischweibern bei ihrem Tratsch belauscht. ‹Die Bantzerin hat ihren Mann verhext›, hieß es. ‹Er kann keine Frau mehr beschlafen.› Ich sage Euch, diese Gerüchte hat Siferlin in die Welt gesetzt, er hat doch den Streit mit angehört. Catharina, Ihr müsst Euch zur Wehr setzen, Ihr müsst Siferlin vor Gericht zur Rede stellen.»

«Unsinn. Das ist doch nur dummes Geschwätz. Die Leute auf der Straße zerreißen sich doch über alles und jeden das Maul.»

«Aber was da geredet wird, ist eine handfeste Beleidigung. Ihr wisst doch, was es bedeutet, wenn man sich gegen Ehrverletzungen nicht verteidigt. Dann bleibt etwas hängen. Und Hexerei ist in diesen Zeiten eine der schlimmsten Anschuldigungen.»

Catharina wurde nachdenklich. Elsbeth hatte Recht. Doch was konnte sie tun? Vor Gericht würde sie denselben Leuten gegenübersitzen, die sonst bei ihnen aus und ein gingen. Sie würde sich nur lächerlich machen. Wie gut konnte sie jetzt die Mößmerin verstehen, die sich nach jedem neuen Ärgernis mit ihren Kindern kaum noch auf die Straße traute. Sie fühlte sich plötzlich eingesperrt in dieser Stadt, in der jeder mit jedem auf irgendeine Weise verbandelt war.

Trotz Elsbeths beschwörender Worte unternahm Catharina nichts. Sie vertraute auf ihre Erfahrung, dass Gerüchte aufkamen und ebenso schnell wieder vergingen. Die Frage, wie sie an der Seite ihres Mannes weiterleben sollte, beschäftigte sie viel mehr. Michael entschuldigte sich schon längst nicht mehr für seine Ausfälle. Nach jedem Streit ging er ihr erst einmal aus dem Weg, näherte sich ihr dann langsam wieder in seiner unverbindlichen Freundlichkeit, bis es zur nächsten Auseinandersetzung kam. Das konnte doch nicht ewig so weitergehen.

Sie suchte das Gespräch mit ihrer neuen Freundin.

«Ach, Catharina, was soll ich dir nur raten?» Margaretha

Mößmerin sah sie aus ihren hellgrauen Augen bedrückt an. «Ich denke, wir Frauen haben größere Lasten zu tragen, als sich die Männer vorstellen können – ich mit meinen Kindern, du mit deinem Ehemann. Wir müssen uns fügen, sonst sind wir unser Leben lang unglücklich.» Sie dachte einen Moment lang nach. «Meine Lage ist anders als deine. Jacob und ich verstehen uns im Großen und Ganzen gut – wenn es Widerworte gibt, dann wegen der Kinder. Vielleicht solltest du ein wenig zurückhaltender sein. Ich bewundere zwar deine Offenheit, aber ich glaube auch, du bist zu aufbrausend. Ein Mann wie Michael verträgt das nicht. Versuch doch, im Alltag ein bisschen nett zu ihm zu sein, und wenn du merkst, er ist wieder betrunken oder sucht Streit, dann geh ihm aus dem Weg.»

Catharina fand diesen Ratschlag nicht besonders hilfreich. Warum sollte immer sie es sein, die nachgab und für Harmonie sorgte? Dennoch gab sie sich fortan Mühe, keinen Anlass mehr für Streitereien zu bieten. Leider machte Michael es ihr nicht eben leicht.

Er mischte sich mehr und mehr in ihren Alltag und schränkte durch teilweise lächerliche Vorschriften ihren Handlungsspielraum ein. Manchen seiner Anweisungen fügte sich Catharina um des lieben Friedens willen ohne Widerrede, wie beispielsweise seinem neuesten Einfall, dass er die Kleidung für seine Frau aussuchen wollte, wenn wichtige Gäste eingeladen waren.

«In meiner Position kann ich es mir nicht leisten, wenn sich die Leute darüber lustig machen, dass meine Frau wie ein Hirtenmädchen herumläuft.»

Das war natürlich maßlos übertrieben, doch Catharina ließ es achselzuckend geschehen, wenn er an Tagen, an denen Besuch angekündigt war, ihre Kleiderkammer inspizierte und ihr die seiner Meinung nach passende Kleidung zusammenstellte. Was soll's, dachte sie, dann kann er mir hinterher jedenfalls keine Vorwürfe machen.

Andere Dinge fand sie weitaus erniedrigender. So machte er es sich irgendwann zur Gewohnheit, sie beim Frühstück nach ihren Plänen für den kommenden Tag auszufragen. Was ihm nicht passte, versuchte er zu verhindern.

«Es kommt gar nicht infrage, dass du ins Schneckenwirtshaus gehst. Meine Frau in dieser Spelunke! Entweder kommt Mechtild hierher, oder ihr seht euch überhaupt nicht mehr.»

Ein andermal verbot er ihr, allein auf den Markt zu gehen.

«Dass das klar ist: Du nimmst Elsbeth mit. Andere Bürgersfrauen schleppen auch nicht ihre Einkaufskörbe selbst durch die Gegend. Du bist doch kein Packesel.»

Die Begründungen für seine Vorschriften waren immer dieselben: Eine Bantzerin tut dies nicht, eine Bantzerin tut das nicht. Dabei hatte er selbst keinerlei Hemmungen, sich dem Gerede der Leute auszusetzen. So besuchte er inzwischen regelmäßig die Hübschlerinnen im Frauenhaus oder lud die gesamte Mannschaft seiner Schlosserei ins Schwabsbad ein. Dort wurde nicht nur gebadet, sondern auch ausgiebig gezecht und gehurt.

Das alles nahm Catharina mit einem Gleichmut hin, der sie selbst überraschte. Doch eines Tages kam es zu einem Vorfall, der das Maß ihrer Geduld überstieg. Catharina hatte schon seit vielen Monaten nichts mehr von Lene gehört, und sie fragte sich, ob ihrer Base etwas zugestoßen sei. Sie beruhigte sich damit, dass Lene mit ihrer großen Familie sicher alle Hände voll zu tun hatte. Es war ein herrlicher Frühlingstag, als Elsbeth und Catharina gerade das Haus verlassen wollten und in der Tür auf einen Boten trafen. Zu Catharinas größter Freude brachte er einen Brief von Lene. Sie gab dem Jungen, den sie nie vorher gesehen hatte, ein großzügiges Trinkgeld und fragte ihn:

«Was ist denn mit dem älteren Mann, der sonst die Briefe gebracht hatte? Arbeitet er nicht mehr als Bote?»

«Das ist mein Onkel. Der Arme hat sich das Bein gebrochen bei einem Sturz vom Pferd. Aber es geht ihm schon besser.»

Ungeduldig, wie Catharina war, brach sie gleich an Ort und Stelle das Siegel auf und überflog die ersten Sätze.

«Liebe Catharina, geht es dir gut? Ich mache mir große Sorgen um dich, da du meine letzten Briefe nicht beantwortet hast …»

Catharina ließ das Blatt sinken. Da stimmte doch etwas nicht. Sie hielt den Jungen zurück, der sich eben auf den Weg machen wollte.

«He, Bursche, warte. Kannst du uns zu deinem Onkel führen?»

Der Junge nickte. «Er wohnt ganz in der Nähe, neben der Glockenapotheke.»

Zunächst hatte der Mann auf Catharinas Fragen beharrlich geschwiegen, doch nachdem sie eine hübsche Summe Geldes auf den Tisch gelegt hatte, fand er die Sprache wieder und gab alles zu. Michael hatte ihn dafür bezahlt, dass er alle Briefe, die an Catharina gerichtet waren, bei ihm im Zunfthaus ablieferte.

«Ihr wisst doch, wie wenig ein Bote verdient», sagte er voller Scham. «Da war das Angebot Eures Mannes zu verführerisch.»

Catharina drohte, ihn bei Gericht anzuzeigen, wenn er weiterhin Nachrichten an sie unterschlagen würde.

«Ihr bringt von nun an alle Briefe an mich zur Wirtin des Schneckenwirtshauses, verstanden?»

Auf dem Heimweg fragte sie die Hausmagd, ob sie Michael zur Rede stellen sollte.

«An Eurer Stelle», sagte Elsbeth, «würde ich schweigen, sonst kommt es nur zu einem neuen Streit, und Euer Mann würde andere Mittel finden, um Eure Briefe abzufangen. So wird er denken, dass Lene Euch nicht mehr schreibt, und Euch in Ruhe lassen.»

So war es auch. Befriedigt stellte Michael fest, dass keine Briefe mehr von Lene kamen. Doch er ging noch einen Schritt weiter.

Eines Abends überraschte er Catharina an ihrem Schreibpult.

«Hast du denn noch nicht gemerkt, dass Lene kein Interesse mehr an dir hat?»

Wie hinterhältig du bist, dachte Catharina, doch sie schluckte ihren Zorn hinunter. Sollte er doch in seinem falschen Glauben bleiben.

Lächelnd nahm er ihr den Federkiel aus der Hand. «Was soll deine Schreiberei also noch? Das ist doch für die Katz. Um deutlicher zu werden: Ich bin nicht mehr bereit, die teuren Boten zu bezahlen. Du wirst künftig über jede Ausgabe Rechenschaft bei mir ablegen, und wenn da noch ein einziges Mal Geld für einen Boten dabei ist, wirst du mich von einer anderen Seite kennen lernen.»

«Dann bezahl ich es eben von meinem eigenen Geld», schrie sie ihn an und lief aus dem Zimmer.

Ihr war klar, dass sie fortan Lene nur noch zu ganz wichtigen Anlässen würde schreiben können, denn sie musste ihre wenigen Ersparnisse zusammenhalten.

Warum zerstörte Michael alles, was ihr Freude machte? Nicht zum ersten Mal ging ihr durch den Kopf, dass Michael Frauen hassen musste. Catharina hatte ihn anfangs oft und immer vergeblich gedrängt, mehr von seiner Kindheit und seiner Mutter zu erzählen, doch das wenige, was sie wusste, hatte sie letztendlich von anderen erfahren: dass die alte Bantzerin im Haus geherrscht habe wie eine selbstgerechte Prinzipalin und dass sich ihre Kinder den kleinsten Beweis von Zuneigung hart erarbeiten mussten. Eine einzige Episode nur hatte Michael ihr einmal anvertraut. Als kleiner Junge habe er sehr darunter gelitten, dass ihm seine Mutter nie zuhörte, wenn er ihr etwas erzählte. Wochenlang hatte er mit sich gekämpft, bis er schließlich den Mut gefunden hatte, sie danach zu fragen. «Wenn du willst, dass ich dir zuhöre wie einem erwachsenen Mann», war ihre Antwort gewesen, «dann erledige erst einmal deine Aufgaben wie ein erwachsener Mann.»

Catharina hielt in ihren Überlegungen inne. Zum ersten Mal in ihrem Leben dachte sie daran, dass selbst Johann einmal eine unbedarfte Seele gehabt haben musste, zerbrochen von einer kalten und lieblosen Kindheit.

23

Diesen Mann hat sie nicht verdient.» Catharina hörte deutlich das Bedauern in Elsbeths Stimme. «Hast du beobachtet, wie grau sie im Gesicht geworden ist? Ich hab sie seit Ewigkeiten nicht mehr lachen sehen.»

Catharina stand an der angelehnten Küchentür und wollte schon eintreten, als sie Barbara sagen hörte:

«Sie sieht auf einmal richtig alt aus, dabei hat sie noch keine vierzig Jahre auf dem Buckel. Ihr Mann wird sie so lange quälen, bis sie zusammenbricht. Dann erst ist er zufrieden.» Die Köchin senkte die Stimme: «Wenn du mich fragst: Der hat den Teufel im Leib. Ich wünsche niemandem den Tod, aber wenn Bantzer sterben würde, wäre das eine Erlösung für die Stadellmenin.»

Seufzend wandte sich Catharina ab und ging zurück in die Stube. War sie wirklich alt und grau geworden? Mehr denn je sehnte sie sich nach ihrer Jugend auf dem Land zurück. Wie viele Freiheiten hatte sie damals genossen, ohne dass sie sich dessen bewusst gewesen wäre. Jetzt, in ihrem vierzigsten Jahr, sah sie ihr Leben dem Ende zugehen, ohne dass sich ein einziger ihrer Träume erfüllt hätte: Weder zog sie Kinder groß, noch führte sie eine zufriedene Ehe. Ihre zahlreichen Fähigkeiten verkümmerten, ihr Alltag wurde immer stumpfsinniger, und sie fühlte sich oft genug einsam, denn einzig und allein Margaretha Mößmerin war ihr als Freundin geblieben. Zu Lene und Christoph hatte sie kaum oder keinen Kontakt, und von den Zwillingen Carl und

Wilhelm wusste sie nicht einmal, ob sie noch in der Gegend
lebten.

In letzter Zeit wurde sie nachts von Albträumen heimgesucht,
aus denen sie schweißgebadet erwachte. Die Szenen wiederholten sich: Tante Marthe mit aufgerissener Brust, Johann, der sie
bedrohte, Christoph, der sie in Benedikts Bett überraschte. Nur
von Michael oder Marthe-Marie träumte sie nie. In manchen
dieser Albträume erschien der blinde rote Zwerg, dem sie als
Kind beim Bischofskreuz begegnet war, und beobachtete
schweigend ihre Leiden. Eines Morgens wusste sie plötzlich wieder, was der alte Bartholo ihr damals prophezeit hatte: dass sie
nach einer unseligen Ehe wieder glücklich sein würde wie in ihren Kindertagen, dass dieses Glück jedoch bedroht sei. «Hüte
dich vor den Nachbarn», waren seine letzten Worte gewesen,
dessen war sie sich jetzt ganz sicher. Würde sich ihr Leben doch
noch ändern? Und wieso sollten ihre Nachbarn eine Bedrohung
darstellen?

Catharinas persönlicher Kummer schien sich in der Stimmung der Bürger widerzuspiegeln, die zunehmend trostloser
wurde. Bei allem Auf und Ab waren die Freiburger immer ein
lebenslustiges Volk gewesen, das zu jeder Gelegenheit ausgelassen zu feiern wusste. Doch jetzt verabschiedete der Stadtrat eine
Verordnung nach der anderen und schränkte die Bürger in ihrer
Freiheit ein. Auf den Straßen durfte nicht mehr getanzt oder
musiziert werden, Gauklern und fahrendem Volk wurde der
Eintritt in die Stadt verwehrt, und selbst auf Feiern im eigenen
Haus erschienen die Stadtwächter, um nach dem Rechten zu sehen. Kein Fremder durfte sich mehr in der Stadt niederlassen.
Die Bewohner waren angehalten, ihre Mitmenschen zu beobachten und Auffälligkeiten anzuzeigen, und die geringsten Ver-
gehen wurden hart bestraft. Von den Kanzeln prasselten
Drohungen von Fegefeuer und ewiger Verdammnis auf die ein-
geschüchterte Gemeinde nieder. Im Rahmen ihrer Erneuerung

und ihres Kampfes gegen die Protestanten scheute die katholische Kirche keine Mittel, um ihre Schäfchen in ihre Schranken zu verweisen, und der Magistrat schien in seiner Härte mit der Kirche wetteifern zu wollen. Die Frauenhäuser wurden geschlossen, in den öffentlichen Bädern durften Frauen und Männer nur noch getrennt baden, Kupplerinnen und Huren standen mit geschorenen Köpfen am Pranger. Die städtischen Hebammen mussten jede Schwangerschaft melden, und einer Frau, deren Leibesfrucht vorzeitig abging, drohte der Prozess wegen Abtreibung oder Kindstötung. Erneut saß eine der Zauberei beschuldigte Frau im Christoffelsturm und wartete auf ihre Verurteilung – zum ersten Mal handelte es sich nicht um jemandem aus dem einfachen Volk, sondern um eine angesehene Kaufmannsfrau.

Jede öffentliche Bestrafung, jede Hinrichtung stellte eine willkommene Abwechslung dar, und die wenigen von der Kirche zugelassenen Feste wie Fastnacht oder die Passionszeit waren für die verdrossenen Bürger die einzige Möglichkeit, aus den engen Grenzen des Alltags auszubrechen. An solchen Tagen floss der Alkohol in Strömen, und die Menschen schüttelten ihre Hemmungen und Zwänge ab wie lästige Kleidungsstücke. Die weltlichen und geistlichen Herren der Stadt drückten dabei nicht nur beide Augen zu, sondern mischten kräftig mit.

Die Vorbereitungen zur Fronleichnamsprozession und den daran anschließenden Passionsspielen waren in vollem Gange. Jede der zwölf Freiburger Zünfte hatte eine Szene aus der Heilsgeschichte aufzuführen, etwa «Josef und Maria mit dem Kinde in Ägypten» oder «Pilatus führt Christus, gekrönt und gegeißelt». Wer bei diesen Darstellungen eine Rolle bekam, war von Stolz erfüllt und studierte in den Zunftstuben mit Feuereifer seinen Text ein. In den Werkstätten wurden die notwendigen Requisiten hergestellt und die vom Vorjahr vorhandenen ausgebessert.

Fast alle in der Stadt beteiligten sich auf irgendeine Weise an den Vorarbeiten.

Wie jedes Jahr war es im Vorfeld der Feierlichkeiten zu Streitereien gekommen. Die Rebleute, ohnehin die Zunft mit dem geringsten Ansehen und vom Magistrat längst als Sammelbecken für Knechte, Tagelöhner und Bettler benutzt, beschwerten sich, dass ihnen zum wiederholten Mal die undankbarste Szene zugeteilt worden sei, nämlich die Darstellung des Teufels mit den verdammten Seelen. Böses Blut löste auch wieder die Diskussion aus, ob an der Spitze der Prozession die Stadtoberen oder die Regenten der Universität marschieren sollten.

«Wieso lässt man sie nicht einfach nebeneinander gehen?», schlug Catharina vor.

«Was verstehst du schon davon», wies Michael sie zurecht. Er hatte mit den Vorbereitungen alle Hände voll zu tun, war kaum noch zu Hause, und Catharina genoss die Ruhe.

Schon in den Morgenstunden des Fronleichnamstages wurde an jeder Straßenecke Wein und Bier ausgeschenkt, und als zur Mittagsstunde die Spiele auf dem Münsterplatz begannen, war kaum einer der Mitspieler oder Zuschauer noch nüchtern. So nahm es nicht wunder, dass den meisten der notwendige heilige Ernst für die Aufführung fehlte. Bei dem geringsten Anlass brach die Menge in Gelächter aus: Da hatte der Darsteller der Maria Magdalena in der Eile vergessen, sich zu rasieren, und jetzt schimmerten unter weißer Schminke die dunklen Barthaare durch. Am Abendmahlstisch, der von einem Ochsengespann über den Platz gezogen wurde, kippten zwei der Apostel hintenüber und fielen vom Wagen. Als der Teufel dem Judas den Bauch aufschlitzte und Milch, Kutteln und rote Grütze auf das Pflaster spritzten, kam eine Horde Straßenköter angerannt und machte sich schwanzwedelnd über die unverhoffte Mahlzeit her. Einzig bei der Kreuzigungsszene, als Böllerschüsse von der Burghalde den Himmel donnern ließen, schwiegen die Leute andächtig.

Michael hatte Catharina gebeten, ihn zur Aufführung der Spiele und dem anschließenden Fest vor dem Münster zu begleiten. Besorgt beobachtete sie, wie er von Dünnbier zu Wein und schließlich zu Selbstgebranntem wechselte. Als die Schatten der umstehenden Häuser länger und die Luft kühler wurde, war er betrunken. Seinen rechten Arm hatte er um den Stadtschreiber gelegt, den linken um eine junge Frau, die Catharinas Vermutung nach seine neue Geliebte war, und grölte mit den anderen am Tisch lauthals Trinklieder. Er trank ein Glas ums andere, und seine Hand zitterte bereits. Auf seinem Wams breiteten sich Flecke von verschüttetem Branntwein aus.

Catharina zog sich ihr wollenes Tuch fester um die Schultern. Ihr war kalt, und sie wollte nach Hause. Außerdem ertrug sie kaum noch den Anblick ihres betrunkenen Mannes. Als er sich zu seiner Nebensitzerin hinüberbeugte und sie küsste, stand Catharina entschlossen auf und ging nach Hause. Sollte sie sich vor aller Augen von Michael demütigen lassen? Nein, dachte sie, einen kleinen Rest Stolz besitze ich noch.

Als sie den Fischmarkt erreichte, sah sie Marx Sattler, einen Studenten, vor dem Haus des Jacob Baur herumschleichen. Von Margaretha wusste sie, dass Marx der neue Liebhaber ihrer Tochter Susanna war und Jacob ihm verboten hatte, auch nur in die Nähe seines Hauses zu kommen. Dass er sich hier zur Abendstunde herumtrieb, würde dem Geschwätz der Leute wieder neue Nahrung geben. Vielleicht sollte sie ihn wegschicken?

Da ging ein Fenster im ersten Stockwerk auf, und Susanna beugte sich heraus. Als sich ihre und Catharinas Blicke trafen, streckte sie Catharina die Zunge heraus und schlug die Fensterflügel wieder zu. Kopfschüttelnd ging Catharina weiter. Margaretha war um ihre Familienverhältnisse auch nicht gerade zu beneiden.

Das Haus zum Kehrhaken wirkte wie ausgestorben. In der

Werkstatt arbeitete schon seit gestern niemand mehr, und die beiden Hausmägde hatten frei. Catharina war die Stille fast unheimlich. Sie ging im Bücherkabinett auf und ab und wusste nicht so recht, was sie mit sich anfangen sollte. Draußen verfärbte sich der Himmel glutrot. Sie setzte sich in den Lehnstuhl und starrte gedankenverloren in das dunkle Zimmer.

Plötzlich fuhr sie zusammen. Eine Tür knallte, dann rumpelte es, wieder knallte eine Tür. Einbrecher, dachte sie sofort, denn sie wusste, dass an Festtagen, wenn sich alle Welt auf den Straßen herumtrieb, die leer stehenden Häuser eine leichte Beute für Räuber und Tagediebe darstellten. Doch dann trampelte jemand die Treppe herauf. Das konnte nur Michael sein.

«Die gnädige Frau hat wohl keine Lust zu feiern.» Verschwitzt und mit schwerem Atem, der nach Branntwein stank, baute sich Michael vor ihr auf. Catharina schwieg.

«Antworte gefälligst, wenn ich mit dir rede», schnauzte er sie an und zog sie mit hartem Griff aus ihrem Sessel hoch.

«Lass mich los, du tust mir weh.»

«Jetzt hör gut zu, was ich dir zu sagen habe: Das machst du nicht nochmal, sonst vergesse ich mich.»

«Was soll ich nicht nochmal machen?» Catharina riss sich los.

Da fing er an zu brüllen. «Glaubst du, ich lasse mich von dir behandeln wie ein hergelaufener Hund? Ohne ein Wort aufzustehen und mich einfach sitzen zu lassen. Weißt du, was die Leute am Tisch gesagt haben? ‹Na, Bantzer, deine Frau sucht sich jetzt wohl ihr eigenes Vergnügen.› Nein, das machst du nicht nochmal.»

«Soll ich etwa in Ruhe mit ansehen, wie du dich zum Hurenbock machst?», entfuhr es Catharina. Im selben Moment bereute sie ihre Bemerkung, aber es war zu spät. Michael schlug zu. Einmal, zweimal und noch einmal. Ihre Unterlippe platzte auf, und sie stolperte mit der Stirn gegen die Pultkante. Dann sank sie zu Boden.

Ungerührt blickte er auf sie herunter. «Damit du Bescheid weißt: Ich komme heute Nacht nicht nach Hause.»

Catharina spürte keinen Schmerz, nicht einmal mehr Hass auf ihren Mann. Erschöpft schloss sie die Augen und wünschte sich einen kurzen Moment lang nichts sehnlicher, als zu sterben.

So fanden sie kurze Zeit später Elsbeth und Barbara.

«Heilige Notburga, die Stadellmenin ist überfallen worden», schrie Elsbeth entsetzt auf und kniete sich neben Catharina, unter deren Kopf sich eine Blutlache ausgebreitet hatte. Wie aus weiter Ferne hörte Catharina die Stimmen der beiden Frauen und richtete sich langsam auf.

«Schnell, wir müssen sie in die Küche bringen», sagte Barbara. Behutsam setzten sie Catharina auf die Küchenbank und legten ihre Beine auf einen Hocker. Während die Köchin die Platzwunden an Stirn und Lippe versorgte, flößte Elsbeth ihr einen Becher Zwetschgenwasser ein.

«Es geht schon wieder, vielen Dank.»

«Seid Ihr überfallen worden? Habt Ihr den Einbrecher erkannt?»

«Es war mein Mann.»

Barbara und Elsbeth sahen sich an.

«Wenn Euch Euer Mann noch einmal schlägt, müsst Ihr vor die Zunftversammlung gehen», sagte Barbara. Das Entsetzen war ihr deutlich anzusehen. «Und wenn Ihr es nicht tut, werde ich gehen, und wenn es mich meine Stellung kostet.»

Michael ließ sich erst am übernächsten Tag wieder blicken.

«Pass in Zukunft besser auf, was du tust oder sagst – dann muss ich nicht zu solchen Mitteln greifen», war alles, was ihm beim Anblick von Catharinas zerschundenem Gesicht einfiel. Hasserfüllt sah sie ihn an. Er wich ihrem Blick aus und wollte sich abwenden, da geschah etwas, womit sie niemals gerechnet hätte: Michael fiel vor ihr auf die Knie und verbarg sein Gesicht in den Händen. Sie verstand kaum, was er sagte.

«Was hab ich nur getan? Ich brauche dich doch, du bist der einzige Mensch auf der Welt, der zu mir gehört. Catharina, meine liebe Frau.»

Die restlichen Worte gingen in Schluchzen unter. Ein kleines Häufchen Elend war das, was da vor ihr auf dem Fußboden kauerte, doch Catharina hatte kein Mitleid mehr mit Michael. Ohne sich weiter um seinen Gefühlsausbruch zu kümmern, ließ sie ihn allein.

Wegen ihrer Verletzungen wagte sie sich tagelang nicht aus dem Haus, und als eines Nachmittags Margaretha Mößmerin vorbeischaute, fiel es Catharina schwer, ihrer Freundin zu erzählen, was vorgefallen war, denn sie schämte sich.

Margaretha streichelte ihre Hand. «Arme Catharina», murmelte sie. «Was sind das bloß für Zeiten.»

Catharina spürte sofort, dass auch Margaretha etwas auf dem Herzen hatte. So bedrückt hatte sie schon lange nicht mehr gewirkt. Auf Catharinas Drängen hin begann sie zu erzählen, was geschehen war.

«Ich weiß nicht mehr, wo mir der Kopf steht. Ein Unglück folgt dem nächsten. Du weißt doch, dass unser Sohn sich endlich entschlossen hat zu studieren. Dabei macht er uns aber nur Kummer, denn er treibt sich herum und wirft Jacobs Geld zum Fenster hinaus. Zudem ist Susannas Mann schon wieder im Schuldturm gelandet, und wir mussten ihn mit einer hohen Summe auslösen. Und vorgestern sind Susanna und der Sattler Marx wegen Buhlerei und Beleidigung verhaftet worden.»

Sie berichtete, wie ein Stadtknecht die beiden nach Einbruch der Dunkelheit in der Toreinfahrt bei eindeutigen Handlungen erwischt hatte. Er wollte sie zur Rede stellen, da drehte Susanna ihm den Rücken zu, hob den Rock und streckte ihm ihren nackten Hintern entgegen.

«Das ist aber noch nicht alles.» Verstohlen wischte sich Margaretha die Tränen aus den Augenwinkeln. «Jacob zieht sich immer mehr in sich zurück, seine Gesundheit ist angegriffen. Vielleicht hat dir dein Mann ja erzählt, dass er schon seit zwei Wochen nicht mehr im Stadtrat war.»

Catharina schüttelte den Kopf. Von Michael erfuhr sie überhaupt nichts mehr.

«Einerlei – jedenfalls erschien gestern eine Frau aus Herdern vor Gericht und sagte aus, Jacob Baur habe sich umgebracht, da er es nicht mehr ertragen habe, mit einer Hexe verheiratet zu sein. Sie habe mich und ein paar andere Bürgersfrauen, die sie mit Namen nannte, bei einem Hexensabbat beobachtet.»

«Wie bitte?» Catharina riss erschrocken die Augen auf. «Diese Behauptung ist doch völlig unsinnig!»

«Natürlich, aber als der Gerichtsbote bei uns zu Hause erschien, um zu sehen, was an dieser Behauptung von Jacobs Tod dran sei, brach Jacob vor Aufregung zusammen. Gott sei Dank geht es ihm wieder besser, aber heute Morgen hat er seinen Rücktritt vom Magistrat eingereicht.»

Catharina konnte das alles kaum glauben. «Und was geschieht mit dieser Frau?»

«Sie wird wohl wegen Verleumdung verurteilt werden. Aber verstehst du, Catharina, auch wenn das eine Verrückte war: Es wurde ein Protokoll aufgenommen, und jetzt steht mein Name im Zusammenhang mit Hexerei in den Gerichtsakten.»

«Mach dir deswegen keine Sorgen», versuchte Catharina sie zu beruhigen. «In den Akten wird schließlich auch vermerkt, dass es sich um eine bösartige Verleumdung handelt. Und dein Mann sollte sich das mit dem Rücktritt nochmal überlegen.»

Doch Jacob Baur blieb bei seinem Entschluss. Böswillige Zungen behaupteten, mit seinem Rückzug aus dem öffentlichen Leben gestehe er ein, dass es in seiner Familie tatsächlich nicht mit rechten Dingen zugehe. Obwohl zunächst nur wenige Bürger von den Vorfällen im Hause Baur wussten, dauerte es nicht lange, bis die übliche Gerüchteküche in Gang kam: Margaretha

Mößmerin und ihre Tochter Susanna hätten Baur in den Ruin getrieben, hieß es, und gewiss seien da böse Mächte mit im Spiel. Zwar wagte niemand, Beschuldigungen in dieser Richtung offen auszusprechen, doch die beiden Frauen wurden von aller Welt geschnitten. Erschienen sie auf dem Markt, verstummten sofort die Gespräche in ihrer Nähe, zu den Feierlichkeiten oder Festessen in den Bürgerhäusern wurden sie nicht mehr eingeladen.

Nur wenige Monate nach Baurs Rücktritt aus dem Stadtrat wurde Margaretha erneut als Hexe denunziert. Der Ballierer Friedlin Metzger, ein stadtbekannter Querulant, suchte das Gespräch mit dem Münsterpfleger Wetzel und eröffnete dem erstaunten Mann, er könne die Mößmerin jetzt endgültig der Hexerei überführen, er habe handfeste Beweise. Und als Folge müsse der Stadtrat neu besetzt werden, denn die Mößmerin habe fast alle Ehefrauen dieser ehrwürdigen Ratsherren in den Sumpf des Bösen hineingezogen.

Dummerweise war Friedlin an einen der wenigen Freunde geraten, die Jacob Baur noch geblieben waren, und so erfuhren Margaretha und ihr Mann umgehend von diesen infamen Anschuldigungen. Wetzel veranlasste sofort, dass Friedlin wegen Verleumdung verhaftet wurde, was weiter keine Schwierigkeiten bereitete, denn der Ballierer hatte wegen Diebstahl, Schulden und Sachbeschädigung schon etliche Male im Turm gesessen. Doch hartnäckig verbreitete er selbst im Gefängnis weitere Lügengeschichten über Margaretha. Über zwei Monate lang lag er angekettet im Martinstor, dann erst gab er auf. Nachdem er seine Anschuldigungen widerrufen hatte, wurde er entlassen und musste zum Zeichen seiner Sühne eine Pilgerreise nach St. Jakob de Compostela antreten.

24

Die letzten Jahre ihrer Ehe wurden Catharina zur Hölle. Sie konnte von Glück sagen, wenn Michael nach seinen Zechereien so betrunken war, dass er halb tot in sein Bett stolperte oder bei irgendeinem Weibsbild übernachtete. Voller Angst lauschte sie an diesen Abenden auf seine Schritte, ob sie sich auch nicht ihrer Kammer näherten, denn er schlug sie nun häufiger.

Der Ablauf war stets derselbe: In seiner Trunkenheit versuchte er einen Streit vom Zaun zu brechen. Wagte sie Widerworte, strafte er sie mit Schlägen, schwieg sie, wurde er erst recht wütend und fluchte, er werde ihr die «Bockigkeit», wie er es nannte, schon noch aus dem Leib prügeln.

Einmal wurde er deswegen vor das Collegium der Achter zitiert, einen Ausschuss von acht Meistern, die dem Zunftmeister zur Seite standen. Catharina hatte von seinem letzten Angriff ein blaues Auge und einen handtellergroßen Bluterguss auf der Wange davongetragen.

«Das muss ein Ende haben», hatte Barbara in der Küche geschimpft. Sie war außer sich. Mittlerweile war sie zwar schon an die sechzig, hatte aber keinen Deut ihres Temperaments eingebüßt. «Alle Welt soll sehen, was Euer Mann Euch antut.»

Und sie schleifte Catharina gegen deren Willen am helllichten Tag über den Markt. Die Wirkung ließ nicht lange auf sich warten. Da in der Nachbarschaft längst bekannt war, dass es in Bantzers Ehe nicht zum Besten stand, gab Catharinas zerschlagenes Gesicht Anlass zu neuem Gerede, das schließlich auch einigen Ratsherren zu Ohren kam. Wie es bei Familienangelegenheiten üblich war, wandten sie sich an die Zunft mit der Bitte, die Sachlage zu überprüfen. Nur unwillig kamen die Herren der Schmiedezunft diesem Anliegen nach, da es sich bei dem Beschuldigten nicht um irgendeinen Gesellen, sondern um ihren eigenen Zunftmeister handelte.

Obwohl die Vorladung, wie Catharina später erfuhr, eher den Charakter einer freundschaftlichen Ermahnung gehabt hatte – «Ihr müsst die Verhältnismäßigkeit der Mittel wahren und Schläge nur im äußersten Notfall anwenden, sonst verlieren sie ihre Wirksamkeit» –, kehrte Michael wutentbrannt nach Hause zurück. Er wollte seine Frau zur Rede stellen, denn er war davon überzeugt, dass sie ihn angezeigt hatte. Er eilte von Zimmer zu Zimmer, riss die Küchentür auf, wo Barbara und Elsbeth beim Gemüseputzen saßen, und brüllte: «Wo ist meine Frau?» Doch Catharina war nirgends zu finden.

Als er zornig das Haus verließ, um die nächstbeste Schenke aufzusuchen, wagte sich Catharina aus ihrem Versteck. Sie hatte den ganzen Vormittag voller Anspannung hinter Gerümpel auf dem Dachboden verbracht und klopfte sich nun erleichtert den Staub aus den Kleidern. Für diesen Moment konnte sie aufatmen, aber sie wusste genau, dass der nächste Angriff ihres Mannes nur eine Frage der Zeit war. Tatsächlich nahm sich Michael die Worte seiner Zunftbrüder nur insofern zu Herzen, als er darauf achtete, bei seinen Wutausbrüchen nicht mehr in Catharinas Gesicht zu schlagen.

Barbara, die mehr denn je davon überzeugt war, dass Dämonen von der Seele ihres Dienstherrn Besitz ergriffen hatten, versuchte auf ihre Art, Catharina beizustehen.

«Ich bitte Euch, nehmt dies zu Eurem Schutz.» Fast flehend hielt sie Catharina auf ihrer offenen Hand ein Amulett hin.

«Was ist das?», fragte Catharina erstaunt und betrachtete den in Messing gefassten, gebogenen Zahn.

«Ein Eberzahn. Ihr müsst ihn an Euren linken Arm binden, dann gibt er Euch Kraft und schützt vor Angriffen.»

Fast traurig schüttelte Catharina den Kopf. «Ach, Barbara, ich weiß, wie sehr du dich um mich sorgst, aber an meiner Situation können weder Zauber noch Gebete etwas ändern. Ich glaube zu wenig daran, als dass sie mir helfen könnten.»

Es mochte am Einfluss ihrer Tante liegen, dass sie, im Gegensatz zu den meisten ihrer Mitmenschen, nicht viel von Magie hielt. Marthe hatte immer behauptet, dass der Mensch nicht durch Hokuspokus, sondern allein durch Menschlichkeit und Willenskraft etwas bewirken könne. Wenn die Leute im Dorf etwas als Spuk oder Hexerei bezeichneten, hatte sie dafür oft eine verblüffend einfache Erklärung. Catharina klangen noch ihre Worte im Ohr: Für die Dinge, die ich nicht begreife, haben klügere Leute als ich längst eine Erklärung gefunden oder werden sie eines Tages finden. Was bleibt, sind die von Gott gewollten Geheimnisse, und wir Menschen sollten nicht so anmaßend sein, seine ganze Schöpfung durchschauen zu wollen.

Catharina hatte zwar das Amulett abgelehnt, doch so schnell gab die Köchin nicht auf. Wenige Tage später überraschte Catharina sie dabei, wie sie in den oberen Türbalken von Catharinas Schlafzimmer ein winziges Pentagramm ritzte. Als sie ihr Werk beendet hatte, stieg sie schnaufend von ihrem Schemel herunter und blinzelte ihr zu: «Wenn Ihr auch nicht daran glaubt – schaden wird es auf keinen Fall.»

«Wenn Michael das entdeckt, wird er dich wegen Zauberei anzeigen.»

«Er wird es nicht entdecken, denn erstens schaut der gnädige Herr nie nach oben, und zweitens betritt er Eure Kammer immer nur in trunkenem Zustand. Aber keine Sorge, ich kenne auch ganz unauffällige Mittel, um böse Kräfte abzuwehren.»

Dabei deutete sie auf einen Besen, der wie zufällig in der Diele stand, und auf eine Schere, scheinbar achtlos auf den Fenstersims geworfen.

Barbaras Bemühungen blieben erfolglos. Dabei waren es nicht nur die Prügel, die Catharina ihren letzten Funken Lebensfreude raubten. Sie fühlte sich wie ein Hund, der an die Kette gelegt worden ist. Michael verbot ihr den Zugang zur Werkstatt und das Verlassen des Hauses ohne seine Erlaubnis. In seinem Beisein durfte sie, von dienstlichen Anweisungen abgesehen, nicht mehr mit den Mägden sprechen. Die Tür zur Bibliothek hatte er verriegelt. Doch das Demütigendste war, dass Hartmann Siferlin fortan die Haushaltsbücher führte und sie sich jeden Pfennig bei ihm abholen musste. Sie hasste die Momente, wenn sie im muffigen Halbdunkel des Kontors stand und darauf wartete, bis dieser Mann mit einem mühsam unterdrückten Grinsen das Geld abgezählt und die Summe samt Angabe des Verwendungszwecks in sein Buch eingetragen hatte. Siferlin ließ sich viel Zeit dabei, und Catharina wusste, wie sehr er diese beschämende Szene genoss.

Sie konnte das Haus nur noch heimlich verlassen, wenn sie genau wusste, dass Michael für längere Zeit geschäftlich unterwegs war. Anfangs hatte sie diese Stunden kaum erwarten können, so sehr zog es sie nach draußen. Doch im Laufe der Zeit legten sich die Zwänge und Verbote, denen sie ausgesetzt war, wie ein unsichtbarer Panzer um ihre Seele und erstickten ihre Energie.

Immer häufiger saß sie den ganzen Tag über am Fenster ihrer Schlafkammer und starrte hinunter auf den verkrüppelten Birnbaum im Hof. Sie beobachtete die Krähen in den kahlen Ästen, die Hühner, die im Dreck scharrten, und ihr Kopf war dabei angenehm leer. Sie magerte ab, da halfen weder Barbaras Kochkünste noch Elsbeths gut gemeinte Ermahnungen. Catharina schien sich von der Außenwelt verabschieden zu wollen.

Siferlin rieb sich erwartungsvoll die Hände, als er Catharina eintreten sah. Ihre Geldgesuche stellten einen der wenigen Glanzpunkte seines Alltags dar. Er dachte an die Zeit, als sie selbst noch die Ausgabenbücher für den Haushalt geführt hatte und hin und wieder Einblick in seine Bücher verlangte, um zu erfahren, wie es um die Gewinne der Werkstatt stand. Was für

Schreckensmomente waren das jedes Mal für ihn gewesen, doch damit war es nun für immer vorbei. Nie wieder würde er vor ihr und ihrem scharfen Verstand zittern müssen, jetzt hatte er sie in der Hand.

Er bot ihr einen Platz vor seinem Schreibpult an, doch sie blieb mit trotziger Miene stehen. Befriedigt stellte er fest, wie grau und faltig ihr Gesicht geworden war. Ihre einstige Schönheit, diese ständige Versuchung der Männerwelt, verwelkte. Wahrscheinlich würde sie nicht einmal mehr das Verlangen eines Benedikt Hofer entfachen können.

O ja, er hatte schon nach kurzer Zeit über ihre Liebschaft mit dem Gesellen Bescheid gewusst. Wie konnte sie nur glauben, dass man so etwas vor ihm, Hartmann Siferlin, geheim halten könne. Nahe dran war er gewesen, sie zu verraten, doch in jener Zeit hätte sein Dienstherr kaum ein Ohr für diese Dinge gehabt, denn es trieb ihn fast täglich zu den Peitschenhieben seiner Geliebten. Außerdem gereichte ihm die Tatsache, dass die beiden Eheleute so vollkommen von ihren widerlichen Ausschweifungen beherrscht waren, zum Vorteil: Er konnte sich von den Erlösen der Werkstatt unbemerkt abzweigen, was ihm seiner Meinung nach zustand.

«Habt Ihr nicht gehört, Siferlin? Ich brauche Geld für neue Fleischtöpfe.»

«Ob Ihr das wirklich braucht, entscheide immer noch ich, falls Ihr das vergessen habt.»

Er lehnte sich zurück. Die Zeit, gegen diese Frau vorzugehen, war noch nicht gekommen. Leider hatte sein Gerücht, sie habe Bantzer verhext und ihm die Männlichkeit genommen, kaum gefruchtet. Offenbar genoss sie immer noch zu viel Ansehen in der Stadt. Doch eines Tages würde er sie vernichten.

Catharina schlug mit der flachen Hand auf den Schreibtisch. «Wenn Ihr Euch dumm anstellt, komme ich später wieder. Zusammen mit Barbara.»

«Schon gut, schon gut.»

Siferlin kramte den Schlüssel für die Geldkassette aus der Schublade. Niemals sollte dieses riesige, fleischige Weibsbild sein Kontor betreten. Wenn es jemanden gab, den er fürchtete, dann war es die Köchin Barbara.

Der einzige Mensch, mit dem Catharina sich noch hin und wieder traf, war Margaretha Mößmerin. Das Schicksal hatte diese Frau kaum weniger hart angepackt: Ihr Mann war wenige Monate nach seinem Rücktritt gestorben, ihr Schwiegersohn hatte sich mit einem Berg Schulden irgendwo ins Badische abgesetzt, und Susanna war mit einem neuen Liebhaber auf und davon – ihre dreijährige Tochter, die schwachsinnig auf die Welt gekommen war, hatte sie im Haus ihrer Mutter zurückgelassen. Margaretha verkaufte das vornehme Haus am Fischmarkt, zahlte die Schulden ihres Schwiegersohns zurück und zog mit der kleinen Anneli in ein bescheidenes Häuschen an der Mehlwaage.

Obwohl Catharina wusste, wie schwer es ihre Freundin hatte, beneidete sie sie manchmal um ihre Freiheit. Margaretha entschied über jeden ihrer Schritte selbst. Den Vormund, den die Schneiderzunft ihr zur Seite gestellt hatte, ignorierte sie einfach, was immer wieder zu Reibereien führte.

«Ich sehe nicht ein, dass ich mir in meinen letzten Lebensjahren noch von irgendeinem Fremden Vorschriften machen lasse», sagte sie einmal zu Catharina. «Wenn mir die Zunft und der Magistrat deswegen die Rente streichen wollen, dann werde ich eben den ganzen Tag arbeiten gehen, und sei es als Dienstmagd.»

So unterschiedlich die Lebenssituation der beiden Frauen war, in einer Beziehung erging es ihnen gleich: Sie waren einsam. Catharina, weil sie eingesperrt war wie ein Vogel in seinem Käfig, Margaretha, weil sie geächtet wurde. Ihre früheren Freunde und Bekannten schnitten sie, zum einen, weil sie ihr insgeheim die Schuld an den zerrütteten Familienverhältnissen der

Baurs gaben, zum anderen, weil der unselige Verdacht der Hexerei noch im Raum stand. Aus diesem Grund hatte auch Michael seiner Frau den Umgang mit der Mößmerin untersagt.

«Ich warne dich», hatte er verkündet. «Niemand weiß, ob nicht doch etwas dran ist an dieser alten Geschichte. Und selbst wenn sie nur eine harmlose Witwe ist, die nichts mit dem Leibhaftigen zu tun hat, so können diese Verdächtigungen doch auf dich abfärben. Ganz davon abgesehen, verbiete ich dir, diese Frau zu treffen: Durch ihr aufsässiges Verhalten ist sie beim Magistrat in Ungnade gefallen.»

Catharina hatte ihm kaum zugehört. Sie traf sich heimlich mit ihrer Freundin, wenn auch immer seltener. Einmal, als Michael unerwartet früh nach Hause kam, musste sich Margaretha wie ein überraschter Liebhaber in der Vorratskammer verstecken.

Ein andermal ertappte er die Freundin, wie sie sich gerade aus dem Haus schleichen wollte. Wütend packte er Catharina am Arm, schleppte sie die Stiege hinauf in ihre Kammer und schlug ihr mit seinem Gürtel blutige Striemen auf den Rücken. Catharina biss vor Schmerz die Zähne zusammen, als sie plötzlich ein heftiges Stöhnen hörte. Im ersten Moment dachte sie, sie selbst hätte aufgeschrien.

Das Stöhnen ging über in ein dumpfes Würgen: Michael lehnte, kalkweiß im Gesicht, an der Wand und presste sich die Hände auf den Brustkorb. Ganz offensichtlich bekam er keine Luft mehr. Catharina lockerte ihm Hemd und Kragen und ließ den Stadtarzt holen. Nur wenig später war der Medicus mit seinem Gesellen zur Stelle und untersuchte Michael sorgfältig, während sich Catharina in der Küche von Elsbeth den wunden Rücken behandeln ließ.

«Ihr hättet den Arzt nötiger als diese Furie von einem Mann», sagte Elsbeth leise.

Der Arzt bat Catharina um ein Gespräch unter vier Augen.

«Ich komme morgen wieder, er hatte eine Herzattacke. Er braucht ein paar Tage völlige Bettruhe. Gebt bitte der Köchin Anweisung, nur leichte, fettarme Speisen zuzubereiten.» Seine Stimme wurde leiser. «Ich will mich nicht in Eure Verhältnisse einmischen, aber als Arzt muss ich offen sein: Die Anfälle können sich wiederholen, wenn Ihr nicht besser auf die Lebensweise Eures Mannes achtet. Er muss sich schonen und mit dem Trinken aufhören. Sprecht mit ihm darüber.»

Catharina antwortete nicht. Soll er sich doch zu Tode saufen und huren, dachte sie.

Als Catharina weiterhin schwieg, zuckte der Arzt mit den Schultern. «Vielleicht ist es besser, wenn ich mit ihm rede.»

Funken sprühten aus dem offenen Feuer, als Michael Bantzer wütend den frisch geschmiedeten Türgriff hineinschleuderte.

«Das ist doch mieseste Lehrlingsarbeit, alles Pfusch!», brüllte er, und die Adern an seinen Schläfen schwollen an vor Zorn.

Er schwankte sichtlich, als er sich zu seinen Angestellten umdrehte. «Euch Anfängern werde ich zeigen, was richtige Schlosserkunst ist.»

Er griff nach dem mannshohen Eisengitter und zog es zu sich heran. Unter dem Gewicht begann er zu straucheln. Niemand wagte es, sich ihm zu nähern, um ihn zu stützen, und er kippte erst nach rechts gegen den Amboss, dann rücklings mitten in die riesige Feuerstelle, das schwere Gitter über sich. Ein markerschütternder Schrei entfuhr seiner Kehle, und sofort verbreitete sich der beißende Geruch von brennendem Haar im Raum.

Catharina, die die Szene von der Werkstatttür aus beobachtet hatte, kam ungerührt näher. Kopf und Arme des eingeklemmten Mannes zuckten verzweifelt zwischen den Eisenstreben hin und her, seine Schreie wurden schwächer und gingen in raues Stöhnen über. Vergeblich versuchten die Männer, das glühende Gitter, das sie nur mit Zangen packen konnten, anzuheben. Im flackernden Schein der Flammen sah Catharina, dass sich Michaels Gesichtshaut bereits verfärbte. Es roch süßlich nach verbranntem Fleisch.

«Löscht doch endlich das Feuer, ihr Hornochsen», schrie einer der Gesellen, doch Catharina stellte sich ihm in den Weg.

«Halt, bleibt stehen», sagte sie ruhig. «Seht ihr denn nicht, dass euer Meister nur noch ein verkohlter Klumpen ist?»

Die Männer wichen vor ihr zurück. Da kam langsamen Schrittes Christoph auf sie zu. Catharina wischte sich den Schweiß von der Stirn, ihr Mund wurde trocken. Sie musste unbedingt verhindern, dass Christoph sie berührte.

«Geh weg», rief sie ihm mit letzter Kraft zu. «Du kommst zu spät, viel zu spät.»

Ihr Bettlaken war durchgeschwitzt, als sie von einem lauten Klopfen an der Tür geweckt wurde. Was hatte sie da um Himmels willen nur geträumt? Es klopfte erneut, und Elsbeth steckte den Kopf herein.

«Entschuldigt, wenn ich Euch geweckt habe. Unten steht ein Fremder vor der Tür. Er sagt, es sei sehr wichtig.»

Catharina sprang aus dem Bett und warf sich hastig einen Umhang über.

«Ich habe hier ein Schreiben, dass ich nur an Catharina Stadellmenin aushändigen darf», sagte der Unbekannte.

«Das bin ich!»

Stirnrunzelnd nahm sie den Brief entgegen. Wer sollte ihr schreiben? Auf dem Umschlag standen weder ihr Name noch ein Absender.

Sie zog sich in ihre Kammer zurück und öffnete ohne Eile das Papier. Da erkannte sie Christophs Handschrift.

«Villingen, im April anno 1588.

Liebe Catharina! Jetzt, wo ich mich zum wiederholten Male zum Schreiben hinsetze, zittern mir vor Aufregung die Finger. Wie viele Briefe an dich habe ich schon angefangen und wieder zerris-

sen, doch dieses Mal, so habe ich mir vorgenommen, werde ich ihn
zu Ende schreiben und einem Freund mitgeben, der nächste Woche
nach Freiburg reitet. Er wird ihn dir entweder persönlich geben oder
ihn mir wieder zurückbringen.

Vor etwa drei Jahren habe ich dir schon einmal einen Brief geschickt, mit einem Villinger Boten, doch du hast nie geantwortet.
Von Lene erfuhr ich später, dass dein Mann alle Briefe an dich ab-
gefangen hat und dich auch sonst wie eine Gefangene hält. Ich gehe
also davon aus, dass du mein Schreiben nie erhalten hast, und so
nehme ich jetzt einen neuen Anlauf.

Liebste Catharina, du glaubst nicht, wie sehr ich mich für mein
Verhalten von damals schäme – heute noch, nach so vielen Jahren.
Wie selbstsüchtig ich war. Ich habe nur meinen eigenen Schmerz,
meine eigene Kränkung gespürt und nicht gesehen, wie sehr du selbst
gelitten hast unter Mutters Tod. Zu alledem habe ich dich, als Sofie
starb, brutal zurückgewiesen und bin Hals über Kopf nach Villingen geflohen. Dabei weiß ich heute, dass du dich, als ich dich an
jenem Tag bei deinem Freund überraschte, von diesem Mann nur
verabschieden wolltest. Lene hat mir das erzählt, obwohl du sie gebeten hast zu schweigen. Aber du kennst ja meine Schwester, in solchen Dingen hat sie ihren eigenen Kopf.

Es hat lange Zeit gedauert, bis ich aus meinem Selbstmitleid erwacht bin. Viel zu lange, und ich wage kaum zu hoffen, dass du
jetzt, wo du diese Zeilen liest, für meine Worte noch ein offenes Herz
hast. Ich habe immer nur an mich gedacht, Sofies Liebe zu mir wie
ein selbstverständliches Geschenk angenommen und gleichzeitig gewollt, dass du mich liebst, und zwar mich allein. Ich war damals
wie geblendet, ich war nicht bereit zu erkennen, dass auch du Zu-
wendung und Wärme brauchtest, ja, dass du sie viel nötiger hattest
als ich, wo du doch mit diesem herzlosen Mann verheiratet bist.
Und als ich sah, dass dir dieser Benedikt geben konnte, was du immer schon verdient hattest, wurde ich rasend vor Eifersucht. Dabei
weiß ich jetzt, wie Recht du hattest, als du mir die leibliche Liebe

verweigert hast, denn wir hätten Sofie damit verraten und uns alle unglücklich gemacht. Stattdessen warst du so vernünftig und hast mir deine Freundschaft angeboten, die ich wie ein trotziges kleines Kind mit Füßen getreten habe!

Jeden Tag frage ich mich, wie es dir geht und natürlich auch, ob du mich schon vergessen hast. Auch Lene denkt an dich, das soll ich dir unbedingt ausrichten, und sie wäre längst einmal nach Freiburg gekommen. Doch ihr Mann ist an den Hof von Kaiser Rudolf versetzt worden, und Wien ist kaum weniger weit als Afrika oder Indien. Die Zwillinge sind längst verheiratet und arbeiten beide im Elsass: Carl als Weinbauer und Wilhelm als Metzger. Und was mich betrifft: Ich habe mich nicht wieder vermählt. Mein Schwiegervater, der mittlerweile alt und sehr krank ist, hätte das auch nicht verwunden.

Aber nicht ihm zuliebe bin ich allein geblieben, auch nicht dir zuliebe – ich verspüre einfach kein Bedürfnis, mich an eine Frau zu binden. Stattdessen habe ich mich die letzten zehn, zwölf Jahre in Arbeit gestürzt, das Gasthaus vergrößert und neu ausgestattet, sodass es jetzt das erste Haus am Platz ist, wo Edelleute und Grafen absteigen. Ich könnte zufrieden sein, fühle aber immer häufiger eine große Leere in mir. Außerdem mache ich mir Sorgen um meine beiden Kinder: Aus der kleinen Sofie ist eine erwachsene Frau geworden, die ihrer Mutter aufs Haar gleicht. Leider zeigt sie dieselben Anzeichen von Schwäche und Gebrechlichkeit. Ich habe große Angst, dass es mit ihr das gleiche Ende nimmt wie mit ihrer Mutter. Andreas hingegen ist ein Bär von einem jungen Mann, aber ein Tunichtgut. Er hat jetzt zum zweiten Mal seine Stellung als Lehrling hingeworfen, und ich mache mir Vorwürfe, weil ich mich nie genügend um ihn gekümmert habe.

Doch was erzähle ich dir das alles? Ich fürchte, du hast noch viel größeren Kummer, und ich werde das schlimme Gefühl nicht los, dass ich dazu beigetragen habe. Wie gern wüsste ich mehr von dir, wie gern würde ich dich wiedersehen. Ich finde keine Ruhe, solange *ich nicht weiß, dass du mir verzeihst. Ich habe kein Recht mehr, etwas von dir zu fordern, dennoch: Selbst wenn du mir nicht zurückschreiben willst oder kannst, so lass mir doch bitte ein Zeichen zukommen, ob du diesen Brief erhalten hast. Du bist immer noch ein Teil meines Lebens. In Liebe, Christoph.»*

Fast zärtlich faltete Catharina die Blätter zusammen und wickelte sie sorgfältig wieder in das braune Papier ein. Lange Zeit blieb sie reglos auf dem Bett sitzen und dachte über das Gelesene nach. Dann musste sie an ihren schrecklichen Traum denken und schüttelte den Kopf.

Nein, Christoph, jetzt ist es zu spät.

25

Catharina sah aus dem Fenster. Auf die Große Gasse fielen dichte Schneeflocken. Es dämmerte bereits, und die Marktleute packten ihre Sachen zusammen.

Sie würde also bald Witwe sein. Der Stadtarzt hatte von zwei, drei Tagen gesprochen, die Michael nach seinem letzten Herzanfall noch zu leben hatte.

«Wasser … Durst …», hörte sie seine brüchige Stimme sagen. Sie drehte sich um. Wie er da so auf dem Bett lag und mit fiebrigen Augen an die Decke starrte, löste er keinerlei Mitgefühl in ihr aus. Sie fühlte überhaupt nichts mehr, seit der Arzt vor einigen Minuten das Haus verlassen hatte, weder Trauer noch Angst. Seltsamerweise auch keine Erleichterung, obwohl sie sich diesen Moment schon so häufig erhofft hatte.

Anstatt Elsbeth zu rufen, ging sie selbst in die Küche und füllte den Krug mit frischem Wasser. Als sie zurückkam, hatte er versucht, sich aufzurichten, und dabei war das Federbett zu Boden gerutscht. Sie deckte ihn wieder zu, gab ihm zu trinken und setzte sich auf den Stuhl neben seinem Bett. Er hustete und brummte etwas. Sie verstand ihn nicht, doch es klang so unwillig wie immer. Regungslos saß sie da und beobachtete die Schneeflocken, die ans Fenster schwebten, sich dort festsetzten und dabei langsam auflösten. Ihre Gedanken kreisten immerzu um dieselbe Gewissheit: dass die mühseligste Phase ihres Lebens bald zu Ende sein sollte. Was danach kam, konnte sie sich nicht vorstellen. Über zwanzig Jahre hatte sie an der Seite dieses Mannes gelebt, im Schatten seines Erfolgs, sich als Frau Magistrat anreden lassen. Wie viele Menschen hatten sie beneidet um dieses behäbige Leben, um diesen beeindruckenden Mann, dem jeder Respekt zollte, selbst dann noch, als er letztes Jahr wegen Unterschlagung in Untersuchungshaft saß. Angesichts seines hohen Alters und seiner Verdienste im Rat der Stadt war er begnadigt worden. Sein Wort besaß Gewicht, im Rat wie in der Zunft – davor aber, wie er sie, seine eigene Frau, immer wieder gedemütigt und gequält hatte, hatten alle die Augen verschlossen.

Der alte Zorn stieg wieder in ihr auf: Hatte sie denn zu viel gewollt? Durfte sie als Frau nicht erwarten, wichtige Schritte selbst bestimmen zu dürfen? Wie gespannt war sie als junges Mädchen auf ihre Zukunft gewesen – und wie hatte sie sich in den letzten zwanzig Jahren gestaltet?

Fremde Städte und Länder besuchen, einmal im Leben das Meer oder wenigstens den Bodensee sehen, andere Sprachen lernen, Bücher lesen, ohne deswegen gedemütigt zu werden, mit den Menschen zusammen sein, die man als Freunde betrachtet, ohne sich deswegen rechtfertigen zu müssen – waren das alles zu hohe Erwartungen gewesen?

Ach, diese Ehe bedeutete nur viele verlorene Jahre. Nicht das Geringste hatte dieser Mann, der da neben ihr röchelte, einlösen können, nicht einmal Kinder hatte er ihr machen können, geschweige denn ihre Lust befriedigen.

Sie starrte in die Dunkelheit und hörte dem eintönigen Singsang des Nachtwächters zu, der unten auf dem Fischmarkt die Lampen ansteckte.

Irgendwann musste sie eingeschlafen sein. Als sie am nächsten Morgen erwachte, kauerte sie halb auf dem unbequemen Stuhl, halb auf der Bettkante. Mit schmerzenden Gliedern richtete sie sich auf und sah zu ihrem Mann hinüber. Es gab keinen Zweifel: Michael lebte nicht mehr.

Der neue Zunftmeister stand schwerfällig auf und hob sein Glas.
«‹*Der Tod macht alle Menschen gleich,*
in allen Ständen, arm und reich.
Der Tod klopfet bei allen an,
beim Kaiser und beim Bettelmann.›
Michael Bantzer, du wirst uns allen fehlen. Nimm unsere innigsten Fürbitten mit auf deine letzte große Reise.»

Als er einen tiefen Schluck aus seinem Weinglas nahm, taten es ihm die anderen Trauergäste nach, und der trinkfreudige Teil der Totenfeier begann. Sie saßen im «Roten Bären», wo die Schmiedezunft zum Ross eine eigene Stube besaß. Kein weiterer Stuhl, kein weiterer Gast hätten mehr in den holzgetäfelten Raum mit der niedrigen Balkendecke gepasst.

Catharina wunderte sich, wie viele Menschen gekommen waren. Fast der gesamte Magistrat war versammelt, die Meister und einige Gesellen der Schmiedezunft und deren Unterzünfte und natürlich etliche Nachbarn. Dass ihr Mann besonders beliebt gewesen war, glaubte sie nicht. Geachtet, beneidet und manchmal auch gefürchtet wohl eher.

Die Beileidsbezeugungen und Umarmungen ließ sie ungerührt über sich ergehen, in diesem Kreis hatte sie keine Freunde. Bis auf ein paar wenige Handwerksleute mochte sie diese Menschen nicht besonders, und umgekehrt war sie bei den meisten angesehenen Bürgerfamilien als launisch und unnahbar verrufen.

Jedenfalls war sie froh, als der offizielle Teil der Feier vorüber war. Jetzt würde die übliche Zecherei losgehen, und sie konnte sich ihren Gedanken überlassen. Sie schenkte sich gerade Rotwein nach, als der Altobristmeister, der an der Spitze des Stadtrats stand, auf sie zukam.

«Liebe Catharina, ich habe Euch einen Vorschlag zu machen. Was die Werkstatt des seligen Bantzer betrifft, so werdet Ihr Euch ja wohl mit der Zunft beraten. Es sind aber noch andere Dinge zu klären, wie etwa ausstehende Gelder der Stadt oder die ganzen Erbschaftsangelegenheiten. Wenn Ihr erlaubt, würde ich Euch dabei gern zur Seite stehen. Unser Schreiber ist ein kluger Kopf und würde alles in Eurem Sinne in die Wege leiten.»

Catharina seufzte. Kaum lag ihr Mann unter der Erde, kümmerten sich andere Männer um ihre Angelegenheiten. Dann nickte sie. «Schickt den Schreiber in den nächsten Tagen vorbei.»

Der starke Wein stieg ihr zu Kopf.

Die Zunft hatte längst darauf gedrängt, dass sie die Werkstatt aufgeben und einem jungen Meister überlassen solle, denn Meisterstellen waren rar in dieser kleinen Stadt. Dabei hatte sie ganz andere Pläne. Als Erstes würde sie Siferlin entlassen, und dann würde sie das Geschäft ihres Mannes selbständig weiterführen, wie diese Frau, die sie vor so vielen Jahren auf der Fahrt nach Villingen kennen gelernt hatte. Hieß sie nicht Maria oder Marie? Dabei fiel ihr Christoph ein. Wie es ihm wohl ging, dort oben in Villingen? Sie hatte ihm niemals zurückgeschrieben. Und vielleicht, vielleicht konnte ihre Tochter sie einmal besuchen kommen? Sie spürte ihr Herz schneller schlagen. Doch nein, das wäre nicht gut. Nicht für Marthe-Marie, nicht für Lene, und auch nicht für sie selbst.

Müde schaute sie durch die kleinen, in Blei gefassten Scheiben nach draußen. Im Licht der Laterne tanzten die Schneeflocken durch die Dämmerung. Seit Tagen schneite es immer wieder.

Plötzlich erschrak sie bis ins Mark: Von draußen drückte sich ein winziges Gesicht unter einer roten Kapuze an das Fenster und starrte ihr aus leeren Augenhöhlen entgegen. Hastig zwängte sie sich durch die engen Stuhlreihen und stürzte hinaus auf die Gasse. Weit und breit war niemand zu sehen. Aber war da unter dem Fenster nicht der Schnee festgetreten? Was hatte das zu bedeuten? Was wollte der rote Zwerg von ihr? Ihr Kopf schmerzte. Sie versuchte sich zu beruhigen. Wahrscheinlich hatte sie zu viel getrunken und sich getäuscht. Der alte Bartholo musste doch längst tot sein.

Zitternd stand sie unter der schmalen Balustrade und starrte auf den zertretenen Schnee. Sie glaubte, Spuren von winzigen Schuhen zu entdecken. Da hörte sie jemanden ihren Namen rufen, eine Stimme, fremd und vertraut zugleich. Sie fuhr herum und glaubte zu träumen: Durch das Schneegestöber kam Christoph auf sie zu. Sie erkannte ihn auf Anhieb, obwohl das Alter seine Haare gelichtet hatte und seine Gesichtszüge männlicher und ernster geworden waren.

«Schnell, gehen wir hinein.» Er zog sie in die Diele des Gasthofs, wo er sich den Schnee von den Schultern klopfte. Vor Aufregung sprach er sehr schnell. «Ich war in Emmendingen, als ich durch Zufall von Michaels Tod erfuhr, und wollte schon zur Beerdigung hier sein, aber bei diesem Wetter war es fast unmöglich, vorwärts zu kommen. Und jetzt – solange es schneit, kann ich nicht nach Villingen zurück.»

Er blickte ihr fest in die Augen. «Ich habe also viel Zeit. Wenn du willst, bleibe ich ein paar Tage hier.»

Vor Überraschung konnte Catharina immer noch nicht sprechen, und sie nickte nur. Verlegen sahen sie sich an. Da ging Christoph einen Schritt auf sie zu und berührte vorsichtig ihre Schultern.

«Richtig zerbrechlich bist du geworden! Wie lange haben wir uns nicht gesehen?»

«Ich weiß es nicht», murmelte Catharina. «Viel zu lange jedenfalls.»

26

«Habt Ihr denn niemals Angst, so allein und ganz ohne Familie? Wollt Ihr nicht wieder heiraten, wo Ihr doch noch so jung seid?»

Anstelle einer Antwort lachte Catharina, erst leise und verhalten, dann schallend laut, bis ihr die Tränen die Wangen hinunterliefen.

«Entschuldige, Anselm.» Sie legte dem Jungen die Hand auf die Schulter. Seine sonst so vorwitzigen grünen Augen blickten sie verunsichert an.

«Habe ich etwas Dummes gesagt, Gevatterin?»

«Nein, nein. Ich habe nur schon lange kein so nettes Kompliment mehr bekommen – dabei musst du mich nur richtig anschauen: die grauen Strähnen in meinem Haar, die tiefen Falten um die Augen. Lieber Anselm, ich bin eine alte Frau, und du machst mich noch älter, wenn du mich Gevatterin nennst. Und jetzt zeige ich dir deine Kammer.»

In Wirklichkeit hatte Anselms erste Frage sie zum Lachen gebracht. Er konnte ja nicht wissen, dass sie sich wie neugeboren fühlte, dass sie zum ersten Mal seit Jahren morgens ohne Angst erwachte. Außerdem war sie nicht allein, sie hatte Barbara und Elsbeth, und jetzt war da auch noch Anselm, den sie vom ersten Moment an ins Herz geschlossen hatte.

Wie gut, dass sie sich für einen Neuanfang entschieden hatte. In den ersten Tagen nach Michaels Tod hatte sie immer wieder mit dem Gedanken gespielt, die Schlosserei und das Haus zum Kehrhaken weiterzuführen – auch gegen den Widerstand der Zunft.

«Seid vernünftig, Bantzerin.» Der neue Zunftmeister hatte sie nach der Beerdigungsfeier zur Seite genommen. «Wenn Ihr die Werkstatt ohne weitere Ansprüche abgebt, soll es Euer Schaden nicht sein. Unterzeichnet dieses Papier, und Ihr bekommt sofort eine hübsche Summe ausbezahlt.»

«Wenn ich aber weitermachen will?»

«Das geht nicht, Ihr habt kein Fortführungsrecht. Weder habt Ihr Söhne, noch hat Euch Euer Mann zu seinen Lebzeiten zur Meisterin gemacht. Ihr könnt natürlich auch einen unserer Schlossergesellen heiraten, allerdings innerhalb eines Jahres, sonst verliert Ihr alle Ansprüche auf das Meisteramt. Eine solche Heirat wäre ohnehin kein schlechter Gedanke, nicht wahr?»

Ohne auf diesen Vorschlag auch nur mit einem Wort einzugehen, nahm sie das Papier an sich und faltete es zusammen. Sie konnte nicht glauben, dass sie keinerlei Rechte an der Werkstatt haben sollte.

«Lasst mich eine Nacht darüber schlafen», sagte sie.

Durch das dichte Schneegestöber lief sie nach Hause, wo Christoph auf sie wartete. Er verbrachte nun schon die dritte Nacht in Freiburg, und es sah nicht danach aus, als würde sich das Wetter in absehbarer Zeit bessern. Der Himmel hat ihn mir geschickt, dachte sie zum wiederholten Male, als er sie zur Begrüßung umarmte. Er ging ihr zur Hand, wo er nur konnte, kontrollierte die Inventarliste des Stadtschreibers, nahm alle Bücher aus dem Kontor an sich, begleitete Catharina zur Unterzeichnung des Erbscheins ins Rathaus. Dabei spürte sie seine zunehmende Unsicherheit.

«Machst du mir noch Vorwürfe? Oder warum siehst du mich manchmal so an?», fragte er sie schließlich.

«Nein, ich bin längst nicht mehr böse – ich kann mich nur einfach noch nicht daran gewöhnen, dass du hier bist, bei mir, in diesem schrecklichen Haus.»

«Und daran, dass ich inzwischen ein zittriger Greis geworden bin!»

«Hör auf», Catharina boxte ihn in die Rippen. «Für mich

bist du immer noch der schönste Mann von ganz Vorderösterreich.»

«Für einen schönen Mann hältst du mich aber reichlich auf Abstand.» Damit spielte er auf ihren ersten gemeinsamen Abend an, als Catharina ihn zu später Stunde vor das Schneckenwirtshaus geführt hatte, mit dem Hinweis, hier stünde ein warmes Bett für ihn bereit.

«Bitte, Christoph, fang nicht davon an. Schau her, ich habe hier ein Dokument von der Zunft, das ich unterschreiben soll.»

Während Christoph das Papier durchlas, runzelte er die Stirn.

«Die wollen dich wohl auf den Arm nehmen. Dich mit solch einer lächerlichen Summe abzuspeisen.»

«Aber ich habe keine andere Wahl. Der Zunftmeister sagt, ich kann die Werkstatt nur einem Sohn übertragen oder sie als Meisterin fortführen. Da mich Michael aber nie zur Meister'schen gemacht hat, müsste ich schnellstens irgendeinen hergelaufenen Gesellen heiraten.»

«Der Mann hat dich angelogen. Es gibt noch eine andere Möglichkeit: Du kannst auf dem Amtsweg ein lebenslanges Witwenrecht erwerben. Das könnte allerdings eine langwierige und unter Umständen kostspielige Sache werden. Die Frage ist: Willst du das überhaupt? Du sagst doch selbst, dass dieses Haus schrecklich ist und dich jeder Blick auf die Schlosserei an deinen Mann erinnert.»

Catharina zuckte die Achseln. «Ich bin mir unsicher. Ich weiß nur, dass ich von irgendetwas leben muss und dass ich arbeiten will.»

«Ich an deiner Stelle würde, sobald geklärt ist, dass keine weiteren Erben auftauchen, den Kehrhaken verkaufen und die Werkstatt mit der Meisterstelle freigeben. Allerdings nicht zu den Bedingungen, wie dieser saubere Zunftmeister sie hier diktiert hat. Denn erstens ist die Abfindung zu niedrig, zweitens hast du Anspruch darauf, alle fertig gestellte Ware und alle Rohstoffe zu deinen Gunsten zu verkaufen. Und du musst nicht mal an den Erstbesten verkaufen, denn laut Gesetz hast du, wenn ich mich nicht täusche, dafür ein Jahr Zeit.»

«Das ist gut. Und in der Zwischenzeit werde ich sicher ein neues Haus gefunden haben. Vielleicht sogar eine anständige Arbeit.»

«Da ist noch etwas. Ich wollte es dir eigentlich zu einem späteren Zeitpunkt sagen, aber wo du gerade bei deiner Lebensplanung bist –» Christoph räusperte sich. «Ich habe dir vor unzähligen Jahren einmal die Ehe versprochen, und ich habe dich mit meiner großspurigen Versprechung schändlich betrogen.»

Catharina lächelte belustigt. «Sag bloß, du machst mir jetzt einen Heiratsantrag!»

«Ja, das heißt: nein, ich meine – noch nicht!» Eine fast komische Verzweiflung breitete sich über seine Gesichtszüge. «Mein Schwiegervater ist inzwischen ein steinalter Mann. Wir haben uns immer gut verstanden, in geschäftlichen Dingen hat er mir völlig freie Hand gelassen, und unser Gasthaus in Villingen ist inzwischen eine Goldgrube.»

«Und wenn er dann endlich stirbt», unterbrach ihn Catharina, «bist du ein freier Mann, reich dazu, und darfst mich ehelichen.»

«Bitte, Cathi, mach dich nicht lustig über mich. Es ist mir wirklich ernst. Du weißt, wie wenig mir am Geld liegt, aber Carl hat mir zur Bedingung für sein Erbe gemacht, dass ich mich zu seinen Lebzeiten nicht neu verheirate. Und ich kann ihn verstehen, denn er hing sehr an Sofie.»

«Wenn ich es von dir verlangen würde: Würdest du mich auf der Stelle heiraten?»

«Ja.» Seine Antwort kam ohne Zögern. «Aber überlege dir, was wir damit aufgeben würden. Wir sind beide nicht mehr die Jüngsten. Ich selbst hätte keinen Pfennig und müsste ganz von vorn anfangen, und das Vermögen, das dir als Witwe zusteht, wird dir zwar ein paar Jahre reichen, und wie ich dich kenne, wirst du auch eine Möglichkeit finden, Geld zu verdienen. Aber was ist in zehn, zwanzig Jahren? Was ist, wenn du schwer krank wirst? Ich wünsche meinem Schwiegervater weiß Gott nicht den Tod, aber ich schätze, er lebt höchstens noch ein, zwei Jahre. Und ich verspreche dir, dass ich in der Zwischenzeit, sooft ich kann, nach Freiburg komme.»

«Wahrscheinlich hast du Recht. Außerdem möchte ich erst zur Ruhe kommen. Wer weiß, vielleicht hast du dich ja auch so schrecklich verändert, dass ich dich gar nicht mehr zum Mann will?» Sie zog ihn am Ohr. «Lass uns ins Schneckenwirtshaus gehen. Mechtild und Berthold warten sicher schon. Und Hunger habe ich obendrein.»

Wie immer, wenn Catharina in der Schenke auftauchte, schickte Berthold die letzten Gäste früher als sonst nach Hause und setzte sich mit Mechtild an ihren Tisch.

«Du siehst zwanzig Jahre jünger aus, und das als Witwe», neckte er Catharina mit einem Seitenblick auf Christoph. Mechtild schenkte allen nach, nachdem Catharina von ihren Plänen erzählt hatte, und hob ihren Becher: «Auf dein neues Leben!»

Dann fragte sie Catharina, wann sie gedenke, das Haus zum Kehrhaken zu verkaufen.

«Lieber heute als morgen. Wieso? Wenn ihr wollt, dass ich wieder in mein altes Zimmer ziehe, müsst ihr erst diese bigotte Köchin rauswerfen.»

Mechtild lachte. «Die ist längst nicht mehr hier. Nein, mir ist ein anderer Gedanke gekommen. Unser alter Bierlieferant ist vor kurzem gestorben, und sein Haus steht zum Verkauf. Es ist zwar nichts Besonderes, aber in gutem Zustand. Wenn du willst, kümmere ich mich darum, ich kenne seinen ältesten Sohn recht gut. Und vielleicht ist seine Lizenz noch nicht vergeben, dann hättest du ein Auskommen.»

«Ich habe in meinem Leben noch nie Bier gebraut!»

«Das würde ich dir schon beibringen», beruhigte Berthold sie.

Es wurde ein ausgelassener Abend. Christoph legte hin und wieder den Arm um seine Base, was sich Catharina gern gefallen ließ, aber sie ließ ihn auch in dieser Nacht nicht in ihr Haus.

Nachdem die Bestandsaufnahme in der Schlosserei abgeschlossen war und Tauwetter eingesetzt hatte, kehrte Christoph nach Villingen zurück. Der Abschied fiel beiden schwer, doch Catharina fand keine Zeit zum Grübeln, denn in den folgenden Wochen hatte sie bis über beide Ohren zu tun. In der Zunftversammlung hatte man zähneknirschend ihre Bedingungen zur Freigabe der Werkstatt und der Meisterstelle akzeptiert. Sie hatte sogar durchsetzen können, dass der gesamte Lagerbestand zu dem von ihr geforderten Preis in Zahlung genommen wurde. Damit war ihr eine große Last abgenommen, denn sie hatte noch genug Mühe damit, das Geld für die fertigen Tore, Gitter und Schlösser einzutreiben. Bei der Gelegenheit dachte sie einmal mehr an Siferlin, der diese unangenehme Aufgabe immer mit Bravour erledigt hatte. Wo steckte dieser Mensch bloß? Eigentlich hätte er, als Bantzers Bevollmächtigter, die Inventur beaufsichtigen müssen, doch seit dessen Tod war er nur noch einmal aufgetaucht, um seinen persönlichen Kram aus dem Kontor zu räumen. Zwar war sie froh, sein Fischgesicht nicht mehr vor Augen haben zu müssen, doch ihr Verdacht, dass er Geld auf die Seite geschafft hatte, verstärkte sich durch sein Verschwinden noch. So saß sie Abend für Abend mit müden Augen über seinen Büchern und prüfte jeden einzelnen Posten.

Mechtild hatte Wort gehalten und Hans Melzer, den Sohn des Bierbrauers, aufgesucht. An einem sonnigen Februartag holte sie Catharina ab, um mit ihr das zum Verkauf stehende Haus zu besichtigen. Es stand in der Schiffsgasse, einem stillen Gässchen in der Nähe des Predigerklosters, und trug den verheißungsvollen Namen «Haus zur guten Stund». Das schmale, dreigeschossige Fachwerkhaus war solide gebaut, mit dicken Steinmauern zwischen den Balken und einem ziegelgedeckten Dach. Melzer führte sie zunächst durch den riesigen Gewölbekeller und die beiden Räume im Erdgeschoss, die sein Vater als Sudhaus ausgebaut hatte. Stolz zeigte er auf die Bottiche und Pfannen in allen Größen und den riesigen Kupferkessel.

«Der Kessel und die Gerätschaften sind noch tadellos in Ordnung. Falls Ihr von der Zunft eine Braulizenz erhaltet, könntet Ihr mit der Produktion in kürzester Zeit beginnen. Doch überlegt nicht zu lange, Lizenzen für Nahrungsmittel sind begehrt, gerade von allein stehenden Frauen.»

Als sie die übrigen Stockwerke besichtigt hatten, war Catharina überzeugt, dass dieses Haus das Richtige für sie war. Über der Wohnstube und der Küche lagen drei kleine Zimmer, die durch den Küchenkamin alle beheizt werden konnten. Die Waschküche befand sich im Hof, an den ein kleiner, völlig verwahrloster Garten grenzte. Er würde genügend Platz für ihre Hühner bieten. Und unter den beiden Apfelbäumen rostete ein alter Kaninchenstall vor sich hin. Catharina war begeistert.

Die Verhandlungen, sowohl über den Kauf des neuen als auch über den Verkauf des alten Hauses, zogen sich in die Länge. Doch Catharina gab nicht auf, bis sie erreicht hatte, was sie wollte. Als die Verträge schließlich abgeschlossen waren und auch der letzte von Bantzers Kunden seine Ware bezahlt und abgeholt hatte, atmete sie auf. Sie hatte es geschafft. Selbst für die Braulizenz hatte sie den Zuschlag bekommen, wenn auch mit der strengen Auflage, kein Starkbier zu brauen und nur an das Schneckenwirtshaus sowie an eine weitere Vorstadtschenke zu liefern.

«Jetzt können wir endlich umziehen.» Freudig fasste sie Elsbeth und die alte Köchin bei den Händen.

«Wir?», fragte Barbara. «Wollt Ihr uns zwei alte Frauen denn mitnehmen? Wer weiß, wie lange wir noch arbeiten können. Wir werden jetzt schon immer schwerfälliger.»

Catharina war beinahe empört. «Habt ihr etwa gedacht, dass ich euch auszahle und auf die Straße setze? Ihr arbeitet einfach, soviel ihr könnt, der neue Haushalt ist ja viel kleiner. Wir teilen die Arbeit neu auf.»

Der einzige Wermutstropfen war Siferlin. Sie hatte tatsächlich entdeckt, dass er regelmäßig kleinere Summen unterschlagen und sich dadurch, wahrscheinlich seit Jahren, sein Einkommen eigenhändig aufgestockt hatte. Es war nicht ganz einfach herauszufinden, wo Siferlin inzwischen wohnte, und erst bei ihrem dritten Besuch traf sie ihn zu Hause an.

Ihr Herz schlug heftiger, vor Aufregung und vor Wut, als sie ihm die Auftragsbücher und Abrechnungen auf den Tisch warf.

«Was haltet Ihr davon, wenn ich das der Zunft vorlege?»

Siferlin lächelte. «Ich wusste, dass Ihr eines Tages hier auftauchen würdet.»

Er setzte sich in einen Lehnstuhl, schlug die dürren Beine übereinander und bohrte sich umständlich in der Nase.

«Ihr seid ein Betrüger!» Catharina hatte Mühe, nicht die Beherrschung zu verlieren.

«Und Bantzer war ein Geizhals.»

«Mehr fällt Euch nicht dazu ein? Wenn ich diese Unterschlagungen der Zunft melde, kommt Ihr vor Gericht!»

«Ihr werdet gar nichts melden, denn sonst sage ich aus, dass Ihr jahrelang für Benedikt Hofer die Beine breit gemacht habt. Und was dann mit Euch geschieht, könnt Ihr Euch selbst ausdenken.»

Catharina erstarrte. Siferlin erpresste sie. Wortlos nahm sie ihre Unterlagen an sich und ging zur Tür. Dort drehte sie sich noch einmal um.

«Ich hoffe, dass wir uns nie wiedersehen.»

«Mag sein, dass wir uns nicht mehr sehen, doch Ihr werdet noch von mir hören.»

Sie beschloss, niemandem etwas von diesem Gespräch zu er-

zählen. Mochte dieser Hund doch an seiner Gier und seiner
Bosheit ersticken – sie jedenfalls wollte ein neues Leben anfang-
gen.

Rechtzeitig zum Umzug kam Christoph für zwei Tage nach
Freiburg. Anfangs hatte Catharina neben den Küchenutensilien
nur das Notwendigste mitnehmen wollen, doch auf Barbaras
Zureden hin suchten sie gemeinsam die schönsten Möbelstücke
und Einrichtungsgegenstände aus. Nun türmten sich in der
Essstube die Kisten, Bündel und Möbel bis zur Decke, und sie
warteten auf Berthold, der Lastträger und Ochsenkarren mieten
wollte.

«Seht einmal, wen ich Euch mitgebracht habe.»

Gut gelaunt schob Berthold Christoph durch die Tür. Mit
den beiden Lastträgern waren sie nun zu siebt, und bis zum
Abend hatten sie alles in das neue Haus hinübergeschafft.

«Ich denke, ans Auspacken machen wir uns morgen», sagte
Catharina zu den beiden Mägden und ließ sich erschöpft, aber
glücklich auf dem Rand einer offenen Kiste nieder. Christoph,
der neben ihr stand, bückte sich und zog eine kleine geschnitzte
Flöte aus den Sachen.

«Du hast sie also aufgehoben.» Er wirkte gerührt. Dann gab
er Catharina vor aller Augen einen Kuss.

«Kommt jetzt.» Berthold klatschte in die Hände. «Mechtild
wartet sicher schon mit dem Essen auf uns.»

Auf dem Weg in die Schenke fragte Christoph Catharina, ob
sie schon einmal daran gedacht habe, eines der Zimmer zu ver-
mieten.

«Das Haus hat doch drei Schlafkammern: eine für dich, eine
für die beiden Mägde, und eine wäre noch frei.»

«Wie ich dich kenne, hast du auch schon einen Mieter im
Kopf.»

Christoph nickte. «Er heißt Anselm und ist ein Vetter von Sofie. Seit letztem Herbst studiert er an der Freiburger Universität.

Er wohnt in einem jämmerlichen Verschlag in der Pfauenburse, da seine Eltern nicht viel für sein Studium ausgeben können. Da habe ich an dich gedacht. Außer Kostgeld kann er zwar nichts bezahlen, aber er könnte ja Botengänge erledigen oder beim Bierbrauen helfen.»

«Ach, Christoph, eigentlich bin ich im Augenblick ganz froh, keinen Mann im Haus zu haben.»

Christoph lachte. «Anselm ist doch kein Mann! Er ist ein lieber Kerl, aber noch ein richtiger Kindskopf. Und wenn er noch so sehr versuchen würde, dir den Kopf zu verdrehen: Auf ihn könnte nicht einmal ich eifersüchtig werden. Wenn du einverstanden bist, werden wir uns morgen mit ihm treffen.»

So quartierte sich also eine Woche später der Student Anselm im Haus zur guten Stund ein. Mit seinen roten Locken, die in flammendem Kontrast zu seiner knöchellangen mausgrauen Scholarenkutte standen, den neugierigen smaragdgrünen Augen und seinen liebenswürdigen Grübchen in den breiten Wangen verzauberte er nicht nur Catharina. Barbara und Elsbeth wetteiferten darum, bei ihm Mutterstelle einnehmen zu dürfen, und bald schien es, als gehörte er seit Jahren zu ihrem Haushalt.

Es dauerte nicht lange, und der neue Alltag spielte sich ein. Als Erste, in aller Herrgottsfrühe, stand Elsbeth auf, heizte ein und bereitete für Anselm eine Schüssel warmer Milch mit eingebrocktem Brot vor. Schlaftrunken löffelte der Junge die Suppe aus und machte sich auf den Weg zu seinen Vorlesungen oder in die Bibliothek. Catharina und Barbara, die etwas später in der Küche erschienen, bekamen ihn morgens meist gar nicht zu Gesicht. Während Elsbeth die Schlafkammern aufräumte und Barbara sich in der Küche zu schaffen machte, fütterte Catharina ihre Hühner und Kaninchen. Sie genoss diese Minuten allein in der kalten Morgenluft, umringt von ihrem hungrigen Kleinvieh, und fühlte sich wie eine Königin in einem unermesslich großen Reich.

Dann ging sie hinüber ins Sudhaus. In den ersten Wochen kam Berthold fast täglich für ein, zwei Stunden vorbei, um sie in die Kunst der Bierherstellung einzuführen. Geduldig erklärte er ihr, wie man aus gereinigter Braugerste Malz herstellt und worauf sie beim Maischen und bei der Gärung zu achten hatte.

Als es so weit war und Catharina ihr erstes selbst gebrautes Bier abfüllte und in die Küche brachte, saßen Barbara, Elsbeth und Anselm schon erwartungsvoll um den Tisch. Sie schenkte die Becher voll.

«Dann zum Wohl.»

Beherzt nahmen alle einen tiefen Schluck. Catharina sah in die Runde: Anselm grinste, Barbara starrte mit zusammenge-kniffenem Mund in die trübe braune Brühe, und Elsbeth mur-melte so etwas wie: «Na ja, fürs erste Mal –»

Catharina seufzte.

«Nein, ihr braucht nicht auszutrinken. Ich gebe zu, es schmeckt wie Eselspisse.»

Dann nahm sie den Krug und schüttete das Bier in den Aus-guss.

Doch schon eine Woche später brachte sie Berthold das erste Fässchen. Die Herstellung des Gerstensafts wurde schnell Rou-tine, und sie begann sich an Geschmacksstoffe wie Lorbeer, Pil-ze und Kräuter zu wagen. Abends, wenn Anselm von der Uni-versität heimkehrte, belud er den Handkarren mit zwei Fässern und lieferte eines beim «Storchen», das andere im Schnecken-wirtshaus ab. Dort blieb er meist noch auf ein, zwei Becher Wein sitzen. Barbara schimpfte dann, wenn er zu spät zum Abendes-sen kam.

«Ihr fallt sowieso schon vom Fleisch, da könnt Ihr nicht ein-fach die Mahlzeiten ausfallen lassen.»

In Wirklichkeit war es seine Gesellschaft, an der ihr so viel lag, denn Anselm brachte Leben ins Haus. Er besaß das ungebändigte Wesen eines Fohlens, und alles, was ihm durch den Kopf ging, sprudelte ohne Hemmungen aus ihm heraus.

«Ihr glaubt nicht, wie heilfroh ich bin, aus dieser Burse herausgekommen zu sein», hatte er an einem der ersten Abende nach seinem Einzug gestöhnt. «Dort bin ich als Neuling nämlich kein Mensch, nicht mal ein Student, sondern nur ein lausiger Pennäler, der den älteren Semestern als Famulus dienen muss. Wisst ihr, was das bedeutet, von früh bis spät von diesen Laffen herumkommandiert zu werden? Da kann es sein, dass sie dich mitten in der Nacht wecken und du ihren verschissenen Pinkelpott auf die Straße leeren und anschließend mit der bloßen Hand säubern sollst. Oder dass sie dir das bisschen Sackgeld, das du von zu Hause bekommst, abnehmen, wenn sie es finden. Ach, ich könnte euch noch mehr erzählen, aber das ist nichts für Frauenohren.»

«Mein Ärmster», murmelte Barbara, und man konnte ihr die Enttäuschung darüber ansehen, dass er keine weiteren Beispiele aufführte.

«Könnt Ihr», fragte Elsbeth ihn, «Euch denn nicht bei Euern Lehrern oder bei der Universitätsleitung beschweren? Solche Ungerechtigkeiten müssen doch verhindert werden.»

Anselm lachte. «Aber das gehört doch seit Urzeiten dazu! Es gibt nur die eine goldene Regel, dass der Studienanfänger keinen dauerhaften Schaden davontragen soll. Und nach einem Jahr hat man es ja hinter sich: Man muss nur noch die Taufe in der Jauchegrube überstehen, dann gehört man zu den Älteren.»

«Und jetzt lassen Euch die anderen in Ruhe?», fragte Barbara besorgt.

«Mehr oder weniger. Da gibt es halt viel Neid auf Leute wie mich, die bei Verwandten oder bei Professoren wohnen dürfen. Neulich haben mir welche auf der Straße ‹Muttersöhnchen› nachgerufen, und dann kam es zu einer Prügelei, denn so was kann ich mir schließlich nicht gefallen lassen.»

Ein andermal klagte er über die langweiligen Lehrkräfte und Studieninhalte: «Hätte ich nur schon mein Bakkalaureat hinter mir. Diese stumpfsinnige Nachbeterei halte ich nicht mehr aus. Da kehre ich lieber zu meinem Vater zurück und mache eine Kaufmannslehre.»

«Was ist das, ein Bakkala-Dings?», fragte Catharina. Sie war fasziniert von diesen Einblicken in eine ihr gänzlich unbekannte Welt.

«Wenn man Recht, Medizin oder Theologie studieren möchte, muss man zuerst so eine Art Grundausbildung hinter sich bringen, die mit dem Bakkalaureat abgeschlossen wird. Das heißt, es studieren erst einmal alle Studenten dasselbe.» Er versuchte, mit einfachen Worten die Inhalte der «artes liberales» zu erklären.

«Rhetorik, Geometrie, Musik, Astronomie», wiederholte Catharina. «Das klingt doch alles sehr geheimnisvoll und interessant.»

«Könnte es vielleicht sein. Aber wir hocken wie eine Herde blöder Schafe vor unserem Professor, meist einer von diesen vertrockneten Jesuiten, der nach der ‹lectio› alles noch einmal mit anderen Worten erläutert und uns anschließend eine Zusammenfassung diktiert. Die müssen wir auswendig lernen, denn abends fragt uns der Repetitor ab. Und das alles noch auf Latein!»

«Auf Latein!», rief Barbara aus. «Bitte sagt doch einmal etwas auf Latein.»

«Initium sapientiae timor domini. Das bedeutet: Der Eingang zur Weisheit ist die Gottesfurcht. Diesen Spruch müssen wir uns jeden Morgen anhören.»

Die Köchin schien vom Wissen ihres Schützlings ganz hingerissen, und Anselm ließ sich ihre Bewunderung gern gefallen.

«Und was möchtest du später werden?», fragte Catharina ihn.

«Richter oder Advokat», kam ohne Zögern die Antwort.

316

Wie ein trockener Schwamm sog Catharina Anselms Berichte und Erlebnisse seines Studienalltags in sich auf. An Sonntagen allerdings, wenn er den ganzen Tag zu Hause war, oder an seinen vorlesungsfreien Donnerstagen konnte ihr die Gesprächigkeit des Jungen schon einmal zu viel werden. Dann flüchtete sie zu ihrer Freundin Margaretha Mößmerin, mit der sie sich seit Bantzers Tod wieder regelmäßig traf, und genoss die Ruhe und Behaglichkeit in ihrer kleinen rauchgebeizten Stube.

Margaretha lebte von der bescheidenen städtischen Rente, für die sie die ständigen Reibereien mit ihrem Vormund gleichmütig auf sich nahm, und besserte ihr Haushaltsgeld mit Näh- und Stopfarbeiten auf. Die kleine Anneli, ihre Enkelin, hatte ein sanftes, zärtliches Wesen und kuschelte sich, wenn Catharina zu Besuch kam, wie ein Kätzchen an sie. «Gott hat ihr wenig Verstand, aber dafür ein großes Herz mitgegeben», hatte Margaretha einmal gesagt. Hin und wieder kam sie mit Anneli auch bei Catharina vorbei, meist in den frühen Abendstunden, doch spätestens nach ein, zwei Stunden zog es sie zurück in ihre eigenen vier Wände. Mit den Worten «Schön war's bei euch» verabschiedete sie sich dann.

Christoph nannte das Haus zur guten Stund oft scherzhaft «Weiberburg», und Anselm, der sich durchaus als Mann fühlte, protestierte dann. Wie ein Gockel saß er in diesem Frauenhaushalt und ließ sich von allen Seiten umsorgen und verwöhnen. Amüsiert bemerkte Catharina die Eifersucht, die der Junge bei Christophs Besuchen jedes Mal an den Tag legte.

Wenn es irgend möglich war, kam ihr Vetter jeden Monat für zwei, drei Tage von Villingen heruntergeritten. Er hatte ein junges, ausdauerndes Pferd, und da er eine Abkürzung kannte, einen kleinen Köhlerpfad quer durch den Wald, brauchte er für den Hinweg nur einen Tag. Zurück, wenn es stetig bergauf ging, schaffte er es nicht ohne Übernachtung. Vor seinem Schwiegervater rechtfertigte er diese häufigen und nicht ungefährlichen

Reisen nach Freiburg damit, dass er hin und wieder nach Anselm sehen wolle und dass seine Base in ihrer neuen Situation als Witwe seiner Unterstützung bedurfte.

Catharina hätte nie gedacht, dass Christoph sein Versprechen wahr machen und regelmäßig diese beschwerlichen Ritte auf sich nehmen würde. Unruhe und Angst plagten sie jedes Mal, wenn er unterwegs war.

Es wurde Frühsommer, und sie genossen die warme Sonne hinter dem Haus. Catharina hatte in dem Garten eine wahre Meisterleistung vollbracht. Mit Anselms Hilfe hatte sie den Hasenstall instand gesetzt und einen Freilauf für die Hühner eingezäunt. An der hinteren Mauer rankten sich Bohnen empor, neben dem Holunderbusch, den Catharina im Februar beschnitten hatte, wuchsen in schnurgeraden Reihen Rüben und Rettich, Zwiebeln, Mangold und Knoblauch.

«Sag mal, hat Anselm schon eine Freundin?»

Catharina zuckte die Schultern. «Ich habe ihn noch nie mit einem Mädchen gesehen. Ich glaube, er hat nur seine Bücher im Kopf.»

«Dafür würde ich meine Hand nicht ins Feuer legen. So, wie er dich manchmal ansieht –»

«Jetzt hör aber auf», lachte sie. «Ich könnte seine Mutter sein.»

«Du bist immer noch sehr schön. Und klug obendrein.»

«Und du bist ein alter Schmeichler», gab Catharina zurück und legte ihren Kopf an seine Schulter.

Manchmal fragte sich Christoph, ob Catharina ihn noch liebte. Sicher, sie strahlte jedes Mal vor Freude, wenn sie sich wieder sahen, blieb immer in seiner Nähe und umarmte ihn hin und wieder. Doch wenn er sie berührte, spürte er eine innere Abwehr. Dies traf ihn umso schmerzhafter, als er selbst vollkommen überzeugt war, dass sie füreinander bestimmt waren.

Die Hoffnung auf ein gemeinsames Nachtlager hatte er fast aufgegeben, und diese erzwungene Enthaltsamkeit ließ ihn kaum noch schlafen. Ihre einzige gemeinsame Nacht kam ihm in den Sinn, damals in Lehen, als sie noch halbe Kinder waren und einander mit zitternden, unbeholfenen Händen gegenseitig erforscht hatten.

Er nahm seinen ganzen Mut zusammen.

«Cathi, wir sind einander wieder so vertraut geworden, und was ich für dich fühle, kann ich kaum in Worte fassen. Aber sobald ich dir näher komme, weichst du zurück. Als ob meine Berührung dich erschrecken würde. Wovor hast du Angst?»

Catharina sah zu Boden.

«Es ist nicht Angst, es ist eher – wie soll ich das erklären? Ich komme mir manchmal vor wie eine vertrocknete alte Jungfrau. Verstehst du, ich habe seit dem Jahr, in dem Tante Marthe starb, bei keinem Mann mehr gelegen, und wenn ich mir vorstelle, dir nahe zu sein, packt mich so etwas wie Scham.» Sie zögerte, und ihre Stimme wurde leiser. «Mein Körper ist mir fremd geworden. Und du – du hast mich zuletzt als junges Mädchen gesehen. Ich könnte deine Enttäuschung nicht ertragen.»

«Was redest du da für einen Unsinn.» Christoph war blass geworden.

Sie stand auf. «Komm, gehen wir noch ein bisschen am Fluss spazieren. Ich muss ab und zu raus aus dieser Stadt.»

Da kam Christoph ein Gedanke. Ein verrückter, zugegeben, aber damit würde er Catharina einen großen Traum erfüllen. Und wer weiß, vielleicht hätte er bei diesem Vorhaben endlich Gelegenheit, Catharina einmal vorbehaltlos umarmen zu dürfen und ihr zu beweisen, dass er sie so liebte und begehrte, wie sie war.

«Jetzt geht es wieder los!» Anselm ging in der Küche auf und ab und war außer sich. «Gestern haben sie die Witwe eines Fischers in den Turm gesteckt. Man sagt, der Scharfrichter bereite sich schon auf seine Arbeit vor, denn die alte Frau sei so gut wie sicher als Hexe überführt.»

Catharina sah ihn erschrocken an. Sie war jedes Mal aufs Neue erschüttert, wenn in Freiburg die Nachricht einer anstehenden Hexenverbrennung die Runde machte. Die letzten drei Jahre war in dieser Hinsicht allerdings Ruhe eingekehrt.

«Bist du sicher, dass es um Hexerei geht?»

«Ich habe doch meine Verbindungen zur juristischen Fakultät. Dort bereiten sie schon das Gutachten über die arme Frau vor. Und ich Esel hatte geglaubt, dass unsere Fakultät vernünftiger ist als andere.»

Er blieb vor Catharina stehen. «Wisst Ihr, was gegenwärtig im Erzstift Trier geschieht? Dort wird ein Scheiterhaufen nach dem anderen angesteckt. Wer sich der Stadt nähert, riecht schon von weitem das verbrannte Fleisch. Und in vorderster Reihe der Hexenjäger steht dieser saubere Weihbischof Binsfeld. Mit seiner Verfügung, dass eine einzige Anzeige die fortgesetzte Folter rechtfertige, verstößt er eindeutig gegen geltendes Reichsrecht. Und niemand wagt es, diesem Fanatiker Einhalt zu gebieten.»

Anselm hatte sich jetzt vollends in Rage geredet.

«Glaubst du denn, dass es Hexen gibt?», fragte Catharina.

«Hexen, Unholde – ich kann das bald nicht mehr hören. Die meisten Opfer sind doch arme, alte Frauen mit kranken Seelen, die einen Medicus oder meinetwegen auch Priester bräuchten. Ich kann nicht beurteilen, ob man tatsächlich mit Zauberei etwas bewirken kann, doch Magier gab es zu allen Zeiten und in allen Ländern. Wenn solche Leute Schaden anrichten, mag man sie meinetwegen dafür verurteilen. Aber was hier seit Jahren geschieht, ist doch etwas ganz anderes. Da kann jeder hergelaufene Trottel seine Nachbarin als Hexe denunzieren, und schon wird dieser Frau Buhlschaft mit dem Teufel, nächtlicher Flug zum Sabbat und was der unsinnigsten Dinge noch mehr sind angehängt. Wo sollen denn auf einmal die Abertausende von Hexen und Zauberinnen herkommen? Selbst die Pfaffen reden in ihren Predigten von nichts anderem mehr, und man könnte meinen, dass sie selber inzwischen mehr an den Satan und seine Gesellen als an Jesus Christus glauben.»

Barbara hatte ihm die ganze Zeit aufmerksam zugehört. «Ich hoffe, Ihr nehmt mir meine Frage nicht übel – aber seid Ihr Lutheraner?» Lutheraner war in Freiburg eine schlimmere Schmähung als Heide oder Gottloser.

«Lutheraner zu sein hieße den Teufel mit dem Beelzebub austreiben», gab Anselm mit bitterem Lächeln zurück. «Dieser Luther hat doch denselben Schwindel verbreitet wie unsere Kirche – dass es Frauen gebe, die Kühe und Kinder verhexten, und dass solche Frauen zu töten seien. Und seine Gefolgsleute waren es, die vor dreißig Jahren mit diesem Gemetzel angefangen haben. Über sechzig Frauen wurden damals in Wiesensteig auf der Alb in kürzester Zeit verbrannt. Und es waren ebenfalls die Protestanten, die in Kursachsen die Kriminalordnung verschärften. Zum ersten Mal in der Rechtsgeschichte wird dort seit Jahren Magie und Zauberei mit dem Feuertod bestraft, völlig unabhängig davon, ob einer Person Schaden zugefügt wurde oder nicht.»

Unwillkürlich warf Catharina bei den Worten Magie und Zauberei einen Blick auf Barbara, doch die Köchin zeigte keine Regung. Gebannt hing sie an Anselms Lippen.

«Obwohl ich zugeben muss», fuhr der Junge fort, «dass gerade unter den Calvinisten ein paar gescheite Köpfe sind, wie dieser Hofarzt Johann Weyer oder der Heidelberger Professor Hermann Witekind. Deren Traktate –»

«Aber irgendetwas muss doch an solchen Anschuldigungen sein», unterbrach Catharina Anselms Ausführungen.

«Darauf wollte ich ja gerade eingehen. Überlegt Euch nur einmal, welche Sorte von Frauen in den allermeisten Fällen angeklagt werden: Einfache Gemüter, die brav an Hölle, Teufel und Dämonen glauben, wie es unsere Kirche uns schon mit der Muttermilch eingibt. In ihrem Wahn bilden sie sich ein, dass der gestrige Hagelsturm oder die sterbende Kuh auf ihrem Mist gewachsen sei, phantasieren herum, dass sie nächtens auf gesalbtem Stecken zum Bromberg geflogen seien und dort mit dem Teufel Unzucht getrieben hätten.

Einzig dieser Wahn, den ich eher als seelische Krankheit bezeichnen würde, mag ein Werk des Teufels sein. Ich habe etliche Gutachten gelesen, aus denen hervorgeht, dass es zu gar keinen Schäden gekommen ist, und dennoch wurden die armen Frauen verbrannt, nur weil sie dummes Zeug gefaselt haben!»

«Aber alle Verurteilten haben doch Geständnisse abgelegt, die sich zudem fast im Wortlaut gleichen», warf Catharina ein. «Das kann doch nicht bloße Einbildung sein.»

«Wie würdet Ihr reagieren, wenn man Euch fragte: Habt Ihr dies getan, habt Ihr jenes getan, und dabei würde Euch jemand Daumenschrauben anlegen oder die Fußnägel ausreißen? Wie viel Wahrheitsgehalt kann in einem Geständnis stecken, das unter Folter erpresst wurde?»

Fast beschämt betrachtete Catharina diesen rot gelockten Burschen mit dem kindlichen Gesicht. Wie oft schon hatte sie angesichts der Hexenprozesse in Freiburg oder anderswo das blanke Grauen gepackt, jedes Mal wurde sie von Mitgefühl für die Opfer gequält, doch nicht ein einziges Mal hatte sie ihren Verstand benutzt und sich Gedanken über das Vorgehen der weltlichen und geistlichen Richter gemacht. Da musste erst dieser Anselm auftauchen, der gerade mal siebzehn Jahre zählte.

«Wisst Ihr, was ich glaube?», fuhr Anselm leise fort. «Ich glaube, dass all diese Menschen unschuldig hingerichtet werden. Ich will Euch ein paar Beispiele nennen: Im westfälischen Osnabrück hat ein Knecht kürzlich in einem Keller einen Mann und eine Frau schlafend aufgefunden. Er sah sofort, dass die beiden Einbrecher sturzbetrunken sein mussten, denn an die fünf Fuder Wein waren ausgesoffen. Er brachte sie zum Bürgermeister, der sie, noch im Zustand der Trunkenheit, peinlich befragen ließ. Die verwirrten Seelen berichteten, sie hätten an einem teuflischen Gelage auf dem Blocksberg teilgenommen, und gaben bereitwillig über hundertsechzig weitere Namen an. Jeder Richter mit halbwegs gesundem Verstand hätte die beiden wegen Trunkenheit, Diebstahls und Einbruchs verurteilt, stattdessen wurden sie und hundertdreißig weitere Bürger, größtenteils Frauen, wegen Hexerei verbrannt. Oder vor einigen Jahren in Waldkirch: Da haben vier Hebammen gestanden, dem Teufel zum Geschenk Neugeborene und Wöchnerinnen umgebracht zu haben. Dabei weiß doch jeder, an welch seidenem Faden das Leben in den ersten Stunden hängt. Welche Ohnmacht, vielleicht sogar Verzweiflung muss eine Hebamme bei jedem Todesfall erfassen. Da braucht es doch nicht viel, um in ihnen Schuldgefühle bis hin zur Selbstbezichtigung anzufachen. – Wenn ich doch nur endlich Jurist wäre und man mir bei diesen Prozessen Gehör schenken müsste.»

Anselm wirkte mit einem Mal niedergeschlagen und setzte sich zu den Frauen an den Tisch.

«Wenn es so wäre, wie Ihr sagt – wer könnte denn einen Vorteil daraus ziehen, Unschuldige zu verurteilen?», fragte Elsbeth, die scheinbar unbeteiligt Töpfe und Pfannen geschrubbt hatte.

In diesem Augenblick trat Christoph ein, staubig und verschwitzt von seinem langen Ritt.

«Hier wird ja richtig disputiert», sagte er gut gelaunt. Dann sah er die ernsten Gesichter. «Ist etwas passiert?»

«Man hat wieder eine Frau wegen Hexereiverdachts eingesperrt.»

Anselm stand auf.

«Es ist alles so sinnlos», murmelte er. «Seid mir nicht böse,
wenn ich mich aus dem Staub mache. Ich gehe noch auf einen
Schluck hinüber ins Schneckenwirtshaus.»

Catharina sah ihm nach. «Manchmal ist es mir fast unheimlich, dass er sich den ganzen Tag mit solch ernsten Dingen beschäftigt.»

Christoph nickte nur. Er wirkte so, als würde er vor Unge-
duld gleich platzen. Endlich zogen sich auch Barbara und Elsbeth zurück.

«Du kannst doch kaum erwarten, mir etwas mitzuteilen. Hat
dir dein Schwiegervater die Erlaubnis gegeben, mich zu heiraten?», fragte Catharina mit ironischem Unterton.

Christoph schüttelte den Kopf. «Das nicht. Aber ich erfülle
dir einen anderen Wunsch. Rate!»

Catharina überlegte, doch ihr fiel nichts ein. Hatten sich
nicht all ihre Wünsche in letzter Zeit erfüllt?

«Ich gebe dir einen Hinweis. Worum beneidest du meine
Schwester Lene am meisten?»

«Um ihre Familie. Aber ich bin zu alt, um jetzt noch Kinder
zu bekommen.»

Christoph lachte. «Du lässt es uns ja nicht mal versuchen.
Nein, rate weiter.»

«Gut – außerdem beneide ich sie darum, dass sie mit ihrem
Hauptmann so weit in der Welt herumkommt.»

«Schon besser.»

Sie sah ihn ungläubig an. «Heißt das, du willst mit mir verrei-
sen?»

«Ja. Ich weiß zwar, dass du am liebsten das Meer sehen würdest, aber das ist ein bisschen weit. Wie wäre es mit dem Bodensee?»

324

Mit einem kleinen Freudenschrei fiel Catharina ihm um den Hals. «Was sagst du da? Wir reisen an den Bodensee? Du und ich? Wie lange werden wir weg sein?»

Plötzlich wich sie zurück. «Nein, das geht gar nicht. Hast du vergessen, dass ich regelmäßig die beiden Schenken beliefern muss?»

«Hab ich nicht. Das ist alles schon vorbereitet. Im August finden keine Vorlesungen statt, und bei meinem letzten Besuch habe ich mit Anselm besprochen, dass er dich in dieser Zeit für eine Woche vertritt. Er ist schließlich ein gescheiter Bursche und wird wohl in vier Wochen lernen, wie man Bier braut. Außerdem kannst du ja ein bisschen auf Vorrat produzieren. Anselm jedenfalls war begeistert von dem Vorschlag.»

«Willst du damit sagen, dass es in vier Wochen schon losgeht? Wie kommt man überhaupt an den Bodensee?» Sie konnte es immer noch nicht fassen.

«Ich werde dir morgen eine Karte zeigen und die Wegstrecke erklären. Zuerst dachte ich daran, dir ein zuverlässiges Pferd zu besorgen, damit wäre das Reisen am einfachsten. Aber du bist es nicht gewohnt, den ganzen Tag im Sattel zu sitzen, und das könnte dir die Reise zur Qual werden lassen. Ich habe einen Fuhrunternehmer ausfindig gemacht, der uns den größten Teil der Strecke, nämlich bis Schaffhausen, mitnimmt. Von dort werden wir weitersehen. Auf dem Rückweg können wir rheinabwärts auf Flößen oder Lastkähnen mitfahren.»

«Das klingt alles wunderbar!» Sie dachte an ihre abenteuerliche Reise als junges Mädchen zu Christoph nach Villingen. «Und ich muss keine Angst haben, an einen zudringlichen Wollhändler zu geraten.»

Christoph sah zu Boden. Mit Anspielungen auf ihr Wiedersehen damals vor dem Gasthaus seines Schwiegervaters konnte Catharina ihn jedes Mal aufs Neue beschämen. Sie bereute ihre Bemerkung. Als er den Kopf hob und sie zaghaft auf den Mund küsste, erwiderte sie seinen Kuss – zum ersten Mal, seit sie wieder zusammengefunden hatten. Sie spürte, wie er erschauerte. Da schob sie ihn jäh von sich und stand auf.

«Was sagt dein Schwiegervater dazu, wenn du einfach eine Woche lang verschwindest?»

«Nun ja, halb musste ich flunkern, halb habe ich die Wahrheit gesagt. Unser Gewürzhändler hat uns ein paar Mal übers Ohr gehauen, und es ist längst an der Zeit, dass wir einen neuen finden. Vor einiger Zeit habe ich gehört, dass es in Konstanz einen Gewürzhändler gibt, der ein großes Sortiment zu günstigen Bedingungen anbietet. Und insofern dient unsere Reise jetzt geschäftlichen Zwecken.»

«Wozu braucht ihr einen Gewürzhändler?», fragte Catharina erstaunt. Sie dachte an Marthe und ihren liebevoll gepflegten Kräutergarten.

Christoph grinste. «Zu uns kommen Gäste, für die ist es mit Liebstöckel und Petersilie nicht getan. Die verlangen Speisen, die mit Pfeffer und Muskat, mit Ingwer, Safran und Zimt gewürzt sind.»

Als sie sich an diesem Abend vor ihren Schlafkammern verabschiedeten, schwankte Catharina für einen kurzen Moment, ob sie Christoph nicht bei der Hand nehmen und in ihr Bett führen sollte. Doch dann siegte ihre Furcht vor zu viel Nähe, und sie wandte sich ihrer Tür zu.

«Das ist die schönste Überraschung seit langem», flüsterte sie, um die anderen nicht zu wecken. «Du glaubst nicht, wie sehr ich mich auf unsere Reise freue. Schlaf gut, du verrückter Mann!»

Am Morgen der Abreise schien das ganze Haus Kopf zu stehen. Wie ein aufgescheuchtes Huhn rannte Catharina von einer Ecke in die andere, um ihren Regenumhang mit der Kapuze zu suchen. Elsbeth jammerte ununterbrochen, wie gefährlich dieses

326

Unternehmen sei, und das alles nur, um einen läppischen See anzugucken, Anselm stand jedem im Weg, und Barbara türmte ein Paket mit Reiseproviant nach dem anderen auf den Esstisch.

«Bitte, Barbara, das reicht längst. Du brauchst doch kein Heer zu versorgen. Hilf mir lieber, meinen Umhang zu finden. Wo bleibt Christoph nur?»

Die Turmuhr des nahen Franziskanerklosters hatte eben sieben geschlagen, und um halb acht waren sie mit dem Fuhrmann am Kaufhaus verabredet. Wieso musste es Christoph kurz vor der Abreise noch einfallen, seinen Dolch und sein Messer schärfen zu lassen – das hätte er doch wahrhaftig früher erledigen können. In diesem Moment trat er ein, und Catharina atmete auf.

«Gehen wir», sagte Christoph, der die Ruhe selbst war, und hob den großen Leinensack von der Bank, um ihn sich auf die Schulter zu wuchten.

«Da ist ja mein Umhang – welcher Trottel hat denn den Reisesack darauf gestellt.»

«Ich glaube, das wart Ihr selbst», kicherte Barbara und verstaute den Proviant. «Jetzt aber los mit Euch, Fuhrleute warten nicht. Und vergesst nicht den Wasserschlauch.»

Herzlich umarmten die beiden Mägde erst Catharina, dann Christoph. Beide hatten Tränen in den Augen. Dann trat Anselm auf Catharina zu und küsste sie fast zärtlich auf den Mund. Mit einem frechen Grinsen meinte er: «Bei so einer Gelegenheit darf ich das, ja?»

Christoph schlug ihm derb auf die Schulter. «Pass lieber auf, dass du nicht Catharinas guten Ruf als Bierbrauerin ruinierst, kleiner Vetter. Und wehe, Barbara erwischt dich besoffen im Sudhaus!»

Der Fuhrunternehmer, der sich als Max Sommerer vorstellte, stand schon am Kaufhaus bereit. Er war ein freundlicher und, wie sich bald herausstellte, redseliger Mann, dessen wettergegerbtes Gesicht fast völlig von Bart und Haaren zugewachsen war. Er räumte ihnen die schmale Bank hinter dem Kutschbock frei.

«Das ist Euer Platz. Ihr könnt Euch aber auch neben mich auf den Kutschbock setzen. Nur Euer Gepäck dürft Ihr niemals aus den Augen lassen. Meine Ware ist fest verschnürt in schweren Kisten verstaut, Eure beiden Reisesäcke jedoch wären eine leichte Beute für Strauchdiebe und bettelnde Kinder. Habt Ihr Waffen dabei?»

«Einen Dolch und ein Messer», antwortete Christoph.

«Gut. Gebt Eurer Frau das Messer – für alle Fälle.»

Christoph strahlte. «Eine gute Idee, meine liebe Frau.»

Nachdem sie den Fuhrmann ausbezahlt hatten, machten sie es sich auf der Bank bequem. Dann zogen die beiden Braunen an, und der behäbige Wagen beschrieb eine breite Kehre über das holprige Pflaster des Münsterplatzes. Catharina war begeistert von dem Fuhrwerk, das mit einer riesigen Plane aus Rindsleder überspannt war. Ein ausgewachsener Mann konnte darunter stehen, ohne mit dem Kopf die Decke zu berühren.

«Was für ein prächtiger Wagen», rief sie Max Sommerer zu. «Und so wunderbar gefedert.»

«Da hab ich auch erst im Frühjahr die Lederaufhängung erneuern lassen. Schließlich verbringe ich die meiste Zeit des Jahres auf diesem Wagen. Der einzige Nachteil ist seine Schwerfälligkeit, ich käme damit nie und nimmer das Höllental hinauf.»

«Habt Ihr eine feste Strecke?»

«Immer das Rheintal rauf und runter. Von Köln nach Basel oder, wie dieses Mal, nach Schaffhausen.»

Der Münsterplatz war an diesem Morgen wie ausgestorben. Catharinas Gesicht verdüsterte sich. Sie wusste, wo sich das Volk in diesem Moment versammelte: ein Teil vor dem Gefängnis am Christoffelstor, ein anderer am Hochgericht draußen vor der Stadt, denn heute sollte die Witwe des Fischers verbrannt werden. Sommerer lenkte den Wagen auf die Große Gasse in Richtung Martinstor, wo er die Zollpapiere vorzeigen musste.

«Ihr verpasst ein großes Spektakel heute», sagte der Wächter zu Sommerer.

«Auf solche Spektakel lege ich keinen Wert», brummte der Fuhrmann.

Als sie auf die Landstraße nach Basel einbogen, gab es kaum ein Durchkommen. Dichte Menschentrauben strömten zum Richtplatz am Radacker, um dem Henker bei seinen Vorbereitungen zuzusehen und sich für die Mittagszeit einen guten Platz zu sichern.

Sommerer lenkte sein Gefährt auf den Hof der Kronenwirtschaft, die auf halbem Weg zur Hinrichtungsstätte lag, um sich für die Reise mit Wasser- und Weinvorräten einzudecken, doch als er das Gedränge vor dem Ausschank sah, machte er kehrt.

«Elende Saufköpfe! Weg da, aus dem Weg!», schimpfte er und ließ die Peitsche knallen. Während sie sich der Wiese näherten, auf der eben der Scheiterhaufen errichtet wurde, schloss Catharina einen Moment lang die Augen. Dann sagte sie leise zu Christoph:

«Sieh dir diese Menschen an. Ist dir aufgefallen, wie viele Bettler und Obdachlose es wieder in der Stadt gibt? In ihrer Angst vor Hunger und Not schlagen sie auf jeden ein, von dem sie glauben, er sei schuld an ihrer Lage.»

Christoph schüttelte den Kopf. «Das allein kann es nicht sein. Erinnere dich: In den Zeiten der großen Teuerung, als die Leute wirklich wie die Fliegen starben, gab es hier keine einzige Hexenverbrennung. Und jetzt, in nur zehn Jahren, schon die achte Hinrichtung.»

«Die sollen arbeiten», zeterte Sommerer lautstark vom Kutschbock herab, «statt sich an den Qualen dieser armen Seelen zu ergötzen.»

«Aber was ist es dann? Was bringt diesen Wahnsinn hervor?»

«Ich weiß auch nicht.» Christoph betrachtete nachdenklich das geschäftige Treiben auf der Wiese. Selbst eine Gruppe Aussätziger aus dem nahen Gutleuthaus hatte sich eingefunden. In gebührendem Anstand zur Menge standen die ausgemergelten Gestalten unter einer Linde, Klapper und Stab, die Erkennungszeichen ihres Elends, fest an die Brust gepresst, und warteten auf die Frau, die das Schicksal noch grausamer getroffen hatte als sie selbst.

«Vielleicht hat es etwas damit zu tun, dass die Menschheit zwanghaft versucht, für jeden Vorgang, für jede Erscheinung eine Erklärung zu finden. Und das, was der Verstand nicht begreifen kann, wird irgendwelchen teuflischen Mächten und magischen Handlungen zugeschrieben.»

«Hm, so etwas Ähnliches hat deine Mutter auch mal gesagt.»

Nachdem sie das Dorf Wendlingen hinter sich gelassen hatten und die Straße leerer wurde, zog Catharina ein zusammengefaltetes Stück Pergament aus ihrem Beutel und reichte es Christoph.

«Hier, sieh dir das an.»

«Was ist das?» Verständnislos starrte er auf einen ungelenk gemalten Davidsstern, dessen Spitzen in kleine Kreuze mündeten, die von seltsamen Zeichen und den Insignien der Heiligen Drei Könige umgeben waren.

«Ein Schutzzettel oder auch Reisesegen. Barbara hat ihn in meinen Beutel gesteckt. Christoph», flüsterte sie, «ich mache mir Sorgen um Barbara. Ständig hantiert sie mit irgendwelchen Zeichen oder Amuletten herum. Als ich ihr sagte, wie gefährlich das sei, lachte sie nur und meinte, selbst unser Kaiser Rudolf widme sich der Magie und sei ein meisterhafter Nekromane.»

«Ich kann mir schon denken, von wem sie das aufgeschnappt hat. Vielleicht sollte ich noch einmal mit ihr reden. Doch um ehrlich zu sein, ich mache mir viel größere Sorgen um Anselm. Er redet sich noch einmal um Kopf und Kragen.»

330

Catharina nickte und dachte an den gestrigen Abend, als sie von der Küche aus zufällig ein Streitgespräch zwischen Anselm und einem seiner Kommilitonen, einem gewissen August Wimmerlin, belauscht hatte.

«Es ist mir unbegreiflich», hatte sie Anselm sagen hören, «wie selbst bei uns im Habsburgerreich die Rechtsvorschriften unterhöhlt werden. Als ob es nie das Mandat von unserem vormaligen Kaiser Ferdinand gegeben hätte, dass Unglücke wie Krankheit, Hunger oder Missernten nicht auf Hexerei, sondern allein auf den Zorn Gottes zurückzuführen seien, wogegen nichts helfe als Beten und bußfertiges Leben. Haben unsere Rechtsgelehrten das vergessen? Haben sie vergessen, dass unser Reichsgesetz immer noch die Constitutio Criminalis Carolina ist, die Zauberei nur dann unter Strafe stellt, wenn ein nachweislicher Schaden zugefügt wurde? Da kann man einem Witekind doch nur Recht geben, wenn er die üblichen Verfahren bei Hexenprozessen als Rechtsbrüche bezeichnet und den viel zu häufigen Einsatz der Folter anprangert.»

«Lieber Anselm, zweifelst du etwa an der Berechtigung der peinlichen Befragung? Wie sonst soll ein Delikt aufgeklärt werden, wenn es keine Zeugen und Indizien gibt und du nicht auf längst überholte Mittel wie die Wasserprobe zurückgreifen willst? Bei Hexerei hast du es schließlich mit einem crimen exeptum zu tun, da kannst du die Leute bei der peinlichen Befragung nicht mit Samthandschuhen anfassen. Außerdem hat der Mensch selbst in der Marter immer noch die Freiheit, zwischen Lüge und Wahrheit zu wählen.»

«Selbst Unschuldige zwingt der Schmerz zu lügen! Ist die Marter nur grausam genug, sagt er dir alles, was du hören möchtest. Sogar Molitor hat davor gewarnt, und er war immerhin bischöflicher Prokurator in Konstanz. Aber darauf wollte ich gar nicht hinaus. Diesen ganzen Tatbestand der Hexerei halte ich für eine Seifenblase. Wenn du mit der Nadel deines Verstandes hineinstichst, zerplatzt dieses ganze Denkgebäude zu einem Nichts. Witekind ist der Meinung –»

«Hör mir doch auf mit diesem Calvinisten», unterbrach ihn Wimmerlin schroff.

«Du vergisst, dass sich dieser Calvinist bei seiner Argumentation auf den Canon Episcopi unserer katholischen Kirche bezieht! Dort wird der Hexenflug ausdrücklich als ein Irrglaube bezeichnet, der an sich bereits eine Sünde sei. Was sind denn diese alten Weiber anderes als kranke Seelen mit Wahnvorstellungen, denen geholfen werden muss? Frauen, die sich aus innerer Not oder Armut dem Teufel verschrieben haben? Hast du selbst oder irgendwer, den du mir mit Namen nennen kannst, schon einmal eine Hexe durch die Luft fliegen sehen? Oder wie erklärst du dir das folgende Phänomen: Eine Angeklagte liegt schlafend oder bewusstlos im Kerker und erzählt beim Erwachen, sie sei eben bei einem Sabbat gewesen. Wie denn, wenn sie doch in eisernen Ketten liegt?»

«Na und? Dann war es eben ihre Seele, die sich vom Leib getrennt hat und durch die Luft geflogen ist. Lass gut sein, Anselm, in all deinen Reden höre ich doch nur deine Glaubensgenossen Weyer, Witekind, Goedelmann und wie sie alle heißen heraus. Ich will dir mal etwas sagen: Diese Leute wären vor hundert Jahren als Ketzer verbrannt worden, und ich halte es für einen Fehler, dass sie heutzutage ihr Maul in aller Öffentlichkeit aufreißen dürfen. Und was deine Theorie der seelischen Krankheit betrifft: Eben solche Krankheiten sind doch auf einen Pakt mit dem Teufel zurückzuführen. Genau da kommen wir endlich auf den Punkt: Wer sich aus Schwäche im Glauben und im Denken – und wie die Erfahrung zeigt, sind dies in der Mehrzahl Frauen – auf einen Teufelspakt einlässt, begeht eine der schlimmsten Gotteslästerungen und verdient allein dadurch schon den Tod. Meiner Meinung nach gehen die Freiburger Gerichte viel zu behutsam gegen solche Leute vor, bisher wurden noch keine zwei Hand voll der Angeklagten der Hexerei überführt. In Trier oder Lothringen ist man da viel konsequenter.»

Bleib ruhig, Anselm, dachte Catharina in der Küche, dieser Disput ist doch zwecklos. Doch wie sie es vorausgesehen hatte, wurde er jetzt wütend.

«Diese Massenhinrichtungen nennst du konsequent?» Anselm schlug mit der Faust auf den Tisch. «Für mich ist das eine von Menschenhand geschaffene Hölle. In Trier kommt es ständig zu neuen Missernten, denn die Felder liegen brach, weil es kaum noch Bauern und Winzer gibt. Das Volk lechzt nach Blut, die Notare, Schreiber und Schankwirte werden reich, die Richter und Landesherren teilen sich die Besitztümer der Verurteilten. Der Scharfrichter reitet auf edlen Rössern daher, in Gold und Silber gekleidet, und sein Weib staffiert sich aus wie ein Fürstenfräulein.»

«Dein Vorwurf der Bereicherung ist so lächerlich wie falsch», sagte Wimmerlin ruhig. «Du hast anscheinend keine Ahnung, was ein Scharfrichter heutzutage kostet. Und ein Scheiterhaufen erst, der so kunstvoll konstruiert sein muss, dass ein Menschenleib vollständig zu Asche verbrennt. Und für Freiburg gilt deine Beschuldigung schon gar nicht: Den größten Teil des Vermögens von Hingerichteten, auch von Hexen, erhalten deren erbberechtigte Kinder.»

«Aha! Das wäre doch eine einleuchtende Erklärung für den mangelnden Eifer der Freiburger Gerichte. Weißt du, August, was mich bei dieser ganzen Auseinandersetzung um Hexen und um Zauberei am meisten stört? Dass der zumeist harmlose Aberglaube des Volkes regelrecht dämonisiert wird, und zwar von einer Kirche, die zur Hilfe gegen die tägliche Unbill Mittelchen anbietet, die denjenigen der schwarzen und weißen Magie verblüffend ähnlich sind.»

«Pass auf, Anselm.» Wimmerlins Stimme bekam etwas Drohendes. «Du schießt übers Ziel hinaus.»

«Ich bin noch nicht fertig. Sieh dir doch dieses ganze Arsenal von Devotionalien und Benediktionen, von christlichen Amuletten und Breverln an – was mich betrifft, ich kann längst nicht in jedem Fall unterscheiden, ob es sich nun um Gebete oder um Beschwörungen, um einen kirchlichen Schutzbrief oder um magische Abwehrzeichen handelt.»

«Legitim ist es, die Erfüllung eines Gebets dem Wirken Gottes zuzuschreiben, illegitim, es dem Gegenstand zuzuschreiben.»

«Meine Güte, erkläre das mal einem Knecht oder einer Magd, die weder lesen noch schreiben können. Ich kann dir aber auch ein anderes Beispiel nennen: Mit dem Läuten geweihter Kirchenglocken sollen Unwetter vertrieben werden. Versucht ein Wettermacher dasselbe, indem er ein Messer oder Amulett in die Luft schleudert, so ist das Magie und Gotteslästerung. Wie soll der einfache Mann unterscheiden zwischen Aberglauben und christlichem Glauben, wenn der Pfarrer in der Messe so unglaubliche Dinge vollbringt wie die Verwandlung von Brot in den Leib Christi und von Wein in das Blut Christi und diesem einfachen Mann die unverständlichen, weil lateinischen Worte ‹Hoc est enim corpus meum› wie eine Beschwörung klingen, wenn der Pfarrer den Heiligen Geist in Tauf- und Weihwasser, in Öl, Wachs, Kräuter und Stein bannt, wenn dieser Pfarrer seine kranke Kuh mit Weihwasser besprengt, ein Kreuz darüber schlägt und ihr geweihtes Salz eingibt, wenn –»

«Hör auf, dieses blasphemische Geschwafel muss ich mir nicht weiter anhören. Du solltest dir ein anderes Handwerk suchen, mit dieser Einstellung wirst du nie zum Studium der Rechte zugelassen.»

«Du bist ein Arschloch, Wimmerlin!»

«Und du ein Dummkopf. Du kannst froh sein, wenn ich in der Fakultät niemandem von diesem Gespräch erzähle. Ich an deiner Stelle wäre vorsichtiger.»

Dann hörte Catharina das scharrende Geräusch eines wegrü-

ckenden Schemels und wie die Tür ins Schloss fiel. Als sie in die
Stube trat, waren sowohl Anselm als auch August verschwunden.

In einem kleinen markgräflichen Weiler, eine halbe Stunde hinter Krozingen, machten sie Mittagsrast. Der Himmel blieb, wie
er den ganzen Morgen schon gewesen war: grau und von einer
Wolkendecke verhangen.

«Hoffentlich regnet es nicht», sagte Catharina.

«Könnte schon sein», meinte Sommerer, «aber da es nicht
nach Gewitter aussieht, wird der Regen so heftig nicht sein. Außerdem könnt Ihr ja, wenn Ihr eng zusammenrückt, auch unter
die Plane rutschen.»

«Hoffentlich regnet es bald», murmelte Christoph, und
Catharina gab ihm einen Nasenstüber.

Während der Fuhrunternehmer die Pferde ausspannte und
zur Tränke führte, breitete Catharina neben dem Wagen Barbaras Schätze aus: knusprig ausgelassene Speckseiten, zehn hart ge-
kochte Eier, zwei Laibe dunkles Brot, ein riesiges Stück Butter-
käse, Äpfel und eingelegte Kirschen, in Fett gebackene Krapfen
und mit Honig bestrichene und eingerollte Pfannkuchen. Dann
rief sie Sommerer heran.

«Kommt, esst mit uns, unsere Köchin hat uns viel zu viel ein-
gepackt.»

«Da sag ich nicht nein. Aber wartet einen Augenblick, dort
drüben wohnt ein Winzer, der baut einen hervorragenden Roten an!»

Catharina sah sich um. Was für eine liebliche Landschaft! Das
Rheintal ging in sanften Hügeln, die Obstwiesen und Weingärten trugen, in den Schwarzwald über, der von der majestätischen
Kuppe des Belchen beherrscht wurde. Fruchtbar und üppig sah
das Land aus, die Bewohner wirkten heiter. Ob hier dieser grausame Verfolgungswahn auch schon eingesetzt hatte?

Sommerer kam mit einem großen Krug und drei Bechern zurück. Feuchte Spuren im Bart verrieten, dass er von dem Wein schon eine Probe genommen hatte.

«So, jetzt können wir es uns gut gehen lassen.» Er begann zu erzählen. Von seinem Leben als selbständiger Fuhrmann, seinen Fahrten bei Wind und Wetter, von den Städten und Ländern, die er schon gesehen hatte.

«Seid Ihr noch nie überfallen worden?»

«Doch, einmal. Dabei hatte ich doppeltes Pech. Zuerst hielt mir ein Kerl, der wohl auf der Flucht war, ein Messer an den Hals und verlangte mein Pferd. Damals hatte ich noch einen Einspänner. Da saß ich nun mit meiner Wagenladung, es begann zu dämmern, und niemand kam mir zur Hilfe. Dann, als es stockdunkel war, schlichen drei Gestalten heran, zogen mir eins über den Schädel und nahmen mit, was sie nur tragen konnten. Mein Pferd habe ich übrigens am nächsten Morgen ganz in der Nähe wieder gefunden – es war keinen Reiter gewohnt und hatte seine unangenehme Last einfach abgeworfen. Aber, wie gesagt, in den ganzen zehn Jahren, die ich schon herumkutschiere, ist mir so etwas nur ein einziges Mal vorgekommen, und das war kurz vor Köln. Ihr könnt also beruhigt sein, hier am Oberrhein ist die Straße sicher und zudem gut in Schuss. Dafür sorgen sowohl die Markgräfler als auch die Vorderösterreicher. Natürlich nicht umsonst – ich lasse hier jedes Mal Unsummen an Brücken- und Wegezoll zurück.»

«Was transportiert Ihr in der Regel?»

«Alles, was auf meinen Wagen passt. Den höchsten Gewinn bringen Gewürze, denn sie sind sehr wertvoll, beanspruchen aber nur wenig Platz, und ich kann noch andere Waren zuladen.»

Christoph hatte aufgehorcht. «Kennt Ihr den Gewürzhändler Stöckli aus Konstanz?»

«Ja, für den habe ich hin und wieder Ware transportiert. Aber inzwischen habe ich genug Auftraggeber am Hochrhein, da lohnt es sich nicht mehr, bis nach Konstanz zu fahren.»

«Ist er ein zuverlässiger Mann?»

Sommerer zuckte die Achseln. «Nun ja, Händler sind immer Schlitzohren, das gehört zum Beruf. Ich jedenfalls hatte nie Unstimmigkeiten mit ihm. Auch von anderen hab ich nichts Nachteiliges über ihn gehört.»

Catharina verteilte die verführerisch duftenden Pfannkuchen. «So stelle ich mir das Morgenland vor», sagte sie verträumt. «Ein Duft von Honig, Zimt und Muskat hängt in der Luft, sommers wie winters ist es warm, alles wächst und gedeiht. Allein schon der Klang der Namen: Damaskus, Kairo, Bagdad, Indien, Persien, China – und Leute wie Stöckli haben all diese Paradiese bereist.»

«Täuscht Euch da nicht», lachte Sommerer. «Die Länder und Orte, die Ihr da eben aufgezählt habt, werden nicht von kleinen Gewürzhändlern besucht, sondern von den Karawanen der großen Handelsgesellschaften, und besonders paradiesisch geht es bei den Mohren und Heiden auch nicht gerade zu. Stöckli ist allenfalls bis Venedig oder Marseille gekommen, wo die großen Märkte für Waren aus dem Orient stattfinden.»

«Wart Ihr schon einmal in Venedig?»

«Nein, und es zieht mich auch nicht dorthin, selbst wenn man von den italienischen Städten so Unglaubliches hört, wie beispielsweise, dass alle Straßen mit polierten Steinplatten gepflastert und die Brunnen aus weißem Marmor gehauen sind, dass Männer wie Frauen nach Rosenöl riechen und mit Gabeln, diesen zinkenbesetzten Dingern, essen. Die Welschen sind mir nicht recht geheuer, sie sind anders als wir. Außerdem verstehe ich kein Wort ihrer Sprachen.»

Sommerer wischte sich die honigverschmierten Finger an der Hose ab und nahm noch einen Schluck Wein.

«Wie weit kommen wir heute noch?», fragte Christoph.

«Ich denke, bis nach Bellingen, einem kleinen Badeort. Aber wenn wir das schaffen wollen, müssen wir jetzt aufbrechen – so angenehm es ist, mit Euch hier zu sitzen und zu plaudern.»

28

Sie erreichten Bellingen am frühen Abend, und da ein feiner, aber stetiger Landregen eingesetzt hatte, der Glieder und Kleidung klamm werden ließ, trieb Sommerer seine Braunen in Trab und hielt schließlich vor einem kleinen, abgewirtschaftet wirkenden Gasthof. Im Schutz des Vordaches an der Längsseite des Hauses drängten sich einige Pferde im Matsch, vier, fünf Karren standen dicht nebeneinander.

«Ich weiß ja, dass Ihr Wirtsleute seid», sagte der Fuhrunternehmer reichlich verlegen. «Umso unangenehmer ist es mir, Euch hierher zu führen. Ihr wisst vielleicht, dass es in Bellingen berühmte Heilquellen gibt, und dadurch sind die anständigen Gasthäuser völlig überteuert. Deshalb übernachte ich, wenn es das Wetter zulässt, normalerweise draußen, an einem hübschen, windgeschützten Rastplatz am Ortsrand. Aber bei diesem Regen –»

Er sah Catharina an. «Ich für meinen Teil bleibe hier, aber wenn Ihr wollt, führe ich Euch zu einem anderen Gasthof. Dort zahlt Ihr allerdings das Doppelte.»

Catharina winkte ab. «Für eine Nacht wird es schon gehen.»

Doch als sie die stickige, überfüllte Gaststube betraten, bereute Catharina ihren Entschluss. Dass sich so etwas Gasthaus nennen durfte! Ein kahler, von einigen Tranlampen spärlich erleuchteter Raum diente als Herberge für Männer und Frauen gleichzeitig, und in der Ecke gleich neben dem Eingang, nur durch einen hüfthohen Bretterverschlag abgetrennt, war das lebende Hab und Gut der Gäste angebunden: Zwei Schweine, einige Hühner und vier Ziegen standen auf einer urin- und kotgetränkten Strohschütte. Sicherlich hätte es bestialisch gestunken, wären die Ausdünstungen der Tiere und durchnässten Menschen nicht von dem beißenden Rauch einer Feuerstelle überdeckt worden, die sich an der gegenüberliegenden Wand befand und deren Abzug ganz offensichtlich verstopft war. Eine dicke Frau in speckigem Kittel und vor Schmutz starrenden Haaren schlurfte auf sie zu. Grußlos und in mürrischem Ton gab sie ihnen Anweisungen.

«Pferd und Wagen kosten extra. Hunde müssen draußen bleiben. Nasse Kleider und Schuhe gehören auf die Bänke am Feuer. Sichert Euch gleich einen Strohsack, sonst müsst Ihr auf dem blanken Boden schlafen. Bezahlt wird im Voraus.»

«Und was ist mit Abendessen?», fragte Christoph.

«Gibt's nach Sonnenuntergang», gab die Wirtin zurück und hielt die Hand auf.

Nachdem Sommerer und Christoph bezahlt hatten, zerrten sie aus einem rasch kleiner werdenden Stapel drei zerschlissene Strohsäcke hervor. Sie hatten die unbefriedigende Wahl, entweder mit tränenden Augen in der Nähe des qualmenden Feuers oder im Stallgeruch der gegenüberliegenden Seite zu schlafen. Der Fuhrunternehmer sah sich prüfend um.

«Mein Vorschlag: Wir legen uns an die Kaminseite unter das Fenster. Dort ist zwar jetzt noch die schlechteste Luft, aber das Feuer wird nach dem Abendessen ausgehen, und dann öffnen wir das Fenster. Immer noch besser als in der Nähe der Strohschütte, denn die wird erfahrungsgemäß im Lauf der Nacht noch mehr stinken.»

Während der Fuhrunternehmer noch einmal hinausging, um nach Wagen und Pferden zu sehen, bereiteten Catharina und Christoph die Schlafstatt vor. Sie mussten daumenlange Kakerlaken von den dreckverkrusteten Dielenbrettern verscheuchen, bevor sie ihre vom Sitzen steifen Glieder ausstrecken konnten. Immer mehr durchnässte Wanderer strömten herein. Die meisten von ihnen zogen sich ungeniert bis aufs Hemd aus und breiteten ihre Kleider rund um die Feuerstelle zum Trocknen aus. Die Feuchtigkeit im Raum ließ kaum noch Luft zum Atmen.

«Sind das Hübschlerinnen?», fragte Catharina und deutete auf drei aufgedonnerte Frauen, die kichernd die Stube betraten. Die jüngste von ihnen lächelte unverhohlen zu Christoph herüber.

«Ich denke schon», sagte Christoph und wandte ihnen den Rücken zu. «Wahrscheinlich hoffen sie auf einen guten Verdienst heute Nacht.»

Sommerer kehrte zurück, und kurz darauf trugen die Wirtin und eine Magd Holzgestelle in die Mitte des Raumes und legten lange Bretter darüber. Dann wischten sie mit zwei, drei Armbewegungen die feuchten Kleider von den Bänken. Einige Gäste murrten, als sie ihre Kleidung auf dem schmutzigen Boden liegen sahen. Endlich war die Tafel aufgebaut, und die Wirtin klatschte in die Hände. «Nachschlag gibt es nur einmal, Wein und Wasser, soviel Ihr wollt.»

«Ich rate Euch, dieses Angebot anzunehmen», grinste der Fuhrmann. «Je mehr Ihr trinkt, desto besser übersteht Ihr die Nacht und das miserable Essen.»

Die Leute kramten ihre Messer aus dem Gepäck und drängten sich hungrig an den Tisch. Catharina starrte auf ihren Napf mit der lauwarmen Hirsegrütze. Am Rand klebten noch Essensreste vom Vortag.

«Ich habe keinen Hunger», sagte sie und schob den Napf von sich.

«Dann nimm wenigstens etwas von dem Fleisch.» Christoph reichte ihr die Platte. «Es ist zwar zäh wie Leder, aber gut gewürzt.»

«Wahrscheinlich würde man sonst merken, wie angefault es

ist. Nein danke, ich halte mich lieber an den Wein, auch wenn er nach Essig schmeckt.»

Catharina schlief alles andere als ruhig. Sie war es nicht gewohnt, mit so vielen Menschen in einem Raum zu liegen, zudem machte ihr die schlechte Luft zu schaffen, denn die Wirtin hatte ihnen verboten, die Fenster zu öffnen, solange es regnete. Auch Christoph, der zwischen ihr und dem Fuhrmann lag, wälzte sich auf seinem Sack unruhig hin und her, sodass Sommerer ein Stück weit von ihm abrückte.

Inzwischen waren alle Lichter gelöscht, was manche nicht daran hinderte, im Dunkeln weiterzuzechen. Das erste Schnarchen war zu hören und mischte sich mit dem steten Platschen dicker Regentropfen in eine Blechschüssel. Dann setzte nur wenige Schritte weiter ein leises, rhythmisches Stöhnen ein, das bald darauf auch noch aus einer anderen Richtung zu hören war. Catharina wäre am liebsten nach draußen gegangen, um einen Spaziergang zu machen.

Endlich hörte der Regen auf. Sie stand auf und öffnete vorsichtig, um niemanden zu wecken, das Fenster. Kühle Nachtluft strömte herein und erfrischte sie. Der Himmel klarte langsam auf, und ein fast voller Mond schien in die Gaststube. Catharina wollte sich eben hinlegen, da stutzte sie: Die Gestalt, die sich von hinten an Christoph presste, war doch nicht Sommerer! Dann begann sich die Gestalt sachte zu bewegen, dabei rutschte die Decke zur Seite, und Catharina sah einen bleichen splitternackten Frauenkörper und eine Hand, die Christophs Geschlecht umfasste. Es war die jüngste der drei Dirnen. Als sich Christoph ihr mit einem leichten Grunzen entgegendrehte, griff Catharina kurzerhand in den Haarschopf der Frau und zog.

«Au! Hör auf, du Miststück!»

«Lass augenblicklich meinen Mann los und verschwinde, sonst reiß ich dir deine Haare einzeln aus», zischte Catharina wütend.

«Ruhe!», riefen Stimmen aus der Dunkelheit. «Tragt Eure Streitereien draußen aus.»

«Was ist denn los?», fragte Christoph erstaunt und tastete nach Catharinas Hand.

«Das fragst ausgerechnet du», antwortete Catharina böse. «Du warst doch kurz davor, diese Dirne zu … zu …» Das Mädchen war inzwischen im Schutz der Dunkelheit verschwunden.

«Ich schwöre dir, Cathi, ich habe geschlafen. Na ja, ein bisschen wach geworden bin ich eben schon, aber ich dachte, du seist es und –»

«Was und?»

Er nahm sie in den Arm und zog sie fest an sich. «Und ich habe mich gefreut.»

Sie spürte, wie sich seine Erregung auf sie übertrug, und wickelte sich umso fester in ihren Umhang.

«Bitte, Christoph, hör auf. Ich finde es schrecklich hier in dieser verlausten Bude, wo herumgehurt wird wie in einem Frauenhaus.»

«Dann lass uns rausgehen und uns ins nasse Gras legen.»

«Du spinnst.»

«Wenn jetzt nicht bald Ruhe ist, hole ich die Wirtin!», schimpfte eine Frau. Entnervt legte sich Christoph auf die Seite.

Als Catharina mit leichten Kopfschmerzen erwachte, dämmerte es, und die ersten Gäste machten sich bereits zum Aufbruch fertig. Strahlend, mit nassem Gesicht, stand Sommerer neben ihrer Schlafstatt.

«Es ist herrliches Wetter. Wenn wir gleich losfahren, schaffen wir es heute bis Laufenburg.»

«Kann man sich hier denn waschen?», fragte Catharina.

Er nickte. «Draußen an der Viehtränke.»

Die kalte Morgenluft ließ ihre Kopfschmerzen augenblicklich verschwinden. Sie drängte sich zwischen zwei ältere Frauen an die Tränke, holte tief Luft und klatschte sich dann mit vollen

Händen das eisige Wasser an Hals und Gesicht. Nachdem sie sich mit ihrem Sacktuch abgetrocknet hatte, hielt sie es noch einmal unter Wasser und lief in die Stube zurück. Genüsslich drückte sie das eiskalte Tuch auf Gesicht und Nacken des schlafenden Christoph.

«Hilfe!»

Mit einem Schrei richtete er sich auf und riss Catharina das Tuch aus der Hand.

«Die Rache für deine nächtlichen Gelüste –»

Sommerer, der die Szene beobachtet hatte, lachte. «Die Dirne hat Eurem Mann ja einen schönen Schlamassel beschert. Diese Weiber schrecken wirklich vor nichts zurück, nicht mal vor anwesenden Ehefrauen. Ich warte draußen am Wagen auf Euch, ein Morgenmahl gibt es hier nämlich nicht. Bis gleich.»

Auf Catharinas Bitten hin machte der Fuhrmann einen Abstecher an den kleinen Hafen. Träge glitzerte der mächtige Strom in der Morgensonne. An der Anlegestelle machte gerade ein Schiffszug aus vier lang gestreckten, mit bunten Fahnen geschmückten Transportschiffen fest. Catharina hatte noch nie Schiffe mit Aufbauten und Segeln oder Flöße in dieser Größe gesehen und wäre gern ausgestiegen, um diese fremde Welt der Schifffahrt genauer kennen zu lernen. Doch Sommerer drängte zur Weiterfahrt.

«Ihr werdet auf dieser Reise mehr als genug Wasser und Boote besichtigen können.»

Bis zum frühen Vormittag war vom nächtlichen Regen keine Pfütze mehr zu sehen, und die Sonne brannte heiß auf sie herunter. Sie ließen das Rheintal hinter sich, da Sommerer drei Ballen Leinen in Lörrach abzuliefern hatte. Dort, in einem Wäldchen unterhalb der Burg Rötteln, holten sie ihr Frühstück nach.

«Wir haben zwei Möglichkeiten zur Weiterfahrt», sagte Sommerer und nahm seinen Pferden den Hafersack ab. «Entweder nehmen wir den etwas längeren Weg südlich des Dinkelbergs nach Rheinfelden oder die Straße durch das Wiesental. Die ist zwar etwas bergiger und anstrengender für die Tiere, aber dafür schattiger. Ja, ich denke, wir fahren oben herum, früh genug dran sind wir, und der Wagen ist bereits halb leer.»

Dann bat er seine beiden Fahrgäste, für alle Fälle ihre Messer bereitzuhalten, da diese Strecke nicht ganz so sicher sei. Etwas beunruhigt rückte Catharina näher an Christoph. Wollte der Fuhrmann sie nur hochnehmen, oder lauerten jetzt tatsächlich Gefahren?

Ohne Zwischenfälle stießen sie kurz vor Säckingen auf den Hochrhein. Catharina konnte kaum glauben, dass dies derselbe Fluss sein sollte, dessen riesige Wasserfläche sie am Morgen bewundert hatte. Viel schmaler war er geworden, seine Trägheit hatte er verloren. Aus dem gekrümmten Lauf erhoben sich felsige Inseln und hier und da die Schaumkronen von Stromschnellen. Die Berge und Hügel des Hotzenwalds schoben sich so dicht ans Ufer, dass gerade noch Platz für die Landstraße und den Leinpfad blieb, auf dem kräftige Pferde und Ochsen ihre Schiffslast stromaufwärts zogen.

Sommerer trieb seine erschöpften Braunen an. Ohne Halt zu machen, fuhren sie an der Befestigung von Säckingen vorbei, denn die Sonne stand bereits tief.

«Wir haben zwar in Laufenburg einen sicheren Schlafplatz», wandte sich Sommerer nach hinten, «aber nach Einbruch der Nacht werden keine Wagen mehr in die Stadt gelassen.»

Gerade noch rechtzeitig erreichten sie die Tore der Habsburgerstadt. In einem Gässchen hinter der Pfarrkirche wohnte der Kaufmann, für den die restliche Fuhre bestimmt war und der Sommerer eine Schlafkammer zur Verfügung stellte. Als der Fuhrmann seine Begleiter vorstellte, ließ der dicke, gemütliche Mann unverzüglich zwei weitere Strohsäcke in die Kammer bringen.

«Es tut mir Leid, dass ich kein weiteres Bett mehr frei habe», entschuldigte er sich bei Catharina. Die lachte.

«Wenn Ihr wüsstet, was ich für eine Nacht hinter mir habe. Da erscheint mir der Strohsack in Eurer Kammer wie ein Fürstenbett.»

Christoph nahm die Einladung zum Abendessen freudig an, doch Catharina war von der langen Fahrt völlig erschöpft und zog sich zurück. Kaum hatte sie sich auf ihrem Lager ausgestreckt, fiel sie auch schon in einen tiefen, traumlosen Schlaf.

Am dritten Tag ihrer Reise wurde Catharina das ewige Sitzen auf dem rumpelnden Wagen zu viel.

«Am liebsten würde ich wieder zu Fuß gehen», sagte sie leise zu Christoph.

«Sag so was nicht», gab er zurück. «Wenn wir Pech haben und keinen Wagen nach Konstanz finden, müssen wir morgen den ganzen Tag marschieren.»

Hinter Waldshut verließen sie den Rhein und fuhren durch die fruchtbare Hügellandschaft des Klettgaus. Die Festung von Schaffhausen war schon in Sichtweite, als Sommerer sein Gefährt in einen schmalen Hohlweg lenkte, der bald auf ein kleines felsiges Plateau mündete.

«Euch zuliebe», wandte er sich lächelnd an Catharina, «mache ich einen Umweg. Ich will Euch etwas zeigen, das Ihr nie vergessen werdet. Steigt aus und schaut Euch den Rhein einmal von oben an.»

Neugierig traten Christoph und Catharina an den Rand des Felsrückens und sahen nur einen Steinwurf weit entfernt den Fluss zu ihren Füßen.

«Was ist denn das?»

Eine weiße Wand von der Breite einer kleinen Stadt versperrte das Flusstal. Erst auf den zweiten Blick erkannten sie, dass da ungeheure Wassermassen, die Gischt und Nebel versprühten, in die Tiefe stürzten. Sprachlos betrachtete Catharina das Schauspiel, lauschte dem dumpfen Grollen des Wasserfalls und spürte die Feuchtigkeit auf ihrer Haut.

Eine halbe Stunde später standen sie vor dem Rathaus von Schaffhausen. Der Abschied von Sommerer fiel ihnen schwer.

«Wenn ich wieder einmal nach Freiburg komme, besuche ich Euch», versprach der Fuhrmann und nahm Catharina und Christoph herzlich in den Arm. «Ihr wart die angenehmste Reisebegleitung seit langem. Gott sei mit Euch.»

«Gott sei mit Euch, Sommerer, und behüte Euch auf Euren Reisen.»

Die wenigen Meter zum Gasthaus hinauf, das Sommerer ihnen empfohlen hatte, gingen sie zu Fuß. Der schmale Fachwerkbau besaß eine gemütliche kleine Schankstube und zwei einfache, aber saubere Schlafsäle – der eine für Männer, der andere für Frauen.

«Schade», sagte Christoph. «Ich hatte mich schon daran gewöhnt, neben dir zu schlafen.»

Nachdem sie dem Wirt ihr Gepäck in Obhut gegeben hatten, kauften sie sich auf dem Marktplatz heiße Pfannkuchen und schlenderten zur Anlegestelle. Bis in die Abendstunden sahen sie dem geschäftigen Treiben der Bootsleute und Lastträger zu. Catharina war restlos glücklich.

«Und morgen sind wir am See! Ich kann es kaum erwarten.»

Am nächsten Tag weckte Christoph sie in aller Herrgottsfrühe. Wie Sommerer ihnen geraten hatte, begaben sie sich zur Rheinbrücke, über die die Landstraße nach Stein und Konstanz führte. Auf dem Weg dorthin kam ihnen ein Menschenstrom entgegen, an dessen Spitze, bewacht von schwer bewaffneten Bütteln, drei zerlumpte Gestalten stolperten. Bei ihrem Anblick fuhr Christoph der Schreck in die Glieder – wurden nun überall im Land Hexen und Zauberer verbrannt? Die Männer, alle drei in seinem Alter, waren an Fußknöcheln und Handgelenken anein-

346

ander gefesselt, ganz offensichtlich waren sie verwundet, denn ihre Kittel waren blutverschmiert, und einer von ihnen trug einen schmutzigen Verband am Kopf. Wütend bewarfen die Menschen am Straßenrand sie mit faulem Obst und Pferdeäpfeln.

«Hängt sie auf, diese Quacksalber», riefen sie. «Ans Rad mit ihnen!»

«Was wirft man den Männern vor?», fragte Christoph einen der Umstehenden.

«Diese Hundsfötte haben gestern auf dem Markt Gelbe Rüben für Alraunen verkauft. Dafür werden sie jetzt an den Galgen geknüpft.»

«Lass uns schnell weitergehen», flüsterte Catharina.

Gegen einen, wie Christoph fand, unverschämt hohen Preis fand sich ein Krämer bereit, sie mit nach Steckborn zu nehmen. Auf seinem Karren saß es sich alles andere als bequem, und die Sonne trieb ihnen den Schweiß auf die Stirn. Doch als linker Hand das Städtchen Stein auftauchte, erhob sich eine angenehm frische Brise. Schließlich hielten sie in Steckborn, und Catharina und Christoph kletterten vom Wagen.

«Sieh mal, Christoph, der Rhein wird immer breiter.»

Der Krämer beobachtete Catharina, und ein Anflug von einem Lächeln breitete sich über sein mürrisches Gesicht. «Dachte ich es mir doch, dass Ihr Fremde seid», sagte er und spuckte aus. «Was Ihr hier seht, ist der Untersee. Die Türme da drüben gehören zu den Klosterkirchen von Reichenau, einer großen Insel, der waldige Bergrücken dahinter ist der Bodanrück. Wartet ab, bis Ihr in Konstanz seid, dort fängt der See erst richtig an.»

Trotz der Hitze machten sie sich gleich auf den Weg.

Christoph genoss es, neben Catharina den schmalen Uferweg entlangzuwandern, vorbei an üppigen Gemüsegärten und fetten Viehweiden, an schilfbesetzten Buchten, in denen flache Holzkähne schaukelten, und Kiesstränden mit glasklarem Wasser. Als sie schließlich das Wasserschloss der Konstanzer Bischöfe erreichten, runzelte er die Stirn. Hier war der See eindeutig zu Ende, und vor ihnen erhoben sich die Türme und das Münster der österreichischen Garnisonstadt. Er war verwirrt.

«Führt dieser Weg in die Stadt?», fragte er einen Fischer, der im Schatten seiner Hütte Netze ausbesserte. Der nickte.

«Immer am Rhein entlang.»

Also waren sie wieder am Rhein angekommen. Christoph warf einen verstohlenen Seitenblick auf Catharina – ob sie wohl sehr enttäuscht vom Bodensee war? Sei's drum, es wartete ja noch eine Überraschung, eine Überraschung, mit der sie sicherlich nicht rechnete. Unwillkürlich lächelte er und beschleunigte den Schritt.

«Nun renn doch nicht so», schalt Catharina. «Und das bei dieser Hitze.» Dann blieb sie stehen.

«Sieh mal, dort, hinter der Brücke. Siehst du die Masten und Segel? Da ist ja noch ein See!»

Sie rannten los, bis sie das steinerne Geländer der Rheinbrücke erreicht hatten. Christoph traute seinen Augen nicht: Eine silbrig glitzernde Wasserfläche von unvorstellbarer Weite. Vor sich konnte er zwar noch schemenhaft eine Hügelkette ausmachen, doch wenn man nach rechts sah, dehnte sich der See in die Unendlichkeit, verschmolz mit dem dunstigen Sommerhimmel. So gewaltig hatte er sich den See nicht vorgestellt. Er sah hinüber zum Hafen, einem Gewirr von Masten und Segeln, von Tauen und bunten Wimpeln, und inmitten der hin und her schaukelnden Takelage Schwärme von kreischenden Möwen. Da spürte er Catharinas Arm um seine Hüften, ihren erhitzten Körper, der sich an seine Seite schmiegte.

«Danke, Christoph.»

Er sah sie an, sah die Strähnen, die sich aus ihrem hochgesteckten Haar gelöst hatten, ihre vom Laufen immer noch geröteten Wangen und die tiefschwarzen, mit Tränen gefüllten Augen. Gütiger Gott im Himmel, wie sehr er diese Frau doch liebte!

«Weißt du, was ich jetzt möchte?», sagte Catharina nach einer Weile. «Dort drüben auf der anderen Seite des Rheins, wo es so grün ist, am Seeufer sitzen und aufs Wasser schauen. Mir ist jetzt nicht nach den engen Gassen und dem Lärm einer Stadt.»

«Gut, wenn du meinst. Aber hast du noch keinen Hunger?»

«Wie sollte ich in so einem Moment Hunger haben? Komm.»

Sie überquerten die Brücke und schlenderten an einfachen Häuschen und Fischerhütten vorbei, bis der Weg endete und nur noch ein schmaler Trampelpfad durch schilfiges Gelände führte. Schließlich erreichten sie eine einsame Bucht mit einer kleinen Wiese und einem Erlengehölz, das seine langen Schatten auf den kiesbedeckten Strand warf. Catharina, die schon den ganzen Weg über die Schuhe in der Hand getragen hatte, warf sie nun mitsamt ihrem Beutel auf die Wiese und watete mit gerafftem Rock durch das flache Wasser auf einen umgestürzten Baumstamm zu.

«Das tut gut!» Sie war auf den Stamm geklettert und ließ die Füße ins kühle Wasser hängen, während die Sonne ihr den Rücken wärmte. Im Licht des späten Nachmittags hatte der See eine tiefblaue Farbe.

«Was meinst du, Christoph, wie unendlich weit weg mag das Ufer dort sein, wenn man es nicht sehen kann.»

«Wenn du genau hinschaust, kannst du Berge erkennen. Ich sehe sogar Schneefelder.»

Während sie angestrengt über das Wasser starrte, zog Christoph sich blitzschnell aus.

«Und jetzt gehe ich baden» rief er, stürzte sich bäuchlings ins Wasser und spritzte und tobte wie ein kleiner Junge.

«Cathi, komm, es ist herrlich!»

«Um Himmels willen, ich kann nicht schwimmen, und außerdem tun die Steine meinen armen Füßen weh.»

Er richtete sich auf. «Schau her, hier kannst du stehen. Und der Boden ist aus feinstem Sand.»

Sie zögerte, dann streifte sie ihre Kleidung bis aufs Hemd ab. Mit vorsichtigen Schritten tastete sie sich über die Kiesel auf Christoph zu, der sie übermütig nass spritzte.

«Na warte», rief sie und stürzte auf ihn zu. Sie packte Christophs Knie und versuchte, ihn umzuwerfen. Dabei fielen sie beide der Länge nach ins Wasser. Prustend kam Catharina wieder hoch. Ihre runden Brüste zeichneten sich unter dem nassen Hemd ab, auf ihren Armen und Schultern glitzerten die Wassertropfen in der Sonne wie Diamanten. Christoph betrachtete sie ungläubig. Er holte tief Luft und ließ sich rücklings ins Wasser fallen.

«Christoph, wo bist du?»

Hinter ihrem Rücken tauchte er auf und umarmte sie.

«Du wirst mich nie wieder los», flüsterte er ihr ins Ohr. Er spürte, wie ihre Abwehr in sich zusammenfiel wie eine brüchige Mauer, und sie küsste ihn mit einer Leidenschaft, die er niemals erwartet hätte. Er führte sie ans Ufer, ins weiche Gras, und zog sie an sich. Zitterte sie?

«Wenn du wüsstest», sagte er leise, «wie viel Angst ich davor habe, alles falsch zu machen. Außer mit Sofie war ich nie mit einer Frau zusammen.»

«Vergiss nicht die Magd aus Lehen.» Catharina legte ihm die Hand über die Augen. «Weißt du, was ich möchte? Dass du die Augen schließt und mich nicht anschaust. Versprichst du das?»

«Ich mache alles, was du willst.»

Während seine Hand jeden Zoll ihres Körpers ertastete, nahm er wahr, wie sie weich und anschmiegsam wurde und erst langsam, dann immer forscher seine Zärtlichkeiten erwiderte. Aus dem Erlenbruch drang der herbe Duft von Bärlauch, ein Kuckuck begann zu rufen. Das Rauschen der Blätter im Wind über ihnen, das sanfte Hin und Her des Sees zu ihren Füßen, die

350

Bewegungen ihrer feuchten Leiber: Es wurde alles eins, kein Oben und Unten, kein Innen und Außen gab es mehr, nur noch ein Gefühl von Wärme und Nähe, das sich steigerte und wie eine Feuersbrunst von ihm Besitz ergriff. Er hätte nicht sagen können, wem sich der lang gestreckte Seufzer entrang, der sich mit dem Ruf des Kuckucks mischte.

Langsam lösten sie sich voneinander. Der See lag so ruhig und gelassen da wie zuvor, der Kuckuck war längst verstummt. Catharina betrachtete Christophs Brust, die sich immer noch unter schnellen Atemzügen hob und senkte. Erstaunt fragte sie sich, wieso sie davor, was eben geschehen war, jemals hatte Angst haben können. Wie ein glühender Feuerball hatte sich ihr Innerstes zusammengezogen, und auch jetzt noch verspürte sie das heftige Pochen, das nur langsam verebben wollte.

Ihre Hände ineinander verschränkt, lagen sie lange Zeit schweigend in der Abendsonne. Wie leicht schien auf einmal das Leben, wie gering die Zwänge und Widrigkeiten der vergangenen Jahre. Sie richtete sich auf und strich Christoph das verschwitzte Haar aus der Stirn.

«Jetzt ist alles gut. Es ist, als wären wir niemals getrennt gewesen.»

Christoph lächelte beinahe schmerzvoll.

«Wie konnte ich nur so lange warten. Was auch immer geschieht – ich will dich nie wieder verlassen.»

Als von einem nahen Kirchturm das Sechs-Uhr-Läuten zu hören war, stand er auf. «Wir müssen los!»

«Willst du denn heute Abend noch zu diesem Gewürzhändler?»

«Nein, das hat Zeit.» Er betrachtete sie liebevoll. «Aber wir müssen noch ein Nachtquartier finden, das schönste, das es in Konstanz gibt.»

Als sie die Stadt erreichten, wunderte sich Catharina, wie zielstrebig Christoph auf das alles überragende Münster zusteuerte und sich dann zum Obermarkt durchfragte. Vor einem stattlichen Haus blieb er stehen.

«Hier muss es sein», murmelte er und schlug den schweren, mit einem Löwenkopf besetzten Eisenring an die Tür.

«Das sieht nicht eben nach einer Herberge aus», sagte Catharina, doch bevor sie sich weitere Gedanken machen konnte, öffnete sich die Tür, und vor ihnen stand – Lene.

29

Catharina war wie versteinert, als ihr bewusst wurde, wohin Christoph sie geführt hatte. Neugierig, wie ihr wart, kamt ihr gleich zur Tür gelaufen, und Catharina stand da, kreidebleich, stumm, und konnte den Blick nicht von dir abwenden. Seit deiner Geburt hatte sie dich nie wieder gesehen. Vielleicht kannst du sie verstehen, jetzt, wo du so vieles erfahren hast: Sie wollte dich nicht sehen, nicht, weil sie dich als ihr Kind nicht geliebt hätte, sondern eben, weil sie dich liebte. So sehr, Marthe-Marie, dass sie auf alles, was die Gefühle einer Mutter ausmacht, verzichtet hatte. Denn du solltest nicht bei Ordensfrauen oder im Findelhaus aufwachsen, sondern bei richtigen Eltern, in einer richtigen Familie. Und das wollte sie nicht zerstören.

Bis tief in die Nacht saßen wir zusammen, so viel hatten wir uns zu erzählen. Leider war dein Vater, der Catharina brennend gern kennen gelernt hätte, für ein paar Tage unterwegs, und auch dein Bruder war nicht da. Matthias hatte damals ja gerade mit seiner Soldatenlaufbahn begonnen, und das kaiserliche Heer hatte ihn nach Innsbruck versetzt.

Wie genau kannst du dich an jenen Abend noch erinnern? Du warst ja damals schon fünfzehn, und du und deine kleine Schwes-

ter, ihr hattet Catharina von Anfang an ins Herz geschlossen. Weder mit Zureden noch mit Drohungen wart ihr ins Bett zu bekommen. Irgendwann hast du gefragt, ob Catharina mit deinem Onkel verheiratet sei, und als Cathi mit dem Kopf schüttelte, sagtest du: «Dann dürft ihr auch nicht unter einer Decke schlafen.»

Ich werde nie vergessen, wie Catharina vor Verlegenheit errötete und dich dabei anschaute. So viel Liebe war in ihrem Blick. Und als du dich neben sie auf die Bank setztest, den Kopf an ihre Schulter legtest und schließlich einschliefst, da erstrahlte in ihrem Gesicht eine Ruhe und ein Glück, wie ich es noch nie gesehen habe.

Catharina konnte es nicht fassen. Der ganze Abend erschien ihr wie ein Traum. Sie hatte es sofort gesehen: Mit ihren schwarzen Haaren, den dunklen Augen und den feinen Gesichtszügen glich Marthe-Marie Catharinas Mutter, wie ihr Vater sie einst gemalt hatte. Dagegen war Franziska, die Jüngste, ein Abbild von Lene in jungen Jahren. Der vierzehnjährige Ferdinand schien nach seinem Vater zu kommen. Auch er hatte schwarze Haare, dabei jedoch helle Augen. Er wirkte schüchtern, während die beiden Mädchen die Gäste neugierig beobachteten und mit Fragen überschütteten. Als Marthe-Marie an ihrer Schulter einschlief, war Catharina selig.

Sie bemerkte Lenes Blicke und lächelte. Lene schien verändert und doch dieselbe. Sie war unzweifelhaft älter geworden. Ihre mädchenhafte Schönheit, die den Burschen im Dorf den Kopf verdreht hatte, war einer reifen, mütterlichen Weiblichkeit gewichen. Auch wirkte sie gelassener, doch das, was Catharina an ihrer Freundin immer am meisten geschätzt hatte, war geblieben: ihre Wärme und ihr offenes Wesen.

«Ja, Cathi, schau mich nur an. Ich bin ein altes Weib geworden, da beißt die Maus keinen Faden ab. Aber ich sage euch, das hat auch Vorteile. Die Leute begegnen einem respektvoller, und der eigene Mann lässt einen nachts ein bisschen mehr in Ruhe.»

«Wo wir schon bei diesem Thema sind –» Christoph räusperte sich. «Es ist mir egal, wo wir uns schlafen legen, aber ich beantrage einen Schlafplatz mit Cathi zusammen, auch wenn deine Marthe-Marie Einspruch erhebt.»

«Dann habt Ihr Euch also endlich gefunden.» Lene lachte. «Wurde ja höchste Zeit. Doch um ehrlich zu sein, lieber Bruder, hättest du dir deinen Antrag eben sparen können, schließlich habe ich Augen im Kopf. Sag mal, hast du nicht morgen früh etwas in der Stadt zu erledigen?»

«Ja, wieso?»

«Gut, dann geh ohne Cathi und lass sie bei mir. Ich möchte mich nämlich in Ruhe mit ihr unterhalten. Und nimm doch die Kinder auch gleich mit, schließlich kennst du dich in Konstanz nicht aus.»

In dieser Nacht war Catharina zerrissen zwischen dem Bedürfnis, Christoph über ihre Tochter aufzuklären, und dem Begehren, mit ihm zu schlafen. Ihre Lust aufeinander siegte und ließ sie kaum Schlaf finden. Bleich und übermüdet machte sich Christoph am nächsten Morgen mit den Kindern auf den Weg zum Kontor des Gewürzhändlers Stöckli, um anschließend am Hafen einen Kahn ausfindig zu machen, der sie rheinabwärts mitnehmen würde.

Als die beiden Frauen allein beim Morgenmahl saßen, sprachen sie zum ersten Mal offen über Marthe-Marie. Catharina erfuhr, dass es auch für Lene nicht immer leicht gewesen war, vor dem Mädchen ihre Herkunft zu verschweigen, und wie schwer es Raimund im ersten Jahr fiel, Marthe-Marie an Kindes statt anzunehmen.

«Aber dann wurde er ihr ein großartiger Vater. Ich habe manchmal den Eindruck, er hat längst vergessen, dass sie nicht seine Tochter ist. Wenn seine Freunde sagen, wie hübsch Marthe-Marie sei und dass sie mit ihren schwarzen Haaren ganz nach ihm komme, dann schwillt er förmlich an vor Vaterstolz.»

In allen Einzelheiten beantwortete sie Catharinas Fragen, erzählte, wie gut sich die beiden Mädchen verstanden und wie blitzgescheit Marthe-Marie sei – sie könne jetzt schon besser schreiben und lesen als die Erwachsenen. Catharina merkte, wie sie nach und nach akzeptieren konnte, dass Marthe-Marie Teil dieser Familie war.

«Du wirst sie sicher wieder sehen wollen, jetzt, wo ihr euch kennen gelernt habt.»

Catharina nickte.

«Möchtest du, dass Marthe-Marie die Wahrheit erfährt?»

«Nein.» Catharinas Antwort kam ohne Zögern. «Sie ist glücklich bei euch. Es mag seltsam klingen, aber ich trage sie jetzt in meinem Herzen als meine Tochter, und doch kann ich sie bei dir lassen. Denn du bist ihre Mutter.»

In diesem Moment brachte Gritli, Lenes Hausmädchen, einen Krug eiskalten Biers herein, und Lene nutzte die Unterbrechung, um ihre Unterhaltung in eine andere Richtung zu lenken.

«Warum ziehst du nicht nach Villingen? Du musst dich ja nicht gleich in Carls Gasthof breit machen, wenn er, wie Christoph mir geschrieben hat, in eine Heirat nicht einwilligt. Aber ihr könntet ein kleines Häuschen anmieten und euch treffen, wann immer ihr wollt. Glaub mir, Christoph meint es ernst mit dir, fürchterlich ernst.»

«Dasselbe hat mir Christoph letzte Nacht auch vorgeschlagen.»

«Und? Hast du dich entschieden?»

«Wenn ich an den nächsten Winter denke, klingt es verlockend, aber es geht nicht. Ich möchte mit Christoph zusammenleben, ohne mich verstecken zu müssen. Ich will klare Verhältnisse, und solange die nicht gegeben sind, möchte ich meine neue Unabhängigkeit nicht aufgeben.»

Sie versuchte, Lene begreiflich zu machen, wie wohl sie sich in ihrem neuen Haus fühlte, mit ihren beiden Frauen, mit Anselm, ja selbst mit ihrer täglichen Arbeit im Sudhaus.

«Mein Gott, Cathi, wie sehr musst du in deiner Ehe gelitten haben. Und wie ich dich kenne, hast du dich in deinen Briefen, was Michael Bantzer betrifft, noch sehr zurückgehalten.»

Als sie Genaueres über diese Zeit wissen wollte, merkte Catharina, wie schwer es ihr immer noch fiel, über bestimmte Dinge zu sprechen. Doch es tat auch gut, mancher Knoten in ihrem Innersten löste sich bei diesem Gespräch. Sie schaute Lene nachdenklich an.

«Bist du mit Raimund glücklich? Ich könnte auch anders fragen: Wie sieht der Alltag in einer normalen Ehe aus?»

«Ein bisschen langweilig vielleicht.» Lenes Antwort kam ohne Zögern, und sie musste lachen, als sie Catharinas verblüfftes Gesicht sah. «Weißt du, wenn ich deine Lebensgeschichte so höre, bin ich ganz froh drum, dass bei uns alles in geruhsamem Trott läuft, ohne Aufregung, ohne böse Worte. Ich muss zugeben, im Augenblick bin ich ein bisschen neidisch, wenn ich dich und Christoph so beobachte, denn bei uns war es mit Kitzel und Herzklopfen bald vorbei. Aber dafür ist Raimund nicht ein einziges Mal gewalttätig geworden und hat in all den Jahren nie die Achtung vor mir verloren. Und das, finde ich, ist schon ein großes Glück. Mein zweites großes Glück sind die Kinder.»

Sie schenkte die Steinkrüge randvoll.

Catharina nahm einen kräftigen Schluck. «Und wie verläuft bei euch die Ehe nachts?»

«O Cathi, du bist noch ganz die Alte, immer so verschämt! Also, um es klipp und klar zu sagen: In den ersten Jahren hat mein lieber Raimund jeden Rock gevögelt, der jünger als sechzig war und nicht wie eine Vogelscheuche aussah. Zuerst habe ich davon gar nichts mitbekommen, weil er mir in dieser Hinsicht nie Grund zur Klage gegeben hat – er ist nämlich wirklich ein guter Liebhaber. Doch als mir dann eines dieser missgünstigen Klatschweiber zugesteckt hat, was hinter meinem Rücken lief, war ich so wütend, dass ich mit einem Pfannenstiel auf ihn losgegangen bin. Da hat er dann Besserung gelobt, aber leider nicht eingehalten.»

«Was hast du dann gemacht?»

«Was sollte ich schon machen? Ich hab halt auch nichts anbrennen lassen, schließlich war ich noch jung. Aber spätestens als Ferdi auf der Welt war, hatte ich die Lust daran verloren, mich mit irgendwelchen hübschen Burschen in geheimen Verstecken herumzudrücken. Und inzwischen hat sich Raimund wohl auch die Hörner abgestoßen, denn er genießt nichts mehr, als mit mir und den Kindern am Ofen oder hinten im Garten zu sitzen und einen guten Meersburger zu trinken. Nein, es ist schon gut so, wie wir leben. Nur das ständige Umziehen macht mir zu schaffen. Und Christoph und du – ihr seid so weit weg!»

Sie stand auf und nahm Catharina in den Arm.

«Ich glaube fast, ich komme zu früh.» Christoph trat ein.

Er ließ sich neben Catharina auf die Bank sinken und trank ihren Krug in einem Zug leer.

«Es ist alles abgemacht. Wir haben eine Passage auf einem kleinen Lastkahn bis Schaffhausen, übermorgen früh um sieben.»

«Sehr gut.» Catharina küsste ihn auf die Wange. «Und was ist mit diesem Gewürzhändler?»

«Stöckli beliefert uns, und zwar, nachdem ich eine Stunde mit ihm gekämpft habe, zu meinen Konditionen. In einem Punkt allerdings hat er keine Zugeständnisse gemacht: Er liefert nicht bis nach Villingen, sondern nur nach Freiburg. Da war ich leider gezwungen, ihm das Haus zur guten Stund als Adresse anzugeben.»

Die Zeit in Konstanz verging viel zu rasch. Catharina beschloss, Christoph erst auf dem Rückweg von Marthe-Marie zu erzählen, wenn sie wieder allein waren. Sie wollte auf keinen Fall, dass das Mädchen etwas bemerkte.

Als sie zu früher Morgenstunde mit Lene und den Kindern an der Anlegestelle warteten, bis die Ladung auf ihrem Kahn verstaut war, setzte leichter Regen ein. Die Oberfläche des Sees verschwamm im Dunst zu einem schmutzigen Grau, das nur von den schwarzweißen Farbtupfern der Möwen unterbrochen wurde.

«Das richtige Wetter zum Abschiednehmen», sagte Lene und wischte sich die Regentropfen aus dem Gesicht. Oder waren es Tränen? Catharina brachte kein Wort heraus, als der Bootsmann die Taue löste und sie drängte, endlich einzusteigen. Als der Kahn unter den steinernen Bogen der Rheinbrücke glitt, sah sie noch, wie Marthe-Marie den Arm hob und heftig winkte, dann verschwand sie aus ihrem Blickfeld. Bald war die Silhouette der stolzen Bischofsstadt nicht mehr zu sehen, und Catharina ließ ihren Tränen freien Lauf.

Christoph nahm ihre Hand.

«Was ist mit dir? Du bist anders, seit du den Fuß über Lenes Türschwelle gesetzt hast. Ganz anders als sonst.»

«Marthe-Marie ist meine Tochter.»

Christoph starrte sie an. Sie berichtete in wenigen Worten von ihrer Ehe, vom ständigen Kampf gegen die Gefühle für Christoph und ihrem unerfüllten Wunsch nach Kindern, von ihrem Verhältnis zu Benedikt und dessen Bedeutung für sie damals, und wie sie es nicht übers Herz gebracht hatte, das Ungeborene zu töten. Christoph hörte ihr schweigend zu, und als sie geendet hatte, zog er sie heftig an sich, ohne etwas zu sagen. Sie spürte, wie er zitterte. Fast hatte sie das Gefühl, ihn trösten zu müssen.

«Es ist gut so, Christoph. Jetzt ist alles gut.»

Sie saßen dicht gedrängt mit drei anderen Reisenden unter einem schmalen Vordach, das mehr schlecht als recht den Regen abhielt. Es ging eine stetige Brise von Osten, die das Wasser zu kleinen Schaumkronen aufwühlte und sie zügig durch den Untersee trieb. Diesmal war das Nordufer des Sees nicht zu sehen, und Catharina hatte das Gefühl, am Rande eines unendlichen Meers zu segeln. Das ständige Schwanken des Kahns verursachte ihr Übelkeit, Feuchtigkeit und Kälte krochen ihr in die Glieder. Sie presste sich noch enger an Christoph.

Kurz hinter Stein, wo das Segel eingeholt wurde, riss der Himmel auf, und die Sonne brachte die feuchten Planen, die die Waren schützten, zum Dampfen. Das heftige Schaukeln hatte aufgehört, in einem sanften Auf und Ab ließ sich der Kahn von der Strömung des Rheins mitführen. Weinberge, Wälder und Viehweiden glitten an ihnen vorüber wie Bilderbögen. Das Leben kann schön sein, dachte sie und sah Christoph an. Als er ihren Blick aus seinen tiefblauen Augen erwiderte, gestand sie sich endlich ein, wie unendlich sie diesen Mann liebte.

Acht Tage waren sie unterwegs gewesen, als sie auf dem letzten Stück ihrer Strecke Zeugen eines Ereignisses wurden, das einen hässlichen Schatten auf ihre Reise warf. Nachdem sie in glühender Mittagshitze zu Fuß die Südflanke des Kaiserstuhls erreicht hatten, hielt ein Kaufmann mit seinem Pferdekarren und überließ ihnen die leere Ladefläche. Da tauchte wie aus dem Nichts eine Gruppe von sieben oder acht dunkelhäutigen Kindern auf, barfuß und in Lumpen gehüllt, die Mädchen mit bunten Kopftüchern. Keines von ihnen war älter als zehn Jahre. Bettelnd liefen sie neben dem Wagen her und streckten ihnen ihre schmutzigen Hände entgegen.

«Zigeunerpack», rief der Kaufmann und schlug nach dem Erstbesten mit der Peitsche. Nicht einen Moment lang hatte Catharina Angst gehabt vor dieser armseligen Horde. Umso furchtbarer traf sie das Entsetzen bei dem, was in den nächsten Minuten geschah. Ein schlaksiger Junge, offensichtlich der Anführer, hängte sich in die Zügel und versuchte das Pferd zum

Stehen zu bringen. Bedächtig, ohne jede Gefühlsregung, zog der Kaufmann unter einer Wolldecke eine schwere Streitaxt hervor und schleuderte sie gegen die Brust des Jungen. Erschrocken bäumte sich das Pferd auf. Mit einem Ausdruck tiefsten Erstaunens auf seinem kindlichen Gesicht sah der Junge Catharina an, dann sackte er auf die Knie und kippte hintenüber. Die Axt steckte bis zum Schaft in seinem gespaltenen Brustkorb.

Mit Peitschenhieben trieb der Kaufmann sein Pferd in scharfen Galopp, sodass der Karren in den Kurven gefährlich schwankte. Catharina klammerte sich am Wagenrand fest. Als das Pferd endlich wieder in Schritt fiel, bat sie den Kaufmann anzuhalten.

«Ich bleibe keinen Augenblick länger auf diesem Karren», flüsterte sie Christoph zu.

«Ist Euch nicht gut?», fragte der Kaufmann, als Catharina mit weichen Knien vom Wagen kletterte. «Zugegeben, das war kein schöner Anblick. Aber diese Zigeuner sind wie Ungeziefer, je weniger es davon auf der Welt gibt, desto besser.»

Christoph, der inzwischen auch abgestiegen war, sagte so ruhig es ihm möglich war: «Ihr seid ein Mörder, und dafür gehört Ihr aufgehängt.»

«Ihr könnt mich doch kreuzweise!», fluchte der Kaufmann und fuhr in einer Staubwolke davon.

Bedrückt gingen sie den restlichen Weg zu Fuß weiter. Als sie an einem Bildstock mit der Muttergottes vorbeikamen, kniete Catharina nieder und betete für den Zigeunerjungen. Christoph tat es ihr gleich.

Am späten Nachmittag erreichten sie Lehen und schlugen, ohne sich abzusprechen, den Weg zum Kirchhof von St. Cyriak ein. Einige Male schon waren sie gemeinsam an Marthes Grabstein gestanden, doch so schwermütig wie heute war Catharina noch nie zumute gewesen.

Ohne Eile kehrten sie danach nach Freiburg zurück. Als sie in die Schiffsgasse einbogen, seufzte Catharina.

«Wir sind wieder zu Hause – ich zumindest.»

Dann stutzte sie. Die Tür, die ins Sudhaus führte, war mit zwei dicken Brettern zugenagelt und mit dem Siegel der städtischen Büttel versehen.

«Was hat das zu bedeuten?»

Hastig öffnete sie die Haustür und eilte die Treppe hinauf. Oben hörte sie Elsbeths Stimme rufen: «Sie sind da! Dem Himmel sei Dank, sie sind wieder heil zurück!»

Sie und Barbara stürzten aus der Küche. Freudig begrüßten sie die Heimkehrer. Dann trat Barbara einen Schritt zurück.

«Ihr habt es sicher schon gesehen. Diese Hundsfötte von Stadtknechten haben gestern das Sudhaus geschlossen. Eure Lizenz zum Brauen ist bis auf weiteres zurückgezogen.»

«Wieso das denn?»

«Ein Bürger der Stadt hat Euch angezeigt mit der Begründung, die Lizenz sei unrechtmäßig erworben. Wer dieser Bürger ist, wollte uns niemand verraten.»

«Cathi, Liebes, wach auf. Ich muss los.»

«Nein, noch nicht!» Im Halbschlaf schlang Catharina ihre Arme um Christophs Nacken und zog ihn an sich. Christoph küsste sie, dann machte er sich vorsichtig los.

«Ich habe ein Abschiedsgeschenk für dich, mach doch mal die Augen auf!»

Catharina blinzelte. Die Morgensonne schickte durch die Kammer ihre glitzernden Strahlen. Christoph legte ihr etwas in den Schoß: ein nagelneuer kleiner Wasserschlauch aus weichem, hellbraunem Schweinsleder, in dessen Oberfläche winzige Ornamente eingeätzt waren.

«Wie hübsch der ist», rief Carharina.

Christoph nickte. «Und jetzt mach die Augen zu.»

Catharina schloss die Augen und hörte ein leises Gluckern.

«Stell dir vor, wir liegen wieder am Ufer des Bodensees zusammen im Gras, der Wind rauscht in den Zweigen, der Kuckuck ruft, und das Wasser des Sees plätschert leise vor sich hin.»

«Du hast Seewasser in den Schlauch gefüllt, nicht wahr? Und dann hast du den schweren Schlauch die ganze Zeit durch die Sommerhitze mitgeschleppt!»

«So schwer ist er nun auch nicht», lachte Christoph. Dann wurde er ernst.

«Ich verspreche dir jetzt etwas: Noch bevor das Wasser in diesem Schlauch verdunstet ist, werden wir beide als Mann und Frau zusammenleben.»

Nachdem sich Christoph schweren Herzens wieder auf den Weg nach Villingen gemacht hatte, ging Catharina ins Schneckenwirtshaus, um Berthold und Mechtild von der Schließung ihres Sudhauses zu berichten. Eine Mischung aus Ratlosigkeit und Verwirrung ergriff sie. Nicht nur das Wiedersehen mit ihrer Tochter und der Abschied von Christoph nach acht Tagen innigen Zusammenseins hatte sie mitgenommen – immer wieder drängte sich die grausige Szene von der Hinrichtung des Zigeunerjungen in ihr Gedächtnis. Und jetzt auch noch diese Geschichte mit der Braulizenz.

«Wem könnte daran gelegen sein, dass ich kein Bier mehr brauen darf? Ich mit meinen geringen Mengen mache doch niemandem den Absatz streitig.»

«Irgendwer will dir Böses», sagte Berthold und las das amtliche Schreiben noch einmal aufmerksam durch.

«Es wird dir also vorgeworfen, Bier zu brauen und zu verkaufen, ohne dass du deine Kenntnisse auf vorgeschriebene Weise erworben hast, nämlich bei einem Braumeister oder in einjähriger Lehrzeit bei einem Wirt, der im Besitz einer ordentlichen Lizenz ist. So. Und unterschrieben ist das Ganze von einem gewissen Secretarius Waldvogel.»

Er sah Catharina an. «Weißt du, was wir versuchen können? Du gehst dich bei diesem Secretarius beschweren, dass du als unbescholtene Frau von einem Bürger verleumdet worden seist, denn du hättest jahrelang im Wirtshaus ‹Zur Schnecke› gearbeitet und dabei das Bierbrauen erlernt. Sei möglichst forsch, denn Angriff ist die beste Verteidigung. Der Secretarius soll mich ruhig vorladen, ich werde ihm dann dasselbe erzählen. Wir können nur hoffen, dass niemand etwas Schriftliches verlangt. Zum Glück können unsere Angestellten nicht aussagen, denn von ihnen hat damals noch keiner hier gearbeitet.»

«Du willst sagen, dass du mir zuliebe lügen würdest?»

Berthold lachte.

«Das ist doch nicht gelogen! Schließlich war ich es doch, der dir das Brauen beigebracht hat – wenn auch erst vor kurzem. Geh gleich los, du hast keine Zeit zu verlieren.»

Eilig lief Catharina in die Ratskanzlei am Franziskanerplatz. Der alte Ratsdiener, den Catharina noch aus Bantzers Magistratszeiten kannte, führte sie in die Stube von Secretarius Waldvogel. Der Schreiber stand an seinem Pult und kritzelte mit einem Federkiel Blatt um Blatt voll, bis er endlich aufsah. Catharina hielt ihm sein Schreiben vor die Nase.

«Lieber Secretarius», sagte sie freundlich, doch mit energischem Unterton. «Ich bin Catharina Stadellmenin. Gestern habe ich mein Sudhaus im Haus zur guten Stund verschlossen und versiegelt vorgefunden und von meiner Magd dieses Schreiben erhalten. Könnt Ihr mir sagen, wer solche Lüge über mich in die Welt gesetzt hat? Selbstverständlich habe ich das Bierbrauen rechtmäßig erlernt, und zwar beim Schneckenwirt. Ihr könnt –»

«Seid Ihr nicht Michael Bantzers Witwe?», unterbrach sie der Schreiber und sah sie über den Rand seiner Brille prüfend an.

Als Catharina nickte, fuhr er wohlwollend fort: «Ihr könnt Euch sicher nicht erinnern, aber ich war einmal bei Euch zu Gast, als Euer verstorbener Mann – Gott hab ihn selig – in den

Magistrat gewählt wurde. Ein ebenso vergnügliches wie vorzügliches Mahl war das! Dass ich nicht selbst darauf gekommen bin, dass Ihr das seid! Aber wie ich sehe, wohnt Ihr jetzt in einem anderen Haus.»

«Ganz recht. Und dort hab ich die Arbeit wieder aufgenommen, die ich vor meiner Heirat im Schneckenwirtshaus erlernt habe, nämlich das Bierbrauen. Braucht Ihr hierüber schriftliche Zeugnisse?»

«Nein, nein, Bantzerin, nicht nötig. Ich denke, das geht jetzt alles in Ordnung. Da ist wohl einer unserer Bürger ein bisschen übereifrig gewesen.»

«Darf ich wissen, wer dieser Bürger ist?»

«Das zu sagen ist mir leider nicht erlaubt.»

Catharina war enttäuscht.

«Könnt Ihr mir wenigstens sagen, was dieser Mensch mir im Einzelnen vorgeworfen hat?»

«Ja, also dass Ihr – wartet einen Augenblick, ich suche eben das Protokoll heraus. Wo habe ich es nur abgelegt? Ach ja, hier ist es.»

Er rückte seine Brille zurecht und begann vorzulesen.

«Ich, Hartmann äh – Sowieso äh – zeige hiermit an, dass die Bürgerin Catharina Stadellmenin, wohnhaft im Haus zur guten Stund –»

Catharina hörte nicht weiter zu. Also hatte sie mit ihrem Verdacht Recht gehabt: Hartmann Siferlin steckte dahinter.

Nachdem Waldvogel das Schreiben beiseite gelegt hatte, sagte er freundlich: «Macht Euch keine Sorgen. Ich gebe Euch einen Büttel mit, der das Sudhaus wieder öffnet, und gleich heute noch werde ich Euch eine neue Lizenz ausstellen. Wo, habt Ihr gesagt, habt Ihr das Bierbrauen gelernt? Im Schneckenwirtshaus?»

Catharina nickte und bedankte sich.

Zu Hause machte sie sich gleich an die Arbeit und weichte frische Braugerste ein. Zum Glück war Anselm fleißig gewesen

364

und hatte genug Bier hergestellt. Nicht auszudenken, wenn sie durch diesen dummen Zwischenfall den «Storchen» als Kunden verloren hätte. Neugierig füllte sie sich einen halben Krug von Anselms Bier ab und lächelte, nachdem sie gekostet hatte. Nicht schlecht. Sie musste ihn fragen, wie er diesen würzigen Geschmack zustande gebracht hatte.

Dann besprach sie sich mit Barbara und Elsbeth wegen Siferlin.

«Ihr solltet besser herausfinden, was Siferlin gegen Euch hat», sagte Barbara. «Sonst ist das womöglich nicht das letzte Mal, dass er Euch Steine in den Weg wirft.»

«Hattet Ihr in letzter Zeit einmal Streit mit ihm?», fragte Elsbeth.

Catharina erzählte den beiden, ohne auf Einzelheiten einzugehen, von den gefälschten Büchern.

«Habt Ihr ihn denn deshalb nicht angezeigt?», fragte Barbara erstaunt.

Ein leichte Röte stieg in Catharinas Wangen. «Er hat gedroht, dass er im Falle einer Anzeige mein Verhältnis mit Benedikt öffentlich machen würde.»

«Verdammter Heuchler», zischte Barbara.

«Es ist doch seltsam», sagte Elsbeth nachdenklich. «Schließlich habt Ihr Euer Schweigen über seine Betrügerei gehalten, und jeder normale Mensch, der so viel Dreck am Stecken hat wie Siferlin, würde Euch jetzt in Ruhe lassen.»

«Ich verstehe es auch nicht. Vom ersten Moment an, als ich in das Bantzer'sche Haus zog, hatte ich den Eindruck, dass er mich verachtet – ja, mehr noch: Er hasst mich.» Sie stand auf. «Ich werde ihn zur Rede stellen.»

Am frühen Abend suchte sie Siferlin auf. Wie bei ihrem letzten Gespräch setzte er sich in den Lehnstuhl, schlug die Spinnenbeine übereinander und sah sie aus seinen Fischaugen abschätzend an.

«Eine Frage nur», sagte Catharina und gab sich Mühe, Siferlins stechendem Blick nicht auszuweichen. «Warum macht Ihr mir das Leben schwer?»

Siferlin lachte meckernd. «Ich bewundere Euren Scharfsinn. So wie damals bei den Geschäftsbüchern habt Ihr also nicht Ruhe gegeben, bis Ihr herausgefunden habt, wer Euch angezeigt hat. Für eine Frau seid Ihr sehr klug, zu klug.»

»Ihr habt meine Frage nicht beantwortet.»

«Ich sehe keinen Anlass, Euch andere Gründe für meine Anzeige zu nennen als die sachlichen. Wie Ihr vielleicht mitbekommen habt, arbeite ich jetzt als Buchhalter im Kaufhaus und damit im Dienst der Stadt. Ihr als Witwe eines Magistratsmitglieds müsstet eigentlich wissen, dass ich allein dadurch verpflichtet bin, Unregelmäßigkeiten anzuzeigen.»

«Hört doch auf zu predigen wie der Pfarrer in der Kirche. Ich schädige niemanden mit dem Verkauf meiner zwei, drei Fässchen Bier. Von Anfang an habt Ihr mich doch angefeindet.»

Siferlin schwieg und schloss die Augen. Seine Miene wirkte noch blasierter als sonst. Entschlossen trat Catharina auf ihn zu. Sie überragte den sitzenden Siferlin jetzt um Kopfeslänge.

«Ihr hasst mich, weil ich eine Frau bin.»

Siferlin riss die Augen auf. Dann erhob er sich, hinkte zu einer Anrichte und schenkte zwei Gläser aus edlem Kristall mit Obstwasser voll.

Catharina, die spürte, dass sie mit ihrer Bemerkung ins Schwarze getroffen hatte, hakte nach. «Ihr hinkt stärker als früher.»

«Haltet den Mund», fuhr er sie an. Hastig kippte er den Obstler hinunter. Ohne zu fragen, nahm Catharina das andere Glas und trank. Vielleicht bringe ich ihn mit Hilfe des Schnapses zum Reden, dachte sie. Aufmerksam beobachtete sie, wie er sich, äußerlich ganz ruhig, ein zweites Mal einschenkte.

«Verschwindet, oder trinkt noch ein Glas mit mir», sagte er

barsch, und sein Blick bekam etwas Lauerndes. Catharina trank aus und hielt ihm ihr Glas hin. Der Obstler stieg ihr zu Kopf, doch jetzt konnte sie nicht zurück.

«In der Geschichte der Menschheit haben Frauen von Anbeginn immer nur Unheil angerichtet. Vor allem solch schöne Frauen wie Ihr.»

Sein knotiger Zeigefinger fuhr über ihren Hals und ihren Ausschnitt. Nur nicht die Ruhe verlieren, dachte Catharina, ganz ruhig bleiben. Sie nahm seine Hand und führte ihn zum Lehnstuhl zurück.

«Setzt Euch und trinkt noch ein Gläschen. Ihr wirkt erschöpft.»

«Ich brauche Eure Fürsorge nicht.» Dann trank er sein drittes Glas in einem Zug aus.

«Wie schön Ihr immer noch seid! Und nun bin ich ganz allein mit Euch und ungestört. Ich spüre, wie Euer Zauber auf mich zu wirken beginnt.» Er stöhnte leise auf.

Catharina wurde es zusehends unwohl in ihrer Haut. Sie betete, dass sie heil aus dieser Lage herausfinden würde. Irgendwie musste sie ihn zum Reden bringen.

«Warum hasst Ihr mich?»

Sein Gelächter klang wie von einem lungenkranken Greis. «Ihr seid doch nur ein kleines Licht – wie sollte ich Euch da hassen? Eigentlich schade, dass sich die Natur geirrt und keinen Mann aus Euch gemacht hat. Die Fähigkeiten sind vorhanden, leider aber habt Ihr die hinterhältige Seele einer Frau, und was noch schlimmer ist: Ihr habt einen Busen, der lockt, einen Arsch, der Begierde weckt, und zwischen Euren Schenkeln ein tiefes Loch, das jeden Mann ins Verderben stürzt.»

Wieder stöhnte er und machte einen Versuch aufzustehen, ließ sich dann aber zu Catharinas großer Erleichterung zurücksinken.

«Ja, da staunt Ihr. Das alles sage ich, der hinkende Buchhalter

Hartmann Siferlin, Euch ins Gesicht. Aber ich bin nicht so dumm wie Euer verstorbener Mann, ich lasse mich nicht von Euch einwickeln.»

Der Mann ist nicht ganz bei Sinnen, fuhr es Catharina durch den Kopf. Siferlin war nun in seinem Redestrom nicht mehr aufzuhalten.

«Ihr habt den Mann, den ich am meisten geschätzt habe, in Trunksucht und in den Tod getrieben. Vom ersten Tag an, als ich Euch sah, wusste ich, dass Ihr Bantzers Verderben seid. Eine heidnische Todesgöttin. Michael Bantzer –» Seine Nasenflügel begannen zu zittern. «Er war mein Vorbild, mein Freund, mein Vater, meine Liebe.»

«Habt Ihr etwa mit Michael –» Sie sprach den Gedanken nicht aus.

Siferlin lachte. «Jetzt habe ich Eure schmutzige Phantasie entfacht, nicht wahr? Aber im Gegensatz zu Euch ist meine Seele rein, und bis zu meinem Tod wird sie unbefleckt bleiben von diesem Schmutz aus Schleim und Blut und Sperma, in dem sich Männer und Frauen in ihrer Fleischeslust wälzen. Und auch Michael Bantzers Seele war rein, bis er auf Euch getroffen ist. Er hat mich auch geliebt, er wusste, was in mir steckt. Ihm war es gleich, ob ich hinkte oder was meine Herkunft ist.»

Er nahm einen tiefen Schluck und sprach mit schwerer Zunge weiter.

«Wisst Ihr, was es heißt, inmitten einer ehrenwerten Kaufmannsfamilie als Bastard aufzuwachsen? Gebrandmarkt zu sein fürs ganze Leben, nur weil die eigene Mutter eine Hure ist und es mit Lehrbuben treibt? Sie hätte mich besser gar nicht geboren. Doch Gott hat sie gestraft für ihre Wollust: Ich kam mit einem verkrüppelten Bein auf die Welt, und sie verfiel langsam dem Wahnsinn. Sie hat mich vom Tage meiner Geburt an gehasst. Diese verfluchte Hure!»

Er sah sie aus verschwommenen Augen an.

368

«Und Ihr gleicht dieser Ausgeburt aufs Haar. Ihr seid ebenso schön und ebenso gefährlich.» Er schwankte auf sie zu, sank vor ihr zu Boden und umklammerte ihre Hüften. «Gebt mir, was Ihr jedem hergelaufenen Mannsbild gebt. Macht Eure verdammten Schenkel breit, ein einziges Mal nur will ich wissen, was das Verderben so schön macht. Auch ein hinkender Bastard hat eine Rute, die zustoßen kann.»

Catharina versuchte, sich aus der Umklammerung zu lösen. Wie ein Schraubstock hielt Siferlin sie fest und wühlte seinen Kopf zwischen ihre Schenkel. Am liebsten hätte Catharina diese Schmeißfliege erwürgt. Sie holte tief Luft, griff Siferlin unter die Achseln und zog ihn mit einem Ruck hoch. Dann tätschelte sie ihm, gegen ihren Ekel ankämpfend, wie einem kranken Tier besänftigend den Rücken. Tatsächlich, er entspannte sich und ließ sich willig zu seinem Stuhl führen. Seine Stirn war schweißnass.

«Legt Euch am besten gleich schlafen. Ich muss jetzt gehen.» Mit raschen Schritten erreichte sie die Tür. Da brüllte er ihr nach:

«Du hast mich verhext, du dreckige Dirne! Genau wie den armen Bantzer!»

Sie ließ die Tür hinter sich ins Schloss fallen und rannte hinaus auf die Gasse. Dieser Mensch war krank im Kopf. Benommen lief sie durch die einsetzende Dämmerung nach Hause, wo schon Barbara, Elsbeth und Anselm um den Küchentisch saßen und auf sie warteten.

«Ihr seht ja aus, als wärt Ihr eben mit dem Gottseibeiuns persönlich zusammengestoßen», flachste Anselm.

«So ähnlich war es auch.» Sie berichtete in wenigen Worten von ihrem Besuch bei Siferlin.

«Beruhigt Euch erst ein wenig und trinkt von Anselms selbst gebrautem Bier. Es ist hervorragend.» Elsbeth stellte ihr einen Krug hin.

Doch sie fühlte sich schon besser. Sie hatte herausgefunden, was sie wissen wollte. Zugleich war ihr klar, dass sie sich weiterhin vor Siferlin in Acht nehmen musste.

«Zur Feier des Tages habe ich nämlich ein Fässchen Starkbier gebraut», sagte Anselm und hob seinen Krug.

«Was feiern wir denn?»

«Eure glückliche Wiederkehr und dass die Anzeige von diesem Widerling nichts gefruchtet hat. Na ja, und außerdem freue ich mich, dass unsere Juristenfakultät doch noch nicht ganz den Verstand verloren hat. Während Eurer Reise wurden nämlich schon wieder zwei Frauen wegen Hexerei eingesperrt, zwei Bürgersfrauen, die von der Witwe des Fischers unter der Folter genannt worden waren. Wie es inzwischen ja üblich ist, wurden die Verhörprotokolle und die Zeugenaussagen einem Gremium von Rechtsgelehrten vorgelegt. Und die haben einstimmig auf Freispruch plädiert.»

«Und was ist mit den beiden Frauen geschehen?»

«Sie wurden auf freien Fuß gesetzt und haben am selben Tag die Stadt verlassen. Hier wären sie wohl nicht mehr glücklich geworden. Hoffen wir, dass die Zeit der Hexenjagd in Freiburg jetzt endgültig vorbei ist.»

Anselm merkte, dass durch seine Worte die Stimmung am Küchentisch nachdenklich geworden war. Betont munter prostete er Catharina zu und rief:

«Jetzt soll uns Catharina endlich von ihrer Reise erzählen. Gestern Abend ist sie ja gleich mit meinem lieben Vetter in der Kammer verschwunden.»

Catharina lächelte. «Also gut. Aber vorher verrätst du mir noch, wie du in so kurzer Zeit gelernt hast, Starkbier zu brauen, und dazu noch ein so würziges.»

«Hmm, Euch kann ich wohl keinen Bären aufbinden», sagte er und warf einen verlegenen Blick auf Elsbeth und Barbara. «Ich habe es gekauft.»

30

Die nächsten Monate verliefen ruhig und ohne Aufregung. Siferlin hatte seit ihrer unangenehmen Begegnung nichts mehr von sich hören lassen. Christoph erschien alle vier, fünf Wochen in Freiburg, um zwei Tage später mit Stöcklis Gewürzlieferung am Sattel zurückzureiten. Das Schönste: Marthe-Marie schrieb ihr. Alle Briefe begannen mit «Meine liebe Lieblingstante!», und sie berichtete mal kindlich, mal erstaunlich reif über Ereignisse und Erlebnisse, die ihr wichtig erschienen, beschwerte sich darüber, wie streng Lene manchmal sein konnte, oder beschrieb auf komische Art, wie ein Nachbarsbursche ihr den Hof machte. Einmal erläuterte sie einen ganzen Brief lang, warum sie Naturforscherin werden wolle und dass sie dazu eines Tages in die Neue Welt reisen würde.

Anselm hatte nach der Sommerpause ein wenig widerwillig sein Studium wieder aufgenommen. Hin und wieder brachte er Kommilitonen mit nach Hause, mit denen er sich in die Haare geriet, sobald es um juristische oder theologische Fragen ging. Seine Hoffnung, dass sich der Hexenwahn legen möge, wurde nicht enttäuscht: Auch wenn in anderen Städten und Ländern das Morden weiterging, in Freiburg kam es zu keinen Anzeigen und Verhaftungen mehr. Hatte Anselm keine Lust zum Lernen, half er Catharina im Sudhaus, die nach anfänglicher Experimentierfreude das Brauen als zwar notwendigen, aber lästigen Broterwerb betrachtete. Um die Arbeit ein wenig interessanter zu gestalten, brachte Anselm ihr ein paar Worte Latein bei, wobei Catharina daran zweifelte, dass dies das Latein der Kirche und der Hochschule war, denn meist handelte es sich um unflätige oder anzügliche Redewendungen.

Catharinas ganze Liebe galt, zu Barbaras großer Freude, inzwischen dem Garten. Die Planung des Haushalts hingegen hatte sie längst in die Hände der beiden Frauen gelegt.

«An uns verdienen die Gemüsehändler nichts», frohlockte die Köchin. «So wie das alles sprießt im Garten!»

Was Catharinas Pflanzen betraf, durfte ihr niemand dreinreden. Für die Beete hatte sie ein ausgeklügeltes Bewässerungssystem angelegt, achtete peinlich genau auf Schädlinge und Unkraut und stellte Überlegungen an, welche Pflanzen zueinander passten und welche keine Nachbarschaft miteinander duldeten. Einmal versetzte sie mehrmals hintereinander einen Stachelbeerbusch, mit dem Ergebnis, dass er schließlich einging. Ihre Beobachtungen und Gedanken schrieb sie sorgfältig nieder.

«Wollt Ihr einmal ein Buch veröffentlichen?», fragte Anselm.

«Mach dich nicht lustig, Frauen schreiben keine Bücher. Das hier ist nur für mich gedacht. Außerdem bleibe ich dann mit dem Schreiben in Übung.»

«Ich meine es ernst», beharrte Anselm. «Hildegard von Bingen ist auch eine Frau und hat Bücher geschrieben – zum Beispiel über Kräuter und Gartenbau.»

Diese Bemerkung brachte Catharina auf die Idee, ihrer Freundin Margaretha Mößmerin Lesen und Schreiben beizubringen.

«Du bist verrückt», wehrte Margaretha ab. «Ich kann meinen Namen kritzeln, das reicht. Was soll ich da noch meinen alten Kopf martern.»

«Denken und Lernen hält jung. Außerdem hast du neulich selbst gesagt, dass dir manchmal die Decke auf den Kopf fällt, so allein mit Anneli, und dass du zu viel grübelst. Komm, lass uns gleich morgen damit anfangen, es wird dich ablenken.»

«Du kannst ein richtiger Quälgeist sein, Catharina. Aber gut, wir können es ja mal versuchen.»

«Fein. Dann besorge ich Papier und Feder für dich, und du kommst morgen Nachmittag mit Anneli zu uns.»

Catharina wusste, dass Anneli nur selten aus dem Haus kam, da Margaretha es nicht ertrug, wenn das kleine Mädchen wegen seiner Schwachsinnigkeit gehänselt wurde.

«Nein, ich möchte den Unterricht lieber bei mir zu Hause abhalten. Ich bin zwar gern für ein Stündchen bei euch, aber dann wird es mir zu umtriebig.»

Catharina seufzte. Diese Stubenhockerin. Aber Margaretha hatte nicht ganz Unrecht. Tatsächlich ging es abends und am Wochenende im Haus zur guten Stund oft turbulent zu, zumal es seit Oktober noch einen weiteren ständigen Gast gab: Beate Müllerin.

Beate und Catharina hatten sich vor Jahren einmal flüchtig kennen gelernt, da Beates Vater ebenfalls Magistratsmitglied war und seit einem Jahr zu den Zwölf Beständigen gehörte. In der Bäckerei gegenüber von Catharinas neuem Haus hatten sie sich wiedergesehen. Als Catharina dort Brot bestellen wollte, trat Beate aus der Backstube.

«Wir kennen uns doch – seid Ihr nicht die Witwe vom Zunftmeister Bantzer?»

Kaum waren die beiden Frauen ins Gespräch gekommen, empfanden sie Sympathie füreinander. Beate besaß viel von Lenes unbekümmerter Art. Obwohl sie bestimmt zehn Jahre jünger war als Catharina, hatte sie bereits zwei Ehemänner überlebt. Jetzt war sie mit dem Weißbäcker Gervasius Schechtelin verheiratet.

«Ich kann einfach nicht allein leben», erklärte sie ihrer neuen Freundin. «Und Kinder kann ich leider keine bekommen, seitdem ich als junges Mädchen einen schweren Unfall hatte. Aber das habe ich meinen Ehemännern natürlich nie verraten.» Sie kicherte.

Bald kam sie regelmäßig nach der Arbeit zu Catharina.

«Weißt du, Gervasius ist ein todlangweiliger Mensch, und dauernd ist er müde. Wenn ich den ganzen Tag mit ihm zusammen bin, brauche ich abends unbedingt Abwechslung.»

Anselm war hocherfreut über den Neuzugang in der «Weiberburg», wie er sein Zuhause inzwischen selbst nannte. Catha-

373

rina entging nicht, dass Beate eine Schwäche für den Jungen entwickelte, die nichts mit der fürsorglichen Mütterlichkeit der anderen Frauen gemein hatte. Wenn Beate ihm bei ihren abendlichen Gesprächen einen Moment zu lange in die Augen schaute, eine Spur zu sanft seine Hand berührte und Anselms Blick einen verdächtigen Glanz annahm, fragte sich Catharina, ob Beate in ihrer Tändelei nicht zu weit ging. Diese Frau hätte vom Alter her fast seine Mutter sein können. Dabei war sie nicht einmal hübsch im herkömmlichen Sinne, dennoch ging ein mädchenhafter Zauber von ihr aus. Vielleicht lag es an ihren riesigen hellbraunen Augen und der frechen Himmelfahrtsnase oder an ihrem herzhaften Lachen – für Anselm schien sie jedenfalls die schönste Frau der Welt zu sein.

Catharina nahm ihre neue Freundin eines Tages beiseite.

«Ich gönne dir ja deine Späße mit Anselm, aber vergiss nicht, dass der Junge erst siebzehn ist. In diesem Alter sind die Burschen zu rasender Verliebtheit fähig. Ich habe keine Lust auf ein Liebesdrama in meinem Haus.»

Beate sah sie verdutzt an, dann lachte sie schallend.

«Meinst du im Ernst, Anselm würde sich in mich alte Frau verlieben? Ich wette mit dir, er hat längst irgendwo heimlich ein Mädel sitzen. Aber wenn es dich beruhigt: Ich werde künftig drei Schritt Abstand halten.»

Der Winter kam, und die Wege zwischen Freiburg und Villingen wurden unpassierbar. Catharina vermisste Christoph sehr, und die Kälte und Dunkelheit dieser Jahreszeit taten ein Übriges, um Catharinas Stimmung niederzudrücken. Beim Unterricht mit Margaretha war sie unkonzentriert, und von den gemeinsamen Abendmahlzeiten zog sie sich oft als Erste zurück. Sie, die ihr Leben lang nie ernsthaft krank gewesen war, litt jetzt häufig unter Kopfschmerzen.

«Wie können wir Euch denn ein bisschen aufheitern?», fragte Anselm sie besorgt. Catharina hatte längst entdeckt, dass sich hinter seiner oft aufbrausenden Art eine Verletzlichkeit verbarg, die ihn auch für das Leid anderer sehr empfänglich machte.

«Ach, lass nur, Anselm, wenn der verdammte Winter erst einmal vorbei ist, wird es mir schon wieder besser gehen.»

«Aber der Winter hat gerade erst angefangen, und Ihr könnt doch nicht monatelang den Kopf hängen lassen!»

Eines Abends kam Anselm etwas später als sonst nach Hause.

«Ich hab Euch etwas mitgebracht», sagte er geheimnisvoll zu Catharina und führte sie in die Essstube. Dort lag ein quadratisch zugeschnittenes Holzbrett, abgegriffen und an den Rändern angeschlagen, aber hübsch anzusehen mit seinen abwechselnd hellbraun und schwarz gefärbten Feldern.

«Was ist denn das?»

«Wartet, das ist noch nicht alles.»

Er zog aus seinem Beutel schwarze und hellbraune Holzfiguren, die meisten davon einfach gedrechselte Kegel, andere kunstvoll zu Pferdeköpfen, menschlichen Gestalten und zinnenbewehrten Türmen geschnitzt. Bedächtig setzte er die Figuren auf die einzelnen Felder.

«Das ist ein Schachspiel», erklärte er. «Das schönste Spiel, das ich kenne, und das beste Mittel gegen Langeweile an Winterabenden. Das ist der König», er hob die größte Figur in die Höhe. «Die wichtigste Figur, aber ansonsten ein Schlappschwanz, denn er kann sich kaum bewegen. Die Dame hier ist viel wendiger, so wie Ihr.» Er strahlte sie an.

«Das muss ja ein Vermögen gekostet haben!»

«Keine Sorge, ich habe es von einem Trödler bekommen, der in meiner Schuld stand.»

Dann erklärte er ihr geduldig die Regeln, bis Catharina ihn unterbrach.

«Hör auf, Anselm, das verstehe ich nie! Es ist lieb gemeint, aber ich glaube, ich bin für dieses Spiel zu dumm.»

Es dauerte keine Woche, bis Catharina die Regeln beherrschte und immer mehr Gefallen an den abendlichen Partien mit Anselm fand. Sie verlor zwar jedes Mal, doch sie merkte, wie gut ihr die gezielte Aufmerksamkeit tat, die dieses Spiel erforderte. Außerdem war das die einzige Möglichkeit, Anselm über Stunden hinweg zum Schweigen zu bringen.

«Remis!», rief sie eines Abends so laut, dass Barbara erschrocken den Kopf aus der Küche streckte. Freudig erklärte sie der Köchin, dass dies Gleichstand bedeute, dass sie also zum ersten Mal nicht verloren habe.

«Wie schön für Euch», murrte Barbara und verzog unwillig das Gesicht.

«Ist etwas?», fragte Catharina erstaunt.

«Na ja, seitdem Ihr fast jeden Abend über diesem seltsamen Brett sitzt, seid Ihr nicht mehr ansprechbar. Das ist ja eine Stille hier im Haus wie auf dem Kirchhof.»

Verdrossen stapfte sie in die Küche zurück.

«Weißt du was, Anselm? Wozu gibt es Würfel und Karten – dabei können alle mitspielen. Übermorgen ist Weihnachten, bis dahin besorge ich Würfel, und dann machen wir alle zusammen ein großes Fest.»

Sie trafen sich im Haus zur guten Stund, um gemeinsam zur heiligen Messe zu gehen: Anselm, die beiden Mägde, Margaretha mit ihrem Enkelkind, Beate – selbst Gervasius, Beates Mann, erschien, der später, während des Hochamts, ständig einnickte und von Beate mit heftigen Rippenstößen geweckt werden musste. Nur Christoph fehlt, dachte Catharina wehmütig. Nach dem Kirchgang holte Catharina ihren besten Kaiserstühler Wein aus dem Keller, und Barbara servierte ein Festessen, für das sie den ganzen Tag in der Küche gestanden hatte. Noch vor dem Nachtisch verabschiedete sich Gervasius mit der Entschuldigung, er habe die ganze Nacht in der Backstube gearbeitet und sei hundemüde.

«Besser so», sagte Beate. «Der alte Miesepeter hat ohnehin nichts für Spiele übrig.»

Nachdem sie schon etliche Karaffen Wein geleert hatten und des Würfelns überdrüssig geworden waren, schlug Beate vor, Personenraten zu spielen. Anselm offenbarte unerwartet komisches Talent, und sie lachten Tränen über seine Darbietungen.

«Das bist eindeutig du, Beate!», rief Catharina. «Deine schusselige Art und dein freches Grinsen, wenn wieder einmal etwas zu Bruch gegangen ist.»

Beate tat empört. «Ich und schusselig! Ich bin die Geschicklichkeit in Person!»

«Ihr dürft mir nicht böse sein, aber Catharina hat richtig geraten.» Anselm trat auf sie zu. Seine Augen glänzten vom Spieleifer und vom Alkohol. Er legte seine schmächtigen Arme um Beates Schultern und gab ihr einen herzhaften Kuss. Die anderen klatschten so laut, dass Anneli, die mit dem Kopf in Elsbeths Schoß eingeschlafen war, wieder erwachte.

«Jetzt wird's Zeit für uns zu gehen», sagte Margaretha und nahm Anneli bei der Hand. «Es war ein wunderbares Fest, ein bisschen laut, wie immer, aber langsam gewöhne ich mich daran.»

Catharina begleitete die beiden hinunter auf die Gasse, um nach einem Fackelträger Ausschau zu halten. Da öffnete sich im Nebenhaus die Tür und der Leinenweber Schmitz, mit dem sie seit ihrem Einzug noch keine drei Worte gewechselt hatte, schaute wütend heraus.

«Ich sag's Euch, Stadellmenin, wenn bei Euch nicht augenblicklich Ruhe ist, hol ich die Stadtwache. Bei dem Krach kann ja kein Mensch schlafen!»

Dann knallte er die Tür wieder zu.

Als Catharina die Küche betrat, waren Elsbeth und Barbara bereits am Aufräumen, und Anselm kniete vor Beate, hielt ihre Hand und sang mit lauter Stimme ein Minnelied. Beate mimte mit geschlossenen Augen und zurückgeworfenem Kopf eine edle Burgfrau.

«Schluss jetzt», rief Catharina. «Nachbar Schmitz will uns die Stadtwache auf den Hals hetzen.»

«Spielverderber!», sagte Beate. Sie strich Anselm noch einmal über die roten Locken, flüsterte ihm etwas ins Ohr und stand dann auf.

«Dann gehe ich eben. Aber ihr müsst mir versprechen, dass dies nicht der letzte Spieleabend war.»

Als Catharina sie begleiten wollte, winkte sie ab.

«Die paar Schritte über die Straße werde ich noch allein schaffen. Gute Nacht, ihr Lieben.»

«Ich gehe auch zu Bett», sagte Anselm. «Gute Nacht!»

«Die Müllerin verdreht dem Jungen noch völlig den Kopf», brummte Barbara, als Anselm verschwunden war.

Catharina zuckte die Schultern. «Sie wird schon nicht zu weit gehen», sagte sie und wollte sich einen Becher Wasser einschenken, doch der Krug war leer.

«Ich hole noch Wasser aus dem Keller und geh dann auch ins Bett. Lasst das Geschirr stehen, den Abwasch können wir auch morgen machen.»

Mit dem Talglicht in der Rechten, dem leeren Krug in der Linken tappte sie vorsichtig das dunkle Treppenhaus hinunter. Als sie an der Tür zum Sudhaus vorbeikam, hörte sie ein Poltern. Sie erschrak. Doch dann sagte sie sich, dass sicher wieder eine dieser halbwilden Katzen eingesperrt war. Sollte sie nachsehen? Vor der Messe hatte sie die Tür abgeschlossen, und der Schlüssel hing oben in der Küche. Leise stellte sie Krug und Lampe auf den Treppenabsatz und schlich in den Garten. Von dort konnte man durch ein kleines Fenster ins Sudhaus sehen.

Im ersten Moment begriff sie überhaupt nicht, was dort vor sich ging. Auf einem Bierfass flackerte eine Kerze, die den großen Raum kaum erhellte. Dann sah sie in der Ecke menschliche

Schatten, die sich bewegten. Jemand stand mit dem Rücken zu ihr. Dann trat der andere Schatten einen Schritt zurück in den Lichtkegel. Es war Anselm mit entblößtem Oberkörper, die schmale Brust glänzte im Kerzenschein, die Locken hingen wirr in die Stirn. «Hab keine Angst», flüsterte die andere Person. «Mach das, wonach du Lust hast.» Beate und Anselm! Jetzt nestelte sie an seinem Hosenbund und streifte ihm vorsichtig die Beinkleider herunter. Catharina hielt den Atem an: Völlig nackt, mit erigiertem Glied, stand Anselm im flackernden Kerzenlicht. Fast unwillig riss sie sich von diesem Anblick los und hastete zurück ins Treppenhaus. Sie hatte genug gesehen, morgen würde sie Beate den Kopf waschen. Doch als sie im Bett lag, sah sie immer wieder den vollkommenen Körper des Jungen vor sich, und sie musste zugeben, dass sie gern an Beates Stelle gewesen wäre.

31

Anselm hat ein Mädel in der Stadt», jammerte Beate. Sie saß bei Catharina in der Küche und hatte rot geweinte Augen. «Er hat es mir gestern Abend gesagt.»

Catharina wusste nicht, ob sie lachen oder weinen sollte. Da saß nun diese gestandene Frau vor ihr, verheiratet und Mitte dreißig, und heulte sich die Augen aus wegen eines Jungen, der gerade mal halb so alt war wie sie.

«Das ist besser so, Beate, glaub mir. Du kannst froh sein, dass diese Geschichte zu Ende gegangen ist, ohne dass jemand von eurem Verhältnis erfahren hat. Stell dir nur mal vor, der Schmitz von nebenan hätte etwas mitbekommen – das wäre doch ein gefundenes Fressen für ihn gewesen. Wo er sich ohnehin ständig beschwert, dass es bei uns zugehe wie auf der Kirchweih.»

Der Winter war wie im Flug vergangen, mit viel Arbeit und

häufigen ausgelassenen Abenden. Catharina hatte ihre Freundin gleich nach ihrer Entdeckung im Sudhaus zur Rede gestellt und ihr mit scharfen Worten klar gemacht, dass sie es nicht zulassen würde, wenn Anselms Gefühle für ein Abenteuer ausgenutzt würden.

«Aber für mich ist das kein Abenteuer», hatte Beate sie entrüstet zurückgewiesen. «Ich bin so verliebt wie noch nie im Leben. Und stell dir vor, ich bin seine erste Frau.»

Die nächsten Wochen, ja Monate war es kaum auszuhalten gewesen mit den beiden. Beim Schachspiel war Anselm fahrig und verlor eine Partie nach der anderen, er verschlief die morgendlichen Vorlesungen an der Universität, und wenn er und Beate abends mit den anderen beim Würfeln oder Kartenspielen zusammensaßen, hatten sie nur Augen füreinander – die restliche Welt schien für sie nicht mehr zu existieren. Barbara und Elsbeth waren anfangs ziemlich erbost über diese Entwicklung.

«Wenn Euer Verhältnis auffliegt, wird unsere Herrin wegen Kuppelei verklagt», sagte Barbara ohne Umschweife zu Beate.

«Wenn Ihr nichts ausplaudert, wird auch niemand etwas erfahren, denn wir zeigen uns nie zusammen auf der Straße», gab Beate ungerührt zurück.

Doch dann lernte Anselm ein Mädchen seines Alters kennen.

Beate begann wieder zu schluchzen. Catharina setzte sich zu ihr auf die Bank und nahm sie in den Arm.

«Ich weiß, dass dich im Moment nichts trösten kann. Aber warte einfach ein paar Tage ab, am besten, ohne Anselm zu treffen. Dann wirst du dich wieder besser fühlen. Auf Dauer wäre es ohnehin nicht gut gegangen. Dein Gervasius ist vielleicht ein Langweiler, aber er ist nicht blöd.»

So ließ sich Beate in den nächsten Wochen kaum noch blicken. Als Christoph Anfang April zum ersten Mal wieder nach Freiburg kam, wunderte er sich darüber.

«Hast du dich mit deiner neuen Freundin zerstritten?»

Als Catharina ihm die Geschichte erzählte, musste er lachen.

«Liebesleid wegen Anselm? Dieser Kindskopf? Das darf nicht wahr sein. Weißt du, was ich glaube? Das renkt sich schneller wieder ein, als du denkst. Schließlich hält es Beate keine vier Wochen bei sich zu Hause aus.»

Tatsächlich steckte Beate noch am selben Abend den Kopf zur Küche herein.

«Störe ich beim Essen?», fragte sie. Am Arm zog sie eine Frau mittleren Alters hinter sich her, die schüchtern in die Runde blickte. «Ich habe gesehen, dass Christoph heute Nachmittag angekommen ist, und mir gedacht, das wäre doch mal wieder ein Grund zum Feiern. Außerdem habe ich heute Besuch bekommen von einer alten Bekannten, was Gervasius nicht so recht in den Kram passte, weil er wieder so schrecklich müde ist.»

Sie nahm Anselm gegenüber Platz, der ihr ein strahlendes Lächeln schenkte und sagte: «Schön, dass du wieder zu uns kommst!»

Dann stellte Beate ihren Gast vor: Margret Vischerin aus der Predigervorstadt. Alle Anwesenden wussten sofort, wen sie vor sich hatten. Vischerins Mann war ein halbes Jahr zuvor wegen Totschlags nach einem Wirtshaushandel hingerichtet worden. Seither lebte sie mehr oder weniger von Almosen und war ein wenig seltsam im Kopf geworden.

Gutwillig tischte Barbara der schweigsamen Frau eine besonders große Portion Braten mit sauren Bohnen auf. Nach dem Essen zeigte Anselm stolz seine neueste Errungenschaft: eine Laute. Er schlug ein paar Akkorde an.

«Kannst du einen Reigen spielen?», fragte Christoph.

Anselm nickte. Als er zu singen und spielen anhob, schob Christoph den Esszimmertisch zur Seite, nahm Catharina und Beate bei der Hand und eröffnete mit stampfenden Beinen den Reigen.

«Los, kommt, macht mit!», rief er den anderen Frauen zu. Barbara und Elsbeth ließen sich das nicht zweimal sagen, nur die Vischerin setzte sich in die Ecke auf eine Bank und beobachtete mit stumpfem Blick, wie die anderen ausgelassen tanzten und sangen. Anselm spielte nicht schlecht, vor allem besaß er einen schier unerschöpflichen Fundus an Tanzliedern.

«Weil Anselm die arme Beate sitzen gelassen hat, muss er jetzt zur Strafe den ganzen Abend aufspielen. Dabei würde er viel lieber tanzen», kicherte Catharina. Ihre Wangen glühten. Christoph nahm sie um die Hüfte und führte sie unauffällig hinaus.

«Lass sie weiterfeiern. Ich möchte mit dir allein sein.»

Als sie sich Stunden später zufrieden und matt aneinander schmiegten, hörten sie von unten immer noch das Stampfen und Singen ihrer Mitbewohner und Gäste.

Am übernächsten Tag begegnete Catharina beim Fischbrunnen dem alten Zunftmeister der Schmiede.

«Ah, Stadellmenin, gut, dass ich Euch treffe. Ich habe in einer etwas unangenehmen Sache mit Euch zu reden.»

Unwillig zog Catharina die Augenbrauen hoch. Was hatte sie denn noch mit der Zunft ihres verstorbenen Mannes zu schaffen?

«Was gibt es?»

«Ich möchte Euch einen väterlichen Rat geben. Ihr solltet strenger auf Eure Haushaltung Acht geben. Es ist bis zum Rat der Stadt gedrungen, dass in Eurem Haus ein reges Aus und Ein herrscht, und zwar bis acht oder neun Uhr in der Nacht. Den Lärm von Musik und Tanz hört man bis auf die Straße, und –»

«Hat sich der alte Leinenweber also wieder beschwert?», unterbrach ihn Catharina. «Soll er doch zu mir kommen, wenn es ihm zu laut wird. Außerdem halten wir die Fenster immer geschlossen, um niemanden zu stören.»

«Darum geht es doch nicht! Es ziemt sich einfach nicht für eine Witwe, und dazu noch in Eurem Alter, dass es in ihrem

Haus zugeht wie in einem Taubenschlag. Dass gesungen und getanzt wird, dass man weder Euch noch Eure Mägde sonntags im Gottesdienst sieht –»

Catharina unterdrückte ein Grinsen. Sie glaubte Michael Bantzer zu hören: Eine Bantzerin tut dies nicht, eine Bantzerin tut das nicht. Damit ist es nun endgültig vorbei, lieber Herr Zunftmeister und lieber Herr Leinenweber Schmitz – von Euch alten Männern macht mir keiner mehr Vorschriften darüber, wie ich zu leben habe.

«Wieso lächelt Ihr?», fragte der Zunftmeister erstaunt.

«Ach, Herr Meister, ich musste eben nur an meinen lieben verstorbenen Mann denken, der sich auch immer sehr um mich gesorgt hat.»

«So ist's recht. Dem guten Bantzer wäre auch viel daran gelegen, dass Ihr Euren Ruf als ehrsame Bürgersfrau nicht aufs Spiel setzt. Seht Ihr, es ist natürlich nicht verboten, dass man hin und wieder feiert und musiziert, nur sollte man gerade als Frau die Form wahren, vor allem, wenn man wie Ihr in einem Frauenhaushalt lebt, in dem es keinen Vater oder Gatten gibt, der ein wenig auf Ordnung hält. In so einem Fall ziemt es sich auch nicht, dass Ihr einen jungen Mann zur Untermiete wohnen habt.»

«Da könnt Ihr ganz beruhigt sein, Anselm ist noch ein Kind!»

Sie dachte an die nächtliche Szene im Sudhaus und musste sich abermals ein Lächeln verkneifen. Dann fragte sie sich, was wohl über Christoph und sie geredet wurde. Sie sah dem Alten direkt in die Augen.

«Und so ganz ohne Mann ist unser Haus ja nicht. Wie Ihr vielleicht wisst, sieht mein Vetter aus Villingen regelmäßig nach mir.»

«Das ist auch sehr lobenswert von ihm – schließlich muss sich Verwandtschaft gegenseitig helfen, wo es nur geht. Und er ist ein tüchtiger, erfolgreicher Mann, wie ich gehört habe, der sich rührend um seinen alten Schwiegervater kümmert. Doch er ist nur selten hier und kann keinesfalls einen richtigen Hausvater ersetzen.»

Wie schön – da hatte der Zunftmeister ja genaue Erkundigungen über Christoph eingezogen. Das Entscheidende an Christophs Fürsorge hatte er allerdings übersehen, Gott sei Dank.

«Habt Ihr nie daran gedacht, wieder zu heiraten?»

Catharina nickte. «Der Richtige wird eines Tages schon kommen.»

Dann reichte sie ihm die Hand, da sie das Gespräch für beendet ansah. Doch der Zunftmeister zupfte sich nervös an seinem grauen Spitzbart und sagte:

«Da ist noch etwas. Versteht mich nicht falsch, Ihr seid eine freie Bürgerin und könnt als Gäste bewirten, wen Ihr wollt. Doch solltet Ihr mehr auf Euren Umgang achten. Die Vischerin Margret ist bei Euch gesehen worden. Diese Frau hat einen sehr schlechten Ruf, nicht erst, seitdem ihr Mann an den Galgen gebracht wurde. Passt auf, dass Ihr von solchem Gesindel nicht ausgenutzt werdet.»

«Danke, ich werde mir Eure Worte zu Herzen nehmen», sagte Catharina und verabschiedete sich eilig. Was für eine lächerliche Figur, dieser Zunftmeister!

Sie ging geradewegs zu Beate in die Bäckerei und berichtete ihr von der Unterredung. Als sie ihren Bericht beendet hatte, lachte Beate schallend.

«Ein Komplott der Greise! Mein Vater war heute hier, du weißt ja, er ist Obristmeister, und hat mich ins Gebet genommen – er hat mir denselben Unsinn vorgehalten wie dir dein Zunftmeister. Wir sollten uns wie anständige Frauen benehmen und solche Weiber wie die Vischerin nicht ins Haus lassen.»

«Und was hast du ihm geantwortet?»

«Dass er nicht so viel auf die Leute geben solle und dass wir uns abends zum Nähen und Stopfen zusammensetzen.» Sie kicherte. «Und was die Vischerin betreffe: dass ich mich nur im Rahmen meiner Christenpflicht um sie kümmern würde, denn sie sei eine arme und kranke Frau. Weißt du was, Catharina? Wir kümmern uns einfach nicht um dieses Geschwätz!»

In diesem Sommer starb Barbara – ohne Aufhebens, zufrieden und mit einem Lächeln auf dem Gesicht.

Am Abend zuvor hatten sie noch alle zusammen hinten im Garten gesessen. Margaretha Mößmerin war nach längerer Krankheit zum ersten Mal wieder zu Besuch gekommen, Anneli spielte im Gras mit einem jungen Kaninchen, Beate hatte ein knuspriges frisches Speckbrot mitgebracht, das sie mit einem gekühlten Rotwein gleich im Garten verzehrten. Niemandem war etwas Absonderliches an Barbara aufgefallen. Sie besserte ihre alte Küchenschürze aus und machte wie immer ihre mal bissigen, mal spaßigen Bemerkungen. Nachdem die Sonne hinter der Gartenmauer verschwunden war, verabschiedete sie sich und stieg in ihre Kammer hinauf. Am nächsten Morgen lag sie mit geschlossenen Augen auf dem Rücken und rührte sich nicht. Ihre gefalteten Hände und ihr Gesicht strahlten Ruhe und Frieden aus, als habe sie in den letzten Momenten ihres Daseins noch etwas Angenehmes gesehen.

Barbaras Tod hinterließ im Haus eine schmerzhafte Lücke. Überall fehlte ihre umsichtige, helfende Hand, das Haus war still ohne ihr herzhaftes Lachen, leer ohne ihre rundliche Gestalt. Catharina vermisste Barbaras heiterere und gelassene Art sehr, denn trotz des Standesunterschieds war sie ihr längst eine enge Vertraute geworden, und sie bezweifelte, dass das Leben im Haus zur guten Stund jemals wieder so sein würde wie früher.

Am schlimmsten aber traf der Verlust Elsbeth. Sie hatte ihre beste Freundin verloren, vielleicht die einzige in ihrem Leben. An ihrem Kummer drohte ihr Lebenswille zu zerbrechen: Sie aß nicht mehr, verrichtete ihre Arbeit mechanisch, nahm kaum noch wahr, was um sie herum vor sich ging. Wäre Anselm nicht gewesen, hätte sie sich vielleicht vollständig aufgegeben und wäre ihrer Freundin in den Tod gefolgt. Doch ihr einstiger Schützling kümmerte sich rührend um sie, ließ sie nicht aus den Augen, suchte in jeder freien Minute ihre Nähe und das Gespräch mit ihr, bis sie nach und nach wieder zu sich fand. Sie arbeitete sich in Barbaras Reich der Kochkunst ein, und als sie eines Sonntags eine vierteilige Speisenfolge mit Braten, Fisch und Geflügel auf den Tisch zauberte, bekamen ihre Augen zum ersten Mal seit Barbaras Tod etwas Glanz.

«War das Essen recht so?», fragte sie Catharina, Anselm und Margaretha erwartungsvoll.

Die beiden Frauen nickten zustimmend. Anselm strich sich über den Bauch und rülpste kräftig.

«Um ehrlich zu sein: Ich bin längst noch nicht fertig, so gut ist es. Hoffentlich hast du noch Nachschub in der Küche.»

Anfang Oktober brachte Anselm sein Bakkalaureat hinter sich, mit Ächzen und Stöhnen zwar, doch nun stand ihm der Weg offen zu seinem Herzenswunsch: dem Studium der Rechtswissenschaften. Eine rechte Feierstimmung wollte dennoch nicht aufkommen, zum einen, weil dies das erste Fest ohne Barbara gewesen wäre, zum anderen, weil sie sich Sorgen um Christoph machten, von dem sie schon seit Wochen nichts mehr gehört hatten.

«Das Beste ist», sagte Anselm zu Catharina, «ich reite gleich morgen nach Villingen. Es ist ohnehin höchste Zeit, dass ich mich wieder bei meinem Vater blicken lasse. Macht Euch um Christoph keine Gedanken, wahrscheinlich hat er einfach zu viel Arbeit, um den Gasthof allein zu lassen.»

Mit Bangen wartete Catharina auf Anselms Rückkehr.

«Christoph ist gesund und munter», rief er ihr schon von weitem zu, als er eine Woche später wieder ihr Haus betrat. Doch ein einziger Blick auf seine Miene verriet ihr, dass trotzdem etwas nicht stimmte. Er hielt ein Papier in der Hand, das er ihr überreichte.

«Er wird in absehbarer Zeit allerdings nicht kommen können. Sein Schwiegervater ist bettlägerig und braucht Tag und Nacht Pflege.»

Hastig faltete Catharina das Papier auseinander.

«Liebste Cathi, Carl hat einen schweren Schlag erlitten, war zwei Tage ohne Bewusstsein und ist nun halbseitig gelähmt. Sein Verstand setzt oft aus, dann verlangt er wie ein kleines Kind ständig nach mir. Er ist in einem furchtbaren Zustand, und ich kann ihn nicht allein lassen. Sicher ist, dass es mit ihm zu Ende geht, doch der eine Medicus spricht von wenigen Tagen, der andere meint, er könne noch monatelang so dahinsiechen. Inzwischen wünsche ich ihm den Tod nicht nur um unseretwillen, denn in den wenigen Momenten, wenn der alte Mann bei klarem Verstand ist, betet er mit solcher Inbrunst um einen baldigen friedlichen Tod, dass es mir die Tränen in die Augen treibt. Ich kann kaum mit ansehen, wie er leidet, und zugleich habe ich solche Sehnsucht nach dir, weiß ich doch nicht, wann ich dich wiedersehe. Doch was mich aufrecht hält und was auch du dir immer vor Augen halten solltest: Wenn diese Wochen vorbei sind, wird uns nichts mehr im Wege stehen, und wir werden für immer zusammen sein. In großer Liebe, dein Christoph.»

Monat um Monat verging, und es änderte sich nichts am Zustand von Christophs Schwiegervater. Das Leben im Haus zur guten Stund war ruhiger geworden, und die Nachbarn fanden keinen Grund mehr, sich zu beschweren. Anselm vertiefte sich in sein Studium, Beates Besuche wurden seltener, nur Margaretha kam nach wie vor regelmäßig mit ihrem Enkelkind vorbei. Hin und wieder legte sich Catharina den Wasserschlauch auf den Schoß, strich vorsichtig über die Ornamente des dunkler werdenden Leders und lauschte dem leisen Plätschern des

Bodenseewassers. Es war bereits erschreckend viel Wasser verdunstet.

Dann brach das neue Jahr an, und mit den eisigen Winterstürmen des Januar fegte der längst tot geglaubte Wahn erneut über die Stadt, fachte die Scheiterhaufen an und trieb mehr Frauen denn je in den Tod. Wie einst die Pest breitete sich in den engen Mauern der Irrglaube der Menschen aus, dass der Nachbar, der Bruder, das eigene Eheweib mit Hexenkünsten die Weltordnung auf den Kopf zu stellen drohten und im Bunde mit dem Teufel die Herrschaft über alle christlichen Seelen anstrebten. Und fast unmerklich schlich sich nach kürzester Zeit die Gewissheit ins Bewusstsein, dass es sich bei den Unheil bringenden Verführern um Frauen handelte.

Elsbeth, die seit Barbaras Tod wieder regelmäßig am Gottesdienst teilnahm, erzählte mit solchem Entsetzen von der Verwandlung des Pfarrers während der Predigten, dass Catharina sie schließlich begleitete.

«Die Freveltaten dieser Unholde sind grauenhaft», brüllte der Gottesmann mit hochrotem Kopf von der Kanzel. «Sie beneiden die Kinder um die Gnade der Taufe und berauben sie derselben. Ja, das Fleisch einiger Kinder haben sie aufgezehrt, wie sie eingestehen. Unfassbar ist die Gottlosigkeit, Unkeuschheit, Grausamkeit, welche unter Satans Anleitung diese verworfenen Weiber offen und insgeheim betreiben. Seht ihr denn nicht», er ballte die Fäuste, und seine Stimme überschlug sich, «wie sich überall im Land Furcht und Schrecken ausbreiten, Teufel und Gespenster, Hexen, Missgeburten, Erdbeben, Feuerzeichen am Himmel, dreiköpfige Gesichter in den Wolken und so viele andere Zeichen göttlichen Zorns? An vielen Orten verbrennt man diese verderblichen Unholdinnen des Menschengeschlechts –»

Unruhe breitete sich im Kirchenschiff aus, einige der Umstehenden bekreuzigten sich, andere riefen: «Ins Feuer mit den He xen!» Bestürzt verließen Elsbeth und Catharina vorzeitig den Gottesdienst. Catharina fiel der Lieblingsspruch ihrer toten Freundin ein: Die Hölle ist nie so heiß, wie sie die Pfaffen machen!

Sie hakte sich bei Elsbeth unter.

«Lass dich von den Predigten nicht verwirren. Du weißt doch, was Barbara immer gesagt hat: Alles, was von Teufel und Hölle gepredigt wird, soll die Leute erschrecken, um ihnen besser das Geld aus der Tasche zu ziehen.»

Doch Elsbeth besaß nicht Barbaras forsches Gemüt. Sie wirkte vollkommen verunsichert.

«Vielleicht ist doch etwas dran an all diesen Reden. Vielleicht sucht sich der Teufel gerade die anständigsten, bravsten Seelen für seine Verführungskünste aus, um damit Gott umso mehr herauszufordern.»

Zwar mied Elsbeth in den nächsten Wochen den Gang zur Kirche, aber die Rufe der Eiferer waren auch in den Gassen überall zu hören: Wanderprediger und selbst ernannte Hexenbanner kletterten auf Brunnenränder, Holzpodeste oder Ochsenkarren, um mit donnernder Stimme vor der allgegenwärtigen Gefahr zu warnen oder probate Mittelchen gegen Hexerei anzupreisen: «Kauft Schutzbriefe! Hufeisen aus geschmiedetem Eisen! Gallensteine!» Trotz der eisigen Kälte drängten sich die Menschen in dichten Trauben um sie, und zu ihrem Schrecken erblickte Catharina immer häufiger Elsbeth unter den Zuhörern, sah, wie die alte Frau erregt den drastischen Schilderungen von Hexensabbaten und Teufelsbuhlschaften lauschte oder ehrfurchtsvoll die Amulette und anderen Gegenstände zur Hexenabwehr betrachtete. Auf großen Tüchern ausgebreitet lagen da geweihte Kräuterbüschel neben Korallenästen gegen den bösen Blick, Lochsteine zum Aufhängen neben den begehrten Drudenmessern, Klappmesser, auf deren Klingen Kruzifixe, Mondsicheln und die Kreuzesinschrift INRI eingraviert waren.

Tierzähne und Mardergebisse, Maulwurfspfoten und Kaurimuscheln – schier unerschöpflich schienen die Möglichkeiten, sich gegen bösen Zauber zu schützen. Einmal beobachtete Catharina, wie Elsbeth ein Drudengatterl aus geweihtem Holz in die Hand nahm. Es bestand aus sieben dünnen Holzleisten, die kreuzweise zu einem kleinen Gatter verleimt waren. Sie zählte bereits die Münzen aus ihrem Beutel, als plötzlich ein schriller Pfiff ertönte. In Windeseile verknoteten die Hexenbanner ihre Schätze in ihren Tüchern, um gleich darauf im dichten Gedränge zu verschwinden. Wer nicht schnell genug war, den erwischten die Stadtknechte, die durch das Marktgeschehen patrouillierten. Sie hatten Order, jeden dieser Händler in den Turm zu werfen, denn nur die Kirche besaß das Recht, Hilfsmittel gegen Hexerei und schwarze Magie anzubieten.

An jenem Tag wollte Catharina ein Schock Eier kaufen. Sie wunderte sich, dass außer bei einem Großhändler aus Herdern nirgendwo Eier zu kaufen waren.

«Nehmt mit, soviel Ihr könnt. Ich gebe Euch das Schock für einen halben Pfennig!»

«Tut das nicht», flüsterte eine alte Frau neben ihr. «Hier in der Stadt sind Hexen aufgetaucht, die Eier legen und auf den Markt bringen, um die Leute zu vergiften!»

Kopfschüttelnd ging Catharina nach Hause. War denn alle Welt verrückt geworden?

Anselm sah die Entwicklung mit Entsetzen. Ende Januar war es tatsächlich zu den ersten Verhaftungen gekommen – die Frau eines Rebmanns und eine Pfaffenmagd wurden eingekerkert. In der juristischen Fakultät sprach man von nichts anderem mehr als von den Verfahrensvorschriften bei Hexereiprozessen. Die Lectiones der Freiburger Rechtsgelehrten waren in diesen Tagen so gut besucht, dass auf den Bänken des Auditorium maximum keine Fliege mehr Platz gefunden hätte. Selbst Mediziner und

Theologen ließen sich die Ausführungen zu Fragen, ob bei Hexenprozessen die eigentlich verbotene wiederholte Folter rechtmäßig sei oder ob Gerüchte und Besagungen gefolterter Hexen für die Verhaftung einer verdächtigen Person ausreichten, nicht entgehen. Anselm saß jeden Vormittag wie auf Kohlen, so heftig widersprachen die Begründungen und Rechtfertigungen, die er hörte, seinem Empfinden. Schließlich konnte er sich nicht mehr zurückhalten, stellte sich, nachdem die Vorlesung beendet war, auf die Bank und bat Ordinarius und Studenten um Gehör.

«Verzeiht meine mangelnde Zurückhaltung, ehrwürdiger Professor Martini, ich weiß, es ziemt sich nicht für einen Studenten, das Wort zu ergreifen, doch wenn Ihr erlaubt, möchte ich zum Punkt der Folter noch einen Gedanken vorbringen, der mir seit langem keine Ruhe lässt.»

Erstaunt blickte der Ordinarius Professor Friedrich Martini den Jungen an, auf dessen Wangen sich vor Aufregung rote Flecken bildeten. Dann nickte er gnädig.

«Danke, ehrwürdiger Professor.» Anselms Stimme wurde lauter und fester. «Wir, die wir das Recht studieren, wissen alle, dass die Constitutio Criminalis Carolina eine Wiederholung der Folter untersagt. Um nun eine mehrfache Folter zu rechtfertigen, betrachtet man erstens den Hexenprozess als crimen extraordinarium, das durch die Natur der Sache außerhalb aller bisher geltenden Vorschriften steht oder, anders ausgedrückt, für das die üblichen Verfahrensrichtlinien nicht mehr gelten, und zweitens nennt man die immer wieder aufs Neue ausgeführte Tortur einfach Fortsetzung der Folter. Durch diese Konstruktion steht unser processus ordinarius immer fest auf der Grundlage der Carolina. So weit, so gut. Jedoch, und jetzt komme ich zum Kern meines Gedankens, wird eines bei dieser Argumentation niemals infrage gestellt: Die Bedeutung der Folter für die Wahrheitsfindung.»

Im Auditorium breitete sich Unruhe aus.

«Soll ich den Burschen vor die Tür setzen?», rief der Pedell dem Dekan zu.

«Nein, wartet, der Junge ist mir schon seit langem ein Dorn im Auge. Ich will hören, was er zu sagen hat.»

Anselm räusperte sich und fuhr dann fort: «Wie kann die peinliche Befragung der Wahrheitsfindung dienen, wenn jede Verhaltensweise dem Verdächtigten zum Nachteil gereichen kann? Gesteht der Angeklagte schnell, dann ist er überführt, übersteht er die Tortur, ist er ein besonders verdammenswerter Fall, der mit Satans Hilfe oder durch eigene Hexenkünste Schmerzunempfindlichkeit erlangt hat. Wird ein Hexenmal gefunden und angestochen und es fließt kein Blut, wird dies als stigma diaboli gedeutet, fließt jedoch Blut oder wird kein Mal gefunden, kann dies als Beweis gewertet werden, dass es sich um eine besonders treue Hexe handelt, die solche Erkennungszeichen nicht nötig hat. Gleiches gilt für die Tränenprobe. Was hat ein solchermaßen angewandtes Prozessmittel noch an Beweiskraft? Hinzu kommt, dass der ursprüngliche Sinn der Folter verloren geht. War es doch bisher so: Entweder gestand der Angeklagte sein Vergehen, oder aber er überstand die Marter und hatte sich damit von jeglichem Verdacht reingewaschen. Eine zu Unrecht als Hexe angeklagte Frau hat jedoch keine Möglichkeit, ihre Unschuld zu beweisen!»

Anselms letzte Worte waren kaum noch zu hören in dem Tumult, der entstanden war.

«Unerhört!» – «Aufhören!» – «Hexenfreund!» – «So jemand will einmal Recht sprechen, haut ihm eins aufs Maul!»

Auf ein Zeichen des Dekans hin schritt der Pedell zu Anselm, drehte ihm den Arm auf den Rücken und wollte ihn hinausführen. Doch Anselm wehrte sich mit aller Kraft, sodass zwei kräftige Kommilitonen zu Hilfe eilen mussten. Sie schleppten ihn in den fensterlosen Karzer, wo er zitternd eine eiskalte Nacht auf dem blanken Steinboden verbrachte. Erst gegen Mittag, nachdem die juristische Fakultät ihr Urteil über ihn gefällt hatte, ließ man ihn frei.

Catharina war nicht entgangen, dass Anselm die Nacht außer Haus verbracht hatte. Um sich zu beruhigen, sagte sie sich, dass er bei irgendeiner Frau stecken mochte oder mit seinen Kommilitonen zu viel gezecht hatte. Doch im Grunde glaubte sie selbst nicht daran, denn der Junge war so gut wie nie nach Läuten der «Mordglocke», die um elf Uhr nachts für die Studenten der Stadt den endgültigen Zapfenstreich verkündete, heimgekehrt.

Als er am nächsten Abend vor ihr stand, war ihr sofort klar, dass etwas Schlimmes geschehen sein musste: Sein Gesicht war bleich wie Wachs, die linke Wange blutig verschrammt, und seine Augen blickten stumpf und maßlos enttäuscht. Müde setzte er sich an den Küchentisch. Nachdem er erzählt hatte, was vorgefallen war, fragte sie erschrocken: «Und was geschieht jetzt?»

«Man hat mich exmatrikuliert. Ich hätte heute Morgen meine Ausführungen noch widerrufen können, öffentlich, vor allen Studenten und Professoren, versteht Ihr? Doch ich habe mich geweigert, und jetzt reut mich meine Sturheit. Na ja, in Heidelberg gibt es eine reformierte Universität, an der eine andere Rechtslehre als hier vertreten wird. Ich werde Freiburg und Euer Haus verlassen müssen.»

Er legte den Kopf auf die Tischplatte und weinte.

32

Die Margret Vischerin ist verhaftet worden!» Schwer atmend stand Beate im Türrahmen und schüttelte sich die Schneeflocken von der Kapuze. «Man hat sie heute Morgen zur Befragung in den Predigerturm gebracht.»

Catharina sah sie ungläubig an. Gestern erst waren die Pfaffenmagd und die Frau des Rebmanns bei lebendigem Leib den Flammen übergeben worden, heute schon glaubte man, die nächste Hexe gefunden zu haben. Catharina wusste von Anselm, wie das gemeinhin vor sich ging: Hatte die Frau unter der Folter ihre Buhlschaft mit Satan und sämtliche damit einhergehenden Abscheulichkeiten gestanden, musste sie alle Personen besagen, die zu ihrer Hexengemeinschaft gehörten. Die Bezichtigten wurden unverzüglich gefangen genommen. Auf diese Weise hoffte man, sämtliche Beteiligten der Hexenverschwörung ausfindig zu machen und diese größte Bedrohung des christlichen Friedens ein für alle Mal auszurotten. So wurde es überall im Land gehandhabt, und so waren auch in Freiburg inzwischen zahlreiche Menschen, fast immer Frauen, der Hexerei überführt worden.

Doch jetzt saß zum ersten Mal eine Frau wegen Hexereiverdachts im Turm, die Catharina persönlich kannte. Zwar verbanden sie mit der Vischerin nicht gerade freundschaftliche Gefühle, doch hatte sie sie willkommen geheißen, wenn Beate sie hin und wieder mit ins Haus gebracht hatte, denn sie empfand Mitleid mit dieser einsamen, verhärmten Frau. Zugegeben, ein wenig unwohl konnte einem schon werden in ihrer Gegenwart, wenn sie so schweigsam mit stumpfem Blick auf der Bank saß und die ausgelassene Runde beobachtete. Catharina hatte nie viele Worte mit ihr gewechselt.

«Das muss ein Irrtum sein. Die Vischerin kann doch keiner Fliege etwas zuleide tun», sagte Catharina, doch sie zweifelte an ihren eigenen Worten. «Bestimmt wird sie bald wieder freigelassen.»

Beate starrte sie an. «Catharina, ich habe Angst!»

Dichte graue Nebelschwaden standen zwischen den Häusern und ließen den Tag vorzeitig zu Ende gehen. Die Menschen beeilten sich, nach Hause zu kommen, lauerten doch bei solchem Wetter noch mehr Gefahren als sonst in den düsteren Gassen. Selbst Anselm, sonst nicht gerade ängstlicher Natur, beschleunigte seinen Schritt. Eben war er beim Schmuckhändler gewesen, um ein Abschiedsgeschenk für Catharina auszusuchen. Er durfte gar nicht daran denken, dass er schon übermorgen nach Heidelberg aufbrechen würde. Wie ein warmes gemütliches Nest war ihm das Haus zur guten Stund immer erschienen, und er hätte sich gewünscht, bis zur Gründung einer eigenen Familie dort bleiben zu dürfen.

Man kann ja nicht mehr die Hand vor Augen sehen, dachte er, als er den Platz vor dem Rathaus überquerte. Da bemerkte er vor sich die schemenhafte Gestalt eines hageren hinkenden Mannes. Er erkannte Siferlin, der eilig über den Platz Richtung Ratskanzlei schlurfte, wo ein untersetztes Männlein gerade das Haupttor verriegelte.

«He, Secretarius Wagner, seid Ihr das?», rief Siferlin leise. Das Männchen wandte sich um, und die beiden begrüßten sich.

Anselm hätte ebenso gut nach Hause gehen können, zumal ihm durch und durch kalt war. Doch irgendetwas in seinem Inneren hieß ihn, die beiden Männer im Auge zu behalten. Rasch lief er hinüber zu den Laubengängen des Kollegiengebäudes, das neben der Ratskanzlei stand. Mit dem Nebel hatte Tauwetter eingesetzt, und der Schlamm schmatzte und zog an seinen Holzpantinen.

«Ist da nicht eben jemand vorbeigelaufen?», hörte er Siferlin fragen. Er stand nur einen Steinwurf von ihm entfernt. Angespannt drückte sich Anselm im Dunkel des Vorbaus hinter einen engen Holzverschlag.

«Ich habe niemanden gesehen», entgegnete der Secretarius. «Worum geht es, Meister Siferlin?»

«Sind der Schultheiß oder der Statthalter noch im Hause? Ich habe eine wichtige Aussage zu machen.»

«Nein, es ist niemand mehr in der Kanzlei. Und ich fürchte, dass sie auch die nächsten Tage keine Zeit für Aufwartungen haben, denn sie stecken mitten in diesem Prozess.»

«Wartet ab, was ich zu sagen habe. Kommt, gehen wir hinüber zu den Lauben, da sind wir ungestört.»

Ihre Schritte näherten sich und kamen dicht neben dem Verschlag zum Stehen. Anselm konnte Siferlins heißen Zwiebelatem riechen. Sein Herz klopfte bis zum Hals. Wenn er nun entdeckt wurde?

«Also, fasst Euch kurz, Meister Siferlin, ich habe wenig Zeit.»

«Es geht um Catharina Stadellmenin. Ich habe gehört, dass die Vischerin sie der Mittäterschaft bezichtigt hat. Ich kenne die Stadellmenin sehr gut und könnte Euch wichtige Hinweise geben, um sie endgültig der Hexerei und Zauberei zu überführen. Sie hat nicht nur –»

«Halt, Siferlin, kein Wort mehr hier auf der Straße. Wir müssen sofort zum Schultheiß. Er sitzt mit dem Statthalter im ‹Roten Bären› beim Abendessen.»

Nachdem die Männer sich entfernt hatten, kauerte Anselm noch minutenlang wie erstarrt in seinem Versteck. Das musste ein böser Traum sein. Seine Gevatterin sollte der Hexerei bezichtigt werden? Catharina Stadellmenin, die nie in ihrem Leben irgendwelchen magischen Praktiken nachgegangen war? Doch es gab keinen Zweifel, er hatte jedes einzelne Wort verstanden, und Anselm wusste nur zu gut, was als Nächstes geschehen würde. Er stürzte los in die milchige Dämmerung, den Franziskanerplatz hinunter Richtung Predigerkloster und in die Schiffsgasse. Er rannte, so schnell er konnte. Der Matsch spritzte ihm bis an die Knie, die schweren Holzschuhe schienen am Boden festzukleben. Kurzerhand streifte er sich Schuhe und Fußlappen ab und lief das letzte Stück auf bloßen Füßen weiter.

Im Sudhaus war noch Licht. Catharina war dabei, die Gerätschaften zu säubern und aufzuräumen. Verschwitzt, barfuß und mit Schlammflecken auf dem Rock stand Anselm vor ihr und bekam vor lauter Keuchen und Schrecken kein Wort heraus.

«Um Himmels willen, Anselm», rief Catharina erschrocken. «Was ist denn geschehen?»

«Ihr – Ihr müsst weg, sofort weg. Sie sind hinter Euch her!»

«Was redest du für Zeug? Wer ist hinter mir her?»

Anselm schlug die Hände vors Gesicht.

«Es ist wahr. Ich habe Siferlin belauscht, wie er mit einem Ratsdiener sprach. Er sagte, er könne helfen, Euch als Hexe zu überführen.»

«Aber das ist doch Unsinn. Was habe ich denn mit diesen Frauen, mit diesen Hexenprozessen zu schaffen?»

«Die Vischerin hat Euch bezichtigt!»

Catharina starrte Anselm an. Die Erde unter ihren Füßen begann zu schwanken, scheppernd fiel die Eisenpfanne aus ihrer Hand. Sie lehnte sich an die Wand. Dann gab sie sich einen Ruck. Jetzt nur nicht den Kopf verlieren.

«Erzähl mir genau, was du gehört hast.»

Der Junge holte tief Luft und berichtete von der Zusammenkunft der beiden Männer.

Siferlin, dachte Catharina nur, immer wieder Siferlin. Jetzt sieht er den Moment gekommen für die große Rache seines Lebens. Sie blickte auf Anselms nackte Füße.

«Komm mit in die Küche. Du musst deine Füße wärmen, sonst bekommst du Frostbeulen.»

Eine halbe Stunde später saß Catharina mit Elsbeth und dem zitternden Jungen auf der Küchenbank und versuchte, sich zu beruhigen. Sie hatte niemandem geschadet noch jemals Böses gewollt. Wieso sollte ihr also Gefahr drohen?

«Das klärt sich bestimmt alles von selbst auf», sagte sie leise. «Was ich nur nicht verstehe: Warum benennt die Vischerin ausgerechnet mich? Die vier, fünf Abende, die sie hier verbracht hat, konnte sie es sich doch gut gehen lassen. Sie durfte essen und trinken, soviel sie wollte!» Einmal hatte Christoph sie sogar zum Tanz aufgefordert. Christoph – wenn er jetzt nur bei ihr wäre! Er würde den Arm um sie legen und ihr in seiner beruhigenden Art klar machen, dass sie nichts zu befürchten hatte. Doch sie war allein, hatte Christoph seit unsagbar langer Zeit nicht mehr gesehen. Plötzlich begann sie am ganzen Leib zu zittern.

«Warum hat sie das getan?», wiederholte sie ihre Frage und schlug die Hände vors Gesicht.

«Aus Neid, aus blankem Neid. Die Frau war mir nie recht geheuer», murmelte Elsbeth. Sie war leichenblass. «Ihr dürft keine Zeit verlieren. Ihr müsst sofort weg von hier, am besten nach Villingen. Sie können jeden Moment vor der Tür stehen, um Euch zu holen. Und dann bringen sie Euch in den –» Sie sprach den schrecklichen Gedanken nicht aus.

«Ach, Elsbeth, wie soll ich denn bei Nacht und Nebel nach Villingen kommen? Außerdem schließen in Kürze die Stadttore.»

«Dann versteckt Euch beim Schneckenwirt bis morgen früh.»

«Elsbeth hat Recht.» Anselm sah sie flehentlich an. «Ihr könnt nicht hier bleiben.»

Catharina schüttelte den Kopf. «Wir sollten uns nicht verrückt machen. Mir wird schon nichts geschehen. Siferlin hat nichts in der Hand, was mich mit Hexerei in Verbindung bringen könnte. Und was die Vischerin betrifft: Der Inquisitor hat ihr sicherlich ins Gesicht gelacht und gesagt, sie solle keine ehrenwerten Bürgerinnen ins Gerede bringen. Schließlich bin ich die Witwe eines Magistratsmitglieds und Zunftmeisters.»

Catharina fand in dieser Nacht keinen Schlaf. Immer wieder fragte sie sich, ob sie tatsächlich in Gefahr sei. Aber nein, Siferlins Rachedurst und Margret Vischerins Neid mussten doch für jeden durchschaubar sein, es wäre doch einfach lächerlich, sie der Hexerei anzuklagen.

Hin und wieder glitt sie erschöpft über die Schwelle des

Schlafs, fuhr aber jedes Mal mit schweißnasser Stirn wieder auf. Von nebenan hörte sie die unruhigen Schritte der Magd. Catharina dachte an die Folterkammern in den Stadttoren, aus denen die Schreie der Delinquenten drangen. Sie wusste nicht mit Gewissheit, was mit diesen Menschen geschah, doch gehört hatte sie grauenhafte Dinge über deren Qualen, und mehrfach schon hatte sie den Henkerskarren auf seinem Weg zur Richtstatt gesehen, die geschundenen, zermarterten Körper der Verurteilten und ihre seelenlosen Blicke.

Noch vor Morgengrauen kleidete sie sich an. Es hatte keinen Sinn, sich dieser schrecklichen Ungewissheit weiter auszusetzen. Sie würde nach Villingen wandern, zu Fuß, auch wenn sie viele Tage dazu bräuchte. Alles in ihr drängte sie zu Christoph. Bei ihm wäre sie in Sicherheit, und dann würden sie gemeinsam weitersehen. Vielleicht, dachte sie, ist Carl auch inzwischen gestorben, dann könnten wir über das Erbe verfügen und notfalls das Land verlassen. In Christophs letzter Post hatte gestanden, dass nun auch der andere Medicus den baldigen Tod diagnostiziert hatte.

In der Küche brannte bereits Feuer, und Elsbeth setzte Wasser auf.

«Ihr habt Euch also entschieden zu gehen», sagte sie erleichtert mit einem Blick auf den Reisebeutel über Catharinas Schulter. Sie sah müde aus und hatte gerötete Augenränder.

«Ich habe Euch schon etwas Wegzehrung gerichtet.»

Sie schob Catharina ein prall gefülltes zusammengeknotetes Tuch zu.

«Danke, das ist lieb von dir.»

Catharina verstaute den Proviant in ihrem Beutel und reichte der Magd den Wasserschlauch, den Christoph ihr geschenkt hatte. Er war inzwischen leer. «Wenn du den noch füllen würdest. Ich will mich gleich bei Sonnenaufgang auf den Weg machen.»

In diesem Moment polterte es unten gegen das Haustor.

«Sofort aufmachen! Hier ist die Stadtwache!»

Geistesgegenwärtig packte Elsbeth den Reisesack und zog Catharina an der Hand hinter sich her, die Treppe hinunter.

«Wenn Ihr nicht sofort aufmacht, brechen wir die Tür auf!»

Elsbeth riss das Tor zum Garten auf und drängte Catharina hinaus.

«Flieht, in Gottes Namen. Über die Gartenmauer!»

Dann eilte sie zurück zur Haustür, ordnete ihre Röcke und ihre Haube und schob den Riegel zurück. Zwei mit Stock und Dolch bewaffnete Büttel standen in der Dunkelheit.

«Seid Ihr von Sinnen, mitten in der Nacht solchen Lärm zu machen. Meine Herrin ist krank und –»

Die beiden Männer beachteten sie nicht und sahen an ihr vorbei.

«Seid Ihr Catharina Stadellmenin, die Witwe des Schlossermeisters Bantzer?»

Elsbeth wandte sich um und stieß einen spitzen Schrei aus, als sie Catharina erblickte, die wie festgewurzelt im Hoftor stand.

«Ja, das bin ich.»

«Aha», grinste der Kleinere und schlug mit der flachen Hand auf den Sack, den Catharina immer noch in der Hand hielt. «Die Hexe wollte wohl ausfliegen!»

Er entriss ihr den Sack und schleuderte ihn in die Diele zurück. Dann nahmen sie Catharina in ihre Mitte, hielten mit eisernem Griff ihre Handgelenke fest und führten sie auf die stille Gasse. Gegenüber, im Torbogen des Bäckerhauses, stand Gervasius Schechtelin und glotzte ihnen mit offenem Mund nach.

Benommen stolperte Catharina zwischen den beiden Bütteln den kurzen Weg zum Predigertor. Über dem Burgberg kündigte sich fahl die Morgendämmerung an, der Nebel hatte sich verzogen, und es versprach ein klarer Februartag zu werden. Nur wenige Menschen waren zu dieser frühen Stunde unterwegs. Sie blieben entweder neugierig stehen, um sie anzustarren, oder beeilten sich, außer Reichweite der Büttel zu kommen.

Im Schein zweier Pechfackeln sah Catharina schon von weitem einen kleinen Menschenauflauf vor dem Tor des Predigerturms. Als sie sich näherte, konnte sie weitere Büttel und einige Frauen ausmachen.

«Ich habe vom Turmherrn Anweisung, fünf Gefangene aufzunehmen und nicht acht!»

«Aber in den anderen Türmen ist kein Platz mehr!»

«Das ist mir gleich. Bringt sie in den Keller der Ratsstube oder ins Spitalsloch.» Er hob ein Dokument in den Schein der Fackeln und verlas stockend die Namen der Gefangenen, die in den Predigerturm gebracht werden sollten.

«Magdalena Beurin, Catharina Stadellmenin –»

Catharina hörte ihm nicht zu. Sie hatte längst erkannt, wen es außer ihr getroffen hatte: zwei Frauen aus Betzenhausen, die sie noch aus ihrer Zeit als junges Mädchen kannte, ihre einstige Nachbarin und Frau eines Tuchhändlers namens Anna Wolffartin, die im Haus zum weißen Löwen wohnte, schräg gegenüber dem Bantzer'schen Anwesen, und – Margaretha Mößmerin. Catharina sah ihre Freundin an und erkannte das eigene Entsetzen in deren Augen. Sie versuchte, in ihre Nähe zu gelangen, doch der kleinere ihrer Bewacher drehte ihr roh den Arm auf den Rücken.

«Stehen geblieben!», zischte er.

Dann traten sie hintereinander durch das schmale Türchen in den Raum des Torwächters und kletterten eine Holzstiege hinauf: eine schweigende Kolonne von zehn schwer bewaffneten Bütteln und fünf Frauen. Sie erreichten einen kahlen quadratischen Raum von etwa zehn Fuß Seitenlänge, von dem eine weitere Stiege nach oben und zwei winzige Kammern abgingen, nicht größer als Schweinekoben. Die Türöffnung war mit einem schweren nur hüfthohen Holztor versehen, sodass der Wächter jederzeit Einblick in das Innere der Kammer hatte. Hier hinein wurden die Wolffartin und Margaretha gebracht, die anderen Frauen mussten nach oben, wo sich neben einer verschlossenen Eisentür drei solch kleine Kammern befanden.

Catharina wurde in die mittlere gestoßen.

«Los, hinsetzen!»

Sie ließ sich auf den Boden sinken, der mit einer dünnen Schicht aus frischem Stroh bedeckt war. Mit geübten Griffen befestigten die Büttel ihre Handgelenke an Eisenschellen, die an schweren, in die Wand eingelassenen Ketten hingen.

Erschöpft schloss sie die Augen, als man sie endlich allein ließ. Sosehr sie im ersten Moment darüber erschrocken war, dass man auch ihre Freundin eingesperrt hatte, so beruhigend fand sie jetzt die Erkenntnis, dass sie nicht die einzige Frau aus angesehenem Haushalt war. Es gab Prozessvorschriften, und sicherlich musste jedem Hinweis nachgegangen werden. Bestimmt würde im Laufe des Tages ein Vertreter des ehrsamen Gerichts im Turm erscheinen und ihnen erklären, dass die ihnen gemachten Vorwürfe unhaltbar seien.

Von unten hörte sie Margarethas Stimme: «Hab keine Angst, Catharina, wir sind bald wieder draußen.»

«Ich weiß.»

«Haltet den Mund», schrie eine männliche Stimme. Wahrscheinlich der Turmwächter. Catharina bewegte die Arme. Sie konnte sie ausbreiten, bis sie rechts und links die Wände berührte. Doch um aufzustehen, waren die Ketten zu kurz. Wenn sie sich aufrecht gegen die Wand setzte, konnte sie über das Holzgatter hinweg durch eine kleine Luke an der gegenüberliegenden Wand nach draußen sehen. Wie auf einem Bild zeichneten sich im heller werdenden Licht die Umrisse der Burg ab. Der Tag brach an mit seinen üblichen Geräuschen: dem Rumpeln der Holzkarren, Hundegekläff, dem Fluchen der Ochsentreiber, Rufen und Gelächter. Im Turm selbst war Stille eingekehrt. Die Gefangenen wagten nicht mehr zu sprechen, nur ein leises Schnarchen war aus der Kammer zur Linken Catharinas zu hören. Auch Catharina kroch die Müdigkeit wie Blei in die Glieder. Sie streckte sich, so gut es mit den schweren Ketten ging, im Stroh aus. Obwohl es frisch war, stank der Raum nach Urin und Kot. Ob es hier Ratten gibt?, dachte Catharina noch, dann war sie eingeschlafen.

An diesem Tag ereignete sich nichts mehr. Catharina erwachte von dem klirrenden Geräusch der Eisenketten und männlichen Stimmen. Eine der Betzenhauserinnen neben ihr wurde aus der Zelle geführt, und als Catharina den Kopf reckte, konnte sie sehen, wie sie hinter der geöffneten Eisentür verschwand, zusammen mit einigen Männern. Die Tür fiel krachend ins Schloss. Offensichtlich war dort noch ein weiterer Raum. Die berüchtigte Folterkammer? Doch es war kein Laut zu hören. Etwa eine Stunde später kehrte die Frau zurück, aufrecht, und schien keinen Schaden genommen zu haben.

Der Rest des Tages verging endlos langsam, mit quälendem Warten und großer Ungewissheit. Catharina versuchte, ihre Gedanken zu ordnen, überlegte sich, was sie dem Untersuchungsrichter sagen könnte, mit welchen Worten sie Margret Vischerins Bezichtigung entkräften würde. Dann dachte sie an Christoph, der in diesem Moment wahrscheinlich am Bett seines todkranken Schwiegervaters saß, ohne zu wissen, in welch schrecklicher Lage sie sich befand. Ob Elsbeth daran dachte, die Bierfässer zu liefern?

Jedes Mal, wenn unten im Turm die Tür ging, zuckte sie zusammen, doch niemand kam, gerade als habe man sie vergessen. Sie starrte die schmutzig gelben Wände ihres Gefängnisses an, bis sich ihr jeder Riss, jeder Fleck, jede Vertiefung eingeprägt hatte. Hin und wieder fiel sie in unruhigen Schlaf, aus dem sie

403

beim leisesten Rascheln und Kettengeklirr aufschreckte. Ihre Handgelenke begannen zu schmerzen, mal schlief ihr ein Bein, mal ein Arm ein. Mit der Dunkelheit kam die Kälte, und niemand brachte Decken oder einen Strohsack. Wie lange würde sie hier liegen müssen? Tage? Wochen? Sie faltete die Hände und betete zum Gottvater und der Jungfrau Maria.

An den abschüssigen Stellen rutschte das Pferd immer wieder mit den Hufen weg. Die Schneemassen des vergangenen Winters hatten sich mit dem durchnässten Erdreich zu hellbraunem Schlamm verbunden, der ein Vorwärtskommen schier unmöglich machte. Christoph stieg ab und führte sein Pferd hinter sich her. Der tauende Schnee troff von den Ästen in seinen Nacken, die nassen Zweige peitschen ihm ins Gesicht. Verdammte Torheit, bei diesem Sauwetter die Abkürzung durch den Wald zu nehmen, dachte er ärgerlich, als ihm ein umgestürzter Baum den Weg versperrte. Er musste so schnell wie möglich den Hauptweg erreichen.

Am Vortag hatten sie seinen Schwiegervater beigesetzt, und es wäre vernünftig gewesen, mit dem Ritt nach Freiburg noch zwei, drei Tage zu warten, bis die Wege einigermaßen getrocknet waren. Doch es war nicht allein die Sehnsucht nach Catharina, die ihn zur Eile getrieben hatte. Die ganze Nacht schon hatte eine Unruhe von ihm Besitz ergriffen, die sich gegen Morgen zu einer peinigenden Angst steigerte. Sie hatte etwas mit Catharina zu tun, er spürte, dass sie in Gefahr war. Noch im Dunkeln hatte er sein Pferd gesattelt und war losgeritten.

Jetzt war der Mittag bereits vorbei, und noch nicht einmal die Hälfte der Strecke lag hinter ihm. Immer wieder musste er kleine Umwege machen, und hätte ihm die Sonne am wolkenlosen Himmel nicht als Wegweiser gedient, er hätte sich hoffnungslos verirrt.

Schließlich erreichte er den Turner, wo sich der Wald lichtete.

Er saß wieder auf und trieb seinen Fuchs in scharfen Galopp. Christoph klopfte dem willigen Tier anerkennend den Hals. Bald würde er den Fuhrweg von St. Märgen erreichen, und dann hatte er es so gut wie geschafft.

Endlich stand er an einem steilen Abhang und sah tief unter sich den Weg von St. Märgen, der nicht weit von hier in die Landstraße nach Freiburg mündete. Das Pferd tänzelte unruhig, während Christoph überlegte, wie er am besten hinunter auf den Weg gelangen könnte. Wollte er nicht wieder einen Umweg machen und kostbare Zeit verlieren, musste er wohl oder übel den nassen Hang hinabklettern. Er stieg ab und führte das Pferd vorsichtig zum Abhang. Da geschah das Unglück: Dem Pferd rutschte auf dem glitschigen Gras die Hinterhand weg, es riss den Kopf hoch, um das Gleichgewicht wiederzuerlangen. Durch den heftigen Ruck am Zügel verlor auch Christoph seinen Halt. Er stürzte hintenüber, die Beine sackten ihm weg, und dann rutschte er den Steilhang hinunter, immer schneller, immer schneller. Vergeblich suchte er nach einem Halt, seine Hände griffen ins Leere. Da spürte er einen kräftigen Schlag gegen Hinterkopf und Unterarm und kam zum Halten. Ein breiter Baumstumpf hatte ihn aufgefangen. Stöhnend fasste er sich an seinen schmerzenden Kopf, und als er die Hand zurückzog, war sie blutrot – eine tiefe Platzwunde. Er sah nach oben und pfiff durch die Zähne – das hätte ja böse ausgehen können. Dann stockte sein Atem: Wo war das Pferd?

Deutlich war eine breite Schleifspur durch die Schneereste zu erkennen, die bis zum Weg hinabführte. Dort lag ein fuchsbrauner Leib. Christoph setzte sich auf den Hosenboden und ließ sich das letzte Stück rücklings hinuntergleiten. Völlig durchnässt landete er neben dem zitternden Tier. Dem Himmel sei Dank, es lebte! Verängstigt sah ihn der Fuchs aus halb geöffneten Augen an. Dann hob er den Kopf und versuchte vergeblich, wieder auf die Beine zu kommen. Christoph erkannte es auf den ersten

Blick: das linke Vorderbein war knapp unterhalb des Knies gebrochen. Er hätte laut losheulen können. Vorsichtig nahm er den Sattel ab und legte ihn in ein dichtes Gebüsch. Es war ein kostbares Stück, und wenn er Glück hatte, würde er ihn auf dem Rückweg noch dort vorfinden. Dann wandte er sich wieder dem schnaubenden Pferd zu. Beruhigend tätschelte er ihm die Nüstern, schob seinen Kopf sanft nach oben und zog seinen Dolch. Mit einem raschen, gezielten Schnitt durchtrennte er die Kehle. Ein Schwall Blut schoss hervor, dann ging ein letztes Beben durch den mächtigen Leib des Pferdes, und seine Augäpfel drehten sich nach oben.

Je näher Christoph der Stadt kam, desto schneller wurden seine Schritte. Er spürte weder die Wunde am Kopf noch seine durchnässten Glieder. Nach dreistündigem Fußmarsch erreichte er das Schwabstor. Es war bereits dunkel, und wie er befürchtet hatte, waren die Tore geschlossen. Mit beiden Fäusten hämmerte er gegen die Pforte des Wächterhäuschens.

«Macht auf, in Gottes Namen, macht auf», rief er so lange, bis sich eine winzige Luke öffnete. Eine rote Knollennase und zwei triefende Augen zeigten sich.

«Was wollt Ihr? Das Tor ist geschlossen.»

Branntweinatem schlug Christoph entgegen.

«Lasst mich in die Stadt, es eilt.»

«He, he – um diese Zeit kommt keiner mehr herein.»

«Um diese Zeit dürftet Ihr Euch auch nicht mit Branntwein voll laufen lassen.»

Mit einem lauten Knall wurde die Luke wieder zugeschlagen, und die Pforte öffnete sich. Mit grimmigem Gesicht trat der Wächter heraus, in der Hand einen schweren Schlüsselbund.

«Also gut. Dann sagt mir jetzt ganz genau, wer Ihr seid und wohin Ihr wollt.»

«Christoph Schiller, Sohn der verstorbenen Marthe Stadellmenin aus Lehen, Besitzer eines Gasthauses in Villingen. Mein

Pferd ist mir unterwegs verreckt, deshalb bin ich so spät dran. Jetzt lasst mich durch, ich muss dringend zu meiner Base.»

«Und wer ist Eure Base?»

Christoph wurde ungeduldig. «Catharina Stadellmenin, wohnhaft im Haus zur guten Stund.»

Der Wächter schwankte.

«Stadellmenin Catharina? Ist die nicht heute früh verhaftet worden?»

Christoph starrte ihn entgeistert an. «Was sagt Ihr da?»

«Nichts für ungut, ich kann mich auch täuschen. In der letzten Zeit sind wieder so viele Hexen eingekerkert worden, da kann man sich nicht alle Namen merken. Ihr könnt durch.»

Eingekerkert, Hexe – die Worte trafen Christoph wie Hammerschläge. Er rannte quer durch die stille Stadt, ungeachtet der Dunkelheit und der Schlammlöcher auf den Straßen. Eine völlig aufgelöste Elsbeth öffnete ihm das Haustor. Bei Christophs Anblick fing sie an zu weinen. Dann zog sie ihn in die Küche, wo sie ihm über die Einzelheiten der Verhaftung berichtete.

«Heute Abend könnt Ihr nichts mehr ausrichten. Esst und trinkt etwas, während ich Eure Wunde säubere.»

Nur unwillig ließ sich Christoph von ihr behandeln. Sein Kopf dröhnte, und es fiel ihm schwer, einen klaren Gedanken zu fassen.

«Ich weiß, wo der Statthalter wohnt, dieser Renner. Ich gehe gleich bei ihm vorbei. Das Ganze ist doch ein zum Himmel schreiender Irrtum!»

«So, wie Ihr im Moment ausseht, lässt er Euch gar nicht ins Haus.»

«Du hast Recht.» Er sah die Magd scharf an: «Glaubst du, dass Catharina etwas mit Hexerei im Sinn hat?»

«Nein!» Mehr schien sie dazu nicht zu sagen zu haben.

Nachdem Christoph sich gewaschen und umgezogen hatte, machte er sich auf den Weg. Er mietete sogar einen Fackelträger, wie es sich zu Nachtzeiten für einen anständigen Bürger ziemte. Schon eine halbe Stunde später kehrte er zurück. Er war enttäuscht und niedergeschlagen.

«Und?» Elsbeth bebte vor Aufregung.

«Erst wollte er mich nicht empfangen, sah es als Frechheit an, dass ich ihn um diese Zeit störte. Dann kam er doch für einen Moment die Treppe herunter. Ach, Elsbeth, so einfach, wie ich es mir vorgestellt habe, ist es nicht.»

Er ließ sich auf die Bank nieder. Jetzt spürte er jeden einzelnen seiner Knochen, und seine Wunde pochte schmerzhaft.

«Vor Gericht zugelassen sind nur Zeugen der Anklägerseite. Die einzige Möglichkeit, die mir laut Renner bleibt, ist eine schriftliche Bittschrift. Ich muss Zeugen nennen, die für Cathis ordentlichen Lebenswandel bürgen. Ob solche Zeugen angehört werden, ist die alleinige Entscheidung des Gerichts.»

Stumm blickte er ins Leere. Es würde eine kalte Nacht werden, und Cathi, seine unschuldige, herzensgute Cathi lag irgendwo im Predigerturm in Ketten, frierend, zu Tode geängstigt, allein. Wenn sie ihr nun etwas angetan hatten? Wenn sie verletzt war, Schmerzen hatte?

Er sah Elsbeth an. «Margaretha Mößmerin und Beate Müllerin sind ebenfalls verhaftet.»

Dann verlor er die Besinnung.

Am nächsten Morgen wurde Catharina mit einem Fußtritt geweckt.

«Aufwachen. Die Herren Inquisitoren sind da.»

Der Wärter löste ihre Fessel und zog sie hoch. Sie musste trotz der Kälte und des widrigen Nachtlagers die letzten Stunden fest geschlafen haben, denn sie fühlte sich mehr bei Kräften als am Vortag. Während sie dem Wärter folgte, klopfte sie sich das Stroh vom Kleid. Die Eisentür stand offen. Catharina betrat den bis auf ein Stehpult vollkommen kahlen Raum, der spärlich von einer Tranlampe erhellt wurde. Drei Männer standen in der Ecke und unterhielten sich, hinter dem Stehpult ordnete der Gerichtsschreiber Papier und Tinte. August Wimmerlin! Dieser unangenehmste von allen Kommilitonen, die Anselm je ins Haus gebracht hatte, war also inzwischen Jurist. Wimmerlin wich ihrem Blick aus. Da trat aus der Gruppe der Richter ein hoch gewachsener, gepflegter Mann mit grau meliertem Haar auf sie zu. Das musste der Untersuchungsrichter sein. Erst auf den zweiten Blick erkannte Catharina ihn: Es war Doktor Textor, den Catharina einige Male im Hause von Jacob Baur getroffen hatte und der vor rund zehn Jahren, nachdem Lehen an die Stadt Freiburg verkauft worden war, den Lehener Herrenhof übernommen hatte. Sie unterdrückte einen Seufzer der Erleichterung.

«Seid Ihr Catharina Stadellmenin?»

«Aber ja, Doktor Textor, wir kennen uns doch. Von Einladungen in Baurs Haus, bei Margaretha Mößmerin. Ihr kennt doch auch meinen verstorbenen Mann, Michael Bantzer. Wie froh wird Margaretha sein, wenn sie erfährt, dass Ihr die Untersuchung leitet. Wir sind –»

Sie wurde von Wimmerlin unterbrochen. «Soll das alles protokolliert werden, Herr Commissarius?»

«Esel», antwortete einer der Schöffen an Textors Stelle. «Natürlich nicht!»

Catharina war nicht entgangen, dass für einen kurzen Moment ein wehmütiger Zug um Textors Mundwinkel spielte. Dann straffte sich sein Gesicht, und er sagte: «Beantwortet nur meine Fragen, nichts weiter. Ihr seid also Catharina Stadellmenin?»

«Ja, Euer Ehren.»

Sie begriff, dass die Fragen nach einem festgelegten Schema erfolgten, das sie nicht durchbrechen konnte.

«Wie alt seid Ihr, und wo seid Ihr wohnhaft?»

«Ich bin an die fünfzig und wohne im Haus zur guten Stund in der Schiffsgasse.»

«Wie ernährt Ihr Euch?»

«Ich betreibe eine kleine Bierbrauerei.»

«Wo seid Ihr geboren?»

«Hier in Freiburg.»

«Die Eltern?»

«Anna Meierin, wenige Jahre nach meiner Geburt im Kindbett gestorben. Mein Vater war der Maler Hieronymus Stadellmen, gestorben, als ich vierzehn Jahre alt war.»

«Wart Ihr danach in Diensten?»

«Ja, im Gasthaus meiner Tante, Marthe Stadellmenin. Ihr kennt diesen Gasthof, es ist der in Lehen. Und danach war ich Schankfrau im Schneckenwirtshaus.»

«Verheiratet?»

«Ich bin seit einigen Jahren Witwe. Mein Mann war der Schlossermeister und Magistrat Michael Bantzer. Aber das wissen Euer Ehren doch alles?»

«Schweigt! Ihr sollt lediglich beantworten, was Ihr gefragt werdet.»

Diese Worte waren ohne jegliche Schärfe vorgebracht.

«Habt Ihr Kinder?»

«Nein.» Sie spürte, wie sie den Mut verlor. Was für eine aberwitzige Unterredung!

«Direkte Verwandte, die noch am Leben sind?»

«Nein, das heißt, ich weiß nicht recht, was Euer Ehren unter direkten Verwandten verstehen. Ich habe noch Vettern und eine Base.»

«Das interessiert hier nicht.»

Textor gab Wimmerlin ein Zeichen, woraufhin der seine Utensilien zusammenpackte. Grußlos verließen die Männer den Raum, der Commissarius Textor als Letzter. Ohne Catharina anzusehen, ging er an ihr vorbei. Sie war wie vor den Kopf geschlagen. Das konnte doch nicht alles gewesen sein? Sie war überhaupt nicht angehört worden!

Auf dem Weg in ihre Zelle blieb sie an der Stiege stehen und rief nach unten: «Margaretha, Doktor Textor war hier, hörst du?»

Da gab ihr der Wärter einen Stoß in die Rippen. «Keine Unterhaltung mit den anderen Gefangenen. Sonst landet Ihr gleich im Folterturm.»

33

Die Morgensonne zauberte durch die schmalen, mannshohen Buntglasfenster leuchtende Kreise auf den lang gestreckten Holztisch der Ratsstube. Statthalter Johann Jacob Renner, Kopf des ehrsamen Rats der Vierundzwanzig, die sich heute zum Blutgericht versammelt hatten, ging mit energischen Schritten vor den Schöffen auf und ab.

«Was heißt hier delikat? Wir sollten in diesem Prozess genauso gewissenhaft und vorschriftsmäßig verfahren wie in allen anderen Prozessen dieser Art. Auch mir ist nicht entgangen, mein guter Textor, dass wir im Kampf gegen die Hexenverschwörung in unserer Stadt an einem Punkt angelangt sind, wo drei Frauen einsitzen, die allesamt Witwen von hoch angesehenen Bürgern unserer Stadt sind. Ich zähle auf: die Wolffartin, Witwe des Gewerbemannes Alexander Schell, die Mößmerin, Witwe unseres verstorbenen Obristmeisters Jacob Baur, die Stadellmenin, Witwe des mehrfachen Magistrats und Zunftmeisters Michael Bantzer. Dazu kommt noch, als vierte, Beate Müllerin, Tochter unseres hoch angesehenen Mitglieds der Zwölf Beständigen, Georg Müller. Die persönliche Bekanntschaft mit diesen Frauen», dabei warf er Textor einen verständnislosen Blick zu,

411

«mag für einige unter uns natürlich ein erschwerender Umstand sein bei der Wahrheitsfindung und Überführung der Angeklagten. Jedoch –» er schlug heftig mit der Faust auf den Tisch, und seine ohnehin gehaltvolle Stimme rutschte in einen tiefen Bass «– ist hier im Raum unter den Anwesenden in der Tat jemand, der der Überzeugung ist, dass Gottes Widersacher Standesunterschiede macht bei der Auswahl seiner Gefolgsleute? Die Erfahrung hat gezeigt, dass einfache Leute ohne Stand und Bildung anfälliger sind für teuflische Verführungskünste, doch auch Vertreter des vornehmen Stands, insbesondere das schwache Geschlecht, sind nicht dagegen gefeit, und daher muss unnachsichtig jeder, ich sage, jeder Spur nachgegangen werden. Vielleicht erinnern sich einige der anwesenden Herren, auch wenn es bald fünfzehn Jahre zurückliegt, dass die Mößmerin schon einmal wegen Hexerei angezeigt worden ist. Der Sache wurde nicht weiter nachgegangen, da es sich bei der Denunziantin um eine Frau mit sehr schlechtem Leumund handelte. Nur wenige Monate später: die zweite Anzeige, diesmal von einem Freiburger Ballierer. Da dieser Mann als Schelm und Querulant stadtbekannt war, wurde er jedoch wegen Verleumdung verurteilt.»

Unbehaglich rutschte Carolus Textor auf seinem Stuhl hin und her.

«War das nicht dieser Friedlin Metzger», unterbrach er den Statthalter, «der seinerzeit in der Neuburg einen Teil der Stadtmauer abgetragen und die Steine verkauft hat? Ein verschlagener Bursche, auf dessen Aussage ich nichts geben würde.»

«Zwei Anklagen wegen Hexerei wurden seinerzeit also abgewehrt», fuhr Renner fort, offenbar unbeeindruckt von Textors Einwand. «Ein wenig zu voreilig, wenn man mich fragt. Denn es kann doch kein Zufall sein, dass dieselbe Frau nun schon zum dritten Mal mit Hexerei in Verbindung gebracht wird, diesmal durch vier Besagungen, die allesamt von Frauen stammen, die auf Hexerei und Teufelsbuhlschaft bekannt haben. Diese vier Besagungen betreffen im Übrigen auch die Wolffartin, die Müllerin und die Stadellmenin.»

Renner nahm einen großen Schluck Wasser und hob wieder seine Stimme: «So viel zu Margaretha Mößmerin. Ich habe zu Beginn meiner Ausführungen von hoch angesehenen Bürgern gesprochen. Wohlgemerkt von Bürgern, denn das bedeutet nicht zwangsläufig, dass auch deren Gattinnen einen gebührlichen Lebenswandel führen. Das beste Beispiel für einen Abfall von der ordentlichen Haushaltsführung des verstorbenen Mannes ist die Stadellmenin, die Witwe des von uns allen so geschätzten Michael Bantzer. In den letzten Jahren haben sich die Klagen einiger Nachbarn gehäuft: Lärm und Musik bis in die Nachtstunden, das Aus und Ein von fremden Mannsbildern, eine auffallend enge Verbundenheit mit ihren Dienstmägden, die Vermietung eines Zimmers an einen ledigen jungen Mann und anderes mehr. Es wurden sogar höchst verdächtige Zusammenkünfte in ihrem Garten beobachtet, mit Tanzen und Singen unterm Vollmond. Die Ermahnung des Zunftmeisters der Schlosser, der ihr in väterlicher Zuneigung verbunden ist, hat nicht gefruchtet. Und nun, gerade rechtzeitig zu Prozessbeginn, wurde mir die Aussage eines Mannes zugetragen, die zur weiteren Erhellung von Catharina Stadellmenins Wesen beitragen könnte. Gerichtsdiener, führt den Zeugen herein.»

Siferlin trat ein. Der Stolz, von so vielen ehrbaren Herren gehört zu werden, war ihm deutlich anzusehen. Renner setzte sich, und der zweite Vorsitzende, ein gelangweilt dreinblickender Mann, übernahm die Befragung.

«Euer Name?»

«Hartmann Siferlin.»

«Bürger der Stadt Freiburg?»

«Ja, Euer Ehren.»

«Wie ernährt Ihr Euch?»

«Ich arbeite als Buchhalter im Kornhaus, im Dienst der Stadt also.»

«Wiederholt jetzt bitte dem anwesenden Gericht die Aussage, die Ihr vorgestern vor den Herren Statthalter und Schultheiß gemacht habt.»

«Ich hatte den hochwohlgeborenen Herren vorgebracht, dass ich zu Lebzeiten des Schlossermeisters Bantzer, in dessen Diensten ich jahrelang als Buchhalter stand, Zeuge einer schlimmen Anschuldigung geworden bin.»

«Was war das für eine Anschuldigung?»

«Mein Brotherr warf seiner Gattin, Catharina Stadellmenin, ehemals Bantzerin, vor, sie habe ihn verhext und mittels eines Zaubers seiner männlichen Kraft beraubt. Bantzer war nicht nur mein Brotherr, sondern hat mir auf allen Gebieten immer großes Vertrauen entgegengebracht und –»

«Bleibt bei der Sache, Siferlin!»

«Nun ja, er hat sich tatsächlich mehrmals bei mir beklagt, er könne bei keiner Frau mehr liegen.»

«Wussten außer Euch noch andere Leute davon, dass die Stadellmenin ihren Mann verhext haben sollte?»

«Sicher!» Siferlin nickte eifrig. «Ich kann Euch leider keine Namen nennen, doch ging diese Anschuldigung damals durch alle Gassen. Ihr könnt Elsbeth Lauberin, die Magd, fragen. Sie hat seinerzeit bitterlich gejammert über das Gerede der Leute.»

«Also wusste auch die Stadellmenin, was über sie geredet wurde?»

«Ja.»

Der zweite Vorsitzende wandte sich an Renner: «Hat sich die Stadellmenin gegen diese Ehrverletzung jemals öffentlich gewehrt?»

«Nein, es fand niemals eine Eingabe statt.»

«Ein Indiz, eindeutig ein Indiz», murmelten einige Schöffen.

«Nun zu dem anderen Punkt, Siferlin. Ihr könnt also bezeugen, dass die Stadellmenin zu Bantzers Lebzeiten ein fleischliches Verhältnis mit einem anderen Mann eingegangen ist?»

«Ja, Euer Ehren, und zwar über mehrere Jahre hinweg.»

«Wer war dieser Mann?»

«Benedikt Hofer, einer unserer Gesellen, ein hoffärtiger Bursche.»

«Wo fanden die geschlechtlichen Vereinigungen statt?»

«Meist in Hofers Kammer am Lehener Tor, zu später Abendstunde. Mitunter aber auch in der Küche meines Herrn, sozusagen direkt vor seiner Nase.»

Ein empörtes Raunen ging durch die Stuhlreihen. Der zweite Vorsitzende blieb unbeeindruckt.

«Lebt dieser Hofer noch in Freiburg?»

«Nein, Euer Ehren, er hat die Stadt vor vielen Jahren verlassen.»

«Danke, Siferlin, Ihr könnt gehen.»

Doch Siferlin blieb stehen. «Wenn Ihr erlaubt, Euer Ehren – da ist noch etwas, das ich vorgestern zu erwähnen vergaß.»

«Dann sprecht!»

«In den letzten Jahren meiner Dienste entdeckte ich im Bantzer'schen Haus allerlei magische Zeichen und Gegenstände. Die Stadellmenin muss sich in diesem Handwerk also sehr wohl auskennen.»

In diesem Moment trat ein Gerichtsdiener mit einem Blatt Papier in der Hand ein und übergab es an Renner.

«Aha, eine Bittschrift in Sachen Stadellmenin», murmelte er, und zu Siferlin gewandt: «Ihr könnt gehen!»

Er faltete das Papier auseinander.

«Von einem gewissen Christoph Schiller, Gastwirt aus Villingen. Ein Vetter der Angeklagten.» Seine Stimme wurde lauter. «So möge doch das hohe Gericht die untadelige Lebensweise der Angeklagten überprüfen – ihre Aufrichtigkeit und Hilfsbereitschaft – dies als Zeugen könnten bestätigen – meine Schwester

415

Lene Schillerin, wohnhaft zu Konstanz, der Freiburger Schneckenwirt und seine Frau, Georg Matti, Stellmacher zu Lehen, Babett Heißlerin, Unfreie zu Lehen, des Weiteren –»

Renner sah auf. «Uninteressant.»

Er wollte das Papier schon zur Seite legen, da stutzte er.

«Babett Heißlerin aus Lehen? Die hat doch vor langer Zeit hier vor Gericht gestanden wegen Kindsmord?»

Einige Schöffen nickten.

«Allerdings freigesprochen», beeilte sich Textor einzuwerfen. «Sie hatte mehrere Fehlgeburten hintereinander, doch eine Beihilfe zum Tod ihrer Kinder konnte ihr nicht nachgewiesen werden. Was schreibt dieser Schiller über sie?»

«Die Stadellmenin habe ihr als junges Mädchen bei der Geburt ihres Sohnes Hieronymus auf freiem Feld zur Seite gestanden und sie und ihren Sohn dann regelmäßig besucht und mit allerlei notwendigen Dingen unterstützt.»

Renner sprang auf. «Wenn da nicht ein Zusammenhang besteht zwischen den Fehlgeburten und den Hexenkünsten der Angeklagten. Gerichtsdiener, lasst die Heißlerin vorladen. Sie muss examiniert werden!»

Am dritten Tag ihrer Haft wurde Catharina abermals in den Raum mit der Eisentür gebracht. Infolge des ewigen Sitzens und Liegens auf der durchgedrückten Strohschütte waren ihre Beine taub geworden, und sie schwankte, als sie den Schöffen und Doktor Textor gegenübertrat. In den letzten vierundzwanzig Stunden hatte sie das Nachdenken und Grübeln so gut wie aufgegeben, hatte die Zeit in einem dumpfen Dämmerzustand verbracht, nur geplagt durch solche Nöte wie Hunger, Durst und den Gestank ihrer eigenen Exkremente, die sie, soweit dies mit den kurzen Ketten überhaupt möglich war, möglichst an den Rand ihrer Liegestatt zu platzieren versuchte. Ihr Rock war befleckt, die Haare verklebt von Stroh, Staub und dem Schweiß ihrer Angstträume.

Als sie so vor den Richtern stand, stieg ihr die Schamröte ins Gesicht. Was mache ich nur für einen Eindruck, so stinkend und verdreckt, dachte sie. Bin ich noch Catharina Stadellmenin?

Textor räusperte sich.

«Warum vermeint Ihr hierher geführt worden zu sein?»

«Ich soll wohl eine Unholdin sein, doch man hat mich fälschlich angegeben.» Die eigenen Worte klangen ihr fremd in den Ohren. Wie hatte sie nur in diese Lage geraten können?

«Könnt Ihr lesen und schreiben?»

«Ja, Euer Ehren.»

«Habt Ihr Euch in einem Vertrag dem Teufel verschrieben?»

«Nein, ich bin unschuldig.»

»Wann habt Ihr Euch dem bösen Feind ergeben?»

«Ich hatte niemals etwas mit ihm zu schaffen, auch nicht mit anderen Hexen.»

«In welcher Gestalt ist Euch der Teufel erschienen?»

«Ich bin unschuldig, so glaubt mir doch. Ich habe mein Lebtag niemals etwas mit Zauberei zu tun gehabt, weder mit guter noch mit böser.»

«Besser, Ihr gesteht aus freiem Willen. Sonst müssen wir unsere Zeugen aufführen und Euch den Henker zur Seite stellen.»

«Und wenn es tausend Zeugen gäbe!», rief sie verzweifelt. «Ich habe ein reines Gewissen. Ich bin keine Hexe! Was kann ich nur tun, um meine Unschuld zu beweisen?»

Textor sah sie müde an.

«Würdet Ihr Eure Unschuld auch unter der Folter beteuern?»

Schwindel erfasste Catharina. Was wollte man von ihr? Wieso sollte sie etwas gestehen, das sie nicht begangen hatte?

«Ich habe Gott niemals verleugnet», sagte sie leise. «Und ich würde es auch unter der größten Marter nicht tun. Und wenn Ihr mir nicht glauben wollt, so will ich um Christi Qualen willen auch den Tod erleiden.»

August Wimmerlin schrieb dienstbeflissen jedes Wort mit.

Hart kratzte die Feder auf dem Papier. Textor räusperte sich erneut.

«Bringt sie heute Nachmittag zur Verbalterrition in den Christoffelsturm», sagte er zu dem Wärter und verließ mit den Schöffen und einem verächtlich dreinblickenden Wimmerlin im Schlepptau den Raum.

Jetzt erst bemerkte Catharina, dass ein neuer Wärter sie zurückführte. Er war noch jung, seine Gesichtszüge grob und wettergegerbt, aber nicht unleidlich anzusehen. Das Mitleid stand ihm in den Augen. Etwas schien in seinem Kopf vorzugehen, doch er schwieg.

Sie ließ sich auf das feuchte Stroh sinken. Seit ihrer Verhaftung hatte sie nichts als hartes Brot und Wasser zu sich genommen, doch jetzt war ihr so übel, dass sie die zarteste Hühnerbrust ausspeien würde. Was war eine Verbalterrition? Von Anselms wenigen lateinischen Brocken war ihr im Kopf geblieben, dass ‹verbal› etwas mit Worten zu tun hatte, also nicht bedrohlich war. Woher kam dann diese plötzliche Angst? Langsam begriff sie: Gleichgültig, wie unschuldig sie war, sie würde dem, was jetzt Schritt für Schritt folgte, nicht entkommen können. Der Ablauf der Inquisition war vorgegeben wie das Aufeinanderfolgen der Jahreszeiten.

Hoffnungslos wartete sie darauf, abgeholt zu werden. Jede Faser ihrer Muskeln war angespannt. Fast erleichtert richtete sie sich auf, als gegen Abend der junge Wärter erschien.

«Holt Ihr mich jetzt?»

Der Wärter schüttelte den Kopf und reichte ihr einen Becher mit brackigem Wasser. Sie trank in kleinen Schlucken, während der Mann sie beobachtete.

«Ihr seid aus Lehen, nicht wahr?», fragte er, als er den leeren Becher entgegennahm.

Sie sah ihn ungläubig an. Ihr war, als würde zum ersten Mal seit Wochen ein Mensch freundlich mit ihr sprechen.

«Kennt Ihr mich?»

«Nicht persönlich. Ich bin im Nachbarhaus von Hieronymus aufgewachsen, dem Sohn der Heißlerin. Sie hat viel von Euch erzählt.»

Catharina schloss die Augen. Ein warmer Frühlingstag, die Bauersfrau lag stöhnend am Wegesrand, Christoph ihr zur Seite. Christoph, ein hochgeschossener Junge, der von Anfang an ihr Herz besessen hatte.

Von weit her hörte sie die flüsternde Stimme des Wärters.

«Eigentlich ist es mir bei Todesstrafe verboten, das zu tun. Nehmt schnell und verratet mich nicht. Und vergesst nicht, das Licht zu löschen.»

Er gab ihr ein zusammengeknülltes Papier, stellte seinen Kerzenstumpf neben sie und entfernte sich schnell.

Sofort waren Catharinas Sinne hellwach. Sie hielt den Brief dicht an die Flamme und entzifferte die in aller Eile hingeworfenen Worte:

«Liebste Cathi, mein Ein und Alles! Es schmerzt mich, wenn ich daran denke, was dir zugestoßen ist, doch was sind meine läppischen Schmerzen gegen deine Qual und Ungewissheit. Du musst wieder Mut fassen, denn ich unternehme alles, damit du aus deinem Kerker unbeschadet freikommst. Ich habe eine Bittschrift eingereicht und werde alle Zeugen aufbringen, die für deine Unschuld aussagen können. Ich habe einen Boten nach Konstanz geschickt, vielleicht kann mein Schwager über die vorderösterreichische Regierung etwas erreichen. Und nicht zuletzt: Doktor Textor scheint, nach allem, was ich gehört habe, ein umsichtiger und gerechter Mann zu sein. Verzag also nicht! Ich bin ganz in deiner Nähe und werde es bleiben, bis du außer Gefahr bist. In größter Liebe und Zuneigung, dein Christoph.»

Catharina betrachtete den flackernden Schatten ihres Kopfes an der Wand. Nein, sie würde nicht aufgeben. Sie war nicht mehr allein.

Als Catharina am nächsten Tag immer noch nicht in den Christoffelsturm gebracht wurde, fragte sie sich, ob sie dies als gutes oder als schlechtes Zeichen deuten sollte. Sie konnte nicht wissen, dass diese Verzögerung mit Doktor Textor zu tun hatte. Der Commissarius geriet mit seinem Gewissen zunehmend in Bedrängnis.

«Werte Herren Kollegen, in aller Offenheit muss ich zugeben, dass ich Zweifel habe an der Schuld der mir zur Inquisition anvertrauten vier Frauen. Jede einzelne von ihnen hat mit aller Inbrunst und Überzeugungskraft geleugnet, sich jemals in Gesellschaft des Bösen begeben zu haben. Ihr Beteuern, dass sie fälschlich angegeben worden seien, scheint mir von Herzen zu kommen, und jede von ihnen ist bereit, sich diesbezüglich auch der härtesten Folter auszusetzen.» Er wischte sich den Schweiß von der Stirn, als er die Unruhe im Kreis der anderen Richter spürte. «Ich bin mir bewusst, dass ich durch meine Bekanntschaft mit den Angeklagten, insbesondere mit Margaretha Mößmerin, möglicherweise befangen bin, und stelle daher den Antrag, dass zur weiteren Examinierung ein anderer Untersuchungsrichter eingesetzt wird.»

34

Das grelle Tageslicht blendete Catharinas Augen. Nach einer Woche in der Finsternis des Predigerturms ertrug sie die Sonne nicht mehr. Mit schweren, halb geschlossenen Augenlidern stolperte sie vorwärts. Sie war frei, doch sie erkannte ihre Stadt nicht wieder. Die Menschen wichen vor ihr zurück, ein paar Gassenbuben rempelten sie an und riefen ihr Spottnamen nach. Beinahe wäre sie vor die Räder eines Pferdekarrens gelaufen. «Weg da, verlauste Dirne», fluchte der Kutscher und schlug mit der Peitsche nach ihr. Dann fand sie sich vor dem Haus zum Kehrhaken wieder.

Michael wird mich beschimpfen, wenn ich in diesem Aufzug das Haus betrete, dachte sie und sah an ihren Lumpen hinab. Er wird mich schlagen. Nein, besser ich gehe nach Lehen, zu Tante Marthe. Zu Lene und zu Christoph.

Ihr wurde wieder speiübel. Seit zwei Tagen hatte sie Leibschmerzen und Durchfall von dem fauligen Wasser im Turm, in ihrem Kopf pochte das Fieber. Sie schwankte, doch bevor sie seitwärts in den Straßendreck rutschte, fing ein hilfreicher Arm sie auf. Blitzartig war sie wieder bei Sinnen, als sie erkannte, wer sie da am Arm hielt: derselbe Büttel, der sie eine Stunde vorher aus dem Turm gelassen hatte.

«Der kleine Spaziergang ist beendet», lachte er hämisch. «Ab in den Christoffelsturm, dort bist du besser aufgehoben.»

Nach einem vergeblichen Versuch, sich zu wehren, ließ sie sich abführen. Nur schemenhaft nahm sie die johlenden und feixenden Gesichter um sich herum wahr, während sie sich die Große Gasse entlangschleppte. Hie und da glaubte sie jemanden zu erkennen. War das nicht ihr Küfer? Und dort, vor der bunt bemalten Fassade des Basler Hofes, die Frau vom Storchenwirt? Schmerzhaft zog sich ihr Leib zusammen, dann spürte sie etwas Warmes an ihren von Flöhen und Wanzen zerbissenen Beinen herunterrinnen.

«Sie scheißt sich voll, sie scheißt sich voll!», kreischten die Kinder auf der Straße begeistert.

«Ich flehe Euch an, lasst diese Frau los. Sie ist unschuldig!» Vor ihnen stand ein Mann mit unrasiertem Gesicht und zornig blitzenden Augen und versperrte ihnen den Weg. Catharina fiel auf die Knie und schrie heiser auf: «Christoph!»

Christoph sank neben ihr zu Boden und riss sie verzweifelt in seine Arme, streichelte sie, bis ein kräftiger Schlag mit dem Stock des Büttels ihn zur Seite warf.

«Verschwindet, sonst landet Ihr selbst im Kerker», brüllte der Büttel und schleifte Catharina die letzten Schritte bis zum Turm hinter sich her. Catharina wandte ein letztes Mal den Kopf und sah Christoph mitten auf der Straße stehen, die Tränen liefen ihm über die eingefallenen Wangen.

Im Halbdunkel des Christoffelsturms wartete bereits ein Mann auf sie, den sie vorher nie gesehen hatte.

«Die Stadellmenin, Euer Ehrwürden», meldete der Büttel. «Mit Verlaub bitte ich sagen zu dürfen, dass ihr die Scheiße wie Wasser aus dem Leib rinnt.»

Angewidert rümpfte der Mann die Nase. «Verschieben wir ihre Examinierung. Ich ertrage diesen Gestank nicht. Ersucht den Henker um ein Mittel gegen Durchfall, aber eines, das bis morgen wirkt. Kettet die Frau oben an und bringt mir stattdessen die Wolffartin, aber schnell.»

Catharina wurde über zwei Stiegen nach oben geführt und stand in einem dunklen Raum, in dem rundum Eisenketten von den Wänden hingen. Das einzige schmale Fenster war mit Stroh verstopft, und es stank bestialisch. Nachdem sich ihre Augen an die Dunkelheit gewöhnt hatten, stellte sie fest, dass sie allein war. Kurz darauf erschien ein älterer Mann, in dem sie den städtischen Henker erkannte. Er stellte einen Holznapf mit gesalzenem Haferschleim und bitteren Wein auf den Bretterboden.

Catharina schüttelte den Kopf. Allein beim Anblick des Essens begann es sie zu würgen.

«Ihr esst das jetzt, und wenn ich es Euch mit Gewalt einflößen muss.» Dabei klang seine Stimme keineswegs unfreundlich. Tatsächlich ging es Catharina nach dieser Mahlzeit, der ersten anständigen Nahrung seit Tagen, schnell besser. Sie versuchte, die Gedanken an das, was ihr möglicherweise bevorsteht, zu verscheuchen, und dachte an Christoph. Wie elend hatte er ausgesehen. Im fiebrigen Halbschlaf spürte sie noch einmal seine

Umarmung. Er hatte sie liebkost, obwohl sie verdreckter und verwahrloster war als jeder Landstreicher. Das Gefühl von Scham wechselte mit Dankbarkeit dafür, dass sie Christoph noch einmal hatte sehen dürfen. Dann tat der Wein seine Wirkung, und sie schlief ein.

Ein kurzes, tiefes Stöhnen ließ sie aufschrecken. Was war das? Sie lauschte in die Stille. Von weit unten hörte sie gedämpfte Stimmen. Wieder dieses Stöhnen, und plötzlich ein lang gezogener, markerschütternder Schrei. Entsetzt presste sie die Fäuste gegen die Ohren und sprach laut und hastig «Vater unser im Himmel, geheiligt werde dein Name, dein Reich komme –»

Doch es half nichts. Die Schreie drangen durch alle Poren ihres Körpers, schnitten wie Messerstiche in ihr Hirn, zerrissen in ihr den allerletzten Rest an Mut und Zuversicht.

«Warum vermeint Ihr hierher geführt worden zu sein?»

Sie befanden sich im Keller des Turms. Eisige Kälte herrschte in dem von zwei Fackeln spärlich erhellten Raum. Vor Catharina stand derselbe Mann, dem sie gestern bei ihrer Einlieferung in den Christoffelsturm vorgeführt worden war. Sein Gesicht wies harte, wie in Stein gemeißelte Züge auf, mit einem vorspringenden Kinn und winzigen, eng beieinander liegenden Augen. Mit Schrecken wurde ihr klar, dass Doktor Textor die Untersuchung in ihrem Fall abgegeben hatte.

Ungeduldig wiederholte der neue Commissarius seine Frage. Hinter ihm stand der Scharfrichter in seinem grauen Lederschurz und kratzte sich am Hals.

Catharina riss alle Kraft zusammen und sagte laut: «Durch ein großes Unglück.»

Der Richter musterte sie kalt.

«Hört, Stadellmenin, Ihr seid eine Hexe. Gesteht es gutwillig, sonst wird der Scharfrichter seine Arbeit verrichten.»

Sie schüttelte den Kopf. «Ich bin keine Hexe. Das habe ich doch bereits vor Doktor Textor geschworen.»

«Ihr seid als Gespielinnen angegeben worden, und zwar von Margret Vischerin, Magdalena Schreinerin, Magdalena Karrerin und Hedwig Jüdin. Kennt Ihr diese Frauen?»

«Nur die Vischerin. Ich bitte Euch, bringt sie her, damit sie mir ihre Anschuldigung ins Gesicht sagen kann.»

«Die Vischerin ist zu Asche verbrannt», gab er ungerührt zurück. «Gebt zu, dass Ihr mehrfach bei teuflischen Zusammenkünften auf dem Bromberg wart und in Eurem Garten in der Schiffsgasse. Gebt zu, dass Ihr mit einer Salbe, die Euch der Teufel zukommen ließ, drei Neugeborene der Babett Heißlerin aus Lehen umgebracht habt.»

Catharina zuckte zusammen. «Wie könnte ich so etwas zugeben, wo ich es doch nicht getan habe? Glaubt mir doch, ich habe mich niemals dem Teufel verschrieben.»

Der Commisarius gab dem Henker einen Wink und setzte sich zu Wimmerlin und den beiden Schöffen an einen Tisch. Über ihnen hing ein großes hölzernes Kruzifix. Catharina wurde vom Henker bei den Schultern genommen und in den hinteren Teil des Raums geführt. Auf einer Bank lagen fremdartige Geräte aus geschmiedetem Eisen, die Catharina an das Handwerkzeug aus Bantzers Schlosserei erinnerten.

Leise, in einfachen Worten, wie er es wohl schon hundertfach getan hatte, erklärte der Scharfrichter, wie die Daumenschrauben verwendet wurden.

«Ihr legt die Daumen Eurer Hände zwischen die beiden Eisenplatten, die mit dieser Schraube allmählich zugezogen werden. Die Nieten an der Innenseite der Platten quetschen die Daumen zusammen, bis das Blut unter den Fingernägeln hervorspritzt. Das ist der erste Grad der Tortur. Für den zweiten Grad werden die spanischen Stiefel angelegt.»

Catharina verbarg das Gesicht in den Händen. Ein junger

Mann mit wulstiger Narbe quer über der Oberlippe, den sie bislang noch gar nicht wahrgenommen hatte, riss ihr die Hände weg.

«Schaut gefälligst hin, wenn Euch mein Vater etwas erklärt!»

«Die flache Seite der Beinschraube wird an die Wade angelegt, die Seite mit den Eisenspitzen an das Schienbein. Beim Zuschrauben dringen die Spitzen in die Haut, wenn man weiter dreht, auch bis in die Knochen.»

Dann deutete er auf ein wuchtiges Holzgestell, einem hohen Türrahmen gleich, an dessen Seite ein riesiges Rad befestigt war. Dieses Rad bediente eine Winde, mit der ein dickes Seil, das über eine Rolle an der Decke befestigt war, aufgezogen werden konnte. Jetzt baumelte das leere Ende des Seils leicht hin und her.

«Falls Ihr dann immer noch nicht gestanden haben solltet, werdet Ihr aufgezogen.»

Ausführlich beschrieb er, wie ihr die Hände hinter dem Rücken gebunden und an dem Seil befestigt würden und wie er sie langsam hochziehen würde. Zur Verstärkung der Tortur könne man ihr Gewichte an die Füße binden oder sie aus großer Höhe fallen lassen. Als zusätzliche Marter wäre Auspeitschen oder Ausreißen der Fußnägel denkbar.

«Sag ihr», warf sein Sohn eilfertig ein, «dass wir ihr auch brennende Pechpflaster aufsetzen oder ihr die Achseln mit Fackeln ausbrennen oder ihr Branntwein über den Rücken gießen und anzünden können. Manchmal gehen die hohen Herren auch essen und lassen die Hexenweiber in der Zwischenzeit hängen.»

Der Henker sah seinen Sohn ärgerlich an, doch Catharina hatte kaum zugehört. Sie war zu Boden gesunken und blickte immer noch mit vor Schreck geweiteten Augen auf den Daumenstock.

Der Henker beugte sich zu ihr hinunter und flüsterte: «Bitte hört auf mich! Bekennt etwas, sei es, was es will. Ihr haltet es nicht durch. Und herauskommen werdet Ihr hier nimmermehr!»

«Können wir jetzt endlich anfangen?» Der Untersuchungsrichter war aufgestanden, und Wimmerlin reckte begierig den Hals.

«Ja, Euer Ehren».

Geschickt fesselte der Scharfrichter Catharinas Hände vor der Brust, dann musste sie vor die Bank knien und ihre Daumen in den Schraubstock legen. Der Commisarius stellte sich dicht hinter sie.

«Ich frage Euch also ein letztes Mal gütlich: Wann ist Euch zum ersten Mal der Teufel erschienen?»

«Ich habe ein reines Gewissen. Niemals war ich in der Gesellschaft – nein!!!»

Ihr Schrei gellte durch den Gewölbekeller. Noch einmal zog der Henker an der Schraube, wieder durchschoss sie dieser wahnsinnige Schmerz. Nach dem dritten Mal waren ihre Daumen plötzlich so taub, als habe man sie ihr abgerissen.

«Die Stiefel!»

Der Henkerssohn machte sich an ihrem linken Bein zu schaffen.

«In welcher Gestalt ist der Teufel zu Euch gekommen?»

«Ich sage – doch – hab ihn nie – gesehen. Lasst – nein – aufhören!»

«Was hat der Teufel Euch versprochen? Zieht die Schraube weiter zu!!!»

Wie ein Tier unter seinem Schlächter begann sie zu brüllen, flehte und heulte, bis ihr Schaum vor den Mund trat und die Zunge aus dem Mundwinkel hing. Dann fiel sie in Ohnmacht.

Als sie langsam zu sich kam, lag sie wieder in ihrer Ecke an die Wand gekettet, und ihre Hände und ihr linkes Bein waren sorgfältig verbunden. Sie fühlte weder Schmerz noch Angst, schwebte vielmehr weit über sich in einer unendlichen Leere. Ist das der Tod, fragte sie sich ungläubig. Doch dann hörte sie ganz in ihrer Nähe ein Ächzen. Sie war nicht allein.

Es dauerte eine Weile, bis sie sprechen konnte, denn Gaumen und Kehle waren ausgetrocknet.

«Ist da jemand?»

Keine Antwort. Nur das Rascheln der Ratten, die neugierig näher kamen und an ihrem Kleid knabberten.

«Wer ist da?»

Wieder das leise Ächzen, schließlich eine raue Stimme, die fragte: «Catharina?»

Ihre Freundin Margaretha! Sie wollte antworten, doch in diesem Moment kam der Schmerz mit einer solchen Wucht zurück, dass sie beinahe wieder das Bewusstsein verloren hätte. Gottergeben wartete sie, bis die Wellen verebbt waren.

Schließlich flüsterte sie: «Ja, ich bin es.»

Sie hörte der Stimme aus der Dunkelheit die Anstrengung an, die es sie kostete, zu sprechen.

«Catharina – Beate ist frei. Ihr Vater hat es geschafft, sie rauszuholen. Für uns –» Margaretha stöhnte erneut auf «– ist es vorbei. Anna Wolffartin ist auch hier, viermal aufgezogen, halb tot.»

Catharina flüsterte noch ein paar Mal Margarethas Namen, doch es kam keine Antwort mehr. Sie starrte in die Dunkelheit. Wieso sollte ihr Leben jetzt zu Ende sein? Es hatte doch eben erst richtig begonnen! Von draußen rief Christoph nach ihr. Ich komme gleich, warte noch einen Moment. Bald ist es Frühling, und dann legen wir uns in die Dreisamwiesen. Die sind gelb vom blühenden Löwenzahn. Und die Weiden am Fluss tragen ihr erstes Grün. Catharinas Augen brannten, doch sie hatte keine Tränen mehr. Sie vergrub ihr Gesicht in ihrer vom Angstschweiß getränkten Achselhöhle. Gütiger Vater im Himmel, lass mich nicht zu lange leiden.

«Wie weit seid Ihr mit Eurer Befragung, Doktor Frauenfelder?», wandte sich Renner an den Commissarius. Frauenfelder warf einen unsicheren Blick auf Textor und strich sich über sein spitzes Kinn.

«Die Mößmerin und die Stadellmenin haben bisher standhaft geleugnet. Die Wolffartin hat nach dem Aufziehen zunächst gestanden, ihre Aussage aber am nächsten Tag widerrufen.»

Textor sprang auf. «Und wenn sie doch unschuldig sind?»

«Ach was. Zäh wie Leder sind sie, das ist alles. In allen drei Fällen ist also eine verstärkte Tortur angebracht. Doch ich denke, das hat Zeit bis Montag.»

Renner nickte. «Auch recht. Wir haben morgen eine Kindstaufe in der Familie. Wie sieht es aus? Gehen wir zusammen essen? Der Bärenwirt hat frische Forellen.»

35

Als Catharina am Montag bei Tagesanbruch zur Fortsetzung der Tortur in den Keller gebracht wurde, zitterte sie vor Angst und konnte sich kaum auf den Beinen halten. Doktor Frauenfelder schob ihr mit dem Fuß einen wackligen Schemel hin. Catharina setzte sich und legte ihre auf immer zerstörten Hände in den Schoß.

«Der Schreiber muss gleich hier sein, er ist noch wegen eines Gutachtens in der Fakultät», sagte Frauenfelder zu den beiden Schöffen. «Henker, erklärt der Hexe, wie es weitergeht.»

Die Richter nahmen Platz an ihrem Tischchen, auf dem ein großer Krug Wein mit vier Gläsern bereitstand.

«Wenn Ihr jetzt nicht gesteht, werde ich Euch aufziehen müssen», sagte der Henker. Dann fuhr er leise fort: «Unten auf der Straße hat mich ein Mann angesprochen. Er hat keinen Namen genannt, hatte aber auffallend blaue Augen. Er bat mich, Euch auszurichten, dass er immer in Eurer Nähe sei.»

Wimmerlin und der Sohn des Henkers traten ein. Frauenfelder stand auf und kam gemessenen Schrittes auf Catharina zu.

«Gesteht Ihr, eine Hexe zu sein und mit dem Leibhaftigen gebuhlt zu haben?»

«Ich bin unschuldig!»

«Bleibt Ihr dabei?»

«Ja, Euer Ehren.»

«Zieht sie aus und untersucht, ob sie Amulette oder sonstige Zaubermittel versteckt hält.»

Ungeduldig zog der Sohn des Henkers sie vom Schemel hoch und riss ihr die verschmutzten, von Ratten und Ungeziefer angefressenen Kleider vom Leib. Splitternackt stand sie da, schutzlos den Blicken von sechs Männern ausgesetzt. Spätestens in diesem Augenblick brach Catharinas Würde restlos in sich zusammen. Gott schien sie aufgegeben zu haben, zur Strafe für irgendein Vergehen, dessen sie sich nie bewusst gewesen war.

Ohne Widerstand ließ sie sich den Kopf scheren, dann Achseln und Schamhaare. Gleichgültig nahm sie die lüsternen Blicke des jungen Henkers wahr, als er ihr mit seinen rauen Händen erst die Hinterbacken, dann genüsslich die Scheide auseinander drückte, um irgendeinen vermeintlichen Schadenszauber zu entdecken. Anschließend wurde ihr der sackleinene Marterkittel übergezogen. Der Junge führte sie zum Seilaufzug und fesselte ihr die Hände auf dem Rücken, während sein Vater die Sperre an der Seilwinde löste.

«Ein Miserere lang aufziehen, dann fallen lassen», kam die knappe Anweisung von Frauenfelder. Schmatzend kostete er von dem rubinrot funkelnden Wein.

Das lose Ende des Seils wurde hinter ihrem Rücken an den gefesselten Händen befestigt, dann hoben sich ihre Hände durch den Zug des Seils, langsam, ganz langsam in die Höhe. Zunächst spürte Catharina überhaupt nichts, doch als sich ihre Füße vom Boden lösten und ihr ganzes Gewicht an den nach hinten verdrehten Schultergelenken zerrte, glaubte sie, Himmel und Erde gingen unter. Eine riesige Klammer schien ihren Brustkasten zusammenzupressen, sie wollte schreien, bekam aber keine Luft, und ihrem geöffnetem Mund entrang sich nur stoßweise ein Röcheln. In dem Moment, als sie dachte, jetzt sei alles vorbei, jetzt dürfe sie endlich sterben, wurde sie aus großer Höhe auf den Steinboden geschleudert, wo sie halb besinnungslos liegen blieb.

«Noch einmal aufziehen, diesmal langsamer, und hängen lassen.»

Catharina hörte ihr eigenes Stöhnen und Wimmern nicht, noch das Reißen ihrer Sehnen und Bänder, noch das leise Knacken, als ihre Arme aus den Schultergelenken auskugelten. Ihr war schwarz vor Augen, und ihr ganzer Körper loderte vor Schmerzen.

Frauenfelder drückte dem Henker eine Lederpeitsche in die Hand. Dann prasselten seine Fragen auf Catharina nieder, jede einzelne von einem scharfen Peitschenhieb unterstrichen:

«Habt Ihr Euch mit dem Teufel fleischlich vereinigt? In welcher Gestalt kam er? Wann zum ersten Mal? Was habt Ihr dem Teufel versprochen, was hat er Euch gegeben? Wie oft seid Ihr zum Sabbat ausgefahren? Wer waren Eure Gespielinnen? Wie oft habt Ihr Wetter gemacht? Wem habt Ihr mit Eurem Hexenzauber geschadet? Wart Ihr nachts auf dem Kirchhof, um Kinder auszugraben? Wie viel Menschen, Vieh und Kinder habt Ihr umgebracht? Wer hat Euch dabei geholfen? Sprich lauter, du Hexenweib, ich versteh dich nicht!»

«Ich – gestehe – alles.»

Der Henker ließ auf Frauenfelders Zeichen hin das Rad los. Mit einem dumpfen Schlag fiel Catharina auf den Boden zurück und blieb mit verrenkten Gliedern und blutgetränktem Rücken liegen.

«Bringt ihr was zu trinken!»

Keuchend schnappte sie nach Luft, als der Henker sie vorsichtig aufrichtete. Sie spuckte einen Schwall Blut aus, denn der zweimalige Sturz hatte ihr einige Zähne ausgeschlagen und außerdem eine klaffende Wunde auf der Stirn zugefügt.

«Versucht, in kleinen Schlucken zu trinken», sagte der Scharfrichter und hielt ihr den Becher an die Lippen.

Und dann brachte Catharina ihr Geständnis vor.

Wimmerlins Feder flog nur so über das Papier, vor Anstrengung biss er sich die Unterlippe wund, während Catharina, hin und wieder von Frauenfelders eindringlichen Fragen in die richtige Richtung geführt, stockend und mit heiserer Stimme ihre Vergehen aufzählte.

Ja, sie habe sich dem Teufel verschrieben, als Mädchen schon. Er sei ihr in der Gestalt eines jungen Mannes in der Lehmgrube draußen vor der Stadt erschienen, habe sie begehrt, und sie habe sich ihm fleischlich hingegeben. Ja, er sei kalter Natur gewesen, und sie habe ihm zu Willen Gott verleugnet, es aber gleich herzlich bereut. In späteren Jahren sei er ihr in anderer Gestalt erschienen, immer aber schwarzhaarig und dunkel. Ihr Buhle habe sie in Schadenzauber unterrichtet, und sie habe den Zauber verschiedene Male gegen Männer verwandt – gegen welche Männer, könne sie nicht mehr sagen. Mitunter habe ihr der Teufel auch gegen ihren Mann beigestanden, den Schlossermeister Bantzer, denn der habe sie die letzten Jahre ihrer Ehe übel gehalten, vor allem, wenn er betrunken war und sie sich vor seinen Schlägen die halbe Nacht auf dem Dachboden verstecken musste. Nein, den Kindern der Heißlerin habe sie kein Leid getan, wohl aber habe sie einmal ihr eigenes Neugeborenes ihrem Buhlen zuliebe umgebracht. Viele Male sei sie mit einem gesalbten Stecken nachts auf den Bromberg und in das Mösle ausgefahren, da standen Tische, gedeckt mit guten Speisen, Gebratenem und Wein, den ihr ihr Buhle aus einem silbernen Becher zu trinken gegeben habe.

Dann hätten Lautenschläger zum Tanz aufgespielt. Wer die Gespielinnen gewesen seien? An diesem Punkt geriet Catharinas Redestrom das einzige Mal ins Stocken. Sie musste Namen nennen, heilige Mutter Gottes, jetzt musste sie Namen nennen.

Die meisten habe sie nicht gekannt, flüsterte sie zögernd, bis auf die Vischerin, die Mößmerin und die Wolffartin. Ja, die seien jedes Mal dabei gewesen.

Catharina ließ den Kopf auf die Brust sinken und schwieg. Befriedigt rieb sich Frauenfelder die Hände.

«Zum Schluss gestehen die Weiber doch alle. Immer wieder zeigt sich», dozierte er, «wie Recht unser ehrwürdiger Institoris hatte: So leichtgläubig und schnell verführbar die Weiber sind, so wenig Stärke und Widerstand zeigen sie bei der Tortur. Wie schreibt er doch in seinem großen Werk, dem Malleus maleficarum? Die Frauen seien in allen Kräften, der Seele wie des Leibes, mangelhaft.»

Wimmerlin nickte eifrig. Die Bewunderung für Frauenfelders Ausführungen stand ihm ins Gesicht geschrieben. Der Commissarius stieß ihn in die Seite.

«Habt Ihr alle Aussagen verzeichnet, Wimmerlin? Bis morgen müsst Ihr das Protokoll ins Reine geschrieben haben. Und Ihr», wandte er sich an Catharina, «werdet, sobald Euch der Henker einigermaßen wiederhergestellt hat, Eure Urgicht ordnungsgemäß vor den sieben Zeugen bestätigen.»

Durch dichten blaugrauen Nebel sah Catharina, dass die Männer, bis auf den Sohn des Henkers, den Keller verließen. Dann schloss sie die Augen. Plötzlich durchfuhr sie ein höllischer Schmerz: Jemand hatte sie unsanft auf ihren wunden Rücken gedreht, und ein schweres Gewicht ließ sich auf ihren geschundenen Körper nieder. Sie glaubte im ersten Moment, dass die Folter nun fortgesetzt würde. Doch es war der Henkerssohn, der sich keuchend, mit offenem Hosenlatz, auf sie gelegt hatte und nun versuchte, in sie einzudringen.

432

«Mal schauen, ob dir dein Teufelsbuhle zu Hilfe kommt, vermaledeite Hure. Mir jedenfalls macht er keine Angst. Verdammt nochmal, mach die Beine breit!»

Volle fünf Tage verbrachte Catharina noch in der Dunkelheit des Christoffelturms, fünf Tage, in denen der Scharfrichter ihre ausgekugelten Glieder wieder einrenkte, den Verband ihrer zerquetschten Finger wechselte, mit Öl aus Alraun und Zaubernuss das brandig gewordene linke Bein behandelte und die eitrigen Schwären am Rücken reinigte. Mit einem Geheimrezept aus Baldrian, Haselwurz, Steinbrech und einer Spur Schierling linderte er ihr Fieber und ihre Schmerzen. Der Alte verstand sein Handwerk, denn er hatte nicht nur das Töten, sondern auch das Heilen gelernt.

Doch von all dem, was in diesen fünf Tagen mit ihr geschah, nahm sie kaum etwas wahr. Sie wusste nicht, dass nur wenige Schritte neben ihr ihre todkranke Freundin Margaretha Mößmerin in Ketten lag und ein Stockwerk unter ihr die Witwe des reichen Tuchhändlers, Anna Wolffartin. Einen ihrer wenigen klaren Momente hatte sie, als eines Morgens der Untersuchungsrichter mit sieben Zeugen in ihrem Gefängnis aufmarschierte und ihre unter der Folter erpresste Urgicht verlas. Erstaunt lauschte sie den Sätzen, die aus ihrem Mund stammen sollten. Fremde Worte, seltsame Dinge, die augenscheinlich mit ihr zu tun hatten. Sie schüttelte den Kopf, nein, das könne nicht von ihr sein. Kurz darauf erschien der Henker mit den Beinschrauben, die er an ihr gesundes Bein anlegte, und es bedurfte eines einzigen Zugs der Schraube, um Catharina im Namen Gottes bekennen und die genannten Verbrechen bestätigen zu lassen. Dann bat sie, ihr Testament machen zu dürfen und dass ein Priester sie aufsuche. Der Priester kam am selben Tag, er war nicht allein.

«Gute Frau, habt Ihr noch einen Wunsch, den ich Euch in den nächsten Tagen erfüllen könnte?» Textors Stimme zitterte.

«Nein – nichts, es ist – vorbei. Warum – nur?»

Catharina hatte Mühe zu sprechen. Plötzlich ging ein Ruck durch ihren Körper.

«Oder doch. Einen Brief an meine Freundin Lene Schillerin. Sie – ihre Kinder – meine Tochter – sollen wissen, dass ich unschuldig bin.»

Textor nickte. «Das wird sich machen lassen.»

Nachdem die Männer gegangen waren, fiel sie wieder in ihren Dämmerzustand. Einzig die Besuche Textors brachten Licht in ihren Kerker, rissen sie aus ihrer Bewusstlosigkeit. Unter Textors Feder füllte sich Seite um Seite, Blatt um Blatt mit Worten, die voller Hast und ohne Unterbrechung aus Catharinas Innerstem strömten.

«Nur langsam», beruhigte sie Textor immer wieder. «Wir haben Zeit. Dieses eine Mal noch haben wir Zeit. Vergesst nicht, in den Augen des Magistrats verfasse ich eine wissenschaftliche Abhandlung.»

Aber auch diese Zeit ging zu Ende, und als Textor ein letztes Mal seine Schreibutensilien zusammenpackte und sich mit bleichem Gesicht verabschiedete, ließ sie sich vollends in ihr Schattenreich fallen, zu dem nichts und niemand mehr Zutritt hatte. Wenn sie überhaupt fähig war, etwas zu fühlen, dann die ruhige Ermattung eines Kranken, der weiß, dass er auf dem Weg der Genesung ist. Sie begegnete Marthe und stand mit ihr im blühenden Obstgarten, lief mit Moses über endlose Wiesen und Felder, ließ sich von Christoph durch dunkelblaue Wogen tragen, saß mit Marthe-Marie am Hafen von Konstanz, ihrer Marthe-Marie, in der sie weiterleben würde. Immer wieder besuchte sie ein winziger Greis mit roter Kapuze und leeren Augenhöhlen, der ihre Hand hielt und mit trauriger Stimme bedauerte, dass sie nicht mehr auf sich Acht gegeben und auf seinen Rat gehört habe. Auch Michael Bantzer kam, doch sie schickte ihn weg, ebenso wie Benedikt.

Dann erschien Lene, mitten in der Nacht, mit einer blakenden Tranlampe in der Hand, und streichelte ihr über das Gesicht. Ihr Haar war grau geworden, ihre Wangen tränennass.

«Weine nicht, es ist doch alles gut», sagte Catharina, obwohl ihr das Sprechen sehr schwer fiel. «Wie geht es den Kindern? Hast du sie mitgebracht?»

«Ferdi hat mich begleitet, er wartet bei dir zu Hause auf uns.»

Catharina sann darüber nach, was Lenes Worte zu bedeuten hatten. Erst nach geraumer Zeit fand sie in die Wirklichkeit zurück.

«Wie – bist du – hereingekommen?»

«Der Wächter hat mich eingelassen. Ich habe den Schlüssel für deine Ketten.»

Ich kam zu spät. Catharina hatte mit dem Leben abgeschlossen. Dabei war alles bestens vorbereitet. Wir hatten herausgefunden, dass die Katzenpforte in jener Nacht unbewacht war. Unten auf der Straße wartete Christoph, um Cathi nach Basel zu bringen. Von ihm hatte ich das Säckchen mit Goldstücken, um den Wächter zu bestechen. Christoph hatte es gut gemeint, als er mich in den Turm schickte, er glaubte, dass eine Frau das Herz des Wächters eher erweichen würde. Nun, fast hatte er Recht, wenn auch in anderem Sinne. Die Goldstücke genügten dem Hundsfott von Wächter nicht, doch es gibt Momente im Leben, Marthe-Marie, die bringt man mit geschlossenen Augen ohne Hadern hinter sich, so wie die Liebesdienste für diesen Widerling.

Als ich endlich mit den Schlüsseln in der Zelle stand und Catharina fragte, ob sie aufstehen könne, schüttelte sie den Kopf.

«Lieb von dir, dass du mich besucht hast, aber ich muss jetzt schlafen. Ich habe morgen früh viel Arbeit. Die Setzlinge müssen ins Frühbeet, und Elsbeth kommt mit dem Bierbrauen allein nicht zurecht. Und für Marthe-Maries Namenstag möchte ich noch einen Kuchen backen. Komm doch ein andermal vorbei, ja?»

«Cathi!»

Ich nahm sie bei den Schultern, wollte sie schütteln, doch sie legte mir ihre verbundene Hand auf den Mund.

«Psst, leise, Christoph schläft schon. Geh jetzt, Lene, bis bald.»

Dann streckte sie sich auf dem stinkenden Stroh aus und rührte sich nicht mehr. Ich legte mich neben sie, nahm sie in die Arme und beschloss, sie nie wieder zu verlassen. Doch irgendwann kam der Wächter und brachte mich mit Gewalt hinunter auf die Straße.

In jener Nacht ergriff mich hohes Fieber, und mein Haar färbte sich so schlohweiß, wie du es jetzt vor dir siehst. Wenn ihr Kinder nicht gewesen wärt – wer weiß, ob ich jemals meinen Lebensmut wiedergefunden hätte.

Ach ja, du fragtest eben, was aus diesem Siferlin geworden ist. Wenigstens in seinem Fall ließ der Himmel Gerechtigkeit walten. Genau ein Jahr nach Catharinas Tod wurde er der fortgesetzten Veruntreuung und des Betrugs überführt. Da er als Buchhalter im Dienste der Stadt tätig war, fiel die Strafe besonders schwer aus: Er wurde aufs Rad geflochten, ohne die Gnade der vorherigen Enthauptung.

Ich komme zum Ende, Marthe-Marie. Doch ich habe nicht die Kraft, die Worte auszusprechen. Nimm diese Blätter und lies, es sind die letzten Seiten von Doktor Textors Aufzeichnungen.

Am nächsten Morgen betrat der Henker Catharinas Gefängnis und riss als Erstes das Stroh aus der Fensteröffnung. Helles Licht strömte in den engen Raum. Verschreckt suchten die Ratten nach einem Unterschlupf. Dann befreite er Margaretha und Catharina von ihren Eisen. Blinzelnd rieb sich Catharina mit ihren verbundenen Fäusten die entzündeten Handgelenke. Wieso war es auf einmal so hell?

«Es ist so weit», sagte der Scharfrichter. «Um elf Uhr werdet Ihr abgeholt. Aufgrund eines Gnadengesuchs Eures Vogtes», er sah zu Margaretha, «und Eures Vetters aus Villingen werdet Ihr vor der Verbrennung enthauptet. Bevor wir losfahren, bringe ich

Euch Eure letzte Mahlzeit und werde Euch waschen. Dann kommt der Priester. Auch Doktor Textor möchte Euch noch einmal sehen.» Er beugte sich zu Catharina hinunter. «Das ist für Euch.»

Er legte ein auseinander gefaltetes Papier neben sie. Catharina erkannte Christophs Handschrift, doch die Buchstaben tanzten vor ihren Augen. Hilflos blickte sie zum Scharfrichter auf. Der zuckte die Schultern.

«Ich kann leider nicht lesen.»

Mit viel Mühe schaffte Catharina es, die Nachricht zu entziffern.

«Meine Liebste! Tag und Nacht war ich in Gedanken bei dir, und die Ungewissheit, ob wir uns je in Freiheit wiedersehen, hat mich nicht mehr schlafen lassen. Warum nur habe ich dich allein in Freiburg gelassen und dich nicht, meinem Schwiegervater zum Trotz, nach Villingen geholt? Was nützt mir nun meine Erbschaft, der Gasthof und das viele Geld? Als Lene gestern allein aus dem Turm zurückkam, habe ich die ganze Nacht Zwiesprache mit Gott gehalten, und ich denke, er wird meine Entscheidung, mit dir zu gehen, verstehen und mir diese eine große Sünde verzeihen, denn sie geschieht aus reiner Liebe. Sei also unbesorgt, wie ich es jetzt auch bin, denn wir werden bald für immer zusammen sein. Kein Richter, kein Büttel wird uns dann mehr trennen können.»

Die Märzsonne schien warm von einem dunstigen Himmel, und auf der großen Gasse vor dem Christoffelstor herrschte Volksfeststimmung. Bäcker verteilten an die umherstreunenden Kinder Henkerswecken, knusprig gebackene Brötchen aus Weißmehl, an den Straßenecken standen Weinhändler und kamen nicht nach mit dem Ausschenken. Ein paar Halbwüchsige vertrieben sich die Zeit des Wartens damit, eine dreibeinige Katze mit Steinen zu jagen.

Als der Schinderkarren vorfuhr, gezogen von einem kräftigen

Rappen, und sich die Tür des Christoffelturms öffnete, ging ein Raunen durch die Menge. Hölzerne Rätschen begannen zu rasseln, Topfdeckel wurden aufeinander geschlagen, Kindertröten plärrten, laute Rufe erschollen: «Heraus mit den Hexen!» «Wir wollen sie brennen sehen!»

Anna Wolffartin erschien als Erste und bestieg den Wagen. Als Einzige konnte sie auf eigenen Beinen stehen. Dann wurden Margaretha Mößmerin und Catharina Stadellmenin herausgeschleppt und auf den Karren geschoben. Als sich der Wagen ruckend in Bewegung setzte, fielen die Frauen in sich zusammen wie ein Haufen Lumpen. Vorweg, auf hochbeinigen Schimmeln, ritten der Priester, der Schultheiß und Statthalter Renner, gefolgt von den Richtern und Stadträten. Die Vertreter der Zünfte waren feierlich in blank geputzten Harnischen angetreten. Einzig Doktor Textor fehlte in ihren Reihen, er war einen Tag zuvor von allen Ämtern und Titeln zurückgetreten. Ein gutes Dutzend Büttel bewachte den Karren und versuchte, die Verurteilten vor der Meute zu schützen. Hinter dem Wagen schließlich trotteten der Henker und sein Sohn.

Wie ein Bienenschwarm folgte die Menge dem Zug Richtung Münsterplatz, räudige Hunde rannten kläffend nebenher, und die ersten Wurfgeschosse landeten auf dem Schinderkarren. Ein Stein traf Anna Wolffartin am Hinterkopf, und das Geschrei der Leute steigerte sich zu tosendem Gebrüll, das das eben einsetzende Glockengeläute vom Münster übertönte.

Wehe, wenn der Pöbel losgelassen wird, dachte Textor unwillig und schlug einem der jungen Burschen einen Stein aus der Hand. Er fragte sich, wer der hagere Mann vor ihm war, der, in einen schwarzen Umhang gehüllt, die Kapuze tief ins Gesicht gezogen, neben dem Wagen herschritt, so dicht, wie es die Büttel zuließen.

In der Vorhalle des Münsters nahmen die Richter und Schöffen Aufstellung, hoch über ihren Köpfen das erst vor kurzem erneuerte Relief des Jüngsten Gerichts. Nachdem der letzte Glockenschlag verhallt war, trat August Wimmerlin vor, mit stolzgeschwellter Brust, denn er hatte die ehrenvolle Aufgabe, die Geständnisse der drei Hexen und ihr Urteil zu verlesen.

«Auf Montag, den 22. März anno 1599, hat Margaretha Mößmerin, weiland Herrn Jacob Bauren seligen gewesenen Obristmeisters hinterlassenen Witwe vor den verordneten Herren Siebener, aller Banden ledig und los, im St. Christoffelsturm gütlich gestanden und der Hexerei halber bekannt, wie folgt:

Dass erstlich wahr sei, dass vor zehn Jahren ein schwarzer Mann zu ihr in den Garten spät gegen Abend gekommen sei und an sie begehrt habe, sie solle seines Willens mit ihm pflegen. Das habe sie getan, und er sei kalter Natur gewesen.

Item sei wahr, derselbe hab sich mit Namen Hemmerlin genannt und ihr Stecken und Salbe in einem Büchslein geben, den Stecken oder die Gabel damit zu salben.

Item sei wahr, dass sie auf demselbigen Stecken vergangener Jahre hinaus in den Bromberg gefahren, dass die Stadellmenin, die Wolffartin, auch Schneckenanna genannt, und sonst viel andere Weiber, die sie nicht kenne, bei ihr gewesen seien, und haben daselbst gegessen und getrunken.

Item sei wahr …»

Gespannt starrte die Menge während dieser endlosen Litanei auf die drei Frauen, wie sie sich wohl aufführen würden, jetzt, wo ihnen in aller Öffentlichkeit ihre Schandtaten vorgehalten wurden. Doch keine von ihnen regte sich, wie Mehlsäcke lagen sie aneinander, die Köpfe zur Brust gesenkt. Waren sie überhaupt noch bei Bewusstsein?

Textor spürte, wie sich sein Herz zusammenzog. Zu Hause, in seiner Eichenholztruhe, stapelten sich Hunderte von eng beschriebenen Blättern, ein dickes Bündel Papier, das die Wahrheit über diese Frauen enthielt. Eine Wahrheit, die niemand hören wollte. Doch eines Tages würde man diesen Zeilen Glauben schenken müssen, und er, Carolus Textor, würde sich mit all seiner Kraft dafür einsetzen. Gleich morgen würde er beginnen, alles ins Reine zu schreiben und besagter Lene Schillerin in Konstanz eine Abschrift zukommen zu lassen.

«Nicht einmal in ihrer letzten Stunde zeigen sie Bußfertigkeit», flüsterte eine alte Frau neben ihm erbost. «Wie sollen sie auch», gab eine andere zurück. «Wo ihnen der Leibhaftige doch bis zuletzt zur Seite steht.»

Textor sah, wie sich der hagere Mann in der zerschlissenen schwarzen Kutte nach vorn schob. Sein Blick war fest auf Catharina Stadellmenin gerichtet, seine Worte übertönten Wimmerlins Stimme:

«Hab keine Angst, ich bin bei dir.»

Langsam hob die Stadellmenin den Kopf. Mit geröteten Augen und zerschlagenem Gesicht betrachtete sie den Mann vor sich, und plötzlich schien sie zu erkennen, schien sich zu erinnern und begann zu lächeln, wie beim Anblick eines unerwarteten Glücks. Ihre Lippen formten lautlose Worte, und Textor fragte sich, ob sie Zwiesprache mit ihrem Gegenüber oder mit Gott hielt.

Wimmerlin sprach schneller und warf immer wieder ängstliche Blicke auf die Menge, die zusehends unruhiger wurde. «Anfangen!» «Entzündet das Feuer!» «Worauf wartet Ihr noch, in die Flammen mit den verdammten Hexen!»

Auf einen Wink des Schultheiß pflanzte sich die Stadtwache breitbeinig vor dem Henkerskarren auf und drängte die Leute mit gekreuzten Lanzen zurück. Da läutete ein Glöckchen. Der Schultheiß erhob sich, trat unter den mächtigen Torbogen des Portals und hob zur Urteilsverkündung einen zierlichen Stab in die Höhe. Augenblicklich trat Ruhe ein. Wimmerlin räusperte sich und versuchte seiner Stimme einen strengen und zugleich feierlichen Klang zu geben.

«Bürger Freiburgs, hört nun das Urteil:

Nach solchem Bekennen wird vom Hohen Gericht zu Recht erkannt, dass Margaretha Mößmerin, Herrn Jacob Bauren seligen Witwe, Anna Wolffartin, Alexander Schellen seligen Witwe, und Catharina Stadellmenin, Michael Bantzers seligen Witwe, als Hexen überführt sind und dieselbigen um ihre begangene Missetat und getriebener Hexerei willen erstlich aus Gnaden auf geschehene Fürbitte auf dem Schutzrain enthauptet, danach hinaus zum Hochgericht geführt und daselbst die Körper zu Asche verbrannt werden sollen. Gott verzeihe der armen Seelen. Amen.»

«Amen», kam es aus Hunderten von Kehlen rau zurück. Dumpfe Trommelwirbel ertönten, dann zerbrach der Schultheiß den Stab und warf ihn vor den Henkerskarren aufs Pflaster. Das war das Zeichen zum Aufbruch. Die Menschenmenge setzte sich in Bewegung wie ein schwerfälliges Tier und schob sich durch die Gassen zum Schutzrain, der vor der äußeren Stadtmauer lag. Fast Schulter an Schulter ging Textor mit dem Mann in der Kutte.

Als der Henker das in schwarzes Tuch gehüllte Richtschwert vom Wagen nahm, erschien der Priester. Vom Pferd herab schwang er sein Kruzifix. «Ora pro nobis», hob er an, doch seine Stimme ging unter im Lärm der Topfdeckel und Rasseln.

Dann, als Catharina Stadellmenin zwischen den beiden anderen Frauen vor dem Richtblock kniete und der Henker sein Schwert hob, wurde es still. Die meisten bekreuzigten sich, der verhüllte Mann in vorderster Reihe der Zuschauer fiel auf die Knie und entblößte sein Haupt. Jetzt erst erkannte Textor ihn: Es war der Villinger Gastwirt Christoph Schiller, Vetter der Stadellmenin und, wie Textor inzwischen wusste, ihr heimlicher Gatte.

Textor beobachtete, wie Christoph Schiller den Kopf hob und sich die Blicke der Geliebten trafen, mehr noch: ineinander ruhten, als seien die beiden fernab dieses grauenhaften Schauplatzes allein auf der Welt. Über Catharina Stadellmenins geschundenes Gesicht ging ein Leuchten, ihre Augen verloren jegliche Stumpfheit und strahlten Zuversicht und Erlösung aus, den Glanz grenzenloser Liebe.

Dann pfiff das Schwert durch die Luft, einmal, zweimal, ein drittes Mal. Textor betete laut das schmerzvollste Gebet seines Lebens, die Worte «Gegrüßest seist du, Maria, gebenedeit die Frucht deines Leibes» gellten aus seiner Brust und flehten um Gnade für jegliche Schuld, die er am Tod dieser Frauen tragen mochte. Dann, von einer Sekunde auf die nächste, war alles vorüber.

Keiner der Gaffer, nicht einmal der ehemalige Commissarius Carolus Textor, hatte bemerkt, was mitten in ihren Reihen geschehen war, dass da ein Mann regungslos auf der Erde kauerte, als wolle er den staubigen Boden küssen, und sich nicht einmal rührte, als die kopflosen Körper aufgeladen und selbst die Greise und Lahmen längst auf dem Weg zum Scheiterhaufen waren, um endlich die Hexenleiber in Flammen aufgehen zu sehen.

Erst als die Haufen lichterloh brannten und der Feuerschein bis weit über die Stadt hinaus zu sehen war, traf ein Trupp Stadtknechte ein, um die Richtblöcke vom Blut zu säubern. Mit einem kräftigen Fußtritt warf einer von ihnen den leblosen Mann auf die Seite und entdeckte, dass tief in seiner Brust ein Dolch steckte.

Marthe-Marie erhob sich und legte den Kopf in Lenes Schoß. Als das Herdfeuer erloschen war, sah sie auf.

«Nein, meine Mutter war keine Hexe. Ich bin stolz auf sie, auf ihren Mut und auf ihre Stärke.»

Lene schluckte. «Aber du siehst, wohin das geführt hat.»

«Trotzdem!»

Nachbemerkung:

Ebenso wie Catharina Stadellmenin hatten sich auch die beiden anderen Verurteilten auf die Frage nach ihren Gespielinnen gegenseitig angegeben sowie die Namen von bereits hingerichteten Frauen genannt. Die Verfolgungen hörten damit fürs Erste auf.

Bis vier Jahre später der Hexenwahn erneut ausbrach.

Astrid Fritz • Die Tochter der Hexe

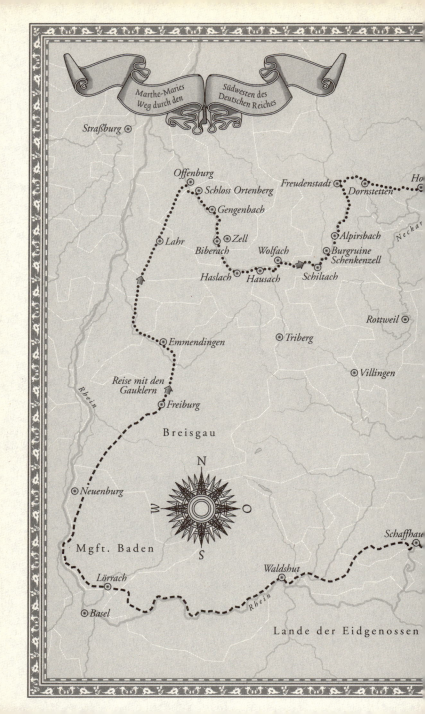

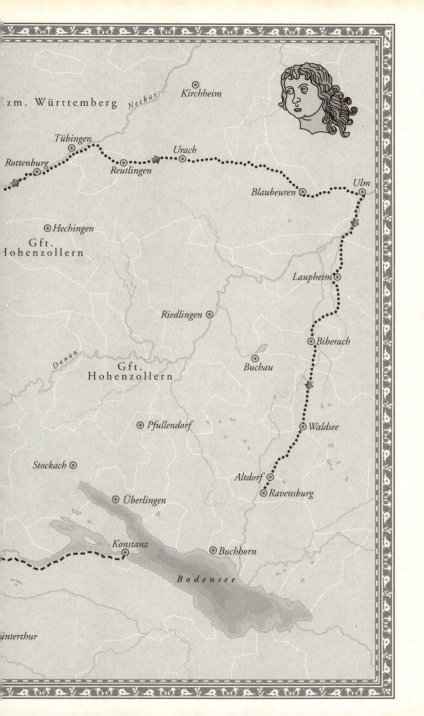

I

Pünktlich zum Gregoriustag erwachte Konstanz aus dem Winterschlaf. Für die Schüler der Habsburger Grenzstadt war dieser Tag gleich zweifach Anlass zu Freude und Übermut: Nach vielen Wochen nasskalter, trüber Witterung wärmte heute zum ersten Mal eine kraftvolle Sonne ihre blassen Gesichter. Und wie jedes Jahr am zwölften März feierten die Knaben mit dem Tag des Schutzpatrons der Gelehrten, Schüler und Studenten auch das Ende des Wintersemesters. Für dieses eine Mal waren Lehrer und Rektoren ihres Amtes enthoben, mussten sie im Scholarengewand mit ihren Schützlingen zum Gregorisingen durch die Gassen ziehen und sich von den Zuschauern manchen Spottvers gefallen lassen. Während vorweg der Knabenrektor mit kindlicher Würde Schulschlüssel und Rute trug, balgten sich seine Mitschüler, als Schulmeister, Pfarrer, Medicus oder Advokat kostümiert, um die Süßigkeiten und Nüsse, die die Erwachsenen ihnen zuwarfen. Wer nicht am Straßenrand stand, lehnte sich aus den weit geöffneten Fenstern, ließ milde Frühlingsluft in die muffigen Stuben und freute sich an dem Treiben der Jungen und dem wolkenlos blauen Himmel.

Einzig in einer Seitengasse nahe des Obermarkts stand ein stattliches Haus abweisend wie ein Fels gegen die Brandung fröhlicher Ausgelassenheit. Die Fenster waren geschlossen und mit schwarzen Tüchern verhängt, die Menschen, die sich dem prachtvollen, mit Stuck reich verzierten Eingangstor näherten, hielten den Blick gesenkt. Nur im Obergeschoss stand ein Fensterflügel offen, um der Seele der sterbenden Hausherrin den Weg vor den Richterstuhl Gottes zu weisen.

Marthe-Marie spürte den eisigen Hauch des Todes, als die Frau, zu der sie zeitlebens Mutter gesagt hatte, den Kopf zur Seite neigte und zu atmen aufhörte. Längst hatte die Ansagerin, ein altes Weib, das sonst von Almosen lebte, ihren Gang von Haus zu Haus beendet, und noch immer saß Marthe-Marie am Sterbebett, die kalte Hand von Lene Schillerin zwischen den ihren, voller Angst, das Band zwischen ihnen endgültig zu lösen. Sie wusste, der Boden würde zu schwanken beginnen, wenn sie aufstünde, wusste, dass die Welt, die sich hinter der Türschwelle auftat, nie wieder hell und warm sein würde.

«Komm zu uns in die Küche.» Franziska berührte sie vorsichtig an der Schulter, dann löschte sie die Sterbekerze. «Die Leichenfrau ist gekommen, ihre Arbeit zu verrichten, und unten warten die ersten Gäste, um sich von Mutter zu verabschieden.»

Zu Marthe-Maries Erstaunen tat sich hinter der Tür kein Abgrund auf. Wie immer empfing sie das vertraute Knarren der Dielenbretter, als sie hinunter in die Küche ging. Neben dem erloschenen Herdfeuer saß zusammengesunken ihr Vater. Ferdi, der Jüngste und ihr Lieblingsbruder, stand am Fenster und starrte hinaus auf die letzten Schneereste im Hof. Aus der Stube drang das Stimmengewirr der Trauergäste, dann und wann hörte sie die tiefe Stimme ihres ältesten Bruders Matthias, der schon morgen zu seinem Fähnlein zurückmusste. Immer mehr Menschen kamen ins Haus zum Goldenen Pfeil, um von der Toten Abschied zu nehmen, denn Lene Schillerin, die Gattin des ehemaligen Hauptmanns, war in Konstanz nicht nur eine geachtete, sondern eine beliebte Frau gewesen.

Marthe-Marie trat an die Wiege, in der Agnes friedlich schlief, als ginge sie das alles nichts an, und strich ihrer Tochter über das winzige Gesicht.

«Warum hat Mutter sich aufgegeben?» Wie aus weiter Ferne drang die Stimme ihres Vaters zu ihr.

Sie blickte ihn an. Seit wann sah er so alt und gebrechlich aus? Das war nicht mehr der Mann, auf dessen Knien sie als Kind in die Schlacht geritten war und der sie heimlich Reiten gelehrt hatte, obwohl sich das für ein Mädchen ihres Standes nicht schickte. Der ihr und ihren Geschwistern bei jedem Heimaturlaub herrliche Süßigkeiten und Spielsachen mitgebracht hatte, um dann mit ihnen ans Seeufer zu schlendern und von seinen Abenteuern zu erzählen. Wie sehr hatte sie diesen stattlichen Mann immer bewundert, dem, wie Lene einmal seufzend und stolz zugleich gestanden hatte, jeder Weiberrock nachgelaufen war. Jetzt schien Raimund Mangolt, der sich in den habsburgisch-kaiserlichen Regimentern über Fähnrich und Feldweybel bis zum Feldhauptmann hochgedient hatte, mit einem Schlag ein gebrochener Mann.

Sie setzte sich neben ihn auf die Bank und schwieg.

«Warum nur?», wiederholte er tonlos.

Fast schmerzhaft spürte Marthe-Marie in diesem Augenblick die Liebe und Achtung, die sie für ihn empfand. Für diesen Mann, der nicht wirklich ihr Vater war und sie doch nie anders umsorgt hatte als seine leiblichen Kinder, der sich mit ihr gefreut hatte, als sie Veit, den Sohn seines besten Freundes, geheiratet hatte und schon kurz darauf guter Hoffnung war. Der sie getröstet hatte, als es zu einer Fehlgeburt kam, und der mit ihr gelitten hatte, als Veit, kaum dass ihre Tochter Agnes auf der Welt war, qualvoll am hitzigen Fieber starb.

Vielleicht erwartete er gerade von ihr Trost. Doch sie fand keine Worte, um diese Leere zu füllen. Ohnehin wusste jeder in der Familie, warum Lene gestorben war: Sie hatte das grausame Ende ihrer Base und zugleich besten Freundin, dazu den Freitod ihres Halbbruders nie verwunden. Drei Jahre war es nun her, dass Catharina Stadellmenin in Freiburg als Hexe den Flammen übergeben worden war und ihr heimlicher Geliebter sich während der Hinrichtung den Dolch ins Herz gestoßen hatte. Lene schien nur noch auf den Zeitpunkt gewartet zu haben, dass ihre älteste Tochter Marthe-Marie selbst Mutter wurde, um ihr die Wahrheit zu sagen, dann hatte sie sich in ihrer Schlafkammer niedergelegt und auf den Tod gewartet.

Die Wahrheit bedeutete: Catharina Stadellmenin, am 24. März Anno Domini 1599 erst enthauptet und dann zu Pulver und Asche verbrannt, war in Wirklichkeit Marthe-Maries leibliche Mutter.

«Willst du deinen Entschluss nicht noch einmal überdenken? Deine Schwester hat ein schönes Haus nahe der Hofkirche ausfindig gemacht, groß genug für uns alle. Ich bitte dich: Komm mit uns nach Innsbruck.»

Marthe-Marie entging das Flehen in Raimunds Blick nicht.

«Nein, Vater.»

Sie konnte verstehen, dass Raimund nach dem Tod seiner Frau nicht länger in Konstanz bleiben wollte. Innsbruck in Tirol war seine Heimat, dort war er geboren und aufgewachsen, dort lebte inzwischen seine Jüngste mit ihrer Familie. Doch Marthe-Marie hatte diese Stadt mit der bedrohlichen Wand des Karwendelmassivs im Rücken, in der sie viele Jahre ihrer Kindheit verbracht hatte, nie gemocht.

«Wovon willst du leben mit der Kleinen? Von dem spärlichen Erbe, das dir Veit hinterlassen hat? Ich selbst kann dir nicht viel Unterstützung zukommen lassen. Bleib doch wenigstens hier in Konstanz, bei Ferdi.»

«Es wird schon reichen.» Sie legte den Stapel Leibwäsche zu den Tüchern in die Kiste, die für den Stadtpfarrer bestimmt war, in der Hoffnung, dass er Lenes Kleidung tatsächlich an die Ärmsten der Armen in der Stadt verteilen würde. In den Augen dieser Leute war sie eine reiche Frau.

«Und was Ferdi betrifft: Er lebt nur für seine Steinmetzwerkstatt. Wir wären ihm ein Klotz am Bein.»

«So darfst du nicht von ihm reden. Ihr wart als Kinder immer ein Herz und eine Seele.»

«Das ist lange her.»

«Sind wir nicht immer noch eine Familie?» Raimund griff nach ihrem Arm. «Als du deine ersten Schritte gemacht hast, da hab ich mich gefreut wie ein Gassenjunge. Und wie stolz war ich auf dich, weil du so rasch lesen und schreiben lerntest. Du hast immer zu uns gehört, von Anfang an habe ich wie ein Vater für dich gefühlt – was ändert Mutters Tod daran?»

Sie lehnte sich an seine Schulter. Wie sollte sie es ihm erklären? Dass sich sehr wohl etwas geändert hatte – tief in ihrem Inneren?

Als sie vor einem halben Jahr die ganze Lebensgeschichte jener Frau erfahren hatte, die sie zum ersten Mal mit fünfzehn Jahren gesehen und sofort ins Herz geschlossen hatte, als sie damals erfahren hatte, dass diese Frau, die als Hexe verbrannt worden war, nicht ihre Muhme, sondern ihre Mutter war, da hatte eine unfassbare Wut auf die Dummheit und Niedertracht der Menschheit sie gepackt. Und es hatte ihr schier das Herz gebrochen, dass sie Catharina Stadellmenin niemals als Mutter hatte kennen lernen dürfen. Doch an ihrer tiefen Bindung zu Lene hatte diese entsetzliche Wahrheit nichts geändert. Als sich Lene dann zusehends in sich zurückzog, machte Marthe-Marie sich mehr Gedanken um ihre Ziehmutter als um sich selbst. Zwar versuchte der Hausarzt sie zu beruhigen: Es sei nur eine vorübergehende Schwächeperiode. Spätestens aber als Veit, dessen uneingeschränkte Liebe sie gerade erst zu erwidern begonnen hatte, nach nicht einmal zwei Jahren Ehe starb und Lene keine Regung über dieses Unglück zeigte, erkannte Marthe-Marie, dass ihre Ziehmutter wohl nicht mehr aufstehen würde. Nächtelang hatte sie Gott und die heilige Elisabeth beschworen, Lene wieder Kraft und Lebensmut zu geben, hatte es kaum noch ertragen, die Schlafkammer zu betreten und sich an das Bett der abgemagerten, weißhaarigen Frau zu setzen, die einmal so selbstbewusst, lebenslustig und schön gewesen war. Doch ihre Gebete wurden nicht erhört, und mit Lenes Tod wurde für Marthe-Marie das Haus ihrer Kindheit zur Fremde.

Jetzt erst senkte sich die Erkenntnis, dass sie eine andere war, wie ein Albdruck auf sie. Sie konnte ihrem Vater nicht weiter die Tochter, ihren Geschwistern nicht weiter die Schwester sein.

Marthe-Maries Blick fiel auf das kleine Ölbild über der Kommode. Sie nahm es in die Hand und betrachtete das Porträt der dunkelhaarigen Frau mit dem blassen, fein geschnittenen Gesicht und den dunklen Augen. Ihr Großvater, der Marienmaler Hieronymus Stadellmen, hatte dieses Bildnis seiner Ehefrau Anna einst gemalt.

Raimund trat hinter sie. «Wie ähnlich du deiner Großmutter siehst. Es ist, als ob du in einen Spiegel blicken würdest. Catharina hatte das Bild immer bei sich gehabt, wie einen Talisman, sagt Lene.» Er räusperte sich. «Aber es hat ihr kein Glück gebracht.»

«Es ist das einzige Andenken an meine Mutter, das ich besitze.»

Zum ersten Mal sprach sie in Raimunds Gegenwart von Catharina als ihrer Mutter. Sie hängte das Bild zurück.

Es war unter seltsamen Umständen in ihre Hände gelangt: An einem heißen Frühlingstag, gut ein Jahr nach der Hinrichtung von Catharina Stadellmenin, war ein Bote erschienen, der das Päckchen nur ihr selbst, Marthe-Marie Mangoltin, aushändigen wollte und der über den Absender nichts sagen konnte oder durfte. Sie hatte das Bild damals Lene gezeigt, die ihr nach einem ersten Augenblick ungläubiger Überraschung zunächst ruhig und gefasst erklärt hatte, dass es Catharinas Mutter darstelle und wie wichtig Catharina dieses Bildnis einst gewesen sei. Dann war sie, von einem Moment auf den nächsten, weinend zusammengebrochen. Um sie zu schonen, hatte Marthe-Marie ihr das beigelegte anonyme Schreiben nie gezeigt: «Ein Andenken an Catharina Stadellmenin. Von einem Freiburger Bürger, der die Stadellmenin sehr gut kannte.»

Inzwischen war sie sich beinahe sicher, dass bei diesem unbekannten Freiburger Bürger auch die anderen persönlichen Dinge ihrer Mutter zu finden wären – ihre Bücher und Briefe, die kleine geschnitzte Flöte und der kunstvoll verzierte Wasserschlauch, den Lenes Bruder Christoph ihr einst als Liebesbeweis geschenkt hatte.

Raimund Mangolt verschloss die Kleiderkiste. Regungslos stand er da, nur seine Schultern bebten. Marthe-Marie trat neben ihn, nahm ihn in die Arme und weinte mit ihm um den Menschen, den niemand in diesem Leben ersetzen konnte. So standen sie, bis das Hausmädchen an die Tür klopfte und verkündete, das Mittagsmahl stünde bereit.

Raimund wischte sich die Tränen aus dem Gesicht. «Lass die Vergangenheit ruhen, Marthe-Marie. Der Gedanke, dass du nach Freiburg willst, macht mir Angst. Das ist kein guter Ort für dich.»

»Mach dir keine Sorgen, Vater. Niemand dort weiß, wessen Tochter ich bin.»

Vor der Entschlossenheit seiner Ziehtochter hatte Raimund Mangolt schließlich die Waffen strecken müssen. So reiste sie nun mit seinem Segen und seiner Unterstützung. Zum Schutz hatte er ihr seinen ehemaligen Quartiermeister mitgegeben, einen verlässlichen, schweigsamen Mann, dazu ein Bündel Papiere, die ihnen das Passieren der Grenzposten und zahlreichen Mautstellen am Hochrhein und im Oberrheintal erleichtern würden. Zum Abschied hatte sie ihm versprechen müssen, nach Innsbruck zu kommen, falls es ihr schlecht erginge.

Sie näherten sich der alten Zähringerstadt Waldshut, und es regnete bereits den zweiten Tag Bindfäden. Marthe-Marie verkroch sich tiefer unter das Verdeck, wo Agnes in ihrer Wiege ruhig schlief. Dem Quartiermeister vorne auf dem Kutschbock troff das Regenwasser von der Hutkrempe. Regnet's am Georgitag, währt noch lang des Segens Plag, dachte Marthe-Marie und betrachtete missmutig den bleigrauen Himmel.

«Sollen wir uns nicht irgendwo unterstellen? Ihr seid ja völlig durchnässt.»

«Unsinn, Mädchen. Hab schon ganz anderes Wetter erlebt, wenn ich unterwegs war. Außerdem sind wir bald in Waldshut, dort kenne ich einen formidablen Gasthof.»

Er klatschte dem Rappen, der in langsamen Schritt gefallen war, die Peitsche über die Kruppe. Marthe-Marie schloss die Augen. Das sanfte Schaukeln des Gotschiwagens, eines leicht gebauten, mit Lederriemen gefederten Einspänners, machte sie schläfrig. Sie dachte daran, dass ihre Mutter damals, bevor sie sich zum ersten Mal in Konstanz begegnet waren, genau dieselbe Strecke gereist war, zusammen mit Christoph. Jene Reise musste einer ihrer glücklichsten Momente gewesen sein. Wie hatte sie gestrahlt, als sie über die Schwelle des Hauses am Obermarkt trat – Marthe-Marie konnte sich noch genau an diesen Moment erinnern, obwohl das weit über zehn Jahre zurücklag. Damals schon musste ihre Ziehmutter nahe daran gewesen sein, ihr die Wahrheit zu sagen. Vielleicht hätte das Schicksal dann eine andere Wendung genommen. Noch kurz vor Lenes Tod hatten sie ein langes Gespräch geführt, hatte Marthe-Marie sie ein letztes Mal gefragt, warum ihre Mutter sie einfach weggegeben hatte. Lene war über diese Frage fast böse geworden: ‹Glaube niemals – niemals, sage ich dir –, dass Catharina diese Entscheidung leicht gefallen ist. Ihre Ehe war nichts als die Hölle, und wenn herausgekommen wäre, dass sie vom Gesellen ihres Mannes ein Kind erwartete, wärst du im Findelhaus gelandet und sie und dein leiblicher Vater wären wegen Unzucht verurteilt worden. Und da dieses Scheusal sie schon längst nicht mehr angerührt hatte, außer wenn er sie prügelte, konnte sie ihm nicht einmal weismachen, er sei der Vater, selbst wenn sie es gewollt hätte.»

So war der einzige Ausweg für Catharina gewesen, ihr Kind

heimlich bei Lene und Raimund zur Welt zu bringen, fern von
Freiburg, und sich dann auf immer von ihm zu verabschieden.
Nach außen hin gaben Lene und Raimund zunächst an, Marthe-
Marie sei ein Findelkind, das sie an Kindes statt angenommen
hätten, und nachdem sie nach Innsbruck gezogen waren, wusste
ohnehin kein Mensch mehr um Marthe-Maries Herkunft, nicht
einmal Lenes eigene Kinder.

Mit einem Ruck kam der Wagen zum Halten, und Marthe-Marie wurde aus ihren Gedanken gerissen. Sie streckte den Kopf nach
draußen. Ein Bauer mit Maulesel hatte sich ihnen in den Weg
gestellt und zog jetzt ehrerbietig die Mütze.

«Wenn ich den edlen Herrschaften einen Rat geben darf – kehrt
um. Zum Schaffhauser Tor ist kein Durchkommen. Ein riesiger
Tross Gaukler verstopft die Straße, weil ihnen der Einlass nach
Waldshut verwehrt wird. Ihr könnt aber gleich hier rechts den
Weg nehmen, ein kleiner Umweg nur, der geradewegs zum Wald-
tor im Norden der Stadt führt.»

«Beim heiligen Theodor!» Der Quartiermeister fluchte. «Müssen uns diese Zigeuner ausgerechnet jetzt in die Quere kommen!»

Dann warf er dem Bauern eine Münze zu, der Mann steckte sie
in sein Säckel und zog pfeifend davon.

Jetzt waren deutlich dumpfe Trommelschläge zu hören, dazwischen erregte Männerstimmen. In der Ferne sah Marthe-Marie eine Reihe von bunt bemalten Karren, drum herum Weiber,
Kinder, Hunde. Ein halbwüchsiges Mädchen in Lumpen, das am
Wagenrad seine Notdurft verrichtete, starrte sie an und streckte ihr
die Zunge heraus.

Marthe-Marie nahm ihre Tochter aus der Wiege und presste
sie unter ihrem Umhang fest an sich. Sie hatte genug Reisen und
Ortswechsel mitgemacht, um zu wissen, dass jegliche Wegstörung
eine Gefahr darstellen konnte. Vor größerem Unglück aber war
sie, St. Christophorus sei Dank, bisher verschont geblieben.

«Wenn das nun eine Falle ist?»

Der Quartiermeister lachte auf. «Man merkt, dass Ihr eine Soldatentochter seid. Immer auf alles gefasst. Aber macht Euch keine Sorgen. Zufällig kenne ich die Gegend hier sehr gut. Außerdem habe ich immer noch mein Kurzschwert, damit parier ich jeden Angriff.»

Agnes erwachte und begann zu schreien. Im Schutz des Verdecks gab Marthe-Marie ihr die Brust und betrachtete sie gedankenverloren. Bereits jetzt war zu erkennen, dass sie im Äußeren ganz nach ihr, nach Catharina und nach deren Mutter kommen würde – das Dunkle, Zarte bei den Frauen dieser Linie schien sich durchzusetzen. Ach, Agnes, dachte sie, du wirst niemals deinen Vater kennen lernen, so wie ich meinen nie gesehen habe.

Das nasskalte Aprilwetter ließ sie frösteln, und sie schob dem Kind die Haube tiefer in das Gesichtchen. Vielleicht würden sie gar nicht lange in Freiburg bleiben. Was sie nämlich Raimund Mangolt verschwiegen hatte: Sie würde sich auf die Suche begeben. Sie wollte Benedikt Hofer ausfindig machen, ihren leiblichen Vater, den Großvater ihrer Tochter.

2

Die alte Wirtin starrte sie stumm an, und ihre Lippen bebten. Schließlich ergriff Marthe-Marie das Wort.

«Es tut mir Leid. Ich hätte Euch nicht damit überfallen sollen. Ich weiß nicht einmal, was Ihr über diese schrecklichen Beschuldigungen denkt, die meine Mutter zu Tode gebracht haben. Vielleicht sollte ich besser meine Sachen nehmen und gehen.»

«Gütiger Himmel nein! Glaubt mir, ich weiß, dass Catharina

nie etwas mit Hexerei zu tun hatte. Nein, nein, das ist es nicht. Ich kann es nur kaum fassen, dass Ihr Catharinas Tochter sein sollt. Ihre Lieblingsnichte wart Ihr, von Euch hat sie immer wieder gesprochen, von Euren Briefen erzählt und dabei bedauert, dass Lene und Ihr so weit weg wohnt. Ach Herrje, ach Herrje!»

Die schmale kleine Frau schüttelte den Kopf. «Und dann ist Eure Tochter ja Catharinas Enkelkind. Ach Herrje!» Sie ergriff gedankenverloren ein Händchen der Kleinen, die friedlich in Marthe-Maries Armen schlief. «Jetzt sehe ich auch die Ähnlichkeit zwischen Euch und Catharina in jungen Jahren. Wenn das noch mein Mann erlebt hätte!»

Dann fiel Mechtild wieder in Schweigen. Sie saßen im Schankraum des «Schneckenwirtshauses», eines kleinen Gasthauses, das sich neben der Freiburger Mehlwaage in der südlichen Vorstadt befand. Unter der niedrigen Holzdecke hingen noch der Essensgeruch und die Ausdünstungen der letzten Gäste, von draußen tönte der Singsang des Nachtwächters: «Böser Feind, hast keine Macht. Jesus betet, Jesus wacht.»

Marthe-Marie sah sich um. Hier hatte ihre Mutter als junge Frau bedient, hier hatte sie ihren späteren Ehemann kennen gelernt: den hoch angesehenen Michael Bantzer, Schlossermeister und Mitglied des Magistrats.

Es war ein Fehler gewesen, dachte Marthe-Marie, diese alte Frau, die eine gute Freundin ihrer Mutter gewesen war, mit der Vergangenheit zu belasten.

Als ob sie ihre Gedanken gelesen hätte, hob Mechtild den Kopf und sah sie geradeheraus an.

«Vielleicht ist meine Frage dumm – aber weshalb seid Ihr nach Freiburg gekommen?»

Ja, warum? Marthe-Marie fragte sich das, seitdem sie in Konstanz mit Agnes in die Kutsche gestiegen war. War es die Suche nach den persönlichen Hinterlassenschaften ihrer Mutter? Der

Versuch, ihr Bildnis neu zu erschaffen, indem sie die Orte aufsuchte, an denen Catharina Stadellmenin gelebt, gearbeitet, gelitten hatte? Oder wollte sie ergründen, warum sie, Marthe-Marie Mangoltin, niemals ihre Tochter hatte sein dürfen?

Nun – zunächst hatte sie ein ganz konkretes Ziel: «Was wisst Ihr über Benedikt Hofer?»

«Über Benedikt Hofer? Wie kommt Ihr – ach Herrje. Jetzt sagt bloß – er ist Euer Vater!»

Marthe-Marie nickte.

«Selbstverständlich erinnere ich mich an ihn. Er war Geselle im Hause Bantzer. Aber ich wusste nicht, dass die beiden –.» Mechtild verstummte.

«Was für ein Mensch ist er gewesen?»

«Nun ja, ein junger Bursche eben, geschickt und sehr zuvorkommend, einer von Bantzers besten Leuten. Er hatte ein offenes, geradliniges Wesen, mit viel Humor, ganz anders als der Meister. Vielleicht wisst Ihr ja, wie schlimm sich Bantzer Catharina gegenüber aufgeführt hatte.» Sie rieb sich das Kinn. «Jetzt begreife ich auch, warum Catharina im Sommer damals für mehrere Wochen ins Elsass gereist war, zu Eurer Ziehmutter. Wir dachten alle, es sei, um ihre Anfälle von Schwermut zu kurieren. Dort seid Ihr zur Welt gekommen, nicht wahr?»

«Ja.»

«Mein Gott, wie elend muss Catharina zumute gewesen sein. Sie hatte sich nichts sehnlicher gewünscht als eine Schar Kinder, und die einzige Tochter, die sie bekam, musste sie hergeben!» Sie legte Marthe-Marie eine Hand auf den Arm. «Ich bin eine alte Frau, habe viel erlebt und viel gesehen und kannte Eure Mutter gut: Ihr müsst mir glauben, dass sie das nur tat, um Euer Leben zu retten. Denn wenn das ans Tageslicht gekommen wäre, hätte Bantzer euch alle vernichtet. Ich nehme an, dass selbst Benedikt Hofer nichts davon gewusst hat, denn als Catharina aus dem Elsass

20

zurückkehrte, war er aus Freiburg verschwunden. Niemand wusste, wohin. Wir haben auch nie wieder von ihm gehört.»

Sie trank ihren Krug Dünnbier leer.

«Eure Mutter hatte nie jemandem schaden wollen. Ihr Verhängnis war, dass sie als Witwe, nach Bantzers Tod, endlich selbst über ihr Leben bestimmen wollte. Und das, das haben die Leute hier ihr nicht verziehen.»

Marthe-Marie sah die alte Frau an, die versunken neben ihr saß. Etwas ganz Ähnliches hatte Lene ihr einmal gesagt. Zum ersten Mal, seitdem sie das Stadttor von Freiburg passiert hatte, fielen die Anspannung und die Furcht vor dem, was auf sie zukommen würde, von ihr ab. Die Entscheidung, Mechtild aufzusuchen, war richtig gewesen, das spürte sie nun.

Die Wirtin hatte sich erhoben. «Gehen wir zu Bett. Morgen ist auch noch ein Tag. Kommt, ich zeige Euch Eure Kammer.»

«Wartet – nur noch eine Frage. Wo genau ist meine Mutter gestorben? Wo ist ihre Asche?»

Das Gesicht der alten Frau wurde zu einer Maske.

«Ich erzähle Euch alles, was Ihr wissen wollt. Nur über Catharinas Tod möchte ich nicht sprechen.»

«Bitte!»

Mechtild umklammerte mit beiden Händen die Stuhllehne, während sie mit stockenden Worten zu erzählen begann. Sie selbst sei nicht dabei gewesen, flüsterte sie, an jenem unglückseligen Tag habe sie sich in der dunkelsten Kellerecke verkrochen und gebetet.

«Versprich mir eins», sagte sie abschließend und fiel unwillkürlich ins vertraute du. «Verrate keiner Menschenseele hier, dass du die Tochter von Catharina Stadellmenin bist. Das könnte dir großen Schaden zufügen. Es braut sich wieder etwas zusammen in Freiburg. Und es wird schlimmer kommen als vor drei Jahren.»

Eine warme Maisonne strahlte vom Himmel, als sich Marthe-Marie zu ihrem schwersten Gang entschloss. Ihre Tochter, von der sie sich sonst niemals trennte, hatte sie in der Obhut von Mechtild gelassen. Nichts deutete auf die düstere Prophezeiung der Wirtin hin, weder das herrliche Wetter noch die Stimmung der Menschen in den Gassen, die sich, froh über das Ende der dunklen Jahreszeit, ihre Arbeit ins Freie geholt hatten oder schwatzend und scherzend beisammen standen. Hinter dem Schneckentor, das die südliche Vorstadt zur Dreisam hin abschloss, bog Marthe-Marie linker Hand zum Schutzrain ab, einer verdorrten Wiese, die zum Großteil von einem Schießplatz eingenommen wurde. Ihre Schritte wurden langsamer, als sie hinter dem Gelände der Armbrustschützen eine große kahle Fläche erreichte, in deren Mitte verwitterte Steinblöcke lagen. Dunkle Flecken und Schlieren hatten sich wie ein Muster auf den Granit gelegt. Ihr Blick konnte sich nicht lösen von den blutigen Spuren der zahllosen tödlichen Schwerthiebe. Wie viele endlose Momente der Angst, der ungeheuerlichsten Schmerzen und der Verzweiflung hatte ihre Mutter wohl ertragen müssen, bis schließlich die scharfe Schneide des Richtschwerts dem ein Ende bereitet hatte! Doch schlimmer noch, man hatte ihr verwehrt, was jeder Mensch für sich erhoffte: in Würde und Achtung zu sterben.

Marthe-Marie faltete die Hände und sank auf die Knie. «Herr, du bist die Auferstehung und das Leben. Wer an dich glaubt, wird leben, auch wenn er gestorben ist.»

Die Worte kamen hastig, kaum blieb ihr Luft zum Atmen. Dann endlich, nach vielen Gebeten an die Toten, wurde ihr leichter. «Herr, gib ihnen die ewige Ruhe, und das ewige Licht leuchte ihnen. Lass sie ruhen in Frieden. Amen.»

Hier also waren sie zu Tode gekommen, ihre Mutter durch die Folgen abscheulicher Verleumdung und blinder Besessenheit, ihr heimlicher Gatte Christoph durch seinen eigenen Dolch. Marthe-

Marie war überzeugt: Auch wenn den beiden kein christliches Begräbnis in geweihter Erde zuteil geworden war, so hatten sie doch Aufnahme in das Reich Gottes gefunden. Christophs Selbsttötung mochte Sünde in den Augen der Kirche sein. Vor Gott, der verstehen und verzeihen konnte, würde er Gnade gefunden haben.

Marthe-Marie wischte sich die Tränen aus dem Gesicht und bekreuzigte sich. Mit einem Mal hatte sie das Gefühl, beobachtet zu werden. Sie blickte sich um, konnte aber nur einen Mauerwächter ausmachen, der in der Nähe des Tores auf und ab schritt.

Ein letztes Mal berührte sie die Richtblöcke, dann ging sie das kurze Stück hinunter zum Ufer der Dreisam. Ein Floß glitt auf der schwachen Strömung gemächlich an ihr vorbei, der Mann, der es lenkte, winkte ihr zu. Menschen wie dieser Flößer oder die freundlichen Marktfrauen heute Morgen oder der Stadtknecht, der dort oben seinen Dienst tat – sie alle waren vielleicht dabei gewesen, hatten mit gierigem Blick und offenen Mäulern das blutige Tun des Henkers begafft und waren dem Schindkarren auf dem Weg hinaus zum Radacker gefolgt, wo die drei enthaupteten Frauen unter dem Galgen dem Scheiterhaufen übergeben worden waren. Marthe-Marie hatte diesen Galgen bei ihrer Ankunft in Freiburg gesehen, dicht an der Landstraße nach Basel stand er. Doch jetzt erst wusste sie, dass dort die Flammen in den Himmel gelodert waren. Alles, was wichtig war, hatte Mechtild ihr erzählt. Auch dass die Asche der Delinquentinnen in die Dreisam gekippt worden war, genau wie der Leichnam von Christoph. Sie kniete nieder und netzte ihre Stirn mit dem Wasser des Flusses, der die sterblichen Überreste der beiden Liebenden aufgenommen hatte. Sie beschloss, auf dem Rückweg ins Münster zu gehen, um dort vier Kerzen zu entzünden und vier Ave Maria zu beten. Für Veit und Lene, für ihren Oheim Christoph und ihre Mutter.

Endlich hatte sie die Kraft gefunden, Abschied zu nehmen. Nun würde sie die Orte von Catharinas Leben aufsuchen können.

Von Mechtild hatte sie inzwischen Einzelheiten über den Nach-
lass ihrer Mutter erfahren. Einige Zeit nach der Hinrichtung war
ein amtliches Schreiben der Stadt Freiburg nach Konstanz gegan-
gen, mit der Mitteilung, dass die der Hexerei wegen verurteilte
Malefikantin Catharina Stadellmenin laut Testament ihre Base
zu Konstanz, Lene Schillerin, sowie deren Tochter Marthe-Marie
Mangoltin als Erbinnen bestimmt habe. Nach Veräußerung von
Haus, Grund und Inventar und nach Abzug der Geldbuße von zehn
Pfund Rappen, der Ausgaben für die Turm- und Verfahrenskosten
sowie der stattlichen Summe von 100 Gulden für die gewünschte
Messe zu ihrem Seelenheil, gehalten durch den Stadtpfarrer des
Münsters, sei von der Hinterlassenschaft für die Erbinnen kein
Schilling übrig. Persönliche, von der Veräußerung ausgeschlosse-
ne Dinge seien desgleichen nicht vorhanden. An Lene in ihrem
Schmerz war diese böse Nachricht vollkommen vorbeigegangen,
doch Raimund hatte Mechtild und ihren Mann Berthold in einem
Brief gebeten, in Erfahrung zu bringen, wer mit der Versteigerung
betraut gewesen sei. Denn ihm käme es seltsam vor, dass der Erlös
aus Catharinas Vermögen so gering gewesen sein sollte.

Als Wirtsleute kannten Mechtild und Berthold in Freiburg Gott
und die Welt, und sie hatten bald herausgefunden, das niemand
anderes als der städtische Buchhalter Siferlin die Inventarisierung
und Versteigerung beaufsichtigt hatte – jener Hartmann Siferlin,
der seine frühere Brotherrin Catharina Stadellmenin maßgeblich
bei der Obrigkeit angeschwärzt und damit auf den Scheiterhaufen
gebracht hatte.

«Dieser hinterhältige, hinkende Erzschelm», hatte Mechtild zu
schimpfen begonnen, als sie Marthe-Marie davon berichtete. «Ich
war mir sicher, dass der Kerl dich und Lene um euer Erbe betrogen
hatte. Du musst wissen, schon als er noch Bantzers Compagnon
war, hatte Catharina ihn in Verdacht, in die eigene Tasche zu wirt-
schaften.»

24

«Ich weiß. Ich kenne die Geschichte aus Lenes Berichten. Doch dieser Teufel ist seiner gerechten Strafe ja am Ende nicht entgangen – aufs Rad geflochten ohne die Gnade der Enthauptung.»

«Gott sei der armen Seele gnädig.» Die Wirtin deutete ein Kreuzzeichen an. «Dem hat hier in der Stadt sicher niemand eine Träne nachgeweint. Übrigens hatte ein gewisser Dr. Textor als leitender Commissarius den Fall unter sich. Der hatte Siferlin wohl schon seit langem des Betrugs gegenüber der Stadt verdächtigt und ihn in kürzester Zeit der fortlaufenden Veruntreuung und Unterschlagung überführt. Ein tüchtiger Mann.»

«Ein Henkersknecht, nichts anderes!» Marthe-Marie war erregt aufgesprungen. «Auch im Prozess gegen meine Mutter war er Commissarius. Er hat im Folterturm ihre ganze Geschichte aufgeschrieben, in den wenigen Augenblicken, in denen sie überhaupt fähig war zu sprechen. Angeblich, weil er sie für unschuldig hielt. Aber statt sich für sie einzusetzen, statt seinen Einfluss geltend zu machen, ist er einfach von seinem Amt als Untersuchungsrichter zurückgetreten, als ginge ihn die ganze Sache nichts an. Ein scheinheiliger Feigling, das war er!»

Sie schlug die Hände vors Gesicht. Mechtild ließ ihr Zeit, sich zu fassen, dann fuhr sie in ihrem Bericht fort.

Ihr Mann habe damals all seine Verbindungen zum Rat der Stadt spielen lassen, um Einsicht in die Inventarliste und in die Verkaufsurkunden zu erlangen, doch vergebens. Irgendwann hieß es dann, die Unterlagen seien bei einem Kellerbrand in den Archivräumen verkohlt.

«Du kannst dir denken, dass mir diese Auskunft erst recht keine Ruhe gelassen hat, und so bin ich eines Tages schnurstracks in Siferlins Kontor marschiert. Mochte das Geld verloren sein, so mussten sich doch irgendwo die persönlichen Habseligkeiten Catharinas befinden, die sie für dich und Lene bestimmt hatte. Erst tat der Schweinehund so, als wisse er nicht, wovon ich spräche, und wollte mich schon durch einen Gerichtsdiener hinausbefördern, doch als ich sagte – Gott verzeihe mir die kleine Notlüge –, ich stünde hier im notariellen Auftrag von Marthe-Marie Mangoltin, wurde er plötzlich hellwach. ‹Kennt Ihr die Mangoltin persönlich?› – ‹Ja›, schwindelte ich ein zweites Mal. ‹Und ihr liegt viel daran, ein Andenken an ihre Muhme zu besitzen.› – ‹Meines Wissens war die Mangoltin noch nie hier in Freiburg, oder?› Ich fand seine Fragen höchst seltsam, entgegnete, dass Catharina dich zwei-, dreimal in Konstanz besucht habe und ihr euch Briefe geschrieben hättet, und wollte wissen, was das mit der Hinterlassenschaft zu tun habe. ‹Gute Frau, nach allem, was Ihr erzählt, können sich die beiden nicht allzu nahe gestanden sein. Außerdem war die Stadellmenin laut Gerichtsunterlagen nur eine Tante zweiten Grades, nämlich nur eine Base von der Mutter der Mangoltin, habe ich Recht?› Dann stand er auf und wies zur Tür. ‹Wenn die Mangoltin die leibliche Tochter dieser Hexe wäre, dann hätte sie Anspruch auf den Plunder. So aber –.› Dabei flackerte sein Blick wie ein Irrlicht, mir wurde ganz anders. Kurzum: Als ich nicht gleich gehen wollte, kam ein Büttel und schleppte mich mit Gewalt hinaus. Ich konnte gerade noch fragen, wo denn die Sachen seien. Weißt du, was Siferlin da geantwortet hat? ‹In der städtischen Abortgrube.› Mir würde speiübel – was für ein Ekel dieser Mensch war!»

Marthe-Marie war bleich geworden. Dann war Siferlin dieser Freiburger Bürger, der ihr damals das Bildnis hatte zukommen lassen. Aber wenn sie doch angeblich keinen Anspruch darauf hatte? Und wo waren die anderen Hinterlassenschaften geblieben?

«Irgendetwas stimmt da nicht», sagte sie, nachdem sie Mechtild von der Geschichte erzählt hatte. Die alte Wirtin nahm ihre Hand und drückte sie fest.

«Ich bitte dich, Marthe-Marie, lass die Dinge ruhen. Dieser hinkende Bastard ist tot. Ein Andenken an deine Mutter hast du, und jetzt quäle dich nicht mehr mit unnützen Gedanken.»

26

Marthe-Marie verbrachte in den folgenden Tagen viele Stunden damit, mit ihrer kleinen Tochter auf dem Rücken die Stadt zu durchwandern.

So stand sie lange Momente vor Catharinas Elternhaus, dem schäbigen Fachwerkhäuschen im Mühlen- und Gerberviertel auf der Insel, wo es nach Lohe, geschabten Häuten und Schlachtabfällen stank, bis Agnes vor Hunger zu weinen begann. Sie wagte einen kurzen Blick in den «Rappen», jene verrufene Schenke in der Neuburgvorstadt, wo ihre Mutter ihre erste Stellung angetreten hatte, und ließ sich von Mechtild das kleine helle Zimmer in dem Gesindehäuschen zeigen, das Catharina während ihrer Zeit im «Schneckenwirtshaus» bewohnt hatte.

Sie verbarg sich im Schutz der hölzernen Lauben auf der Großen Gasse, als sie beklommen das Haus zum Kehrhaken beobachtete, das in seiner Größe und Vornehmheit ihr eigenes Elternhaus in Konstanz in den Schatten stellte: ein dreistöckiger Fachwerkbau mit mächtigem Erdgeschoss aus Stein. Hier hatte Catharina ihre unglücklichen Ehejahre mit dem Schlossermeister Bantzer verbracht. Durch das offene Hoftor war das rhythmische Hämmern auf Metall deutlich zu hören – noch immer befand sich im Hinterhaus eine Schlosserwerkstatt. Und wie ein Blitz traf sie die Erkenntnis: Dort hatte ihr leiblicher Vater als Geselle gearbeitet.

Ein andermal überquerte sie den stillen, mit einer alten Linde bestandenen Platz, der eingefasst war von den Mauern des Franziskanerklosters, vom Kollegiengebäude der Universität und der Ratskanzlei, wo der Magistrat über Catharinas Schicksal gerichtet hatte. Unwillkürlich bekreuzigte sie sich und eilte weiter in Richtung Predigerkloster, bis sie rechter Hand die Schiffsgasse erreichte. Das schmale Haus zur guten Stund schien unbewohnt, die Fensterhöhlen waren mit Brettern vernagelt. Ein toter Ort, wo noch vor wenigen Jahren Catharina als Witwe ihre glücklichsten Jahre verbracht hatte, wo sie Bier gebraut, mit ihren Freunden gefeiert und mit Christoph viele gemeinsame Tage und Nächte verbracht hatte. Marthe-Marie erinnerte sich an einen Satz, den Catharina ihr einmal geschrieben hatte: Die Jungfrau gehört dem Vater, die Ehefrau dem Gatten, nur die Witwe gehört sich selbst.

«Wollt Ihr das Haus kaufen?» Ein Mann, dessen vierkantiges Samtbarett ihn als Magister der Universität auswies, musterte sie eindringlich.

«Nein, nein.» Sie hatte das Gefühl, bei einer verbotenen Handlung ertappt worden zu sein. «Ich frage mich nur, warum das hübsche Haus leer steht. Entschuldigt mich jetzt, ich muss weiter.»

«Das Haus wäre aber zu einem äußerst günstigen Preis zu erwerben.»

«Habt Dank für die Auskunft, aber ich bin nicht von hier und habe keinen Bedarf, ein Haus zu kaufen.» Sie ging rasch weiter.

«Na, dann kann ich es Euch ja verraten», rief er ihr hinterher. «Hier hat eine leibhaftige Hexe gehaust. Deshalb will es niemand haben.»

Ohne Umwege kehrte Marthe-Marie ins «Schneckenwirtshaus» zurück und blieb für den Rest des Tages bei Mechtild.

Eigentlich hatte Marthe-Marie am kommenden Tag das Predigertor und das Christoffelstor aufsuchen wollen, um dort ein stilles Gebet für ihre Mutter zu sprechen. Doch allein der Gedanke, dass Catharina in den beiden Türmen wochenlang gefangen gelegen hatte und unaussprechlichen Qualen ausgesetzt gewesen war, raubte ihr fast den Verstand. Stattdessen mietete sie Maulesel und Karren und fuhr hinaus nach Lehen, wo Catharina zusammen mit Lene und Christoph den größten Teil ihrer Kindheit im Gasthaus der Schillerwirtin verbracht hatte.

Das Weingärtner- und Bauerndorf lag friedlich in der Morgensonne. Es wirkte überraschend wohlhabend und sauber. Auffällig

28

waren die riesigen Ammonshörner, die in die Giebelfronten der meisten Häuser eingemauert waren – kostbare Fundstücke aus der Gegend, die für ewig währende Fruchtbarkeit standen und als Abwehrzauber gegen Feinde und Unwetter dienten. Als sie vor dem prächtigen Gasthof hielt, der direkt an der Hauptstraße lag, zögerte Marthe-Marie, abzusteigen und sich umzusehen. Ihr war nicht entgangen, dass ihr die Blicke sämtlicher Dorfbewohner gefolgt waren, seitdem sie die ersten Häuser passiert hatte. Als sich ein alter Mann ihrem Karren näherte, beeilte sie sich weiterzukommen. Erst vor dem Lehener Bergle, einem lang gestreckten Weinberg oberhalb der Kirche, zügelte sie ihr Maultier im Schatten einer mächtigen Kastanie und kletterte den Hang hinauf. Versonnen betrachtete sie das Dorf, in dem ihre Ziehmutter und ihre leibliche Mutter wie Schwestern aufgewachsen waren. Rechts und links des Kirchturms von St. Cyriak reihten sich die kleinen Fachwerkhäuser aneinander, eingebettet in Wiesen, Felder und Laubwälder in erstem kräftigem Grün. In der Ferne, vor der blassen Silhouette des Schwarzwalds, ragte der Münsterturm in den Himmel.

Doch selbst hier oben fand sie keine Ruhe. Sie kehrte zur Straße zurück und fand den Maulesel inmitten einer Schar von Kindern, die das Tier mit einer Weidenrute piesackten. Sie hatte nicht bedacht, dass sie in diesem beschaulichen Flecken, ganz anders als im Gedränge der Freiburger Gassen, auffallen würde wie ein bunter Hund, und beschloss, umgehend in die Stadt zurückzukehren.

Auf dem Rückweg kam sie an einem vornehmen Anwesen vorbei, das nur der ehemalige Herrenhof von Lehen sein konnte. Sie gab dem Maulesel die Peitsche, denn sie erinnerte sich plötzlich, dass der Hof nach dem Verkauf des Dorfes an die Stadt Freiburg von niemand Geringerem als Dr. Textor erworben worden war, dem Commissarius im Prozess gegen ihre Mutter. In diesem Moment schoss aus der Stalltür ein zottiger Hund auf sie zu und stellte sich ihr mit gefletschten Zähnen in den Weg.

Sie erhob sich vom Bock und schwang die Peitsche. «Verschwinde!»

Ein schriller Pfiff – und der Hund gab mit eingeklemmter Rute den Weg frei. Jetzt erst entdeckte sie den alten Mann auf der Bank, der sie mit einer Mischung aus Erstaunen und Unglauben anstarrte. Seine Kleidung war vornehm, der weiße Backenbart sorgfältig gestutzt, neben der Bank lehnten zwei Krücken.

Textor, dachte Marthe-Marie entsetzt, und trieb den Maulesel in Trab.

«Junge Frau, wartet!» Sie wandte sich kurz um und sah noch, wie sich der Alte mühsam mit Hilfe seiner Krücken erhob, dann war sie hinter dem Stallgebäude verschwunden und gelangte auf freies Feld. Ihr Herz schlug immer noch heftig, als sie die Mauern der Stadt erreichte, und sie schalt sich eine Närrin. Was hatte sie sich eigentlich erhofft von ihrer Reise nach Freiburg? Statt zu ihren Wurzeln zurückzufinden, fühlte sie sich zunehmend verfolgt. Hätte sie doch den Rat ihres Ziehvaters beherzigt und die Vergangenheit auf sich beruhen lassen. Jetzt war es zu spät.

Doch just an diesem Nachmittag kehrte Mechtild mit strahlender Miene von ihrem Gang über den Markt zurück.

«Stell dir vor, Marthe-Marie, da renne ich seit Wochen bei Pontius und Pilatus die Türen ein, um herauszufinden, wohin Benedikt Hofer damals fortgezogen sein könnte, und erfahre es heute ganz nebenbei in der Bäckerlaube. Der alte Geselle des Weißbäckers hat ihn nämlich persönlich gekannt.»

«Und?» Marthe-Marie, die ihrer Tochter gerade ein frisches Windeltuch anlegte, konnte das Zittern ihrer Hände kaum verbergen.

«Er ist nach Offenburg gegangen. Dort lebt wohl der mütterliche Zweig seiner Verwandtschaft.»

Marthe-Marie betrachtete Agnes' lachendes Gesicht und ihre vom Schlaf verschwitzten dunklen Haare. Seltsam, die Augen wur-

30

den von Monat zu Monat blauer, ein klares, dunkles Blau. Dass ihr das noch nie aufgefallen war. Ein Mädchen mit fast schwarzen Haaren und blauen Augen.

«Marthe-Marie? Ist etwas mit dir?»

«Nein, nein. Also Offenburg, sagst du?»

Sie schien kurz vor dem Ziel zu sein. Es wurde Sommer, die Tage waren lang und warm, und schon morgen oder übermorgen konnte sie sich einen Wagen mieten und mit Agnes nach Offenburg reisen. Und dann? Würde sie an Benedikt Hofers Tür klopfen und sagen: Ich bin Eure Tochter, und das hier ist Euer Enkelkind? Sie schüttelte den Kopf.

«Vielleicht ist mein Vater ja längst gestorben.»

«Das findest du nur heraus, wenn du ihn aufsuchst. Aber du musst ja nichts überstürzen. Denk in Ruhe nach, was du tun willst, und entscheide dann. Ich würde mich freuen, wenn du hier bliebest. Du und Agnes, ihr habt wieder Leben in mein Haus gebracht, und so, wie du mir zur Hand gehst, möchte ich dich ohnehin nicht weglassen. Weißt du, was ich mir gedacht habe? Ich könnte Erkundigungen einziehen, ob es eine Möglichkeit für dich gibt, das Bürgerrecht zu erwerben. Nur für alle Fälle.»

Aber bereits am nächsten Tag wusste Marthe-Marie, dass sie sich auf den Weg machen würde. Wenn nicht um ihretwillen, dann Agnes zuliebe, die niemanden hatte als sie selbst, ihre Mutter, und das war in Zeiten wie diesen nicht eben viel.

Sie leitete alles für die Reise in die Wege und hatte schon begonnen, ihren Besitz in Kisten zu verstauen, als ein böses Fieber sie packte und tagelang hartnäckig in seinen Klauen hielt. Über eine Woche musste sie das Bett hüten, und auch danach kam sie nur langsam zu Kräften.

«Jetzt siehst du, was du von meiner Hausgenossenschaft hast», sagte sie müde lächelnd zu Mechtild, nachdem sie den ersten kleinen Spaziergang unternommen hatte und sich sogleich wieder niederlegen musste. «Nichts als Kummer und Mühe. Dabei hast du genug zu tun mit dem Schankbetrieb. Aber du wirst sehen, nächste Woche bist du mich los.»

Doch es wurde nichts aus ihrer Abreise. Nun wurde Agnes krank, weinte und jammerte Tag und Nacht, bis Mechtild nach einer Hebamme schickte, die dem Kind mit einer braunen Salbe, die nach Knoblauch stank, den Leib massierte. Die Verdauung, sagte die Frau und wiegte sorgenvoll den Kopf. Höchst ungewöhnlich sei auch, dass das Kind erst jetzt, mit einem Jahr, seine Schneidezähne bekomme. Und dazu noch alle auf einmal.

«Gebt Ihr dem Kind noch die Brust?»

«Nein, seit einiger Zeit nicht mehr.»

«Dann soll es die nächsten zwei Wochen nur ungesüßtes Dinkelmus essen. Und gegen die Zahnschmerzen macht einen Aufguss aus Salbeiblättern. Auf das Zahnfleisch tupft Brennnesselsaft, das hilft gegen die Schwellung. Die Salbe lasse ich Euch da. Wenn Ihr vor Sonnenuntergang den Bauch damit einreibt, wird das Kind ruhiger schlafen.»

Kaum ging es Agnes besser, brach unerwartet früh und mit heftigen Wolkenbrüchen die kühle Jahreszeit an und verwandelte die Landstraßen in Schlammwüsten, bis die ersten Fröste und Schneefälle folgten. Marthe-Marie musste die Reise wohl oder übel auf das Frühjahr verschieben, wenn sie mit Agnes kein Wagnis eingehen wollte. Mechtild bemühte sich erst gar nicht, ihre Freude zu verbergen.

«So bleibt ihr beiden mir noch eine Weile erhalten.»

Auch Marthe-Marie hatte sich inzwischen an das Leben bei der alten Wirtin gewöhnt. Sie half nicht nur beim Bedienen der Gäste, sondern führte auch die Bestellungen, kontrollierte die Vorratshaltung und machte die Abrechnungen – alles Dinge, um die sich früher Mechtilds Mann gekümmert hatte und die Mechtild immer ein Gräuel gewesen waren. Abends, wenn die Gäste fort waren, saßen sie meist noch mit dem Knecht und der Köchin eine Weile zusammen, Agnes in ihrer Wiege nahe dem Kachelofen, und genossen ihren Abendschoppen Kaiserstühler.

Zum ersten Mal seit langer Zeit fühlte Marthe-Marie sich aufgehoben. Sie mochte sich gar nicht wehren gegen dieses tröstliche Gefühl. Und vielleicht hätte sie sich auch wirklich dazu entscheiden können, auf Dauer in Mechtilds Haus zu bleiben, wäre nicht jener Dezembermorgen gewesen, kurz nach Veits Todestag und damit dem Ende ihrer Trauerzeit als Witwe. Ein schriller Schrei weckte sie noch vor der Morgendämmerung. Sie rannte hinunter zur Haustür, wo Mechtild, im Hemd und mit aufgelöstem Haar, im Türrahmen lehnte und schwer atmend auf den Boden starrte. Auf der Schwelle lag eine kleine Holzflöte, in zwei Teile zerbrochen, und auf dem Dielenbrett stand mit Kreide geschrieben:

Die Hexentochter wird sterben!

❧ 3 ❧

Und du hast niemanden weglaufen sehen?», fragte Marthe-Marie. «Oder Schritte gehört?»

Mechtild wirkte noch hagerer und kleiner als sonst.

«Nein, nichts. Ich bin von einem dumpfen Schlag aufgewacht; es hörte sich an, als ob jemand einen Stein gegen die Tür schleudert. Doch bis ich geöffnet hatte, war niemand mehr zu sehen. Außerdem war es ja noch ganz dunkel.»

Marthe-Marie legte die zerbrochene Flöte aus der Hand. Es gab keinen Zweifel, es war das Instrument, das Christoph ihrer Mutter in jungen Jahren geschnitzt hatte. Ganz schwach war noch die Gravur zu erkennen: «Für C von C».

«Gütiger Herr im Himmel, wer kann so etwas Schändliches

tun?» Mechtild ließ sich auf die Ofenbank sinken. «Und wie kann irgendjemand wissen, dass du Catharinas Tochter bist? Kein Sterbenswort ist jemals über meine Lippen gekommen. Alle hier kennen dich als Marthe-Marie Mangoltin aus Konstanz.»

Vergeblich versuchte Marthe-Marie, ihre Gedanken zu ordnen. Der Schreck an diesem Morgen hatte sie tief getroffen. Wer konnte ihr drohen wollen? Und vor allem warum? Bis vor einem halben Jahr hatte sie hier in Freiburg doch keine Menschenseele gekannt.

Mechtild sah sie ratlos an. «Vielleicht war es nichts weiter als ein böser Scherz. Vielleicht gibt es gar niemanden, der die Wahrheit kennt, und der Übeltäter ist einer von diesen Trunkenbolden, die wir erst kürzlich an die frische Luft gesetzt haben. Aus Rache beleidigt er dich nun als Hexe. Leider Gottes hört man in letzter Zeit die Leute wieder ständig über Teufelsbuhlschaft und Schadenszauber schwatzen.»

«Auf der Schwelle stand Hexentochter – nicht Hexe. Darauf kommt doch niemand aus Zufall. Und außerdem –» Sie stockte. «Siferlin hat dich angelogen, damals in seinem Kontor. Nichts von den Dingen meiner Mutter ist in der Abortgrube gelandet – er hat alles aufbewahrt. Ich bin mir sicher, er hat auch ihre Bücher und Briefe und den verzierten Wasserschlauch von Christoph. Und er hat seine Gründe, dass er alles aufbewahrt. Siehst du es nicht? Er führt etwas im Schilde.»

«Marthe-Marie – Siferlin ist tot!»

«Weißt du das mit Sicherheit? Vielleicht ist er seiner Hinrichtung entkommen? Vielleicht hat man statt seiner irgendeinen armen Teufel aufs Rad geflochten? Und der saubere Dr. Textor hat einmal mehr weggeschaut, weil ihm Recht und Unrecht einerlei sind.»

«So beruhige dich doch. Du machst dich ganz verrückt mit solchen Hirngespinsten.»

«Nein, warte, Mechtild. Was, wenn Siferlin längst weiß, dass ich Catharina Stadellmenins Tochter bin? Und mich nun ebenso als Hexe anzeigt wie damals meine Mutter? Du hast doch selbst erzählt, wie er dich damals ausgefragt hat über mich, und wie seltsam er sich dabei benommen hat. Und weil er herausgefunden hat, wer ich bin, hat er das Bildnis damals ausdrücklich mir und nicht etwa Lene zukommen lassen.»

«Aber der Kerl lebt doch längst nicht mehr! Du verrennst dich da in deine Phantastereien.»

«Er hat meine Mutter gehasst und in den Tod getrieben. Und mich, ihre Tochter, hasst er ebenso.»

«Bitte, Marthe-Marie, hör jetzt auf damit. Mir ist noch ganz schlecht von dem Schrecken, da fängst du an, Gespenster zu sehen und Tote auferstehen zu lassen. Ich weiß wirklich nicht, was mich mehr ängstigt. Komm, lass uns zu Morgen essen und über die Einkäufe sprechen. Das bringt dich auf andere Gedanken.»

Erst jetzt bemerkte Marthe-Marie, wie elend Mechtild aussah. «Du hast Recht. Verzeih, ich wollte dich nicht verrückt machen. Vielleicht war es ja wirklich einer dieser versoffenen Leinenweber.»

Mechanisch machte sie sich an die tägliche Arbeit, und das Entsetzen begann langsam in Wut umzuschlagen. Wer auch immer ihr drohen mochte – sie würde die Augen offen halten und versuchen, es herauszufinden.

O ja, Meister Siferlin.

Ich weiß noch jedes Eurer Worte auswendig: «Die Tochter der Hexe heißt Marthe-Marie Mangoltin. Sie lebt in Konstanz. Bevor du sie tötest, frag sie, in welchem Haus sie ihre Wurzeln hat. Dort wirst du dei-

nen Lohn finden, den Wasserschlauch ihrer Mutter, er ist voller Gold. Doch vorher musst du sie töten, sie und all ihre Nachkommen.»

Ihr hattet Recht. Die Hexe hat noch eine in Sünde geborene Tochter. Und das Vögelchen ist in sein Nest zurückgeflogen gekommen – ganz wie Ihr es prophezeit hattet. Wie klug und wohl berechnet von Euch, sie mit dem Bildnis von Stadellmenins Mutter nach Freiburg zu locken. Mit Speck fängt man Mäuse.

Gewiss habe ich ihr einen Todesschrecken eingejagt, als sie diese kleine hässliche Flöte zerbrochen auf der Türschwelle gefunden hat. Nun hat sie erkannt, dass sie nicht unbeobachtet ihrem teuflischen Treiben nachgehen kann.

Ich weiß, es hat seine Zeit gebraucht, bis ich sie ausfindig gemacht habe. Aber ich wohne nun mal draußen vor dem Tor, und seit ich das Amt meines Vaters übernommen habe, muss ich in Wirtshaus und Kirche allein und auf meinem eigenen Stuhl sitzen. Da erfährt man nur noch wenig Neuigkeiten; es sind sich ja alle zu fein, mit mir zu sprechen, und sie haben Angst vor mir. Doch Geduld führt zum Ziel, das habe ich früh gelernt.

Wenn Ihr sie sehen könntet – diese zarten Rundungen ihres Fleisches, fast knabenhaft, mit den festen Brüsten, dazu wie bei ihrer Mutter das dichte schwarze Haar, in dem sich satanische Finsternis spiegelt. Dieser dunkle Blick, der die Sinne des Mannes vernebelt und vergiftet, ihn ins Verderben zu ziehen versucht.

Aber ich bin stärker als sie.

Ihr glaubt mir doch, Meister Siferlin, dass ich es nicht nur um des Goldes willen vollbringe? Ihr und ich, wir sind beseelt vom selben Feuer, vom selben Glauben an den Kampf gegen den Satan im Weib. Wir wissen, dass das Weib von Natur aus wild und triebhaft ist wie ein Tier, nur auf die Erfüllung seiner Begierden und Lüste bedacht. Und so bedient sich der böse Feind der Leiber schöner Frauen, um uns Männer zu den abscheulichsten Ausschweifungen zu verführen. Ekelhaft! Wie Ungeziefer im Garten muss diese teuflische Versuchung *von unserer Erde getilgt werden. Muss ausgemerzt werden mit Feuer und Schwert. Denn steht nicht schon bei den Predigern geschrieben: Gering ist alle Bosheit gegen die Bosheit des Weibes?*

Ich weiß, mein Freund und Meister, dass Ihr mich hören könnt dort droben im Himmelreich, dass Eure Seele mir zur Seite steht. Seid nur gewiss: In mir habt Ihr einen treuen und fähigen Nachfolger gefunden. Denn ein göttlicher Wille hat mir meine Bestimmung offenbart: Ich bin ausersehen, das Böse aufzuspüren und zu vernichten. Das Gefäß der Sünde, dieses verführerische Weib. Und ich gelobe Euch, ich werde meine Pflicht erfüllen und diese Mission zu Ende bringen.

❧ 5 ❧

Den ganzen Januar über lag die Stadt unter einer dichten Schneedecke. Wagen und Karren wurden nicht mehr eingelassen, nur zu Fuß kam man durch die Gassen, und selbst das war mühsam genug. Marthe-Marie bot sich an, den täglichen Gang zu den Händlern und Marktleuten auf der Großen Gasse zu übernehmen.

So zog sie jeden Morgen mit der Köchin los, Mechtilds Bestellungen im Kopf – ein gutes Gedächtnis hatte sie schon immer gehabt. Sie genoss die Ruhe und Bedächtigkeit, zu der die verschneiten und vereisten Wege die Menschen zwangen. Mit hoch erhobenem Kopf ging sie von Stand zu Stand, von Laube zu Laube, grüßte freundlich und beobachtete dabei aufmerksam, in welcher Weise die Leute ihr begegneten. Jeder, der sie kannte, sprach sie an, trug ihr Grüße für Mechtild auf oder erkundigte sich nach ihrer kleinen Tochter.

Je länger der Frost anhielt, desto spärlicher wurde das Angebot an Nahrungsmitteln und desto mehr Bettler tauchten in den Straßen auf. Anfangs verteilte Marthe-Marie noch hin und wieder

Brotkanten, doch bald standen sie an jeder Ecke, und Marthe-Marie zwang sich, hart zu bleiben.

«Wenn es weiter so kalt bleibt, kann ich meinen Gästen außer Salzfleisch nichts mehr anbieten», seufzte Mechtild. «Außerdem fällt mir hier im Haus bald die Decke auf den Kopf.»

Endlich schlug das Wetter um. Am Morgen hatte es noch einmal heftig zu schneien begonnen, aber als Marthe-Marie ihre Besorgungen beendet hatte, ging der Schnee in Regen über. Der Holzträger neben ihr, der einen Korb Brennholz für sie heimschleppte, fluchte, weil ihm das Wasser ungehindert in den Kragen lief.

«Wir sind ja schon da, guter Mann. Bringt das Holz bitte in die Schankstube.»

Doch der Holzträger blieb mit einem Mal wie angewurzelt stehen. Vor seinen Füßen, direkt am Eingang zum Wirtshaus, hatte jemand mit schwarzer Asche etwas in den fest getretenen Schnee gezeichnet.

Es war ein fünfzackiger Stern, ein Drudenfuß.

Marthe-Marie spürte, wie Übelkeit in ihr hochstieg. Sie schob den Mann brüsk zur Seite und fuhr mit dem Absatz über das Pentagramm, wieder und wieder, bis es sich in Eisbrocken und grauen Schlamm aufgelöst hatte.

«Was glotzt Ihr so?», herrschte sie den Träger an und nestelte mit zitternden Fingern das Handgeld aus ihrer Börse. «Ihr könnt gehen. Los jetzt.»

In der Stube musste sie sich erst einmal hinsetzen. Sie schloss die Augen. Wenn der Holzträger nun überall in der Stadt herumerzählte, was er gesehen hatte?

«Du musst bei Gericht Anzeige erstatten», sagte Mechtild, als Marthe-Marie ihr alles erzählt hatte. «Wenn du dich nicht wehrst, bleibt für immer ein Schatten der Unehre auf deinem Namen.»

«Du weißt doch selbst, dass ich kein Recht dazu habe, vor Gericht zu gehen. Ich bin eine Fremde, ich habe weder Bürgerrecht noch einen Vormund hier in der Stadt.» Sie setzte eine entschlossene Miene auf. «Nein, ich muss schon selbst herausbekommen, wer mir Böses will.»

Wie zum Trotz begleitete sie Mechtild in den nächsten Wochen bei den Einkäufen. Wenn irgendwelche Gerüchte über sie im Umlauf waren, dann wollte sie die auch als Erste erfahren. Doch die Menschen auf dem Markt und in den Gassen verhielten sich wie immer. Mal waren sie freundlich, mal mürrisch, je nach Laune und Stimmung.

Die Häuserwände hallten wider von den Trommelschlägen und Fanfarenstößen, Peitschen knallten, Rätschen schnarrten an jeder Straßenecke. Die ganze Stadt schien zu erbeben vom Lärm der Musikanten, die engen Gassen barsten schier unter dem Andrang der Menschenmassen. Männer, Frauen und Kinder, Bettler und Ratsherren, Geistliche und Adlige schoben sich in dichten Trauben vorwärts, wobei in diesen Tagen von niemandem mit Gewissheit zu sagen war, ob das, was er darstellte, Täuschung oder Wirklichkeit war. Denn die meisten hatten sich verkleidet oder verbargen zumindest das Gesicht hinter einer Maske.

Marthe-Marie saß an einem Holztisch vor der Wirtschaft und verkaufte zusammen mit der Köchin Theres, mit der sie längst ein freundschaftliches Verhältnis verband, frische Krapfen. Es lag nicht nur an Mechtilds Geschäftssinn, dass sie während der Fastnachtstage ihren Schanktisch draußen aufzustellen pflegte. Man hatte von hier auch einen guten Blick auf die Festzüge der Zünfte, die durch die Schneckenvorstadt zum Martinstor und weiter die Große Gasse hinaufzogen. Gerade eben tanzte ein Arlecchino heran, der mit seiner Holzpritsche den Weg frei schlug für den Umzug der Schreinergesellen. Hinter drei Fanfarenbläsern erschien der Fahnenschwinger mit der rot-weißen Fahne, die das Wappen der Zunft, die Arche Noah, zeigte. Ihm folgten zwei helmbewehrte

Spießträger, die drei Türken mit Krummsäbel und Turban an Stricken hinter sich herzerrten. Unter Johlen und Gelächter bewarfen die Zuschauer die gefangenen Muselmanen mit Mehltüten.

«Einer von den Türken ist mein Bruder», brüllte Theres Marthe-Marie ins Ohr. «Das geschieht ihm recht.»

Auf dem Eselskarren, der folgte, thronte der Kaiser Rudolf persönlich und grüßte huldvoll nach allen Seiten, während eine vollbusige, grell geschminkte «Hofdame» bunte Zuckerkugeln mit ihren kräftig behaarten Händen unters Volk schleuderte. Als sich Marthe-Marie nach den Süßigkeiten bückte, schlich ein Bursche mit grinsendem Schweinskopf auf den Schultern hinter sie und stahl einen Krapfen. Sie drohte ihm mit der Faust, darauf schwang er eine dicke, rot bemalte Hartwurst, die ihm zwischen den Lenden herabhing, vor ihrer Nase und verschwand dann in der Menge.

«Schweinehund!» Marthe-Marie musste lachen.

Eben flanierten in einer Eskorte von Trommlern die Schreinergesellen vorbei, mit Bändern und Abzeichen geschmückt und mit riesigen Federn auf Hüten von Hobelspänen. Theres sprang von der Bank. Sie hatte unter den Musikanten ihren Bräutigam entdeckt. Mit einem Krapfen in der Hand rannte sie mitten in den Umzug und stopfte ihrem Trommler den Krapfen in den Mund, dass er kaum noch Luft bekam. Die Zuschauer lachten und klatschten Beifall. Als sie zurücklief, war ihr Platz von einer Teufelsgestalt besetzt, die sich an Marthe-Marie presste und den Kopf an ihren Brüsten rieb. Sie hatten Mühe, den aufdringlichen Kerl von der Bank zu stoßen.

«Himmel, hat der gestunken.» Marthe-Marie schüttelte sich. «Wie ein brünstiger Geißbock.»

Hinter der letzten Musikantentruppe rollte ein langer Wagen, der ganz offensichtlich nicht zu den Schreinern gehörte. Die Seitenflächen waren mit Masken und Figuren in schreienden Farben bemalt, an hohen Stangen spannten sich Schnüre mit bunten

Wimpeln, und über dem Heck erhob sich ein Blechschild mit dem verschnörkelten Schriftzug «Leonhard Sonntag & Compagnie». Auf dem Wagen selbst drängte sich, eng wie die Heringe im Salzfass, ein gutes Dutzend Gaukler, manche in prächtigen Kostümen, andere fast nackt, den Körper über und über bemalt. Auf einem Podest stand ein glatzköpfiger Priester, schleuderte Asche über die Zuschauer, reckte immer wieder die Arme zum Himmel und schrie: «O gottlose Fasenacht, hinfort mit dir!», bis ein verwegen aussehender Landsknecht ihm von hinten den Mund zuhielt und seinerseits, mit schrecklichem Akzent und falscher Aussprache, brüllte:

«Fastnacht lebe hoch! Kommet zu Leonhard Sonntag und seine in Welt berühmte Compagnie. Heute, morgen und übermorgen auf Münsterplatz. Wir zeigen Firlefanz und Schabernack, Affentanz und Kakerlak. Samt diesem Jammersack Hans Leberwurst.» Er gab dem Priester einen Tritt in den Hintern. «Und exklusiv für Publikum von diese schöne Stadt wir zeigen Paradies, was drei Meilen hinter Weihnacht liegt, wir zeigen Schlaraffenland von berühmte Dichter Hans Sachs.»

Der Priester schlug den Landsknecht mit der Faust nieder und begann wieder zu lamentieren – dann war der Wagen aus Marthe-Maries Blickfeld verschwunden. Ein Großteil der Menschen folgte grölend den Komödianten, die anderen, nicht weniger laut, begannen auf der Straße zu tanzen: Männer in Frauenkleidung mit falschem Busen und Haar, Frauen, die als Soldaten gingen, Mönche, Narren und Teufel, wilde Männer mit Keulen und nackt bis auf ein Fell um die Hüften, Harlekine auf Stelzen, bunte Vögel mit Flügeln und langen Schnäbeln, Affen auf allen vieren, mittendrin ein splitternackter Mann, der sich mit Würsten, Hühnern und Hasen behängt hatte. Trommler, Pfeifer und Narren im Schellenkostüm gaben den Rhythmus vor, die Umstehenden hielten den Tänzern Krüge mit Bier und Wein an die Lippen oder spritzten sie nass. Kaum einer zeigte sein wahres Gesicht, die Welt war auf den Kopf gestellt.

Jetzt erst bemerkte Marthe-Marie, dass am Schanktisch eine schlanke Gestalt lehnte und sie unaufhörlich ansah: Ein Wegelagerer, in buntscheckiger Jacke, mit Federhut und schwarzem Tuch vor dem Gesicht.

«Wollt Ihr einen Krapfen?»

Der verkleidete Räuber nickte stumm. Von seinem Gesicht waren nur die nussbraunen Augen mit dunklen Brauen und langen Wimpern zu sehen. War es eine Frau? Wer mochte das schon wissen an Fastnacht, wo Frauen als Männer und Männer als Frauen gingen, um das andere Geschlecht zum Narren zu halten. Ohne den Blick von Marthe-Marie zu wenden, legte der Räuber ihr ein paar Münzen in die Hand und nahm den Krapfen entgegen. Da drängte ihn einer der wilden Männer beiseite und küsste erst Marthe-Marie, dann Theres mitten auf den Mund.

«Wollt ihr hier versauern? Kommt mit, ich lass euch was Besseres kosten als eure langweiligen Krapfen.»

Marthe-Marie schob ihn weg. «Wir haben zu tun.»

«Ach was, ihr habt lang genug herumgehockt.» Mechtild trat neben sie. «Geht nur los, ich mache hier weiter.»

«Schläft Agnes?»

«Wie ein Stein. Ein Wunder bei diesem ohrenbetäubenden Krach. Nun geht schon, ich werde schon nach der Kleinen sehen.»

Sie schoben sich durch die Menschenmasse Richtung Martinstor. Marthe-Marie drehte sich noch einmal um und sah für einen Augenblick, inmitten der wogende Menge von Masken und geschminkten Gesichtern, die nussbraunen Augen mit den langen Wimpern, dann waren sie verschwunden.

Theres zerrte sie weiter. «Komm, wir suchen die Komödianten.»

Doch auf der Großen Gasse in Richtung Münsterplatz war kein Durchkommen. Ein Mönch neben Marthe-Marie hielt ihr seinen Weinkrug hin, und sie trank ihn kurzerhand leer, so durstig war sie. Als sie seine Hand auf ihrem Busen spürte, schlug sie ihm hart auf die Finger.

«Versuchen wir es über die Salzgasse. Falls wir uns verlieren, treffen wir uns vor dem Kornhaus», schrie sie Theres ins Ohr. Auch die Salzgasse war voller Menschen, doch es ging wenigstens vorwärts. Sie hielten sich, so gut es ging, am Rande des Stroms.

Da spürte sie einen heißen Atem am Ohr.

«Hexentochter!»

Sie fuhr herum. Theres war verschwunden, statt ihrer drängte sich eine Teufelsgestalt gegen ihren Leib. Sie war sich sicher: dieselbe, die sie zuvor am Tresen bedrängt hatte.

«Hexentochter!» Dumpf quoll wieder das entsetzliche Wort unter der Maske hervor. Dann wich die schmächtige Gestalt zurück bis zur Mauer des Augustinerklosters, den plumpen Pferdefuß hinter sich herschleifend, die Teufelsfratze ihr zugewandt. Sie blieb stehen und starrte den Vermummten entgeistert an. Der Teufel schlug das Kreuzzeichen und machte dann mit den Fingern obszöne Gesten. Blinde Wut stieg in Marthe-Marie auf. Jetzt würde sie ihm die Maske vom Kopf reißen, würde sie endlich erfahren, wer sie bedrohte. Doch als sie sich durch die Menge zur Klostermauer gekämpft hatte, war der Teufel verschwunden. Sie sah sich um, entdeckte ihn schließlich bei der Oberen Linde, wo nur noch wenige Menschen unterwegs waren, da die meisten in Richtung Münsterplatz abbogen.

Sie zog ihren Umhang enger um die Schultern. Jetzt, mit der Dämmerung, war die erste Frühlingswärme verflogen. Sie ging ein paar Schritte die fast leere Gasse entlang, dann blieb sie stehen. Die schwarze Gestalt dort vorne schien tatsächlich auf sie zu warten.

Sie nahm allen Mut zusammen und marschierte auf ihren Verfolger zu. «Wer immer Ihr seid: Gebt Euch zu erkennen.»

Kaum war sie bis auf ein paar Schritte an ihn herangekommen, verschwand der Schwarze mit humpelnden Bocksprüngen in Richtung Wolfshöhle. Du spielst Katz und Maus mit mir, dachte sie. Aber damit machst du mir keine Angst, du Dreckskerl.

Die Hintere Wolfshöhle, ein schäbiges Viertel mit kleinen Gärten und lichtlosen Höfen an der Stadtmauer, gleich unterhalb des Burgbergs, lag wie ausgestorben. Hier brannten keine Fackeln, kein Lichtschimmer drang aus den Fenstern. Etwas in ihrem Inneren warnte Marthe-Marie, weiterzugehen. Doch dann hörte sie aus einem der offenen Hoftore ein leises Klagen und Wimmern, wie von einem Säugling. Sie hielt die Luft an und betrat die Hofeinfahrt. Man konnte kaum die Hand vor Augen sehen. Aus der Ferne schlugen dumpf die Trommeln.

«Ist hier jemand?» Ihre Stimme hallte von den Steinwänden wider.

Dann ging alles rasend schnell. Von schräg oben sprang wie eine riesige Fledermaus eine Gestalt über sie und riss sie zu Boden. Sie wehrte sich verzweifelt, wälzte sich mit ihrem Angreifer auf den harten Pflastersteinen, bis er sie auf den Rücken gezwungen hatte und einem Schraubstock gleich ihre Handgelenke umklammert hielt. Sie wollte schreien, doch ein heftiger Schlag in die Magengrube raubte ihr fast die Besinnung.

«Wer seid Ihr?», stieß sie hervor.

«Kennst du Hartmann Siferlin?» Die Frage kam keuchend, und der Atem ihres Angreifers verströmte einen fauligen Gestank. Dann lachte der Mann in der Teufelsmaske höhnisch und rieb seinen Kopf an ihren Brüsten. «Jetzt trägst du den Kopf nicht mehr so hoch!»

Wieder rammte er ihr sein Knie in den Magen.

«Wo ist das Gold?»

44

«Das Gold?» Marthe-Marie rang nach Luft.

Er presste ein Knie auf ihren Oberarm und schlug ihr mit der freien Hand ins Gesicht. Sie spürte, wie aus ihrem Mundwinkel warmes Blut den Hals herabrann.

«In welchem Haus hast du deine Wurzeln? Sperr endlich dein Maul auf, Hexentochter! Sterben wirst du ohnehin, du und dein Balg!»

Trotz der Dunkelheit sah sie das Messer, das er plötzlich in der Faust hielt. Nackte Todesangst erfüllte jede Faser ihres Körpers. Sie schloss die Augen. Agnes, meine Kleine, dachte sie noch, dann hörte sie ein Röcheln und spürte, wie ihre Arme frei wurden. Jemand hatte ihren Angreifer nach hinten gezogen. Mit letzter Kraft rollte sie sich zur Seite. Neben ihr, auf ihrem zerrissenen Umhang, wanden sich zwei Männer in verbissenem Kampf, sie hörte Stöhnen, dann einen unterdrückten Aufschrei: «Au diable! Espèce de merde!» und plötzlich ein markerschütterndes Brüllen.

Danach herrschte Stille.

«Schnell weg hier», zischte ihr unbekannter Retter. Er half ihr auf die Beine und zog sie hinaus auf die dunkle Gasse, immer weiter, bis sie eine belebte Straße erreichten. Jetzt erst ließ er sie los: Es war der Wegelagerer, das Gesicht noch immer hinter dem Tuch verborgen.

Vorsichtig wischte er ihr das Blut vom Kinn.

«Gott schütze dich», flüsterte er, dann war er in einer Nebengasse verschwunden.

Mechtild saß mit sorgenvoller Miene neben Marthe-Marie und kühlte ihr mit einem feuchten Lappen die geschwollene Lippe.

«Wenn die Fastnachtstage vorbei sind, begleite ich dich zum Gericht. Als Fremde hast du vielleicht kein Recht, gegen Ehrverletzung zu klagen, aber gegen Mordversuch allemal.»

Marthe-Marie richtete sich auf. Ihr Gesicht brannte, und alle Glieder schmerzten.

«Ich soll zu den Richtern dieser Stadt? Die meine Mutter auf den Scheiterhaufen gebracht haben? Niemals!»

Sie packte die alte Wirtin am Arm.

«Es darf niemand etwas erfahren», flüsterte sie. «Vielleicht ist der Kerl ja auch längst tot, so wie der gebrüllt hat.»

Ihr Blick fiel auf das helle Leinenkleid, das neben dem Bett über der Stuhllehne hing. Kragen und Mieder waren blutverschmiert.

«Himmel, mein Umhang! Er liegt immer noch in dieser Hofeinfahrt. Wenn ihn jemand findet – er ist gewiss voller Blut. Ich muss ihn holen.»

Sie wollte aufstehen, doch Mechtild hielt sie mit erstaunlicher Kraft fest.

«Nichts da. Du gehst heute Abend nirgendwohin. Ich schicke Konrad.»

Wenig später kam der Knecht mit leeren Händen zurück. Marthe-Marie und Mechtild sahen sich schweigend an.

In dieser Nacht schlief Marthe-Marie so gut wie überhaupt nicht. Hatte dieser Teufel nachträglich den Umhang geholt? Den blutigen Umhang, auf den ihre Initialen gestickt waren? Hatte ihr unbekannter Retter ihn also doch nicht getötet? Jetzt erst fragte sie sich, warum der als Wegelagerer verkleidete Bursche bei dem Überfall so unverhofft zur Stelle war – er musste ihr ebenfalls gefolgt sein. Doch aus welchem Grund? Und was sollte die Frage nach dem Gold?

Sie starrte zum Fenster, durch dessen Butzenscheiben bleich das Mondlicht drang. Sie hatte ein Leben in Wohlstand und ohne Sorgen verbracht, und jetzt war in kürzester Zeit alles aus den Fugen geraten. Und obendrein brachte sie auch noch Mechtild, die sich wie eine Mutter um sie sorgte, in Gefahr. Immer wieder redete sie sich ein, dass dieser Teufel tot sein müsse und alles gut werde.

Doch die Ahnung, dass dieser Albtraum noch längst nicht zu Ende sei, legte sich wie ein eisernes Band um ihre Brust.

❧ 6 ❧

Es kam schlimmer, als sie befürchtet hatten. Schon zwei Tage später machte ein so ungeheures Gerücht die Runde, dass es sogar den Klatsch über die Ausschweifungen der Fastnachtstage in den Hintergrund drängte. Die Fremde aus Konstanz, die im «Schneckenwirtshaus» Unterschlupf gefunden hatte, sei die Tochter einer Hexe, die von ihrer Mutter das Hexenhandwerk gelernt habe und des Nachts mit Hilfe ihres Teufelsbuhlen auf unbescholtene Bürger einsteche.

Wohlmeinende Nachbarn hatten Mechtild die bösen Anschuldigungen hinterbracht. Sie schien völlig fassungslos, als sie Marthe-Marie, die seit dem Überfall das Haus nicht mehr verlassen hatte, davon erzählte.

«Du bist in Gefahr, Marthe-Marie. Es fängt wieder an, wie vor vier Jahren.»

«Bis jetzt sind das nur Gerüchte.» Marthe-Marie versuchte das Zittern ihrer Hände zu verbergen.

«Nein, glaub mir – es fängt wieder an. Gestern haben sie zwei Frauen gefangen genommen, Anna Sprengerin und Elisabeth Dürlerin, die Frau meines Schneiders. Es heißt, sie hätten gleich bei der ersten Befragung gestanden, bei einem Hexentanz dabei gewesen zu sein. Und dich hätten sie gesehen, in Begleitung eines Pferdefüßigen.» Mechtild schlug die Hände vors Gesicht.

In dieser Nacht rotteten sich vor dem Wirtshaus Betrunkene zusammen. «Schneckenwirtin, gib die Hexentochter heraus!», grölten sie. Immer wieder brüllten sie es, bis Mechtild aus dem Fenster stinkendes Essigwasser über sie ausgoss. Marthe-Marie stand auf, entzündete die Lampe in ihrer Kammer und begann, ihre Sachen zu packen. Die Wirtin überraschte sie dabei, als sie gerade die Geldbörse in der Hand hielt und ihre Ersparnisse zählte.

«Um Himmels willen, was hast du vor?»

«Ich muss fort von hier. Vielleicht bin ich in Gefahr, vielleicht auch nicht. Aber was sicher ist: Wenn ich nicht gehe, bringe ich auch dich in große Schwierigkeiten. Morgen wird der Pöbel wiederkommen und dir Fenster und Türen einschlagen.»

Mechtilds Gesicht war aschfahl geworden. «Und wo willst du hin?»

«Ich weiß nicht. Vielleicht zurück nach Konstanz. Oder nach Innsbruck. Mein Geld reicht für einen Maulesel, auf den kann ich Agnes festbinden und das Gepäck.»

«Und dann willst du bis Konstanz laufen? Das ist der blanke Irrsinn, Marthe-Marie. Hör zu, ich habe einen Vetter in Betzenhausen, dorthin bringe ich euch morgen früh. Und wenn sich die Gerüchte hier in der Stadt gelegt haben, sehen wir weiter.»

Marthe-Marie schüttelte den Kopf. «Ich will mich nicht verstecken müssen. Dann ziehe ich lieber fort.»

Am nächsten Morgen wurden sie durch ungeduldiges Klopfen geweckt. Vor der Tür stand ein Fronbote und überbrachte ein amtliches Schreiben des Magistrats: Marthe-Marie Mangoltin aus Konstanz solle sich pünktlich heute zur dritten Stunde nach Mittag im Rathaus einfinden zur gütlichen Befragung höchst widriger Umstände und Bezichtigungen. Die Buchstaben begannen vor Marthe-Maries Augen zu tanzen, und sie ließ das Blatt zu Boden fallen.

Mechtild packte sie am Arm. «Was ist das für ein Schreiben?»

«Eine Vorladung. Irgendjemand hat mich beim Rat der Stadt

wegen Hexerei und Schadenszauber angezeigt und ein Paket abgeben lassen mit einem blutigen Umhang. Ich muss unter Eid aussagen, ob es mein Umhang ist, und dich und den Knecht soll ich als Zeugen mitbringen. Und ich darf die Stadt nicht verlassen, bis die Vorgänge geklärt sind.» Sie betrachtete ihre Tochter, die auf den Dielen saß und die Vorladung vergnügt in Fetzen riss. «Diese Teufelsgestalt lebt also noch und will mich vernichten.»

«Heilige Elisabeth, wie kommst du jetzt unerkannt aus der Stadt? Mit der Kleinen und deinem ganzen Gepäck fällst du doch jedem Torwächter sofort auf.»

«Ich nehme nur das Nötigste mit. Ich verkleide mich als Bauersfrau und gehe mit Agnes zu Fuß, als ob ich auf die Felder wollte. Ich nehme Sense und Gabel mit und –»

Sie unterbrach sich, als Mechtild lautlos zu schluchzen begann.

«Du wirst es niemals schaffen, zu Fuß, allein mit einem kleinen Kind.»

Die Tränen liefen der alten Frau über das Gesicht. Mechtild hatte Recht, das war kein Ausweg. Marthe-Marie nahm sie in den Arm und strich ihr gedankenverloren über den Rücken. Plötzlich fiel es ihr wie Schuppen von den Augen: Die Gaukler! Theres hatte ihr am Vorabend erzählt, dass die Komödianten heute weiterziehen mussten, obendrein nach Offenburg sogar, man hatte sie wohl bei der Vorstellung mit Steinen beworfen.

«Bete für mich, Gevatterin, dass das, was ich vorhabe, gut geht. Ich bin bald wieder zurück.»

Sie hastete in ihre Kammer, legte ihr bestes dunkles Batistkleid an, kämmte sich die Haare zu einem strengen Knoten und verbarg sie unter ihrer Witwenhaube, die sie zum Glück aufbewahrt hatte. Dann zog sie den Schleier vor das Gesicht und verließ das Haus durch den Hintereingang.

Auf dem Münsterplatz war der Tross der Krämer und Spielleute mitten im Aufbruch. Die Wagen begannen sich in Reih und Glied zu formieren, die Bühne der Komödianten vor dem Kaufhaus war fast abgebaut. Mit gerafftem Rock bahnte sich Marthe-Marie ihren Weg zur Bühne über das mit Abfall und Unrat übersäte Kopfsteinpflaster, mitten durch das Gewimmel aus streunenden Hunden, Kloakenfegern, barfüßigen Kindern und hin und her eilenden Gauklern.

«Ihr Dummköpfe, ihr Trottel!»

Marthe-Marie zuckte zusammen. Direkt neben ihr hatte ein dicker, untersetzter Mann in einem Kittel aus Grobleinen zu brüllen begonnen. «Zuerst den Himmel, hatte ich gesagt! Jetzt ist schon wieder ein Riss im Tuch.»

Schnaufend wischte er sich den Schweiß von der Glatze, die von einem grauweißen Haarkranz umgeben war. Marthe-Marie erkannte ihn gleich: Es war der lamentierende Priester. Seinem Geschrei nach zu urteilen, musste er der Prinzipal sein, auch wenn er vom Äußeren her eher einem Almosenempfänger glich. Sie hob ihren Schleier vom Gesicht.

«Verzeiht die Störung, seid Ihr Leonhard Sonntag?»

«Ja. Und?»

Freundlich klang die Antwort nicht gerade, aber die runden blauen Augen unter den buschigen Brauen hatten etwas Vertrauenerweckendes.

«Ich habe gehört, Ihr zieht nach Offenburg weiter, und möchte Euch bitten, mich mitzunehmen.»

Leonhard Sonntag musterte sie von oben bis unten.

«Eine Bürgersfrau und Witwe, die mit den Gauklern ziehen möchte? Was für ein herrlicher Einfall! Könnt Ihr tanzen, singen, jonglieren? Seid Ihr Komödiantin? Könnt Ihr wahrsagen?»

«Nein, nichts von alledem. Aber ich werde Euch selbstverständlich bezahlen, wenn Ihr mich mitfahren lasst.»

«Wir sind keine Reisegesellschaft, die Frauen wie Euch durch die Lande kutschiert.»

In diesem Moment näherten sich zwei mit Lanzen bewehrte Büttel. Unwillkürlich senkte Marthe-Marie den Kopf und trat einige Schritte zurück in den Schatten der Arkaden. Der Prinzipal wollte sich schon abwenden, da hielt ihn eine Frau am Arm zurück. Ihr dunkelrotes, widerborstiges Haar wurde über der Stirn von einem bunten Tuch zusammengehalten, an den Ohren glänzten große goldene Ringe.

«So ein Unsinn, Mann. Wir können jeden Groschen gebrauchen. Wie ist Euer Name?»

«Agatha. Agatha Müllerin.»

«Ich bin Maruschka aus der Walachei, genannt Marusch. Ihr könnt bei Diego mitfahren. Der hat genug Platz im Wagen und ein großes Herz für alleinstehende Frauen.»

Die ganze Zeit schon hatte Marthe-Marie die Blicke im Nacken gespürt. Als sie sich jetzt umsah, stand ein nicht allzu großer Mann vor ihr, kräftig und dabei mit schmalen Hüften. Galant zog er seinen Federhut und verbeugte sich fast bis zur Erde. Es war der Landsknecht, der die Vorstellungen angekündigt hatte. Jetzt trug er statt der geschlitzten, schreiend bunten Pluderhosen enge Beinkleider aus Leder mit Stulpenstiefeln und ein weißes Hemd. Seine schulterlangen dunklen Locken und der gestutzte Vollbart waren von einzelnen grauen Haaren wie von Silberfäden durchwirkt, die smaragdgrünen Augen sahen ihr ohne Umschweife geradewegs ins Herz. «Gestatten – Don Diego Ramirez y Frirez Bagatello Hastalamista Rastalavista de la Bonaventura y Andalucía. In ganzer Welt berühmter Comediante und Ilusionista.» Während er diese Namenskaskade mit großer Geste und rollendem R über Marthe-Marie ergehen ließ, gruben sich die Lachfältchen tiefer in seine Augenwinkel. Er hat eine Stimme wie schwarzer Samt, dachte sie und wandte sich abrupt ab.

«Was schulde ich Euch bis Offenburg?», fragte sie die rothaarige Frau und zog ihre Geldkatze unter dem Rock hervor.

Marusch warf einen kurzen, fachmännischen Blick auf den Beutel aus feinstem Chagrinleder und sagte: «Immer langsam mit den jungen Pferden, das klären wir später. Ich nehme an, Ihr müsst noch Euer Gepäck holen.»

Marthe-Marie nickte. «Da ist noch etwas – meine kleine Tochter soll auch mitkommen.» Unruhig sah sie hinüber zu den Scharwächtern, die sich auf ihrer Runde wieder dem Kaufhaus näherten.

Marusch lachte laut auf. «Vielleicht auch noch eine Großmutter oder ein Schwippschwager? Bringt nur all Eure Kinder mit, eines mehr oder weniger fällt bei uns nicht auf. Aber beeilt Euch, wir sind bald so weit, und warten können wir nicht.»

Die Angelusglocke des Münsters hatte noch nicht geschlagen, da war Marthe-Marie wieder zurück. Hastig bezahlte sie den Träger ihres Gepäcks, sah sich argwöhnisch um und ließ sich von Don Diego auf den Wagen helfen. Die beiden struppigen kleinen Pferde waren bereits angespannt.

«Ich haben gehört etwas von Tochter?»

«Sie wartet am Stadttor.»

Don Diego sah sie prüfend an. Dann winkte er sie ins Wageninnere unter die Plane. Bis auf einen schmalen Gang war alles vollgestellt mit Requisiten und Kisten.

«Un momento – ah, hier ist es.» Er reichte ihr ein gelb-weiß gestreiftes Kleid, das wie Seide glänzte, und einen riesigen albernen Hut, ebenfalls gelb-weiß gestreift, mit Pfauenfedern.

«Bitte anziehen.»

Sie schüttelte entschieden den Kopf. «Soll ich mich zur Närrin machen?»

«Genau. Passt besser zu fahrende Leut. Torwächter würden nicht verstehen, dass ehrbare Witwe fährt mit Gauklervolk, und dann Misstrauen.»

Sie musste ihm Recht geben. Don Diego lächelte sie ermunternd an.

52

«Würdet Ihr Euch bitte wegdrehen?»

«*O perdón!* Habe vergessen, Ihr eine ehrbare Dame sein.»

Er schlüpfte hinaus auf den Kutschbock, und Marthe-Marie zog das lächerliche Kostüm an. Da erscholl von draußen ein durchdringendes «Avanti!». Mit einem Ruck fuhr der Wagen an.

Durch einen Spalt sah sie hinaus. In einer langen Kolonne bog der Tross auf die Große Gasse in Richtung Christoffelstor. Sie schloss die Augen, als sie durch das Tor in die nördliche Vorstadt fuhren, und versuchte nicht daran zu denken, dass hier die Folterkammer lag, in der ihre Mutter bis zur Besinnungslosigkeit gequält worden war.

Während sie die Neuburgvorstadt durchquerten, bereitete sie im hinteren Teil des Wagens eine Bettstatt für Agnes vor. Hoffentlich geht alles gut, dachte sie, als sie sich über die hintere Brüstung lehnte und hinausspähte. Sie hatte mit Mechtild vereinbart, getrennte Wege zu gehen, um nicht aufzufallen. Die Wirtin sollte, ebenfalls als Witwe hinter einem Schleier verborgen, mit Agnes kurz vor dem Mönchstor warten. Don Diegos Wagen fuhr an zweiter Stelle, und so musste alles ganz schnell gehen, wollten sie kein Aufsehen bei den Torwächtern erregen.

Da entdeckte sie Mechtild mit Agnes auf dem Arm. Sie winkte ihr zu. Ihr Herz schlug schneller, als Mechtild dem Kind die Decke über den Kopf zog und zum Heck ihres Wagens eilte. Hoffentlich beobachtete sie niemand. Doch jetzt zur Mittagszeit waren wenig Menschen unterwegs. Marthe-Marie zog ihre Tochter auf den Wagen, legte sie auf ihre Schlafstelle und reichte der alten Wirtin noch einmal die Hand.

«Gott behüte euch auf eurer Reise und gebe, dass du Benedikt Hofer findest», sagte Mechtild mit rauer Stimme. Dann trat sie zurück an den Straßenrand und winkte ein letztes Mal. Marthe-Marie sah die schmächtige Gestalt immer kleiner werden. Sie fragte sich, ob sie Mechtild jemals wieder sehen würde.

Don Diego rief sie zu sich auf den Kutschbock.

«Du jetzt meine Frau. Und jetzt lachen und nicht mehr weinen.»

Er legte den Arm um sie und zog sie fest an sich.

«Leo, mein kleiner Löwe, jetzt schau halt nicht so beleidigt aus der Wäsche.» Marusch kraulte dem Prinzipal den Nacken. Dabei blinzelte sie Marthe-Marie verschmitzt zu. «Es ist doch nur bis Offenburg. Danach ist wieder alles, wie du es gewohnt bist.»

«Macht doch, was ihr wollt.»

Sonntag verschwand im Wageninneren, um seine Reisekiste zu holen, während Marusch hinter dem Kutschbock eine Ecke für Agnes auspolsterte. Sie hatten gleich hinter Freiburg eine kurze Rast eingelegt, um am Ufer eines Baches die Tiere zu tränken. Bei dieser Gelegenheit hatte Marusch entschieden, dass Marthe-Marie mit dem Prinzipal den Wagen tauschen müsse, da der Spanier bei genauerer Betrachtung der Lage nicht die angemessene Begleitung für eine allein stehende Frau sei.

«Es tut mir Leid, dass ich Euch so viele Umstände mache», sagte Marthe-Marie.

«Ach was. Und wegen Leonhard zerbrich dir nicht den Kopf, er ist nicht nachtragend. Er ist der gutmütigste Mensch der Welt, nur zeigt er es nicht so gern, weil er glaubt, sonst bei den anderen an Ansehen zu verlieren.»

«Seid Ihr mit ihm verheiratet?»

«Verheiratet? Nein, aber er ist der Vater meiner Kinder. Zumindest meiner Jüngsten.»

Als sie Marthe-Maries verdutztes Gesicht sah, begann sie zu lachen. «Man merkt wirklich, dass du keine Fahrende bist. Aber jetzt sag mir deinen richtigen Namen, du heißt doch nicht Agatha Müllerin, das sehe ich dir an deiner blassen Nasenspitze an.»

54

«Woher – wie könnt Ihr – ja, es ist wahr. Ich heiße Marthe-Marie Mangoltin. Wie seid Ihr darauf gekommen, dass Agatha nicht mein richtiger Name ist?»

«Jetzt sag endlich du, wir sind hier nicht am Kaiserhof.» Sie nahm Agnes auf den Schoß und kitzelte sie am Bauch, bis sie vor Vergnügen quietschte. «Was für blaue Augen deine Tochter hat. Wunderschön.»

Marthe-Marie ließ sich nicht ablenken. «Warum helft ihr mir? Warum bin ich erst bei Don Diego mitgefahren? Und dazu in dieser schrecklichen Verkleidung?»

Agnes spielte inzwischen hingebungsvoll mit Maruschs riesigen goldenen Ohrringen.

«Um ehrlich zu sein: Auch ich hätte dich nicht mitgenommen, wie du da vor uns standest in deinem Witwengewand mit Spitzenmanschette und Mühlsteinkrause. Aber als die Büttel kamen und du dich sofort in den Arkaden verstecktest, da ist mir gleich klar geworden, dass du auf der Flucht bist. Dein Geld kannst du übrigens behalten, du wirst es sicher noch brauchen.»

«Ist es wahr, dass ihr vorzeitig aufbrechen musstet?»

«Nun ja, einigen Bürgern ist mal wieder das Maul übergelaufen mit Lügenmärchen wie: Die Kühe würden saure Milch geben und der Wein in ihren Fässern zu Essig werden, seitdem wir in der Stadt seien.» Sie zuckte die Schultern. «Das hören wir nicht zum ersten Mal. Vor allem, wenn jemand wegen Schwarzmagie oder Hexerei im Turm einsitzt, gehen solche Verleumdungen schneller um als die Pest. Wir machen uns dann lieber freiwillig aus dem Staub.»

«Dann verstehe ich erst recht nicht, warum ihr mich mitnehmt. Ich hätte euch beim Passieren des Stadttores in Gefahr bringen können.»

Marusch lachte wieder. Sie schien gern und oft zu lachen. «Wir haben schon bei ganz anderen Geschichten den Hals aus der Schlinge gezogen. Und du hast selbst gesehen: An der Seite unseres Spaniers bist du sogar bei diesem misstrauischen Torwächter als Gauklersfrau durchgegangen. Wärst du in deiner Trauerkleidung bei uns gesessen, dann hätten sie dich sofort heruntergezerrt. Diego ist ein wunderbarer Schauspieler, findest du nicht?»

Das stimmte. Marthe-Marie hätte fast der Atem gestockt, als der Torwärter auf ihren Wagen geklettert kam, um sich umzusehen. Unbeeindruckt davon hatte Diego sie geherzt und geküsst, bis Agnes plötzlich zu schreien anfing.

«Madre mía», hatte der Spanier zu schimpfen begonnen. «Jetzt Ihr haben unser kleinen Carlos geweckt. Das Bubele hat so schön geschlafen.»

Als Agnes in der fremden Umgebung weder ihre Mutter noch Mechtild entdecken konnte und dazu noch das laute Schimpfen der unbekannten Stimme hörte, war ihr Schreien zu einem ohrenbetäubenden Gebrüll angeschwollen. Der Wächter hatte fluchtartig den Wagen verlassen und sie durch das Tor gewunken. Eilig hatte Marthe-Marie ihre Tochter auf den Arm genommen, weniger, um sie zu beruhigen, als um den übertriebenen Zärtlichkeiten ihres Begleiters ein Ende zu setzen. Bei aller Dankbarkeit war sie heilfroh, während der Rast zu Marusch wechseln zu dürfen.

Vom hinteren Teil des Trosses waren jetzt laute Rufe zu hören. Ein junger Bursche kam auf seinem Maultier herangetrabt.

«Alle fertig mit Tränken.»

Marusch reichte Marthe-Marie das Kind. Dann stieß sie in ein Horn, das an einem Strick vom Kutschbock hing, brüllte laut «Avanti!» und klatschte den beiden Braunen die Zügel auf die breiten Rücken.

Marthe-Marie betrachtete verstohlen die kräftige Frau neben sich. Sie war wohl einige Jahre älter als sie selbst, aber immer noch um etliches jünger als der Prinzipal. Jetzt reckte sie die sommersprossige, kurze Nase vorwitzig in die Luft, als könne sie auf diese Weise ihre Umgebung besser wahrnehmen. Um die Augen und

56

Mundwinkel hatten sich Lachfältchen eingegraben. Alles an ihr strahlte Tatkraft und Selbstbewusstsein aus. Nur um den fein geschwungenen Mund lag ein Zug von Verletzlichkeit.

«Danke, dass du mir geholfen hast.»

«Ach was, Firlefanz. Ich finde es schön, mal jemand anderen als meinen dicken Löwen neben mir zu haben.»

«Wann werden wir in Offenburg sein?»

«In einer Woche vielleicht. So genau wissen wir das nie. Lebt dein Mann dort?»

«Nein, ich hoffe, dass ich dort –» Sie zögerte. «– dass ich dort meinen Vater finde. Ich kenne ihn aber gar nicht.»

Marusch nickte, als ob das das Selbstverständlichste der Welt sei. «Und dein Mann?»

«Der ist gestorben, am hitzigen Fieber. Vor über einem Jahr schon.»

«Das tut mir Leid. Mir sind auch schon zwei Männer gestorben. Und einer ist weggelaufen, zu einer Jüngeren.»

«Wie viele Kinder hast du?»

«Fünf. Antonia, Tilman, Titus, Clara und Lisbeth. Antonia ist von meinem ersten Mann, Tilman und Titus vom zweiten, Clara vom dritten und Lisbeth ist Leonhards Tochter. Sie ist grad erst zwei Jahre alt, also in Agnes' Alter.»

«Und warum sind die Kinder nicht hier?»

«Sie haben ihren eigenen Karren, gleich hinter Diego. Hier ist es viel zu eng.»

Marthe-Marie sah sie erstaunt an. «Du lässt sie allein fahren?»

«Warum allein? Hier gibt jeder auf jeden Acht. Außerdem ist Antonia schon zwölf, und sie haben die beiden Hunde bei sich. Aber du hast Recht, ich könnte Lisbeth herholen. Normalerweise langweilt sie sich bei uns, aber jetzt, wo Agnes mitfährt, hätte sie eine Spielgefährtin.»

Marthe-Marie beugte sich nach außen und blickte zurück, um

nach dem Karren der Kinder zu sehen. Aber der breite Wagen des
Spaniers versperrte die Sicht. Don Diego hob die Hand zum Gruß
und grinste breit. Der Prinzipal neben ihm wandte mürrisch den
Blick ab.

«Ich glaube, Leonhard Sonntag ist immer noch verärgert.»

«Das ändert sich schnell. Am besten trinkst du heute Abend
einen Becher Wein mit ihm und erzählst, dass du Witwe bist und
mit deiner kleinen Tochter ganz allein auf der Welt. Da wird er vor
Rührung dahinschmelzen. Familie bedeutet ihm alles.»

Hinter dem Dörfchen Vörstetten schlugen sie am Ufer der
Glotter ihr Nachtlager auf. Die Wagen formierten sich zu einem
Kreis, die Zugtiere wurden ausgespannt und zum Wasser geführt.
Marthe-Marie wunderte sich, dass etliche der kleineren Karren von
Hand gezogen wurden. Pferde waren nur vor die beiden schweren
Fuhrwerke gespannt, ansonsten gab es Maultiere oder Esel. Und
ein ganz wunderliches Biest. Es war größer als die Pferde, hatte
einen hässlichen Schafskopf, einen Eselsschwanz und zwei Buckel:
ein leibhaftiges Kamel.

Jetzt aus der Nähe, ohne Zier und Flitterkram, sahen die Wagen
und Karren ungleich schäbiger aus als während der Aufführungen.
Und auch die meisten der Fahrenden wirkten ärmlich und abgerissen.

Marthe-Marie fragte, wie sie sich nützlich machen könne.

«Geh doch mit den Kleinen Holz sammeln. Da kann sich Agnes gleich an die anderen Kinder gewöhnen.» Marusch zupfte am
Saum ihres Kleides. «So kannst du nicht in den Wald. Hast du
keine einfachen Sachen dabei?»

Marthe-Marie schüttelte den Kopf.

«Du kannst von mir ein Kleid haben. Aus einer Zeit, als ich
noch rank und schlank war.»

Kurz darauf tippelte Agnes auf ihren krummen Beinchen mit
den anderen Kindern durch das Gras. Sie genoss sichtlich die Wei-

te der Uferwiesen, die vielen Menschen und Tiere. Die Kinder der Gaukler nahmen sie sofort in ihrer Mitte auf, doch Marthe-Marie gegenüber zeigten vor allem die Heranwachsenden Scheu oder Argwohn. Marthe-Marie beschloss, sich nicht darum zu kümmern. Als sie mit Ästen und Zweigen beladen zur Feuerstelle zurückkehrten, waren dort bereits mehrere Dreigestänge mit Wasserkesseln aufgestellt.

«Jetzt bisch du fascht oine von ons!»

Vor Überraschung ließ Marthe-Marie fast ihr Brennholz fallen. Don Diego, der Spanier, hatte sie in breitestem Schwäbisch angesprochen.

«Ach, schöne Frau», er rollte wieder das R und strahlte sie an. «Nicht böse sein. Kann ich sprechen in zwei Sprachen, weil Papa aus Andalucía und Mama aus schöne Schwabenland. Sogar in drei: Ich kann auch nach dem vornehmen Kanzleideutsch sprechen, ganz wie du willst.»

Marthe-Marie holte hörbar Luft und ließ ihn dann stehen. Dieser Gockel. Sollte er sich doch über andere lustig machen.

In schmalen Säulen stieg der Rauch der Feuerstellen in den kalten Nachthimmel. Vom Wald her klang der Ruf eines Käuzchens. Die Musikanten begannen, leise auf ihren Flöten zu spielen.

Sie saßen in mehreren Gruppen beisammen, die Höker und Krämer, Kesselflicker und Scherenschleifer etwas abseits. Mit Frauen und Kindern umfasste der Tross mindestens vierzig Leute. Marusch hatte Marthe-Marie nur der Truppe um Leonhard Sonntag vorgestellt, als Agatha Müllerin, falls sie irgendwo in Kontrollen der Vorderösterreicher geraten sollten, wie sie ihr später erklärte. Den Rest der Fahrenden würde sie im Laufe der Tage von selbst kennen lernen. Eher nicht, hatte Marthe-Marie gedacht, als sie die abschätzigen, misstrauischen Blicke von den anderen Feuerstellen wahrnahm.

Sonntag selbst war zwar nach zwei, drei Bechern Wein tatsäch-

59

lich freundlicher geworden, er wandte sich jedoch nach einem kurzen Gespräch mit ihr für den Rest des Abends den anderen Komödianten zu. Außer Don Diego waren dies noch zwei junge Männer mit langem, zu einem Zopf gebundenen Haar, ein älterer, schweigsamer Mann und ein kräftiger mit gutmütigem Gesicht, der Frau und Sohn bei sich hatte.

Diego setzte sich neben sie.

«Soll ich dir noch etwas zu trinken holen?»

«Danke, nein. Ich bin todmüde.» Sie hob Agnes auf den Arm.

«Dann komm.» Marusch nahm sie bei der Hand. «Ich bringe dich zum Wagen und zeige dir deinen Schlafplatz.»

«*Buenas noches!*», rief Diego ihr nach.

Im Wagen entzündete Marusch ein Talglicht und führte sie in die Ecke, die sie für Mutter und Tochter freigeräumt hatte. «Leider müsst ihr euch einen Strohsack teilen.»

«Das macht doch nichts.» Marthe-Marie zog aus ihrer Kiste spitzenbesetztes Weißzeug und breitete es über die Bettstatt. Marusch pfiff anerkennend durch die Zähne.

«Man sieht, dass du aus einem anderen Stall kommst. Mal sehen, wie lange du es bei uns aushältst.»

«Sag so was nicht. Ich bin dir und den anderen wirklich sehr dankbar.» Sie legte Agnes, die auf ihrem Arm eingeschlafen war, behutsam auf das Laken und deckte sie zu. «Dieser Don Diego – der spielt doch von morgens bis abends Theater, nichts an ihm ist echt, oder? Ist er nun Schwabe oder Spanier?»

Marusch zuckte mit den Achseln. «Weißt du, hier hat jeder seine Geschichte, und manchmal ist es besser, man stellt nicht allzu viele Fragen.»

«Und warum sind von euren Leuten viele so feindselig mir gegenüber?»

«Nimm's ihnen nicht übel. Du gehörst nicht zu ihnen, das ist alles. Bei Diego ist es was anderes, er war nicht immer Gaukler.»

«Und du?»

«Meine Geschichte erzähle ich dir vielleicht ein andermal. Jetzt schlaft wohl, ihr beiden.»

Als Marthe-Marie mit Agnes in der engen Koje zwischen der Rückwand und einem Stapel Brettern lag, wälzte sie sich noch lange hin und her, ohne Schlaf zu finden. Wie nah war sie dem Tod gewesen! In ihrem Kopf jagten sich die Bilder und Eindrücke der vergangenen Tage und quälten sie bis tief in die Nacht: die zerbrochene Flöte auf der Schwelle, das in Asche gemalte Pentagramm, der schwarze Teufel über ihr und immer wieder das Messer in seiner Faust. Dazwischen schoben sich die angstvolle Miene der alten Wirtin und die Gesichter dieser fremdartigen Menschen, in deren Schutz sie sich begeben hatte. Boten sie wirklich Schutz? Nehmt euch in Acht vor Gauklern und Zigeunern, hatte die Dienstmagd ihnen als Kinder gepredigt, die klauen euch die Beine unterm Hintern weg, ohne dass ihr es merkt. Und sie und ihre Geschwister hatten sich wohlig gegruselt bei den Schauergeschichten, die die Magd über die fahrenden Leute erzählt hatte. Jetzt, im Dunkel der Nacht, kämpfte sie an gegen ein Gefühl von Beklommenheit und Misstrauen gegenüber diesen Leuten.

Vielleicht war ihr Entschluss zu überstürzt gewesen, wie schon häufiger. Aber hätte es eine andere Möglichkeit gegeben? Sie hoffte inbrünstig, mit Agnes wohlbehalten an ihr Ziel zu gelangen, in die freie Reichsstadt Offenburg.

❧ 7 ❧

Was sie in den nächsten Tagen über ihre Begleiter erfuhr, stärkte nicht eben ihr Vertrauen in diesen bunten Haufen.

Da waren zum Beispiel die beiden jungen Männer aus Leonhard Sonntags Truppe, Valentin und Severin, die so wunderbar auf den Händen laufen konnten, als sei dies das Natürlichste der Welt. Sie steckten immer zusammen, tuschelten und lachten miteinander wie zwei Marktweiber und verhielten sich auch sonst für Marthe-Maries Begriffe oft recht befremdlich. Über Severin, den Jüngeren der beiden, erfuhr sie, dass sein Vater ihn im Alter von neun oder zehn Jahren als Lernknecht an Rheinschiffer verkauft hatte. Dort wurde er gefangen gehalten wie ein Tier, übel traktiert und geschlagen, bis er schließlich weglief. In Straßburg, wo er sich mit Betteln am Leben hielt, traf er auf einen Gaukler, der ihn Seiltanz und Akrobatik lehrte. Nachdem er auch bei seinem neuen Lehrherrn mehr Prügel als Brot zum Lohn bekam, floh er nach Köln. Dort wurde er schließlich bei einem Einbruch ertappt und landete im Turm. Nur seines jungen Alters wegen und weil er aus Hunger zum Dieb geworden war, hatte ihn der Magistrat begnadigt, mit der Auflage, die Stadt Köln nie wieder zu betreten.

Oder Pantaleon, der Besitzer des Kamels Schirokko und zweier Äffchen, ein hässlicher Kerl mit schwarzer Augenklappe, unter der angeblich ein tiefes Loch klaffte. Vor Jahren sei ihm von seinem Tanzbär das linke Auge ausgekratzt worden, daraufhin habe er das Tier erschossen und drei Tage und drei Nächte lang geweint.

Dem Messerwerfer und Feuerschlucker Quirin, der als Tierquäler verschrien war, ging Marthe-Marie vom ersten Moment an aus dem Weg. Fast ebenso unheimlich war ihr Salome, die Zwergin mit dem spitzen Buckel, der noch gewaltiger wirkte, wenn sich ihr zahmer Rabe darauf niederließ. Salome trat als Wahrsagerin und Handleserin auf; sie konnte mit schwarzem Papier oder aus ihrer Kristallkugel die Zukunft vorhersagen und mit Hilfe eines Zaubersiebs gestohlenes Gut wieder auftauchen lassen. Den Eingang ihres schwarzen Zeltes hatte sie mit geheimnisvollen Zeichen und magischen Quadraten bemalt, und ihr Geschäft lief immer bestens. Allerdings hatte sie auch schon etliche Tage und Wochen ihres Lebens im Kerker verbracht.

All diese Geschichten erfuhr sie von Marusch während ihrer Fahrten über die holprigen Landstraßen. Nicht dass die Prinzipalin – und das war sie in Marthe-Maries Augen, denn bei wichtigen Entscheidungen hatte stets sie das letzte Wort – von sich aus geschwatzt und getratscht hätte. Vielmehr gab sie auf Marthe-Maries Fragen freimütig Auskunft, nicht mehr und nicht weniger, und Dinge, die sie nicht verraten durfte oder wollte, behielt sie eisern für sich.

Don Diego hingegen hielt mit seinen Sympathien und Antipathien weniger hinter dem Berg. «Um Quirin machst du besser einen großen Bogen, der ist jähzornig. Einmal hat er einen Gassenkehrer von oben bis unten aufgeschlitzt, bloß weil der ihn Pferdfresser geschimpft hatte.»

Meistens schilderte er seine Geschichten in so grellen Farben, dass Marthe-Marie ihm schließlich gar nichts mehr glaubte. Im Übrigen stand ihr Urteil über ihn fest: Er besaß das Selbstbewusstsein eines Mannes, der um seine Wirkung wusste und durch nichts zu verunsichern war. Denn schön war er, mit seinen dunklen Locken und den männlichen Gesichtszügen, die ein ganz klein wenig schief geschnitten waren, was sein Lächeln aber nur noch anziehender machte. Ein Lächeln, das immer auch in seinen Augen strahlte und mit dem er Frauen wie Männer betörte.

Mit Vorliebe zog er über den fahrenden Wundarzt Ambrosius her, diesen dünnen, zu klein geratenen Mann, der fast so bucklig wie Salome war. Mit seinem strähnigen Haar und dem breitkrempigen Hut auf dem knochigen Schädel, mit der hohen Stimme und den langen dürren Fingern hatte er etwas von einer Spinne an sich.

«Vor diesem Furunkel- und Karbunkelschneider nimm dich in Acht, er hat mich einmal beinahe zu Tode kuriert.» Diego senkte den Kopf und äffte die Kastratenstimme des Arztes nach. «Darf ich mich präsentieren? – Doctorius Honorius Ambrosius aus Quacksalbanien. Es zwickt Euch im kleinen Zeh? Das sind die Säfte, gänzlich durcheinander geraten sind die armen Säfte! Da hilft nur ein kräftiges Klistier aus Petroleum. Was? Der Kopf schmerzt auch? Ja, ja, die schwarze Galle drückt aufs Hirn. Doch keine Sorge, ein wenig Geiersalbe und Elefantenschmalz in jedes Nasenloch – und Ihr verliert garantiert den Verstand, der Euch schon so lange quält.» In gespieltem Wahnsinn raufte er sich die Haare und rollte mit den Augen, bis Marthe-Marie sich vor Lachen verschluckte.

«Er ist ein elender Kurpfuscher, außer Blutegelsetzen fällt ihm nichts ein. Eigentlich ist er gar kein Medicus, nur ein mittelmäßiger Bruchschneider. Vielleicht hat er ja wirklich, wie es neuerdings üblich wird, gegen viel Geld sein Examen vor einer medizinischen Fakultät abgelegt und damit seine Chirurgengerechtigkeit erworben, aber studiert hat er nicht Paracelsus und Galen, sondern nur sein speckiges Feldbuch der Wundarznei, das er immer mit sich führt.»

Die Lebensgeschichte von Mettel, die als Magd und Köchin im Tross mitreiste und für Ambrosius heilkräftige Pflanzen sammelte, hatte sie von der Alten selbst erfahren. Marthe-Marie ging ihr beim Kochen, Waschen und Flicken zur Hand und kam recht gut mit ihr aus. Mettel musste einmal sehr schön gewesen sein, jetzt sah sie grau und verbraucht aus. Nur ihren aufrechten, wiegenden Gang hatte sie trotz der schweren Arbeit im Lager beibehalten.

«Warum nennen die anderen dich manchmal die Nonne?», fragte Marthe-Marie sie an ihrem dritten Abend bei den Gauklern, als sie der Alten beim Feuermachen half.

Mettel grinste und entblößte dabei einen Goldzahn, ihren ganzen Stolz.

«Ich habe mal bei den Augustinerinnen gelebt. Aber unsere Freunde hier meinen das wohl eher spöttisch. Ich war nämlich eine erfolgreiche Kupplerin.»

Dann begann sie zu erzählen: Als Tochter einer Frankfurter Dirne hatte sie nichts anderes kennen gelernt als die Welt der bezahlten Liebesdienste. Im Frauenhaus, das damals noch dem Henker unterstand, erlebte sie oft, wie die Huren leer ausgingen für ihre Dienste oder von den Kunden geschlagen wurden. Dafür gab es dann vom Henker, der wöchentlich abkassierte, eine weitere Tracht Prügel. Mettel wollte ausbrechen aus diesem Leben und trat in einen Büßerinnen-Konvent ein. Aber die strenge Zucht und Ordnung und das ewige Beten hielt sie nicht einmal ein Jahr aus.

«Da habe ich mir gedacht: Schuster, bleib bei deinen Leisten, aber fang es besser an als die anderen. Ich habe die drei schönsten Mädchen aus dem Frauenhaus geholt, ein kleines Häuschen angemietet und ein Spinnhaus eingerichtet, das bald zu einem bekannten Treffpunkt für Besucher der Stadt wurde.»

«Ein Spinnhaus für Besucher?»

«Mädchen, du scheinst von diesen Dingen ja wirklich keinen Deut zu verstehen. Gesponnen und gewebt wurde da höchstens eine Stunde am Tag, in Wirklichkeit war das Haus ein Winkelbordell. Jedenfalls lief das Geschäft, wie ich es mir erträumt hatte. Ich war meine eigene Herrin, bald kamen nur die besten Kunden zu uns: Kaufleute, die zur Messe anreisten, Gelehrte, Adlige und natürlich jede Menge Pfaffen.»

Marthe-Marie schluckte. «Und warum bist du jetzt hier?»

«Neid regiert überall die Welt, auch unter den Huren. Den Hübschlerinnen vom Frauenhaus war mein Erfolg irgendwann ein Dorn im Auge, sie legten mir Steine in den Weg, wo es nur ging. Ich hatte so etwas fast vorausgeahnt.» Sie seufzte. «Wie meine Mutter immer gesagt hatte: ‹Wenn die Stühle auf die Bänke steigen, so wird's nicht gut.› Irgendwann stürmten diese Weiber dann mein Spinnhaus, zerschlugen den ganzen Hausrat und warfen die Fensterscheiben ein. Ein halbes Jahr später dasselbe Spiel, und bald darauf kamen die Büttel, um mich und meine Frauen zu holen. Ich nehme an, dahinter steckte ein gewisser Ratsherr, dessen abartige Wünsche zu erfüllen wir uns geweigert hatten. Kurz und gut: Man schnitt uns die Haare ab, und wir mussten einen Mistkarren kreuz und quer durch die Stadt ziehen, mitten zur Marktzeit. Danach wurden wir aus der Stadt gejagt.»

Marthe-Marie hatte atemlos zugehört. «Und dann?»

«Nun ja, in meinem Alter geht man nicht mehr als Straßendirne, das wäre das Letzte. Wenn du Glück hast, bekommst du fünf Pfennige für eine schnelle Vögelei in der Toreinfahrt oder auch nur einen Tritt. Vor Hunger frisst du Dreck. Nein, ich kann meinem Schicksal dankbar sein. Gerade zum rechten Zeitpunkt bin ich auf diesen alten Griesgram Maximus gestoßen – du weißt schon, der Gewichtheber. Er hat mich überredet, mit ihm zu kommen, und hier werde ich auch für den Rest des Lebens bleiben. Himmel, jetzt stell dich doch nicht so ungeschickt an! Man merkt, dass du dir nie die Hände schmutzig machen musstest.»

Mit diesem Vorwurf, der nicht allzu böse gemeint war, schien sie ihre Erzählung beenden zu wollen, und Marthe-Marie fragte nicht weiter.

Die meisten begegneten ihr, wenn sie Rast machten oder das Lager aufschlugen, nach wie vor mit Misstrauen, vor allem Mettels Gefährte Maximus, der stärkste Mann der Welt, der niemals lachte, und Quirin mit seinen narbenübersäten Armen. Andere waren geradezu aufdringlich wie die Hausierer oder der Wundarzt Ambrosius, der sich ihr tatsächlich als «examinierter Doktor der Alma Mater zu Prag, geprüfter Chirurgus und Medicus» vorgestellt hatte. Wäre Marusch nicht gewesen, sie hätte dem Gauklertross womöglich schon am zweiten Tag den Rücken gekehrt.

Am vierten Tag ihrer Reise wurden sie von zwei Landkutschen überholt. Marusch fuhr mit ihrem breiten Fuhrwerk wie immer an der Spitze des Zuges. Als die erste Kutsche vorbeipreschte, wurden sie fast in den Graben gedrängt. «Aus dem Weg, ihr Vaganten-pack!», brüllte der Kutscher, und Marusch antwortete mit ein paar Flüchen, wie sie Marthe-Marie noch nie gehört hatte. Der zweite Wagen hielt sich auf gleicher Höhe mit ihnen. Auf dem Bock saß ein junger Bursche.

«Seid gegrüßt, Ihr schönen Jungfern. Wie schade, dass ich keine Zeit für Euch habe.»

Aufgeblasener Windbeutel, dachte Marthe-Marie und beneide-te die Reisenden im Inneren der Kutsche um ihr gepolstertes und gefedertes Fahrzeug, denn ihr tat längst der Hintern weh.

«Dabei hätten wir auf einen Mann wie Euch gerade gewartet», gab Marusch zurück. «Wohin fahrt Ihr?»

«Über Straßburg nach Frankfurt zur Messe.»

«Würdet Ihr meine Begleiterin bis Offenburg mitnehmen?»

«Mit Vergnügen. Aber ich weiß nicht, ob sie die vier Gulden Reisegeld bezahlen kann.»

«Fahrt Eures Weges und lasst uns in Ruhe», rief Marthe-Marie hinüber. Sie war wütend. Nicht auf den selbstgefälligen Kutscher, sondern auf Marusch.

«Willst du mich loswerden? Dann sag es geradeheraus.»

Marusch lachte schallend. «Nein, von mir aus kannst du immer und ewig bei uns bleiben. Ich dachte nur, unser Schneckentem-po wird dir langsam lästig. Wir sind erst kurz vor Emmendingen, und mit den feinen Herrschaften wärst du morgen am Ziel deiner Reise.»

Sie waren tatsächlich bereits zwei Tage länger als geplant un-terwegs, da sie auf eine Bauernhochzeit gestoßen waren, bei der die Musikanten hatten aufspielen und Valentin und Severin ihre Akrobatik vorführen dürfen. Zudem fuhren sie immer wieder Umwege, um die zahlreichen Mautstellen der jeweiligen Landes-herren zu umgehen, von denen es in diesem zerrissenen Reich nur so wimmelte. Bisweilen mussten sie gar auf unbefestigte Feldwege ausweichen, wenn die Landstraße wieder einmal mitten durch einen Marktflecken führte, damit den Reisenden Torzoll und Pflastergeld abgeknöpft werden konnte.

«Ehrlich gesagt», Marthe-Marie schob trotzig die Unterlippe vor, «will ich nicht meine ganzen Ersparnisse für eine Reisekutsche ausgeben. Außerdem habe ich Zeit.»

«Na dann!» Marusch trieb die beiden Pferde auf die Mitte der Landstraße zurück. «In Emmendingen ist nächsten Samstag großer Bauern- und Krämermarkt. Wenn wir Glück haben, bekommen wir eine Aufführerlaubnis. Aber keine Sorge, spätestens zu Ostern sind wir in Offenburg.» Sie blinzelte ihr zu.

Ob das nun ernst gemeint war oder nicht – im Grunde war es Marthe-Marie einerlei, ob sie morgen oder in zwei Wochen am Ziel sein würde. So fremdartig, hässlich oder gar ehrlos einige aus dieser Truppe auch sein mochten, nach den schrecklichen Ereignissen in Freiburg fühlte sie sich unter den Fahrenden inzwischen geschützter als in einer Kutsche mit Handelsreisenden. Und die kleine Agnes war begeistert von ihren Spielkameraden.

Sie schlugen ihr Lager auf einer Viehweide auf, eine viertel Wegstunde vom Tor der markgräflich badischen Stadt Emmendingen. An diesem Abend saßen sie nicht lange zusammen, denn kaum hatten Mettel und Marthe-Marie begonnen, die Suppe zu verteilen, begann es zu regnen. Die Männer brachten über ihren Gerätschaften rasch die Zeltplanen an, dann verschwanden alle nach und nach in ihren Wagen oder unter ihren Regenschutz.

Marthe-Marie lag mit Agnes im Arm auf ihrem Strohsack und lauschte den Tropfen, die auf die Plane des Fuhrwerks prasselten, als sich Marusch mit einer Lampe durch den engen Gang zwängte.

«Ich bringe dir noch eine Decke», flüsterte sie. «Bei der Feuchtigkeit kann es heute Nacht kalt werden. Warte, ich bin gleich wieder da.»

Sie kehrte zurück mit einem Krug Wein und zwei Bechern.

«Das hier hilft zusätzlich gegen Kälte. Trinkst du einen Schluck mit mir?»

«Gern.» Marthe-Marie richtete sich auf.

Marusch schenkte ihnen ein. «Agnes ist schon ein richtiges kleines Gauklerkind. O Jesses, ich wollte dich nicht beleidigen. Ich habe vergessen, dass du aus einer angesehenen Soldatenfamilie stammst.»

«Ach was, ich habe mich doch schon richtig an euch gewöhnt. Na gut, wenn ich ehrlich bin, am Anfang waren mir deine Freunde ein wenig unheimlich. Man hört es ja überall, dass es bei den Gauklern von Dieben, Mordbrennern und Kindesentführern nur so wimmelt.»

Marusch unterdrückte ihr lautes Lachen, um Agnes nicht zu wecken. «Unheimliche Gestalten findest du bei uns genug. Schau nur mal diesen Feuerfresser an oder unseren gelehrten Medicus. Übrigens: Ich wollte dich wirklich nicht kränken heute Mittag, als ich den Kutscher fragte, ob er dich mitnehmen würde. Es war mehr ein Spaß. Weil ich doch weiß, dass du ein anderes Leben gewohnt bist, als in ungefederten Fuhrwerken über Feldwege zu holpern und dann auch noch darin zu übernachten.» Sie löschte die Lampe, um das kostbare Unschlitt zu sparen. «Und das ist auch das Einzige, was ich von dir weiß. Leider.»

«Ich verstehe. Du kommst mit Wein, um mir meine Geschichte zu entlocken.»

«Pallawatsch und Mumpitz!» Marusch schüttelte den Kopf, dass die Ohrringe klirrten. «Ich will dir nichts entlocken, was du nicht aus freien Stücken sagen magst. Und normalerweise kümmert mich von niemandem die Vergangenheit, solange er sich an unsere Regeln hält. Ich möchte nur nicht, dass du in Gefahr gerätst.»

«Dann will ich dich beruhigen. Ihr habt mir aus Freiburg herausgeholfen, bald bin ich in Offenburg. Mir droht also keine Gefahr mehr.»

69

«Das ist es ja, gar so bald sind wir nicht in Offenburg. Die Freiburger Häscher könnten dich verfolgen. So langsam, wie wir uns durch die Lande bewegen, ist es ein Kinderspiel, uns aufzuspüren.»

Marthe-Marie schwieg. Dann flüsterte sie: «Warum sollte man mich verfolgen?»

«Salome sagt, man hätte dich in Freiburg der Hexerei und Teufelsbuhlschaft bezichtigt.»

Es war wie ein Schlag ins Gesicht. Marthe-Marie starrte in die Dunkelheit. Wie hatte sie glauben können, dass sie mit ihrer Flucht aus Freiburg diesen Verdacht auf immer loswerden könnte.

«Und, glaubst du diese Geschichten?»

«Ich wäre froh, wenn du mir alles erzählen würdest.»

Der Krug war leer, als Marthe-Marie mit ihrem Bericht geendet hatte. Marusch legte ihr die kräftige Hand auf den Arm. «Herr im Himmel», flüsterte sie. «Was du alles durchgemacht hast. Versprich mir, dass du dich niemals allein vom Lager entfernst. Und wir nennen dich weiterhin Agatha Müllerin.»

«Wem hat Salome wohl noch davon erzählt?»

«Niemandem. Sie kam gleich am ersten Tag zu mir. Nur Diego stand dabei. Er wurde zornig und drohte, falls sie noch einmal davon sprechen würde, ihrem Raben den Hals umzudrehen.»

«Diego also auch.»

«Ja. Aber er mag dich.»

«Am besten, ich verlasse euch in Emmendingen und ziehe allein weiter.»

«Das schlag dir aus dem Kopf. Außerdem – mit dir habe ich, seit ich bei den Spielleuten lebe, endlich so etwas wie eine Freundin. Ich darf gar nicht an unsere Ankunft in Offenburg denken.»

Marthe-Marie spürte, wie ihre Augen feucht wurden. Genau das Gleiche hatte sie heute Mittag auch gedacht: dass sie zum ersten Mal seit langer Zeit eine Freundin hatte.

Am nächsten Morgen machten sich der Prinzipal und Don Diego, gründlich gewaschen, gekämmt und in ihrem besten Sonntagsgewand, auf den Weg zum Emmendinger Magistrat. Es war jedes Mal ein Glücksspiel, die Lizenz für eine Aufführung zu erbitten, und jedes Mal verwandelte sich der Prinzipal kurz davor in ein Nervenbündel. Daher hatte er sich angewöhnt, bei solchen Unternehmungen den Spanier mitzunehmen.

«Hast du die Liste mit unserem Repertoire?», fragte Diego.

«Ich?» Sonntag fingerte hektisch in seinen Taschen. «Ja, Herrschaftssakra – ich dachte, du – warte, sie muss auf dem Kutschbock liegen.»

Bereits am frühen Vormittag kehrten sie zurück. Die Männer und Frauen umringten sie erwartungsvoll.

«Wir können auftreten!» Sonntags dickes Gesicht strahlte. «Und zwar alle! Das gesamte große Programm! Wie immer dürfen wir natürlich nichts Ärgerliches oder Skandalöses spielen, nichts Gottloses oder Unbescheidenes.»

Lautstarkes Jubeln und Klatschen übertönte seine letzten Worte. Er wandte sich an Marusch und Marthe-Marie. «Diese Kindsköpfe. Ich bin noch gar nicht fertig. Also: Wenn unsere Darbietungen dem Rat gefallen, dürfen wir einen weiteren Tag auftreten.»

Marusch gab ihm einen Kuss auf die Stirn. «Das hast du gutgemacht, mein Löwe.»

«Zähe Verhandlungen, wie immer. Selbst Salome darf ihr Zelt aufschlagen.»

Severin tippte ihm auf die Schulter. «Da ist einer, der will den Prinzipal sprechen.»

Sonntag drehte sich um. Ein junger Mann stand vor ihm und verbeugte sich höflich. «Jonas Marx, Scholar aus Straßburg.»

Alle Blicke wandten sich dem Fremden zu.

«Was für ein hübscher Bursche», flüsterte Marusch Marthe-Marie ins Ohr. «Da wäre ich gern zehn Jahre jünger.»

Marthe-Marie musste ihr Recht geben. Jonas Marx war hoch gewachsen und schlank, seine hellbraunen, fast blonden Haare fielen ihm in Wellen bis zur Schulter. Das bartlose Gesicht war ebenmäßig geschnitten mit einer schmalen, leicht gebogenen Nase und einem Grübchen im Kinn, das ihm etwas Freches, Jungenhaftes verlieh. Auffallend waren die dunklen Augenbrauen, die ganz im Gegensatz zum hellen Haar standen. Marthe-Marie trat einen Schritt näher. Irgendetwas an diesem Jonas Marx gab ihr zu denken.

Der Prinzipal trat ungeduldig von einem Bein aufs andere. «Soso, Scholar aus Straßburg. Da seid Ihr hier am falschen Fleck. Wir sind keine Lateinschule, sondern Gaukler und Komödianten.»

«Ich muss Geld verdienen für meine Studien, und wollte Euch daher meine Dienste anbieten.»

«Wir brauchen keinen Studierten.»

«Ich kann jonglieren.»

Sonntag sah ihn spöttisch an. «Also doch Artist?»

«Nein, ich bin nur als fahrender Schüler viel herumgekommen und habe dabei eben auch ein wenig jonglieren gelernt. Eigentlich arbeite ich als Hauslehrer, und da hat mir das Jonglieren oft geholfen, wenn meine Schüler vor Langeweile kurz vorm Einschlafen waren.»

«*Hombre!* Ein echter Pädagogus!» Don Diego warf ihm blitzschnell drei rote Bälle zu, die Jonas geschickt auffing und sofort auf ihre Bahn in die Luft beförderte. Ohne zu unterbrechen, nahm er auch den vierten und fünften Ball auf. Konzentriert stand er da, die Beine locker gegrätscht, den Oberkörper leicht zurückgebogen.

Marthe-Marie konnte nicht aufhören, ihn anzustarren. An wen erinnerte sie dieser Bursche? Als er ihren Blick wahrnahm, griff er daneben, und die Bälle fielen zu Boden. Ein paar Gaukler begannen zu klatschen. Jonas grinste verlegen.

«Einen Jongleur könnten wir brauchen», sagte Diego zu Sonntag. «Valentin und Severin sind zwar begnadete Artisten und Luftspringer, aber einen Ball fangen sie nicht mal mit zwei Händen auf. Ich könnte mit ihm eine Doppelnummer einüben bis Samstag.»

Sonntag strich sich über den kahlen Schädel.

«Bitte, Meister, gebt Euer Einverständnis.» Jonas Marx warf dem Prinzipal einen flehenden Blick zu. «Ich müsste nur noch mein Gepäck aus Breisach holen, wo ich zuletzt gearbeitet habe. Aber mein Pferd ist schnell, und ich könnte morgen Vormittag zurück sein.»

«Gut.» Der Prinzipal ging mit ausgestreckter Hand auf ihn zu. «Du kannst bei uns mitmachen. Vorausgesetzt, du bleibst bis Offenburg dabei, wo wir mehrere Tage gastieren werden. Das hier ist Don Diego, er wird dir sagen, was zu tun ist. Das ist Marusch, meine Gefährtin, und die junge Frau hier – ».

Doch Marthe-Marie war schon vorgetreten. «Agatha Müllerin. Kennen wir uns nicht irgendwoher?»

«Ich glaube nicht.» Eine Spur Unsicherheit lag in seinem Lächeln. Diese nussbraunen Augen. Aber vielleicht erinnerten sie sie auch nur an Veit. Auch er hatte diesen offenen Blick unter dichten Wimpern gehabt. Verwirrt machte sich Marthe-Marie daran, die Wäsche abzunehmen, die sie am Vorabend zwischen zwei Wagen an einer Leine aufgehängt hatte.

❧ *8* ❧

Die schwere Eichenholztür sprang fast aus den Angeln, als Jonas in die Wohnstube gestürzt kam.

«Ich habe sie gefunden. Sie nennt sich Agatha Müllerin. Und

sie ist tatsächlich mit den Gauklern gezogen, wie Ihr es vermutet habt. Die nächsten vier, fünf Tage werden sie in Emmendingen verbringen.»

Er holte tief Luft und setzte sich dem alten Mann gegenüber, dessen Gesicht sich bei seinen Worten aufgehellt hatte.

«Dem Himmel sei Dank. Vielleicht treffe ich eine falsche Entscheidung und bürde dir eine zu schwere Verantwortung auf. Aber du bist der Einzige, dem ich ohne Einschränkung vertraue. Du bist mir längst wie ein eigener Sohn.»

Voller Zuneigung betrachtete Jonas den Greis mit dem schlohweißen Haar, der trotz seines Alters kerzengerade im Lehnstuhl saß, die lahmen Beine unter einer Decke verborgen. Seit Dr. Textor ihn als Hauslehrer für seine Töchter eingestellt hatte, gehörte Jonas zur Familie. Und in naher Zukunft würde er Textors Schwiegersohn sein, denn er hatte gegenüber Magdalena, seiner Ältesten, das Ehegelöbnis abgelegt. Sobald er das Amt als Schulmeister in der Freiburger Lateinschule antreten würde, wollte er Magdalena heiraten.

«Was meinst du, was die Mangoltin vorhat?»

«Sie reist mit den Gauklern bis Offenburg, mehr weiß ich nicht.»

«Gut so. Nun ist eins wichtig: Du musst ihr deutlich machen, dass sie nicht mehr nach Freiburg zurückkehren kann, denn jetzt, nach ihrer Flucht, würde man sie sofort im Turm festsetzen. Die Anklage auf Hexerei und Mordversuch ist inzwischen vom Rat verabschiedet. Du musst ihr Vertrauen erlangen, ohne dich als Mitglied unserer Familie zu erkennen zu geben. Am besten, du erzählst beiläufig, dass eine Marthe-Marie Mangoltin im Freiburger Gebiet gesucht wird. Bleibe bei ihr bis Offenburg. Ich denke, dort ist sie in Sicherheit. So weit werden die Kontrollen der vorderösterreichischen Beamten nicht reichen.»

«Ich habe schon damit gerechnet, dass ich sie begleiten soll.»

Jonas lächelte fast ein wenig stolz. «Die Spielleute haben mich als Jongleur eingestellt, am Sonntag habe ich meinen ersten Auftritt. Morgen in aller Frühe muss ich zurück zu ihnen, um mit den Proben zu beginnen.»

«Das ist nicht dein Ernst.» Textors Miene schwankte zwischen Sorge und Erheiterung. «Du weißt doch, dass wir Freunde in Emmendingen haben – wenn die dich erkennen!»

«Keine Sorge, ich werde mich schminken. Außerdem: Als einfacher Scholar hätte mich der Prinzipal niemals aufgenommen.»

«Aber verrate Magdalena nicht, dass du jetzt bei den Gauklern bist, sie würde vor Angst sterben.»

Jonas nickte. Dann nahm er allen Mut zusammen und stellte eine Frage, die ihm als jungem Hauslehrer gegenüber dem Familienoberhaupt eigentlich nicht zustand.

«Diese ganzen Heimlichkeiten, diese ganze Aufregung – warum ist die Frau Euch so wichtig?»

Textor strich die Decke über seinen Beinen glatt.

«Weil ich einst einen großen Fehler gemacht habe, den ich nie wieder gutmachen kann. Es darf nicht noch mehr Unheil geschehen.»

«Wer ist diese Marthe-Marie Mangoltin?»

«Das kann ich dir nicht sagen, nicht, solange sie unter unserem Schutz steht.»

«Ist sie wirklich die Tochter einer Hexe?»

«Nein!» Fast schroff kam die Antwort.

Jonas runzelte die Stirn. Warum hatte Textor kein Vertrauen zu ihm? Ihm wäre so viel wohler gewesen, wenn er Bescheid gewusst hätte; allein schon wegen Magdalena. Er hasste es, sie anzuschwindeln.

Seitdem Textor diese Fremde hier in Lehen gesehen hatte, war er völlig verändert, und ihr Zusammenleben wurde bestimmt von Geheimniskrämerei, Ausflüchten und Notlügen. Nachdem der

Alte mit seiner Hilfe herausgefunden hatte, dass es sich tatsächlich um Marthe-Marie Mangoltin aus Konstanz handelte, war es erst richtig losgegangen: Jonas solle in Erfahrung bringen, warum sie sich in Freiburg aufhielt. Dass er ihr im Fastnachtsgetümmel gefolgt war, schien ihm heute wie ein Wink des Schicksals. Als ob Gott ihn gelenkt hätte, um ihr durch seine Hand das Leben zu retten. Oder war es dieser fragende Blick aus ihren dunklen Augen gewesen, der ihn nicht mehr losgelassen hatte? Beinahe wäre er zu spät gekommen, denn er hatte sie in den dunklen Gassen der Wolfshöhle verloren. Von dem schrecklichen Kampf träumte er noch heute in wüsten Bildern voller Blut und Schmerzensschreien, und die ersten Tage war er sich sicher, dass er den Maskierten mit seinen tiefen Messerstichen getötet hatte, er, der als Junge jeder Rauferei aus dem Wege gegangen war. Er hatte geglaubt und gehofft, dass damit nun alles vorbei sei. Doch stattdessen ging es immer weiter, Textor gab keine Ruhe. Plötzlich stieg ein unglaublicher Verdacht in Jonas auf – ob Marthe-Marie Textors heimliche Tochter war? Nein, das wäre zu ungeheuerlich. Er räusperte sich.

«Was ist mit dem Maskierten? Hat man seinen Leichnam endlich gefunden?»

«Nein. Es wurde weder ein Leichnam gefunden, noch weiß man von einem Schwerverletzten in der Stadt. Und das macht mir mehr Kummer als die offizielle Anklageerhebung seitens des Magistrats. Seit Tagen zermartere ich mir den Kopf, wer ihr nach dem Leben trachten könnte. Der Einzige, der mir einfällt, ist längst tot.»

Textors Hände verkrampften sich. «Es muss da einen Zusammenhang geben, den ich nicht erkenne», murmelte er, mehr zu sich selbst. «Wenn wir nur herausfinden könnten, wer dieser Kerl ist. Dann wäre es auch leichter, ihn dingfest zu machen. Versprich mir, Jonas, dass du sie auf eurer Reise nicht aus den Augen lässt.»

«Ich werde sie sicher nach Offenburg geleiten, glaubt mir.»

«Ich danke dir. Du bist ein mutiger Junge. Ich bin stolz und glücklich, wenn du mein Schwiegersohn wirst. Und nun geh in die Küche. Magdalena wartet schon auf dich.»

❧ 9 ❧

Die Aufführung auf dem Marktplatz von Emmendingen wurde zu einem großen Erfolg, und die Gaukler wiederholten am nächsten Tag ihre Vorstellung. Leonhard Sonntag und Don Diego hatten auf ihr erprobtes Repertoire für die Fastenzeit zurückgegriffen: Neben zwei kurzen Szenen aus dem Alten Testament spielten sie die grausame Moritat vom Werwolf Peter Stump, der 1589 zu Köln hingerichtet worden war. Die Historie des Bauern Stump, der sich mit Hilfe eines Gürtels nächtens in einen Werwolf verwandelte und dreizehn Kinder tötete, um ihr Hirn zu verschlingen, war in ausreichendem Maße entsetzlich und blutrünstig, um die Zuschauer in Atem zu halten, dabei moralisch und belehrend genug für die Ratsherren. Denn am Ende, wenn Diego von den Henkersknechten Valentin und Severin aufs Rad geflochten und mit glühenden Zangen gepeinigt wurde, trat der Prinzipal in Pfaffenkutte und mit gen Himmel gereckten Armen an den Bühnenrand und belehrte das Publikum mit drastischen Worten, in welche Abgründe der Mensch geraten könne, wenn er vom Gottesglauben abfalle.

Als Vorspiel zum Theater hatte Diego mit dem Neuen eine «Jonglage à deux» eingeprobt. Stunden um Stunden hatten sie dafür geübt, dabei geflucht und geschimpft, und jetzt bangte Marthe-Marie wie alle anderen, dass ihre Darbietung gelingen möge. Unter den Schlägen der Trommler warfen sich die beiden gelbe und rote Bälle zu, es wurden mehr und mehr, der Rhythmus erklang

77

immer schneller, bald wirbelten noch die Artisten samt den beiden
Äffchen dazwischen, drehten Rad und Flickflack, bis es den Zuschauern vor den Augen flirrte. Schließlich flogen alle Bälle hoch
in die Luft, Valentin und Severin schlugen Salti und beim letzten
lauten Trommelschlag standen alle vier kerzengerade, mit erhobenen Armen, nebeneinander.

Als Krönung ihres Gastspiels zeigte Quirin seine Feuerkünste:
Er verschlang feuerrote Kohlestücke, tanzte auf glühenden Eisen,
ohne mit der Wimper zu zucken, und spuckte blaue und schwe-
felgrüne Flammen in den Nachthimmel. Marthe-Marie, die zum
ersten Mal eine Vorführung von ihm sah, konnte sich eines Gefühls
der Bewunderung nicht erwehren. Quirin hatte lange Zeit in Florenz gelebt, der Hochburg der Feuerwerkskunst, und die Rezeptu-
ren für seine Auftritte hielt er geheim wie einen großen Schatz.

Zur Feier ihres Erfolges ließ der Prinzipal nach der letzten Aufführung Fässer mit Bier und Wein aus der Stadt liefern, die Jonas
als besondere Ehre nach dem Abendessen anstechen durfte. Die
Männer schlugen ihm einer nach dem andern auf die Schulter und
beglückwünschten ihn, die Frauen umarmten ihn. Es schien, als sei
er allein durch seine Kunstfertigkeit beim Jonglieren im Kreis der
Gaukler aufgenommen.

«Was ist mit dir?» Marusch boxte Marthe-Marie in die Seite.
«Willst du dir keinen Wein holen und unserem schönen Jüngling
zu seinem Erfolg gratulieren?»

Marthe-Marie zögerte. Sie war sich inzwischen sicher, dass sie
und Jonas sich schon einmal begegnet waren. Aber warum leugne-
te er das dann so hartnäckig? Sie gab sich einen Ruck.

«Die Nummer mit den Bällen war sehr schön.» Steif schüttelte
sie ihm die Hand. «Dann bleibst du also bis Offenburg?»

«Ja.» Er lächelte schüchtern. Was für ein hübsches Gesicht er
hatte. Dann merkte sie, dass sie immer noch seine Hand hielt, und
errötete. «Und du bist wirklich aus Straßburg?»

«O ja, mein Vater hat dort ein kleines Handelsunternehmen, meine Mutter ist eine Welsche aus Dijon.»

«Und du warst niemals in Freiburg?»

«Doch, doch, aber vor langer Zeit.»

Wie schlecht er lügen konnte. Auch darin erinnerte er sie an Veit, in dessen Gesicht man immer wie in einem offenen Buch hatte lesen können.

Diego gesellte sich zu ihnen. «*Oye muchacho*, du müssen als Artist bei uns bleiben. Für immer.»

«Ich glaube», sagte Marthe-Marie, «Jonas versteht auch dein Kanzleideutsch.»

«Du kannst ja richtig spöttisch sein.» Diego lachte und erhob seinen Becher. «Trinken wir alle zusammen einen Schluck.»

«Seid nicht böse.» Jonas nahm seinen Umhang von der Bank. «Ich gehe lieber schlafen. Die letzten Tage waren anstrengend.»

Diego sah ihm nach. «Er gefällt dir, nicht wahr.»

«So ein Unsinn. Ich kenne ihn gar nicht.»

«Du weißt es vielleicht noch nicht. Aber ich sehe es. Und Jonas ist immer auf der Suche nach dir. Beim Üben im Lager hat er deshalb einige Bälle verfehlt. Na ja, was soll's.»

In einem Zug leerte er den Becher und schenkte sich nach. «Übrigens spielt er uns etwas vor. Nie im Leben ist er ein reisender Scholar. Schüler und Studenten können sich kein so gutes Reitpferd leisten. Aber im Grunde spielen wir uns ja alle etwas vor.»

Er reichte den Becher Marthe-Marie, wobei er scheinbar absichtslos ihre Finger berührte.

«Und du kannst das besonders gut, Diego, das Vorspielen.»

«Hast du sonst noch etwas an mir auszusetzen?» Er strahlte sie aus seinen smaragdgrünen Augen an.

Diesmal hielt sie seinem Blick stand. «Du glaubst alles zu durchschauen, Diego, aber du weißt nichts, gar nichts. Gute Nacht, mir ist kalt und ich bin müde.»

Auf dem Weg zum Wagen glaubte sie einen Schatten hinten bei den Obstbäumen zu sehen. War das etwa Jonas, der sie heimlich beobachtete? Tatsächlich sah sie jetzt eine Gestalt eilig die Viehweide verlassen, aber die Gestalt war schmächtig, sie hinkte! Panische Angst packte Marthe-Marie. Siferlin ist tot, Siferlin ist tot, hämmerte es in ihrem Kopf.

Heiser rief sie nach Diego.

Er stand sofort neben ihr. «Willst du mir doch noch Gesellschaft leisten?»

«Da hinten bei den Bäumen versteckt sich jemand.»

«Es wird einer von uns sein, der pinkeln muss.»

«Nein, das war keiner von uns.» Sie zitterte.

Diego legte ihr seine Jacke um die Schultern. «Warte hier, ich gehe nachsehen.»

Als er zurückkam, war sein Gesicht ernst.

«Du hattest Recht. Das Gras unter den Bäumen ist niedergetreten. Aber wenn da jemand war, ist er jetzt entwischt. Ich habe alles abgesucht. Komm, ich bringe dich zum Wagen – und hab keine Angst: Ich schlafe ja direkt neben euch.»

Am nächsten Morgen brachen sie frühzeitig auf. Jonas hatte Quartier in Diegos Wagen genommen, aber da es mit dem dicken Prinzipal auf dem Kutschbock recht eng war, zog er es vor zu reiten. Die meiste Zeit hielt er sich in der Nähe der Kinder auf oder vorn bei Marusch und Marthe-Marie. Er genoss es, durch die anmutige Landschaft am Fuße des Schwarzwalds zu reiten und für ein paar Tage dem ewigen Unterrichten und Studieren entfliehen zu können.

«Hör mal, Jonas Marx, wenn du bei uns bleibst, brauchst du noch einen kunstvollen Namen» rief ihm Marusch zu. «Wie wäre es mit Maestro Ballini, dem großen Jonglierkünstler aus Venedig?»

«Nein, danke.» Jonas lachte. «Es reicht schon, wenn mein Partner Spanier ist und immerfort unverständliches Zeug quakt.»

Er warf Marthe-Marie einen verstohlenen Blick zu. Ob sie ihn erkannt hatte? Sie war so schweigsam ihm gegenüber, geradezu abweisend. Dann verwarf er den Gedanken wieder, schließlich hatte sie ihn in Freiburg nur mit dem schwarzen Tuch vor dem Gesicht gesehen. Wahrscheinlich war sie mitgenommen von den Ereignissen und inzwischen zu Recht vorsichtig gegenüber Fremden. Dabei hätte er alles gegeben, um herauszufinden, was für ein Geheimnis sie umgab. Jetzt saß sie aufrecht und gespannt neben Marusch und ließ sich zeigen, wie man diesen schwerfälligen Kobelwagen lenkte, der kaum zu steuern und zu bremsen war. Jonas fragte sich, wie alt sie sein mochte. Sie sah noch sehr jung aus, mit ihrem glatten, zarten Gesicht, doch er wusste, dass sie bereits Witwe war. Und sie war schön. Begehrenswert schön.

«Jetzt sieh dir das an, Jonas.» Marusch klatschte begeistert in die Hände. «Sie kutschiert den Wagen, als hätte sie ihr Leben lang nichts anderes getan.»

«Ich hatte schon als Kind mit Pferden zu tun, das ist alles. Ich kann schließlich auch reiten.»

«Du kannst reiten?» Jonas sah sie ungläubig an. Sie wirkte so zart und überhaupt nicht, als würde sie ein Pferd bändigen können. «Das glaube ich nicht.»

«Dann werde ich es dir beweisen.»

Marusch beugte sich zur Seite und brüllte nach hinten: «Leonhard, ich brauche deinen Schimmel. Unser neuer Freund kommt ihn holen.» Dann nickte sie Jonas auffordernd zu. «Jetzt könnt ihr ein Wettrennen machen.»

«Aber das ist zu gefährlich.»

«Ist es das?» Sie sah Marthe-Marie an.

«Nein. Ich kann bloß in diesem Rock nicht reiten.»

Jonas war erleichtert. Er hatte Marthe-Marie nicht in Gefahr bringen wollen. Die beiden Frauen flüsterten miteinander, dann verschwand Marthe-Marie unter der Plane.

«Auf was wartest du noch, Maestro? Oder traust du dich nicht?»

Als Jonas mit dem knochigen Grauschimmel, der Diego und Sonntag als Reitpferd diente, zurückkam, saß Marthe-Marie wieder auf dem Kutschbock und lachte ihn herausfordernd an. Sie trug die alte Harlekinhose des Prinzipals, die ihr viel zu weit war.

Marusch blies in ihr Horn und brachte den Tross damit zum Halten. «Jetzt tauscht ihr die Pferde, das ist gerechter. Auf mein Zeichen hin geht es los.»

Jonas wollte Marthe-Marie auf seine Stute helfen, doch sie wehrte ab. Mit einem Schwung war sie oben und nahm die Zügel auf. «Nehmen wir die Strecke bis zum Waldrand dort hinten?»

Er nickte, obwohl ihm nicht wohl war bei der Sache. Sie durchquerten das Bachbett neben der Straße und stellten sich am Rand der Wiese auf. Die Pferde schnaubten erwartungsvoll. Jonas wandte sich um: Alle sahen gebannt zu ihnen herüber, nur Leonhard Sonntag stand laut fluchend bei seiner Gefährtin.

Marusch stieß ins Horn, und die Pferde preschten los. Der Grauschimmel mit seinen langen Beinen und den raumgreifenden Galoppsprüngen lag schnell in Führung, doch er schien nicht so ausdauernd zu sein, denn auf halber Strecke sah Jonas im Augenwinkel seine Stute aufholen. Er trieb den Schimmel an, doch Zoll für Zoll kam Marthe-Marie näher. Jetzt lagen die Pferde auf gleicher Höhe. Marthe-Marie schien mit dem Pferd vollkommen eins, ihr Gesicht strahlte, ihre Haube hatte sich gelöst und gab ihr glänzendes schwarzes Haar frei.

Dann sah er vor sich den Graben. «Vorsicht», schrie er, der Schimmel stockte kurz, um dann ungelenk hinüberzusetzen, während Marthe-Marie mit seiner Stute das Hindernis in elegantem Schwung nahm. Beinahe wäre er aus dem Sattel gerutscht. Nun hatte Marthe-Marie endgültig an Vorsprung gewonnen und kam drei Pferdelängen früher am Waldrand an.

«Glaubst du mir jetzt?» Sie lachte. Ihre Wangen waren gerötet, eine Haarsträhne fiel ihr ins Gesicht. Wie glücklich sie aussah!

«Wer hat dir das beigebracht?»

«Mein Vater. Er war früher Soldat.» Sie klopfte ihrem Pferd den Hals. Im Schritt kehrten sie zur Landstraße zurück.

«Hast du Familie in Offenburg?», fragte Jonas.

Sie zögerte einen Moment. «Ja. Ich will dort meinen Vater besuchen.»

Jonas fiel ein Stein vom Herzen, und er schalt sich einen Dummkopf. Zu denken, Textor sei ihr Vater.

Sie sah ihm offen ins Gesicht. «Und du? Was wirst du machen, wenn dein Auftritt in Offenburg vorbei ist?»

«Ich gehe wieder nach Straßburg und werde weiterstudieren.»

Er hätte sich ohrfeigen mögen. Warum nur musste er schon wieder lügen? Tat er das Textor zu Gefallen oder wegen Magdalena?

Er nahm seinen ganzen Mut zusammen. «Warum nennst du dich Agatha? Du heißt doch Marthe-Marie Mangoltin.»

Sie wurde kreidebleich. Alle Fröhlichkeit war aus ihrem Gesicht gewichen, und sie biss sich auf die Lippen.

«Glaub mir, Marthe-Marie, du kannst mir vertrauen. Ich weiß, dass der Freiburger Rat dich sucht, und sobald du dich dort zeigst, wirst du eingekerkert wegen Hexerei und Mordversuch. Ich weiß nicht, wie du da hineingeraten bist, ich weiß überhaupt nichts über dich, aber du musst auf mich hören: Versprich mir, dass du nie wieder nach Freiburg gehst.»

«Wer hat dir das erzählt?»

Wieder log er. «Ich habe es im Lager gehört.»

«Dann glaub, was du willst.» Für den Rest des Weges schwieg sie.

Der Prinzipal empfing sie mit gereckter Faust. Was für nichtsnutzige Kindsköpfe sie seien, ihr einziges Reitpferd zuschanden zu reiten, und man müsse sie beide dorthin zurückjagen, wo sie hergekommen seien, nichts als Scherereien habe man mit Fremden, so also würde man seine Gutmütigkeit ausnutzen. «Aber reiten kannst du wie der Teufel, Mädchen», schloss er seine Schimpftirade.

Sie zogen weiter Richtung Norden, durch die milde, fruchtbare Ortenau. Jonas hielt sich mehr denn je in Marthe-Maries Nähe auf, in der Hoffnung, sie würde ihre Verschlossenheit ihm gegenüber aufgeben. Pünktlich am Namenstag der Frühjahrsbotin Gertrud hatten die Bauern mit ihrer Arbeit in Garten und Feld begonnen. Die Bienenkörbe wurden aufgestellt und die Kühe auf die Weide getrieben. Diego war an diesem Tag vorausgeritten nach Lahr. Er teilte sich mit dem Prinzipal die Aufgabe, günstige Wegstrecken zu suchen und herauszufinden, wo die Gaukler ihr nächstes Gastspiel halten konnten. Jonas war froh, den Spanier weit weg zu wissen.

«Seht mal.» Marusch deutete hinüber zu einer Scheune, auf deren Dachfirst ein Schwarm Krähen hockte. «Ich sage euch: Rabenvögel auf dem Dach sind kein gutes Vorzeichen.»

«Glaubst du an so was?» Marthe-Marie wirkte erstaunt. Jonas war längst aufgefallen, dass sie von magischen Zeichen wenig hielt, ganz im Gegensatz zu Magdalena.

«Selbstverständlich.» Marusch rollte die Augen. «Im Übrigen brauche ich nur Leos Gesicht anzusehen, es ist so finster wie das Gefieder dieser Vögel. Wenn wir nämlich wochenlang nur auf Dorffesten und Bauernhochzeiten auftreten, wird es eng für uns. Denkt zumindest Leo.»

Tatsächlich kam Diego am Abend mit unerfreulichen Nachrichten zurück. Er hatte in einer Herberge in Lahr eine Gruppe Jesuitenpatres getroffen.

«Das große Ostergeschäft in Offenburg können wir uns aus dem Kopf schlagen. Diese Brüder sind uns zuvorgekommen. Sie haben eine offizielle Einladung der Stadt, die Osterspiele abzuhalten, ich habe das Schreiben selbst gesehen.»

Sonntags Leute begannen zu schimpfen: «Diese verfluchten Kuttenkerle, ihre Lateinerdramen versteht sowieso kein Mensch.» – «Und wenn die Leute sie verstehen würden, würden sie wegrennen, vor so viel Erbaulichkeit.» – «Genau. Prunk und Protz und nichts dahinter.»

Der Prinzipal bat um Ruhe. «Hört auf herumzublöken wie die Schafe. Wir hätten es wissen müssen: Offenburg ist katholischer als der Papst, das ist bekannt. Für die Osterspiele würde der Magistrat die Lizenz niemals an Heidenmenschen wie uns vergeben. Wir müssen nach anderen Möglichkeiten suchen, tut mir Leid, Freunde. Wer hat Vorschläge?»

Marthe-Marie hob die Hand. «Bedeutet das, wir ziehen gar nicht nach Offenburg?» Jonas hörte die Unruhe in ihrer Stimme.

«Keine Sorge.» Diego lächelte sie an. «Im schlimmsten Fall würde ich dich persönlich hinbringen.»

Was bildet sich dieser Kerl ein, dachte Jonas. Er hält sich wohl für unwiderstehlich.

«Aber das wird nicht nötig sein, vorausgesetzt, du hast es nicht eilig. Bei den Jesuiten habe ich nämlich einen alten Freund getroffen, aus meinem früheren Leben.» Diegos Blick war immer noch auf Marthe-Marie geheftet, und Jonas spürte, wie Zorn in ihm aufstieg. «Er will sich dafür einsetzen, dass wir in der Woche nach Ostern mit unseren Komödien auftreten dürfen, er kennt den Statthalter des Schultheißen. Da er mir noch einen Gefallen schuldet, brauchen wir uns also keine Sorgen zu machen.»

«Sehr gut.» Sonntags Miene hellte sich wieder auf. «Vielleicht können wir ja bis dahin in Lahr spielen.»

«Wir können.» Triumphierend zog Diego eine Papierrolle hinter dem Rücken hervor. «Zwei Wochen lang, jeden zweiten Nachmittag. In drei Wochen geht es los.»

Die Gaukler brachen in Jubel aus. Nur Marthe-Marie blieb still. Sie sah enttäuscht aus.

Jonas hätte sich gern neben sie gesetzt, doch er wagte es nicht, die Distanz zwischen ihnen zu durchbrechen. Ein einziges Mal nur, bei ihrem waghalsigen Wettrennen, hatte er einen Anflug von Vertrautheit zwischen ihnen gespürt. Zu seinem Bedauern war es bei diesem einen Mal geblieben. Er dachte daran, dass er nun nicht vor Ende April nach Freiburg zurückkehren konnte und dass Textor sich Sorgen machen würde, wenn er so lange Zeit nichts von ihm hörte.

An Magdalena dachte er nur flüchtig.

Leonhard Sonntag streckte die Beine von sich und rülpste.

«Was für ein Festschmaus. So muss es im Schlaraffenland zugehen.»

Sie lagerten vor den Mauern der badischen Stadt Lahr, in der sie am Vortag ihre letzte Aufführung gehabt hatten. Die Bürger der Handels- und Gewerbestadt hatten sich großzügig gezeigt: Als am Ende Tilman und Titus wie üblich auf ihren Stelzen bei den Zuschauern sammeln gingen, hatten die meisten mehr als den verlangten Schilling gegeben. Und heute Mittag hatten sie noch einmal einen Sack Geld eingestrichen, als die Musikanten und die beiden Artisten vor den Toren der Stadt auftraten, wo die Ackerbürger und Bauern des Umlandes ihre Flurumritte und Feldprozessionen begingen, wie überall am Georgitag. Anschließend hatte der Prinzipal vom Pfarrer die Pferde und Maultiere segnen lassen. Bei Pantaleons Kamel allerdings hatte sich der Geistliche geweigert. Marthe-Marie kannte diesen Brauch, denn auch ihr Vater hatte sich kein Jahr davon abhalten lassen, war doch Ritter Georg auch Schutzpatron der Soldaten.

«Und der Wanderer und Artisten», hatte Marusch am Abend erklärt. «Deshalb machen wir seit Jahren an diesem Tag unser großes

86

Fest. Und wenn die Dinge so gut laufen wie in diesem Frühjahr, ist mein Löwe besonders großzügig.»

Und wirklich hatte es der Prinzipal an nichts fehlen lassen. Mettel und Marthe-Marie hatten kräftige Gemüsebrühe gekocht, es gab einen ganzen Ochsen am Spieß und Wein und Bier in Mengen. Hungern musste an diesem Abend keiner.

Inzwischen war es dunkel geworden, im Inneren des Lagers brannte ein Kreis aus Fackeln. Diesmal sonderte sich niemand ab, alle saßen zusammen um die große Feuerstelle mit den Resten des gebratenen Ochsen. Sonntag füllte zwei Becher randvoll mit Wein und rief Jonas und Marthe-Marie heran.

«Und jetzt trinkt mit mir, ihr beiden.» Er reichte ihnen den Wein. «Ihr habt uns Glück gebracht. Seitdem ihr bei uns seid, sind unsere Beutel mehr als gestopft. Auf euch und den tapferen Ritter Georg.»

Marthe-Marie nahm einen kräftigen Schluck. Der Wein war schwer und süß, er stieg ihr gleich zu Kopf. Genau ein Jahr war es nun her, dass sie in der Kutsche ihres Ziehvaters Konstanz verlassen hatte. Und seit fast sieben Wochen war sie mit den Gauklern und Landfahrern unterwegs. In den letzten Tagen hatte sie endgültig die Scheu vor diesen Menschen verloren, im Gegenteil: Mehr und mehr war sie gebannt von ihrer ungebundenen Lebensart, die jedem seine Freiheit ließ. So wäre keiner der Fahrenden auf den Gedanken gekommen, Salome wegen ihres Buckels zu hänseln, zumal jeder gehörigen Respekt vor ihren Wahrsagekünsten hatte. Oder Valentin und Severin: Sie hatte ihren Augen kaum getraut, als sie in der ersten milden Nacht dieses Jahres beim Austreten beinahe über die beiden gestolpert wäre. Eng umschlungen lagen sie schlafend neben ihrem Karren. Gleichmütig hatte ihr Marusch später erklärt, die zwei seien ein Liebespaar. Solange sie nicht vor Fremden herumpoussierten, schere sich da keiner drum. Denn auf Sodomie stünde Tod durch Verbrennen. Oder der starke Maximus: Als Kind hatte er mit ansehen müssen, wie seine Eltern von Mordbrennern regelrecht zerfleischt worden waren, bevor ihr kleiner Hof in Flammen aufging. Es hieß, damals habe er sein Lachen verloren und mindestens die Hälfte seines Verstandes. Vor allem bei Vollmond benahm er sich oft sehr seltsam, aber die anderen nahmen seine Anwandlungen lachend oder achselzuckend hin.

Auch sie selbst fühlte sich von Leonhard Sonntags Leuten längst angenommen. Wie alle anderen fieberte sie bei den Aufführungen mit, sorgte sich, wenn einer krank wurde oder sich verletzte, und genoss es, wenn sie in Gespräche einbezogen wurde. Niemals hätte sie gedacht, dass sie als Frau so viel Neues erleben und erfahren, auf solch abenteuerlichen Wegen durch die Lande reisen würde.

Jonas riss sie aus ihren Gedanken.

«Auf dein Wohl, Kunstreiterin», sagte er leise und prostete ihr zu.

«Auf dein Wohl, Maestro Ballini.»

Seine nussbraunen Augen unter den dichten Wimpern strahlten – ob vom Alkohol oder von Sonntags Lob, konnte sie nicht einschätzen. War er tatsächlich hier, um Geld für sein Studium zu verdienen? Musste er nicht irgendwann wieder zurück an die Universität?

«Ebenfalls auf euer Wohl.» Marusch setzte sich neben Marthe-Marie. «Und auf einen schönen warmen Sommer. Denn scheint am Georgitag die Sonne, gibt's viele Äpfel. Und guten Wein.» Sie schenkte allen nach. «Und du, Jonas, verrätst mir auf der Stelle, was ich schon immer wissen wollte: Hast du in Straßburg eine Braut?»

«Nein – das heißt, doch.»

«Wie heißt sie?»

«Magdalena.»

«Ein schöner Name.» Marusch hob ihren Becher. «Dann trinken wir jetzt auf Magdalena, die sicher sehnsüchtig auf ihren Bräutigam wartet.»

Marthe-Marie sah den Ausdruck kindlicher Verlegenheit auf Jonas' Gesicht. Sie sah diese Augen, und mit einem Mal wusste sie, woher sie ihn kannte: Jonas Marx war es, der sie in Freiburg gerettet hatte. Jetzt verfolgte er sie weiterhin wie ein Schatten. Zu ihrem Schutz oder zu ihrem Verderben? Handelte er im Auftrag eines anderen? In ihrem Kopf begann es sich zu drehen. Wo war eigentlich Diego?

In diesem Moment rief Sonntag: «He, Spanier, setz dich endlich zu uns.»

Diego trat aus der Dunkelheit und nahm stumm den Becher entgegen, den der Prinzipal ihm reichte. So übellaunig hatte Marthe-Marie ihn noch nie erlebt. Nicht einmal den üblichen herausfordernden Blick warf er ihr zu. Belustigt stellte sie fest, dass ihr etwas fehlte, wenn er sie nicht beachtete. Nicht dass sie hinter seinem Verhalten ernsthafte Absichten vermutet hätte, denn er kokettierte mit allen Frauen. Doch dieses Spiel zwischen ihnen begann ihr zu gefallen.

«Was schaust du so missmutig drein?» Sonntag legte ihm den Arm um die Schulter. «Die Einnahmen sind doch geflossen wie Butter in der Sonne.»

«Ich habe sie satt, diese bluttriefenden Zoten und Possen. Der reisende Schneider mit dem bösen Pferd, die tanzende Schwiegermutter, diese Moritat vom Kinderfresser – das ist doch alles Schund und Schwachsinn. Und an hohen Festtagen führen wir die erhabenen Mirakel der Christenheit auf, bei denen jedem Zuschauer von halbwegs gesundem Verstand das Gähnen kommt. Du hattest mir doch im Winter versprochen, dass wir neue Stücke einstudieren. Nie ist etwas daraus geworden. Und nächste Woche in Offenburg willst du schon wieder den alten Zinnober aufführen.»

«Du weißt selbst, dass wir die Zeit zum Einstudieren nicht hatten. Sei doch froh, dass du fast immer die Rolle des strahlenden Helden hast, während ich den dummen Tölpel mime.»

«Dann lass es uns wenigstens für den Sommer ins Auge fassen, wenn wir in Friedrichs Freudenstadt gastieren.»

Der Prinzipal seufzte. «Gut, einverstanden. Aber nur, weil ich es mir mit dir nicht verderben will. Und kein Stück von diesem Schackschpier.»

Diego grinste.

Marthe-Marie hatte dem Gespräch aufmerksam zugehört.

«Was für Schauspiele würdest du denn gern aufführen?»

Diego setzte sich zwischen sie und Jonas, der unwillig zur Seite rückte.

«Hamlet, den Sommernachtstraum, Romeo und Julia – das sind richtige Theaterstücke, die leider in unserem Land noch völlig unbekannt sind. Alle übrigens von William Shakespeare. Oder der Faust von Christopher Marlowe. Hast du von Shakespeare und Marlowe gehört?»

«Es sind Engländer, oder?»

«Ja. Shakespeare ist Dichter und Schauspieler zugleich. Er ist der Größte überhaupt, er wird Jahrhunderte überdauern mit seinen Werken. Auch wenn es gewisse kleingeistige deutsche Komödianten nicht glauben mögen.»

Er nahm ihre Hand, schloss die Augen und deklamierte mit bebender Stimme:

«O so vergönne, teure Heilige nun,
Dass auch die Lippen wie die Hände tun.
Voll Inbrunst beten sie zu dir: erhöre,
Dass Glaube nicht sich in Verzweiflung kehre.»

Dann küsste er ihre Hand und sah ihr mit flammendem Blick in die Augen. «Liebste Julia, folge mir nach England, in das gelobte Land der Theaterkunst. Dort gibt es eigens eingerichtete Theaterhäuser, in die die Menschen in Scharen strömen, der Adel wie das gemeine Volk. Die Schauspieler werden verehrt und geachtet. Und nicht mit Eiern beworfen wie bei uns.»

«Du mit deinen Phantastereien.» Marusch verdrehte die Augen. «Ein Haus nur fürs Theaterspielen! Aber bevor du jetzt den Giftbecher nimmst und Julia sich das Schwert ins Herz stößt, lasst uns lieber tanzen.»

Sie sprang auf und klatschte in die Hände. «He, ihr Fiedelputzer dort drüben, runter mit dem letzten Bissen und Musik gemacht.»

Mit einem Schellenring in der Hand begann sie sich im Rhythmus der Trommel anmutig in der Hüfte zu wiegen, dann setzten Flöte und Sackpfeife ein und schließlich zwei Fiedeln. Marusch schlug das Tamburin, wand und drehte sich dabei, erst ruhig wie eine Katze, die sich streckt, dann immer schneller, bis ihre nackten Füße nur so über das Gras wirbelten. Noch nie hatte Marthe-Marie jemanden auf diese Weise tanzen sehen. Und die Fiedler spielten eine Melodie, die so mitreißend, leidenschaftlich und zugleich abgrundtief traurig klang, dass es ihr die Tränen in die Augen trieb.

Inzwischen waren alle aufgestanden und bildeten einen Kreis um Marusch und die Musikanten, die Kinder in vorderster Reihe. Marusch schien in einer anderen Welt, ihre Augen waren geschlossen, das Gesicht dem Sternenhimmel zugewandt, um ihren Mund spielte ein Lächeln. Als die Trommeln wieder langsamer schlugen, tanzte sie zu Marthe-Marie und zog sie mit sich.

Zuerst war es Marthe-Marie unangenehm, sich vor den Blicken aller zu bewegen. Seit ihrer Hochzeit hatte sie nicht mehr getanzt, doch dann tat sie es Marusch gleich, stampfte mit den Füßen, reckte die Arme zum Himmel. Spürte, wie sie sich vollkommen dem Rhythmus der Musik überlassen konnte. Inzwischen hatte Marusch auch Diego und Jonas geholt. Diego tanzte mindestens ebenso weich und geschmeidig wie die Prinzipalin, sein Körper verschmolz mit der Musik, während Jonas herumsprang wie ein übermütiges Fohlen. Irgendwann schlang Marusch die Arme um

Diegos Hüften, Jonas tat dasselbe mit Marthe-Marie, und sie tanzten paarweise weiter. Marthe-Marie vergaß alles um sich herum, die Schrecken und Ängste der jüngsten Zeit lösten sich auf in Nichts, jetzt war sie hier, im Kreis der Fahrenden, in dieser herrlichen Landschaft der Ortenau im blühenden Frühling.

Keinen hielt es mehr am Rande, selbst die Kinder hüpften wie die Flöhe umher. Marthe-Marie tanzte abwechselnd mit Marusch, mit dem Prinzipal, der wie ein schwerfälliger Bär hin und her schwankte, mit Valentin und Severin, selbst mit dem schwermütigen Maximus, doch immer wieder kehrte sie zu Diego und Jonas zurück. Am Ende, es musste schon gegen Mitternacht sein, legte sie den beiden die Arme um die Schultern, Marusch trat hinzu, und sie tanzten den letzten Tanz zu viert.

Als der letzte Trommelschlag verhallt war, ließen sie sich ins Gras sinken. Der Mond hing als schmale Sichel über der Silhouette der nahen Stadt. Diego lehnte sich an Marthe-Maries Schulter, Agnes lag schlafend in ihrem Schoß, Marusch unterhielt sich mit Jonas, der immer wieder zu ihr herübersah.

«Was für ein wunderbarer Abend.» Diego hob den Kopf und sah in den Himmel. «Und es ist wunderbar, dass du bei uns bist. Aus welchen Gründen auch immer», fügte er leise hinzu.

Marthe-Marie betrachtete sein gerötetes Gesicht mit den klaren, männlichen Zügen, dem dichten Bart und den dunklen Locken, die ihm jetzt wirr in die Stirn hingen.

«Was hast du eigentlich früher gemacht, als du noch nicht bei den Gauklern warst?»

«Ich war Führer bei den Jakobspilgern, Schellenknecht im Siechenhaus, Baumwollstreicher, Bootsknecht, Lehmschleifer auf dem Bau – eigentlich alles, bis auf Hundeschlächter.»

«Wenigstens bist du kein Tierquäler.»

«Nein, nicht deshalb. Es wird zu schlecht bezahlt.»

«Du bist abscheulich.»

«Entschuldige – es war nicht ernst gemeint. Ich habe sogar für noch weniger Geld Abortgruben ausgehoben. Ich würde nie Hunde schlachten.» Er nahm ihre Hand. «Sieh mich nicht so sauertöpfisch an.»

«Was soll ich dir eigentlich glauben?»

«Ich weiß es selber nicht.»

Er lächelte unglücklich, als sie ihm ihre Hand entzog. Sie war verstimmt. Außerdem spürte sie die Müdigkeit mit einem Mal wie Blei in den Knochen.

«Ich gehe schlafen. Gute Nacht, alle zusammen.»

«Warte.» Jonas stand auf. «Ich begleite dich zum Wagen.»

Als sie die Deichsel von Sonntags Wagen erreichten, hörten sie in der Dunkelheit das Schnauben eines Pferdes. Es kam ganz aus der Nähe, dabei standen ihre eigenen Zugtiere am anderen Ende des Lagers. Jonas blieb neben ihr wie angewurzelt stehen, dann rannte er plötzlich los. Sie hörte einen Schlag, ein klatschendes Geräusch, dann Jonas' fluchende Stimme – «Au Diable!» – und Hufgetrappel.

Mit vor Erregung verzerrter Miene kehrte Jonas zurück. «Verdammt! Da war jemand, der uns beobachtet hat. Aber ich konnte sein Gesicht nicht erkennen.» Seine Stimme bebte. «Ich werde den Prinzipal fragen, ob wir Wachen aufstellen können für den Rest der Nacht.»

Marthe-Marie klopfte das Herz bis zum Hals. Doch es war nicht allein der Schreck über den nächtlichen Eindringling. «Was hast du da eben gerufen?»

Jonas sah sie an wie ein ertapptes Kind und schwieg.

«Du warst das damals in Freiburg, der mich gerettet hat, nicht wahr? Hör auf, mich anzulügen. Ich will jetzt endlich wissen, warum du hier bist.»

«Bitte, Marthe-Marie, bedräng mich nicht. Ich werde es dir irgendwann erklären, aber nicht jetzt.»

Dann drückte er ihr schüchtern einen Kuss auf die Wange. Mit widerstreitenden Gefühlen ließ sie sich den Wagen hinaufhelfen.

10

Du kannst mir nicht davonlaufen, Mangoltin, ein drittes Mal entkommst du mir nicht. Glaube ja nicht, dass es Feigheit war, wenn ich dich nicht schon in Konstanz getötet habe, gleich nach Siferlins Tod. Wulfhart, der Henkerssohn, ist nicht feige, nur vorsichtig, sehr vorsichtig.

Du hast damals nicht einmal bemerkt, wie ich dein Elternhaus tagelang beobachtet habe. Aber alles war voller Soldaten, dein falscher Bruder, dein falscher Vater, dein Mann. Hätte ich mich da in Gefahr begeben sollen? O nein, die Klugheit ist der beste General, das müsstest du doch von deinem Soldatenvater wissen. Und ich hatte Recht damit, nach Freiburg zurückzukehren und zu warten, bis deine Blutsbande dich zurücklocken an die Quelle. Wie geschickt von Meister Siferlin, dich mit dem Bildnis aus dem Hexenerbe aus deiner Ruhe aufzuscheuchen. Aber in mir hat der Meister einen würdigen Schüler und Nachfolger gefunden. Beinahe hätte ich dich auch schon erwischt, im Narrentrubel, wäre da nicht dieser gottverdammte Schelm dazwischengeraten, der mir das Bein zerstochen hat. Aber ich bin zäh, und nun, mit meinem Hinken, gleiche ich dem Meister noch mehr.

Jetzt glaubst du wohl, du könntest deinem Schicksal entrinnen, indem du mit dieser Teufels- und Zigeunerbrut durch die Welt ziehst? Aber warte nur. Auch wenn dein hübsches Gesichtchen jedes Mannsbild so verwirrt, dass es sich gleich zu deinem Beschützer aufspielt – es wird dir nichts nützen.

Nicht umsonst habe ich mich selber Wulfhart genannt, hart wie der Wolf. Und nicht Gottlieb, wie mein Vater mich einst taufen ließ, die-

ser Schwächling. *Ein schöner Henker war das, der die Teufelsbuhlen und Hexen, statt sie bei lebendigem Leib zu verbrennen, im Schutz des Qualms gnädig erwürgte! Und der, solange sie noch lebten, die Glieder der Gefolterten mit Heilsalben bestrich, anstatt die Finger und die Knochen nach ihrem Tod an Quacksalber und Apotheker zu verkaufen oder den Gaffern gegen einen Obolus zu erlauben, ihre Tücher in das Blut der Enthaupteten zu tauchen. Damit hätte er ein rechtes Geschäft machen können, mein edler Herr Vater: hier mal ein Quäntchen Hirn gegen Tollwut, dort ein Stückchen Haut gegen Gicht oder eine halbe Unze frischen Blutes gegen die Fallsucht. Aber nein – nicht das kleinste Knöchelchen für die begehrten Glücksbringer hat er zu Geld zu machen verstanden.*

Doch nun bin ich der Henker der Stadt, und schon jetzt habe ich einen ganz anderen Ruf als mein schwächlicher Vater. Ich werde es ihnen beweisen, was in mir steckt. Allen! Von wegen, ich hätte weder genügend Körperkraft noch Augenmaß und Geschick, um den Kopf mit einem Hieb vom Hals zu trennen. Da hat er geglotzt, der Alte, wie die Leute gleich bei meiner ersten Enthauptung in Beifall ausbrachen.

Und bei der Tortur geht es bei mir Schlag auf Schlag, dabei wohl durchdacht vom ersten zarten Schmerzempfinden bis zum machtvollen Höhepunkt, der in den Wahnsinn führt. Ihr Weiber gesteht doch immer, wenn man euch nur hart genug anpackt. Weil ihr nämlich schwach seid, hörst du, Mangoltin? Schwachen Leibes, schwachen Geistes und schwachen Glaubens. So hat auch deine Mutter schließlich alles gestanden. Gezittert, gebrüllt und gekotzt hat sie am Ende. Ihre ganze Schönheit war dahin.

Dir steht das noch bevor.

Und ich werde meinen Lohn erhalten. Nicht nur das Gold steht mir zu, sondern auch dein Leib. Ich werde ihn mir nehmen, wie ich damals deine Mutter genommen habe in ihren letzten Stunden, als ihre Glieder schon zerschmettert am Boden des Folterturms lagen. Und deine Schreie werden meine Wonne nur noch steigern. Mit mei-

ner Manneskraft nehme ich es alle Mal gegen das Teuflische in deinem Leib auf, ich fürchte mich nicht vor dem Satan und nicht vor deiner heißen Brunst, die du mit jeder Pore ausströmst.

Und wenn ich genug von dir habe, werde ich dich und dein Balg vernichten.

❧ II ❧

Marthe-Marie blickte nach Norden, wo sich im fahlen Abendlicht die Wehr- und Wachtürme der freien Reichsstadt Offenburg abzeichneten. Morgen würde die Truppe dort mit ihrem Gastspiel beginnen, morgen würde sie durch diese Stadt gehen und herausfinden, wo ihr Vater wohnte. Und sich dann von den Gauklern verabschieden.

Es war Ende April. Viel länger, als sie je gedacht hätte, war sie nun schon mit den Fahrenden unterwegs. Vor allem von Marusch würde ihr der Abschied schwer fallen, aber auch von Diego und Jonas, wenn sie ehrlich zu sich selbst war. Selbst von Leonhard Sonntag, von der alten Mettel, von den beiden Artisten. Über allem schwebte die Angst vor dem Augenblick, in dem sie Benedikt Hofer zum ersten Mal gegenüberstehen würde.

Marusch hatte angeboten, sie zu begleiten.

«Ich stehe bei den Aufführungen ohnehin nur dumm herum, weil Leo mich nicht spielen lässt – von meiner albernen Tanzeinlage abgesehen.» Sie zwinkerte ihr zu. «Vielleicht wird sich das ja eines Tages auch einmal ändern. An den Höfen Italiens werden die weiblichen Rollen längst von Frauen gespielt. Schon vor dreißig Jahren gab es dort eine berühmte Schauspielerin namens Isabella Andreini.» Sie seufzte. «Da stehe ich und schwatze, und du siehst ganz elend aus. Aber glaub mir: So wie es kommt, so kommt es, da beißt die Maus keinen Faden ab. Uns bleibt nur, das Beste aus allem zu machen.»

Doch Marthe-Marie war entschlossen, allein zu gehen.

«Ich nehme Agnes mit mir, das wird mir Mut machen. Und jetzt muss ich an die Arbeit.»

Sie rief die Kinder zum Holzsammeln und schärfte ihnen ein, nicht zu nah an das Ufer zu kommen, denn die Kinzig führte von der Schneeschmelze im Schwarzwald hohes Wasser. Anschließend stellte sie mit Mettel die Gestänge für die Wasserkessel auf.

Die Alte schien zu bemerken, dass sie nicht bei der Sache war.

«Du denkst daran, dass heute dein letzter Abend ist, nicht wahr?»

Marthe-Marie nickte.

Mettel warf die frischen Karotten in die Suppe, die sie wie immer unterwegs vom Feld geklaut hatte. «Wirklich schade, dass du uns verlässt. Aus deinen zwei linken Händen sind eine linke und eine rechte geworden. Und überhaupt: Du hättest eine von uns werden können, das Zeug dazu hast du.»

An diesem Abend war die Stimmung gedrückt. Caspar, der älteste der Komödianten, war noch schweigsamer als sonst, der gutmütige Lambert und seine Frau Anna unterhielten sich nur im Flüsterton, der Prinzipal kaute lustlos an seinem Brot, und Jonas starrte, ohne zu essen, vor sich hin. Selbst die Kinder wagten nicht zu toben.

Marthe-Marie sah hinüber zu Diego, dessen Blick sie gespürt hatte. Er begann zu lächeln, aber seine grünen Augen blieben ernst. Sie stand auf und räusperte sich.

«Das ist mein letzter Abend bei euch, und ich möchte mich bei euch allen bedanken. Nur weiß ich nicht, wie ich meinen Dank ausdrücken soll. Worte sagen so wenig.»

«Dann lass es.» Der Prinzipal stand ebenfalls auf und nahm sie in seine fleischigen Arme. Nacheinander kamen alle aus der Truppe und umarmten Marthe-Marie, zuletzt Diego.

«Wem soll ich denn jetzt meine Geschichten erzählen?»

«Falls ich bei meinem Vater bleibe, besuche ich jede eurer Aufführungen. Dann sehen wir uns, solange ihr in Offenburg seid.»

Diegos Gesicht war ernst. «Das ist kein guter Einfall. Verabschiede dich von uns oder bleib mit uns zusammen. Eins von beiden.» Dann verließ er die Feuerstelle in Richtung Fluss.

Blieb noch Jonas. Ihr Beschützer und ihr Lebensretter. Seit dem Fest vor zwei Tagen hatten sie nicht mehr über das, was in Freiburg vorgefallen war, gesprochen. In jener Nacht hatte Jonas tatsächlich durchgesetzt, dass der Prinzipal Wachen aufstellen ließ, auch für die folgende Nacht. Fast schien Jonas besorgter als sie selbst, denn Marthe-Marie redete sich mit Erfolg ein, dass die nächtliche Gestalt vielleicht gar nichts mit ihr zu tun hatte. Dass sie den Fremden beim ersten Mal hatte hinken sehen, wie einst Hartmann Siferlin, schrieb sie nun ihrer Phantasie zu. Marusch sah das ebenso.

«Dass wir abends oder nachts belauert werden, gibt es immer wieder. Da ist Gesindel unterwegs, das uns sogar das wenige, das wir besitzen, nehmen will. Manchmal sind es auch nur halb verrückte Gaffer, die meinen, wir würden nachts irgendwelchen magischen Beschwörungen nachgehen, uns alle miteinander wollüstig im Gras wälzen oder gestohlene Kinder schlachten.»

Aber es war nicht nur Besorgnis, die sie in Jonas' Gesicht lesen konnte. Es war auch Verlegenheit, wann immer sie sich allein begegneten. Lag es an dem Kuss? Sie war selbst ein wenig erschrocken gewesen, in jenem Augenblick. Weniger allerdings über den schüchternen Kuss als über ihr Bedauern, dass dieser flüchtige Moment der Zärtlichkeit so schnell vorüber war. Sie zwang sich, daran zu denken, wie jung Jonas war, ein Student noch, und dass er dieser Magdalena die Ehe versprochen hatte.

Wie ein schlaksiger großer Junge hockte er nun auf dem Boden und riss Grashalme aus. Fast konnte sie nicht glauben, dass er in Momenten der Gefahr wenn nicht die Kraft eines Bären, so doch den Mut eines Löwen bewiesen hatte. Sie fasste sich ein Herz und setzte sich neben ihn.

«Jetzt wirst du bald nach Straßburg zurückkehren.»

«Ja.»

«Freust du dich?»

Er zuckte die Schultern.

«Ich verdanke dir mein Leben, Jonas, auch wenn du nicht darüber reden magst. Ich hoffe, dass ich das eines Tages gutmachen kann. Zumindest würde ich es gern.»

«Es gibt nichts gutzumachen», entgegnete er leise. «Ich habe dich die ganzen Wochen angelogen. Das Einzige, was stimmt, ist, dass Magdalena meine Braut ist. Das Beste wäre, wir würden uns nie wieder sehen.»

Bevor sie diese harten Worte richtig begriffen hatte, hörten sie einen Tumult in der Dunkelheit. Marthe-Marie erkannte Mettels erregte Stimme, dann ein klatschendes Geräusch wie eine Ohrfeige. Kurz darauf erschien sie mit Isabell, der Freundin von Maruschs ältester Tochter Antonia. Mettel hielt das Mädchen fest am Arm gepackt und baute sich vor Leonhard Sonntag auf.

«Diese mannstolle Metze, ich habe es geahnt.»

Isabells linke Wange war gerötet, ihre Lippen trotzig zusammengekniffen.

«Du bist der Prinzipal. Sag mir, was ich mit ihr machen soll. Sie hat Maximus an den Hosenlatz gegrapscht.»

Hilflos blickte Sonntag zu seiner Gefährtin. «Nun ja, ich denke, in so einem Fall hat Marusch zu entscheiden.»

Marusch holte aus und verpasste dem Mädchen eine kräftige Maulschelle auf die andere Wange.

«Damit sollte es gut sein. Aber eins sage ich dir: Wenn du dich nochmal an einen unserer Männer heranmachst, verschwindest du auf Nimmerwiedersehen. Und jetzt ab in deinen Wagen.»

Marthe-Marie sah der Kleinen nach. Isabell zählte dreizehn,

höchstens vierzehn Jahre. Sie hatte zwar schon Brüste und schwenkte bei jedem Schritt ihre Hüfte wie eine Kurtisane, aber im Grunde war sie noch ein halbes Kind.

«Zu wem gehört sie eigentlich?», fragte sie Marusch.

«Das ist es ja. Sie ist uns zugelaufen wie ein herrenloses Hündchen, in Basel, wenn ich mich recht erinnere. Eine Häuslerstocher aus dem Schwarzwald, die es in ihrer armseligen Hütte nicht mehr ausgehalten hat. Eine Zeit lang verdingte sie sich in der Stadt als Dienstmädchen, ist dann wohl vom Sohn ihres Dienstherrn belästigt worden oder noch mehr, so genau weiß das niemand. Jedenfalls hatte man sie vor die Tür gesetzt, und sie musste sich mit Betteln durchschlagen. Vielleicht auch noch mit anderen Dingen.»

Sie sah hinüber zu ihren Kindern. «Was mich mehr beunruhigt: Neuerdings ist sie Antonias beste Freundin, und Antonia wird immer bockiger und vorlauter. Wirft mit Ausdrücken um sich wie eine Straßendirne.»

An diesem Abend mochte niemand lange sitzen bleiben. Marusch und Marthe-Marie machten den Anfang.

«Überleg dir bis morgen, ob ich nicht doch mitkommen soll. Ich könnte Lisbeth mitnehmen, dann wird es Agnes nicht langweilig.»

Doch Marthe-Marie hatte sich entschieden. Der Gedanke, dass sie mit Marusch, deren Äußeres so offensichtlich eine Frau aus dem fahrenden Volk verriet, auf ihren unbekannten Vater treffen sollte, schreckte sie. Zugleich schämte sie sich für die Dünkelhaftigkeit dieses Gedankens. Sie fiel in einen unruhigen Schlaf, aus dem sie jedes Geräusch hochfahren ließ.

Am Morgen erwachte sie vor Sonnenaufgang. Dichter Nebel hing über den Uferwiesen, als sie aus dem Wagen kletterte. Im Lager war alles still. Verschwommen sah sie die Umrisse der Weiden am Fluss, während sie barfuß durch das nasse Gras tappte. Nachdem sie sich erleichtert hatte, ging sie zu einem kleinen Bach, der hier in die Kinzig mündete, und wusch sich die Hände.

«Hexentochter!»

Sie schrie auf, doch da hatte sich schon eine schwielige Hand auf ihren Mund gepresst. Marthe-Marie schnappte nach Luft, wehrte sich verzweifelt gegen den Angreifer, der sie von hinten umklammert hielt, roch seinen fauligen Atem.

Er trat ihr in die Kniekehlen, und sie kippte mit einem erstickten Schmerzenslaut ins Gras. Alles geschah, wie sie es schon einmal erlebt hatte: Sie lag auf dem Rücken zu Boden gepresst, der Unbekannte stöhnend auf ihr. Doch jetzt, im Dämmerlicht des anbrechenden Tages, sah sie ihm zum ersten Mal mitten ins Gesicht. Ein junges Gesicht war es, mit eingefallenen Wangen, rot entzündeten Augen und einer wulstigen Narbe quer über der Oberlippe.

«Ja, glotz mich nur an», flüsterte er. «Mein Gesicht gefällt dir wohl nicht? Es war eine Hure wie du, die mir die Lippe zerschnitten hat.»

Blitzschnell stopfte er ihr einen schmutzigen Lumpen in den Mund.

«Jetzt hört dich keiner mehr. Und deine Bewacher schlafen. Vielleicht träumen sie von dir. Von deinen spitzen Brüsten, von deinen weißen Schenkeln. Lass das Zappeln!»

Er schlug ihr ins Gesicht.

«Es wird mir eine Wonne sein, für ein Weib nicht bezahlen zu müssen. Denn du gehörst mir. Erst dein Leib, dann dein Leben.»

Er griff ihr unter dem dünnen Hemd so hart zwischen die Schenkel, dass sie sich vor Schmerz und Entsetzen aufbäumte.

«Wenn wir damit fertig sind», wieder griff er ihr zwischen die Beine, «wenn dir Hören und Sehen vergangen sind, dann wirst du mir auch verraten, wo du deine Wurzeln hast, in welchem Haus du den Schlauch voller Gold versteckt hältst.»

Der Nebel begann sich zu lichten, funkelnd brachen die Strahlen

der Morgensonne durch, und wie eine himmlische Erscheinung
sah sie plötzlich hinter ihrem Angreifer Jonas stehen, breitbeinig,
einen dicken Ast über dem Kopf erhoben. Dann schlug Jonas zu.
Der andere sackte lautlos neben ihr zur Seite.

Jonas löste ihren Knebel und half ihr auf.

«Jonas! Vorsicht!»

Der Unbekannte hatte ihn am Fußknöchel gepackt und riss ihn
zu Boden. Die beiden Männer begannen verbissen miteinander zu
ringen, während Marthe-Marie sich hilflos nach dem Ast bückte
und versuchte, den anderen damit zu treffen, ohne Jonas dabei zu
verletzen. Doch es war unmöglich, zu eng hatten sich die beiden
aneinander geklammert. Zwei-, dreimal gelang es dem Fremden,
seine Faust Jonas ins Gesicht zu schlagen, dann gewann Jonas wieder die Oberhand. Dabei gerieten sie gefährlich nahe an den Rand
eines steilen Abhangs, der zum Fluss führte. Jonas, der nun wieder unten lag, rammte mit einem Mal sein Knie in den Unterleib
des Gegners. Der Fremde stieß einen gellenden Schmerzenslaut
aus, rollte den Hang hinab und stürzte in die reißenden Fluten.
Sie sahen noch, wie er unterging, wieder auftauchte wie ein Stück
Treibholz und gleich darauf mit dem Kopf heftig gegen einen Felsen prallte. Dann verschwand sein Körper endgültig in den schäu-
menden Fluten und tauchte nicht wieder auf.

«Er ist weg», murmelte Marthe-Marie. «Du musst zu Ambrosius, deine Nase blutet. Vielleicht ist sie gebrochen.»

Sie ließ sich ins Gras sinken und begann haltlos zu schluchzen.

Jonas nahm sie in die Arme und streichelte ihr Gesicht. Verschwommen nahm sie wahr, wie hinter den Bäumen Diego und
Marusch auftauchten, stehen blieben und wieder verschwanden.

«Es ist vorbei, Marthe-Marie. Jetzt musst du nie wieder Angst
haben.»

Er wartete, bis sie sich beruhigt hatte, dann fragte er: «Hast du
ihn gekannt?»

Sie schüttelte den Kopf. «Ich habe den Mann noch nie gesehen. Ich weiß nicht einmal, warum er mich verfolgt hat, warum er mich so abgrundtief hasst.»

«Du blutest auch.» Vorsichtig wischte er ihr das Blut aus dem Mundwinkel. Dabei sah er sie zärtlich an.

«Ich hab dich auch angelogen, Jonas. Ich weiß gar nicht, ob mein Vater in Offenburg lebt. Ich kenne ihn nicht.»

«Aber du hast doch erzählt, dass dein Vater dich Reiten gelehrt hat, dass er Soldat war.»

«Das ist mein Ziehvater. Es ist noch nicht lange her, da habe ich erfahren, dass meine Eltern nicht meine leiblichen Eltern sind.»

«Und wer ist nun dein Vater?»

«Er war Schlossergeselle, vielleicht ist er jetzt Meister. Vor vielen Jahren ist er von Freiburg weggezogen nach Offenburg.»

«Und deine Mutter?»

«Sie lebte in Freiburg. Catharina Stadellmenin hieß sie. Sie haben sie als Hexe verbrannt, 1599 war das.»

Er wandte den Kopf ab. «Also doch», hörte sie ihn murmeln.

Nachdem er nichts weiter sagte, stand sie auf. «Jetzt bist du entsetzt, nicht wahr?»

«Nein, du denkst das Falsche, es ist nur – ich hatte so etwas geahnt – ich meine –» Er erhob sich ebenfalls. «Was soll's, ich will dich nicht weiter anlügen, jetzt wo mein Auftrag erfüllt ist.»

«Dein Auftrag?» Marthe-Marie spürte, wie Eiseskälte ihr in die Glieder fuhr.

«Ich sollte dich sicher nach Offenburg bringen und herausfinden, wer dich verfolgt. Und jetzt sind wir am Ziel angekommen, und dein Verfolger ist tot.»

«Wer hat dich beauftragt? Was – was wird da mit mir gespielt?»

«Es ist Dr. Textor. Ich bin sein Hauslehrer, und Magdalena ist seine Tochter.»

Sie stieß ihn von sich und rannte los, rannte quer über die Wie-

103

sen, mitten durch den Bach, dass es spritzte, weiter den Hügel hinauf, nur weg vom Lager, weg von Jonas. Alles hätte sie erwartet, nur das nicht.

«Himmel, Marthe-Marie, warte doch. Es ist nicht so, wie du denkst.» Sie hörte seinen keuchenden Atem hinter sich. «Er wollte dich schützen.» Jetzt hatte er sie eingeholt und hielt sie am Arm fest. «Textor wollte dich schützen, als er merkte, in welche Gefahr du geraten bist. Ich glaube, er wollte gutmachen, was er bei deiner Mutter versäumt hat.»

In Marthe-Maries Ohren begann es zu rauschen.

«Gutmachen?», schrie sie. «Wieder gutmachen, dass sie meiner Mutter die Glieder zerschmettert und ihr das Fleisch mit glühendem Eisen verbrannt haben? Dass man ihr vor einer johlenden Menschenmenge den Kopf abgeschlagen und ihren Leib auf den Scheiterhaufen geworfen hat? Das will dein sauberer Schwiegervater gutmachen?»

Sie schüttelte ihn ab. «Fass mich nicht an, du gehörst zu dieser Mörderbrut wie der Wurm zum Kadaver. Dein Dr. Textor und Hartmann Siferlin haben meine Mutter umgebracht.»

«Jetzt hör doch zu – vielleicht war damals alles ganz anders. Vielleicht hat Textor es verhindern wollen, und es war vergebens. Ich kenne ihn doch. Er kann kein Mörder sein.»

Sie starrte ihn mit aufgerissenen Augen an. Ihre Arme und Beine waren eiskalt, aber in ihrem Inneren glühte es.

«Marthe-Marie! Sieh mich nicht so an. Du weißt doch, wie es um mich steht. Ich hab dich lieb.»

«Ha! Gib Acht, was du sagst. Ich bin eine Hexentochter, meine Mutter hat mich alles gelehrt. Ich kann Hagel sieden und auf gesalbten Stecken durch die Lüfte fliegen. Halt dich fern von mir.»

Die Tränen strömten ihr über das Gesicht.

«Geh weg, Jonas Marx. Verschwinde! Ich will dich nie wieder sehen.»

Sie näherte sich der Stadtmauer vom Mühlbach her, vorbei an stattlichen Öl- und Papiermühlen, stillen Fischweihern und Waschplätzen, wo kräftige Weiber mit nackten Oberarmen ihrer harten Arbeit nachgingen. Sie spürte wohl, wie aller Blicke an ihr klebten. Dass eine Frau in vornehmem Gewand allein mit einem kleinen Kind an der Hand durch die Wiesen marschierte, sah man nicht oft. Doch Marthe-Marie war das mehr als gleichgültig. Sie fühlte sich leer und erschöpft. Ein zweites Mal war sie um Haaresbreite dem Tod entronnen, ein zweites Mal von Jonas gerettet worden. Aber das, was sie über ihn erfahren hatte, traf sie beinahe härter als der heimtückische Überfall dieses Irren. Der war tot, der konnte ihr nichts mehr anhaben, während sie nun ihr Leben lang in der Schuld von Jonas Marx stehen würde, dessen Familienbande untrennbar mit dem grausamen Ende ihrer Mutter verknüpft waren. Hätte er sie doch nur ihrem Schicksal überlassen, damals schon in Freiburg.

Es war später Morgen, sie hatte das Lager der Gaukler mitten im Aufbruch verlassen. Ihre wenigen Besitztümer lagen gepackt in der Reisekiste, die sie im Laufe des Tages holen würde, wenn die Truppe in der Stadt war. Auf diese Weise hatte sie den Abschied von Marusch noch einmal aufschieben können.

Als sie das Kinzigtor passierte, würdigte der Torwächter sie keines Blickes. Sie war überrascht von der Größe der Freien Reichsstadt Offenburg und der Vielzahl der prachtvollen Bauten, die die breite Straße vor ihr säumten. Zwischen den Marktständen und Lauben wimmelte es von Menschen, Karren und Fuhrwerken. Die Straße war ordentlich gepflastert, keine Löcher und Schlammrinnen, keine herrenlosen Hunde und umherstreunenden Schweine störten diese wohlgefällige Ansicht.

Linker Hand entdeckte sie ein stattliches Gasthaus. «Sonne» prangte in vergoldeten Lettern über dem Eingang. Davor wartete ein vornehmer Zweispänner. Hier würde sie sicher Auskunft erhalten.

Ein Bär von einem Mann stand hinter dem Tresen und spülte Krüge aus. Marthe-Marie grüßte höflich und fragte ihn nach dem Zunfthaus der Schlosser und Schmiede.

«Leicht zu finden.» Er zwinkerte Agnes freundlich zu. «Am besten geht Ihr zurück zum Kinzigtor, dort links in die Gerbergasse und gleich wieder die erste Gasse rechts. Das Zunfthaus könnt Ihr nicht verfehlen, es ist das größte Haus im Quartier. Ihr seid von auswärts, nicht wahr?» Neugierig musterte er erst Marthe-Marias dunkelgrünes Seidenkleid und dann Agnes in ihren alten Holzpantinen und dem zerschlissenen Kittel. Da ihre Kleidchen aus Konstanz längst zu klein geworden waren, trug sie die Sachen der anderen Kinder auf. Marthe-Marie stieg die Röte ins Gesicht, als sie den Blick des Wirts bemerkte. Hätte sie sich doch nur rechtzeitig um ein neues Kleid für Agnes gekümmert. Was mochte der Mann von ihr denken?

Sie bedankte sich hastig und wollte zur Tür.

«Wartet mal, junge Frau. Wen sucht Ihr denn im Zunfthaus?»

Die Frage hatte nichts Bedrohliches, und so antwortete sie freimütig: «Einen Schlosser namens Benedikt Hofer.»

Der Wirt legte die Stirn in Falten. «Benedikt Hofer? Nie gehört. Dabei hat die Schmiedezunft seit Jahren ihren Stammtisch bei mir. Vielleicht fragt Ihr mal den Zunftmeister persönlich.»

«Recht vielen Dank und behüte Euch Gott!»

«Nur werdet Ihr den Meister im Zunfthaus jetzt nicht finden. Bis zum Ave-Läuten ist er im Rathaus, er gehört nämlich zum Jungen Rat. Bleibt doch so lange hier mit dem Kind.»

Sie schüttelte den Kopf. Womöglich würde der Wirt sie als Nächstes fragen, woher sie die blauen Flecken im Gesicht habe oder ob sie allein reise.

Als sie wieder auf die Straße trat, begann Agnes zu maulen.

«Lisbeth spielen!» Zornig stampfte sie mit dem Fuß auf.

«Das geht jetzt nicht!» Marthe-Marie versprach ihr einen Weißwecken und fragte sich nach der Brotlaube durch. Hier am Fischmarkt war es angenehm schattig, auch wenn der Gestank von den Ständen kaum auszuhalten war. Die Händler räumten bereits ihre Schragentische zusammen, denn es ging auf Mittag zu, und es war bei hoher Strafe verboten, danach noch rohen Fisch zu verkaufen.

Agnes kletterte auf den Rand eines Brunnens, kaute auf ihrem Wecken und betrachtete versonnen den steinernen Löwen mit dem aufgerissenen Maul, während Marthe-Marie ihren Gedanken nachhing. Sie, die als Mädchen niemanden und nichts gefürchtet hatte, wünschte sich plötzlich nichts sehnlicher als jemanden, der sie bei der Hand nehmen und alle Entscheidungen für sie treffen würde. Was hatte sie nur in diese Lage gebracht? Warum war sie plötzlich zur Beute eines Besessenen, zum Schützling eines ihr bislang völlig Unbekannten geworden? Und wieso wollte sie nun einem wildfremden Menschen offenbaren, sie sei seine Tochter und Agnes sein Enkelkind? Hatte sie selbst das entschieden oder waren es Fügungen, die Gott ihr auferlegt hatte? Sie wusste nur eines: Zurück zu Jonas und den Gauklern konnte sie nicht.

Das Glockengeläut der Heiligkreuzkirche schreckte sie aus ihren Grübeleien. Rasch wusch sie Agnes' Gesicht und Hände am Brunnen, strich ihr mit den Fingern durch das dichte Haar. Den dunklen Fleck am Saum des Kleidchens rieb sie, so gut es ging, mit Spucke und Wasser aus, dann machte sie sich auf den Weg ins Quartier der Schmiede und Schlosser.

Ein Lehrbub führte sie in die weitläufige holzgetäfelte Diele des Zunfthauses. «Wartet bitte, Meister Stöcklin müsste jeden Augenblick hier sein.»

Sie spürte, wie unter ihren Achseln der Schweiß stand, während sie wartete.

Endlich traf der Zunftmeister ein, geführt von dem Lehrbuben, der mit einem kurzen Nicken in ihre Richtung wies und sie dann allein ließ. Stöcklin trug die schwarze, respektheischende Amtstracht der Ratsherren: hüftlange Schaube, Barett und über der Weste schwere silberne Ketten.

«Wilhelm Stöcklin, Zunftmeister der Schmiede», stellte er sich vor, ohne ihr die Hand zu reichen. «Was führt Euch zu mir?»

«Ich suche einen Mann, der als junger Schlossergeselle einst von Freiburg hierher gekommen ist. Möglicherweise ist er jetzt Meister.»

«Sein Name?»

«Benedikt Hofer.»

«Kenne ich nicht. Wann soll er nach Offenburg gekommen sein?»

Stöcklin wirkte streng, seine Fragen hatten nichts von der freundlichen Neugier des Wirtes.

«An die dreißig Jahre wird es wohl her sein.»

Der Zunftmeister lachte trocken.

«Das hättet Ihr gleich sagen können. Damals war ich keine zehn Jahre alt. Wahrscheinlich ist er bald weitergezogen, weil er hier kein Auskommen gefunden hat. Tut mir Leid, aber ich kann Euch nicht weiterhelfen.»

Er deutete eine Verbeugung an und ließ sie stehen.

Und nun? Wohin sollte sie sich wenden? Einen Fuhrmann ausfindig machen, der sie für ihre spärlichen Spargroschen nach Konstanz mitnehmen würde?

Agnes riss an ihrer Hand. «Trinken.»

Marthe-Marie sah sie an. Sie fühlte sich mutterseelenallein.

«Gut, gehen wir noch einmal ins Gasthaus. Vielleicht hat ja der freundliche Wirt einen Becher Wasser für uns.»

Der Sonnenwirt schien sich tatsächlich zu freuen über ihre Wiederkehr.

«Da hat der Herrgott meine Bitte also erhört», lachte er und reichte ihnen einen Krug kalten Wassers. «Hattet Ihr Erfolg?»

«Nein. Der Zunftmeister kennt keinen Benedikt Hofer.»

«Dann ist es doppelt gut, dass Ihr nochmals gekommen seid. Da hinten sitzt der alte Semmelwein, er ist schon über siebzig, dabei heller im Kopf als die meisten von den Jungen. Ich hätte gleich an ihn denken sollen. Er kennt jeden hier, weil er Schulmeister war bis ins hohe Alter.»

Sie trat an den kleinen Ecktisch, wo ein hagerer Alter vor einer Pfanne mit gebackenen Eiern saß.

«Verzeiht, Gevatter, wenn ich Euch bei der Mahlzeit störe, ich habe eine Frage an Euch.»

«Nur zu.» Der Greis wies auf die leere Bank zu seiner Rechten und verzog den Mund zu einem zahnlosen Lächeln. «Hast du Hunger, Kleine?»

Agnes schnappte ohne Scheu nach dem Löffel voll Ei, den der Alte ihr vor den Mund hielt. «Und ob du Hunger hast! Das habe ich dir doch an der Nasenspitze angesehen.»

Er zog sie neben sich und fütterte sie bedächtig.

Marthe-Marie protestierte. «Das geht doch nicht. Euer ganzes Mittagsmahl.»

Semmelwein winkte ab. «In meinem Alter braucht man nicht mehr viel, und Kinder müssen wachsen. Wie heißt die Kleine?»

«Agnes.»

«Agnes. Ein schöner Name. Aber nun zu Euch: Was wolltet Ihr mich fragen?»

«Kennt Ihr den Schlossergesellen Benedikt Hofer? Er ist wohl vor etwa dreißig Jahren nach Offenburg gekommen.»

Der Alte schloss die Augen und saß einen langen Augenblick regungslos da. Dann ging ein Leuchten über sein faltiges Gesicht.

«Der Benedikt.» Er schüttelte den Kopf. «Fast hätte ich ihn vergessen – Gott möge mir verzeihen. Es ist eben schon so lange her. Seid Ihr verwandt mit ihm?»

«Nun ja – er ist mein Oheim.» Marthe-Marie klopfte das Herz bis zum Hals.

«Der Benedikt mit seinem blauen Auge und seinem braunen Auge.» Wieder schüttelte er den Kopf. «Er war ein lieber Kerl.»

«War? Ist er – ist er tot?»

«Um Himmels willen, ich wollte Euch nicht erschrecken.» Semmelwein legte ihr die fleckige Hand auf den Arm. «Er ist nicht lange hier geblieben, zwei, drei Jahre vielleicht. Er hatte erfolgreich sein Mutjahr absolviert, doch dann lief vieles anders, als er erhofft hatte. Ihr wisst ja vielleicht, dass ein fremder Geselle erst ein Jahr bei einem zünftigen Meister arbeiten muss, bevor er das Bürgerrecht erkaufen und seine Meisterprüfung machen darf. Das Bürger- und Meistergeld hatte er sich vom Munde abgespart, doch als es dann so weit war, hat irgendwer verhindert, dass er sich in die Zunft einkaufen konnte.» Er seufzte. «Tja, Neider und Ränkeschmiede gibt es überall, auch unter den ehrenwerten Bürgern dieser Stadt.»

Marthe-Marie hatte ihm atemlos zugehört.

«Und wo ist er jetzt?»

«Ich weiß es nicht. Er hat immer von einer Reise ans Schwäbische Meer geträumt. Vielleicht lebt er jetzt am Bodensee – er ist ja um einiges jünger als ich», fügte er hinzu, wie um ihr Hoffnung zu machen.

Fast schmerzhaft spürte sie die Enttäuschung in sich aufsteigen.

«Ihr müsst wissen», der Alte begann krampfhaft zu husten, das viele Reden schien ihn anzustrengen, «Ihr müsst wissen, dass Benedikt recht verschlossen sein konnte. Er war geradlinig, hatte das Herz am rechten Fleck, aber irgendetwas schien ihn zu bedrücken. Wir saßen oft zusammen. Damals war ich noch Schulmeister und Organist in der Heiligkreuzkirche, wo Benedikt im Chor sang. Ein begnadeter Sänger. Wir hatten uns bald angefreundet und pflegten jeden Sonntag nach der Kirche unseren Schoppen drüben in der Kesselgasse einzunehmen. Was ich schon damals nicht verstanden habe: Er war ein gut aussehender Bursche, an jedem Finger hätte er zehn Mädchen haben können, doch er wollte von keiner etwas wissen.»

«Hat er Euch gesagt, warum er von Freiburg weg ist?»

«Nein. Aber ich vermute, wegen einer Frau.»

«Und – warum kam er gerade hierher, nach Offenburg?»

«Seine Ahn mütterlicherseits lebte hier. Er hat sie sehr verehrt. Sie hieß übrigens auch Agnes, wie Eure Tochter. Als sie starb, war das wohl Anlass genug für ihn, der Stadt den Rücken zu kehren.»

Agnes war an seiner Schulter eingeschlafen, satt und zufrieden. Marthe-Marie starrte vor sich hin. Ihr Weg nach Offenburg war also umsonst gewesen. Plötzlich hallte in ihren Ohren die unsinnige Frage des Irren wider: Wo hast du deine Wurzeln, wo hast du das Gold versteckt? Sie besaß weder das eine noch das andere. Geboren war sie im elsässischen Ensisheim, gelebt hatte sie in Innsbruck, in Wien, in Konstanz. Ihre Mutter hatte man in Freiburg als Hexe verbrannt, ihr Vater war spurlos verschwunden. Nein, sie hatte keine Wurzeln. Sie war schlechter gestellt als jeder Hintersasse, jeder Lernknecht, der um seinen festen Platz in dieser undurchschaubaren Welt wusste. In nichts unterschied sie sich vom Volk der Fahrenden und Gaukler. Sie war eine Heimatlose.

❧ *12* ❧

Schloss Ortenberg, die Fahne der habsburgischen Landvögte hoch über den Zinnen, grüßte linker Hand. Majestätisch wachte es auf seinem Felssporn über das Kinzigtal, das sich hier zwischen anmutigen Rebhängen und blühenden Obstbäumen mit dem Rheintal vereinigte. Noch immer führte der Fluss hohes Wasser, schlängelte sich in breiten Schleifen Richtung Rhein, und die Dörfer, Hofstätten und Wege schmiegten sich in respektvoller Entfernung an die Hänge der Vorberge.

Träge bewegte sich der Tross der Gaukler talaufwärts, in Richtung Gebirge, auf ihr nächstes großes Ziel zu: Friedrichs Freudenstadt. Marthe-Marie saß neben Marusch auf dem Kutschbock, als sei nichts geschehen. Sie hörte das Schnauben der Pferde und das Ächzen der Räder, spürte die Schläge des Fuhrwerks, wenn es in ein Schlagloch geriet, sah, wenn sie sich umwandte, die vertrauten Gesichter Diegos und Sonntags. Die Mienen der beiden Männer waren düster, offensichtlich hatten sie sich wieder einmal gezankt. Alles war wie immer, außer dass Jonas spurlos verschwunden war.

Marusch nahm die Zügel in eine Hand und legte den Arm um Marthe-Marie. «Ich kann mir denken, wie dir zumute ist. Du hattest gehofft, am Ziel deiner Reise zu sein, und jetzt bist du enttäuscht. Aber glaub mir, wir werden einen herrlichen Sommer erleben, das spüre ich in meinen alten Knochen. Und für mich ist es das schönste Geschenk, dass du wieder bei uns bist.»

Marthe-Marie lächelte schwach, aber sie konnte die Freude nicht teilen. Nach allem, was ihr der alte Schulmeister über Benedikt Hofer erzählt hatte, war das Verlangen, diesen Mann kennen zu lernen, nur noch heftiger geworden, und umso schmerzlicher traf sie die Gewissheit, ihm wohl niemals zu begegnen. Sie hatte lange mit sich gerungen, ob sie nach Konstanz oder Innsbruck zurückkehren sollte, hatte den Schritt, ihr Gepäck bei den Gauklern abzuholen, hinausgezögert und sich schließlich für die Nacht im Schlafsaal des Gasthofs einquartiert, wo sie kaum ein Auge zugemacht hatte, wach gehalten von einer quengelnden Agnes, von schnarchenden Schlafgenossen und ihren eigenen quälenden Gedanken.

Am Morgen war sie dann hinüber zum Weinmarkt gegangen, wo sich die Gaukler für ihren ersten Auftritt präparierten, und musste erfahren, dass Jonas kurz nach dem Streit mit ihr ohne Abschied davongeritten war. Der Prinzipal hatte Himmel und Hölle verflucht, da nun die erfolgreiche Jonglage wegfallen musste. Und ohne richtige Einstimmung der Zuschauer, das wusste er aus Erfahrung, saßen den Leuten die Pfennige wie fest geklebt im Hosensack. «Tut mir Leid, Diego, aber dann musst du eben wieder die Affennummer bringen.» Diego, den Jonas' Abschied auffallend wenig zu berühren schien, war in Harnisch geraten. Lieber würde er sich vierteilen lassen, als diese lächerliche Nummer noch ein einziges Mal aufzuführen, solle sich doch Leonhard selbst zum Affen machen, er jedenfalls werde sich nun endgültig eine neue Truppe suchen. Am Ende hatte er dann doch klein beigegeben, sich in das ungeliebte Kostüm gezwängt und das neugierig zusammenströmende Publikum wie eh und je begeistert. Dafür blieb er während der nächsten Tage missmutig und schweigsam.

Marthe-Marie hatte diese Affennummer zuvor ein einziges Mal gesehen. Diego trug dazu als Beinkleider ein enges rot-gelbes Mi-Parti mit ellenlangen gelben und roten Schnabelschuhen, dazu eine ebenfalls zweifarbige Schecke, deren enge Ärmel in Stoffbahnen endeten, die fast bis zum Boden herabhingen. In diesem Aufzug mischte er sich, Pantaleons Äffchen im Schlepptau, unbemerkt unter die Zuschauer, die den Ankündigungen des Prinzipals lauschten. Dann stellte er sich hinter sein Opfer, äffte dessen Haltung nach, jede Geste und jede Regung des Gesichts, vollkommen lautlos und mit einer Genauigkeit, die nicht nur Marthe-Marie verblüffte. Die beiden Äffchen hinter ihm machten ihrerseits Faxen. Es dauerte erfahrungsgemäß einige Augenblicke, bis die Umstehenden dieses Treiben bemerkten und zu kichern begannen, doch bevor der Gefoppte sich umdrehte, war Diego bereits unterwegs zu einem neuen Opfer. Mit Vorliebe nahm er jene vornehmen Bürger aufs Korn, die eiligen Schrittes und mit verächtlicher Miene an der Menschenansammlung vorbeiwollten. Damit erzielte er jedes Mal die größten Lacherfolge.

Der Tross näherte sich einem Weiler, der zwischen Hügeln voller weiß und zartrosa blühender Obstbäume eingebettet lag. Vom Wegesrand her dufteten die gelben Blütentrauben des Sauerdorns, über die Löwenzahnwiesen stolzierte ein Storch.

«Ist es nicht herrlich hier?» Marusch strahlte.

Als Marthe-Marie nicht antwortete, drückte sie ihr die Zügel in die Hand und verschwand unter der Plane. Kurz darauf ertönte eine zarte Melodie. Überrascht wandte sich Marthe-Marie um: Marusch erschien mit einer kleinen Flöte an den Lippen und stellte sich aufrecht und ohne zu schwanken neben sie auf den Kutschbock. Die Töne wurden schneller und fröhlicher, klangen wie Vogelgesang an einem Frühlingsmorgen.

Sie setzte die Flöte ab und zwinkerte ihr zu. «Das war das Trällern der Feldlerchen, hast du es erkannt? Und jetzt der Lockruf der Stare.»

Sie zauberte aus dem unscheinbaren Instrument einen Reigen kleiner Melodien, die Marthe-Marie an das Rauschen von Blättern im Wind, an sprudelnde Quellen und Bachläufe denken ließ, mal übermütig und voller Lebensfreude, mal lieblich und wehmütig zugleich. Dabei wiegte sich Marusch in den Hüften und ließ sich nicht von den Rinnen und Schlaglöchern stören, durch die ihr Wagen rumpelte. Eine Bauersfrau, die in ihrem Gemüsegarten arbeitete, legte die Hacke zur Seite und winkte ihnen zu. Marusch unterbrach ihr Spiel und winkte zurück.

«Bitte, spiel weiter», bat Marthe-Marie.

«Gern. Wenn du mir versprichst, für den Rest des Tages den Wagen zu lenken. Du gehörst zu uns, zumindest bis der liebe Gott dort oben sich einen anderen Plan für dich ausgedacht hat!»

Marthe-Marie musste lachen.

«Na also.» Marusch blies einen lauten Triller. «Und jetzt spiele ich dir das Lied vom Hirtenjungen und seinem Mädchen, die ihre erste Sommerliebe erleben.»

Längst liefen sämtliche Kinder des Trosses neben ihrem Wagen her, die Kleinsten auf den Armen und Rücken der Größeren, dazwischen auch etliche fremde Kinder aus dem Weiler, und sahen bewundernd zu der Flötenspielerin auf. Einer Gallionsfigur gleich stand Marusch auf dem Kutschbock, die Augen geschlossen, ihre widerborstigen Locken über dem Stirnband schimmerten dunkelrot im Sonnenlicht.

Gegen Mittag erreichten sie eine hübsche, mit Blumen geschmückte Kapelle, die den Apostelführern Petrus und Paulus geweiht war. Gleich dahinter stand ein weiß getünchtes Häuschen mit Schlagbaum und zwei Wachmännern davor.

«Kruzitürken, jetzt schon Zöllner!» Marusch legte die Flöte zur Seite. «Gleich werden sich Diego und Leo wieder in die Haare geraten, pass auf.»

Marthe-Marie hatte den Streit vom Vorabend noch in den Ohren, als sich die beiden nicht hatten einigen können, welcher Wegstrecke nach Freudenstadt der Vorzug zu geben war. Diego war für den bedeutend kürzeren Weg über Oberkirch das Renchtal hinauf, mit seinen berühmten Badeorten, doch der Prinzipal sprach sich vehement dagegen aus. «Willst du dich bei einer Badekur vergnügen oder Geld einnehmen?» – «Letzteres. Badeorte haben Gäste, Gäste haben Geld und wollen Abwechslung. Und genau das können wir ihnen bieten.» – «Das sind doch Spekulationen. Weißt du, wo das Geld sitzt? Im Kinzigtal mit seinem im ganzen Reich berühmten Holzhandel, seinen Silberminen und Glashütten. In Haslach und Wolfach fahren sie ihren Lohn in Schiebkarren durch die Gassen! Da ist was zu holen, und nicht bei irgendwelchen knickrigen Badegästen!» – «Wunderbar! Und alle paar Meilen schmeißen wir unsere Einkünfte den Zöllnern in den Rachen! Hast du vergessen, dass das Kinzigtal ein einziger Flickenteppich an Herrschaftsgebieten ist? Dass da alle paar Steinwürfe der Territorialherr wechselt? Was die Fürstenbergischen und die Habsburger unsereins an Maut und Brückenzoll abpressen, das geht auf keine Kuhhaut. Im Renchtal dagegen ist ab Oberkirch alles Württembergisch, vielleicht ist das ja bis zu deinen Ohren noch nicht vorgedrungen. Rechtzeitig zur Gründung von Freudenstadt hat Herzog Friedrich nämlich einen Korridor nach Westen gezogen, quer durch den Schwarzwald zum Rhein hinunter.» – «Du immer mit deinem großgoscherten Herzog. Ich versteh sowieso nicht, warum du diesen Lutheraner so bewunderst, wo er dich fast in die Hölle befördert hat.» – «Was weißt du schon! Friedrich ist ein Visionär. Der hat als einziger im deutschen Land Ideale im Kopf: Er kämpft für die Freiheit der Religionen, für ein friedliches Nebeneinander aller Territorien, er ist eng befreundet mit England und Frankreich und –» – «Hör doch auf, uns Vorträge zu halten. Bist du hier der Prinzipal oder ich?»

So war es hin und her gegangen, bis schließlich Marusch das Regiment übernommen hatte. «Ihr streitet um des Kaisers Bart. Dabei schaffen wir es mit unseren schweren Fuhrwerken gar nicht über den Kniebis. Ich hab mich kundig gemacht. Die Passstraße ist zu steil, und über das Hochmoor führen hundsmiserable Knüppeldämme. Bleibt nur das Kinzigtal.»

Hinterher hatte Marusch Marthe-Marie verraten, dass Leonhard Sonntag wie die meisten der Fahrenden sehr abergläubisch war und Angst hatte vor der sagenumwobenen Moorlandschaft am Kniebis. Zugeben würde er das natürlich nie. «Aber ich denke, dass auch Diego noch andere Gründe hat, das Kinzigtal zu meiden.» Sie seufzte. «Würde mich nicht wundern, wenn er wieder eine seiner haarsträubenden Überraschungen parat hätte.»

«Was hat eigentlich Diego immer mit seinem württembergischen Herzog?»

«Das fragst du ihn lieber selbst.»

Doch Marthe-Marie hatte den Eindruck, dass Diego ihr aus dem Weg ging, seitdem sie wieder bei der Truppe war. Lag es dar-

an, dass er sie an jenem unseligen Morgen am Kinzigufer in Jonas'
Armen gesehen hatte?

Einer der Zöllner hob seinen Spieß und trat ihnen in den Weg.
Marthe-Marie brachte den Wagen zum Stehen. Sie wusste inzwischen, dass es zwei Arten von Zöllnern auf der Welt gab: diejenigen, bei denen man am besten die Augen ehrerbietig niederschlug,
und diejenigen, die mit einem strahlenden Lächeln zu gewinnen
waren. Zumindest wenn man ihnen als Frau begegnete.

Sie hatten Glück. Die beiden jungen Burschen gehörten zur
zweiten Kategorie. Freundlich erwiderten sie den Gruß und
schlenderten heran.

«Woher des Wegs, wohin des Wegs, Ihr schönen Frauen?»,
fragte der kleinere, über dessen gewaltigem Ranzen sich die Jacke
spannte.

«Von Offenburg nach Friedrichs Freudenstadt. Ist hier schon
das Gebiet der freien Reichsstadt Gengenbach?»

«Erraten. Und Ihr seid Gaukler, nehme ich an.»

«Nur knapp daneben.» Marusch warf ihm ihr bezauberndstes
Lächeln zu. «Komödianten und Künstler. Und wenn es der Rat
Eurer schönen Stadt erlaubt, werden wir hier eine Probe unserer
Kunst zum Besten geben. Kommt Ihr zusehen?»

«Wenn Ihr mit dabei seid, gern.»

«Aber ja. Wir tanzen die Tarantella.»

«Na dann!» Der Dicke lachte anzüglich und trat so dicht an den
Kutschbock, dass seine Schulter Maruschs Bein berührte. «Eure
Männer müssen aber rechte Hasenfüße sein, wenn sie zwei Frauen
an der Spitze fahren lassen. Oben in den Wäldern ist es nämlich
gefährlich.»

«Ich verrate Euch ein Geheimnis.» Marusch zwinkerte ihm zu.
«Wir sind bewaffnet bis an die Zähne.»

Der andere Zöllner war inzwischen weitergegangen, um sich
einen Überblick über die anderen Wagen und Karren zu verschaf-

fen. Als er jetzt zurückkam, nickte er seinem Kameraden fast unmerklich zu.

«Führt Ihr Waren mit?», fragte er.

«Nur Requisiten. Die Krämer und Hausierer, die mit uns reisen, findet Ihr am Ende des Trosses.»

«Dann werden wir uns dort mal an die Arbeit machen. Ihr könnt weiter.»

«Herzlichen Dank. Wenn Ihr vielleicht noch einen Lagerplatz empfehlen könntet?»

«Eine halbe Wegstunde weiter stoßt Ihr auf eine Säge mit riesigem Holzlagerplatz, dort könnt Ihr sicher bleiben. Sagt dem Holzwart einen Gruß. Vom Johann Krötz.»

«Nochmals Dank und einen schönen Tag.» Marusch hob die Hand, und Marthe-Marie trieb die beiden Braunen an.

«Du bist eine richtige Komödiantin, Marusch. Dabei war der Dicke ein grauenhafter Widerling.»

«Möge der Heilige Genesius uns helfen, dass wir an allen Zöllnern so schnell vorbeikommen. Besonders die Fürstenbergischen sind für ihre Dreistigkeit berüchtigt.»

Sie wandte sich um und brüllte: «Alles in Ordnung, mein Löwe? Wir kommen gleich an eine Sägemühle, dort lagern wir.»

Der Prinzipal nickte nur.

«Diese beiden Sauertöpfe hinter uns, schrecklich! Hör mal, Marthe-Marie, ich habe nachgedacht: Wir haben für Freudenstadt viele neue Pläne, selbst die Kinder wollen etwas einstudieren, mit den beiden Hunden. Da habe ich mir überlegt, ob du nicht auch bei der Truppe irgendwie mitmachen könntest. Ich meine, Mettel kommt auch ohne dich zurecht, ihr gehen ja die Kinder zur Hand. Und in den Augen meiner Leute wärst du ganz schnell eine von uns.»

Marthe-Marie schüttelte entgeistert den Kopf. Sie sollte vor einer Zuschauermenge stehen und etwas zum Besten geben? «Wo denkst du hin? Ich kann weder zaubern noch jonglieren. Nicht mal richtig tanzen und singen.»

«Es ist ja noch Zeit. Irgendetwas fällt uns schon ein. Mit deinen Reitkünsten hast du uns ja auch überrascht. Genau – wie wäre es mit Kunstreiterin?»

«Bitte, Marusch, hör auf. Willst du, dass ich mir die Knochen breche? Ich war noch nie sehr gelenkig. Ich kann wirklich nichts, außer lesen, schreiben und rechnen.»

Der Aufseher der Sägemühle erlaubte ihnen tatsächlich, sich an den Uferwiesen hinter der Floßlände niederzulassen. Feuerholz müssten sie allerdings bei ihm kaufen, denn Fremden sei es verboten, auf Gengenbacher Gemarkung Holz zu sammeln. Auch Fischen sei strengstens untersagt, der Bannwart habe ein wachsames Auge darauf und bringe jeden, den er erwische, in den Niggelturm.

Während Diego und Leonhard Sonntag sich auf den Weg in die Stadt machten, um zu erkunden, ob ihnen in Gengenbach ein Gastspiel erlaubt sei, nahmen die anderen den Lagerplatz in Augenschein. Die Wiese erwies sich als feucht und sumpfig und taugte allenfalls als Weide für die Tiere.

«Das grenzt schon an Frechheit.» Marusch schüttelte den Kopf. «Wären wir mit unserem Fuhrwerk da mitten hineingefahren, bekämen uns keine zehn Pferde mehr heraus.»

«Wenn wir die Wagen eng zusammenrücken», schlug Marthe-Marie vor, «müssten wir auf der kleinen Anhöhe dort drüben Platz finden.»

«Du hast Recht. Und im weitesten Sinne könnte man die Stelle noch zu den Uferwiesen zählen.»

Als auch die Krämer und Trödler nach einer offenbar sehr gründlichen Kontrolle durch die beiden Zöllner zu ihnen stießen, schlugen sie das Lager auf. Von dem Hügel hatten sie einen schönen Blick auf das nahe Reichsstädtchen, das von Rebhängen und

119

einem malerischen Berg mit Kapelle überragt wurde, und dessen trutzige Mauern und Tore jetzt friedlich im warmen Licht der Abendsonne schimmerten.

Dann holten sie in der Sägemühle ihr Feuerholz, zu einem völlig überzogenen Preis allerdings. Der Holzwart herrschte sie an, warum sie eigenmächtig einen anderen Platz ausgesucht hätten.

«Euch ist gewiss entgangen, wie feucht die Wiese am Fluss ist», entgegnete Marusch ruhig. «Im Übrigen macht Ihr eben ein gutes Geschäft mit uns, ich denke, beide Seiten können nun zufrieden sein.»

Zufrieden war auch der Prinzipal, der in diesem Moment mit Diego aus der Stadt zurückkehrte.

«Übermorgen können wir auftreten, und wenn es dem Magistrat zusagt, seien weitere Aufführungen durchaus gern gesehen. Man hat uns sogar angeboten, an St. Urban beim Weinfest zu spielen, aber das ist zu spät, wir kommen sonst nicht rechtzeitig nach Freudenstadt. Also, alle Mann morgen früh zur Bekanntmachung in die Stadt, mit Kamel und Trommeln und Trompeten. Pantaleon, vergiss nicht wieder, das Vieh zu schmücken.» Er nahm den Teller, den Marusch ihm reichte. «Eine wunderbare Stadt. Dieser blumengeschmückte Marktplatz und überall prachtvolle Fachwerkbauten. Die Menschen schienen mir so freundlich und neugierig. Ich bin sicher, dass wir hier, sozusagen im Vorüberfahren, ein gutes Geschäftchen machen.»

Caspar, der höchst selten seine Meinung kundtat, warf einen Blick in Richtung Mühle, von wo der Holzwart misstrauisch zu ihnen herüberspähte. «Ich habe eher den Eindruck, wir werden ausgenommen wie die Weihnachtsgans. Frag mal die Trödler, was sie an Warenzoll abdrücken mussten. Ich denke, wir werden hier nicht lange bleiben. Zumal mir heute schon dreimal gelbe Schnecken über den Weg gekrochen sind. Das ist kein gutes Zeichen.»

«Ich sage nur: schönes württembergisches Renchtal.» Diego

grinste den Prinzipal herausfordernd an. In diesem Moment begann Sonntag zu würgen und spuckte mit feuerrotem Gesicht etwas Helles in seine Handfläche.

«Was ist das?», fauchte er Mettel an.

«Ich würde sagen, Fisch. Genauer gesagt, Forelle.»

«Bist du von allen guten Geistern verlassen? Willst du, dass uns der Flurhüter ins Loch steckt?»

Die Köchin zuckte die Schultern. «Sonst seid ihr doch auch froh, wenn ich auf meine Weise etwas für den Kochtopf beisteuere. Der Fisch ist mir in die Hände geschwommen. Wer hätte da nicht zugegriffen?»

«Ich finde, das hast du gutgemacht», mischte Diego sich ein. «Schließlich ist das Recht auf Jagd und Fischfang von Gott gegeben, und zwar allen Menschen, nicht nur den Grundherren.»

«Was bist du nur für ein Klugscheißer!» Sonntags Stimme wurde laut. »Weißt du, was vor ein paar Jahren im Salzburgischen geschehen ist? Da hat der Fürsterzbischof einen Bauern in Hirschhaut nähen und auf dem Markt öffentlich von seinen Hunden zerfleischen lassen. Nur weil er einen Hirsch gewildert hatte.»

«Wenn du noch lauter schreist», versuchte Marusch ihren Gefährten zu beruhigen, «kommt der Holzwart und riecht, was wir im Topf haben. Also los, rasch runter mit dem Essen, und dann wird euch Leo die Überschüsse aus Offenburg ausbezahlen.»

Immer noch verstimmt, holte der Prinzipal eine halbe Stunde später seine Reisekasse aus dem Wagen und leerte die Münzen auf ein Tuch.

«Wenn uns dieser Hundsfott von Jonas» – Marthe-Marie zuckte zusammen – «nicht so erbarmungslos im Stich gelassen hätte, wäre mit Sicherheit mehr im Sack. Bedankt euch also bei ihm, falls er euch jemals über den Weg läuft.» Er sortierte die Pfennigstücke aus. «Das hier ist wie immer für unsere Nonne, bleiben zweihundertvier Schillinge geteilt durch unsere zwölf Männer.» Er kratzte mit einem Stock ein paar Zahlen in den Dreck und murmelte halblaut vor sich hin. «Sind neunzehn Schillinge für jeden.»

«Siebzehn.»

Verblüfft sah Sonntag zu Marthe-Marie. Dann ging er noch einmal seine Rechnung durch und nickte schließlich. «Da hätte ich doch beinahe zu viel ausgezahlt. Also siebzehn.»

«Warte.» Marusch legte noch eine Hand voll Münzen daneben. «Hier sind noch zweiundvierzig Schillinge vom Maifest der Gesellenbünde.»

«Dann sind es zweihundertsechsundvierzig.» Marthe-Maries Ergebnis kam blitzschnell. «Macht zwanzig und einen halben für jeden.»

Diego lachte laut auf.

«Adam Ries ist auferstanden! Was macht dreizehn mal einundzwanzig?»

«Zweihundertdreiundsiebzig. Aber jetzt hör auf, mich vorzuführen wie einen dressierten Tanzbären.»

Die anderen glotzten sie mit offenen Mündern an und widmeten ihre Aufmerksamkeit dann wieder Sonntag, der sich ans Auszahlen machte. Diego nahm sie am Arm und zog sie weg, hinein in die einbrechende Dämmerung.

«Wie machst du das? Wie kannst du so schnell rechnen?»

«Ich sehe die Zahlen vor mir.»

In Diegos Gesicht stand das blanke Erstaunen.

Sie zuckte die Achseln. «Das konnte ich schon als Kind. Ich musste unsere Dienstmagd immer auf den Markt begleiten, damit sie nicht übers Ohr gehauen wurde. Dabei hatte ich anfangs geglaubt, dass jeder Mensch das kann. Aber es scheint wohl eine besondere Begabung zu sein. Nur kann ich als Frau damit natürlich wenig anfangen.»

«Als Frau vielleicht nicht, aber als Rechenmeister in Leonhard Sonntags Compagnie.»

«Du bist verrückt!»

«Nein, lass mich ausreden. Ich habe schon einen Gedanken, wie wir beide das als neue Eingangsnummer ausbauen können. Mit viel Magie und Hokuspokus. Du wirst sehen, bis wir in Freudenstadt sind, haben wir die Nummer einstudiert, und sie wird ein großer Erfolg. Nein, früher schon.» Er fasste sie bei den Schultern. «Und in Gengenbach werde ich diese saublöde Affennummer das letzte Mal geben.»

«Das ist dir wohl das Wichtigste.»

Die Freude in seinem Gesicht wich Ernst. «Nein. Ich habe schon oft daran gedacht, wie es wäre, mit dir zusammen aufzutreten. Anstatt mit diesem Jonas Bälle durch die Luft zu schleudern. Dass er abgehauen ist, war für die Truppe ein herber Schlag, aber mir war es, ehrlich gesagt, recht. Ich habe immer befürchtet, du könntest an diesen studierten Halbmagister dein Herz verlieren und mit ihm durchbrennen. Als du dann in Offenburg wieder zu uns zurückgekommen bist, war ich froh wie lange nicht mehr.»

«Davon hast du nicht viel gezeigt.»

«Ich konnte es nicht.» Seine Stimme wurde leiser, weich, der Blick aus seinen smaragdgrünen Augen drang tief in ihr Inneres, gerade wie bei ihrer ersten Begegnung. «Denkst du noch viel an den Kerl?»

«Lass uns nicht mehr über Jonas reden.»

«Von mir aus sehr gerne.» Er strich ihr unbeholfen über die Wange. «Und jetzt komm, besprechen wir mit Leonhard unsere Pläne. Ich habe ein paar wunderbare Einfälle. Wie sagt man bei uns in Spanien: ‹Die Tat folgt dem Gedanken wie der Karren dem Ochsen›.»

13

Caspar behielt Recht mit seiner Ahnung: Nach einer einzigen Aufführung schon mussten sie ihre Zelte wieder abbrechen. Dabei waren die Menschen von ihren Darbietungen begeistert gewesen, hatten das Kamel bestürmt, bis es zu schnappen begann, und Schlange gestanden vor Salomes schwarzem Zelt. Selbst Ambrosius hatte mit seinen Wundertinkturen, Vipernpillen und in Wachs gegossenen Quecksilberkügelchen ungeahnte Umsätze erzielt. Die Menschen in diesem Schwarzwaldtal schienen nach Abwechslung zu gieren.

Nachdem der Prinzipal zum Ende der Vorstellung wie üblich dem Magistrat für die noble Erlaubnis zu diesem Spectaculum magnificum gedankt hatte und die Jungen auf ihren Stelzen den Obolus eingetrieben hatten, begannen sich die Zuschauer zu zerstreuen. Da erst entdeckte Marthe-Marie am Marktbrunnen die beiden Zöllner, die ihr mit einem breiten Grinsen im Gesicht zuwinkten.

Sie holte Marusch hinter dem Bühnenwagen hervor.

«Ich glaube, unsere beiden Freunde warten auf uns.»

«Das fehlt mir gerade noch zu meinem Glück.» Marusch hakte sich bei ihr unter. «Na gut, begrüßen wir sie wenigstens. Ein wenig Freundlichkeit kann dem Geschäft nicht schaden.»

Ohne ihre Spieße wirkten die beiden weit weniger Respekt einflößend. Der größere hatte den Hals voller Pickel, der Dicke stank deutlich nach altem Schweiß.

«Und? Wie haben Euch die Darbietungen gefallen?», fragte Marusch.

«Noch besser würde uns gefallen», der Dicke drängte sich vor, «wenn Ihr uns auf einen Schluck in den ‹Schwanen› begleiten tätet. Ihr seid selbstverständlich eingeladen.»

«Leider haben wir unser Lager ja bei der Sägemühle, und ehe es dunkel wird und die Tore schließen, müssen wir zurück.»

«Dann bleibt uns noch eine gute halbe Stunde. Ich könnte euch meinen Vetter vorstellen, einen wichtigen Mann im Magistrat.»

Misstrauisch trat Sonntag heran. «Und was macht Euer Vetter so Wichtiges im Magistrat?»

«Oh, der Herr Prinzipal, wie ich vermute. Gestatten, Johann Krötz und Anton Schray. Zöllner in städtischen Diensten. Nun, unser Vetter bewilligt zum Beispiel Lizenzen für fahrende Leute. Aber kommt doch mit in den ‹Schwanen›, um ihn kennen zu lernen.»

«Keine Zeit. Wie Ihr seht, sind wir mit Aufräumen beschäftigt.»

«Dann erlaubt wenigstens den beiden Künstlerinnen, mit uns zu kommen.»

«Da gibt's nichts zu erlauben. Entweder wollen sie oder sie wollen nicht.» Sonntag klappte mit Lamberts Hilfe die Seitenwand des Wagens, die als Bühne diente, nach oben. «Wenn der Hochwächter zum Torschluss bläst, treffen wir uns alle am Kinzigtor. Gute Nacht, die Herren.»

«Auf einen Krug Bier, einverstanden», beschied Marusch. «Ich habe Durst.»

Die Schankstube im «Schwanen» machte den Eindruck, als würden hier alles andere als Ratsherren verkehren. Sie war überfüllt, die Luft zum Schneiden, und nur mit Mühe fanden sie vier freie Plätze auf einer Bank. Marthe-Marie saß eingezwängt zwischen ihrer Freundin und Anton Schray, dem größeren der beiden Zöllner. Die Tischplatte aus rohem Holz war voller Schlieren und Flecken, die Bierkrüge, die der Wirt ihnen brachte, klebten am Henkel. Die meisten Gäste, auch die wenigen Frauen, waren ganz offensichtlich betrunken.

«Ich glaube, das war kein guter Gedanke», flüsterte Marthe-Maria Marusch zu.

«Du hast Recht. Trinken wir aus und gehen.» Laut sagte sie zu Johann Krötz: «Und wo ist Euer Vetter?»

«Er wird sicher gleich kommen.» Krötz wollte den Arm um ihre Schulter legen, doch Marusch rückte von ihm ab.

«Na, na! Nicht so vertraulich.»

Krötz lachte. «Ein wenig Spaß werdet Ihr doch wohl vertragen. Zum Wohl!»

Er trank seinen Krug zur Hälfte leer und rülpste. Dann beugte er sich quer über Maruschs Schoß hinüber zu Marthe-Marie.

«Und Ihr? Seid Ihr auch so spröde? Ich dachte, bei euch Gauklern weiß man das Leben zu genießen. Los, Toni, nicht so schüchtern, du hast nicht jeden Tag so eine schöne Frau neben dir.»

«Wir gehen jetzt besser.» Marthe-Marie nahm Tonis Hand von ihrem Rock. Doch Krötz ließ sich davon nicht beirren. «Dass sich die Weiber immer so zieren müssen! Sogar bei den Gauklern, wer hätte das gedacht. Aber wir sind keine Zechpreller und wissen, was sich gehört.» Er rückte wieder näher an Marusch. «Gehen wir ins Nebenzimmer, da ist es gemütlicher. Ihr werdet nicht zu kurz kommen, weder beim Lohn noch beim Vergnügen.» Seine Hand senkte sich tief in Maruschs Ausschnitt.

Sie holte aus und versetzte ihm eine schallende Ohrfeige.

«Du elende Fut!» Das Gesicht des Zöllners wurde rot vor Zorn. «Von solchen wie dir lass ich mich nicht zum Narren halten.»

Doch Marusch schob ihn mit ihren kräftigen Armen einfach zur Seite und zwängte sich mit Marthe-Marie aus der Bank in Richtung Tür.

«Verdammte Winkelhuren», brüllte der Dicke ihnen hinterher. «Erst mitkommen und den Zapfen heiß machen und dann die Kette vorlegen. Aber nicht mit mir, nicht mit Johann Krötz.»

Am nächsten Morgen erschien der Holzwart in Begleitung eines Stadtknechts. Die Compagnie samt Wahrsagerin und Wundarzt sei gehalten, binnen einer Stunde das Lager zu räumen und weiterzuziehen. Der Rat habe die Konzession zurückgezogen, da ihr Schauspiel zu viel Unflat und ärgerliches Zeug enthalte. Nicht zuletzt sei die Beschwerde eines Zunftmeisters eingegangen, der von einem der Gaukler vor aller Augen zum Narren gemacht worden sei. Den Kleinkrämern allerdings stehe es frei, zu bleiben.

«Um Himmels willen, was machst du da?» Erschrocken blieb Marthe-Marie stehen.

Flammen züngelten am Wagenrad empor, während Diego wie beim Veitstanz auf dem brennenden Strohhaufen herumtrampelte.

«Hilf mir lieber, dort hinten steht ein Eimer mit Wasser.»

Es zischte, als Marthe-Marie das Wasser in den Brandherd schüttete, dann nahm eine dichte Rauchwolke ihr fast die Luft zum Atmen.

«Wolltest du euren Wagen anzünden?»

«Es hat geklappt.» Gebannt betrachtete Diego den verkohlten Strohhaufen und das rußgeschwärzte Wagenrad, als stehe er vor einem Kunstwerk. Sonntag, den der Brandgeruch aus dem Mittagsschlaf gerissen hatte, sprang vom Kutschbock.

«Was ist hier los?»

«Es hat tatsächlich geklappt.» Diego strahlte. «Schaut euch das an, mit diesem Wunderding hier kann ich aus einem Versteck heraus zielgenau ein Feuer entfachen.»

Er hielt ihnen einen handtellergroßen, gewölbten Glaskörper unter die Nase.

«Du warst das?» Der Prinzipal schnappte nach Luft. «Sag mal, bist du von allen guten Geistern verlassen?»

«Im Gegenteil. Das wird ein ganz besonderer Effekt für unseren neuen Auftritt. Stellt euch vor: Wenn Marthe-Marie als Adam Ries ihre Rechenkünste zum Besten gegeben hat, werde ich sie unter Feuer und Rauch in eine Frau verwandeln.»

«Nichts wirst du. Du mit deinen elenden Fürzen im Hirn. Das ganze Lager hättest du in Brand stecken können.»

«Ich gebe zu, ich muss die Vorgehensweise noch verfeinern, aber dann –»

«Schluss, aus, ich will nichts mehr davon hören. Der Einzige, der hier mit Feuer hantieren darf, ist Quirin.»

«Vielleicht», mischte Marthe-Marie sich ein, «fragt ihr mich mal, was ich davon halte. Ich will nämlich nicht in Flammen aufgehen.»

«Keine Sorge, dir wird höchstens ein wenig warm an den Füßen.»

«Schluss habe ich gesagt!», brüllte der Prinzipal und stapfte aufgebracht in Richtung Flussufer davon.

«Was ist das überhaupt für ein Ding?» Marthe-Marie strich mit den Fingerspitzen über die kühle, glatte Oberfläche.

«Ein Brennglas. Ich habe es mal bei einem holländischen Linsenschleifer erstanden. Es bündelt die Sonnenstrahlen auf einen Punkt und erzeugt eine solche Hitze, dass es Stroh oder Werg in Brand setzt.»

«Und was machst du, wenn es regnet?»

Diego sah Marthe-Marie so verblüfft an, dass sie lachen musste.

«Ach Diego, du hast jeden Tag einen neuen Einfall für unseren Auftritt. So wird das nie etwas.»

Sie versuchte, Strenge in ihren Blick zu legen. In Wirklichkeit hätte ihr nichts Besseres geschehen können als der Vorschlag, an den Darbietungen der Truppe teilzunehmen. Sonntag hatte zu ihrem gemeinsamen Auftritt achselzuckend sein Einverständnis gegeben, obwohl Frauenspersonen seiner Meinung nach nicht auf die Bühne gehörten. Marusch war begeistert, und im Lager brachte man ihr seither unverhohlen Respekt entgegen. Und sie selbst hatte endlich eine Aufgabe, deren Vorbereitung sie von ihren düsteren Grübeleien abhielt. Vor allem von ihren Gedanken an Jonas. Warum war sie so hart gewesen gegen den Mann, der ihr zweimal

128

das Leben gerettet hatte? Nur weil er sie belogen hatte? Verbarg sie nicht selbst ihr wahres Leben wie eine zweite Haut? Immer wieder hörte sie ihn sagen: Ich hab dich lieb, sah dabei das Flehen in seinem jungenhaften Gesicht. War das die Wahrheit?

Diego sah sie an. «Nicht träumen!»

Es klang liebevoll und tadelnd zugleich. Nicht zum ersten Mal fragte sie sich, wie viel er über ihre Vergangenheit wusste.

Er verstaute das Brennglas in einem Beutel. «Gehen wir ein Stück spazieren und besprechen noch einmal den Ablauf.»

Ihr Lager hatten sie einige Wegstunden hinter Gengenbach in einem Seitental aufgeschlagen, wohl wieder in den Habsburger Vorlanden, so genau wusste das keiner von ihnen. Morgen wollten sie weiterziehen ins fürstenbergische Haslach. Die Berge waren hier schon weitaus mächtiger. Auf dem höchsten schob sich stolz der mächtige Palas von Burg Geroldseck in den pastellfarbenen Maihimmel.

Sie stiegen ein gutes Stück hangaufwärts, durch einen dichten Hain aus Tannen und Buchen, bis sich vor ihnen eine breite Lichtung auftat.

Marthe-Marie trieb Diego an. «Los, noch ein Stück höher, bis zu dem Feldkreuz dort unter der Eiche.»

«Du bist ja die reinste Gämse.»

Schwer atmend ließen sie sich oben ins warme Gras fallen und genossen die herrliche Sicht. Am Hang gegenüber lag ein stattlicher Hof, quer zum Hang gebaut, das tief gezogene Walmdach wie eine schützende Haube über den Mauern. Wie hier in der Gegend üblich, wohnten Mensch und Vieh unter einem Dach: Im steinernen Unterstock der Stall, darüber die Wohnstatt mit durchgehenden Holzbalkonen und unterm Dach die Scheune, die vom Hang her mit einer Zufahrt verbunden war. Dass dort kein armer Waldbauer wohnte, bewiesen die eigene Hofkapelle und die mindestens zwei Dutzend braunweißer Kühe.

Das Lager unten im Tal war von hier nicht zu sehen, dafür ein kleiner Marktflecken am Ufer der Kinzig. Diego deutete hinüber.

«Das müsste Biberach sein. Von dort geht es ins Harmersbacher Tal, das einzige reichsfreie Tal in unserem Deutschland.»

Dann erzählte er ihr, dass bereits die Römer eine Straße durch das Kinzigtal gelegt hatten, die von Straßburg bis Rottweil führte, mit behauenen Steinen gepflastert und mit Meilensteinen versehen. Und dass die Kinzigtäler seit je eifrige Jakobspilger seien.

«Deshalb nennen sie die Milchstraße am Himmel auch Jakobsstraße.»

«Woher weißt du das alles? Bist schon einmal im Kinzigtal gewesen?»

«Nein, aber ich war mal in Spanien Führer einer Pilgergruppe aus Zell. Das liegt ganz in der Nähe, in eben dem Harmersbacher Tal, von dem ich gerade erzählt habe. Aber jetzt lass uns über den Rechenmeister sprechen, ja? Dein Auftritt steht natürlich im Mittelpunkt. Damit er zur Geltung kommt, muss alles ganz geheimnisvoll wirken, ich mache also allerlei Hokuspokus vorher.»

«Ist es wahr, dass du früher als Illusionist aufgetreten bist?»

«Ja, bis sie mich schließlich für drei Tage ins Basler Spitalsloch gesteckt haben. Mir blieb nur die Wahl, entweder wegen Magie verurteilt zu werden oder meine Tricks zu verraten. Und das zerreißt einem guten Zauberkünstler natürlich das Herz.»

«Und was hast du getan?»

«Alles verraten, sonst wäre ich nicht hier.»

«Dann wird der Prinzipal dagegen sein. Ich glaube nicht, dass er Ärger mit den Bütteln will.»

«Das überlass nur mir. Es besteht keine Gefahr, solange ich harmlose Taschenspielertricks zeige wie den Mann ohne Kopf oder die zersägte Jungfrau.»

Marthe-Marie sah ihn entsetzt an. Diego musste grinsen.

«Du sollst mir doch nicht alles glauben. Also: Ich beginne mit

130

der Vorführung – ich denke, ich bringe das Kunststück mit den Eiern.»

«Mit den Eiern?»

«In zwei Kupferbecher lege ich je ein Ei. Der eine Becher wird mit einem schwarzen Tuch bedeckt, dann rufe ich mit tiefer Stimme: acha fara pax, mora morsa max, nehme das Tuch weg, und der Becher ist leer.»

«Was bedeutet der Spruch?»

«Nichts. Ich erfinde jedes Mal einen anderen. Danach lege ich ein neues Tuch über den zweiten Becher, rufe wieder irgendwelchen Unsinn, reiße das Tuch mit Schwung hoch in die Luft und wirble ein wenig mit meinem Umhang. Und siehe da: Aus dem Becher flattert ein Küken. Ich setze es zurück in den Becher, schiebe beides unter den Umhang, und ehe du dich versiehst, steht da wieder ein leerer Becher, aus dem ich ein Ei hole.»

«Wie soll das gehen?»

Diego lachte. «Das verrate ich nicht einmal dir. Zum Abschluss nehme ich noch einen dritten Becher hinzu, jongliere ein wenig mit allen dreien und lasse sie auf den Fingern kreisen. Dann kommt dein Auftritt. Du tauchst aus dem Hintergrund auf, in schwarzem Talar, mit Doktorhut, angeklebtem Bart und weiß geschminktem Gesicht, als ob du geradewegs einer Gruft entstiegen seiest. Ich fordere die Zuschauer auf, dir Zahlen zu nennen, die du addierst und subtrahierst. Was haben wir gesagt? Zahlen bis Eintausend?»

«Ja.»

«Gut. Und dann kommt die Multiplikation. Zahlen bis Fünfhundert.»

«Nein, bis Hundert.»

«Ach was, du schaffst das auch mit höheren Zahlen. Ab morgen fährst du bei mir auf dem Wagen mit, dann üben wir das. Leonhard wird glücklich sein, endlich wieder bei seiner Marusch sitzen zu dürfen. Kannst du eigentlich auch kniffige Zahlenfolgen wie-dergeben? Zehn große Zahlen, die du in der richtigen Reihenfolge wiederholst?»

«Ich denke schon. Ich habe die Zahlen ja vor Augen. Das ist, als ob ich sie nur ablesen müsste. Ach ja, da fällt mir ein: Als Kinder haben wir gespielt, wer bei einem Haufen Kastanien die Anzahl am besten schätzt. Irgendwann durfte ich nicht mehr mitspielen, weil ich fast immer die genaue Zahl wusste.»

«Phantastisch! Das nehmen wir mit dazu. Wenn dann also die Zuschauer überzeugt sind, dass der große Rechenmeister Adam Ries von den Toten auferstanden ist, bringen wir die Verwand-lung. Der Feuerzauber dient der Ablenkung, du musst blitzschnell den Talar ausziehen, darunter bist du eine verführerische Frau, in Rock und engem Leibchen, am besten mit unverschämt tiefem Ausschnitt …»

«Diego!»

«… das Barett verschwindet, stattdessen lange schwarze, mit Perlen frisierte Haare, rote Lippen. Kurz: Aus dem alten Adam Ries wird eine wunderschöne Eva.»

Marthe-Marie schüttelte den Kopf. «Und wer entfernt mir, bitte schön, blitzschnell Bart und weiße Schminke?»

«Da wird mir noch etwas einfallen, keine Sorge. Fährst du also ab morgen bei mir mit?»

«Es bleibt mir wohl nichts anderes übrig.»

«Wie viel ergibt vierundzwanzig mal dreiundvierzig?»

«Bitte nicht, ab morgen dann.» Sie streckte sich im Gras aus und tastete nach seiner Hand. «Sei einen Moment ruhig und schließ die Augen. Hörst du den Specht klopfen?»

Sie wollte ihre Hand wieder zurückziehen, doch Diego hielt sie fest umschlossen. Das bedeutete sicher nichts; die Fahrenden gingen ja, wie Marthe-Maria längst bemerkt hatte, viel vertrauter, offenherziger miteinander um, als sie es gewohnt war. Nach einiger Zeit schlug ihr Herz wieder langsamer. Die Sonne wärmte ihr Gesicht, über ihnen rauschten die Blätter, aus der Ferne drangen Axtschläge und der Duft nach Holzfeuer herüber. Irgendwo kläffte ein Hund.

Als sie, nach langer Zeit, wie es schien, die Augen aufschlug, sah sie über sich Diegos Gesicht. Sein Lächeln war warm, ohne jeden Anflug von Spott. Er richtete sich auf.

«Ist es nicht schön hier? Wir liegen in der Abendsonne, und unten im Tal wird es bereits dunkel. Wenn ich nicht so einen Bärenhunger hätte, könnte ich die ganze Nacht hier liegen und mit dir die Jakobsstraße betrachten.»

Er half ihr auf, und ohne Eile machten sie sich an den Abstieg. Im Lager brannten schon die Feuerstellen, Mettel verteilte ihre Suppe, der erste Weinschlauch machte die Runde. Sie setzten sich neben Marusch und Sonntag.

«Sieh an», grunzte der Prinzipal mit vollem Mund. «Probiert ihr eure Nummer jetzt schon im Dunkeln?»

Diego nickte, und Marthe-Marie fragte: «Schläft Agnes schon?»

Marusch deutete zum Wagen ihrer Kinder. «Sie haben den ganzen Tag an der Kinzig getobt und waren danach wie erschlagen. Bis auf Antonia sind schon alle im Wagen. Für dich habe ich etwas», fuhr sie leiser fort. «Komm näher ans Licht.»

Im Feuerschein reichte sie Marthe-Marie ein Papier. «Das hat Leo in unserem Wagen gefunden.»

Marthe-Marie wusste sofort, wessen Handschrift das war. Hastig las sie die wenigen Worte:

Verehrter Leonhard, liebe Maruschka. Verzeiht mir, dass ich euch so Hals über Kopf verlassen habe, aber nach allem, was geschehen ist, konnte ich nicht länger bleiben. Die Papierrolle ist für Marthe-Marie. Habt Dank für alles, ich werde euch nicht vergessen. Jonas Marx.

«Und das hier lag daneben.» Sie gab Marthe-Marie die zusammengebundene Rolle und ging zurück zu den anderen.

Mit zitternden Fingern löste Marthe-Marie den Knoten und strich das Papier glatt. Das flackernde Licht des Feuers ließ die Buchstaben tanzen.

Liebe Marthe-Marie. Du denkst, ich habe dich betrogen und verraten, und doch habe ich nie etwas anderes gewollt als dich zu schützen. Mein Fehler mag gewesen sein, dass ich nicht von Anfang an ehrlich zu dir war. Vielleicht kannst du mir das eines Tages verzeihen. Dass deine Herkunft und das Haus, zu dem ich gehöre, auf so grausame Weise miteinander verbunden sind, liegt nicht in unserer Hand. Könnte ich das Schicksal bestimmen, wäre ich jetzt bei dir, als einfacher Gaukler, der Bälle durch die Luft wirbelt und abends mit dir am Feuer sitzt. Aber vielleicht hast du inzwischen deinen Vater ausfindig gemacht und damit eine Heimat gefunden. Auch wenn wir uns nie wieder sehen: Du bist für immer in meinem Herzen. Jonas.

❧ 14 ❧

Ich habe es gewusst. Eine verfluchte Zollstelle nach der anderen.»

Diego erhob sich vom Kutschbock und spähte am vorderen Wagen vorbei auf die schäbige Holzhütte. Einer der Zöllner kletterte in Sonntags Wagen, um das Innere zu inspizieren, der zweite schlenderte ohne Eile zu ihnen herüber.

Diesmal scheint Maruschs Lächeln nichts genutzt zu haben, dachte Marthe-Marie, als der Mann, ohne zu grüßen, an ihren Kutschbock trat.

«Führt Ihr Waren mit Euch?»

Diego antwortete nicht, sondern starrte auf das Stadtwappen, einen schwarzen Adler auf gelbem Grund, das an die Hütte genagelt war.

134

«Nein, wir gehören zu Leonhard Sonntags Compagnie», beeilte sich Marthe-Marie zu versichern.

«Name und Herkunft?»

«Agatha Müllerin aus Konstanz.»

«Auf welcher Gemarkung befinden wir uns? Ist das da vorne nicht Biberach?», fragte Diego ohne den spanischen Zungenschlag, den er sonst Fremden gegenüber einsetzte.

«Ihr betretet die freie Reichstadt Zell. Biberach gehört dazu», gab der Zöllner unwillig Auskunft. «Und jetzt Euren Namen.»

«Alfons Jenne aus Schwaben. Komödiant und Künstler.»

Marthe-Marie sah ihn verblüfft an. Ohne ein weiteres Wort kletterte der Zöllner in den Wagen. Sie hörten ihn über die Enge und Unordnung fluchen, die im Inneren herrschte.

«Und das hier wolltet Ihr nicht zufällig auf dem Markt verscherbeln?» Der Zöllner erschien mit einem Käfig in der Hand, in dem zwei von Diegos struppigen Zwerghühnern kauerten.

«Herr im Himmel, nein. Das sind Marthe-Marie und Diego. Sie können sprechen. Gern würde ich Euch ihre Kunst unter Beweis stellen, doch leider hat ein hartnäckiger Katarrh sie befallen.»

Angewidert ließ der Mann den Käfig auf den Kutschbock plumpsen und machte sich auf den Weg zum nächsten Wagen.

«Alfons Jenne! Du warst doch dein Lebtag nie in Andalusien, gib es zu.» Marthe-Marie hatte Diegos ewige Schwindeleien nun endgültig satt.

«Und ob, bei meiner schwäbischen Mutter.»

«Ach hör doch auf, du bist weder Spanier, noch heißt du Diego.»

Diego zuckte die Achseln. «Warte ab, wenn du noch zehn Jahre mit uns herumkutschierst, glaubst du am Ende selbst, dass du Agathe Müllerin heißt, so einfach geht das.»

In diesem Moment rief der Prinzipal ihn zu sich. Marthe-Marie beobachtete, wie die beiden gestikulierten, dann stampfte Sonntag mit dem Fuß auf und ging zu seinem Wagen zurück. Diego kam mit finsterem Blick zurück.

«Gab es wieder Streit?»

«Er wollte mit mir nach Zell reiten, um nach einer Konzession für den nächsten Jahrmarkt zu fragen, aber ich konnte ihn überzeugen, dass hier kein Geschäft zu machen ist. Wir fahren wie ausgemacht weiter nach Haslach.»

«Warum war er dann so aufgebracht?»

«Du kennst ihn doch. Sakrament, warum geht das hier denn nicht weiter?»

Wagen für Wagen, Karren für Karren wurden von den Zöllnern eingehend examiniert, und Diego wirkte zunehmend unruhig. Endlich, nach einer guten Stunde, erhielten sie die Erlaubnis zur Weiterfahrt. Als sie kurz darauf einer Gruppe alter Männer begegneten, von denen einer eine Mönchskutte trug, drückte Diego ihr hastig die Zügel in die Hand und zog sich trotz der Mittagswärme seinen Umhang bis über den Nacken.

«Nicht grüßen», zischte er ihr zu, doch es war zu spät.

«Gott zum Gruße.» Der weißbärtige Mönch, der die kleine Gruppe anführte, hob freundlich die Hand und trat näher. Dann erstarrte er.

«Ja aber – das ist doch – der Spanier aus Burgos.» Er griff nach Diegos Bein. «Sofort anhalten.»

«Lasst mich los.»

Marthe-Marie brachte das Pferd zum Stehen und zwängte sich zwischen Diego und den aufgebrachten Alten. «Was wollt Ihr von meinem Gatten?»

«Er hat uns vor Jahren fast umgebracht.»

«Genau, das ist der Halunke», rief ein anderer. «Bringen wir ihn nach Gengenbach ins Kloster und holen den Prior.» – «Ja, nach Gengenbach mit ihm.»

«Was soll das?» Leonhard Sonntag kam im Laufschritt heran

136

und drängte die Männer zur Seite. «Erklärt mir jetzt einer, was dieser Krawall zu bedeuten hat?»

Der alte Mönch trat vor.

«Dieser Mann da», er zeigte mit zitterndem Finger auf Diego, «hat uns vor fünf Jahren auf unserer Pilgerreise nach Sankt Jakob zu Compostel in einen Hinterhalt gelockt und von seinen Spießgesellen ausrauben lassen. An den Galgen gehört er.»

«Und Ihr seid ganz sicher, dass es dieser Mann war?», fragte Sonntag streng. «Seht ihn Euch genau an. Ihr wisst, was es vor Gott bedeutet, wider einen Unschuldigen falsches Zeugnis abzulegen.»

Diego sog die Lippen ein und schob den rechten Mundwinkel nach unten, sodass sein ganzes Gesicht in Schieflage geriet. Gleichzeitig fielen seine Augenlider schlaff herunter wie bei einem alten Hund.

«Na ja.» Der Alte wirkte verunsichert. «Ich weiß nicht», meinte der andere, «der Spanier damals sah schon um einiges jünger aus.»

Marthe-Marie warf einen verstohlenen Blick auf Diego. Tatsächlich wirkte er mit einem Mal wie ein Greis. Selbst sein Bart hatte weiße Einsprengsel, oder täuschte sie sich?

«Dann will ich Euch etwas sagen.» Der Prinzipal verschränkte die Arme. «Dieser Mann heißt Alfons Jenne, ist niemals über die Grenzen unseres Deutschen Reiches hinausgekommen und seit über zehn Jahren meine rechte Hand. Ich verstehe zwar Euren Zorn, wenn Alfons diesem Spitzbuben, von dem Ihr sprecht, wirklich so ähnelt, aber er ist's nun mal nicht. Ihr könntet Euch also wenigstens bei seiner Gattin entschuldigen. Ihr einen solchen Schrecken einzujagen!»

«Vater, Vater!» Schluchzend kletterte Maruschs Älteste zu Diego auf den Kutschbock. «Was wollen diese Männer von dir?»

Diego klopfte ihr beruhigend auf die Schulter. «Ist schon gut, mein Mädchen. Die frommen Brüder haben sich geirrt.»

137

«Ihr müsst schon verzeihen», murmelte der Alte. «Aber im ersten Moment hat uns wohl die Erinnerung einen Streich gespielt. Behüt Euch Gott.» Er gab den anderen einen Wink, und die Gruppe zog weiter.

«Behüt Euch Gott!» Diego versuchte ein mildes Lächeln auf seine verzerrten Lippen zu zaubern. Dann gab er der grinsenden Antonia einen Kuss auf die Stirn. «Du kleines Luder.»

Längst hatte sich die gesamte Truppe um den Wagen versammelt. Die meisten konnten sich ein Grinsen nicht verkneifen.

«Wenn jetzt einer Beifall klatscht», Sonntags Kopf war hochrot angelaufen, «bekommt er einen Tritt, den er nicht vergessen wird. Weiterfahren, auf der Stelle! Und wir beide», wandte er sich an Diego, «sprechen uns später. Deine Überraschungen stehen mir bis zum Hals.»

Marthe-Marie nahm die Zügel wieder auf. Der Schreck steckte ihr noch in den Knochen. Wenn dieser Mönch sich nicht hätte täuschen lassen, wäre Diego am Ende am Galgen gelandet.

«Am besten bleibst du im Wagen, bis wir aus dieser Gegend sind.»

«Du hast Recht.» Diego klopfte sich den Staub aus den Barthaaren und verkroch sich im Schutz der Plane. «Aber du musst gestehen: Wir beide geben ein wunderbares Ehepaar ab, oder?»

Marthe-Marie antwortete ihm nicht. Dieser Schmierenkomödiant. Aber überzeugend war der Auftritt wirklich gewesen.

«Marthe-Marie?» Er streckte den Kopf unter dem Verdeck hervor. «Du glaubst doch nicht etwa diese Räubergeschichte? Willst du die Wahrheit hören? Nein? Gut, dann erzähl ich sie dir trotzdem.»

«Sag mir lieber, wer du bist.»

«Ich bin Alfons Jenne, komme aus einer kleinen Stadt bei Stuttgart und habe mich, wie du ja längst weißt, vor vielen Jahren als Führer der Jakobspilger verdingt. Eine lohnende und angenehme

Beschäftigung, bis zu dieser dummen Geschichte mit den Pilgern aus Zell. Wir waren in der Nähe von Burgos, als dichter Nebel aufkam. Ich wollte die Gruppe in eine Pilgerherberge führen, die mir gut bekannt war, aber ich hatte die Orientierung verloren und kam stattdessen an eine verlassene Mühle. Gut, dachte ich mir, immerhin ein Dach über dem Kopf, und bereitete mein Lager wie gewohnt im Stall, beim Gepäck und den Maultieren, während die anderen in der Mühle übernachteten. Irgendwann in der Dunkelheit bekam ich einen Prügel über den Schädel gezogen, und als ich wieder zu mir kam, waren Gepäck und Maultiere verschwunden. Die Pilger waren außer sich, glaubten mir natürlich kein Wort, und so machte ich mich in einem unbeobachteten Moment aus dem Staub. Ich habe dann noch einige Monate bei *vaqueros* gearbeitet, aber nachdem mich ein Stier auf die Hörner genommen hatte, kehrte ich diesem Land endgültig den Rücken.»

«Deswegen wolltest du also nicht durchs Kinzigtal fahren.»

«Erraten.»

«Dann verstehe ich erst recht nicht, warum du dich überall als Don Diego aus Spanien ausgibst.»

«Das ist eine andere Geschichte. Vielleicht erzähle ich sie dir einmal.»

«Weißt du was? Ich will sie gar nicht hören.»

Diego schwieg eine ganze Zeit lang. Dann tippte er ihr auf die Schulter.

«Marthe-Marie, würdest du mich heiraten?»

«Nein!»

Ihr Ärger begann in Zorn umzuschlagen. Doch eine innere Stimme sagte ihr, dass sie, die inzwischen keinem Stand und keiner Familie mehr angehörte, wohl nirgendwo besser aufgehoben war als bei Diego und diesen Gauklern.

15

Er war ein Narr. Wie hatte er so einfältig sein können zu glauben, er könne sie vergessen. Aufgebracht zerriss er die Seiten im Tagebuch, die er gerade beschrieben hatte, und lief in seiner Kammer hin und her wie ein eingesperrtes Tier. Vor dem Spiegel über dem Waschtisch blieb er stehen. Sein Gesicht war bleich, unter den Augen lagen tiefe Schatten.

Seit Tagen hatte er keinen Schlaf mehr gefunden. Wütend schlug sich Jonas gegen die Stirn. «Hör endlich auf, an sie zu denken.»

Es war vergeblich. Er konnte seine Nase in die Bücher stecken, mit Magdalena am Kachelofen sitzen oder hinaus auf die Felder reiten: Immer schob sich Marthe-Maries Gesicht vor seine Augen. Ihre fein geschnittenen Züge im warmen Schein des Lagerfeuers, ihr atemloses, stolzes Lächeln nach dem Wettreiten, ihre verzweifelten Tränen, als sie ihm entgegenschleuderte, sie sei eine Hexentochter und wolle ihn nie wieder sehen. Warum nur hatte sie kein Vertrauen zu ihm? Und wenn sie die Tochter einer leibhaftigen Hexe war – was kümmerte ihn das?

Er musste mit Textor sprechen. Entschlossen zog er seine Weste über das Hemd, strich sich die Haare aus der Stirn und ging die Stiege hinunter zum Bücherkabinett, wo der Alte die Nachmittagsstunden zu verbringen pflegte.

Er klopfte an die Tür und wartete, bis der Hausherr ihn hereinrief.

«Jonas! Komm und setz dich zu mir.» Textor deutete auf die Bank neben sich. «Du siehst blass aus. Ist dir nicht wohl? Du solltest dich ein wenig schonen, nach allem, was du in letzter Zeit erlebt hast.» Er sah Jonas prüfend an. «Oder hattest du Streit mit Magdalena?»

«Nein, das ist es nicht.» Jonas spürte, wie ihn der Mut verließ.

«Nur zu, du hast doch etwas auf dem Herzen.»

140

«Nun ja, es gibt da etwas, das ich wissen muss. Bitte, glaubt nicht, dass es mir an Respekt vor Euch mangelt, ich weiß, wie viel Euch Anstand und Gerechtigkeit bedeuten.» Er holte tief Luft. «Aber ich muss es wissen: Was hattet Ihr mit dem Tod von Catharina Stadellmenin zu tun?»

Textor sah verwundert auf.

«Mit wem hast du darüber gesprochen?»

«Mit Marthe-Marie Mangoltin. Ich weiß nun, dass sie die Tochter der Stadellmenin ist. Sie hat mir beim Abschied gesagt, Ihr hättet zusammen mit einem gewissen Hartmann Siferlin ihre Mutter auf den Scheiterhaufen gebracht.»

«Und du glaubst ihr das?»

«Um offen zu sein: Ich weiß überhaupt nicht mehr, was ich glauben soll.»

«Warum ist dir die Mangoltin so wichtig?»

«Weil – weil sie ein wunderbarer Mensch ist. Sie ist klug, dabei warmherzig und eine fürsorgliche Mutter. Sie lebt ohne Schuld und wird doch gejagt und verfolgt wie eine Verbrecherin. Völlig verzweifelt ist sie und bezeichnet sich nun selbst schon als Hexentochter. War ihre Mutter denn wirklich eine Hexe? Habt Ihr sie deshalb zum Tode verurteilt?»

Jonas sah, wie Textors Gesicht sich vor Enttäuschung schmerzlich verzog.

«Eigentlich solltest du mich besser kennen, mein Junge. Aber gut, ich will dir darlegen, wie die Dinge wirklich waren.» Er räusperte sich. «Wie jeder vernünftige Mensch weiß ich um die Verführbarkeit des Menschen durch das Böse und erachte deshalb drakonische Strafen bei Schadenszauber und Schwarzmagie für unerlässlich. Doch was solche Geschichten wie Teufelsbuhlschaft und nächtliche Sabbate betrifft, halte ich es inzwischen mit denjenigen Gelehrten, die das kritisch sehen: Wer allen Ernstes glaubt, nächtens mit dem gesalbten Stecken auszufahren oder sich mit

141

dem Teufel zu vermählen und mit solchen Hirngespinsten auch noch seine Mitmenschen in den Strudel der Verfolgungen zieht, ist nichts anderes als in der Seele krank und sollte auch als Kranker behandelt werden. Schon vor vierzig Jahren hat Johann Weyer, immerhin ein berühmter Hofarzt, die Hexenverbrennungen als Blutbad der Unschuldigen bezeichnet und Phänomene wie Buhlschaft und Teufelspakt als reine Phantastereien.»

«Aber die Stadellmenin und die anderen Frauen haben doch alles zugegeben!»

«Nach wiederholter Tortur, Jonas. Beurteile selbst: Welchen Wert hat ein Geständnis, wenn die Beschuldigte vor Schmerzen halb irrsinnig ist? Sagt ein Mensch die Wahrheit, wenn man ihm die Arme aus den Gelenken reißt, oder sagt er nicht vielmehr alles, was seine Richter hören wollen? Die peinliche Befragung ist eine Aufforderung, sich jedweder Delikte schuldig zu bekennen, nur um den Qualen ein Ende zu bereiten. Catharina Stadellmenin mag so viel oder so wenig Schuld auf sich geladen haben wie du und ich – eine Hexe war sie niemals. So viel zu diesem Punkt. Und nun zu deiner anderen Frage.» Textor wirkte mit einem Mal sehr erschöpft. «Ich habe niemanden verurteilt. Der Magistrat hatte mich damals zum leitenden Commissarius ernannt, eine Aufgabe, die anzunehmen ich verpflichtet war. Zwölf Frauen wurden damals wegen Hexerei zum Tode verurteilt, darunter die Stadellmenin, die ich über ihren Mann recht gut kannte. Die meisten dieser Frauen waren Witwen ehrbarer Bürger oder Ratsherren gewesen, hatten sich also weder als Kräuterweiber oder Zauberinnen hervorgetan. Zwei elend lange Monate war ich gezwungen gewesen, mich mit dem Tatbestand der Hexerei zu beschäftigen, mit den Theorien der Rechtsgelehrten und Geistlichen, mit der Frage nach der Rechtfertigung von Folter. Am Ende bin ich zu meiner heutigen Überzeugung gelangt. Ich habe wirklich versucht, den Rat der Vierundzwanzig mit meinen Argumenten zu überzeugen, habe mehrere Gutachten seitens der Freiburger Juristenfakultät eingeholt. Meine ganze Hoffnung setzte ich auf Johann Heinrich Tucher, der bereits Jahre zuvor ausführlich begründet hatte, dass nur die Aussagen ehrbarer Zeugen für die Verhängung von Haft und Tortur, nicht aber Gerüchte oder Besagungen neidischer Mitmenschen ausreichen. Aber damals hatten schon die Doctores Metzger und Martini das Sagen, die die peinliche Befragung eifrig rechtfertigten. Ich erspare dir die juristischen Spitzfindigkeiten. Kurzum – es war alles vergeblich. Mir blieb nur, mich von meinem Amt als Commissarius entbinden zu lassen. Verhindern konnte ich das Urteil nicht, auch wenn ich ganz am Ende noch überraschend Unterstützung von ganz unerwarteter Seite erhielt, nämlich von Stadtpfarrer Armbruster, der beim Magistrat intervenierte. Auch er meinte, die wiederholte Folter handle wider das geschriebene Recht, und die Frauen hätten nur aus Furcht vor erneuten Qualen ihre Taten gestanden. Alles vergebens, aber immerhin bewirkte er, dass die armen Seelen vor der Hinrichtung die heilige Kommunion empfingen und dass ich die Stadellmenin in ihren letzten Tagen aufsuchen durfte, um ihre Geschichte aufzuschreiben. Als Dokument für die juristische Fakultät, sozusagen.«

Textor schwieg eine Weile und sprach dann mit kaum hörbarer Stimme weiter. «Das waren die schrecklichsten Tage meines Lebens. Vom ersten Sonnenstrahl bis Einbruch der Dunkelheit saß ich bei ihr im Turm. Sie war nur noch ein Wrack, ein Schatten ihrer selbst. Und wenn ich bis dahin noch Zweifel gehabt haben mochte, so wusste ich spätestens in diesen Tagen, dass Catharina Stadellmenin nichts als ein Opfer verlogener und bösartigster Anschuldigungen war.»

Der Blick des alten Mannes war in die Ferne gerichtet, seine Mundwinkel zitterten.

«Und warum habt Ihr alles aufgeschrieben, wo das Urteil doch feststand?», fragte Jonas leise.

«Um der Hoffnung willen, solches Unrecht in Zukunft verhindern zu können. Zunächst schien es auch, als ob sich eine Wende anbahnen würde. Meine Aufzeichnungen wurden von der Fakultät angenommen, die Verfolgungen hörten auf, und als ich schließlich ausgerechnet den Hauptzeugen, jenen Hartmann Siferlin, des fortgesetzten Betrugs an der Stadt Freiburg und damit seines schändlichen und gottlosen Charakters überführen konnte, begannen sogar einige der damaligen Richter an der Rechtmäßigkeit des Urteils zu zweifeln. Doch heute, nur vier Jahre später, entflammt dieser schändliche Wahn erneut, nicht nur in den Gassen, auch in den Köpfen der Obrigkeit. Es wird immer schlimmer. Ich habe erfahren, dass im Magistrat über eine Fanggebühr debattiert wird. Zwei Schillinge für jede gemeldete Hexe, alles nach dem Grundsatz: Lieber hundert Unschuldige brennen als einen Schuldigen entwischen lassen.»

Er sah Jonas an. «So sieht es aus, Jonas. Nun kannst du selbst entscheiden, wie viel Schuld ich am Schicksal dieser Frau trage.»

Jonas schüttelte den Kopf. «Ihr habt alles getan, was in Eurer Macht stand. Jetzt verstehe ich auch, warum Ihr Marthe-Marie schützen wolltet. Und ich bin Euch sehr dankbar dafür.»

«Ja, sie war in großer Gefahr. Längst werden in manchen Gegenden Menschen gefangen gesetzt, nur weil sie Kinder oder Gatten vermeintlicher Hexen sind. Im Erzstift Mainz und in Lothringen hat man halbe Familien ausgerottet. Vielleicht kannst du dir also meinen Schrecken vorstellen, als die Mangoltin plötzlich hier in Freiburg auftauchte. Zunächst vermochte ich mich damit zu beruhigen, dass außer mir und diesem Erzschelm Siferlin niemand wissen konnte, dass Catharina Stadellmenin eine Tochter hatte. Doch dann tauchte dieser Unbekannte auf, um die vermeintliche Hexentochter zu töten. Gütiger Gott im Himmel, im ersten Moment hatte ich ernsthaft gedacht, Siferlin sei von den Toten auferstanden.»

«Marthe-Marie glaubt, Siferlin sei niemals hingerichtet worden.»

«Das ist Unsinn. Ich selbst war Zeuge, wie der Henker ihn aufs Rad geflochten hat. Wie dem auch sei, wir beide haben alles getan, um sie außer Gefahr zu bringen. Wer dieser teuflische Unbekannte war, werden wir wohl nie erfahren, aber dank deines beherzten Eingreifens ist er jetzt tot. Das sollte dir genügen, mein Sohn. Und du solltest die Mangoltin vergessen.»

Er sah ihn ernst an, aber dann wurde sein Blick milder.

«Übrigens habe ich eine freudige Nachricht für dich: Du kannst nach den Sommerferien als Schulmeister in der Lateinschule anfangen.»

16

Marthe-Marie atmete auf. Bislang war alles gut gegangen bei ihrem ersten Auftritt. Zwar war bei dem Kunststück mit den Eierbechern Diego das Küken entwischt und auf Nimmerwiedersehen in der Zuschauermenge verschwunden, und einmal hatte sie sich in der ersten Aufregung heftig verrechnet, doch bis auf Diego schien das niemand bemerkt zu haben. Jetzt allerdings stand der entscheidende Moment bevor: die Verwandlung. Hier musste jeder Handgriff sitzen, alle Beteiligten mussten sich blitzschnell aufeinander abstimmen.

Ihr Herz klopfte schneller, als Diego dem Publikum verkündete, nun folge eine Sensation, die ihm erst nach jahrelanger Lehrzeit bei den berühmtesten Meistern der weißen Magie gelungen sei: die Verwandlung des Rechenkünstlers Doctor Adam Ries in eine Frau. Sie warf einen verstohlenen Blick auf Quirin, der unterhalb der Bühne mit seinen Körnchen und Pülverchen in einem Bretterverschlag kauerte. Zähneknirschend hatte er eingewilligt, mit seinen Feuerkünsten zu der Verwandlung beizutragen, und auch jetzt war ihm der Unmut über diese Handlangertätigkeit deutlich anzusehen.

Die Zuschauer sperrten Mund und Augen auf, als Diego vor den Rechenkünstler trat, mit beiden Armen seinen Umhang hochriss und im selben Moment zischend eine dichte Rauchwolke aufstieg. Nur wenige Augenblicke später verzog sich der Qualm, Diego trat mit ergeben gesenktem Kopf zur Seite, und auf der Bühne stand eine wunderschöne Frau in engem dunkelblauen Seidengewand, mit roten Lippen und strahlenden Augen.

Marthe-Marie nahm den aufbrandenden Applaus und die Begeisterungsrufe mit gemischten Gefühlen entgegen. Natürlich war sie stolz darauf, dass sie die gewaltige Hürde ihres Auftritts mit Bravour gemeistert hatte und damit nun wohl endgültig zu Sonntags Truppe gehörte. Aber sie musste doch gegen die Empfindung ankämpfen, etwas Unehrenhaftes zu tun. Was Jonas wohl denken würde, wenn er sie hier oben auf der Bühne sehen könnte? Sie hatte diesen Menschen, die hier vor dem Haslacher Rathaus standen, etwas vorgegaukelt, hatte bloßen Schein für Wirklichkeit ausgegeben, um den Menschen Geld aus der Börse zu ziehen. Ihr fiel das Gespräch ein, das sie vor einigen Tagen mit Diego geführt hatte. Auf ihre Frage, warum die Spielleute eigentlich zum Stand der Unehrlichen gehörten, hatte er ihr erklärt: «Es gibt mehrere Antworten. Ein Ratsherr oder Pfaffe würde dir sagen, dass wir Gaukler uns für Geld zu Eigen geben, uns also selbst verkaufen wie jeder gemeine unfreie Knecht. Eine Dienstmagd hingegen würde schimpfen, dass wir klauen wie die Raben und weder Sitte noch Anstand kennen. Der wahre Grund aber ist, dass wir, wie die Schäfer oder Henker und Abdecker, vom städtischen Wehr- und Wachdienst befreit sind. Du kennst ja den Spruch: ‹Schäfer, Spielleut und Schinder sind Geschwisterkinder.› Und bei den Deutschen

ist halt alles unehrlich, was nicht im Heer- oder Bürgerbann mit-
kämpft.»

Obwohl der Beifall nicht enden wollte, zog sich Marthe-Marie
irgendwann mit huldvollem Gruß hinter den Vorhang zurück, wo
ihre Freundin mit Doktorhut und Talar im Arm auf sie wartete.
Neben ihr stand Sonntag mit undurchdringlicher Miene.

«Du warst großartig.» Marusch ließ die Kleidungsstücke einfach
auf den Boden fallen und umarmte Marthe-Marie, dass ihr die
Luft wegblieb. «Als ob du dein Leben lang nichts anderes getan
hättest, als auf der Bühne zu stehen. Das müssen wir feiern.»

«Ich weiß nicht recht – mir ist, als wäre ich gar nicht mehr
Marthe-Marie.»

«Daran wirst du dich gewöhnen.» Diego strahlte über das ganze
Gesicht. Er war bereits umgezogen für seinen Auftritt als heimlicher Liebhaber. «Rechenmeisterin, ich liebe dich!»

Sonntag hatte die ganze Zeit über keine Regung gezeigt. Jetzt
murmelte er: «Na denn, meinetwegen behalten wir euren Auftritt
im Programm.»

Diego drückte ihr einen Kuss auf die Wange. «Siehst du, selbst
unser Prinzipal kann sich vor Begeisterung kaum halten. Wie der
Schwabe sagt: Net g'schimpft isch gelobt genug.»

Marusch nahm sie beim Arm.

«Komm, zieh dich schnell um, und dann gehen wir zurück ins
Lager. Der Rest der Vorstellung wird auch ohne uns über die Bühne gehen.»

Als sie die Wiese am Mühlenbach erreichten, hatten Mettel und
Antonia bereits die Feuerstellen für den Abend vorbereitet.

«Na, Frau Doctor, habt Ihr fleißig gerechnet?»

«Ach Mettel, mir brummt der Kopf. Wie angenehm war da
doch die Arbeit mit dir.»

«Wem sagst du das? Ohne deine Hilfe muss ich mich wieder
plagen wie ein Häftling im Raspelhaus.»

«Dann trink erst mal einen Krug Bier mit uns.»

Die Frauen genossen die Ruhe im Lager, denn auch die Kinder waren in der Stadt. Marthe-Marie spürte, wie nach und nach alle Anspannung von ihr abfiel.

Marusch schenkte ihr ein. «Der Einfall mit der Schweinehaut war fabelhaft. Niemals hättest du sonst so schnell dein Altmännergesicht in das einer Frau verwandeln können. Und deine Stimme klingt darunter ganz fremdartig.»

«Aber das Gefühl, diese Schweinehaut auf dem eigenen Gesicht kleben zu haben, ist wirklich widerlich. Und es stinkt wie beim Abdecker.» Zwischenzeitlich hatte sie den Einfall sehr bereut, Bart und Augenbrauen auf eine gebleichte Schweinehaut zu kleben, die sie wie eine Maske über das Gesicht spannen und blitzschnell herunterreißen konnte.

«Wenn ich nur daran denke, dass ich dieses ekelhafte Ding jetzt zehn Tage lang jeden Nachmittag aufsetzen muss.»

«Denk lieber an die vielen Münzen, die uns in den Beutel fallen. Haslach ist eine reiche Stadt, hier holen sie das Silber in Mengen aus den Bergen. Und glaub nur nicht, dass du danach wieder Mettel zur Hand gehen darfst. Diese Zeiten sind vorbei.»

«Ich hoffe, du wirst es nicht halten wie unser Maestro Ballini und uns bei der erstbesten Gelegenheit verlassen.» Marusch sah ihre Freundin aufmerksam an.

«Wohin soll ich schon gehen?», antwortete Marthe-Maria und grinste schief.

Sie fuhr wieder bei Marusch mit, denn nun, wo ihr der Auftritt als Rechenmeister mit jedem Male überzeugender gelang, sah sie keinen Anlass mehr, weiterhin tagsüber neben Diego auf dem Kutschbock zu sitzen. Er hatte darüber nur die Achseln gezuckt, und einmal mehr hatte sich Marthe-Marie gefragt, was an seinen Aufmerksamkeiten ihr gegenüber überhaupt ernst gemeint war.

«Das ist nicht die Antwort auf meine Frage.» Marusch spielte an ihrem goldenen Ohrring. «Gehörst du nun zu uns, oder bist du immer noch auf der Suche nach einer Familie, nach deinem Vater vielleicht?»

«Ich habe keine andere Familie als euch. Es ist fast so, als würde ich seit Jahr und Tag mit euch von einem Ort zum anderen ziehen. Und was meinen Vater betrifft: Das wäre die Suche nach der Nadel im Heuhaufen. Die einzige Spur, die es gab, hat sich im Nichts verloren.» Marthe-Marie schloss die Augen und hielt ihr Gesicht in die Sonne. «Eigentlich führt ihr Spielleute, und wenn ihr zehnmal zu den Unehrlichen gehört, ein gutes Leben. Ihr haltet zusammen, müsst nicht am Hungertuch nagen und seid frei. Ihr lebt besser als die Tagelöhner in den Städten. Ich hatte mir dieses Leben härter vorgestellt.»

«Es ist ein Auf und Ab. Und vergiss nicht: Wir sind nicht frei, sondern vogelfrei. Nicht anders als die Zigeuner. Wir haben keine Rechte, und wenn irgendwo ein Sack gebraucht wird, auf den man dreschen kann, dann wird uns diese Ehre zuteil. Seitdem du bei uns bist, haben wir viel Glück gehabt und gutes Geld eingenommen. Aber falls du dich entscheiden solltest, bei uns zu bleiben, wirst du auch schlimme Zeiten erleben. Allein der Winter. Ich würde es dir niemals übel nehmen, wenn du uns im Winter wieder verlässt.»

«Warum sollte ich das tun?»

«Du wirst frieren und hungern, Husten und Fieber werden dich quälen, du wirst tagelang in der Enge des Wagens hocken müssen, weil es nicht aufhört zu regnen oder zu stürmen.»

Marthe-Marie lachte. «Wie kannst du an so einem Tag an den Winter denken! Sieh dir doch die Schwalben an, da oben im blauen Himmel. Oder die Wiesen: Blumen und Schmetterlinge überall. Wer will da schon an Frost und Kälte denken.»

«Ja, wer will das schon», gab Marusch nachdenklich zurück. «Geht dir Jonas manchmal noch durch den Kopf?»

«Nein. Wie kommst du darauf?»

«Nur so. Du hast die letzten Nächte im Schlaf seinen Namen genannt.»

Marthe-Marie begann mechanisch am Saum ihres Ärmels zu zupfen.

«Hab ich das?» Sie verschwieg, dass sie nicht nur im Schlaf an ihn dachte und dass sie seine Nachricht immer bei sich trug.

Marusch nickte. «Wie ich dich und Jonas an dem Schreckens- morgen damals am Flussufer sitzen sah, wie er dich da fest um- schlungen hielt und du deinen Kopf an seine Schulter lehntest, da hab ich gedacht, dass ihr beiden zusammengehört.»

«Was redest du da? Jonas Marx ist der künftige Schwiegersohn dieses ach so verdienstvollen Gelehrten.»

«Aber er ist doch noch gar nicht verheiratet mit dieser Magda- lena. Trägst du ihm seine Verbindung zum Haus Textor nach? Hat Jonas, bevor er dir hinterher geschickt wurde, irgendetwas über dich oder deine Mutter gewusst? Natürlich nicht! Völlig ahnungs- los ist er auf dich getroffen, und du wirfst ihm jetzt Dinge vor, auf die er niemals Einfluss gehabt hat.»

Marthe-Marie starrte auf den Pferderücken vor ihr. Warum musste ihr Marusch mit ihrer Fragerei so die Laune verderben?

«Wir kannten uns kaum.»

«Wie auch. So heftig, wie du ihn abgewiesen hast, blieb ihm ja nichts anderes übrig als der Rückzug. Obwohl – ich an seiner Stel- le hätte nicht so schnell die Flinte ins Korn geworfen. Er mochte dich sehr, das hat jeder erkannt außer dir. Und ihr hättet gut zu- sammengepasst.»

«Er ist zu jung für mich.» Sie biss sich auf die Lippen. «Was hältst du übrigens davon: Diego hat mich vor kurzem gefragt, ob ich ihn heiraten möchte.»

«Dann tu das. Der meint es genauso ernst.»

«Der meint nie etwas ernst.»

«Du kennst ihn nicht. Also kannst du auch nicht unterscheiden, was er ernst meint und was nicht.»

«Na, dann schätz dich glücklich, dass wenigstens du es weißt. Als ob es nichts Wichtigeres auf der Welt gäbe.» Beleidigt verschränkte Marthe-Marie die Arme und rückte von Marusch ab, so weit es ging. Beiderseits des Tales erhoben sich zwei mächtige Bergmassive, talaufwärts lagen verstreute Höfe und eine kleine Stadt im Schutz einer mächtigen Burg. Über einer Herde Schwarzwälder Füchse mit langen blonden Mähnen und Schweifen zog ein Wanderfalke seine Kreise. Wie belehrend Marusch sein kann, dachte Marthe-Marie, sie führt sich manchmal auf wie eine alte Gevatterin.

Sie hörte, wie Marusch leise vor sich hin summte. Als sie sich ihr zuwandte, brach sie wider Willen in Lachen aus. Ihre Freundin hatte sich eine Hanswurstmaske mit riesiger roter Nase aufgesetzt.

«Um Himmels willen, wie siehst du denn aus?»

«Mein Narrengesicht. Das setze ich auf, wenn ich gegen eine Maruschkasche Regel verstoßen habe, deren wichtigste lautet: Streite nie mit einer Freundin über Fliegenschiss.»

Eine Lumpensammlerin mit Handkarren und prall gefülltem Korb auf dem Rücken kam ihnen entgegen. Was sie am Leib trug, sah noch elender aus als die Lumpenfracht, die sie mit sich schleppte. Als die Alte die maskierte Gestalt auf dem Kutschbock erblickte, schrak sie zusammen. Rasch senkte sie den Kopf und wollte an ihnen vorübereilen, doch Marthe-Marie hielt sie auf.

«Wartet, gute Frau. Ist die Stadt dort vorn bereits Wolfach?»

«Nein, Hausach.» Die Lumpensammlerin hustete bellend, dann zog sie laut hörbar Schleim im Hals hoch und spuckte in hohem Bogen aus. Ihre Hände und Unterarme waren von der Krätze gezeichnet. «An Eurer Stelle würde ich einen großen Bogen um Hausach machen. Leute wie Ihr sind dort nicht gern gesehen.»

«Wie meint Ihr das?»

«So wie ich es sage.»

Marusch nahm die Maske ab, und die Frau blickte ein wenig freundlicher.

«Will sagen, hier mag man keine Fremden.» Sie spuckte erneut aus. «Zu oft sind wir gebrandschatzt und geplündert worden, und wenn hier im Tal eine Seuche ausbricht, dann jedes Mal zuerst bei uns.»

«Aber die fürstenbergischen Städte sind doch reich?», wandte Marusch ein.

«Die Geldsäcke sitzen in Haslach und Wolfach. Hausach ist das Armenspital. Habt Ihr Lumpen übrig? Für die Papiermühlen?»

Marusch schüttelte den Kopf. «Leider nein.»

«Schade. Ach ja, noch etwas.» Sie wies auf ein steinernes Haus von respektabler Größe, das allein auf einer Brachfläche neben der Straße stand und merkwürdig verlassen wirkte. «Dort wohnt Meister Hämmerlin, der für die fürstenbergischen Lande seine blutigen Dienste verrichtet. Meidet also den Schatten des Hauses.» Sie bekreuzigte sich flüchtig, dann grinste sie. «Ich hätte übrigens Henkerstricke zu verkaufen, nur zwei Pfennige die Faser. Ihr wisst ja, eine davon im Beutel, und das Geld geht Euch niemals aus. Und schützt obendrein vor Ungeziefer.»

«Wenn das so ist», sagte Marusch lachend, «dann gebt schnell zwei Fasern her.»

Sie tauschten Ware und Geld, dann verabschiedete sich die Frau mit einem freundlichen «So behüte euch Gott».

«Desgleichen», gab Marusch zurück. Und leiser zu Marthe-Marie, die erschreckt auf das Anwesen vor ihnen starrte: «Was braucht ein Henker in dieser ärmlichen Stadt so ein prachtvolles Haus. Pfui!»

Sie stieß in ihr Horn und brachte den Tross zum Stehen. «Diese Nachricht wird Leo nicht gefallen. Morgen ist Pfingsten, und nach Flurumzug und Gottesdienst finden überall hier in der Gegend große Feste statt, mit Tanz, Wettlauf und Pfingstochsen. Wenn wenigstens unsere Musikanten aufspielen dürften.»

Sie sprang vom Wagen, um sich mit Sonntag zu besprechen, der wieder, wie es dem Rang eines Prinzipals gebührte, an der Spitze des Zuges fuhr. Kurz darauf kehrte sie zurück.

«Diego wird trotzdem in die Stadt reiten und um Spielerlaubnis bitten. Er lässt fragen, ob du ihn begleiten willst.»

«Nein.»

«Gut. Dann lass uns in der Nähe einen Lagerplatz suchen, die Sonne steht schon tief.»

Am Pfingstmorgen machten sie sich auf den Weg zur Pfarrkirche, die sich, wie es im Kinzigtal üblich war, etwas abseits der Stadt befand und für Dorf- und Stadtbewohner gleichermaßen offen stand. Da Diego, ganz wie es die Lumpenfrau prophezeit hatte, keine Lizenz hatte erwirken können, trieb nichts sie zur Eile. Der Tag stand ihnen für Müßiggang und Ablenkung offen.

Die Kirche war sehr alt und wirkte, wie alle Bauten hier, wenig gepflegt. Das Relief der Kreuzigungsgruppe über der kleinen Eingangstür war an vielen Stellen abgeschlagen, der Putz bröckelte in dicken Placken von den Mauern. Doch der Vorplatz war mit bunten Blumen und Maienzweigen liebevoll geschmückt, und die Bürger hatten sich festlich herausgeputzt.

«Sieh mal», sagte Marthe-Marie zu Diego, der neben ihr stand. «Diese riesigen perlenverzierten Kugeln, die die Frauen hier auf dem Kopf tragen. Wunderschön, wie wertvolle Kronen.»

«Und sieh mal, die vielen Bettler auf dem Kirchhof», gab er ungerührt zurück. «Nicht einen Kreuzer haben sie in ihren Bechern. Wenn ich die Blicke dieser ehrwürdigen Kirchgänger sehe, wundert mich nicht, dass man uns den Einlass in die Stadt verwehrt. Am liebsten würden sie uns wohl auch den Zutritt zur Kirche versperren.»

Sie musste ihm Recht geben. Die Menschen um sie herum starrten argwöhnisch herüber, einige begannen zu tuscheln. Sie war froh, als die Kirchenglocke zum Gottesdienst rief.

Das Gestühl vor dem Altar war bis auf den letzten Platz besetzt, dahinter herrschte dichtes Gedränge. Sonntag und seine Leute stellten sich nach hinten unter die Empore. Marthe-Marie versuchte sich zu erinnern, wann sie das letzte Mal das Fest des Heiligen Geistes in einer Kirche gefeiert hatte, denn was nun folgte, erschien ihr höchst fremdartig. Aus dem Deckengewölbe fielen plötzlich glimmendes Werg und glühender Flachs herab, Kinder weinten, einige Frauen kreischten auf, als die Glut auf ihre Kleider schwebte, doch im nächsten Moment schon wurde von der Kanzel herab Wasser versprüht, was das Geschrei nur noch lauter machte.

«Der Heilige Geist komme über uns», murmelte Diego spöttisch und zertrat ein qualmendes Strohbüschel. «Offenbar sind wir hier nicht die einzigen Gaukler.» Da hob mit donnernder Stimme der Pfarrer zu predigen an, während von der Decke eine hölzerne Taube herabschwebte. Aus dem Augenwinkel nahm Marthe-Marie wahr, wie sich zwei zerlumpte Bettler hereinschlichen und die Kirchgänger um Almosen baten. Der Mann humpelte auf einem Holzbein durch die Menschenmenge, die Frau schob ihren dicken Bauch als sichtbares Zeichen ihrer baldigen Niederkunft vor sich her. Nur wenige Augenblicke später stellte sich ihnen der Kirchendiener in den Weg und versuchte, sie gewaltsam aus dem Gotteshaus zu drängen. Als sich die Frau wehrte, schlug er ihr mehrmals hart gegen die Schulter, dann geschah das Ungeheuerliche: Die Frau schlug mit geballter Faust zurück. Es kam zu einem Tumult, an dem sich etliche Kirchgänger beteiligten. Die Worte des Pfarrers waren kaum noch zu verstehen, heftige Schläge wurden ausgeteilt. Dann sah Marthe-Marie mittendrin Marusch, die sich schützend vor die schwangere Frau stellte. Aber der Kirchendiener stieß sie zur Seite und zerrte die Bettlerin an den Haaren, ihren Kumpan am Hosenbund zum Kirchenportal hinaus.

Marthe-Marie eilte hinterher, hinaus auf den Kirchplatz.

«Ihr verlaustes Hudelvolk!», brüllte der Kirchendiener gerade. «In den Turm werde ich euch stecken, ehe ihr überhaupt Amen sagen könnt.» Er versetzte der Schwangeren einen Tritt. In diesem Moment konnte sich der Bettler mit dem Holzbein losreißen und rannte erstaunlich flink zwischen den Grabstätten davon. Die Frau kauerte auf dem Boden und hielt sich stöhnend den Leib.

«Lasst sofort die Frau in Ruhe. Seht Ihr nicht, dass sie ein Kind erwartet?» Maruschs Augen blitzten vor Zorn. «Ihr solltet Euch schämen, im Hause des Herrn eine Schwangere zu prügeln.»

«Geht das Euch was an? Verschwindet.»

«Nur zusammen mit dieser Frau. Niemand wird sie in den Turm stecken.»

Inzwischen hatten sich auch die anderen Gaukler vor die Bettlerin gestellt. Der Kirchendiener blickte von einem zum anderen, stieß einen Fluch aus und schlurfte zurück in die Kirche.

«Wie heißt du?» Marusch half der Frau auf die Beine. Jetzt erst erkannte Marthe-Marie, dass sie noch sehr jung war.

«Apollonia.»

«Und wo sind deine Freunde?»

Von den Bettlern war kein einziger mehr zu sehen.

«Freunde? Feige Hosenscheißer sind das.»

«Sollen wir dich irgendwohin begleiten?»

«Nein, ich komme schon zurecht.» Die Bettlerin sprach in dem kehligen Dialekt der Ortenauer und war kaum zu verstehen. Haare und Gesicht starrten vor Dreck, ihre Stirn war blutverkrustet. Und sie stank erbärmlich. Mit zusammengepressten Lippen wandte sie sich ab und schwankte los, doch Marusch hielt sie am Arm fest.

«Warte. Wir sind Fahrende und haben unser Lager noch bis morgen hier am Ort. Gleich bei St. Sixt. Du kannst mit uns kommen.»

155

«Weiß nicht.» Die Frau schüttelte Maruschs Arm ab und ging davon.

Marthe-Marie sah ihr nach.

«Ist das dein Ernst? Du willst dieses Weib mitnehmen?»

«Warum nicht? Ich habe den Eindruck, dass sie noch nicht lange bei den Bettlern ist und ziemlich allein in der Welt steht. Sie könnte Mettel zur Hand gehen.»

Marthe-Marie spürte Unbehagen und Widerwillen in sich aufsteigen. In den Augen der Stadtbürger, ja selbst der Dorfbewohner mochten die Fahrenden ein zweifelhaftes Volk sein, doch jeder von ihnen, das war ihr längst deutlich geworden, verrichtete seine Aufgaben und seine Arbeit, ohne jemandem ein Leid zu tun. Was hatte da diese verwahrloste Bettlerin bei ihnen zu suchen?

«Jetzt schau mich nicht so entsetzt an», sagte Marusch. «Hast du vergessen, wie viele von uns früher vom Betteln gelebt haben? Entweder fügt sie sich unseren Regeln, oder sie muss wieder gehen. Falls sie sich überhaupt blicken lässt.»

Am späten Nachmittag tauchte die Bettlerin tatsächlich wieder auf. Wenigstens das Gesicht hätte sie sich waschen können, dachte Marthe-Marie, als Apollonia den Hügel zu ihrem Lager heruntergetrottet kam. Dann stutzte sie: Die Frau war so wenig guter Hoffnung wie sie selbst.

«Sie hat uns alle zum Narren gehalten. Sie erwartet gar kein Kind.»

Marusch lachte.

«Wenn sie jemanden zum Narren gehalten hat, dann die Kirchgänger. Ich habe auf den ersten Blick gesehen, dass die Schwangerschaft nur vorgetäuscht war.» Sie winkte Apollonia heran.

«Hast du es dir überlegt?»

Apollonia nickte. Jetzt erst sah Marthe-Marie, wie mager sie trotz ihres runden Gesichts war, und wie jung. Sie mochte kaum älter sein als Isabell.

«Gut.» Marusch zeigte auf Mettel. «Das ist Mettel, die Köchin. Ihr wirst du zur Hand gehen. Schlafen kannst du unter der Plane neben unserem Wagen, ich gebe dir später noch eine Decke.»

Beim Abendessen setzte sich Apollonia abseits der Gruppe.

«Besonders gesellig scheint unsere neue Freundin nicht zu sein», meinte Diego zu Marthe-Marie. «Mit ihr wird es wohl eng auf eurem Wagen; du könntest eigentlich wieder bei mir mitfahren.»

«Maruschs Gesellschaft ist mir lieber. Da bin ich vor Überraschungen sicher.»

«Du bist ganz schön nachtragend, weißt du das?»

«Nein. Ich weiß nur gern, woran ich bin.»

Er sah sie an und nahm, ohne Scheu vor den anderen, ihre Hand. «Wir beide», flüsterte er ihr ins Ohr, «gehören zusammen. Vielleicht bin ich in deinen Augen ein Narr und ein Tunichtgut, aber es ist mir ernst, und ich möchte, dass du mir das glaubst.»

Dann stand er auf und ging zu seinem Wagen.

Am nächsten Morgen war Apollonia verschwunden, und mit ihr ein prall gefüllter Münzbeutel aus Maruschs Kiste.

Die Tage wurden spürbar wärmer und die Abende länger. In Wolfach hatte die Truppe ein einträgliches Geschäft gemacht: Sieben Tage hintereinander hatten sie auf dem Vorplatz des mächtigen fürstenbergischen Schlosses gespielt, sieben Tage lang waren Hunderte von neugierigen und begeisterten Zuschauern zusammengeströmt, um die Attraktionen der Gaukler zu sehen, allen voran den Auftritt des Rechenmeisters, die Künste des Feuerschluckers und Pantaleons Kamel Schirokko. Und vor allem: Die Wolfacher gaben großzügig ihre Pfennige und Schillinge aus der Hand.

Woher der Reichtum dieser Stadt rührte, hatten sie täglich vor Augen: Ein Floß nach dem anderen, zusammengebunden aus gewaltigen Tannenstämmen, trieb die Kinzig in Richtung Rhein hinunter. Kräftige Männer manövrierten die Hölzer nur mit Stangen und unglaublichem Geschick durch Felsengen und Windungen, durch Geröllbarrieren und Stromschnellen. Von den Holzhauern, selbstbewussten, rauen Burschen, erfuhren sie, dass die Flöße nach Holland gingen – «Nicht nur die holländische Flotte, ganz Amsterdam ist aus unserem Schwarzwälder Holz gebaut.» –, dass unten am Rhein riesige Verbände zusammenkamen und mit Schindeln und Brettern, Holzkohle und Erz und mit den Waren der rheinischen Händler beladen wurden. Sie sahen, wie Narben an den Bergflanken, die tiefen Rinnen im Wald, in denen das Langholz talwärts zur Kinzig geriest wurde, wo die Floßknechte sie in den Einbindestuben zu Gestören banden.

Doch nicht nur für den Holzhandel wusste man in Wolfach den Überfluss an Wald und Wasser Gewinn bringend zu nutzen. Sie kamen an Ansiedlungen mit zahllosen Hütten, Lagerhäusern und rauchenden Öfen vorbei, wo Pechsieder und Teerschweler, Aschenbrenner und Schürknechte ihre schweißtreibende Arbeit verrichteten und die Glasbläser aus glühend-flüssiger Masse ihre Kugeln und Zylinder bliesen. Auf den kleineren Lichtungen waren qualmende Meiler aufgesetzt, in denen Buchenholz zu der begehrten Holzkohle verschwelte, um anschließend auf Maultieren oder in Buckelkraxen zu den Schmelzöfen der Glasbläser und Eisenhütten gebracht zu werden. Je weiter sie flussaufwärts kamen, desto häufiger trafen sie auf verwüstete Brachflächen mit niedergebrannten Meilern und zerstörten Hütten, in deren Umkreis weit und breit kein Baum, kein Strauch mehr wurzelte. Hier hatten die Menschen so gründlich ihre hässlichen Spuren hinterlassen, dass ihnen nichts übrig blieb, als weiterzuziehen, um an anderer Stelle von der Natur ihren Tribut zu fordern. Und als ob das nicht Raubbaus genug sei, entdeckten sie am Wegesrand immer wieder Fichten und Kiefern mit klaffenden Wunden: Am Stamm waren handbreite Kerben herausgeschlagen, an deren unterem Ende kleine Tonhäfen hingen, um das herausquellende Harz aufzufangen, diesen begehrten Rohstoff für die Pechhütten. Andere Bäume waren bereits vollkommen abgeschält: Löchrig, schwarz und zerfressen wie ein fauliger Zahn der Stamm, kahl das Geäst, wartete dieses tote Holz nur noch auf den nächsten Sturm, um zu Boden geschmettert zu werden.

In der württembergischen Grenzstadt Schiltach, die wie Wolfach von Flößerei und Holzhandel geprägt war, baten Leonhard Sonntag und Diego vergebens um eine Konzession. Vielleicht lag es daran, dass den Schiltachern der Sinn nicht nach Possen und Klamauk stand, war doch ihre zwischen Bergflanke und Kinzig eingezwängte Stadt in den letzten Jahrzehnten gleich dreimal abgebrannt und unter unendlichen Mühen und Kosten wieder aufgebaut worden, wie ihnen ein redseliger Holzknecht erzählte. Für einen der Brände habe man die Schuldige ausfindig machen können: eine Dienstmagd, die mit dem Teufel im Bunde stand und vom Dach des Salmenwirts einen Topf Flammen über die Stadt gegossen habe. Nachdem sie ihre Verbrechen endlich gestanden habe, sei sie zum Tode auf dem Scheiterhaufen verurteilt worden.

Angesichts dieser Geschichte war Marthe-Marie froh, in Schiltach nicht auftreten zu müssen. Diego hingegen schien enttäuscht. Hatte ihn doch das viergeteilte Hauswappen der Württemberger, das am Zollhaus prangte, einmal mehr zu begeisterten Vorträgen über Herzog Friedrich hingerissen, den seiner Ansicht nach einzigen Herrscher von Verstand und Weitsicht in dieser Zeit.

«Die Hirschstangen», hatte er Marthe-Marie erklärt, «stellen das ursprüngliche württembergische Grafenwappen dar. Die Rauten stehen für das Herzogtum Teck, die zwei Barben für die Grafschaft Mömpelgard im fernen Frankreich und die Reichssturmfahne für das hohe Privileg, in Reichskriegen an der Spitze streiten zu dürfen.» Er grinste. «Jedes Mal, wenn ich dieses Wappenschild irgendwo sehe, ist mir, als käme ich nach Hause.»

«Ich wusste gar nicht, dass du so gefühlsselig sein kannst.»

159

«Doch, das weißt du. Du willst es nur nicht wahrhaben.»

Marusch kam heran. «Auf, auf, ihr beiden Täubchen, es geht weiter. Ohne Rast bis Alpirsbach.»

Dass sie nun im protestantischen Württemberg waren, konnte man nicht übersehen. Marthe-Marie fiel auf, dass die zahlreichen Hof- und Feldkreuze, die sie bisher auf ihrer Reise begleitet hatten, verschwunden waren, ebenso die Dachreiter mit ihren Glöckchen, die dreimal am Tag zum Angelus-Gebet riefen. Und statt der Kapellen mit den hübschen Votivbildern, mit den Bitten und Danksagungen der Hirten an Sankt Wendelin, der Bauern an Sankt Antonius, fanden sie nunmehr deren zertrümmerte Reste.

Nachdem sie die Schenkenburg passiert hatten, wurde das Tal noch enger, und es ging spürbar bergan. Sie mussten häufiger eine Rast einlegen, um die Tiere zu schonen. Die prächtigen Höfe rund um Wolfach mit ihren großen Viehherden und üppigen Weiden waren längst den heruntergekommenen Hütten armer Granatschleifer oder Bergbauern gewichen, die noch in den dunkelsten Tälern, an den steilsten Hängen ihr Auskommen suchten. Die Böden waren steinig und karg, und im Frühjahr, so erzählte ein Hirtenbub Marthe-Marie bei einer Rast, musste die abgeschwemmte Erde in Körben wieder den Hang hinaufgeschleppt werden.

Es war bereits später Nachmittag, als vor ihnen der Kirchturm des alten Benediktinerklosters Alpirsbach auftauchte. Glasbläserhütten, Lohmühlen und stattliche Waldbauernhöfe mit riesigen Speichern kündeten vom Reichtum der Abtei.

Zum ersten Mal in diesem Juni war der Tag sommerlich heiß gewesen. Müde und verschwitzt schlugen sie ihr Lager etwas abseits der Fahrstraße auf einer großen Lichtung auf und führten die Tiere zum Tränken an einen Bach. Marthe-Marie setzte sich auf einen Stein und kühlte ihre Füße, während Agnes mit ihren Freunden an einer flachen Stelle planschte, bis sie alle von oben bis unten nass waren.

Valentin und Severin machten den Anfang, als sie sich splitternackt auszogen und ins Wasser sprangen. Nach und nach folgten die anderen Männer ihrem Beispiel. Selbst Mettel, Marusch und Lamberts Frau Anna zogen sich bis auf ein kurzes Leibchen aus. Sie spritzten, kreischten und tobten im Wasser nicht weniger ausgelassen als die Kinder, während die restlichen Frauen am Ufer standen und lachten.

«Man könnte meinen, die sind aus dem Tollhaus ausgebrochen», brummte Sonntag, der sich als Einziger seiner Truppe vornehm abseits hielt.

«Los, mein Löwe, zieh dich aus.» Marusch spritzte ihn nass. «Oder hast du Angst, dein schöner Bauch könnte Schaden nehmen?»

Diego tauchte prustend vor Marthe-Marie auf. Wassertropfen glitzerten wie Perlen auf seinen muskulösen Schultern und Armen. «Was ist mit dir?»

«Ich kann nicht schwimmen.»

«Ich auch nicht. Schau, es ist nicht tief, das Wasser reicht nur bis zur Hüfte.»

Er wandte sich um und durchschritt mit ausgestreckten Armen und auf wackligen Beinen den aufgestauten Bach. Da entdeckte Marthe-Marie zum ersten Mal die tiefe Narbe an seinem Rücken. Sie wirkte noch frisch.

«Und? Was ist?» Er winkte ihr zu, glitt aus und fiel bäuchlings ins Wasser.

«Siehst du», rief sie zurück, «deshalb bleibe ich lieber am sicheren Ufer.» In Wirklichkeit hätte sie um nichts in der Welt vor allen Leuten ihre Kleider abgelegt. Dass die Kinder oder auch Männer sich zum Baden nackt auszogen – gut. Für eine erwachsene Frau jedoch ziemte sich das ihrer Meinung nach nicht, mochten die Fahrenden auch anders darüber denken.

Inzwischen war Diego neben ihr aus dem Wasser geklettert und schüttelte seine Haare aus. Verstohlen betrachtete Marthe-Marie seinen gut gebauten, kräftigen Körper.

«Was ist das für eine Narbe?», fragte sie, als er sich sein Hemd überstreifte.

«Von einem Dolch.»

«Von einem Dolch? Erzählst du mir jetzt wieder eine deiner Räubergeschichten?»

»Nein.» Er verzog das Gesicht. «Das waren keine Räuber; das waren falsche Freunde, die glaubten, sie hätten mit mir noch eine Rechnung offen. Aber ich habe ihnen so zugesetzt, dass sie sich hoffentlich nie wieder blicken lassen.»

«Weißt du, was ich denke, Diego? Eine Frau wäre verraten und verkauft, wenn sie sich in deine Obhut begäbe. Mit dir würde sie ständig in Gefahr geraten.»

«Warum? Ich lebe doch noch.»

Sie schüttelte den Kopf. «Allein das wenige, was ich von dir weiß, macht mir Sorgen.»

Er strahlte sie an. «Das ist schön! Wenigstens sorgst du dich um mich.»

«Ach, hör auf. Nichts und niemanden nimmst du ernst.»

«Das ist nicht wahr.» Er zog die dunklen Augenbrauen zusammen. «Du etwa, du bedeutest mir mehr, als ich dir zeigen kann. Ich bin nicht der ewige Spaßmacher und Draufgänger. In mir drinnen sieht es ganz anders aus, ich – ich bin zum Beispiel ein ganz feiger Lump, wenn es um wirklich wichtige Dinge geht. Wie oft schon hätte ich dich am liebsten in den Arm genommen und geküsst – ich meine, nicht im Scherz oder als Komödiant, sondern als Mann, der eine wunderschöne Frau verehrt.»

Als Marthe-Marie schwieg, zog er sie in den Schatten einer Weide. Zärtlich strich er ihr eine Haarsträhne aus dem Gesicht und küsste sie unerwartet sanft auf den Mund. Sie ließ es geschehen, und schließlich erwiderte sie seinen Kuss.

☙ 17 ❧

Der Andrang war so gewaltig, dass die Menschen auf Brunnenränder, Handkarren und Bierfässer stiegen, um besser sehen zu
können. Marthe-Marie und Diego hatten ihre Eingangsnummer
mit Donnerknall und Feuerzauber beendet, mit dumpfen Trommelschlägen kündigte der Prinzipal die Moritat vom Werwolf Peter Stump an, und noch immer strömten die Menschen auf den
Platz vor dem Rathaus von Freudenstadt, wo an diesem Tag auch
Händler und Krämer aus der Umgebung ihre Stände aufgeschlagen hatten. Gerade als Diego, eine riesige schwarze Wolfsmaske
auf den Schultern, über die Bühne schlich, um sich mit bebenden
Pranken sein erstes Opfer zu suchen, erhob sich in den Reihen
der Händler lautstarkes Gezänk. Einige vorwitzige Burschen waren auf das Budendach eines Alpirsbacher Glaskrämers geklettert,
um besser sehen zu können. Darüber geriet der Krämer so außer
sich, dass er sie erst mit Dreck und Steinen bewarf, dann mit einer mannshohen Latte nach ihnen schlug, bis zwei der Burschen
schreiend auf das Pflaster stürzten.

Diego unterbrach sein Spiel und ließ sich in die Hocke sinken.
Er beobachtete versonnen, wie einige Zuschauer den Glaskrämer
am Kragen packten, andere seinen Schragentisch mit der kostbaren
Ware anhoben und alles zu Boden kippten. Unter ohrenbetäubendem Klirren zerbarsten die kristallenen Schalen, Gläser und Krüge
in tausend Stücke. Es kam zu einer handfesten Prügelei, die sich
binnen Sekunden quer durch die Zuschauermenge fortpflanzte.

Endlich bequemte sich ein Trupp Stadtknechte herbei und
schlug mit Knüppeln auf Köpfe und Schultern, bis die Raufbolde
voneinander abließen. Diego sah den passenden Moment gekommen, sprang mit einem markerschütternden Brüllen in die Höhe,
alle Köpfe fuhren in seine Richtung, und das Spiel konnte fortgesetzt werden.

«Was für ein Charivari», flüsterte Marusch, die mit Marthe-Marie neben dem Bühnenwagen stand.

Die schüttelte missbilligend den Kopf. «Wenn das jeden Tag so geht, werden wir noch aus der Stadt gejagt, wegen Anstiftung zum Aufruhr.»

«Im Gegenteil. Du wirst sehen – wenn die Männer morgen beim Rat der Stadt vorsprechen, werden wir gleich für etliche Wochen eine Konzession bekommen.»

Der Freudenstädter Magistrat hatte bei ihrem Gesuch um ein Gastspiel nicht die Katze im Sack kaufen wollen und bekundet, es möge zunächst eine Aufführung stattfinden, damit sich der Rat ein Bild machen könne. Dann erst sei über die weiteren Konditionen zu verhandeln.

Für Leonhard Sonntag bedeutete ein Gastspiel in Friedrichs Freudenstadt die Erfolg versprechendste Unternehmung des ganzen Jahres, und so hatten er und die anderen im Laufe der vergangenen Wochen ein wahrhaft zugkräftiges Programm auf die Beine gestellt: In wechselnder Folge wollten sie die Moritat vom Werwolf, das Drama vom verlorenen Sohn und, auf Diegos Drängen hin, eine schaurig-poetische Bearbeitung des Totentanzes spielen. Für die Sonn- und Feiertage waren Historien aus dem Alten Testament vorgesehen. Quirin hatte einen neuen Auftritt als Messerwerfer erarbeitet, und zur Überraschung aller wagten sich Severin und Valentin, zwei Jahre nach Severins lebensgefährlichem Sturz, wieder aufs Seil. Schon jetzt, bei ihrer ersten Aufführung, hätte niemand beurteilen können, was die größte Attraktion darstellte – jede Nummer hatte die Begeisterung der Zuschauer nur noch gesteigert.

Eine ganz anrührende Darbietung hatten die Kinder eingeübt: In einer der Umbaupausen erschienen sie mit den beiden Hunden auf der Bühne. Der größere Hund zog einen Karren hinter sich her, in dem mit bemalten Gesichtern Agnes und Lisbeth hockten, der kleinere lief auf den Hinterbeinen hintendrein. Antonia mimte die Prinzipalin, ihr jüngerer Bruder Tilman den Tierbändiger. Mit fester Stimme stellte Antonia die beiden Hunde als Romulus und Remus vor – Romulus sei von Beruf Artist, Remus Professor der Mathematik, denn er könne zählen. Und nun folgte das schier Unglaubliche: Tilman fragte einen Zuschauer, wie weit Remus zählen solle. Bis zwölf? Gut, bis zwölf. Er kniete vor dem großen zottigen Hund nieder und hob wie ein strenger Schulmeister den Zeigefinger. Remus spitzte die Ohren, begann dann zu nicken, zehnmal, elfmal, zwölfmal. Ein Raunen ging durch die Menge. Während Tilman ihm zur Belohnung ein Stück Speck gab, stellte sich Romulus auf die Hinterbeine und jaulte, bis auch er seine Belohnung bekam.

«Und wie viele Räder hat dieser Karren?»

Genau viermal nickte Romulus, das Publikum brach in Beifall aus. Marthe-Marie sah, wie sich Marusch eine Träne aus dem Augenwinkel wischte.

«Ist das nicht unglaublich? Bis zur letzten Minute haben sie nicht verraten, was sie vorhaben – sie sind wahre Künstler. Ach, Marthe-Marie, ich bin so stolz auf sie.»

Am nächsten Morgen machten sich der Prinzipal und Diego auf den Weg ins Rathaus, und Marusch und Marthe-Marie nutzten die Zeit, Freudenstadt zu erkunden.

Die höchstgelegene Stadt im ganzen Reich erstaunte und begeisterte sie. Dabei war das letzte Stück ihrer Reise wenig viel versprechend gewesen: Sie hatten eine Hochebene erreicht, die bedeckt war mit Moorseen, undurchdringlichem Tannenwald und Moosen. Dass hier Erdmännlein die Silberschätze der Berge hüteten und Waldgeister über die Moore und Forste wachten, dass es nachts spukte und irrlichterte, schien angesichts dieser düsteren Natur überhaupt nicht abwegig. Keiner von ihnen hätte hier, inmitten dieser rauen Wildnis, solch eine prächtige Stadt erwartet.

Allein die blitzblanken Fassaden, die sauberen Gassen und Plätze – wie eine edle Dame in einem neuen vornehmen Gewand präsentierte sich Friedrichs Freudenstadt, die, wie sie von Diego wussten, erst vier Jahre zuvor von dem großen Baumeister Schickhardt errichtet worden war. Natürlich fanden sich noch allerorts Baustellen, vor allem jenseits des Marktes. Aber was für ein Marktplatz das war: Einen größeren gab es wohl nirgends im ganzen Land, und eine Stadt wie Gengenbach oder Wolfach hätte ohne weiteres Platz darauf gefunden. Er war im Quadrat angelegt, die schmucken Häuser mit den Arkaden im Untergeschoss blickten mit ihrer Giebelseite auf den Platz. Fünf Brunnen, aus Waldquellen gespeist, mit Säulen und kunstvollen Statuen, standen den Bürgern zu freiem Nutzen. Das Muster der Straßen hatte der Baumeister gleich einem Mühlespiel angelegt, drei Häuserzeilen hinter jeder Seite des Marktplatzes waren bereits errichtet. Auf einer der Platzecken erhob sich das Rathaus, auf der Ecke gegenüber die Stadtkirche. Die allerdings mutete in ihrem Bau reichlich seltsam an: Wie ein Winkelhaken umschloss sie die Ecke mit zwei Langhäusern, an deren jeweiligem Ende ein Turm aufragte. Beide standen jetzt noch hinter einem Baugerüst verborgen.

«Wahrscheinlich sollen in dem einen Langhaus die Frauen, im anderen die Männer beten, damit Sitte und Anstand gewahrt bleiben.» Marthe-Marie musste über Maruschs wunderliche Erklärung lächeln; Tage später erfuhr sie, dass dem tatsächlich so war.

Am Neptunbrunnen stießen sie auf Diego und den Prinzipal.

«Eine herrliche Stadt, nicht wahr?» Diego hakte sich bei Marusch unter. Marthe-Marie hatte den Eindruck, dass er trotzig auf Abstand zu ihr hielt, seitdem sie ihm mit roten Wangen deutlich gemacht hatte, was der Kuss an jenem Nachmittag für sie bedeutet habe. Als Ausdruck tiefer Freundschaft solle er ihn verstehen, nichts weiter, und dass sich so etwas nicht wiederholen werde. In Wirklichkeit war sie ganz durcheinander. Sie verstand weder, was

166

da am Ufer des Baches in sie gefahren war, noch warum sie ihr Handeln im Anschluss bereut hatte. Denn sie hatte den zärtlichen Augenblick sehr genossen.

«Sie entspricht dem geometrischen Ideal der Antike», fuhr Diego in deklamatorischem Tonfall fort. «Eigens für die Planung dieser Stadt ist der Herzog mit Schickhardt nach Italien gereist, um sich in Rom, Bologna, Florenz und Venedig inspirieren zu lassen. Schließlich sollte Freudenstadt als neues Zentrum des erweiterten Herzogtums etwas ganz Besonderes werden. So wird hier, im Mittelpunkt des Marktplatzes, bald ein prächtiges Schloss stehen. Ihr müsst doch zugeben – hier lässt es sich leben. Hätte ich mich nicht der Kunst verschrieben, ich würde mich in Freudenstadt niederlassen. Zu mehr als wohlfeilen Bedingungen übrigens: Jeder Neubürger erhält eine Hofstatt zur Erbauung eines Hauses samt notwendigem Bauholz und Steuerfreiheit bis zwölf Jahre.»

Sonntag rümpfte die Nase. «Dir als Komödianten würde der Magistrat die Aufnahme ins Bürgerrecht ganz gewiss verweigern. Ich schätze, man wirbt hier eher Männer an, wie sie eine junge Stadt nötig hat, wie Bäcker und Metzger oder Zimmerleute und Schlosser. Ich habe gehört, dass sämtliche Erzknappen und Schmelzer aus Christophstal herübergezogen sind.»

«Vielleicht weiß der Herzog ja um die Bedeutung von Bildung und Zerstreuung für die Bürger einer Stadt? Friedrich ist viel weitblickender als andere Herrscher. Schließlich hat er auch Glaubensflüchtlinge aus der Steiermark und aus Kärnten hierher geholt.»

«Ha!» Der Prinzipal lachte trocken. «Ich wette mit dir, diese Flüchtlinge sind allesamt Bergleute oder Zimmermänner – genau die Männer, die dein großherziger Friedrich hier brauchen kann.»

«Mag sein. Warum soll er nicht das Gute mit dem Nützlichen verbinden? Tatsache ist, dass er damit Hunderte vor der Verfolgung durch diesen Erzkatholiken Ferdinand gerettet hat.»

Marthe-Marie hatte seinen Ausführungen interessiert zugehört und dabei nicht zum ersten Mal sein Wissen bewundert.

«Du hältst es also eher mit den Lutheranern als mit den Katholiken?», fragte sie.

«Weder noch. Zumal die lutherische Lehre zu einer braven Frömmigkeit der einfachen Leute verkommen ist, als deren oberstes Prinzip Gehorsam gegen die Obrigkeit gilt. Es gibt so viele Arten, zu Gott zu beten. Ich halte es mit denen, die meinen, jeder solle selbst entscheiden, wie er selig werde. Wie Herzog Friedrich. Der hat beim Ausbau seiner Landbrücke von Stuttgart nach der Grafschaft Mömpelgard zwar das katholische Oberkirch erobert, aber keine einzige Seele wurde gezwungen, das evangelische Bekenntnis anzunehmen. Vielmehr wurde den dortigen Schulmeistern und Pfarrherren im Einvernehmen mit dem Bistum Straßburg freie Hand bei der Betreuung ihrer Schäfchen gelassen. Damit hat der Herzog ausdrücklich auf das Recht ‹cuius regio, eius religio› verzichtet, das seit dem Augsburger Religionsfrieden jedem Herrscher zusteht.»

«Und warum findet man hier dann überall zerstörte Kapellen und abgeschlagene Feldkreuze?»

«Das ist der Frevel seiner Väter und Vorväter.»

«Falls ich euren ungeheuer mitreißenden Disput unterbrechen darf», mischte sich Marusch ein, «wie wäre es, ihr beiden würdet uns endlich berichten, was beim Magistrat herausgekommen ist.»

«Nun gut.» Sonntag fiel es sichtlich schwer, ein stolzes Lächeln zu unterdrücken. «Wie zu erwarten war, hat den noblen Herren unser Spiel gefallen, selbst an den Offerten unseres Quacksalbers war nichts auszusetzen – seine neuen Reklametafeln scheinen Eindruck gemacht zu haben.»

Marthe-Marie musste grinsen. *Ambrosius der Medicus – mit Weh und Leiden macht er Schluss* stand neuerdings in fetten schwarzen Lettern auf seinem riesigen Holzschild. Und darunter kleiner, dafür in blutroter Farbe: *Starstecher, Zahnreißer, Stein- und Bruch-schneider. Examiniert an der Alma Mater zu Prag.* Das Ganze hatte er eigenhändig mit grellen Abbildungen von gezogenen Zähnen, blutigen Arm- und Beinstümpfen und aufgeplatzten Geschwüren illustriert.

«Kurz und gut: Wir haben die Konzession für vier Wochen in der Tasche und im besten Fall, sofern keine skandalösen Ärgernisse auftauchen, sogar verlängerbar. Als Obolus dürfen wir nicht mehr als einen Schilling nehmen, von den Einnahmen gehen zwei hundertstel Teile für die Kranken und Waisen ans Spital, fünf hundertstel Teile als Platzmiete an die Stadt. Für den Feuerzauber von Quirin müssen zehn Eimer Wasser in unmittelbarer Nähe bereitstehen. Sei das nur einmal nicht der Fall, wird die Bewilligung zurückgezogen.»

«Das ist doch alles wunderbar, mein Löwe. Warum runzelst du die Stirn?»

«Weil noch etwas nachkommt. Mit Ausnahme der Krämer und Hausierer muss die gesamte Truppe Quartier im Gasthaus «Zum Goldenen Bärlein» nehmen. Und das wird uns einen schönen Batzen Geldes kosten. Ein geschäftstüchtiges Volk, diese Freudenstädter Ratsherren.»

«Ach, sieh doch nicht gleich so schwarz. Auf solch einen Handel haben wir in großen Städten doch schon häufiger eingehen müssen, wieso sollte Freudenstadt da eine Ausnahme machen? Die Einnahmen werden strömen wie die Milch im Schlaraffenland, das werden wir verkraften. Kommt, schauen wir uns dieses Wirtshaus einmal an.»

Der Gedanke, die nächsten Wochen in einem Gasthaus übernachten zu müssen, behagte Marthe-Marie wenig. Nicht nur, dass sie sich an das Leben im Freien gewöhnt hatte, das nun mit Anbruch des Sommers wirklich angenehm war. Nein, sie kannte von ihren vielen Reisen und Ortswechseln mehr Herbergen als ihr lieb

war, und fast alle glichen sie sich, was Dreck und Gestank anbe-
traf: In den Schlafsälen – sofern es denn welche gab und nicht
auf Strohlagern in der Wirtsstube geschlafen wurde – verpesteten
volle Nachtgeschirre und nächtliche Fürze die Luft, störten Ungeziefer, Trinkgelage und ausufernde Unzucht seitens der sich stets
einfindenden Hübschlerinnen oder heimlichen Ehegatten den
Schlaf. Meist übernachtete das Viehzeug im selben Raum, waren
die Wände und Fußböden voller Rotz- und Schleimspuren. Die
Mahlzeiten hatte sie als schlecht und überteuert in Erinnerung,
und niemals war man vor Diebstahl sicher.

Doch bei David Dreher war alles anders. Er zeichnete sich durch
eine für einen Wirt ungewöhnliche Maulfaulheit aus, dafür legte
er großen Wert auf Ordnung. Das «Goldene Bärlein» befand sich
in einem stattlichen Fachwerkbau und konnte sich nicht nur mit
einem großen bewachten Stall brüsten, sondern auch mit zwei ge-
räumigen Schlafsälen, die sich über der Schankstube befanden.

Das Abendessen kam pünktlich beim dritten Angelusläuten auf
den Tisch, Frauen und Männer schliefen in getrennten Sälen, jeder
behielt für die Dauer seines Aufenthaltes den eigenen Strohsack.
Der Dielenboden wurde jeden Morgen gekehrt, die Schlafstuben
gelüftet und die Strohsäcke aufgeschüttelt.

Nach ihrem Rundgang kehrten sie in die Schankstube zurück,
wo die beiden Männer mit Dreher um die Preise feilschten. Alles in allem war Marthe-Marie angenehm überrascht, wie sauber
und neu alles wirkte. Überall roch es nach Tünche und frischem
Holz. Nur in einem Punkt unterschied sich das «Goldene Bärlein» in nichts von anderen Wirtshäusern: Auch hier pflegte man
den beliebten Brauch des Zutrinkens. Dabei musste jeder so viel
schlucken, wie der Tischführer mit einem vernehmlichen «Seid
fröhlich, trinket aus!» vortrank. Kam ein Neuer hinzu, begrüßte
jeder am Tisch ihn mit einem Becher, die er alle bis zur Neige leeren musste, bevor er zu ihrer Gesellschaft zugelassen wurde. Schon

jetzt, zur helllichten Mittagsstunde, war die Gruppe der Bergleute, die sich um den größten Tisch versammelt hatte, auf dem besten Wege in die Volltrunkenheit.

«Als dann!» Der Wirt hob die Hand, Sonntag schlug ein. Beide machten zufriedene Gesichter, und Dreher spendierte seinen neuen Gästen einen Krug Bier.

«Mir fällt jetzt schon die Decke auf den Kopf», murmelte Diego. «Vier Wochen eingesperrt wie Schlachtvieh im Stall.»

«Jammer nicht und trink aus.» Der Prinzipal schlug ihm auf die Schulter. «Wir müssen den anderen Bescheid geben.»

Noch vor der nächsten Vorstellung am Nachmittag schafften sie ihre Habseligkeiten ins Gasthaus. Einzig Salome weigerte sich mitzukommen. In einem Haus, in dem jede Nacht andere Menschen schliefen, herrsche eine schlechte Aura, die Luft sei getränkt von bösen Gedanken, die sich für immer im Gehirn festsetzen könnten. Sie wolle sich anderswo einen Schlafplatz suchen.

Marthe-Marie richtete gerade die Schlafstatt für sich und Agnes unterhalb eines Fensters, als Diego zu ihr trat.

«Ich habe etwas für dich. Als Ausdruck meiner Freundschaft, sozusagen.» Er zwinkerte ihr zu. «Das heißt, eigentlich ist es für deine Kleine bestimmt.»

Er holte hinter seinem Rücken einen Stecken mit Pferdekopf hervor. Es war ein kleines Kunstwerk, fein geschnitzt und naturgetreu bemalt.

Marthe-Marie traten fast die Tränen in die Augen. Agnes besaß kein einziges Spielzeug. Sie spielte, wie die anderen Kinder auch, mit Hölzern und Weidenruten, Steinen oder Stofffetzen.

«Hast du das selbst gemacht?»

Er nickte. «Es hätte längst schon fertig sein sollen, aber ich hatte ja so selten Zeit in den letzten Wochen. Gefällt es dir?»

Sie nahm das Steckenpferd in die Hand und strich über den Kopf. «Es ist wunderschön.»

«Mähne und Schopf sind von meiner Fuchsstute. Sie hat ganz schön Haare lassen müssen.»

«Du glaubst nicht, wie sehr Agnes sich freuen wird. Ich werde ihr das Pferdchen gleich bringen. Oder nein, noch besser, du gibst es ihr. Sie spielt unten im Hof mit den anderen.»

Vom offenen Fenster aus beobachtete sie, wie Diego auf dem Steckenpferd in den Hof ritt und die Kinderschar ihm johlend folgte. Dann hielt er an, hob Agnes in die Luft und setzte sie auf den Stecken. Wie ein junges Kälbchen hüpfte sie ungelenk über das Pflaster und strahlte vor Wonne.

Eigentlich, dachte Marthe-Marie, wäre er ein guter Familienvater. Hätte er nur nicht diese Unrast im Blut. Doch war nicht eben diese Unrast auch Teil ihres eigenen Wesens? Sie spürte zum ersten Mal so etwas wie Seelenverwandtschaft mit diesem Mann und zugleich ein Gefühl tiefer Wärme ihm gegenüber.

❧ *18* ❧

Bereits die dritte Woche gastierten sie in Freudenstadt, und noch immer strömten jeden Tag aufs Neue Massen von Schaulustigen zu ihren Aufführungen. Wer nicht mit barer Münze zahlen konnte, gab einen Schock Eier oder ein Stück Dörrfleisch, und viele sahen ihre Darbietungen bereits zum dritten oder vierten Mal. Inzwischen hatten Marthe-Marie und Marusch herausgefunden, wie der erstaunliche Trick mit dem zählenden Hund vor sich ging, der jeden Nachmittag bei den Zuschauern für ungläubige Zwischenrufe sorgte. Alle Welt beobachtete nämlich das Kopfnicken des Tieres und zählte aufmerksam mit – und keiner bemerkte daher, dass Remus genau in dem Augenblick aufhörte zu nicken, in dem Tilman seine Hand mit dem gestreckten Zeigefinger zu Boden senkte. Die

Kinder hatten dem Hund demnach nichts anderes beigebracht, als so lange zu nicken, wie die Hand in der Luft war. Nur dann erhielt er sein Stück Speck als Belohnung.

«Nur gut, dass der Trick so simpel ist», meinte Marusch. «Nicht dass unsere Kinder noch eines Tages wegen Zauberei im Turm landen, wie damals Diego.»

Doch in Freudenstadt hatten sie derlei nicht zu fürchten. Als ob allein der Name der Stadt Gewähr genug sei für eine heitere und freundliche Stimmung der Menschen, waren die Spielleute hier noch kein einziges Mal geschmäht oder gar angefeindet worden. Im Gegenteil, man begegnete ihnen neugierig und ohne Argwohn. Es schien, dass hier jeder, noch der geringste Tagelöhner und Knecht, stolz darauf war, zum Aufbau der Siedlung beizutragen, und dass man das Spektakel der Fahrenden als willkommene Belohnung für das vollbrachte Tagwerk ansah.

Bereits in den ersten Tagen hatten Diego und Sonntag den Wirt gebeten, ihre abendliche Mahlzeit im Hof einnehmen zu dürfen. Dreher hatte seine Erlaubnis nur zögernd gegeben und unter der Auflage, kein offenes Feuer zu machen und Schlag neun den Hof zu räumen. Doch bald merkte er, wie sein Umsatz an Wein, Bier und Branntwein sich auf wundersame Weise vervielfachte, denn mit Sonntags Musikanten, die fast jeden Abend zum Tanz aufspielten, wurde der Hof seines Gasthauses zur Attraktion der Stadt.

«Hier lässt es sich leben», lachte der Prinzipal, als ihm Mettel an diesem Abend den ersten Krug Bier herausbrachte. Sie hatte, da sie sich nunmehr weder um die Mahlzeiten noch um die Feuerstellen kümmern musste, dem Wirt angeboten, in der Küche und beim Ausschank auszuhelfen, und man mutmaßte schon, David Dreher habe aus gleich mehreren Gründen ein begehrliches Auge auf sie geworfen.

«Trinken wir auf Friedrichs Freudenstadt und darauf, dass der Magistrat die Verlängerung unserer Konzession bewilligt.»

173

Alle hoben ihren Becher und prosteten dem Prinzipal zu. Nur Diego schien an diesem Abend merkwürdig abwesend.

«Was ist?», fragte Marthe-Marie. «Freust du dich nicht über unsere Glückssträhne?»

Er lächelte, doch seine grünen Augen blickten ernst. «Fragt sich, ob die für mich lange anhält», murmelte er.

«Wie meinst du das?» Marthe-Marie sah ihn verwundert an.

«Ach nichts, vergiss, was ich eben gesagt habe. Tanzen wir?»

»Gern!«

Diego wusste den Dreher in allen erdenklichen Varianten zu tanzen: Erst umfasste er mit der rechten Hand locker ihren Rücken, seine Linke hielt er nach oben, sie legte ihre rechte Hand ganz leicht hinein, und so schwebten sie im Takt der Musik. Dann hakte er sich plötzlich bei ihr unter und wirbelte sie um sich herum oder ließ eine Hand los, damit sich Marthe-Marie unter seiner erhobenen Linken drehen konnte. Marusch, die selten einen Tanz ausließ, gesellte sich mit Sonntag dazu, und auf ein Zeichen Diegos hin wurde die Musik schneller und schneller, bis sie alle vier außer Atem auf eine Bank sanken. Diego legte den Arm um Marthe-Marie und zog sie an sich. Mit einem Lächeln ließ sie es geschehen.

Der Prinzipal schnappte derweil heftig nach Luft. «Heiliger Genesius von Rom! Wollt ihr mich umbringen?»

«Ein bisschen Bewegung schadet dir nicht, mein kleiner Löwe.» Marusch tätschelte seinen Bauch. «Dein Ranzen ist in den letzten Wochen mächtig gewachsen. Es geht dir einfach zu gut. Aber das kann sich schon morgen ändern», flüsterte sie Marthe-Marie zu und grinste breit.

Dann würde Marusch also ihren Plan wahr machen. Niemand außer ihr und dem gutwilligen Lambert war eingeweiht. Wie Sonntag wohl reagieren würde? Müde und zufrieden schloss Marthe-Marie die Augen und lehnte ihren Kopf an Diegos Schulter. Wie herrlich das Leben sein konnte.

174

Marthe-Marie musste sich ein Lachen verkneifen. Sie hatte sich nach ihrem Auftritt unter die Zuschauer gemischt und beobachtete gerade, wie die vornehme Bürgersfrau oben auf der Bühne abwehrend die Arme erhob, als der Tod auf sie zutänzelte. Dumpf schlugen die Trommeln, eine der Fideln erhob lautes Wehklagen, während Diego, in eng anliegendem schwarzem Kostüm mit aufgemaltem Skelett, die Frau umkreiste – und plötzlich stutzte. Jetzt erst hatte er erkannt, was von den Zuschauern niemand ahnte: Dass nicht Lambert hinter der Maske der Bürgersfrau steckte, sondern Marusch. Doch Diego war Mime genug, dass er sich augenblicklich fing und weiterspielte. Im Takt der Musik umwarb und umschmeichelte er sein neues Opfer, das sich mit schmerzverzerrtem Gesicht abwandte, bis er es schließlich mit Gewalt packte und in sein Reich des Todes zerrte. Das Publikum setzte zum Applaus an, doch schon erschienen Hand in Hand ein edler Ritter und seine Angebetete – diesmal Caspar und Severin –, um wenig später in der Blüte ihrer Liebe vom Knochenmann dahingerafft zu werden. So ging es weiter im Totentanz, dem sich – Alt oder Jung, Arm oder Reich – keiner entziehen konnte.

Wahrscheinlich tobte derweil Leonhard Sonntag hinter dem Bühnenvorhang über Maruschs Unverfrorenheit. Dabei war ihr Spiel virtuos gewesen, und das, obwohl sie nur wenige Male, heimlich natürlich, geprobt hatte. Und sie hatte den Zeitpunkt ihres ersten Bühnenauftritts mit Bedacht gewählt, denn in dieser Stadt, die ihnen so wohlgesinnt war, würde, selbst wenn alles herauskäme, sicher keinem von ihnen ein Haar gekrümmt. Auch wenn alle Stadtverordnungen in deutschen Landen den Frauen bei Androhung von Lasterstein und Schandmaske verboten, in Schauspielen mitzuwirken.

Jetzt, da alle gemeinsam – darunter der Prinzipal mit bitterböser Miene – in ihrem letzten Reigen über die Bühne tanzten, dem Tod mit seiner riesigen Sense immer hinterdrein, brach endlich begeisterter Beifall los, in den Marthe-Marie gern einfiel. Da erstarrte sie vor Schreck. Nur wenige Schritte neben ihr stand Jonas.

Ihr erster Gedanke war wegzulaufen, doch sie stand eingezwängt inmitten der Menge, und Jonas hielt sie mit seinem Blick gefangen. Er nickte ihr kaum merklich zu, dann drängte er sich seitwärts durch die Menschen, ohne die Augen von ihr zu wenden. Wie unter einem Bann folgte sie ihm bis in den Schatten der Arkaden.

«Du gehörst jetzt zu ihnen, nicht wahr? Ich habe dich als Rechenmeister gesehen, gestern schon. Du hast also eine Heimat bei den Fahrenden gefunden. Selbst Agnes steht ja jetzt auf der Bühne, eine waschechte Gauklerfamilie seid ihr.» Er hatte schnell gesprochen, hastig, als sei ihm jemand auf den Fersen, und war dabei von einem Bein auf das andere getreten. Jetzt schwieg er und starrte zu Boden.

Marthe-Marie konnte noch immer nicht glauben, dass Jonas vor ihr stand. Drei Monate hatten sie sich nicht mehr gesehen – es kam ihr vor wie Jahre. Sein Gesicht war schmaler als früher, die hellbraunen Haare fielen ihm wirr in die Stirn und über die unrasierten Wangen. Doch das warme Braun seiner Augen unter den dichten Wimpern und dunklen Brauen war geblieben.

«Was machst du hier?» Sie brachte nicht mehr als ein Flüstern heraus.

Hilflos sah er sie an, das Grübchen in seinem Kinn zitterte unmerklich.

«Ich konnte dich nicht vergessen.»

Nicht vergessen, nicht vergessen – was redete er da? Das Blut pochte ihr in den Schläfen, ihr Kopf begann zu schmerzen wie nach einer durchzechten Nacht. Marthe-Marie holte Luft.

«Woher wusstest du, dass ich hier bin und nicht in Offenburg?»

«Genau das habe ich ja geglaubt – dass du in Offenburg wärest. Nachdem ich nach Freiburg zurückgekehrt bin, habe ich jeden Tag daran gedacht, dass du wohl jetzt bei deinem Vater lebst.» Seine Stimme wurde ruhiger. «Jeden Tag habe ich gedacht, dass du ganz in meiner Nähe bist, mit einem guten Pferd nur einen Tagesritt entfernt. Das hat mich schier verrückt gemacht.»

«Und dann bist du eines Tages nach Offenburg geritten.»

Er nickte. «Es war nicht schwer herauszufinden, dass Benedikt Hofer vor langer Zeit die Stadt mit unbekanntem Ziel verlassen hatte.» Das plötzliche Lächeln ließ ihn wieder jungenhaft erscheinen. «Du hättest diesen Zunftmeister sehen sollen, bei dem ich wegen deines Vaters vorsprach. Böcklin hieß er, glaube ich.»

«Stöcklin.»

«Böcklin, Stöcklin – ganz gleich. Er geriet völlig außer Fassung. Ich sei nun schon der vierte, der nach Hofer frage. Erst ein fremdes Frauenzimmer, dann der alte Schulmeister, ein reisender Geselle und jetzt ich. Nun habe er genug, er würde Nachforschungen anstellen, irgendwelchen Dreck am Stecken müsse dieser Hofer ja haben. Vielleicht solltest du diesen Meister Stocksteif ja in einem Jahr noch einmal nach deinem Vater fragen.»

Er machte eine unsichere Bewegung in ihre Richtung, als ob er sie berühren wolle, doch stattdessen trat er einen Schritt zurück.

«Vielleicht.» Marthe-Marie schluckte. «Wissen die anderen, dass du hier bist?»

«Nein. Das heißt – Diego wird es wissen. Ich habe ihn gestern Morgen zwischen den Marktständen gesehen.»

«Du bist schon länger hier?»

«Seit vorgestern Abend. Als ich in Offenburg erfuhr, dass Benedikt Hofer nicht mehr dort lebt, bin ich gleich weitergeritten nach Freudenstadt. Ich wusste ja, dass der Prinzipal hier sein großes Gastspiel geben wollte. Ich – » Er stockte.

Marthe-Maries Gedanken überschlugen sich. Kein Zweifel, er war nur ihretwegen gekommen. Doch was erwartete er von ihr? Dass sie ihre Sachen packte und mit ihm ging?

Da er schwieg, lag es an ihr, die entscheidende Frage zu stellen. «Was hast du vor?»

Jonas atmete hörbar ein. «Komm mit mir.»

Sie sah hinüber zum Bühnenwagen. Quirin mit seinen Messern war schon an der Reihe. Die Vorstellung ging ihrem Ende entgegen.

«Bitte, Marthe-Marie, sag etwas. Lass mich nicht hier stehen wie einen Trottel.»

«Ich weiß nicht, was ich sagen soll, Jonas – ich weiß überhaupt nichts mehr.» Sie schüttelte den Kopf. «Ich muss zu den anderen.»

Sie trat hinaus in das gleißende Nachmittagslicht. Trotz der sommerlichen Hitze war ihr kalt.

«Ich bleibe so lange in Freudenstadt», rief Jonas ihr nach, «bis du mir geantwortet hast.»

Quirin spie eben Flammen und Rauch in die Luft, während der Prinzipal hinter einer Trennwand darauf wartete, dem Publikum seine Dankes- und Abschlussworte vorzutragen. Die anderen waren schon damit beschäftigt, die Requisiten und Kostüme zusammenzuräumen.

«Und? Wie war ich?» Mit schlitzohrigem Grinsen kam ihr Marusch entgegen. «Leo hat mir zwar heftigst den Kopf gewaschen, aber er wird mich nicht hindern, weiterzumachen. Kruzifix, du bist ja ganz bleich. War mein Auftritt so miserabel?» Das Lächeln schwand aus ihrem Gesicht.

«Ich habe Jonas getroffen.»

Am Abend geschah, was Marthe-Marie niemals erwartet hätte. Sie waren mitten beim Essen, als Jonas den Hof des «Goldenen Bärlein» betrat.

«Hatte ich doch recht gesehen.» Diego ließ den Löffel sinken. «Unser Goldjunge kehrt zurück.»

Wie Jonas dort stand, die Blicke aller auf sich gerichtet, verlegen und dennoch aufrecht, bewunderte Marthe-Marie einmal mehr seinen Mut.

Sonntag wischte sich den Bratensaft vom Kinn und stand auf. Theatralisch ließ er einige Sekunden verstreichen, was Jonas' Befangenheit noch steigerte, dann sagte er in seinem dröhnenden Bass:

«So sieht man sich also wieder, Jonas Marx. Hätte ich nicht gedacht.»

«Es tut mir herzlich Leid, dass ich damals einfach verschwunden bin.»

Der Prinzipal winkte ab. «Verjährt. Zugegeben, ich mag solche Überraschungen nicht, vor allem wenn unsere Truppe davon betroffen ist. Aber schließlich bist auch du nicht unersetzlich, wie du vielleicht schon gesehen hast.»

«Ja, das habe ich.» Jonas warf einen finsteren Seitenblick auf Diego.

«Dann also Schwamm drüber. Komm her und setz dich zu uns an den Tisch.»

Jonas zwängte sich zwischen Caspar und dem Prinzipal auf die Bank. Marthe-Marie saß ihm genau gegenüber.

Sonntag schob ihm einen leeren Teller hin. «Nimm dir was zu essen. Machst du wieder mit bei uns?»

«Nein.»

«Und warum bist du dann gekommen?»

Jonas gab keine Antwort. Er schien zu überlegen.

Da sprang Diego auf. «Nun sag schon. Sag uns allen, was du hier willst, wir haben keine Geheimnisse voreinander. Das ist nicht wie bei den ehrbaren Bürgersleuten, aus deren Stall du kommst. Es weiß ohnehin jeder hier – wegen Marthe-Marie bist du hier. Du willst sie auf den Pfad der Tugend zurückführen, nicht wahr? Dann frag sie doch, ob sie mit dir will, frag sie frei heraus, hier vor

179

uns. Aber dazu hast du wahrscheinlich zu wenig Mumm in den Knochen.»

«Lass ihn in Ruhe», raunzte Marusch ihn an.

Diego stürmte wortlos davon.

«Jetzt iss und trink erst einmal.» Mettel reichte Jonas einen Becher Wein.

Marthe-Marie starrte ihn an. Sie fühlte sich in zwei Hälften gerissen, von der die eine die andere nicht mehr verstand. Jonas verkörperte das Leben, das sie kannte, den Wunsch nach Geborgenheit und Sicherheit. Er meinte es ernst, das wusste sie inzwischen. Und sie durfte nicht nur an sich denken. Agnes war jetzt knapp zwei Jahre alt – sollte sie als Gauklerkind aufwachsen? Sollte sie ihr Leben lang zu den unehrlichen Leuten, zu den Verfemten gehören? Dennoch: Wenn sie ihre Tochter beobachtete, wie glücklich sie hier war, wusste sie nicht, welches Leben besser für sie war. Und Diego hatte die Kleine ins Herz geschlossen, noch nie hatte sie erlebt, dass ein Mann so wunderbar mit Kindern umgehen konnte. Vielleicht lag es daran, dass er selber so ein Kindskopf war, mit seinen verdrehten Einfällen, seinen unzähligen Geschichten und Erlebnissen, die er bei jedem Erzählen anders ausschmückte.

Und sie selbst? Sehnte sie sich wirklich nach der Nestwärme von Heim und Herd, nach der Enge der Städte, wo jeder den anderen argwöhnisch beobachtete, ob er auch ein Leben in Schicklichkeit und Anstand führte? Wohin das führen konnte, das hatte sie schmerzhaft erfahren, hatte sich wie ein Zeichen in ihre Seele gebrannt.

Hier bei den Gauklern galten ganz andere Maßstäbe. Längst kannten alle ihre Geschichte und wussten, warum sie aus Freiburg hatte fliehen müssen. Keinen wunderte es mehr, dass sie sich vor den Zöllnern und Grenzposten als Agatha Müllerin ausgab. Das alles gehörte so selbstverständlich zu ihr wie ihre Tochter oder ihr Auftritt als Rechenmeister Adam Ries.

Mit einem Mal fiel es ihr wie Schuppen von den Augen: Sie war zerrissen zwischen zwei Männern.

«Marthe-Marie!»

Sie fuhr auf. Marusch hatte sie sanft am Arm gerüttelt. «Jonas will sich verabschieden.»

«So?» Verwirrt sah sie ihn an. «Wo übernachtest du?»

«Ich habe mich als Schlafgänger bei einem Nagelschmied einquartiert. Begleitest du mich noch bis zum Tor?»

Sonntag schlug ihm auf die Schulter: «Du hast es also gehört, Jonas. Deine Jonglierkünste sind uns noch immer sehr willkommen. Ich gebe dir drei Tage, um eine Entscheidung zu treffen – worüber auch immer», setzte er noch hinzu.

Sie traten durch die dunkle Toreinfahrt auf die Straße. Im Zwielicht des Abends wirkte Jonas' Gesicht bleich.

«Ich muss mit dir reden», sagte er. «Allein. Kommst du morgen früh zu der kleinen Wiese hinter der Kirche?»

«Ich weiß nicht.»

«Ich werde jedenfalls da sein. Und wenn es sein muss, auch am Tag danach.»

Dann ging er die Straße hinunter, ohne sich noch einmal umzudrehen, bis die Dämmerung ihn verschluckte.

❧ *19* ❧

Kurz vor Sonnenaufgang erwachte Marthe-Marie. In der Schlafstube war es still, bis auf Maruschs tiefes Schnarchen. Rasch zog sie sich an und schlich auf Zehenspitzen hinaus. Unten war Mettel bereits dabei, das Morgenbrot zu richten.

«Was ziehst du für ein Gesicht?», fragte Mettel statt einer Begrüßung. «Ich an deiner Stelle würde den ganzen Tag singen vor

Glück, wenn zwei so stattliche Männer um mich buhlen würden. Einer schöner als der andere.»

«Ach Mettel, du hast gut lästern. Mir ist ganz schlecht.»

«Dann iss etwas.»

«Ich hab keinen Hunger. Falls Marusch oder Agnes nach mir fragen: Ich bin in spätestens einer Stunde zurück.»

Mettel zwinkerte ihr zu. «Lass dir Zeit. Liebe braucht Weile.»

Trotz der frühen Stunde herrschte in den Gassen und Hofeinfahrten rege Geschäftigkeit. Händler und Bauern zogen ihre voll gepackten Karren hinter sich her, Bäckergesellen schulterten Mehlsäcke. Überall klopfte und hämmerte es, Metall schlug auf Metall, Holz gegen Holz, Baumeister brüllten ihre Anweisungen. Eine Stadt von Grund auf neu zu errichten muss eine großartige Aufgabe sein, dachte Marthe-Marie, als sie schließlich die halb fertige Kirche erreichte. Und: Ich werde Jonas sagen, dass es am besten ist, wenn er wieder nach Freiburg zurückkehrt.

Ein Teil der Wiese war bereits als Kirchhof hergerichtet, mit einer kleinen Kapelle, denn auch in einer jungen Stadt starben die Menschen. Der Rest des Geländes lag brach, umwuchert von Weißdornhecken und Haselsträuchern. Jonas saß in Gedanken versunken auf einem Baumstumpf.

«Guten Morgen, Jonas.»

Er sprang auf. «Ich wusste, dass du kommen würdest.»

«Ja.» Sie sprach mit kaum hörbarer Stimme. «Weil ich dir sagen möchte, dass deine Reise umsonst war. Geh zurück nach Freiburg. Heute noch.»

Er sah sie fassungslos an. «Ich kann nicht zurück. Nie wieder.»

«Weiß Textor, dass du hier bist?»

Er schüttelte den Kopf. «Nein. Ich wohne nicht mehr in seinem Haus.»

Ein Verdacht stieg in ihr auf.

«Und Magdalena?»

«Das ist vorbei. Ich habe alle Zelte abgebrochen.»

Marthe-Marie sah zu Boden. Damit hatte sie nicht gerechnet. «Dann bist du im Streit gegangen?»

«Was Magdalena betrifft, ja. Es war wohl ein furchtbarer Schlag für sie. Und ihr Vater – ich glaube fast, er versteht meine Entscheidung. Hör zu, Marthe-Marie.» Er nahm ihre Hände in seine, die eiskalt waren. «Ich möchte dir von Textor erzählen. Ich habe mit ihm vor meiner Abreise ein langes Gespräch geführt. Du musst wissen, welche Rolle er damals bei dem Prozess gespielt hat. Der tragische Tod deiner Mutter soll nie wieder zwischen uns stehen.»

Am liebsten hätte sich Marthe-Marie die Ohren zugehalten, als er zu berichten begann, dabei ahnte sie schon längst, dass sie gegen die Schatten der Vergangenheit nur ankämpfen konnte, wenn sie nicht länger vor ihnen davonrannte. So hörte sie nach anfänglichem schwachem Protest schließlich zu, und Jonas erzählte die ganze Geschichte.

«Ich glaube ihm jedes Wort», schloss er. «Und wenn die Menschen damals in ihrer Dummheit und Verblendung deine Mutter gerichtet haben, so darfst du jetzt nicht denselben Fehler begehen und über ihn richten. Er trägt keine Schuld an ihrem Tod.»

«Vielleicht hast du Recht», sagte sie leise. «Vielleicht trifft ihn keine Schuld. Aber um mir das zu sagen, bist du mir nicht gefolgt.»

«Nein. Ich – ich weiß jetzt, dass ich nicht mehr ohne dich leben will. Seit drei Monaten habe ich Tag und Nacht an dich gedacht. Ich weiß, was du durchgemacht hast, und diese Last wird dir niemand nehmen. Aber wir könnten ganz neu anfangen. Wenn du über die Vergangenheit sprechen willst, werde ich dir ein aufmerksamer Zuhörer sein. Und wenn du alles vergessen willst, werde ich der Erste sein, der mit dir vergisst. Wichtig bist allein du, ich will alles tun, damit du glücklich wirst. Und Agnes soll eine Familie haben, einen Ort, wo sie hingehört. Lass mich dir beweisen, wie ernst es mir ist.»

Marthe-Marie sah, wie Jonas' Gesicht wieder Farbe annahm. Seine Augen blitzten, seine Hände in den ihren wurden angenehm warm. Sie wusste plötzlich nicht mehr, was sie ihm hatte sagen wollen.

«Wir könnten zusammen nach Ulm gehen. Dort lebt ein guter Studienfreund, der mir helfen würde, eine Anstellung zu finden. Oder wir bleiben hier. Mir gefällt diese Stadt. Ich habe mich bereits umgehört: Spätestens im Frühjahr wird die Lateinschule eröffnet, bis jetzt sind noch keine Lehrer angeworben. Aber wir könnten auch an jeden anderen Ort der Welt, wohin du willst. Glaub mir, ich würde sogar wieder mit den Gauklern ziehen, wenn das dein Wunsch wäre. Bitte, sag doch etwas. Sag mir, was du darüber denkst. Oder – o mein Gott, was bin ich für ein Narr. Du empfindest gar nichts für mich. Ist es das?»

Sie schüttelte den Kopf.

«Du hast dir den Spanier als Bettschatz ausgesucht, nicht wahr?» Er ließ sie los und trat einen Schritt zurück. «Ich hätte es wissen müssen.»

«Nein!» Sie packte ihn am Arm, fast grob. «Das ist völliger Unsinn. Es kommt nur alles so überraschend. Du tauchst hier auf, aus dem Nichts, willst mit mir nach Ulm oder sonstwohin gehen – dabei weiß ich selbst am wenigsten, was ich will. Ich bin auf der Suche und weiß nicht, wonach, ich bin auf der Flucht und weiß nicht, vor wem. Wenn ich nicht Marusch und die anderen hätte, ich glaube, ich würde verrückt werden. Soll ich dir sagen, wie es mir geht, wenn wir länger als sieben, acht Tage am selben Ort sind? Dann schlafe ich nachts schlecht und habe tagsüber Angst, dass mich jemand festhält und mir ‹Hexentochter› ins Ohr brüllt.»

«Ist das wahr?»

184

«Es ist schrecklich. Wie ein Fluch, den ich nicht loswerde. Nur in Freudenstadt geht es mir seltsamerweise nicht so, obwohl wir hier nun schon seit drei Wochen gastieren. Diese Stadt ist anders.»

«Ja aber verstehst du nicht, was das bedeutet? Hier bist du endlich zur Ruhe gekommen, das ist es. Du kannst nicht ohne Ende, Woche um Woche, Monat um Monat, von einem Ort zum anderen ziehen. So wirst du niemals Frieden finden.»

Dann lächelte er sie an. «Also magst du mich doch?»

Marthe-Marie musste lachen. Anstelle einer Antwort zog sie die kleine Papierrolle aus ihrer Geldbörse.

«Deine Nachricht. Ich trage sie immer bei mir, wie einen Talisman.»

«Könntest du – könntest du dir vorstellen» – seine Stimme klang rau –, «mit mir zusammenzuleben und eine Familie zu gründen? Nein, warte, sag nichts. Ich möchte, dass du darüber nachdenkst. Wenn du einverstanden bist, bleibe ich ein paar Tage hier, in deiner Nähe, ohne dich zu bedrängen. Und wie auch immer du dich dann entscheidest: Ich werde deinen Entschluss respektieren.»

Sie gab ihm einen Kuss auf die Wange und entzog ihm gleich darauf ihre Hand.

«Agnes wird mich schon vermissen, ich muss zurück. Kommst du zu unserer Aufführung?»

«Ich werde da sein.»

«Vierundzwanzig mal achtzehn ergibt vierhundertundzweiunddreißig.»

Marthe-Marie machte ihre Sache wieder hervorragend. Die Ergebnisse kamen pfeilschnell. Sie trug sie mit dumpfer Stimme vor und hielt dabei die Augen unter den buschigen falschen Brauen geschlossen, die Hände nach oben gestreckt, als empfange sie ihre Antworten aus dem Jenseits.

Jonas hörte, wie die Umstehenden tuschelten. «Wie kann ein

Mensch so schnell rechnen?» – «Wart ab, es wird noch besser. Und am Ende wird er in eine Frau verwandelt.» – «Das gibt es nicht, du Hohlkopf. Dann ist das auch in Wirklichkeit eine Frau.» – «Selber Hohlkopf! Hast du schon mal eine Frau gesehen, die so schnell rechnen kann?»

Jonas musste grinsen. Marthe-Maries Fähigkeiten waren wirklich außergewöhnlich, er war stolz auf sie. Dann wandte er seine Aufmerksamkeit wieder Diego zu. Er konnte nicht verhindern, dass er den Spanier, seitdem sie sich hier zum ersten Mal wieder gesehen hatten, mit Argusaugen beobachtete. Der Kerl war ganz offenkundig in Marthe-Marie verliebt, so wie er sie immer anblickte. Und eifersüchtig auf ihn, Jonas, war er auch. Wie Luft behandelte er ihn.

Jonas musste husten, als die dichte Rauchwolke über der Bühne aufstieg und Marthe-Maries Verwandlung einleitete. Sekunden später stand sie da, in der bezaubernden Schönheit einer Helena, und lächelte dem Publikum zu. Da nahm Diego ihre Hand und drückte ihr – was er noch nie getan hatte – einen galanten Kuss auf den Handrücken. Doch damit nicht genug, er küsste auch ihre Wange und führte sie, den Arm fest um ihre Hüfte, zur Rückwand der Bühne.

Jonas biss sich auf die Lippen. Diego wusste genau, dass er unter den Zuschauern war. Versuch du nur dein Glück, dachte er, aber gewinnen wirst du nichts. Liebe ist kein Spiel. Dieser Diego war doch ein Vagant durch und durch, ohne Wurzeln und ohne Grundsätze. Ein unsteter Zugvogel, der Marthe-Marie nur benutzte, um wenigstens einen festen Punkt im Leben zu haben. Doch einer Frau zu Gefallen würde er sein Leben niemals ändern. Lass dich nicht blenden von diesem Komödianten, Marthe-Marie, flüsterte Jonas und spürte, wie sich seine Fäuste ballten. In diesem Moment trat sie, da der Beifall nicht enden wollte, noch einmal auf die Bühne und deutete grazil einen Hofknicks an. Ihr Blick schweifte suchend über die Menge, bis sie Jonas entdeckte. Sie lachte und winkte ihm zu.

Sein Herz klopfte schneller. Was ging ihn dieser eitle Spanier an? Er eilte hinüber zum Eingang des Rathauses. Als er ihr zuvor vorgeschlagen hatte, einen Spaziergang vor den Toren der Stadt zu unternehmen, gleich nach ihrem Auftritt, war sie sofort einverstanden gewesen. Das Wetter war wunderbar, die Luft klar und angenehm, denn ein nächtliches Gewitter hatte die schwüle Hitze der letzten Tage vertrieben.

Eine schmale Frauenhand legte sich ihm über die Augen.

«Gehen wir?»

Jonas nahm die Hand und wandte sich um. In ihrem hellblauen Leinenkleid, das um den Hals weit ausgeschnitten war, und mit dem hochgesteckten schwarzen Haar sah Marthe-Marie wie eine Königin aus.

«Gehen wir.»

Er ließ ihre Hand nicht los, als sie durch die Gassen stadtauswärts schlenderten, die saftig grünen städtischen Viehweiden durchquerten und schließlich einen Waldweg erreichten, der leicht bergauf führte. Auf einer sonnigen Lichtung machten sie Rast. Zum Greifen nah schienen die Dächer und Türme der Stadt, doch kein Laut, kein Hämmern und Klopfen drang durch die sommerlich warme Luft bis hier herauf.

Jonas breitete seine Jacke aus, und sie setzten sich dicht nebeneinander auf die Wiese, die von den unzähligen Blüten des Storchenschnabels in zartem Blau schimmerte.

«Und du willst tatsächlich nicht wieder nach Freiburg zurückkehren?»

«Nein.» Er pflückte einen kleinen Stängel Ehrenpreis und steckte ihn in ihr Haar. «Ich habe alles, was ich besitze, bei mir.»

«Dann warst du dir wohl sehr sicher mit mir?»

Er wirkte verlegen.

«Um ehrlich zu sein, nein. Aber es gab noch einen anderen Grund wegzugehen.» Er zögerte. Hätte er nur nicht damit angefangen. Es war so herrlich, mit Marthe-Marie hier zu sitzen, an diesem friedlichen Sommernachmittag. An die Grausamkeit der Menschen mochte er jetzt am allerwenigsten denken.

«Welchen Grund?»

«Ein andermal. Ich mag jetzt über diese Dinge nicht reden.»

«Welche Dinge?»

Er schüttelte den Kopf.

Marthe-Marie ließ nicht locker. «Verheimlichst du etwas? Wenn es mich oder uns beide betrifft, musst du es sagen.»

«Es ist – ich habe es nicht mehr ausgehalten. In Freiburg brennen wieder die Scheiterhaufen.»

«Das ist nicht wahr.» Entsetzen stand in Marthe-Maries Augen.

«Doch. Drei Frauen. Sie haben nach mehrfacher peinlicher Befragung gestanden und weitere abgleiche Teufelsbuhlen angegeben. Das Brennen und Morden wird weitergehen.» Seine Stimme wurde schroff. «Nach allem, was ich von Textor erfahren habe, weiß ich nun, dass es Unschuldige sind, die sie da umbringen.»

«Genau wie meine Mutter», sagte Marthe-Marie tonlos.

Er schwieg. Was war nur in die Menschen gefahren? Er verstand das alles nicht. Keine Pestepidemie, keine Hungersnot bedrohte sie, seit Jahren herrschte Frieden im Land – warum schwangen die Menschen sich allerorten zum Richter über Leben und Tod ihrer Mitmenschen auf? Als er spürte, wie Marthe-Marie zitterte, zog er sie fest an sich. Da war noch etwas, doch er war zu feige, es ihr zu sagen.

«Und du glaubst wirklich nicht an Teufelsbuhlschaft und Hexenverschwörungen?», flüsterte Marthe-Marie.

«Zweifelst du daran?»

«Nein, Jonas. Jetzt nicht mehr. Aber ich habe Angst. Angst davor, dass der Ruch der Hexentochter für immer an mir haften bleibt, gleichgültig, in welche Stadt ich mich flüchte. Würdest du damit leben wollen? Hier bei den Spielleuten fragt niemand nach meiner Herkunft.»

«Ich könnte mit allem leben, weil ich dich liebe.»

Er war selbst erstaunt, wie leicht ihm dieses Bekenntnis über die Lippen kam. Noch nie hatte er einer Frau so etwas gesagt. Er spürte Marthe-Marie in seinem Arm, wie sie sich warm und leicht an ihn lehnte. Sie zitterte nicht mehr. Niemals würde er zulassen, dass dieser Frau Unrecht geschähe.

Die Schatten wurden länger. Über die Wipfel der Tannen schob sich ein runder bleicher Mond, der ferne Ruf eines Käuzchens kündete von der einsetzenden Dämmerung.

«Es ist spät.» Marthe-Marie durchbrach das Schweigen. «Wir müssen zurück, bevor es dunkel wird.»

Viel zu rasch erreichten sie die Allmende vor der Stadt. Frauen und Männer kehrten schwatzend oder singend von ihrer Feldarbeit in die Stadt zurück.

«Warte.» Jonas zog sie in den Schutz eines kleinen Buchenhains. Dann tat er das, wovon er so oft geträumt hatte: Er umfasste ihr Kinn und küsste sie zärtlich, hielt sie fest in den Armen, streichelte ihren Nacken, ihre Schultern, ihre festen Brüste unter dem rauen Leinenstoff. Und sie erwiderte seine Zärtlichkeiten, sank mit ihm ins Gras und gab sich seinen Küssen und Berührungen hin. Wie zart ihre Haut war, wie schmal und zugleich kräftig ihr Leib. Ohne Scheu erkundeten ihre Hände und Lippen einander, jede Stelle ihrer Körper, bis nichts mehr fremd war zwischen ihnen und es kein anderes Begehren mehr gab, als ihre Leidenschaft endlich bis zum Letzten auszukosten.

Es schien Stunden zu dauern, bis sein Herz wieder langsamer schlug. Ihre dunklen Augen lächelten ihn an, als er sich über ihr Gesicht beugte.

«Marthe-Marie», flüsterte er.

Sie zog ihn an sich.

«Vielleicht sind wir wirklich füreinander bestimmt», sagte sie und sah ihn prüfend an. «Vielleicht hat uns das Schicksal jetzt endgültig zusammengeführt.»

«Ich gehe mit dir, wohin du willst, Marthe-Marie.»

«Dann lass uns hier bleiben. In Freudenstadt.» Sie lächelte, wurde jedoch sofort wieder ernst. «Aber jedoch ein einziges Mal noch möchte ich nach Freiburg zurück. Ich muss.»

Jonas hörte das Blut in seinen Ohren rauschen. «Du weißt doch, in welche Gefahr du dich dort begibst.»

Sie lachte. «Dann werde ich mich eben als Nonne verkleiden. Nur für einen Tag.»

«Warum?»

Er wollte die Anwort nicht hören, denn er kannte sie schon.

«Ich möchte Mechtild wieder sehen. Sie soll wissen, was aus Agnes und mir geworden ist. Du weißt doch, wie viel ich ihr zu verdanken habe.»

Er ließ sich ins Gras fallen und blickte zur Seite.

«Mechtild ist tot.»

Ihre Lippen formten lautlos ein Nein, alle Farbe war aus ihrem Gesicht gewichen. Kaum hörbar kam die Frage: «Woran ist sie gestorben?»

Sein Magen krampfte sich zusammen.

«Woran ist sie gestorben?», wiederholte sie. Ihre Stimme klang jetzt fest und fordernd. Sie schüttelte ihn, bis er stockend antwortete.

«Vor Schwäche und Kummer. Sie haben sie eines Tages abgeholt und in den Christoffelsturm gesteckt. Das hat sie nicht überlebt.»

«Haben sie sie gefoltert?»

«Ja.» Seine Stimme zitterte.

«Wegen mir? Weil sie mich beherbergt hatte?»

«Bitte, Marthe-Marie, so darfst du nicht denken. Es ist nicht deine Schuld. Es ist die Schuld dieser aufgehetzten Meute, dieser fanatischen Eiferer.» Er unterbrach sich. Tränen strömten über sein Gesicht.

«Was wurde ihr vorgeworfen?» Ihr Blick war leer.

«Sie habe eine Hexe beherbergt und in ihrem Auftrag ein Kind entführt, um es den Gauklern zum Zwecke der Schwarzmagie zu übergeben. Es tut mir so Leid, ich wollte, du hättest es nie erfahren.»

Plötzlich ging alles rasend schnell. Marthe-Marie schluchzte laut auf, er zog sie verzweifelt in seine Arme, presste sie an sich, als er plötzlich im Dämmerlicht eine Gestalt über sich stehen sah.

«Du gottverdammter Schelm!»

Diego riss ihn am Arm in die Höhe und versetzte ihm einen Faustschlag in die Magengrube. Mit einem Stöhnen klappte Jonas zusammen, doch Diego hatte ihn schon bei den Schultern gepackt.

«Alles zerstörst du, du hergelaufener Hundsfott. Wer gibt dir das Recht, mit Marthe-Marie herumzupoussieren?»

Wieder schlug er zu, diesmal mitten ins Gesicht. «Du gehörst nicht zu ihr», brüllte er. «Sie ist eine von uns.»

Diego raste vor Wut, auf seiner Stirn stand der Schweiß. Er bringt mich um, dachte Jonas, und hielt sich schützend den Arm vor das Gesicht, um den nächsten Angriff abzuwehren. In diesem Moment schlug ein armdicker Ast zwischen ihnen zu Boden.

«Verschwindet! Verschwindet alle beide.»

Marthe-Marie stand da wie ein Racheengel, wachsbleich, mit aufgerissenen Augen und wirrem Haar. Ihr Mieder und Leibchen standen noch offen und gaben die bloßen Brüste frei, der Rock war voller Gras und Zweige.

Jonas trat einen Schritt zurück.

«Sag es ihm, Marthe-Marie. Sag ihm, dass wir zusammengehören.»

«Wir können niemals zusammengehören. Niemals!» Ihre Stimme überschlug sich. «Wegen mir musste Mechtild sterben. Und weißt du warum? Es liegt ein Fluch auf mir. Der Fluch der Hexentochter.»

Sie ließ den Ast fallen und rannte davon in Richtung Viehweide. Wie im Nebel sah Jonas, wie ihre Gestalt immer kleiner wurde, zu einem winzigen Punkt zusammenschmolz. Er hörte Diegos rasende Flüche, spürte, wie dessen Knie in seinen Unterleib schnellte, dann brach er zusammen.

Seine Hände krallten sich in der Erde fest. Er fühlte das kühle Gras an seiner Wange, das Marthe-Marie und ihm vor wenigen Augenblicken und vor tausend Ewigkeiten als Bettstatt ihrer Liebe gedient hatte. Erschöpft schloss er die Augen. Es gab keinen Grund mehr aufzustehen.

❧ 20 ☙

Sonntag konnte es kaum fassen: Nicht nur, dass ihre Konzession bis Ende des Monats August verlängert worden war – zum ersten Mal in seiner Laufbahn als Prinzipal hatte seine Compagnie zu einem weiteren Gastspiel eine höchst offizielle Einladung bekommen. Ein Amtsbote des benachbarten Städtchens Dornstetten war nach ihrer vorletzten Vorstellung in Freudenstadt erschienen und hatte ihnen das Angebot unterbreitet, zur Kirchweih im Oktober zu gastieren. Offenbar hatte sich ihr Erfolg in diesem südwestlichen Zipfel des Herzogtums Württemberg herumgesprochen, und so war Sonntag selbstbewusst genug, Bedingungen zu stellen: Er bat sich aus, nicht, wie vom Dornstetter Magistrat geboten, im Gasthaus «Krone» Quartier zu nehmen, sondern auf der Gemeindewiese vor der Stadt, zudem möge auch der Wahrsagerin Salome das Gastrecht nicht verweigert werden, da zu ihrem Kundenkreis erlauchte Persönlichkeiten gehörten und ihr Wirken ausschließlich dem Guten diene.

Drei Tage später – sie hatten die Bühne abgebaut, die Wagen und Karren standen bepackt bereit – brachte ihnen der Bote das Plazet der Dornstetter Ratsherren. Die Spielleute brachen in Jubel aus.

«Diesen weiteren Erfolg», rief Sonntag, nachdem sich seine Leute beruhigt hatten, «möchte ich für zweierlei zum Anlass nehmen. Zum einen ist unser Säckel inzwischen so gut gefüllt, dass wir unsere Ausrüstung wieder in Schuss bringen sollten. Wer also Mängel an seinen Kostümen oder Requisiten festgestellt hat, kommt nachher mit seinen Wünschen zu mir. Außerdem werden wir noch einen Wagen samt Maultier dazukaufen, einen großen geschlossenen Wohnwagen aus bestem Buchenholz. Keiner von euch soll in diesem Winter auf offenen Karren oder unter Planen schlafen müssen. Das zweite: Zum Abschied gibt es nachher im ‹Goldenen Bärlein› ein großes Fest mit freiem Essen und Trinken für alle. Wartet, ich bin noch nicht fertig.» Er hatte Mühe, die neuerlichen Freudenpfiffe und Rufe zu übertönen. «Sauft euch nicht die Hucke voll; wir müssen morgen in aller Frühe die Stadt verlassen und unser Lager draußen aufschlagen. Wer nicht rechtzeitig auf den Beinen ist, zahlt in die Strafkasse.»

David Dreher zeigte ganz offen sein Bedauern, als er am Abend riesige Platten mit Spanferkel, kaltem Braten und sauren Kaldaunen in Rotweintunke auffahren ließ und sich dann zum Prinzipal an den Tisch setzte.

«Lieber Sonntag, ich sag's Euch offen ins Gesicht; Ihr wart mir die liebsten Gäste seit langem.»

«Vor allem die lukrativsten», lachte Sonntag.

«Nein, nein! Doch nicht des Geldes wegen. Ihr wisst ja selbst, dass Ihr fahrenden Leute nicht gerade den besten Ruf habt. Aber

mir wart Ihr eine angenehmere Gesellschaft als manch adlige Rei-
segruppe. Und Eure Mettel würde ich am liebsten nicht mehr
herausgeben. Langer Rede kurzer Sinn: Ich wünsche Euch von
Herzen Glück und weiteren Erfolg.» Er schüttelte dem Prinzipal
die Hand. «Die paar Fässchen Bier heute Abend gehen auf meine
Rechnung, als Abschiedsgeschenk.»

Dann winkte er Mettel heran. «Heute sollen die anderen ausschenken. Trink mit uns.»

Er warf ihr einen glutvollen Blick zu.

«Ach David, Ihr wisst doch, dass ich nicht untätig herumsitzen
kann. Na gut, auf einen Schluck hock ich mich dazu.»

Sie schenkte sich und Dreher ein und hob ihren Becher.

«Auf die Gastfreundschaft vom Bärenwirt.»

Alle hoben ihre Becher und tranken Dreher zu. Nur Diego
starrte auf die Tischplatte, ohne etwas anzurühren.

«Diego tut mir Leid», flüsterte Marusch Marthe-Marie zu. «Du
solltest aufhören, ihn wie Luft zu behandeln.»

«Er ist Luft für mich. Ich wäre froh, ich würde ihn nie wieder
sehen. Und falls er dich angesetzt hat zu vermitteln, dann richte
ihm aus, dass es vergeblich ist.»

«Sei nicht albern, für Botendienste lass ich mich nicht gebrauchen. Aber du gibst ihm nicht einmal die Möglichkeit, sich zu
entschuldigen. Schau, er ist halt ein Mannsbild, aufbrausend,
selbstgefällig und eifersüchtig. So sind die Männer, wenn sie verliebt sind.»

«Nicht Jonas», entfuhr es Marthe-Marie. Allein dass sie seinen
Namen ausgesprochen hatte, versetzte ihr einen Stich ins Herz.
Wie hatte sie sich vorgenommen, nicht mehr an jenen Abend
im Buchenhain zu denken; aber die Momente der Liebe und des
Schreckens holten sie bei jeder Gelegenheit ein. Ihre Trauer um
Mechtild hatte sie mit Marusch teilen können, und das Mitlei-
den der Freundin hatte ihr gut getan. Sie begann sich einzureden,

194

dass der Tod der alten Wirtin mit der Welt draußen zu tun hatte, mit einer feindlich gesinnten Welt, vor der sie sich in den Schutz der Gauklertruppe zurückgezogen hatte. Doch das Leid um Jonas konnte ihr niemand abnehmen. Ein zweites Mal, diesmal wohl endgültig, hatte sie ihn zurückgestoßen und verletzt, und das in einem Augenblick, wo ihre Liebe zu ihm erwacht war. Noch nie hatte sie sich in der Umarmung eines Mannes so frei gefühlt. Sie hatte gar nicht geahnt, wie berauschend und erfüllend die Liebe für eine Frau sein konnte. Bei Veit hatte sie derlei Erfahrungen nie gemacht.

Am Morgen danach hatte sie sich von einem Nagelschmied zum anderen durchgefragt, bis sie auf Jonas' Quartiermeister gestoßen war. Der hatte ihr berichtet, der junge Schulmeister sei erst am frühen Morgen heimgekehrt, wortlos und mit einer Menge Beulen und Schrammen am Leib. Er habe sofort seine Sachen gepackt, ihn ausbezahlt und dann die Stadt verlassen. Nein, er wisse nicht wohin, und der junge Mann habe auch keine Nachricht hinterlassen.

«Ich schmiede große Pläne für die Truppe», hörte sie Sonntag dem Wirt sagen. «Bevor hier oben der Winter einbricht, ziehen wir hinunter ins Neckartal. Und dann, immer schön flussabwärts, Richtung Residenz. Wir wollen versuchen, in Stuttgart fürstliche Protektion zu erlangen, um im ganzen Land leichter an Lizenzen zu kommen.» Er nahm einen kräftigen Schluck. «Gerade im Winterhalbjahr, wenn kaum Messen und Märkte stattfinden, ist es ja schier unmöglich, in den Städten eine Aufführungsgenehmigung zu bekommen. Wenn wir nicht gerade bei einer Bauernhochzeit spielen dürfen, schlagen wir die Zeit auf irgendeiner Viehweide tot, wo wir mehr oder weniger geduldet werden, wenn sie uns nicht gleich wieder verjagen. Ein Empfehlungsschreiben vom Herzog Friedrich, das wär's, das würde uns Tür und Tor öffnen.»

«Ihr müsst wissen», mischte sich Marusch ein, «mein Mann

träumt seit Jahren davon, dass unserer Truppe der Titel Hofkomödianten verliehen wird und wir dann alle Sorgen los sind.»

«Warum nicht? Wir sollten es zumindest versuchen. Der Herzog ist ein sehr aufgeschlossener und kluger Herrscher, das hört man überall.»

Marthe-Marie waren Sonntags Pläne einerlei. Sie fühlte sich wie in einem Kahn ohne Ruder, der über den See treibt, und einen anderen Wunsch, als sich ziellos treiben zu lassen, verspürte sie auch nicht.

Diego sah zu ihr herüber. Seine Augen waren stumpf vor Enttäuschung und Niedergeschlagenheit. Sie wandte sich ab. Was an Freundschaft und Nähe zwischen ihnen entstanden war, hatte er mit seinem Zornesausbruch zerstört.

❧ 21 ❧

Dem Herbstlaub der Wälder blieben nur wenige Tage, um seine rotgoldene Pracht zu entfalten. Schon Mitte Oktober tobten die ersten Stürme über die Höhen des Schwarzwaldes und rüttelten an Ästen und Zweigen.

«Ich fürchte, der Winter kommt dieses Jahr früh», meinte Mettel. «Wir sollten talabwärts ziehen.»

Sie war gerade von einer ihrer morgendlichen Runden zurückgekehrt, bei denen sie alles sammelte, was Feld, Wald und Wiese boten. Mehr als einmal war sie dabei irgendwelchen Flurschützen und Feldmeistern nur in letzter Sekunde entwischt. Jetzt im Herbst brachte sie Huflattichsamen gegen Husten, Hagebutten gegen Winterfieber und jede Menge Haselnüsse mit.

Marthe-Marie und Marusch hockten mit Lisbeth und Agnes im Windschatten ihres neuen Wagens und knackten Nüsse. Sonntag hatte wahrhaftig keine Kosten gescheut: Mit den zwei kleinen Fenstern, die mit Rindsblase bespannt waren und bei Schlechtwetter mit dicken Läden geschlossen werden konnten, der Tür im Heck und dem geteerten Dach stellte der Wohnwagen ein richtiges Haus auf vier Rädern dar.

«Ich fürchte, Leo wird sich nicht darauf einlassen.» Marusch schaufelte die Nussschalen in einen Eimer. «Er will heute Mittag bei den Dornstetter Ratsherren vorsprechen, um eine Verlängerung bis in den November zu erwirken. Außerdem – wir haben Ostwind, es ist zwar kalt, aber wunderbar klar.»

Doch die alte Köchin ließ nicht locker. «Du weißt, was los ist, wenn wir mit unseren schweren Karren in Schnee oder Schlamm geraten. Dazu hier oben in den Bergen. Um ehrlich zu sein: Ich bin mir sicher, dass das Wetter bald umschlägt. Ich habe Schmerzen an meinem goldenen Zahn.»

«Vielleicht sollten wir Salome um Rat fragen.» Marthe-Marie zog sich ihren Umhang fester um die Schultern. «Schließlich kann sie in die Zukunft sehen.»

Marusch lachte laut auf. «Das Einzige, was die kann, ist, ihren Besuchern das Geld aus der Tasche zu ziehen. Da vertraue ich lieber auf Mettels Goldzahn. Wartet hier, ich werde mit Leo reden.»

Als sie nach über einer Stunde zurückkehrte, lächelte sie befriedigt. «Wir brechen übermorgen auf, ohne Umwege hinunter ins Neckartal nach Horb.»

«Bekommst du eigentlich immer deinen Willen?» Marthe-Marie konnte nicht verhindern, dass ihre Frage spitz klang.

«Nur in wirklich wichtigen Dingen. Den Rest überlasse ich Leo. Hauptsache, er zweifelt niemals daran, dass er die Zügel in der Hand hält.»

In letzter Zeit ertappte sich Marthe-Marie immer häufiger dabei, wie sie ihrer Freundin das Leben mit Leonhard Sonntag und den fünf Kindern neidete. Missmutig schlug sie mit dem Hammer so fest auf die Nüsse, dass die Kerne zu Mus gequetscht wurden. Marusch warf ihr einen fragenden Blick zu, sagte jedoch nichts.

Bis zu ihrem letzten Tag in Dornstetten schienen den Prinzipal aber doch Zweifel wegen der vorzeitigen Abreise zu plagen, denn gegenüber Marusch verhielt er sich überaus gereizt. Dann jedoch wurden sie Zeugen eines Ereignisses, das sie veranlasste, so schnell wie möglich weiterzuziehen.

Sie gaben ihre letzte Vorstellung. Quirin war mit seiner Darbietung noch nicht bis ans Ende gelangt, als die Zuschauer unruhig wurden. Erst vereinzelt, dann in dichtem Pulk verließen die Menschen den Marktplatz, auf dem die Bühne errichtet war, und strömten hinüber zur Kirche. Auf ein Zeichen des Prinzipals hin löschte Quirin schließlich seine Fackeln und beendete den Auftritt.

«Möchte zu gern wissen, wer uns da die Aufmerksamkeit stiehlt», brummte Sonntag. Gemeinsam zogen sie hinüber zum Kirchplatz, wo es kaum noch ein Durchkommen gab. Sie drängten sich seitwärts an der Menge vorbei, bis sie das Schauspiel vor Augen hatten, das die Menschen offenbar weit mehr fesselte als der Auftritt der Gaukler: Am Pranger stand mit dem Rücken zu ihnen eine Frau, die Hände an die Spitze des Schandpfahls gekettet. Ein Raunen ging durch die Menge, als sich der Scharfrichter mit einer kräftigen Rute in der Faust der Delinquentin näherte. Mit einer einzigen Bewegung riss er ihren Kittel entzwei. Schutzlos und nackt erwartete ihr Rücken die schmerzhaften Schläge. «Eins!» – «Zwei!» – «Drei!», grölte die Menge bei jedem Staupenschlag, beim fünften begann die Frau zu schreien, dann platzte die Haut auf, und Blut quoll über den bleichen Rücken.

Marthe-Marie hatte sich längst abgewandt. «Lass uns gehen. Ich will das nicht sehen.»

Doch Marusch stand wie versteinert. «Das gibt es nicht. Das ist Apollonia!»

Marthe-Marie zwang ihren Blick zum Ort des grausamen Geschehens. Jetzt sah man das Gesicht der Frau: Es war tatsächlich die junge Bettlerin aus Hausach, die sich mit Maruschs Geldkatze davongemacht hatte. Marthe-Marie hielt sich die Ohren zu, um die furchtbaren Schreie nicht hören zu müssen. «Elf!»- «Zwölf!» – dann trat Stille ein.

«Was hat sie getan?», fragte Marusch die Umstehenden.

«Leinentücher aus einem Bürgerhaus hat sie geklaut, das Luder. Und einen silbernen Kerzenständer. Es ist wohl nicht das erste Mal.»

Inzwischen hatte der Scharfrichter Apollonia vom Pranger losgebunden. Zusammengekrümmt lag sie auf dem Pflaster. Jemand führte ein Pferd heran, das in leichtem Geschirr stand. Der Henker band ihre Handgelenke an die Zugstränge.

«Jetzt wird sie aus der Stadt geschleift», rief einer der Gaffer. «Los, hinterher.»

«Das überlebt sie nicht», murmelte Marthe-Marie und kämpfte gegen das Würgen in ihrem Hals an. Sie konnte es nicht erklären, aber ihr war, als hätte es eine von ihnen getroffen.

«Sie ist noch jung, und sie ist zäh», entgegnete Marusch, doch auch ihr Gesicht war totenblass.

Als sie zum Marktplatz zurückkehrten, fehlte keiner aus der Truppe. Niemand hatte das Spektakel bis zum Ende miterleben wollen.

«Das war kein schöner Anblick», sagte Sonntag. «Mir wäre es am liebsten, wir würden gleich aufbrechen.» Die anderen nickten stumm. «Und womöglich behält unsere Nonne noch recht mit ihrer bösen Ahnung, was das Wetter betrifft.»

So war es auch. Bereits einen Tag später – sie durchquerten einige Meilen hinter Dornstetten ein dichtes Waldstück – zog von Westen her eine dunkelgraue Wolkenbank auf und schob sich vor die Sonne. Am Nachmittag fielen die ersten schweren Flocken

199

vom Himmel, die ein heftiger Wind, der binnen Minuten an Stärke zunahm, ihnen in Kragen und Gesicht wehte. Schlagartig wurde es dunkel.

«Mistwetter!», brüllte der Prinzipal vom Kutschbock herunter. «Wir müssen einen Lagerplatz finden, bevor wir gar nichts mehr sehen.»

Sie erreichten eine Schneise, die die Waldarbeiter geschlagen hatten, und lagerten kreuz und quer zwischen gefällten Bäumen und Gestrüpp.

Zum ersten Mal schliefen sie alle in ihrem neuen Wagen, bis auf Pantaleon und Quirin, die wohl ihre Härte beweisen wollten, und jeweils drei Männer, die Wache hielten. Lambert hatte an den Innenwänden des Wohnwagens auf halber Höhe Bretter an Scharnieren befestigt, die, von Ledergurten gehalten, herausgeklappt und von den Kindern als Betten genutzt werden konnten. Auf dem Boden lagen die Erwachsenen dicht an dicht, und die Luft war bald zum Schneiden, da die Läden geschlossen bleiben mussten. Dafür brauchte keiner zu frieren.

«Ist doch eigentlich ganz behaglich», flüsterte Marusch, die eingezwängt zwischen Sonntag und Marthe-Marie lag. Diego hatte zusammen mit zwei der Musikanten die erste Wache übernommen. «Ich bin gespannt, wie lange es Quirin und Pantaleon draußen unter ihren Planen aushalten.»

Marthe-Marie lauschte dem Sturm, der um den Wagen heulte, dem Ächzen und Rauschen der Bäume. Hin und wieder hörte sie die Pferde und Maultiere unruhig schnauben, dann wieder schlugen Zweige herab. Marusch und ihr Gefährte schnarchten längst um die Wette, doch sie fand, wie seit Tagen schon, keinen Schlaf. Sie dachte an Apollonia. Nur kurz hatten sich ihre Wege gekreuzt. Marthe-Maria wusste so gut wie nichts über die junge Frau und doch – ihr Anblick hatte etwas in ihr berührt, das mehr war als nur Mitleid.

Irgendwann öffnete sich die schmale Tür und ließ einen Schwall eisiger Luft und nasser Flocken herein. Ein Tuscheln, Rucken und Zerren ging durch die nachtschwarze Enge des Wagens, dann war wieder alles ruhig. Bis Marthe-Marie eine Hand auf ihrer Schulter spürte.

«Schläfst du?» Diegos Flüstern klang tief und weich.

Wortlos schüttelte sie seine Hand ab und zog sich die Decke bis über den Kopf.

Am nächsten Morgen hatte der Sturm nachgelassen. Alles war weiß, an einigen Stellen stand der Schnee in hüfthohen Wehen.

«Das wird ein beschissenes Stück Arbeit, die Wagen wieder auf den Weg zu bringen,» schimpfte Diego. Doch kaum hatten sie die Geschirre für die Zugtiere bereitgemacht, setzte der Sturm wieder ein, diesmal ungleich heftiger.

«Es hat keinen Sinn», schrie Sonntag durch das Tosen. «Zurück in den Karren mit euch.»

So hockten sie in der Dunkelheit des Wagens, zum Warten verdammt, die Böen rüttelten an den Fensterläden. Plötzlich krachte mit lautem Knall ein Ast auf das Dach. Sie hörten das Kamel draußen schreien, Agnes und Lisbeth begannen zu weinen, und Ambrosius' dürrer Körper zitterte wie Espenlaub.

«Herr im Himmel hilf, dass uns kein Baum zerschmettert», flüsterte Lamberts Frau. Sie begann zu beten, die Kinder fielen mit ein. Sonntag kroch hinaus und kam mit Pantaleon und Quirin zurück. In ihren Haaren und Bärten hingen Eisklumpen.

«Armdicke Äste hat es runtergehauen, aber so weit ich sehen konnte, sind keine Bäume entwurzelt. Das Kamel hat auch einen Prügel abbekommen. Du kannst später nach Schirokko sehen», wandte er sich an Pantaleon. «da draußen ist es jetzt lebensgefährlich.» Er schüttelte sich. «Die reinste Winterhölle, und das Ende Oktober.»

Erst gegen Abend flaute der Sturm ab, und sie mussten eine

weitere Nacht mitten im Wald verbringen. Dann setzte Tauwetter ein, und der Schnee ging in Regen über.

Die Schäden waren geringer als befürchtet: Der Ast hatte die obere Wand des Wagendachs eingerissen, was sich mit Werg und Teer jedoch leicht ausbessern ließ, und neben der Tür war eine Latte herausgeschlagen, die ersetzt werden musste. Pantaleons Zeltplane war zerfetzt, die von Quirin hatte der Sturm mitgerissen. Schirokko hatte Glück gehabt: Die Fleischwunde an seiner Hinterhand war nicht tief. Die anderen Wagen und Karren wiesen kleinere Schäden an Holz und Planen auf.

Gleich nach Sonnenaufgang machten sie sich wieder auf den Weg. Die Krämer und Hausierer, die Kesselflicker und Scherenschleifer mit ihren klapprigen Handwagen und zweirädrigen Karren hatten sich zum Glück für Freudenstadt als Winterquartier entschieden. Ohne sie würde der Tross schneller vorankommen. Obwohl die Fahrstraße in denkbar schlechtem Zustand war, schlammig und mit Wurzelwerk durchsetzt, hofften sie, bis zum Abend Horb am Neckar zu erreichen.

Doch mit dem plötzlichen Einbruch der kalten Jahreszeit schien die Glückssträhne der Spielleute ein jähes Ende gefunden zu haben. Sie waren kaum eine Stunde unterwegs, als sich die Straße zu einem Hohlweg verengte. Rechts und links schoben sich steile, mit Felsen und Gestrüpp besetzte Hänge bis dicht an den Wegesrand. Die beiden mächtigen Fuhrwerke von Leonhard Sonntag und Diego, die vorausfuhren, schrammten mehr als einmal an Felsen und Ästen entlang. Dann ging überhaupt nichts mehr: Quer über dem Weg lag eine umgestürzte Tanne.

Sonntag sprang vom Kutschbock und rief die Männer zusammen.

«Schaffen wir das?»

Diego setzte sich mit verschränkten Armen auf den Baumstamm. «Wozu haben wir Maximus, den stärksten Mann der Welt?»

Maximus verzog keine Miene, und die anderen lachten.

«Keine Späße jetzt.» Der Prinzipal war verstimmt über die neuerliche Unterbrechung ihrer Reise. «Alle Mann nebeneinander an den Baumstamm, und los.»

Neugierig kamen die Frauen und Kinder heran. «Sollen wir euch anfeuern?», fragte Marusch.

Plötzlich rief Caspar, der am unteren Ende der Tanne stand: «Das war nicht der Sturm. Der Baum ist gefällt.»

«Verdammt, ein Hinterhalt!» Sonntag sah zu den Frauen und Kindern. «Alle in den Wohnwagen, schnell.»

Doch es war zu spät. Fünf maskierte Männer sprangen von den Felsen, einer von ihnen packte Antonia und richtete den Lauf seines Vorderladers auf ihre Schläfe.

«Das Mädchen ist tot, wenn ihr nicht macht, was ich sage.»

Marusch unterdrückte einen Schrei. Dann hob sie langsam die Hand. «Das ist meine Tochter. Nehmt mich und lasst sie los.»

«Halt's Maul. Alle Männer rüber zum ersten Wagen. Wer sich wehrt, wird erschossen.»

Tapfer, und ohne mit der Wimper zu zucken, hielt Antonia der tödlichen Bedrohung an ihrer Seite stand. In wenigen Minuten waren die Männer gefesselt und jeweils zu viert an die Wagenräder gebunden. Marthe-Marie sah geradewegs in Diegos Gesicht. Wut und Hass stand in seinen Augen, doch kein Funken Angst. «Es wird alles gut», flüsterte er ihr zu. Da schlug einer der Maskierten ihm die Faust ins Gesicht.

«Jetzt die Frauen und Kinder», rief der Bewaffnete, der offenbar der Anführer war. Ein untersetzter, kräftiger Kerl riss die Tür zum Wohnwagen auf und stieß sie einzeln hinein. Als Isabell und Antonia an der Reihe waren, hielt er beide fest.

«Die zwei nehmen wir uns als Belohnung.» Er grapschte nach Isabells Busen.

«Dann bringe ich dich um, sobald ich freikomme,» schrie Sonntag. Einer seiner Bewacher lachte und versetzte ihm einen kräftgen Schlag mit seinem Knüppel.

«Lass das, du Arschloch,» fuhr der Anführer dazwischen. «Das ist der Prinzipal. Und wer noch einmal eine Frau anrührt, dem blase ich das Hirn aus dem Schädel. Wir haben keine Zeit zum Rumvögeln.»

Mettel war die Letzte, die unsanft in den Wagen gestoßen wurde. Dann verriegelten sie Fensterläden und Tür.

In der Dunkelheit des Wagens zog Marthe-Marie Agnes in ihre Arme, doch die schien, wie Lisbeth auch, das Ganze als ein Spiel anzusehen und plapperte munter vor sich hin. Die anderen Kinder waren vor Schreck verstummt, nur Niklas, der zehnjährige Sohn von Lambert und Anna, begann leise zu schluchzen. Antonia sprach tröstend auf ihn ein.

Sie hörten von draußen die Stimmen der Wegelagerer, lautes Pferdewiehern, dann Hufgetrappel und erschrecktes Hundegebell.

«Romulus und Remus!» Tilman schrie auf. «Sie werden sie umbringen.»

Marusch tastete nach seiner Hand. «Bleib ruhig. Deine Hunde sind klug, die werden das Richtige tun. Ihr müsst jetzt alle ganz ruhig bleiben, dann wird uns schon nichts geschehen.»

Marthe-Marie versuchte, gegen das Zittern ihres Körpers anzukommen. Sie hatte grauenhafte Angst um die Männer draußen. Vor allem um Diego, der so aufbrausend sein konnte. In dieser Situation würde das seinen Tod bedeuten.

Jetzt ruckte es heftig an ihrem Wagen. Offenbar wurde das Maultier ausgespannt.

«Sie haben es auf die Pferde abgesehen», flüsterte Mettel.

Doch das war es nicht allein. «Wo ist der Zaster?», hörten sie den Anführer brüllen. «Mach jetzt dein Maul auf, oder wir stecken den Wagen mit den Frauen und Kindern in Brand.»

«Es ist die schwarze Kiste im vordersten Wagen.» Sonntags Stimme klang müde.

«Jetzt sind wir arm wie die Kirchenmäuse», entfuhr es Marusch.

«Los, führt die Pferde zusammen und durchsucht noch die anderen Wagen. Aber beeilt euch.»

Dann wurde es zunehmend lauter. Holz splitterte, Geschirr ging zu Bruch, dazwischen das Hohngelächter der Räuber und immer wieder leises Wimmern.

«Sollen wir denen da drinnen ein wenig Feuer unterm Arsch machen?» Das war die Stimme des Untersetzten. «Ich meine, wenn wir mit den Weibern schon keinen Spaß haben dürfen.»

Da brüllte Maximus auf wie ein Tier. Ein lautes Knacken war zu hören, als ob die Speichen des Wagenrads brechen würden, und schwere, schnelle Schritte. Aus der Ferne die Stimme des Anführers: «Er hat sich losgerissen, schlagt ihn tot!», gleich darauf ein dumpfer Schlag, ein Ächzen, als ob ein gefällter Baum zu Boden ginge. Dann war es still.

«Maximus!» Mettels Stimme drang erstickt durchs Dunkel. Marthe-Marie schlang den Arm um sie und begann zu beten, flehte Gott an, sie alle am Leben zu lassen, auch wenn ihnen sonst alles genommen würde.

Irgendwann hob sie den Kopf und lauschte. Draußen war nichts mehr zu hören. Sie versuchte durch den Spalt der Fensterläden hinauszusehen, doch außer einem Stück nackter Felswand war nichts zu erkennen. Wie aus einem tiefen Traum kamen auch die anderen zu sich. «Sie sind weg», flüsterte Marusch. Jetzt hörten sie Diegos Stimme: «Hilf mir – ja, so ist es gut – noch ein Stückchen.» Kurz darauf öffnete sich die Tür des Wagens und Diegos blutverschmiertes Gesicht erschien in der blendenden Helligkeit des hereinfallenden Lichts.

«Geh du zuerst hinaus», sagte Marusch zu Marthe-Marie. «Ich

bleibe bei Mettel. Und ihr Kinder bleibt auch, bis wir euch holen.»

Marthe-Maries Beine schwankten, als Diego ihr aus dem Wagen half. Sie starrte auf seine aufgeplatzte Lippe und unterdrückte ein Schluchzen. Dann ließ sie sich in seine Arme fallen.

Rundum sah es aus wie nach einer Schlacht. Überall verstreut lagen Kleider, Kostüme und Requisiten im Matsch, dazwischen Tonscherben von zerschlagenem Geschirr und gesplittertes Holz. Das Schild mit dem stolzen Schriftzug «Leonhard Sonntag und Compagnie» war in zwei Teile gespalten. Das Furchtbarste: Ihr zu Füßen lag ausgestreckt im Dreck der große, starke Maximus und rührte sich nicht.

«Ist er tot?»

«Ich weiß nicht.» Diego strich ihr zärtlich über das Gesicht. «Ich kümmere mich um ihn, binde du die anderen los. Hier hast du mein Schnitzmesser.»

Sonntag rieb seine schmerzende Schulter, nachdem sie ihn befreit hatte. «Ist von den Frauen und Kindern jemand verletzt?»

«Nein, dem Himmel sei Dank. Nur um Mettel müssen wir uns kümmern – wegen Maximus.»

Jetzt schossen ihr doch die Tränen in die Augen. Dann fiel ihr Blick auf Ambrosius, der leblos und kopfunter an den Speichen des Wagenrads hing.

«Keine Angst, der ist nicht tot. Nur rechtzeitig in Ohnmacht gefallen.» Sonntag klopfte dem Wundarzt unsanft auf die Wangen. «He, Medicus, aufwachen, es ist vorbei. Wir brauchen deine Hilfe.»

Während Marthe-Marie die anderen Männer befreite, knieten Sonntag und Diego bei Maximus, dem aus einer Wunde am Hinterkopf das Blut rann.

«Sapperment, Ambrosius!», brüllte Diego los. »Hol jetzt sofort deine Arzttasche, sonst mach ich dir Beine!»

Unter lautem Wehklagen lief der bucklige Wundarzt zu seinem umgestürzten Karren, in den er einer Wühlmaus gleich den Kopf steckte, um seine Instrumententasche zu suchen. Plötzlich begann er zu kreischen wie ein Waschweib: «Meine Amputiersäge! Sie haben meine Amputiersäge gestohlen!»

In diesem Moment hob Maximus den Kopf, schlug die Augen auf und fragte mit klarer Stimme: «Mettel?»

Marthe-Marie stürzte in den Wohnwagen. «Mettel, schnell. Er kommt zu sich. Er ist nicht tot!»

Die alte Köchin lachte und weinte zugleich, als sie sich neben Maximus hockte. «Mein armer Kleiner. Was haben sie mit dir gemacht.»

«Sein Puls schlägt wieder kräftiger.» Ambrosius legte eine Kompresse auf die Wunde und begann einen Verband anzulegen. Seine Spinnenfinger zitterten noch immer. «Er braucht jetzt Wärme.»

Mit einem Mal begannen alle durcheinander zu laufen, jeder auf der Suche nach seinen Habseligkeiten oder um die angerichteten Schäden an seinem Wagen zu untersuchen.

«So geht das nicht.» Der Prinzipal kletterte auf sein Fuhrwerk. «Alle hierher zu mir.»

Er musterte seine Männer, die sich jetzt um den vorderen Wagen versammelt hatten.

«Wie es scheint, sind wir mit dem Schrecken davongekommen. Sogar Maximus. Jedem anderen hätte so ein Schlag den Schädel zerschmettert, aber Maximus ist eben Maximus. Jetzt hört zu: Marthe-Marie und Anna gehen mit den größeren Kindern Feuerholz sammeln. Bleibt in der Umgebung des Lagers und haltet Ausschau nach dem Kamel. Es hat sich losgerissen und muss ganz in der Nähe sein. Vielleicht haben sich auch noch andere Tiere befreien können. Mettel und Salome, ihr treibt Wasser auf und etwas zu essen, um für Maximus eine heiße Suppe zu bereiten. Vielleicht haben die Dreckskerle ja noch was von unserem Wein oder Branntwein dagelassen. Marusch kümmert sich so lange um den Verletzten, Decken müssten ja genug im Wohnwagen sein. Ihr anderen kommt mit mir. Wir werden Wagen für Wagen überprüfen, was fehlt, was zerstört und was noch zu gebrauchen ist. Und zwar gemeinsam, verstanden?»

Marthe-Marie bläute den Kindern ein, dicht zusammenzubleiben, dann durchstöberten sie das unwegsame Gelände. Dabei fanden sie Salomes Kristallkugel und eine Sackpfeife, beides unversehrt. Es war Antonia, die Schirokko entdeckte. Mitten in einem Holunderbusch, unter einem Felsvorsprung, stand das Kamel und zitterte am ganzen Leib. Antonia versuchte es hervorzulocken, mit schnalzenden Geräuschen, wie sie es von Pantaleon kannte, doch vergeblich. Schließlich holte sie den Tierbändiger, dem Schirokko wie ein Hund hinterhertrottete. Als kurz vor dem Hohlweg noch die beiden Äffchen aus den Bäumen sprangen und sich Pantaleon mit aufgeregtem Schnattern auf die Schultern setzten, liefen ihm Freudentränen über das Gesicht.

Die anderen Tiere blieben verschwunden. Diegos Zwerghühner schmorten wahrscheinlich längst irgendwo über dem Lagerfeuer der Räuber, und Tilman weinte immer noch bitterlich über den Verlust seiner Hunde, als sie sich gegen Mittag um das knisternde Feuer setzten und der Prinzipal eine Zusammenfassung der Verluste gab.

Das Leben hatten die Räuber ihnen gelassen, doch ansonsten war der Schaden unermesslich. Nicht nur dass der Prinzipal die Geldkiste mit den Einnahmen der Truppe hatte herausgeben müssen. Die Schutzplanen der Wagen waren aufgeschlitzt, aus den Verkleidungen Bretter herausgeschlagen, so gut wie alle Kisten und Koffer lagen geöffnet oder ausgeleert im Dreck. Was irgendwie von Wert schien, hatten die Lumpen mitgenommen, anderes mutwillig zerstört. So war ein Großteil der Kostüme zerschnitten und zerfetzt, die Flöten und Fiedeln der Musikanten fast alle zerbrochen.

208

Auf Wochen hin würden sie nicht mehr auftreten können, dachte Marthe-Marie. Dann musste sie beinahe auflachen: Sie saßen hier ohnehin fest wie die Karnickel in der Falle. Den gefällten Baum hatten die Männer zwar inzwischen beiseite geschafft, doch alle Pferde und Maultiere waren weg. Das Vorderrad an Sonntags Fuhrwerk hatte Maximus mit seinen Bärenkräften in Stücke gerissen. Am geringsten betroffen war Pantaleon, denn er besaß nichts außer seinen Tieren und seinem schäbigen zweirädrigen Karren, den kaputtzuschlagen die Räuber sich gar nicht erst die Mühe gemacht hatten.

«Wir sind am Leben, und wir haben unsere Wagen, auch wenn sie ramponiert sind», versuchte Sonntag seine Leute aufzumuntern. «Es hätte viel schlimmer kommen können. Stellt euch nur vor, sie hätten den Frauen Gewalt angetan. Oder Quirins Zauberkiste geöffnet. Damit hätten sie unseren ganzen Tross in Brand stecken können.»

Marthe-Marie wusste, dass Quirin in einer schweren Metallkiste seine Vorräte an Salpeter, Schwefel und Lindenholzkohle aufbewahrte, ein Teil davon war meist schon fertig gemischt und gekörnt. Auf den Deckel hatte er mit weißer Farbe einen Totenkopf gemalt – das allein hatte die Wegelagerer wohl davon abgehalten, die Kiste auch nur zu berühren. Dafür hatten sie seinen zweitgrößten Schatz mitgehen lassen: den zwölfteiligen Satz beidseitig geschliffener Messer.

«Wir müssen Hilfe holen. Ich schlage vor, Caspar, Valentin und Severin gehen mit mir die Straße in Richtung Horb, die anderen bewachen den Tross. Irgendwo müssen in dieser verflixten Gegend ja Menschen leben. Dort leihen wir uns Ochsen oder Maultiere, um die Wagen an einen sicheren Ort zu bringen.»

«Und womit willst du diese Dienste bezahlen?», fragte Marusch spöttisch.

«Hat irgendwer seine Ersparnisse retten können?»

Alle Blicke wandten sich Ambrosius zu.

«Was glotzt ihr mich an? Ich bin ebenso beraubt worden wie ihr auch. Dazu sind fast all meine Gläser mit den Arzneien und Tinkturen zerbrochen. Ich bin ruiniert.»

«Jeder hier weiß, dass du dein Geld in den Latten deines Karrens versteckt hältst», murmelte Diego. Das Sprechen fiel ihm schwer mit der geschwollenen Lippe, doch er hatte sich geweigert, sie von Ambrosius behandeln zu lassen. «Und soweit ich sehe, haben sie deinen Karren zwar umgerissen, aber ansonsten unversehrt gelassen. Wahrscheinlich bist du der Einzige, dem noch was geblieben ist.»

«Also, was ist?» Sonntags Stimme nahm einen bedrohlichen Klang an.

Fluchend erhob sich der Wundarzt und kam kurz darauf mit seinem Münzbeutel zurück. «Warum soll ich allein eure Wagen aus dem Dreck ziehen?»

Caspar, der selten das Wort von sich aus ergriff, stand auf. «Du hast jahrelang von uns profitiert: Die meisten deiner Patienten kamen aus den Reihen unserer Zuschauer und nicht umgekehrt. Du bist in unserem Schutz gereist, und wenn wir gutes Geld gemacht hatten, hast auch du vom Prinzipal einen Anteil erhalten. So ist es nur recht, wenn du uns jetzt hilfst.»

«Ich habe auch noch etwas. Viel ist es nicht.» Marthe-Marie zog unter ihrem Rock die Geldbörse hervor und leerte die Münzen aus. Dabei fiel ihr das kleine zusammengefaltete Papier in die Hände. Jonas! Sie spürte, wie sich ihr Magen verkrampfte. Da traten Mettel und Anna vor den Prinzipal und reichten ihm ebenfalls eine Hand voll Münzen, ihre letzten Ersparnisse, die sie wohlweislich vor ihren Männern geheim gehalten hatten.

«Ich danke euch allen.» Sonntag schien aufrichtig gerührt. «Damit werden wir wohl fürs Erste weiterkommen. Was war das?»

Aus der Ferne hörten sie Hundegebell. «Romulus!», rief Tilman und sprang auf. Dann sahen sie Romulus den Hügel herunterrennen. Der kleine Mischlingshund überschlug sich vor Freude, seinen jungen Herrn wieder zu sehen.

«Du bleibst hier», befahl Sonntag seinem Stiefsohn. «Ich suche nach dem anderen Hund. Er muss in der Nähe sein.»

Wieder hörten sie heiseres Bellen. Wenige Minuten später sahen sie den Prinzipal zurückkommen, mit einem aufgeregten Remus zur Seite und einem Maulesel im Schlepptau, der alle paar Schritte die Vorderhufe in den aufgeweichten Boden rammte und sich weigerte weiterzugehen.

«Komm endlich her, Quirin, und hilf», brüllte Sonntag. Sein Kopf war rot vor Anstrengung. «Es ist dein bockiger Esel.»

Zu zweit brachten sie das verstörte Tier zurück und banden es an Quirins Karren. Von seinem Halfter hing ein kurzer, abgerissener Strick.

«Er hat sich wohl losgerissen.» Beruhigend klopfte ihm Quirin den Hals – zum Erstaunen aller, denn der Messer- und Feuerkünstler zeigte sich sonst nie anders als grob oder jähzornig gegenüber Tieren.

«Jetzt stellt sich die Lage natürlich anders dar», sagte Sonntag. «Wir haben ein Kamel und einen Maulesel. Damit könnten wir zumindest die leichteren Wagen zum nächsten Dorf oder Gehöft schaffen. Tragt Maximus in den Wohnwagen und spannt das Kamel davor. Beeilt euch, es fängt wieder an zu regnen.»

Marusch stieß Marthe-Marie in die Seite. «Das geht nie und nimmer gut», flüsterte sie. «Auf solch einen Stuss kann nur mein kleiner Löwe kommen.»

Gutmütig ließ sich das Kamel von Pantaleon vor den Wagen spannen, es kannte diese Prozedur von seinem eigenen Karren. Dann schien es zu bemerken, dass irgendetwas anders war als sonst. Es bog den langen Hals nach hinten, schürzte die gespaltene Oberlippe und bleckte die Zähne. Pantaleon lockte, zerrte am

Strick, schimpfte und lockte wieder. Doch Schirokko rührte sich nicht. Hochmütig blickte er auf seinen Herrn herunter.

«Was ist los?», fragte Sonntag.

«Er will nicht, er ist nur unseren leichten Karren gewohnt. Kamele sind halt keine Zugtiere.»

Diego grinste schief. «Dein Biest ist also nicht nur hässlich, sondern auch faul.»

Pantaleon warf ihm mit seinem unversehrten Auge einen vernichtenden Blick zu und machte einen weiteren Versuch, doch vergebens. In diesem Moment trat Quirin hinzu, hob einen Ast vom Boden und schlug dem Tier damit auf das empfindliche Maul.

«Bist du irre?», fuhr Pantaleon ihn an.

Statt einer Antwort versetzte Quirin dem Tier einen zweiten Hieb. Schirokko schrie auf vor Wut und Schmerz und begann rückwärts gegen den Wagen zu trampeln, der bedenklich ins Schwanken geriet. Von innen hörte man ein lautes Rumpeln.

«Hör auf», brüllte Pantaleon und fiel Quirin in den Arm. Doch der schüttelte ihn ab wie eine lästige Fliege und holte ein drittes Mal aus. Da streckte ihn Diego mit einem einzigen Faustschlag zu Boden.

«Das wirst du mir büßen, du schwäbischer Hurensohn.» Quirin rappelte sich auf und stapfte wütend zu seinem Karren.

Pantaleon hatte einige Mühe, das Kamel zu beruhigen, dann spannte er es aus und führte es an den Waldrand. Sonntag kletterte in den Wagen, um nach dem Verletzten zu sehen. Als er wieder herauskam, schien er ratlos.

«Wir müssen Maximus wegbringen, wie auch immer. Er hat plötzlich hohes Fieber.»

«Die Kinder sollten auch nicht länger hier bleiben. Wer weiß, was noch alles geschieht. Nehmen wir doch den Maulesel», schlug Marusch vor.

«Ich fürchte, der Wagen ist viel zu schwer für das ausgemergelte Vieh.»

«Versuchen wir es.»

Marthe-Marie hatte schon die ganze Zeit den Eindruck, dass unter den Männern die Anspannung wuchs. Bislang hatte sie die Spielleute, von kleinen Zwistigkeiten abgesehen, als eingeschworene Truppe erlebt. Doch was nun folgte, warf ihren Eindruck völlig über den Haufen.

Sie hörte hinter sich ein Rumpeln, dann sah sie, wie Quirin mit eingespanntem Maulesel wendete.

«Was machst du da?», schrie Sonntag. Er rannte los und fiel dem Maulesel in die Zügel.

«Aus dem Weg! Ich bin nicht euer Sklave.» Quirin gab dem Tier die Peitsche.

Wutentbrannt zerrte Diego ihn vom Karren, und unter den Männern brach eine wüste Prügelei los. Quirin schlug mit Fäusten und Füßen um sich, traf den einen am Kinn, den andern im Unterleib, was die Wut der anderen so sehr steigerte, dass sie ihn schließlich halb bewusstlos schlugen. Blut lief ihm aus Mund und Nase, eine Augenbraue war aufgeplatzt. Marthe-Marie war entsetzt.

«Hört auf jetzt», befahl Sonntag. Seine Stimme war hart, sein Blick kalt. «Fesselt ihn an den Baumstamm.»

Hasserfüllt beobachtete Quirin, wie sein Maulesel ausgespannt und vor den Wohnwagen geführt wurde. Kurz darauf machten sie sich auf den Weg: Mettel saß drinnen bei Maximus, Sonntag führte das Tier, das auf dem schweren Grund nur mit Mühe vorwärts kam, und Severin, Valentin, Caspar und die Kinder marschierten nebenher.

Die anderen blieben beim Tross oder bei dem, was davon übrig geblieben war. Marthe-Marie warf einen verstohlenen Blick auf Diego. Mit einem Kurzschwert in der Hand, der einzigen Waffe, die noch auffindbar gewesen war, lehnte er müde an seinem Wagen. Sie machte sich daran, entlang des Weges Schutt und Scherben aufzuräumen, dann brachte sie Quirin einen Becher mit Wasser.

«Verschwinde, Bürgersmetze. Hau ab zu deinesgleichen.» Er wandte den Kopf zur Seite.

In diesem Moment hörte sie Marusch und Diego erregt miteinander disputieren. Sie wollte nicht lauschen, konnte indes nicht verhindern, dass einige Sätze klar und deutlich an ihr Ohr drangen.

«Wenn ich es doch sage – der Überfall hatte nichts mit mir zu tun.»

«Hör doch auf, Diego – es wäre nicht das erste Mal – deine Kumpane damals – frage mich wirklich, wie du es schaffst, dir immer wieder Ärger aufzuhalsen.»

«Himmel – ich hätte sie doch an der Stimme erkannt. Das waren Fremde.»

«Hättest du? In diesem ganzen Tumult?»

«Ach, glaub doch, was du willst.»

Dann hörte sie ihn mit energischen Schritten davonstiefeln.

Drei Stunden später kehrten die Männer in Begleitung eines Bauern zurück. Sie brachten einen kräftigen Schwarzwälder Fuchs und ein Gespann Ochsen mit, das ein Wagenrad hinter sich herschleifte. Sonntag führte Quirins Maulesel am Strick und band ihn an dessen Karren.

«Hier hast du dein Vieh zurück.» Er löste Quirins Fesseln. «Jetzt kannst du gehen, wohin du willst.»

Bei Einbruch der Dämmerung ging der Albtraum dieses Tages endlich zu Ende. In zwei Etappen hatten sie ihre Wagen zu einem Einödhof geschleppt, der an einem Hang am Ausgang des Waldes lag. Der Bauer, der kein Wort zuviel mit ihnen wechselte, hatte ihnen ein Stück Wiese hinter seinem Schafsstall überlassen. Dafür hatte Sonntag ihm das gesamte Geld übergeben müssen.

Bedrückt richteten Marthe-Marie und Marusch mit dem wenigen, das ihnen geblieben war, ein Nachtlager im Wohnwagen und auf dem Fuhrwerk des Prinzipals her.

«Mir wäre es lieber gewesen, Quirin wäre auf immer und ewig verschwunden», sagte Marthe-Marie. Der Feuerkünstler hatte sich am Nachmittag stumm und mit gesenktem Kopf wieder in den Tross eingereiht, und niemand hatte etwas dagegen eingewendet.

Marusch zuckte die Schultern. «Was willst du machen. Er gehört zu uns.»

«Warum gibst du eigentlich Diego die Schuld am Überfall?»

«Dann hast du uns gehört? Es war nur so ein Einfall. Inzwischen denke ich, dass die Wegelagerer hier aus der Gegend stammen, denn sie müssen von unseren hohen Einnahmen gewusst haben.»

«Aber ihr seid schon mal überfallen worden wegen Diego, nicht wahr?»

«Ja, im letzten Winter. Es war in der Nähe des Klosters Maulbronn. Damals hatten es die Halunken tatsächlich nur auf Diego abgesehen.»

«Stammt daher die Narbe an seinem Rücken?»

«Ja.»

Mettel rief zum Abendessen. Sie hatte der Bäuerin ein wenig Wurzelgemüse und Kohl abgeschwatzt und damit eine dünne Suppe bereitet. Nicht einmal das Geschirr reichte mehr für alle, sie mussten zu dritt und zu viert aus einem Napf essen. Niemand sprach ein Wort.

«Wir stehen vor dem Nichts», flüsterte Marthe-Marie.

Marusch nickte bedrückt. Dann lachte sie.

«Wie kannst du da noch lachen?»

«Du hast ‹wir› gesagt. Darüber freue ich mich.»

❧ 22 ❧

Am nächsten Morgen – dichter Nebel lag noch über der Wiese am Schafsstall – erschien der Einödbauer mit seiner hübschen jungen Frau, die hochmütig auf Abstand hielt zur Runde der Fahrenden. Unmissverständlich machte der Mann ihnen klar, dass mit den knapp elf Gulden, die er erhalten habe, seine Dienste bei weitem nicht abgegolten seien und er nur aus christlicher Nächstenliebe geholfen habe.

«Dieser Halsabschneider», flüsterte Marusch. «Dafür kann er sich mindestens zwei Kälber kaufen. Oder Schmuck für sein aufgeblasenes Weib.»

Marthe-Marie gab ihr Recht. Diese Frau, die sich in ihrem adretten Seidenkleid und dem Spitzenhäubchen auf dem sorgfältig frisierten Haar ganz offensichtlich über ihren Stand erheben wollte, rührte sicherlich keinen Finger in ihrer Wirtschaft.

«Ich kann mir durch euch nicht noch weitere Unkosten aufhalsen, schließlich muss ich zu Martini meine Abgaben leisten, und das nicht zu knapp. Ich gebe euch also eine Frist von zwei weiteren Nächten, dann müsst ihr von meinem Grund und Boden verschwinden. Wenn ihr frühzeitig aufbrecht, ist die Wegstrecke nach Horb in einem Tagesmarsch gut zu schaffen. Eure Wagen und Gerätschaften können den Winter über auf dem Hof bleiben. Ach ja, das Wagenrad war lediglich geliehen, bis heute Mittag muss es wieder an meinem Fuhrwerk sein.»

Er trat zu seiner Frau und flüsterte mit ihr. Sie nickte.

«Eins kann ich euch noch anbieten: Wir brauchen einen kräftigen Mann als Knecht und eine Frau für die Haushaltung. Einen halben Gulden im Monat für jeden, dazu freie Kost. Geschlafen wird im Stall.»

Keiner sprach ein Wort, als er die Runde abschritt und jeden Einzelnen musterte wie das Vieh auf dem Markt. Vor Lambert und Anna blieb er stehen. Marthe-Marie sah, wie Anna zusammenzuckte.

«Ihr beiden – ihr gehört zusammen?»

Lambert nickte.

«Ihr seht mir aus, als könntet ihr zupacken.»

Als die beiden schwiegen, zog sich seine pockennarbige Stirn in Falten. «Ich dachte, ihr wäret froh über jeden Pfennig, um aus dem Dreck herauszukommen. Also doch nichts weiter als arbeitsscheues Gesindel.»

«Das ist es nicht», entgegnete Lambert ruhig. «Aber wir haben einen Sohn, von dem wir uns nicht trennen.»

Der Bauer sah hinüber zum Wohnwagen, vor dem, dicht aneinander gedrängt, die Kinder hockten. «Welcher ist es?»

Lambert rief Niklas heran.

«Hm.» Der Bauer betastete Arme und Rücken des Jungen. «Ein bisschen schmächtig. Wie alt?»

«Bald elf.»

Er fasste Niklas beim Kinn und befahl ihm, den Mund zu öffnen. Anschließend untersuchte er Augen und Ohren. «Gesund scheint er ja zu sein.»

Marthe-Marie wäre dem Kerl am liebsten ins Gesicht gesprungen. Sie waren doch nicht auf dem Viehmarkt!

«Er kann bei meinem Schwager Gänse und Schweine hüten, gegen Kost und Unterkunft.»

«Unterkunft auf dem Hof Eures Schwagers?»

«Selbstverständlich.»

Anna schüttelte erregt den Kopf. «Wir geben ihn nicht weg.»

«Überlegt es euch. Ich biete es nur an, um zu helfen. Am Sonntag könntet ihr euren Buben hin und wieder sehen, es ist nur drei Wegstunden von hier.»

Dann wandte er sich um und ging mit seiner Frau ohne Gruß davon.

Marthe-Marie war empört.

«Einen halben Gulden im Monat, und dann nicht einmal eine Kammer zum Schlafen – was für ein Hungerlohn.»

«Besser als in der Stadt betteln gehen ist es allemal», murmelte Lambert.

«Niemand von uns wird betteln gehen», entgegnete Marusch bestimmt. «Wir werden uns Arbeit suchen.»

Sonntag ergriff das Wort. «Ihr habt gehört, was der Bauer gesagt hat. Spätestens übermorgen müssen wir verschwinden. Ich schlage vor, wir ziehen gemeinsam nach Horb, suchen uns dort Unterkunft und Arbeit. Alle entbehrlichen Einkünfte – und zwar wirklich alle – wandern in eine gemeinsame Kasse, damit wir spätestens im Frühjahr Zugtiere kaufen und unsere Wagen holen können. Wenn wir Glück haben, bleibt ein Überschuss, um die zerstörten Requisiten und Kostüme zu ersetzen. Und dann ziehen wir, wie geplant, weiter nach Tübingen und Stuttgart. Ihr könnt selbstverständlich auch einzeln euer Glück versuchen, aber bedenkt die Schwierigkeiten und Gefahren, wenn ihr allein unterwegs seid. Wer also unter den genannten Bedingungen in der Truppe bleiben will, hebe die Hand.»

Bis auf Lambert und Anna hoben alle nach und nach die Hand, zuletzt, wenn auch zögerlich, Ambrosius.

«Habt ihr beiden euch entschieden, hier zu bleiben?»

«Ja.» Lambert nahm Anna, der Tränen in den Augen standen, bei der Hand. «Es wird vorübergehen», versuchte er sie zu trösten.

Zu Marthe-Maries Erstaunen tauchte Salome, die sich sonst aus allem Gemeinschaftlichen heraushielt, neben Anna auf.

«Es wird weniger hart, als du fürchtest. Die Bäuerin ist vielleicht eitel und dumm, bösartig ist sie nicht. Euren Niklas werdet ihr kaum zu Gesicht bekommen, aber noch vor Ostern seid ihr alle wieder vereint. Mach dir keine Sorgen.»

Dann wandte sie sich an die anderen. «Die nächsten Monate werden hart. Wer nur seine eigene Haut retten will, sollte lieber gleich seiner Wege gehen.»

Niemand nahm seine Entscheidung zurück. Und niemand schien an den Worten der Wahrsagerin zu zweifeln.

«Gut.» Der Prinzipal kratzte sich an seinem kahlen Schädel. «Sucht morgen alles zusammen, was ihr mitnehmt, und packt den Kram auf Quirins Eselskarren. Der Wohnwagen bleibt hier für Lambert und Anna und für alle Dinge, die noch von Wert sind. Auf diese Weise», er klopfte Lambert auf die Schulter, «habt ihr zwei ein eigenes Dach über dem Kopf, und ihr könnt gleichzeitig unsere Sachen im Auge behalten. Bleibt nur noch die Frage, wie wir Maximus nach Horb bekommen.»

«Auf seinen eigenen Beinen.»

Der Riese steckte seinen verbundenen Kopf aus dem Wohnwagenfenster und grinste. «Ihr werdet sehen, übermorgen reiße ich schon wieder Bäume aus.»

In aller Frühe zogen sie los: vierzehn Männer, vier Frauen, sieben Kinder und ein Karren mit einem dürren Maulesel davor. Die Hunde und das Kamel hatten sie bei Lambert und Anna gelassen. Der Abschied von ihnen und ihrem Sohn fiel den Komödianten schwer, waren sie doch von Anfang an in Sonntags Truppe dabei gewesen. Tilman hatte Niklas sogar sein einziges Paar Lederschuhe geschenkt, damit er beim Viehhüten nicht frieren musste.

Marthe-Marie zog es das Herz zusammen, als ihr bewusst wurde, was aus dem einst so stolzen Tross geworden war: ein armseliger Haufen, der jetzt mit gesenktem Kopf durch den Nieselregen marschierte, einem ungewissen Schicksal entgegen.

Bald wurden die Wälder lichter und ließen Raum für Streuobstwiesen und Felder. Agnes und Lisbeth hockten auf dem winzigen Kutschbock von Quirins Karren, die Frauen klaubten halb verfaulte Äpfel vom Wegesrand auf. Am Spätnachmittag sahen sie zwischen steilen Hügeln die Neckarstadt liegen. Das Tal, das sie herabgestiegen waren, endete geradewegs vor den mächtigen Mauern der Stadt, die mit ihrer Silhouette aus Wehr- und Kirchtürmen, aus bergaufwärts strebenden Fachwerkbauten und Befestigungsanlagen und der alles überragenden Festung einen imposanten Anblick bot. Rechts und links des engen Tals wachten zwei Rundtürme über jeden Neuankömmling, dazu erhob sich hoch oben auf einer Bergkuppe eine hohe Wart, und selbst das Wassertor, durch welches der kleine Bach rechts der Straße in die Stadt floss, war mit einem schweren Eisengitter gesichert. Wie bedeutsam muss dieser Ort sein, dachte Marthe-Marie, wenn er sich so vehement schützen muss.

Ein Torwärter trat aus seinem Häuschen und stellte sich ihnen in den Weg.

«Kein Einlass für Bettler und Zigeuner.»

«Wir sind weder das eine noch das andere.» Der Prinzipal versuchte höflich zu bleiben. «Wegelagerer haben uns überfallen und alles genommen. Und nun suchen wir vorübergehend ein Domizil, um wieder auf die Beine zu kommen, und zwar durch unserer Hände Arbeit.»

«Auf solche wie euch haben wir nur gewartet.» Der Wärter grinste verächtlich. «Ich verwette meinen Hut, dass ihr nicht einmal Pflastergeld bezahlen könnt.»

«Was denkt Ihr – selbstverständlich können wir das.»

Sonntag kramte in seinem eingefallenen Lederbeutel. Wohlweislich hatte er vor dem raffgierigen Einödbauern ein paar Groschen versteckt gehalten, da er wusste, dass man in die meisten Städte ohne Begleichen der städtischen Steuer erst gar nicht eingelassen wurde.

Der Torwärter baute sich vor ihm auf. Er überragte den Prinzipal um Kopfeslänge. «Schert euch weiter, aber schleunigst.»

Entschlossen drängte sich Marthe-Marie dazwischen.

«Guter Mann, ich weiß, dass Ihr Eure Pflicht tut, doch der äußere Anschein trügt bisweilen. Wenn Ihr gestattet – ich bin Agatha Müllerin aus Innsbruck, der Heimat Eurer schwäbisch-österreichischen Herren.» Sie setzte eine herablassende Miene auf und bemühte sich, den Tiroler Dialekt ihres Vaters nachzuahmen. «Wir sind Hof-Komödianten und reisen unter der fürstlichen Protektion Seiner Hoheit Herzog Friedrich von Württemberg. Das Schicksal hat uns übel mitgespielt, nicht nur unsere zehn Fuhrwerke und zweiundzwanzig Pferde, darunter die wertvollen Andalusier unserer Kunstreiter, sind uns genommen worden, sondern auch Kleidung und Kostüme, sämtliche Papiere und Einnahmen. Dennoch würden wir dieser schönen Stadt, die für ihren Gewerbefleiß und ihre Märkte berühmt ist, niemals zur Last fallen. Wir können Kost und Unterkunft durchaus bezahlen.»

Dem Torwärter hatte es über ihrer langen Rede die Sprache verschlagen. Sonntags Leute mühten sich sichtlich, ihre Verblüffung zu verbergen, was ihnen noch schwerer gelang, als Marthe-Marie jetzt eine volle Geldkatze aus ihrem Rock hervorzog.

«Dies hier habe ich vor den Räubern retten können. Und nun lasst uns ein, guter Mann.» Flink steckte sie ihm eine Silbermünze in die Hand.

«Gut, gut, dann macht das für jeden einen Pfennig, für den Eselskarren zwei. Diesen Schein hier seid ihr verpflichtet bei euch zu tragen. Und dass mir keiner auf den Gedanken kommt, Quartier bei Bürgersleuten zu beziehen. Das ist bei Turmstrafe verboten.»

Dann ließ er sie einzeln passieren. Marthe-Marie warf ihm noch ein hinreißendes Lächeln zu, wie sie es von Marusch gelernt hatte, und folgte dann den anderen durch die ungepflasterte Gasse der Vorstadt. Es hatte endlich zu regnen aufgehört, in den Rinnen und Löchern staute sich stinkende Brühe.

«Sag mal, was war denn das?» Marusch hakte sich bei ihr ein.

«Das war ja bühnenreif. Und woher weißt du, dass Horb zu Schwäbisch-Österreich gehört?»

«Hast du nicht das Tiroler Wappen am Torwärterhaus gesehen?»

Diego grinste. «Ich denke, wir sollten Marthe-Marie zur Prinzipalin der herzoglichen Hof-Komödianten ernennen.» Er nahm sie freundschaftlich in den Arm. «Du hast den armen Kerl ja in Grund und Boden geredet.»

«Es geht mich vielleicht nichts an», Sonntag zupfte sich am Ohr, «aber woher hast du plötzlich das viele Geld?»

Marthe-Marie lachte.

«Von der putzsüchtigen Bauersfrau. Die Kiste mit meiner Garderobe aus alten Zeiten hatten die Wegelagerer wohl übersehen, und da ich inzwischen Maruschs Sachen trage, dachte ich mir, ich kann den ganzen Plunder ebenso gut verkaufen. Das musste natürlich heimlich geschehen, da ihr Mann niemals hätte davon erfahren dürfen.»

Der Prinzipal stieß hörbar die Luft aus. «Du überraschst mich immer wieder, Marthe-Marie.»

Diego küsste ihr galant die Hand. «Du siehst, wir brauchen dich. Du darfst uns niemals verlassen.»

Die anderen stimmten ihm lautstark zu und applaudierten.

«Ich meine das ernst», flüsterte er ihr ins Ohr.

Sonntag schob ihn zur Seite.

«Hör zu, Marthe-Marie. Wir suchen uns hier eine einfache Fremdenherberge. Keiner von uns würde es dir übel nehmen, wenn du mit Agnes ein anständiges Gasthaus aufsuchst – zumal du ja jetzt mit neuen Reichtümern gesegnet bist.»

«Das Geld in meinem Beutel ist für uns alle», entgegnete Marthe-Marie. «Hier, nimm es gleich in Verwahrung.»

«Danke, im Namen aller. Wir müssen trotzdem sparsam damit umgehen. Der Winter ist lang. Wir werden uns, wie gesagt, eine billige Unterkunft suchen, und gemütlich wird das nicht, das kann ich dir prophezeien.»

«Mitgefangen, mitgehangen.» Sie lächelte. Dabei wusste sie selbst nicht, woher sie auf einmal die Gewissheit nahm, dass alles gut gehen würde. Bis vor wenigen Stunden war sie von schwärzester Verzweiflung geschlagen gewesen, jetzt spürte sie ungeahnte Kräfte und neuen Lebensmut in sich aufsteigen.

23

Horb war die buckligste Stadt, die Marthe-Marie je gesehen hatte. Jeder Pfad führte treppauf, treppab, jede Gasse buckelaufwärts, buckelabwärts. Ihre Herberge, die in der engen, lang gestreckten Vorstadt im Tal lag, hatte nicht einmal einen Namen. Sie teilten sich die Schlafstube mit Landfahrern, Gesellen auf der Walz, entlassenen Landsknechten, Schülern und Studenten, hin und wieder mit Bettlern oder Pilgern, die sich nach Horb verirrt hatten. Viel zu eng lagen sie beieinander, dabei war der Raum dreckig, und aus den löchrigen Strohsäcken rieselte der Häcksel. Der Wirt knöpfte ihnen dafür pro Nacht und Person sechs Pfennige ab, worin immerhin ein Becher Bier am Abend inbegriffen war.

Immer wieder kam es zu nächtlichem Händel, wenn der eine oder andere Gast betrunken war oder behauptete, bestohlen worden zu sein. Den Wirt kümmerte das wenig. Oft genug tat er mit beim Zechen oder Würfeln zu nächtlicher Stunde, auch wenn ihn das bei den Kontrollen durch die Stadtwache regelmäßig Strafschillinge kostete. Einmal versuchte einer der Landsknechte mit den Spielleuten Streit vom Zaun zu brechen. Anlass waren Pantaleons Affen.

«Sind wir hier bei den Mohren, dass wir unser Schlaflager mit verlausten Affen teilen müssen?» Beifall heischend sah sich der vierschrötige Mann um.

«Genau! Raus mit den Viechern», riefen seine Schlafgenossen und lachten, als der Landsknecht einen der Affen am Genick packte und in die Höhe hob.

«Verlaust bist höchstens du.» Pantaleon ging mit geballten Fäusten auf ihn zu. «Ich warne dich, lass sofort das Tier los.»

«Oho! Der große Tierbändiger will mir drohen. Was für ein Spaß! Gib Acht, was ich gleich mache.»

Er trug das Äffchen zum einzigen Fenster in der Schlafstube, dessen Bespannung aus ölgetränktem Papier nur noch aus Fetzen bestand, und öffnete mit der freien Hand die Flügel.

Blitzschnell war Maximus bei ihm und versetzte ihm eine herzhafte Maulschelle. Der Affe kam frei und verkroch sich hinter Pantaleons Strohsack.

«Elendes Diebsgesindel!» Der Landsknecht rieb sich die Wange. «Los, zeigen wir diesen Landstreichern, wer hier das Sagen hat.»

Er zog sein Messer und stürzte sich mit einigen seiner Kumpane auf Maximus. Da fuhr Quirin dazwischen. Mit einer schnellen Drehbewegung entwand er dem anderen das Messer, dann verprügelten er und Maximus die Männer. Sie hatten keinerlei Schwierigkeiten, es zu zweit mit fünf kräftigen Kerlen aufzunehmen, und so war die Schlägerei nur von kurzer Dauer. Von diesem Moment an hielten sich die anderen in respektvoller Entfernung von den Gauklern. Auf Sonntags Geheiß hin wurden die Äffchen nachts an eine Kette gelegt, auf einer Strohschütte neben Pantaleons Lager, um weiteren Ärger zu vermeiden.

Die ersten Nächte hatte Marthe-Marie kaum ein Auge zugetan, so laut war es gewöhnlich bis weit nach Mitternacht. Hinzu kamen die Enge und die stickige Luft. Doch von dem Tag an, als sie Arbeit gefunden hatte, überwältigte sie die Erschöpfung, kaum hatte sie sich auf ihrem Lager ausgestreckt.

Horb war nicht nur eine Stadt der Kirchen und Klöster, mit zahlreichen Schaffnereien und Pfleghöfen, hier blühten auch Handwerk und Handel. Vor allem die Tuchmacher hatten sich weit über das Schwabenland hinaus einen Namen gemacht.

Die Männer fanden, bis auf Ambrosius, recht schnell Arbeit als Last- und Sackträger, mal bei den Bäckern und Metzgern, mal bei den Müllern unten am Fluss. Der Wundarzt bot seine Dienste vergeblich bei Badern und Barbieren an und ging schließlich den Sauschneidern beim Kastrieren zur Hand.

«Da bleibt er wenigstens in seinem Gewerbe», hatte Diego gespottet. Doch nach nur zwei Tagen hatte sich Ambrosius durch seine Besserwisserei mit dem Meister überworfen und musste sich als Gassenkehrer verdingen, was ihm jeden Morgen aufs Neue die Schamröte ins Gesicht trieb.

Antonia und Isabell, als Älteste der Kinder, erhielten den Auftrag, auf Agnes und Lisbeth aufzupassen. «So kommen die beiden wenigstens nicht auf dumme Gedanken», meinte Marusch zu Marthe-Marie. Die beiden Buben Tilman und Titus hatten keine Schwierigkeit, jeden Tag aufs Neue zwei, drei Pfennige mit Botengängen zu verdienen. Das große Los schien Clara, Maruschs Mittlere, gezogen zu haben: Jeden Morgen trieb sie ein halbes Dutzend Ziegen durch das Gaistor über den Neckar, um sie in den städtischen Geißgärten weiden zu lassen. Geld bekam sie dafür nicht, dafür mal eine Schürze voll Äpfel und Birnen, mal Brot oder Eier. Sie lieferte alles bei Marusch ab, die diese Kostbarkeiten alle paar Tage gerecht verteilte.

Von den Frauen fand als erstes Mettel ein Auskommen. Sie verdingte sich bei den Wäscherinnen.

«Gib Acht, die Waschfrauen sind berühmt für ihr loses Maul!», hatte Marusch gespottet.

«Keine Sorge, meines ist auch nicht zugenäht.»

Ein paar Tage darauf waren auch Marthe-Marie und Marusch

fündig geworden. Ein Rotgerber gab ihnen Arbeit als Fellpflückerinnen. Von morgens bis abends zupften sie Fellreste von Tierhäuten für die Filzherstellung, zwischendurch mussten sie beim Entfleischen mithelfen: Mit dem Scherdegen schabten sie mühsam die Unterhaut von der Lederhaut und rissen sich dabei die Hände blutig.

«Und dir macht diese Arbeit wirklich nichts aus?» Marusch sah Marthe-Marie nach ihrem ersten Arbeitstag prüfend an.

«Sehe ich so schwächlich aus? Ich bin froh, endlich zu unserem Unterhalt beizutragen, auch wenn meine Hände jetzt schon völlig verschrammt sind.»

«Ich meine damit nicht nur die harte und schmutzige Arbeit – alles rund um die Gerberei ist halt unehrliches Handwerk.»

Marthe-Marie winkte ab. «Was soll's. In diese Stadt werde ich mein Lebtag nicht mehr zurückkehren. Sollen die Leute über mich denken, was sie wollen. Außerdem: Zu den Unehrlichen gehöre ich längst.»

So verließen die Gaukler jeden Morgen vor Sonnenaufgang die Herberge, um in alle Richtungen zu ihrem jeweiligen Broterwerb auszuschwärmen. Gemeinsam war ihnen, dass sie allesamt als Tagelöhner arbeiteten – keiner wusste, ob er am nächsten Tag wiederkommen durfte oder sich nach einem neuen Herrn umsehen musste.

Einzig Salome ging wieder ihre höchst eigenen Wege. Sie hatte sich gleich am ersten Tag von der Truppe abgesetzt und, entgegen der Weisung des Torwärters, im inneren Bezirk der Stadt Unterkunft als Tischgängerin im Haus eines Wollwebers genommen. Obgleich ihr das teuer kam, brachte sie dem Prinzipal jeden Sonntag Geld, von Woche zu Woche mehr. Jeder ahnte, dass sie ihre Einkünfte heimlich und ohne Konzession durch Wahrsagen und Handlesen erzielte.

«Du stehst mit einem Bein im Turm, ist dir das klar?», schalt Sonntag sie nach der zweiten Woche.

«Erstens ist es mein Bein, und zweitens ist das nichts Neues. Richtig an den Kragen konnte mir bisher noch keiner. Und hier in Horb wird mir schon gar nichts geschehen.»

Tatsächlich hatte sie niemand Geringeren als den Obervogt des Innsbrucker Erzherzogs zum Kunden gewonnen. Bald ging sie in der Oberen Veste aus und ein, um ihn und seine Gefolgschaft zu beraten, wie sie selbst es nannte.

Am ersten November, dem Festtag aller Heiligen, war es zu einem hässlichen Vorfall gekommen, der beinahe zum Streit zwischen Marthe-Marie und Marusch geführt hätte. Sie waren gerade erst den dritten Tag in der Stadt, bis auf Maximus und Diego hatte noch keiner Arbeit gefunden, und die anderen beratschlagten ein ums andere Mal, wie sie vorgehen sollten, um endlich zu Geld zu kommen.

«Wir Kinder könnten alle dazu beitragen, statt hier nur herumzuhocken», sagte Antonia und warf ihrer Freundin Isabell einen viel sagenden Blick zu. «Mir und Isabell würde es jedenfalls nichts ausmachen, und den anderen sicher auch nicht.»

«Was meinst du damit?» Marusch sah sie misstrauisch an.

«Na ja, heute ist doch Allerheiligen, und für diesen Tag ist das Bettelverbot für Fremde aufgehoben. Mit den beiden Kleinen sind wir zu siebt, da könnten wir eine Menge –»

Bevor sie ihren Satz auch nur beenden konnte, hatte Marusch ausgeholt und ihr eine so kräftige Ohrfeige versetzt, dass Antonia aufschrie.

«Warum warst du so hart zu Antonia? Sie hat es doch nur gut gemeint», fragte Marthe-Marie sie später unter vier Augen.

«Ich weiß. Aber ich werde meine Kinder niemals betteln lassen, niemals!» Sie stampfte mit dem Fuß auf.

Marthe-Marie sah ihre Freundin überrascht an. So aufgebracht hatte sie Marusch selten erlebt.

«Das ist doch kein Grund, Antonia so hart anzupacken. Du bist ungerecht.»

«Was weißt du schon von meinen Gründen», fauchte Marusch.

«Dann nenn sie mir. Weißt du, manchmal habe ich deine Geheimnistuerei wirklich satt. Du unterscheidest dich in nichts von Diego.»

Marusch sah sie mit großen Augen an, dann verdrängte ein Anflug von einem Lächeln die Wut in ihrem Gesicht. «Du hast Recht. Vielleicht ist es wirklich an der Zeit, dir ein paar Dinge zu erzählen.»

Sie nahm ihr Tuch vom Kopf, legte es neu zusammen und band es sich wieder um die Stirn. «Ich bin ein Findelkind, weiß nichts über meine Familie. Aufgewachsen bin ich unten in der Walachei unter Zigeunern, in der Obhut einer alten Frau. Ich hab sie Großmutter genannt, obwohl wir nicht verwandt waren.»

«Du bist eine Zigeunerin?»

«Nicht einmal das weiß ich. Meine Eltern seien tot, mehr habe ich von Großmutter nie erfahren. Später, als junges Mädchen, malte ich mir oft aus, ich sei eine Grafentochter oder eine Prinzessin, die von den Zigeunern entführt worden war und eines Tages die leiblichen Eltern wieder finden würde.» Marthe-Marie lachte. «Aber wie du siehst, führe ich immer noch ein Zigeunerleben. Und wir beide haben etwas gemeinsam: Wir sind wie Kuckucksküken in fremden Nestern groß geworden.»

«Aber im Gegensatz zu dir weiß ich, wer meine Mutter und mein Vater waren.»

Marusch nickte. «Da kannst du dich glücklich schätzen.»

«Und wie bist du zu den Gauklern gekommen?»

«Da liegen noch etliche Jahre dazwischen. Mit fünf oder sechs Jahren – unsere Sippe war inzwischen nach Oberschwaben gezogen – erfuhr ich zum ersten Mal im Leben, wie grausam das Schicksal zuschlagen kann. Ich erinnere mich noch genau: Ich saß an einem kleinen Bach und spielte vor mich hin, da erhob sich im nahen Lager ein furchtbarer Lärm. Gebrüll, Schmerzensschreie, lautes Knallen wie von Musketen, dann der Geruch von Feuer. Vor lauter Angst rührte ich mich nicht vom Fleck, hielt mir die Hände an die Ohren, wollte nichts sehen und nichts hören. Ich war mir sicher, die Welt würde untergehen. Und so ähnlich war es auch, denn als ich Stunden später durch die plötzliche Stille wieder zu mir kam und es wagte, ins Lager zurückzukehren, fand ich nur noch rauchende Trümmer. Alles war niedergebrannt, überall lagen Leichen am Boden mit verrenkten oder abgeschlagenen Gliedern, in Lachen von Blut. Ich fand meine Spielkameraden und Stiefgeschwister, alle tot, doch Großmutter und das Oberhaupt der Sippe waren spurlos verschwunden. Ich setzte mich neben unseren verkohlten Wagen und wartete darauf, selbst zu sterben. Gegen Abend fand mich eine Bäuerin und brachte mich ins nahe Ravensburg. Ich weiß bis heute nicht genau, was geschehen war, doch damals begriff ich, dass Zigeuner für die meisten Leute lästiges Ungeziefer sind, das man ungestört totschlagen darf.»

«O mein Gott», entfuhr es Marthe-Marie. «Und was geschah dann?»

«Die gute Frau gab mich bei den Beginen ab, den barmherzigen Schwestern der Sammlung zu St. Michael. Wie Nonnen lebten die frommen Laienschwestern in Klausur, und ihr Alltag war von Gebet und Kontemplation bestimmt. Es erging mir nicht übel dort, ich hatte ausreichend Essen und Kleidung, doch ich durfte das Haus nur verlassen, um Almosen zu sammeln. Ich hab mich gefühlt wie ein angekettetes Tier. Das Leben hinter diesen dicken, düsteren Mauern ist in meiner Erinnerung von Schweigen, Arbeit und Beten bestimmt. Und drei Jahre lang habe ich fast täglich um Almosen gebettelt. Vielleicht verstehst du jetzt, warum ich über Antonias Vorschlag so wütend wurde. Irgendwann – ich war etwa zehn – äußerten die Schwestern den Wunsch, der Gemeinschaft der Franziskanerinnen bis zu ihrem Tod anzugehören, und ich wurde Zeuge, wie eine nach der anderen ihre Profess ablegte, wie sie sich mit ausgebreiteten Armen vor dem Altar zu Boden warfen, wie ihnen die Haare abgeschnitten und Brusttuch und Schleier angelegt wurden. Dann gelobten sie in die Hand des Franziskanerpaters Armut, Keuschheit und Gehorsam auf ewig. An diesem Tag bin ich davongelaufen. Ich irrte in Oberschwaben herum, bis ich auf einen Hausierer stieß, der für mich sorgte und später mein Mann wurde, obwohl er viel älter war. Jetzt kennst du meine Geschichte.»

Marthe-Marie strich ihr über den Arm und blickte sie lange still an. Dann sagte sie: «Ich bin froh, dass du sie mir erzählt hast.»

Die Tage wurden kürzer und kälter, Schneeregen wechselte sich mit Nebel ab. Im Dunkeln verließen Marthe-Marie und Marusch morgens ihre Herberge, verrichteten im Dämmerlicht der Werkstatt ihre harte Arbeit, um im Dunkeln wieder heimzukehren. Ihre einst sonnengebräunten Gesichter wurden bleich wie die Haut von Mehlwürmern, stets schmerzten Rücken und Hände, und manchmal fragte sich Marthe-Marie, wie lange sie dieses Leben durchhalten würde. Doch kein Wort der Klage kam über ihre Lippen. Stattdessen war sie dankbar für jeden Tag, an dem sie etwas zu essen hatten und die Kinder gesund blieben. Und sie freute sich, wenn am frühen Abend Diego zurückkam und sie mit seinem Witz aufheiterte. Er schien niemals, selbst in diesen düsteren Tagen nicht, seinen Humor zu verlieren.

❧ 24 ❧

Das hättest du nicht tun dürfen, Mangoltin. Du hast den Bogen überspannt. Jetzt werde ich mir eine Marter ausdenken, wie ich sie noch keinen Menschen erleiden ließ. Ich werde dich an deinem wundesten Punkt treffen.

*Du hast mich fast umgebracht, zusammen mit deinem Buhlen.
Ertrunken wär ich fast, tot, den Schädel haben mir die Felsen schier
zerschmettert. Doch nun bin ich wieder bei Kräften. Gestärkt durch
die große Aufgabe, die ich in den letzten Monaten glanzvoll erfüllt
habe. Dreizehn Weiber habe ich dazu gebracht, ihre schändlichen Verbrechen zu gestehen, dreizehn! Mit meiner Hilfe konnte Freiburg von
einer erneuten Hexenverschwörung befreit werden. Und glaub mir, es
war harte Arbeit. Denn manche sind zäh wie Schweineleder. Wie die
Dürlerin und die Sprengerin, die trotz Beinschrauben und Streckbank
nicht auf Hexerei gestanden hatten. Die dummen Richter haben sie
laufen lassen und aus der Stadt gewiesen – jetzt werden diese Unholdinnen ihre Satanskünste andernorts ausüben.*

*Doch dann haben wir ein ganzes Nest ausheben können. Ange-
fangen mit der Mennin, der Seilerswitwe, bis zur Weißlemlerin, der
Rebmannsfrau. Selbst eine heimliche Ärztin und die reiche Herren-
müllerin waren darunter. Und was ihnen alles an Widerwärtigkeiten
aus dem Maul troff, nachdem ich ihnen die Glieder ausgerenkt hatte!
Mal ist ihnen ihr Satansgemahl mit nacktem Hintern und Bocksfuß
erschienen, mal vornehm ganz in Schwarz, und sie gaben sich ihm
hin in schamloser Buhlschaft, verleugneten bereitwillig Gott und alle
Heiligen und erhielten dafür einen Stecken mit Salbe aus dem Fleisch
ungetaufter Kinder und Geld, viel Geld. Das hat sich tags darauf freilich in Rossbollen oder Haferstroh verwandelt. Ausgefahren waren sie
nächtens, zum Pfaffenkreuz am Bromberg oder hinter die Burghal-
den, um dort zu tanzen, zu saufen und zu huren.*

*Alle hab ich sie zum Reden gebracht, selbst die verstockte Gatterin.
Ich verstehe mich auf meine Kunst. Die Namen der anderen bei diesen
Zusammenkünften herauszukitzeln war mir ein Kinderspiel. Ebenso
die Verbrechen, die die Hexenweiber mit ihren Schwarzkünsten vollbracht haben. Etliche Stück Vieh haben sie umgebracht, böse Unwetter gebraut und Krankheiten verbreitet. Die Kellerin hat sogar auf
Geheiß ihres Buhlen ihr eigenes Balg erwürgt. Leider besaß keines der*

Weiber deine Schönheit, deinen weißen Hals, deine schlanken Fesseln, diese zarten Brüste. Aber du wirst es erleben: Deinen Leib bewahre ich mir als Krönung meiner Lust auf.

Ich weiß Bescheid über die Verderbtheit und Bösartigkeit von euch Unholdinnen. Und ich weiß auch, dass Hexen mit Vorliebe ihre eigenen Kinder und Kindeskinder dem Satan übergeben. Dich habe ich möglicherweise unterschätzt, Hexentochter. Unterschätzt, dass Satan selbst die Hand über dich hält, indem er dir widernatürliche Kraft verleiht und dir ergebene Gefolgsleute und Beschützer zur Seite stellt. Aber denk nicht, das würde mich schrecken. Ich bin der Spürhund und du das Wild. Ich bin dir unerbittlich auf der Fährte. Ich habe den längeren Atem und werde zuschlagen, wenn du am wenigsten damit rechnest.

Such ihn nur, such Benedikt Hofer, jenen gottlosen Sünder, von dem deine Mutter sich in Schande hat schwängern lassen. Er ist weggezogen aus Offenburg, auch das weiß ich, und mit einiger Mühe habe ich sogar herausgefunden, wohin. Und dort werde ich dich eines Tages erwarten. Du siehst, die Fäden sind bereits gesponnen, und ich werde auf dich lauern wie die Spinne im Netz.

Dann endlich werde ich Hartmann Siferlins Rache an deiner Sippe vollenden, wie ich es ihm in seinen letzten Stunden geschworen habe. Denn schließlich war es deine Mutter, deretwegen der Meister vom Rat der Stadt verurteilt und ohne Gnade hingerichtet wurde. Deine Mutter hat meinen Meister in den Tod getrieben, den einzigen Menschen, der je zu mir gehalten hat. Wie sehr habe ich ihn bewundert, wie inbrünstig seinen Warnungen gelauscht vor dem bösen Feind und seinen Ränken, seinen Mahnungen zu mannhafter Standhaftigkeit gegen die Verlockungen und das Teuflische im Weib.

Keiner deiner Buhlen wird dich schützen können, denn diesmal werde ich es klüger anstellen: Ich werde dich dort treffen, wo jedes Weib verwundbar ist: bei deinem Balg. Jetzt bin ich am Zuge.

Wenn ich die Augen schließe, mich ganz der Finsternis überlasse, dann kann ich alles sehen. Dann weiß ich, was ich zu tun habe, wohin ich zu gehen habe. Ich spüre, dass es dich zu deinem Beschützer zieht, eben so wie zu deinem unseligen Vater – und so werde ich die eine wie die andere Richtung verfolgen.

❧ 25 ❧

Wie schön, unsere beiden Forellen kehren heim.»

Diego zog die Nase kraus und schnupperte an Marthe-Maries Hals. Seitdem sie und Marusch für einen Sämisch-Gerber arbeiteten, wo die Ziegen- und Wildhäute mit Dorschtran gegerbt wurden und sie von früh bis spät die Blößen von Hand im Tranfass walkten, stanken sie gottserbärmlich nach ranzigem Fisch.

«Ach du!» Sie gab ihm einen Klaps in den Nacken.

«Was machst du eigentlich so früh am Nachmittag hier?», fragte ihn Marusch.

«Der reiche Ölmüller braucht meine Dienste nicht mehr.»

«Hast du denn nicht woanders nachgefragt?»

«Selbstverständlich, meine Beste. Ich bin sofort zu Maximus und Sonntag in die städtische Getreidemühle, aber die beiden hocken auch mehr herum, als dass sie arbeiten. Dann bin ich zur Walkmühle, zu den Reibe- und Bleumühlen der Tuchmacher. Ich war bei den Lohmühlen, in der Schleifmühle, in der Sägemühle – du siehst, ich habe sämtliche Mühlen in und um Horb abgegrast, doch ein Lastträger wurde nirgendwo gebraucht. Da habe ich mir erlaubt, einen Spaziergang in Gottes schöner Natur zu machen. Und uns eine Kleinigkeit mitgebracht.»

Er öffnete ein Tuch, das prall gefüllt war mit Maronen.

«Hast du die etwa gestohlen?», fragte Marthe-Marie. Rund um

die Stadt war es bei Strafe verboten, ohne Genehmigung Wildfrüchte zu sammeln.

«Sagen wir: gefunden.» Er grinste. «Damit können wir unser morgiges Weihnachtsmahl bereichern. Ich schlage vor, als dritten Gang zwischen geschmorter Ochsenzunge auf Süßkraut und Wachtelbrust in Mandeltunke.»

Nach und nach kehrten, bis auf Salome, alle in die Herberge zurück. Auch Isabell, Antonia und Clara kamen nicht mit leeren Händen. Angesichts des bevorstehenden Weihnachtsfestes hatte Clara außer ein paar Eiern noch ein fettes Stück geräucherten Schweinespecks zum Lohn bekommen. Und Isabell und Antonia brachten ein Säckchen Eichelmehl. Sie hatten tatsächlich beim Bannwart der Stadt erwirkt, so viele Eicheln sammeln zu dürfen, wie sie und die beiden Kleinen tragen konnten, und ihre Ausbeute anschließend zum Mahlen gebracht. Marthe-Marie konnte sich denken, wie es Isabell gelungen war, den Bannwart zu erweichen: Selbst bei dieser Kälte gab sie sich mit ihrem engen Leibchen und dem weit ausgeschnittenen Hemd darunter äußerst offenherzig. Im Übrigen war sie die Einzige, die einigermaßen sauber und adrett gekleidet wirkte. Wie ihr das gelang, war Marthe-Marie ein Rätsel.

Es versetzte ihr inzwischen jedes Mal einen Stich, wenn sie die anderen – sie selbst machte keine Ausnahme – in ihren zerlumpten Kleidern sah. Da sie keine Kleidung zum Wechseln besaßen, waren Röcke und Hosen abgetragen, fleckig und zerschlissen. Zum Ausbessern war kein Geld übrig, alles was nicht für die kärglichen Mahlzeiten und für die wöchentlichen Zahlungen an den Wirt verbraucht wurde, wanderte in Sonntags Lederbeutel. So sahen vor allem die Kinder mit ihren ewigen Rotznasen mittlerweile nicht viel besser aus als die Ärmsten der Armen in der Stadt.

Hinzu kam, dass in den letzten zwei, drei Wochen immer häufiger einer von ihnen ohne Lohn und Arbeit gewesen war. Es schien, als drängten mit der Kälte des einbrechenden Winters immer mehr Bedürftige und Arbeitssuchende in die Stadt, um sich gegenseitig die letzten halbwegs einträglichen Arbeiten wegzuschnappen. Sie und Marusch hatten Glück gehabt: Nachdem ihr erster Brotherr zwei Lernknechte eingestellt hatte und ihre Arbeitskraft damit überflüssig geworden war, vermittelte er sie an jenen Sämisch-Gerber. Zwar war der Gestank dort schier unerträglich, doch dafür brachten sie einen Pfennig mehr am Tag nach Hause – bis vor zwei Wochen jedenfalls. Da hatte die Zunft einen neuen Pfleger für die Warenbeschau ernannt, der nun fast täglich erschien und mit Argusaugen die Häute, Blößen und Leder nach Mängeln untersuchte. Zu rügen fand er fast immer etwas, und zweimal verhängte er gegen den Meister Strafgelder. Die Folgen trugen die Gesellen und Tagelöhner: Sie wurden nicht ausbezahlt.

Marthe-Marie hätte ihrem Brotherrn die Ziegenhäute am liebsten vor die Füße geschleudert, so wütend war sie jedes Mal gewesen. Schließlich hatte sie ihre Arbeit so sorgfältig wie immer erledigt. Aber dann wären sie im nächsten Moment auf der Straße gelandet, alle beide wahrscheinlich, und das hätte sie nicht verantworten mögen. Es war zwar nicht viel mehr als ein Almosen, was sie täglich nach Hause brachten, aber es zählte ja jeder Pfennig.

Nicht dass sie am Verhungern waren, doch oft genug ging sie mit knurrendem Magen schlafen, weil sie von ihrer Ration den ewig hungrigen Kindern etwas zugesteckt hatte. Und sie war nicht die einzige unter den Erwachsenen, die hin und wieder auf ihren letzten Bissen verzichtete. Leonhard Sonntag hatte längst seinen imposanten Kugelbauch eingebüßt, aller anderen Gesichter waren schmal geworden in den letzten acht Wochen.

Dieses Einschränken auf das Notwendigste, trotz harter täglicher Arbeit, war indes nicht das Schlimmste: Weit mehr bedrückte es Marthe-Marie mitanzusehen, wie die Stimmung der Gaukler mit jeder Woche, mit jedem Tag trostloser wurde. Sie verstand die Niedergeschlagenheit der anderen. Eingesperrt in der Enge der Stadt, hatten sie ihr Zuhause verloren: die Landstraße, ihren Tross, die freie Natur. Nun waren sie keine gern gesehenen Possenreißer und Komödianten mehr, die Abwechslung in den Alltag der Menschen brachten, sondern höchst überflüssige Schmarotzer und allen Anfeindungen rechtlos ausgeliefert.

Und sie selbst? Mit Haut und Haaren hatte sie sich eingelassen auf das Leben der Spielleute. Sie hatte mit ihnen Erfolge gefeiert, hatte Gefahren ausgestanden und war in diese elende Lage geraten. Längst war ihr bewusst: Sie hatte ihre eigene Standesehre nicht nur verletzt, sondern aufgegeben. Nie wieder würde sie zu ihresgleichen zurückkehren können. Sie war eine Fahrende, der Wagen ihr Zuhause.

Am nächsten Morgen besuchten sie gemeinsam die Frühmesse in der Heilig-Kreuz-Kirche, die sich am höchsten Punkt des Bergsporns über der Stadt erhob wie ein würdevoller Wächter über den Glauben seiner Schäfchen. Schon am Vorabend hatten sie sich gemüht, ihre Röcke und Umhänge einigermaßen ansehnlich zu richten, waren den Flecken mit Bürste und Asche zu Leibe gerückt. Doch augenscheinlich war alles umsonst gewesen. Als sie im Strom der Menschen die Bußgasse hinaufstiegen, spürte Marthe-Marie die Blicke der Bürger an ihnen kleben. Misstrauisch, abschätzig, verächtlich. «Die reinsten Zigeuner», hörte sie eine ältere Frau neben sich geifern. «Seit Wochen schon treiben sie sich in unserer Stadt herum. Beim Bettelwirt im Tal wohnen sie.»

Marthe-Marie wusste längst, dass der Wirt ihrer Herberge mit diesem Namen geschmäht wurde. Mehr als einmal war die Scharwache in ihre Schlafkammer eingedrungen und hatte Bettler oder Landstreicher herausgezerrt und abgeführt. Ihnen hatte man bislang noch nichts anhaben können, hatten sie doch ordnungsgemäß ihren Stadtzoll entrichtet und gingen einer Arbeit nach.

Sie nahm Agnes' eisige kleine Hand und drückte sie fest. «Heute ist Weihnachten. Freust du dich?»

«Ja!» Die dunkelblauen Augen des Kindes strahlten.

Man sah den Atem vor den Gesichtern, so bitterkalt war es in der Kirche. Als mit feierlichen Klängen die Orgel einsetzte, konnte Marthe-Marie nicht verhindern, dass ihr die Tränen in die Augen stiegen. Zugleich begann sie vor Kälte zu zittern. Diego, der neben ihr stand, legte den Arm um sie und zog sie fest an sich. Agnes wickelte er in seinen langen, löchrigen Umhang. Wie eine kleine verlorene Familie standen sie in diesem riesigen Gotteshaus, eingehüllt in den herben Duft des Weihrauchs, und lauschten dem lateinischen Singsang des Priesters.

Später reihte sich Marthe-Marie ein in die lange Reihe der Kirchgänger, um das Sakrament des Abendmahls zu empfangen. Als Einziger blieb Diego zurück, mit den beiden Kleinen an der Hand. Jeder wusste, was er von der Eucharistiefeier hielt. «Die Muselmanen verachten uns Christen», hatte er einmal bemerkt, «weil wir, wie Barbaren, den Leib unseres Gottes essen.» Marthe-Marie war entsetzt gewesen über diese Blasphemie.

Mit dem Segen des Priesters verließen sie die Kirche. Draußen erwartete sie eine Überraschung: Alles lag unter einer blendend weißen Schneedecke, und noch immer rieselten feine weiße Flocken herab. Marthe-Marie vergaß Kälte, löchriges Schuhwerk, ihre armselige Unterkunft und freute sich an der festlichen Stimmung, die der Schnee über die Gassen und Plätze gezaubert hatte. Ohne Eile und über zahlreiche Umwege kehrten sie in die Herberge zurück, die Kinder tobten mit roten Wangen voraus und bewarfen sich mit Schneebällen.

Zur Feier des Hochfestes hatte der sonst so geizige Wirt nicht an Holz gespart und die Schankstube bereits am Vormittag eingeheizt. Alle Gesichter glühten, als sie den warmen Raum betraten und sich aus ihren Mänteln und Umhängen schälten. Mettel verschwand sofort in der Küche. Sie hatte den Wirt überreden können, Herd und Pfannen benutzen zu dürfen, um das Weihnachtsmahl zu bereiten. Bald roch es verführerisch nach knusprigen Pfannkuchen.

Seltsam, dachte Marthe-Marie, als sie sich mit den anderen an den einzigen freien Tisch drängte, an wie wenig man sich doch freuen kann.

Ihr Leben lang war Weihnachten ein Fest des Überflusses gewesen. Die Stube war dann mit Lichtern, bunten Bändern und Buchszweigen geschmückt, ganze Platten mit Fisch, Braten, Gemüsen und Süßspeisen wurden aufgefahren, dazu Soßen, gewürzt mit Kostbarkeiten wie Zimt, Safran, Muskat und Kardamom, und Rotwein, so viel jeder wollte. Jetzt stand in der Mitte des Tisches eine einzige Kerze, die Sonntag für einen maßlos üb*eteuerten Preis gekauft hatte. Und das Essen, das Mettel mit Antonias Hilfe auftrug, war im Grunde armselig, auch wenn es eine Abwechslung darstellte zu der ewigen Sauermilchsuppe, die sie morgens und abends aßen, weil sie am billigsten war. Nun gab es Pfannkuchen aus Eichelmehl mit wenig Ei, eine dünne Scheibe Speck für jeden und hinterher die Maronen, die auf dem Gitter des Stubenofens schmorten. Zum Nachtisch würde jeder einen Bratapfel bekommen. Und doch: Es war ein Festessen, über das sie sich freute wie über ein unerwartetes Geschenk, denn Mettel hatte die Holzteller liebevoll mit Blättern und Trockenbeeren dekoriert, die flackernde Kerze verbreitete ein anheimelndes Licht, und sie hatten es warm und behaglich.

Salome, die während des Gottesdienstes zu ihnen gestoßen war, präsentierte nach dem Essen eine Überraschung: Ihr Wasserschlauch war gefüllt mit Zwetschgenwasser. Überschwänglich nahm der Prinzipal sie in seine kräftigen Arme: «Du kannst also doch zaubern!»

238

Sie ließen es sich gut gehen. Einer der Musikanten holte seine Sackpfeife, das einzige Instrument, das bei dem Überfall nicht verloren gegangen war, sie sangen und tanzten nach langer Zeit zum ersten Mal. Selbst der Wirt gesellte sich zu ihnen, obwohl an den anderen Tischen gewürfelt wurde.

Marthe-Marie stieg der Branntwein sofort zu Kopf, doch es war ein wunderbares Gefühl der Leichtigkeit. Diego holte sie zum Tanz, neben ihnen wirbelte der Wirt mit Isabell über den Dielenboden. Sie sah das fein gewebte, türkisfarbene Tuch über den Schultern des Mädchens, das sie gestern noch nicht besessen hatte. Jetzt band Isabell es los und schwang es kokett vor dem Wirt durch die Luft. Ob das Tuch ein Geschenk war? Von einem heimlichen Verehrer? Isabell war in letzter Zeit hin und wieder später als ihre Freundin Antonia heimgekehrt. Ach was, das ging sie nichts an. Schließlich kümmerte sich das Mädchen um Agnes und Lisbeth, und dafür war sie ihr dankbar.

Als der letzte Ton der Melodie verklungen war, nahm Diego sie bei den Hüften und hielt sie in die Höhe.

Marthe-Marie musste lachen. «Lass mich runter!»

«Nur wenn du mir versprichst, mich niemals zu verlassen.»

«Ich verspreche es.»

Er nahm sie in die Arme und hauchte ihr einen flüchtigen Kuss auf die Lippen.

«Wenn du lügst, bist du noch schöner», grinste er.

Der Wirt ließ mehrere Krüge Bier auffahren. Redselig wie selten, erzählte Sonntag haarsträubende Geschichten aus fremden Ländern und fernen Erdteilen. Erzählte von Indien, wo man Einäugige und Menschen mit Hundsköpfen gefunden habe, von Afrika, wo Missionare bei Menschen gelebt hätten mit so großen Lippen, dass sie ihr ganzes Gesicht damit bedecken konnten, und wo sich im Urwald riesige Vogelmenschen versteckten. Dabei sprang er auf, krümmte sich, verrenkte Arme und Beine, verzerrte das

239

Gesicht und erweckte so die wunderlichsten Kreaturen und Monstrositäten zum Leben.

Die Frauen lachten so schallend, dass die niedergebrannte Kerze vollends erlosch. Der Wirt brachte eine neue.

«Wisst ihr, dass man in Straßburg neuerdings mannshohe Tannenbäume in die Stube stellt?», fragte Diego. «Daran hängt man Rosen und buntes Papier, Äpfel und Zuckerkringel. Aber das Unglaublichste ist: Wer es sich leisten kann, stellt Kerzen auf die Zweige.»

«Was für ein Unfug.» Marusch schüttelte den Kopf. «Der ganze Baum kann doch in Flammen aufgehen.»

«Deswegen hat man das auch umgehend verboten. Aber die Elsässer sind dickköpfig. Wahrscheinlich brennen in diesem Augenblick wieder etliche Wohnungen und Häuser aus.»

«Mir würde das gefallen. Ein ganzer Baum voll leuchtender Kerzen.» Marthe-Marie spürte eine wohlige Müdigkeit. Sie lehnte ihren Kopf an Diegos Schulter, schloss die Augen und lauschte dem Geplauder ihrer Tischnachbarn. Wie schön dieser Tag trotz alledem war.

Lautes Poltern ließ sie auffahren. Die Tür zur Schankstube wurde aufgerissen, und zwei bewaffnete Büttel traten ein. Schlagartig war es still im Raum. Nur der Wirt erhob sich, mit verwirrtem Blick. Diesmal schien es um mehr als um Strafschillinge zu gehen.

«Ist sie hier?», fragte einer der Schergen.

Erst jetzt bemerkte Marthe-Marie einen dritten Mann im Türrahmen. Er war gekleidet wie ein Kaufmann oder Amtmann, sein graues, bartloses Gesicht wirkte verhärmt. Mit einem knochigen Zeigefinger wies er auf Isabell.

«Da sitzt die Schlupfhure!»

Mit einem Satz waren die Büttel an ihrem Tisch und rissen das Mädchen vom Stuhl. Antonia warf sich dazwischen, eine schmerz-

240

hafte Maulschelle ließ sie taumeln, der Prinzipal sprang auf, stieß den Mann im Türrahmen beiseite und versperrte breitbeinig den Weg.

«Was soll das?», brüllte er so laut, dass die beiden Büttel zusammenzuckten. An ihrer Stelle antwortete der vornehm gekleidete Mann. Voller Abscheu blickte er Sonntag an.

«Als heimliche Hure hat sie ihr dreckiges Geld verdient. Zweimal schon hat sie mir auf der Straße ihre Dienste angeboten. Leider ist das kleine Luder bei mir an den Falschen geraten.»

«Ist das wahr, Isabell?»

Isabell antwortete nicht. Schluchzend, mit gesenktem Kopf stand sie da, nur der feste Griff der Büttel schien sie aufrecht zu halten. Es ist wahr, dachte Marthe-Marie. Alles an ihrem Gebaren verriet die ertappte Sünderin.

«Gehört sie zu euch?», fragte einer der Büttel streng.

«Sie ist meine Freundin!», schrie Antonia. Marusch riss sie am Arm zu sich und schüttelte sie heftig.

«Verwandte?»

Sonntag schüttelte den Kopf. «Nein, sie hat niemanden.» Er wirkte plötzlich erschöpft. «Was geschieht jetzt mit ihr?»

«Wir bringen sie in den Turm. Alles Weitere entscheidet der Richter. Und du hör auf zu heulen. Pack deinen Umhang und vorwärts.»

Ebenso plötzlich, wie sie gekommen waren, waren die Männer verschwunden. Als ob das Ganze nur ein Spuk zu mitternächtlicher Stunde gewesen sei. Marthe-Marie schloss die Augen. Sie war dem Mädchen weder besonders zugetan, noch traute sie ihr allzu sehr über den Weg. Doch das hatte sie nicht verdient. Bei dieser Eiseskälte in den Turm gesperrt zu werden konnte die schlimmsten Folgen haben.

Maximus brach das Schweigen.

«Was glotzt ihr so?», raunzte er die übrigen Gäste an, die von ihren Tischen aufgestanden waren, um ja keinen Moment des Spektakels zu verpassen. «Wollt ihr Ärger?»

Die Männer und Frauen wichen zurück und nahmen wieder ihre Plätze ein. Der Wirt verschwand wortlos in der Küche.

«Leonhard, du musst morgen den Magistrat aufsuchen und um Wohlwollen bitten», sagte Mettel, die Antonia tröstend im Arm hielt.

«Das werde ich wohl müssen.» Er sah seine Stieftochter an. «Hast du davon gewusst?»

«Nein.» Antonias Antwort war kaum zu verstehen, sie hielt ihr Gesicht in Mettels Arm verborgen.

Da sprang Marusch auf, riss ihre Tochter grob in die Höhe und schleifte sie hinter sich her in Richtung Schlafkammer. Man hörte sie die Stiege hinaufpoltern, hörte Maruschs wütende laute Stimme und dazwischen immer wieder das verzweifelte Schluchzen des Mädchens. Am liebsten wäre Marthe-Marie ihnen gefolgt, doch sie wagte nicht, sich einzumischen.

Agnes kletterte auf ihren Schoß.

«Ist Isabell ein Dieb?»

«Nein, mein Spatz. Sie wird sicher bald wieder freigelassen.»

Marusch kam allein zurück.

«Das hier hat diese Mistkröte in ihrem Strohsack versteckt gehalten.»

Sie leerte den Inhalt von Isabells Geldkatze auf den Tisch. Diego pfiff durch die Zähne.

«Das reicht für ein gutes Reitpferd.»

«Keiner rührt das an», fauchte Marusch, noch immer außer sich. «Seit Wochen treibt sie das schon so. Angeblich hat es Antonia erst heute erfahren. Und wisst ihr wo? In der Kirche. Da hat Isabell ihr alle Männer gezeigt, mit denen sie bereits rumgehurt hat, und ihr vorgeschlagen, beim nächsten Mal mitzukommen.»

Sie ließ sich auf die Bank sinken.

«Von mir aus kann die kleine Dirne im Turm verrecken.»

Marusch tat Marthe-Marie Leid. So, wie sie vor sich hinstarrte, zermarterte sie sich wahrscheinlich den Kopf darüber, wie weit Antonia ihrer Freundin bereits auf deren verhängnisvollen Wegen gefolgt war.

«Du musst Antonia vertrauen. Sie ist nicht wie Isabell, und das weißt du auch.»

«Marthe-Marie hat recht. Für Antonia ist das alles schlimm genug, und es wird ihr eine Lehre sein.» Sonntag schob die Münzen wieder in den Beutel. «Das Geld nehme ich vorerst an mich. Und morgen werde ich trotz allem beim Magistrat vorsprechen.»

Doch Leonhard Sonntag vermochte beim Rat der Stadt nicht viel auszurichten. Drei Tage und drei Nächte verbrachte Isabell im Luziferturm des Ihlinger Tors, dann wurde sie am Sonntagmorgen auf den Kirchplatz gebracht. Mit einem Strohkranz auf dem geschorenen Schädel musste sie vor dem Hauptportal stehen und Spott und Häme der Kirchgänger ertragen, sie wurde angespuckt und mit Dreck beworfen. Als die Spielleute an ihr vorbeigingen, senkte sie den Blick. Einmal nur hob sie den Kopf: Antonia stürzte weinend und mit ausgestreckten Armen auf sie zu, doch der Büttel, der Isabell am Strick hielt, stieß sie grob zurück.

Nach dem Gottesdienst verließen die Gaukler die Kirche durch eine Seitenpforte, um nicht ein zweites Mal Zeuge dieses entwürdigenden Schauspiels werden zu müssen. Nur Leonhard Sonntag fehlte. Er traf erst Stunden später in der Herberge ein.

«Auf Rutenschläge hat man verzichtet angesichts ihres Alters» berichtete er. «Aber sie wurde auf immer der Stadt verwiesen.»

«Hast du mit ihr gesprochen?», fragte Marthe-Marie.

Er lächelte traurig. «Ich bin den Bütteln heimlich gefolgt. Hinter der Neckarbrücke konnte ich sie einholen. Es tut ihr alles sehr Leid. Dann habe ich ihr die Geldbörse übergeben.»

«Gott möge sie beschützen», murmelte Mettel.

Der nächste Schrecken ließ nicht lange auf sich warten. Diesmal war es Salome, die Anfang des neuen Jahres gefangen genommen wurde. Mehrere Bürger hatten sie der Schwarzkunst bezichtigt. Auch sie lag drei Tage und drei Nächte im Luziferturm gefangen, und die Spielleute fürchteten bereits das Schlimmste, da in der Stadt das Gerücht ging, man habe etliche Indizien, um sie der Hexerei zu überführen, und bei den hiesigen Wagnern seien schon die Leitern für den Scheiterhaufen bestellt.

Marthe-Marie war in diesen Tagen wie gelähmt vor Entsetzen. Sie sprach mit niemandem ein Wort, aß kaum noch, zog sich nach der Arbeit auf ihr Lager zurück und starrte die Wände an. Von draußen rüttelte und zerrte seit Tagen ein stürmischer Westwind an den Fensterläden. Immer wieder faltete sie die Hände zum Gebet. Irgendwann einmal war sie von ihrem Lager aufgestanden, wie aus einem schweren Traum, hatte Jonas' Nachricht aus ihrer Geldbörse gezogen, das Fenster geöffnet und sie dem Sturm übergeben. Sie sah noch, wie das Papier durch das kahle Geäst der Buche wirbelte, dann war es im Dämmerlicht verschwunden. Es ist gut, dass du gegangen bist, dachte sie. Leb wohl, Jonas.

Doch dann wurde Salome ins benachbarte Rottenburg gebracht, wo sie vor dem Hohenberger Statthalter und seinem Stab bei Gott und allen Heiligen schwören musste, niemals solch zweifelhaften Künsten nachgegangen zu sein und sich auch fürderhin nicht dafür herzugeben. Am selben Abend erschien sie in der Herberge.

Sie lachte verschmitzt, als die anderen sie umarmten und das unermessliche Glück, das ihr beschieden war, feierten.

«Habt ihr vergessen, dass ich eine schützende Hand über mir habe? Leider ist der Obervogt erst gestern Abend aus Innsbruck zurückgekehrt, und so waren es doch drei grausig kalte Nächte auf stinkendem Stroh. Dafür hat er mich für morgen früh auf seine Veste eingeladen.»

Diego schüttelte den Kopf. «Du hast wahrhaftig mehr Glück als Verstand.»

«Trotz allem müssen wir jetzt aufpassen wie die Haftelmacher.» Sonntag sah mit ernstem Blick in die Runde. «Die Bürger hier lassen uns künftig nicht aus dem Auge, das muss euch klar sein. Und Salome mag vielleicht unter der Protektion dieses hohen Herrn stehen – wir nicht.»

Tatsächlich wurden die Dienste der Spielleute immer häufiger zurückgewiesen, als hätten die Zünftigen der Stadt sich gegen sie verbündet, und die Männer konnten froh sein, wenn sie als Knochensammler oder Karrenschieber, beim Abdecker oder Flecksieder ihr Brot verdienen durften. Nur die schmutzigste und körperlich schwerste Arbeit überließ man ihnen, und Diego und Maximus schreckten schließlich nicht einmal mehr davor zurück, als «Goldgräber» die städtischen Abortgruben auszuheben. So stanken sie gottserbärmlich nach Jauche und faulen Eiern, wenn sie halb in der Nacht von den Kloaken zurückkehrten.

Nur die Hoffnung auf das kommende Frühjahr und die Aussicht, dann wieder mit Pferd und Wagen über die Landstraßen zu ziehen und womöglich gutes Geld am Stuttgarter Hof zu verdienen, hielt sie aufrecht. Doch angesichts des nur spärlich gefüllten Geldsäckels, das der Prinzipal unter Verschluss hielt, schien es Marthe-Marie mehr als unwahrscheinlich, dass sie ihr Ziel erreichen würden.

26

Nennen wir sie Fortuna», schlug Diego vor. «Sie soll uns Glück bringen.»

Sonntag nickte und klopfte dem Grauschimmel den Hals. Die

Stute war zwar nicht gerade hübsch mit ihrem Ramskopf, jedoch kräftig und gut im Futter.

«Oder hast du einen anderen Vorschlag?» Sonntag drehte sich zu Salome um. «Schließlich wären wir ohne deine Hilfe wohl niemals auf einen grünen Zweig gekommen.»

Die Wahrsagerin verzog ihren schiefen Mund zu einem Grinsen. «Fortuna ist ein guter Name. Auch wenn ich Pferde nicht besonders mag.»

Der Rabe auf ihrem Buckel krächzte böse und schlug mit den Flügeln, wie um ihre Worte zu bestätigen. Marthe-Marie musste lachen. Längst hatte sie alle Scheu vor der zwergwüchsigen Frau und ihrem schwarzen Begleiter verloren.

Sie hatten sich in einem Stall in der Vorstadt versammelt und betrachteten voller Stolz ihre Erwerbung. Am nächsten Samstag würden sie auf dem Viehmarkt noch ein paar Maultiere dazukaufen und sich dann auf den Weg in die Berge machen, um ihre Wagen zu holen. Sie hatten es geschafft.

Noch vor sechs Wochen hätte keiner von ihnen geglaubt, aus diesem Elend jemals wieder herauszufinden. Nur kurze Zeit nach Salomes Freilassung aus dem Turm hatte der Sämisch-Gerber Marthe-Marie und Marusch den Zutritt zu seiner Werkstatt verwehrt, ohne ein einziges Wort der Begründung. Dann verlor Mettel ihre Arbeit als Wäscherin. So waren es nur noch Diego, Maximus, der Wundarzt und Maruschs Tochter Clara, die morgens die Herberge verließen.

Doch dann, Anfang Februar, war unverhofft eines Nachmittags Salome erschienen und hatte dem Prinzipal mit unbewegter Miene eine Hand voll Schillinge übergeben.

«Eure faulen Tage haben ein Ende. In zwei Wochen ist Fastnacht, also beeilt euch, etwas Entsprechendes einzustudieren. Das Geld ist ein Vorschuss für das Nötigste an Kostümen und Requisiten.»

Ungläubig starrte Sonntag sie an. «Sieh dich vor, Salome. Nach Scherzen steht mir längst nicht mehr der Sinn.»

«Mir auch nicht, wenn ihr nicht gleich in die Pantinen steigt. Ich habe nämlich vor dem Obervogt ziemlich große Töne gespuckt, was eure Schauspielkünste betrifft. Ich musste ihm bei meinem Raben schwören, dass er nicht enttäuscht sein wird, wenn ihr an den Fastnachtstagen auf der Oberen Veste auftretet.»

Ganz konnte sie den Stolz auf ihrem faltigen kleinen Gesicht nicht verbergen.

«Antonia! Tilman! Was steht ihr noch herum?», schnauzte Sonntag. «Geht Diego und Maximus suchen und reißt ihnen die Kloakenschaufel aus der Hand, bevor sie an den fauligen Dämpfen ersticken. Sie sollen sofort herkommen. Und ihr Frauen kümmert euch um die Ausstattung. Holt eine Näherin dazu.»

Fastnacht war nur der Anfang gewesen. Eine Woche nach ihrem dreitägigen Gastspiel auf der Oberen Veste hatte Salome die Nachricht überbracht, der Obervogt wünsche, dass Sonntags Truppe anlässlich seiner Verlobung zur Unterhaltung beitrage. Das Glück schien sich endlich wieder auf ihre Seite zu schlagen, zumal sich ihr Auftraggeber als überaus großzügig erwies. Doch nicht nur Marthe-Marie war jedes Mal froh, wenn sie abends die Festung verlassen konnte, um in ihre schäbige Vorstadtherberge hinabzusteigen. Sonntag und Diego hatten gehörig daran zu schlucken, dass sich der feiste, laute, selbstgefällige Obervogt in alles einmischte und gleich nach ihrer ersten Aufführung Szenen geändert und gestrichen hatte, um seine eigenen, meist hanebüchenen Einfälle einzufügen. Zähneknirschend erfüllten sie alle Wünsche des hochwohlgeborenen Junkers – Sonntag puderte sich sogar mit Asche ein, um im Bastrock einen Mohrentanz aufzuführen. Sie waren Marionetten in den Händen eines herrischen Dummkopfs, der sie nach Belieben tanzen und springen ließ.

Nun hatten sie es hinter sich gebracht, und einem Neuanfang, wenn auch mit bescheidenen Mitteln, stand nichts mehr im Wege. Marthe-Marie betrachtete Salome, die jetzt in respektvollem Abstand zu dem Grauschimmel stand, voller Hochachtung. Es war ihr ein Rätsel, wie diese verwachsene, von der Natur so sichtlich benachteiligte Frau sich in diesen hohen Kreisen hatte Anerkennung verschaffen können, während die Bürger der Stadt sie am liebsten vor Gericht geschafft hätten. Wie undurchschaubar die Welt manchmal sein konnte.

Diego riss sie aus ihren Gedanken.

«Begleitest du mich zum Einödhof?»

«Wie?»

«Ich möchte morgen früh zu Lambert und Anna reiten. Ich muss einfach hinauf, ihnen die glückliche Botschaft überbringen, dass wir spätestens nächste Woche wieder unterwegs sein werden. Ist es nicht ein Wunder? Wir werden wieder frei sein.»

Er warf so heftig seine Arme in die Luft, dass die Stute scheute.

«Nein, ich bleibe hier. Agnes ist erkältet, ich will sie nicht allein lassen.»

Das war nicht die ganze Wahrheit. Sie war Diego zwar längst wieder zugetan; seit dessen jähzornigem Angriff gegen Jonas hatte sie es aber strikt vermieden, mit ihm allein zu sein. Mit Abstand und im Beisein der anderen konnte sie sich seine Freundschaft gefallen lassen, konnte sie seine Aufmerksamkeiten und versteckten Zärtlichkeiten sogar genießen. Der Gedanke indes, einen ganzen Tag lang allein mit ihm durch die Gegend zu reiten, schreckte sie.

«Schade», sagte er nur, ohne eine Regung zu zeigen, und wandte sich wieder dem Prinzipal zu.

Am nächsten Morgen war Diego bereits vor Sonnenaufgang verschwunden. Es wird ein herrlicher Tag, dachte Marthe-Marie beim Ankleiden, und sie bereute fast ihre rasche Ablehnung. Der klare, sonnige Morgen versprach einen der ersten Frühlingstage. Als sie das Fenster in der Schankstube öffnete, gaben die Vögel draußen im Hof ihr fröhliches Konzert. Sie schloss die Augen und sog die kühle, würzige Luft ein. Bald würde sie diese Frische des Morgens, die sie so sehr liebte, wieder jeden Tag spüren.

Marusch klatschte in die Hände. «Los, an die Arbeit. Träumen kannst du nachts.» Sie stellte die Schachtel mit dem Nähzeug in die Mitte des Tischs, dann öffnete sie die nagelneue Holztruhe, die sie sich für die Kostüme angeschafft hatten, und holte ein Bündel Kleider und Stoffe heraus. Kurz darauf traf die Näherin ein, eine ältere Witwe, die ihrem kantigen, ausgemergelten Gesicht zum Trotz stets bester Laune war.

So saßen sie bis zum späten Nachmittag um den Tisch: Marthe-Marie, Mettel und Antonia mit Stopfen, Flicken und Ausbessern beschäftigt, Marusch und die Näherin mit dem Schneidern neuer Kostüme. Wobei Marusch genau genommen weder Schneideklinge noch Nadel und Faden in die Hand nahm, sondern Anweisungen gab. Sie war ganz in ihrem Element, animierte die alte Näherin zu immer neuen, phantasievollen Möglichkeiten, experimentierte mit gewagten Farbkombinationen, mit Kordeln, bunten Bändern, Schleifen.

«Im Grunde war es höchste Zeit für neue Kostüme», sagte sie begeistert. «Wir sollten sie künftig alle zwei, drei Jahre erneuern.»

Als das Licht zu schwach zum Arbeiten wurde, räumten sie ihr Nähzeug beiseite. Dann kehrte Diego zurück. Er hatte ein dickes Bündel mit weiteren Kleidungsstücken mitgebracht.

«Eure Arbeit für die nächsten Tage.»

Er wirkte müde.

«Wie geht es Anna und Lambert? Sind sie wohlauf?», fragte Marthe-Marie.

«Alles in Ordnung. Sie sind glücklich, dass ihre Zeit auf dem Hof ein Ende findet. Ihren Sohn haben sie wohl nur zwei-, dreimal zu Gesicht bekommen.»

Er sah zur Tür.

«Sind die anderen noch unterwegs?»

Etwas in seiner Stimme ließ Marthe-Marie aufhorchen.

«Was ist? Hast du schlechte Nachrichten?»

«Ja. Für Pantaleon. Sein Kamel ist tot. Regelrecht verreckt.»

«O Gott!»

Die Frauen starrten ihn an. Jeder wusste, wie innig Pantaleon seinen Tieren verbunden war.

«Nun erzähl schon», drängte Marusch.

«Da gibt es nicht viel zu erzählen. Ich habe den Bauern zur Rede gestellt: Er behauptete, das Kamel sei während der letzten Frosttage erfroren. Er trage keine Schuld, so ein Tier gehöre schließlich auch in die Wüste. Von Lambert weiß ich aber, dass Schirokko Tag und Nacht in der dunklen Scheune eingesperrt war, ohne Frischfutter und wahrscheinlich auch ohne ausreichend Wasser. Angeblich hätte das Tier auf der Weide die Rinder verrückt gemacht. Wann immer es möglich war, hat sich Lambert heimlich zu Schirokko in die Scheune geschlichen und ihm eine Fuhre frisches Gras gebracht, doch irgendwann hat Schirokko sich in die Ecke gelegt und war nicht mehr zum Aufstehen zu bewegen. Eines Morgens war er tot, der Abdecker hat ihn gleich fortgeschafft.»

«Das wird Pantaleon hart treffen.»

«Was wird mich hart treffen?» Der Tierbändiger stand im Türrahmen. Das Lid seines gesunden Auges zuckte.

Diego trat zu ihm und legte ihm den Arm um die Schulter.

«Komm mit.» Er führte ihn mit sich hinaus auf die Straße.

«Dieser Dreckskerl von Bauer», fluchte Marusch. «Von wegen erfrieren. Kamele können überhaupt nicht erfrieren. Das Fell über die Ohren ziehen sollte man diesem Schinder.»

«Wir müssen den Bauern zur Rechenschaft ziehen», sagte Marthe-Marie. «Schließlich war das Kamel Pantaleons wertvollster Besitz.»

Marusch lachte böse.

«Sehr spaßig. Eine Hand voll Vagabunden zieht gegen einen reichen Bauern vor Gericht wegen eines Kamels – so eine Geschichte können wir vielleicht als Fastnachtsposse aufführen.» Wütend knallte sie den Deckel der Kleiderkiste zu.

An diesem Abend bekamen sie den Tierbändiger nicht mehr zu Gesicht. Sofort nach der Unterredung mit Diego war Pantaleon in die Schlafkammer verschwunden. Er erschien erst wieder zum Morgenbrot mit einem gepackten Bündel. Schweigend löffelte er seine Milchsuppe aus, erhob sich, schüttelte jedem stumm die Hand, pfiff seine beiden Affen herbei und ging zur Tür. Die anderen folgten ihm nach draußen auf die Gasse. Leichter Nieselregen hatte eingesetzt.

«Dein Anteil.» Sonntag drückte ihm ein paar Münzen in die Hand. «Willst du es dir nicht noch einmal überlegen?»

Pantaleon schüttelte den Kopf. Dann marschierte er los, bedächtigen Schrittes, den Hut tief in die Stirn gezogen. Ohne sich noch einmal umzudrehen, ging er den Grabenbach entlang, bog nach links in ein Gässchen und war verschwunden.

«Armer Pantaleon. Erst sein Bär, jetzt das Kamel», sagte Marthe-Marie leise zu Marusch. «Weiß er denn, wohin er will?»

«Ja. Immer den Neckar aufwärts. Irgendwo auf der Baar hat er einen Bruder, der dort als Schäfer lebt.»

«Und sein Karren auf dem Einödhof?»

Marusch zuckte die Schultern. «Wir sollen ihn nehmen oder verbrennen, hat er gesagt.»

«Avanti!», brüllte Marusch und stieß in ihr Horn.

«Avanti!», kam es zwanzigfach zurück.

Der Tross setzte sich ruckend in Bewegung. Wie ein träger Wurm wand er sich die Anhöhe hinunter. Mit übermütigem Geschrei tobten Tilman und Niklas samt den beiden Hunden voraus. Als sie am Haupthaus vorbeikamen, wirkte es wie ausgestorben.

Nicht einmal der Hofhund lag an der Kette. Der Einödbauer zog es offenbar vor, den Spielleuten aus dem Weg zu gehen.

Es ist fast wie früher, dachte Marthe-Marie, die neben Marusch hockte und den Wohnwagen kutschierte. Wenn man von dem erbärmlichen Zustand der Wagen und Karren absah – etliche Silbermünzen und unzählige Stunden Arbeit würde es noch kosten, bis Leonhard Sonntags Truppe wieder im alten Glanz über die Gassen und Marktplätze würde ziehen können. Doch das Notwendigste hatten sie beisammen, das Wichtigste war instand gesetzt.

Vor ihr wackelten im Takt der Schritte die viel zu langen Ohren eines struppigen Maultiers. Geschickt lenkte sie den Wagen um Ambrosius' Karren herum, der am Straßenrand abgestellt war, während der Doktor mit dem Rücken zu ihnen im hohen Gras stand.

«Na, Ambrosius, wieder Schwierigkeiten mit dem Harndrang?», rief Marusch ihm zu. «Musst halt mal einen Medicus aufsuchen.»

«Halt's Maul, Maruschka aus der Walachei.»

Marusch grinste. «Die harte Arbeit diesen Winter hat ihm gut getan. Er spricht inzwischen wie ein gewöhnlicher Mensch.»

«Ehrlich gesagt», entgegnete Marthe-Marie, «hätte ich nie gedacht, dass er diese beschämende Arbeit als Gassenkehrer durchhält. Ein Dummschwätzer und Quacksalber war er bisher in meinen Augen, aber jetzt muss ich meine Meinung über ihn wohl ändern.»

Sie hielt ihr Gesicht in den Wind. Die Luft war kalt und feucht, sie trug mehrere Schichten an Hemden und Röcken übereinander, aber um nichts hätte sie den Platz auf dem Kutschbock mit der stickigen Enge der Herberge in Horb getauscht.

In ihrer letzten Nacht dort hatte sie zum ersten Mal nach langer Zeit einen Traum gehabt, an den sie sich beim Erwachen in aller Klarheit erinnern konnte: Nicht Pantaleons Kamel lag in der Scheune des Einödhofs im Sterben, sondern Jonas. Sie hatte zusammen mit den anderen die Scheune betreten, um ihre Habseligkeiten zu holen, da sah sie ihn am Boden liegen, zusammengekrümmt im schmutzigen Stroh. Er atmete kurz und heftig, seine Augen waren geschlossen. Entsetzt hatte sie sich über ihn gebeugt, ihre Hand auf seine schweißnasse Stirn gelegt. Jetzt erst nahm sie wahr, dass er vollkommen abgemagert war, er trug nichts als eine halblange Hose, seine Rippen stachen hervor, er zitterte am ganzen Leib. Warum hast du mich allein hier oben gelassen?, hörte sie ihn flüstern, sie haben mich in Ketten gelegt, als ich zu dir wollte. Jetzt ist es zu spät. Dann hatte er zu atmen aufgehört, und sie schrie und schrie.

Von diesem Schrei war sie erwacht. Panik hatte sie erfüllt: Wenn das nun ein Omen war? Aber Marusch hatte sie beruhigt. «Es war nicht der wirkliche Jonas, es war der Jonas in deinem Herzen, der im Traum zu dir gesprochen hat.»

«Wie meinst du das?»

«Das musst du selbst herausfinden. Vielleicht vermisst du ihn. Oder du machst dir Vorwürfe.»

Marthe-Marie sah hinüber zu Marusch, die auf dem Kutschbock neben ihr eingenickt war. Nein, sie wollte sich weder Vorwürfe machen noch an vergangenen Zeiten hängen. Jonas und sie trennten Welten und Ewigkeiten. Sie gehörte hierher auf die Landstraße, auf den Kutschbock eines holpernden Wagens, Wind und Sonne ausgesetzt und einem Schicksal, das sich von niemandem in die Karten sehen ließ.

Eine Stunde später stießen sie auf den Neckar. Die Fahrstraße führte etwas oberhalb des engen Flusslaufs durch schattige Uferwälder. Bis Rottenburg würden sie es nicht mehr schaffen, und als die Landschaft offener und weitläufiger wurde, suchten sie sich einen Rastplatz. Kurz darauf formierten sich die Wagen und Karren im Kreis; in der Abendsonne warfen sie lange Schatten über die Wiese. Die Kinder schwärmten aus, um Holz zu suchen, die Männer tränkten die Tiere, die Frauen kümmerten sich um Feuerstellen und Wasser zum Kochen. Jeder Handgriff, jeder Arbeitsgang war abgestimmt. Als ob es niemals eine Unterbrechung gegeben hätte.

Und doch – so leicht ließ sich die Last der letzten Monate nicht abschütteln. Die Gesichter der Spielleute waren ernst. Vielleicht lag es daran, dass zwei von ihnen fehlten: Pantaleon mit seinen Affen und dem Kamel hinterließ eine spürbare Lücke, und selbst wenn keiner von ihnen, von Antonia einmal abgesehen, Isabell nachtrauerte, so hatte auch sie ihren festen Platz in der Truppe gehabt.

Beim Abendessen besprachen sie ihre weiteren Planungen. Das Marienfest der Verkündigung des Herrn und der Wiedergeburt des Lichtes stand kurz bevor, und in ländlichen Gegenden wie dieser verband man diesen Tag mit dem ersten großen Frühlingsfest. Marthe-Marie erinnerte sich an ihre Kindheit, wie sie und ihre Geschwister ab Mariä Verkündigung auf der Lauer lagen, um als Erstes die heimkehrenden Frühlingsboten Storch und Schwalbe zu entdecken. Ihr Hausmädchen Gritli trug von diesem Tag an eine Münze in ihrer Rocktasche, denn wer zum ersten Mal im Jahr einen Storch sah und kein Geld dabei hatte, dem würde es das ganze Jahr an Geld fehlen. Gritli war es auch, die alle Fenster und Dachluken öffnete, sobald sich die erste Schwalbe sehen ließ, denn wo sie nistete, schützte sie vor Blitzschlag.

In Rottenburg, das wie Horb der schwäbisch-österreichischen Grafschaft Hohenberg unterstand, jedoch mit seinen Ackerbürgern und Weinbauern einen sehr viel ländlicheren Charakter hatte, würde in zwei Tagen ein großes Volksfest mit Jahrmarkt, Tanz und Musik stattfinden.

«Liebe Salome», wandte sich der Prinzipal zum Ende der Besprechung an die Wahrsagerin. Verlegen trat er von einem Bein aufs andere. «Wir alle hier wissen, dass wir ohne dich immer noch in

Horb eingesperrt wären wie Vieh in einem engen Stall. Dass ohne deine Protektion heute nicht Wind und frische Luft um unsere Nasen wehen würden. Dennoch – ich meine hier in Rottenburg – übermorgen also –» Er brach ab und sah hilflos zu Marusch.

«Spar dir deine großen Worte, Sonntag.» Salome stieß ein Lachen aus, das dem Meckern einer Ziege glich. «Ich weiß selbst, was ich zu tun habe. Da ich erst unlängst an Stricken in diese Stadt geschleift wurde, werde ich sie freiwillig so schnell nicht wieder betreten, keine Sorge. Und ich werde mich von der Truppe fern halten, werde keinen von euch kennen, solange ihr in Rottenburg spielt. Schließlich will ich euch kein Unglück bringen. Vorausgesetzt», sie zog ein Blatt unter ihren Röcken hervor, «ihr wollt in Rottenburg überhaupt um Konzession bitten. Ich kann zwar kaum lesen, aber dass auf diesem Flugblatt keine Maienlieder abgedruckt sind, erkenne selbst ich.»

Marthe-Marie warf einen neugierigen Blick auf das Papier. Erschreckliche Neue Zeitung stand in riesigen Lettern zuoberst, und kleiner darunter: *Von den gottlosen Unholden und Teufels Weibern, die zu Rottenburg im Hohenbergischen den 2. Augusti vergangenen Jahres ein schrecklich Hagel und Wetter über den Wein gebracht und alles zerstörten und noch fürderhin mit ihren Gespielen ihr Unwesen treiben, so geschehen mit dem Feuer im Weinberg zum 10. des Märzen dieses Jahres.* Dann wurde die Schrift so winzig, dass Marthe-Marie sie aus der Entfernung nicht entziffern konnte. Umso mehr sprang das Bild ins Auge: Drei nackte Frauen mit offenem Haar, die inmitten von Totenschädeln auf einem Weinberg thronten, brauten in einem riesigen Kessel ein Gewitter.

Sonntag las den Text sorgfältig durch.

«Woher hast du das Blatt?»

«Jemand hat es mir unbemerkt an den Karren geheftet.»

Der Prinzipal runzelte die Stirn und reichte das Flugblatt an Diego weiter. «Das könnte eine Warnung sein. Zumal hier am

Ende ein Aufruf steht, alles Ungewöhnliche und Fremde der Obrigkeit zu melden.»

«Warum Warnung?» Marthe-Marie sah zu Marusch. «Was haben wir mit Hagelschlag und Feuer im Weinberg zu schaffen?»

«Nichts. Aber wann immer es irgendwo zum Schlechten steht, wann immer die Leute einen Sündenbock suchen, sollten wir Fahrenden uns schleunigst vom Acker machen. Das müsstest du eigentlich gelernt haben.»

Marthe-Marie spürte Salomes forschenden Blick auf sich gerichtet und fragte sich einmal mehr, was die Wahrsagerin von ihr dachte. Sie fasste sich ein Herz und fragte: »Glaubst du eigentlich daran? An Hexenverschwörungen und all diese Dinge?»

«Nicht an Verschwörungen, aber an Unholde.» In Salomes Stimme lag weder Feindseliges noch Argwohn. «Und ich denke, der Fluch einer Hexe kann jeden treffen. Ein Fremder spuckt dir auf die Türschwelle, und schon wird deine Familie krank, das Vieh verreckt, der Wein wird zu Essig, der Brunnen im Hof versiegt. Was ist das anderes als Hexerei?»

«Was für ein hanebüchener Blödsinn!» Diego knüllte das Blatt zusammen und warf es zu Boden. «Lasst euch doch nicht ins Bockshorn jagen von diesem Geschmier. Falls wir in Rottenburg Gelegenheit bekommen aufzutreten, sollten wir das gefälligst auch tun. Sind wir Spielleute oder Hasenfüße?»

Nur Maximus und Quirin murmelten Zustimmung. Die anderen schwiegen.

Letztendlich wurde ihnen die Entscheidung durch zwei Vorkommnisse abgenommen, die einen Schatten auf den hoffnungsvollen Neuanfang warfen. Als Marthe-Marie am nächsten Morgen erwachte, hörte sie von draußen die aufgeregten Stimmen Maruschs und Mettels. Zugleich stieg ihr ein ekelerregender Gestank in die Nase. Sie kletterte aus dem Wohnwagen, in dem sie mit den Kindern und den anderen Frauen schlief, und entdeckte die Ursache des Übels: Der Kutschbock des Wagens war über und über verklebt mit fetten, stinkenden Schlieren verfaulter Eier. Marthe-Marie hielt sich ihre Schürze vor die Nase.

«Heiliger Sebastian! Was ist denn das?»

«Nektar und Ambrosia.» Marusch reichte ihr Eimer und Bürste. «Hier, mach weiter. Ich hole noch einen Eimer frisches Wasser. Dass die Männer bei dem Gestank überhaupt schlafen können.»

Mettel grinste. «Jede Wette, dass sie erscheinen, wenn wir mit dieser Drecksarbeit fertig sind. Dass faule Eier aber auch dermaßen stinken können.»

Eine halbe Stunde später hatten die drei Frauen Kutschbock und Vorderfront des Wagens halbwegs sauber geschrubbt. Als sie den letzten Eimer klares Wasser gegen das Holz klatschten, schlenderten tatsächlich Diego und Sonntag heran. Sie rümpften die Nase.

«Was riecht hier so streng?»

«Frag nicht so blöd.» Marusch schleuderte Diego die Wurzelbürste vor die Füße. «Ihr hättet heute Nacht lieber Acht geben sollen, wer ums Lager herumschleicht. Willst du etwa immer noch in Rottenburg um Konzession bitten?»

Diego zuckte die Schultern. «Wahrscheinlich waren das irgendwelche Dorfbuben.»

Nach einem raschen Morgenmahl brachen sie auf. Die Mauern der Stadt waren bald in Sichtweite. Sie durchquerten einen Weiler unterhalb eines lang gestreckten Weinbergs, und trotz des milden, sonnigen Tages war keine Menschenseele zu sehen, weder in den Weingärten noch vor den Häusern oder auf der Straße. Für einen Werktag strahlte das Dorf eine unnatürliche Ruhe aus.

«Seltsam», dachte Marthe-Marie. Sie rief Agnes und Lisbeth heran, die dem Wagen vorausliefen, und zog sie neben sich auf den Bock. Dann entdeckte sie die Menschenansammlung am Ortsausgang unter einer alten Eiche – genauer gesagt hörte sie zuallererst

257

die durchdringende, immer wieder ins Gekreisch umkippende Stimme.

«Seid wachsam gegen die Kälte im Glauben, seid wachsam gegen falsche Propheten. Seht ihr nicht die Zeichen am Himmel und auf der Erde? Die allerorts von Feuer und Pest, von Krieg und Hunger, von Missgeburten und Ungeheuern künden? Seid ihr nicht geschlagen genug von Hagel und Feuersbrunst, die euren Wein vernichteten? Wollt ihr warten, bis die Spießgesellen Satans Blut, Mäuse und Feuer vom Himmel regnen lassen? Entscheidet euch jetzt, bevor es zu spät ist. Wendet euch ab von teuflischen Blendwerken und Trugbildern, kämpft mit uns in der Armee Gottes gegen die Verschwörung Satans.»

Ein Wanderprediger. Jetzt sah sie ihn auf einem Holztisch stehen, ganz in Schwarz, mit weitem Mantel und aus der Mode geratenem Rundhut. Nach jedem zweiten Wort stieß seine Faust gen Himmel. Als das erste Fuhrwerk mit Sonntag und Diego die Menge passierte, hielt er einen Moment inne, um dann nur noch lauter zu krakeelen.

«Der Herr möge euch helfen, die Gottlosen zu erkennen. Gebt Acht auf eure Nachbarn, ob sie Übles tun. Vor allem aber gebt Acht auf die Fremden, die in vielerlei Gestalt sich tarnen. Helft mit, die Nester der Hexenweiber und Unholde auszuräuchern, die Satansdiener zu vernichten. Denn befiehlt nicht das göttliche Gesetz, die Zauberer sollst du nicht leben lassen? Brennen sollen die Aufrührer wider Gott, damit sie nicht das Reich des Teufels auf Erden errichten.»

Ein vielstimmiges Gebrüll erhob sich. «Weg mit dem Gesindel!» Marthe-Marie, die nach dem Prinzipal und Marusch an dritter Position fuhr, war schon beinahe an dem Haufen vorbei, als ein Stein knapp an ihrer Schläfe vorbeipfiff. «Hudelvolk! Lumpenpack!» Schützend beugte sie sich über die beiden Mädchen und gab ihrem Maultier die Peitsche.

«Schlagt die Gotteslästerer! Steinigt sie!»

Ein junger Bursche kletterte am Kutschbock hoch und schlug ihr mit einem Ast gegen die Stirn. Sie stieß ihn mit dem Fuß zurück. Endlich fiel ihr Maultier in unbeholfenen Galopp. Hinter sich hörte sie den Tumult lauter werden, und beklommen dachte sie daran, dass vier von ihnen mit Handkarren unterwegs waren und damit diesem Pöbel schutzlos ausgeliefert.

Da sah sie Diego und Sonntag nach hinten laufen, mit Peitsche und Stöcken bewaffnet. Sie konnte nicht erkennen, was vor sich ging, denn der breite Aufbau des Wohnwagens verdeckte die Sicht nach hinten. Wutgebrüll ertönte, vielleicht waren es auch Schmerzensschreie. Sie trieb ihr Maultier weiter an, den einzigen Gedanken im Hirn, die beiden Kleinen außer Gefahr zu bringen, und hielt sich so dicht hinter Maruschs Fuhrwerk, dass sie kaum bemerkte, wie sie Rottenburg links liegen ließen. Endlich hielten sie in einem dichten Wäldchen. Fast gleichzeitig sprangen Marusch und sie vom Kutschbock, vom vordersten Fuhrwerk rannte ihnen Antonia entgegen und warf sich ihrer Mutter in die Arme.

«Ich hatte solche Angst», flüsterte sie.

«Du bist tapfer wie ein Löwe.» Marusch strich ihr zärtlich übers Haar. «Hast ganz allein den Tross angeführt. Meine Große! Jetzt lauf und tröste Agnes und Lisbeth.»

Die beiden Kleinen kauerten immer noch auf dem Wagen. Nun, wo alles vorüber war, begannen sie zu weinen.

«Du bist ja verletzt!» Nur langsam löste sich die Anspannung in Maruschs Gesicht.

«Eine Schramme, nichts weiter.» Marthe-Marie bückte sich, pflückte einige Blätter Taubnessel und drückte sie gegen ihre blutverschmierte Stirn. Mettel hatte ihr das gezeigt. Dann sah sie sich um.

«Wo bleiben die anderen nur? Hoffentlich ist ihnen nichts geschehen.» Erschöpft lehnte sie sich gegen den Wagen. «Was war das jetzt eigentlich? Verstehst du das alles? Wieso greifen die Leute uns aus heiterem Himmel an?»

«Es ist nicht das erste Mal. Leo hatte Recht. Wir sollten aus dieser Gegend schleunigst verschwinden, Frühlingsfest hin oder her.»

Kurz darauf kamen mit freudigem Gebell die beiden Hunde angerannt, gefolgt von Niklas und Tilman.

«Dem Himmel sei Dank.» Marthe-Marie faltete unwillkürlich die Hände. «Wo sind die anderen?»

Die beiden schnappten nach Luft. Tilman deutete hinter sich zum Eingang des Wäldchens, wo in diesem Moment der Wagen der Musikanten mit Clara, Titus und den anderen Frauen auftauchte, gefolgt von Quirins Karren, dessen Maulesel allerdings führerlos vor sich hin zockelte.

«Ich weiß nicht, wo die Männer sind», keuchte Tilman. «Vater hat gebrüllt: Frauen und Kinder auf den Wagen, dann hat er dem Maultier die Peitsche auf den Arsch geknallt, und wir sind losgerannt. Ich glaube, die prügeln sich immer noch.»

❧ 27 ❧

Jetzet – hasch des g'hört?» Vor Aufregung fiel Diego in breites Schwäbisch.

«Was gehört?», fragte Marthe-Marie.

Er wies nach links. «Der Trödler dort.»

Mit einem Kochlöffel schlug der Händler, der ihnen am nächsten stand, eine kurze Melodie auf Töpfe und Pfannen, dann wiederholte er in monotonem Singsang sein Sprüchlein: «Guot ond billig! Häfe, Töpf, Pottschamberle!»

«Hast du es jetzt gehört? Pottschamberle!» Diego riss theatralisch die Arme empor und rief das seltsame Wort so laut, dass die Marktgänger stehen blieben und ihn verdutzt anstarrten.

«Pottschamberle, Kellerettle – verstehst du, Marthe-Marie? Ich bin zu Hause angekommen.»

«Ehrlich gesagt verstehe ich kein Wort.»

Sie hatten eben den Schlagbaum des Herzogtums Württemberg passiert und machten Rast auf diesem hübschen, baumbestandenen Dorfplatz, wo Krempler und Trödler, Hausierer und Kraxenträger aus der Umgebung ihre Waren anpriesen. Schon der Anblick der drei übereinander liegenden Hirschstangen auf gelbem Grund, die in frischer Farbe auf dem Zollhäuschen prangten, hatte Diego in Verzückung versetzt. Es war früher Nachmittag. Nur ein paar Meilen und wenige Stunden trennten sie von jenem Wäldchen, in dem Marthe-Marie mit den anderen Frauen und den Kindern voller Bangen auf die Männer gewartet hatten. Erst nach einer Ewigkeit, so schien es jedenfalls, waren sie auf dem Waldweg aufgetaucht: Müde, verdreckt, voller Schrammen. Doch in ihren Augen hatte der Triumph geblitzt.

«Diese Abreibung werden die Dörfler niemals vergessen.» Zufrieden klopfte Sonntag sich den Staub von der Weste.

«Nur haben wir den Richtigen erst gar nicht erwischt», sagte Diego grimmig. «Dieser bigotte Wanderpfaffe war plötzlich spurlos verschwunden. Dem hätte ich gern die Hölle heiß gemacht.»

Marusch sah die Männer missbilligend an. «Ich glaube fast, euch hat die Prügelei Spaß gemacht. Wie Gassenbuben kommt ihr mir vor. Was, wenn diese Leute uns jetzt verfolgen oder auflauern?»

«Sakra, was kannst du undankbar sein.» Sonntag verdrehte die Augen. «Da verteidigt man unter Gefahr seines Lebens Frau und Kind und wird dafür auch noch angeblafft.»

Er wandte sich den anderen zu.

«Der Sicherheit unserer Frauen und Kinder zuliebe feiern wir unseren Sieg erst heute Abend. Beeilen wir uns also, über die württembergische Grenze zu kommen.»

Nun standen sie hier, in diesem Marktflecken kurz vor Tübingen, der zweiten Residenz nach Stuttgart und Grablege der Württemberger Herzöge. Diego war von einer freudigen Unruhe gepackt, die Marthe-Marie kaum nachvollziehen konnte. Zwar wusste inzwischen jeder von seiner Hochachtung für den Württemberger Herzog, andererseits betonte er doch ein ums andere Mal, er sei ein heimatloser Vagant. Da klang ein Satz wie ‹Ich bin zu Hause angekommen› recht unglaubwürdig.

«Du schaust mich an, als sei ich eines von Leonhards Fabelwesen aus Afrika.» Er legte ihr den Arm um die Schulter. «Also, gib Acht: Hier, rund um Tübingen und Stuttgart, ist das Kernland der Schwaben, hier gibt es Ausdrücke, die hörst du nirgendwo sonst auf der Welt. Weil sie nämlich eine Verschmelzung zweier Sprachen sind, die grundverschiedener nicht sein könnten: des Deutschen mit dem Französischen. Nimm zum Beispiel Pottschamberle. Das bedeutet Nachttopf und kommt von ‹pot de chambre›. Du nimmst also einen französischen Ausdruck, sprichst ihn schwäbisch aus und hängst ein ‹le› dahinter – ist das nicht einzigartig?»

Marthe-Marie lachte laut auf, und Diego zog die Augenbrauen in die Höhe. «Lach du nur. Du denkst, ich bin ein rührseliger alter Mann, von seinen Erinnerungen überwältigt. Vielleicht bin ich das ja auch. Aber es ist mehr. Für mich ist dieses Pottschamberle ein Zeichen für die Weltoffenheit der Württemberger Herzöge.» Er ließ sie los, um seine Worte besser mit Gesten unterstreichen zu können, und Marthe-Marie nutzte die Gelegenheit, um sich auf den Rand des Dorfbrunnens zu setzen. Erfahrungsgemäß dauerten Diegos Ausführungen recht lange.

«Unser Heiliges Römisches Reich krankt nicht nur an seiner Zerrissenheit, sondern an der Kleingeisterei und Eigensucht seiner Territorialherren, die ihr Land – und ist es noch so winzig – mit eigenen Verordnungen, Maßen, Münzen, Regeln und Zöllen überfluten und überschütten und dabei die Untertanen auspressen wie die Mostäpfel. Jeder von diesen Herren, noch der geringste, glaubt, die Sonne, besser gesagt: die Erde zu sein, um die alle anderen kreisen müssen. Allein der Württemberger Friedrich, wie bereits seine Vorgänger, ragt als strahlende Ausnahme aus diesem Mittelmaß hervor. So pflegen die Württemberger seit zweihundert Jahren schon, seit Henriette von Mömpelgard, eine enge Beziehung zu Frankreich, diesem Land der Dichter und Philosophen, und das hat sie geprägt.»

«Und was ist hier anders, abgesehen von dieser herzigen Sprache?»

«Alles. Es begann mit der Vertreibung der habsburgischen Besatzer. Wie Phönix aus der Asche erhob sich Württemberg unter Herzog Christoph, der die fortschrittlichste Landesverwaltung seiner Zeit schuf. Das war vor fünfzig Jahren. Maße und Gewichte wurden im ganzen Land vereinheitlicht, Handel und Gewerbe begannen aufzublühen. Die katholischen Klöster wurden nicht geplündert wie andernorts in reformierten Ländern, vielmehr wurden deren Schätze für Bildung, Pfarrerbesoldung und die Armenkasse verwandt. Herzog Christoph wandelte sie in protestantische Klosterschulen für begabte Knaben um und gründete das berühmte Tübinger Stift. In dieser Zeit führte er auch die Schulpflicht ein. Sogar für Mädchen, stell dir vor.» Er zwinkerte ihr zu. «Hier bist du mit deinen Rechen- und Schreibkünsten nichts Besonderes.»

Marthe-Marie hatte zwar noch nie etwas von einem Tübinger Stift gehört, aber sie war beeindruckt.

«Erzähl weiter.»

«Als Herzog Christoph mit nur dreiundfünfzig Jahren starb, hinterließ er ein gefestigtes, blühendes Land! Und zum großen Glück für dieses Land führten sein Sohn Ludwig und später sein Vetter Friedrich dieses Werk fort. Ludwig, ein Liebhaber der schö-

nen Künste, setzte sich vor allem für Schulwesen und Wissenschaft
ein. Er war ein Förderer der Tübinger Universität und Gründer
des Collegium illustre für hohe Landesbeamte und Adlige, als Ge-
genstück sozusagen zum Tübinger Stift der Theologen.»

«Dann ist Tübingen so etwas wie ein Hort der großen Den-
ker?»

«Genau! Hier findest du so berühmte Gelehrte wie Johannes
Reuchlin und Philipp Melanchthon oder den Botaniker Leonhard
Fuchs.» Seine Augen strahlten. «Friedrich schließlich, der Vetter
aus der Mömpelgarder Seitenlinie, ist ein Herrscher, der Großes
vorhat. Eine seiner Schöpfungen, Freudenstadt, hast du ja kennen
gelernt. Nicht nur kaufte er Württemberg endgültig von den Habs-
burgern los, er fördert auch Handel und Handwerk, Ackerbau und
Viehzucht mit einem unglaublichen Aufwand. Zusammen mit
seinem Baumeister Schickhardt legt er ein Netz von Straßen und
Brücken an, errichtet Bergwerke und Schmelzhütten, kanalisiert
Flüsse. Wie ich gehört habe, sind die beiden im Augenblick dabei,
das gesamte Territorium zu vermessen. Unter den Menschen dieses
Landes muss eine ungeheure Aufbruchstimmung herrschen.»

Unwillkürlich blickte sich Marthe-Marie um, doch die Krämer
und Bauern um sie herum wirkten ganz unaufgeregt – sie prie-
sen ihre Ware so lautstark an und feilschten so verbissen wie die
Marktleute überall im Reich.

«Und noch etwas – es gibt hier mehr Gerechtigkeit. Herzog
Ludwig hatte damals ein Landesgesetz geschaffen, das Rechtssi-
cherheit für alle schuf und der Willkür Einzelner scharfe Grenzen
setzte. Gerade in diesen Zeiten», er zögerte, «wo in Deutschland
kein Scheiterhaufen verglüht, ohne dass der nächste nicht schon
errichtet ist – wo sich der Wahn der Hexenverschwörung nicht
nur im Volk, sondern vor allem in den Köpfen der geistlichen und
weltlichen Obrigkeit wie die Pest ausbreitet, haben hier die Opfer
böswilliger Bezichtigungen die beste Aussicht, mit heiler Haut da-

vonzukommen. Denn seit Ludwig verläuft der Hexenprozess wie jeder Strafprozess in klar geregelten Bahnen. Alles unterliegt der strengen Kontrolle des herzoglichen Oberrats, und bei Zweifeln muss der Rat von Rechtsgelehrten eingeholt werden.»

«Langsam beginne ich zu verstehen, was dich an dieses Württemberg bindet. Warum bist du nicht schon früher hierher gekommen?»

«Es hat sich nie ergeben. Du weißt ja – erst meine Jahre in Spanien, dann traf ich auf Sonntag mit seiner Compagnie, und der hatte andere Ziele.»

Sie glaubte ein unsicheres Flackern in seinem Blick zu erkennen. Inzwischen hatten sich die anderen zu ihnen gesellt.

«Ich habe mit dem Dorfschultes gesprochen», sagte Sonntag. «Wir können auf dem Anger unser Lager aufschlagen. Morgen früh reiten Diego und ich dann nach Tübingen. Ich bin mir sicher, dass wir dort einige Tage gastieren dürfen.»

«Ich möchte mitkommen.» Marthe-Marie bemerkte Diegos überraschten Blick. «Ja, du hast mich neugierig gemacht mit deinem Vortrag.»

Doch mit ihrem Neuanfang als Gauklertruppe schien es wie verhext. Sie hatten ihr Lager aufgeschlagen, dann die Tiere versorgt, und aus dem Dorf strömten neugierige Kinder und Halbwüchsige herbei. Gutmütig gaben Valentin und Severin ihnen eine Probe ihrer akrobatischen Künste, als sich eine Gruppe Reiter auf prächtig geschmückten Pferden der Wiese näherte. Vorweg ritten, eskortiert von Bewaffneten, zwei Männer in edlen, doch schlichten Gewändern. Sie waren beide mittleren Alters, und die breitkrempigen Federhüte nach Art der Landsknechte verliehen ihnen ein beinahe verwegenes Aussehen. Auf ihren bärtigen Gesichtern, so konnte Marthe-Marie jetzt erkennen, lag ein freundliches Lächeln.

Da rief einer der Dorfburschen «Jesses noi, der Herzog!», und Diego neben ihr erstarrte zur Salzsäule.

Valentin und Severin unterbrachen ihre Kunststücke, Sonntag trat einen Schritt vor und verneigte sich tief: «Leonhard Sonntag und seine Compagnie, fürstliche Durchlaucht.» Die anderen taten es ihm nach: Die Frauen knicksten artig, die Burschen und Männer verbeugten sich.

Dann muss der andere Schickhardt sein, dachte Marthe-Marie und musterte aus dem Augenwinkel neugierig die beiden Männer. Das konnte kein Zufall sein, dass der Herzog bei seiner Landvermessung ausgerechnet auf sie getroffen war.

Der Herzog und sein Baumeister begrüßten Sonntag mit einem leutseligen Kopfnicken, die Spielleute und die Dorfkinder gaben ihre ehrfürchtige Haltung auf und entspannten sich. Was dann folgte, glich einer schlechten Komödie: Diego blieb krumm und gebückt stehen, als leide er an der Gicht. Tatsächlich hielt er nun sogar einen Krückstock in der Hand. Marthe-Marie wusste sofort, dass wieder einmal Ärger in der Luft lag und dass die Ursache in Diegos Vergangenheit zu finden war.

Der Herzog schob sich den Hut aus der hohen Stirn und stützte sich auf den Sattelknauf. «Ihr seid Gaukler, wie ich sehe. Macht nur weiter mit eurer Darbietung, wir freuen uns über ein wenig Abwechslung nach unserem weiten Ritt.»

Sein Begleiter nickte zustimmend. Valentin und Severin gaben ihr Bestes, um die hohen Gäste zufrieden zu stellen, wirbelten in Flickflack und Salto durch die Luft, schlugen nebeneinander Räder, Handstände und Flugrollen, als sei einer das Spiegelbild des andern, und das alles ohne einen einzigen Patzer.

«Wunderbar!» Der Herzog klatschte in die Hände, sein Gefolge desgleichen. «Ich hoffe doch, ihr gastiert in Tübingen? Mein Baumeister und ich werden auf Schloss Hohentübingen die nächsten Tage eine Rast einlegen.»

Sonntag nickte erfreut, doch bevor er etwas entgegnen konnte, fiel der Blick des Herzogs auf Diego.

«Euch kenne ich doch irgendwoher?»

Diego hob demütig den Blick. *«Su Alteza?»*

«Ich könnte meinen, ich hätte Euch bei mir am Hofe gesehen. Seid Ihr Spanier?»

«Si, Su Alteza.»

Marthe-Marie sah zu Diego hinüber; er war totenbleich.

«Verzeiht, Euer Durchlaucht, wenn ich mich einmische», sagte Sonntag überraschend ruhig. «Don Diego spricht nur schlecht unsere Sprache, er ist erst seit wenigen Monaten in Deutschland. Hinzukommt, dass er eben erst von einer schweren Krankheit genesen ist.»

«Don Diego also, nun gut.» Friedrich schien nicht vollkommen überzeugt, denn er heftete seinen durchdringenden Blick weiterhin auf Diego. «Dabei hätte ich schwören können – wie dem auch sei, wir würden uns freuen, bald noch mehr von eurer Kunst sehen zu dürfen.» Auf einen Wink hin reichte ihm einer seiner Begleiter Papier und Feder. «Ich werde euch ein Empfehlungsschreiben an die Tübinger Ehrbarkeit mitgeben. Im Obergeschoss des Kornhauses ist vor kurzem ein Theatersaal eingeweiht worden, für reisende Komödianten. Dort sollt ihr spielen.»

Er kratzte ein paar Zeilen auf das Papier, rollte es zusammen und überreichte es dem Prinzipal, der sich höflichst bedankte.

«Nun denn, so sehen wir uns also morgen oder übermorgen wieder.» Damit wendete er sein Pferd und verschwand mit seinen Begleitern in der einbrechenden Dämmerung.

Die Gruppe um Sonntag stand da, als hätte jeden Einzelnen der Schlag getroffen. Keiner sprach ein Wort, bis sich Sonntag zu den Kindern aus dem Dorf umdrehte. «Geht nach Hause. Die Vorstellung ist zu Ende.» Und zu den Spielleuten gewandt: «Schlagt euch Tübingen und Stuttgart aus dem Kopf.»

Dann ging er mit hängenden Schultern zu seinem Wagen. Diego eilte ihm nach. «Warte, Leo. Ich muss mich bedanken.»

Sonntag stieß ihn zurück. «Lass mich in Ruhe.»

Marthe-Marie wunderte sich längst nicht mehr, dass Sonntags Leute bei unvorhergesehenen Zwischenfällen wie diesem zusammenhielten und mitspielten – in den Jahren ihres Zusammenlebens hatten sie wohl gelernt, sich blitzschnell auf jede noch so überraschende Situation einzustellen. Doch das Ausmaß an Verbitterung und Ärger, das jetzt Diego entgegenbrandete, befremdete sie dann doch. Die Stimmung beim Abendessen war eisig, keiner verschwendete ein Wort, einen Blick an ihn. Es war wohl nicht das erste Mal, dass er die Truppe in Schwierigkeiten gebracht hatte.

Schließlich ergriff Diego selbst das Wort.

«Ich kann mir denken, was für einen Zorn ihr auf mich habt. Die wunderbare Gelegenheit, vor dem Herzog zu spielen und womöglich gleich noch eine Einladung an seine Residenz – all das habe ich in den Sand gesetzt. Bitte glaubt mir, es tut mir unsagbar Leid.»

Die anderen schwiegen hartnäckig.

«Jetzt seht mich doch nicht so feindselig an. Schlagt mich, prügelt mich – nur sagt um Himmels willen was.»

Kein Ton war zu hören. Diego schleuderte den Krückstock weg. «Es ist wohl das Beste, ich packe meine Sachen und verschwinde. Geht ohne mich nach Tübingen und Stuttgart, ich bitte euch. Und habt noch mal Dank dafür, dass ihr mich nicht verraten habt.»

Da stellte sich ihm Sonntag in den Weg.

«Du gehst nirgendwohin.» Das Gesicht des Prinzipals war hochrot vor Wut. «Ja, du hast alles verpatzt, und dafür würde ich dir liebend gern den Kopf abreißen. Aber leider sind wir von dir abhängig, das weißt du doch genau. In jedem unserer Stücke hast du eine tragende Rolle, in jeder Darbietung einen wichtigen Part – ohne dich könnten wir die nächsten Wochen überhaupt nicht

268

auftreten, und damit wären wir am Ende.» Seine Stimme wurde gefährlich leise. «Wenn du jetzt gehst, machst du alles kaputt. Und dann bringe ich dich wirklich um.»

«Und ihr», er wandte sich an die anderen, «ihr hockt hier nicht herum und glotzt wie die Mondkälber. Noch ist das kein Weltuntergang. Ich werde mit Marusch besprechen, wie es weitergeht. Schlaft wohl, bis morgen.»

Dann stapfte er mit Marusch davon. Zum Erstaunen aller verschwanden sie in Salomes Zelt. Nur langsam löste sich die Anspannung, die Männer und Frauen, die noch ums Feuer hockten, begannen sich leise zu unterhalten. Um Diego, der an einem Baumstamm lehnte, kümmerte sich niemand mehr, und Marthe-Marie wurde jetzt erst bewusst, dass auch sie selbst allein saß. Ein ganzes Jahr lebte sie nun schon bei den Fahrenden, doch plötzlich fühlte sie sich so fremd wie in den ersten Tagen. Und ebenso einsam.

Sie gab sich einen Ruck und räumte das Kochgeschirr zusammen, um es am Dorfbach zu waschen.

«Warte, ich helfe dir.» Mettel erhob sich, nahm die restlichen Schüsseln und folgte ihr. Der Mond schien hell, am Himmel glitzerte ein dichter Sternenteppich. Es war schon Ende März, doch diese Nacht würde bitterkalt werden. Marthe-Maries Hände waren wie Eis, als sie das saubere Geschirr ineinander stapelte.

«Glaubst du, es renkt sich wieder ein zwischen Diego und dem Prinzipal?»

«Es muss.» Mettel rieb sich die Hände warm. «Die beiden sind wie Licht und Schatten – das eine geht nicht ohne das andere. Ich weiß auch nicht alles über unseren vermeintlichen Spanier, aber seine Vergangenheit scheint ihn immer wieder wie einen Fluch einzuholen.»

Geistesabwesend trocknete Marthe-Marie ihren hölzernen Löffel an der Schürze ab. Wie oft hatte sie das schon über ihr eigenes

Schicksal gedacht. «Was war das eigentlich heute für ein Schauspiel? Der Herzog kannte Diego doch ganz offensichtlich?»

«Ich weiß nur, dass Diego vor vielen Jahren in Tübingen und in der herzoglichen Residenz in Stuttgart gelebt hat. Mehr kann ich dir nicht sagen. Weißt du, Diego ist wie ein Blatt im Wind. Er lässt sich hierhin und dorthin treiben, ohne auf die Richtung zu achten, und wundert sich dann, wenn er unter die Räder kommt. Mitleid musst du mit ihm keins haben. Er ist ja fast noch stolz auf seine seltsamen Abenteuer.»

«Ich hab auch kein Mitleid mit ihm.» Marthe-Marie schüttelte heftig den Kopf. «Da ist noch etwas anderes, das ich dich fragen möchte. Wie lange muss jemand mit euch ziehen, bis er richtig zu euch gehört?»

Mettel lachte. «Du sprichst von dir, nicht wahr? Du wirst niemals eine Gauklerin sein, wenn du das meinst. Aber glaub mir, alle hier schätzen und achten dich. Und du bist Maruschs Freundin. Für mich bist du auch so etwas wie eine Freundin, obwohl ich fast deine Mutter sein könnte.»

Sie brachten die Töpfe zurück und gingen in den Wohnwagen, um nach den Kindern zu sehen. Während der langen Winterabende hatte sich Marthe-Marie angewöhnt, ihnen Geschichten zu erzählen, und neuerdings wechselte sie sich dabei mit Antonia ab.

«Als der edle Rittersohn zwölf wurde», hörten sie das Mädchen sagen, «sollte er mit seinem Oheim, einem gefürchteten, waghalsigen Ritter, zum ersten Mal in die Schlacht ziehen. Doch im Gegensatz zu seinen Freunden hatte Albert große, große Angst davor. Wisst ihr, was er tat? Er verkleidete sich als Mädchen …»

Marthe-Marie setzte sich neben die Tür und lauschte der Geschichte von dem jungen Knappen, der kein Ritter werden wollte. Sie beobachtete im warmen Schein der Tranlampe ihre Tochter. Agnes würde diesen Sommer drei Jahre alt werden, doch war sie für ihr Alter ungewöhnlich wach und aufmerksam, dabei unternehmungslustig wie eine junge Katze. Und so selbstständig. Manches Mal schon hatte Marthe-Marie bedauert, dass Agnes so wenig von einem anschmiegsamen Hätschelkind hatte. In ihre Arme kam sie eigentlich nur, wenn sie müde war oder sich bei ihren rauen Spielen wehgetan hatte. Marthe-Marie fragte sich nicht zum ersten Mal, ob dieses Wilde, Ungebändigte Teil ihres Wesens war, oder ob nicht vielmehr das Leben bei den Fahrenden sie geformt hatte. Und ob sie als Mutter nicht besser dafür sorgen sollte, dass Agnes zu einem Mädchen, zu einer Frau heranwuchs, die sich verhielt, wie es von aller Welt erwartet wurde. Jetzt kauerte die Kleine dicht vor Antonia und hörte ihr mit großen Augen und halb geöffneten Lippen gebannt zu, das schwarze Haar umrahmte in widerspenstigen Locken ihr Gesicht. Mehr und mehr unterschied sich Agnes trotz der dunklen Haare und der zarten Gesichtszüge von ihr und damit der Linie ihrer mütterlichen Ahnen: Keine von ihnen hatte diese Locken besessen und diese tiefblauen Augen.

Marthe-Marie fuhr zusammen, als sich die Tür neben ihr einen Spalt breit öffnete und eine Stimme flüsterte: «Marthe-Marie, ich muss mit dir reden.»

Sie zog ihren Umhang über die Schultern und schlüpfte hinaus. Draußen stand Diego. Seinen Gesichtsausdruck konnte sie im Dunkeln nicht deuten.

«Gehen wir in den Requisitenwagen. Dort sind wir ungestört.»

In Salomes Zelt schimmerte der Schein einer Lampe, und Marthe-Marie glaubte Maruschs Stimme zu hören. Der eisige Ostwind von der Alb hatte zugenommen. Rasch folgte sie Diego in das Innere des Wagens, wo es wenigstens windgeschützt war. Diego zerrte aus irgendeiner Ecke ein muffiges Schaffell als Unterlage, und sie setzten sich zwischen Kisten und Brettern auf die einzige freie Stelle am Boden.

«Du hast mich zwar mitten aus Antonias Erzählung gerissen», sagte Marthe-Marie bissig, «aber ich wette darauf, dass deine Geschichte noch viel abenteuerlicher ist. Noch abenteuerlicher womöglich als die Räuberfabel mit diesen Pilgern in Spanien. Also, was hast du mit dem Herzog zu schaffen gehabt? Er kannte dich doch ganz offenbar.»

«Ich habe für ihn als Alchimist gearbeitet.»

«Bemerkenswert! Don Diego, ein Andalusier, als Alchimist am schwäbischen Fürstenhof.»

«Ich bin Schwabe. Und ich heiße Alfons Jenne.»

Sie fragte sich, ob Diego jetzt grinste, und es ärgerte sie zunehmend, dass sie in der Finsternis nichts erkennen konnte.

«Wenn wir in der nächsten Stadt auf einen indischen Nagelkünstler treffen», entgegnete sie spitz, «wirst du mir erklären, dass du mit ihm in Kalkutta auf glühenden Kohlen gelegen bist oder –»

«Hör zu, Marthe-Marie, es ist mir ernst. Ich möchte, dass du die Wahrheit erfährst.»

«Und wenn ich sie gar nicht wissen will? Wenn es mir bis zum Hals steht, dass du alle naselang eine andere Lebensgeschichte verbreitest, wie es dir gerade passt? Dass du deine Gefährten und Freunde anlügst? Sie in unmögliche Lagen bringst?»

«Du hörst dich an wie ein papistischer Pfaffe! Dabei kennst du nichts anderes als dein wohl behütetes Leben, von den wenigen Monaten bei uns abgesehen. Kann es sein, dass du, als der liebe Gott die Tugenden verteilte, immer am lautesten ‹hier!› gerufen hast? Weißt du was, Marthe-Marie? Am besten wärst du mit deinem Jonas nach Ulm gegangen und hättest ihn geheiratet; dann könntest du jetzt satt und selbstgefällig ein Leben als Schulmeistergattin führen. Und für deine Tochter würde ein anständiger Vater sorgen statt einer Horde unehrlicher Leute wie Messerwerfer, Wahrsagerinnen oder Possenreißer.»

Marthe-Marie biss sich auf die Lippen. In dieser Weise hatte Diego trotz seiner Neigung zu Spott und Übertreibung noch nie gesprochen. Dann spürte sie seine Hand auf ihrem Arm.

«Verzeih mir, Marthe-Marie. Was ich gesagt habe, war dumm. Ich weiß doch, wie übel dir das Schicksal mitgespielt hat, in welch tödlicher Gefahr du warst. Wahrscheinlich fuchst es mich, dass ein anderer dich gerettet hat. Wie gern wäre ich an Jonas' Stelle gewesen.»

«Nein, ich bin dumm.» Sie stockte für einen Augenblick. «Wenn ich über die letzten Monate nachdenke, dann sehe ich, dass du genauso viel für mich getan hast wie Marusch. Es gibt keinen Weg zurück, das weiß ich inzwischen, und dass ich darüber nicht verzweifle, liegt an Marusch, und es liegt an dir. Und jetzt erzähl mir die Wahrheit. Bitte.»

In kargen Worten, als fürchtete er, sie würde ihm sonst keinen Glauben schenken, schilderte Diego an diesem Abend sein Leben, von der ärmlichen Kindheit im schwäbischen Remstal bis zu seiner Begegnung mit Leonhard Sonntag fünf Jahre zuvor.

Marthe-Marie begann seine schwärmerische Verbundenheit mit dem württembergischen Herrscherhaus zu verstehen, denn nur Herzog Ludwigs Eifer in Schulwesen und Wissenschaften hatte Diego es zu verdanken, dass er, als viertes von sechs Kindern einer Waiblinger Wäscherin und eines trunk- und händelsüchtigen Leinenwebers, Lesen, Schreiben und Rechnen lernen und noch weit mehr: studieren hatte können. Der Waiblinger Stadtpfarrer war auf den begabten Jungen aufmerksam geworden; er hatte sich für ihn eingesetzt und ihn an die Höhere Klosterschule Maulbronn empfohlen. So verließ er als Vierzehnjähriger seine Heimatstadt, die er nur noch einmal, zum Begräbnis seiner Mutter, betreten sollte, um sich vier Jahre lang auf das Studium der evangelischen Theologie am Tübinger Stift vorzubereiten. Er verpflichtete sich gemäß der Klosterordnung zu stillem, bescheidenem, ehrbarem und christlichem Verhalten und vor allem dazu, nach dem Studium in Tübingen in den württembergischen Schul- oder Pfarrdienst einzutreten.

«Wir lebten in Klausur wie die Mönche, hinter dicken Wehrmauern, abgeschieden von der Welt inmitten von Wäldern, Bächen und Teichen. Im Kloster durfte nur Lateinisch geredet werden, wer dagegen verstieß, landete in der Geiselkammer. Und es gab von Sonnenaufgang bis Sonnenuntergang nichts anderes als Andachten, Unterricht, Auswendiglernen oder Hausarbeiten. Sie stopften uns das Hirn voll mit Poetik und Rhetorik, Logik und Mathematik, mit alten Sprachen und Historie. Sonntags wurden wir dann, zur Erholung, stundenlang im wahren Glauben unterwiesen. Noch heute kann ich dir Hunderte von Stellen aus dem Katechismus im Schlaf hersagen.»

Wie die anderen Zöglinge auch hatte er unter der Strenge und Reglementierung gelitten, sich vor Heimweh und Sorge um seine Mutter beinahe verzehrt. Doch zum ersten Mal im Leben bekam er ein Bett zum Schlafen, feste Schuhe und warme Kleidung und vor allem zu essen, bis er satt war. «Stell dir vor, gleich in der ersten Woche wurde ich krank, weil ich die fetten Suppen und das viele Fleisch nicht gewohnt war.» Das Schönste aber seien die Theaterproben gewesen, und heimlich habe er daran gedacht, lieber Schauspieler als Pfarrer zu werden.

In seinem letzten Jahr in Maulbronn begegnete er dann einem Mitschüler, der ihn faszinierte. «Du hast vielleicht von ihm gehört – Johannes Kepler heißt er, ein großer Gelehrter, inzwischen lebt er als Hofastronom des Kaisers in Prag. Ich erinnere mich noch genau, wie ich das erste Mal mit ihm ins Gespräch kam. Er stand unter den weiten Doppelbögen der Kirchenvorhalle, dem Paradies, und er war allein wie immer, denn die anderen verachteten ihn seiner bäuerlichen Herkunft wegen. Vielleicht beneideten sie ihn auch, weil er vom ersten Tag an zu den Besten gehörte. Er murmelte halblaut vor sich, ein seltsamer Vogel war er schon. Ich habe ihn einfach angesprochen und gefragt, was er da rezitiere. Er wurde rot und gestand mir, es sei ein Gedicht, das er selbst verfasst habe. Und dichten konnte er wirklich! Es wurde uns zur Gewohnheit, dass er mir seine Verse vortrug und ich ihn dafür gegen die Pöbeleien der anderen verteidigte. Ich habe auch damals schon gut hinlangen können und mir dadurch von Anfang an Respekt verschafft, denn ich war natürlich in den Augen der andern zunächst auch nur ein Armenhäusler gewesen. Vielleicht wären Kepler und ich Freunde fürs Leben geworden, doch meine Zeit als Klosterschüler ging bald darauf zu Ende. Ich habe es damals fast bedauert – trotz seiner Strenge war mir das Kloster zur Heimat geworden. Zu meiner ersten und vielleicht einzigen.»

Über vielerlei Umwege – er deutete nur an, dass sie mit dem Tod seiner Mutter und einer unglücklichen Liebe zu tun hatten – kam er fast zwei Jahre später nach Tübingen an das Evangelische Stift. Und dort traf er Johannes Kepler wieder. «Ich war enttäuscht, dass er nicht mehr meine Nähe suchte, denn ich begann ihn immer mehr zu bewundern. Nicht dass er auf mich herabsah, er war nur einfach durch und durch vergeistigt – während ich gerade das Leben mit seinen Freuden und Vergnügungen entdeckt hatte. Kepler ist ein Genius, einer der begabtesten und ungewöhnlichsten Köpfe unserer Zeit. Sein ganzes Denken war schon damals von einer einzigen Frage beherrscht: Nach welchen Gesetzen, nach welchem Plan hat Gott die Welt geschaffen? Darüber konnte er stundenlang debattieren. Von ihm lernte ich auch die kopernikanische Lehre kennen, die damals in Tübingen noch ganz im Geheimen gehandelt wurde. Da zeigte sich aber auch wieder, wie unterschiedlich wir waren: In den Disputen mit Abt und Ordinarien verteidigte er das neue Weltbild auf seine überlegte, ruhige Art, während ich wie ein Marktschreier herausblökte, dass die Erde sich um die Sonne dreht, und damit mehr als einmal in Teufels Küche geriet. Gemeinsam war uns allerdings, dass wir am eigentlichen Gegenstand unserer Studien, der Theologie, immer weniger Interesse fanden. Auch mich fesselten viel mehr Philosophie und Sternenkunde, die alten

Sprachen und die Poeterei. Kepler ging dann noch vor Abschluss seiner Studien als Lehrer und Mathematiker nach Graz. Mir dagegen saß die Dankesschuld meines herzoglichen Stipendiums und die Verpflichtung, später als Theologe oder Lehrer zu arbeiten, wie ein Fels im Nacken. So verbrachte ich immer häufiger die Tage am nahen Neckarufer statt in den Vorlesungen.» Er griff nach ihrer Hand. «Langweile ich dich nicht?»

«Nein, im Gegenteil. Auf einmal könnte ich dir stundenlang zuhören. Es wird nur so entsetzlich kalt.»

«Warte.» Er kramte in der Dunkelheit, bis er eine große Decke gefunden hatte, in die sie sich, eng aneinander geschmiegt, einhüllten.

«Wie ging es weiter mit deinen Studien?»

«Fünf Jahre verbrachte ich insgesamt am Stift, und der Abt drängte, ich solle mich endlich zum Abschlussexamen anmelden. Dabei war ich weder ein ernsthafter Wissenschaftler geworden, noch taugte ich für den geistlichen Stand. Ich war nicht einmal überzeugter Lutheraner. Weißt du, ich bin vielleicht nicht dumm und kann mich für vieles begeistern. Aber eine Sache dauerhaft zu verfolgen, das liegt mir wohl nicht. Ich besaß weder ausreichend Willenskraft noch Ausdauer, um meine Kenntnisse in irgendeiner Fakultät zu vertiefen. Dabei erhielt ich von meinen Repetitoren ausgezeichnete Beurteilungen.»

Als dann aber in seinem letzten Jahr am Evangelischen Stift Herzog Ludwig starb und er an der feierlichen Beisetzung in der Tübinger Stiftskirche teilnahm, habe er geheult wie ein kleiner Bub, der seinen Vater zu Grabe trägt. Das war der Wendepunkt. Gleich am nächsten Tag meldete er sich für das Examen im folgenden Semester an.

Doch dann brach die Pest über die Stadt herein. Wer Freunde oder Verwandte im Umland hatte, suchte dort Zuflucht, die Übrigen verbarrikadierten sich in ihren Häusern, kämpften mit Gewürznelken, Weihrauch und Moschusäpfeln gegen die Miasmen, die giftigen Dämpfe in der Luft, versorgten sich bei Wanderpredigern und Quacksalbern mit Amuletten, Schutzbriefen oder Alraunwurzeln. Vor den Toren der Stadt wurde eine Grube nach der andern ausgehoben, mit Leichen gefüllt, mit Kalk überschüttet, und bald blieben von den über dreitausend Bewohnern nur noch wenige hundert übrig. Die Universität flüchtete nach Herrenberg und Calw, das Stift schloss seine Tore. Die Erinnerung an diese Tage schien Diego noch sehr gegenwärtig zu sein.

«Alles versank in heillosem Wirrwarr, niemand war für nichts mehr zuständig, und nachdem die Menschen um mich herum wie die Fliegen wegstarben, packte ich meine Siebensachen und floh auf die Alb, wo Luft und Wasser noch rein waren. So kam ich niemals zu meinem Abschlussexamen, und es war nicht einmal so ganz meine Schuld.»

Da man ihn als ausgewiesenen Tübinger Studiosus in keine Stadt einließ, der Ausbreitungsgefahr wegen, verdingte er sich als Schellenknecht im Leprosenhaus nicht weit von der einstigen Residenzstadt Urach – «Ich kam also vom Regen in die Traufe, aber angesteckt habe ich mich Gott sei Dank auch bei den Aussätzigen nicht» –, bis die Seuche sich ausgetobt hatte und die Städte in der Gegend wieder ihre Tore öffneten. Nach Tübingen wollte er nicht zurück. Stattdessen suchte er Arbeit in Urach, das unter Friedrich mit seinen Tuchmachern und Leinenwebern eine neue Blüte erlebte, und stieß dabei auf zwei ehemalige Kommilitonen, mit denen er sich, wie viele seiner studierten Zeitgenossen, eine Zeit lang auf dem Gebiet der Alchimie kundig gemacht hatte.

«Tag und Nacht hatten wir uns mit der Scheidekunst und Transmutationslehre beschäftigt.» Er zog Marthe-Marie fest an sich, um der Kälte zu trotzen. «Wir rührten Mineralien und Metalle in allen denkbaren Kombinationen zusammen – es wundert mich heute noch, dass das Zeug mir nur so selten um die Ohren geflogen ist.»

«Du warst tatsächlich Alchimist?»

«O nein. Ein Dilettant war ich, nichts als ein Dilettant, wie es Tausende gibt, die sich, vom Kardinal bis zum Kesselflicker, in dieser Kunst versuchen. Inzwischen weiß ich, dass nur ein starker Charakter in dieser Wissenschaft weiterkommt, einer, der mit sich und der Welt in Harmonie lebt. Und dazu gehöre ich nicht. Ebenso wenig wie meine beiden Genossen übrigens, die ich fälschlicherweise für Meister ihres Fachs hielt. Von ihnen erfuhr ich, dass Herzog Friedrich auf die Alchimisten gesetzt hatte, um zu Geld für seine zahlreichen Unternehmungen zu kommen, und dass er Stuttgart zum Zentrum der Goldmacherei erheben wolle. Sie beide hätten eine Einladung von höchster Stelle in der Tasche, bei Hofe zu arbeiten, und könnten dabei einen Gehilfen gut brauchen. Ich sagte sofort zu, denn ich sah die Gelegenheit gekommen, meiner öden Zukunft als Hauslehrer zu entkommen.»

So hatte er sich den beiden vermeintlichen Alchimisten angeschlossen und war mit ihnen in die Residenz gezogen. Dort mussten sie in der herzoglichen Kanzlei ein Schreiben unterzeichnen, in dem sie sich verpflichteten, binnen vierzehn Tagen aus einer Mark Silber acht Lot Gold herzustellen. Als Lohn winkte ihnen die unglaubliche Summe von zwölftausend Gulden.

«Was ich nicht verstehe – wie kann ein Herrscher sich mit solchen Dingen befassen? Wird die Alchimie von der Kirche nicht als Schwarzkunst verfemt?»

«Nicht für jeden gilt das gleiche Gesetz. An den meisten Herrscherhöfen, aber auch in unzähligen Klöstern, wird die Alchimie hinter verschlossenen Toren kräftig gefördert. Es geht schließlich um Gold. Nimm unseren Kaiser Rudolf: Der überlässt das Regieren seinen Hofbeamten und umgibt sich stattdessen auf dem Prager Hradschin mit Astrologen und Alchimisten, mit Magiern und Totenbeschwörern.»

In Stuttgart habe man ihnen ein äußerst nobles Quartier zugewiesen und sie wie große Gelehrte behandelt. Ein Labor mit allen erdenklichen Öfen und Apparaturen stand im Alten Lusthaus ganz zu ihrer Verfügung. «Dass meine Kommilitonen Scharlatane waren, merkte ich erst, als wir am dritten Tag vor Herzog Friedrich geladen wurden, um eine Probe unserer Kunst zu geben. Sie nahmen eine Silbermünze, hielten sie mit einer Zange ein Vaterunser lang in die Brennerflamme, während rundum stinkender Rauch in die Höhe stieg. Dann tauchten sie die Münze in Wasser, und siehe da – das Silber hatte sich in Gold verwandelt. Ich fiel aus allen Wolken: Das war ein ganz simpler Trick, den ich aus Studienzeiten kannte. Du nimmst eine mit Zink überzogene Kupfermünze, die wie Silber aussieht. Durch den Vorgang entsteht wertloses Talmi, eine goldfarbene Legierung aus Kupfer und Zink. Der Herzog schien denn auch nicht sonderlich überzeugt, und bereits nach einer Woche war unser Treiben als Betrug enttarnt.»

«Ja, aber wenn du den ganzen Hokuspokus so schnell durchschaut hast, warum hast du deinen falschen Freunden dann nicht sofort den Rücken gekehrt?»

«Weil ich so einfältig war, dass man es kaum glauben mag. Ein ums andere Mal hatten sie beteuert, die Täuschung sei ein notwendiges Übel gewesen, um Zeit zu schinden; sie seien der Lösung nämlich dicht auf den Fersen. Stattdessen landeten wir alle drei im Kerker.»

Zärtlich strich er ihr über die Wange, ihren Hals, fuhr im Dunkeln den Konturen ihrer Lippen nach. Sie erschauerte.

«Und dann?»

«Da wir bis dato noch keinen größeren Schaden angerichtet hatten, ließ der Herzog Gnade vor Recht ergehen. Statt zum Tode wurden wir nur zu lebenslangem Landesverweis verurteilt. Damit hatten wir großes Glück. Ein Goldschmied namens Honauer kam ein Jahr später nicht so glimpflich davon – er wurde aufgehängt und zwar an einem Galgen aus jenem Mömpelgarder Eisen, das er in Silber hatte verwandeln wollen.»

Sie spürte, wie sie zu zittern begann, als Diego sie weich und fordernd zugleich zu küssen begann. Alles in ihr drängte zu ihm hin, die Glut, die sie in Jonas' Armen kennen gelernt hatte, ergriff von ihrem Innern Besitz und wurde zu einem Schwelbrand, gegen den sie sich kaum noch wehren konnte.

Sie holte tief Luft und löste sich von ihm.

«Und dann bist du aus Deutschland geflohen?»

Vorsichtig, als berühre er ein zerbrechliches Kleinod, schob er seine Hand in ihr Mieder.

«Ja, nach Spanien. Mir war eingefallen, dass die Tübinger Jakobuskirche Station auf dem Pilgerweg nach Sankt Jakob zu Compostel ist, und ich schloss mich einer Gruppe bußfertiger Menschen an, ganz der Sitte nach, mit Pilgerstab und Muschel am Hut. In Spanien dann erfuhr ich, wie gesucht Pilgerführer waren, als Beschützer gegen die zunehmende Zahl von Gaunern und Landstreichern, und ich verdiente fortan ohne viel Arbeit meinen Unterhalt. In jener Zeit habe ich mir übrigens Vollbart und lange Haare wachsen lassen und mich in Don Diego verwandelt.» Er küsste den Ansatz ihrer Brüste. «Vier Jahre lang ließ ich es mir gut gehen – bis sich dieses Malheur mit den Kinzigtäler Mönchen ereignete. Ich kehrte nach Deutschland zurück und traf auf Sonntag. Er entdeckte übrigens meine Begabung als Komödiant. Ich gab mich weiterhin als Spanier aus, um auf württembergischen Gebieten nicht in Schwierigkeiten zu geraten. Und nach all den Jahren dachte ich, es sei genug Zeit vergangen und ich könne mich wieder in Stuttgart vor dem Herzog blicken lassen. Aber da habe ich mich wohl maßlos getäuscht. Ich hätte es wissen müssen, schließlich hat mich vorletzten Winter auch einer meiner ehemaligen Goldmacherkumpane erkannt.»

«Die Narbe an deinem Rücken.» Sie wollte seine Hand festhalten, die jetzt unter ihren Rock wanderte, doch sie fand nicht mehr die Kraft dazu.

«Er war hinter mir her, weil er glaubte, ich hätte damals den Barren Silber mitgehen lassen, den der Herzog uns zur Verfügung gestellt hatte. Dabei war ich der Falsche.»

Sie unterdrückte ein Stöhnen, als er die Innenseite ihrer Schenkel berührte.

«Wie gern hätte ich dir in Tübingen alles gezeigt.» Sanft bettete er sie neben sich auf das Fell, streifte ihr Mieder und Bluse ab. «Das prächtige Schloss, meine geheime Badestelle am Neckar», er zog sich aus, während er weitersprach, «die Mädchenschule, die astronomische Uhr am Rathaus, die den Lauf der Gestirne und die Mondphasen anzeigt – »

Sie hörte ihm kaum noch zu, wollte sich wehren gegen seinen warmen nackten Körper, presste sich an ihn, küsste ihn, wie um die Hitze, die in ihr brannte, zu lindern, bat ihn, flehte ihn an, nicht aufzuhören, vernahm noch wie aus weiter Ferne seinen Liebesschwur, dann versank sie in der Tiefe eines glühenden Strudels. ·

❧ *28* ❧

Als Marthe-Marie vom ersten Morgenlicht erwachte, war das Lager neben ihr leer. Es dauerte etliche Augenblicke, bis ihr klar vor Augen stand, was in der vergangenen Nacht geschehen war. Sie fühlte sich erschöpft, hatte wohl auch nur wenige Stunden geschlafen. Ihr fiel ein, dass Diego für die zweite Nachtwache eingeteilt war – demnach hatte er wohl gar nicht geschlafen.

Sie streckte ihre klammen Glieder und kletterte aus dem Wagen. Direkt vor ihr stand Marusch mit einem Eimer Wasser in der Hand.

«Guten Morgen, meine Liebe. Ich hab dich schon vermisst.»

Sie zwinkerte, und Marthe-Marie spürte, wie ihr das Blut in die Wangen schoss.

«Es sind schon alle auf, nicht wahr?»

«Ja, und du solltest dich beeilen, sonst bekommst du vom Morgenessen nichts mehr ab. Danach brechen wir gleich auf. Übrigens: Es wird dich freuen oder auch nicht – unser neues Ziel ist der große Jahrmarkt in Ulm.»

Marthe-Maries Müdigkeit war mit einem Schlag verschwunden.

«Ulm?»

«Leos Einfall. Da uns das Gastspiel vor dem Württemberger Herzog nun einmal verwehrt ist, sieht er in der großen Reichsstadt eine zumindest halbwegs einträgliche Möglichkeit, wieder auf die Beine zu kommen. Du kennst ja das Sprichwort: Ulmer Geld regiert die Welt.»

Marthe-Marie zog sich ihren Umhang fester um den Leib. Ob Jonas wohl immer noch –

In diesem Moment legte sich ein Arm um ihre Hüfte, eine bärtige Wange kitzelte ihren Nacken.

«Hast du gut geschlafen?»

In Diegos klaren grünen Augen fand sich keine Spur von Müdigkeit. Unsicher erwiderte sie seinen Kuss, dann sah sie zu Boden. «Warst du schon beim Prinzipal?»

Er nickte. «Er hat mir großmütig verziehen. Dieses eine Mal wenigstens noch. Falls es allerdings wegen mir noch einmal zu einem Zwischenfall käme, würde er mich vor aller Augen vierteilen und rädern. Jetzt kann ich nur hoffen, dass uns der gute Herzog auf der Reise nach Ulm nicht noch einmal über den Weg läuft.» Er nahm ihre Hand. «Was schaust du so? Zahnschmerzen?» Der übermüti-

282

ge Ausdruck verschwand aus seinem Gesicht, und er fragte leise: «Bereust du, was letzte Nacht geschehen ist?»

«Nein, das ist es nicht. Hast du schon zu Morgen gegessen? Ich habe gehört, wir brechen gleich auf.»

«Das stimmt. Dieses Mal hat sich Sonntag nicht mit mir, sondern mit Marusch und Salome beraten – und unsere Prophetin hat in ihrem Kristall wohl entdeckt, dass die Ulmer Bürger uns mit Gold und Silber überschütten werden.»

Dann runzelte er die Brauen. «Es ist wegen Ulm, nicht wahr? Jonas.» Er ließ ihre Hand los, als habe er sich verbrannt. «Ich muss beim Einspannen helfen. Wir sehen uns später.»

Marthe-Marie bekam ihn den ganzen Tag über nicht mehr zu Gesicht, und das war ihr gar nicht unrecht. Gemeinsam mit Marusch kutschierte sie den Wohnwagen, vor ihnen fuhr der Requisitenwagen mit Diego und an der Spitze Leonhard Sonntag.

Marusch warf ihr einen Blick von der Seite zu. «Du bist nicht sehr redselig heute. Machst du dir Gedanken wegen dem, was dich vielleicht in Ulm erwartet?»

Marthe-Marie nickte.

«Du solltest abwarten. Womöglich ist Jonas gar nicht nach Ulm gegangen. Die berühmten ungelegten Eier, du weißt doch.» Marusch trieb das Maultier in schnelleren Schritt. «Und falls deine Schweigsamkeit auch ein klein wenig mit Diego zu tun haben sollte – denk nicht zu viel nach. Morgen ist auch noch ein Tag, und nächste Woche sind es sogar sieben.»

Bereits am Nachmittag erreichten sie die freie Reichsstadt Reutlingen, die wie eine Insel mitten im Herzogtum Württemberg lag. Düster und bedrohlich sahen sie hinter den Türmen die Gipfel und Bergrücken der Schwäbischen Alb in regenschwere Wolken ragen. Ganz offensichtlich würde das Wetter bald umschlagen.

Sie umrundeten die Mauern der Stadt, die für eine Reichsstadt recht klein und auf den ersten Blick nicht gerade wohlhabend wirkte. Der Stadtwächter im Tübinger Tor hatte ihnen einen Lagerplatz in einem verlassenen Weingarten zugewiesen, und auf dem Weg dorthin kamen sie erst an einer verfallenen Mühle, dann an einer eingestürzten Brücke vorbei. Niemand schien sich die Mühe machen zu wollen, die Bauwerke wieder instand zu setzen.

«Mit allzu viel Wohlstand scheint diese Stadt nicht gesegnet zu sein», hatte Marusch gerade geunkt, als sie die Narrenkiste entdeckten, die unmittelbar neben dem Oberen Tor platziert war. Der Holzverschlag war nach einer Seite hin offen und mit einem schweren Gitter versehen, um dessen Streben sich zwei schrundige kleine Hände klammerten. Voller Anteilnahme betrachtete Marthe-Marie den halb nackten, in Eisen gelegten Tollhäusler, der jetzt mit verzerrtem Gesicht um ihre Aufmerksamkeit keifte und dabei wie Pantaleons Äffchen mit dem Hintern in die Höhe hüpfte. Ganz offensichtlich wurde er zur Schau gestellt, um in der Obhut des Torwächters die Passanten um Almosen zu erleichtern. Und tatsächlich war der kleine Topf neben dem Käfig nicht schlecht mit Münzen gefüllt. Zuletzt hatte Marthe-Marie so etwas am Hochrhein gesehen, und sie war damals eben so bestürzt gewesen von dem Anblick wie jetzt.

«Warte mal eben», bat sie Marusch.

Sie sprang vom Kutschbock und warf eine Münze in den Topf. Dabei hielt sie sich die Nase zu, denn das verdreckte Stroh zu Füßen des Schwachsinnigen stank unerträglich nach Urin, Kot und Erbrochenem.

«Warum bringt man den armen Kerl nicht im Spital unter?», fragte sie Marusch, als sie zum Wagen zurückkehrte.

«Weil dort niemand für ihn bezahlen würde. Hier erregt er wenigstens das Mitleid solcher Menschen wie dir und sorgt auf diese Weise selbst für seinen Unterhalt.»

«Oder für den Spott von Burschen wie denen da.»

Eine Gruppe Halbwüchsiger hatte sich der Kiste genähert und bewarf den Gefangenen mit Pferdeäpfeln. Aus sicherer Entfernung sah der Torwächter ihnen zu, stumm und ungerührt. Als einer der Burschen seinen Hosenschlitz öffnete und dem vor Angst und Wut schreienden Irren vor die Brust pinkelte, platzte Marthe-Marie der Kragen. Sie riss Marusch die Peitsche aus der Hand, sprang vom Bock, ließ sie knapp hinter den Burschen durch die Luft knallen und brüllte, sie sollten auf der Stelle verschwinden. Verblüfft starrten die Jungen sie an, dann trollten sie sich ohne ein weiteres Wort.

«Und Ihr solltet besser Eures Amtes walten, als nur herumzustehen und Maulaffen feilzuhalten», fuhr sie den Torwächter an. Wütend marschierte sie zum Wagen zurück. Jetzt erst merkte sie, dass die Gaukler angehalten hatten, um ihr zuzusehen. Diego lehnte an seinem Fuhrwerk und grinste.

«Ich wusste gar nicht, dass du so streitbar sein kannst. Eine richtige Amazone.»

«Wenn du nicht willst, dass ich den Streit mit dir fortsetze, halt lieber den Mund.» Sie ärgerte sich über sein Grinsen, sie ärgerte sich über seine neunmalkluge Bemerkung, mit der er einmal mehr ein Wissen kundtat, das sie nicht besaß. Vor allem jedoch ärgerte sie sich, dass sie letzte Nacht nicht die Willenskraft gehabt hatte, ihm zu widerstehen.

Kurz darauf bogen sie in einen Hohlweg und erreichten ihren Lagerplatz. Der Wingert war verwahrlost und zu einem großen Teil von Brombeergestrüpp überwuchert, doch er bot Schutz vor Wind und Unwetter, lag nicht weit von einem Bach, und die kleine Wiese unterhalb der verfallenen Stützmauern würde man zum Proben nutzen können.

Es war noch Zeit bis zum Einbruch der Dunkelheit, und so machten sich der Prinzipal und Diego gemeinsam – als Zeichen ihrer Versöhnung – auf den Weg in die Stadt. Die Nachricht, die sie eine Stunde später überbrachten, klang fürs Erste nicht schlecht. Einlass in die Stadt könne man ihnen nicht gewähren, da man in den letzten Jahren schlechte Erfahrungen mit Fahrenden gemacht habe, aber sie möchten ihre Künste nach Belieben im Weinberg vorführen. Höre man in der ersten Woche keine Klagen, so dürften sie nach dem Willen des Rats eine weitere Woche bleiben.

«Na also», meinte Marusch, mit einem Seitenblick auf Diego und nicht ohne Spott in der Stimme. «Das ist doch schon mal ein verheißungsvoller Anfang für Leonhard Sonntag und seine berühmte Compagnie.»

Tatsächlich hatten sie regen Zulauf auf ihrer kleinen Wiese, obwohl es in den nächsten Tagen immer wieder zu regnen begann. Reutlingen war eine Stadt der Gerber und Färber und zugleich Marktort für das Umland, und so strömten täglich große Gruppen von Bauern und Händlern aus allen Richtungen in die Stadt. Die meisten gönnten sich das Vergnügen, den Gauklern bei ihren Darbietungen zuzusehen. Ebenso die Handwerker aus der Stadt, die nach Feierabend mit ihren Familien und Knechten herauskamen. Das Geld saß hier keinem locker, doch letztendlich waren es jeden Tag so viele Zuschauer, dass man über die, die keinen Obolus entrichteten, großzügig hinwegsah.

Sie spielten zwei Wochen lang, in denen Quirin Tag für Tag mürrischer wurde, denn er befand es für unter seiner Würde, seine Feuer- und Messerkünste auf einem nassen Acker zu zeigen statt auf Markt- und Kirchplätzen. Für Marthe-Marie wurde die Nummer mit dem Rechenmeister Adam Ries zu einem schier endlosen Moment der Anspannung, denn die Nähe zu Diego, die bei ihrer Aufführung nun einmal nicht zu vermeiden war, seine Blicke und Berührungen erinnerten sie jedes Mal an ihre Liebesnacht. Diego nutzte diese Auftritte schamlos aus, wie sie fand. Wenn er sie ansah, schien er sein tiefstes Inneres vor ihr bloßzulegen, wenn er sie berührte, spürte sie förmlich Funken überspringen. Immer häufiger geschah es, dass sie bei ihren Antworten zögerte oder sich gar verrechnete und verschätzte. So ging sie ihm nach den Vorstellungen aus dem Weg, wann immer es möglich war.

Am dritten oder vierten Tag nahm Marusch sie beiseite.

«Sag mal, was ist denn mit dir? Du führst dich ja auf wie eine verstockte Jungfer. Sag dem Spanier, dass du ihn liebst, oder sag ihm, dass du ihn nicht liebst, aber tänzle nicht herum wie ein verschrecktes Reh. Euer Auftritt ist inzwischen miserabel. Wenn du nicht willst, dass Leo dich deswegen ins Gebet nimmt, solltest du das mit Diego ins Reine bringen.»

Marusch hatte Recht. Sie spielte mit ihm, nicht umgekehrt. Noch an diesem Abend, gleich nach ihrem Auftritt, wollte sie Diego deutlich machen, dass er nichts von ihr zu erwarten habe. Er kam ihr zuvor. Sie kauerte gerade hinter dem Bühnenvorhang und legte Maske und Requisiten zurecht, als er sie ansprach.

«Du, der jetzt mein Herz gehört», er nahm ihre Hand und fiel auf die Knie, «hast Lieb um Liebe mir und Gunst um Gunst gewährt. Das taten andre nie.»

Sie wollte ihm schon eine böse Bemerkung über sein ewiges Possenreißen zurückgeben, als sie bemerkte, wie sein Blick plötzlich ernst wurde. Er ließ sie los und erhob sich.

«Sag nichts. Ich weiß selbst, dass du nicht Julia bist und ich nicht dein Romeo. Ehe du mir also zuvorkommst, sag ich es lieber selbst: Es war Leidenschaft von dir, aber keine Liebe, und deshalb will ich dich nicht weiter bedrängen. Versprichst du mir trotzdem zwei Dinge?»

Marthe-Marie sah ihn fragend an.

«Versprichst du mir, dass wir Freunde bleiben und gute Compagnons? Und dass du unsere Nacht niemals vergisst?»

Eine Welle der Erleichterung erfasste sie. Nun konnte sie sich die Worte, die sie seit Tagen auf der Zunge trug, sparen. Musste ihm nicht erklären, dass sie in ihm so etwas wie einen Bruder sah, einen väterlichen Freund, und dass sie selbst nicht wisse, was in jener Nacht in sie gefahren sei. Sie bejahte seine Frage, und dann umarmte sie ihn.

An diesem Nachmittag spielte sie aufmerksam und konzentriert. Diego seinerseits ließ keine Zweideutigkeiten aufkommen. Sie war erleichtert, aber zugleich auch ein bisschen enttäuscht.

❧ 29 ❧

Das Frühjahr verging rasch. Die ersten warmen Sommertage brachen an, doch sie lebten noch immer von der Hand in den Mund. Zwar hatten sie in der ehemaligen Residenzstadt Urach gastieren dürfen – zu Ostern auf dem großen Marktplatz, zum Maienfest in der erst jüngst erbauten Webervorstadt –, doch brachte das gerade so viel ein, wie sie für ein neues Fuhrwerk ausgeben mussten. Denn beim Albaufstieg gleich hinter Reutlingen war die Achse von Diegos Wagen gebrochen, und sie konnten von Glück sagen, dass nichts Schlimmeres geschehen war: In einem dichten Waldstück, ausgerechnet an einer Stelle, wo es ein kurzes Stück steil bergab ging, hatte plötzlich ganz in der Nähe der Knall einer Büchse die Stille zerrissen, und Diegos Maultier war Hals über Kopf durchgegangen. Der Wagen kam ins Schlingern, Diego wurde herabgeschleudert, in der Senke schließlich stürzte das Gefährt krachend um und riss das Maultier mit zu Boden.

Gott sei Dank hatte sich das Tier nichts gebrochen. Bei Diego war sich der Medicus nicht so sicher gewesen, er diagnostizierte eine verrenkte Schulter und einen Bruch des Unterarms – aus der Distanz allerdings, denn Diego ließ sich von Ambrosius nicht anrühren. Er legte sich selbst eine Schlinge um Arm und Hals, lehnte sich an einen Baumstamm und fiel in Ohnmacht. Erst als Marthe-

Marie ihm ein Fläschchen Essigwasser unter die Nase hielt, erwachte er und strahlte sie an. Das Fuhrwerk indes war nicht mehr zu retten, und so mussten sie die Requisiten auf Wohnwagen und Handkarren umladen. Auf diese Weise brauchten sie für den steilen Aufstieg drei Tage statt der veranschlagten zwei.

Vielleicht lag es an ihrer Gereiztheit über dieses neuerliche Ärgernis, dass die Männer fast dankbar waren für einen weiteren Zwischenfall kurz vor Urach. Wie so häufig hatten sie eine Nebenstrecke gewählt, um Brückenzoll und Straßenmaut zu umgehen, und wie so häufig führte die Straße geradewegs durch einen kleinen Fluss. Meist lag an solchen Stellen für Fußgänger und Lastträger zumindest ein Balken oder gefällter Baum quer über dem Wasserlauf, doch hier, in der Wildnis der Alb, fand sich nicht einmal ein gespanntes Seil, das Halt geboten hätte. Lediglich ein schmaler Streifen Kies war als Furt aufgeschüttet. Fluchend trieben die Männer die Zugtiere durch das Flussbett, in dem hüfthoch das eiskalte Wasser strömte. Die Frauen und Kinder halfen Mettel, Salome und Ambrosius mit ihren überladenen Handkarren, die alle naselang stecken zu bleiben drohten.

Auf dem gegenüberliegenden Steilufer erhob sich eine kleine Kapelle. Wie zweckmäßig, dachte Marthe-Marie, jeder, der hier ohne Schaden durchkommt, kann gleich Gott dafür danken. Da hörte sie eine Stimme einen leiernden Sermon herunterbeten, eine Stimme, die sie auf Anhieb erkannte: «Darum ziehet hin in Demut, auf dass ihr nicht an den Abgrund der Hölle geratet. Doch zuvor bewaffnet euch gegen die Anfeindungen des Bösen und kauft Segenssprüche, geweihte Kräuterbüschel und Lochsteine.»

Sonntag und Diego warfen sich einen viel sagenden Blick zu. Sonntag nickte und wandte sich an die anderen. «Wir lassen die Wagen hier unten. Wer Lust auf etwas Kurzweil hat, soll mitkommen. Aber leise. Wir wollen ihn überraschen, sobald er allein ist.»

Außer Ambrosius gesellten sich alle Männer zu ihnen, selbst die

Buben wollten mit. Im Schutz einiger Büsche kletterten sie den Hang hinauf, Diego mit seinem Arm in der Schlinge vorneweg.

«Das ist schäbig», flüsterte Marthe-Marie. «So viele gegen einen. Ich finde, wir dürfen das nicht zulassen.»

Marusch zuckte die Schultern. «Nach dem vielen Verdruss der letzten Monate sollten wir ihnen diesen kleinen Spaß gönnen. Außerdem hat der Wanderpfaffe eine Abreibung verdient.»

Angespannt wartete Marthe-Marie auf die Schmerzensschreie des Predigers, doch zunächst blieb alles still. Dann hörte sie wütendes Gekeife und sah einen splitternackten, zappelnden, um sich schlagenden Mann auf Maximus' Schultern. Sonntag holte einen langen Strick, band das eine Ende um einen Baumstamm in Ufernähe, das andere um das Fußgelenk ihres Gefangenen. Anschließend tappte Maximus, barfuß wie er war, bis zur tiefsten Stelle im Fluss und übergab seine Last den Fluten. Der arme Mann spuckte Wasser und Flüche, als er wieder auftauchte, Maximus tauchte ihn abermals unter, dann ließ er ihn los. Der Prediger schrie wie am Spieß, als er von der eisigen Strömung ein Stück mitgerissen wurde, dann klammerte er sich an seinem Strick fest und versuchte, sich ans Ufer zu kämpfen.

«Los geht's. Wir fahren weiter», rief Sonntag und schwang sich auf seinen Kutschbock. «Und du, Wanderpfaffe, kannst dir deinen Eselskarren samt Kleidern im nächsten Dorf abholen, falls du es schaffst, dich loszubinden.»

Nachdem sie Urach verlassen hatten, waren sie weiter westwärts gezogen, über die raue, schroffe Landschaft der Alb. Ihr Weg führte sie vorbei an Kegeln erloschener Vulkane und an zerklüfteten, in der Sonne gleißenden Felswänden mit tiefen Höhlen, durch verkarstete Trockentäler, dichte Buchenwälder und endlose Hochflächen mit Wacholdersteppe und Heidekraut. Dann wieder fuhren sie stundenlang durch Felder mit Flachs, dem Einzigen, was die

290

kargen, wasserarmen Böden herzugeben schienen. Wie herrlich das im Sommer aussehen muss, dachte Marthe-Marie, wenn sich die Felder tiefblau bis zum Horizont erstrecken.

Doch jetzt, obwohl der Mai bereits zu Ende ging, war hier oben in den Bergen von lauen Sommerlüften nichts zu spüren. Die Nächte blieben kalt. Und was sonst für reichlich Einnahmen sorgte, nämlich die lange Helligkeit in dieser Jahreszeit, nutzte ihnen in der Einsamkeit dieses Landstrichs nichts. Die wenigen Dörfer, auf die sie stießen, waren ärmlich, ihre Bewohner wortkarg und verschlossen.

«Ganz im Sinne von Matthäus 5, Vers 37», spöttelte Diego. «Eure Rede aber sei: Ja, ja; nein, nein. Was darüber ist, das ist vom Übel.»

Wie eine Herde Schafe, die das nahende Gewitter fürchtet, schlossen sich die Hofstätten mit ihren strohgedeckten Häuschen eng zusammen, in ihrem Mittelpunkt die lebensnotwendige Hülbe, ein Wasserloch, in dem sich Regenwasser sammelte und das als Viehtränke und Feuerteich diente. Fremde mochte man hier noch weniger als andernorts, und sie konnten froh sein, wenn hin und wieder die Musikanten auf einer Bauernhochzeit oder vor dem Dorfschultes spielen durften. Überhaupt schien dem Menschenschlag hier auf der Alb nicht viel an Feiern, Tanz und Unterhaltung gelegen. Aus den drei, vier größeren Marktflecken, die sie passierten, wurden sie erbarmungslos verjagt, und einmal bekam Sonntag bei seinen Bittgängen, wie er es inzwischen nannte, sogar die Rutenschläge der Büttel zu spüren.

Zulauf hatte einzig Ambrosius mit seiner neuen Methode der Wundheilung, die er in Urach in aller Heimlichkeit einem Bader abgeguckt hatte. Dazu legte er auf die offene Wunde eine kleine Tasche aus durchlässigem Tuch, die mit Maden gefüllt war, mit den fetten, gefräßigen Maden der Schmeißfliege. Meist schon nach wenigen Tagen begannen selbst härtnäckig entzündete Wunden oder offene Beine zu heilen. Worin genau der Heilungsprozess bestand, konnte der Arzt keinem sagen, er hatte lediglich beobachtet, dass sich nach Einsetzen der ekligen Tiere die abgestorbenen Wundränder verflüssigten und die Wunde plötzlich sauber wurde. Seiner Vermutung nach sonderten die Maden ein Secretum ab, zugleich ernährten sie sich wohl von dem Wundgewebe.

Kopfschüttelnd beobachteten die Spielleute die Erfolge ihres Medicus, die sich wie ein Lauffeuer herumsprachen. An manchen Tagen reihten sich Dutzende von Hilfesuchenden vor seinem Karren ein, wo immer er auftauchte. Als ihn einmal ein Bannwart vertreiben wollte, wurde dieser von den aufgebrachten Patienten verprügelt. Anfangs erhielt Sonntag von Ambrosius' Einnahmen einen großzügigen Anteil für den gemeinschaftlichen Einkauf von Essensvorräten und Viehfutter, doch je häufiger die Münzen in der Kasse klingelten, desto geiziger wurde Ambrosius.

«Das Schlimme ist, dass wir auf diesen Quacksalber mit seinem Gewürm auch noch angewiesen sind», schimpfte Diego. «Ohne seine Almosen müssten wir bald Gras fressen.»

Kurz vor Blaubeuren und damit nur noch eine gute Tagesreise vor Ulm stieß ein riesiges, schwarz geteertes Fuhrwerk zu ihnen, mit grellroter Aufschrift am Heck: BASILS CREATUREN. Auf dem Kutschbock hockten zwei grobschlächtige, schwarzhaarige Burschen mit einem großen Hund, dessen Fell ebenfalls rabenschwarz war. Kaum hatte das Fuhrwerk zu ihrem Tross aufgeschlossen, sprang der Köter herunter und fing eine Beißerei mit Tilmans Hunden an. Aufgeschreckt von dem Lärm, ließ Sonntag anhalten und eilte nach hinten, um nach dem Rechten zu sehen. Tilman war inzwischen mit einem Stock dazwischengefahren und hatte sich dadurch den Unmut der beiden Fremden zugezogen.

«Wenn du noch einmal meinen Hund anrührst, versohle ich dir den Arsch, dass du nie mehr sitzen kannst», schnauzte der Ältere, ein Hüne mit Vollbart und verfilztem Haar.

«Er hat angefangen», verteidigte sich der Junge.

Sonntag stellte sich dazwischen und zog den Hut. «Leonhard Sonntag und seine Compagnie. Und wer seid Ihr?»

«Dachte ich mir's, dass Ihr Spielleute seid.» Der Hüne grinste und versetzte seinem Hund einen Tritt. Mit eingekniffenem Schwanz sprang das Tier auf den Kutschbock zurück.

«Ich bin Basil Bockmann, und der da ist mein kleiner Bruder Barthel. Vielleicht können wir ins Geschäft kommen.»

«Worüber?»

«Ihr seid Fahrende, wir auch. In harten Zeiten wie diesen sollte man sich nicht alleine durchkämpfen, zumal wenn man einander so trefflich ergänzt wie wahrscheinlich Eure Truppe und meine.»

«Truppe? Wie ich sehe, seid Ihr nur zu zweit?»

Basil lachte. «Der Rest befindet sich im Wagen. Basils Creaturen, das außergewöhnlichste Monstrositätenkabinett im Reich.»

Marthe-Marie sah, wie sich Maruschs Blick verfinsterte, doch sie schwieg.

«Nun gut. Wir wollten sowieso gerade einen Platz zum Übernachten suchen. Wenn Ihr mitkommt, könnt Ihr gern zeigen, was Ihr zu bieten habt.»

Als die Brüder Bockmann ihnen Stunden später in einem schwarzen Zelt, in das kein Lichtstrahl drang, ihre Sensationen vorführten, packte Marthe-Marie das Grauen. Den Anfang machte der zottige Hund, der mit gefletschten Zähnen hinter dem Eingang des Zeltes lauerte und plötzlich drei Köpfe hatte. Neben dem Tier standen hohe Glasgefäße, blau und schwefelgrün illuminiert, in denen Missgeburten schwebten: die eine mit verkrüppelten Flossen statt Armen und Beinen, die andere mit zwei Köpfen, die dritte ohne Augen und Mund.

«Tretet nur näher heran», ermunterte Basil seine Besucher. «Hier seht ihr die Folgen von unheiligen, widernatürlichen Paarungen, wie unsere Mutter Kirche sagen würde.»

Dann beleuchtete er mit seiner Fackel einen Drahtkäfig, in dem sich das widerwärtigste Tier befand, das Marthe-Marie je gesehen hatte: Es lag seiner kurzen krummen Füße wegen platt auf dem Bauch, war mindestens vier Fuß lang und hatte verhornte Haut von schlammiger Farbe. Man hätte es mit einer riesigen hässlichen Eidechse vergleichen können, wäre da nicht dieses aufgerissene Maul mit einer langen Reihe säbelspitzer Zähne gewesen.

«Ein Krokodil», flüsterte Marusch. In diesem Moment warf Barthel dem Ungeheuer eine zappelnde Maus zwischen die Kiefer, die sofort krachend zuschnappten.

«Und dort seht ihr meine neueste Errungenschaft, frisch aus Südafrika: Ein leibhaftiger wilder Hottentotte.» Basil leuchtete dem schwarzen Mann, der nur mit einem Lendenschurz bekleidet war, direkt ins Gesicht. Die wulstigen Lippen leuchteten blutrot, in Nase und Ohren hingen schwere Silberringe, und auf der glänzenden haarlosen Brust trug er eine Kordel aus getrocknetem Gedärm. Marthe-Marie sah, wie ein Zittern über die Haut des schwarzen Mannes lief und seine weißen Augäpfel ängstlich hin- und herzuckten.

«Die Menschen dieses Negerstamms sind keiner menschlichen Sprache mächtig.» Basil tippte dem Schwarzen gegen die Schulter, bis dieser leise Schnalzlaute auszustoßen begann. «Sie fressen am liebsten rohes Fleisch und frische Därme – es darf auch vom Menschen sein. Und hier», er führte sie weiter, «die klügste unserer Kreaturen: Balthasar von der Rosen, der Sitzzwerg. Einst erster Narr am Kaiserhof.»

Vor einem Schachbrett saß ein armloser Zwerg mit Schellenkappe und kurzer Pumphose, aus der zwei verkrüppelte Beinchen ragten. Zwischen den bloßen, viel zu lang geratenen Zehen hielt er die Schachfiguren und setzte sie so geschickt wie andere Menschen mit den Fingern.

«Balthasar kann noch mehr: Mit seinen Zehen näht und stickt

er, trifft jedes Ziel aus stattlicher Entfernung oder schenkt sich einen Humpen Bier auf seinem Kopf ein. Doch um nicht Eure kostbare Zeit zu stehlen, möchte ich gleich zum Höhepunkt kommen: unsere Monsterfrau ohne Gesicht.»

Doch Marthe-Marie hatte sich längst zum Eingang geschlichen und schlüpfte schnell hinaus, um nicht wider Willen noch eine weitere dieser bedauernswerten Kreaturen ansehen zu müssen. Sie holte tief Luft. Wie roh, ekelhaft und unbarmherzig Menschen sein konnten. Diesem Zurschaustellen armer Seelen hatte sie noch nie etwas abgewinnen können.

Sie setzte sich zu Salome auf einen umgestürzten Baustamm. Die Wahrsagerin war als Einzige der Einladung ins Zelt nicht gefolgt – verständlicherweise.

«Es ist widerlich», sagte Marthe-Marie leise.

Salome kicherte. «Der Größere hat mich gefragt, ob ich mich seinem Monstrositätenkabinett nicht anschließen will. Eine bucklige Zwergin, die hellsehen kann, wäre für ihn ein großer Zugewinn.»

«Und was hast du geantwortet?»

«Nichts. Mit solchen Menschen spreche ich grundsätzlich nicht.»

Die anderen kamen aus dem Zelt. Auf ihren Gesichtern spiegelte sich noch der Schrecken dessen, was sie eben gesehen hatten, und Agnes warf sich ihrer Mutter weinend in die Arme.

Basil stemmte die Arme in die Seite und grinste in die Runde. «Nun? Was haltet Ihr von Basils Creaturen? Leider ist eine unserer Hauptattraktionen letzte Woche davongelaufen – ein Haarmensch aus Siebenbürgen, der von oben bis unten mit dichtem Fell bedeckt war. Ein ganz außergewöhnliches Exemplar.»

«Sehr beeindruckend.» Sonntag warf einen verstohlenen Blick auf seine Gefährtin. «Setzt Euch mit uns ans Feuer und esst mit uns. Dann können wir in Ruhe alles bereden.»

«Sehr schön. Wir bringen nur eben unsere kleinen Ungeheuer zurück in den Wagen. Bis gleich.»

«Was gibt es da zu bereden?», blaffte Marusch Sonntag an, nachdem die beiden Brüder in ihrem Zelt verschwunden waren. «Haben wir mit solchen Leuten irgendwas zu schaffen?»

«Jetzt sei doch nicht gleich so störrisch – ich weiß, Missgeburten zu zeigen hat nichts mit Kunst und Können zu tun. Aber das hier wäre im Moment die glücklichste Fügung des Schicksals, um aus unserer Misere herauszukommen. Du musst zugeben, der Spiegeltrick mit dem dreiköpfigen Hund ist wirklich gekonnt. Und dieses Krokodil ersetzt Pantaleons Kamel bei weitem.»

«Wir haben vereinbart, niemals Abnormitäten zu zeigen.»

«Sei doch vernünftig, Marusch. Was meinst du, was wir wieder für einen Zulauf hätten.»

«Sonntag hat Recht», mischte sich Lambert ein. «Wir müssen auch ein wenig an die Kinder denken. Wenn wir nicht bald mehr einnehmen, bleibt nichts für den Winter. Und der, fürchte ich, wird dann noch schlimmer als der letzte. Ich wäre auch dafür, dass die beiden mit uns reisen, zumindest den Sommer über.»

Caspar neben ihm schüttelte heftig den Kopf und wollte gerade etwas entgegnen, da traten die beiden Brüder ans Feuer.

«Kommen wir also ins Geschäft?»

«Es gibt noch ein paar Unstimmigkeiten zu klären. Ich denke, wir sollten uns mit der Entscheidung bis morgen früh Zeit lassen. Hier, trinkt.» Sonntag reichte ihnen zwei Krüge. «Ein hervorragender Roter aus Tübingen.»

Marusch stellt sich neben Basil. «Warum wollt Ihr Euch eigentlich unserer Truppe anschließen?»

«Ihr wisst doch selbst, wie gefährlich es ist, allein zu reisen. Wir würden von Eurem Schutz profitieren, Ihr hingegen von unseren sensationellen Darbietungen.»

«Wenn Eure Schau so sensationell ist – warum reist Ihr dann

überhaupt allein? Jeder Gauklertross müsste sich um Euch reißen.»

Für einen kurzen Moment verschwand die Selbstzufriedenheit aus Basils Gesicht. «Nun ja – widrige Umstände, dazu böswillige Reisegenossen, dann war mein Bruder lange Zeit sterbenskrank. Wie das Leben halt so spielt. Jedenfalls mussten wir eines Tages allein weiterreisen.»

Marusch verzog keine Miene. «Und wie haltet Ihr es mit Eurer Truppe? Mit dem Mohren, dem Zwergen, der Frau ohne Gesicht? Sind das für Euch Menschen, oder seht Ihr in ihnen eine Art Vieh, das eingesperrt und in Ketten gehalten werden muss?»

Verunsichert sah Basil zu Sonntag. «Ist das die Prinzipalin?»

«Manches Mal – ja.»

An diesem Abend fanden sie zu keiner Entscheidung mehr. Die Frauen und Kinder gingen bald schlafen, die Männer blieben noch mit den Bockmannbrüdern, die ein Fässchen Bier gestiftet hatten, am Feuer sitzen.

«Was hast du Sonntag eben noch zugeflüstert?», fragte Marthe-Marie, während sie mit Marusch das Nachtlager richtete.

«Ich habe gesagt: ‹Wenn du dich für diese Brüder entscheidest, werden wir ab morgen getrennte Wege gehen.›»

«Ist das dein Ernst?»

«Keine Sorge, ich weiß, wie mein Löwe sich entscheiden wird.»

Am nächsten Morgen zogen Basil und Barthel Bockmann mit mürrischen Gesichtern in entgegengesetzter Richtung davon. Zu aller Überraschung hatte sich Ambrosius ihnen in letzter Minute angeschlossen. Der Prinzipal tobte.

«Dieses ausgestrichene Schlitzohr! Lässt uns einfach im Stich!»

«Wundert dich das?» Marusch nahm ihn beim Arm. «Ambrosius hat es schon immer dorthin gezogen, wo der Bratenduft weht.»

Sie spannten ein und erreichten kurz darauf einen Flecken namens Suppingen. Von hier führte der kürzeste Weg nach Ulm hinunter, wie ihnen ein Bauer erklärt hatte. Doch dann wurden sie von einem schwarz-gelb gestreiften Schlagbaum und einem herzoglichen Zollbeamten aufgehalten. Als Sonntag nach seinem Ziel gefragt wurde, gab er wahrheitsgemäß zur Auskunft, dass sie über Herrlingen weiter nach der freien Reichsstadt Ulm wollten.

«Nach Herrlingen oder Ulm?», fragte der Beamte ungeduldig.

«Nun ja – letztendlich nach Ulm.»

«Dann müsst ihr den Weg über Blaubeuren nehmen.»

«Aber das ist ein Umweg. Wir haben schweres Fuhrwerk und Handkarren dabei, das kostet uns einen ganzen Tag.»

«Und einen schönen Batzen Zoll», flüsterte Marusch Marthe-Marie zu. Neugierig hatte sie ihren Wohnwagen bis zur Schranke vorgefahren. «Gibt es für diesen Umweg einen vernünftigen Grund, werter Meister?» Sie setzte ein entzückendes Lächeln auf.

«Ihr seid Fernreisende, und Fernreisende nach Ulm müssen die Straße über Blaubeuren nehmen. Das ist landesherrliche Vorschrift.»

Marusch ließ nicht locker. «Und wenn wir nun aber zunächst nach Herrlingen möchten?»

Der Zöllner grinste breit. «Hör zu, du Zigeunerweib, ich lass mich nicht an der Nase herumführen. Ihr seid Gaukler, und euer Ziel ist Ulm. Ich rate euch: Streitet nicht mit mir herum.»

«Schon gut.» Sonntag verzog unwillig das Gesicht. «Können wir nur hoffen, dass uns damit das Pfingstfest in Ulm nicht durch die Lappen geht.»

«Ich gebe euch einen Rat.» Das Gesicht des Zöllners wurde freundlicher. «Bleibt über Pfingsten in Blaubeuren, da ist großes Schützenfest. Zufällig weiß ich, dass es in Ulm für Spielleute mitunter schwierig ist, Konzession zu erlangen.»

«Nun denn – habt Dank für die Auskunft.»

Einzig Marthe-Marie war froh über diesen Umweg, denn sie war sich sicher, dass Jonas inzwischen in Ulm lebte. Und vielleicht würde man sie in Ulm erst gar nicht durchs Tor lassen. Fast hoffte sie darauf, auch wenn es für die Truppe einen weiteren Rückschlag bedeuten würde.

«Diese vermaledeiten Württemberger», fluchte Sonntag lauthals vor sich hin, als sie sich den engen, steilen Weg nach Blaubeuren hinunterkämpften. «Beutelschneider sind das, Raffzähne, Haderlumpen! Freiwillig würde hier doch kein Wagen runterfahren.»

Tatsächlich mussten die Steigen um Blaubeuren herum jeden Fuhrmann, der nicht im Städtchen oder Kloster zu tun hatte, abschrecken. Zudem lag Blaubeuren im äußersten südöstlichen Winkel Württembergs: Die Aach talaufwärts begann das vorderösterreichische Gebiet Oberschwabens, die Blau talabwärts das Territorium der freien Reichsstadt Ulm. So war es ein kluger Schachzug des Herzogs, den westöstlichen Fernhandel über die Grenzstadt seines Herrschaftsgebiets zu zwingen und von den Fuhr- und Kaufleuten kräftig abzusahnen: für Vor- und Beispann oder Umladen an den Steilstellen, für Beherbergung und Verköstigung, Fütterung und Stallmiete, Straßengeld und Brückenzoll.

Zu Mittag erreichten sie, kurz hinter einer Richtstätte mit drei Galgen am Wegesrand, die Mauern der kleinen Vorstadt. Marthe-Marie fragte sich, ob der Tote, der da am höchsten Galgen sanft hin und her schwang und dem die Krähen bereits die Augen ausgehackt hatten, als schlechtes Zeichen zu sehen war. Allein der Anblick dieser Stadt, eingezwängt zwischen steilen Waldhängen und schroffen Felsspitzen, auf deren höchsten sich gleich drei Festungen und Wachburgen erhoben, machte sie befangen. Sie hoffte inständig, nicht wieder in einer dieser Vorstadtherbergen absteigen zu müssen.

Sonntag stellte sich in aller Höflichkeit dem Torwächter vor und fragte nach der Schützengesellschaft.

«Wollt Ihr beim Schützenfest an Pfingsten aufspielen?»

«Wenn es uns erlaubt ist, sehr gern.»

«Nehmt hier den äußeren Weg entlang der Stadtmauer, bis Ihr ans Ulmer Tor gelangt. Dort fragt nach dem Armbrustschützen Cornelius Metzger. Der Schützenrain befindet sich gleich vor dem Graben.»

Wenig später war alles in die Wege geleitet. Cornelius Metzger, Vorsitzender der Schützengesellschaft und zugleich Mitglied des Magistrats, schritt mit ihnen den weitläufigen Schützenrain ab, an dessen Ende sich einige strohbedeckte Lauben befanden.

«Heute in acht Tagen geht es los, vier Tage lang. Über hundert Schützen erwarten wir, von der Alb und aus ganz Oberschwaben. Bis mittags zur dritten Stunde findet das Wettschießen von Bogen, Armbrust und Büchse statt, im Anschluss könnt Ihr Eure Darbietungen zeigen. Zum Tanz dürft Ihr nicht aufspielen, dafür haben wir unsere städtischen Musikanten. Leider kann ich Euch nicht in unserer Fremdenherberge unterbringen – das ‹Lamm› ist vor einigen Wochen abgebrannt, und die übrigen Gasthäuser nehmen keine Fahrenden auf. Aber Ihr seid ja an das Leben unter freiem Himmel gewöhnt. Gleich hinter dem Schützenrain, neben der Talmühle, könnt Ihr lagern.»

Dem freundlichen Armbrustschützen mit dem feuerroten Bart schien Sonntags Truppe gerade recht gekommen zu sein, denn ohne die Auflistung ihres Repertoires sehen zu wollen, schlug er, nachdem sie sich in der Bezahlung einig geworden waren, in Sonntags Hand ein.

«Die offizielle Lizenz übergebe ich Euch dann morgen – eine reine Formalität.»

Sie errichteten ihr Lager zwischen dem kleinen Flüsschen Aach und einem sich mitten im Talkessel erhebenden Bergrücken, auf dem das Schloss der Obervögte thronte. Marthe-Marie half ihrer Freundin beim Ausspannen. Von hier aus, zumal an diesem herrlich milden Frühsommertag, war Blaubeuren doch recht hübsch anzusehen, mit seinen Türmen und Zinnen vor den dunkelgrünen

Bergwäldern, aus denen hier und da bizarre Felsgebilde ragten. Sie summte ein Kinderlied vor sich hin, bis sie bemerkte, dass Diego sie beobachtete. Kurzerhand drehte sie ihm den Rücken zu.

Da die Tage lang waren, hatten sie keine Eile mit Holzsammeln und Feuermachen. Sonntag schlug vor, einen kleinen Gang durch die Stadt zu unternehmen.

«Vielleicht möchte uns der Herr Prinzipal im Wirtshaus ja auf einen Krug Bier einladen?» Marusch war ganz offensichtlich verstimmt.

«Warum nicht? Ist irgendetwas mit dir?»

«Und ob. In unserer Kasse findest du nicht einmal ein Staubkorn, so leer ist sie. Kannst du mir verraten, warum du keinen Vorschuss ausgehandelt hast?»

«Die paar Tage werden wir schon über die Runden kommen.»

«So, werden wir? Was sagst du dazu, Mettel? Haben wir noch genug Vorräte an Speckseiten, Brathühnern und eingemachtem Kraut?»

Mettel ließ sich nicht anstecken von Maruschs Unmut. «Außer an Mehl besitzen wir überhaupt keine Vorräte, das weißt du», entgegnete sie ruhig. «Du müsstest aber auch wissen, dass sich trotzdem jeden Abend etwas in der Suppe findet.»

Marusch nickte. «Das ist es ja. Würdest du bitte meinem Leo und allen hier Anwesenden verraten, wie du inzwischen täglich zu Radies und Rettich, zu Mangold und Karotten kommst? Mit Salomes Hellseherkünsten wohl nicht.»

Mettel zuckte die Schultern. «Ich halte selbst Augen und Ohren offen.»

«Heißt das, du –» Marthe-Marie sprach das Ungeheuerliche nicht aus. Sie hatte nie darüber nachgedacht, ob und wie viel Geld Mettel zur Verfügung hatte, um sie alle zu verköstigen. Sicher, es gab seit Wochen kaum noch Fleisch oder Fisch, Schmalhans war längst Küchenmeister geworden, doch an Hunger litt bisher keiner.

Jetzt, da alle sie anstarrten, wurde Mettel doch ärgerlich. «Marusch übertreibt. In Urach war ich auf dem Markt, ihr wart selbst dabei und habt mir beim Tragen geholfen.»

«Das ist lange her.» Sonntag kaute an seinem Daumennagel. «Nun denn – machen wir einen Spaziergang in die Stadt. Ich werde diesen Schützenmeister aufsuchen und um einen Vorschuss bitten.»

Stadt und Klosteranlage präsentierten sich dem Besucher mit jeweils einer eigenen mächtigen Mauer, zwischen denen ein breiter Graben verlief. Wie zwei störrische alte Ehegatten, die nichts mehr miteinander zu tun haben wollen, dachte Marthe-Marie belustigt. Aus dem einst berühmten Benediktinerkloster war längst eine evangelische Klosterschule geworden, und die Stadt war zwar klein, aber voller Leben. Von ihrer Bedeutung als Handwerks- und Marktzentrum für ein weites Umland zeugten das mächtige Heilig-Geist-Spital und einige stolze Bürger- und Adelshäuser um Kirch- und Marktplatz, neben denen sich die Handwerkerhäuser der Weber und Gerber umso bescheidener ausnahmen.

Am Rathaus, das zugleich als Fruchtkasten und mit seinen Lauben den Handwerkern, Bäckern und Metzgern als Kaufhaus diente, ließen sie den Prinzipal zurück. Bei seinem Gang als Supplikant wollte er nicht einmal Diego dabeihaben.

So schlenderten sie ohne Eile durch die Gassen und über den Markt, wo sich zum Markttag Händler aus nah und fern eingefunden hatten. Hier pries man Leinwand- und Barchentwaren aus Ulm an, dort kunstvolle Holzschnitzarbeiten aus Biberach oder Lederschuhe aus Ravensburg. Marthe-Marie blieb an einem Stand mit Beinwaren stehen und betrachtete hingerissen die zierlichen Kämme, Haarspangen und Spielfiguren aus Elfenbein.

«Ein Schachspiel gefällig?», fragte der Händler. «Als Miniaturen für die Reise?»

Diego schüttelte den Kopf. «Das sind doch keine Miniaturen.

302

Ich kenne einen Beindrechsler aus Geislingen, der hat die Figuren so fein und winzig gearbeitet, dass alle zweiunddreißig in einem Kirschkern Platz finden.»

Der Mann glotzte ihn ungläubig an, dann wandte er sich an Marthe-Marie. «Eurem Herrn Gatten geht wohl manchmal die Phantasie durch.»

Marthe-Marie lachte. «Da habt Ihr ganz Recht.»

Diego verzog in gespieltem Trotz den Mund. «Aber wenn ich es doch sage. Ich habe es mit eigenen Augen gesehen.»

Ein Bub zupfte ihn am Ärmel. Er könne sie zum berühmten Blautopf führen, jener Quelle von unergründlicher Tiefe gleich hinter dem Kloster. Diego hatte davon gehört, und so willigten sie ein.

Staunend standen sie kurz darauf am Rand des fast kreisrunden Wassertrichters, der sich unterhalb einer zerklüfteten Felswand in wahrhaft königlichem Blau darbot. Spiegelglatt war seine Oberfläche, kristallklar das Wasser, so dass seine blaue Farbe von einem Wunder herrühren musste. Nach starkem Regen oder Tauwetter, erzählte der Junge, trübe sich die Quelle, werde auffallend unruhig und beginne hohe Wellen aufzuwerfen, die noch in der Donau zu beobachten seien.

«Das ist die schöne Lau, die dann zürnt, und man muss sie mit Schmuck und Gold beruhigen, sonst überschwemmt sie mit ihren Fluten Kloster und Stadt.»

«Die schöne Lau?» Tilman, der mit seinem Freund Niklas mitgekommen war, sah ihn ungläubig an.

«Eine Wasserfrau mit langen fließenden Haaren und leuchtend blauen Augen, die auf dem Grund wohnt. Ihr Mann, ein Wasserkönig im Meer, hat sie hierher verbannt, weil sie nur tote Kinder gebären konnte. Erst wenn jemand sie zum Lachen bringt, wird sie von diesem Fluch erlöst.»

Kein Senkblei habe bisher die Tiefe dieser mächtigen Quelle

ausloten können, und etliche Männer habe die schöne Lau bei den Messversuchen zu sich auf den Grund gezerrt.

«Wenn Ihr wollt, führe ich Euch noch zu einer Grotte in der Nähe.»

«Danke, mein Junge.» Marusch schüttelte den Kopf. «Ich denke, wir bleiben noch ein wenig an diesem geheimnisvollen Ort.»

Marthe-Marie sah ihren hilfesuchenden Blick und zog aus ihrer Geldkatze einen der letzten Pfennige. Tilman nahm rasch die Münze, zwinkerte ihr zu und hielt sie dem Jungen hin.

«Zeigst du mir und meinem Freund die Grotte?»

Der Junge brummte ein unwilliges Ja, dann verschwanden die drei in Richtung Klosterhof. Marthe-Marie trat näher ans Ufer. Unverwandt starrte sie auf den tiefblauen Wasserspiegel, bis ihr schwindelte und sie in der Mitte einen dunklen Schatten aufsteigen sah. Sie schwankte heftig, da sprang Diego mit einem Satz zu ihr und schloss sie in die Arme.

«Beinahe hätte die Lau dich geholt», flüsterte er. «Hätte mir einfach meine Liebste gestohlen.»

Er zog sie neben sich aufs Gras, und sie ließ es sich gefallen. Ihr war noch immer flau in der Magengegend. Ganz deutlich hatte sie eine unsichtbare Kraft gespürt, die nach ihr gegriffen hatte.

«Glaubst du an diese Wassernixe?», fragte sie.

«Ich weiß nicht. Vielleicht nicht gerade an eine schöne Lau mit nackten Brüsten und Fischschwanz», grinste er, «aber doch an so etwas wie eine unsichtbare Macht, die wir uns nicht erklären können. Das, was wir mit unseren Augen sehen von der Welt, ist schließlich nur ein Bruchteil dessen, was existiert. Nimm diese Gegend hier: Rundum bewaldete Berge mit ein paar Felsspitzen. Doch unter der Oberfläche verbergen sich ungezählte Höhlen und Grotten mit endlosen dunklen Gängen, die in Säle hoch wie Kirchenschiffe münden und die noch nie ein Mensch betreten hat. Diese Säle schimmern in allen Farben des Regenbogens, in kristallenem Blau, in schwefligem Gelb und Grün, von den Decken tropfen steinerne Zapfen von der Länge ausgewachsener Männer, vom Boden wachsen Spieße aus nassem Stein. An anderen Stellen haben sich unterirdische Flusssysteme und riesige Seen gebildet, lauern unter einer zerbrechlichen Erdkruste gefährliche Erdspalten und Löcher, die sich bei unbedachtem Schritt auftun und einen für alle Zeiten vom Erdboden verschwinden lassen.»

«Diese Dinge erfindest du, gib es zu. Genau wie die Sache mit dem Schachspiel.»

«Aber nein, das sind Tatsachen.»

Sie stieß ihn in die Seite. «Wie kannst du die Höhlen beschreiben, wenn noch nie ein Mensch sie betreten hat?»

«Was bist du für eine Kleinkrämerin! Zumindest das allermeiste davon ist wahr. Frag nur die Einheimischen, wie oft in dieser Gegend Pilger oder Wanderer verschwinden. Du wirst dich wundern.»

Verschwunden waren in den nächsten Tagen immer wieder einmal Mettel, Tilman und Niklas. Mettel blieb nie für lange Zeit weg, und wenn sie zurückkehrte, wölbte sich der Beutel über ihrer Schulter. Um die Jungen machte sich Marusch beim ersten Mal ernsthafte Sorgen, zumal sie Diegos Schilderungen über die Gefahren in dieser Gegend mit angehört hatte. Erst bei Anbruch der Dunkelheit tauchten die beiden im Lager auf. Zur Begrüßung setzte es eine Maulschelle.

«Das ist also der Dank!» Trotzig schleuderte Tilman seiner Mutter ein Säckchen mit Münzen vor die Füße. «Der Dank dafür, dass wir Fremde zum Blautopf und zur Grotte führen.»

Verblüfft sah Marusch ihn an. Dann nahm sie ihn in die Arme. «Das ist der Dank, mein Schatz.» Sie küsste ihn. «Die Maulschelle war dafür, dass ihr verschwunden seid, ohne Bescheid zu geben.»

Nacheinander wurden die beiden Jungen von allen Frauen geherzt und geküsst, bis es ihnen zu viel wurde.

Diego pfiff durch die Zähne. «Saubere Burschen seid ihr. Habt euch gedacht, was der kleine Bub kann, können wir auch.»

«So ist es. Gerade jetzt, wo wegen des Schützenfests jeden Tag aufs Neue Fremde in die Stadt kommen.» Tilman hob das Geldsäckchen auf und überreichte es Mettel.

«Niklas und ich haben beschlossen, dass Mettel das Geld gut gebrauchen kann, wo man Vater doch keinen Vorschuss gewährt hat.» Er sah verlegen zu Boden. «Wir möchten nicht, dass sie für unser Essen stehlen muss.»

«Ach Kinder!» Mettel war sichtlich gerührt. «Stehlen dürft ihr das aber nicht nennen. Ich finde eben hin und wieder was.»

Das Geschäft mit den Fremden schien gut zu laufen, und so dachte sich niemand etwas dabei, wenn sich fortan sogar Pökelfleisch in der abendlichen Suppe fand. Das sonnige Wetter hielt an, die meisten von ihnen lagen faul herum und genossen es, eine Woche lang dem lieben Gott den Tag zu stehlen. Bis auf Valentin und Severin, die herausgefunden hatten, wie hervorragend der neue Schimmel zum Kunstreiten taugte. Fortuna hatte nicht nur den wiegenden, gleichmäßigen Galopp, der für Akrobatik auf dem Pferderücken unabdingbar war, sondern ließ sich zudem durch nichts aus der Ruhe bringen. Wer den Müßiggang nicht genießen konnte, war Diego, den nichts mehr verdross, als ohne Aufgabe zu sein.

«Lass uns ‹Romeo und Julia› einstudieren», bedrängte er Marthe-Marie. «Mit dir als Julia.»

«Du weißt, dass Frauen in Schauspielen nicht auftreten dürfen. In den meisten Städten ist das jedenfalls so.»

«Aber das ändert sich. Du wirst sehen, in ein paar Jahren wird es selbstverständlich sein, dass Frauen Frauenrollen spielen. Wir wären Vorreiter. Und dort, wo man uns den Auftritt verwehrt, spielen wir eben ein anderes Stück. Schund und Possen haben wir genügend im Repertoire. Bitte, Marthe-Marie.» Das Flehen in seinem Blick war nicht gespielt.

«Ich denke darüber nach.»

Doch sie ahnte bereits, wie sie sich entscheiden würde.

Am selben Abend noch überredeten sie den Prinzipal, am nächsten Tag machten sie sich ans Proben. Es zeigte sich, dass Diego alles längst vorbereitet hatte: Er hatte Shakespeares Drama aus dem Kopf auf Papier gebracht, nach Gutdünken gekürzt und bearbeitet. Von Requisite und Dekoration, Maske und Musik hatte er ebenfalls schon feste Vorstellungen. Leonhard Sonntag blieb nur noch, die übrigen Rollen zu verteilen, wobei Marusch zu seinem Entsetzen ebenfalls eine Rolle forderte: «Wenn schon, denn schon. Und wer könnte die Gräfin Capulet besser spielen als ich?»

Sie beschlossen, ihr Publikum am letzten Tag des Festes mit «Romeo und Julia» zu überraschen. Sollte der Magistrat sie danach vom Acker jagen, wäre nicht viel verloren.

Am nächsten Tag erschien Tilman mittags mit einem blauen Auge im Lager – die Rache des kleinen einheimischen Fremdenführers und seiner älteren Brüder –, und Mettel kehrte nicht von ihrem allmorgendlichen Rundgang zurück. Sie warteten noch bis zum Angelusläuten, dann setzten sie sich zusammen, um zu beratschlagen.

Sonntag sah in die Runde. «Weiß jemand, wohin sie morgens immer unterwegs ist?»

«Wenn sie Geld von uns bekommen hat», antwortete Tilman und rieb seine schmerzende Wange, «geht sie zum Markt und zu den Verkaufslauben im Rathaus.»

«Gut. Wohin noch?»

«In den Wald beim Blautopf, um Sauerklee und Waldmeister zu sammeln», murmelte Marthe-Marie. «Mein Gott, ihr wird doch nichts am Wasser geschehen sein?»

Marusch dachte nach. «Gestern kam sie etwas später als sonst. Sie ist noch ein Stück die Blau entlanggegangen, um an den Uferwiesen Kräuter und Löwenzahn zu pflücken.»

307

«Dann machen wir uns jetzt auf den Weg. Die Kinder gehen mit Lambert und Anna in die Stadt und fragen dort nach. Marusch, Marthe-Marie, Diego, Valentin, Severin und ich suchen die Umgebung ab. Die Übrigen bleiben im Lager. Ja, auch du, Maximus.»

Rund um den Blautopf war keine Menschenseele zu sehen. Sie marschierten die jungfräuliche Blau flussaufwärts, bis sie bei der Klostermühle auf einen älteren, kahlköpfigen Mann trafen, der sich als Abt der Klosterschule herausstellte.

Sonntag grüßte ehrerbietig.

«Wir suchen eine ältere grauhaarige Frau – sie war in letzter Zeit morgens zum Kräutersammeln hier.»

«Wenn Ihr zu den Spielleuten gehört, meint Ihr sicher Frau Mettel.»

«Ihr kennt Sie?»

«Wir haben uns am Blautopf kennen gelernt. Eine sehr angenehme Frau. Wir sind über ihr profundes Wissen zu Küchen- und Heilkräutern ins Gespräch gekommen und haben uns die letzten Tage jeden Morgen nach der Terz zu einem kleinen Plausch getroffen. Heute allerdings habe ich sie nicht gesehen.»

Das ungute Gefühl, das Marthe-Marie ergriffen hatte, verstärkte sich. «Wenn ihr hier in Klosternähe etwas zugestoßen wäre, hätte man ihre Hilferufe gehört?»

«Ganz bestimmt. Ihr denkt an den Blautopf? Frau Mettel hielt zum Ufer immer gehörigen Abstand. Schon aus Respekt vor der schönen Lau.» Er lächelte. «Sie wird flussaufwärts gegangen sein, vielleicht weiter als sonst, an diesem herrlichen Tag. Oder sie ist längst zurück im Lager.»

«Nun gut, gehen wir noch ein Stück weiter. Behüte Euch Gott!»

«Behüte Euch Gott, und grüßt Frau Mettel von mir.»

Wäre der Anlass nicht so Besorgnis erregend gewesen – Marthe-

Marie hätte sich keine beeindruckendere Umgebung für einen Spaziergang vorstellen können. Das klare Flüsschen schlängelte sich trotz seiner Wasserfülle in stillem Lauf durch eine völlig flache Talsohle. Dichtes Schilf und Riedgras boten Wasservögeln und Enten Schutz, die jetzt empört aufflogen, als sie mit geschürzten Röcken und Hosenbeinen das niedrige Ufer durchkämmten. Ihre Rufe hallten von den Felswänden wider, die schroff und unvermittelt aus dem Talgrund Richtung Himmel ragten.

Und plötzlich empfand sie diese zerklüftete Felsenlandschaft mit ihren Zacken und Nadeln, Türmen und Toren zunehmend als bedrohlich. Ihr Auge begann Fratzen von wilden Tieren und Ungeheuern auszumachen, ähnlich den Wasserspeiern am Konstanzer und Freiburger Münster, sie entdeckte verzerrte Gesichter mit leeren Augenhöhlen und aufgerissenen Mäulern.

Valentin und Severin kletterten die steilen Hänge hinauf, hangelten sich geschickt an Felsvorsprüngen und Wurzelwerk entlang, riefen dabei immer wieder Mettels Namen; doch das Tal der Blau lag, von den Suchenden abgesehen, vollkommen verlassen in der Mittagssonne. Es war Diego, der Mettels Leinenbeutel im hohen Gras am Wegesrand entdeckte. Aus dem Sack stank es nach totem Fisch.

«Mein Gott.» Marthe-Marie unterdrückte einen Schrei. «Was hat das zu bedeuten?»

«Dass sie in der Nähe sein muss», entgegnete Diego. «Los, schreiten wir alle nebeneinander den Uferbereich ab. Gebt auf die Sumpflöcher Acht.»

Doch Marthe-Marie kletterte hangaufwärts. Sie hatte hinter einer Ansammlung junger Buchen eine schmale waagrechte Felsspalte entdeckt. Da hörte sie auch schon das stoßweise Keuchen, ein Röcheln, unregelmäßig und wie unter großer Anstrengung.

«Mettel?» Der Angstschweiß trat ihr auf die Stirn. «Bist du das, Mettel?»

Blitzschnell, mit wenigen Sprüngen war Diego neben ihr und schob sie mit sanfter Gewalt zur Seite. Auf allen vieren kroch er in die Grotte. «Ruf Sonntag her», klang es dumpf aus dem Dunkel.

Kurz darauf hatten die Männer sie herausgeschafft. Sie war schwach, aber bei Bewusstsein.

«Severin, du bist unser bester Läufer. Hol Quirins Eselskarren.» Die Stimme des Prinzipals zitterte. «Sie muss so schnell wie möglich in die Stadt zum Wundarzt.»

Mettels helle Schürze war in Höhe des Unterbauchs ein einziger dunkelroter Fleck, von ihrem linken Bein war unterhalb des Knies nicht mehr viel vorhanden – ein Flintenschuss hatte ihr den Wadenmuskel weggerissen.

«Nicht in die Stadt!» Aus ihrem Mundwinkel sickerte Blut. «Der Bannwart – zwei Schüsse. Heute ist Freitag – wollte Fische fangen im Fluss – kein Geld mehr.»

«Nicht sprechen, Mettel.» In Diegos Augen standen Tränen.

«Lasst mich hier. Will nicht im Sack ertränkt werden.» Ein Schwall rotschwarzer Flüssigkeit quoll aus ihrem Mund.

Gütiger Vater im Himmel, lass sie nicht sterben, sie hat doch kein Unrecht getan. Sie hat uns zuliebe gewildert, den Kindern zuliebe. Marthe-Marie begann zu beten, sah, dass auch die anderen beteten.

«Wenn der Bannwart sie beim Wildern erwischt hat, können wir sie nicht in die Stadt bringen», flüsterte Marusch.

Marthe-Marie beobachtete, wie Mettels Atem flacher wurde. Ihr Gesicht hatte eine gelbliche Färbung angenommen. Endlich sah sie Quirins Karren den Uferpfad heranholpern, erkannte Maximus, aufrecht und mit der Peitsche in der erhobenen Hand. Plötzlich wusste sie, wer helfen konnte.

«Die Klosterkirche. Ein Gotteshaus muss Zuflucht und Asyl gewähren.»

Diego sah sie zweifelnd an.

«Sie hat Recht.» Sonntag erhob sich, als Maximus vom Karren sprang. «Außerdem ist Mettel mit dem Abt bekannt.»

Im nächsten Moment stand Maximus vor ihnen, riesig und stumm. Sein vor Schmerz verzerrtes Gesicht wirkte plötzlich alt und verwittert wie die Felsen rundum. Vorsichtig nahm er die Schwerverletzte auf seine kräftigen Arme und trug sie den Abhang hinab zum Karren.

«Ich fahre mit Maximus zum Kloster», rief der Prinzipal. «Geht ihr ins Lager zurück.»

Kurz nach Sonnenuntergang erschien Sonntag im Lager, allein.

«Es steht schlecht um Mettel. Sie liegt in der Krankenstube der Klosterschule. Der Abt hat einen Bader und sogar eine Heilerin holen lassen, aber der Blutverlust ist wohl zu stark. Noch ein, zwei Tage vielleicht, dann ist es vorbei. Maximus ist bei ihr geblieben.»

Am nächsten Morgen machten sich die Frauen auf den Weg ins Kloster. Bevor er die Tür zum Krankenzimmer öffnete, wandte sich der Abt noch einmal zu den Besucherinnen um.

«Sie ist eben zu sich gekommen. Sie weiß, dass sie sterben wird und hat mich gebeten, ihr die letzte Ruhe bei uns zu gewähren. Da Ihr so etwas wie ihre Angehörigen seid, muss ich Euch fragen: Seid Ihr damit einverstanden?»

Marthe-Marie brachte kein Wort heraus, Marusch, Salome und Anna antworteten mit einem heiseren Ja.

«Noch etwas. Mit Sicherheit werden heute die Gerichtsdiener bei Euch auftauchen – Eurem Prinzipal habe ich es bereits gesagt: Am besten wisst Ihr nicht, wo sich Eure Gefährtin befindet. Ich habe erfahren, dass sie bereits einmal vom Bannwart verwarnt worden war, und bin mir sicher, die Richter würde sie liebend gern wegen Wilderei im Sack in der Blau sehen – verzeiht mir diese direkten Worte. Und jetzt kommt.»

Mettel lag bis zum Hals unter einer sauberen Decke, ihr Gesicht war gewaschen, das Haar frisiert. Sie schien zu schlafen. Durch das geöffnete Fenster drang frische Morgenluft. Maximus kauerte neben dem Bett und hielt ihre fleckigen, abgearbeiteten Hände in seinen mächtigen Pranken. Er sah nicht einmal auf, als die Frauen eintraten.

Sie bekreuzigten sich und knieten auf der anderen Seite des Bettes nieder, berührten die Todgeweihte vorsichtig, um zu zeigen: Sie waren bei ihr. Da öffnete Mettel die Augen, blickte erst Marusch an, winkte sie mit einer fast unmerklichen Bewegung des Kopfes heran, flüsterte ihr etwas ins Ohr. Dann waren Salome und Anna an der Reihe, zuletzt Marthe-Marie. Wie in stillschweigender Übereinkunft verrieten sie einander nicht, was Mettel in ihrem letzten Augenblick auf Erden gesprochen hatte.

Zu Marthe-Marie hatte sie gesagt: «Gib die Suche nicht auf.»

༄ *30* ༄

Der junge Wallach ging aufmerksam und willig unterm Sattel. Bereits einen halben Tag waren sie ohne Unterbrechung unterwegs, und sein kraftvoller Schritt ließ noch keine Anzeichen von Müdigkeit erkennen. Mühelos hielt sich der zierliche Falbe, den Jonas eigens für diese Reise gekauft hatte, neben dem Rappen seines Reisebegleiters, einem Neapolitano mit kräftiger Kruppe und Hinterhand, der mit tänzelnden Bewegungen und hoch getragenem, gewölbtem Hals seine edle Herkunft zur Schau trug wie ein eitler Junker. Jonas hatte sich einem reitenden Boten in habsburgischen Diensten angeschlossen, der auf dem Weg nach Lindau war. Der Bursche erwies sich weder als besonders redselig noch freundlich, doch er war bewaffnet, und das versprach Sicherheit auf diesen einsamen Wegen durch die oberschwäbischen Lande, zumal sie, um die zahlreichen Mautstellen zu umgehen, die großen Fahrstraßen mieden. So zog auch Jonas es vor zu schweigen und freute sich an der Wärme des Junitages und an der Gutartigkeit seines Reittiers. Er beschloss, den Falben zu behalten, auch wenn es an Hoffart grenzen mochte, sich in der Stadt ein Pferd in einem Mietstall zu halten.

Wie leicht und mühelos hatte sich ihm das Leben in den vergangenen Monaten darboten. Eines war aufs andere gefolgt, kein Hindernis, keine Schwierigkeit hatte sich ihm in den Weg gestellt, seitdem er an das Schicksal keine Ansprüche mehr stellte. Mit dieser letzten Entscheidung nun würde er seinen beruflichen Werdegang und damit Heimat und Zugehörigkeit ein für allemal festlegen. Und das war gut so. Er wollte keine Höhen und Tiefen, weder Höllenqualen noch dionysische Leidenschaften mehr durchleben. Ginge es nach ihm, so durften die restlichen Jahre seines Lebens grau in grau dahinziehen, ohne Licht und Schatten. Er erwartete nichts mehr von Fortuna. Hiermit gab er seine Existenz in Gottes Hand, sollte Er damit tun, was Er für richtig hielt – Jonas selbst würde sich in alles ergeben.

Noch vor zehn, zwölf Monaten hätte er sich das niemals vorstellen können. Nicht nach jener Nacht in Freudenstadt, die er, gedemütigt und geprügelt, auf der nackten kalten Erde verbracht hatte. Dass er diese Nacht überstanden hatte, ohne dem Wahnsinn anheim zu fallen oder anderen Schaden an Geist und Seele zu nehmen, wunderte ihn immer noch. Ohne Bewusstsein und ohne Gefühl, einem Wiedergänger gleich, hatte er sich im ersten Morgengrauen erhoben, war in sein Quartier geschlichen und hatte seine Sachen gepackt. Dank des trockenen Sommerwetters war er bereits drei Tage später in Ulm angekommen. An die Reise selbst hatte er keinerlei Erinnerung mehr, ebenso wenig wie an seine Ankunft in der Reichsstadt. Erst als er vor Conrad gestanden hatte, war ihm gewesen, als würde er aus einem schweren Traum erwachen. Unrasiert, mit den schulterlangen Haaren und der staubigen Reisekleidung hatte sein Studienfreund aus Straßburger Zeiten ihn zunächst gar nicht erkannt, ihn dann aber umso gastfreundlicher aufgenommen.

War das tatsächlich erst letzten Sommer gewesen? Ihm schien, als sei er seit jenem hastigen Aufbruch aus Freudenstadt um Jahre gealtert. Er wurde aus seinen Gedanken gerissen, als sich der Pferdehals vor ihm senkte und sein Wallach trittsicher das steile Ufer eines Bachs hinabschritt, um anschließend ohne zu zögern die kräftige Strömung zu durchqueren. Auf einer Anhöhe zügelte der Bote sein Pferd und deutete auf eine mächtige Burganlage, die auf einem bewaldeten Berg über die Umgebung wachte.

«Schloss Wolfegg – dort trennen sich unsere Wege. Einen halben Tagesritt höchstens, und Ihr seid in Ravensburg.»

Jonas bedauerte es nicht sonderlich, als sein wortkarger Reisegefährte sich bald darauf mit einem stummen Handzeichen verabschiedete, und überließ sich wieder seinen Gedanken. Er sah das breite, gutmütige Gesicht seines Ulmer Freundes vor sich, und ein Gefühl von Wärme erfüllte ihn. Er verdankte Conrad Kilgus unendlich viel.

Conrad war ein wenig älter als Jonas; er hatte sein Auskommen als Dozent am Gymnasium von Ulm, der Geburtsstadt seiner Mutter. Nachdem bei einem Brand im Straßburger Gerberviertel beide Eltern ums Leben gekommen waren, hatte er, halbherzig und in aller Eile, das Magisterexamen an der dortigen Universität vollendet, sich von seinem einzigen Freund Jonas verabschiedet und war hierher in das Haus seines Großvaters gezogen. Sein Großvater hatte zu den siebzehn Ulmer Patrizierfamilien gehört; zeitlebens hatte er seinen Enkel gedrängt, in die städtische Politik zu gehen, zumal seit Kaiser Karl der Adelstitel der Patrizier an die Nachkommen vererbt wurde. Doch Conrad hatte dem Streben nach öffentlichen Ämtern nie etwas abgewinnen können. Er war ein Träumer, ein Universalgelehrter, der sich ebenso für den Kosmos als Ganzes wie für dessen geringste Teilchen begeisterte. Und es gefiel ihm, junge Leute auf das Universitätsstudium vorzubereiten. Niemals hätte er sich in ein Leben als Ratsherr ergeben.

«Ich hoffe, du fühlst dich wohl in Ulm», waren seine Worte gewesen, als er Jonas bei ihrem Wiedersehen herzlich umarmt und anschließend durch das stattliche Haus geführt hatte. Es stand in einer stillen Seitenstraße zwischen Rathaus und Metzgerturm, und außer ihm wohnte nach dem Tod des Großvaters nur noch eine unverheiratete Tante im Haushalt, die ihm die Wirtschaft führte. «Diese Stadt ist riesig, reich und mächtig, jedoch auf eine lutherisch nüchterne Art, die allem Neuen zutiefst abgeneigt ist. Sie hat trotzdem etwas Behagliches, du wirst sehen. Es lässt sich gut leben hier. Selbstverständlich kannst du so lange bei mir wohnen, wie du willst. Platz haben wir ja.»

Jonas blieb gar keine andere Wahl, denn es war für einen Fremden so gut wie unmöglich, eine einigermaßen wohlfeile Mietwohnung oder Kammer zu finden, und Geld für ein Gasthaus hatte er nicht. Sein Angebot, einen wöchentlichen Mietzins zu zahlen, schlug sein Freund energisch aus.

Ohne Conrad hätte er sich die ersten Tage und Wochen sicherlich in einem stillen Winkel verkrochen und sich nicht mehr gerührt. Melancholie hatte ihn befallen wie eine schwere Krankheit. Conrad indessen hörte nicht auf, sich in zart fühlender Weise um ihn zu kümmern. Jonas reagierte fast unwillig auf die unablässigen Aufforderungen, unter Leute zu gehen und sich als Hauslehrer anzubieten. Schließlich raffte er sich dann doch auf, tappte wie ein Schlafwandler durch die Gassen und kam nur zu sich, wenn er in irgendwelchen schwarzhaarigen, schönen und jungen Frauen Marthe-Marie zu erkennen glaubte. Sie wusste doch, dass er nach Ulm hatte gehen wollen; vielleicht war sie ihm ja nachgereist. Es wurde ihm zur Manie, nach ihr Ausschau zu halten, wo immer er war – selbst im Haus seines Freundes lauschte er auf ihre leichten Schritte im Treppenhaus.

Erst in der zweiten Woche nach seiner Ankunft fand dieser Wahn ein Ende, als er sie an der Staufermauer der ehemaligen Königspfalz stehen sah, im Gespräch mit einer anderen Frau, das schwarze, glänzende Haar nur nachlässig unter die Haube gesteckt. Sie trug sogar das lindgrüne Leinenkleid, das er immer so an ihr gemocht hatte.

«Marthe-Marie!» Mit schnellen Schritten war er bei ihr, berührte sie sacht bei der Schulter, bis sie ihm das Gesicht zuwandte: verbrauchte Züge, die sich jetzt, mit dem fast zahnlos grinsenden Mund und der Narbe unter dem Auge, zu einer Fratze verzerrten, als habe er dem Teufel persönlich ins Antlitz geblickt. In diesem Moment kam er zu sich; er schalt sich einen elenden Narren und erkannte, dass seine Hoffnungen jeglicher Grundlage entbehrten. Marthe-Marie hatte sich für ein Leben bei den Gauklern entschieden, an Diegos Seite. Er mochte heulen, er mochte toben, ändern konnte er es nicht, dass Marthe-Maries Zuneigung, ihr Vertrauen in seine Liebe niemals stark genug gewesen waren. Am selben Tag noch entschuldigte er sich bei Conrad für sein kindisches Verhalten der letzten Wochen und nahm die alltäglichen Dinge wieder in die Hand – wenn auch ohne Freude und Begeisterung.

Einmal nur hatte er sich zu einem Gefühlsausbruch verleiten lassen. Die beiden Freunde waren bis zum allerletzten Ruf der Nachtwächter in einer Schenke im Fischerviertel gesessen und hatten über alle Maße getrunken. Ohne auf Einzelheiten einzugehen, hatte Jonas erstmals über die Gründe seiner hastigen Abreise aus Freiburg und seiner Flucht aus Freudenstadt gesprochen.

«Ich kann es nicht fassen.» Conrad schüttelte den Kopf und blickte ihn mit glasigen Augen an. «Da bist du jünger als ich und hast der einen Frau schon ein Eheversprechen gegeben, es wieder zurückgenommen und dich von einer anderen davonjagen lassen.

316

Findest du nicht, dass du die Liebe ein wenig zu ernst nimmst? Da lobe ich mir meine heimliche Ehe mit der kleinen Maria.»

«Und mir tut Maria von Herzen Leid.» Jonas bemerkte, wie er die Worte nur noch gelallt herausbrachte und wurde wütend. «Das Mädchen hofft auf etwas Ernsthaftes, wie du mir eben gestanden hast, aber du willst alles andere, nur das nicht. Du spielst mit den Frauen.»

Er hieb seinen Krug auf den Tisch, dass das Bier überschwappte, und richtete sich schwankend auf. «Du weißt nämlich gar nicht, was Liebe ist. Du kennst nur deine Triebe, Liebe und Leidenschaft hast du noch nie erfahren.»

Bevor Conrad etwas erwidern konnte, hatte der Wirt sie am Kragen gepackt und hinausbugsiert. An der frischen Luft wurde Jonas augenblicklich speiübel und er erbrach sich in die Fluten der Blau.

Zwei Tage später fand er eine Anstellung als Hauslehrer in der reichen Patrizierfamilie Kargerer, wo er zwei verwöhnten Buben Latein, Griechisch und Mathematik näher bringen sollte. Wie immer hatte er sein Empfehlungsschreiben dabei, das Dr. Textor ihm beim Abschied mitgegeben hatte, ein Schreiben, das Jonas' Fähigkeiten in den höchsten Tönen lobte, und so dachte er in diesen Tagen oft mit Dankbarkeit und leichter Wehmut an seinen väterlichen Freund zurück. Dass Conrad bei der Vermittlung dieser Stellung die Hand im Spiel gehabt hatte, erfuhr er erst später.

Bei Antritt seiner Stellung zog er in das schäbige, kalte Dienstbotenzimmer eines umso prächtigeren Anwesens zwischen Münster und Kornhaus. Conrad hatte ihn ungern gehen lassen, erst recht nachdem er die hässliche Dachkammer besichtigt hatte, doch Jonas' Brotherr bestand darauf, dass ein Privatlehrer Teil der Haushaltung sei, zumindest unter der Woche. Jonas selbst empfand den Kontrast zu der gemütlichen Stube, die er im Hause Kilgus bewohnt hatte, längst nicht so schmerzhaft wie sein Freund, der ihn, wann immer es ging, zu sich einlud, vor allem als die Abende länger und kälter wurden. So vergingen die Tage, Wochen und Monate in einem unauffälligen Einerlei aus Arbeit, Essen und Schlafen und den abendlichen Gesprächen mit Conrad, dem einzigen Menschen in Ulm, zu dem er freundschaftlichen Kontakt pflegte. Ohne dass er darauf geachtet hätte, wurde es Herbst, dann Winter, schließlich Frühjahr. Von Leonhard Sonntags Compagnie hatte er nie wieder gehört, Marthe-Marie erschien ihm in seinen Träumen, Magdalena hatte er vergessen, und die Frauen und Mädchen Ulms interessierten ihn keinen Deut.

Hin und wieder nahm der Dienstherr Jonas und seine beiden Schüler nach Feierabend ins Schuhhaus mit, das Zunfthaus der Schuhmacher gleich beim Münster, wo sich im ersten Stockwerk der Tanz- und Fechtsaal der Patrizier befand. Für Jonas waren diese Abende eine Qual: Weder hielt er etwas von der Fechtkunst, mittels deren sich die Patrizier den Nimbus von Adel und Ritterlichkeit geben wollten, noch von dem ewigen Neidgeschwätz der Herren, die sich dort auf einen Schoppen Wein trafen oder auf eine Tasse dieses heißen, bittersüßen Getränks aus der Neuen Welt, das in der besseren Gesellschaft als der neueste Schrei galt und sich Chocolade nannte. Dennoch sollte dieser Ort seinem Schicksal eine entscheidende Wendung geben: Als Kargerer ihn an einem stürmischen Aprilabend, nach langer Zeit zum ersten Mal wieder, ins Schuhhaus mitschleppte, wurde er einem hoch gewachsenen, älteren Mann mit kupferrotem Haarschopf vorgestellt, den er in diesen Kreisen noch nie gesehen hatte.

«Jonas, das hier ist Diakon Mürlin, mein Schwager aus dem Oberschwäbischen – Jonas Marx, mein Hauslehrer.»

Jonas verbeugte sich, wie es sich gegenüber einem Älteren ziemte, und der Diakon reichte ihm die Hand. Sein Händedruck war fest und herzlich.

«So, so, der neue Hauslehrer. Na, dann wünsche ich Euch viel

Erfolg mit diesen beiden Bürschchen.» Er gab dem Älteren von Kargerers Söhnen eine scherzhafte Kopfnuss. «Nehmt den hier ruhig richtig heran, schließlich soll er nach Ostern in die Lateinschule. Ich bin übrigens Schulmeister, wir sind also Zunftgenossen sozusagen.»

Mit Mürlin fand Jonas rasch zu einem lebhaften Gespräch über Erziehung und Schulbildung, Gott und die Welt.

Sie saßen noch beisammen, als Kargerer mit seinen Söhnen längst nach Hause gegangen war. Mit Herz und Verstand war Jonas an diesem Abend bei allen Themen dabei, disputierte mit einer Lust, wie er sie zuletzt bei den Gesprächen mit Textor empfunden hatte.

Schließlich erhob sich Mürlin und legte väterlich den Arm um die Schultern des Jüngeren.

«Ich muss leider aufbrechen, da ich mich morgen in aller Frühe auf die Heimreise machen werde. Doch ich hätte Euch einen Vorschlag zu machen – unter dem Mantel der Verschwiegenheit zunächst, denn ich will meinem alten Freund und Schwager nicht hopplahopp den Hauslehrer wegschnappen. Kommt.»

Er zog ihn hinaus auf die dunkle Schuhhausgasse und rief nach einem Fackelträger. «Als Schulmeister der Lateinschule unterrichte ich nebenher auch die Schüler der Deutschen Schule. Doch so langsam wird mir das zu viel. Die Deutsche Schule hat immer größeren Zulauf – von den Söhnen der Handwerker und Kaufleute, die praktisches Wissen fordern, aber neuerdings auch von Mädchen. Und jünger werde ich auch nicht. Kurzum: Ich brauche eine fähige Unterstützung. Könntet Ihr Euch vorstellen, an meiner Seite als zweiter Schulmeister zu unterrichten?»

Jonas brauchte nicht lange zu überlegen, denn der Unterricht im Hause Kargerer entsprach weiß Gott nicht seinem Traum von einer Dauerstellung. «Gern. Wenn Ihr mir das zutraut?»

«Aber ja. Ich denke nicht, dass mich meine Menschenkenntnis

in Eurem Fall im Stich lässt. Allerdings müsstet Ihr ein weiteres
Mal einen Ortswechsel auf Euch nehmen – meine Arbeitsstätte
liegt drei Tagesreisen von hier, in Ravensburg.»

Der erneute Umzug wäre das Geringste gewesen, das ihn von
Mürlins Angebot abgehalten hätte. Wenn etwas seine Erwartungen trübte, dann eher schon der Gedanke, seinen Freund Conrad nach einem knappen Jahr bereits wieder zu verlassen – doch
letztendlich war die Strecke von der Welfenstadt nach Ulm mit
einem guten Reitpferd, wie er es in dem Wallach gefunden hatte,
in zwei Tagen zu schaffen, Conrad war also nicht aus der Welt. Das
schlechte Gewissen Kargerers gegenüber hielt sich in Grenzen. Er
war nie anders als ein Knecht behandelt worden, und schließlich
würde der Alte den ganzen Sommer über Zeit haben, sich nach
einem neuen Hauslehrer umzusehen.

Einen anderen Gedanken bemühte er sich vergebens zu unterdrücken: Der letzte Hoffnungsschimmer, Marthe-Marie könne ihn doch noch eines Tages in Ulm aufsuchen wollen, würde
mit seinem Umzug erlöschen. Fast unwillig gab er seinem Pferd
die Sporen, als sich hügelabwärts, im Dunst des Nachmittags, die
Türme der Reichsstadt Ravensburg abzeichneten.

✥ 31 ✥

Mettels grausames Ende lastete schwer auf der Stimmung unter
den Spielleuten. Wie gelähmt gingen sie an den restlichen Tagen
in Blaubeuren ihren täglichen Verrichtungen nach, präsentierten
wie vereinbart während des Schützenfests – jeden Nachmittag und
jeden Abend – ihre Darbietungen, zuletzt sogar Shakespeares «Romeo und Julia», die «Weltneuheit auf deutschen Wanderbühnen»,

wie Sonntag angekündigt hatte. Von den Zuschauern bemerkte keiner ihre Trauer und Niedergeschlagenheit – zu sehr lag ihnen das Spielen im Blut. Selbst Marthe-Marie gelang es, den Schmerz über Mettels Tod zu verdrängen, solange sie auf der Bühne stand.

Mit dem neuen Stück und mit den atemberaubenden Reitkünsten auf der Schimmelstute Fortuna hatte Leonhard Sonntags Compagnie großen Erfolg, wenngleich das keine Mehreinnahmen brachte, da wohl jeder hier wusste, dass die Gaukler von der Schützengesellschaft bezahlt wurden und daher niemand bereit war, einen Pfennig zusätzlich herauszurücken. So machten sie ein eher mäßiges Geschäft, und ein Großteil ihrer Einnahmen floss in die Totenmesse und würdevolle Bestattung ihrer Gefährtin.

Ihre letzte Ruhestätte hatte Mettel auf dem kleinen Friedhof neben dem Klostergarten gefunden. Als die Truppe nach der Abschiedsvorstellung aufbrechen wollte, weigerte sich Maximus mitzukommen. Er war durch nichts zu überreden, und nachdem sie erfahren hatten, dass der gutmütige Abt ihn als Knecht in seine Dienste nehmen wolle, zogen sie schließlich ohne ihn weiter. Wie sehr musste dieser bärenstarke Mann die alte Kupplerin geliebt haben, dachte Marthe-Marie, nachdem sie ein letztes Mal an Mettels Grab gebetet hatte.

«Wir werden immer weniger.»

Fast beiläufig klang Maruschs Bemerkung, während sie jetzt das Maultier die steile Steigung hinauftrieb. Die Spitze der Klosterkirche verschwand hinter den Bäumen. Marthe-Marie antwortete nicht. Sie hatte noch immer und immer wieder das entsetzliche Bild der blutüberströmten Mettel vor Augen. Außerdem sorgte sie sich um Agnes: Das Mädchen war in den letzten Wochen um mindestens zwei Zoll gewachsen und wurde dabei immer magerer.

«Erst Isabell und Pantaleon», fuhr Marusch fort, «dann unser Medicus und jetzt Mettel und Maximus.» Sie sah Marthe-Marie an.

«Es wird mir das Herz zerreißen, wenn auch du uns eines Tages verlässt. Und trotzdem bitte ich dich: Gib die Suche nach deinem Vater nicht auf. Es wird uns noch um einiges übler ergehen, das ahne ich; du wirst das nicht durchstehen können. Du musst ein Zuhause finden. Wenn nicht um deinetwillen, dann für deine Tochter.»

Marthe-Marie blickte ihre Freundin erstaunt an. «Woher willst du wissen, dass es noch schlimmer kommt? Kannst du in die Zukunft sehen? Und was meinen Vater betrifft – diesem Wunschtraum bin ich wahrscheinlich schon viel zu lange hinterhergelaufen.»

«Du versuchst nicht einmal mehr, ihn zu finden.»

«Ach, Marusch, lass gut sein. Agnes und ich haben keine andere Heimat als hier bei euch; es soll wohl so sein.»

Marusch schüttelte den Kopf. «Wenn du nichts unternimmst, dann werde eben ich künftig in jeder Stadt, in jedem Dorf Nachforschungen anstellen.»

Zu ihrer Überraschung trafen sie kurz vor Ulm auf Ambrosius. Kleinlaut bat der Wundarzt den Prinzipal, sich ihnen wieder anschließen zu dürfen. Die kurze Zeit bei den Gebrüdern Brockmann war offenbar furchtbar gewesen: Mit zitternder Stimme schilderte Ambrosius, wie streitsüchtig und hinterhältig die Brüder gewesen seien, und dazu fast immerfort betrunken. Böse misshandelt hätten sie die armen Kreaturen und schlimmer als Vieh gehalten. Am Ende sei auch er selbst nicht von Prügeln verschont geblieben.

Ambrosius musste vor versammelter Truppe geloben, künftig sämtliche Einnahmen in Sonntags Hände zu geben, dann durfte er bleiben.

Fast schien das Glück sie in Ulm wieder unter seine Fittiche nehmen zu wollen. Man gewährte ihnen ohne viel Umstände Einlass in diese reiche Stadt, die einstige Lieblingspfalz Kaiser Barbarossas, die für ihre edlen Barchentwaren weit über das Reich hinaus berühmt war. Dabei konnten sie überaus günstige Bedingungen aushandeln: So brachten sie ihre Tiere kostenfrei in der Vorstadt unter, bezogen Logis in einer einfachen und doch sauberen Herberge unweit des Seelhauses und durften die Höhe des Eintrittsgeldes nach eigenem Gutdünken festlegen. Am Sonntag sollten sie sogar exklusiv vor dem Magistrat spielen. Die hohen Herren schienen geradezu begierig darauf, eine Frau in der Rolle der Julia zu sehen. Einzig Salome hatte einmal mehr das Nachsehen, denn eine alte Verordnung stellte Wahrsagerei und Segensprechen unter Strafe. Alles hätte sich demnach zum Guten wenden können, wären nicht Pechmutz und seine Gesellen ihnen in die Quere gekommen.

Niklas und Tilman hatten den schlaksigen Burschen aufgegabelt. Das war am dritten Tag. Sie hatten ihre erste Vorstellung unter großem Jubel und nicht enden wollendem Applaus beendet. Der Bühnenwagen stand im Schatten des gewaltigen Münsters, das allein mit den Geldern der Zünfte und Patrizier erbaut worden war und das Selbstbewusstsein der Bürger dieser Stadt weithin sichtbar zur Schau stellte.

Der Prinzipal stach gerade ein Fass Bier zur Feier an, als Marusch von einem Rundgang durch die Zunfthäuser zurückkehrte, ohne dass sie etwas über Benedikt Hofer erfahren hätte. Marthe-Marie wagte nicht zu fragen, ob sie sich auch nach Jonas erkundigt hatte. Sie selbst hätte niemals etwas in dieser Richtung unternommen, konnte aber genauso wenig verhindern, dass sie sich nach jedem jungen Mann umsah, der die Statur und die langen hellbraunen Haare von Jonas besaß.

Sonntag bemerkte, dass Tilman und Niklas fehlten.

«Die können was erleben», brummte er verärgert, denn zu den Pflichten der beiden Jungen gehörte es, nach der Vorstellung beim Abbau zu helfen. Erst am späten Abend erschienen sie in der Herberge, und zwar reichlich betrunken. Marusch erwischte sie, als sie sich die Stiege hinauf in den Schlafraum schleichen wollten, packte sie hart am Nacken und führte sie zu den anderen in die Schankstube.

«Wo wart ihr?», donnerte der Prinzipal.

«Unterwegs», murmelte Tilman.

«Geht es auch genauer?»

«Mit unseren neuen Freunden.»

«Und was sind das für Freunde, mit denen ihr euch voll laufen lasst wie die Holzfäller?»

Tilman warf einen verstohlenen Blick zu Niklas. «Pechmutz. Und der Welsche Geck, Hasenköttel, Hering und die anderen.»

«Pechmutz? Welscher Geck?» Sonntag zog die Augenbrauen in die Höhe. «Was sind das denn für Namen?»

Tilman schwieg.

«Ihr verschwindet jetzt nach oben und schlaft euren Rausch aus. Und morgen will ich diese Burschen kennen lernen, verstanden?»

Als Tilman und Niklas am nächsten Tag ihre Freunde vorstellten, waren deren Gesichter Marthe-Marie nicht ganz unbekannt.

«Einige von denen habe ich hier schon gesehen», sagte sie leise zu Marusch.

«Ich auch. Und ich sehe auf Anhieb, dass das kein Umgang für unsere Kinder ist.»

Dabei war Pechmutz, ein hoch gewachsener Junge von vielleicht dreizehn Jahren und ganz offensichtlich der Anführer, mit seinem sommersprossigen Gesicht und den hellblonden Haaren ein hübscher Bursche. Befremdend wirkte allerdings das grenzenlose Selbstbewusstsein, das aus jeder seiner Gesten sprach.

«Du bist also Pechmutz.» Sonntag musterte ihn eindringlich. «Und die anderen?»

Pechmutz wies auf seine Freunde, zu denen auch zwei Mädchen gehörten. «Dickart, der Welsche Geck, Eulenfänger, Hering, Wespe, Klette, Hasenköttel und Bettseicher.»

«Das sind doch nicht eure richtigen Namen?»

324

Pechmutz zuckte die Schultern. «Ist das so wichtig?»

«Und was sagen eure Eltern dazu, dass ihr am helllichten Werktag nicht bei der Arbeit seid?»

«Wir haben keine Lehrherren. Wir sind erst vor kurzem von der Alb gekommen, weil unser Weiler abgebrannt ist. Alle außer uns sind in den Flammen umgekommen. Alle sind sie tot.»

Jetzt standen ihm tatsächlich Tränen in den Augen. «Seitdem sind wir täglich auf der Suche nach ehrlicher Arbeit, um nicht hungern zu müssen.»

«Der lügt wie ein Pfannenflicker», flüsterte Marusch. «Von der Alb, dass ich nicht lache. Schau nur die gute Kleidung. Und festes Schuhwerk trägt er wie ein Bürgersöhnchen.»

Marusch hatte Recht. Das alles passte hinten und vorne nicht zusammen. Seltsam schien ihr auch, dass die anderen Kinder bei weitem ärmlicher und schmutziger gekleidet waren.

«Erlaubt Ihr uns nun zu gehen?»

Pechmutzens Tonfall war höflich, doch sein Gesicht nahm einen Ausdruck von Geringschätzung an.

Der Prinzipal nickte.

«Wir auch?», fragten Tilman und Niklas fast gleichzeitig.

«Verschwindet. Aber pünktlich zur Vorstellung seid ihr zurück, keinen Glockenschlag später. Und macht keinen Unsinn.»

Diego sah ihnen nach. «Diesen Pechmutz sollten wir als Schauspieler anheuern. Ein wahres Talent.»

Marusch verbarg ihren Ärger gegenüber Sonntag nicht.

«Bist du von allen guten Geistern verlassen? Wie konntest du unsere Kinder gehen lassen! Das ist sauberes Diebsgesindel, nichts anderes, das verraten doch schon die Namen. Und Pechmutz ist ihr Anführer.»

«Soll ich die beiden in Fesseln legen? Tilman und Niklas sind alt genug, um Recht und Unrecht unterscheiden zu können. Was meinst du, Lambert?»

«Ich gebe dir Recht. Solange sich Niklas und Tilman an unsere Abmachungen halten, können wir sie nicht anbinden.»

Marusch schüttelte fassungslos den Kopf. «Seid ihr denn alle blind? Von wegen ehrlicher Arbeit. Habt ihr nicht mitbekommen, wie sie sich im Publikum herumgedrückt haben? Ich möchte nicht wissen, wie viele Geldkatzen sie im Gedränge den ahnungslosen Zuschauern geklaut haben. Diese Sorte Kinderbanden kenne ich zur Genüge. Tagsüber gehen sie auf Beutezug, und abends besaufen sie sich, bis sie vors Kirchenportal kotzen. Am Ende landen sie alle im Zuchthaus, und das auch nur, weil sie für den Galgen noch zu jung sind. Dass sich unsere eignen Kinder mit solchem Gelichter rumtreiben, das fehlt uns gerade noch. Als ob wir in den letzten Monaten nicht genug Scherereien gehabt hätten.»

«Du übertreibst, Marusch. Hast du vergessen, wie die Kinder im letzten Winter unser Brot verdient haben, mit Botengängen, Viehhüten, Lastentragen? Hätte es dir damals gefallen, wenn die Horber Bürger sie als Diebsgesindel geschmäht hätten?»

«Du glaubst doch wohl nicht, dass diese Horde hier auch nur einen Handstreich arbeitet. Ich werde jedenfalls heute Abend ein ernstes Wörtchen mit meinem Sohn reden.»

Doch weder Tilman noch Niklas erschienen rechtzeitig zur Vorstellung. Stattdessen stieg mitten in Quirins Feuerzauber ein mit Pike bewaffneter Scherge auf die Bühne und erklärte das Gastspiel für beendet.

Die Zuschauer begannen lauthals zu protestieren. Diejenigen, die bereits bezahlt hatten, verlangten ihr Geld zurück und konnten von dem Büttel nur mit Mühe zurückgehalten werden, die Bühne zu stürmen. Endlich zerstreute sich die Menge, auf dem Platz kehrte eine unheimliche Ruhe ein.

«Morgen früh seid ihr aus der Stadt verschwunden», erklärte der Mann. «Sonst landen noch mehr von euch im Gänsturm.»

«Im Gänsturm?» Sonntags Unterlippe zitterte. «Was soll das?»

«Beschluss der Ratsadvokaten. Wir haben hier keinen Platz für Diebspack.»

Er wandte sich ab, doch Marusch hielt ihn an der Schulter fest. «Aber wir haben doch wohl ein Recht zu erfahren, was uns vorgeworfen wird.»

Der Büttel schüttelte ihre Hand ab. «Wir haben einen gewissen Pechmutz mit seiner Bande verhaftet. Diese Schelme haben aus dem Münster den Opferstock gestohlen und, als sie erwischt wurden, dem Kirchendiener fast den Schädel zerschmettert.»

Marusch wurde totenbleich. «Was hat das mit uns zu tun?»

«Pechmutz hat zwei eurer Buben als Komplizen angegeben. Und jetzt packt euren Kram und verschwindet.»

«Nein, wartet. Das ist eine üble Verleumdung. Unsere Kinder sind keine Diebe.»

«Pah! Das sagen alle Vaganten und Zigeuner.» Er spuckte ihr vor die Füße. «Der Rat wartet mit der Examinierung nur noch, bis der Biberacher Scharfrichter eintrifft. Dann geht es ab an den Galgen mit euren Spitzbuben. Aber ihr seid dann ja nicht mehr da, um dem Schauspiel zuzusehen.»

Er hob seine Pike und schritt Richtung Rathaus davon. Der Prinzipal sah ihm nach und wandte sich dann mit leerem Gesichtsausdruck an Marusch. «Ich werde beim Magistrat eine Eingabe machen.»

«Was Besseres fällt dir nicht ein? Man wird dich nicht mal über die Schwelle des Rathauses lassen.» Maruschs Stimme klang so hart und schneidend, wie Marthe-Marie es noch nie gehört hatte. «Dieser Hurensohn von Pechmutz. Nie und nimmer haben Tilman und Niklas gestohlen.»

Anna begann haltlos zu schluchzen, und Marthe-Marie, die selbst mit den Tränen kämpfte, legte ihr tröstend den Arm um die Schulter. Die anderen schwiegen, ratlos und betroffen. Einzig Marusch schien nachzudenken, zumindest sah ihre angestrengt gerunzelte Stirn danach aus. Mit einem Mal sagte sie in die Stille hinein: «Wir müssen die beiden da rausholen, bevor sie examiniert werden. Und dazu gibt es nur eine Möglichkeit.»

«Und die wäre?» Aus Sonntags Blick sprach mehr als Zweifel.

«Pechmutz und seine Bande müssen widerrufen. Sie müssen zugeben, dass sie gelogen haben.»

Diego lachte laut auf. «Was für ein großartiger Einfall! Marschieren wir also alle zum Turmwächter und bitten ihn um eine Unterredung mit Pechmutz. Nichts einfacher als das.»

«Halt den Mund, du Klugschwätzer. Marthe-Marie, kommst du mit? Ich brauche deine Unterstützung.»

Marthe-Marie nickte beklommen. Dann wandte sich Marusch an die Wahrsagerin.

«Leihst du uns deine Kristallkugel?»

Salome zog ihren Kopf noch tiefer zwischen ihre buckligen Schultern. «Nicht meine Kugel!»

«Bitte! Das hier ist ein Notfall.»

Die Zwergin stand einen Augenblick stumm da, dann schlurfte sie zu ihrem Karren und kehrte mit einem kleinen Beutel zurück.

«Du weißt, was sie mir bedeutet.»

«Ich verspreche dir, ich hüte sie wie einen Schatz. Außer mir wird sie keiner berühren.»

Dann zog sie Marthe-Marie zum Requisitenwagen. «Wir brauchen Holzkohle und Branntwein. Und wir müssen uns umziehen, such dir ein Kleid mit möglichst tiefem Ausschnitt.»

Als sie wieder vom Wagen kletterten, stellte sich Diego ihnen in den Weg.

«Du sagst mir jetzt, was du vorhast, Marusch.»

«Lass mich in Ruhe.»

«Ihr wollt zum Turm, nicht wahr? Das ist Wahnsinn.»

«Hast du einen besseren Einfall?»

Statt einer Antwort sah er Marthe-Marie an und hielt sie am

Handgelenk fest. In seinen Augen stand die blanke Angst. Es war die Angst um einen geliebten Menschen. In diesem Augenblick begriff Marthe-Marie, wie unrecht sie Diego getan hatte, indem sie in ihm immer nur den Komödianten gesehen, ihm seine Gefühle niemals geglaubt hatte.

«Mach dir keine Sorgen», sagte sie leise. «Uns wird schon nichts geschehen.»

«Nichts geschehen?» Röte überzog sein Gesicht. «Wie Hübschlerinnen habt ihr euch aufgetakelt, und da sagst du, es wird nichts geschehen? Glaubt ihr, ich weiß nicht, wie ihr euch Zutritt im Turm verschaffen wollt? Wie ist der Herr Wächter doch zu beneiden – gleich zwei Frauen werden ihn beglücken.»

Wütend schüttelte Marthe-Marie seine Hand ab. Darum sorgte er sich also. Was für ein selbstgefälliger Gockel dieser Mann war!

«Gehen wir, bevor es zu dunkel wird», sagte sie zu Marusch. Hätte sie bis zu diesem Moment noch am liebsten das Hasenpanier ergriffen, so war sie jetzt fest entschlossen mitzumachen – was immer Marusch auch vorhatte.

Wenig später klopften sie an das Wächterhäuschen des Gänsturms. Eine Luke öffnete sich, hinter der ein unrasiertes Mondgesicht erschien. Sofort schob Marusch ihr aufreizend geschminktes Gesicht vor das Fenster und setzte ihr strahlendstes Lächeln auf.

«Einen wunderschönen Abend, guter Mann. Könnt Ihr uns vielleicht verraten, wo zwei durstige Jungfrauen hier um diese Zeit noch einen Krug Bier bekommen?»

Der Mann starrte sie mit großen Augen an und öffnete und schloss mehrmals den Mund. Dann klappte die Luke zu, und die Tür ging auf.

«Ein Krug Bier, jaja. Rasch herein mit euch. Braucht niemand zu sehen, welch hübschen Besuch ich da habe.»

In der niedrigen Stube stank es, als sei seit Jahren nicht mehr gelüftet worden. Durch ein schmutziges kleines Fenster drang nur so viel Licht herein, dass die wenigen Möbel, ein wackliger Holztisch mit Eckbank und ein ungemachtes Bett, gerade noch auszumachen waren. Jetzt erkannten sie, dass der Mann klein war, aber kräftig, stiernackig und mit wuchtigen Schultern. Bei einem Kampf würden sie es auch zu zweit kaum mit ihm aufnehmen können. Marthe-Marie kamen Maruschs Worte in den Sinn: Plane eine Unternehmung immer wohl voraus, aber denke sie niemals zu Ende.

«Von hier seid Ihr aber nicht?» Misstrauen lag plötzlich in seinem Blick.

«Wir kommen aus Blaubeuren.» Maruschs Gesicht verzog sich zu einem schuldbewussten Lächeln. «Um ehrlich zu sein, wir sind nicht zufällig hier, sondern wegen der kleinen Galgenstricke, die Euch gerade ins Netz gegangen sind. Wir sind die Muhmen von Wespe und Klette und würden den beiden gern ins Gewissen reden. Diese Schlampen haben nämlich auch zu Hause schon einiges auf dem Kerbholz, und vielleicht zeigt sich der Richter ja ein wenig gnädig, wenn sie aufrichtig bereuen und alles gestehen würden.»

«Ohne Erlaubnis des Rats darf ich niemanden zu den Gefangenen lassen.»

«Na, wenn es Euch verboten ist.» Marusch tätschelte den behaarten Unterarm des Wächters. «Aber es wird schon niemand erfahren, und Euer Schaden soll es nicht sein.»

Sie zog ihn neben sich auf die Bank und gab Marthe-Marie zu verstehen, sich an die andere Seite des Mannes zu setzen. Dann holte sie die Lederflasche mit Branntwein unter ihrem Rock hervor, entkorkte sie und hielt sie dem Wächter unter die Nase.

«Also wenn kein Bier da ist, müssen wir wohl unseren Reiseproviant anbrechen. Ein Schlückchen?»

Es war dem Wärter anzusehen, wie Misstrauen und Gier in

ihm kämpften. Schließlich griff er hastig nach der Flasche, nahm einen tiefen Schluck, wischte sich den Mund ab und schloss genießerisch die Augen. «Na ja, vielleicht sollten wir uns wirklich einmal über Eure sauberen Nichten unterhalten. Ich hoffe, Ihr habt es nicht allzu eilig. Vielleicht kann ich ja ein gutes Wort beim Rat für sie einlegen. Bei einsichtigem Verhalten …» Er grinste angestrengt und starrte dabei mit rotem Kopf auf Maruschs tiefen Ausschnitt.

«Genau so machen wir's. Das mit unseren beiden Lumpendirnen erledigen wir später. Geht es dort zur Turmstube hinauf?» Sie wies auf eine niedrige Tür neben dem Waschtisch.

Der Mann nickte und griff gierig nach der Flasche. Marthe-Marie sah sich unauffällig um. Neben dem Türchen hing zwar eine Lampe am Haken, ein Schlüsselbund war jedoch nirgends zu entdecken.

Dann folgte der Moment, den sie am meisten gefürchtet hatte. Er setzte die Flasche ab und küsste erst Marusch, dann näherte sich sein schwitzendes rotes Gesicht dem ihren. Als er seine Zunge fordernd zwischen ihre Lippen bohrte, hob sich ihr Magen, und in ihrer Kehle begann es zu würgen. Marusch zerrte ihn zurück.

«Immer langsam mit den jungen Pferden, lasst mich und meine Freundin doch auch erst mal ein Schlückchen trinken. Dann wird es umso lustiger mit uns dreien.»

Gehorsam reichte er Marthe-Marie den Branntwein, die die Flasche an ihre Lippen setzte, ohne zu trinken, wie Marusch ihr zuvor eingeschärft hatte. Allein der Geruch dieses Fusels machte sie schon benommen.

«Und jetzt, mein Goldschatz, sag uns erst mal, wie du heißt.» Maruschs Hand ruhte inzwischen auf seinem Knie.

«Sixtus», grunzte er.

«Auf dein Wohl, Sixtus!»

Marusch nahm scheinbar einen kräftigen Schluck, brachte es

sogar fertig, zu rülpsen und gab dem Wächter die Flasche zurück. Gebannt beobachtete Marthe-Marie, wie der Mann den Branntwein in die Kehle rinnen ließ, als sei es Wasser.

«So ist's recht», murmelte Marusch, und Marthe-Marie sah mit Entsetzen, wie die Hand ihrer Freundin seinen Oberschenkel hinaufglitt. Wie konnte sie nur so mit dem Feuer spielen.

Sixtus wischte sich mit dem Ärmel über den Mund und glotzte vor Erregung wie eine Kuh. Währenddessen strich Maruschs andere Hand an seinem Hinterteil entlang. Schlagartig begriff Marthe-Marie, dass sie nach dem Schlüsselbund suchte.

Der Branntwein zeigte inzwischen erstaunliche Wirkung. Sixtus grapschte erst Marusch, dann ihr zwei-, dreimal unbeholfen an den Busen, dann klappte sein Kinn gegen die Brust, und er kippte mit seinem ganzen Gewicht gegen Marthe-Marie. Sein erregtes Gemurmel ging in Schnarchen über.

Marthe-Marie nahm die leere Lederflasche aus seinem Schoß, erhob sich und bettete den Wächter vorsichtig der Länge nach auf die Bank.

«Du musst ihn nicht anfassen wie ein rohes Ei.» Marusch grinste. «So schnell steht dieses Spatzenhirn nicht wieder auf. Und jetzt schau mal, was ich hier hab.»

Triumphierend hob sie den Schlüsselbund in die Höhe.

«Dem Himmel sei Dank!» Marthe-Marie atmete hörbar aus und warf einen letzten Blick auf Sixtus. «Da war nicht nur Branntwein in der Flasche, oder?»

«Sagen wir: Ich habe ihn ein wenig angereichert mit Ambrosius' Hausmittelchen.» Sie nahm die Lampe vom Haken. «Hoffen wir, dass der zweite Teil des Schauspiels genauso glatt über die Bühne geht.»

Im schwachen Schein der Lampe kletterten sie die steile Stiege hinauf, bis sie vor einer schweren Eisentür standen. Marthe-Maries Herz klopfte so heftig, dass sie glaubte, das Echo von den Wänden hören zu können. Marusch drückte ihr ein Stück Holzkohle in die Hand, und sie schwärzten sich Gesicht und Hals.

«Lass mich reden», flüsterte Marusch. Dann öffnete sie das schwere Schloss.

Während sie eintraten, hielt sie die Lampe so, dass die Zelle erleuchtet wurde, ihre Gesichter jedoch nicht zu sehen waren. Die Gespräche der Kinder waren schon verstummt, als die Treppe geknarrt hatte. Sie kauerten auf dem nackten Steinboden, ihre Handgelenke mit Ketten an die Wand geschmiedet. Marthe-Marie hatte Niklas und Tilman kaum entdeckt, da stand Marusch auch schon bei ihnen. Wenn die beiden jetzt nur nichts Falsches sagten.

«Eure beiden Gesichter kenne ich ja gar nicht», sagte Marusch in drohendem Unterton, ohne jedoch ihre Stimme zu verstellen, und hielt die Lampe unter ihr geschwärztes, verzerrtes Gesicht. Es war grauslich anzusehen im flackernden Schein, einer teuflischen Fratze ähnlicher als dem einer Frau. Dann fuhr sie in dröhnendem Bass fort: «Sagt mir, wer ihr seid.»

Marthe-Marie schlug innerlich drei Kreuze vor Erleichterung, als Tilman hastig erwiderte: «Wir sind Gauklerkinder und haben mit dieser Bande nichts zu tun, ehrwürdige Gevatterin.»

«Halt's Maul», schrie Pechmutz von der gegenüberliegenden Seite. Doch seiner Stimme war anzuhören, dass von seiner Selbstsicherheit nicht mehr viel übrig war.

Und nun gab Marusch eine Vorstellung, die jedem englischen Mimen zur Ehre gereicht hätte. Sie stellte die Lampe zu Boden, breitete ein schwarzes Tuch daneben aus und legte auf dessen Mitte Salomes Kristall, der das spärliche Licht auf wundersame Weise in den Raum zurückwarf. Wände und Decke schimmerten in regenbogenfarbenen Facetten, die bei jedem Windhauch, der die Lampe traf, zu tanzen begannen. Die Kinder erstarrten. In ihren bleichen Gesichtern las Marthe-Marie furchtsame Anspannung, und auch sie selbst konnte sich kaum des Gefühls erwehren, hier in diesem schmutzigen Turmverlies die Schwelle zu einer jenseitigen Welt überschritten zu haben. Huschte dort hinten, in der Ecke, nicht ein Schatten? Sicher nur eine Ratte, versuchte sie sich zu beruhigen. Sie zuckte zusammen, als Marusch in die Stille hinein fremdartige Worte sprach, mit tiefer Stimme, der dieser kahle dunkle Raum einen unwirklichen Hall verlieh.

«Oman Sloman Brax, Enter Mensis Fax.» Sie hob die Arme und beugte sich über die Kristallkugel. «Jetzt lasst euch sagen, warum meine Famula und ich gekommen sind. Diese Kristallkugel hat mich wissen lassen, dass hier, in dieser Stadt, Unrecht geschehen soll. Dass der Bürgermeister, der über euch Gericht halten wird, von dem Gedanken getrieben ist, mit euch ein Exempel zu statuieren. Dass er eure Vergehen, ungeachtet eures jungen Alters, mit den schlimmsten Strafen vergelten will, die unser Land kennt: Ihr Knaben werdet aufs Rad geflochten und geviertelt, bis euch die Därme aus dem Leib quellen, und ihr, Wespe und Klette, in den Sack gebunden und geschwemmt, bis euch die Lunge platzt und ihr in der Donau ersauft.»

Sie hörten ein unterdrücktes Schluchzen, erst aus der einen, dann aus einer anderen Richtung.

«Qualvoll sollt ihr sterben, unter höllischen Schmerzen und Ängsten. So will es die Obrigkeit dieser Stadt.»

Das Schluchzen wurde lauter.

«Und doch gibt es eine Möglichkeit zur Rettung. Eine einzige nur.» Sie machte eine Pause. «Ihr bekennt bei der Befragung nichts als die Wahrheit. Mein allmächtiger Meister wird bei euch sein, heimlich und unsichtbar, bei jedem Einzelnen von euch. Und er wird die Schöffen lenken wie der Puppenspieler seine Marionetten, und er wird aus ihrem Munde Recht sprechen. Sagt ihr die reine Wahrheit, wird er euch begnadigen. Weh aber dem, der lügt, wehe dem, der falsche Namen nennt.» Sie hob die Lampe und leuchtete Pechmutz ins Gesicht. «Derjenige wird auf Erden höllische Qualen erleiden, die sich im Fegefeuer in alle Ewigkeit fortsetzen. Habt ihr das verstanden?»

Die meisten nickten stumm, mit angstvoll aufgerissenen Augen. Eines der Mädchen flüsterte: «Seid Ihr Zauberinnen?»

«Mummenschanz! Sie lügt», zischte Pechmutz.

«Jetzt halt du dein Maul!» Der Junge neben ihm versetzte ihm einen heftigen Tritt.

«Zauberin, Hexe – Namen haben in meiner Welt keine Bedeutung. Und nun geht in euch.»

Sie murmelte eine weitere Beschwörungsformel, während sie Kristall und Tuch einpackte, dann schritt sie ohne ein weiteres Wort zur Tür. Marthe-Marie folgte ihr mit zitternden Knien. Das Wort ‹Hexe› hallte in ihren Ohren.

«Heilige Mutter Maria», flüsterte sie, als sie draußen auf der Stiege standen. «Wie konntest du solche Dinge sagen.»

«Die Mutter Gottes wird mir schon verzeihen. Nimm einfach alles, was wir getan haben, als ein Theaterstück. Es war übrigens Tilman, der als Erster geschluchzt hat. Ein waschechter Schauspieler.» Sie konnte ein stolzes Lächeln nicht unterdrücken.

Wenige Minuten später standen sie draußen an einem Brunnen und wuschen sich den Ruß aus dem Gesicht. Die Nacht war bereits angebrochen.

«Wenn uns der Wärter verpfeift?» Marthe-Marie rieb sich Gesicht und Hals trocken, bis die Haut brannte. Sie waren höchstens eine Stunde im Gänsturm gewesen, ihr aber kam es vor, als seien sie den ganzen Tag über fort gewesen. Jetzt erst bemerkte sie, wie erschöpft ihre Freundin aussah.

«Er wird sich hüten, der Schwachkopf. Dann müsste er ja zugeben, dass er gegen sämtliche Vorschriften verstoßen hat.»

«Und wenn wir ihm hier irgendwo begegnen und er uns erkennt?»

«Donnerst du dich normalerweise so als Hure auf? Na also. Außerdem müssen wir ohnehin aus der Stadt verschwinden. Wieder einmal», fügte sie bitter hinzu.

Marthe-Marie lehnte sich an den Brunnenrand. Plötzlich stieg ein furchtbarer Gedanke in ihr auf: Was, wenn Pechmutz brühwarm erzählte, dass zwei Hexen bei ihnen im Turm gewesen seien? Und wenn herauskäme, dass es sich dabei um sie beide handelte?

Marusch schien ihre Gedanken zu erraten. «Es war nicht ungefährlich, was wir getan haben. Umso mehr möchte ich dir für deinen Mut danken.» Sie sah zu Boden. «Vielleicht hätte ich dich gar nicht mit hineinziehen dürfen. Ich weiß sehr wohl, dass es böse ausgehen kann.»

Marthe-Marie zuckte die Achseln. «Auf jeden Fall warst du großartig. Du hast den Kindern einen heillosen Schrecken eingejagt. Fast tun sie mir Leid: Wenn sie jetzt tatsächlich die Wahrheit sagen und alles bekennen, was sie jemals verbockt haben, werden sie dann Gnade finden?»

«Das ist tatsächlich ihre einzige Rettung. Sie sind ja auf frischer Tat erwischt worden. Man würde erkennen, dass sie bereuen, und sie nach einem Tag am Pranger aus der Stadt jagen. Glaub mir.»

«Dann denkst du also, dass unsere Buben freikommen?»

Marusch zuckte die Schultern. «Es gibt zwei Möglichkeiten: Entweder sagen diese Spitzbuben endlich die Wahrheit und entlasten damit Tilman und Niklas, oder sie lügen weiter und landen allesamt am Galgen. Über die dritte Möglichkeit möchte ich lieber nicht nachdenken.»

«Welche dritte?»

«Dass Tilman und Niklas tatsächlich dabei waren, als sie den Opferstock aufgebrochen haben.»

In der Herberge saßen die anderen bereits in der Schankstube. Agnes und Clara warfen sich voller Freude ihren Müttern in die Arme, Leonhard Sonntag erhob sich.

«Wo wart ihr? Und wie seht ihr überhaupt aus?» In seinem vorwurfsvollen Ton schwang aufrichtige Sorge mit.

«Morgen», sagte Marusch nur. «Morgen erzählen wir euch alles. Ich gehe schlafen.»

«Ich komme mit», sagte Marthe-Marie. Als Diego ihr folgen wollte, hob sie abwehrend die Hand, schüttelte den Kopf und ließ ihn stehen. Sie hatte nur noch einen Wunsch: sich auf ihrem Strohsack auszustrecken, die Decke über den Kopf zu ziehen und nichts mehr hören und sehen zu müssen.

In dieser Nacht hatte sie einen seltsamen Traum. Sie thronte auf einem mannshohen, hölzernen Podest. Einer Fürstin gleich trug sie ein prächtiges Gewand; es war ein grünes Brokatkleid mit Reifrock, Mühlsteinkrause und Schleppe. Unter ihr, auf einer ovalen Sandbahn, kämpften wie in längst vergangenen Zeiten Diego und Jonas gegeneinander, mit Lanzen und auf schweren Streitrössern, jedoch ohne den Schutz einer Rüstung.

Zu ihrer Linken stand Raimund Mangolt, ihr Ziehvater, und legte ihr die Hand auf die Schulter. «Nimm denjenigen zum Mann, der diesen Kampf gewinnt. Du brauchst einen Beschützer.»

Da trat ihre Mutter neben sie. Sie sah jung und betörend aus in dem Kleid aus hellem, leichtem Taft und dem kunstvoll hochgesteckten, mit Perlen besetzten Haar.

«So reden Männer.» Catharina lächelte halb spöttisch, halb liebevoll. «Beende diesen unnötigen Kampf und lass dein Herz entscheiden.»

«Aber ich weiß nicht – wen soll ich –»

Ihre Mutter schüttelte lächelnd den Kopf. «Du hast dich längst entschieden, doch Trotz hat dich blind gemacht. Glaube mir, glaub mir bitte: Du kannst weder meinen Tod vergelten, noch darfst du dich schuldig fühlen. Was geschehen ist, ist geschehen. Du sollst leben und glücklich sein.»

Marthe-Marie sah zu Jonas. Für einen kurzen Augenblick verschmolzen ihre Blicke, voller Zuneigung und Wärme, dann durchbohrte Diegos Lanze Jonas' Brust. Stumm, mit ungläubigem Blick, glitt er vom Pferd, mit ihm Diego, der auf gleiche Weise von Jonas Waffe getroffen war. All das geschah vollkommen lautlos: Beide Männer lagen im Sand, aus ihrer Brust schoss in kräftigem Schwall purpurrotes Blut, das rasch zu einem Strom anstieg, in dem beide versanken. Immer höher stieg die dampfend heiße Flut, reichte bald bis an den Rand des Podests; da sah sie erst einen Arm, dann ein Gesicht aus den Fluten ragen: Es war die verzerrte Fratze eines jungen Mannes mit rot entzündeten Augen und einer wulstigen Narbe quer über der Oberlippe. In diesem Moment erwachte sie von ihrem eigenen gellenden Schrei.

⮞ 32 ⮜

Die Reise nach Ravensburg war erfolgreich gewesen. Mit Mürlin war er sich schnell einig geworden; ein Handschlag hatte genügt, und seine Anstellung war unter Dach und Fach. Und damit auch seine Zukunft. Spätestens im August würde er nach Ravensburg ziehen, um dort nach den Sommerferien als Schulmeister zu beginnen.

Mürlin hatte versprochen, ihm bei der Suche nach einer Unterkunft behilflich zu sein, ebenso bei den zahlreichen Formalitäten, die die Niederlassung in einer neuen Stadt mit sich brachten. Das Dekanat würde ihm ein geringes Grundgehalt zahlen, darüber hinaus musste er sich selbst darum kümmern, jedes Vierteljahr bei seinen Zöglingen die fünf Schillinge Schulgeld einzutreiben. Mürlin hatte ihn gewarnt: Das sei oft schwieriger, als einen Esel vom Futtertrog wegzulocken. Doch Jonas schreckte das nicht. Er hatte ein gutes Gefühl mit seinem Mentor und künftigen Kollegen, allein das zählte. Außerdem hatte ihm die geschäftige Handelsstadt am Fuße der Ravensburg auf Anhieb zugesagt. Sie war um einiges kleiner als Ulm, hatte sich aber dank des Fleißes ihrer Handwerker und der Erfolge der Großen Ravensburger Handelsgesellschaft zu einer der führenden Fernhandelsstädte im Bodenseeraum entwickelt. Leinwand aus Oberschwaben wurde in ganz Europa abgesetzt, Handel bis nach Italien, Spanien, Frankreich, Holland, Polen und Ungarn getrieben. Auch in der Papierherstellung, Lederverarbeitung und im Weinbau hatte sich die Stadt einen Namen gemacht. Überdies gefiel ihm, dass Ravensburg sich für konfessionelle Parität entschieden hatte und damit zu den insgesamt nur vier Städten im Reich gehörte, in denen Katholiken und Protestanten gleichermaßen an der städtischen Politik beteiligt waren.

Gerade noch rechtzeitig vor Torschluss erreichte er nun wieder Ulm. Für einen Junitag war es ungewöhnlich heiß, ja schwül gewesen, er fühlte sich müde und erschöpft. Die Rückreise hatte länger gedauert als gedacht, vielleicht wegen der Hitze, die seinem Pferd am Ende doch sehr zugesetzt hatte. Einmal hatte es gelahmt, weil es sich einen Stein in den Huf getreten hatte, dann wieder musste er es zum Tränken führen. Drei- oder viermal war er von aufdringlichen Bettlern aufgehalten worden, von abgerissenen, zerlumpten Gestalten, die, wie ihm schien, täglich zahlreicher wurden, selbst in den Gassen einer so wohlhabenden Stadt wie Ravensburg.

Auch fahrendem Volk war er hin und wieder begegnet, und jedes Mal war es ihm wie ein Dolchstoß in den Magen gefahren. Leonhard Sonntags Compagnie hatte er nicht getroffen. Stattdessen zogen kleine Trupps Gaukler oder Hausierer die staubigen Straßen entlang, armselige Haufen mit schäbigen Karren, die nichts gemein hatten mit dem Stolz und dem Glanz der Sonntag'schen Truppe. Natürlich hätte er bei ihnen Erkundigungen einholen können, denn die Landfahrer wussten meist verblüffend gut Bescheid, wo sich welche Gaukler und Spielleute gerade aufhielten – doch er zwang sich, nicht über Marthe-Maries Schicksal nachzudenken.

Als er jetzt seinen Wallach in den Mietstall am Donauufer führte, befielen ihn schlagartig rasende Kopfschmerzen. Er musste schleunigst zu Bett und sich erholen. Aber zuvor wollte er noch bei Conrad vorbei, um ihm von dem Ergebnis seiner Reise zu berichten.

Auf kürzestem Weg eilte er Richtung Metzgerturm, der schiefer denn je in den Abendhimmel ragte. Die Beine wurden ihm schwer wie Blei, und er spürte kalten Schweiß auf seine Stirn treten. Still lag das Haus seines Freundes in der einbrechenden Dunkelheit, nichts rührte sich, als er mit dem eisernen Ring im Maul des Löwen gegen das Tor klopfte. Vom Marktplatz her drang Stimmengewirr, lautes Lachen und Rufen, dazwischen Schalmeien- und Flötentöne wie von Musikanten, von Gauklern oder Komödianten. Ihm schwindelte heftiger. Wie eine Bleidecke hing der Himmel über der Stadt. Ein kühler Most würde ihm sicher gut tun.

Er bog in eine Seitenstraße ein, die zum Fischerviertel führte, in der stillen Hoffnung, Conrad in einer der Schenken zu finden. Als er das Schiefe Haus erreichte, das sich wie ein Betrunkener über die Blau beugte, tauchte ein mächtiger Blitz die Dächer in grelles Licht; gleich darauf ließ ihn ein ohrenbetäubender Donnerschlag zusammenzucken. Im nächsten Moment schon brach der Himmel auseinander und ergoss seine Fluten über die düsteren Gassen. Nass bis auf die Haut betrat Jonas die Fischerstube, in der er manchen Abend mit Conrad verbracht hatte. Der Schankraum war brechend voll, und noch immer strömten Gäste herein, die vor dem Unwetter draußen Schutz suchten. Nein, Kilgus sei nicht hier, gab der Wirt Auskunft. Er solle es doch drüben im «Blauen Hecht» versuchen.

Jonas zitterte am ganzen Körper, als er hinaus in den strömenden Regen trat und sich im Schutz der Dachtraufen an den Häu-

340

serwänden entlangdrückte. Da entdeckte er vor dem Zunfthaus
der Schiffsleute eine Gestalt. Für einen Sekundenbruchteil nur, im
grellen Licht eines Blitzes, sah er das Gesicht, dann war Diego verschwunden. Jonas wollte ihn rufen, doch seiner Kehle entrang sich
nur ein Krächzen. Er lief los, mitten durch die tiefen Pfützen und
Rinnsale, die sich auf dem Buckelpflaster gebildet hatten, durch
die ewig verwinkelten Gassen und Durchgänge dieses Viertels an
der Blaumündung, über zahllose Brücken und Stege, bis er selbst
nicht mehr wusste, wo er sich befand. Eine eiserne Klammer legte
sich um seine Brust, und er blieb stehen, um Luft zu holen. Der
Regen troff ihm von der Hutkrempe, in seinen Schuhen stand das
Wasser. «Diego», rief er nochmal, und dann, eher fragend und mit
tonloser Stimme: «Marthe-Marie?»

Doch außer ihm war keine Menschenseele mehr unterwegs. Um
ihn herum eine Wand aus Wasser, eine nasse, brüllende Schwärze,
die nur hin und wieder von zuckenden Blitzen zerrissen wurde. Er
musste nach Hause, ins Trockene, diese zentnerschweren Schuhe
und Kleider loswerden. Schwankend machte er sich auf den Weg,
musste immer wieder innehalten, sich an eine Hauswand lehnen.
Suchte sich, um nicht völlig die Orientierung zu verlieren, einen
Weg entlang der Stadtmauer und konnte es selbst kaum glauben,
als er endlich vor Kargerers Anwesen stand. Im oberen Stock sah er
den warmen Schein einer Lampe. Nie zuvor hatte das Haus seines
ehemaligen Dienstherrn etwas so Tröstliches ausgestrahlt.

Mit letzter Kraft schlug er gegen die Tür, als er den Blick in seinem Nacken spürte wie eine Berührung. Er fuhr herum. Eine hagere Gestalt, schemenhaft nur erkennbar, doch deutlich schmächtiger als Diego, stand wenige Schritte vor ihm im tosenden Regen.
Ohne das Gesicht des anderen wirklich sehen zu können, spürte Jonas wieder diesen Blick. Eiskalter Schrecken packte ihn, als
der andere langsam zurückwich, sich umwandte und mit kurzen,
hinkenden Schritten in der Dunkelheit verschwand. Das konnte

nicht sein! Marthe-Maries Verfolger, ihr Widersacher, dieser Teufel – er war doch tot, vor seinen Augen in den Fluten der Kinzig ertrunken!

In diesem Moment öffnete Kargerers Dienstmagd die Tür. Sie stieß einen spitzen Schrei aus.

«Um Himmels willen, der Herr Jonas! Kommt schnell herein! Ihr seht aus, als wäret Ihr durch die Donau geschwommen. Und Ihr glüht ja! Ihr müsst sofort zu Bett. Wartet, ich helfe Euch hinauf.»

Unwirsch lehnte Jonas den dargebotenen Arm ab. Er kam noch bis zur Schwelle seiner Kammer, dann stürzte er und versank in einem Strudel aus Schwärze und grellem Licht.

Fünf Tage lag Jonas zwischen Wachen und Schlafen, sein Körper kämpfte schweißüberströmt gegen das heftige Sommerfieber, bis er am Morgen des sechsten Tages endlich mit klarem Verstand erwachte. Seine Glieder waren zwar noch matt, wie nach einem anstrengenden Fußmarsch, doch er fühlte, wie das Leben in ihn zurückkehrte. Nach einer kräftigen heißen Fleischbrühe wagte er aufzustehen.

«Waren in der letzten Zeit Gaukler in Ulm?», fragte er die Dienstmagd.

«Ja, Komödianten und Artisten. Leider hat unser Herr mir nicht freigeben wollen.»

Also war Diego kein Hirngespinst gewesen! Augenblicklich begann sein Herz schneller zu schlagen. Er musste Marthe-Marie wieder sehen, jetzt sofort. Als er sich in aller Hast ankleidete, fiel ihm die Begegnung mit dem hinkenden Fremden ein – war auch das Wirklichkeit gewesen oder ein Fiebertraum?

Als er den Münsterplatz erreichte, waren weder Wagen noch Gaukler zu sehen. Er fragte einen Knaben, der mit einem Korb voller Brezeln unter dem Arm an ihm vorbeilief.

«Ach, die sind längst weitergezogen. Es hat wohl Ärger gegeben, einige von ihnen sollen geklaut haben wie die Raben. Schade eigentlich, ihr Schauspiel von Romeo und Julia hätte ich gern gesehen.»

⋙ 33 ⋘

Nun habe ich es geschafft! Ich habe das Höchste erreicht, was ein Vertreter meines Standes überhaupt erreichen kann: Nicht länger Werkzeug bin ich, sondern Richter über Leben und Tod. Noch heißt man mich Jungmeister, grüß Gott, der Herr Jungmeister Wulfhart, doch bald werde ich mich Meister nennen können, Meister Wulfhart von Biberach. Denn es ist nur eine Frage der Zeit, bis der Alte von seiner schweren Gicht zum Krüppel gemacht wird – mag er sich selbst noch so häufig die Haut unserer Delinquenten als Arznei verabreichen! Und Söhne, denen Meister Stoffel sein Amt vererben könnte, haben er und sein hässliches Weib nicht zustande gebracht.

Ihr wäret so stolz auf mich, Meister Siferlin! Die Biberacher Scharfrichter sind im ganzen Land berühmt und gefürchtet. Und nicht den Befehlen der Gerichtsherren folgen wir oder lassen uns gar, wie im nahen Ulm, von hergelaufenen Bütteln und minderwertigen Beamten auf die Finger klopfen, nur weil den Ratsadvokaten oder den Gutachten der Juristen mehr Gewicht beigemessen wird als den Aussagen, die wir den Delinquenten entlocken. Wir Biberacher Scharfrichter werden nicht umsonst so häufig um Rat gebeten und nach weithin berufen, um einen ins Stocken geratenen Prozess wieder in Gang zu bringen: In die Fürstpropstei Ellwangen, in die Hochstifte Augsburg und Freising, in die fürstbischöfliche Residenzstadt Dillingen und in die Prämonstratenserabtei Obermarchtal – wohin hat man mich nicht schon berufen.

O ja, vor allem die geistlichen Herren nehmen unsere Kunst gern in Anspruch. Die wissen, dass wir mit Hexen umgehen können. Die haben erkannt, dass die Prozesse mit uns die richtige Richtung nehmen. Aber auch andernorts hat man immer weniger Vertrauen in die Arbeit der eigenen Henker, alle holen sie jetzt uns. Es ist eine Kunst, die Tortur, eine hohe Kunst. Da muss ich vor Meister Stoffel den Hut ziehen, selbst ich habe bei ihm dazugelernt! Und mit unserer Kunst führen wir die Beklagten in beinahe allen Verfahren zum Geständnis, damit das Hochgericht vollzogen werden kann.

Ja, wir sind wahre Meister in der Kunst zu martern, ohne zu töten. Wir kennen den menschlichen Körper und dessen Regungen und Reflexe besser als jeder städtische Wundarzt, genauer als jeder studierte Medicus. Hat nicht sogar der berühmte Paracelsus bei uns Scharfrichtern gelernt?

Glaubt mir, Meister Siferlin: Diese Macht, diese Herrschaft über Leben und Tod lässt mich gerne darüber hinwegsehen, dass unser Beruf in den Augen der Leute zu den unehrlichsten unter den unehrlichen zählt. Was kümmert's mich, dass sie mich nicht lieben, solange sie mich fürchten? Und nicht zuletzt lebe ich seit meiner Berufung nach Biberach wie ein Herr. Nicht länger muss ich mit dem lächerlichen Präsenzgeld von einem oder zwei Gulden am Tag auskommen, nein, wir Biberacher lassen uns unseren Erfolg teuer bezahlen: Zwei Gulden für die Untersuchung auf das Hexenmal, acht Gulden für jede durchgeführte Hinrichtung. Ein edles Kutschpferd samt Einspänner habe ich inzwischen im Stall, ich gehe in Samt und Seide und lasse mir erlesene Speisen, Getränke und Spezereien ins Haus liefern.

Aber das ist alles unwichtig. Wichtig ist das andere: Ich bin der Hexentochter und ihrem Balg wieder auf der Spur.

Es ist so deutlich, es ist alles Gottes Fügung: Ich durfte dieses Amt in Biberach antreten, und nun bin ich ganz in der Nähe von Benedikt Hofer, dem Buhlen der Hexe, dem Vater ihrer Tochter. Und ich habe Recht behalten damit, dass die Mangoltin ihren Weg in dessen

Richtung einschlagen würde, nun weiß ich's, seit dieser Bande junger Diebe in Ulm. – Leider kam meine Kunst nicht zum Zuge, da sie ihre Untaten ohne peinliche Befragung gestanden, und das Aufknüpfen des Anführers überließ ich meinem Knecht. Aber wer fand sich da nicht unter den Spitzbuben: Zwei Burschen aus der Gauklertruppe! So fügt sich nun alles aufs Beste.

Ja, Hexentochter, warte nur. In Ulm bist du mir noch entwischt, musste ich doch gleich weiter nach Garmisch, und euch hat man aus der Stadt gejagt. Doch jetzt bin ich dir auf den Fersen. Ich muss nur meine Fühler ausstrecken, dann habe ich dich. Längst klebst du in meinem Netz und weißt es nicht einmal.

Es gefällt mir, dich in meiner Nähe zu wissen. Jetzt habe ich keine Eile mehr, o nein. Ich will dich noch ein wenig zappeln lassen, mich an dem Kommenden berauschen, meinen Plan bis in die kleinsten Einzelheiten ausspinnen. Ist nicht Vorfreude die schönste Freude? Und dann, wenn du es am wenigstens erwartest, schnappe ich zu.

Niemals wirst du deinen leiblichen Vater zu Gesicht bekommen, so wenig wie deine Tochter ihren Großvater. Nie wieder wirst du dich von geilen Hurenböcken besteigen lassen, denn Meister Wulfhart von Biberach wird der letzte Mann sein, dessen Schrei der Wollust in deinen Ohren gellt.

❧ 34 ❧

Dich trifft keine Schuld!» Behutsam nahm Marthe-Marie ihrer Freundin die Zügel aus der Hand. «Vielleicht solltest du nach Tilman und den beiden Mädchen sehen.»

Marusch nickte. Ihr Gesicht war aschfahl. Sie warf einen letzten Blick hinüber zu dem Menschenauflauf am Hügel, dann sprang sie vom Kutschbock. Kein Fleckchen Gras, kein Strauchwerk mehr war vom Galgenberg zu sehen. Es herrschte ein solches Gedränge, als habe der Kaiser persönlich sein Erscheinen angekündigt. Vor allem Frauen und junge Burschen waren unter den Gaffern: Sämtliche Meister der Stadt schienen ihren Lehrbuben freigegeben zu haben, damit sie dieses Exempel von Gerechtigkeit und Strafe miterleben konnten.

Marthe-Marie zwang ihren Blick nach vorne. Sie hatte genug gesehen. Über den Köpfen der Menschenmenge hinweg, oben auf der Kuppe, war der strohblonde Haarschopf unter dem Balken des Doppelgalgens deutlich zu erkennen gewesen. Hätten sie vorher gewusst, dass ihr Weg nach Süden sie geradewegs an der Richtstätte vorbeiführte – jeden noch so weiten Umweg hätten sie in Kauf genommen.

Endlich lag der Galgenberg hinter ihnen. Das Grölen und Rätschengetöse wurde leiser, bis es endlich verstummte. Als die Klosterkirche von Wiblingen in Sicht kam, wandte sich die Landstraße nach Laupheim von der Donau ab und schlängelte sich durch die sanfte Hügellandschaft. Marusch kehrte zu ihrem Wagen zurück.

«Wie geht es ihnen?», fragte Marthe-Marie.

Marusch Stimme klang heiser, ganz offensichtlich hatte sie geweint.

«Tilman spricht immer noch kein Wort. Ich weiß, dass er mir Vorwürfe macht wegen Pechmutzens Verurteilung.»

«Denk so etwas nicht, Marusch. Was er und Niklas erlebt haben, ist nicht so leicht zu verwinden: Vier Tage in diesem dunklen Loch an die Wand gekettet und dabei immer die Angst vor der Verurteilung im Nacken. Außerdem weiß Tilman genau: Ohne dich wären sie niemals freigekommen.»

Sie musste daran denken, was Diego ihr gesagt hatte: Diesem Pechmutz bräuchten sie nicht allzu viele Tränen nachzuweinen, weil er ohnehin früher oder später am Galgen gelandet wäre. Sie räusperte sich: «Und wie geht es den Mädchen?»

346

«Besser. Die Kräutersalbe von Ambrosius scheint zu wirken. Ich glaube, sie sind erleichtert, dass alles vorüber ist. Und dass sie so glimpflich davongekommen sind. Klette kümmert sich übrigens rührend um Tilman, es scheint wirklich mehr als Freundschaft zu sein.»

Tatsächlich waren die Richter Klette und Wespe gegenüber vergleichsweise gnädig gestimmt gewesen. Man hatte sie mit einem Lasterstein durch die Gassen getrieben, vor dem Rathaus mit sieben Rutenschlägen ausgestrichen und anschließend der Stadt verwiesen. Niklas hatte beim Prinzipal bewirken können, dass die Mädchen, vorerst zumindest, bei ihnen bleiben durften. Dabei war endlich herausgekommen, warum er und Tilman sich dieser Bande angeschlossen hatten: Tilman war bis über beide Ohren in Klette verliebt. Verdenken konnte man ihm diese erste Liebe kaum, so hübsch und aufgeweckt war das Mädchen mit seinen feuerroten Locken und den lustigen Grübchen in den Wangen.

Die Jungen aus Pechmutzens Bande waren weit härter bestraft worden. Auch sie hatte man zwar begnadigt, doch erhielten sie zwölf so heftige Rutenschläge, dass sie sich kaum noch auf den Beinen halten konnten. Dann wurden sie, an Händen und Hals aneinander gefesselt, zum Richtplatz geschleift. Dort sollten sie, zur Abschreckung vor weiteren Diebestaten, erst der Hinrichtung ihres Anführers zusehen, dann auf der Stirn gebrandmarkt und ebenfalls der Stadt verwiesen werden.

Marthe-Marie dachte über die Dummheit der Obrigkeit nach: Als Gebrandmarkte würden sie niemals mehr ehrliche Arbeit finden, und so lief auch ihr Schicksal unausweichlich auf Raub und Diebstahl und damit auf den Galgen zu.

Am Abend erreichten sie Laupheim, ein schmuckes, wohlhabendes Dorf mit Pfarrkirche und Veste. Die Sonnwendfeier stand unmittelbar bevor, und so machten sie hier für zwei Tage Station, um auf dem Dorfanger mit Possen, Akrobatik und Musik ein paar Schillinge zu verdienen. Marthe-Marie fiel auf, dass sie weniger Beifall ernteten als gewohnt. Dass der einstige Glanz von Leonhard Sonntags Compagnie zunehmend verblasste, wurde immer deutlicher spürbar – Wagen und Bühnenaufbauten waren mittlerweile schäbig und angeschlagen, die Requisiten abgegriffen, ihre Kostüme mehrfach geflickt. Um die Zuschauer richtig zu begeistern, sie in die schillernde Welt von Traum und Zauber zu entführen, hätte es anderer Mittel bedurft. Doch die Kasse war leer.

Dafür erwachte Tilman endlich aus seiner Erstarrung. Als auf dem Höhepunkt des Festes unter Peitschengeknall das Johannisfeuer entzündet wurde, nahm Klette seine Hand und sprang als Zeichen ihrer Verbundenheit mit ihm über das Feuer. Die übrigen Burschen und jungen Mädchen taten es ihnen nach, um anschließend den Tanz zu eröffnen. Ohne den Blick voneinander zu lassen, tanzten Tilman und Klette miteinander, bis sie sich verschwitzt und glücklich ins Gras fallen ließen. Marthe-Marie fragte sich, ob Tilman seinem neuen Schatz die Wahrheit über die vermeintlichen Zauberinnen im Turm erzählt hatte. Obwohl sie dem Mädchen vertraute, war ihr unwohl bei diesem Gedanken.

«Wie die Turteltauben», hörte sie den Prinzipal zu Marusch sagen. «Er ist noch viel zu jung für so etwas.»

«Sag bloß, du hast die Liebe erst mit mir entdeckt!»

Ein Anflug von Zärtlichkeit erschien auf seinem bärbeißigen Gesicht. «Das solltest du eigentlich wissen.»

Bevor sie weiterzogen, wurde über Klette und Wespe beraten. Quirin war vehement dagegen, die Mädchen aufzunehmen.

«Zwei unnütze Esser mehr», schimpfte er. »Wir werden selbst kaum satt. Zumindest seit sich Antonia als Köchin versucht.»

Antonia streckte ihm respektlos die Zunge heraus, und Lisbeth und Agnes kicherten.

Von Niklas' Mutter erhielt Quirin unerwartet Unterstützung.

«Ich weiß nicht. Die beiden mögen ja einen guten Kern haben, aber sie sind im Findelhaus aufgewachsen und leben seit Jahren auf der Straße. Was, wenn sie wieder auf Diebestour gehen und unsere Kinder mit hineinziehen?»

Klette meldete sich zu Wort. «Darf ich etwas vorschlagen?»

Sonntag nickte.

«Lasst uns eine Weile mitziehen, damit wir unseren guten Willen beweisen können. Wir werden euch zur Hand gehen, wo wir nur können, und keine Dummheiten mehr machen. Das versprechen wir. Und wenn ihr mit uns nicht zufrieden seid, verschwinden wir einfach.»

«Und zwar mit unserer Kasse», knurrte Quirin, «das hatten wir bereits einmal.»

Diego sah ihn verächtlich an. «Die ist leer, du Schafskopf.»

«Gut, gut», Sonntag räusperte sich, «da ich als Prinzipal ohnehin die Verantwortung trage, beschließe ich, dass ihr vorerst bleiben dürft. Wespe geht Antonia zur Hand und Klette versorgt die Tiere.»

Severin hob die Hand. «Klette reitet wie der Teufel und ist dabei leicht wie eine Feder. Wir könnten sie beim Kunstreiten brauchen.»

Sonntag nickte. «Probiert es aus. Aber damit das klar ist: Wenn irgendetwas vorfällt, jage ich euch zwei eigenhändig aus unserem Tross, und wenn es mitten im Wald ist. Dann könnt ihr sehen, wie ihr ohne Schutz und Beistand durch den Winter kommt.»

Marthe-Marie sah zu Marusch und musste grinsen. Sie machte jede Wette, dass Sonntags Entscheidung auf deren Mist gewachsen war.

Dem heißen Juni folgte ein Hochsommer, in dem es Tag für Tag in Strömen regnete. Der Himmel schien sich für immer in schmutziges Grau verwandelt zu haben, in den Wäldern wimmelte es von

Feuersalamandern, die aus ihren Verstecken krochen, und auf den Äckern verfaulte die Feldfrucht im Matsch, bevor sie überhaupt ausreifen konnte. Jedes Kind wusste, was das zu bedeuten hatte: eine miserable Ernte, die große Teuerung und Not nach sich ziehen würde. Zerstreuung und Kurzweil wären dann zwar wichtiger denn je, doch bezahlen würde keiner dafür. Bald traten die Bäche und Flüsse über die Ufer, die Nebenstraßen und Feldwege wurden unpassierbar, sodass Sonntag und seine Leute auf die Fernstraßen ausweichen und teure Maut entrichten mussten.

Sie kamen auf keinen grünen Zweig mehr in diesem Sommer. Obwohl sie jede noch so geringe Gelegenheit nutzten, um mit albernen Possen ein paar Pfennige einzutreiben, blieben sie oft tage- und wochenlang ohne einen einzigen Auftritt. Sie steuerten jedes Dorf, jeden Marktflecken an, um nur doch meist wieder fortgeschickt zu werden. Entweder weil bereits andere Komödianten und Musikanten am Ort waren oder, was nun weit häufiger vorkam, weil Fremde und Fahrende grundsätzlich nicht geduldet waren. So irrten sie kreuz und quer durch die Lande zwischen Donau und Iller, wie eine Rotte Wildschweine, die vor Hunger die Orientierung verloren hat. Längst war der Prinzipal es leid, um Konzessionen zu ersuchen. Gelangten sie in eine Stadt, drückten sie sich ohne Pferd und Wagen am Torwächter vorbei und zeigten auf dem Marktplatz oder Kirchplatz ihre Darbietungen, bis man sie verjagte. Mitunter geschah das in Blitzesschnelle.

Auch der Herbst setzte wieder viel zu früh ein. Zu dem Regen kam die Kälte. Alle wurden sie inzwischen von Schnupfen oder Katarrh gequält. Und immer häufiger von Hunger. Um abends überhaupt etwas im Kessel zu haben, sammelten sie unterwegs Nüsse, Kastanien und Bucheckern auf oder stahlen in einsamen Gegenden verrottete Rüben und Kohlstrünke von den Feldern. Schnecken und Pilze ersetzten das fehlende Fleisch. Die Kinder erbettelten in den Dörfern altes Brot, um es andernorts Bauern als Viehfutter zu verkaufen, und Marusch musste dem stillschweigend zusehen.

Die Stimmung unter den Spielleuten wurde zunehmend gedrückter, und nachdem sie einmal mehr mit Hunden aus einem Dorf verjagt worden waren, forderte Marusch vom Prinzipal, endlich wieder die Führung zu übernehmen und zu planen, statt die Truppe von einem Fiasko ins nächste laufen zu lassen. So beschloss Sonntag, nach Biberach zu ziehen. Er hatte gehört, dort sei man Fremden gegenüber aufgeschlossen. Danach wollte er weiter über Waldsee und Ravensburg an den Bodensee, um in dessen mildem Klima ein Winterlager zu suchen.

Tatsächlich hatte die Obrigkeit in Biberach, das durch seine Lage am Kreuzungspunkt bedeutender Handelsstraßen recht wohlhabend war, nichts gegen die Gaukler einzuwenden. Zumal die Bürger der Stadt ein theaterbegeistertes Volk waren und selbst hin und wieder in der Schlachtmetzig Schauspiele aufführten. So durften sie auf dem südlichen Teil des Marktplatzes an allen Nachmittagen bis auf die Sonntage auftreten. Valentin und Severin erhielten sogar Erlaubnis, quer über den Holzmarkt ein Seil zu spannen, um ihre atemberaubende Balanciernummer zu zeigen, und den Musikern wurde zugestanden, ihr Auskommen für zehn Schillinge pro Auftritt in den Zunftstuben und Patrizierhäusern zu suchen. Die beiden einzigen Auflagen: Sie mussten, mit Ausnahme der Musiker, beim ersten Ruf des Nachtwächters die Stadt verlassen und ihre Wagen und Karren, selbst die Bühne, außerhalb abstellen. Dazu wurde ihnen ein Lagerplatz bei der Abdeckerei zugewiesen, weit draußen vor dem Ulmer Tor.

Es war ein baumbestandenes Stück Brachland, an dessen Rand ein schmaler Bach floss – an sich kein übler Platz, wäre nicht einen Steinwurf weiter der Arbeitsplatz der Schinder gelegen. Von morgens bis abends verrichteten hier die Knechte der Scharfrichter ihre ekelerregende Arbeit, häuteten und zerlegten Kadaver, um daraus Viehfutter, Leim und Knochenmehl, Fette und Seifen zu gewinnen. Der bestialische Gestank drang bis in ihr Lager, und außerdem lockte das verwesende Vieh, das überall herumlag, Krähen und Ratten an.

Marusch verbot den Kindern bei strenger Strafe, sich der Abdeckerei zu nähern, weniger aus Abscheu gegenüber den Schindern, diesen Unehrlichsten der Unehrlichen, als aus Angst vor bösen Krankheiten. Ambrosius hatte ihnen empfohlen, im Freien ein Tuch vor den Mund zu binden, als Schutz gegen die Ausdünstungen, und Salome verteilte Amulette mit Marder- und Wolfszähnen.

Mehr noch als die anderen litt Marthe-Marie an diesem unwirtlichen Ort; sie setzte kaum einen Schritt vor den Wohnwagen. Vielleicht hatte Marusch bemerkt, wie ihre Freundin immer einsilbiger wurde, jedenfalls fasste sie sich am dritten oder vierten Tag ein Herz und ging die wenigen Schritte hinüber zu den Abdeckern, um sich einen anderen Lagerplatz auszubitten. Sie hatte sich eine kleine Obstwiese ausgeschaut, die jenseits des Baches hinter einem Hügel lag und damit außer Sichtweite der Abdeckerei.

Doch der Altknecht beschied ihr, er habe darüber nicht zu entscheiden, sie müsse warten, bis die Scharfrichter zurück seien. Meister Stoffel allerdings sei für längere Zeit bei den Hexenprozessen in Bludenz tätig, und auch der Jungmeister komme erst in drei Tagen zurück. So lange habe sie sich schon zu gedulden.

Trotzdem drängte Marusch den Prinzipal, das Lager abzubrechen. Doch in der kommenden Nacht setzte der erste Frost ein und ließ den durchweichten Boden beinhart gefrieren. Der Gestank wurde prompt erträglicher.

«Wir bleiben», beschied Sonntag ihr. «Zumindest solange das Wetter trocken und kalt bleibt. Vielleicht ist ja auch bald dieser Jungmeister zurück. Wir sind wirklich auf jeden Tag angewiesen, an dem wir auftreten können. Oder willst du die Wintervorräte mit Pferdeäpfeln bezahlen?»

Dann aber geschah etwas Furchtbares. Ambrosius, der wie immer in der schlechten Jahreszeit alle Hände voll zu tun hatte und damit der Einzige war, der über mangelnde Einnahmen nicht klagen konnte, hatte unlängst einen älteren Mann behandelt, dessen Katarrh hartnäckig in der Stirnhöhle festsaß. Nachdem salziger Dampf nichts bewirkte, hatte er den Mann davon überzeugt, dass es das Beste sei, den Katarrh zu zapfen. Bevor er zum Messer griff, hatte er sich den Eingriff selbstverständlich angemessen bezahlen lassen, dem Mann dann eine großzügige Menge Wacholderbrand eingeflößt und ihn auf die Behandlungsbank gefesselt.

Er musste zweimal zum Schneiden ansetzen, bevor die zähe Masse aus Blut, Schleim und Eiter hervorquoll. Mochte es ein Augenblick der Unachtsamkeit gewesen sein, der ihn zu tief stechen ließ, mochte es daran gelegen haben, dass er selbst zu viel Hochprozentiges getrunken hatte – was er neuerdings vor chirurgischen Eingriffen immer tat –, jedenfalls hörte der Patient nicht auf zu brüllen. Er zerrte an seinen Fesseln, dass die Bank wackelte, und schrie, bis schließlich einzelne Worte zu verstehen waren: Ihm sei gänzlich schwarz vor Augen!

Marthe-Marie, die das Geschrei herbeigelockt hatte, sah, wie Ambrosius am ganzen Körper zu zittern begann.

«Bitte, beruhigt Euch doch. Das ist nur der Schmerz, der Euch vorübergehend das Augenlicht nimmt. Schließt rasch die Augen. Hier noch ein wenig Branntwein, das wird die Beschwerden lindern.»

Er schüttete die Hälfte des Branntweins daneben, dann griff er nach einem Fläschchen mit der Aufschrift Schierlingskraut und drückte es Marthe-Marie in die Hand.

«Zehn Tropfen davon direkt auf die Zunge. Bitte!»

Endlich war vom Patienten nur noch ein Wimmern zu hören. Auch Ambrosius schien sich zu beruhigen.

«So, jetzt noch ein bisschen Geierschmalz auf die Wunde, dann ein dicker Verband, und Ihr könnt nach Hause.»

Marthe-Marie half dem armen Mann, sich aufzurichten. Ambrosius hatte ihm den Schädel bis zur Nasenspitze bandagiert, sodass der Mann jetzt ohnehin nichts mehr sehen konnte. Zwei kräftige junge Männer, vielleicht seine Söhne, kamen ihr entgegen und nahmen den Patienten rechts und links beim Unterarm.

«Gut so, bringt ihn rasch nach Hause.» Ambrosius holte tief Luft. «Er soll sich hinlegen und den Verband bis morgen dranlassen. Der Nächste, bitte!»

Zwei Tage später erwachte Marthe-Marie von dem Lärm splitternden Holzes und berstenden Glases. Dazwischen ertönten gellende Schreie. Hastig schlüpfte sie in ihren Wollkittel.

«Das kommt vom anderen Ende des Lagers.» Fast gleichzeitig mit ihr sprang Diego vom Wagen. Barfuß und mit offenem Haar folgte sie ihm in die eiskalte Morgendämmerung. Im Lager herrschte völliges Durcheinander, alle eilten aus ihren Wagen, sie hörte Lisbeth und Agnes weinen, wieder krachte Holz. Es kam aus der Ecke, wo der Wundarzt Karren und Zelt aufgebaut hatte.

Dort bot sich ihnen ein entsetzlicher Anblick. Wie die Berserker schlugen vier Männer mit Knüppeln abwechselnd auf Ambrosius ein, der am Boden lag, und gegen dessen umgestürzten Karren. Lambert, der als Erster an Ort und Stelle war, wurde sofort von einem Hieb getroffen. Bevor Diego und die anderen Gaukler eingreifen konnten, schleuderten ihnen die Männer die Knüppel vor die Brust und ergriffen die Flucht.

«Sagt Eurem Hodenschneider, dass er unseren Vater blind gemacht hat,» hörten sie sie brüllen, dann waren die vier in der Dämmerung verschwunden.

Lambert hatte bis auf eine Platzwunde an der Stirn keinen größeren Schaden genommen, doch Ambrosius rührte sich nicht. Blutüberströmt lag er inmitten seiner Habseligkeiten, sein Atem ging kurz und stoßweise. Der Prinzipal riss sich das Hemd in Fetzen und versuchte damit, die klaffenden Wunden zu bedecken. Fieberhaft durchwühlte Marthe-Marie den umgestürzten Karren nach Verbandszeug, bis sie, wie aus weiter Ferne, Maruschs Stimme hörte:

«Lass. Es ist vorbei.»

Sie richtete sich auf und starrte auf den leblosen Körper zu ihren Füßen. Ambrosius' Augen waren weit aufgerissen, als sei er immer noch bass erstaunt, was da mit ihm geschah. Doch sein Blick war gebrochen.

Diego kniete nieder und nahm seine Hand. «So ein Ende hast du nicht verdient, alter Quacksalber», hörte Marthe-Marie ihn flüstern. «Erschlagen wie ein Stück Vieh.»

Dann schloss er dem Toten die Augen.

Keiner sprach ein Wort, als sie sich rings um den Leichnam aufstellten, selbst die Natur hielt den Atem an: Kein Windhauch, keine Vogelstimme, kein Pferdeschnauben war zu hören. Schließlich durchbrach der Prinzipal die Stille mit einem Gebet, in das die anderen leise einfielen: «Herr, gib ihm ewige Ruhe, und das ewige Licht leuchte ihm. Lass ihn ruhen in Frieden. Amen.»

Dann wandte er sich ab. «Caspar und Quirin, ihr bringt ihn auf meinen Wagen. Und ihr anderen: Packt eure Sachen, wir verschwinden.»

❧ 35 ❧

Marthe-Marie wusste genau, warum niemand aus der Truppe auf den Gedanken kam, Ambrosius' Mörder vor Gericht zu bringen, hatte sie doch längst am eigenen Leib erfahren, was Rechtlosigkeit bedeutete. Unterwegs bestatteten sie den toten Wundarzt an einem einsamen Flecken an der Riss. Den Karren mit all seinen medizinischen und chirurgischen Kostbarkeiten versenkten sie in der Strömung des Flusses; nur die Reiseapotheke nahm der Prinzipal an sich. Als sie das bunt bemalte Heck des Karrens unter Schmatzen und Gurgeln untergehen sah, wusste Marthe-Marie, dass sie nicht länger bei den Spielleuten bleiben konnte.

Eine halbe Wegstunde später trafen sie auf einen jungen Mann, der sein Pferd tränkte. Marthe-Marie hatte die Briefbüchsen und das kleine silberne Schild am Sattel, das den Reiter als reichsstädtischen Amtsboten auswies, sofort ausgemacht.

Sie sprang vom Kutschbock und begrüßte den Fremden höflich. Er war recht klein, aber drahtig, und sein Vollbart wie seine Kleidung nach Art der Landsknechte verliehen ihm etwas Verwegenes.

«Wohin seid Ihr unterwegs?»

Er musterte sie einen Augenblick, bevor er antwortete. Seine haselnussbraunen Augen strahlten etwas Sanftes, fast Kindliches aus, das so gar nicht zu seinem soldatischen Äußeren passte und sie fast schmerzhaft an Jonas erinnerte.

«Gewöhnlich reite ich von Ulm über Biberach nach Ravensburg und wieder zurück. Immer hin und her. Doch dieses Mal muss ich bis an den See, nach Meersburg.»

«Nach Meersburg.» Sie sprach den Namen langsam aus, spürte darin den fast vergessen geglaubten Erinnerungen an ihre Kindheit nach. Wie hatte sie das Städtchen mit seiner stolzen uralten Burg als Kind immer bewundert, wenn ihr Vater sie bei gutem Wetter auf den See hinausgerudert hatte.

«Warum fragt Ihr, schöne Jungfer? Wollt Ihr mir eine Nachricht mitgeben? Für einen halben Gulden bin ich dabei.»

«Der Brief sollte nach Konstanz, nicht nach Meersburg. Wie schade. Außerdem müsstet Ihr meinen Bruder persönlich aufsuchen, damit er Euch seine Antwort gleich mitgibt.» Sie wollte sich schon abwenden, doch der Bote hielt sie zurück.

«Das lässt sich machen. Euch zuliebe und sagen wir: für einen Gulden lasse ich mich in Meersburg nach Konstanz übersetzen. Wohin soll ich Euch die Antwort bringen? Nach Biberach?»

Sie schüttelte den Kopf. «Habt Dank für das Angebot. Aber ich besitze nicht einmal diesen einen Gulden.»

«Doch!»

Marthe-Marie drehte sich um. Wenige Schritte hinter ihr stand Marusch. Wahrscheinlich hatte sie das ganze Gespräch mit angehört.

«Kommt mit zu meinem Wagen, junger Mann, damit ich Euch ausbezahle. Und du schreib schnell deinen Brief.»

Marthe-Marie rannte zu Diego, der als Einziger in der Truppe Papier, Federkiel und ein Fässchen mit kostbarer Gallapfeltinte besaß. Er runzelte über ihre Bitte verwundert die Stirn, fragte jedoch nicht weiter nach. Abseits der Wagen hockte sie sich auf einen eiskalten Stein und schrieb hastige Worte an ihren Bruder, Worte, die so wenig von dem ausdrückten, was mit ihr geschehen war. Ihr blieb nur die Hoffnung, dass er ihre und Agnes' Notlage verstehen würde, dass noch ein Rest von Verbundenheit aus Kindheitstagen geblieben war.

Als sie das Papier zusammenrollte, saß der Amtsbote bereits im Sattel.

«Wohin also soll ich die Antwort bringen?»

«Wir werden wohl die nächste Zeit in Waldsee gastieren. Gehört das zu Euren Stationen?»

«Eigentlich bediene ich nur die freien Reichsstädte, keine Landstädtchen. Aber Waldsee liegt direkt auf meinem Weg, da kann ich wohl am dortigen Rathaus vorbei.»

«Das wäre schön. Wann, denkt Ihr, seid Ihr zurück?»

«In fünf bis sechs Tagen könnt Ihr Eure Nachricht in Waldsee abholen. Vorausgesetzt, das Wetter bleibt trocken und ich bekomme eine Antwort von Eurem Bruder.»

«Das kann ich nur hoffen», sagte sie mit belegter Stimme. «Gehabt Euch wohl und gute Reise.»

«Danke, Euch auch.»

Dann gab er seinem Pferd die Sporen und galoppierte davon. Sie sah ihm mit bangem Herzen nach, voller Zweifel, ob ihre Entscheidung richtig gewesen war.

«Nun komm schon, wir wollen weiter», rief Marusch.

Marthe-Marie kletterte neben sie auf den Bock. «Wie hast du den Boten bezahlt? Keiner von uns besitzt mehr einen Pfennig. Hast du etwa Sonntag um Geld gebeten?»

«Keine Sorge. Leo wird von nichts erfahren.» Sie lachte.

«Wovon wird er nichts erfahren?»

«Larifari. Vergiss, was ich gesagt habe. Deine Nachricht ist unterwegs, und das ist die Hauptsache.»

«Marusch, du sagst mir jetzt sofort, womit du den Boten bezahlt hast.»

«Was bist du nur für ein Wunderfitz.» Marusch stöhnte. «Nun denn, mit einer Silberbrosche. Die kleine hässliche, die mir sowieso nie gefallen hat.»

«Du bist vollkommen verrückt! Wie konntest du so etwas tun? Deinen Schmuck hergeben für einen Brief, auf den ich vielleicht nie eine Antwort bekomme.»

«Jetzt hör mir mal zu: Ich habe nicht vergessen, wie du damals nach dem Überfall all deine guten Kleider an diese Bauernschlampe verscherbelt hast. Das war unsere Rettung. Da werde ich wohl eine lächerliche kleine Brosche hergeben können, die dir möglicherweise hilft, aus diesem Elend herauszukommen.»

Am nächsten Tag erreichten sie Waldsee. Der Prinzipal ließ den Tross in einer Senke nahe des malerischen kleinen Sees halten, dann machten er und Diego sich bereit für den Gang zum Magistrat. Es versetzte Marthe-Marie einen Stich, als sie sie eine halbe Stunde später davongehen sah. Wie üblich hatten sich die beiden gewaschen und gekämmt, doch inzwischen sahen sie nicht viel besser aus als Bettler. Dennoch war Sonntag guten Mutes gewesen, hatte er doch gehört, dass dieses Landstädtchen durch und durch katholisch war, zudem hatten Augustinerchorherren hier ein reiches Stift, und so gedachte er, sich mit einem Krippenspiel und einigen ergreifenden Historien aus dem Alten Testament zu bewerben.

Am späten Nachmittag kehrten sie zurück. Kopfschüttelnd berichtete der Prinzipal von ihren Verhandlungen. Beim Trinken und Kartenspielen hätten sie die hohen Herren angetroffen und wären sogleich zu einem Schoppen Wein eingeladen worden. Dabei hätten sie Bemerkenswertes erfahren.

«Waldsee steht unter der Pfandherrschaft des Truchsess von Waldburg, wie wir erfahren haben. Der anwesende Ratsherr ließ uns zunächst wissen, dass der Truchsess Order gegeben habe, kein fahrendes Volk einzulassen, doch dann ergriff der Stadtammann das Wort und meinte, solange der Truchsess außer Landes weile, könne er ihnen schwerlich vorschreiben, was sich die Bürger zur inneren Erbauung leisteten. Und als Habsburger im Herzen und damit als braver Katholik hätte er nichts einzuwenden gegen ein christliches Spiel zum Weihnachtsfest, im Gegenteil.»

So habe denn der Ammann vorgeschlagen, ihnen die Konzession zu erteilen dergestalt, dass sie vor den Toren der Stadt lagern und dort gegen vier Pfennige Standgeld pro Tag beliebig oft ihre Darbietungen bringen dürften; allerdings solle angesichts der wirtschaftlichen Lage von den Zuschauern höchstens ein halber Schilling Eintritt verlangt werden, und lautstarke Werbung mit Trommel und Trompete sei untersagt. Zum Weihnachtsfest hingegen möchten sie vor dem Rathaus ihre Bühne aufbauen und an drei Tagen für einen Malter Roggen die zuvor besprochenen christlichen Schaustücke aufführen. Aus ihrem langen und äußerst freundlichen Gespräch habe man zwei Dinge deutlich heraushören können: Zum einen seien die Bürger der Stadt Waldsee ihrem Pfandherrn offensichtlich spinnefeind, zum anderen sei mit diesem Truchsess wohl nicht zu spaßen.

«Bleiben wir also hier», schloss er seine Ausführungen, «und ziehen erst nach Weihnachten an den Bodensee. Falls es nicht aus Eimern gießt oder fürchterlich zu schneien beginnt, sollten wir die Reise nach Buchhorn in wenigen Tagen schaffen.»

Marthe-Marie betete im Stillen, dass das Schicksal ihnen hier endlich besser mitspiele, denn angesichts des einbrechenden Winters und ihrer leeren Kasse packte sie inzwischen die nackte Angst, Hungers zu sterben. Bereits jetzt musste jeder Bissen Brot, jeder Topf Weizenmus oder Suppe unter Maruschs strenger Aufsicht verteilt werden, und gerade die Kinder saßen nach den Mahlzeiten mit knurrendem Magen und enttäuschtem Blick vor den ausgekratzten Schüsseln.

So zeigten sie denn, sobald genügend Volk auf der Wiese zusammengeströmt war, ihre Historienspiele und die üblichen Kunststücke und Attraktionen. Die meisten Zuschauer waren einfache Ackerbürger, die vielleicht eine rote Kuh oder ein paar Schweine samt zugehörigem Misthaufen ihr Eigen nannten. Doch sie waren begeistert von ihrem Spiel und zahlten, ohne zu murren, ihren halben Schilling. Hin und wieder ließ sich einer der Chorherren blicken, weniger aus Vergnügen, denn um mit grimmiger Miene zu kontrollieren, ob nichts Unschickliches oder Gottloses gezeigt würde. Sie fanden aber nichts zu beanstanden, bis auf Salomes Wahrsagerei, und bereits am dritten Tag erschien früh morgens der Stadtweibel mit einem handgefertigten Schild: «Jeder sitzt ein im Turm drei Tage und drei Nächte lang, wer die Dienste der Wahrsagerin in Anspruch nimmt.»

«Ich kann leider nicht lesen», spottete Salome, als der Weibel das Schild über den Eingang ihres Zelts hängte. «Und die meisten meiner Besucher auch nicht.»

«Komm mir nicht dumm, du weißt genau, worum es geht», sagte er verächtlich und zog sich den Hut tiefer in die Stirn. «Oder willst du enden wie erst neulich die Schulerin, die alte Hebamme?»

Die sei mit dem Teufel im Bunde gestanden, erzählte er ungefragt, und habe etliche Neugeborene auf dem Gewissen. Sie habe sogar versucht, den kleinen Sohn des hoch angesehenen Bildschnitzers Hans Zürn zu verhexen, doch Meister Zürn sei Manns genug gewesen, ihr mit dem Messer zu drohen. Da habe sie von ihrem Vorhaben abgelassen. Vor einigen Wochen endlich habe sie gestanden, eine Hexe zu sein, und sei dafür zu Asche verbrannt worden.

«Du siehst, wir sind hier nicht zimperlich. Also sei vorsichtig. Und sag das den anderen Zigeunern hier weiter.»

Marthe-Marie hatte mit den Aufführungen nichts zu schaffen, denn weder ihre Nummer als Rechenkünstlerin noch «Romeo und Julia» waren angesichts des bevorstehenden Hochfestes geduldet. Sie wusste kaum, wie sie die Tage herumbringen sollte, fing hier an, Töpfe zu schrubben, dort Kleider auszubessern und ließ nach kurzer Zeit wieder alles liegen und stehen. Diego durfte sie nicht einmal mehr berühren, ihrer Freundin ging sie aus dem Weg. Nur Agnes gegenüber zeigte sie eine fast verzweifelte Zärtlichkeit, dass die Kleine, die sonst eine erstaunliche Selbständigkeit an den Tag legte, ganz unsicher wurde und ihrerseits die Mutter nicht mehr außer Sichtweite ließ. Dabei hatte Marthe-Maries Verstimmung eine einzige Ursache: Mit jeder Stunde fürchtete sie sich mehr vor dem Augenblick, wo sie im Rathaus stehen und nach einer Nachricht fragen würde. Wobei sie nicht wusste, was sie mehr ängstigte: Dass ihr Gang vergebens sein könnte oder sie eine Antwort in den Händen halten würde.

Am fünften Tag, die trockene Kälte hatte umgeschlagen in einen alles durchdringenden Nieselregen, machte sich Marthe-Marie auf den Weg in die Stadt. Agnes bettelte, mitkommen zu dürfen, fast war sie darüber erleichtert. Sie hüllte ihre Tochter in ein dickes wollenes Tuch, sich selbst in einen zerschlissenen und mehrfach geflickten Kapuzenumhang, den sie sich mit Marusch und Anna teilte. Dann marschierten sie das kurze Stück zum Biberacher Torturm.

Jetzt erst fiel ihr auf, dass sie noch kein einziges Mal in dieser Stadt gewesen war, die so malerisch an einer uralten Römerstraße zwischen den beiden kleinen Seen lag. Dabei hatte sie in den wenigen Tagen mehr über Waldsee erfahren als über die meisten anderen Orte, an denen sie bisher Station gemacht hatte. Vielleicht lag es daran, dass die Waldseer zwar ein bescheidenes Leben führen mochten, als einfache Krämer, Bauern und Fischer, Leineweber oder Kornhändler, dabei aber stolz und rebellisch waren und sich mit der Jahrhunderte alten Pfandherrschaft der Waldburger nie abgefunden hatten. Die meisten, die zu ihren Vorführungen herauskamen, waren offen und zu Gesprächen bereit, fast schienen sie in den Gauklern so etwas wie Kampfgefährten gegenüber ihren geistlichen und weltlichen Herren zu sehen.

Mehr als einmal hatten sich diese Bürger gegen ihren Pfandherrn erhoben, wie sie stolz erzählten, hatten kurzerhand das kleine Tor zum Schloss, das direkt vor den Mauern ihrer Stadt lag, zugemauert oder waren mit Pfeil und Bogen in den Schlosshof eingedrungen, hatten den Truchsess und seine Gefolgsleute angegriffen und mit Fackeln etliche Gebäude in Brand gesetzt. Selbst gegen Georg von Waldburg hatten sie gewagt, sich zu wehren, jenen berüchtigten Bauernjörg, der vor nun bald hundert Jahren den aufständischen Bauern versprochen hatte, ihre Forderungen zu erfüllen, sofern sie ihre Waffen niederlegten, nur um sie dann hinterrücks niederzumetzeln. Dass die Rebellion der Waldseer Bürger jedes Mal in einer blutigen Niederlage endete, ließ ihre Hoffnung nicht schwinden, eines Tages doch wieder dem Hause Österreich anzugehören oder gar zur freien Reichsstadt zu werden.

Als Marthe-Marie jetzt den Torwärter grüßte, erkannte sie in ihm einen der Schaulustigen, die häufiger zu ihnen herauskamen. Auch er schien sie zu erkennen, denn er gab ihren Gruß freundlich zurück und winkte sie und Agnes durchs Tor, ohne Pflastergeld zu verlangen.

Linker Hand erhob sich die mächtige Stiftskirche St. Peter, die mit den angrenzenden Stiftsgebäuden unverhohlen ihren Reichtum zeigte. Seit je war das Verhältnis der armen Stadt zum reichen Kloster mit seinen großen Ländereien gespannt gewesen. War das Joch der weltlichen Herrschaft schwer genug zu ertragen, so wollten sich die Bürger wenigstens aus der geistlichen Vormundschaft der Augustinerchorherren befreien und eine eigenständige Kirchengemeinde schaffen. Aus eigenen Mitteln und unter vielen Opfern errichteten sie schließlich eine Kapelle auf dem Frauenberg oberhalb der Stadt. Aber noch ehe die Kirche fertig war, erklärten Propst und Truchsess die Kapelle zur Filiale der Stiftskirche, andernfalls müsse der Bau eingestellt werden. Nun war aber die Kapelle, obwohl noch nicht fertig, schon zum bevorzugten Gebetsort der Bürger geworden. Unter demütigenden Bedingungen bauten sie ihr Kirchlein fertig. Ein Taufbecken zu errichten wurde ihnen untersagt, der Priester musste dem Propst untergeben sein und durfte ohne dessen Zustimmung keine Sakramente spenden. Auch das Kirchenopfer wurde vom Stift beansprucht. Trotz dieser drückenden Einschränkungen wurde die Frauenbergkapelle für die Menschen von Waldsee zur bevorzugten Kirche, und dass Gebete nirgendwo besser erhört wurden als in dieser Kapelle, hatten die Gaukler in diesen Tagen schon oft zu hören bekommen.

Und so wurde die Frauenbergkapelle zu einem Denkmal der Unabhängigkeit, des unbeugsamen Willens, das sich die Bürger dieser Stadt selbst gesetzt hatten. Genau wie das prächtige Rathaus, vor dem Marthe-Marie jetzt mit klopfendem Herzen stand. Viel zu groß und zu schön war es für diese kleine Stadt. Ich muss neben Schloss und Stift bestehen können, schien seine prächtige Fassade ausdrücken zu wollen. Dass vom Erker dieses ehrwürdigen Hauses in den letzten Jahren über etliche Frauen als vermeintliche Hexen der Stab gebrochen worden war, wollte allerdings nicht so recht zum Bild der stolzen und freiheitsliebenden Waldseer Bürger passen. Doch warum sollte es hier auch anders zugehen als anderswo im Reich?

Marthe-Marie griff nach Agnes' Hand und gab sich einen Ruck. Als sie in das Dunkel der Arkaden trat, verstellte ihr ein Amtsdiener den Weg.

«Wohin wollt Ihr?» Von oben bis unten musterte er ihre ärmliche Kleidung.

«Ich erwarte eine Nachricht aus Konstanz. Von einem reichsstädtischen Boten.»

«Na, wenn das so ist. Ihr habt Glück. Eben gerade war er hier und hat eine Sendung gebracht. Wartet hier», befahl der Mann und verschwand hinter einer schmucklosen Holztür. Kurz darauf war er mit einer kleinen versiegelten Papierrolle zurück.

«Wie ist Euer Name?»

«Marthe-Marie Mangoltin.»

«Seltsam. Auf der Nachricht steht, sie sei für eine gewisse Marthe-Marie Stadellmenin.»

Der Schreck verschlug ihr für einen Moment die Sprache.

«Was ist? Heißt Ihr nun Mangoltin oder Stadellmenin?»

«Stadellmenin mit Muttername», stotterte Marthe-Marie.

«Nun – wie dem auch sei: Die Beschreibung des Boten stimmt. Eine bildhübsche Frau werde die Nachricht abholen.» Er grinste breit und reichte ihr die Rolle.

Ihre Hände zitterten, als sie den Brief entgegennahm. Sie bedankte sich und eilte hinaus auf den Rathausplatz, als sei ein Verfolger hinter ihr her. Ohne nach rechts und links zu blicken durchquerte sie die Stadt so rasch, dass Agnes kaum Schritt halten konnte, hastete mit kurzem Gruß an dem Torwächter vorbei, bis sie endlich das Lager erreicht hatte. Die Papierrolle in ihrer Hand brannte wie glühende Kohle. Was hatte es zu bedeuten, dass ihr Bruder den Brief an Marthe-Marie Stadellmenin gerichtet hatte?

«Geh zu den anderen spielen, mein kleiner Spatz», bat sie ihre Tochter. Dann lief sie weiter über die durchnässte Wiese in Richtung See, sah aus den Augenwinkeln Marusch, die ihr beunruhigt nachblickte, und blieb schließlich am Ufer stehen. Sie hörte Kinderlachen hinter sich, das Wiehern eines Pferdes. Was, wenn sie diesen Brief jetzt einfach ungeöffnet in den See warf? Würde sie damit ihr Schicksal beeinflussen können? Einmal mehr fragte sie sich, ob sie wirklich in ihre Heimatstadt Konstanz zurückkehren und von der Familie ihres Bruders aufgenommen werden wollte.

Der Regen wurde wieder stärker, und sie fror am ganzen Leib. Endlich erbrach sie das Siegel. Sie erkannte die verschnörkelte Handschrift ihres Bruders sofort, konnte dennoch die wenigen Zeilen, die der Brief enthielt, nicht entziffern. Die Buchstaben tanzten vor ihren Augen, in ihrem Kopf begann es zu rauschen, als sie endlich begriff, was da geschrieben stand:

Ziel allen Handelns ist ein ehrbares und ehrenvolles Leben, du aber, Marthe-Marie, hast nach allem, was du über deine Lage schreibst, dieses Ziel wissentlich verfehlt. Das wundert mich allerdings nicht, nachdem mir von einem Fremden zugetragen wurde, wer du wirklich bist.

Ich will hierüber keine weiteren Worte verlieren. Du wirst verstehen, dass ich dich in meiner Familie nicht aufnehmen kann. Hinzu kommt, dass mein Vater, den du in dem Bittbrief an mich zu Unrecht auch den deinen nennst, unlängst gestorben ist – Gott habe ihn selig. Mach dir jedoch keine Hoffnung auf ein Erbe, denn du bist nicht mit ihm verwandt.

Gott schütze dich und deine bedauernswerte Tochter, lebe wohl.
Ferdinand Mangolt.

«Nimm noch einen Schluck.» Marusch reichte Marthe-Marie den Becher mit dem heißen Aufguss aus Weißdorn und Eisenkraut. «Du musst wieder zu Kräften kommen.»

Marthe-Marie schüttelte den Kopf. «Es geht schon wieder.»

Tatsächlich hatte das Zittern aufgehört, und sie spürte eine angenehme Schläfrigkeit aufsteigen. Marusch hatte sie mit sanfter Gewalt ins Lager zurückgeholt, nachdem sie den ganzen Mittag über am Seeufer gehockt war, mit starrem Blick, bis auf die Haut durchnässt und steif vor Kälte. Jetzt lag sie im Wohnwagen auf Maruschs Strohsack, das Kohlebecken zu ihren Füßen verbreitete eine angenehme Wärme.

«Es tut mir von Herzen Leid wegen deines Ziehvaters. Du hast ihn sehr gemocht, nicht wahr?» Liebevoll streichelte Marusch ihre Wange. «Und was deinen Bruder betrifft – vergiss ihn am besten. Er ist nichts anderes als einer dieser erbärmlichen Emporkömmlinge, die über Erfolg und Reichtum ihre Menschlichkeit abgelegt haben wie einen alten Rock. Nicht du hast versagt, sondern er.»

Marthe-Marie verstand kaum den Sinn ihrer Worte. Sie fragte sich, ob Marusch dem Getränk noch etwas anderes beigemischt hatte; alles um sie herum löste sich auf in einem Reigen schemenhafter Eindrücke. Dann fiel sie in einen Schlaf voll unerklärlicher Bilder und Stimmen, mit Träumen, die in sanften Farben gemalt waren.

Ab und an nahm sie warme Hände wahr, die ihr Gesicht berührten, sie sah Agnes mit ihren widerspenstigen Locken und tiefblauen Augen an ihrem Lager, Diegos besorgtes Gesicht, spürte, wie ihr jemand zu trinken einflößte.

«Ich denke, sie ist überm Berg.»

Marthe-Marie schlug die Augen auf. Marusch und Anna beugten sich mit prüfendem Blick über sie. Ihre Stirn war jetzt angenehm kühl.

«Du hattest einen starken Anfall von Nervenfieber», hörte sie Marusch flüstern.

«Hat das Ambrosius gesagt?»

«Ambrosius ist tot.»

Nur widerstrebend kehrte Marthe-Marie in die Wirklichkeit zurück. Ferdinands Brief trat ihr ins Bewusstsein, jedes einzelne Wort hatte sie wie in Stein gemeißelt vor Augen. Wäre sie doch nur in diesem dunklen Reich der Träume geblieben.

«Du hast fast drei Tage lang geschlafen. Agnes wird froh sein, dass du wieder bei uns bist. Sie hat nur noch geweint.»

«Bitte, hol sie her.»

«Gleich.» Marusch gab Anna einen Wink, die daraufhin den Wohnwagen verließ. «Vorher möchte ich dir noch etwas sagen. Bist du wieder ganz bei dir?»

Marthe-Marie nickte. Ihr Magen begann laut zu knurren.

Marusch lächelte. «Das ist gut. Anna wird dir etwas zu essen bringen, dann hole ich Agnes. Hör zu.» Sie nahm ihre Hand. «Ich wollte es dir eigentlich nicht sagen, aus Eigennutz vielleicht. Aber ich habe in Ulm herausgefunden, dass Jonas dort als Hauslehrer arbeitet.»

Marthe-Marie fuhr auf. Ihre Schläfrigkeit war wie weggefegt.

«Hast du mit ihm gesprochen?»

«Nein. Ich wollte mich nicht zu sehr einmischen. Aber ich weiß nun, dass er tatsächlich nach Ulm gegangen ist und eine Stellung bei einer reichen Patrizierfamilie gefunden hat. Sobald du wieder auf den Beinen bist, solltest du mit Agnes zu ihm gehen. Einer unserer Männer wird dich begleiten.»

«Nein!» Die Antwort entfuhr ihr als spitzer Schrei.

«Beruhige dich, du musst ja nichts übereilen. Aber denk doch mal darüber nach. Du bist einfach nicht gemacht für dieses erbärmliche Leben bei uns Fahrenden.»

«Niemals.» Sie saß jetzt aufrecht auf ihrem Strohsack und warf ihrer Freundin einen zornigen Blick zu. «Schau mich doch an. Ich bin doch kein Bürgerweib mehr. Wie eine verhärmte alte Frau sehe ich aus, verwahrlost und in Lumpen wie eine Bettlerin. Einen letzten Rest Stolz habe ich noch, dass ich nicht bei einem Mann angekrochen komme und um Obdach bettle.»

«Ein falscher Stolz», murmelte Marusch.

«Und dann – was habe ich nicht alles getan, um Jonas zurück-zustoßen. Nein, Marusch, es ist zu spät mit Jonas. Wenn du unsere Freundschaft nicht gefährden willst, dann fang nie wieder damit an.»

Marusch verzog ihren Mund zu einem schmalen Stich. «Gut, niemand kann dich zwingen. Doch hin und wieder solltest du auch an Agnes denken. Sie hat ihr Leben noch vor sich.»

Das Weihnachtsspiel vor dem Rathaus war ihre Rettung. Nach der Missernte in diesem Herbst hatte tatsächlich eine Teuerung einge-setzt, die vor allem die Handwerker und Bauern bis ins Mark traf. Das fruchtbare Hinterland, das selbst in nur halbwegs guten Jah-ren so viel Getreide lieferte, dass es bis in die Schweiz ausgeführt wurde, hatte kaum Ertrag gebracht, und der Speicher des Wald-seer Kornhauses war fast leer. Als der Magistrat die Rationierung der Vorräte beschloss, stieg der Brotpreis binnen weniger Tage um das Dreifache. Getreide ersetzte Heller und Pfennig als Zahlungs-mittel, um jede Ware wurde erbarmungslos gefeilscht, und bald gab es viele Lebensmittel nur noch unter der Hand. Einige wenige Händler und Kaufleute, die aus der Not ihr Schnäppchen zu schla-gen wussten, wurden immer reicher, während die Übrigen sich auf das Allernotwendigste beschränken mussten. In der Woche vor Weihnachten schließlich interessierte sich niemand mehr für die Künste der Gaukler, zum einen, weil selbst die Menschen aus dem weiteren Umland ihre Darbietungen bereits gesehen hatten, zum anderen und vor allem aber, weil niemand mehr einen Groschen übrig hatte.

Doch dank ihres Lohnes von einem Malter Roggen, den der

Kornmeister nur zähneknirschend herausrückte, litten sie zumindest nach Weihnachten nicht an Hunger, auch wenn es fortan nur in Wasser gekochtes Getreidemus oder Pfannkuchen gab.

Das Wohlwollen der Bürger gegenüber den Spielleuten, die da vor ihrer Stadt lagerten, schlug rasch um in Ablehnung, ja Feindseligkeit, sahen sie doch in den Fremden nun zwei Dutzend hungrige Mäuler mehr.

«Wir sollten weiterziehen, bevor wir wieder mit faulen Eiern beworfen werden. Oder noch Schlimmeres geschieht», drängte Marusch. In der Enge des Wohnwagens kauerten sie sich alle um das Kohlebecken, während draußen der Sturm um die Bretterwände heulte.

«Leicht gesagt.» Sonntag sah sie herausfordernd an. «Willst du bei diesem Sauwetter hinaus und die Tiere anspannen? Seit zwei Tagen geht das nun schon so. Wir können froh sein, wenn keines unserer Pferde von einem Ast erschlagen wird.»

Er warf einen missgelaunten Blick in den leeren Topf. «Gibt es keinen Brei mehr? Die Portionen werden ja von Tag zu Tag mickriger.»

«Wir müssen den Vorrat einteilen. Du trägst als Einziger noch ein Fettpolster, also jammere nicht.»

«Marusch hat Recht, der Sturm bringt Schnee, das rieche ich.» Diego legte seinen Löffel zurück in die blitzblank ausgekratzte Schüssel. «Und zwar so viel, dass wir hier festsitzen werden wie die Maus in der Falle.»

So kam es. Schon wenige Stunden später setzte heftiger Schneefall ein. Fünf Tage lang schneite es ununterbrochen – fünf Tage, an denen sie den Wagen nur verließen, um im Wechsel nach den Tieren zu sehen, ihre Notdurft zu verrichten oder Schnee für den Wasserkessel hereinzuholen. Diego versuchte vergebens, im Windschatten des Wagens ein Feuer zu entfachen, und nachdem er irgendwann mit Hilfe von Quirins Zaubermitteln Erfolg hatte, fackelte er um ein Haar den Wagen ab. Es blieb ihnen nichts anderes übrig, als den ungemahlenen Teil ihres Korns wie Vieh zu kauen, was immerhin den Vorteil hatte, dass jeder nur das Nötigste aß.

Anfangs vertrieben sie sich die Zeit mit Geschichtenerzählen. Zum Würfeln oder Kartenspielen drang zu wenig Licht durch die Ritzen, die Läden der beiden Fenster mussten geschlossen bleiben. Doch bald begannen Unmut und Streitsucht um sich zu greifen wie eine ansteckende Krankheit. Mal zankten sich die Kinder, bis Marusch die Hand ausrutschte, um sie zur Räson zu bringen, was noch schlimmeres Geschrei nach sich zog. Dann verschwand Diego für Stunden im Schneegestöber, weil er die Enge des Wagens nicht mehr aushielt, und die Männer mussten ihn bei Einbruch der Nacht suchen gehen, unter lautstarken Flüchen. Salome begann in der Ecke, in die sie sich zurückgezogen hatte, geheimnisvolle Kräfte zu beschwören: Sie stach sich mit einer Nadel in den Finger, zog damit einen blutigen Kreis auf den Bretterboden und legte kleine Gänseknochen, Federn und verknotete Zwirnsfäden hinein. Dabei murmelte sie unablässig vor sich hin.

Irgendwann erhob sich Quirin und begann zu brüllen: «Verdammt nochmal!»

Er zeigte mit ausgestrecktem Arm auf Marthe-Marie. «Die ist schuld. Die Bastardin hat uns Unglück gebracht, seit sie dabei ist. Du gehörst nicht zu uns, scher dich zum Teufel!»

Im nächsten Moment traf ihn Diegos Faust mitten ins Gesicht. Um ein Haar wäre es zu einer Prügelei gekommen, hätte sich Marusch nicht zwischen die beiden Männer gestellt.

«Ihr solltet euch was schämen», sagte sie nur, und Marthe-Marie wunderte sich einmal mehr über die Autorität, die von Marusch ausging.

Als es endlich zu schneien aufhörte, strömten sie ins Freie wie eine Herde Schafe, die endlich aus ihrem Pferch befreit wurde. Das Lager war vollkommen eingeschneit. Wagen und Karren lagen unter den Schneemassen wie weiße Maulwurfshügel, die Bäume rundum bogen sich unter ihrer Last, und die Pferde und Maultiere hatten sich mühsam kleine Flecken der Grasnarbe freigescharrt, um an ihr spärliches Fressen zu kommen. Zum Glück fehlte keines der Tiere, aber wer hätte bei diesem Wetter auch hier herauskommen sollen, um Pferde zu stehlen.

Dafür waren am nächsten Tag Tilmans Hunde verschwunden. Voller Sorge schwärmten die Kinder aus, sie zu suchen, hofften darauf, sie in der Stadt oder den umliegenden Höfen zu finden, wo sie vielleicht nach etwas Essbarem gestöbert hatten. Doch es war vergebens.

Marthe-Marie hatte sich mit Marusch auf den Weg zur nahen Mühle gemacht, um den letzten Rest ihres Getreides mahlen zu lassen. Mühsam kämpften sie sich durch die Schneemassen, um gleichermaßen verschwitzt wie durchnässt mit zwei Säcken Mehl zum Lager zurückzukehren. In der Mühle hatten sie erfahren, dass in der Stadt eine Hungersnot ausgebrochen sei, weil sich die Bauern der Umgebung weigerten, ihre letzten Vorräte herauszurücken.

«Ich fürchte, die Hunde sehen wir nie wieder», meinte Marusch.

«Wie meinst du das?»

«Dass jemand sie weggelockt und geschlachtet hat.»

So war es schließlich auch Marusch, die den blutigen Fetzen entdeckte, der an den Bühnenwagen genagelt war. Auf den ersten Blick sah es aus wie ein kleines Stück eines blutgetränkten Lappens, erst bei genauerem Hinsehen erkannte man die schwarzen und weißen Fellhaare. Es war das Ohr des kleinen Mischlingshundes.

Hastig zerrte Marusch an dem Nagel, doch es war zu spät. Ihr jüngster Sohn stand bereits neben ihr.

«Romulus!», schrie Titus. Die Frauen und Kinder rannten herbei, starrten auf das abgeschnittene Ohr. Tilman begann lautlos zu schluchzen.

«Mein Gott!», flüsterte Marthe-Marie. «Wer tut so etwas?»

Marusch schien ebenso fassungslos. «Das hätte nicht sein müssen.»

Sie holte Sonntag, der umgehend seine Männer zusammenrief.

«Es wäre höchste Zeit aufzubrechen. Aber die Wege sind unpassierbar. Also müssen wir Tag und Nacht Wachen aufstellen, sonst verschwinden auch noch unsere Zugtiere. Am besten pflocken wir sie direkt beim Wohnwagen an. Und niemand verlässt mehr ohne Begleitung das Lager.»

Das erhoffte Tauwetter setzte auch in den nächsten Tagen nicht ein, stattdessen überbrachte ihnen der Stadtweibel mit gewichtiger Miene eine Nachricht des Magistrats: Angesichts der Notlage der Bürger seien von nun an alle öffentlichen Darbietungen verboten. Aus Gründen der Nächstenliebe dürften sie aber kostenfrei an ihrem Platz bleiben, bis das Wetter einen Aufbruch erlaube.

«Ein sauberer Beschluss», höhnte Diego. «Hat sich der weise Rat auch Gedanken gemacht, wie wir dann unsere Kinder satt bekommen?»

Das Gesicht des Weibels färbte sich rot. «Wir haben bei Gott andere Sorgen, als euch fahrendem Volk die hungrigen Mäuler zu stopfen.»

Ohne ein weiteres Wort stapfte er davon.

«Es gibt nur noch eine einzige Möglichkeit», sagte der Prinzipal und sah die Musikanten an, die wie immer etwas abseits beieinander standen. Seit über drei Jahren schon zogen sie mit Sonntags Compagnie durch die Lande, hatten sich aber stets die Freiheit zu eigenen Entscheidungen ausbedungen.

Hans, ihr Anführer, nickte.

«Versuchen wir es.»

So musizierten die fünf heimlich und ohne Lizenz in den Tavernen oder beim Bartscherer im Mayenbad, der bis elf Uhr in der Nacht bewirten durfte. Doch es dauerte nur wenige Tage, bis sie angezeigt und im Turm bei Wasser und Brot festgesetzt wurden.

Fast könnte man sie beneiden, dachte Marthe-Marie mit einem Blick auf Agnes und Lisbeth, die aneinander gekauert auf ihrem Strohsack hockten. Sie spielten und tobten nicht mehr, begannen stattdessen immer häufiger vor Hunger zu weinen.

Als Nächstes stand Caspar nicht mehr von seinem Lager auf. Er klagte über Schwindel und Benommenheit, dann erbrach er sich und begann an so heftigem Durchfall zu leiden, dass sie ihn aus dem Wohnwagen schleppen und in einen der kleinen, zugigen Karren verlegen mussten. Als er schließlich an schier unerträglichem Kribbeln erst in den Fingern und Zehen, dann überall an den Händen und Füßen litt, wurde klar, welch grausames Schicksal über ihn gekommen war: das Antonius-Feuer. Sein Zustand wurde immer erbärmlicher, seine Pein war kaum noch mit anzusehen. Marthe-Marie hatte einmal gehört, bei dieser Krankheit entstehe ein solcher Schmerz, dass es einer wirklichen Verbrennung gleichkomme. Mit kühlen Tüchern und einer täglichen Dosis aus Ambrosius' Theriakvorräten versuchten die Frauen, wenigstens das Ärgste zu lindern.

«Das war das Mehl, es ist verdorben», stöhnte Marusch. «Wir müssen es verbrennen.»

Damit waren ihre letzten Vorräte weg. Verzweifelt scharrten sie auf den angrenzenden Feldern mit bloßen Händen im Schnee, bis sie auf irgendwelche Pflanzenreste oder Halme stießen, gruben Wurzeln aus und schlugen Ratten tot, die aus ihren Löchern krochen. In der Zwischenzeit machten sich Diego und Sonntag zu langen und gefährlichen Wanderungen in die Nachbarflecken auf, um nach Arbeit oder einer Lizenz zu fragen. Doch in jedem Dorf, in jedem Städtchen war die Antwort dieselbe: Fremde lasse man in diesen Notzeiten nicht herein, und von Gauklern mit ihren Zoten und albernem Zeug habe man ohnehin die Nase voll. Völlig erschöpft und mit jedem Mal mutloser kehrten sie von ihren Erkundungsmärschen zurück.

Schließlich hatte nicht einmal mehr Marusch etwas einzuwenden, als Klette und Wespe mit den größeren Kindern zum Betteln in die Stadt zogen. Die Mädchen hatten zwei unbewachte Nebenpforten entdeckt, durch die sie unbemerkt hindurchschlüpfen konnten, denn der Torwächter hatte längst Weisung erhalten, keinen von den Spielleuten mehr einzulassen.

«Klopft zuerst im Stift und bei den Franziskanerinnen an», gab Marusch ihnen sogar als guten Rat mit. «Schließlich sind diese Leute der christlichen Nächstenliebe verpflichtet.»

Doch die gelehrten Augustinerchorherren ließen sie vor verschlossenen Türen stehen, und von den Nonnen bekamen sie nichts als ein hartes Stück Brot in die Hand gedrückt. Es waren schlichtweg zu viele unterwegs, die nur noch ihre Lumpen auf dem Leib besaßen und sich die kärglichen Almosen streitig machten. An jeder Ecke wimmelte es von Siechen und Krüppeln, die den Passanten ihre Bettelschellen entgegenreckten, jeder hatte ein noch schlimmeres Gebrechen oder gab sich als hochschwanger oder als blöde aus, nur um einen Funken Mitleid bei den wenigen Wohlhabenden zu erregen. Die Stadt und die Chorherren stellten eigens Bettelvögte ab, um den Ansturm stadtfremder Bettler und Betrüger in den Griff zu bekommen. Wer nicht ein amtliches Bettelprivileg vorweisen und dazu ohne Stottern das Glaubensbekenntnis und die Zehn Gebote, das Vaterunser und das Ave Maria aufsagen konnte, wurde erbarmungslos verjagt. Für Klette, Wespe, Tilman und die anderen allerdings war das Ganze nichts als ein Katz- und Mausspiel. In den verwinkelten Gassen und Durchgängen entkamen sie den Aufsehern mit Leichtigkeit, und wurden sie doch einmal durchs Stadttor hinausgetrieben, kehrten sie durch die Nebenpforten unbemerkt wieder zurück.

Irgendwann verfiel Klette auf den alten Trick mit der Seife. Mit Schaum vorm Mund, die Augen grausam verdreht, warfen sie sich in den Schnee, heulten und schlugen um sich wie von Sinnen. Dieses Schauspiel verfehlte seine Wirkung nicht, es gab Münzen wie Brot, doch bereits beim dritten Mal gerieten sie an die Falschen. In ihrem Eifer hatten sie nicht bemerkt, dass unter den Zuschauern zwei bewaffnete Schergen in ihren langen bunten Röcken standen. Sie wurden an den Haaren in die Höhe gezerrt, erhielten einer nach dem andern deftige Hiebe und wurden zum nächsten Tor hinausgeschleift, unter der Androhung, sie würden allesamt am Pranger landen, ließen sie sich noch einmal in der Stadt blicken.

Bei Strafe einer weiteren Tracht Prügel verbot ihnen der Prinzipal, das Lager in den nächsten Tagen zu verlassen.

«Und nun?», fragte Marusch, nachdem die Kinder mit gesenktem Kopf im Wohnwagen verschwunden waren. «Wir haben nicht einmal mehr Kohle, um uns zu wärmen. Geschweige denn, etwas zu essen.»

«Morgen ist Sonntag.» Anna sah in die Runde. Ihre sonst so leise Stimme klang entschlossen. «Ich wäre bereit, mich vor die Stiftskirche zu stellen. Wer kommt mit?»

An diesem Nachmittag beschloss Marthe-Marie, Gott um Hilfe zu bitten. Ein eisiger Wind pfiff über die Schneewehen hinweg, als sie sich allein und entgegen Sonntags ausdrücklicher Anordnung auf den anstrengenden Weg zur Frauenbergkapelle machte. Ihre Beine, schwer wie Bleigewichte, schienen nicht zu ihrem Körper zu gehören, jeder einzelne Schritt hügelaufwärts bereitete ihr schier unüberwindliche Mühe. Vor ihren Augen flimmerte es. Überall endloses Weiß um sie herum. Die Füße in den durchlöcherten Stiefeln wurden zu Eisklumpen, die auf dem festgetretenen Pfad wegrutschten. Schemenhaft sah sie graue Gestalten, die wie sie bergaufwärts strebten und schwankten wie Betrunkene.

Das Schwindelgefühl in ihrem Kopf, das Brausen in den Ohren nahm zu, sie glitt aus und versank bis zur Hüfte in einem Berg aus Schnee. Dankbar schloss sie die Augen. Wie wunderbar weich war es um sie herum.

«Ihr müsst aufstehen, sonst holt Euch der Tod.»

Die Stimme war rau, aber nicht unfreundlich. Unwillig öffnete sie die Augen und sah über sich das schmale, gut geschnittene Gesicht eines jungen Mannes.

«Jonas!» Sie lächelte.

«Ich heiße Vitus. Aber Ihr könnt mich auch Jonas nennen, wenn Ihr nur wieder aufsteht. Haltet Euch an meiner Hüfte fest, dann ziehe ich Euch hoch.»

Als sie endlich aufrecht neben ihrem Helfer stand, sah sie, dass der Mann viel kleiner und schmächtiger war als Jonas. Er brachte sie bis zum Portal der Kapelle.

«Geht es wieder?»

«Ja, es war nur ein kurzer Schwächeanfall. Habt vielen Dank.»

«Ihr seid nicht von hier, nicht wahr?»

«Ich gehöre zu den Spielleuten draußen vor der Stadt. Wir können nicht weiterziehen, bei dem vielen Schnee. Seit Wochen schon sitzen wir dort fest.»

«So wie Ihr ausseht, geht es Euch ziemlich übel.»

Marthe-Maries Augen füllten sich mit Tränen, und sie schämte sich dafür.

«Die Kinder haben Hunger, und einer von uns ist sterbenskrank. Ich weiß nicht, wie es weitergehen soll», sagte sie leise.

«Ihr müsst beim Spitalmeister vorsprechen. Das Spital ist reich, ihm gehören viele Höfe und Wälder und sogar eine Mühle, und es ist daher nicht auf die hiesigen Bauern angewiesen. Es ist verpflichtet, an die Armen Brennholz und Essen auszugeben.»

«Aber wir sind Fremde, wir haben kein Recht auf Almosen.»

«Doch, habt Ihr, wenn Ihr seit einem Monat oder länger auf

376

Waldseer Gebiet lebt. Das ist eine Verordnung des Magistrats, und darauf könnt Ihr Euch berufen. Habt Ihr Kinder?»

«Eine kleine Tochter.»

«Dann überwindet Euren Stolz und geht zum Spital.»

Er öffnete das Kirchenportal und drückte ihr zum Abschied kurz den Arm. Dann war er verschwunden.

Sie tauchte ihre Hand in das Weihwasser, das ihr angenehm warm erschien, und bekreuzigte sich. Das Kirchenschiff war voller Menschen, die hier in ihrer Not Hilfe suchten. Trotzdem herrschte eine fast feierliche Ruhe. Marthe-Marie betete drei Ave Maria und drei Vaterunser, dann hielt sie Zwiesprache mit Gott, er möge Gnade zeigen und ihnen helfen. Sie gedachte der vielen Toten aus ihrer Familie und dem Kreis ihrer Gefährten. Zuletzt sprach sie noch ein Gebet für Caspar, diesen guten, stillen Mann, und bat Gott um dessen Rettung.

Doch für Caspar war die Zeit abgelaufen. Vielleicht hätte ein Wundarzt sein Leben mittels Amputation der brandig gewordenen Hände retten können. Aber wahrscheinlich hätte Caspars ausgezehrter Körper das ohnehin nicht lange überlebt. Inzwischen waren auch die Füße vom Brand befallen und sein Leib aufgetrieben wie eine Rindsblase. Sein entstellter, verstümmelter Körper ließ ihn aussehen wie ein Leprakranker, doch die Frauen wussten, dass dies kein Aussatz war und dass es keinen Grund gab, Caspar in den letzten Tagen seines Lebens von den anderen fern zu halten. So befand sich stets jemand an seinem Lager, Nase und Mund hinter Tüchern verborgen, um den bestialischen Gestank, den seine abgestorbenen Glieder verströmten, zu ertragen. Als es dem Ende zuging, stieg Marthe-Marie ein zweites Mal den Frauenberg hinauf, um den Priester zu holen, denn Caspar war Zeit seines Lebens gläubiger Katholik gewesen. Ohne Aufhebens und ohne die Erlaubnis des Propstes einzuholen, begleitete der Priester sie ins Lager und spendete die Sterbesakramente. Sogar zur Bestattung in seinem kleinen Kirchhof erklärte er sich bereit, sobald das Wetter die Überführung des Leichnams zulassen würde.

Zunächst schien es, als sei Caspar der einzig Unglückliche gewesen, den das Antoniusfeuer heimgesucht hatte. Dann aber kehrte Hans nach acht Tagen Turmstrafe ins Lager zurück, und mit ihm nur noch zwei seiner vier Musikanten: Die beiden ältesten waren schon kurz nach der Festnahme krank geworden, bald darauf begannen sich ihre Finger und Zehen schwärzlich zu verfärben, und man brachte sie als vermeintlich Aussätzige ins Siechenhaus vor den Toren der Stadt. Niemand wusste, ob sie noch am Leben waren.

Längst litt jeder von ihnen an der Auszehrung, hustete oder klagte über Hals- und Kopfschmerzen. Erst wurden Antonia und Lambert von hohem Fieber befallen, dann Salome und der Prinzipal und schließlich auch die kleine Lisbeth. Die anderen hatten alle Hände voll zu tun, sich um die Kranken zu kümmern, sie je nach Hitzeanfall auf- oder zuzudecken, Wadenwickel anzulegen und für ausreichendes Trinken zu sorgen. Marusch wich nicht von der Seite ihrer kleinen Tochter, und Agnes legte sich neben ihre Freundin, mit der Behauptung, ebenfalls sehr krank zu sein. Dabei war sie die Einzige, die noch halbwegs bei Kräften war, und Marthe-Marie wunderte sich nicht zum ersten Mal über die zähe Natur ihrer Tochter. Seitdem sie bei den Gauklern lebten, war Agnes nicht ein einziges Mal krank gewesen, von ihren zahlreichen schmerzhaften Stürzen einmal abgesehen.

Vielleicht wären sie, einer nach dem anderen, in aller Stille verhungert, hätte das städtische Spital sie nicht tatsächlich mit Almosen versorgt. Nachdem Diego dort eines Tages vorgesprochen hatte, marschierte er nun mit Quirin jeden Morgen zur Spitalpforte in der Stadtmauer, um dort auf den Knecht zu warten. Meist wurde ihr Korb mit Brot, Hafermus und Latwerge, einem sirupartigen Fruchtsaft, gefüllt, mitunter war auch noch ein Schlag trockenen

378

Brennholzes dabei. Diego und Quirin waren sich inzwischen todfeind, doch hätte man für diesen Gang trotz der kurzen Wegstrecke niemand anderen bestimmen können, so gefährlich war es in diesen Tagen, mit einem Korb voller Lebensmittel unterwegs zu sein.

Es war indes nicht viel, was die beiden jeden Morgen in den Wohnwagen brachten, und satt wurde davon keiner. Stumm verteilte Marusch die Kostbarkeiten: Hafermus an die Kranken, Löffel für Löffel, dann das Brot und die Latwerge an die Übrigen. Stumm kaute jeder an dieser einzigen Mahlzeit des Tages. Und weitgehend stumm verging auch der Rest des Tages. Außer um ihre Notdurft zu verrichten, verließ Marthe-Marie den Wagen nicht mehr. Beinahe regungslos hockte sie auf ihrem Strohlager und starrte vor sich hin. Ihr Kopf fühlte sich angenehm leer an, nichts drang mehr in sie ein, weder Empfindungen noch Geräusche. Und wenn sie etwas dachte, war es stets dasselbe: Warum bin ich hier?

Marthe-Maries Körper hing kopfüber vom Galgen, die Hände waren am Rücken zusammengebunden, die Stirn schwebte eine Handbreit über dem Boden. Sie wand sich wie eine Schlange, doch aus ihren geöffneten Lippen drang kein Laut. Vor ihr stand eine schmächtige Gestalt, mit einer Teufelsmaske auf den Schultern, und schnitt ihr mit einem Messer die Kleider vom Leib, langsam und genüsslich, bis sie splitternackt war. Vor Kälte färbte sich ihre Haut bläulich. Da streckte die Teufelsgestalt mit höhnischem Lachen die Arme zum Himmel, und wie auf Befehl erhob sich ein Schneesturm. Dichte, schwere Flocken wirbelten um Marthe-Maries Körper, die Schneedecke unter dem Galgen stieg höher und höher, bis erst ihre Stirn, dann ihr Kopf in der weißen Masse verschwanden. Jetzt erst hörte man ihren Schrei, dumpf und wie aus weiter Ferne, drei schwarze Raben kreisten über dem Galgen, die Schneemassen hatten bald ihren Körper bedeckt, bis nur noch das gespannte Seil zu sehen war.

Als Jonas erwachte, lag seine Decke am Boden; er war schweißnass. Mit jeder Faser seines Körpers spürte er, dass Marthe-Marie in Gefahr war. Vielleicht lag sie längst irgendwo am Straßenrand, erschlagen, erfroren, verhungert. Er hatte sie mit eigenen Augen gesehen, die Leichen der Bettler und Obdachlosen, die in diesem schrecklichen Winter nirgendwo Schutz gefunden hatten, die Leichen der Landfahrer am Straßenrand, die von Wegelagerern erschlagen worden waren, um eines Stücks Brot oder ein paar Pfennigen willen.

Voller Verzweiflung barg er sein Gesicht in den Händen. Was gäbe er darum, Marthe-Marie noch einmal wieder zu sehen. Ein einziges Mal nur. Nie wieder würde er sie gehen lassen.

❧ 36 ❧

Ende Februar setzte endlich Tauwetter ein. Doch das, worauf die Menschen ihre Hoffnung gesetzt hatten, gereichte ihnen gleichfalls zum Verderben: Binnen zweier Tage wurden die Schneemassen zu matschigem Brei, dazu ergossen sich immer wieder kräftige Schauer aus einem schweren, dunklen Himmel. Der Boden vermochte das Wasser nicht mehr aufzunehmen, Bäche und Flüsse traten über die Ufer und überfluteten an vielen Stellen die Landstraßen. Himmel und Erde schienen sich zu vermischen und eins zu werden in einem schmutzigen, nassen Grau.

Für die Spielleute war an Aufbruch nicht zu denken. Ihre Wiese stand unter Wasser, an manchen Stellen fast kniehoch. Statt ihrer ausgemergelten Maultiere hätte es dreier kräftiger Ochsen bedurft, um die Wagen und Karren aus dem Schlamm zu zerren. Und Leonhard Sonntag, Salome und Lambert kämpften immer noch gegen ihre Fieberanfälle.

Marusch machte sich ernsthafte Sorgen um ihren Mann. Hohlwangig und abgemagert lag er auf seinem Strohlager, die meiste Zeit mit geschlossenen Augen. Das ist nicht mehr der Prinzipal, den ich ihn Freiburg kennen gelernt habe, dachte Marthe-Marie. Wie alt er aussieht, alt und hilflos.

Auch Marusch wirkte verändert. Zwar waren zu ihrer Erleichterung Lisbeth und Antonia wieder auf den Beinen, doch um ihre Mundwinkel hatten sich tiefe Falten eingegraben, die Haut sah grau aus, ihre kräftigen dunkelroten Locken waren plötzlich fahl und strähnig. Und ihr Blick, der immer so viel Lebensfreude und Energie ausgestrahlt hatte, war müde geworden.

Wie sie jetzt ihrem Mann mit einem Schwamm die rissigen Lippen befeuchtete, zitterten Maruschs Hände, und in ihren Augen standen Tränen. In diesem Augenblick erwachte Marthe-Marie aus ihrer Lethargie.

«Er wird wieder gesund», flüsterte sie und erhob sich mühsam, um sich neben ihre Freundin zu setzen. «Ganz bestimmt.»

Marusch schwieg. Von draußen hörten sie Diegos Stimme, der zusammen mit Quirin und den beiden Artisten Graben um Graben zog, damit das Wasser unter den Wagen abfließen konnte. Kurz darauf steckte er den Kopf zur Tür herein.

«Könnte eine von euch vielleicht mithelfen, statt wie die Gräfinnen herumzusitzen? Ein wenig Bewegung an der frischen Luft würde euch gut tun.»

«Geh du», sagte Marthe-Marie. «Wenn er zu sich kommt, rufe ich dich.»

Marusch nickte und ging hinaus.

Diego führte inzwischen das Regiment. Ohne ihn, dachte Marthe-Marie manchmal, wäre hier längst alles aus dem Ruder gelaufen. Sie sah hinüber zu Lisbeth und Agnes, die eng aneinander gekuschelt schliefen. Irgendwann würde sie ihrer Tochter von dem Leben bei den Gauklern erzählen, von den guten und den schlimmen Zeiten im Kreise dieser Menschen. Denn dass sie die Gaukler verlassen würde, sobald dieser Winter vorbei war, wusste Marthe-Marie inzwischen.

In Waldsee kam nach der Schneeschmelze der Alltag der Menschen allmählich wieder in Gang. Die Menschen liefen barfuß, mit geschürztem Rock durch Dreck und Schlamm, Alte und Kranke wurden auf den Rücken genommen. Bald fand wieder regelmäßig Markt statt. Die ersten Bauern und Krämer besuchten mit ihren Waren die Stadt, Fremde wurden eingelassen, die Mühlen und Werkstätten nahmen ihre Arbeit wieder auf.

Antonia entdeckte als Erste, dass auf der Fahrstraße neben ihrer Wiese wieder schwere zwei- und vierspännige Frachtwagen rollten. Sie und Marthe-Marie errichteten gerade auf einer halbwegs trockenen Stelle das Dreigestänge für den großen Kessel – zum ersten Mal seit langer Zeit würde es wieder eine heiße Suppe für alle geben, wenn auch nur dünne Wassersuppe mit Gras und Löwenzahn.

«Sieh mal, die Wagen dort», rief das Mädchen. «Dem Himmel sei Dank, wir können aufbrechen.»

«Erst wenn dein Vater und die anderen wieder gesund sind.»

Antonia lachte. «Die sind schnell auf den Beinen, wenn ich ihnen sage, dass die Straßen wieder befahrbar sind.»

Als ob der Himmel ihre Worte unterstreichen wollte, brach in diesem Moment die Sonne durch das hohe Gewölk. Marthe-Marie empfand ihre Strahlen, diese erste milde Wärme der frühen Märzsonne, wie ein kostbares Geschenk. Zwei Tage später spannten sie ein und verließen die Stadt in Richtung Bodensee.

Einen halben Tagesmarsch weiter, auf einer Anhöhe des Altdorfer Waldes, mussten sie Halt machen, da die Maultiere bereits vollkommen erschöpft waren.

«Bleiben wir erst mal hier», beschied der Prinzipal, der in eine Decke gehüllt wieder seinen Platz auf dem ersten Wagen eingenommen hatte. «Hier ist es hell und sonnig, und nach Ravensburg ist es nicht mehr allzu weit.»

Kurz darauf standen die Wagen im kleinen Kreis um eine flackernde Feuerstelle. Kreuz und quer waren Schnüre gespannt, auf denen Decken, Strohsäcke und Kleider zum Trocknen hingen. Die Frauen machten sich auf die Suche nach ersten frischen Kräutern, die Kinder genossen es, endlich wieder im Freien toben zu können, und die Männer taten schlichtweg nichts: Mit ausgestreckten Gliedern saßen oder lagen sie auf den Wagen und streckten ihre Gesichter der Sonne entgegen.

Als es gegen Abend ging, rief Marusch die anderen mit ihrem Kutscherhorn zum Essen: Eine Kräuterbrühe dampfte im Kessel, mit wilden Beeren als Einlage, die die Vögel halb vertrocknet an den Sträuchern übrig gelassen hatten. Doch niemand mochte über dieses magere Essen murren, denn die Stimmung der Gaukler war mit diesen ersten Sonnentagen wie ausgewechselt. Die warme Jahreszeit lag vor ihnen, alles konnte nur besser werden. Einzig Marthe-Marie vermochte diese freudige Zuversicht nicht zu teilen. Den ganzen Nachmittag schon hatte eine Unruhe sie ergriffen, die sie sich nicht erklären konnte. Ihr war, als ob ein Gewitter in der Luft liege. Doch der blassblaue Märzhimmel versprach eine milde, trockene Nacht. Wahrscheinlich bin ich vollkommen überspannt, dachte sie und behielt ihre Empfindung für sich.

Die Kinder erschienen als Letzte zum Essen. Sie wirkten verängstigt, und Marthe-Marie sah sofort, dass Agnes fehlte. Da wusste sie, dass ihre Vorahnung sie nicht getrogen hatte.

«Wo ist Agnes?» Ihre Stimme zitterte.

«Wir haben sie überall gesucht.» Clara sah zu Boden. Es war ihre Aufgabe, auf die beiden Jüngsten zu achten.

Marusch packte ihre Tochter hart am Arm.

«Warum ist sie nicht bei dir?»

Clara begann zu weinen. «Wir haben Verstecken gespielt, und dann war sie auf einmal weg.»

Marusch holte aus und schlug ihr ins Gesicht.

«Lass sie.» Marthe-Maries Stimme war nur noch ein Flüstern. Ihr war, als habe eine unsichtbare Macht ihr alle Kraft aus den Gliedern gezogen. Diego war mit schnellen Schritten bei ihr, als sie schwankte und zu Boden sank.

«Beruhige dich.» Er strich ihr übers Haar. «Wir gehen sie suchen. Noch ist es hell. Und du bleibst hier, falls sie zurückkommt.»

Sie durchkämmten den Wald in alle Richtungen, schritten die Landstraße ab, ließen immer wieder das Horn ertönen, doch als sie schließlich die Hand vor den Augen nicht mehr sehen konnten, brachen sie die Suche ab.

Marusch brachte ihre Freundin in den Wohnwagen.

«Sie wird sich verlaufen haben. Bestimmt hat sie einen Unterschlupf gefunden. Die Nacht ist ohne Frost, sie wird nicht allzu sehr frieren. Du wirst sehen, morgen früh finden wir sie.»

«Sie wird sich zu Tode fürchten.»

«Nein. Deine Agnes ist eine richtige Gauklertochter. Eine Nacht im Wald hält sie durch.»

Jetzt erst begann Marthe-Marie zu weinen. Ihr ganzer Körper bebte, sie kam gegen das heftige Zittern nicht an, bis Diego sie schließlich festhielt und Marusch ihr einen Trank aus Ambrosius' Apotheke einflößte. Danach lag sie still da, mit flachem Atem, nur hin und wieder drang ein unterdrücktes Stöhnen über ihre Lippen. Im Dunkel des Wagens tauchte Agnes' lachendes, vorwitziges Gesicht auf, dann wieder sah sie sie im Unterholz liegen, mit gebrochenem Bein, zerschlagener Stirn, in den Fängen eines Raubtiers.

Sie ließen die ganze Nacht das Feuer brennen. Auch Diego und Marusch blieben wach. Immer wieder gingen sie hinaus, um Holz nachzulegen oder etwas abseits des Lagers in das Kutscherhorn zu blasen.

384

Irgendwann in der Nacht erschien Salome und legte ihre Hand auf Marthe-Maries eiskalte Stirn.

«Ich habe eben von Agnes geträumt. Sie ist wohlauf.»

Marthe-Marie schreckte hoch. «Wo ist sie?»

«Das konnte ich nicht erkennen. Aber sie ist nicht allein. Nun versuch zu schlafen, sie wird bald wieder bei dir sein.»

Bei Sonnenaufgang setzten sie die Suche fort. Diesmal ließ es sich Marthe-Marie nicht nehmen, mitzukommen. Sie schwärmten sternförmig in alle Himmelsrichtungen aus. Bald hatte Marthe-Marie einen schmalen Pfad entdeckt, der zu einem Weiher im Wald führte. Sofort packte sie die Angst, Agnes könne ertrunken sein. Sie sah die glatte dunkelbraune Wasseroberfläche vor sich, und wieder ergriff sie ein heftiges Schwindelgefühl.

Ein Rascheln schreckte sie auf. Nur wenige Schritte vor ihr flatterte ein Auerhahn aus dem Unterholz. Und dann sah sie die Gestalt zwischen den Bäumen stehen.

Er war es, auferstanden von den Toten, aus ihren Albträumen ins Leben getreten. Hatte sie eben geschrien? Für einen Moment setzte ihr Herzschlag aus, dann zog eine unsichtbare Kraft sie vorwärts. Wie unter Zwang setzte sie Schritt vor Schritt, immer dieses bleiche, verzerrte Gesicht vor Augen, das wie ein Totenschädel vor ihr aus dem Laubwerk schimmerte. Ganz nah war sie herangekommen, da hörte sie das Flüstern, erkannte, wie sich die vernarbten Lippen bewegten und Worte formten.

«Sie ist in meiner Gewalt», flüsterte die Stimme. «Hol sie dir im Steinbruch», und: «Kommst du nicht allein, bringe ich sie um.»

Marthe-Marie schloss die Augen. Dann war alles vorbei. Sie hörte Zweige knacken, sah kurz darauf einen Schatten die Böschung zur Landstraße hinaufhuschen, eine Hand legt sich ihr fest auf die Schulter. Mit einem erstickten Schrei fuhr sie herum.

«Himmel, was ist mit dir?» Marusch sah sie besorgt an.

«Es ist nichts», flüsterte sie. «Ich bin nur erschrocken. Ein Auerhahn. Hab ihn wohl aufgescheucht.»

Ihre Augen flackerten.

«Komm.» Marusch nahm sie beim Arm. «Ich bringe dich zurück. Du wartest am besten im Lager.»

Nur das nicht. Nur weg von den anderen, sie musste allein sein. Und den Steinbruch finden. Er hatte ihr Kind entführt und würde es töten, wenn sie nicht käme.

«Nein, lass mich. Geh weitersuchen, bitte.»

Maruschs Blick wurde fragend. «Du siehst aus, als wärest du dem Leibhaftigen persönlich begegnet. Was ist geschehen?»

Marthe-Marie ballte die Fäuste. «Wenn ich es doch sage. Ich habe mich nur erschrocken.» Unruhig sah sie sich um.

Marusch betrachtete sie prüfend, dann ließ sie sie los.

«Wie du meinst. Dann nehme ich den Pfad links vom Weiher.»

Marthe-Marie nickte nur. Ihr Widersacher war rechts des Weihers verschwunden. Sie wartete noch, bis Marusch im Unterholz verschwunden war, dann machte sie sich auf den Weg hinauf zur Straße.

Dort schlug sie, ohne nachzudenken, die Richtung nach Waldsee ein. Es ging leicht bergab. Hinter jeder Biegung vermutete Marthe-Marie ihren Verfolger, die Angst nahm ihr fast den Atem. Doch die Sorge um ihr Kind trieb sie Schritt für Schritt vorwärts, immer näher zu ihm. Womöglich war das das Ende ihrer Reise, das Ende ihres kurzen Lebens. Wenn Agnes nur nicht alleine sterben musste, dann würde sie mit Gott nicht hadern wollen.

Sie hatte kein Gefühl dafür, wie lange sie schon unterwegs war, als sie mitten auf der Straße einen deutlich von Menschenhand zugespitzten Knüppel liegen sah. Seine Spitze zeigte nach links.

Benommen trat sie an die Böschung am Wegesrand und entdeckte einen steinigen Pfad, der zwischen dichtem Strauchwerk nach unten führte. Ihre Füße tasteten sich wie selbständige Wesen voran, in ihrem Kopf hämmerte ein einziges Wort gleich den Schlägen einer Axt: Agnes! Als sie den Steinbruch erreichte, war niemand zu sehen.

«Hier entlang!»

Hinter den zur Seite gebogenen Zweigen eines Haselgebüschs erschien sein Gesicht, lächelnd, von der wulstigen Narbe grotesk entstellt.

«Du bist allein.» Seine Augen verengten sich zu Schlitzen. Er trat auf sie zu, ergriff ihren Arm und zerrte sie hinter den Busch, wo sich eine halbkreisförmige Freifläche vor abgeschlagenen Felsen befand.

«Wo ist meine Tochter?»

«Nicht weit von hier.»

«Ich will sie sehen.»

Er stieß ein kaltes Lachen aus. «Du hast hier keine Bedingungen zu stellen, Hexentochter. Los, dreh dich um.»

Sie gehorchte widerstrebend. Rasch band er ihr die Hände auf dem Rücken zusammen, dann stieß er sie zu Boden und kniete sich neben sie.

«Wenn du auch nur einen Schrei herauslässt», er zog einen Dolch aus seinem Gürtel und legte ihn neben sich, «dann steche ich zuerst dich, dann deine Tochter ab. Hast du das verstanden?»

Sie nickte.

Er griff ihr in die Haare. «Antworte gefälligst, wenn ich mit dir rede. Ob du mich verstanden hast?»

«Ja.»

«Lauter!»

«Ja!»

Er riss ihr Leibchen entzwei und betrachtete ihre nackten Brüste. Seine Lippen begannen zu zittern.

387

«Gibst du zu, dass du mit Satan buhlst, wie es schon deine Mutter getan hat?»

Sie starrte ihn entsetzt an.

Er spuckte auf ihre Brüste. «Gibst du es zu?»

«Nein.»

«Wie dumm von dir. Für jede Lüge wird sich die Qual deiner Tochter verlängern. Und deine auch.»

Er nahm den Dolch und fuhr damit sanft in die Spalte zwischen ihren Brüsten. Eine Kette feiner roter Blutstropfen trat hervor. «Gestehst du nun, dass du dich Satan in Wollust hingibst?»

«Ja.» Ihre Antwort war nur ein Hauchen. Sie schloss die Augen. Herr, auch wenn du mich aufgibst, um meiner vielen Sünden willen – rette wenigstens meine Tochter. Sie hat niemals etwas Böses getan.

Wie aus weiter Ferne hörte sie seine Stimme. «Ich weiß alles über dich. Meister Siferlin hat mir in den letzten Stunden seines Lebens verraten, dass du keine Mangoltin bist, sondern die Tochter einer Hexe, in sündiger Wollust gezeugt von einem Schlossergesellen namens Benedikt Hofer. Ja, da staunst du, was ich weiß. Dein Leben ist nichts als eine einzige Lüge, aus Dreck und Sünden zusammengebacken, nicht mehr wert als der Auswurf eines Siechen. Hast geglaubt, du könntest dich verstecken bei diesen Landstreichern. Doch mich, Meister Wulfhart, kannst du nicht in die Irre führen.»

«Woher – kennt Ihr meine Mutter? Woher – Siferlin?» Sie konnte kaum Sprechen vor Entsetzen.

«Ich war ja dabei.» Sein Kichern klang nun vollkommen irre. «Ich war dabei, wie mein Vater Catharina Stadellmenin die Daumen zu Brei gequetscht hat. Wie er sie aufgezogen hat, bis ihr die Sehnen gerissen sind. Ich hab ihr sogar eigenhändig die spanischen Stiefel angelegt –»

«Hört auf!!!»

Er schlug ihr mit der flachen Hand ins Gesicht. «Halt's Maul und hör zu. Ich bin noch längst nicht fertig. Mein Vater war eine Memme. Er hat es kaum geschafft, sie zum Geständnis zu bringen. Schlappschwänze waren sie alle, wenn es gegen die Hexen ging. Genau wie dieser Textor, der sein Amt als Commissarius niedergelegt hat, weil sie ihm so Leid taten. Wäre ich damals bereits Henker der Stadt gewesen – ich hätte diese Brut mit einem Schlag vernichtet, dann wäre nicht vier Jahre später alles erneut losgegangen. Doch ich durfte ja nur Handlangerarbeit verrichten und musste mit ansehen, wie mein weibischer Vater die Wunden dieser Unholdinnen nach jeder Tortur versorgte wie ein Baderchirurg. Doch danach habe ich mir genommen, was mir zustand. Alle mussten sie ihre Beine breit machen, auch die Stadellmenin, als sie mit zerschmetterten Gliedern am Boden lag. Und weißt du, was mich deine erbärmliche Mutter in ihren letzten Momenten genannt hat? Einen dreckigen Hurensohn.»

Er holte Luft. «Ja, ich bin der Sohn einer Hure und eines Henkers. Das hat Gott mir als Schicksal auferlegt. Doch deine elende Mutter hatte am allerwenigsten das Recht, mir dies zu sagen. Dafür musste sie büßen. Und dafür, dass sie meinen großen Meister und einzigen Freund durch Verrat den Schergen ausgeliefert hatte.»

Seine Stimme wurde plötzlich dumpf. «Weißt du, wie es sich anfühlt, wenn man von der Stunde der Geburt an gemieden wird wie die Pest? Wenn auf der Gasse die anderen Kinder Steine nach dir werfen, du als Erwachsener in der Kirche, in der Schankstube abseits sitzen musst, auf diesem dreibeinigen Stuhl, den sie den Galgenstuhl nennen, und sich dir keiner auf mehr als drei Schritte nähert? Wenn du all die dreckigen Aufgaben übernehmen sollst, für die sich sogar Bettler und Aussätzige zu schade sind? Wenn du schon als Kind stinkende Kadaver abdecken musst oder bis zur Hüfte in Kloakengruben stehen? Wenn dir Abendmahl und kirchliche Trauung verwehrt sind und man dich nach dem Tod auf dem Schindacker verscharrt? Wenn nur gekaufte Frauen dir Lust verschaffen und dabei vor Abscheu das Gesicht verziehen? Nein, das weißt du nicht!

Nur Meister Siferlin fühlte weder Angst noch Ekel in meiner Gegenwart. Er hatte erkannt, dass wir im Inneren rein sind, weil wir uns derselben Mission verschrieben haben: nämlich die vom Teufel und von ihrer Triebhaftigkeit beherrschten Hexenweiber zu vernichten. Bis zu seinem Tod durch die Hand meines Vaters stand ich ihm zur Seite, und ich schloss mit ihm, bevor er aufs Rad geflochten wurde, einen Pakt: Ich gab ihm mein Wort, dich zu finden und zu töten; er versprach mir dafür das Gold, das du von deiner Mutter geerbt hast.»

In Marthe-Maries Gehirn rasten nur noch wirre Gedankenfetzen. Ihr war, als habe sich die Welt in Wahnsinn aufgelöst. «Es gibt kein Erbe.»

«Ich weiß wohl, dass du das Hexengold versteckt hältst, um es nicht mit deinen Gauklerfreunden teilen zu müssen. In deiner unstillbaren Gier läufst du sogar in diesen Lumpen herum und hungerst mit ihnen. Und ich weiß auch, wo du es versteckt hältst. Es ist im Haus deines Vaters. Alles hat Meister Siferlin mir verraten.»

«Glaubt mir, ich weiß nicht einmal, wo mein Vater lebt.»

Wieder schlug er ihr ins Gesicht.

«Lügen, Lügen, Lügen! Ich weiß, dass du auf dem Weg zu ihm bist.» Dann lächelte er. «Du wirst es mir schon verraten. Oder ist dein Balg dir weniger wert als ein Schlauch voller Gold? Aber es eilt ja nicht.» Er löste den Gürtel an seinem Wams. «Zuerst will ich mir den anderen Teil meiner Belohnung holen.»

Er erhob sich, zog Wams und Beinkleider aus und öffnete sein Hemd. Marthe-Marie starrte auf seine unbehaarte schmale Brust und die hoch aufgerichtete Rute, die von einer Länge war, wie sie es noch nie bei einem Mann gesehen hatte. Mit einem unterdrückten Schrei schloss sie die Augen.

«Schau nur hin.» Sein Lachen dröhnte ihr in den Ohren. «Du bist ein Gefäß der Sünde, Weib, aber wenn ich mit dir fertig bin, wird es nicht mehr zu gebrauchen sein!»

Im nächsten Moment spürte sie sein Gewicht auf ihrem Körper. Sie versuchte sich aufzubäumen. Er riss sie an den Haaren zurück, stemmte sich mit seiner ganzen Kraft zwischen ihre Beine. Das Letzte, was sie hörte, waren laute Schreie, dann krachte etwas gegen ihre Schläfe, ihr wurde schwarz vor Augen, und sie fiel in eine endlose finstere Schlucht.

Als sie die Augen aufschlug, spürte sie Agnes' Lockenkopf sich an ihre Wangen schmiegen.

«Agnes!» Sie zog den Umhang weg, mit dem sie zugedeckt war, und umschlang ihre Tochter. So hatte sie es also überstanden. Sie war fast erstaunt, wie leicht der Tod vonstatten gegangen war.

Agnes begann zu weinen. «Der Mann war so böse.»

Erst allmählich verstand Marthe-Marie, dass sie immer noch in der Welt der Lebenden war, und das Grauen überkam sie von neuem. «Hat er dir weh getan?»

«Nein, aber er hat mir nichts zu essen und zu trinken gegeben und die Füße zusammengebunden, damit ich nicht weglaufen konnte.»

«Meine Kleine.» Sie lachte und weinte gleichzeitig. Da erst entdeckte sie ein paar Schritte weiter Marusch, Sonntag, Diego, Lambert und Quirin. In ihren Augen las sie einen stummen Ausdruck des Entsetzens.

«Wo ist er?», stammelte sie, als Marusch sich neben sie auf den Boden kniete. Ihr Kopf dröhnte.

«Im Steinbruch. Gefesselt und geknebelt. Du musst keine Angst mehr haben. Kannst du aufstehen, oder sollen wir eine Trage holen?»

«Nein, es geht schon wieder.»

Sie erhob sich mühsam und griff nach Agnes' kleiner Hand. Wie warm sie sich anfühlte. Wie lebendig.

«Was ist geschehen?» Sie sah zu Diego. Sein Gesicht war leichenblass. An seiner Stelle antwortete Marusch.

«Nachdem du dich so seltsam benommen hast, bin ich dir heimlich hinterhergelaufen, und dann hab ich dich mit diesem Dreckskerl im Steinbruch gesehen. Ich bin sofort zurück, um Hilfe zu holen, und Gott sei Dank habe ich Diego und die anderen gleich gefunden. Wir sind gerade noch rechtzeitig gekommen. Wie eine Furie ist Diego über den Kerl hergefallen, die anderen hinterdrein. Dabei hast du dann wohl auch einen Schlag gegen den Kopf abbekommen.»

«Hat er mich –?» Sie biss sich auf die Lippen.

Marusch lächelte. «Mach dir darum keine Sorgen.»

Marthe-Marie trat zu Diego und den anderen Männern, um sich zu bedanken. Aber sie brachte kein Wort heraus und sah nur schweigend von einem zum andern. In diesem Moment der Stille war nichts als der Wind zu hören, der leise in den Blättern rauschte. Sie schaute diese zerlumpten, ausgemergelten Menschen an, und sie spürte ihre Sorge und Liebe wie die wärmenden Strahlen der Sonne.

Ein heiseres Stöhnen drang aus dem Steinbruch, ein Ächzen, das kaum von einem menschlichen Wesen herrühren konnte. Ihr schauderte.

«Wir müssen ihn in die nächste Stadt vor Gericht bringen.»

«Nein.» Der Prinzipal räusperte sich. «Wir haben beschlossen, ihn zu töten.»

«Das könnt ihr nicht machen. Das hieße, Unrecht mit Unrecht zu vergelten.»

«Ihn in die Stadt bringen hieße, Unrecht mit Unrecht zu vergelten. Oder glaubst du, die Obrigkeit würde in solch einem Fall Recht sprechen? Hast du vergessen, wer dieser Wulfhart ist? Er ist

392

der Sohn des Henkers deiner Mutter und inzwischen einer der berühmten Biberacher Scharfrichter. Sie würden ihn sofort freilassen, und Agnes und du ihr würdet niemals Ruhe finden. Womöglich würden dich sogar die Schergen holen und nach Freiburg ausliefern. Nein, Marthe-Marie, es gibt keinen anderen Weg, als das Schwein endgültig von dieser Erde verschwinden zu lassen. Soll seine Seele für ewig in der Hölle schmoren.»

Sie öffnete den Mund zum Protest, aber Marusch sagte schnell: «Denk daran, was er deinem Kind antun wollte!» Marthe-Marie sah von einem zum anderen und wusste, dass niemand die Gaukler von ihrem Entschluss abbringen konnte: Wulfhart würde sterben.

«Marusch bringt dich und Agnes ins Lager zurück», fuhr der Prinzipal fort. «Sagt Valentin, Severin und den Musikanten, sie sollen herkommen. Wir wollen besprechen, was zu tun ist. Ihr Frauen bleibt mit den Kindern im Lager. Wartet, da ist noch etwas. Wir haben den Kerl ein wenig zum Reden gebracht. Ganz offensichtlich war er auch hinter einem Wasserschlauch voll Gold her, dem Hexengold, wie er es nannte. Dieser Hartmann Siferlin hat es ihm als Lohn versprochen und wohl angedeutet, dass sich dieser Schatz in einem Haus befände, in dem du deine Wurzeln hast. Kannst du das erklären?»

«Dann seid ihr jetzt auch hinter dem Gold her?», entfuhr es Marthe-Marie. Doch sofort bereute sie ihre Bemerkung, denn Sonntag schüttelte nur müde den Kopf.

«Nein. Aber du hast Marusch einmal erzählt, dass deine Mutter nicht ohne Vermögen war und dass Siferlin, nachdem er sie auf den Scheiterhaufen gebracht hatte, das gesamte Erbe unterschlagen hat. Es ist dein Erbe, von dem hier die Rede ist, Siferlin scheint alles, was er ergaunert hat, irgendwo gehortet und versteckt zu haben. Was hat das also mit deinen Wurzeln auf sich?»

«Ich weiß es nicht.» In ihrem Kopf geriet alles durcheinander. «Es muss mit meinem leiblichen Vater zusammenhängen – vielleicht ist das Haus gemeint, in dem ich gezeugt wurde, in Freiburg.» Sie begann plötzlich zu weinen. «Ich will damit nichts zu tun haben, das ist doch alles vorbei.»

«Komm.» Marusch legte den Arm um ihre Schulter. «Gehen wir.»

Doch als sie die Fahrstraße erreicht hatten, blieb Marthe-Marie stehen. «Ich muss ihn noch einmal sehen.»

«Das ist nicht dein Ernst.»

«Geh du mit Agnes zurück. Bitte.»

Marusch sah sie besorgt an. «Es wird schmerzhaft für dich sein.»

«Trotzdem.»

Als sie sich dem Steinbruch näherte, hörte sie ein jämmerliches Wimmern. Sie trat hinter die Felsen und sah den gefesselten Wulfhart auf dem Boden kauern, mit dem Rücken zu ihr und nackt bis auf sein Hemd. Fast ratlos standen die Männer um ihn herum. Ein eisiger Schauer lief ihr über den Rücken, während sie näher trat. Wulfhart hob den Kopf und sah sie verächtlich an.

Das Herz schlug ihr bis zum Halse, doch ihre Stimme war überraschend fest, als sie sagte: «Meine Mutter war keine Hexe. Doch in dir steckt der Teufel.»

«Du dreckiges Satansweib.» In hohem Bogen spuckte er aus.

Das war der Augenblick, in dem die Tatenlosigkeit der Männer in ungebändigte Wut umschlug. Marthe-Marie hätte später nicht sagen können, wer angefangen hatte: Irgendwer trat, irgendwer schlug auf den Gefesselten ein, ein anderer zog ihn an den Haaren in die Höhe. Sie sah nur noch hassverzerrte Gesichter, hörte die dumpfen Schläge von Stöcken, dazwischen gellende Schreie, ein Messer blitzte auf, Blut schoss aus der Stelle, wo sich Wulfharts linkes Ohr befunden hatte, dann stak die Klinge bis zum Schaft in seiner Schulter, im nächsten Moment im Bauch. Alles Unrecht, das die Männer in den letzten Jahren erfahren hatten,

394

schien sich in diesem blindwütigen Schlachtfest, diesem aberwitzigen Blutrausch zu entladen. Wie zäh Wulfhart war, wie er sich wehrte und wand gleich einem Fisch an der Angel. Sein Hemd war längst nur noch ein blutgetränkter Fetzen, Nase und Augen waren zerschlagen, als ihm plötzlich eine schleimige rote Masse aus dem aufgerissenen Mund quoll und seine Schreie in gurgelnden Lauten erstickten. Immer weiter stachen und prügelten die Männer auf ihn ein, auf diesen erbärmlichen Körper, aus dem das Leben nicht weichen wollte.

Entsetzt taumelte Marthe-Marie zurück und sank zu Boden, Hob nicht einmal den Kopf, als es um sie herum still wurde.

«Es ist vorbei», hörte sie neben sich Diego flüstern. Sie stieß ihn weg und sprang auf.

«Was seid ihr für Bestien!»

Dann stolperte sie davon, mitten durch das Strauchwerk, die Böschung hinauf auf die Fahrstraße. Nur fort von diesem Grauen, zu Agnes wollte sie und rannte, so schnell sie konnte.

∽ 37 ∼

Zum Erstaunen aller schien Agnes keinen Schaden genommen zu haben. Vielleicht war das Kind ja durch sein Leben bei den Gauklern an die seltsamsten Situationen gewöhnt und hatte alles nur für ein Theaterspiel genommen. Jedenfalls plapperte und erzählte Agnes an diesem Nachmittag ununterbrochen von dem ‹hässlichen, bösen Mann›, der sie beim Versteckspiel entführt, durch den Wald geschleppt und an einen verzauberten Ort mit riesigen Steinen und Höhlen gebracht hatte.

Sie saß, umringt von den anderen Kindern, und Frauen, am Feuer, in den Schoß ihrer Mutter geschmiegt, und genoss sichtlich ihre Rolle als Geschichtenerzählerin. Wieder und wieder musste sie beschreiben, wie grauslich der Mann ausgesehen hatte mit seiner Narbe auf der Oberlippe und den kleinen roten Augen, wie grob er gewesen war, als er sie vor einer Höhle einfach zu Boden gestoßen und ihre Beine gefesselt hatte. In ihren Erinnerungen wurde der schmächtige Wulfhart zu einem Riesen mit hinkendem Bocksbein und einer Stimme wie Donner. Doch niemals habe sie ein einziges Mal geweint, beteuerte sie ein ums andere Mal.

Marthe-Marie konnte Agnes' lebhafte Schilderungen zunächst kaum ertragen. Dann aber merkte sie, wie sich das Grauen, das sich in ihr festgefressen hatte wie ein Geschwür, langsam löste und einem ganz anderen Gefühl wich: dem Gefühl von Erleichterung und Hoffnung. In ihrem Arm lag ihr Kind, wohlbehalten und voller Lebensfreude, die mageren Ärmchen unterstrichen jeden Satz mit aufgeregten Gesten, das kleine Gesicht glühte vor Stolz. Sie schickte ein stilles Dankgebet zu Gott.

Am späten Nachmittag kehrten die Männer zurück, erschöpft und schmutzig, wie Landsknechte nach einer schweren Schlacht. Obwohl es der Jahreszeit entsprechend recht kühl war, kamen sie mit bloßem Oberkörper, ihre Hemden und Röcke trugen sie in der Hand.

Wie mager sie allesamt waren, dachte Marthe-Marie. Sie schob Agnes vorsichtig von ihrem Schoß und erhob sich. Und an den Hemden klebte das Blut ihres Feindes.

«Legt die Sachen auf einen Haufen», sagte sie. «Ich werde sie morgen früh im Weiher waschen.»

Sonntag zog verwundert die Augenbrauen in die Höhe, dann nickte er. «Gibt es was zu essen?»

Marusch wies auf den Kessel. «Frisch gepflückten Löwenzahn und Sauerampfer. Das letzte Hafermus haben die Kinder gegessen.»

Wortlos traten die Männer an den Kessel und zogen jeder eine

Hand voll Blätter heraus. Marthe-Marie sah, dass ihre Hände sauber waren. Sie mussten sie unterwegs gewaschen haben.

Da lief Agnes zu Diego. «Stimmt es, dass du mich und Mama gerettet hast?»

Diego hob sie in die Luft. «Nein, das war der liebe Gott. Er hat uns gesagt, was wir tun sollen.» Er warf Marthe-Marie einen verstohlenen Blick zu.

«Ich denke», sagte der Prinzipal, «wir sollten ein paar Tage hier bleiben. Was meint ihr?»

Niemand hatte etwas einzuwenden.

«Wir sind hier weit genug entfernt von jedem Försterhaus», fuhr er fort, «um uns ein wenig bei den Schätzen der Natur zu bedienen. Valentin und Severin sollen, bevor es dunkel wird, ihre Fallen aufstellen. Mit etwas Glück essen wir morgen Hasenbraten.»

In dieser Nacht schlief Marthe-Marie zum ersten Mal seit ihrer gemeinsamen Nacht bei Diego im Requisitenwagen. Wie zwei im Nebel Verirrte hielten sie sich an der Hand. Als Marthe-Marie im Morgengrauen erwachte, waren ihre Finger noch immer ineinander verschlungen. Sie hob den Kopf. Diego lag mit offenen Augen auf dem Rücken.

«Ich werde euch bald verlassen», flüsterte sie.

«Ich weiß. Ich hatte mir immer eingeredet, dass wir zusammengehören, du und ich. Aber im Grunde weiß ich längst, dass ich mich damit nur selbst belogen habe.»

Marthe-Marie wusste nichts darauf zu antworten.

An diesem Morgen hatte Agnes hohes Fieber. Verschwitzt und mit rotem Gesicht lag sie auf ihrem Strohsack im Wohnwagen und phantasierte. Marthe-Marie war völlig außer sich vor Sorge.

«Ich glaube nicht, dass es etwas Ernstes ist», versuchte Marusch sie zu beruhigen. «Sie ist ausgehungert und erschöpft wie wir alle, und dann dieser Schrecken gestern. Irgendwo musste das ja Spuren hinterlassen.» Sie reichte ihr ein feuchtes Tuch. «Salome und Anna sind schon unterwegs, um Kräuter zu sammeln.»

«Wie soll das nur weitergehen?», fragte Marthe-Marie mit erstickter Stimme. «Die Kinder haben sich seit Monaten nicht mehr satt gegessen. Sie sind nur noch Haut und Knochen.»

«Bisher ist es immer weitergegangen. Morgen oder übermorgen werden wir aufbrechen, und Ravensburg liegt nur eine Tagesreise von hier. Dort werde ich bei den Schwestern von St. Michael anklopfen. Irgendwer wird sich schon an mich erinnern und sich barmherzig erweisen. Ich bin mir sicher, dass zumindest die Kinder ein paar Tage lang zu essen bekommen, bis sie wieder bei Kräften sind. Und vielleicht dürfen wir dort spielen, im Frühjahr sind die ersten großen Märkte, und Ostern steht vor der Tür.»

Diego trat ein. «Wie geht es Agnes?»

«Sie glüht wie ein Ofen.» Marthe-Marie legte dem Kind ein frisches Tuch auf die Stirn.

«Hör mal.» Diego räusperte sich. «Das mit dem Gold geht mir nicht aus dem Kopf. Nein, warte, lass mich ausreden – wenn es diesen Schatz tatsächlich gibt, warum sollten wir ihn wildfremden Menschen überlassen, die ihn vielleicht eines Tages zufällig finden?»

«Habt ihr mal daran gedacht», unterbrach ihn Marusch, «dass dieser Siferlin den Schatz nur erfunden haben könnte? Um den Henkerssohn auf Marthe-Marie anzusetzen? Dass es vielleicht gar keinen Schlauch voller Gold gibt?»

«Ich weiß nicht.» Marthe-Marie streichelte Agnes' Hand. «Vielleicht ist doch ein Funke Wahrheit dabei. Warum sonst war die Rede von einem Schlauch und nicht von einer Kiste oder einem Beutel Gold? Und meine Mutter besaß ja tatsächlich einen kunstvoll gearbeiteten Wasserschlauch aus Leder, der ihr sehr viel bedeutete. Außerdem: Siferlin hat das gesamte Erbe unterschlagen, wie er auch schon Jahre zuvor andere Leute betrogen und bestohlen hat. Gut vorstellbar, dass seine Beute an irgendeinem geheimen Ort versteckt liegt. Aber was soll das alles?» In ihre Augen trat ein Anflug von Zorn. «Ich habe doch gesagt, ich will davon nichts wissen, es soll endlich vorbei sein. Das ist schmutziges Gold, zusammengerafft von allen möglichen unglücklichen Menschen, denn meine Mutter allein war nicht so reich. Ich will es nicht haben.»

Diego unterdrückte ein Grinsen. «Du vielleicht nicht. Aber ich denke, uns anderen wäre es völlig einerlei, woher das Gold stammt, wir sind da nicht so ehrenwert. Überlass den Schatz uns; wir wären für die nächste Zeit alle Sorgen los.»

«Nein!»

Er wurde ernst. «Hast du dir einmal überlegt, dass Caspar womöglich noch leben könnte, hätten wir damals das Geld für einen Bader oder Arzt gehabt? Dass nicht ständig einer von uns krank wäre, wenn wir genug zu essen hätten? Dass wir mit diesem Gold neue Kostüme und Requisiten kaufen könnten und endlich wieder eine ansehnliche Truppe wären, die vom Magistrat ein Gastspiel angeboten bekäme, statt mit Hunden und Bütteln aus der Stadt gejagt zu werden? Wenn du dieses Geld, das dir zusteht, nicht annehmen kannst, dann überlass es wenigstens uns. Und mit uns meine ich uns alle. Dass mir persönlich nichts an Reichtümern liegt, solltest du wissen.»

Marthe-Marie spürte Beschämung in sich aufsteigen. Wie hatte sie vergessen können, in welcher Schuld sie bei diesen Menschen stand. «Du hast Recht. Es war wohl ziemlich dumm, was ich eben dahergeredet habe.»

«Dann verrätst du mir also, wo dein Vater in Freiburg gewohnt hat?»

Sie nickte.

«Gut.» Er drückte ihr einen Kuss auf die Wange. «Sobald wir in Ravensburg sind, überlässt mir Sonntag den Grauschimmel, und ich reite nach Freiburg. Wenn alles gut geht und das Wetter mitspielt, bin ich rechtzeitig vor Ostern zurück.»

«Dann ist das also längst beschlossene Sache?» Marthe-Marie konnte den säuerlichen Unterton in ihrer Stimme kaum vermeiden.

Marusch gab ihr einen freundschaftlichen Klaps auf die Schulter. «Hör auf mit diesen Empfindlichkeiten. In dem Schlamassel, in dem wir stecken, sollten wir uns nicht um solchen Mückenschiss streiten.»

Von draußen hörten sie Freudenschreie. Marusch steckte den Kopf durch das kleine Fenster des Wohnwagens, dann lachte sie.

«Na also. Ein junger Fuchs und ein Baummarder sind uns in die Falle gegangen. Wenn das kein gutes Omen ist.»

«Nicht gerade viel für zweiundzwanzig hungrige Mägen», murmelte Marthe-Marie.

«Besser als Löwenzahnblätter. Und für Agnes gibt das eine kräftige Brühe. Du wirst sehen, morgen ist sie wieder gesund.»

Zwei Tage später waren sie wieder unterwegs. Den Pferden und Maultieren hatte die Rast auf der Waldwiese mit ihrem frischen Gras gut getan. Unermüdlich zogen sie ihre Last über den holprigen Fahrweg. In den Dörfern saßen Frauen und Kinder am Straßenrand in der milden Frühlingssonne und flochten für Palmsonntag Buchskränze und bunte Bänder um Besen und Stangen. Freundlich winkten sie den Fahrenden zu.

Schon kurz nach Mittag erreichten sie das sonnenüberstrahlte Schussental. Hoch über dem Tal erhob sich zu ihrer Linken weithin sichtbar die mächtige Benediktinerabtei Weingarten. Sie nannte eine berühmte Reliquie vom Blut Christi ihr Eigen, zu deren Verehrung jedes Jahr an Christi Himmelfahrt Tausende von Reitern aus dem ganzen Land zusammenströmten.

Marusch, die neben Marthe-Marie auf dem Kutschbock saß, breitete die Arme aus und sog hörbar die Luft ein.

«Riechst du den Frühling? Es ist, als ob einem eine enge Fessel von der Brust genommen wird. Herrlich!»

Marthe-Marie hätte ihre Freude gern geteilt, aber der Gedanke, dass Diego morgen nach Freiburg reiten würde, an jenen Ort, der zur Quelle ihres Unglücks geworden war, belastete sie. Sie hatte geglaubt, nach Wulfharts Tod mit allem, was sie in den letzten drei Jahren wie ein Fluch verfolgt hatte, abschließen zu können. Doch das war ein Irrtum. Mehr denn je fühlte sie sich heimatlos, denn nun war der Zeitpunkt gekommen, wo sie um ihrer Tochter willen die Gaukler verlassen wollte. Und sie hatte keinerlei Vorstellung davon, wohin es sie verschlagen würde. Im nächsten Moment schalt sie sich eine Närrin: Agnes war auf dem Wege der Besserung, und nur das zählte.

Nachdem sie den Flecken Altdorf, der unterhalb des Klosters lag, hinter sich gelassen hatten, sahen sie schon bald die zahllosen Türme der freien Reichsstadt Ravensburg. Als sie näher kamen, fiel Marthe-Marie auf, wie bunt und kunstvoll sie bemalt waren – bis auf einen: Hügelaufwärts, über der Oberstadt, strahlte ein mächtiger Rundturm blendend weiß in der Nachmittagssonne.

«Das ist der Mehlsack», erklärte Marusch. «Gleich dort um die Ecke habe ich bei den Beginen gelebt.»

Die Stadt war von einem Graben und mächtigen Mauern mit hölzernem Wehrgang und Wehrtürmen umringt, und Marthe-Marie erfuhr, dass die Befestigung ebenso wie der weiße Turm dem Schutz gegen die feindlich gesinnten Landvögte diente, die oben auf dem Hügel ihre Burg hatten.

Auf den Uferwiesen der Schussen, nicht weit vom Untertor, wies man ihnen ihre Lagerstätte zu – ein herrlicher Platz, hätten sich nicht ganz in der Nähe Leprosenhaus und Radacker befunden. Und wie zur Warnung an Fremde und Fahrendes Volk ragte auf einem Hügel jenseits des Flusses der Galgen in den Himmel.

Marusch ließ es sich nicht nehmen, noch am selben Abend die

Klausnerinnen von St. Michael aufzusuchen, die sich inzwischen dem Orden der Franziskanerinnen unterstellt hatten. Doch die Novizin, die ihr und Marthe-Marie öffnete, zuckte bedauernd die Schultern: Die Priorin sei unterwegs zum Liebfrauenpfarrer, und sie selbst dürfe sie nicht einlassen. Doch solle sie ihre Bitte im Seelhaus vorbringen, das Almosen an Pilger und arme Reisende verteile. So kehrten die Frauen dann doch noch mit einem Sack voll harter Brotstücke und getrockneter Äpfel zurück, die die Kinder heißhungrig verschlangen.

«Und das hier», sie zauberte unter ihrer Rockschürze zwei hartgekochte Eier hervor und reichte sie Marthe-Marie, «ist für deine Kleine. Wenn sie damit nicht wieder zu Kräften kommt, darfst du mich schlagen.»

«Danke.» Marthe-Marie lächelte. «Sie ist heute den ersten Abend ohne Fieber. Ich glaube, sie hat es überstanden.» Und ich auch, dachte sie im Stillen.

Am nächsten Morgen weckte Diego sie noch vor Sonnenaufgang.

«Ich reite los.» Zärtlich strich er ihr übers Haar.

Sie hielt seine Hand fest. «Komm gesund zurück.»

«Ich werde mir alle Mühe geben. Aber du musst mir auch etwas versprechen: Warte auf mich, bevor du irgendeine Entscheidung triffst. Ich habe Angst, dass du einfach verschwindest, während ich fort bin. Ich werde ja außerdem auch ungeahnte Schätze aus Freiburg mitbringen, und ein bisschen Reichtum würde dir auch nicht schaden, so dünn, wie du geworden bist.»

Zwei Tage später, zu Palmsonntag, war Agnes wieder auf den Beinen, und Marthe-Marie ließ sich von ihrer Freundin zu einem Spaziergang durch die Stadt überreden. Die Häuser waren mit bunten Sträußen, Kränzen und Stangen geschmückt, über den lang gestreckten Marienplatz bewegte sich eine fröhliche Prozession in

Richtung Liebfrauenkirche, um dort die Palmzweige weihen zu lassen. In ihrer Mitte zogen die Menschen einen hölzernen Esel auf Rädern, auf dem die Kinder reiten durften. Nach dem Kirchgang ließen sie sich mit der Menge die Marktgasse hinauftreiben, wo überall knusprige Seelen und Dünnbier verkauft wurden.

Angesichts der frischen Backwaren, deren Duft ihnen verführerisch in die Nase stieg, begannen Lisbeth und Agnes immer ungehaltener zu quengeln. Marthe-Marie schmerzte es, dass sie den Kindern keine dieser Leckerbissen kaufen konnten, und sie schlug Marusch vor, ins Lager zurückzukehren.

«Ach was.» Marusch schob sie in Richtung einer Brotlaube. «So herzlos können die Menschen an solch einem Festtag nicht sein, dass sie nicht zwei kleinen Kindern ein Stück Brot schenken würden.»

Entschlossen stellte sie sich vor die Theke einer Laube und lächelte den Brotverkäufer an, einen bärtigen, untersetzten Mann mit riesigen Pranken.

«Wärt Ihr so gütig und würdet an diesem herrlichen Frühlingstag unseren Kindern eine Seele schenken?»

Statt einer Antwort kniff der Mann die Augen zusammen, trat hinter der Theke hervor und packte sie grob an die Schultern.

«Verschwinde hier, samt deinen kleinen grindigen Flohbeuteln. Geht woanders betteln, elendes Lumpenpack, elendes!»

Die beiden Mädchen begannen zu weinen. Doch bei Marusch war er an die Falsche geraten.

«Ein Almosen magst du verweigern, aber beleidigen lasse ich mich nicht von dir.»

Sie entwand sich seinen Armen und trat ihm so kräftig gegen das Schienbein, dass er aufheulte. Die Umstehenden lachten.

«He, Weißbeck, prügelst du dich jetzt schon mit Bettelweibern?»

Der Verkäufer hob die Hand und wollte ihr wohl eine Ohrfeige verpassen, als ihm ein Mann in den Arm fiel. Er war hoch gewachsen, sorgfältig gekleidet und um einiges jünger als Marthe-Marie.

«Schluss jetzt! Ihr solltet Euch was schämen, Weißbeck.»

Murrend schlurfte der Verkäufer hinter seine Theke zurück. Der junge Mann wandte sich Marusch und Marthe-Marie zu. Sie blickten in ein klares, offenes Gesicht mit auffallend tiefblauen Augen. Jetzt zog er seinen Hut.

«Leider seid Ihr bei diesem Kerl an den größten Geizhals Ravensburgs geraten.»

Der Bäcker drehte sich noch einmal um und brüllte: «Halt du dein Maul, Hofer Benedikt!»

Es dauerte einen schier endlosen Augenblick, bis Marthe-Maries Verstand begriffen hatte, was ihre Ohren klar und deutlich gehört hatten. Ihr Beschützer kümmerte sich nicht um den zeternden Bäcker, sondern bat die beiden Frauen zu warten und verschwand in der Menge. Marthe-Marie sah Marusch entgeistert an. «Das muss ein Zufall sein.»

Auch Marusch schien mehr als überrascht. «Du musst ihn fragen, wie sein Vater heißt.»

«Das bringe ich nicht über mich.»

«Dann tu ich's eben.»

«Um Himmels willen, Marusch.»

«Nehmt das bitte.» Benedikt Hofer war zurück und drückte erst den beiden Mädchen, dann den Frauen ein noch warmes, mit Salzkörnern und Kümmel bestreutes Brot in die Hand. «Die besten Seelen von ganz Ravensburg.»

«Das können wir nicht annehmen», stotterte Marthe-Marie. Die Kinder kauten längst mit vollen Backen.

«Ach was.» Benedikt Hofer lachte. «Ihr gehört zu den Spielleuten draußen an der Schussen, nicht wahr?»

Marthe-Marie schämte sich plötzlich für ihre zerlumpte Kleidung in Grund und Boden, während Marusch über das ganze Gesicht strahlte. Offensichtlich gefiel ihr der junge Mann.

«Ihr seid wohl Hellseher», entgegnete sie. «Das ist meine Freundin Marthe-Marie Mangoltin mit ihrer Tochter Agnes, ich bin Maruschka aus der Walachei. Und das hier ist meine Jüngste, Lisbeth. Los, ihr beiden, bedankt euch bei dem netten Herrn.»

«Verzeiht, wenn ich so offen bin – ich habe vor ein paar Tagen an der Pforte vom Seelhaus beobachtet, wie Ihr Brot abgeholt habt, und dabei gehört, dass es Euch wohl nicht gut ergangen ist in diesem Winter. Daher möchte ich Euch einen Vorschlag machen: Meine Schwester hatte gestern ihr Hochzeitsfest, und es ist einiges Essen übrig geblieben. Kommt mit in unser Haus, unsere Magd wird Euch einen großen Korb davon einpacken.»

«Nein!» entfuhr es Marthe-Marie.

Benedikt Hofer sah sie verdutzt an, dann ging ein Lächeln über sein Gesicht. «Seht es bitte nicht als Almosen. Bei uns ist es Brauch, dass wir die Speisen, die bei großen Festen übrig sind, ins Seelhaus und ins Spital bringen. Bevor Ihr also den Umweg über das Seelhaus macht, könnt Ihr ebenso gleich mit mir kommen.»

Marthe-Marie versuchte, einen klaren Gedanken zu fassen. Vielleicht war das wirklich nur ein großer Zufall, die Namen Benedikt und Hofer gab es schließlich überall im Lande. Aber wenn doch? Plötzlich hörte sie wie aus fernem Nebel des Henkerssohns Stimme: Ich weiß, dass du auf dem Weg zu ihm bist!

Verunsichert sah sie auf Agnes und Lisbeth, las in deren mageren, blassen Gesichtern, in ihren Augen, die noch größer wirkten als sonst bei Kindern, nichts anderes als grenzenlosen Hunger.

Sie gab sich einen Ruck. «Euer Vater hieß nicht zufällig ebenfalls Benedikt Hofer?»

«Er heißt noch immer so, denn er ist gesund und rüstig für sein Alter. Nur meine Mutter ist vor einigen Jahren gestorben.»

405

Neugierig betrachtete er sie mit seinen strahlend blauen Augen. «Kennt Ihr meinen Vater?»

Marthe-Marie schüttelte heftig den Kopf. «Nein, nein.» Das war nicht einmal gelogen. «Ich danke Euch von Herzen für Eure Großzügigkeit, doch ich muss zurück in unser Lager, mir ist nicht wohl.»

Auch das war nicht gelogen. In ihrem Kopf drehte sich alles, und sie fürchtete, jeden Moment in Ohnmacht zu fallen.

Marusch hielt sie fest. «Ich begleite dich. Und Euch, werter Herr, vielen Dank für das Brot.»

«Dann kommt doch später vorbei», rief er ihnen nach. «Wir wohnen gleich um die Ecke vom Lederhaus. Ich gebe der Magd auf alle Fälle Bescheid.»

Nachdem sie die Unterstadt mit ihren schmalen, einstöckigen Häuschen durchquert und das freie Feld erreicht hatten, holte Marthe-Marie tief Luft. Sie durfte diesen Gedanken, der sich wie ein Kreisel in ihrem Kopf drehte, erst gar nicht zu Ende denken.

«Wirst du jetzt auch krank?», fragte Agnes besorgt.

«Mach dir keine Sorgen, mein Schatz, es geht schon wieder.» Zu Marusch sagte sie leise: «Das muss ein Zufall sein, ganz bestimmt.»

Marusch nickte. «Setz dich an die frische Luft und ruh dich aus. Ich gehe mit Tilman und Niklas noch einmal in die Stadt. Du wirst verstehen, dass ich das Angebot von diesem Hofer nicht abschlagen kann.»

Eine Stunde später kamen sie alle drei voll bepackt zurück.

«Das gibt ein Festessen», jubelte Antonia, als sie ihrer Mutter beim Auspacken half. Auf der Decke, die sie im Gras ausgebreitet hatten, landeten nach und nach kalter Braten, geräucherter Speck in Sauerkraut, eine Platte mit gebackenen Eiern und Bohnen, kleine Stücke von Nusskuchen und jede Menge Brot.

Schweigend saß Marthe-Marie dabei. Sie wagte nicht, Marusch

Fragen zu stellen, und Marusch ihrerseits gab keinerlei Erklärung ab. Erst am Abend, als sie sich schlafen legten, konnte sich Marthe-Marie nicht länger zurückhalten.

«Hast du mehr erfahren über diese Familie?»

«Benedikt ist der Älteste, er hat noch eine Schwester und zwei Brüder. Er arbeitet bei seinem Vater, der eine florierende Kunstschlosserei betreibt. Der Sohn wird sie übernehmen, sobald er den Meisterbrief hat.»

Marthe-Marie schluckte. «Hast du gefragt, woher seine Familie stammt?»

«Ich habe überhaupt nichts gefragt. Was ich weiß, hat der junge Hofer erzählt. Übrigens habe ich seinen Vater gesehen, er kam kurz in die Küche.»

«Und?»

«Ein überaus freundlicher alter Mann, genau wie sein Sohn. Er hat mich so höflich begrüßt, als sei ich eine Bürgersfrau. Und er hat ganz ungewöhnliche Augen: eines ist blau, eines ist braun.»

Den ganzen nächsten Tag verbrachte Marthe-Marie am Ufer des nahen Flusses, eingehüllt in einen dicken Wollmantel von Diego, denn es war wieder empfindlich kühl geworden. In ihrem Kopf setzte sie immer wieder die Einzelheiten zusammen, die sie erfahren hatte. Benedikt Hofers mochte es viele geben, nicht aber einen, der von Beruf Schlosser war und verschiedenfarbene Augen hatte. Ihr leibhaftiger Vater lebte also in Ravensburg und ahnte nicht, dass sich seine Tochter vor den Toren dieser Stadt in einem Gauklerlager befand. Ahnte nicht einmal, dass er überhaupt noch eine zweite Tochter hatte. Und ein kleines Enkelkind. Sie wünschte, sie wäre nie an diesen Punkt gelangt, denn nun stand ihr eine Entscheidung bevor, die sie mehr Kraft kostete als alle Entscheidungen zuvor. War das das Ziel ihrer Reise?

Am nächsten Morgen nahm sie ein Bad in der eiskalten Schus-

407

sen, schrubbte sich Hände und Hals mit ihrem letzten Stück Bimsstein und frisierte sorgfältig ihr Haar. Dann suchte sie Leibchen, Rock und Schürze heraus, die ihr am wenigsten verschlissen erschienen. Anschließend wiederholte sie diese Prozedur mit einer heftig sich wehrenden Agnes.

«Ich will mich nicht in dem kalten Wasser waschen», maulte das Mädchen und begann zu heulen, als Marthe-Marie ihr mit dem Kamm durch das widerborstige Haar fuhr und bunte Bänder einflocht.

«Gib jetzt Ruhe. Wir gehen zu dem freundlichen Mann, der uns so viel zu essen geschenkt hat, da können wir nicht wie die Lumpensammler aussehen.»

Nach einem letzten Moment des Zögerns machte sie sich auf den Weg. Gleich hinter dem Stadttor traf sie auf einen freundlichen Knecht des Heilig-Geist-Spitals, der ihr den Weg zum Lederhaus wies. Von dort fragte sie sich weiter durch zum Wohnhaus der Hofers. Es lag dicht beim Marienplatz und war zwar schmal, aber wohl erst vor kurzem frisch hergerichtet worden und besaß zur Straße hin einen prächtigen, zweistöckigen Erker. Hier wohnten angesehene, durchaus wohlhabende Bürger – das erkannte Marthe-Marie auf den ersten Blick. Unwillkürlich musterte sie ihre Tochter in dem alten Umhang, der längst jede Farbe verloren hatte, sah ihre nackten Beine, die in viel zu großen Holzpantinen steckten. An ihre eigene Kleidung wollte sie gar nicht erst denken.

Beklommen schlug sie den Ring eines kunstvoll gearbeiteten Pferdekopfs gegen die Tür.

Eine Dienstmagd öffnete.

«Ist der junge Herr Hofer im Hause?»

Die Frau betrachtete sie und antwortete nach einigem Zögern. «Wartet hier. Er ist in der Werkstatt.»

Benedikt Hofer schien sich aufrichtig zu freuen, sie zu sehen. «Geht es Euch wieder besser?»

«Ja, danke. Verzeiht, wenn ich Euch bei der Arbeit störe. Nicht dass Ihr denkt, ich komme, um zu betteln, es ist –» Sie stockte.

«Ich weiß, dass Ihr keine Bettlerin seid», entgegnete er ruhig. «Ich denke auch, dass Ihr keine Gauklerin seid.»

«Wie kommt Ihr darauf?»

«Eure Art. Für eine Gauklerin seid Ihr zu wenig vorwitzig, für eine Bettlerin zu wenig unterwürfig. Aber tretet doch ein mit Eurer Kleinen.»

«Ich wollte eigentlich mit Eurem Herrn Vater sprechen.»

Jetzt war es heraus. Es gab keinen Weg mehr zurück.

«Dann kommt erst recht herein. Er wird sich freuen, Euch endlich kennen zu lernen.»

«Endlich kennen zu lernen?» Verdutzt sah ihn Marthe-Marie an.

«Nun ja», entgegnete der junge Hofer verlegen. «Er war mit dabei, als wir Euch neulich vor dem Seelhaus gesehen haben, und daraufhin hat er mich gebeten, Ausschau nach Euch zu halten und Euch anzusprechen, falls unsere Wege sich kreuzen würden. Und bei diesem Geizkragen von Weißbeck fand ich schließlich eine gute Gelegenheit.»

Verunsichert folgte sie ihm die Treppe hinauf. Er klopfte kurz an eine mit Leder beschlagene Tür, die er gleich darauf öffnete. Der Raum, der sich in den mit Fenstern besetzten Erker schmiegte, war hell und mit einigen wenigen Möbelstücken behaglich eingerichtet, von denen ein einziges nur sehr kostbar wirkte: eine Edelholzanrichte, in meisterhafter italienischer Furniertechnik gearbeitet, wie sie es aus dem Hause ihrer Zieheltern kannte. Vor dem größten Fenster saß in einem Lehnstuhl der Hausherr, auf dem Tischchen neben sich die Lutherbibel, in der er wohl gerade gelesen hatte.

«Hier ist Besuch, Vater.»

Neugierig sah der alte Mann auf, dann erhob er sich erstaunlich behände und reichte ihr die Hand. Trotz seines Alters, das um Mund und Augen zahllose Falten hinterlassen hatte, wirkte sein Gesicht jungenhaft. Vielleicht lag es an dem vollen Haar und den lebhaften Augen, von denen eines tatsächlich braun, eines tiefblau war. Das also war ihr Vater! Sie holte tief Luft.

«Ich bin Marthe-Marie Mangoltin aus Konstanz, das ist meine Tochter Agnes. Zunächst möchte ich mich bedanken», unter seinem forschenden Blick begann sie zu stottern, «bedanken für die wunderbaren Gaben, die Ihr uns habt zukommen lassen – ich meine, den Spielleuten vor der Stadt, unseren Kindern – nach diesem schrecklichen Winter –» Plötzlich hatte aller Mut sie verlassen. «Dann will ich Euch nicht weiter stören. Behüt Euch Gott und habt nochmals vielen Dank.»

Sie senkte den Blick und wandte sich zur Tür.

«Nein, wartet, junge Frau.»

Er gab seinem Sohn ein Zeichen, und Benedikt Hofer verließ den Raum.

«Bleibt bitte noch einen Augenblick.» Er beugte sich zu Agnes hinunter. «Und du bist die kleine Agnes? Wie schön – genau so hieß meine selige Ahn. Möchtest du ein Stück Kuchen?»

Agnes nickte schüchtern.

«Nun denn.» Er ging zur Tür und rief die Dienstmagd herein. «Nimm die kleine Agnes mit in die Küche und gib ihr etwas Gutes zu essen und zu trinken. Vielleicht kann sie dir ja auch ein wenig zur Hand gehen.» Er blinzelte der Magd zu.

«Und Ihr setzt Euch zu mir und erzählt.»

«Vielleicht ist es nicht recht, dass ich gekommen bin.» Ihre eigene Stimme klang ihr plötzlich fremd. «Und ich hätte es sicher nicht gewagt, wüsste ich nicht von Eurem Sohn, dass Ihr Witwer seid.»

Sie schwieg erschrocken. Was tat sie hier eigentlich? Platzte in das Leben einer Bürgersfamilie, die offensichtlich nicht nur wohlhabend, sondern auch zufrieden und glücklich war. Am liebsten wäre sie aufgestanden und aus der Stube gerannt, doch der alte Hofer hielt sie mit einem Blick fest, der eine Erklärung forderte. Sie las darin Hoffnung und Verwirrung zugleich.

«Wer seid Ihr?», fragte er schließlich leise.

«Ihr kanntet meine Mutter. Sie hieß Catharina Stadellmenin.»

«Also doch!»

Er wandte den Blick ab und starrte aus dem Fenster, ohne ein Wort zu sagen. Marthe-Marie saß zusammengesunken auf ihrem Stuhl und wäre am liebsten im Erdboden versunken.

Endlich räusperte er sich. «Catharina Stadellmenin war also deine Mutter. Aber Michael Bantzer war wohl nicht dein Vater?»

Sie schüttelte beklommen den Kopf.

Er erhob sich und ging in der Stube auf und ab. Aus der Küche hörte man das Klappern von Töpfen, dann Agnes' helles Lachen. Als der Alte vor Marthe-Marie stehen blieb, lagen dunkle Schatten unter seinen Augen.

«Demnach ist die Kleine meine Enkeltochter?»

«Ja.»

Er ließ sich in den Lehnstuhl sinken. «Wie alt ist sie?»

Marthe-Marie musste einen Moment nachdenken. «Im Spätsommer wird sie vier.»

Wieder schwieg er. Regungslos saß er da, nur die Finger seiner verschränkten Hände bewegten sich. Es schien, als würde der alte Mann einen schweren Kampf mit sich ausfechten. Die Sekunden dehnten sich zu Ewigkeiten, und die Stille zwischen ihnen nahm ihr fast die Luft zum Atmen. Doch sie wartete ab.

«Ich habe es geahnt von dem Moment an, als ich dich an der Pforte des Seelhauses sah. Aber ich wollte es nicht wahrhaben.» Er schüttelte den Kopf, als könne er es noch immer nicht glauben. «Du bist also gekommen, deinen Vater kennen zu lernen. Du bist meine Tochter.»

411

Endlich war es ausgesprochen. Nicht nur Marthe-Marie fühlte, wie sich ein Knoten in ihrem Innern löste. Auch Hofer schien sich zu entspannen. Er lächelte.

«Es ist, als ob eine längst vergessen geglaubte Zeit wie ein offenes Buch vor mir liegt. Du siehst ihr so unvorstellbar ähnlich.» Wieder schüttelte er den Kopf. «Du musst wissen – ich hatte immer geahnt, dass Catharina heimlich ein Kind zur Welt gebracht hatte, ein Kind, dessen Vater ich war. Sie war damals von einem Tag zum andern verändert, als ob eine schwere Last auf ihr läge. Ihr ganzer Lebensmut schien wie weggeblasen. Sie war plötzlich so verschlossen, fast verstockt, und ich habe mit ihr gestritten, sie beschimpft. Dann war sie lange Zeit verschwunden, bei ihrer Freundin und Base im Elsass. Angeblich, um ihre Anfälle von Melancholie zu kurieren. Aber Catharina war niemals schwermütig gewesen. Als sie zurückkam, wollte sie mich nicht mehr sehen, und ich ging fort, nach Offenburg. Im Elsass hat sie dich also zur Welt gebracht und dort gelassen. Ist es so?»

Marthe-Marie nickte nur.

«Warum nur hat sie mir niemals die Wahrheit gesagt?» Seine Stimme klang müde. «Dafür habe ich sie in meiner Verzweiflung lange Zeit gehasst. Erst viel später begriff ich, dass sie keine andere Wahl gehabt hatte. Wir hatten die Ehe gebrochen; ihr Mann hätte alles getan, uns zu vernichten. Und dich auch.»

Er stand auf und nahm ihre Hand. «Dir ist es nicht gut ergangen in der letzten Zeit, das sehe ich dir an. Du musst mir so vieles erzählen. Aber jetzt bin ich sehr müde. Versprichst du mir, dass du morgen Mittag wiederkommst, zusammen mit deiner Tochter?»

Wieder nickte sie nur.

«Gut. Benedikt wird dich abholen.»

Am nächsten Vormittag standen sie viel zu früh am Rand der Landstraße, nicht weit von ihrem Lager. Agnes hüpfte vor Aufre-

gung; sie freute sich vor allem auf ihre neue Freundin, die Magd
Johanna, die sie am Vortag mit so viel Kuchen und Naschwerk
voll gestopft hatte, dass sie in der Nacht mit Bauchgrimmen aufgewacht war. Marthe-Marie hingegen wartete stumm, fast schick-
salsergeben auf Benedikt. Eine einzige bange Frage drehte sich in
ihrem Kopf: Was würde sie im Hause Hofer erwarten?

Mit Marusch hatte sie, seit dem heimlichen Besuch bei ihrem
Vater, kaum ein Wort gewechselt. Ihre Freundin hatte auch andere Sorgen: Die Existenz der Truppe stand auf dem Spiel. Zuerst
hatten sich am Vorabend völlig überraschend die drei Musikanten
verabschiedet: Die Stadt Ravensburg habe ihnen eine Anstellung
als Paukenschläger und Stadtpfeifer angeboten, die auszuschlagen
reine Torheit wäre. Am Morgen dann war Quirin verschwunden.
Er hatte seinen ausgemergelten Esel dagelassen und stattdessen
das kräftigste Maultier der Truppe gestohlen. Salome war mit ihm
gezogen. Keiner hatte je bemerkt, dass die beiden ein Paar gewesen waren. Zurück blieb eine mittelmäßige, abgerissene Komö-
diantentruppe, ohne Musikanten und ohne jede Attraktion, die
schwerlich einen Zuschauer hinter dem Ofen hervorzulocken vermochte.

«Die Ratten verlassen das sinkende Schiff», hatte Sonntag nur
gemurmelt und war in seinen Wagen verschwunden, gefolgt von
Marusch. Marthe-Marie hatte sie noch nie so ratlos gesehen.

Sie zog ihren Umhang enger zusammen, denn ein eisiger Wind
fuhr plötzlich die Straße entlang. Dann sah sie ihn kommen.
Schon von weitem winkte er ihnen zu. Sie konnte immer noch
nicht fassen, dass der junge Benedikt ihr Halbbruder sein sollte.
Wie selbstbewusst er wirkt, dachte sie, und dabei ganz ohne Stan-
desdünkel. Ob er die Wahrheit wusste? Plötzlich bereute sie ihren
Wagemut vom Vortag und hätte sich am liebsten in Luft aufgelöst.
Hätte man das Rad der Zeit zurückdrehen können – sie hätte es
getan.

«Ich hoffe, ihr beiden habt großen Hunger», sagte Benedikt zur Begrüßung und strahlte über das ganze Gesicht. «Johanna ist den ganzen Morgen in der Küche gestanden – das verheißt nur Gutes.»

Er warf einen Blick zum Himmel, der sich von Westen her zusammenzog. «Hoffentlich gibt das nicht noch einmal Schnee.»

Jetzt bemerkte Marthe-Marie doch eine Spur von Verlegenheit in seinem Blick, was sie noch mehr verunsicherte. Sie nahm Agnes bei der Hand und marschierte los. Er versuchte, mit ihr Schritt zu halten.

«Nicht so eilig, wir haben noch Zeit.»

Sie erreichten das Untertor, wo die Torwache sie freundlich grüßte. Vom Blaserturm herüber blies der Wächter zu Mittag.

Jetzt ging er dicht neben ihr. Agnes, übermütig wie ein Fohlen, sprang vorweg.

«Vater hat mir gesagt, wer du bist», sagte er leise. «Dabei hat er mir von deiner Mutter schon früher erzählt, schon kurz nachdem meine Mutter gestorben war. Catharina sei seine erste große Liebe gewesen, damals, als junger Geselle in Freiburg, und er hätte alles getan, um mit ihr zusammenzubleiben, doch seien die Umstände dagegen gewesen. Ich glaube, er wollte mich damals trösten, weil ich gerade zum ersten Mal mein Herz verloren hatte, an eine Frau, die bereits einem anderen versprochen war. Vielleicht wollte er aber auch nur über einen großen Schmerz hinwegkommen, indem er über sie sprach. Denn in jenen Tagen hatte er gerade erfahren, dass –» Er unterbrach sich und blickte sie unsicher an.

«Sprich nur weiter. Ich bin darüber hinweg.»

Sie betrachtete ihn, und mit einem Mal schien es ihr, als würde sie ihn seit Ewigkeiten kennen.

Sie hatten keine Eile mehr. Während sie das Gerberquartier entlang des Stadtbaches durchquerten, schilderte er, wie furchtbar die

414

Nachricht von Catharinas Verurteilung seinen Vater getroffen hatte. Plötzlich blieb Benedikt stehen und umarmte Marthe-Marie mitten auf der Straße.

«Ich kann es nicht glauben – ich habe eine zweite Schwester.» Er lachte und küsste sie auf beide Wangen. Agnes sah ihn verdutzt an, Marthe-Marie errötete.

«Was sollen die Leute von Euch – von dir denken! Ich sehe doch aus wie eine Bettlerin.»

«Na und? Die Leute können mir den Buckel runterrutschen.»

Als sie in die Schulgasse einbogen, ging Marthe-Marie unwillkürlich langsamer.

«Was ist?»

«Ich habe Angst.»

«Hör zu, Marthe-Marie: Du darfst nicht länger zweifeln, ob es richtig war, uns aufzusuchen. Ich glaube, du hast Vater von einer quälenden Ungewissheit erlöst.» Er öffnete die Tür. «Und jetzt komm herein.»

❧ *38* ❧

Jonas fröstelte, als er zur Mittagszeit auf die Gasse trat. Viel zu schnell waren die ersten lauen Frühlingstage zu Ende gegangen.

Er kam gerade vom Mädchenunterricht, den er zweimal die Woche abhielt. Er mochte diese Stunden in der gemütlichen kleinen Wohnung in der Nähe des Waaghauses, auch wenn das Entgelt hierfür noch geringer war als für seinen Unterricht in den beiden städtischen Knabenschulen. Vor Jahrzehnten schon hatten die Reformierten unter den Bürgern für ihre Töchter eine Erziehung in den Elementarkenntnissen Lesen und Schreiben gefordert. Als Lehrer war er angewiesen, sein Augenmerk auf die Unterweisung in den christlichen Grundlagen und Tugenden zu legen, was nichts anderes bedeutete, als mit den Mädchen den Katechismus auswendig zu lernen und Kirchenlieder und Psalmen zu singen. Doch ließ er es sich nicht nehmen, seine eigenen Schwerpunkte zu setzen, nämlich Rechnen und Lesen in deutscher Sprache.

Er bog in die Bachgasse ein, als er wie vom Blitz getroffen stehen blieb: Seite an Seite mit dem Schlossergesellen Hofer, dessen jüngster Bruder seine Lateinklasse besuchte, ging Marthe-Marie. Sie gingen so dicht nebeneinander, so vertraut, als wären sie ein Paar. Jonas starrte ihnen mit offenem Mund hinterher wie ein aus dem Tollhaus Entlaufener.

Um ein Haar hätte er sie gar nicht erkannt, so ausgezehrt sah sie aus in ihrem geflickten, schäbigen Rock. Doch es war keine Täuschung, denn auch Agnes war dabei. Ausgelassen sprang sie vor den beiden her. Und dann geschah das Ungeheuerliche: Sie blieben stehen und umarmten sich. Seine Marthe-Marie, in ihren zerschlissenen Kleidern, und der junge Hofer! Er stand wie gelähmt vor Bestürzung, rührte sich nicht vom Fleck, bis ihn ein Fischhändler mit seinem Handkarren grob zur Seite stieß.

Anstatt nach Hause zu gehen und den Unterricht für den nächsten Tag vorzubereiten, tat er etwas, was ihm sonst nie in den Sinn gekommen wäre: Er suchte die Höhle auf, eine düstere Kaschemme gleich unterhalb des Mehlsacks, in der sich angeblich recht zwielichtige Gestalten trafen. Hier lief er wenigstens nicht Gefahr, irgendwelchen honorigen Vätern seiner Schüler zu begegnen, denn er wollte nichts anderes, als in Ruhe gelassen werden und den Aufruhr in seinem Inneren betäuben. Zumindest das Bier schmeckte wunderbar. Nach dem zweiten Krug begann er an allem, was er beobachtet hatte, zu zweifeln. Seine Augen mussten ihn getrogen haben. Was hatte Marthe-Marie mit Hofer zu schaffen? Und wenn sie in Ravensburg war, warum hatte er sie und die anderen aus Sonntags Truppe dann nie zuvor gesehen?

Nach dem dritten Krug winkte er den Wirt heran.

«Wisst Ihr, ob Gaukler in der Stadt sind?»

Die Worte kamen ihm wie unförmige Klumpen heraus, denn er war Alkohol nicht gewohnt.

«Gaukler? Nun ja, vor der Stadt, beim Untertor, lagern ein paar Landfahrer, wenn Ihr die meint. Noch einen Krug?»

Jonas nickte.

Eisiger Schneeregen schlug ihm ins Gesicht, als er wieder auf die Gasse trat. Er hatte jegliches Zeitgefühl verloren, doch dem fahlen Licht nach musste es bereits später Nachmittag sein. Er würde sich Gewissheit verschaffen. Schwankenden Schrittes durchquerte er die Stadt, bemerkte kaum, wenn ihn jemand grüßte.

Als er die Uferwiese erreichte, hatte der Schneeregen aufgehört. Eine tief stehende Sonne schickte ihre letzten Strahlen durch die aufgerissene Wolkendecke und ließ die Landschaft in kräftigen Farben leuchten. Er blieb stehen. Die kalte Luft hatte ihn ernüchtert und den Nebel aus seinem Kopf vertrieben. Dafür legte sich ihm jetzt eine tiefe Beklommenheit wie ein eisernes Band ums Herz. Vor ihm lag das Lager der Gaukler zum Greifen nah, die Konturen der Karren, die Äste der kahlen Bäume zeichneten sich scharf wie bei einem Scherenschnitt gegen die Umgebung ab. Seltsam, er hatte den Tross viel größer in Erinnerung, farbenfroher und eindrucksvoller. Als Erstes entdeckte er Marusch und Anna, wie sie sich am Feuer zu schaffen machten. Weiter hinten standen die Männer um Sonntag versammelt. Weder Diego noch Marthe-Marie waren zu sehen.

Noch konnte er zurück. Doch dann würde ihn das brennende Verlangen, Marthe-Marie wieder zu sehen, niemals mehr loslassen. Viel zu lange schon hatte er auf diese Fügung des Schicksals gewartet, auf diesen Augenblick, wo sich Marthe-Maries und seine Wege kreuzen würden – nun durfte er diesen Augenblick nicht aus der Hand geben.

«Jonas!»

Er fuhr herum. Antonia kam auf ihn zu, im Schlepptau eine Hand voll Kinder und Heranwachsende, von denen er einige gar nicht kannte. Wie sich Maruschs Älteste verändert hatte in den letzten eineinhalb Jahren! Zu einer hübschen jungen Frau hatte sie sich entwickelt. Doch mager war sie, wie alle anderen, erschreckend mager.

«Was für eine Überraschung.» Sie streckte ihm die Hand hin, die er herzlich drückte. «Willst du wieder bei uns arbeiten?»

«Das nicht gerade.» Er lächelte schief.

Nun hatten auch Marusch und Anna ihn entdeckt und eilten heran.

«Mein Gott, Jonas.» Marusch schloss ihn in ihre kräftigen Arme, dass seine Rippen knackten. «Wie oft habe ich in den letzten Monaten an dich gedacht. Lebst du nicht mehr in Ulm?»

«Nein.» In knappen Worten berichtete er, wie es ihm seit seinem übereilten Abschied in Freudenstadt ergangen war. «Und wie geht es euch?»

«Ehrlich gesagt – beschissen. Der Glanz von Leonhard Sonntags Compagnie ist endgültig erloschen, Leo will die Flinte ins Korn werfen. Will sich als Hintersasse irgendwo am See niederlassen, mit einer Sau und ein paar Geißen auf einem schäbigen Hof, wo er dann den ganzen Tag Steine aus dem Acker klaubt – was weiß ich. Er fühlt sich zu alt für dieses Wanderleben, zumal in diesen elenden Zeiten.»

Jonas sah den bitteren Zug um ihre Mundwinkel, und eine Welle von Mitgefühl überkam ihn.

«Komm, setz dich zu uns ans Feuer. Dann sollst du alles erfahren. Die Männer werden sich freuen, dich wieder zu sehen.»

Jonas zögerte. «Nein, lass nur. Ich komme ein andermal wieder. Vielleicht morgen.» Mein Gott, was war er für ein Feigling.

Marusch zog ihn ein Stück mit sich. «Ist es wegen Diego? Er

ist nach Freiburg geritten. Vor übermorgen wird er kaum zurück sein.»

Er nahm allen Mut zusammen. «Und Marthe-Marie?»

«Sie ist in der Stadt, aber ich denke, sie wird bald kommen.» Plötzlich sah sie ihn verblüfft an und schlug sich gegen die Stirn. «Himmel, jetzt begreife ich erst, was das alles bedeutet. Du lebst hier und sie – nein, das kann kein Zufall sein. Du weißt schon, dass sie als Einzige von uns das große Glückslos gezogen hat, und jetzt willst du –»

Er unterbrach sie. «Sei mir nicht böse, wenn ich wieder gehe. Es war dumm von mir, überhaupt hergekommen zu sein. Leb wohl, Marusch, und grüße Sonntag von mir.»

Dann rannte er im Laufschritt davon, ohne auf Maruschs Rufe zu achten. Als er die Böschung zur Landstraße hinaufstolperte, da stand sie vor ihm, nicht einmal eine Armeslänge entfernt. Sie stieß einen Schrei aus, ganz leise nur, doch in seinen Ohren klang es wie ein gellender Schrei des Entsetzens.

«Jonas?», flüsterte Marthe-Marie. Ihr Gesicht war wachsbleich, was ihren Blick noch dunkler erscheinen ließ.

Regungslos starrte er sie an, wie einer seiner Schulbuben, wenn sie die Antwort auf eine Frage nicht wussten.

Das warme Abendlicht verblasste, und die Welt verlor ihre Farbe. Doch vor ihm erhob sich gegen die Silhouette der Stadt ihre Gestalt, die von innen heraus strahlte wie eine Erscheinung des Himmels, die Gestalt einer Frau, für die er in diesem Moment sein Leben gelassen hätte.

«Geh nicht weg, Marthe-Marie.» Hatte er diese Worte gesprochen? Oder sie nur gedacht? Warum sagte sie nichts? Wenn dies kein Traum war, dann musste er sie eigentlich berühren können.

Er streckte die Hand aus und strich vorsichtig über ihren Unterarm.

«Wie dünn du bist», sagte er leise.

Sie schwieg noch immer. Ihm war, als schimmerten in ihren Augen Tränen.

«Bitte sag etwas», bat er sie.

Sie schüttelte den Kopf.

«Soll ich morgen wiederkommen oder übermorgen? Das ist mir gleich, ich wohne in Ravensburg. Ich habe hier eine Stelle als Schulmeister gefunden.»

«Du wohnst hier?» Ihre Stimme klang rau, fast erschrocken.

«Ja.» Er konnte sich nicht länger zurückhalten. Er nahm ihre beiden Hände in seine, spürte ihre Wärme, ihre Zerbrechlichkeit. «Glaub mir, ich habe versucht, dich zu vergessen. Aber es ist mir nicht gelungen. Ich schlafe mit deinem Bild vor Augen ein, und wenn ich erwache, sehe ich als Erstes dich. So viele Nächte habe ich von dir geträumt, mich an so vielen Tagen um dich gesorgt. Mir ist, als hätten wir uns niemals getrennt. Bitte, bleib bei mir. Ich will dich nicht noch einmal verlieren. Bleib bei mir und heirate mich.»

Warum antwortete sie nicht? Hatte er heute Mittag also doch richtig beobachtet, richtig vermutet? War er zu spät gekommen?

Er ließ ihre Hände frei. «Dann antworte mir wenigstens auf eine Frage: Bedeute ich dir etwas? Habe ich dir jemals etwas bedeutet?»

«Ach Jonas, das ist es doch nicht. Sieh mich einfach nur an.» Sie öffnete ihren Mantel, der, wie ihm jetzt erst auffiel, nicht derselbe war wie heute Mittag, sondern nagelneu, aus warmem, gewalktem Grautuch. Doch darunter sah er einen zerrissenen Rock mit fleckiger Schürze, ihr Leibchen war aus zwei Teilen notdürftig zusammengenäht. Es war nicht mehr und nicht weniger als ein Haufen Lumpen, was sie da auf ihrem abgemagerten Leib trug. Wieder spürte er diesen eisernen Ring um sein Herz, und er hätte heulen mögen wie ein kleines Kind.

«Ja, trau nur deinen Augen. Ich bin schon längst keine Bürgerstochter mehr. Ich gehöre zum Stand der Unehrlichen, viel zu lange schon. Und du, du weißt gar nicht, was das bedeutet. Hast vielleicht ein paar Wochen mit den Komödianten verbracht, in ihrer besten Zeit mit Glitzer und Glimmer und herzlichem Applaus. Aber nicht einmal das ist uns geblieben. Hungernde Landstreicher sind wir, die kein Stadtwächter mehr einlässt, nichts anderes. Und was mich betrifft, die Marthe-Marie aus dem vornehmen Hause Mangolt: Tiefer als ich kann man gar nicht sinken. Ich habe die niedrigsten Arbeiten verrichtet, habe mit den anderen Früchte vom Acker und aus den Scheunen gestohlen und vorm Kirchenportal gebettelt. Ich habe Gras, faulige Wurzeln und Würmer gefressen wie die Wildschweine. Musste mit ansehen, wie man erst Mettel, dann den Medicus niedergemetzelt hat und wie Caspar vor Schwäche am Antoniusfeuer krepiert ist und zwei unserer Jungen beinahe am Galgen gelandet wären. Nur gehurt habe ich noch nicht, falls dich das interessiert. Nicht richtig jedenfalls.»

Sie stieß ein bitteres Lachen aus, während ihr gleichzeitig die Tränen über die Wangen liefen. «Und da willst du mich heiraten? Du, Jonas Marx, Schulmeister der Stadt Ravensburg? Willst aus freien Stücken solche Schande über dich gießen wie einen Kübel Jauche? Das kannst du gar nicht wollen.»

«Mein Gott, hör auf, so zu reden. Du magst Grausiges erlebt haben, magst in Lumpen gehen wie eine Bettlerin, aber das ist mir gleich. Und es gibt kein Gesetz, das mir verbietet, eine Unehrliche zu heiraten!»

«Ich will dein Mitleid nicht! Lieber verdinge ich mich irgendwo als Dienstmädchen oder als Magd. Ja – sieh mich nicht so an, ich kann mich allein durchschlagen. Ich weiß, wie schwer das ist, als Witwe mit einem Kind, dazu noch als Fremde. Aber ich hab den letzten Winter überstanden, also schaffe ich auch das.»

«Und Diego?»

«Was geht dich Diego an? Er ist ein guter Freund, vielleicht der beste, den sich eine Frau wünschen kann.»

Wie wütend sie war. Nein, er bedeutete ihr offenbar nichts mehr. Nur noch Abwehr und Trotz las er in ihrem Gesicht. Er schloss die Augen und atmete tief durch. «Dann wünsche ich dir viel Glück», murmelte er. «Wann zieht die Truppe weiter?»

«Das weiß ich nicht. Ich werde Marusch und die anderen verlassen.»

«Was heißt das?»

«Dass ich in Ravensburg bleiben werde.»

«Jetzt verstehe ich.» Dabei verstand er in diesem Augenblick überhaupt nichts mehr. Er sah nur noch diesen Benedikt Hofer mit ihr über die Bachgasse schlendern. »Warum bist du zu feige, mir ins Gesicht zu sagen, dass du mit einem anderen Mann zusammen bist? Das kannst du ruhig, ich habe euch gesehen, heute Mittag.» Er schluckte. «Bei dem hast du diese Vorbehalte mit Scham und Schande wohl nicht? Aber eins muss ich dem jungen Hofer lassen: Er scheint auch nicht zu zögern, sich vor aller Augen mit Jauche zu übergießen, indem er sich mit einer Frau unter seinem Stand zeigt. Hut ab!»

«Benedikt Hofer ist mein Bruder!»

«Dein was?»

«Ich habe es auch erst vor kurzem erfahren.»

«Dann ist der alte Hofer –?»

Sie nickte. Ihre Wangen hatten wieder Farbe angenommen. «Ich komme eben von dort.»

«Und – Agnes?»

Zum ersten Mal zeichnete sich so etwas wie Freude auf ihrem Gesicht ab. «Sie nennt ihn schon Großvater. Dabei weiß sie gar nicht genau, was das ist. Hofer – mein Vater will für sie sorgen. Agnes war sehr krank, musst du wissen.»

«Und du? Ich meine, was wirst du tun, jetzt, wo du deinen Vater gefunden hast?»

«Das habe ich dir doch gesagt.» Ihre Stimme zitterte ein wenig.

«Ich suche mir ein Zimmer und eine Anstellung. Irgendwo in der Stadt, um in Agnes' Nähe zu bleiben. Er hilft mir dabei.»

Jonas schüttelte ungläubig den Kopf. «Ein sauberer Vater, der seine eigene Tochter nicht bei sich aufnehmen will. Hat er Angst vor dem Gerede der Nachbarn?»

«Ich bin es, die nicht bei ihm wohnen will. Als alter Mann hat er erfahren, dass er noch eine Tochter und ein Enkelkind hat, verstehst du? Das muss wie ein Schlag für ihn gewesen sein. Wenn es uns nicht immer übler ergangen wäre, hätte ich ihn gar nicht aufgesucht – ich habe es für Agnes getan. Was mich betrifft, so will ich nur eins: auf eigenen Beinen stehen. Leider bin ich in meiner Lage noch auf seine Hilfe angewiesen. Doch heißt das längst nicht, dass ich mich jetzt in ein gemachtes Nest setze.»

«Warum bist du so stolz?»

«Weil Stolz das Einzige ist, was mir geblieben ist.»

Er fand keine Worte mehr. Sie hatte für sich selbst bereits alles entschieden. Stumm betrachtete er ihr schönes Gesicht, die fein geschnittenen Züge, denen nichts Mädchenhaftes mehr anhaftete. Es war die tiefgründige Schönheit einer erfahrenen Frau. Eine schwarze Haarlocke hatte sich gelöst und fiel ihr in die klare Stirn, fast bis auf die schmalen dunklen Brauen. Dann versank er im Blick ihrer Augen. Zu seiner Überraschung spiegelte sich darin dieselbe Liebe, die er für sie empfand. Es war, als ob ihrer beider Seelen sich gegenseitig öffneten, ohne Trug und Täuschung.

Sie senkte den Blick. «Ich muss jetzt gehen.»

«Ja, gewiss. Die anderen werden schon auf dich warten.»

Er trat einen Schritt zurück, zögerte noch. «Ich wohne in der Klostergasse, über der Werkstatt des Kammmachers.»

Dann drehte er sich um und ging die Straße hinunter Richtung Untertor.

Marthe-Marie lag auf ihrem Strohsack und starrte ins Dunkel des Wohnwagens. Zu viel hatte sich in diesen Tagen ereignet, zu viel, als dass sie hätte einen klaren Gedanken fassen können. Noch immer hatte sie nicht begriffen, dass sie ihren Vater gefunden hatte, viel weniger, so schien es, als der alte Benedikt Hofer selbst, der ihr heute mit offenen Armen entgegengetreten war. Es hatte lange gedauert, bis sich ihre Befangenheit gegenüber dieser fremden Familie, die nun die Ihre sein sollte, gelegt hatte. Hinzu kam, dass sie Anstand und Sitte bei Tisch nicht mehr gewohnt war, und sie ertappte sich mehr als einmal dabei, wie sie sich den Mund am Ärmel abwischte, statt die Mundtücher zu benutzen, oder den Braten mit der Hand von der Platte nahm anstatt mit dem bereitliegenden Messer.

Dabei hatte jeder von ihnen sich alle Mühe gegeben, es ihr leicht zu machen. Niemand hatte sie zum Reden gedrängt, abgesehen von Christoffel, dem Jüngsten, der nicht genug hören konnte von ihrem Leben bei den Gauklern. Hofers Tochter Margret, die, obwohl jünger als Marthe-Marie, sehr mütterlich und matronenhaft wirkte, hatte sie mit Essen und Trinken umsorgt wie eine Kranke. Dann war da noch Melchior, der Zweitjüngste, der auffallend still dabeisaß, bis sie erfuhr, dass er tatsächlich stumm war seit einem schrecklichen Unfall als kleiner Junge. Sie wusste nicht, was Hofer seinen Kindern erzählt hatte, aber sie fühlte sich aufgenommen wie ein lang zurückerwartetes Familienmitglied. Und sie musste ihrem Vater und ihren Halbgeschwistern versprechen, in Ravensburg zu bleiben.

«Du kannst Margrets Kammer haben, jetzt, wo sie verheiratet ist», hatte Hofer ihr angeboten. Als er indes merkte, wie sehr ihr das widerstrebte, gab er nach und versprach, sich in der Stadt nach einem Zimmer umzusehen.

«Ich kann verstehen, dass du Zeit brauchst. Aber vergiss nicht: Unsere Tür steht dir immer offen.»

Er war in allem sehr zartfühlend, nur eines hatte er sich nicht nehmen lassen: dass er ihr und Agnes am nächsten Tag neue Kleidung kaufen wollte.

Nach dem Essen, als die Magd mit Agnes in die Küche verschwunden war, hatte er seine Kinder hinausgeschickt. Marthe-Marie wusste, dass er jetzt Fragen stellen würde. So erzählte sie von ihrer Odyssee mit den Spielleuten und dem Grund ihrer Flucht aus Freiburg. Als die Rede auf Wulfhart kam, fiel ihr das Sprechen schwer.

«Lass nur», unterbrach er sie. «Wir haben noch so viel Zeit, miteinander zu reden. Ich denke, du solltest erst mal wieder zu Kräften kommen. Und die kleine Agnes auch. Wenn du einverstanden bist, würde ich sie gern bei uns behalten, zumindest so lange, bis du eine Unterkunft hast und alles seinen Gang geht. Unter Johannas Obhut ist sie bestens aufgehoben, die beiden haben ja von Anfang an einen Narren aneinander gefressen.»

Auch wenn es ihr schwer fiel, stimmte sie zu. Für Agnes hätte sie sich nichts Besseres wünschen können.

Dann sprachen sie über Catharina. Jetzt erst wurde Marthe-Marie klar, dass ihre Mutter in jener kurzen Zeit, in der sie mit Hofer in heimlicher Liebschaft zusammen war, gerade so alt gewesen war wie sie jetzt, und zum ersten Mal schmerzte es sie nicht, über sie zu reden. Und Benedikt Hofer erinnerte sich an so viele Einzelheiten, an ganz andere Dinge als die, die sie von ihrer Ziehmutter einst gehört hatte.

«Sie war so wunderbar. Mit ihr wäre ich bis ans Ende der Welt gegangen.» Verstohlen wischte er sich eine Träne aus den Augenwinkeln. «Und du hast viel von ihr. Vielleicht bist du mir deshalb gleich so vertraut gewesen. Du bist auch genauso dickköpfig wie sie.» Er lachte.

Dann war die Reihe an ihr, und sie schilderte ihre Begegnungen mit Catharina, die sie bis zu deren gewaltsamem Tod immer nur als ihre Lieblingstante Cathi gekannt hatte. Catharinas heimlichen Mann Christoph, der ihr in ihren Jahren als Witwe zur Seite stand, erwähnte sie nicht, denn sie wollte ihren Vater nicht verletzen.

Die Stunden vergingen wie im Flug. Als sie sich schließlich verabschiedete und in die Küche ging, um nach Agnes zu sehen, lag ihre Tochter auf der Küchenbank und schlief mit einem seligen Lächeln auf den Lippen. Hatte Marthe-Marie bis zu diesem Moment vielleicht noch gezweifelt, so war sie jetzt sicher: Sie würde in Ravensburg bleiben.

Neben ihr begann Marusch jetzt leise zu schnarchen, und aus der Ecke hörte sie Lisbeth im Schlaf sprechen. Sie dachte an Agnes und musste lächeln: Ihre Kleine lag sicher mit vollem Bauch in Johannas Bett und träumte vom Schlaraffenland. Marthe-Marie wusste nicht, was Gott mit ihrem Leben noch vorhatte, doch eines war gewiss: Ihre Reise mit den Gauklern ging zu Ende. Fast hatte sie ein schlechtes Gewissen gegenüber Marusch und den anderen, die auch heute wieder mit knurrendem Magen zu Bett gegangen waren. Aber sie wusste inzwischen, wie stark ihre Freunde waren. Auch ihnen stünden wieder bessere Zeiten bevor, und für kein Bürgerhaus, für keine noch so reich gedeckte Tafel würden sie ihre Freiheit hergeben. Mochte Leonhard Sonntag im Moment auch noch so viel von Sesshaftigkeit träumen.

Sie drehte sich zur Seite und schloss die Augen. Doch dann geschah das, was sie seit Stunden vermieden hatte: Sie dachte an Jonas, sah sein schmales, bartloses Gesicht mit dem jungenhaften Grübchen im Kinn, das hellbraune Haar, das ihm in leichten Wellen fast bis zur Schulter reichte, den warmen Blick seiner Augen. Sah ihn, wie er plötzlich auf der Landstraße vor ihr stand, aufgetaucht aus dem Nichts. Wie hätte sie ihm verständlich machen sollen, dass sie mit jedem anderen eher als mit ihm leben könnte? Ja, warum eigentlich? Es war nicht nur die Scham gewesen über ihr Äußeres, die sie bei ihrer unerwarteten Begegnung gepackt hatte wie ein Fieber. Sie hatte auch plötzlich daran denken müssen, wie der Henkerssohn im Steinbruch über sie hergefallen war, sie mit Gewalt zu nehmen versucht hatte. Als Jonas vor ihr stand, war ihr jenes Erlebnis wieder mit grausamer Klarheit ins Bewusstsein getreten, in einem schier unerträglichen Gefühl des Ekels und Abscheus. Plötzlich waren Jonas und diese Bestie Wulfhart unauflöslich miteinander verbunden gewesen. Wenn sie sich noch jemals auf einen Mann einlassen würde, hatte sie in jenem Moment gedacht, dann auf einen, mit dem sie einen neuen Anfang setzen konnte. Lag ihre Abwehr also darin begründet, dass Jonas zu viel von ihr wusste? Dass ihr Leben, ihre Vergangenheit wie ein offenes Buch vor ihm lag?

Sie erkannte plötzlich, dass sie ihn immer noch liebte. Das allein war der Grund.

Am nächsten Morgen fand sie auf dem Absatz der Wohnwagentür ein Päckchen mit einem Zettel. Sie öffnete die kleine Schachtel, auf der ihr Name stand, und fand darin einen schmalen Armreif aus Elfenbein, in den winzige Ornamente eingraviert waren und die Buchstaben ihres Namens. Der Reif war wunderschön. Dann faltete sie den Zettel auseinander.

Liebste Marthe-Marie! Diesen Armreif habe ich bereits in Ulm gekauft, da ich niemals die Hoffnung aufgeben wollte, dich wieder zu sehen. Elfenbein steht für Reinheit – so wie die Reinheit meiner Empfindungen, die nicht von Mitleid, nicht von Schuldgefühlen bestimmt sind, sondern allein von Liebe zu dir.

Dein Jonas.

❧ 39 ❧

Marthe-Marie packte ihre Sachen zusammen. Viel besaß sie nicht mehr, im Grunde gar nichts, was von Wert gewesen wäre. Ein paar Kleinigkeiten nur, Andenken an ihre Jahre bei den Spielleuten, wie die Maske des Rechenmeisters Adam Ries oder das bunt bestickte Schultertuch, das Marusch ihr einmal geschenkt hatte. Es stammte noch aus Maruschs Kinderjahren bei den Zigeunern. Aus früheren Zeiten besaß Marthe-Marie nur noch das Bildnis ihrer Großmutter, das sie all die Jahre gehütet hatte wie einen Schatz.

Sorgfältig legte sie ihre abgetragenen Wäsche- und Kleidungsstücke auf einen Stapel. Sie würde es Marusch überlassen, was damit geschehen sollte. Von Agnes' Kleidern war überhaupt nichts mehr zu verwenden, alles voller Flicken und Löcher. Sie beschloss, nur das Spielzeug mitzunehmen: die kleinen Holzfiguren, die die Kinder an den langen Winterabenden geschnitzt und nach und nach an die beiden Jüngsten verschenkt hatten. Und Diegos Steckenpferd, dessen Farbanstrich inzwischen nur noch zu erahnen war.

Zuoberst legte sie die Schachtel mit dem Armreif, dann schloss sie mit einem Anflug von Wehmut den Deckel und schleppte die halbleere Reisekiste nach draußen. Vor den Wagen und Karren hockten mit missmutigen Gesichtern die Gaukler. Marthe-Marie wusste, dass sie auf Diegos Rückkehr warteten, denn ohne ihn würde es nicht weitergehen. Der Prinzipal hatte zwei Tage zuvor beim Rat der Stadt vorgesprochen und um Spielerlaubnis für Ostern oder den nächsten Frühjahrsmarkt gebeten. Die Antwort war eindeutig gewesen: «Zwei Seiltänzer, ein paar Possenreißer – gut und schön. Aber habt Ihr nicht etwas Besonderes zu bieten? Dressierte Affen, Feuerschlucker, Ohrenseifenbläser? Oder wenigstens tanzende Zwerge oder Schlangenmenschen?»

«Nun, wir hätten noch drei Kunstreiter. Doch davon abgesehen gehören unsere Komödianten zu den besten im Land. Allein unsere Schauspiele versprechen also höchsten Genuss.» Dabei verschwieg er selbstverständlich, dass ausgerechnet der begnadetste seiner Mimen ebenso wie das einzige Pferd irgendwo am Hochrhein oder im Südschwarzwald umherwanderten – wenn die beiden denn noch am Leben waren.

Die Herren wollten nichts von hoher Schauspielkunst hören, ließen sich aber schließlich erweichen, die Liste des Repertoires erneut zu prüfen und den Prinzipal nach einigen Tagen Bedenkzeit zu benachrichtigen.

Zerknirscht war Sonntag ins Lager zurückgekehrt.

«Wenn Diego nicht bald kommt, sind wir aufgeschmissen. Nicht einmal mehr Musikanten haben wir. Was für einen Sinn hat das alles noch? Am besten, ich löse die Compagnie auf. Soll doch jeder seine eigenen Wege gehen.»

«Und du verdingst dich fortan als Ackerknecht? Ohne mich. Lieber suche ich mir eine andere Truppe und einen anderen Mann», hatte Marusch gedroht. «Warum siehst du immer gleich schwarz? Tilman und Niklas gehen geschickt mit ihren Trommeln um, und Tamburin schlagen und auf der Fiedel kratzen kann ich auch.»

Marthe-Marie setzte sich auf die Reisekiste und ließ ihren Blick ziellos über das Rund der Wagen und Karren gleiten. Nach Feierabend würde ihr Bruder sie holen kommen, dann hieß es Abschied nehmen. Für sie und Agnes würde ein neues Leben beginnen. Angesichts der Mutlosigkeit, die unter ihren Freunden herrschte, schien ihr das fast wie Verrat.

Sie sah an sich herab. In ihrem hellen, schlichten Barchentkleid, dem blütenweißen Brusttuch und dem zartgelben Hemd darunter mit Manschetten und Spitzenkragen war sie ganz plötzlich eine andere. Sie gehörte nicht mehr zu den Spielleuten.

«Sieh an, die Tochter des Bürgermeisters kommt uns besuchen», hatte Marusch sie geneckt, als sie gestern vom Einkauf mit Hofer zurückgekehrt war, und damit ihre Verlegenheit über ihre neuen Kleider nur noch verstärkt. Dabei war von Neid nichts zu spüren, auch bei den anderen nicht. Jeder schien sich über diese glückliche Fügung ihres Schicksals zu freuen.

Marusch kam heran und setzte sich neben sie. «Du schaust drein, als müsstest du für die nächsten Monate in den Turm. Warum freust du dich nicht? Meinst du, mit deinem Trauergesicht änderst du irgendetwas an unserer Lage? Wir schaffen das schon. Auch wenn es ohne unsere berühmte Rechenmeisterin schwierig wird.» Marthe-Marie versuchte ein fröhliches Lächeln aufzusetzen.

Von der Landstraße her näherte sich mit Geschepper und Getöse ein Maultierkarren. Marusch sprang auf. «Was ist denn das für eine Gestalt?»

Ein Mann in einem schreiend rot-gelb gewürfelten Kostüm lief neben dem kunstvoll bemalten Karren her, auf seinem Kopf leuchtete karottenrotes Haar, das wie Draht in alle Richtungen stand. Bei jeder Umdrehung der Räder schlugen Topfdeckel gegeneinander und übertönten noch die rasselnden Tamburine, die an der Deichsel befestigt waren. Der Fremde steuerte geradewegs auf die beiden Frauen zu. Als er vor ihnen stand, erschien auf seinem fast mädchenhaft schmalen Gesicht ein umso breiteres Lächeln.

«Einen wunderschönen Morgen wünsche ich den beiden edlen Damen. Gibt es hier so etwas wie einen Prinzipal?»

Marusch biss sich auf die Lippen, um nicht in lautes Lachen auszubrechen.

«Leo, schnell», rief sie in Richtung Bühnenwagen. «Wir haben hohen Besuch.»

Verdrießlich und ohne Eile schlurfte Sonntag herbei, hinter ihm mit neugierigen Blicken seine Männer.

Der Fremde grinste nun von einem Ohr zum andern.

«Gestatten – Botticher. Ulricus Botticher.»

Dann zog er, wie andere Leute den Hut, mit großer Geste seinen Haarschopf vom Kopf. Der kahl geschorene Schädel glänzte hell wie der Vollmond, der noch am westlichen Horizont stand.

Sonntag pfiff durch die Zähne. «Was ist denn das für ein komischer Vogel?»

«Komischer Vogel auch, desgleichen aber ernsthafter Mime, der Euch den verlorenen Sohn so herzergreifend gibt, dass Euch vor Rührung die Tränen aus den Hosennähten quellen. Doch meine eigentliche Kunst ist das Verschlingen und Verschlucken. Ob Glasscherben, Holzspäne, Nägel oder weiße Mäuse – ich verspeise alles. Dazu schütte ich mit so viel Genuss Petroleum in mich hinein wie Ihr am Feierabend Euer Bier. Glaubt mir, an meinem Furz könnt Ihr dann ein wahres Höllenfeuer entzünden.»

Sonntag musste wider Willen lachen.

In gespielter Empörung zog Botticher die Augenbrauen in die Höhe. «Das ist nicht lustig, das ist hohe Kunst. Ich gebe Euch gern eine Probe.»

Sorgfältig platzierte er das rote Kunsthaar wieder auf seinen Schädel.

«Und warum», fragte Sonntag, «habt Ihr Euer Haar geschoren? Oder habt Ihr es beim Furzen abgefackelt?»

Jetzt brachen Sonntags Männer in schallendes Gelächter aus, und selbst Marthe-Maries Mundwinkel begannen verräterisch zu zucken.

«Schade, schade.» Botticher schüttelte bedauernd den Kopf. «Und ich dachte, ich hätte es bei der berühmten Compagnie des noch berühmteren Leonhard Sonntag mit lauter Kennern und Künstlern vom Fach zu tun.»

Er zwinkerte den beiden Frauen zu.

«Ihr kennt uns also?» Dem Prinzipal war deutlich anzusehen, wie geschmeichelt er sich fühlte, denn das Blechschild mit dem verschnörkelten Schriftzug hing schon längst nicht mehr über dem Bühnenwagen.

«Ja freilich. Doch Ihr solltet umgekehrt eigentlich auch den ebenso berühmten Meister Ulricus kennen, den weltbesten Allesschlucker und Scherbenkünstler. Dann wüsstet Ihr, dass ich zur Krönung jeder Vorstellung barfuß auf Glasscherben tanze und meinen zarten Schädel in einem Haufen messerscharfer Glassplitter vergrabe.»

«Was für ein Einfaltspinsel mein Leo manchmal ist», flüsterte Marusch ihrer Freundin ins Ohr. «Ich wette, der Bursche war eben beim Magistrat und hat genaueste Erkundigungen über uns eingeholt.»

«Mit ihm hätte Sonntag genau den Spaßvogel, den er immer aus Diego hat machen wollen», gab Marthe-Marie zurück.

Sonntag legte den Arm um Botticher. «Ich denke, wir zwei sollten uns einmal eingehend unterhalten.»

In diesem Moment kamen Tilman und Klette mit geröteten Wangen angerannt.

«Diego ist zurück!»

Da sahen sie ihn auch schon über die Wiese galoppieren. Fortuna glänzte vor Schweiß, und Diego strahlte, als er das Pferd in einer halsbrecherischen Wendung zum Stehen brachte.

«Da bin ich wieder. Und ich bringe euch wahre Schätze und gute Nachrichten.» Als sein Blick auf Botticher fiel, stutzte er. «Ihr habt wohl schon einen Ersatz für mich angeheuert?»

«Einen Ersatz nicht, aber eine wunderbare Ergänzung», entgegnete der Prinzipal. «Jetzt komm von deinem hohen Ross herunter und begrüß Meister Ulricus, den weltbesten Allesschlucker und Scherbenkünstler.»

Diego schwang sich vom Pferd und schüttelte Botticher nicht eben herzlich die Hand. Dann trat er zu Marthe-Marie. Auf seinem Gesicht stand das blanke Erstaunen.

«Welcher Fürst hat dich denn zur Braut genommen? Ist das ein Kostüm für deinen neuen Auftritt?»

Es sollte scherzhaft klingen, doch seine Stimme verriet Unsicherheit.

«Schwatzen könnt ihr später», mischte Sonntag sich ein. «Kommt jetzt, Botticher soll seine Vorstellung geben.»

Eine Stunde später hatten Sonntag und Botticher ihren Vertrag per Handschlag besiegelt. Sie saßen um die glimmende Feuerstelle und ließen die Lederflasche mit Branntwein kreisen, die Diego mitgebracht hatte.

«Ah!» Sonntag leckte sich die Lippen. «Wie lange schon hatte ich diesen himmlischen Geschmack nicht mehr auf der Zunge. Los, Diego, erzähl jetzt, wie es dir in Freiburg ergangen ist.»

«Wollt ihr erst die Neuigkeiten hören oder von meiner abenteuerlichen Schatzsuche, bei der ich Leib und Leben aufs Spiel setzen musste, Intriganten und Widersacher aus dem Weg räumen, Wegelagerern trotzen und –»

«Die Neuigkeiten», unterbrach ihn Marusch.

«Nun – ich habe im Hegau einen alten Freund aufgegabelt, der, falls er es sich nicht doch anders überlegt, vor Sonnenuntergang hier auftauchen wird.»

«Wer ist das?» – «Nun red schon!» – «Spann uns nicht so auf die Folter!»

«Es ist Pantaleon mit seinen Affen. Er will wieder bei uns mitmachen. Das Schäferdasein war wohl selbst ihm zu einsam.»

Die Gaukler jubelten und klatschten. Sie sind wie eine große Familie, dachte Marthe-Marie und freute sich mit ihnen.

«Das Beste aber kommt noch: Er bringt Goliath mit.»

«Goliath?»

«Seinen Tanzbären!»

Marusch sprang auf und fiel Sonntag um den Hals. «Jetzt kannst du deinen Acker vergessen. Ein Allesschlucker und ein Tanzbär – was für ein wundervoller Neubeginn!»

«Erdrück mich nicht, um Himmels willen. Ich bin ja längst dei-

433

ner Meinung. Was ist mit deinen Schätzen, Diego? Für einen Neubeginn könnten wir eine Hand voll Kleingeld gut brauchen.»

«Selbst damit kann ich dienen.» Er zog einen Lederbeutel unter
dem Rock hervor. «Das hier habe ich in jenem geheimnisvollen
Keller gefunden. Es ist nicht viel, ein paar Silbermünzen nur, aber
wir sind ja bescheiden geworden. Der größte Teil meiner Fundstücke gehört dir, Marthe-Marie. Ich habe alles unbesehen in einen
Sack gepackt und hinter meinen Sattel geschnallt.»

«Dann – dann hast du das Erbe meiner Mutter tatsächlich gefunden?» Ungläubig sah sie ihn an. War sie doch inzwischen selber zu dem Schluss gelangt, dass gar kein Erbe existierte und das
Ganze nur eine bösartige Finte von Seiten Siferlins gewesen war,
um ihr den Henkerssohn auf den Hals zu hetzen.

«Was glaubst du denn? Du wirst eine reiche Frau! Wobei – wenn
ich dich so sehe, meine ich fast, du bist es bereits. So fremd und
vornehm, wie du aussiehst. Ich wette, da steckt ein Mann dahinter.»

Marthe-Marie stand auf und ging wortlos davon.

«Warte.» Diego sprang auf und folgte ihr. An der Stiege zum
Wohnwagen holte er sie ein.

«Ich habe es nicht so gemeint. Willst du mir nicht sagen, was
los ist?»

«Ich bleibe in Ravensburg. Das ist mein letzter Abend bei der
Truppe.»

«Es ist also so weit», murmelte er. Dann fiel sein Blick auf die
Kiste. «Gepackt hast du auch.»

Mit hängenden Schultern ging er hinüber zu seinem Wagen
und holte einen prall gefüllten Reisesack von der Größe eines
Bierfässchens.

«Hier. Dein Erbe aus Freiburg.»

Sie schüttelte den Kopf. «Du weißt, dass ich davon nichts will.
Gib es dem Prinzipal.»

«Willst du den Sack nicht wenigstens auspacken? Es sind auch Bücher dabei und Briefe. Briefe von dir und deiner Ziehmutter Lene.»

«Später vielleicht.»

«Gut. Dann lege ich den Sack zu deinen anderen Dingen.»

Er öffnete den Deckel ihrer Reisekiste und stutzte, als er das Holzkästchen zuoberst liegen sah.

«Für Marthe-Marie», las er laut. Dann klappte er den Deckel wieder zu.

«Jetzt verstehe ich. Ein Geschenk des geheimnisvollen Bräutigams. Den hast du aber rasch kennen gelernt.»

«Es gibt keinen Bräutigam. Das Kästchen ist von Jonas.»

Diego ließ den Sack, den er im Arm gehalten hatte, zu Boden gleiten. Er starrte sie an.

«Jonas.» Es klang wie ein Urteil. «Wann hat er dir das geschenkt?»

«Es lag gestern früh auf dem Absatz des Wohnwagens.»

«Gestern früh», wiederholte er. Dann nickte er langsam, als versuche er zu begreifen. «Jonas ist also in Ravensburg. Er ist hier.»

Sein Blick verdüsterte sich, und einen kurzen Augenblick lang befürchtete Marthe-Marie, er könne in Zorn ausbrechen. Dann aber zeigte sich ein trauriges Lächeln auf seinen Lippen. «Gut – ich gebe mich geschlagen. Jonas hatte wohl die wirksameren Waffen.»

«Dass ich hier bleibe, hat nichts mit Jonas zu tun. Ich habe meinen Vater gefunden.»

«Deinen Vater?»

Sie nickte. «Er lebt seit langem in Ravensburg. Er ist Witwer, hat vier Kinder. Agnes ist bereits bei ihm.»

Mit einem Mal fühlte sie mit aller Macht den Abschiedsschmerz über sich hereinbrechen, den sie bis dahin so gut fern zu halten vermocht hatte.

«Jetzt erzähl mir von Freiburg.» Sie versuchte, ihrer Stimme einen festen Klang zu geben. «Bitte.»

«Im Grunde gibt es da nicht viel zu berichten.» Er lehnte sich gegen die Trittleiter. «Nach deiner Beschreibung hatte ich das kleine Haus in der Predigervorstadt rasch gefunden. Es wohnen immer noch Gesellen und Lehrlinge dort, wie zu Zeiten deines Vaters, in jeder der Kammern mindestens drei, also musste ich den nächsten Tag abwarten, bis alle bei der Arbeit waren. Da bin ich dann in den Keller hinunter, denn wo sonst sollte jemand etwas versteckt haben. Der Raum war zwar verwinkelt, aber klein, und so konnte ich schnell feststellen, dass es außer altem Holz und Gerümpel nichts Aufregendes zu entdecken gab. Bis auf eine mit schwerem Schloss versehene Truhe, aber die schien mir zu neu, als dass sie Siferlins Beutestücke hätten enthalten können. Du wusstest doch, dass das Haus einst Siferlin gehört hat?»

«Nein.»

«Ich wollte bereits aufgeben, da entdeckte ich eine Luke neben der Kellertreppe. Voller Spinnweben, mit Brettern vernagelt. Die habe ich mit einer Axt aufgeschlagen.»

«Aufgeschlagen?»

«Jetzt schau mich nicht so an. Hätte ich beim Magistrat um Erlaubnis bitten sollen?»

«Aber wenn man dich dabei erwischt hätte?»

«Dann würde ich jetzt am Galgen baumeln und mir von den Krähen die Augen aushacken lassen.»

«Und was hast du da für eine Wunde an der Stirn?»

Wie er jetzt grinste, war er beinahe wieder der alte Diego, der mit seinem unbekümmerten Selbstbewusstsein fast so etwas wie Liebe in ihrem Herzen entfacht hatte. Sie würde ihn schmerzlich vermissen, das wusste sie nun mit Sicherheit.

«Nun ja, ganz ohne Schwierigkeiten bin ich denn doch nicht an den Schatz gekommen. Von dem Lärm, den ich veranstaltet habe,

436

ist wohl ein Stadtwächter angelockt worden. Jedenfalls, gerade als ich den Zugang zu einer Art Eiskeller freigeschlagen hatte und darin die Kiste fand, dreht mir jemand von hinten den Arm auf den Rücken.»

«Und dann?»

«Ich dachte mir, so kurz vor dem Ziel kannst du nicht aufgeben. Da blieb mir nichts anderes übrig, als dem Kerl kräftig eins auf die Mütze zu geben und mich dann schleunigst mit der Kiste aus dem Staub zu machen.» Er verzog in gespielter Verzweiflung das Gesicht. «Noch eine Gegend, in der ich mich nicht mehr blicken lassen kann. Das scheint mein Schicksal zu sein.»

«Du bist verrückt, Diego. Verrückt wie ein Hutmacher.»

«Weit draußen vor der Stadt», fuhr er fort, «habe ich es dann gewagt, Rast zu machen und die Kiste aufzubrechen. Ehrlich gesagt: Bis zu diesem Moment hatte ich gar nicht daran geglaubt, etwas Wertvolles darin zu finden. Doch sie enthielt tatsächlich einige Hand voll Silbermünzen, Briefe, ein paar Bücher und dann diesen schweren Lederschlauch, den ich übrigens bis jetzt nicht geöffnet habe. Stell dir vor», er lachte, «in dieser ersten Nacht hatte ich geträumt, der Schlauch habe plötzlich zu schweben begonnen, höher und höher, bis er schließlich im Sternenhimmel verschwunden war. Wie schon meine Ahn immer gesagt hat: Hexengold und Musikantensold verfliegen über Nacht. Doch am nächsten Morgen war alles noch da.»

«Meine Mutter war keine Hexe», entgegnete Marthe-Marie scharf.

«Aber das weiß ich doch.» Sein Blick war voller Zuneigung. «Ich habe dabei auch eher an diesen Siferlin als Hexenmeister gedacht.»

Sie strich ihm vorsichtig über die Stirn. «Ich danke dir. Für alles, was du getan hast.»

Ihr war auf einmal, als lichte sich ein dichter Nebel: Der Kreis hatte sich geschlossen. Sie war ans Ende ihrer langen Reise zu ihren Wurzeln gelangt. Sie hatte ihren Vater gefunden, und das, was ihre Mutter hinterlassen hatte, lag nun zu ihren Füßen. Es war Diegos Verdienst, der nicht um des Goldes willen die gefährliche Reise nach Freiburg auf sich genommen hatte, sondern allein ihr zuliebe, um das letzte Dunkel im Mosaik ihrer Herkunft aufzuhellen. Nie wieder wollte sie sich damit quälen, die Tochter einer vermeintlichen Hexe zu sein, weggegeben und aufgewachsen wie ein Kuckucksei in einem fremden Nest. Nein, im Gegenteil: Sie war stolz darauf, die Tochter von Catharina Stadellmenin und Benedikt Hofer zu sein.

Auf einmal stand Leonhard Sonntag vor ihr.

«Ich störe nur ungern – es geht um dich, Marthe-Marie. Nun, wir haben eben darüber gesprochen, dass –» Er räusperte sich. «Wir wollen dich nicht so sang- und klanglos gehen lasse. Wo du doch so lange Zeit bei uns warst. Wir möchten deinen Abschied feiern, wie es sich gehört unter besten Freunden. Der Neue stiftet als Einstand ein Fässchen Starkbier, und wir haben Klette und Tilman in die Stadt geschickt, um Brot und Käse zu besorgen.»

Diego sah zu Marthe-Marie. Seine grünen Augen glänzten. «Diese Feier wäre doch der richtige Moment, um den Lederschlauch zu öffnen – was meinst du?»

«Wahrscheinlich hast du Recht. Einen besseren Anlass gäbe es nicht.»

«Das ist schön!» Sonntag strahlte. «In einer Stunde treffen wir uns also alle am Feuer. Vielleicht ist bis dahin auch Pantaleon eingetroffen. Wann kommt dein Bruder dich abholen?»

«Demnächst, denke ich.»

«Dann soll er mit uns feiern. Wir wollen ihn schließlich auch alle kennen lernen. Wenn er uns schon die schönste Frau der Truppe wegnimmt.» Er lachte, doch unbeschwert klang es nicht.

Marthe-Marie ergriff seine Hand. «Ich möchte nachher am

Feuer keine großen Worte sprechen, doch Ihr sollt wissen, wie dankbar ich Euch bin. Ihr habt mehr für mich getan, als ich Euch jemals vergelten kann.» Unwillkürlich war sie wieder in die Anrede des Respekts verfallen.

Sonntag wurde verlegen; er rieb sich heftig die Nase und auch ein wenig in den Augenwinkeln. «Danke dem Herrgott dort oben, nicht mir. Ich bin nur ein kleines Licht. Wir sehen uns dann, in spätestens einer Stunde.»

Er drückte ihr einen ungeschickten Kuss auf die Wange, dann eilte er davon. Diego folgte ihm.

Nach einigen Sekunden des Zögerns löste Marthe-Marie die Schnur von Diegos Reisesack. Sie zog die Bücher und Briefe heraus und legte sie in ihre Kiste. Die Bücher waren in gutem Zustand, obwohl einige, wie Marthe-Marie wusste, bereits ihrem Großvater gehört hatten. Neben einer lateinischen Bibel fand sie Bücher über Gartenkräuter, geschickte Haushaltung und fachgerechtes Brauen von Dünn- und Starkbier, eine Ausgabe des Tyl Ulenspiegel, eine Sammlung Schwänke von Hans Sachs und Valentin Schumanns «Nachtbüchlein». Dann hielt sie ein abgegriffenes, in Schweinleder gebundenes Tagebuch in der Hand. Sie erkannte die steile, ausdrucksstarke Handschrift ihrer Mutter; es waren Aufzeichnungen zu Saat-, Pflanz- und Fruchtfolge ihres Gemüsegartens samt akribischen Beobachtungen über Harmonie und Disharmonie zwischen den einzelnen Pflanzenarten. Marthe-Marie schloss die Augen und stellte sich vor, wie Catharina nach vollbrachter Arbeit mit Gänsekiel und Tintenfass am Küchentisch saß und ihre Erkenntnisse niederschrieb.

Die Briefe waren ihrem Absender nach gebündelt. Der dickste Stoß enthielt die Briefe ihrer Ziehmutter Lene, Catharinas bester Freundin und Base, ein schmalerer die von Catharinas heimlichem Gatten Christoph. Schließlich waren da noch jene, die sie selbst als Kind und junges Mädchen geschrieben hatte. Mit den Fingerspitzen strich sie über das brüchig gewordene Pergament der Umschläge. Dann zog sie einen davon heraus. Auf ihren Lippen breitete sich ein Lächeln aus, während sie die verblichene, krakelige Kinderschrift zu entziffern versuchte.

Meine Lieblingstante!, las sie. Mama ist mit den beiden Kleinen auf dem Markt, und so habe ich endlich Ruhe, dir zu schreiben. Vor allem Ferdi ist schrecklich, immer wenn ich einen Brief schreiben will, kritzelt er mir auf dem Blatt herum, bis es zerreißt. So kleine Kinder sind manchmal eine richtige Qual. Stell dir vor, gestern hat mir Jacob, der Schwertfegersohn aus dem Nachbarhaus, eine Liebeserklärung gemacht! Ich musste so sehr lachen, dass er beleidigt davongerannt ist. Wahrscheinlich wird er nie wieder ein Wort mit mir sprechen. Aber ich werde sowieso niemals heiraten. Lieber will ich die Welt kennen lernen und in fremde Länder reisen.

Uns geht es allen gut, nur Mama ist heute übler Laune, weil sie sich gestern Abend mit Vater gezankt hat. Aber ich mache mir keine Sorgen, denn sie versöhnen sich immer sehr schnell wieder. Es umarmt dich ganz innig, deine Marthe-Marie.

Sie musste lachen. Den forschen Nachbarsbuben Jacob hatte sie beinahe vergessen. Dabei war er es gewesen, von dem sie den ersten Kuss bekommen hatte.

Sie faltete das Blatt zusammen und legte es zu den anderen Briefen in die Reisekiste, als sie ein helles Kichern hörte. Nicht weit von ihr schlenderten Tilman und Klette, wie immer Hand in Hand, über die Wiese in Richtung Stadt. Sie sah ihnen nach. Es war die erste große Liebe, die die beiden erlebten. Wie lange sie wohl andauern mochte? Unvermittelt sprang sie auf und rannte ihnen nach.

Der Turmbläser verkündete den Feierabend. Die Krämer und Marktleute schlossen die Lauben, die Handwerker räumten ihre Waren aus den Fenstern und klappten Läden und Tore zu. Rasch füllten sich die Gassen mit Tagelöhnern und Knechten, Gesellen und Lehrbuben, die fröhlich schwatzend oder mit müdem Gesicht nach Hause strebten oder eine der zahlreichen Schenken aufsuchten.

Unschlüssig blieb Jonas vor dem Rathaus stehen. Er überlegte, ob er geradewegs «Zur Höhle» auf ein Bier gehen sollte, um seinen Ärger herunterzuspülen. Er hatte eben ein höchst unerquickliches Gespräch mit dem protestantischen Stadtpfarrer hinter sich. Bei den Mädchen, die seinen Unterricht besuchten, ließe die Kenntnis des Katechismus sehr zu wünschen übrig, war dessen Vorwurf gewesen. Was der Herr Pfarrer denn unter Kenntnis verstünde, hatte er entgegnet, es ginge doch nicht darum, alles Wort für Wort hirnlos herunterzubeten, sondern den Sinn der Worte zu erfassen. So waren sie in eine fruchtlose Debatte geraten, die einzig dazu führte, dass Jonas am Ende geloben musste, künftig mehr Gewicht auf das Auswendiglernen zu legen.

Jonas seufzte. Bei diesem Pfaffen waren Hopfen und Malz verloren. Er beschloss, sich zu Hause ein wenig frisch zu machen, um sich später endlich wieder einmal im «Löwen» zu zeigen, jenem vornehmen Gasthaus im Humpisquartier, wo sein Freund Mürlin den Feierabendtrunk zu nehmen pflegte.

Als er in die Klostergasse einbog, sah er vor seiner Haustür einen Burschen und ein Mädchen stehen, die offenbar auf jemanden warteten.

«Kann ich euch weiterhelfen?», fragte Jonas. Da erst erkannte er den Jungen. «Tilman! Meine Güte, bist du groß geworden.»

Tilman schüttelte ihm freudig die Hand. «Und das ist Klette.» Er strahlte. «Sie gehört jetzt zu uns.»

Jonas reichte Klette die Hand. Das Mädchen ist bildhübsch, dachte er, und Tilman bis über beide Ohren verliebt.

«Dann wolltet ihr zu mir?»

«Ja. Wir feiern doch heute Abend Marthe-Maries Abschied, und da sollst du mit dabei sein.»

Jonas runzelte die Stirn. «Wer sagt das?»

«Marthe-Marie. Sie hat uns hierher geschickt.»

«Ist das wahr?»

«Aber wenn ich es doch sage. Kommst du jetzt endlich?»

«Nun – das ist ein bisschen überraschend.» Er war verwirrt. «Sagen wir, in einer halben Stunde. Ihr braucht nicht auf mich zu warten.»

«Schön. Bis später.»

Das Mädchen schenkte ihm ein bezauberndes Lächeln, dann hakte es sich bei Tilman unter, und sie gingen davon.

Jonas holte tief Luft. Was hatte das zu bedeuten? Wollte sie mit dem Abschied von den Gauklern zugleich den Abschied von ihm bekräftigen? Sie hatte ihm doch deutlich genug zu verstehen gegeben, dass sie ihren Weg allein gehen wolle.

Oben in seiner Stube wusch er sich hastig Gesicht und Hals, fuhr sich mit dem Kamm zwei-, dreimal durch das dichte Haar, dann überlegte er, was er als Gastgeschenk mitbringen könne. In der Kammer hing noch ein Schinken, den einer seiner Lateinschüler ihm letzte Woche anstelle von Schulgeld übergeben hatte. Ach ja, und eine Fackel musste er sich noch besorgen. Sicherlich würde er erst nach Anbruch der Dunkelheit zurückkehren.

Die Uferwiese lag im warmen Abendlicht, als er die Böschung hinunterkletterte. Die Truppe stand bereits um das lodernde Feuer versammelt, er hörte ihre Stimmen, die aufgeregt und fröhlich zugleich klangen. Da stimmte Marusch ein Abendlied ein, in das die anderen nach und nach einfielen. Ein Gefühl von Rührung überkam ihn, und er blieb stehen.

Als die letzte Strophe verklungen war, entdeckte Marusch ihn und kam angelaufen.

«Wie schön, dass du gekommen bist!»

Sie zog ihn mit sich. Aus den Augenwinkeln sah er einen zotteligen Bären, der in gebührendem Abstand zu den Maultieren angepflockt war. Marthe-Marie stand neben dem jungen Hofer, ihr Gesicht leuchtete im Schein des Feuers. Zu ihren Füßen war eine Decke ausgebreitet, auf der ein kunstvoll gearbeiteter Lederschlauch neben einem prall gefüllten Beutel lag.

Als sie sich umwandte, trafen sich ihre Blicke. Sie schien sich zu freuen. Unsicher nickte er ihr zu, dann trat er zu Sonntag, der ihn unterdes zu sich gewunken hatte.

«Hier.» Der Prinzipal reichte ihm einen Becher randvoll mit Bier. «Lass es dir schmecken. Auf Marthe-Marie», rief er laut in die Runde, «und auf unseren Neubeginn!»

Alle hoben ihre Becher und prosteten sich zu. Jonas leerte sein Bier fast in einem Zug. Plötzlich stand Diego neben ihm. «Im Licht des Feuers», sagte er leise, «sieht sie aus wie die Göttin der Morgenröte, findest du nicht? So aufrecht und stark.»

Jonas sah ihn überrascht an. Kein Funken Spott lag in Diegos Stimme, eher so etwas wie Melancholie.

«Hör zu Jonas, ich bin ein hanebüchener Idiot! Ich habe mich damals in Freudenstadt benommen wie der letzte Schinderknecht. Es tut mir von Herzen Leid.»

Er stellte seinen Krug zu Boden und umarmte Jonas so kräftig, dass dem fast die Luft wegblieb. Mit halbem Ohr nur hörte Jonas den tiefen Bass des Prinzipals, wie er mit salbungsvollen Worten Pantaleon und Ulricus Botticher willkommen hieß. Endlich ließ Diego ihn wieder frei.

«Was Marthe-Marie betrifft», hörte er Sonntag sagen, und seine Stimme klang nun alles andere als fest, «so will ich gar nicht erst in Worte fassen, was sie uns allen bedeutet. Schließlich ist sie jedem von uns ans Herz gewachsen, hat mit uns drei Jahre lang jeden Erfolg, jede Misere geteilt. Doch will ich jetzt nicht von Abschied sprechen, denn mit unserer wunderbaren Compagnie wird der Magistrat von Ravensburg uns um ein längeres Gastspiel förmlich anflehen. Und auch für die Zukunft hoffe ich», jetzt sah er Marthe-

Marie direkt in die Augen, und sein Blick wurde verschwommen, «dass wir uns immer wieder als Freunde begegnen werden. Alles Gute, meine liebe Marthe-Marie!»

Er zog ein schmutziges Tuch aus dem Hosenbund und schnäuzte sich geräuschvoll. «Nun aber kommen wir zu den geheimnisvollen Schätzen, die Diego aus Freiburg mitgebracht hat.»

Diego trat neben Benedikt und Marthe-Marie und beugte sich über die Decke. Jonas hielt sich weiterhin im Hintergrund. Noch immer konnte er sich nicht erklären, warum Marthe-Marie ihn hergebeten hatte.

«Ich überlasse es euch», sagte Diego und leerte den Beutel aus, «die Münzen dieses ansehnlichen Haufens zu zählen. Es mag gestohlenes Geld sein, zusammengerafft von einem betrügerischen und habgierigen Hundsfott, doch sollte uns das nicht anfechten. Sehen wir es als geschenkten Gaul, über den wir uns freuen dürfen.» Er erhob sich wieder. Sein Gesicht wurde ernst. «Bevor jetzt gleich Marthe-Marie diesen Lederschlauch öffnet, möchte ich noch etwas verkünden, was mich selbst betrifft. Ich habe die letzten Stunden um eine Entscheidung gerungen, die mir sehr schwer gefallen ist. Doch nun, da Pantaleon wieder bei uns ist, noch dazu mit diesem prächtigen Bären, und da die Truppe mit Meister Ulricus einen vortrefflichen Mann hinzugewonnen hat – da habe ich beschlossen, euch ebenfalls zu verlassen. So schwer mir dieser Schritt auch fällt.»

Ein ungläubiges Raunen ging durch die Gruppe.

«Das ist nicht dein Ernst», sagte Marusch.

«Doch, Marusch.» Um seine Augen standen dunkle Schatten, und er biss sich auf die Lippen. «Ich habe unterwegs englische Komödianten getroffen, genauer gesagt die berühmte Truppe um John Bradstreet, und Bradstreet hat mir ein Angebot gemacht.» Er lächelte fast hilflos. «Nun ja, ihr alle kennt ja meinen Hang zur großen Schauspielkunst.»

«Shakespeare und Marlowe!», entfuhr es Marthe-Marie.

Er betrachtete sie ernst, dann nickte er. «Du solltest es mir gönnen. Damit geht zumindest mein zweitgrößter Traum in Erfüllung, Marthe-Marie. Aber jetzt öffne den Schlauch und zeig uns den Goldschatz.»

Marthe-Marie schüttelte den Kopf. «Lass das den Prinzipal übernehmen.»

Sie drehte sich um zu Jonas, hob den Arm und winkte ihn heran.

Jonas hielt vor Überraschung die Luft an. An ihrem schmalen Handgelenk sah er den Elfenbeinreif hell im Feuerschein schimmern. Sie hatte sein Geschenk angenommen! Ein Freudenschauer lief ihm über den Rücken, als er neben sie trat. Er spürte die Wärme des Lagerfeuers im Gesicht. Oder ging diese Wärme von Marthe-Marie aus? Ihre Schultern berührten sich beinahe, so dicht standen sie beieinander. Jetzt wandte sie ihm ihr Gesicht zu. In ihren dunklen Augen lag ein Leuchten, um ihre Lippen ein scheues Lächeln.

«Hochverehrtes Publikum,» rief der Prinzipal mit schmetternder Stimme. «Ich bitte um Ihre honorable Aufmerksamkeit. Denn wir kommen zur Hauptattraktion dieses Abends: der geheimnisvollen Verwandlung eines gewöhnlichen Wasserschlauchs in einen Haufen Gold! Tretet bitte zurück, denn bei diesem einzigartigen Wunder werden geheimnisvolle Kräfte frei.»

Er kniete nieder, strich murmelnd über das hellbraune Schweinsleder, in dessen Oberfläche kunstvolle Ornamente eingebrannt waren. Unter den dumpfen Schlägen einer Trommel hob er das hintere Ende des schweren Schlauches an, dann endlich öffnete er den Verschluss – und heraus rieselte feinster Sand, vermischt mit Kieselsteinchen.

Entgeistert starrten die Gaukler auf den schlaffen, seines Inhalts entleerten Lederschlauch, der dort wie ein Sinnbild für Lug und Trug in dieser Welt auf der Decke lag.

In die Stille hinein begann Marthe-Marie zu lachen, erst verhalten, dann immer lauter und herzhafter, bis die anderen einfielen in ihr Gelächter. Immer noch lachend stieß sie mit der Fußspitze in den Sandhaufen. «Da liegt Siferlins Fluch und Vermächtnis – nichts als Sand. Es ist vorbei mit ihm!»

Dann ergriff sie Jonas' Hand und hielt sie fest, als wolle sie ihn nie wieder loslassen.

Regungslos, mit schlaffen Gliedern und geschlossenen Augen lag die Frau in den Armen ihres Geliebten, der sie mit bebenden Lippen beschwor, nicht zu sterben. Doch ihrem Mund entrang sich keine Antwort mehr. Da hob er sein Gesicht zum Himmel und stieß ein Wehklagen aus wie ein verwundetes Tier. Aus der Ferne war unterdrücktes Schluchzen zu hören. In diesem Moment blinzelte die Frau, schlang ihre Arme um den Mann und riss ihm mit einem Ruck sein falsches Haar vom Kopf. Das Schluchzen im Publikum ging in brüllendes Gelächter über. Trommelwirbel setzte ein, wurde lauter und schneller, das Liebespaar sprang auf wie der neu zum Leben erweckte Lazarus, und die Zuschauer brachen in tosenden Beifall aus über das glückliche Ende des herzzerreißenden Rührstücks. Der Kahlköpfige winkte und lachte, hielt plötzlich eine Fiedel an die Schulter und entlockte ihr feurige Klänge, während die Frau neben ihm das Tamburin schlug. Dann sprangen die anderen Gaukler und Artisten auf die Bühne, samt den Kindern, zweier Affen und dem zotteligen Bären. Alle tanzten und klatschten, trommelten und pfiffen, drehten sich im Flickflack oder Salto, schlugen das Rad und sprangen auf die Hände. Längst waren die Zuschauer mit ihrem Klatschen in den mitreißenden Rhythmus der Musik eingefallen, die von den Mauern der Häuser zurückschallte und sich wie ein Zauberteppich über die riesige Menschenmenge legte. Der ganze Ravensburger Marienplatz schien zu erbeben unter der Begeisterung des Publikums.

«Jetzt sieh dir das an.» Benedikt stieß Marthe-Marie an und zeigte nach rechts auf eine Gruppe schwarz gekleideter Herren, die ungelenk von einem Bein aufs andere hüpften. «Selbst unser Magistrat ist ganz aus dem Häuschen.»

Marthe-Marie lachte glücklich. Sie stand weit vorn an der Bühne, zwischen ihrem Halbbruder und Jonas, und freute sich über diesen unglaublichen Erfolg. Vor allem Marusch und der Neue hatten ihre Sache großartig gemacht. Sie musste an Diego denken, der jetzt mit den berühmten Engländern unterwegs war. Ob er wohl seine Julia finden würde?

Sie spürte, wie sich ein Arm um ihre Hüfte legte. Rundum an den Häuserwänden leuchteten Fackeln auf und verbreiteten in der Dämmerung ihren warmen Schein.

Jonas zog sie an sich und küsste sie zärtlich. Dann begann er sich mit ihr zu drehen, im Takt der Melodie. Die Umstehenden taten es ihnen nach, überall fanden sich Paare und Gruppen zusammen, die Menschen sprangen, hüpften und wiegten sich in ausgelassenem Tanz, während der sternenbesetzte Himmel sich wie blauer Samt über der Stadt wölbte.

Astrid Fritz

Historische Romane – lebendige Porträts der Ausgestoßenen, der Hexen, Bettler, Gaukler, Huren, Henker ...

Die Hexe von Freiburg
Roman. rororo 23517
Freiburg im 16. Jahrhundert: Der Hexenwahn fegt über Deutschland. Als in dem Universitätsstädtchen am Rande des Schwarzwalds zum ersten Mal die Flammen über einer Hexe zusammenschlagen, wird Catharina geboren. Ein schlechtes Omen? Das wissbegierige Mädchen wächst zu einer selbstbewussten jungen Frau heran, die ihr Leben lang gegen die Abhängigkeit von den Männern ankämpft. Am Ende droht sie deswegen alles zu verlieren — nur eines bleibt ihr: eine unendliche Liebe, vor der selbst der Tod seinen Schrecken verliert.

Die Tochter der Hexe
Roman. rororo 23652
Ein großer Schicksalsroman, eine Liebesgeschichte und ein Porträt der Ausgestoßenen jener Zeit.

Die Gauklerin
Roman
Die junge Agnes führt ein behütetes Leben bis zu dem Tag, als der Krieg ihre Geburtstadt Ravensburg heimsucht. Fünf Jahre währt das Schlachten schon — dreißig werden es am Ende sein ...

rororo 24023

Weitere Informationen in der Rowohlt Revue *oder unter* www.rororo.de

Historische Romane bei rororo

Zauber und Spannung vergangener Zeiten

Catherine Jinks
Der Tod des Inquisitors
3-499-23655-9
Südfrankreich im 14. Jahrhundert: Die Mühlen der Inquisition mahlen ohne Pause. In der Stadt Lazet ist Bruder Bernard Inquisitor, doch statt Fanatismus bestimmt Verständnis sein Handeln. Folter ist ihm zuwider, lieber wendet er in seinen Verhören Taktik und Raffinesse an. Doch dann wird sein Vorgesetzter grausam ermordet, und Bernard gerät selbst ins Visier der Inquisition ...

Franka Villette
Die Frau des Wikingers
3-499-23708-3

Elke Loewe
Der Salzhändler
3-499-23683-4

Astrid Fritz
Die Hexe von Freiburg
3-499-23517-X

Elke Loewe
Simon, der Ziegler
3-499-23516-1

Ruth Berger
Die Druckerin
Liebe, Mord und Kabbala ...

3-499-23303-7

Weitere Informationen in der Rowohlt Revue oder unter www.rororo.de

Historische Kriminalromane bei rororo

Ausflüge in die Vergangenheit – spannend und lehrreich

Tracy Grant
Der Mantel des Schweigens
Ein historischer Kriminalroman
3-499-23510-2

Mélanie und Charles Frazer sind reich, schön und Lieblinge der Londoner Gesellschaft. Als ihr kleiner Sohn entführt wird, bricht ihre perfekte Welt in Stücke. Ein Erpresserbrief beschwört eine verdrängte, blutige Vergangenheit wieder herauf, und eine alte Bedrohung holt sie wieder ein. In den Wirren des napoleonischen Krieges in Spanien gerieten damals nämlich sowohl Charles als auch Mélanie zwischen die Fronten. Nur haben sie einander nie davon erzählt ...

Dorothea S. Baltenstein
Vier Tage währt die Nacht
Ein historischer Kriminalroman
3-499-23497-1
«Hinreißend spannend.» (FAZ)

Boris Meyn
Die rote Stadt
Ein historischer Kriminalroman
3-499-23407-6

Petra Oelker
Ein historischer Kriminalroman

3-499-23289-8

Weitere Informationen in der Rowohlt Revue oder unter www.rororo.de

Ines Thorn
Die Pelzhändlerin
Historischer Roman
Frankfurt, 1462: Als der Kürschner Wöhler erfährt, dass seine Tochter Sibylla fern der Heimat gestorben ist, erleidet er einen Herzinfarkt. Einzige Zeugin ist die Wäscherin Martha. Sie verheimlicht den Tod Sibyllas und gibt ihre Tochter Luisa für diese aus.
rororo 23762

Historische Romane bei rororo
Die Zeiten ändern sich,
und wir ändern uns in ihnen.

Petra Schier
Tod im Beginenhaus
Historischer Roman
Köln, 1394. In einem Spital der Beginen stirbt ein verwirrter alter Mann. Und das war nur der erste Tote. Eine Seuche? Adelina, die Tochter des Apothekers, glaubt nicht daran ...
rororo 23947

Edith Beleites
Das verschwundene Kind
Die Hebamme von Glückstadt
Historischer Roman
1636: Hebamme Clara entbindet bei einer dramatischen Geburt im Glückstädter Schloss eine junge Adelige von einem gesunden Jungen. Am nächsten Tag ist die Frau samt Säugling verschwunden ...
rororo 23859

Weitere Informationen in der Rowohlt Revue *oder unter* www.rororo.de